文艺学研究的多元开拓

苏宏斌 ◎ 主编

中国社会科学出版社

图书在版编目(CIP)数据

文艺学研究的多元开拓/苏宏斌主编. —北京：中国社会科学出版社，2022.12

(浙江大学中国语言文学研究书系)

ISBN 978-7-5227-0245-2

Ⅰ.①文… Ⅱ.①苏… Ⅲ.①文艺学—研究 Ⅳ.①I0

中国版本图书馆 CIP 数据核字(2022)第 088731 号

出 版 人	赵剑英
责任编辑	郭晓鸿
特约编辑	杜若佳
责任校对	师敏革
责任印制	戴　宽

出　　版	中国社会科学出版社
社　　址	北京鼓楼西大街甲 158 号
邮　　编	100720
网　　址	http://www.csspw.cn
发 行 部	010-84083685
门 市 部	010-84029450
经　　销	新华书店及其他书店

印　　刷	北京明恒达印务有限公司
装　　订	廊坊市广阳区广增装订厂
版　　次	2022 年 12 月第 1 版
印　　次	2022 年 12 月第 1 次印刷

开　　本	710×1000　1/16
印　　张	44.75
插　　页	2
字　　数	803 千字
定　　价	258.00 元

凡购买中国社会科学出版社图书，如有质量问题请与本社营销中心联系调换
电话：010-84083683
版权所有　侵权必究

目 录

前言 ………………………………………………………………（1）

上篇 文艺学的基本问题

文学研究的三种模式与理论的选择
  ——对于文学理论的性质和功能的思考 ………… 王元骧（3）
关于美学文艺学中"实践"的概念 ………………………… 王元骧（22）
诗学何为？
  ——论现代审美理论的人文意义 ………………… 徐 岱（39）
作为方法的文化批评 ……………………………………… 徐 岱（52）
论文学的特殊本质 ………………………………………… 金健人（68）
为诗学正名
  ——它是什么和不是什么 ………………………… 金健人（80）
文学研究：正在越来越远离文学吗？
  ——当代文学研究变化轨迹的理据分析 ………… 金健人（92）
小说的时间观念 …………………………………………… 金健人（108）
泛文学时代的文艺学 ……………………………………… 徐 亮（122）
"理论"对文学的疏离与文学对理论的掌控
  ——对近百年"理论"与文学的关系的一个考察 …… 徐 亮（138）
理论之后与中国诗学的前景 ……………………………… 徐 亮（150）
叙事的建构作用与解构作用
  ——罗兰·巴尔特，保罗·德曼，莎士比亚和福音书 …… 徐 亮（163）
荷马史诗文本作为古典诗学的创造根据 ………………… 李咏吟（179）
希腊抒情诗的定型及对希腊剧诗学的影响 ……………… 李咏吟（199）
维科诗性观念历史建构的希腊文化原则 ………………… 李咏吟（222）

席勒诗学对希腊文化理想的审美诠释 …………………… 李咏吟(239)
认识论与本体论：主体间性文艺学的双重视野 …………… 苏宏斌(269)
文化研究的兴起与文学理论的未来 ………………………… 苏宏斌(281)
文学研究中的"关键词批评"现象及反思 …………………… 黄 擎(292)
阅读者的"在场"与"不在场"
　　——文学阅读行为中的人学辩证法研究 ……………… 朱首献(304)
知识与真理：理性论人学与文学观念批判 ………………… 朱首献(312)
存在与澄明：论存在主义的文艺人学观念 ………………… 朱首献(322)

中篇　美学和艺术理论问题

李泽厚美学的思想基础还是历史唯物主义吗？
　　——兼与刘再复商榷 ……………………………………… 王元骧(335)
"后实践论美学"综论 ………………………………………… 王元骧(358)
关于推进"人生论美学"研究的思考 ………………………… 王元骧(379)
反本质主义与美学的现代形态 ……………………………… 徐 岱(392)
审美正义与伦理美学 ………………………………………… 徐 岱(407)
《艺术作品的本源》的本源 …………………………………… 徐 亮(422)
感觉如何通过实践成为理论家？
　　——实践美学的现象学阐释 …………………………… 苏宏斌(439)
审美图式论
　　——试论康德图式概念的美学意义 …………………… 苏宏斌(450)
时间意识的觉醒与现代艺术的开端
　　——印象派绘画的现象学阐释 ………………………… 苏宏斌(460)
弗美尔绘画研究 ……………………………………………… 邹广胜(474)

下篇　文学批评与文学史问题

去"经典化"的网络写作 ……………………………………… 徐 岱(503)
韩国天君系列小说与中国程朱理学 ………………………… 金健人(510)
佛传中反映的早期佛教思想研究 …………………………… 邹广胜(524)
时代铭纹深重的话语风貌
　　——对20世纪40—70年代三个文艺批评"样板"的
　　　文本细读 ……………………………………………… 黄 擎(559)

1940—1970年代中国主流批评家批评心态解析
　　——以周扬、茅盾、姚文元为个案 …………… 黄　擎（576）
"大批判"文艺批评模式与对王实味的两次批判 ………… 黄　擎（588）
李健吾感悟式批评的理论特质 …………………………… 黄　擎（602）
后殖民女性主义圣经诠释实践
　　——穆萨·杜比和郭佩兰对"外邦妇女"故事的解读 …… 梁　慧（611）
孟子的"以意逆志"读经法与圣经释义学：探讨吴雷川的圣经
　　解释策略 …………………………………………… 梁　慧（630）
对话的诠释学：比较经传学视域中的汉语圣经研究
　　方法论探讨 ………………………………………… 梁　慧（645）
试论儒家基督徒吴雷川对新约"主祷文"的解读 ………… 梁　慧（665）
论文学史的"个体意识"与"类意识"
　　——百年中国文学史学科发展论析 ……………… 朱首献（682）
实证精神、进化观念与历史眼光
　　——论胡适白话文学史观的科学主义向度 ……… 朱首献（694）

前　言

苏宏斌

浙江大学文艺学研究所草创于20世纪50年代，迄今已经经过了半个多世纪的发展。与浙江大学中文系的历史变迁一样，文艺学研究所也经历了复杂而曲折的发展过程。文艺学研究所的前身是1978年创立的文艺理论教研室，但在此之前的20多年间，已经有多位教师长期从事文艺学的研究和教学工作。

浙江大学的文艺学学科建立于20世纪50年代，最初从事文艺理论研究和教学工作的是蒋祖怡先生（1913—1992）。他早在20世纪40年代就开始专注于文艺理论以及中国文学批评史方面的研究。中华人民共和国成立以后，他先后任教于浙江师范学院（中文系）和杭州大学中文系，讲授《文学概论》等课程，并且撰写了关于《文心雕龙》的多篇论文。1953年，秦亢宗（1931—）从浙江师范学院中文系毕业之后留校任教，也担任了《文学概论》课程的教学工作，但在不久之后就转向了中国现当代文学的研究和教学。1958年，王元骧（1934—，本名林祥）从浙江师范学院中文系毕业，被分配到杭州大学中文系任教，承担了大量的教学工作。随后，庄筱荣（笔名肖荣、白毅）、潘文煊、蔡良骥、李寿福、朱克玲、李遵进等也先后于20世纪60年代加入杭州大学中文系，不久成立了文艺理论教研室，蒋祖怡、庄筱荣先后担任教研室主任。然而随着1966年"文化大革命"的来临，文艺学的学科建设和发展受到了极大的冲击，教师们普遍被卷入政治运动，正常的教学和科研工作基本上陷于停滞状态。1976年10月以后，随着"四人帮"的覆灭，"文化大革命"宣告结束，教师们陆续返回工作岗位，学科工作才得以逐渐恢复正常。

1978年开始，杭州大学开始着手进行系科、专业的调整和建设，文艺理论教研室得以重建，成员包括蒋祖怡、王元骧、戈铮、朱克玲、庄筱荣、李寿福、韩泉新、蔡良骥、潘文煊、李遵进等，庄筱荣担任教研室主任，蔡良骥任副主任。此后，徐岱、金健人、孙敏强、徐亮、李咏吟、苏宏斌、邹广胜、梁慧、黄擎、朱首献等又陆续进入教研室工作。1983年，文艺理论教研室获得了硕士学位授予权，学科发展随之进入了一个新的阶段。1998年，新浙江大学成立，并在整合原杭州大学中文系和浙江大学中文系文艺学学科力量的基础上，成立了浙江大学文艺学研究所，由徐岱担任所长，徐亮、李咏吟担任副所长。同年，文艺学研究所获得了博士学位授予权。多年以来，文艺学研究所培养了大量的硕士研究生和博士研究生，其中有不少已经崭露头角，成为文艺学界的中坚力量。2018年，文艺学研究所进行了换届工作，由苏宏斌担任所长，邹广胜、朱首献担任副所长。

经过半个多世纪的发展，在几代教师的共同努力下，浙江大学的文艺学学科取得了长足的发展，在文学基础理论、小说叙事学、西方美学和文学理论、比较诗学、文艺美学等方面的研究，均产生了全国性的影响。收入本论文集的10位作者或专精于某一领域，或广泛涉猎多个领域，都形成了自己的理论特色，下面依次加以介绍。

王元骧，1934年生，浙江省玉环县人。长期从事文艺学基础理论研究，在建构具有中国特色的马克思主义文艺学方面取得了突出的成就。在20世纪80年代，他以倡导审美反映论而蜚声学林，此后又不断突破自我，相继提出和探讨了艺术实践论、文艺本体论和艺术人生论等方面的问题。他之所以不断进行新的理论建构，一方面是为了使自身的思想体系不断趋于完善，另一方面也是为了回应社会现实的发展向文艺理论提出的各种问题。其代表性著作《文学原理》曾获得国家教委颁发的"第二届全国普通高校国家级优秀教材奖"，迄今已经过3次修订再版，广受赞誉和好评。此外，他还发表了论文200余篇，出版了《审美反映与艺术创造》《文学理论与当今时代》《审美超越与艺术精神》《论美与人的生存》《艺术的本性》等多部论文集。王元骧教授今已80多岁高龄，却仍笔耕不辍，既是浙江大学文艺学学科的奠基者和领路人，也是我国当代文艺学界的一面旗帜。

徐岱，1957年生，山东文登人，现为浙江大学文科资深教授。他于20世纪90年代以小说叙事学方面的研究而在学界崭露头角，此后又相继涉足美学、诗学和艺术理论方面的研究，发表论文200余篇，出版了《艺术文化论》《小说叙事学》《美学新概念》《基础诗学》《艺术新概念》等16部著作。他于1993年获"国务院政府津贴"，1997年入选"浙江省跨世纪中青年学科带头人"第一层次培养人员，2000年获"浙江省有突出贡献中青年专家"荣誉，其成果多次获得省部级奖励，担任的学术兼职主要有：中国中外文论学会副会长、中国文艺理论学会副会长、浙江省美学学会会长等，在学界享有广泛的声誉和重要的地位。

徐亮，1955年生，上海市人，1999年被聘为浙江大学中文系教授。他长期从事文艺美学和文学解释学方面的研究，近年来专攻现当代西方文学理论和美学，对于"后理论"等西方当代前沿问题的研究引起了学界的较大关注。他于1993年起享受政府特殊津贴，曾担任教育部学位与研究生教育发展中心专家，获得过国家级教学成果二等奖2次，浙江省教学成果一等奖1次，先后发表论文70多篇，出版了《显现与对话》《文论的现代性与文学理性》《意义阐释》《文学解读：理论与技术》《现代美学导论》等多部专著，主编教材3部，出版译著2部。

金健人，1951年生，浙江省淳安县人，1994年被聘为杭州大学中文系教授。他早年致力于文学本质和文学语言等基础理论问题的研究，在小说美学方面有广泛的涉猎，此后转向了中韩文化交流方面的研究和实践，取得了突出的成绩。他先后发表论文百余篇，出版了《小说结构美学》《文学：作为语言的艺术》《论文学的特殊本质》《小说的语言结构与艺术张力》《中韩海上交往史探源》等著作。

李咏吟，1963年生，湖北省黄冈市人，主要从事两个方向的研究：一是古典学与诗学，二是美学与伦理学。前者主要集中于古希腊诗学传统及其影响研究，后者主要集中于美善关系和现代美学创新等问题的研究。迄今已发表论文160余篇，出版著作10部，其中较有代表性的是：《希腊思想的道路》（2017）、《文艺美学综论》（2016）、《美善和谐论》（2012）、《诗学解释学》（2005）、《审美价值体验综论》（2009），主持过多项国家社科基金和省部级项目。

苏宏斌，1966年生，山西省运城市人，2007年被聘为浙江大学中文系教授。主要从事文艺学基础理论，以及西方现代美学和文学理论方面的研究，对于现象学美学和文论的研究在学界具有较为广泛的影响。2010年入选教育部新世纪优秀人才。担任的学术兼职主要有：中国中外文论学会常务理事、中国文艺理论学会常务理事等。目前已发表论文50多篇，出版专著和论文集多部，较有代表性的是：《现象学美学导论》、《文学本体论引论》、《现象学及其美学效应》（论文集）等，此外还参加了多部全国性美学和文学理论教材的编写工作，主持过多项国家社科基金和省部级项目。

邹广胜，1967年生，江苏省徐州市人，2008年被聘为浙江大学中文系教授。主要从事文艺学基础理论研究，方向为中西比较诗学，目前主要从事文学与图像关系比较研究。曾先后在哈佛大学东亚系、加州大学伯克利分校东亚中心、剑桥大学古典系、海德堡大学东亚系访学，入选浙江省"151人才工程"培养人员。曾在商务印书馆、中华书局等出版社出版专著多部，发表论文数十篇，主持和参与过多项国家社科基金项目。

黄擎，女，1975年生，2011年被聘为浙江大学中文系教授。研究方向为文学理论与批评，近年来重点关注的问题是"关键词批评"。2011年入选浙江省首期"之江青年社科学者行动计划"。曾以高级访问学者身份赴剑桥大学访学。目前已发表论文数十篇，出版了《"关键词批评"研究》《视野融合与批评话语》《废墟上的狂欢："文革文学"的叙述研究》等多部专著，主持国家社科基金和省部级项目多项，曾获浙江省第十七届哲学社会科学优秀成果奖二等奖。

梁慧，女，1971年生，浙江省台州市人，现为浙江大学中文系副教授。主要从事西方文论研究，重点研究方向为圣经文本的诠释问题，受过海外系统的圣经研究和解经的学术训练，具有丰富的海外研究工作经验，担任过香港中文大学、英国伯明翰大学、以色列阿尔布莱特考古研究所等国际知名大学、研究机构的访问学者。2011年入选浙江省"钱江人才计划"和浙江大学首批"求是青年学者"。目前已发表论文40多篇，出版专著有《智慧：通往美好生活的道路——希伯来圣经智慧文献研究》《中国现代处境下的圣经解读——吴雷川的新约圣经诠释研究》等，联合主编的《圣经图书馆》丛书目前已出版专著、译著近30种。

朱首献，1973年生，河南淅川人，现为浙江大学中文系副教授。主要从事文学基础理论研究，近年来重点关注文学史的理论基础问题。兼任浙江省作家协会特约研究员、塔里木大学客座教授。目前已发表论文40余篇，出版有《文学的人学维度》《当代中国文论八讲》等专著，曾主持国家社科基金和省部级项目多项。

本文集所收录的45篇论文，是由上述10位作者从自己所撰写的论文中精心挑选出来的，基本上代表了各自的研究水平和特色，也大体上反映了文艺学研究所目前的学术发展状况。依据这些论文的选题方向，我们把文集划分为上篇、中篇和下篇三个部分，其中上篇所探讨是文艺学的基本问题，中篇集中于美学和艺术理论问题，下篇关注的是文学批评与文学史问题。从这里可以看出，本所教师的学术视野十分开阔，研究领域较为广泛和多元，基本上涵盖了美学和文艺学的主要领域，近四十年来文艺学和美学研究的各种热点话题或多或少都得到了回应。以下我们分别加以简要的梳理。

收入上篇的论文共有22篇，约占本文集论文总数的一半，表明文艺学基础理论是本所学术研究的主要方向和特色。其中，王元骧教授的《文学研究的三种模式与理论的选择》、徐岱教授的《诗学何为：论现代审美理论的人文意义》、徐亮教授的《泛文学时代的文艺学》、金健人教授的《为诗学正名：它是什么和不是什么》、苏宏斌教授的《认识论与本体论：主体间性文艺学的双重视野》等论文，主要集中于对文学理论的学科属性和方法论特征的宏观思考。王元骧教授的《关于美学文艺学中的"实践"概念》、徐亮教授的《叙事的建构作用与解构作用——罗兰·巴尔特、保罗·德曼、莎士比亚和福音书》、金健人教授的《论文学的特殊本质》、朱首献副教授的《阅读者的"在场"与"不在场"——文学阅读行为中的人学辩证法研究》等论文对文学理论的几个基本问题进行了探讨。李咏吟教授的《荷马史诗文本作为古典诗学的创造根据》《维科诗性观念历史建构的希腊文化原则》、黄擎教授的《文学研究中的"关键词批评"现象及反思》、朱首献副教授的《知识与真理：理性论人学与文学观念批判》等论文则是对西方传统文论的梳理和评析。徐岱教授的《作为方法的文化批评》、苏宏斌教授的《文化研究的兴起与文学理论的未来》等论文关注的是文化研究及其与文学理论的关系问题。这些文章选题多元，富有时代特色，但又并非追新趋异之作，而是体现了作者对于问题的系统性研究和思考。

收入中篇的文章共10篇，集中于美学和艺术理论领域。王元骧教授的《关于推进"人生论美学"研究的思考》、徐岱教授的《反本质主义与美学的现代形态》、苏宏斌教授的《感觉如何通过实践成为理论家？——实践美学的现象学阐释》等论文反映了本所教师在美学研究方面的思考；苏宏斌教授的《时间意识的觉醒与现代艺术的开端——印象派绘画的现象学阐释》、邹广胜教授的《弗美尔绘画研究》等则着眼于艺术史的个案分析。

收入下篇的文章共13篇，大体上可以划分为三个类型。一是对文学史的个案分析和评论，如徐岱教授的《去"经典化"的网络写作》、金健人教授的《韩国天君系列小说与中国程朱理学》、邹广胜教授的《佛传中反映的早期佛教思想研究》、黄擎教授的《时代铭纹深重的话语风貌——对20世纪40—70年代三个文艺批评"样板"的文本细读》等；二是对文学批评的个案分析和反思，如黄擎教授的《李健吾感悟式批评的理论特质》、梁慧副教授的《孟子的"以意逆志"读经法与圣经释义学》等；三是对文学史写作方式的理论反思，如朱首献副教授的《论文学史的"个体意识"与"类意识"——百年中国文学史学科发展论析》等。值得指出的是，这些论文与一般的文学史研究和文学批评有着本质的区别，因

前 言

为论者的目的不在于对具体作品的分析和评价,而在于对文学批评和文学史的写作范式进行方法论的反思,因而鲜明地体现了文艺学的学科特色和优势。

　　上述论文只是本所教师全部著述的一个很小的组成部分。限于篇幅,大多数退休教师的文章未能收入,这可以说是一个不小的遗憾,只能留待他日予以补救了。不过,管中窥豹,还是可以从中看出本所雄厚的科研实力和历史积淀。数代学者的筚路蓝缕和辛勤耕耘,才造就了今天的局面,这让我们对先辈们的付出深怀钦佩和感恩,也对自己肩负的责任倍加清醒。我们深信,只有全所同人并肩携手、团结奋进,才能把先辈们开创的学术事业推向更加美好的未来!

上 篇

文艺学的基本问题

文学研究的三种模式与理论的选择
——对于文学理论的性质和功能的思考

王元骧

一

我国自古以来缺乏理论思维的传统,所以按照理论思维的规律来研究文学问题,还是五四前后在西方文学理论的影响下发展起来的。就西方文学研究的历史来看,由于思维方式的不同,不仅形成了古今之别,而且在不同的民族和国家里,也有各自不同的特点。只要我们稍加留意,就可以发现自古希腊以来,在西方文学研究中至少有这样三种模式:即规范型的、描述型的和反思型的。

"规范型"的研究模式源于古希腊。由于古希腊哲学主要是一种本体论哲学,带有浓厚的理性主义色彩,它由苏格拉底和柏拉图所创立,他们针对当时流行的"智者派"(一译"诡辩派")把知识看作都是相对的:"对于我来说,事物就是向我所呈现的那个样子;对于你来说,事物就是向你呈现的那个样子"的观点[①],认为虽然具体的事物是不断运动、变化着的,但由于"生成的事物是从某个本原生成的",而"本原的事物是不属于生成的",它是不生不灭,不增不减,永恒不变的。它不是能凭感觉而只能凭思维才能把握,"如果着眼于存在而不变动的东西,将此作为范型,那么由此创造出来的事物,必然是完美的;如果他仅观照变动不休的东西,并把它们作为被创造事物的范型,那么由此创造出来的事物是不完美的"。所以在求知活动中我们就应该从一般出发去进行推理,"在推理中寻找存在物的真理"。[②] 这思想后来也为亚里士多德所肯定,他把"归

---

① 转引自[古希腊]柏拉图《克拉底鲁篇》,载《古希腊哲学》,中国人民大学出版社1990年版,第185页。

② [古希腊]柏拉图:《蒂迈欧篇》,载《古希腊哲学》,中国人民大学出版社1990年版,第374—375页。

纳论证和普遍定义"看作苏格拉底的两大贡献①，并经过他的发展成为古希腊哲学的一大特色，深刻地影响了自古希腊至 18 世纪欧洲文学研究的思维方式，亦即规范型研究模式的形成。所以要分析和评价规范型文学理论，就不能不关涉到希腊古典哲学。

"规范"是人的一切活动所不可缺少的，文学活动自然也不例外，如同康德所说"每一艺术都是以诸法规为前提的"，"没有先行的法规，一个作品永远不能唤做艺术"。②就文学理论研究来说，如文学的本质、形式等，都可以看作一种对文学活动的规范，它们作为作家长期创作实践经验的概括和提升的成果，不仅是每个作家创作所应该遵循的，而且读者也只有按照这些规范才能理解作品，甚至连以反传统著称的尼采也认为"每一种成熟的艺术都有许多惯例作为基础，因为它总是一种语言。惯例是伟大艺术的条件而不是它的障碍……"③所以豪泽尔认为在作家、艺术家中，即使是那些"反对习俗的'造反派'，自己也是用祖辈的'习语'来表达自己的思想的，因为不这样做，人们就无法理解，他们自己也说不清楚"。④另外，文学生产毕竟是一种创作而非制作。创作就需要有创造性，那种陈陈相因、机械重复的东西总是使人感到枯燥乏味而缺乏吸引力。所以对于规范，我们也只能把它理解为一种原则，它需要我们根据具体情况加以灵活的、创造性的运用，而不应该把它当作一种教条，要求文艺创作必须循规蹈矩地按此进行。而规范型的理论在后来的发展过程中却不幸地陷入这一境地。

之所以会这样，首先是因为由苏格拉底和柏拉图奠基的希腊古典哲学在反对智者派以相对主义来否定知识的客观真理性的标准时，却从一个极端走向另一个极端，把本质与现象对立起来，以强调本质来否定现象；不认识本质是不能脱离现象而存在的，它总是与现象处在一定的关系和联系之中，就像黑格尔所指出的"本质不在现象之后，或现象之外，而即由于本质是实际存在的东西，实际存在就是现象"⑤，它需要我们联系具体的现实关系才能对之做出正确的理解和把握。所以真理不是抽象的而是具体的，要是像柏拉图的"理念论"那样把本质看作脱离现象而永恒不变

---

① ［古希腊］亚里士多德：《诗学》，罗念生译，人民文学出版社 1962 年版，第 11 页。
② ［德］康德：《判断力批判》上卷，宗白华译，商务印书馆 1964 年版，第 153 页。
③ ［德］尼采：《强力意志》，《悲剧的诞生》，周国平译，生活·读书·新知三联书店 1986 年版，第 358 页。
④ ［匈］豪泽尔：《艺术社会学》，居延安译编，学林出版社 1987 年版，第 16 页。
⑤ ［德］黑格尔：《小逻辑》，贺麟译，商务印书馆 1980 年版，第 152 页。

的，那么就必然会背离丰富多彩的文学实际陷入思辨形而上学，而使之变为僵硬的教条。

其次，文学是以感性的形式反映现实人生的，对于文学来说，把丰富多彩的生活显现在人们面前，这本身就是一种价值。而在古希腊哲学的真理观看来"一切科学都以恒久存在的东西为对象，或者是经常存在的东西，这里绝不包括偶然性"，认为"偶然性的存在是不具原因和本原的"，[①] 所以在看待文学问题时，也都强调普遍性而轻视个别性，以至以"类"的样本来要求作品中的人物。这最先表现在贺拉斯以亚里士多德在《修辞学》中对于人的不同年龄阶段的性格特征的分析为依据，在《诗艺》中要求作家在塑造人物时也必须按年龄一般特征进行，而"不要把青年写成个老人的性格，也不要把儿童写成个成年人的性格"，唯此才能获得"观众的赞赏"。[②] 这思想后来又为布瓦洛的同名著作所继承和发展，而成为西方新古典主义文学理论所推崇的"类型说"。这种观点到了我国20世纪五六十年代，与被曲解了的马克思主义的阶级观点和阶级分析的方法结合在一起，衍化为典型性就是阶级性，完全以普遍性、一般性来否定和抹杀特殊性和个别性，以致庸俗社会学在理论界猖獗一时。

再次，由于对希腊古典哲学这种普遍主义的思想原则的崇拜，把"理智看作是万物原因和安排者"，而视"本质是推理的出发点"，于是只有凭借推理才能"找到存在物的真理"[③] 的思维方式也被带到文学研究领域，很长一段时间在我国文学理论界被视为文学理论研究的一种基本路径，并按被歪曲了的辩证唯物主义理论和阶级分析的方法去为文学创作和批评制定法规。这突出地反映在对"真实性"和"典型性"这两个问题的理解上：认为真实性就是对生活本质规律的揭示，生活的本质是光明的，所以反映生活阴暗的方面就是对生活的歪曲；典型就是个别与一般的统一，人的一般性就是社会性、阶级性，这样能否在人物身上完善和充分地体现他所属的阶级和阶层的社会特征，也就成了衡量某一人物是否典型的根本标志，以致在创作中脱离生活实际完全按抽象的阶级定义来如法炮制，在批评中，就把典型人物看作只是阶级的代表，他必须最充分地体现一般，否则就不是典型的。

---

① ［古希腊］亚里士多德：《形而上学》，载《古希腊哲学》，中国人民大学出版社1990年版，第556页。
② ［古希腊］贺拉斯：《诗艺》，杨周翰译，人民文学出版社1960年版，第146页。
③ ［古希腊］柏拉图：《斐多篇》，载《古希腊哲学》，中国人民大学出版社1990年版，第203—205页。

这种思维方式曾突出地体现在周扬的某些评论中,对于《老工人郭福山》的评论可见一斑。小说描写郭福山的儿子,一个铁路工人的领袖、党支部书记郭占祥,由于过去特殊的经历所以听到美帝国主义的飞机就感到害怕;这使得他的非党员的父亲郭福山深感愤怒,要党支部开除他的党籍。但总支书仅仅撤销了他的支部书记职务而保留了他的党员身份。后来在郭福山的影响下郭占祥消除了恐惧飞机的心理,父子都成了英雄。对此,周扬作了这样的批评,认为"作者不只歪曲地描写了一个模范的共产党员形象,而且完全抹杀了共产党员的教育和领导作用。似乎一个模范共产党员还不如一个普通的老工人;似乎在最紧要的关头,决定一个人的行动的,不是他政治觉悟的程度,而是由于某种原因所造成的生理上、心理的缺陷和变态……似乎使一个共产党员改正错误的,不是党的教育,而是父亲的教育"。[①] 由于这样一种批评方式的垂范,结果导致文学评论似乎无须艺术修养和鉴赏能力,只需记住一些原则和教条,不必对人物、环境、事件以及由此所造成的种种复杂的关系作具体细致的分析,把一些观念和原理当作如同形式逻辑中的大前提那样,按照三段论法推断出的结论,就可对作品进行评论、做出判断。这岂不是要求把文学都当作公式、概念?生活的千差万别和丰富多样又从何说起?这种思维方式后来在郭开批评杨沫的《青春之歌》,武养批评赵树理的《锻炼锻炼》中都得到延续的反映,以致人们误以为理论就是法规、条条、框框,就是"普洛克路斯忒斯的床",而使理论在我国变得声名狼藉,令人望而生畏、退避三舍。这种影响至今犹存。如前几年有学人把"理论工作的程序"看作"先给某些概念规定某种定义",然后"再用这些概念来衡量具体的文学现象",就像"先掘了一个坑等待一棵合适的树"那样,其结果就必然会"滤掉那些没有本质意义的现象",去寻找"一种独立的、不受任何外来影响的文学语言结构"。从而提出只有文学理论的"终结"才会有"文学批评的开始"。这就是一种典型的基于误解基础上对于文学理论所生的新的误解!

二

到了近代,由于古希腊的以所谓"永恒真理"来设定世界的思维方式被看作一种独断论而受到质疑和批判,文学研究的范式也开始发生变化,由原先的"规范型"而逐步向"描述型"和"反思型"转变。

[①] 周扬:《坚决贯彻毛泽东文艺路线》,《周扬文集》第2卷,人民文学出版社1985年版,第57页。

"描述型"的研究是着眼于现存的事实，认为只要通过对事实的陈述就能推出实证的知识。它是在英国经验主义哲学的背景上发展起来的。经验主义内部有不同的派别，除了霍布斯、洛克等按科学的观点把经验看作只不过是外部的经验这一主流派之外，还有贝克莱、休谟等按人文的观点视经验为内部经验和主观体验的非主流派。通常人们所说经验主义一般侧重于前者，它深受当时正在兴起的自然科学的影响，竭力反对理性主义代表人物笛卡尔的"天赋观念"学说，认为认识只能来源于感觉经验，"人们单凭运用他们的自然能力，不必借助于任何天赋的印象，就能获得他们所拥有的全部知识；他们不必有任何这样一种原始的概念或原则，就可以得到可靠的知识"。① 所以在获取知识的方法上，他们通常看重于经验的归纳而反对逻辑的演绎；在知识的应用上，也只是以符合经验为准则，认为只有为经验所证明了的才是可靠的、有用的。这样，在经验主义的基础上衍生出了实证主义和实用主义。它们的共同特点都是反对先验设定，而以是否符合经验事实和直接付诸实用为衡量理论的最高标准。所以理论也被看作只有实证意义、实用价值而无规范意义。这被罗素认为是盎格鲁－撒克逊民族传统的思维特点，它流行于英、美等国和英语文化区。但文学作品毕竟是人的心灵的产物，是作家情感和想象追逐的世界，所以对文学的理解就不可能像哲学那样容易直接接受自然科学的影响，因而直到19世纪，英国文学理论批评史上一些有影响的理论家和批评家，如卡莱尔、阿诺德、罗斯金等，还多多少少怀着古希腊人文学的理想，并在德国古典哲学的影响下，以宗教的、道德的、历史的观点来研究和评论文学，在步调上与看重实证和实用的经验主义并非完全达成一致。所以，在文学研究中真正以描述的方式来进行研究的恐怕还是自20世纪以来，在英国分析哲学思潮的影响下发展起来的。这当中，瑞恰兹是一个很关键的人物。他在《文学批评原理》中把以往理论批评中的那些先在设定的原理都视为"臆说""怪论""玄虚之谈"，提出"批评理论所必须依据的两大支柱便是价值的描述和交流的描述"，② 因而被学界认为是"英美批评界中的一本破天荒的书"，③ 认为它立足于客观事实、"富有科学精神"而"对由来已久的主观武断的批评传统形成了动摇其根基的挑战"，"使批评从纯粹主观主义走向科学态度"迈出重要的一步，瑞恰兹因此也就被视为西

---

① ［英］洛克：《人类理智论》，载《西方哲学原著选读》上卷，北京大学哲学和外国哲学史教研室编译，商务印书馆1982年版，第447—448页。
② ［英］瑞恰兹：《文学批评原理》，杨自伍译，百花洲文艺出版社1992年版，第19页。
③ 钱锺书：《美的生理学》，载《钱锺书散文》，浙江文艺出版社1999年版，第86—87页。

方文艺批评"开风气之先者"。① 这部著作与他稍后出版的《实用批评》和《修辞哲学》一起，不仅启发了美国"新批评"的产生，使瑞恰兹被公认为美国"新批评"的鼻祖，就像蓝塞姆所说"新批评几乎就是从他开始的"。而且作为20世纪二三十年代我国清华大学的客座教授，他的讲学也对我国的批评理论产生过不少影响。只是在中华人民共和国成立之后，由于马克思主义思想在我国跃居统治的地位，他的影响才开始淡出。改革开放以来，随着英、美文学理论的大量引入，以及一些英、美留学归国学者的批评活动，才使得这种描述型的研究模式又流行开来，大有在当今我国文艺理论研究领域一统天下之势。

描述型研究的最大的优势就是讲求科学精神，强调从文学作品和文学现象的实际出发，重视对"文本"的"细读"，并力求在研究中还原事实。这决定了它主要是属于一种微观的、实证的研究，而对于宏观的、思辨的研究是采取排斥态度的。所以它往往只限于作品论和批评论，而难以上升为本质论。它的局限性至少有如下三点。

首先，经验是局部的、有限的，是对事物外部联系的一种认识，所以经验的描述往往只能停留于个别现象，难以深入事物的内在联系，发现事物的本质规律，形成普遍有效的知识，而使之上升为理论。因为理论研究是思维的活动，"思维的本质就在于把意识的要素联合为一个统一体"，②唯此才能达到对事物本质规律的揭示，所以恩格斯说："经验主义竭力要自己禁绝思维，正因为如此，它不仅错误地思维着，而且也不能忠实地跟着事实走或者只是忠实地叙述事实，结果变成和实际经验相反的东西。"③甚至连经验主义的鼻祖弗朗西斯·培根（严格地说，他不能像以往人们那样把他完全归之于经验派）也认为："感觉本身乃是一种不可靠和容易发生错误的东西"，"经验派哲学比诡辩派或理性派所产生的教条还要更加丑恶和怪诞。因为它并不是在共同概念的光辉照耀之下建立起来的（虽然这种光很暗淡和浮泛，但总还是某种普遍的，涉及许多事物的东西），而是建立在少数狭隘和暧昧的实验上的。"④

---

① 杨自伍：《〈文学批评原理〉译者前言》，载《文学批评原理》，百花洲文艺出版社1992年版，第1页。

② [德]恩格斯：《反杜林论》，《马克思恩格斯选集》第3卷，中共中央马克思恩格斯列宁斯大林著作编译局编译，人民出版社1972年版，第81页。

③ [德]恩格斯：《自然辩证法》，《马克思恩格斯全集》第20卷，中共中央马克思恩格斯列宁斯大林著作编译局编译，人民出版社1971年版，第454页。

④ [英]弗朗西斯·培根：《新工具》，载《西方哲学原著选读》上卷，北京大学哲学系外国哲学史教研室编译，商务印书馆1981年版，第352、355页。

其次，文学是作家所创造的一种审美意识的载体。美不是事实属性而是一种价值属性，它不可能仅凭感觉经验，还需要通过评价活动才能把握。而评价是一种主客体的双向运动，它既需要立足于价值客体，又需要以主体一定的价值观念为标准和依据。尽管审美判断常常是不经思索在刹那之间仅凭直觉而做出的，但实际上在意识深处已经过人们的趣味标准所衡量和裁决，这里就包含着一个主观预设在内。所以完全持价值中立的态度，像丹纳所说的如同植物学家那样，以纯客观的态度"用同样的兴趣时而研究橘树和桑树，时而研究松树和桦树"，"既不禁止什么，也不宽恕什么，它只是鉴定和说明"[①] 文学理论是没有的。甚至连以"客观性"为标榜的美国"新批评"派的代表人物韦勒克也认为"要想一种完全中立的、纯粹说明性的理论，在我看来只是幻想"。[②] 这决定了文学理论就其性质来说不只是一种科学，而且还是一种学说，它不可能完全回避对人生意义和价值的思考和回答。而描述型的研究由于拘泥于既定事实而反对理论预设，这样就出现了像胡塞尔在批评实证主义时所指出的，由于"在原则上排斥了一个在我们不幸时代中，人面对命运攸关的根本变革所必须立即做出回答的问题：探寻整个人生有无意义"，以致"在人生的根本问题上，实证主义对我们什么也没有说。"[③] 这怎么能使我们的文学评论在复杂的文学现象面前保持自身的判断能力而不迷失方向呢？

再次，描述型的研究最能迷惑人的就是所谓"阐释的有效性"。认为理论的价值应该以对事实的阐释功效来衡量。这与我们常说的"实践是检验真理的标准"似乎颇为相似。但只要我们细加分析，就会发现两者之间原则性的区别。因为从实践的观点来看，现实是一个发展的过程，它从过去走来而又走向未来，现实只不过是其中的一个环节、一个中途点。所以对于阐释的有效性，我们就不能仅仅以静止的观点、以是否符合当下事实来衡量，而只能理解为在实践过程中由实践来证明理论的客观真理性，就像霍克海默所说的，解释不只是一个"逻辑的过程"，同时也是一个"历史的过程"，"不只是对具体历史状况的表达，而且也是促进变革的力量"。只有这样，它的真实作用才能显现出来。而"描述是无目标

---

① ［法］丹纳：《艺术哲学》，傅雷译，人民文学出版社1963年版，第11页。
② ［意］韦勒克：《现代文学批评史·第五卷和第六卷前言》，章安祺、杨恒达译，中国人民大学出版社1991年版，第15页。
③ ［德］胡塞尔：《欧洲科学危机与先验现象学》，载《二十世纪哲学经典文本》欧洲大陆哲学卷，张庆熊译，复旦大学出版社1999年版，第181—182页。

的",它把现实当作一种静止的存在,"把一切事物看作都是理所当然的",①只是以能否说明和解释现状为标准。这就使得理论在发展变化着的现实面前,由于丧失了批判的能力而永远滞后于现状,理论与现实之间也就失去了一种必要的张力,也就很难起到推动现实发展的作用。

所以,如果说规范型的理论要求把个别纳入一般,以一般吞噬了个别;那么,描述型的理论则刚好相反,它以个别否定了一般。因而往往由于驻足于个别而不能给人以举一反三、触类旁通的启示,理论的普遍有效性也就无从谈起。它实际上只不过是一种批评的理论。

三

"规范型"和"描述型"研究之间所存在的对立,以及各自的局限,在"反思型"的研究中得到有效的克服。

"反思"按亚里士多德的说法是"对思想的思想",它被看作哲学所固有的本性。哲学所直接面对的不是经验事实,不是研究对具体事物的认识,而是反映在意识中的现实发展过程中所出现的问题。表明从事实到理论还必须经由"问题"这一中间环节。因而波普尔认为"科学只能从问题开始","是从问题到问题的不断进步——从问题到愈来愈深入的问题","正是问题激励我们去学习,去发展我们的知识,去实验,去观察","一种理论对于科学知识的增长所能做出的最持久的贡献,就是它所提出的新问题"。②问题是不会自发产生的,而只能从对事实与规律、实是与应是之间所存在的矛盾的思考中所提出,其中总是包含着一个有待解决的矛盾在内,这个矛盾越普遍、越尖锐、越带有解决的紧迫性,那么这个问题的意义也就越重大。所以在人文科学中,它必然带有对在现实变革过程中所凸显出来的当下人的生存状态的思考以及对人生价值的追问,就其性质来说,不只是一种认识,而更是一种评判,因而它被霍克海默看作一种"批判的"理论。它与"传统的"、亦即实证的理论不同,就在于"传统理论可以把一切事物看作是理所当然的",而这"在批判思想那里却引起了怀疑;批判理论追求的目标是社会的合理状态",所以"在批判理论影响下出现的概念是对现在的批判",③它必然是指向未来的,因此也就被视为推动现实变革和发展的思想动力。马克思不赞同"哲学家们

---

① [德]霍克海默:《批判理论》,李小兵译,重庆出版社1989年版,第202、205—206页。
② [奥]波普尔:《猜想与反驳》,范景中译,中国美术学院出版社2003年版,第284—285页。
③ [德]霍克海默:《批判理论》,重庆出版社1989年版,第206、208页。

只是用不同的方式解释世界",而提出"问题在于改变世界",就表明马克思主张哲学的功能是批判的。这种反思型理论的思维方式流行于德、法文化区,特别是德语国家。它为康德所开创,在德国古典哲学、马克思主义哲学、西方马克思主义中的法兰克福学派,还有新康德主义、哲学解释学等那里得到了继承和发展,形成了自19世纪以来对抗经验主义、实证主义和实用主义的一股强劲的势力。

但反思型的研究思维方式与规范型和描述型的思维方式也不是绝对对立的,在某种意义上说,它吸取了两者之所长而回避了两者之所短。它与规范型的研究模式之不同在于不认为理论是一种预定的法规,从抽象的普遍出发,凭借纯思辨的演绎的方法来建构思想体系,而强调必须立足于对经验现象研究的基础之上;但是由于囿于经验事实,与以说明和阐释经验事实为满足的描述型的研究不同,而认为仅凭经验事实的描述是不能成为真理的,要使经验事实上升为理论,还需要经过问题这一中间环节和以先天的知性概念为依据来进行解释,"因为经验本身是一种需要理智的知识,而理智的规则是必须假定为在对象向我们呈现以前就先天地在我心中的,它先天地表现在概念里,所以经验的一切对象都必须是依照概念的,必定与概念符合一致"。① 这表明认识不仅是主观符合客观,而且还须客观符合主观,即经由一定思想观念、认知结构的整合和同化才能构成我们对事物的认识。所以"知性概念"亦即观念,在理论研究中逻辑上也就具有先在的地位,也就成了反思型研究所首先必须具备的一个理论前提。它被康德看作一种"普遍的立法形式",它不是"从属于现象"而"只能由理性来表象",他的哲学就是研究这些独立于现象的普遍法则的。② 在这一点上它又颇接近于规范型的研究,而且在实践上也确曾出现过像规范型那样的研究,以一种蜘蛛织网的方式,试图从一个知性的概念出发来推演出整个思想体系的那种脱离事实的纯思辨的倾向,就像恩格斯当年批评黑格尔所指出的,他把理论看作"概念自己运动的翻版",使得他"由于'体系'的需要……常常不得不求救于强制的结构",③ 以致他的论著中所阐述的"这些规律作为思维的规律强加于自然界和历史的,而不是从它

---

① [德]康德:《〈纯粹理性批判〉第二版序》,载《西方哲学原著选读》下卷,北京大学哲学系外国哲学史教研室编译,商务印书馆1981年版,第243页。
② [德]康德:《实践理性批判》,韩水法译,商务印书馆2000年版,第28—29页。
③ [德]恩格斯:《路德维希·费尔巴哈与德国古典哲学的终结》,《马克思恩格斯选集》第4卷,中共中央马克思恩格斯列宁斯大林著作编译局编译,人民出版社1972年版,第239、215页。

们当中抽引出来的,从这里就产生出整个牵强的并且常常是可怕的虚构:世界,不管它愿意与否,必须符合于这一思想体系"。① 如他的《美学》,就是从"美是理念的感性显现"这一基本规定出发,就内容与形式的不同侧重和统一状况把艺术发展的历史分为象征型、古典型和浪漫型三类,并断定人类精神的发展必将由哲学取代艺术等,显然都有些牵强附会、主观武断,是分解历史和逻辑而做出的。之所以出现这种倾向,我认为主要是实践的问题而非反思型研究所必然导致的结果。只要我们稍加分析,就可以发现它与规范型的理论有着根本上的区别。

首先,反思型研究认为认识必须以一定观念为依据才能做出,这表明反思必须要有一个思想预设和理论前提。但是与规范型的思维方式不同,这观念只不过是逻辑在先而非时间在先,它归根到底是从经验中概括、提升而来的。这思想在现代解释学的代表人物伽达默尔那里得到了进一步的发展,他一方面指出理解是不离"前见"的,一切理解都不能完全超出传统之外,因此理解不是消极的,而是积极的;而另一方面又认为这种"前见"是发展的,通过实践会使"人不断地形成一种新的前理解"。所以"前见"不是凝固不变的,它是"经验的不知疲倦的力量"的产物。② 文学是诉诸人的审美感觉和审美体验的,所以在文学研究中,这种前见又不是以抽象的"普遍原则"而只有经由"趣味"才会对文学研究发生作用的,它与僵硬的规则绝缘。因为"在趣味自身的概念里包含着不盲目顺从和简单模仿主导性标准及所选择样板的通值",这决定了它与经验有着不可分割的内在联系。所以趣味在伽达默尔看来虽然具有"先验的特征",但作为"判断力批判"的"这种批判就旨在探究在有关趣味事物中这样一种批判性行为的合理性",而非脱离趣味判断"把某事认作某个规则的实例,它在逻辑上是不可证明的"。③

其次,反思型的研究虽然立足于原理,但这原理不是认识论的而是实践论的,是作为我们研究和解决问题的思想原则而不是抽象的教条而存在的。因为实践是关于个别事物的,所以在实践中,包括我们在文学研究活动中,我们所要掌握的"不只是对于普遍的知识,而且还应该通晓个别

---

① [德]恩格斯:《自然辩证法》,《马克思恩格斯选集》第3卷,中共中央马克思恩格斯列宁斯大林著作编译局编译,人民出版社1972年版,第484页。
② [德]伽达默尔:《解释学反思的范围和作用》,载《哲学解释学》,夏镇平、宋建平译,上海译文出版社1994年版,第39页。
③ [德]伽达默尔:《真理与方法》上卷,洪汉鼎译,上海译文出版社1999年版,第54、39页。

事物"。这就需要我们根据实际情况对普遍的知识加以自由灵活的运用，这按亚里士多德的说法是一种"明智"，一种实践的智慧，而非"理智"，"这须通过经验才能熟习"。① 因而舍勒认为这种作为反思的思想前提不是什么"'不变的'理性组织"，而是"服从历史变化的"，"只有理性自身作为禀赋和能力，通过把这些本质观点变为功能，不断创造和塑造新的思维与观照形式，以及美与价值判断的形式"而把观念转化为能力才有意义。② "所以判断力一般来说是不能学到的"，艺术感觉的迟钝不可能仅靠学习理论去补救，而"只能从具体事情上去训练，而且在这一点上，它更是类似一种感觉的能力。……因为没有一种概念的说明能指导规则的应用"，③ 而只有通过理解力与想象力的协同作用才能产生功效。

再次，综合以上两个方面可以看出，在思维方式上，与规范型和描述型研究的静态的思维方式不同，反思型研究的思维方式则是动态的，它主张在经验与观念相互作用的辩证运动中来理解理论的性质和功能。表现为它不仅要求文学研究必须从文学实际和文学经验出发去发现问题，而且不像规范型研究和描述型研究那样，把经验看作只不过是外部经验，而同时被认为以艺术趣味、艺术修养等内化的成果而作为理论研究所必具的主观条件。这就使得文学观念不像借助思辨理性所形成的规范那样趋向封闭，而其自身所蕴含的丰富而具体的内容必然要求它不断向经验事实开放，在与文学现象接触过程中不断吸取新的经验成果来充实和完善自身，以求观念随着文学的发展不断地有所更新。所以在新观念的指引下，回过头来又会对文学做出新的理解和解释，通过理论与现实的这种互动作用，使研究进入历史的视域，使理论在解决现实问题的过程中不断求得自身的发展。既不像规范型理论那样固守观念，也不像描述型研究那样停留于经验，而真正显示了理论研究自身的生机和活力。

四

通过以上分析，我们对文学理论研究的模式应作怎样的选择也就不言自明了。所以按文学理论研究的要求，我认为反思型的模式无疑应是它所

---

① ［古希腊］亚里士多德：《尼各马科伦理学》，苗力田译，中国社会科学出版社1990年版，第123—124页。
② ［瑞典］舍勒：《人在宇宙中的位置》，李伯杰译，《舍勒选集》下卷，刘小枫选编，上海三联书店1999年版，第1341页。
③ ［德］伽达默尔：《真理与方法》上卷，洪汉鼎译，上海译文出版社1999年版，第39—40页。

达到的最成熟的形态；但这并没有否定和排斥当今流行的描述型研究模式存在的价值。因为任何知识都可以分为两个层面，即经验水平的知识和理论水平的知识。前者着眼于现象、个别性、事物的外部联系；后者着眼于事物的本质、普遍性和内部联系。所以作为研究文艺的学问，即通常所说的"文艺学"，一般认为也是由文艺理论、文艺批评和文艺史三部分组成。据此，我觉得我们可以把描述型的研究归之于文艺批评，反思型的研究归之于文艺理论，而文艺史的方法则是描述型与反思型两者的有机结合（因为它不仅需要评论作家作品，而且还需要总结经验、发现规律）。当然这种划分也是相对的，如同康德说的"概念无直观则空，直观无概念则盲"①那样，对于这三个部分我们也不能作机械的划分，而只不过认为各有侧重而已。也就是说，相对于理论性的研究来说，经验性的研究是本源性的，没有经验知识的积累，就不会有问题的出现和理论的发展；而相对于经验性的研究来说，理论的研究是规范性的，没有理论思想的指导，经验的知识就无法选择和把握，而更难以归纳和提升。人类认识的发展，就是这样由两个层面的相辅相成、辩证运动所促成的，文学研究自然也不例外。但由于理论的性质是反思的，而反思需要有一定的观念为思想前提，它不可避免地承担着对文学性质、功能追问的任务，它要掌握的知识相对于经验现象的"多"来说，是属于"一"的东西，因而必然是概括的、形而上的、带有思辨的色彩，用意不在于说明现象而旨在为评判现状确立原则和标准、以求对现状有所超越，即引导现状向着应是的方向发展。因而往往被人视为"脱离实际的""大而空的"东西。这显然是站在经验主义、实用主义的立场来看待理论所生的误解。它导致在我国当今出现了几乎完全以文学批评来取代文学理论这样一种不正常的局面。究其原因，我认为大致有如下三方面。

首先，受我国传统的思维方式的影响。我国传统的思维方式是强调实用，强调"经世致用"，特别是自南宋陈亮、叶适提出"事功之学"以来，经过顾炎武、黄宗羲、章学诚等人的提倡，到了明清，这种思维方式在思想界占据很大的优势。它标榜"实学"，肯定事功的价值，反对"以明心见性之空言代修己治人之实学，"②对于纠正宋明理学的空疏之弊自然有积极的作用；但它不加分析地把理论思辨都斥为"空言"，却又使理

---

① ［德］康德：《纯粹理性批判》，蓝公武译，商务印书馆1960年版，第73页，译文略有出入。

② 顾炎武：《日知录·夫子之言性与天道》。

论与经验合流而放弃了对事物本质作进一步的追问,在研究中只问其然而不问所以然。以致在学界出现了像王国维所说的"不通哲学而言教育,不通物理化学而言工学,不通生理学、解剖学而言医学"①这样的流弊,这就严重地影响了我国近代科学的发展和进步,所以李约瑟、杨振宁等都认为我国古代只有技术而没有科学,只有应用性的研究而没有科学性的探讨。因为"科学的目标是在于发现规律,使人们用以把各种事实联系起来,并且能预测这些事实",②它作为一种理论水平的认识,虽然"可以用经验来检验,但并没有从经验建立理论的道路"。③所以对于科学研究来说,就不仅需要凭借归纳法,而且更需要演绎法,需要理论思维的能力。这同样是我国传统文论所缺失的。这使得我国传统的文学理论绝大多数都是感悟式和评点式的,所看重的只是欣赏经验而少有深入到对于文学性质等根本问题去作切实的思考,即使出现新的观念,如陆机的相对于传统"诗言志"的观点而提出的"缘情说",但由于缺乏学理的论证,也就立即被传统的观念所同化,认为"诗以言志,故曰缘情"(李善),"情志一也"(孔颖达),这就大大地限制了对于它的新内涵做深入的开掘和发挥,因而也就难以对创作产生根本性的影响。这些大致都可以归于描述型的研究范围,像叶燮的《原诗》这样重视理论探讨和建构的,可谓绝无仅有。

其次,是马克思主义在我国文学理论界的淡出和经验主义的盛行。由于我国传统的思维方式缺少思辨而偏重于实用,所以在我国,现代意义上的文学理论研究还是自五四以来由于西方哲学与文论,特别是20世纪30年代马克思主义文论的引进,才开始发展起来。然而它却走着一条十分曲折的路。这是由于在苏联学派的影响下,长期以来人们把马克思主义哲学视为一种认识论哲学,而不理解它的本质是实践的。④实践面对的是具体事物,需要我们从实际情况出发对理论加以创造性的灵活的运用;所以恩格斯说我们的学说不是"教条"而是"行动的指南"。⑤这表明理论不是

---

① 王国维:《哲学辨惑》,《王国维学术文化随笔》,佛雏编,中国青年出版社1996年版,第56页。
② [德]爱因斯坦:《科学和宗教》,《爱因斯坦文集》第3卷,许良英等编译,商务印书馆1978年版,第185页。
③ [德]爱因斯坦:《自述》,《爱因斯坦文集》第1卷,许良英等编译,商务印书馆1976年版,第46页。
④ 参阅王元骧《论马克思主义文艺学在当代的发展和意义》等,《文艺研究》2008年第1期,并收入《论美与人的生存》,浙江大学出版社2010年版。
⑤ [德]恩格斯:《致弗·阿·左尔格》,《马克思恩格斯选集》第4卷,中共中央马克思恩格斯列宁斯大林著作编译局编译,人民出版社1972年版,第456页。

纯思辨的，它有待于回归现实，以解决现实中所存在的问题为己任，并在接受现实检验的过程中使自身不断地得到修正、发展和完善。这就需要有一种反思的精神，并凸显了反思乃理论实践中的应有之义。这精神由于长期以来教条主义的流行而没有得到应有的发扬。近些年来，学界对马克思哲学理解的视界空前扩大，特别是从认识论视界中突破出来而进入实践论视界，使马克思主义哲学研究在我国有了许多新的进展；这本可以为我国文艺理论的推进创造一个新的契机，但遗憾的是这一切并没有为我国的文艺理论界所重视和吸取，加上由于西方文学理论著作的大量引入而导致马克思主义的日益淡出，使得英美文学理论所采用描述型的研究方法由于与我国传统的思维方式的契合而很容易为我们所接受。所以至今反思型的研究模式还少为我们所理解，更谈不上在我国生根，形成理论思维的传统。

再次，是后现代主义"反本质主义"所带来的思想混乱。后现代主义是针对现代主义的流弊而产生的，它在反对现代主义对于理性、技术的崇拜所造成的同质化、齐一化倾向而导致对于个性、差异性的扼杀是有积极意义的。但是它对本质的理解还是以两千五百年前柏拉图的思想为依据，认为它追求普遍、永恒、二元分割，是一种"逻各斯中心主义"，不加分析地认为对于个性、差异性的排斥都是由于致力于对事物的本质的研究所造成的，从而把凡是对本质的研究都斥之为"本质主义"，即"唯本质论"来加以否定；看不到本质的理论本身就是在发展的，特别是到了黑格尔那里，已经完全扬弃了柏拉图的那种把事物本质看作永恒不变的形而上的见解，而认为本质是不离关系的，它是运动的、流逝的，"在本质中一切都是相对的"，"它们只是在它们的相互关系中才有意义"，① 并把对本质的认识看作思维对客体的永无终止的接近的过程，它只是对事物的一种"贫乏的规定"，为人们认识事物提供一种思想依据，并非像柏拉图那样视之为一种凝固不变的理式，而以此直接规定具体事物。这足以说明所谓"反本质主义"完全是由于对本质理论发展的历史缺少研究而提出的轻率的并不严肃而科学的观念，我们怎么能把它当作一种经典来供奉呢？

以上并非要为我国当今文学理论研究的现状辩护。我认为我国当今的文学理论研究确实存在着严重脱离实际的倾向。只是与经验主义、实证主义、实用主义的观点不同，认为其除了教条主义和庸俗社会学的流毒，不

---

① 转引自［德］恩格斯《自然辩证法》，《马克思恩格斯选集》第3卷，中共中央马克思恩格斯列宁斯大林著作编译局编译，人民出版社1972年版，第536页。

重视研究者自身的艺术经验和艺术修养,视理论为某种教条而在具体事实上任意套用之外;更在于盲目地追求西方,唯西方马首是瞻,而不能从我国的实际和文艺实践的现状出发,提出我国当今文学发展中摆在我们面前而迫切需要解决的重大问题,以及通过对这些问题的科学回答来确立我们自己的文学观念,自己看待文学的原则和标准。所以要使我们当今的文学理论研究真正有所进步,我觉得还是要从建立既能反映我国当今时代要求,又能融合中外文学优秀传统的文学观念入手。这个问题我以往在多篇文章中都曾谈过①,这里就不再赘述了。

五

那么,怎么才能实现这一目标呢?这就得要我们首先认清什么是"观念"以及观念在理论中的地位。观念是看待和评价事物的基本依据,是理论的思想根基和核心。一部真正的、有创见的理论著作,在我看来就是按一定的思想观念,在解决具体问题过程中的逻辑的展开;所以如果没有这样的观念,即使引用的材料最丰富、所论的问题最齐全,也不过是一种杂凑。从文学理论的历史来看,就是由于基本观念的更新而导致理论视界的变化而发展的。

如果这认识能够成立的话,那么我觉得要形成既能反映我国当今时代要求,又能融合中外文学优秀传统的文学观念,首先就要求我们的理论立足于我国现实,从当今我国文学艺术发展过程中所提出的问题的答案中去提炼,而不能以引进西方文论来取代我们自己的创造。就目前的情况来看,一个有目共睹的事实摆在我们面前:随着改革开放以来市场经济的发展,文艺从以往作为政治的工具和道德的工具的束缚中摆脱出来之后,又沦落为娱乐的工具和牟利的工具,同时也造成了文艺观念空前的混乱。文学是文艺的一种形态,自然也不能不受其影响。文学到底是什么?它到底应朝什么方向发展?这恐怕不仅是当今许多作家,也是许多批评家所没有解决甚至还没有意识到的问题。这就是尖锐地摆在我们面前需要我们认真思考和回答的一个重大问题。这个问题若不解决,我们的行动(创作和批评)也就没有目标,没有方向。

但这个问题是很难孤立回答的。因为文学如同人们通常所说的是

---

① 参阅王元骧《文艺理论建设刍议》,载《文艺理论与当今时代》,浙江大学出版社2002年版;《我看文艺理论的现状与未来》,载《审美超越与艺术精神》,浙江大学出版社2006年版;《文学理论:工具性的还是反思性的》,载《论美与人的生存》,浙江大学出版社2010年版。

"人学"，它的对象是人，目的也是为了人。所以我们也只有联系"人是什么""人应如何"以及当今社会人的生存状态才能做出正确的回答。所以要正确回答这个问题，我觉得只有兼顾存在论的观点和目的论的观点，把存在论的回答和目的论的回答结合起来，才能找到正确的答案。因为观念如同康德所说的，总是"有关完善性的概念"，"人们虽然可以越来越接近它们，但却永远也不能完全达到它们"，① 唯此才能引导我们的认识与实践不断趋向完善，实际上对于人的问题，历史上的许多哲人也自觉不自觉地沿着这一方向在思索，只不过出发点不尽相同。综观两千五百多年来各家的学说，概括起来大概是从两种视域出发，一是从普遍性出发，视人为理性的、社会的、道德的人，像柏拉图、亚里士多德、笛卡尔、康德以及我国的儒学思想家都是如此；一是从个别性出发，立足于人的自然本性、自然权利和个人存在的价值，如英国经验主义，法国启蒙运动思想家，甚至意志哲学、生命哲学、生存哲学、精神分析哲学都是如此。而自19世纪以来，又以后者居优势、占上风。尽管双方思考的路径完全不同，但深入分析下去，就不难发现它们所要达到的目的却是基本一致的，即使近代西方的人学理论从总的倾向来看是转向自然人性和个人本位，但仍然没有从根本上否定人的理性、社会性和人的伦理德性。如经验主义和启蒙运动思想家，他们虽然认为人的自然本性是"利己"的，但又都认为个人的利益是需要别人来维护的，所以"利己"还必须"利他"。如霍尔巴哈说："为了使自己幸福，就必须为自己的幸福所需要的别人的幸福工作。在所有的东西中间，人最高需要的东西乃是人。"② 又如精神分析哲学，虽然以"欲望"来为"本我"定性，但认为人之所以是人，就在于"本我"需要经由"自我"而接受"超我"的约束，把"超我"看作"自我典范"，它以"良心的形式"控制命令着"本我"，使"本我"经过升华以社会所能接受和赞许的形式得以表现③。在理论上所追求的都非纯粹的感性和自然性，而是感性与理性、自然性与社会性的统一。并非像我国一些学人所误解和曲解的是在宣扬利己主义和本能至上，而把所谓"本能追求"和"欲的炽烈"作为评价文学作品最高的标准④。所以后来

---

① ［德］康德：《实用人类学》，邓晓芒译，重庆出版社1987年版，第88页。
② ［法］霍尔巴哈：《社会的体系》，载《西方伦理学名著选集》，周辅成主编，商务印书馆1987年版，第89页。
③ ［奥］弗洛伊德：《自我与本我》，《后期著作选》，林尘等译，陈泽川校，上海译文出版社2005年版，第86页。
④ 章培恒：《中国文学史·导论》，复旦大学出版社1996年版，第1—61页。

哲学人类学的创始人舍勒吸取两者的合理因素，把人身上的感性与理性、"生命"与"精神"，看作既是对立又是互补的二元结构，认为人之所以是人就在于他的生命冲动不是盲目的，而是以精神的力量在制约和引导的，所以他把人定义为"具有精神能力的生物"。但这种精神能力又与理性主义哲学家的理解不同。认为"他们设定了理性形式的历史恒定性，只了解历史成就、价值物、功业的积累……不依赖于人的生物性和精神性的变化"，"没有注意到精神本身的历史的共同的真正发展……即精神在思想、直观、价值和价值偏好等形式中的发展"。他提出"生命的精神化"和"精神的生命化"，就是为了把精神与生命冲动结合起来，而使之成为促使人类走向完善的一种内在的动力。①

这思想我认为是值得我们关注的。如果大家同意这一观点的话，那么，在人自身走向完善的过程中，文学应起到什么样的作用这个问题也就可以迎刃而解。我们通常把文学看作人类的"精神家园"，是人类一个精神上的栖居之所，精神生活的特性就在于"超越性"，按奥伊肯的说法，它能使人"超越彼此孤立的个体生活而进入普遍"，"只要你与别人共享精神生活，你就不仅是个体一人；此时，普遍生活就会成为你自己的生活，成为你生命的动力"。② 这就表明文学在给人以精神的抚慰的同时，又使人从中获得一种鼓舞和激励，促使人从"实是的人"向"应是的人"提升，而非仅仅满足于一种感官上的享受和满足，更非在这种享受和满足中把人引向沉沦。这个观念虽然不是我们今天才有，但在当今社会这一特定的语境中却不乏有其新的现实意义，至少是对于当今文学创作与批评日益放弃思想追求，而日趋低俗、庸俗、恶俗，在把人日益推向物化和异化的险境的过程中起到维护自身人格的独立和尊严的作用。这就是以往我们所未曾有过的对于文学意义和价值的一种新的理解。这种使人日趋物化和异化的走向在当今已引起了许多人文学者的深切忧虑而纷纷撰文予以批判，而奇怪的是唯独在文学理论界却被有些论者当作消费时代文学与现实关系变化的特征来加以肯定，把"公众不再需要灵魂的震撼和'真理'，他们自足于美的消费和放纵——这是一种挖平一切、深度消失的状态，一种无须反思、不再分裂、更无所崇高的状态"，看作"消费文化逻辑的真正胜利"来大肆颂扬。以致理论一味地俯视现状，迎合现状，为现状辩

---

① [德] 舍勒：《知识形式与教育》，陈泽环译，《舍勒选集》下卷，刘小枫选编，上海三联书店1999年版，第1376、1389、1383页。
② [德] 奥伊肯：《新人生哲学要义》，张源、贾安伦译，中国城市出版社2002年版，第163—164页。

护，而完全丧失了它固有的提问能力和反思精神。我认为这才是最大的脱离实际！

之所以产生这样一种情况，直接的原因有两方面：一是理论研究者人文情怀的丧失。文学理论是一门人文科学，人文科学是以人和人的生存状态为研究对象的，它所探讨的就是人的生存的意义和价值的问题。因此，人文情怀乃是一个人文学者首先必须具备的条件。所以历史上许多伟大、杰出的思想家和理论家，总是对人类和人类社会怀着一种崇高的信念来从事研究工作的，如同费希特所说："我绝不能设想人类的现状会永远一成不变，也绝不能设想这现状就是人类全部最终的目的。……只有我把这现状看作是达到更好的状态的手段，看作是向更高级、更完善的状态的过渡点，这现状对我才有价值。……我的心情不能安于现状，一刻也不能停留于现状；我的整个生命都不可阻挡的奔向那未来更美好的事物。"① 这足以说明他们无不是为自己的理想、信念而奋斗的战士！而这样的理论家在当今我国还有几人？二是思维能力的弱化。理论虽然立足于经验现象，但由于它的性质不在描述而在于反思，是以提出问题、分析问题、解决问题这样一种思想途径展开的，所以它不能只停留在"是什么"，而还必须有"为什么"和"应如何"的追问。它的目的就是为了使实践增加自觉性而减少盲目性，推动实践朝着正确的方向发展。这就决定了理论是不可能由经验事实直接提升而来的，提出问题并对问题做出切实有效的回答就需要借助思维的力量，而"要思维就必须要有逻辑范畴"，② 就必须懂得思维科学，这是思维的工具和武器，它只有经过一定的思想训练才能获得，所以恩格斯认为"为了进行这种锻炼除了学习以往的哲学，直到现在没有别的手段"。③ 这是一个理论工作者所不可缺少的一种学养。但从我国目前文艺理论队伍来看，似乎较为普遍地存在着这种缺乏理论思维训练的情况，以致不少理论文章不是仅凭自己有限的阅读经验发言，就是以转述和阐述西方学者一些思想观点为满足，一般都缺乏理论创造的能力，既没有思想又缺少学术，所谈的不是一些细细碎碎的技术性的问题就是西方学人的一些牙慧。

以上都是从直接的原因上来说的。至于间接的原因，我认为就在

---

① ［德］费希特：《论学者的使命》，梁志学、沈真译，商务印书馆1984年版，第165页。
② ［德］恩格斯：《自然辩证法》，《马克思恩格斯选集》第3卷，中共中央马克思恩格斯列宁斯大林著作编译局编译，人民出版社1979年版，第533页。
③ ［德］恩格斯：《自然辩证法》，《马克思恩格斯选集》第3卷，中共中央马克思恩格斯列宁斯大林著作编译局编译，人民出版社1979年版，第465页。

于对理论的性质和功能缺乏应有的、正确的认识，看重的只是描述性而无视它的反思性。这就关系到文学理论的命运前途以及文学理论朝什么方向发展的问题。所以，要改变我国当今文学理论研究这种落后的现状，使理论承担起马克思所说的不仅是"说明世界"而是旨在"改变世界"的重任，首先还得要我们对文学理论的性质和功能有一个正确的认识。

2011 年 11 月 27 日写毕
2012 年元旦期间修改
发表时被删去正题，以副题代正题；收入本文集时有修改、补充
（原载《文学评论》2012 年第 3 期）

关于美学文艺学中"实践"的概念

王元骧

一

这些年来,学界有一种思想认为:自19世纪中叶开始,西方哲学研究的视角就逐步从认识论转向实践论,这种转向也反映在美学与文艺学研究之中,应该说是哲学、美学、文艺学研究上的一大推进;但由于"实践"这一概念在西方哲学中有多重含义,以及人们对之理解的不同,也导致在我国美学、文艺学研究中产生了不少认识上的混乱,所以很需要我们对这一概念作一番细致的清理和深入的辨析。

在哲学史上,"实践"一般是与"认识"相对而言,是相对于"知"来说的"行",这表明实践理论的提出是以对人在世界中的地位和作用、人的主体性和能动性的自觉认识为前提的。就像伽达默尔所说"实践意味着全部实际的事物,以及一切人类的行为和人在世界中的自我设定","实践固有的基础构成了人在世界上的中心地位和本质的优先地位"。[①] 但它的具体内容又非常丰富,至少可以从本体论、认识论、伦理学、创制学等角度对之作不同的理解。

"本体论"是古希腊哲学研究中的核心问题,因为古希腊哲学是一种知识论哲学,认为知识虽然不同于经验,它属于思辨科学,所探究的不是个别的现象而是普遍的真理,但又有不同的级别,所以亚里士多德认为"思辨科学有三种,物理学、数学和神学",而在这三者中,"神学"又是最高尚的,因为"神是赋有生命的,生命就是思想的现实活动,他就是现实性,是就其自身的现实性,它的生命是至善和永恒"。[②] 但这里所说

---

① [德] 伽达默尔:《论实践哲学的理想》,《赞美理论》,夏镇平译,上海三联书店1988年版,第69—70页。
② [古希腊] 亚里士多德:《形而上学》,苗力田主编《古希腊哲学》,中国人民大学出版社1989年版,第555、561页。

的"神"与古希腊神话中的奥林匹斯山上的诸神以及后来基督教中的"上帝"不同,它不是一种人格神,而是指一种"宇宙理性"和"宇宙精神","是宇宙万物各种原因的始点",[①]亦即亚里士多德"四因说"中的"动力因"和"目的因",因而也就被看作世界的本原和始基,这就是古希腊哲学所致力于探讨的"本体论"。像阿那克萨戈拉的"nous"、柏拉图的"理念"、亚里士多德的"神"都是属于本体论所研究的对象。

这种与"目的论"相应的本体论在古希腊哲学中是由苏格拉底开创的,这是由于古希腊早期哲学都属于"自然哲学",不论是在米利都学派还是埃利亚学派中,"本体"都被看作一种独立于人而存在的自然实体,或是"水",或是"气",或是"火",等等。人在它们的眼中是没有地位的,所以都不能联系人的活动来理解世界的本原。直到阿那克萨戈拉把"nous"(一般意译为"心灵"或"理智",而音译为"努斯")引入哲学,认为"nous 是万物的原因和安排者","其他东西都分有每一事物的一部分,只有 nous 是无限的、自主的",是"一切运动的本原",[②]才使哲学的对象从自然开始转向人事。因而这思想给苏格拉底以极大的启示,他后来自己在回忆中说"我听到有人从阿那克萨戈拉的一本书中读到,nous 是万物的原因和安排者。我对这个原因学说十分赞赏"。[③]虽然阿那克萨戈拉的 nous 还没有摆脱自然哲学的色彩,但是他对自主性、能动性的揭示对于苏格拉底哲学的"人学转向"起着很大的催发和推动的作用,以致卡西尔认为苏格拉底"所知道以及他全部探究所指的唯一世界,就是人的世界",他的"唯一的问题只是:人是什么?他的哲学是严格的人类哲学"。[④]但是可能是由于受了早期希腊自然哲学的影响,使得"nous"所显示的动态的精神在柏拉图以及亚里士多德所创立的自己的本体论,即"理念论"和"神学"中并没有得到充分的继承和发展,仍然像埃利亚学派的巴门尼德那样,按实体性的思维方式,把本体看作静止的,是"不生不灭""无始无终""永恒不变"[⑤]的,因为在他们看来"倘若没有某

---

① [古希腊]亚里士多德:《形而上学》,苗力田主编《古希腊哲学》,中国人民大学出版社 1989 年版,第 498 页。
② [奥]阿那克萨戈拉:《著作残篇》,苗力田主编《古希腊哲学》,中国人民大学出版社 1989 年版,第 146、148 页。
③ [古希腊]柏拉图:《斐多篇》,苗力田主编《古希腊哲学》,中国人民大学出版社 1989 年版,第 203 页。
④ [德]卡西尔:《人论》,甘阳译,上海译文出版社 1985 年版,第 7 页。
⑤ [古希腊]巴门尼德:《著作残篇》,《古希腊哲学》,中国人民大学出版社 1989 年版,第 93 页。

种永恒独立存在的东西,怎么会有秩序呢?"①而只是在行为科学,即伦理学、创制学中,实践才获得自己的地位。

所以把"实践"的思想引入本体论研究还是到了19世纪中叶才出现的一种思想动向。实践哲学"把行动看成最高的善,认为幸福是效果而知识仅仅是完成有效活动的手段",②所以有的意见认为它起始于叔本华的"意志哲学",因为他把意志看作世界的本原,认为世界的一切现象,都是意志的表象,意志是人生痛苦的根源,人的活动的目的就是为求意志的自我解脱。继之,像尼采、狄尔泰、柏格森的"生命哲学",克尔凯郭尔、海德格尔、萨特的"生存哲学"等,即所谓"现代西方人本主义哲学",甚至詹姆斯、杜威的"实用主义哲学"等,都被人们认为是现代哲学中的"实践论转向"的代表。这种说法似乎还值得讨论,这里还有必要分清"实践"和"活动"这两个概念的区别。而从严格的意义来看,实践固然是一种人的活动,但人的活动未必都能视之为实践。因为凡是被称为"实践"的活动,它首先必须具有这样两个条件:第一,目的性,是人类通过改造客观世界来满足自身需要的有目的、有意识的活动。而目的不是主观自生的,凡是通过实践所能达到的目的,总是建立在对客观规律的正确认识的基础上的,所以不仅那些盲目的、非理性的冲动不能算作实践,而且那些否定认识在确立目的过程中的作用,把知识看作只不过是一种手段,像实用主义那样,也只能属于马克思所批评的是一种"卑污的犹太人的活动",与真正的实践观是有距离的。第二,对象性,是一种旨在于对象世界实现自己目的的感性物质活动,那些抽象的、思辨的、心理的、精神的活动,像王阳明所说的"一念发动处便是行",③文德尔班说的"判断本身就是行动",④也不能算作实践。所以从严格的意义上来看,西方现代人本主义哲学的本体观只能说是活动论而不能说是严格意义上的实践论,否则,就分不清唯物的和唯心的实践观的差别了。退一步说,即使从宽泛的意义上把"活动"也视作实践,但马克思主义的实践观与现代人本主义也有着根本的区别:从活动的主体来看,虽然现代西方人本主义哲学自叔本华、尼采之后对于意志、生命就从形而上的逐步转向

---

① [古希腊]亚里士多德:《形而上学》,《古希腊哲学》,中国人民大学出版社1989年版,第546页。
② [英]罗素:《西方哲学史》下卷,马元德译,商务印书馆1976年版,第347页。
③ 王阳明:《传习录》。
④ [德]文德尔班:《哲学概论》,《20世纪哲学经典文本》序论卷,刘杰译,复旦大学出版社1999年版,第639页。

形而下的，转向对现实的、"在世的"人的生存活动去进行研究，但由于他们对于意志、生命一般是按生物本能的观点来看的，故在他们视野中的人只能是抽象的、与社会分离的人。而马克思主义看重的则是处在一定社会关系中的，由社会所造成的"社会性的个人"，所以对于活动的内容，也与西方现代人本主义所说的个体的生命活动和生存活动不同，而主要是指人类总体的实践，首先是物质生产劳动，并把它看作不仅是个人生存，而且也是自然向社会转化的中介以及社会得以存在、发展的基础，认为人类社会的一切现象，只有放到这一基础上，才能最终获得科学的解释。所以被卢卡奇理解为"社会存在本体论"并把它看作马克思主义哲学的核心内容，[①]这就是马克思所创立的"实践唯物主义"亦即"历史唯物主义"的实践观。自20世纪五六十年代以来在我国兴起的"实践论美学"，就是建立在这一理论基础上的。

所以严格地说，我认为从本体论意义上的"实践"，应该主要是指物质生产劳动。"实践论美学"的基本精神就是认为正是由于劳动改变了人与自然的关系，从客观方面，使世界、自然从"自在"的变为"为我"的，从原本与人疏离和对立的变为密切的和亲和的；从主观方面，使人的感官从自然的感官，由于经由历史和文化的改造而变为文化的感官，这才有可能使得人与世界的关系从原初仅仅是利用与征服的关系的基础上又形成了一种超越功利的、观赏的关系；从而表明美并非自然的、完全脱离人的活动而存在的，它本质上是一种历史的成果，是人类生产劳动的产物。因而正如生产劳动是马克思所创立的社会历史本体论的核心概念那样，实践论美学在美学研究中也只不过是一种本体论，或本质论、本原论的美学，它不是像有些人所误解的，以为美就是生产劳动的直接产物；只是表明今天许多被称为美的事物，如山水花鸟、草木虫鱼，而在原始人那里却并不以为是美，都只有放到生产劳动这一人类实践活动的基础上才能找到科学的解释。所以我认为实践论美学所阐明的这种美的本体论、本原论和本质论，虽然不能直接用来说明复杂的审美现象，却是维护美学自身的社会性、科学性和使之具有思想深度而避免走向相对主义、心理主义、主观唯心主义的不可缺少的理论保障。有些学者认为"从西方思想背景来看，实践从来不是单纯指物质生产劳动，而且主要不是指物质生产劳动"并认为"马克思主义对于实践概念的理解主要来自西方

---

① 详见[匈]卢卡奇《关于社会存在的本体论》上卷，第4章，白锡堃待译，重庆出版社1993年版。

传统思想理论，特别是继承和改造了康德以降的德国古典哲学的实践观而来的"，显然是由于没有看到实践这一概念的多义性，以及马克思对之所作的创造性的理解和运用，而把本体论意义上的实践与伦理学意义上的实践混淆了。

二

虽然"实践"的概念在亚里士多德哲学中就已出现，但是在他的"本体论"亦即在理论科学、思辨科学中是没有地位的，它只是被限制在行为科学，亦即伦理学和创制学之中，这种行为科学被他称为"实践科学"。但这也不是说它与本体论完全没有关系，因为在古希腊哲学中，本体论不仅是一个"实在论"概念，同时也是一个"目的论"的概念，认为"宇宙万物都是向善的"，① 而"善"作为人所追求的一种目的是通过人的活动而达到的，这样，哲学的目光也就从形而上的转向形而下的，从理论科学转向实践科学。这种以"善"为目的的人的活动就被亚里士多德称为"实践"，如他在谈到伦理学的时候，认为"这门科学的目的不是知识而是实践"，"不是理论而是行动"。② 同时认为在实践科学中，运动的本原不是在对象中，而是在"实践者本人之中"，③ 这又从人的实际活动中突出了个人主体的本质优先地位，个人的主体性和能动性的作用。但伦理活动和创制活动又各有自己的目的，伦理学追求的是"内部的善"，而"创制学"追求的是"外部的善"；达到内部的善要凭"德性"，而达到"外部的善"要凭"技术"。

那么，什么是"内部的善"和"外部的善"呢？先说"内部的善"。亚里士多德认为伦理学所说的"最高的善"就是幸福的生活。由于"幸福是灵魂的一种合乎德性的现实活动"，所以幸福本身并不是可称赞的，真正可称赞的是"灵魂的德性"。④ 而德性与技术不同，"人工制作的东西有它们自身的优点，因此，只要它们生成得有某种它们自身的性质，也就

---

① ［古希腊］亚里士多德：《尼各马可伦理学》，苗力田译，中国社会科学出版社1990年版，第1页。
② ［古希腊］亚里士多德：《尼各马可伦理学》，苗力田译，中国社会科学出版社1990年版，第3、27页。
③ ［古希腊］亚里士多德：《形而上学》，苗力田主编《古希腊哲学》，中国人民大学出版社1990年版，第554页。
④ ［古希腊］亚里士多德：《尼各马可伦理学》，苗力田译，中国社会科学出版社1990年版，第4、16、20页。

可以了。但合乎德性的行为，本身具有某种品质还不行，只有当行为者在行动时也处于某种心灵状态，才能说它们是公正的或节制的"。① 这种心灵状态是理性而不是情感，因为情感在他看来只不过是一种人的自然欲求，本身并没有高尚和卑下之别，唯有与理性相符合，德性才是一种品质，"是一种使人成为善良、并使其出色运用其功能的品质"。② 而它之所以被称为品质，就在于它的行为总是出于人所自愿，由于"自愿的行为始点在于有认识的人的自身之中"，所以"它比行为更能判断一个人的品格"。③ 表明在亚里士多德的伦理学中所说的理性，它作为一种"实践的理性"，不同纯粹的亦即"知识的理性"，又是与情感紧密相连的，因为一切理性的东西，唯有经过自己切身的体验内化为情感才能转化为人的"自由意志"和自觉行为，在人的行动中得到真正的落实。这表明真正的道德的行为之所以高尚，就在于它不是出于外在的行为规范要求人们这样做，而是自己立意要求人们这样做。为了明确地区分实践理性和知识理性的差别，后来休谟又特别强调情感在伦理行为中的作用，他不赞同"德性只是对理性的符合"，认为"理性只是发现真伪，而不能直接导致行动"，所以"认识德是一回事，使意志符合于德又是一回事"。"只有当道德准则刺激情感，才会产生或制止行为。"④ 这应该说是对亚里士多德伦理学的一大修正、补充和发展，也是继亚里士多德之后对于伦理学研究的又一重大贡献。那么，这种自由意志是怎么形成的呢？这里就有经验的观点和理性的观点两种学说的分歧。一般说，休谟所代表的是前一种观点，认为德性是由"习惯"养成的，他按亚里士多德的"德性有两类：一类是理智的，一类是伦理的，理智德性多数是由教导而生产、培养起来的，所以需要经验和时间。伦理德性则是由风俗习惯熏陶出来的，因此把'习惯'（ethos）一词的拼写方法略加改变，就形成了'伦理的'（ethike）这个名称。由此可见，我们的伦理德性没有一种是自然生成的"⑤ 的观点来理解德性。但这些探讨如同黑格尔说的都只限于"经验范围之内"，

---

① ［古希腊］亚里士多德：《尼各马可伦理学》，苗力田译，中国社会科学出版社 1990 年版，第 30 页。
② ［古希腊］亚里士多德：《尼各马可伦理学》，苗力田译，中国社会科学出版社 1990 年版，第 32 页。
③ ［古希腊］亚里士多德：《尼各马可伦理学》，苗力田译，中国社会科学出版社 1990 年版，第 44—45 页。
④ ［英］休谟：《人性论》下册，关文运译，商务印书馆 1980 年版，第 498、505、497 页。
⑤ ［古希腊］亚里士多德：《尼各马可伦理学》，苗力田译，中国社会科学出版社 1990 年版，第 29 页。

"就思辨方面而言，毫无深刻的见识"，① 也就是说，是没有本体论方面的依据的，所以康德认为它表明的只是一种"主观的必然性"，而非"客观的必然性"，它不能作为道德行为原因来理解，并批评由于"休谟用习惯代替原因概念的客观必然性"，以致他的伦理学"最终在原理方面败于经验主义手里"。他继承古希腊理性主义的传统并进一步加以发展，强调在伦理学上关于善恶的判断"除了感觉之外，还需要理性"，人的德性之所以被称赞，并非出于习惯，而是对道德法则的敬重，这种敬重就是道德情感。② 这样，他就为人的道德行为重建一个本体论的依托，强调凡是人的道德行为都是"他根据其发出道德律令的理性的吩咐要做的，就是他应当做的"。③

尽管休谟与康德对德性的理解有很大的差别，前者偏重于经验，后者强调的是超验；前者认为道德情感主要源于"习惯"，后者认为是出于对道德法则，对责任、义务的敬重，但是他们有两点却是共同的：第一，认为道德行为都是不受强制而发自人的内心的自觉自愿的行为；第二，道德情感不是利己的，不是基于个人的苦乐，而是把个人与别人和社会视为一体的"共同感"。这里我们就找到了德与美、道德情感与审美情感的共同特点。因为事实如同雪莱所说"道德中最大的秘密是爱"，"要做一个至善的人。必须有深刻周密的想象力，他必须投身于旁人和众人的地位上，把同胞的苦乐当作自己的苦乐"。④ 而美的艺术之所以会有道德功能，就在于"艺术的感动人心的力量也正是在于这样把个人从离群和孤单的境地中解放出来，在于这样使个人和其他人融为一体"，⑤ 从而使人的道德行为有了自己内在的基础，表明文艺的道德功能不像我国传统儒家文论以及西方启蒙主义思想家如伏尔泰等人所认为的在于通过作品进行说教和劝谕，最根本的就在于借助审美情感把人与人之间的情感沟通起来使之融为一体，这才有可能对别人有所奉献、作出牺牲。由于情感是人的活动的心理能量和精神动力，这就使得审美不仅是"静观"的，同时也是"实践"的。萨特的"实践文学"的主张在某种意义上说所沿承的也可以归属于

---

① ［德］黑格尔：《哲学史讲演录》第2卷，贺麟、王太庆译，商务印书馆1960年版，第362页。
② ［德］康德：《实践理性批判》，韩水法译，商务印书馆1999年版，第54—56、65、87页。
③ ［德］康德：《实用人类学》，邓晓芒译，重庆出版社1987年版，第27页。
④ ［英］雪莱：《为诗辩护》，《19世纪英国诗人论诗》，刘若端编，人民文学出版社1984年版，第129页。
⑤ ［俄］列夫·托尔斯泰：《什么是艺术？》，陈宝译，《列夫·托尔斯泰文集》第14卷，人民文学出版社1992年版，第273页。

这一思想传统。虽然他不像传统的伦理学那样着眼于从个人与社会的关系来理解人的伦理行为，而是从他的存在主义哲学的立场、从人的本质就在于追求自由的观点出发，认为作家是为自由而写作的，"文学的本质确实是自由发现了自身并且愿意自己完全变成对其他人的自由发出的召唤"，"道德性不是说教，文学仅须指出人也有价值，人对自己提出的问题总是有道德价值的"，它可以唤起人们为争取自由去进行奋斗，所以文学"不是让人'观看'世界，而是去改变它"，[①] 所以他认为文学的本性是实践的。

与伦理学追求的"内部的善"不同，创制学所追求的则是"外部的善"。这样，"技巧"也就成了达到"外部的善"的一种必不可少的手段。所以在古代，"艺术"与"技艺"是同一个词。柏拉图虽然认为艺术创作主要不是凭"技巧"而是靠"灵感"，但也承认"无论什么东西从无到有中间所经过的手续都是创作，所以一切技艺创造都是创作，一切手艺人都是创作家"。[②] 到了亚里士多德那里，就在广义的、与理论科学相对的实践科学中，又把创制科学与伦理科学并列而提出，认为"在创制科学中，运动的本原在创制者中，而不在被创制的事物中。这种本原或者是某种技术，或者是其他潜能"。[③] 沿着这一思路，在古罗马时期以后，不少理论家都着眼于从作为艺术传达的媒介和技巧，如语言、修辞方面来研究文学，把作家称为"修辞学家"，把诗歌看作修辞学的附属物，称之为"第二流的修辞学"，[④] 都被纳入创制科学来进行研究。在我国美学和文艺理论界，朱光潜所理解的"实践"被认为就是沿袭了创制学这一传统。这显然与他的学术思想的背景有关。因为他早年信奉克罗齐的"表现论美学"，克罗齐认为艺术是"直觉的表现"，它全属"心灵活动"，它"有别于物质的、实践的、道德的、概念的活动"，"艺术作为直觉的概念并不能使思维物质和延伸于空间的物质并列成为什么，也没有必要去促成这种毫无可能的结合，因为艺术的思维物质——或者说艺术的直觉活动——

---

① [法]萨特：《什么是文学?》，《萨特文论选》，施康强译，人民文学出版社1991年版，第197、294、256页。
② [古希腊]柏拉图：《会饮篇》，《文艺对话集》，朱光潜译，人民文学出版社1963年版，第263页。
③ [古希腊]亚里士多德：《形而上学》，苗力田主编《古希腊哲学》，中国人民大学出版社1990年版，第554页。
④ [美]吉尔伯特、[德]库恩：《美学史》，夏乾丰译，上海译文出版社1989年版，第206页。

本身是完善的"。① 这样，就把艺术的传达、制作活动以及各种艺术的外部存在形态和表现方式都予以否定，以至认为艺术分类是不可能的，讨论各种艺术的表现方式是没有意义的，这显然是片面的。中华人民共和国成立以后，朱光潜在学习马克思主义、批判主观唯心主义美学观、清算自己以往的美学思想过程中，一直把克罗齐的美学思想作为反思的对象，但由于缺乏唯物辩证的观点，而把认识活动与表现活动、心灵活动与传达活动分割开来对立起来，又导致他的认识从一个片面走向另一个片面，在提出艺术"重点在实践"的时候，把认识论说成"唯心主义美学所遗留下来的一个须经过重新审定的概念"，因而也就排除了"实践"概念原本所有的意志的自由活动这一伦理的内容以及在认识活动之间的内在联系，而将之缩小为只不过是"一种生产"、一种制作活动，视艺术为只是一种"劳动创造的产品"，② 这样对艺术的实践性的研究也排除了它的内在环节而成为只不过是"艺术劳动创造过程的研究"，而否认艺术创作是一种思想活动、心灵活动等精神性的内容，像本雅明那样把它降低为纯技术的、工艺学的水平。

三

最后，要谈的是认识论中的实践。

由于古希腊哲学是一种本体论哲学，它致力于探究"世界是什么"，是世界的"本原"和"始基"，所以当时就被怀疑学派称为"独断论"——一种将理性绝对化的、凝固、僵化而无法为认识所验证的主观武断的理论来予以否定。到了近代，更是受到笛卡尔等人严厉的批评，这就推动哲学研究的重心从"世界是什么"向"我怎么认识世界"，亦即向认识论转移。

这当然不是说古希腊哲学中就完全没有与认识相关方面的研究。古希腊哲人认为感觉到的只是个别的，它只不过是一种"意见"，唯有普遍的东西才是"真理"。而普遍的东西只能"存在于人的灵魂自身之中"，只能是人的心灵活动的产物③。这就反映了本体论所包含的对于认识问题的

---

① ［意］克罗齐：《美学原理 美学纲要》，朱光潜等译，人民文学出版社1983年版，第207、195页。
② 朱光潜：《论美是客观与主观的统一》，《朱光潜美学文集》第3卷，上海文艺出版社1983年版，第62—63页。
③ ［古希腊］亚里士多德：《论灵魂》，苗力田主编《古希腊哲学》，中国人民大学出版社1990年版，第490页。

诉求。问题在于，由于古希腊哲学中的所谓"本体"都是思辨的、形而上的，因而也不可能找到认识的切实有效的途径，就"理念论"来说，由于认为"理念"是存在于"上界"的，只能是通过曾在上界见到过理念的灵魂在"迷狂"状态中的"回忆"才能观照到，这样就把认识活动引入神秘主义，而成了中世纪神秘神学的先声；而"神论"由于受了早期自然哲学的影响，把"神"看作一种宇宙理性和宇宙精神，是宇宙运动的"第一动因"，同样是无法为认识所能把握和证实的，这就使得他们的本体论都与认识论没有达到真正的结合。尽管亚里士多德所撰写的《工具论》中的诸篇都关涉认识论的问题，它的用意如同黑格尔所说也只是为了"指导人们正确地去思维"，它"把这种思维的运动看作好像是一种独立的东西，与被思维的对象无关"，所以"要是按照这个观点：思维是独立的，那么它本身就不能是认识或本身没有任何自在自为的内容——它只是一种形式的活动……在这个意义上，它会成为一种主观的东西，这些推论本身绝对是正确的，但因为它们缺乏内容，这些判断和推论就不足以得到真理的认识"，[①]它至多是一种认识的工具，一种形式逻辑，而本身并不是认识论。

所以，成熟形态的认识论还是从16、17世纪以来，在近代英、法哲学中产生的，它深受近代自然科学的影响。因为近代自然科学不仅肯定了在中世纪被基督教神学所否定了的自然界的存在，为认识问题确立了自己的客观对象，而且把按数学的观点和方法来探索自然规律视为科学的根本任务。这样就开创了"主客二分"的思维方式，这才有真正意义上的认识论哲学的产生。但由于受机械论思想的影响，近代认识论哲学在提出主客二分时，都把主（subject）、客（object）双方看作两个互不相关、互相独立的预设的实体，即人的意识和不以人的意识为转移的客观事物，而视为"主观"和"客观"；它们都是建立在实践的基础上，正是由于实践，才使得原本浑然一体的自然界产生分化而出现人的意识活动，也正是通过实践，又使得被意识活动所分离了的主、客双方回归统一。这就使"主客二分"在它们那里成了"二元对立"，使哲学从古代本体论这种"客观形而上学"转化为"主观形而上学"。所以尽管近代认识论哲学又分为经验主义和理性主义两大派系，前者认为知识来自感觉经验，是由人的感觉经验总结提升而来，所看重的是归纳法；后者认为知识出自"天赋观念"，是先天

---

① ［德］黑格尔：《哲学史讲演录》第2卷，贺麟、王太庆译，商务印书馆1960年版，第376页。

理性对于感性材料加工的成果,所看重的是演绎法,但共同之处都带有明显的唯智主义、唯科学主义的倾向,具体表现为以下两种。

第一,对于对象的理解上,将普遍性与个别性分离。近代认识论哲学按古希腊哲学的理性精神,以认识普遍的东西作为哲学研究所追求的目的,视数学的方法为认识法则的典范,这样就使主观的形而上学必然带有纯思辨的、唯智主义的倾向。这种"理性的思想、逻辑和形而上学的思想所能把握的仅仅是那些摆脱了矛盾的对象,只能是那些始终如一的本性和真理性的对象"。所以,它只能限于自然现象而很难遍及人文领域。因为自然现象是事物内在的固有关系的一种显现,只要具备同样的条件,它就会继续发生;与之不同,人与人的活动则是受着多方面的条件所影响和制约的,因而充满着个别性、偶然性和不确定性,所以卡西尔认为"任何所谓人的定义,当它们不是依据我们关于人的经验并被这些经验所确证时,都不过是空洞的思辨而已。要认识人,除了去了解人的生活和行为以外,就没有什么其他途径了"。① 经验主义与理性主义虽有所不同,它把经验事实视作认识的起点,但对于人的认识由于按心理学的方法,把人当作原子式的个人来加以分解,不是作为一个有机整体来看待,结果如同狄尔泰所指出的"经验主义和思辨性思想一样,都完全是抽象的,各种富有影响的经验主义学派都从那些感觉和表象出发来构想人,就像从各种原子出发来构想人一样",② 而认为"只有通过存在于整体和它的各部分之间的特殊关系,人们才能发现生命"。③

第二,对于知识的理解上,将事实意识与价值意识分离。由于近代认识论哲学是建立在自然科学的基础上的,它所研究的只是知识而无视价值,所以罗素认为"它在道德上是中立的,它保证人类能做出奇迹,但并不告诉人该做什么奇迹",这样,"目的就不再讲究,只崇尚方法的巧妙",以致"在科学技术激发下所生的各种哲学,向来是权能的哲学,往往把人类以外的一切事物看成仅仅是有待加工的原料",④ 把传统的"理性"概念中所包含的伦理的、道德的成分排除在外,使理智直接与"工具"等同。弗·培根说的"赤手做工,不能产生多大效果;理解力如听其自理,也是一样。事功是要靠工具和助力做出的,这对于理解力和对于

---

① [德]卡西尔:《人论》,甘阳译,上海译文出版社1985年版,第16页。
② [德]狄尔泰:《精神科学引论》,童奇志、王海欧译,中国城市出版社2002年版,第202页。
③ [德]狄尔泰:《历史中的意义》,文彦、逸飞译,中国城市出版社2002年版,第56页。
④ [英]罗素:《西方哲学史》下册,马元德译,商务印书馆1976年版,第6—7页。

手是同样的需要"。① 因而认为人类掌握知识也无非为了使自己更好地成为理智的工具,唯此才能"把一个人提高到差不多与天使相等的地位"。② 这种唯智主义的观点无疑如同黑格尔所批判的不是把理智看作"有限之物"而提高为"至极之物",没有看到理智如果离开了人的目的而发挥到顶点"必定转化到它的反面"。③ 从这个意义上来说,19世纪中叶以来现代人本主义哲学的产生是必然的,是由近代认识论哲学自身所存在的局限所催生的。

"人本主义"是一种意在重新回归本体论研究的哲学,但它与古希腊本体论哲学不同就在于从以"物"为本转向了以"人"为本。人是"有生命的个人存在",而生命就在于活动,它不可能像物那样被当作一个静止的客体仅凭科学理性所能认识。所以现代人本主义都以批判主客二分为自己的理论开路,认为这就等于"把有生命的东西当作无生命的东西来处理",它不仅"不能把握生命",④ 而且是"摧残生命的危险力量",⑤ 而纷纷把目光转向人的自身,转向人的意志活动、生命活动和生存活动,视之为人本真的生存状态的最真切的显现。这种活生生的人的活动是不可能按理性、逻辑的观点,只能是通过直觉、体验为人所领悟,这就导致他们对认识论都采取否定和排斥的态度。所以按认识的观点来看,如果说古希腊本体论哲学由于没有认识论而走向神秘主义,那么,现代人本主义哲学则由于排斥认识论而走向非理性主义。

因此把实践的观点引入认识论,对近代认识论哲学的成果按实践的观点来加以改造,把认识与实践有机地结合起来,乃是马克思主义在人类哲学发展中所作出的伟大贡献。它与近代认识论哲学的不同至少有以下方面。

首先,马克思主义反对把"主客二分"理解为"二元对立",认为它们都是建立在人的实践活动的基础之上,是在实践活动过程中分离出来的。认为"人的思维的最本质和最切近的基础,正是人所引起的自然界的变化,而不单独是自然界本身;人的努力是按照人如何改变自然而发展的"。⑥ 就客体来说,它不是原本的自然界,而是"人类世世代代活动的

---

① [英]弗·培根:《新工具》,许宝骙译,商务印书馆1984年版,第8页。
② [英]洛克:《论政府》上篇,瞿菊农、叶启芳译,商务印书馆1982年版,第48页。
③ [德]黑格尔:《小逻辑》,贺麟译,商务印书馆1982年版,第174—175页。
④ [法]柏格森:《创造进化论》,姜志辉译,商务印书馆2004年版,第165页。
⑤ [德]尼采:《悲剧的诞生》,周国平译,生活·读书·新知三联书店1986年版,第344页。
⑥ [德]恩格斯:《自然辩证法》,《马克思恩格斯选集》第3卷,中共中央马克思恩格斯列宁斯大林著作编译局编,人民出版社1972年版,第551页。

结果",也就是说,只有当"自在"的自然通过人的活动与人发生了某种关系而成为"为我"的自然之物,它才有可能进入人的认识领域而成为人们认识的对象,即所谓客体,所以客体中有主体的因素;而就主体来说,只有当人在活动中所积累起来的经验内化为自身的认知结构,使感官这一思维对外的门户从自然的感官得以"人化"而成为文化的感官之后,人才会具有认识的能力,而使人成为认识主体。因而主体中也有客体的因素。而且这两者又是互相影响、互为前提的,一方面,认识以实践为基础;而另一方面,认识又为实践确立目的,使实践增强自觉性减少盲目性。这表明主客体既是二分的,又是互渗的,这就超越了"二元对立"而达到"辩证统一"。

其次,反对对认识论作唯智主义、唯科学主义的理解。认识固然以求知为目的,但现实中的人是作为一个知、情、意统一的整体参与认识活动的,这就使得知识不只限于纯粹是"真"的、事实意识的问题,它还应该包括对"善"与"美"的追问,亦即价值评判的问题。但近代认识论哲学由于受到自然科学的影响,把认识的目的仅仅理解为求"真",从而使认识从人的整个意识活动中,从与意志、情感联系中分离出来,而使认识论陷入唯智主义和唯科学主义。针对赫拉克利特的人的灵魂是火,"干燥的灵魂是最智慧的、最高贵的灵魂",一旦灵魂受潮了就全陷入昏迷[①]的思想,弗·培根反驳道"人类理解力不是干燥的光,而是受到意志和各种情绪的灌浸的","情绪是有着无数的而且有时觉察不到的途径来沾染理解力的"[②]。马克思对这一观点十分欣赏,说"唯物主义在它的第一个创始人培根那里,还在朴素形式下包含着全面发展的萌芽。物质带着诗意的感性光辉对人的全身心发出微笑";但"在以后的发展中变得片面了,……感性失去了它鲜明的色彩而变成了几何学家的抽象感性,……为了在自己的领域内克服敌视人的、毫无血肉的精神,唯物主义只好抑制自己的情欲,当一个禁欲主义者,它变成了理智的东西,同时以无情的彻底性来发展理智的一切结论"[③]。这表明与近代认识论哲学的那种唯智主义、唯科学主义的倾向不同,在马克思看来,人不是作为一个像笛卡尔所说的"全部本质或本性只是思想",是

---

① [古希腊]赫拉克利特:《著作残篇》,苗力田主编《古希腊哲学》,中国人民大学出版社1999年版,第48页。
② [英]弗·培根:《新工具》,许宝骙译,商务印书馆1984年版,第26—27页。
③ [德]马克思、恩格斯:《神圣家族》,《马克思恩格斯全集》第2卷,人民出版社1957年版,第163—164页。

作为"一个在思想的东西"① 在参与认识活动的；他在认识世界的过程中还必然会有所评价和选择，会有情感和意志活动的渗透和介入，这就使得认识的成果不只限于"是什么"，亦即"真"的问题，还必然包含"应如此"，亦即"善"与"美"的问题。而"应如此"是以思维的形式对现状所作的一种评判和选择，它是一个理想的尺度，需要通过人的行动才能实现，所以它不仅在实践的基础上产生，而且还必然会推动着认识回归实践。

这些理论上的推进对于当今我国美学、文艺学的建设有十分重大的意义，在美学方面，我在《李泽厚美学的思想基础还是历史唯物主义吗？》以及《"后实践论美学"综论》中都已谈及，此处不再赘述；下面想就文学理论研究方面来谈点我的看法。

四

自五四前后西方文学理论进入中国以来，参照西方近代认识论的思维方式，通过对我国传统文论予以改造而发展起来的我国现代文学的主流理论——现实主义文论，可称得上中国文学理论的一次真正的转型，这突出表现在对于文学的性质的理解从传统的伦理学的视界转向近代的认识论的视界，从强调"经夫妇、成孝敬、厚人伦、美教化、移风俗"等教化作用，向意识与存在的关系、社会的意识形态这一思想观念转变，从而为解释文学问题找到了客观的、科学的依据，这意义是不可低估的。因为任何功能都是由本体生发的，离开了本体，对于功能的理解就将失去终极的依据。问题在于对认识论的理解上，我们一直深受直观反映论思想的影响，把 subject 与 object 这两个概念按近代认识论哲学的思维方式，理解为人的思想意识以及不以人的意识活动为转移的客观事物，即所谓"主观"与"客观"，以致在文学问题上不仅撇开与认识主体的关系，把反映的对象当作完全是脱离人而独立的存在，而且把人看作不过是"一个在思维的东西"，把反映活动等同于只是认识的活动，按唯智主义的观点去加以理解。它对美学、文艺学的影响至今尚存。比如最近在某刊物上看到一个"文学与生活"的专栏，就文学与生活的关系角度来对当今我国文学创作的现状开展讨论，这应该说是很有现实意义的。但在分析这些年来为什么我国文学少有深入反映现实的优秀之作时，有的论者似乎主要就是按主观与客观的思维模式，认为我国当代文学之所以缺少深入反映现实的优秀之

---

① ［法］笛卡尔：《形而上学的沉思》，《西方哲学原著选读》上卷，北京大学哲学系外国哲学史教研室，商务印书馆1981年版，第369页。

作，是由于我们以往所强调的是反映"生活的本质"，而忽视"生活本来面目"，从而提出要使我国的文学得以发展，就应该从"反映生活本质"向"表现生活本来面目"转变。这就不仅把创作对象看作完全独立于作家之外的纯粹的客观事物，而且这样把"生活本来面目"与"生活的本质"截然分割开来、对立起来恐怕也未必完全正确。因为从唯物辩证的观点来看，我们通常所说的"生活的本质"无非是指现实生活中那些社会变革和现实发展的趋向，在今天来说，也就是与改革开放的大潮有着深刻内在联系的普遍引人关注的东西，它本身就是丰富多彩、与"生活本来的面目"绝非完全分离的，就像黑格尔所说的，"本质不在现象之后，或现象之外，而即由于本质是实际存在的东西，实际存在就是现象"，因此在文学创作和文学理论中，我们对本质也不能当作"抽象的普遍性，而（只能）是具体的普遍性"①来理解，就中国当今社会的现状来看，自改革开放以来，我们在经济建设中一方面取得了重大的成就，但另一方面正如邓小平同志1993年9月与邓垦的谈话中所指出的"现在看来，发展起来以后的问题不比不发展时少"，②如分配不公、贫富不均、文化失范、道德滑坡、生态破坏、环境污染、人的"异化"和"物化"不断加剧，社会犯罪率居高不下这些与国家的命运和前途息息相关的问题，为广大人民群众所关注和热议的现象，不就是发生在我们生活的周围，也不就既是"生活的本质"又是"生活本来的面目"吗？所以这种把"生活的本质"与"生活本来的面目"对立起来以强调"生活本来的面目"的真实再现而无视作家创作对于"生活的本质"的思考和把握的观点，不仅在理论上不能成立，而且只会引导我们当今的创作进一步走向浅俗化与个人化，这正是一种阻碍我们文艺随着社会生活同步发展的思想羁绊。正如另外有些论者所指出的，我们当今的文学之所以不能与时代相匹配，就在于不少作家只是立足于个人经验、局限于个人视角，丧失了对现实的整体把握的能力，这才是今天需要理论与批评所予以关注和解决的问题，而这按照直观认识论的思维方式是不可能找到问题的症结的。

所以要正确地回答这个问题，就应该转变思维方式，把 subject 和 object 不是按直观唯物主义那样理解为"主观"和"客观"两个独立存在而互不相关的实体，而是按能动反映论的观点理解为"主体"和"客体"。因为在唯物辩证的观点来看，大千世界、万象森罗，并非什么客观

---

① ［德］黑格尔：《小逻辑》，贺麟译，商务印书馆1980年版，第275、152页。
② 《邓小平年谱（1975—1997）》下卷，中央文献出版社2004年版，第1364页。

事物都能成为人们意识的对象,只有当人们在实践过程中双方建立了某种关系和联系之后,客观事物才能进入人的意识,而成为人的意识所反映和加工的对象。而文学又不同于科学,它作为一种审美的意识形态,不是仅凭理智活动,而是通过作家的感觉和体验来与对象建立联系的,在这里,作家的审美情感又总是处于最活跃的状态。所以对于作家来说,只有那些为他所深切感动了的东西,才能进入他的内心,引起他的关注和思考,在他的作品中得到真切生动的表现,如同列夫·托尔斯泰在谈到屠格涅夫的作品时说的"他讲的最好的是他感觉到的东西",[①] 这表明凡是反映在文学作品中的,都不可能完全是"生活本来的面目",而只能是存活在作家自己的心灵中的一个世界,它体现着作家对社会人生的理解、态度、理想和愿望;这就使得文学不同于一般的意识现象,它的审美特性决定了它既是现实的反映,又是对现实的超越,所以凡属于美的、优秀的、伟大的作品,它所描写的人物和事件虽然都是个别的、特定的,但所体现的意蕴却是普遍的、无限的。从横向来看,由于它所表现的思想境界的博大,故能够超越具体的人物关系而进入别人的空间,把个人与别人统一起来;从纵向来看,由于它所反映生活内容的深广,故可以超越特定的时空进入历史而赋予它永恒的价值。而这种超越性不可能仅凭对"生活本来面目"的真实再现,而只能是由作家的思想境界的高下,对于生活理解的深度和广度、与人民大众思想情感上联系的程度,即作家的思想人格所决定的,所以歌德说"在艺术与诗里,人格确实就是一切",并认为当时流行的一些文艺作品"弊病的根源"就在于作家"人格上的欠缺"。[②] 这对于我们分析、评价今天的文学创作很有启示意义,表明我们只有联系作家自身才能找到根本的原因,因为在今天,作家创作的自由度应该说是比以前扩大得多了,还有谁以各种条条框框甚至什么"以阶级斗争为纲"等观念从外部来强制和要求作家?但为什么至今还少有与我们时代相匹配的力作?其原因我认为只能从作家自身、特别是作家的生活实践和思想人格方面去寻找。因为这些年来,在名利的诱惑之下,许多作家意识不到作为一个文艺工作者自身的责任感和使命感,再加在理论上受"个人化写作""私人化写作"的误导,使得许多作家越来越游离社会变革的历史潮流,而沉湎于个人生活狭小天地,丧失了感受时代脉搏、倾听群众呼声和对现

---

① [俄]列夫·托尔斯泰:《致亚·尼·贝宾》,《文艺理论译丛》1957年第1期,人民文学出版社1957年版。

② [德]爱克曼:《歌德谈话录》,朱光潜译,人民文学出版社1978年版,第229、90页。

实作整体把握的能力,这怎么有可能与我们的伟大时代形成对象性的关系呢?因为"一个人所能享受世界底大小,总是以其所能感觉、所能认识的范围为限",①唯有高尚的人格和境界,才会胸怀天下,才会有如椽之笔!

所以,我认为从理论上说,只有以实践的观点将直观认识论的用语"主观"与"客观"理解的"主体"与"客体",并将"认识主体"与"实践主体"统一起来,才有可能为我们正确理解文学的性质和评价我国文学创作的现状提供一个科学的思想原则。在正确理解文学是现实生活的反映的基础上,又凸显了审美情感的价值属性以及它对于人的行为的定向和激励作用,使价值论、伦理学视角的研究在文学理论中重新得到回归,这才有望使我们对传统的现实主义文论的认识更趋完善、深入,并在根本上获得突破。

2014 年 7 月
原载《文学评论》2015 年第 2 期
收入本文集时第四节经修改

---

① 冯友兰:《人生的意义及人生中的境界(甲)》,《哲学人生》,江苏文艺出版社 2010 年版,第 143 页。

诗学何为？
——论现代审美理论的人文意义

徐 岱

一

一个时代已经彻底结束了，这是一个形而上学曾被视为"人类理性的整个文化的最后完成"（康德），而"美"则被认定能够"拯救世界"（陀思妥耶夫斯基）的时代。现代主义思潮的大面积涌起，终结了道德英雄们收复失地的梦想；后工业时代的全面到来使刚刚摆脱外在奴役的人们，情不自禁地纷纷沦为自身欲望的囚徒。随之而来，我们听到了一些有识之士发出的"诗人何为"这样的困惑，和罗丹们关于"今天的人们需要的不是艺术而是肉体享受"这样的抱怨。而"诗学"，一门曾经如日中天的显学，如今正举步维艰地步入黄昏。

显然，如果说一度备受关注的"诗人何为"的话题，如今终因诗人（艺术家）们通过"寓思于乐"的妥协而暂时得以缓解，那么像"诗学何为"这样的问题实在已经绕不过去。现代诗学的意义究竟何在？像美学和文艺学这样的研究如今是否还应该继续下去？历史已经到了必须作出某种回应的时候。诚然，痛定思痛早已开始。平心而论，文人墨客们一度有过的巨大的失落感，在很大程度上来自以往的自视过高。其实，即使是躬逢形而上学盛世并且一手开创了其新纪元的康德，早就清醒地提醒过我们："哲学不是第一需要的事情，而是愉快的，消磨时间的事情。"[①] 无论那些人文大师有多少理由坚持"哲学是每一个人的事业"，最终恐怕都不得不承认，没有谁应为他（她）对形而上学的轻视与拒绝感到汗颜。更

[①] ［德］康德：《论美感和崇高感》，何兆武译，黑龙江人民出版社 1989 年版，第 103 页。

上篇　文艺学的基本问题

何况在理论家的方阵中，大量的只是些冒牌者。为此，老苏格拉底才特地关照他的学生克里同："不要管那些哲学教师是好是坏，一心一意地去考虑哲学本身"。① 问题自然在于这些煞有介事的花拳绣腿，会彻底败坏人们对人文思辨活动的兴趣。所以，对形形色色的人文理论追问其究竟有何效用，这并不像通常所认为的那样不合情理。因为这种追问首先可以使我们明白，时至今日人们之所以无法再像以往那样，仅仅由于对艺术的喜爱而给予艺术哲学一视同仁的礼遇，确是因为意识到了这样一个事实："艺术对于人类生活如此重要，而美学对于艺术却非常不重要。"② 无须将当代中国没有文学大师的责任推卸为缺乏杰出文学理论家的缘故。从莎士比亚到托尔斯泰，一位大师固然有时能成为另一位大师的师傅（比如马尔克斯在读了卡夫卡之后才明白"小说原来可以这样写"）；但古往今来，从没有一位艺术才子是由于喝了哪个美学奶妈的乳汁才得以功成名就的。

但需要琢磨的是，作为艺术哲学的诗学与美学如何才能改变目前这种犹如弃妇的状况？毫无疑问，诗学应能帮助我们走进艺术的天地，去叩响诗性世界的大门。显然，诗学与美学在今天的声名狼藉，正在于它不是让我们接近而是相反越来越远离这个世界。面对用各种概念的脚手架构造起来的大小体系和高头讲章，艺术早已面目全非，"诗"和"美"更是不知去向。在这里，手段和方法的不适是显而易见的，其弊端源于黑格尔式的"构建理性主义"，表现出了明显的科学主义的阴影。但这并不意味着只要我们及时地加以更新换代，以各种新"学"来代替旧"说"，就能够挽艺术哲学于颓势。关键在于必须搞清楚针对性，手段和方法合适与否取决于用它来解决什么问题。艺术哲学当然必须涉及艺术，是关于艺术活动的谈论。但究竟什么是"艺术活动"？诚然，在其中艺术的"作品"无疑占据着一个中心位置。但它却包含着两个层面，即作为一种生产过程的"工艺"和作为一种存在现象的"文化"。事实表明，对于前者，诗学只能保持沉默。因为艺术推崇的是"无法之法"，最忌墨守成规。每一个艺术家都有权声称，自己是在取消过去的同时开辟未来，因为一部作品的价值在于创造而不是重复。所以，康德坚持将美学从科学与"学说"的阵营里清理出来，强调它"仅仅只是一种经验的原理"。③ 因为美学所面对的人类诗性文化并不受必然律的支配，而是充满了自由的冲动。而这又是

---

① ［美］杜兰特：《哲学的故事》，蒋剑峰、张程程译，文化艺术出版社1991年版，第6页。
② 赵汀阳：《二十二个方案》，辽宁大学出版社1998年版，第236页。
③ ［德］康德：《逻辑学讲义》，许景行译，商务印书馆1991年版，第5页。

由于"人的心情是不服从任何规则的"① 缘故。艺术的世界永远是个性与"特殊"的天地,就像科学舞台的哈姆莱特非"一般规律"莫属。这是从科学的胎盘中分娩出来的"构建理性主义"不适合于美学的根本原因,因为这种方法所依赖的逻辑运作法则既"不允许从任何一种经验借来它的原理",② 也并不针对具体的经验现象,而是瞄准着作为一种观念存在的一般规律。

这样看来,美学家们大可不必为自己无力替艺术家的创作指点江山而自惭形秽,因为艺术哲学从来都不是艺术工艺学。诗学之"用"不在于充当诗人灵感的看守者和艺术生产的清道夫,任何这种努力都只能是徒劳。因为在某种意义上,每一个诗人(艺术家)都是无师自通者,必须像许多经典作家所指出的那样,在自己的身上找到自己,否则他就永远无法在艺术世界里获得自立门户的资格。面对前人与同辈所开创的条条大道,他仍然必须特立独行另辟蹊径地去自谋生路。就像汪曾祺虽然毕生以沈从文为师,但在创作上并没有亦步亦趋地扮演"沈字号"二掌柜的角色;而是以一种具有一些甜意的"恬美"风格,同沈从文的蕴含伤感的"郁美"之味相映成趣。所以,面对"诗"之"思"所真正关心的,只能是诗的实际"存在"或作为一种存在的"诗"。在这里,不是艺术文本生产制作而是其文化内涵,才是其把握的对象。因为如同本身便是一件艺术品的花瓶,其意义并非在于能够插入一把鲜花;艺术之为艺术的根本特点在于它已不只是"物",而成了我们生命活动的一种显示,其中不仅有我们的喜怒哀乐,还有我们的追求和向往。

这并不否认艺术品有其相应的物的一面,因为"物"这个词通常指任何一种实际存在的东西。就此意义而言,艺术品无疑也不例外。所以海德格尔断言:"凡艺术作品都显示出物因素,虽然方式各不相同。"③ 但使艺术这样的物同其他存在物区别开来的,当然并非其"物性"而是其中所蕴含着的"人性",也就是在人与大自然和人与人以及人与自己的关系中,显示出来的"人"的所"是"与所"能"。海德格尔曾以凡·高所画的一双农鞋为例,对此作出过一番具有经典意味的阐述。正如他所谈到的,在这双硬邦邦沉甸甸粘着湿润而肥沃的泥土的皮制破旧农鞋里,聚积着劳动步履的艰辛,回响着大地无声的召唤,浸透了对面包的牢靠

---

① [德] 康德:《论美感和崇高感》,何兆武译,黑龙江人民出版社1989年版,第103页。
② [德] 康德:《逻辑学讲义》,许景行译,商务印书馆1991年版,第3页。
③ [德] 海德格尔:《林中路》,孙周兴译,商务印书馆1997年版,第23页。

性的无怨无艾的焦虑以及那战胜了贫困的无言的喜悦。所有这一切使得这幅画不再是对现实的逼真模仿和如实反映,而成为真正的艺术杰作。"走近这幅作品我们就突然进入了另一个天地,其况味全然不同于我们惯常的存在。"①

二

由此可见,所谓的"艺术的存在"其实也就是"人的存在",作为一种存在的诗只是借助对人性的显现而成为"诗"。这样,就"文化"是人在实践中借助符号运用而实现文明化的整个活动而言,那么我们完全可以认为,艺术哲学本质上乃是关于艺术的一种文化学研究,关注的是我们的生命向度和价值空间。因此,其意义其实并不在于作为一种事物的艺术本身,而在于作为其主体的人类存在。所有的美学谈论都是一种"人文言说",艺术只是其展开演出的舞台和进行述说的媒介。艺术理论与其说是关于作为一种存在物的艺术品的阐述,不如讲是关于其主体的人自身的叙述。这种叙述当然有助于我们在艺术的世界里更好地登堂入室,但主要是就艺术的精神内涵而言,在这里,艺术被视作人类生命的一种象征。这使得美学与艺术(品)拥有了共同的价值背景:彼此都是人类诗性文化的基本组成部分。区别在于,后者构成了诗性世界的感性层面,而前者则构成了其理性的观念内核。努力通过营建一个精神的空间来展示我们的生命追求和价值追问,是它们共同担负的一项使命。

因此,考核一种美学言说是否真正具有价值,不仅并不在于能否为艺术家的创作提供直接的帮助,而是看其是否有助于我们更好地理解作为一种文化现象的艺术存在,从而为艺术的接受与批评开辟出一条新的通道;而且还得看其是否提供了关于生命存在的新的思考,以及是否在精神领空里作出新的飞翔。因为如上所述,艺术的存在便是人的生命存在的显示,对它的理性关注势必会穿透其作为一种生命符号的"能指"层面而进入思想与体验的"所指"之中,从而介入关于我们的"生命本体"的探讨,使关于"诗"之思悄悄转化为对"存在"之思。比如诗学中对诸如"狂欢"和"苦难"以及"郁愁"和"幽默"等概念的讨论,只要我们的思索有一定的深度,那么理论的意义就绝不会仅仅局限于诗学的范围,同时也会延伸到对人与自然和人与社会等关系的思考,体现出一种真切的人文关怀。而这也意味着只有最终能贡献出这种人文意义的命题,才是真正的

---

① [德]海德格尔:《林中路》,孙周兴译,商务印书馆1997年版,第19页。

美学命题。诸如"创作怎么样才能好"和"艺术的规律有哪些"这样的话题显然就不在此列。因为前者除了一再地重复"深入生活"和"表现自我"这样一些虽永远正确但并不确切的老生常谈之外,也就是对某些大家名角的经验介绍作一些归类和转述,其结果除了满足一些文艺爱好者的猎奇心态外,不具有别的效用。而后者明显地受"立法意识"的支配,将艺术的世界当成了受必然性制约的科学对象。其或者从一些哲学设定出发作出的各种演绎,或者以某个科学原理为据所作的种种推论,常常成了一种无的放矢的游戏。

回顾以往的艺术哲学史,命题的不适和考核标准的误置无疑是导致诗学与美学渐渐失信于人的一个重要原因。但问题的表现虽在于大而无当,问题的症结却是过于"就事论事",把艺术哲学当成了仅仅囿于艺术文本的审美生产论和科学方法论。手段方面的差异并不能改变最终结局的相同:以作家的创作历程为目标的经验追踪和现象描述,失之于永远滞后的肤浅;而一厢情愿地仰仗科学原理和哲学定律作出的逻辑运作,则失之于似是而非的错位。对此康德早就指出过,对逻辑说来是正确的东西对实际现实则可能是错误的。因为逻辑只涉及作为抽象的"一般",而艺术则是对具体的经验事物的展示。

毫无疑问,帮助我们努力跟上艺术实践的步伐,是诗学与美学言说不能推卸的一项责任。但如果仅就此意义而言,关于艺术的理论同艺术实践相比,确有一种相对的不重要。这不仅是由于同理论相比实践总是占有先手之利,在诗性的天地里,具体感性的诗性创造才是根本。因为我们的生命追求凭借这番创造而得以显现,我们的诗学谈论也围绕着这种创造的存在而存在;而且也在于对于新的艺术实践的理解归根到底还得要依赖投身于这种实践,理论的越俎代庖并不能真正解决问题。然而重要的是我们还应看到,人类的诗性文化除了其感性的一面之外,毕竟还有观念的东西。对于这些东西,从别的思想方位作出的种种剖析与阐述,有时并不完全解决问题。比如像"自由"和"神秘",像"存在"和"虚无",以及"生与死"和"爱与恨",等等。诚然,这些概念作为我们生活里的一些"大观念"贯穿于整个人类思想史,一直受到历来学者的普遍关注。问题不仅在于他们凭借枯燥烦琐的逻辑运作所作出的条分缕析,常常拒广大普通公众于门外;还在于他们所仰仗的概念之网在深入丰满鲜活的生命之河时,只能挂一漏万地打捞起一些相对抽象的成分,难以展示其庐山真面目。因为这些概念不同于一般的观念,它们的高度抽象性来自同我们的生命的密切联系。所以,要把握自由,除了哲学家们的那些高头讲章和别尔嘉耶夫的《自由的哲学》，我们还需要诗人艾吕雅以《自由》为题创作的著名诗句，以及舍斯托夫在《最后审判时刻》里借分析托尔斯泰的小说所作的叙述。对于那些根植于我们生命深处的观念性的东西我们只能依赖于诗性文化的帮助，因为只有在这片天地里，上述种种观念才显现得最为显著，就像宇宙中最神秘的现象或许莫过于"美"，艺术里最重要的品质便是"自由"。

以此来看，也许我们早该承认这样一个事实：诗学（美学）并非一种仅仅针对"诗"（艺术）的言说，而是面向"存在"之思，其根本意义从来都不在于艺术，而是借花献佛地取道于对艺术的谈论，来对蕴含其中的一种"诗性的存在"作出一种开采，从而使其得以向我们显山露水，成为一种"意义的景观"。我们说这种关于艺术的言说拥有和艺术相同的价值取向也正是在此意义而言，因为艺术的本性也就是以一种感性的方式，向其受众揭示出一些属于观念存在的思想性的东西。这是看上去似乎很"纯"的花瓶在价值论的方位上要"高"于一只价格昂贵的抽水马桶的原因。所以罗丹不仅断言"艺术的整个美来自思想"，甚至还进一步认为那些"美丽的风景之所以使人感动"，同样也是由于"它引起人的思想"。① 这也是艺术本性的"人性"表现之所在。按照康德的界定，"人们把由理念灌注生气的心灵原则称为精神"。② 如果我们仍然将人最宝贵的特性归于一种精神，那么作为这种人性的生动体现的艺术就其"艺术性"而言，自然也是一种观念的存在。也因此，艺术并非任何人以任何方式都能有效地欣赏的，正所谓对于"非音乐的耳朵"再美的音乐也毫无意义。

三

所以，艺术的价值和诗学一样，在于构成一种诗性文化，区别只是在于艺术以感性的方式让我们体验"诗性存在"的奥秘，而诗学则借助对艺术的谈论来让我们领悟这种奥秘。所以，作为艺术哲学的诗学与美学究竟重要与否，最终取决于人们如何看待作为一种精神现象和观念存在的诗性世界。众所周知，对于遥远的古希腊时代的柏拉图而言，观念的世界不仅像物理的世界那样也是一种货真价实的存在，而且在品质上比后者还要

---

① ［法］罗丹口述，葛赛尔记：《罗丹艺术论》，沈琪、吴作人校，人民美术出版社1978年版，第90—91页。
② ［德］康德：《实用人类学》，邓晓芒译，重庆出版社1987年版，第145页。

高级。因为物理的世界总是在不断地此消彼长变动不居，只有观念的世界拥有一种永恒性。柏拉图因此认为，物理的现象世界仅仅只是心理的观念世界的一种投影，因而一个人只有从感官的领域进入思想的层次，才能拥有更为真实的生活。

时至今日，柏拉图式的上述见解早已破绽百出，当科学的宇宙飞船成功进驻曾经属于神话英雄的一统天下的浩渺星空，不仅将精神世界置于物质世界之上的观点已备受人们嘲笑，而且对观念的东西是否具有一种实在性，人们也普遍表示出怀疑。这是一个越来越实际的时代，信奉的是眼见为实的原则和反乌托邦主义。但问题是，我们是否已经走过头？虽然我们对柏拉图学说通过反思而作出的批评是完全必要的，但这是否意味着我们因此而可以对之从此不屑一顾？事实看来并非如此。哲学家波普尔曾经表示，"西方思想不是柏拉图哲学的就是反柏拉图哲学的，但很少是非柏拉图哲学的。"① 这确是精辟之言，但也耐人寻味，足以提醒我们注意到柏氏的思想固然有巨大的失误，但依然是伟大的。它的失误在于将观念世界与物理世界相提并论，一视同仁为同样的实在；它的伟大则不仅在于注意到了存在的两种形态，而且还看到对于我们人类而言，那种超越于眼前世界的存在具有一种举足轻重的意义。

也许我们可以通过对"实在"与"存在"这两个概念的区分，来试着作出某种辨析。一般说来，"存在"表示的是"非无"的意思，代表着一种"有"；而"实在"意味着一种能独立于我们的观念活动而存在的东西和状态。因此，存在所代表的既可以是一种有形之"物"（在那时它也就成了一种"实在"，是我们的感觉对象），但也可以是一种无形的观念，仅仅只是我们的意识对象，依赖于我们的心理活动而存在。这样的存在当然区别于通常那种"实在"，但仍具有某种实在性，因为它具有一种客观性；这表现在它不仅能成为一种公共对象被人们普遍拥有，而且也能对物质的实在世界产生相应的影响。诸如人们通常用"自由"与"美"等概念所表示的，便正是这样的一些存在。它们虽然并非如同一把椅子或一座山那样的，能够脱离我们人的世界而独立存在的事物；但却对我们的生活具有重大作用，是能够影响人类历史的巨大力量。

所以，存在具有物质与观念两种形态而并非仅仅属于物理世界，观念的东西虽不具有直观性因而也不同于一般的实在，但并不因此而不存在。

---

① ［英］波普尔：《通过知识获得解放》，范景中、李本正译，中国美术学院出版社1996年版，第144页。

存在的这两种形态清楚地体现在事物的"功能"与"意义"的区别上：一般来说，事物的功能是属于物的一种实在，因而它不会由于没有任何主体去使用它而停止存在；与此不同，其意义属于一种观念的存在，它只是通过我们的评估活动才存在并且也仅仅存在于我们的观念之中，虽不为个别人的意志所左右，但能被整个人类需求决定。这两类存在各有自己的领域，形成了不同的世界。通常人们将有别于物质的实在世界的存在，命名为精神世界。对这个世界的深刻揭示与重视正是柏拉图留给我们的一笔珍贵遗产，他使我们意识到，在动物的"交配"行为之上还存在着一种人性的"爱情"活动。人类因此而分属两个世界，处在一种张力关系中，常常面临分裂的危险。这是造物主在向人类许诺伊甸园的幸福时所留下的一个陷阱，如何才能形成一种良好的平衡，这是文明史上的一个永恒问题。

就此意义来看，波普尔的这番见解是有道理的："身心二元论比唯物主义一元论更接近真理"。但问题还在于如何把握二者的关系。无可否认，较之于物质世界的"第一性存在"而言，精神的世界是"第二性存在"。但这除了意味着精神的东西有一种"寄存"性，总是无法脱离第一性的物质世界而存在之外；还意味着它的自主性，意味着它具有不可替代的内涵。就如同人类的"爱"的需求虽然常常伴随着"性"的渴望，但并不能随着性饥渴的满足而满足。所以，尽管我们应该承认，人类对面包的需要不仅仅就是需要面包，在其中也包含着某种文化与精神的因素；但仍必需看到，不管怎么说人类总还存在着除面包及其他物质之外的需要。唯其如此，"安身"与"立命"这一对范畴与我们的生活虽然密切相关，但毕竟还得分而视之。波普尔清楚地看到了这一点，所以紧接着上面这句话又进一步强调了"二元论还不够，我们还必须承认世界三"。① 这便是相对于物理世界的"世界一"和心理世界的"世界二"的观念存在。或许我们还能予以补充的是，如果说作为"世界一"的物质存在大多是被发现的结果，那么作为"世界三"的观念存在则更多的是创造的产物。前者所作的是对原已存在的东西的确认，如同没有哥伦布的那次远航，美洲也已经存在；而创造则是一种"无中生有"的活动，它是对人自身的潜在可能性能量的发挥与空间的拓展，是人类自我塑造的表现。作为其成果的那些观念（比如"自由"和"爱情"）的存在依据的"人类潜能"，都是造物主从人身上收回了动物性本能后赋予的一种"有"。但能否以及

---

① ［英］波普尔：《通过知识获得解放》，范景中、李本正译，中国美术学院出版社1996年版，第385页。

如何将它们实现，却有待于我们自己的努力，再没有别的力量来为我们保驾护航。

强调这一点无非是想说明，我们的生命活动不仅是人类艺术之"源"（发生），同样也是其"本"（归宿）。人类诗性文化的真正灵魂乃是我们生命中的一种诗性存在，诗学思辨是探索和开采这种存在的一种工具，艺术作品也是对其进行展示和透视的手段。二者殊途同归，其意义都在于弘扬人文精神与加强人文关怀。在此意义上，克罗齐当年提出的"艺术即直觉"的见解虽然乍听起来颇觉片面，但事实上却不失某种深刻。因为构成艺术文本之核的"诗性"首先是一种观念的存在。种种诗作正是由于对这种存在的体现是否丰满与深刻，而形成伟大与平庸之分和优秀与拙劣之别。种种诗学同样也是由其揭示是否精彩与确当，而体现出杰出与肤浅之高下和洞见与胡说之差异。所以，当英国作家毛姆在其《随感录》中说道："在我愚蠢的青年时代，我曾经把艺术视为人类活动的极致和人类存在的理由，如今这种想法早已被我抛弃"，这并非在表示他对艺术活动的轻蔑，而只是他对艺术作为展示人类诗性存在的手段的价值使命，有了清醒的认识。用著名文学史家勃兰兑斯的话来讲，也就是："艺术的美是不朽的，这是真的；然而有一种更加确实不朽的东西，那就是人生。"[①]

这也能使我们对比中国古代文论经典之说，作出新的阐述和认识，即所谓"诗以言志"与"文以载道"。闻一多与朱自清两位先生都曾指出，就"志"指怀抱而"道"为政教而言，两说同一，都可用来表示一种诗（文）"工具论"。此论在中国诗性文化里所投下的阴影是有目共睹的，诗（艺术）一旦成为意识形态的工具，便意味着它已面目全非，不再是真正的诗。但两说之所以久拂不去，乃在于它们还可以被理解为一种"手段说"，即强调诗（文）不是其自身，而是实现诗性文化、揭示诗性存在的全权代表，在这里"道"和"志"都表示诗和艺术所要表现的一种观念性的存在。也就是说体现于一个文本之中、作为一件作品的"诗"，首先是一种深入生命深处的观念（思）。正是在此意义上，我们可以看到中西文论的一种共鸣：在西方文论中一直有一种视诗为一切艺术形式之灵魂的见解，用雅克·马里坦的话说，也即"绘画、音乐、舞蹈与建筑同诗歌一样，都有一个诗性空间"。但正如他所解释的，此处所"论及的诗，是

[①] ［丹麦］勃兰兑斯：《十九世纪文学主流》第5册，张道真译，人民文学出版社1982年版，第121页。

一种精神的自由创造,……它超越一切艺术又渗入一切艺术之中",[①] 是一种驻足于生命本体的意识之晶体,一种生命之道。

四

将以上所述作个归纳,我们可以得到这样一个结论:即首先有一种属于观念形态的"诗性存在",才有对其作感性显示的"诗作"和对其作理性揭示的"诗学",它们同各种诗化实践（如诗性的教育和交往等）一起,最终形成丰富多彩的"诗性文化"。所以,诗学与美学并不对作为一种文本和作品的艺术之成败得失负责,而是与后者一起,共同保卫诗性存在的存在;使其由"隐"而"显"地从我们的生命海洋深处浮出,为我们作人性的深呼吸营造一处明净的空间,提供一份清新的氧气。

这便是所有艺术哲学所拥有的人文意义,也是康德曾表示"美学是花朵,而科学是果实"的理由所在。因为科学的研究不管多么抽象玄妙,最终总是能取道于某些途径为我们的事功活动提供种种帮助;而美学思索无论怎样精妙绝伦,都无法让我们拥有从事艺术实践的手艺而成为一名创作高手。从这个意义上讲,诗学与美学确是无用的。但它们依然是有效的,其意义主要在于能给予我们真正的快乐,一种自由感。因为尽管人类的自由之梦最终必须落实于行动上,但首先得像黑格尔所说的,有一种"对必然的认识"。所以有这样的说法:"真理不会使我们发财,却会给我们以自由"。古往今来,哲学家们常常以它为旗帜,鼓舞自己为人文事业而奋斗。作为其嫡亲的诗学与美学理应分担相似的责任,也分享相应的荣誉。在某种意义上,这确是有些像在做一种精神的游戏,是康德所说的"消磨时间"的活动。但它却让人通过参与其中而避免了沦为一架事功机器和智能动物的危险。也许身处商业文化层层包围之中的我们,已难以像前辈哲人们那样拒绝来自物质文明的巨大诱惑;但毕竟也无法否认劳伦斯所说的"人的灵魂需要实际的美永远胜于需要面包"。诸如诗学与美学这些人文研究,正是努力以其对诗性存在的守护而从那些看重这种存在的人们那里获得了一份青睐,其意义首先在于对这种存在的揭示。正如盖格尔在其《艺术的意味》一书中所说的:"与美学相比,没有一种哲学学说、也没有一种科学学说更接近于人类存在的本质了。它们都没有更多地揭示人类存在的内在结构,没有更多地揭示人类的人格。因此,对于解释全部

---

① ［法］雅克·马里坦:《艺术与诗中的创造性直觉》,刘有元、罗选民译,生活·读书·新知三联书店1991年版,第267—294页。

存在的一部分来说，美学是核心的东西。"

所以，作为艺术哲学的诗学与具体艺术实践之间长期以来的同床异梦是必然的，因为诗学真正关注的是诗的理念，或者说是作为理念的诗。这样的诗通向人性的终极，对它的关注则是对人文理想的憧憬和眺望。这使得从诗学的方位对具体艺术实践的出击，常常会无功而返，因为如此完美的艺术理想总是难以从大量的平庸之作中出场。所以诗学的足迹更多地遍布那些经典之中，期待在大师的遭遇中觅得真经而置当下的艺术思潮于不顾。但显然，这不是诗学的傲慢与偏见，而是其无奈与宿命。用诗人里尔克的话说，人文的憧憬总是"住在摇晃不定的波浪之中，在'时间'的岁月中永远没有自己的故乡"。所以诗学的意义主要在于内在的生命启蒙，在于探索我们的生命意识、塑造我们的生命追求。这是一场永无休止之日的观念的"内战"。因为人类归根到底是一种"自塑"的生命，受由自己所创造的文化时空的左右。时至今日，我们所面临的主要危险早已不是单纯的无知，而是自以为是的愚昧。所以舍斯托夫写道："凡是想要消灭关于世界的谎言的人，都应当同观念，也仅仅是同观念进行斗争。"[①]在这个行列里，我们理应看到诗学这面旗帜。

有史为证，在过去的日子里，有许多杰出人物以其呕心沥血的工作为这项事业赢得了真正的光荣、赋予了它以意义。在未来的日子里，这份意义或许会更显珍贵。这首先是因为科学在物质世界的长驱直入固然完成了知识启蒙的壮举，但不仅没有相应地实现人类对自身的认识，而且似乎更加深了人文困惑。凭借考古学家与人类学者的巨大努力，我们今天通过同猴子乃至鱼的认亲而解决了"我从哪里来"的生物学问题；但究竟"我是谁"以及"我要到哪里去"这样的生命困惑，越来越成为问题。众所周知，世界上从来没有真正免费的午餐：当科学让我们凭借高精尖的工具与机器成为万兽之王和土地与天空的主人，我们的未来似乎也便是让自己成为欲望的超级机器和智能玩具。与我们的智商的快速提高相同步的，是我们道德素质的急剧下降和情感世界的大面积荒芜。在金碧辉煌的高楼林立之中，人性的呼喊早已成为空谷中的回音。唯其如此，当现代诗学能勇敢地树起自己的旗帜真正为捍卫人文理想而战，其意义自然不容否定。

诗学的意义其次还在于，一直与其并肩作战的艺术创作，如今似乎已在准备改旗换帜。曾几何时，当代艺术为了维护其在消费时代的生存权

---

① ［俄］舍斯托夫：《在约伯的天平上》，董友等译，生活·读书·新知三联书店1989年版，第161页。

利，被迫作出了强化娱乐淡化思想的妥协。今天看来这其实已是城下之盟。身处后现代"当下哲学"的包围之中，艺术家们早已身不由己。阿恩海姆曾经指出：虽然"艺术最有力地提醒人们：人类不能只靠面包生存，但我们却总是通过把艺术当作一系列令人愉快的刺激来设法忽略这一点"，[1] 当仰仗现代传媒的力量而独步天下的大众文化，终于大快人心地革了伪崇高的命，它却殃及池鱼也将真正的神圣扫地出门；当通俗文艺对精英艺术的孤芳自赏、唯我独尊作出必要的反击，从而为审美文化的普及立下汗马功劳，它也同时使诗的缪斯落荒而去无处栖身。事情是明摆着的：当我们的审美创造不再关注于生命之"思"，它也就不再是真正意义上的"诗"的艺术。但事出必有因，很重要的一条在于艺术原本就具有两重性：一方面那些伟大作品就像尼采所说，是"生命的伟大兴奋剂"；另一方面许多拙劣之作则像法朗士所言，是"现代世界的鸦片和麻醉剂"。人类的生命渴望着被激励以从事积极的创造，但也常常难以抵挡麻醉的诱惑和沉沦的快乐。美学家柯林伍德因此曾发出感叹："在我们生活的世界里，在艺术的名义下从事的绝大部分活动都是娱乐。"[2]

但今天的情形是，人们对类似这样的感叹早已听腻了，在"快乐哲学"的统率下的大众，对艺术普遍的"低就"、成为消遣和"开心一刻"的同义词感到理所当然。这当然不是他们的错，越来越繁忙的事功活动和机器式的生活节奏，使我们渐渐无力承担社会关怀、无暇继续对意义的追求。人们需要的是轻松的感官抚慰与满足，艺术于是也就不再是原来意义上的艺术。这正像柯林伍德曾描述的，如同许多年前文明的诞生是渐渐而来，如今文明的死亡也不会大声喧哗，不仅没有哀乐，甚至还会有一些歌舞升平之气。它是在暗中无声无息地进行着，只是在"时隔多年之后，少数人回首往事，才开始明白它已经发生了"。也许我们得承认，"文明的死亡既不能以暴力加速也不能以暴力阻止"，一切抵抗都是徒劳的。但我们毕竟也不能束手就擒、坐以待毙。现代诗学因此而别无选择地面临着当年老堂·吉诃德的命运，为保卫诗性存在的最后一片空间而摇旗呐喊，只是少了一份悲壮感而多了一些滑稽色彩。但在某种意义上，这似乎也正是"意义"的本色所在，即它无须得到普遍认可便给予你一份坚信与执着。因为无论多少人如何视而不见，对于你，它绝非虚无而是一种永远的

---

[1] ［美］阿恩海姆：《走向艺术心理学》，丁宁译，黄河文艺出版社1990年版，第13页。
[2] ［英］柯林伍德：《艺术原理》，王至元、陈华中译，中国社会科学出版社1985年版，第107页。

存在。因此你无法拒绝来自它的召唤，难以割舍对它的留恋。

由此来看，有朝一日真正意义上的诗（艺术）不在了，但诗学（美学）还在，这样的情形并不一定是天方夜谭。因为诗学能为我们的生命提供一份充实，只要我们的生命中还存在这样的追求，它的意义就不会消失。

（原载《文学评论》1999年第4期）

作为方法的文化批评

徐 岱

内容提要 自 20 世纪末以来的文艺理论领域,"文化研究"曾经占据人文舞台的中心,但时至今日,学界对于这种研究热潮作为一种诗学方法论的意义仍然缺乏理论上的清晰认识。文化研究具有双重性:政治的文学化与文学的政治性。供它施展身手的平台就是文学批评。要想成为一种真正属于文学的文化批评,必须实行诗学转换,成为一种文化诗学。这意味着不仅要从文化的角度看文学,还得在其文化关注中将文学真正当作文学而非一般的社会与文化信息载体来对待。如果说一般文化批评只是从文学材料来理解文化,是对文学的表征性解读,那么作为一种诗学方法的文化批评则是从文化的视野看文学,是对文学的语义学解释。凡此种种都意味着我们有必要对问题进行更深入的讨论。

一 从"文化研究"谈起

曾几何时,文化研究的领域门庭若市,打着这面旗帜的批评家们在文学批评界长驱直入。但关于究竟什么是文化研究?众说纷纭,莫衷一是。这个现象事出有因。约翰·哈特利曾说过:"文化研究是以各种配料混合起来的大杂烩",并且一直是"破坏性的知识力量"。[①] 但他同时也指出,通常意义上,文化研究是对大众文化或通俗文化的研究,特别是对大众社会中的大众媒介的研究。此外,它还对文化政治心醉神迷。在这里,文化政治指的是通俗文化或大众文化与高级文化或少数文化的斗争[②]。这位权威人士忘记强调的是,文化研究事实上是从文学批评中诞生的。雷蒙德·

---

① [澳] 约翰·哈特利:《文化研究简史》,季广茂译,金城出版社 2008 年版,第 110 页。
② [澳] 约翰·哈特利:《文化研究简史》,季广茂译,金城出版社 2008 年版,第 59 页。

威廉斯的文化研究经典之作《文化与社会》，实质上主要是一部出色的文学研究著作。这也意味着，离开了同文学研究的这种同盟关系，文化研究将难以有效地进行。从某种意义上讲，文化研究具有双重性：政治的文学化与文学的政治性。供它施展身手的平台就是文学批评。所以马尔库斯等提出，文化研究只有成为文化批评，才能真正确立自身的地位。[1] 因为在此不存在科学评估意义上对真理的实证性落实，只有文学批评范畴中意义阐释的合理化程度的考量。

但从文学批评方面来看，驱使其向文化研究转变的真正重要的原因另有两点。其一是作为文学批评对象的创作业绩的质量下降。作家阵营的迅速壮大与作品数量的递增都无法掩盖这样的事实：我们已进入一个"后文学"时代。由于"思"的贫乏而于20世纪末开始滑入低谷的诗的声音如今更加羸弱，因为经受不住欲的诱惑而花样耍尽的小说如今也早已走到尽头。自从由边缘走向了中心，曾以与主流意识形态分庭抗礼的大众文化眼下已取而代之，成了新的主流文化，它对生命力的解放效用也同步地转换为对真正的创造精神的彻底解构。当新老大师们相继谢幕以及大小经典渐渐蒙灰落尘，人类在品尝够了精彩故事后终于厌倦了一本正经的虚构，作为一门叙事艺术的文学面临着改弦易辙的艰难选择。无论何时，真正的创造活动都意味着某种生命之重，这无疑不符合现代精神。这是一个千方百计"化轻为重"的社会，一个通行"过把瘾"的时代。所以有各路搔首弄姿的文化明星蜂拥登场和形形色色的社会"秀"才诞生。尽管他们的作品能够拥有广阔的消费市场，但由于缺少厚实的精神品格而很难引起优秀批评家的兴趣。在此情形下，批评视野向文化现象转移自然而然。因为诗性精神的实质是一种人文关怀，这种品格从不囿于所谓"纯文艺"领域，事实上常常同样也为那些按当下的文化惯例不属于文学的文化现象所分享。最为突出的例子是历史叙述与文学叙事通过故事而发生的暧昧关系。如同历史上出色的历史叙述大多因具有一种文学性而能被视为"准文学"文本，如今，一些杰出的历史文本由于其有意味的话语，比那些浅薄做作的虚构作品似乎更能给人以纯正的文学享受。

再进一步来讲，当代批评的文化转型的一个隐蔽动因，是批评家身价的贬值与身份的转变。在很长一段时期里，文学批评家充其量只被认为是文学王国的二等公民。俄国批评三巨头"别"（别林斯基）、"车"（车尔

---

[1] ［美］费彻尔等：《作为文化批评的人类学》，王铭铭等译，生活·读书·新知三联书店1998年版，第222页。

尼雪夫斯基)、"杜"(杜波罗留波夫)的声誉,就建立于他们各自对诸如普希金、果戈理、奥斯托洛夫斯基等名家名作精辟独到的艺术阐释上。但时至今日,批评家培训基地早已从文学实践第一线迁至学府高院,批评家的成长道路大多也随之从与文学现象共生互动中游离出来。定格于经典的口味以及远离鲜活的文学实践的生涯,使他们作为职业读者的优势丧失殆尽。一方面,他们喋喋不休的高谈阔论对于时代的文学事业越来越不起作用,成了文化界的游手好闲者与多余人;另一方面,当今的批评家也已不再甘心于像前人那样定位于文人,继续以文学创作为中心扮演文学婢女的角色,充当伟大作品的清道夫,而是渴望以现代知识分子的身份发挥改造世界的影响。批评家对自我的这种重新定位使他们不再能安分守己于单纯的文学事业,投身于文化研究浪潮势在必然。因为当下为知识人们所广泛关注的文化研究,其实也就是以跨学科方式进行的、关于人类社会活动的一种普泛性的理论建构。一言以蔽之:"文化研究是我们称为'理论'的实践,简称就是理论。"①

驻足于此,也就足以对批评家们纷纷向理论工作者转型的现象做出解释。不能否认,这是文学批评适应时代的文化需求的一种积极反应。这不仅因为文学的疆域从来都未能最终确立,在某种程度上它确实像卡勒所言,是由一个特定的社会的文化认同所约定,同样也在于,当今社会已出现一种泛审美现象,正经历着一场艺术文化的膨胀,相形于纯文艺的衰败,日常生活中的审美化需求日趋扩张。这要求文学批评家放下教授、学者的架子走出纯文学的城堡,对诸如电视、广告、服饰、商场等大众传媒与社会时尚所蕴含的审美文化意义进行理论阐释,以回应时代的文化召唤。然而这种回应充其量只能是文学批评的兵分两路,而不应是以上述这种对文化的批评活动来彻底收编对文学作品的批评实践。因为日常生活的审美化并不意味着已完全剥夺了以虚构/想象文本的生产—消费为中心的文学事业的生存资格。此外,如果说一个时代的文化约定是作为一种"共时态"的演出,那么它也只能在作为"历时态"的文化传统所搭建的舞台上进行。在这个意义上,文学边际的模糊性并不意味着它没有任何自身的规定性可言,其在定量方面的不确定并不妨碍它在定性方面具有某种相对的确定。

所以,像伊格尔顿在《文学原理引论》"引言"说的那样,到一定时候,即使莎士比亚作品的价值也可能如同今日街头的乱涂乱抹一样不被承

---

① [美]卡勒:《文学理论》,李平译,辽宁教育出版社1998年版,第45页。

认，那是耸人听闻；如埃斯卡皮的《文学社会学》那样以为，只要能让人们得到消遣、引起幻想与沉思、使之得到陶冶情操，那么任何一篇东西都可以变成文学作品，那也只是夸大其词。即使如一些结构主义者与文学社会家所认为的，一张便条或火车时刻表也有某种诗性意味与文学用途，其审美价值与真正优秀的语言艺术仍难以同日而语。提出文学没有一成不变的形而上本质，以及承认经典作品的意义常常随着时代文化的嬗变而改变，这是一回事；由此而取消文学的内在特质，将经典视作一种可以任由处置的文化现象，却是另一回事。事实上，文学能够在现代文化中占据一隅，本身就意味着它具有自身的文化资本，那些优秀作品的相对价值的起伏不定并不妨碍其绝对价值的天长地久。只有明确指出这点，我们才能对文学批评的文化转型的现实意义做出恰如其分的肯定。在我看来这种意义不仅仅在于扩大了文学批评的范围，更在于让一度陷入困境的文学批评得到了突围的契机。

因为当代批评的文化转型的契机除了上述的批评主客体二维之外，还体现于批评活动自身的需要，也即让文学批评设法摆脱由"新批评"所造成的实践困境。这种以文本细读为基本原则的批评方法体现了一种"自律论"文学观，它对作品的语言构成与叙述手段等的精心阐释，一度给受"工具论"文艺观折磨的文学活动带来了生机，但却付出了让文学作品处于一种封闭状态乃至意义"增熵"的巨大代价。取而代之的"新历史批评"在某种意义上意味着向"新批评"以前的传记、主题、文学史等方法的回归。它标志着文学研究的兴趣已由新批评式的对作为一种审美对象的作品的文本解读，再度转换为对作为一种社会现象的文本存在的文化解释。按照希利斯·米勒的说法，前者意味着关注于语言自身的性质与能力，后者侧重于语言同其之外的那些事物（诸如宗教、政治、经济、民情风俗等）的关系。新历史主义批评之所以被视作文化研究的一种边缘形态，便是由于它旗帜鲜明地坚持，把握那些经典作品不能离开对其最初得以形成的社会文化环境的考虑。可以认为，这是文化研究得以在文学批评领域顺利登陆的一个十分重要的诗学背景，所以，一些文学批评的业内人士对文化研究的兴起欢欣鼓舞，其初衷无疑是一种振兴批评的期待。

但时至今日，这种承诺显然还未能兑现。比如，虽然"新历史批评"努力地想获取"历史诗学"的品牌，但在实质上更多的只是充当着"知识社会学"的作用，其所持的"他律论"文艺观最终仍让其与声名狼藉的"工具论"文艺观眉来眼去。因为，与旧历史论所持的历史是一件可证事实的主张不同，新历史论视历史为一个具有建构性的共时态文本。以这种方式，新历史论从容地消解了旧历史观的历史/文学的对峙，强调了彼此通过社会意识形态这个中介环节所具有的同构性。无论是历史叙述还是文学叙事，它们共同地以故事这种叙述形式为媒介，这使任何历史学家都无法客观地归还历史真相，因为具有完整叙述结构的故事已根本不同于实际发生的事件，而成了一种话语现象。历史因此也就不仅具有与文学一样的虚构性，而且通过叙述主体的介入体现着特定时代的意识形态影响。概言之，这一批评视野所关注的就是历史事件如何转化为文本，文本又如何转化为一般意识形态，而这种意识形态又如何转化为文学"这样一个循环往复的过程"。① 詹明信曾表示：如果每件事都是透明的，那么意识形态就不可能存在。所以在新历史批评视野里，不透明的文学作品主要是一种意识形态手段，有些学者正是据此提出："这种批评的核心或者说它的批判锋芒所向来自'马克思主义批评'"。②

不同于传统历史论以一种还原论姿态着眼于作家在其作品里所反映的社会内容，新历史主义感兴趣的是文本中由作家的无意识活动所蕴含的意识形态内涵。所以这种批评实践并不直接针对作品的思想内容，而是将此内容视为一种表象与线索，着力于揭示隐蔽其后的潜内容，一种被作品直接表达的思想所压抑着的思想。新历史批评由此而试图掀起一种批评革命：将消费的阅读变为生产的阅读。不言而喻，对于这样的批评活动，重要的已不再是人生阅历与社会经验，而是知识储备与"构建理性主义"的修炼功夫。比如詹明信对海明威的"硬汉文学"的分析。他从希腊、西班牙和阿拉伯社会到意大利的西西里岛与拉美，指出了这是地中海沿岸各个国家由来已久的夫权社会所普遍存在的一种家庭意识形态。海明威只是成功地将它挪用来打造一种"个人神话"，以对抗让海明威式的男子汉所不齿的现代资本主义商业文明对自己的可鄙的排斥。诸如此类的阐释确实精彩，批评家借作品为舞台所作的成功的文化演出也让人大开眼界。有史以来第一次，我们发现文学批评家原来也可以像那些神机妙算的超级侦探那样，凭借自己的文化积蓄与洞幽烛微的本事发现一般人难以觉察的秘密。这些阐释的深邃复杂不仅让普通读者望而却步，同样也会让自命不凡的作家本人瞠目结舌。对于这样的文化批评高手，再伟大的作家也不过是通过其作品来接受心理分析的意识形态病人。

如此这般的批评实践无疑让文学批评终于彻底改变了以往靠作品吃饭

---

① 盛宁：《20世纪美国文论》，北京大学出版社1994年版，第264页。
② 徐贲：《走向后现代与后殖民》，中国社会科学出版社1996年版，第48页。

的局面，让以往地位低下的批评家真正扬眉吐气。问题在于这种阐释对于作品是否公平。这并非说批评家所作的种种阐述同作品毫无关系，更不是否认这些阐释具有其独特的文化意义。需要追究的是：难道被提取出来的一部小说的如此这般的文化内涵，就等于其作为一部文学作品所具有的全部的诗性意义？就像我们成功地分离出一种好酒的化学分子结构，就意味着掌握了这种酒的真正秘密？结论自然是清楚的：文化研究虽然能替越来越无所作为的人文学者开辟出一小块思想市场，但其在文学批评领域里并不能包打天下。建设当代文学批评并不能只是一味地以对文化的批评取而代之，这无须赘言，因此需要对作为一种批评的文化研究，从审美阐释学维度做出进一步的分析。

二　诗性意义的文化阐释

如同关于"文化"的定义迄今仍五花八门，在"文化研究"的旗帜下有形形色色的批评形态，除了以电视、广告、商场、表演等为媒介的时尚批评外，围绕着文学展开的批评可分为"通过文学看文化"的文本—文化批评与"通过文化看文学"的文学—文化批评两大类。英国伯明翰大学当代文化研究中心学者理查德·霍加特早就指出，文学能为理解文化做出独特的贡献。因为无论文化的界定呈现出怎样的多义性，它主要是指称人类创造、传播、接受意义的活动。无论文学如何试图拒绝或离间社会势力以试图洁身自好，它也总是植根于具体的时代氛围，并因而蕴含着丰富的文化信息。这使得文化学家们可以堂而皇之地对文学作品进行文化利用，将之视为认识一个时代风尚、把握一种宗教信仰、梳理一个民族的历史传统的最佳通道。这方面的一个成功范例，便是本尼迪克特的《菊与刀》。

众所周知，这项研究是作者应美国政府制定"二战"后对日政策的需要所作。虽然限于当时的条件作者无法亲赴日本，但她最终还是凭借与在美日本人的接触以及大量研读日本文学与电影等文本材料而圆满完成了任务，为推进现代日本学研究做出了重要贡献。文学所具有的文化功能由此可见一斑。但这样的研究虽说是对文学资源的合理开发，却无助于文学事业本身走向繁荣。这样的研究所告诉我们的，充其量只是关于一个社会与民族的文化信息而并非作为一种文化现象的艺术方面的东西。除非我们认为文学就是这些信息的一种文化符号，否则我们便难以视之为一种真正的文学批评实践。因为无论如何，在一部作品的社会学方面的需要之外，还存在着对其作为语言艺术的审美与诗性的需要。这就意味着存在这样的情形：虽然一部作品在文化社会学方面的某些缺陷并不影响其成为一部艺术杰作，但是一部具有卓越的文化利用价值的小说，完全有可能从艺术性上讲是拙劣之作。前者可以从《飘》与《汤姆叔叔的小屋》的对比来证明。《汤姆叔叔的小屋》以其对当时美国社会基本矛盾的深刻揭示，成了美国南北战争的一个导火线；而在《飘》中，南方蓄奴制度成了白人男女实现自我的一道浪漫布景，但这并未妨碍这部小说成为一部伟大的文学佳作。后者可以张贤亮的《男人的一半是女人》作为案例。佛克马、蚁布思夫妇曾通过这部文本来研究文化移入现象，从比较文化的视野令人信服地指出了作为"现代性"一个例证的东西方文化传统的融合。[①] 尽管如此，却并不能掩盖这部小说在艺术上的矫揉造作。

霍加特的主张，一位真正称职的文学—文化批评家绝不站在"利用"文学的立场，对文学的文化分析应该尊重其文学特性，而不是将文学当作普通的文化载体[②]。这意味着，从诗学的方面看，需要认真对待的并不只是作为一种批评活动的文化研究，而是具有真正文学意义的文化批评。如果说一般所谓的文化批评只是从文学材料来理解文化，是对文学的表征性解读，那么对文学的文化批评则是从文化的视野看文学，也是对文学的语义学解释。从文学的立场来看，这不仅要求我们通过文化的平台进入文学，还要求批评家能将文学作为文学即语言艺术来对待。但有必要强调，即使在"文学的文化批评"的名义下，仍然存在着两种功能有别的批评形态。首先是文学社会学批评。澳大利亚学者伊安·昂指出："文化研究中的'文化'涉及意义与价值的生产与商谈，这是一个正在进行的过程，这个过程发生在所有社会活动领域。"[③] 所以，"文化"通常只是"社会"的另一种说法，因为文化总是存在于社会之中，是特定社会的基本建构因素。与此相应，在当下语境中关于文学的文化批评其实也就是关于文学的艺术社会学研究。诚然，将之简单地视为对传统的文艺社会学批评的一种还原肯定是片面的。首先，不同于以往社会学批评从基础/建筑二元结构出发的经济决定论，当今的文化—社会批评称得上以语言/媒介为焦点的文化决定论。其次，不同于旧社会学批评注重单一的阶级性分析，新社会批评倡导的是围绕权力剖析展开的阶层、种族、性别、地域等多元化阐

---

① ［荷兰］佛克马等：《文学研究与文化参与》，俞国强译，北京大学出版社1996年版，第142、152页。
② 周宪等：《当代西方艺术文化学》，北京大学出版社1988年版，第28、44页。
③ 伊安·昂：《谁需要文化研究？》，陶东风译，《文化研究》第一辑，天津社会科学院出版社2000年版，第56页。

释。但尽管如此，彼此通过"他律论"文艺观所表现出来的一种血亲关系，这也同样无可置疑。

对此，威廉斯的一番话颇能说明问题："我们不能将文学和艺术与其他的社会实践种类分离开来，以至于将文艺划属于十分独特的规律之中。"① 症结归根到底在于如何把握文学性同社会性的关系。文学活动至少存在着三大社会维度：作家的社会性、文本的社会内容、作品通过读者而具有的社会功能。这就像丹纳所指出的：如同在化石里面有个动物，在文艺现象后面存在着人。正是人的存在的社会性通过对绝对意义上的"审美自发性"的取消，而最终决定了文艺活动的社会性；因为任何审美创造行为本质上都属于一种社会诉求，是一种人际间的精神交流。然而需要澄清的是，坚持文学性的社会性与强调文学的独特品质、取消文学生产的"自发"性与承认其具有某种"自律"性，这二者并不矛盾。长期以来，一直困扰着文艺理论的就是在此问题上的非此即彼的选择，有效地遮蔽了这样一个事实：文学作为一种文化实践的独特性不在于其非社会性，恰恰就在于其作为艺术活动是一种独特的社会实践。就此而言，威廉斯的上述话语容易造成混淆视听的后果。承认文学的自律性只不过是说文学有其自身的生存依据，并非哲学、宗教、伦理、政治等社会意识形态与文化思想的零售货亭。这个原本无须赘言的事实经过理论家们的一番争论，结果却成了说不清理还乱的东西。但有一点无可置疑：如果由于"以各种复杂的方式把文化归结为意识形态"，英国的文化研究因此而"可以被非常容易地，可能是更为准确地描绘为意识形态研究"，② 那么由此而来的文学社会学首先也就是关于文学的意识形态批评，在其视野里文学依然是对社会思想做出反应的文化产品。因为"揭示思想的意识形态性质，这个观点就是社会学的基本立场"。③

但诚如前面我们对新历史批评的阐述，这种批评视野的诗学意义十分有限。这并非否认人类是一种带有意识形态胎记的生命存在。但在此意义上的"意识形态"，主要是阿尔都塞所说的体现为一种集体无意识的人与世界间的想象性关系。虽然这种关系根本上由人自身通过表象活动所缔造，但通常反作用于我们，作为一种社会价值观念与思想体系的生成前提发挥作用。一个具体的意识形态架构总是会受到权力阶层的压力，使之进

---

① 罗钢等编：《文化研究读本》，刘象愚等译，中国社会科学出版社2000年版，第52、55页。
② 罗钢等编：《文化研究读本》，刘象愚等译，中国社会科学出版社2000年版，第10页。
③ [美] 豪塞尔：《艺术史的哲学》，陈超南等译，中国社会科学出版社1992年版，第15页。

一步"意识形态化"为一个社会集团利益的思想防御系统。或许这便是马克思当年分别以"某个阶级特有的信仰系统"与"伪意识"来界定"意识形态"的缘故。这意味着，尽管如曼海姆所言，意识形态具有"总体"与"特殊"两层含义，但在现实语境里，其最为基本的文化功能也就是通过自觉地建构并强化一套话语系统，来为现实世界里占据权力位置的政治制度的合法性提供一种冠冕堂皇的说法。

用格尔兹的话说，"就是通过提供权威性并有意义的概念，通过提供有说服力并可实在把握的形象，使某种自动的政治成为可能"。正是在一个社会最普遍也最实在的文化导向"都不足以提供政治过程的满意形象的时候，作为社会政治的意义和态度的意识形态才变得格外重要"。① 所以文学社会学的实质也就是关于文学的政治批评。这便是当代意识形态批评旗手伊格尔顿一直以"一切批评都是政治的"为理由，旗帜鲜明地企图使批评回到它放弃的原有的道路上去的思想背景。按照这一视野，文学的特点不过是以非意识形态的方式来表现意识形态。因为真正有分量的文学都会提出一个社会问题，而真正重要的社会问题则离不开具体的政治揭示与辩护。这样，伊格尔顿重新以"文化社会学"的名义为一种早已没落的泛政治美学招魂，重建文学对于政治的文化依附关系。但无论这种见解具有多少理论诱惑，都难以拯救其在实践上的破产：如同再先进的政治内容都不能为一部作品在艺术上的成功提供担保。

虽然我们从巴尔扎克与托尔斯泰的小说里能够发现封建主义的没落与资产阶级的崛起，但他们的作品绝不仅仅是历史之镜，革命的政治接受学不能替代一般文学读者的审美消费活动。艺术之伟大，在于其文化超越的维度。当人们能够透过时间隧道与阶级差等，为李后主的词、古希腊的雕塑、现代派绘画等所陶醉，能够清楚地领悟到凭借文化超越而实现人类生命的凝聚，这正是艺术文化的可贵所在。这既意味着，必须看到一部作品的社会学意义与审美价值并不能相提并论，也意味着应该坦然承认：虽说"在艺术作为意识形态的价值的同时又具有客观价值之间并没有什么矛盾"，② 但对于艺术实践而言，重要的就在于为了达到这一结果，我们不能以"一切艺术都是一种意识形态"为理由，无视审美性作为一种客观价值所具有的超意识形态性。事实上这也便是作为两种不同文化实践的"诗性政治"与"党派政治"的根本区别：不同于后者围绕世俗权力而展

---

① [美]格尔兹：《文化的解释》，纳日碧力戈等译，上海人民出版社1999年版，第246页。
② [美]豪塞尔：《艺术史的哲学》，陈超南等译，中国社会科学出版社1992年版，第31页。

开的拼死角逐，前者只是关于雅/俗、边缘/中心、经典/非经典等秩序所进行的调整与重组。

艺术文化作为一种特殊社会实践的特质，就在于对作为一种意识形态特殊的社会政治思想建构拥有某种超越性。应当从这一层面上来理解视艺术活动为审美意识形态的真实含义。以凡·高的《农鞋》为例，众所周知，海德格尔曾对此作过一番让人耳目一新的吟咏，新一代批评家则做出截然不同的解读"哲学家也许对在田间劳作的人入迷，学会赏识他们的活动，对锄草与收获之间的关系大发感慨议论。但是从早到晚手握锄头锄草掘地是一种令人汗流浃背、手起燎泡、肢体麻木的单调重复性劳动。田野里玩耍的儿童并不锄地，锄地不是玩耍，它是劳作。"① 但如果此画只表现对劳苦人生的"现实主义同情"而没有海德格尔所阐述的那种诗性精神，那么它充其量只能是一幅平庸之作；再进一步，如果画家站在这位论者的立场，让现实世界的沉重负荷彻底消解由某种时空距离而生成的审美意识，甚至就不会有如此这般的艺术创造。造就贝多芬成为一代音乐大师的品格正在于他的作品并不是其不幸人生的痛苦呻吟，而是与命运所作的一种明朗的抗争。

三 文化批评与文艺理论

可见，只以现实生活为参照对作品的社会内容进行说明性的评判，导致了以意识形态揭示为聚焦点的文化社会学的诗学局限。阿尔都塞说得好："尽管艺术和意识形态之间有特殊的联系，但真正的艺术不是一种意识形态。"② 问题的症结在于意识形态批评所聚焦的话语/文本，并不就是作为审美客体的文学作品。这种意义上的文本内容已并非通常那种社会伦理、宗教、政治、经济等认识论范畴中的思想内容，而是以审美个性为基础、融化于语言媒介与文体风格的建构形式中的一种精神内涵。当形式主义批评从"语言自足论"文艺观出发，指出作品里所表现的思想感情是属于语言的，无非也是想凸显这个意思。如果说这种内涵也能够被视作一种所指的话，那么在艺术作品里，以一般的思想内容为语义所指的文本只是其借花献佛的一种"能指"。这种艺术活动既是对客观的现实世界与主观的经验世界的再现，同时也是一种创造性精神的表现的原因。但必须意

---

① ［美］肯尼斯·博克：《当代西方修辞学》，常昌富、顾宝桐译，中国社会科学出版社1998年版，第245页。

② 徐贲：《走向后现代与后殖民》，中国社会科学出版社1996年版，第106页。

识到，艺术的独特品质并不在于其同一般文化形态一样反映着社会实践，而在于其通过这种"社会反映"而实现的"文化反应"。文学社会学批评的诗学局限，首先就在于以对文本的反映功能的强调而取消了对其表现意蕴的关注。这一批评视野属于一种"认识论关注"，在它看来，"文学本身即是有关人类行为的知识的主要仓库"。[①]

由此可见，通常所谓的"社会学批评"实质上是对文学的一种知识阅读而非价值阅读，由此也进一步造成其在诗学方面的局限性。就像奥地利学者布劳考普夫曾在其《音乐与社会》里所表示的，音乐社会学不是解释音乐实践是什么样，而是解释音乐实践的变化。因为知识阅读充其量只能让我们了解文学存在的一般条件与工艺学方面的东西，而无法深入艺术的精神内涵。倘若我们对米勒直截了当提出"社会学的种种文学理论把文学贬低成仅是占统治地位的意识形态的反映而已"[②]感到有些刺耳，那么至少难以否认豪塞尔的这一说法："社会学所能做的全部事情就是按照艺术的实际来源，解释一件作品所表现出来的对生活的看法，而不必（也无法）说明这作品只有依赖于创造性才能被掌握的性质。"这正是让以艺术社会学研究著称于世的豪塞尔最终承认"社会学的概念并不能使我们理解艺术的本质"[③]的原因。由此可见，文化研究要想成为一种真正属于文学的文化批评，必须实行诗学转换，成为一种文化诗学。如前所述，这意味着不仅要从文化的角度看文学，还得在其文化关注中将文学真正当作文学，而非一般的社会/文化信息载体来对待。

在此意义上讲，像美国学者卡勒那样，将文化研究的文学意义主要概括为"坚持考察文化的不同作用是如何影响并覆盖文学作品的"和"能够把文学研究作为一种复杂的、相互关联的现象加以强化"，同样也属于似是而非之见。借用陈太胜的话说，如果以这样的方式来读莎士比亚的《奥赛罗》，既能够认为其是"反女权"的，也可以批评它是"种族主义"的。推而广之，任何一部三流作品如果和一流作品一同被作为文化研究的个案，也就不存在艺术价值方面的品质区别。因为在这样的文化批判里，艺术作品通过给予接受主体以审美享受而体现出来的文化独特性都

[①] 张英进等：《现当代西方文艺社会学探索》，海峡文艺出版社1987年版，第176页。
[②] ［美］拉尔夫·科恩：《文学理论的未来》，程锡麟等译，中国社会科学出版社1993年版，第125页。
[③] ［美］豪塞尔：《艺术史的哲学》，陈超南等译，中国社会科学出版社1992年版，第6、270页。

已被忽略与取消①。这种结果的荒谬性显而易见,其症结在于一元化的意识形态批评。需要进一步思考的是文化诗学的建构方案。虽然这个问题在当代中国文论界引起了一定的关注,但总体来看,由于缺少深入的学理辨析,迄今为止仍处于缺乏实际操作思路的处境。即使是米勒也只是以"将是在修辞学式文学研究同当前具有不可抗拒的吸引力的文学外部研究之间作调停工作"这样语焉不详的话语为"下一时期文学批评的任务"落实方向。② 但在我看来,摆脱这种局面的一种有效措施是从学科形态方面入手。不难注意到,"文化论"范畴里的"文化"含义其实常常在"社会"与"人类"间游走,因为归根到底,文化现象总是落实于人类的社会实践之中。这不仅构成了文化研究的两个基本点,而且也由此形成了其两大基本形态:文化社会学与文化人类学。

作为文学的文化批评,既不属于作为文化社会学的延伸的文学社会学批评,也并非作为文化人类学的分支的、着重于对艺术现象作发生学与史前史研究的艺术人类学,而是一种以文化人类学研究为思想架构,通过借鉴其视野、方法、立场等而形成的关于文学的批评实践。从人类学的视野看文学,也就是注重从"差异"的观念对待文学活动,因为人类文化一直呈现着多元化的格局。"人类学试图寻求更切实可行的关于人的概念,在这样一个概念中,文化以及文化的多样性得到考虑。"③ 这种差异意识有助于我们对一部作品里的真正价值同表面效果做出鉴别。比如佛克马指出,张贤亮的《男人的一半是女人》对于当时中国读者的影响,主要在于其有关性爱的那些部分,但这些章节在西方读者眼里实在算不上什么,他们对这部小说的兴趣在于当时的中国把整个农村都变成了一个劳改营这种事实④。而中国读者之所以对此并不在意不仅在于司空见惯,还由于这部作品在这个主题上的表现缺少应有的历史深度。

对差异意识的自觉不仅能让我们避免因文化视野狭窄而导致价值误读,还有助于我们更好地理解根植于不同文化语境里的文学作品。正如一位批评家所说:"如果把哈克贝利·芬从他老家密西西比河挪到尼罗河、恒河或扬子江上,那么他的举动就是根本无法理解的。"⑤ 此外,

---

① 陈太胜:《走向文化诗学的中国现代诗学》,《文学评论》2001年第6期。
② [美]拉尔夫·科恩:《文学理论的未来》,程锡麟等译,中国社会科学出版社1993年版,第124页。
③ [美]格尔兹:《文化的解释》,纳日碧力戈等译,上海人民出版社1999年版,第42页。
④ [美]格尔兹:《文化的解释》,纳日碧力戈等译,上海人民出版社1999年版,第29页。
⑤ 张英进等:《现当代西方文艺社会学探索》,海峡文艺出版社1987年版,第27页。

这种意识还有助于批评真正实现"从文化看文学"。通过这种视野，文化人类学者们成功地对长期以来被当作天经地义的文明/野蛮、先进/落后等价值区分实施解构，为许多一度被贴上"愚昧"标签的文化方式恢复了名誉；这种视野同样也能提醒文学批评，长久以来关于艺术活动的那种雅俗之分其实只具有文化形态学的功能，并不具有审美价值论上的意义。

其次，"文学的文化批评"也是对人类学在个案中进行概括、从经验上理解事实的方法的一种借鉴。人类学方法简单说来就是以田野工作为基础的民族志方法。马林诺夫斯基认为，这是现代人类学能从众多人文社会科学研究中脱颖而出的主要法宝，其特点也即注重"参与观察法"的"经验型研究"。用茨纳尔的话说："民族志告诉我们一个显明但却常常被人们忽略的道理：对任何一种陈述活动，如果忽略或轻视那些直接参加者的经验，这种陈述便不能被认为正确和真实的。"[①] 事实上，对日常生活经验的强调正是文化研究最具特色的地方。"文化"这个从耕作文明发展而来的词[②]的基本含义是指，作为内在的情感/价值观念与外在的行为/规范模式的"复合结构"的、人类社会中整体的日常生活方式。它虽然因能为群体分享而具有公共性，但却根植于作为个体的私人经验之中。这是文化作为人类生存的"基础设施"对人类实践能够产生最为广泛与深刻的影响的原因，也是文化研究对于文学批评具有重要价值的道理。"文化"的意义生成对个体—私人生活经验的依赖，使之最终如雷·威廉斯所说，进入了"一个对艺术的意义和实践具有显著影响的范围"。[③]

这表明，人类学方法的实质就是反对理论，货真价实的文化理论唯一能做的就是实行自我消解。个中原因不言而喻：经验的意义就在于它的鲜活性，抽象的理论网络所能打捞的只是一些僵硬的生命化石。文化研究的目的是对表现为多元差异的文化现象做出理解，而不是让其成为关于文化的某个宏大叙述的例证。所以格尔兹反复强调：没有什么比构建一个无懈可击的理论体系更能败坏文化分析的名声了。"我们应当承认，文化阐释的一些特点使它的理论发展变得格外困难。当我们在这个领域寻找成体系

---

① 罗钢等编：《文化研究读本》，中国社会科学出版社2000年版，第25页。
② 从词源上看，"文化"（culture）一词在英语里同"农业"（agriculture）与"园艺"（horticulture）关系密切。
③ ［英］雷蒙德·威廉斯：《文化与社会》，吴松江等译，北京大学出版社1991年版，第21页。

的论文时立即就会感到失望，即便找到了也会感到更加失望。"① 在此意义上讲，打着"文化研究"的旗帜、热衷于理论的苦心经营的文论家，恰恰与文化研究的宗旨背道而驰，他们只是让一些作品在其所偏爱的理论架构里对号入座，满足于以那些作品为舞台来进行一番理论表演。美国学者克里格一语道破：这种以"政治的批评"著称的批评活动，实质是一种"怀抱着自己的帝国主义野心"的"批评的政治"，一种以反形而上学姿态出现的新的形而上学话语。② 这种结果对于文学事业的危害毋庸赘言，它反过来提醒我们，真正有效的"文学的文化批评"只能是一种以经验参照的方式展开的具体批评实践。如果说"典型的人类学方法是通过极其广泛地了解鸡毛蒜皮的小事，来着手进行这种广泛的阐释和比较抽象的分析"，③ 那么对文学批评而言也就是不再端着理论家的架势，"就事论事"地从日常生活经验的语境来面对作品。只有这样，我们才能为文学批评确立一个能够进行价值阅读的切入点。

但这同时也意味着，对于文学的文化批评，最为重要的仍在于站在人类学立场上来看文学，即能够像文化研究透过差异来把握共同的东西那样，从不同的艺术实践中来审视艺术活动的基本品质。比如，虽说"既然文学作为一种媒介差不多从有记录的时代伊始就伴随着我们，那么它的存在无疑符合某种人类学的需要"，④ 但事实上，在究竟如何对待"人的需要"的问题上，人类学审视与社会学研究的结果大相径庭。里格尔从社会学立场强调"艺术需求"作为一个社会概念的超个体性，但其实是将艺术需要苑囿于阶级、群体、时代等范围之中。按照这一观念就无法理解艺术文化所具有的某种超时空性。⑤

与此不同，常以民族学研究出现的人类学立场一方面反对形而上学本质论的人性理念，注重处于多元文化场中的具体的人，另一方面也反对文化相对主义，强调通过对客观的文化差异与反文化的绝对差异的区分来发现人类生命内在的共同需求。

马斯洛曾指出，人类学立场提醒我们：印第安人首先是"人"也即

---

① ［美］格尔兹：《文化的解释》，纳日碧力戈等译，上海人民出版社1999年版，第29页。
② ［美］克里格：《批评旅途：六十年代之后》，李自修译，中国社会科学出版社1998年版，第170、177页。
③ ［美］格尔兹：《文化的解释》，纳日碧力戈等译，上海人民出版社1999年版，第24页。
④ ［美］拉尔夫·科恩：《文学理论的未来》，程锡麟等译，中国社会科学出版社1993年版，第277页。
⑤ ［奥］布劳考普夫：《永恒的旋律：音乐与社会》，孟祥林等译，上海音乐出版社1992年版，第170页。

作为个体的"人类",然后才属于其部落。在这里,"虽然区别的存在无可置疑,但与共同点相比,差异是表面的"。① 力主以"小写的人"代替"大写的人"的格尔兹为避免造成误解也特别重申:"我的观点不是说不存在人之所以为人的普遍性,也不是说文化的研究对揭示这种普遍性没有任何贡献",而是倡导从文化独特性中去发现这种普遍性。他指出,从人类学者的观点看,通过对平原印第安人的勇敢、印度教徒的执着、法国人的理性、柏柏尔人的无政府主义、美国人的乐观主义等的分析,"我们将发现成为一个人意味着或能意味着什么"。② 文化人类学对民族文化差异性的研究最终为了替发现人类的共同性铺平道路,人类学立场所强调的是:人类尽管不存在超文化的抽象本性,但却存在着某种超现实的普遍可能性。事实上这也是文化研究的独特意义。这既体现于作为文化载体的语言的特性上,也体现于作为文化的生成基础的人类生物机制上。威廉斯说得好:"一个文化的范围常常是与一个语言的范围相对称,而不是与一个阶级的范围相对称。"③ 这不只是以文化的民族性取代阶级性,还意味着文化的超"意识形态特殊"性。由这种超越性所实现的人类学普遍性归根到底同人类的生物学机制相关联。

马林诺夫斯基曾提出:"个人和种族的机体或基本需求之满足,是强加于每种文化之上的一组最低条件。"因此,"任何文化理论必须从人的机体需求开始"。④ 无论我们赞同与否,有一点应无异议:人类生命的生物方面机制,是我们对一种文化选择作出价值评估的一个重要依据。因此,文化观念的提出强调的是在人们共同生活的环境中存在着"一种普遍反应",但它主要也就落实于"人类学"方面而并非"社会学"上。所以驻足于人类学立场我们能为艺术活动成功地从意识形态樊篱中实现突围提供一个逻辑依据,从中我们也能理解古往今来那些艺术杰作能够超越时空与我们同在的奥妙。巴赫金曾谈到,面对一部优秀作品时,批评家通过"具有审美意义的形式所把握的不是什么虚空,而是顽强不息、自成规律、内蕴涵义的人生追求"。很难想象,如果这种追求不具有一种人类学意义上的普遍性,我们怎么能够对之产生跨文化的审美共鸣?不能不承认

---

① [美]马斯洛:《动机与人格》,许金声等译,华夏出版社1987年版,第108页。
② [美]格尔兹:《文化的解释》,纳日碧力戈等译,上海人民出版社1999年版,第61页。
③ [英]雷·威廉斯:《文化与社会》,吴松江等译,北京大学出版社1991年版,第399页。
④ [英]马林诺夫斯基:《科学的文化理论》,黄建波等译,中央民族大学出版社1999年版,第53、78页。

"如同艺术常常使人联合一样,艺术也经常使人分化"。① 但或许同样也应该意识到,在某种意义上,这也正是衡量一部作品的品质高低的一个重要依据。尽管存在着烙有鲜明民族主义与区域文化印章的艺术作品,但真正伟大的艺术总是能够为全人类共同分享,仅仅拥有当时代影响而未能经受住时间筛选的作品不可能是真正的杰作。

(原载《文艺研究》2015 年第 7 期)

---

① 钱中文主编:《巴赫金全集》第 1 卷,李兆林等译,河北教育出版社 1998 年版,第 335 页。

论文学的特殊本质

金健人

就文学的一般本质而言，它与其他样式的艺术一样，属于一种特殊的意识形态，都是对社会生活的形象反映。然而，当把研究的视线投向更为深远的层次，就不难发现：（一）尽管所有的社会意识形态最终都是经济基础的反映并都反作用于经济基础，但它们与基础并非处于等距离，比起政治、法律、道德来，包括文学在内的艺术与哲学、宗教都属于"更高的即更远离物质经济基础的意识形态"；[①]（二）包括文学在内的艺术虽与哲学、宗教处于同一层次，但它们从对象到内容到形式以及把握世界的方式和过程都是各不相同的；（三）艺术作为一种特殊的意识形态表现出与其他意识形态的不同点，文学又作为一种特殊的艺术样式与其他艺术样式表现出不同点。所有这些都归结到一点：要求回答文学的特殊本质是什么？而这，又是一个被国内外学者视作斯芬克斯之谜式的难题。

一

一个公认的事实是：文学既是艺术现象又是语言现象。因此，古往今来的研究者，在探讨文学的特殊本质时，几乎都明确地看清了这样两个问题：（一）文学作为语言艺术与非语言的艺术之间的区别；（二）文学作为艺术语言与非艺术的语言之间的区别。而以往的研究者，又的确是照着这样两个问题进行探索的。韦勒克和沃伦曾经说过：解决文学本质是什么这个问题的"最简单方法是弄清文学中语言的特殊用法"。[②] 他们与许多人一样认为，把科学语言与文学语言的区别，仅仅看作"思想"和"情

[①] 恩格斯：《费尔巴哈与德国古典哲学的终结》，《马克思恩格斯选集》第4卷，中共中央马克思恩格斯列宁斯大林著作编译局编译，人民出版社1996年版，第253页。

[②] ［美］韦勒克、沃伦：《文学原理》，刘象愚等译，生活·读书·新知三联书店1984年版，第10页。

感"的区别,这是不够的。因为文学必定包含思想,而情感的语言也绝非文学所独有。所以,他们把语言区分为三类:文学语言、科学语言、日常语言。比起科学语言来,文学语言有很多歧义,是高度"内涵"的,强调文学符号本身的意义和语词的声音象征,深深地植根于语言的历史结构中;比起日常语言来,文学语言更重视发掘和利用语源,更为系统化,更富个性,也更具统一性。他们总结性的补充是:"我们还必须认识到艺术与非艺术、文学与非文学的语言用法之间的区别是流动性的,没有绝对的界限。"①

兹·托多罗夫对此问题的看法显然比韦勒克他们要悲观得多。他觉得既难以给"文学"找到一个共同点,也难以给"非文学"找到一个共同点,因为所有文学产品的共同点只有一个:"即语言的运用";而"非文学"的共同点也许根本不存在,因为从日常会话、谈笑、官场应酬、外交辞令,到新闻、政治以及科学用语,凡此种种"并非同属一个统一体"。假如选用结构的观点,那么每种被人称为文学的话语与其非文学"近亲"之间的距离,会比其反类型的文学话语更为接近,如抒情诗与祈祷文之间就比抒情诗与历史小说之间有更多的相同性,因此"文学与非文学的区别就让位于话语的类型划分"。但话语的类型越多就越难说明文学的本质,最后,兹·托多罗夫只好赞同施莱格尔的话:"在任何时候,任何地方,只要是人们称之为诗歌的东西就是诗歌。"②

特里·伊格尔顿在他的《文学原理引论》的"引言"部分,即开宗明义地探讨"文学是什么"。他从各种角度探讨文学得以确立的标准,如"虚构性""非实用性""语言的特殊用法""可靠而不会改变价值"等,但最后只能绝望地哀叹:"要从所有形形色色[被]称为'文学'的文本中,将某些内在的特征分离出来,并非易事。事实上,这就像试图确定所有的游戏都共同具有某一特征一样,是不可能的。根本就不存在文学的'本质'这回事。"③"从现在起,当我在这本书里使用'文学的'和'文学'这两个词时,我将它们置于无形的注销符号之下,以表示这两个词其实并不中意,只是我们现在还没有更好的词可用。"④

关于文学作为语言艺术与非语言艺术的区别,在艺术类型学中,一向

---

① [美]韦勒克、沃伦:《文学原理》,刘象愚等译,生活·读书·新知三联书店1984年版,第13页。
② [法]兹·托多罗夫:《文学的概念》,《外国文学报道》1985年第5期。
③ [英]特里·伊格尔顿:《文学原理引论》,刘峰译,文化艺术出版社1987年版,第11页。
④ [英]特里·伊格尔顿:《文学原理引论》,刘峰译,文化艺术出版社1987年版,第14页。

存在着纷杂的看法。有的把文学看作"自态的音乐"与"造型艺术"的综合,有的看作"主观的艺术"与"客观的艺术"的综合;有的把它与"同时直观的静态艺术"相对,放入"相对直观的动态艺术"群,属于精神性最大而物质性最小的类型。自莱辛在《拉奥孔》中从表现对象、媒介材料、心理效应等方面划定了诗与画的界限后,由空间并列关系的同时性、静止性、共存性和时间先后关系的相继性、运动性、推移性出现的空间艺术和时间艺术的差异明确了,有人在此基础上提出同属时间艺术的音乐与文学应在表现与再现上再作界定。施马尔卓等人则在相对应的时间、空间两艺术系列里建立起三对特殊关系:把时间艺术分成以声音为艺术形式的音乐,以动作为艺术形式的舞蹈,由声音和动作综合而成的以语言为根本要素的文学;把空间艺术分成作为立体形成者的雕塑,作为空间形成者的建筑,由立体和空间的综合构成的形象为表现手段的绘画。这类观点成了现代艺术分类的基础。各类艺术品的物质构成,"对于艺术创作的特点也可以这样说——它们也取决于被创造的物品的性质:图画的创作同交响曲、诗或电影都不相同,因为在每一种情况下创作过程的结构都由被创造物体的结构所决定"。[①] "在艺术中精神性——即人的意识活动的结果——不能不物化地体现出来,而且对于艺术思维(即令把它称作'直觉')来说,物化手段不是某种绝对外在的东西。而相反,这些手段决定这种思维的结构本身,这种思维历来是、并且在任何情况下都是材料中的思维(声音、颜色、体积、手势等中的思维),而不是'纯精神'思维(甚至也不是后来'转译'成声音实体、颜色实体、造型实体的语言—概念思维)。"[②] 马克思曾深刻地指出这一点:"就像颜色和大理石的物理性质没有超出绘画和雕塑的范围一样。"[③] 然而正是在这一点上,即语言艺术的"物质材料"是什么的问题上,又出现了恼人的纠纷。费肖尔父子与哈特曼等人注意到了物质对象与审美感情的关系,弗·费肖尔认为艺术是用"形状"来思想,不是用"字母"而是用"意象"来"翻译宇宙"。哈特曼认为艺术家的工作就在于创造物质对象使美感能投射在这物质对象上。所以,他们都认为语言艺术的特性,就在于用语义所唤起的想象直观像来作为其表现手段。玛克斯·德索对此提出了反驳,他在一般语言的心理学研究基础上,发现了语言文学所激起的"这些意象都太弱了,

---

[①] [苏]卡冈:《艺术形态学》,凌继尧、金亚娜译,江苏教育出版社1990年版,第176页。
[②] [苏]卡冈:《艺术形态学》,凌继尧、金亚娜译,江苏教育出版社1990年版,第282页。
[③]《马克思恩格斯全集》第46卷,中共中央马克思恩格斯列宁斯大林编译局编译,人民出版社1979年版,第121页。

它们不足以解释审美经验的力量"。因此，他认为语言艺术不是以想象直观像为媒介而是依赖于语言本身的艺术，"审美效果并不依赖于偶然由语言激起的感觉意象，而依赖于语言本身及其特有的结构"。① 这与俄国形式主义者们达成了共识。这等于又把探讨的结果引回到探讨的起点：能使文学成为语言艺术的，就在于这语言的特殊用法，或在于这语言具有特殊本质。

萨丕尔在《语言论》第十一章论述的是"语言和文学"。他写道："对我们来说，语言不只是思想交流的系统而已。它是一种看不见的外衣，披挂在我们的精神上，预先决定了精神的一切符号表达的形式。当这种表达非常有意思的时候，我们就管它叫文学。"紧接在这句话之后，他在脚注中说明："我不能在这里确定地说哪样的表达才'有意思'到足以叫做艺术或文学。再说，我也不确实知道。只能说文学就是文学。"② 这是一位语言学家的坦白，也是他从语言学角度审视的结论：语言艺术中的语言既无特殊用法也无特殊本质。再听听一位美学家的意见。苏珊·朗格从美学角度审视了艺术与语言的功能，认为艺术"这样一种对情感生活的认识，是不能用普通的语言表达出来的，之所以不可表达，原因并不在于所要表达的观念崇高之极、神圣之极或神秘之极，而是由于情感的存在形式与推理性语言所具有的形式在逻辑上互不对应，这种不对应性就使得任何一种精确无误的情感和情绪概念都不可能由文字语言的逻辑形式表现出来"。③ 但文学却一方面与其他艺术类型一样能与情感的存在形式相对应；另一方面又与其他语言品一样与推理性相对应。在这一矛盾面前，苏珊·朗格也不得不承认："有关语言在诗的创造中的作用问题，在我自己所属的学派内也没有得到很好的解决。"④

二

问题的症结到底在哪儿？

文学作为艺术语言与其他非艺术的语言的区别，和文学作为语言艺术与其他非语言的艺术的区别，人们一直把它们看作两个问题，以致解决了此问题又背离了彼问题，解决了彼问题又背离了此问题。这是使萨丕尔、

---

① ［德］玛克斯·德索：《美学与艺术理论》，兰金仁译，中国社会科学出版社1987年版，第340页。
② ［美］萨丕尔：《语言论》，陆卓元译，商务印书馆1985年版，第137页。
③ ［美］苏珊·朗格：《艺术问题》，滕守尧译，中国社会科学出版社1983年版，第87页。
④ ［美］苏珊·朗格：《艺术问题》，滕守尧译，中国社会科学出版社1983年版，第142页。

苏珊·朗格等不少人陷入困惑的所在,也是使人们对文学的特殊本质的认识一直裹足不前的原因。其实,这不是两个问题而是一个问题的两个方面。文学作为艺术语言与其他非艺术的语言在本质上没有什么不同;文学作为语言艺术与其他非语言的艺术在本质上也没有什么不同。文学具有语言本质和艺术本质的二重性。造成文学本质二重性的深层根由,在于语言与艺术的本质差别。

语言,以其在人类发展史上所起的特殊作用而获得了特殊的地位,以致不少人用语言来定义人类。语言是人与世界联结的中介;"语言是思想的直接现实"。① 马克思主义把语言看作"思维本身的要素,思想的生命表现的要素","语言和意识具有同样长久的历史。"② 索绪尔也说过,思想如果离开了词的表达,那只是一团没有定形的、模糊不清的浑然之物。思想本身好像一团星云,其中没有必然划定的界限,所以,在语言出现之前,一切都是模糊不清的。"语言对思想所起的独特作用不是为表达观念而创造一切物质的声音手段,而是作为思想和声音的媒介,使它们的结合必然导致各单位间彼此划清界限。思想按本质来说是浑沌的,它在分解时不得不明确起来。因此,这里既没有思想的物质化,也没有声音的精神化,而是指这一颇为神秘的事实,即'思想——声音'就隐含着区分,语言是在这两个无定形的浑然之物间形成时制定它的单位的。"③ 这从实质上来说,语言就是提供给人掌握世界的一种"格网"。这"格网"本身与世界并无必然的联系,而是任意约定的关系,所以各民族语言都可能准确地掌握世界,在对世界的真理性认识上可以达到一致的结果,尽管各民族语言相互间如此千差万别。这种语言符号能指与所指之间的任意约定关系与艺术符号能指与所指之间的非任意的自然关系,造成了两者的根本区别。

一方面,语言符号由于"语音"能指形式与"语义"所指内容以及"世界"所指对象之间不具必然的内在联系,才可能让人"随心所欲"地建立起一个高度形式化的系统,以致"任何观念上的差别,只要被人们感到,就会找到不同的能指表达出来"。④ 能指与所指之间的关系越是任

---

① 《马克思恩格斯全集》第3卷,中共中央马克思恩格斯列宁斯大林编译局编译,人民出版社1960年版,第525页。
② 《马克思恩格斯全集》第42卷,中共中央马克思恩格斯列宁斯大林编译局编译,人民出版社1979年版,第129页;第3卷,第34页。
③ [瑞士]索绪尔:《普通语言学教程》,高名凯译,商务印书馆1980年版,第157—158页。
④ [瑞士]索绪尔:《普通语言学教程》,高名凯译,商务印书馆1980年版,第168页。

意，人们对它们的掌握就越须依赖代码（规则），反过来它们对人们又越具有强制性，其意指关系也就越显出单义、可逆、稳固、严密的性质，整个运行机制也便越具有逻辑性和推理性。另一方面，艺术符号的能指与所指之间，即绘画的线条色彩、音乐的旋律节奏、舞蹈的形体动作、建筑的几何图形与我们心中被唤起的感觉、情绪、情感、形象、思想之间，具有着某种"本性使然"的内在联系。

这种"本性使然"的内在联系包括四个方面：一是现实世界所指对象的特征；二是人在感知这些所指对象时的心理特征；三是艺术中能指形式的特征；四是人在感知这些能指形式时的心理特征。这四方面的特征应能建立起相似性类比关系。艺术中的最普遍现象，诸如再现、表现、隐喻、象征、夸张、变形等，都是建立于这种基本关系之上的。譬如颜色词"红"，在汉语里叫作"hóng"，在英语里叫作"red"，当然在日语里叫法又不同，在其他的民族语言里还有其他各种各样的叫法。这各种各样的语音与同一种颜色，也就是如血、如火、如石榴花的颜色之间的结合是偶然的、任意的、约定俗成的，这就是语言符号能指与所指之间的任意约定关系。但是在艺术中就大不相同了。红与血、火、石榴花之间的联系是直接的，在绘画里用红颜色来表现血、火、石榴花也就是自然的，并且，由血而联系到拼杀、战争、革命，红竟与政治内容也产生了自然的联系；由火联系到热烈、奔放以至喜庆、气氛等，与社会风情也产生了自然的联系；由石榴花、桃花等红花，与青年女性红花般的容颜的自然联系，到一连串与此有关的女性用语，"红颜""红妆""红粉""红泪"等，以及几乎所有民族的文学中都有用花来比喻女性的例子，都说明了这种"本性使然"的内在联系，它为事物本身所固有的特征而引起。像闻一多的《色彩》："生命是张没有价值的白纸，自从绿给了我发展，红给了我情热，黄教我以忠义，蓝教我以高洁，粉红赐我以希望，灰白赠我以悲哀"，更是艺术家加上个体经验之后的发挥，从中都可找到自然联系的根据。

当然，由于文化构成与演变的复杂性，对应于类比关系中的特征的具体内容又必然随民族、时代、个体、境况等的不同而变化。这种类比关系尽管只能是相对稳定的，但由于它是自然给定的，比起任意约定的语言符号来，人们天然地被赋予一定的感受力和知解力。谁不认为听一个人用乐器演奏外国乐曲比听一个人用外语说话要容易得多，看一个外国人创作的绘画比看一篇用外文写就的文章要容易得多呢？这种"读解"的差异不是程度上的而是性质上的。正是这种能指与所指之间的自然联系，赋予艺术以直观、感性、生动、具体的特性。也正是这种能指与所指之间的自然联系,使整个系统不要求过于严格的编码,约定也便松散;而约定越松散,符号的意义便也越易于变化。这就为艺术的多义含混、指示无定、不可重复提供了前提条件。

使这些前提条件成为事实的,是能指与所指之间的自然联系使艺术无须对感性具体的对象进行"概念抽象"。艺术尽管必须概括,但它始终是不脱离感性具体,始终是摆脱不了它的"整体浑成"的。在艺术的感知方式中,其聚焦点是能指形式,而在整个现实世界中,其聚焦点是人。作为整体的活生生的人,是人把万事万物的光聚焦拢来又发射开去照亮万事万物。维柯曾表述过这样两条关于人类心灵的公理。第一条是:"由于人类心灵的不确定性,每逢堕在无知的场合,人就把他自己当作权衡一切事物的标准。"① 第二条是:"人类心灵还另有一个特点:人对辽远的未知的事物,都根据已熟悉的近在手边的事物去进行判断。"② 第一条公理说明了人与人之外的世界的关系;第二条公理说明了人的已知经验与未知经验的关系。它们一横一纵,交叉地建立起人类心灵的"法则",这在列维-布留尔那里被称作"原逻辑思维";在列维-斯特劳斯那里被称作"野性思维";在卡西尔那里被称作"神话思维";在 S. 阿瑞提那里被称作"旧逻辑思维"……而实质上却是一种艺术思维。

"重要的是这种类型的思维离开了通常的轨道而开辟了更多的可能性。一个人可以在一个单一的事物中发现上百种属性,因此进行创造的可能性也就大得很了。"③ 这种思维类型的基础,仍然是特征间的相似性对应:以此物类比彼物或以部分代替整体,使艺术得以受孕、降生、成长,繁衍的想象、联想、幻觉、移情、通感等复杂的心理效应,使其转换机制在这里都找到了最简单也是最根本的解释。

正是这种艺术符号系统中能指与所指的自然关系与语言符号系统中能指与所指的任意关系,使文学的特殊本质陷入二重矛盾中挣扎。由于无法摆脱任意关系,能指与所指必然受编码的严格约定,运行机制必具推理性,整个系统也就必具语言的性质;由于无法摆脱自然关系,能指与所指只在松散的编码中对应,运行机制必具类比性,整个系统也就必具艺术的性质。

---

① [意] 维柯:《新科学》,朱光潜译,商务印书馆 1989 年版,第 82 页。
② [意] 维柯:《新科学》,朱光潜译,商务印书馆 1989 年版,第 83 页。
③ [美] S. 阿瑞提:《创造的秘密》,钱岗南译,辽宁人民出版社 1987 年版,第 89 页。

三

当然,研究的意义并不在于结论,而在于此结论如何在文学的诸多实际关系中得到阐释以有利于现实的文学创作和研究。文学的本质二重性,并不意味着将文学简单地剖成两半,然后各分成能指、所指、对象,最后把它们拼凑在一起。假如这样,马上会发现两个系列的各部分并不一一对应。应该这样说:文学从语言角度看,的确与一般语言毫无二致,可分成能指、所指、对象之部分,能指语音与所指语义也是毫无二致的任意关系。但从艺术角度看,作为语言符号的能指语音却并不就是艺术符号中的能指,作为语言符号所指的语义也并不就是艺术符号中的所指。对于艺术符号来说,应把语义区分为两个部分:"字面义"与"联想义";是"字面义"与语音包括书面形式的文字一起构成艺术符号的能指。准确地说,在文学的书面形式中,应是文字与其所指语音一起作为能指形式与其所指内容"字面义"构成关系,再又由文字、语音、"字面义"一起作为能指形式与所指内容"联想义"以及所指对象"世界"构成关系,并且这种层次还可作更精细划分。更为深入的论述请看后文《文学经典的结构与功能》,而艺术符号的所指就是"联想义"。

"字面义"的实质是言语集团的成员所共有的语言"共同体系"的一部分,从静态来说,大致可看作"词典意义"。"联想义"建基于经验,经验的相互关联又以特征的相似性为依据,它作为所指内容与所指对象"世界"有着内在必然的联系。在文学作品中,由字面义构成"字面形象",它虽不如绘画中由线色固定在画布上的图形、雕塑中由凹凸固定在石头上的形体那般稳定,但在艺术符号系统中,却同属"能指形式"范畴,作品的意义或意味正是它们的"所指",是隐藏在它们背后的东西,这"东西"就是建基于经验的"联想义"。所不同的是,文学的"字面形象"并不是直接物质存在,而是由语音(也包括文字)在人的心理所激起的间接物质存在,这又造成了文学"间接艺术"的特点。文学的能指形式除了"字面形象"外,还把语音和文字也包括在内,而它们是文学作品的直接物质存在。直接物质存在和间接物质存在共同构成了文学作品艺术符号的能指形式。而由对这"直接物质存在"或"间接物质存在"的各执一端,也便产生了玛克斯·德索与费肖尔、哈特曼等人的坚持"语言结构本身"与"想象直观像"的观点之争,我们在发现他们对立观点的不同理论价值的同时,又不能不注意到他们各自观点的不同片面性与局限性。

在文学作品中，由能指形式语音与所指内容语义之间的任意约定关系构成了文学的语言平面；由能指形式语音、字面义与所指内容联想义之间的自然诱导关系构成了文学的艺术平面。这两个平面，一个遵循语言的本质在"推理性"轨道上运行，一个遵循艺术的本质在"非推理性"轨道上运行，用苏珊·朗格的话来说，叫作"情感的存在形式与推理性语言所具有的形式在逻辑上互不对应"。如何使这种"逻辑上互不对应"变成"互相对应"？她曾提出过语言的"造型作用"，但语言是如何实现"造型作用"的，这关键环节却被语焉不详地跳跃过去了。实际上，这由"语言平面"向"艺术平面"的转化，其关键环节有二：

第一，众所周知，语音与语义是任意约定的，这是语言符号能指与所指的本质关系，怎么可能到了艺术符号系统中就转变成为"自然诱导"关系呢？如果不转变成"自然诱导"关系，那艺术本质又从何谈起呢？这就需要冷静地分析一下，语音给人的美感到底是源于其语言能指属性呢，还是源于其自然音响属性？

就汉语来说，语音美的最重要条件是音节数的多或少、押韵的有或无和平仄间的对应，构成了汉语特有的音响效果，形成所有汉语文学作品的韵律和节奏。假如其美感是源于语言的能指属性，那特定能指只能与特定所指结合，语音就不可能与语义分离而成为独立的音响形式，那汉文学中就不可能产生如律诗、绝句以及词这样的声律固定而内容多变的样式。转变为现实物质性，诵读者的嗓音的音色以及抑扬顿挫的处理，都因人而异地产生着不同的审美效果，至于诵之不足，吟之；吟之不足，歌之咏之，那更因声韵节奏的升腾、跌落、疾速、弛缓而激起强烈的情绪波动，甚至在不懂语义的情况下都能造成一定的情绪反应。这都说明，语音美源之于自然音响，它与音乐美是同质的东西，都是音响节奏在一定组织下与一定的官能效应、心理机制、感觉经验、审美趣味之间的特征对应，遵循的是相似性类比的自然诱导关系。并且，在这一点上语音也与音乐是惊人的相似：除了在总体上呈表现性外，尚存有部分再现性因素，这些再现性因素以其较为直接的模仿建立起与所指内容的自然联系。在音乐中是以"对能发出固定音高的事物，如杜鹃、牧羊人的笛子，或是猎人的号角，进行直接模仿"；或者"是对某些发出无固定音高的声音的事物进行近似的模仿，如雷鸣、小溪的潺潺流水声，或树枝的喳喳声"。[①] 而在语音中，有"汪汪"的犬吠、"咩咩"的羊叫、"喔喔"的鸡啼，以及"轰隆隆""哗

[①]［英］戴里克·柯克：《音乐语言》，茅于润译，人民音乐出版社1984年版，第9页。

啦啦""劈里啪啦""乒乒乓乓"这类拟声词，还有像"呀""哇""哟""唉"这类感叹词。对于它们，绝大多数语言学家都认为仍受语言符号任意性的制约，但同样的，绝大多数语言学家也都承认，比起其他词来，它们与所指内容有着多得多的可供辨认的自然特征；而拟声词和感叹词的使用频率在任何民族的文学作品中都远远超出非文学作品，这不是偶然的巧合，而是文学作为艺术品的必然。

第二，语音的自然音响属性引发的美感，在文学中到底只能处于从属的地位，因文学主要是以其意义系统来使人产生美感的。换言之，艺术符号不但把语音作为能指，还主要以语义的字面义作为能指。作为能指的字面义与作为所指的联想义之间并不是任意约定关系，而是自然诱导关系，这是容易理解的；难以解释的是字面义与语音构成的语言平面如何转化为字面义与联想义构成的艺术平面？即语言的推理性如何转化为艺术的非推理性？

字面义与语言的最初结合是完全任意的，"任意性这个词还要加上一个注解。它不应该使人想起能指完全取决于说话者的自由选择"，索绪尔紧接着在括号内说明："一个符号在语言集体中确立后，个人是不能对它有任何改变的。"[1] 这即是任意性必然带来的强制性约定，这种强制性是通过集体编码来实现的。编码越严，强制越甚。语言编码已经发展成严密的系统，音、义间的意指关系均被明确"定位"，音、义间的结合也便具有限定性和稳定性的特点，这样，在交际过程中和传达过程中就不易走样。而字面义与联想义的结合，从古至今都是个性化的，它体现的以经验的相互关联为基础的思维间的联系，其编码是自然形成的，共同的经验可构成共同的编码，非共同的特异经验甚至可以构成个体编码。所以，因个人的素质和经历的不同，字面义与联想义之间的结合便具有极易变化、不易限定的特点。从作家的创作到读者的接受，都不是一个一般的编码、解码过程，而是一个由个体编码转换成集体编码又再转换成个体编码的过程，也是一个由感性具体转换为概念抽象又再转换为感性具体的过程。由于使用的编码不一样，如"恋人"这个词在同一言语共同体中虽然具有共同的认知性"字面义"，但作为这一认知意义的个体基础，每个人经验中的感性具体都是各不相同的，所以，每个人的感知性"联想义"也各不相同。故而一千个人眼中有一千个"贾宝玉"，也有一千个"林黛玉"。

---

[1] ［瑞士］索绪尔：《普通语言学教程》，高名凯译，商务印书馆1980年版，第104页。

这种代码的转换，是任何语言都具有的潜能，也是任何个人都具有的机能。这正如歌德在《搜藏家及其伙伴们》中第五封信中所言："人是一个整体，一个多方面的内在联系着的能力的统一体。"① 因为语言代码是每个人都掌握的，人生体验是每个人都具备的，它们都在一个活生生的人身上得到了统一。因此，任何语言品，都因或多或少存在着被人"转换代码"的可能而含有或多或少的审美因素；任何个人，都因或多或少存在着用个人代码去替代共同代码的可能而秉有着或多或少的艺术才能。但为什么并非任何语言品都能成为文学作品，也并非任何个人都能成为文学家呢？因为这种"转换"必须得到两个方面的强化。

　　一方面，在语言平面上尽力"堵截"，使能指不至于太顺利地导向所指。这种对语言符号任意关系的否定，破坏了语言的意指"惯性"，避免过快地从语音能指导向字面义，而是唤起人们对语音（甚至文字）的注意，干扰了语言的"透义性"，突出了语言艺术品的"直接物质存在"，也就是"语言本身及其特有的结构"，使语音的自然音响效果得到强化，把语音本身的音韵美和节奏美激发出来，如格律就是为达到这种目的而制定的。

　　另一方面，在艺术平面上尽力"引导"，使字面义作为能指迅疾地趋向所指内容联想义。这种对字面义与联想义之间的自然关系的强化，突出了语言艺术品的"间接物质存在"，也就是"想象直观像"，把感性具体的人生经验从被心理惰性尘封的暗室里驱赶出来，形象、意象、幻觉等便在人们眼前显现出来，并将个体经验的小溪汇入人类生活的汪洋大海，哪怕是对凡人琐事的描写也通过象征、寓言、隐喻、典型化等手段直接或间接地与人类生存发展的基本问题联系起来。这种联系会自然地将各个个体经验的编码相互接通，而人类生存状态中的共同因素则是艺术符号的共同自然编码。于是，世界向文学敞开了广大深邃的大门。

　　这种被大大强化了的语音和联想义的两相扩张挤压，把字面义榨得"稀薄"以至"消失"，最终逃遁到人的潜意识里去，留下来的，是语音的音乐表现力和联想义的绘画表现力的结合，语言的"推理性"这才转化为艺术的"类比性"而与情感的存在形式形成"逻辑的相互对应"。这样，文学作为语言艺术品，在两股对立力量——任意关系与自然关系——的作用下形成了一个多层次的复合体。文字与语音、语音与字面义、字面义与联想义、浅层的联想义与深层的联想义……它们有的被任意关系拉

---

① 朱光潜：《西方美学史》下册，人民文学出版社1963年版，第693页。

拢，有的被任意关系推开，有的被自然关系拉拢，有的被自然关系推开，这种种或排斥或趋同的双向运动，使文学成为地地道道的艺术品，同时也不失为地地道道的语言品。

（原载《文学评论》1991 年第 2 期）

为诗学正名[*]
——它是什么和不是什么

金健人

一

在"反本质主义"思潮盛行的今天,选这个题目来做显得颇为不合时宜。对比曾经辉煌过的"美是什么""文学是什么""诗学是什么"的种种学术热,竟恍如隔世。面对复杂问题,现今流行的做法便是"搁置",然而,问题的搁置并不等于问题的解决,新出的状况便是:"什么都是美""什么都是文学""什么都是诗学"。

随便搜寻一下,我们便得到了"战争诗学""法律诗学""宗教诗学""伦理诗学""比较诗学""哲理诗学""自然诗学""生态诗学""宇宙诗学""数学诗学"……甚至于与诗、与文学、与艺术处于最为遥远的另一极的科学也不例外,如今也有了"科学诗学"。通常我们总认为,诗学分广、狭二义,广义诗学为文学理论,狭义诗学为有关诗歌的理论和知识。于今看来,诗学所包含的、或者说所涉及的,要远为复杂得多!

再怎么复杂的对象,如果设立一个标准,那也是可以进行区分的。比如以范围大小进行界划:最小的圈子是诗歌,关于诗歌的理论,以至包括知识,统称为"诗学",似乎争议不大;中国数量庞大的诗话,也都可圈进。扩展一点即为文学理论,可以看到两种情况,一种情况较为随意,"文学理论"与"诗学"可以并行互换;另一种情况则较为审慎,并非文学理论的全部,而是其中的一部分可以冠以"诗学"。再扩展开来,我们发现与文学最为邻近的艺术各类,其理论也被称为"诗学",如"绘画诗学""舞蹈诗学""音乐诗学"……因为同属艺术大类,许多人对此也还认可。再扩而广之,我们便有了"历史诗学""哲学诗学""语言诗学"

---

[*] 本文得到教育部项目"汉语诗学"(批准号:10YJA751030)的资助。

"法律诗学""宗教诗学""伦理诗学"等，人们往往只在修辞的意义上接受这种"冠名"。那么，即便是修辞，如比喻、比拟的用法，也得具有某种共同性或相似性才行。当然，我们在这里是就诗学的学科性发言，仅仅只有比喻、比拟的共同性或相似性还是不够的。

众所周知，在学科层面上使用此词语的，首推古希腊的亚里士多德。中国元代杨载的《诗学正源》，尽管也有"诗学"二字，但与我们现在所说的"诗学"含义，显然相去甚远。亚里士多德的诗学，主讲悲剧，也讲史诗，所以，人们理所当然地把它看作文学理论或文艺理论。但于今隔了二千多年的岁月，到中国又隔了万水千山，再要把它"定于一"，显然不可能。诗学是什么？形而上学层面上的探讨也就碰到了障碍。维特根斯坦认为，"一个词的含义是它在语言中的用法"，[1] 这就承认了时空变迁和上下文置换，"诗学"应该领有不同的外延和内涵。不认可一成不变的"本质"，并不等于不承认相互间的联系，维特根斯坦又指出，"我想不出比'家族相似'更好的说法来表达这些相似性的特征；因为家族成员之间的各式各样的相似性就是这样盘根错节的：身材、面相、眼睛的颜色、步态、脾性等。"[2] 一个家族的男男女女，尽管难以找出某一固定特征，但又总有着某些"家族相似"存在。而现代科学又更前进了一步，让我们知道家族的血缘关系，可以通过或隐或显的 DNA 证明。那么，诗学的"DNA"是什么呢？

先从学科层面来分析争议最小的两个圈：一个是诗歌理论包括诗歌知识，一个是文学理论。说文学理论是诗学，争议最少，因为这与亚里士多德的《诗学》一脉相承。说诗歌理论与诗歌知识是诗学，圈子似乎更小，争议却可能变大。这争议不在诗歌理论，而在诗歌知识，与诗歌理论比起来，人们会觉得，似乎诗歌知识不如诗歌理论"诗学"。为什么会这样呢？因为人们会觉得，似乎隐隐藏着某个标准，在诗歌理论和诗歌知识之间，它更青睐前者。再深入一层，即使最少争议的文学理论，在动态的创作理论和静态的文体理论之间，在韦勒克所区分的"内部理论"和"外部理论"之间，我们不是也会觉得，这个标准似乎也更青睐前者？

同理，我们再来分析更大的两个圈：一个是非文学的艺术，一个是

---

[1] [英] 路德维希·维特根斯坦：《哲学研究》，陈嘉映译，上海人民出版社2005年版，第25—26页。

[2] [英] 路德维希·维特根斯坦：《哲学研究》，陈嘉映译，上海人民出版社2005年版，第38页。

非艺术的百科。当人们说出或写下"绘画诗学""舞蹈诗学""音乐诗学"……再说出或写下"历史诗学""哲学诗学""语言诗学""法律诗学""宗教诗学""伦理诗学"等的时候,仅仅只是类比或比喻吗?难道没有更深一层的东西值得探究吗?如果能静下心来进行一番词语辨析,我们会发现,其中还是有规矩可循的。

法律与文学是相距甚远的一门社会学科,法律文书与文学文本相比,那更是以严谨的法律术语写成。文学作品的解读可以千人千样,而法律判决的解读则只能是一种理解,假如也可千人千样,那将天下大乱。然而,近年来"法律诗学"却成为一个热词。

法律诗学倾向把文学名著看作发现法律价值、意义和修辞的媒介,认为法律有必要从文学的传统准则中汲取伦理教义,文学的情感教化和移情感化,能够使法律判决更为人性化,莎士比亚、狄更斯、卡夫卡、加缪、梅尔维勒、奥威尔等人涉及法律问题的作品是律师和法官们良好的教材。怀特把法律与文学视作同类,认为把法律也看作创造性艺术,可以扩展人们的同情心,削弱工具理性的统治地位,"因而,法律生活在今天成为了一种艺术生活,在语言中与他者制造意义的艺术生活"[1]。丹勒普提到,"在一名律师或者一名法律系学生阅读卡里斯·狄更斯的《荒凉山庄》之后,他就不再会对在桌间穿梭的当事人完全冷漠或'客观'了"。威斯伯格的《语词的失败》是这方面的范本,他认为判决意见所使用的语言和修辞比判决结论更加重要,因为它们决定着所要得出的结论的对错,他甚至认为文学文本对法律家比对文学理论更有价值。[2] 这种法律与文学的"联姻"兴起于20世纪70年代,到20世纪80年代后期影响已经相当巨大。有人甚至称,这种新视角将会彻底改变法律学者谈论和思考法律以及判决的方式。福柯、德里达、利奥塔、萨义德等人的著作都为法律与文学的新关系提供了理论基础。

细辨"法律诗学",此语覆盖之下实存数义:1. 欢迎涉及法律内容的文学作品对理解法律文本的帮助;2. 吸收文学的读写方法以丰富法律读写的方法;3. 鼓励文学的人性内容对律师、法官断案的影响;4. 倡导文学的人文性对法律工具性的调整;5. 认为法律生活如同艺术生活,容忍其中创作性的存在。

从最小范围的诗歌,到文学,到艺术,再到非艺术,"诗学"词语的

---

[1] 参见胡水君《法律的政治分析》,北京大学出版社2005年版,第257页。
[2] 参见胡水君《法律的政治分析》,北京大学出版社2005年版,第251页。

频频出现，所指肯定是不相同的。然而，促使人们说出或写出"诗学"这个词语来的是什么呢？表面看来，就"诗"的因素的存量多少来说，随着一圈一圈地向外扩展，所谓"诗"的因素也只能是越来越被稀释，但为何人们仍然以"诗学"名之？正如我们手执一筷，平举，自然有一左端；断其一半，手执其中，仍有一左端，哪怕执于手中的是原来的右半段；再断一半，亦复如是。这说明什么？说明词语的具体所指在不同的语境中时时在变，但词语相互间的结构关系却难以打破。也就是说，"诗学"的具体所指可以从诗歌、到文学、到艺术，再到非艺术，随着语境链条中的移动而变，但"诗学"与"非诗学"在词语系统中的结构关系却并未打破，它们的各自指向则更难改变。那么，我们该以何种标准来区分"诗学"与"非诗学"的不同指向呢？

季涛在他的《法律之思：法律现代性危机的形成史及其现象学透视》一书中，使用了"后现代法律诗学的源始自然法"这样的名称。为何使用这样的名称？他是这样解释的：

> 因为海德格尔之思本身就是源初的诗作，他通过返回的步伐穿越形而上学史达到了远古诗人的前形而上学之思，这种思就是最早的诗作和最早的诗学。然而，海德格尔又从这种达到中再度穿越形而上学来到了后形而上学之思，因此他的思是后现代的源初诗学。而这种后现代诗学一旦被用来思入法律现象，它就成了后现代法律诗学，其内容主要表现为源始自然法。它出现在形而上学的法学之后，与前形而上学的远古法律诗学，也即氏族自然法形成了一种对照。这种对照来源于经由整个形而上学史的经验而对前形而上学之思的克服。①

为什么形而上学之前之"思"和之后之"思"可称为"诗学"？因为远古法律诗学的最大特点是虔诚，它是氏族自然法中的神性、自然和习俗得以完美统一的保证。而在海德格尔的后现代法律诗学中，脱却了形而上学存在——神——逻辑学机制的一神论普世理性，返归远古法律诗学的经验，同时又开放出新的虔诚样式，即保留在追问中的思的虔诚。在如此思的虔诚中，启示和理性的尊严都重新得到了维护，自然和历史的真理都

---

① 季涛：《法律之思：法律现代性危机的形成史及其现象学透视》，浙江大学出版社2008年版，第234—235页。

再次得以展开。① 由此可以得知，法律之"诗学"并非文艺之"诗学"，它的自然和启示，与形而上学的理性和逻辑相背，而与文艺诗学的直觉和独创相向。无论具体所指有何不同，这种结构关系不会被打破。

首创"翻译诗学"的勒菲弗尔似乎也是在这样的结构关系上展开他的多元系统理论的。他的一套术语里有三个关键词，就是意识形态、诗学和赞助人。意识形态关注的是社会应该或者可以是怎样的，而诗学则关注文学应该或者可以是怎样的。诗学有两个组成部分，"一个是一张文学技巧、体裁、主题、典型人物和情景、象征的清单；另一个是关于文学在整体社会系统里有什么或应有什么角色的观念"，后者"显然与来自诗学的范畴之外的意识形态影响有密切关系，是由文学系统的环境中的各种意识形态力量产生的"。"只要翻译诗学的性质不再是规范性的而是描述性的——只要它的内容不再是一系列的规定，而是对译者能用和已用的种种可能的策略的描述"，那便是翻译诗学。在所谓的"忠实（或称保守）型译者"和"灵活型译者"两者中，勒菲弗尔显然偏袒的是后者，他指出："保守的译者注意的层面是词或句，而'灵活型'译者注意的层面是整体文化，以及文本在文化中的功能"。② 概括地说，写诗必须遵守某些规则，而诗学研究的不仅是这些规则，它更看重的是这些规则如何被活用甚至被打破。而翻译诗学，正同此理。包括前述法律诗学的虔诚、自然、直觉、启示等，都集中于这一点：诗性。

自维科在《新科学》提出"诗性"这个范畴后，沿亚里士多德《诗学》轨迹发展的诗学理论，产生了重大而深刻的变化。亚里士多德以他的世界整体观，在以《诗学》与其他大量的学术著作，内容涉及哲学、伦理、历史、逻辑、心理、语言、政治、法律、诗学、经济、教育、以及物理、动物、天文等一起完成了他的百科全书式的知识大厦。随后贺拉斯的《诗艺》，布瓦洛的《诗的艺术》等，都只是在其中修修补补，基本内容大都是以自己的创作体验为基础的艺术家的理论反省所支持的看法。而维科的《新科学》，旨在创建一种人类社会的科学，"花了足足二十年光阴去钻研"，终于找到了"诗性智慧"这一开启新科学的万能钥匙。"我们发现各种语言和文字的起源都有一个原则：原始的诸异教民族，由于一种已经证实过的本性上的必然，都是些用诗性文字来说话的诗人。这个发

---

① 季涛：《法律之思：法律现代性危机的形成史及其现象学透视》，浙江大学出版社 2008 年版，第 235 页。

② 参见张南峰《中西译学批评》，清华大学出版社 2004 年版，第 148—151 页。

现就是打开本科学的万能钥匙，它几乎花费了我的全部文学生涯的坚持不懈的钻研"。① "诗性"的本义就是"创造性"，诗性智慧也就是创造性的智慧。原始民族的人们，由于强壮而无知，全凭肉体方面的想象创造出事物，而这种事物因为全凭肉体方面的想象，所以又格外地具有惊人的崇高气派，使后人把他们称为"诗人们"。维科对诗学的最大贡献，便是一反传统的关于诗的"模仿"原则，确立起"想象"这一新的诗学原则。如同磁极吸引指南针一样，无论处于任何地点或海域，指针都得牢牢地指向磁极。创造性想象这一诗性内核，也牢牢吸引着"诗学"这一词语，无论处于诗歌、文学、艺术，再到非艺术，"诗学"词语的出现，总会指向"创造性想象"的一端。

二

在我们的诗学研究中，可以看到两种现象，一种是在诗歌、文学、艺术以及其他学科，凡是出现"诗学"的地方，便要寻找相同的外延和内涵；另一种是看到了"诗学"在不同领域、不同语境以及不同上下文中的语义相对性，干脆否认了诗学比较中有共性的存在。

"如果词的任务是在表现预先规定的概念，那么，不管在哪种语言里，每个词都会有完全相对等的意义；可是情况并不是这样。""我们说价值与概念相当，言外之意是指后者纯粹是表示差别的，它们不是积极地由它们的内容，而是消极地由它们跟系统中其他要素的关系确定的。"② 在这里，索绪尔指出，一个词语在一种语言中的价值，是由系统中其他词语的价值所决定的。那么，一个术语在学科中的含义，也是由此学科内其他术语所构成的系统所限定的。所以，在不同学科的不同术语系统内，尽管在汉语中相同发音且写法也相同的"诗学"这一词语，其含义便是由围绕着它的其他要素所决定的。学科不同，系统也便不同，随着"对立面"的改变，它的含义便也相应改变。如在诗歌理论中，把"诗学"与"诗话"对立并举，那便是强调诗学的系统性和理论性，以别于诗话的片段、驳杂和感性。在法学理论中，把"法律"与"诗学"相连，便是在法学理论原有的逻辑、理性的体系中揳入情感人性的一面，由工具理性向人文感性倾斜。

---

① [意] 维柯：《新科学》，朱光潜译，人民文学出版社1987年版，第28页。
② [瑞士] 费尔迪南·德·索绪尔：《普通语言学教程》，高名凯译，商务印书馆1980年版，第162—163页。

索绪尔还指出，证明一个价值能够存在的因素有二：（1）能够与一定数量的物相交换，例如面包；（2）能相当于某种币制的一定货币，如多少法郎或美元。"同样，一个词可以跟某种不同的东西即观念交换；也可以跟某种同性质的东西即另一个词相比。因此，我们只看到词能跟某个概念'交换'，即看到它具有某种意义，还不能确定它的价值；我们还必须把它跟类似的价值，跟其他可能与它相对立的词比较。我们要借助于在它之外的东西才能真正确定它的内容。"① 这就是说，"诗学"到底是什么，并不取决于它本身，而是由它周围的其他词语所决定的。

在同一种语言内部，所有表达相邻近的观念的词都是互相限制着的。同义词如法语的 *redouter* "恐惧"，*craindre* "畏惧"，*avoir peur* "害怕"，只是由于它们的对立才各有自己的价值。假如 redouter 不存在，那么，它的全部内容就要转到它的竞争者方面去。反过来，也有一些要素是因为同其他要素发生接触而丰富起来的。②

让我们来看看"诗学"周围的词语。我们可以把簇拥在"诗学"周围的词语，粗略地分成三圈。最紧的一圈应该是"文学理论"、"文学语言学"和"文学写作"；然后是"文学批评""文学史""艺术理论""语言学"和"写作学"；最外围的应该是"美学""历史学""心理学""社会学""文化学"等。它们或上或下、或远或近地聚集在"诗学"周围。比"诗学"更形而上抽象的，有文学理论、美学；形而下实证的，有文学批评，文学写作；你中有我，我中有你的，有文学语言学、文学心理学；更远一点距离的，便是普通语言学和普通心理学；等等。在其中增加一个词语或减少一个词语，都会引起相应词语意义的变化。如一度非常热络的"文艺美学"，它要在其中插足，就必得在文学理论、艺术理论和美学中"跑马占地"，分享或共享诗学的某些地盘；如认可了"音乐诗学""舞蹈诗学""绘画诗学"的存在，那就等于把"诗学"推到了它们的上位，在共属"诗学"的小系统中，既然已有了音乐诗学、舞蹈诗学、绘画诗学等，似乎就还应该有个"文学诗学"。之所以没有出现这么别扭的名称叫法，完全得益于人们早就习惯

---

① ［瑞士］费尔迪南·德·索绪尔：《普通语言学教程》，高名凯译，商务印书馆1980年版，第161页。
② ［瑞士］费尔迪南·德·索绪尔：《普通语言学教程》，高名凯译，商务印书馆1980年版，第162页。

了的汉语的弹性，在广狭含义异常悬殊的情况下也可使用同一词语。小则聚焦于最紧内圈的核心，即文学理论、文学语言学和文学写作的某个结合处；大则普照于最广外圈的方方面面，如历史诗学、社会诗学、文化诗学等，人们都可把它们叫作"诗学"。

这就很好地解释了，为什么在我们的诗学研究中，有不少人在诗歌、文学、艺术以及其他学科，凡是出现"诗学"的地方，便要寻找相同的外延和内涵而终究不得的原因：此"诗学"原本就不同于彼"诗学"；而另外一些人看到了"诗学"在不同领域、不同语境以及不同上下文中的语义相对性，也就干脆否认了诗学比较中有共性的存在，而导致的结果便是：什么都是诗学，又什么都不是诗学。

我们认为，寻找不到相同的外延和内涵，并不就可以否认这些各有所指的诗学中所具共性的存在。前文提到的"创造性想象"，就是它的内核。但作为诗学，还应该有几条可以展开的维度，以穿越它如今颇为宽广的领地。聚焦于最紧内圈的核心，在文学理论、文学语言学和文学写作的相互结合处，是创作性想象安营扎寨的地方。其实瓦莱里早在近百年前就已一语道破：正确地说，"诗学，或者不如称之为创作学"，[①]"创作学的学科对象不是艺术家，只是在他们和作品格斗之间，将他和作品相联结的动力关系"。[②]

帕斯伦把瓦莱里的观点继续前推：

> "创作学"以按照事实，阐明创造性、自发性、创造性努力、灵感、表现、依据作品而获得的解放、影响、借用、艺术系统、引用、剽窃、临摹、制作、未完成、开放的作品、偶然性、反艺术等词语的意义为目标。以精确的事实为基础加以研究的"创作学"，以一般的创建活动，尤其是有关艺术领域中的创建活动的规范性反省中获得的认识为基础，结果，创作学被定义为"有关作品的各项指标和创建作品的各种作用的规范学"。

他还指出，创作学的规范性和美学的规范性不同。从某种意义来说，

[①] 参见〔日〕今道友信《美学的方法》，李心峰等译，文化艺术出版社1990年版，第304页。
[②] 参见〔日〕今道友信《美学的方法》，李心峰等译，文化艺术出版社1990年版，第315页。

在事物的秩序上，前者先行于后者。①

他们的这些论述，呼应着维科的论述，都如指南针指向磁极一样，指向诗学的核心：诗性、创作、想象。循着这一指向，在诗学探索的迷雾中，也许能让我们找到出路。

三

总括这些年来的中国诗学研究，可以看到三大路径如下。

1. 时间向度的古今之变

中国诗史三千年，先秦诸子百家始，对诗及文学多有论及。要建立今天的诗学体系，祖宗的宝贵遗产不能弃之不顾，但如何继承，则众说纷纭。汗牛充栋的诗话文论中，有多少是属于文学史的？有多少是属于作家作品评论的？又有多少是属于文学理论的？应该清理清理。文学史的归文学史，文学批评的归文学批评，文学理论的归文学理论，在这其中，该属诗学的归诗学。但谈何容易，这能清楚地区分吗？不能！但是如果以诗性的创作性想象为一端，根据与此端点的关系远近进行比量取舍，那么，哪些属于学科意义，哪些属于对象意义，哪些属于对比意义，还是可以明晰起来的。如古代律诗定型于初唐，但真正为大多诗人仿效遵循，则在盛唐以后。其中可以研究在这个过程中，哪些诗人古诗多于律诗，哪些诗人古诗与律诗相当，哪些诗人律诗多于古诗；也可以研究律诗为什么定型于初唐流行于盛唐，是因为试诗帖的缘故吗？是因为科举考试诗歌不合格律不行还是其他；也可以研究字数、对仗、平仄、押韵等方面的规定，律诗都要严于古诗，这在给诗人遣词造句带来束缚的同时，又给诗人追求音谐律和提供了新的路径；还可以研究"一简之内，音韵尽殊；两句之中，轻重悉异"的求异原则，和由此激发出来的汉语本身所潜藏着的音韵美的种种诗律形式……这些研究，哪些更贴近诗性的创作性想象一端，哪些更为远离，其实是不言自明的。

把诗歌分为述德诗、劝励诗、公宴诗、祖饯诗、咏史诗、游仙诗、游览诗、咏怀诗、哀伤诗、行旅诗、军戎诗等，和把诗歌分为古歌谣辞、四言古诗、乐府、五言古诗、七言古诗、杂言古诗、近体歌行、近体律诗、排律诗、绝句诗、六言诗、和韵诗、联句诗、集句诗、杂句诗、杂言诗、杂体诗等，前者认识的是对象，后者认识的是形式，对象包括外部的大千

---

① 参见［日］今道友信《美学的方法》，李心峰等译，文化艺术出版社1990年版，第307页。

世界和内部的心灵世界,林林总总,千殊万变,而形式则是使对象成为诗的路径;当然形式更靠近诗本身。有人把写三峡的诗集于一册,起书名为《三峡诗学》;如法炮制,很快就可以有《黄山诗学》《东海诗学》《黄河诗学》,也许这些书都很有价值,但与我们所说的诗学没什么关系。在古今之变中,不要老纠结于祖先的遗产是学科资源多还是学理资源多,亟待进行的是:不管多与少,用学科资源去完善诗学体系,用学理资源去丰富诗学体系。

2. 空间向度的中西之比

要说中西之比,该承认比较诗学乃当今显学。但乐黛云指出:"现已出版的各种比较诗学论著,大多只是简略介绍了什么是比较诗学之后,就进入具体分析,缺少一以贯之的理论思想和方法路径,正是'视其难者,觉得其理论原则和方法范式都有些难以捉摸;而视其易者,常常以为只要把两种不同文化的文学理论范畴概念放到一起,说说他们之间的异同就大功告成'"。① 如果有心要到异同背后做做文章的,也往往是比文化、比文字、比语言,最后落实到西语的形合与汉语的意合所导致的思维方式之差异,形成了西方诗学的系统、理性、逻辑、严密和注重模仿与中国诗学的灵动、感性、体悟、模糊和偏重想象等特点。如果说在比较诗学中,中国诗学作为被比较的一方还一席尚存的话,那么,在当代文学理论中,几乎就是西方学术的一统天下,连"体用之争"都干脆免谈。一种种思潮一个个流派的轮番上阵,到底解决了诗学的什么问题呢?有位作家朋友给我讲了个故事,说小时候看人杀猪,刀叉剪刮,十八般武器,该干啥干啥,开膛破肚,去毛刮肠,放得血干净,切得肉条直。即使如金圣叹、毛宗岗那样的点评,写得不明白,但叫人看得明白。文艺为政治服务那些年,就好比这些刀叉剪刮使在外行手里,只能叫人吃带毛猪,灌粪肠。可如今,满架子的书,本本都有新理论,好比一群人个个操着新家伙上场,直追得那猪满院子跑,但就没见谁把猪捅倒。我算明白了,敢情是来叫卖手中家伙的。

当然,也有不甘于中国诗学的"失语"而寻觅新途的。余虹在他的专著《中国文论与西方诗学》及相关论文中,都一再地强调了中国文论与西方诗学两者的不可通约。而走现象学还原之路,才可以找到"文论"和"诗学"之外的"第三者"居间成为比较研究的支点。而这个"第三者",便是排除了工具之维和审美之维后的语言的意义之维。这样的分析

---

① 参见陈跃红《比较诗学导论·序言》,北京大学出版社2005年版,第4页。

对我们更深入地理解中国文论与西方诗学的差异实质是有帮助的，但同时我们也应认识到，诗学比较和诗学建构是不同的。不同语种，不同文化间的诗学比较，首先应该还原、尊重各自的"是其所是"；然后才能以此为支点进行比较，这叫"我注六经"。而诗学建构，则是以"诗性"为指归的打破和重构，中国文论和西方诗学的词语，都得摆脱原有概念系统的束缚加以改造，"它的全部内容就要转到它的竞争者方面去"，或者"也有一些要素是因为同其他要素发生接触而丰富起来"；也就是说，须"六经注我"，成为"诗学话语"。可惜的是，在中西之比中，许多人没有意识到诗学比较与诗学建构之间的这种区别。

3. 文化向度的学科之争

近些年来，文化诗学成了许多人争先恐后的热学。由新批评、结构主义、语言学转向等汇成的"向内转"潮流，当其研究资源耗尽后，"向外转"的"方法热"、文化研究、跨学科跨文化研究也就成为必然。20世纪中后期流行于国际的文学研究回归历史主义、社会学、作家传记等"外部研究"，至20世纪80年代成为主流；詹姆逊、赛义德、米勒、科恩等人的学术主张，在新旧世纪之交，被许多中国学者奉为圭臬。在中国的理论实践中，比较文学也很自然地扩展为比较文化。不同类型、不同民族、不同区域、不同性别、不同媒介、不同身份的文化之间，包括不同的学科之间，都可以进行跨界研究。这里面又可区分为三类，如下。

一是针对传统文学作品内容而进行的文化层面上的研究。如探讨沈从文笔下的湘西流俗，老舍文中的京味余韵，或唐诗中的西域风情，宋词中的士大夫精神，明清小说中的科举制度，等等。文学作品所包容的现实生活、社会心理、历史遗存、风情民俗、世态人情等，本身就是文化，或者说是文化的重要组成部分，从这个意义层面看，对这些构成作品实际内容的文化层面进行研究，原本就该是文学研究的题内之义，至于是不是就属诗学研究，还得看它与诗性创作这一核心端点，是趋近还是离远。

二是运用文化研究方法对文学的固有论题进行研究，以文化的多学科视角去审视文学，以多学科方法去探究文学。每个学科不仅有着自己的特点，还有着自己的视角和方法，从语言、神话、宗教、艺术、科学、历史、政治、伦理、教育、哲学、民俗等跨学科的文化大视野来考察文学问题，运用综合的理论背景、开放的研究方法，即便是古已有之的传统论题，也会在学科"视域"的"位移"或"叠合"中产生新的解答。苏联理论家巴赫金的身体力行，为中国同行们树立了榜样。他之所以能发人所未发，得益于他能运用文学学科之外的其他多种学科的新方法。文化研究以其众多学科的多元价值观和多维度视角，必然给文学研究引入跨学科交叉与多学科综合，这不仅使研究者在学科传统界划的裂隙和空白处拨开长久积习的遮蔽而寻找到被遗忘疏漏的问题，而且在多学科间的、并非简单相加的映照彰显中，发现新问题，觅得新答案，催化新学科。也正是在这一方面，我们不能不为中国的文化诗学难有巴赫金"复调"这样的理论发现而感到不满足。①

三是这样的研究空间：既非文艺的传统范围，又非文艺的固有论题。如在小说、诗歌、散文、戏剧、绘画、雕塑等传统艺术门类之外，"一些新兴的泛审美、泛艺术门类，如广告、流行歌曲、时装，乃至环境设计、城市规划、居室装修等。在这样的生活空间中，文化活动、商业活动、社交活动与审美活动之间往往不存在严格的界限。对于这种现象与传统审美文化之间的矛盾，有的学者概括为"审美主义"与"文化主义"之争。

凡此种种，可以看到拓展研究空间与承认学科规范之间的矛盾。但我们必须明确：文化诗学，不等于诗学文化。至此，我们应该给诗学正名：诗学，就是文学创作学；而诗性，潜藏于人类的一切创造活动中。也许有人又会问：那什么是文学？我们说，一条河，可以时宽时窄，时清时浊，但它还是那条河，它会流入大海。在入海口，如果一定要界划哪是海哪是河，那是很困难的。因为任何界划都是人为的。但如果问：长江的入海口是在上海？还是在南京？还是在武汉？谁都会说是在上海。这就是相对中的绝对。也正是上述的这位帕斯伦，他在倡导创作的创造性时，混淆了"诗"的"可以预想出在作品的观念中可以涵盖的为数众多的人类活动的创作学，即宗教、语言、神话、哲学、科学技术、习俗、法、政治等的创作学。"② 帕斯伦在人类的一切创造活动中找到了"诗性"，但也在他和瓦莱里的创作学中消解了诗学。但愿我们不要重蹈他的覆辙。

（原载《中国文学批评》2016 年第 3 期）

---

① 参见金健人《文学研究——正在越来越远离文学吗？》，《浙江大学学报》（人文社会科学版）2007 年第 3 期。

② ［日］今道友信：《美学的方法》，李心峰等译，文化艺术出版社 1990 年版，第 315 页。

文学研究:正在越来越远离文学吗?
——当代文学研究变化轨迹的理据分析

金健人

一个不争的事实是,当下的文学研究已在很大程度上为文化研究所替代,于是引发了一个无法回避的问题:文学研究正在越来越远离文学吗?要回答这个问题,我们应先审视这些年来文学研究的变化轨迹。而要审视文学研究的变化轨迹,首要的又在于厘清促成其变的内在理据。统观新时期文学研究现状,有人称之为"主义盛行、思潮叠出、流派纷呈、术语爆炸",有人形容为"你方唱罢我登场,各领风骚三五天",如今已成"复调和声、众声喧哗"之势,然在其由封闭趋向开放、由一元趋向多元的发展大势中,还是可以归纳出三个阶段:1. 方法更新阶段;2. 语言学转向阶段;3. 文化转向阶段。而在这文学研究三个阶段的嬗变过程中,又显示着前半期由文学"外部"向"内部"掘进、后半期由文学"内部"向"外部"扩张的特点。面对这样的演变,现在光有"回归文学"、坚守"审美主义"的呼吁和主观愿望是不够的,应该看到背后的动因和隐伏其中的必然性。

一

20世纪七八十年代,文学刚从政治的奴婢地位得以解脱,文学研究也特别反感于政治—社会学批评,"如果说传统的美学原则比较强调社会学与美学的一致,那么革新者则比较强调二者的不同。"[①] 加上整个民族各个领域都正处于从蒙昧向科学的大启蒙、大变革之中,面对旧有理论、旧有体系,于反思和调整同时,文艺界开始了从新的角度、新的层面,提出和探索新的理论问题,这就是80年代中期的"新方法"热和"新观

---

① 孙绍振:《新的美学原则在崛起》,《诗刊》1981年第3期。

念"热。从"科学"这一向度和渠道，系统论、信息论、控制论等方法，还有熵、突变、全息、混沌等概念，蜂拥而至；从"人文"这一向度和渠道，符号学、现象学、叙事学、解释学、精神分析、原型批评、结构主义、解构主义等各色理论，斑驳混杂。这些沿科学和人文两大渠道从国外涌进的诸多理论、学派、观点、方法、概念、术语，它们与文学的新老问题煮成一锅，尽管还半生不熟，但作用是积极的，毕竟使文学研究更新了知识结构，拓展了思维空间，开阔了理论视野。

这一阶段从自然科学、人文社科和交叉学科把诸般方法引入文学研究中的尝试，有着如下特点。

1. 诸般方法尚处于散点状态，相互之间并未形成层次上的逻辑关系。可以这么说，自近代以来，由闭关锁国到被西方列强的坚船利炮打开国门，再到国内外的连年战争和后来的意识形态隔绝，除五四时期一度例外，中国文坛对于西方文艺理论基本上是非常隔膜的。一旦突然开放国门，面对两千多年前的古希腊文明延续到近百年来的西方现代思潮，接受者们失却了时间概念。他们只能凭自己的理论直觉或职业便利介绍、引进、借鉴、采用自认为对文学研究有所助益的观点和方法。苏格拉底、柏拉图、亚里士多德、培根、笛卡尔、卢梭、康德、歌德、叔本华、黑格尔、尼采、柏格森，这二千多年来西方思想史上不同时代的思想家及其对文艺观念的影响，是与半个世纪前的表现主义、生命直觉、形式主义、精神分析学、新批评、结构主义、符号论、现象学等，以及与半个世纪以来的原型批评、后结构主义、解释学、接受美学、叙事学、后现代等杂糅纷呈于中国文坛的。

2. 质朴地认为"文学研究也是科学研究"，"文学真谛也是科学真理"。为寻找能揭示科学真理的科学方法，一度引发了"方法论热"。陆梅林在1985年写就的《方法论放谈》中说："今年，可说是方法论研讨年。它的历程是：北京—厦门—扬州—武汉"。他认为促成方法论热的原因有三："首先是我们的理论需要从不同的角度科学地总结历史经验，这次轮到方法论的问题了；其次是近二十年来，苏联和西方的美学、文艺科学有很大的发展或变化，尤其是西方学派林立，方法繁多，形成一种多极化的发展局面。这一切大都随着对外开放一齐涌了进来，激起一种引进和尝试的愿望，以期使我们的文艺理论和方法更加丰满；再次就是当代科学的疾速发展，成就斐然，自然科学与社会科学相互交叉，相互渗透。现代自然科学最具有哲学意义、对辩证唯物主义自然观做出最重要贡献的，有相对论、原子结构与基本粒子的发现和量子力学、电子计算机的发明与系统科学的建立、分子生物学的成就,特别是核酸的分子结构和遗传密码的发现——这些都猛烈地冲击着社会科学,也冲击着美学和文艺科学等,特别是人工智能的发明和系统科学方法同思维方式问题有着密切的联系,其中牵涉辩证唯物主义会不会变革自己的形式问题。"① 但是,这些方法相互之间是什么样的关系?它们与文学是什么样的关系?它们进入文学研究内部后又会形成什么样的关系?这些问题人们还来不及细加考虑,即使仓促上阵也并未影响大家的各取所需和尝试热情。1985 年,被人称为"新方法"年,仅全国性的"新方法"学术研讨会,就相继在北京、厦门、扬州和武汉举行。相关文章当时散见于报刊而后集辑成书的就有:《外国现代文艺批评方法论》(江西人民出版社 1985 年版)、《新方法论与文学探索》(湖南文艺出版社 1985 年版)、《文艺学研究方法论讲演集》(中国人民大学出版社 1987 年版)、《文艺理论方法论研究》(湖南文艺出版社 1987 年版)、《美学文艺学方法论》上下两册(文化艺术出版社 1985 年版)、《美学文艺学方法论·续集》(文化艺术出版社 1987 年版)、《文艺新学科新方法手册》(上海文艺出版社 1987 年版)、《文学主体性论争集》(红旗出版社 1986 年版)、《当代文学主体性论争》(海峡文艺出版社 1986 年版)等。直到有一天大家发现了一个问题:文学是科学吗?研究文学能采用科学方法吗?采用科学研究方法能找寻到文学的真谛吗?于是,大家的注意力开始集中到这类问题:文学是什么?使文学成为文学并与其他学科区别开来的本质特点是什么?

3. 于是,研究的注意力在一个点上聚焦:探寻文学本质。但研究者们不同的理论背景和学术见解将各人切割在各自的狭小领域,探寻文学本质无异于盲人摸象。最先把人们的注意力由方法引导到观念上来的是《文学评论》编辑部,"方法的更新固然重要,非常重要,但是更重要的应是文学观念的更新和思维方式的更新"。② 该刊自 1985 年第 4 期开始,专门开辟了"我的文学观"栏目,一年半时间连发 20 篇文章,从而引发全国各刊百篇以上的专论。从《文学评论》编辑部汇集出版的《我的文学观》论文集中,可以了解到当时活跃于理论界和创作界的一批人对于文学的基本看法。尽管他们主张的"文学所是"各不相同,但他们抨击的"文学所非"则惊人的一致,那就是否定三组矛盾对立面的决定和被决定关系:现实世界——作家创作;作家意图——作品形成;艺术

---

① 《美学文艺学方法论·续集》,文化艺术出版社 1987 年版,第 1—2 页。
② 《文学评论》编辑部:《我的文学观》,上海社会科学院出版社 1987 年版,第 344 页。

作品——读者接受。长期沿袭的这三组对立面的决定和被决定关系,很自然地引申出另三组等式:研究作家身处的那个时代似乎就是在研究那个作家;研究那个作家似乎就是在研究他所写的作品;研究那部作品似乎就是在研究读者的审美感受。故而,文学研究就被社会历史研究、作家生平研究等代替了。刘心武在他的《关于文学本性的思考》中说:"我们亟需向文学内部即文学自身挺进,去探索文学内部的规律,或者换个说法,就是去探讨文学的本性。""所谓文学的本性,也就是回答这样一个问题:文学的最根本的素质是什么?我以为所谓文学观念的核心,便是对这个问题的回答。而文学观念的突破,也便是在回答这个问题时采取一种新的角度,提供一种新的答案。"①

4. 基于以上认识,文学研究便总体呈现出"向内转"的趋势。"我们过去的文学研究主要侧重于外部规律,即文学与经济基础以及上层建筑中其他意识形态之间的关系,例如文学与政治的关系,文学与社会生活的关系,作家的世界观与创作方法等,近年来研究的重心已转移到内部规律,即研究文学本身的审美特点,文学内部各要素的相互联系,文学各种门类自身的结构方式和运动规律等,总之,是回复到自身"。② 韦勒克、沃伦合著的《文学理论》,将其大部分内容冠于"文学的外部研究"和"文学的内部研究"两大标题之下,这种对文学的内外区分,对中国文坛具有方法论的意义。不仅文论界,连创作界也出现了"向内转"的现象。这种"向内转"在两个领域内收获颇丰,一个是转向人的内心世界方面;一个是转向作品的存在形式方面。关于前一领域,且不说报纸杂志上发表的单篇论文,只要浏览一下80年代后期到90年代初期,作者们在系列论文的基础上整理出版的有关著作,就能感受到与创作界王蒙、茹志鹃等人的"意识流"作品相呼应的探究人的"内宇宙"的理论热情。从1985年开始,与长期以来只注视生活和作品本身的研究眼光不同,金开诚、鲁枢元、吕俊华、童庆炳等人试图依循文学的心理活动轨迹去破解文学的特性与奥秘:金开诚的《文艺心理学论稿》(1982)、《文艺心理学概论》(1987)、《文艺心理学》(1988),庄志民的《审美心理的奥秘》(1983),鲁枢元的《创作心理研究》(1985)、《文艺心理阐释》(1989),滕守尧的《审美心理描述》(1985),吕俊华的《艺术创作与变态心理》(1987),高楠的《文艺心理探索》(1987),刘兆吉的《文艺心理与美育心理》(1987),

---

① 《文学评论》编辑部:《我的文学观》,上海社会科学院出版社1987年版,第44—45页。
② 刘再复:《文学研究思维空间的拓展》,《文艺研究》1985年第4期。

林同华的《美学心理学》(1987),周文柏的《文艺心理研究》(1988),陆一帆的《文艺心理探胜》(1989),陶水平的《审美态度心理学》(1990),殷国民的《作品是怎样产生的艺术思维活动的心理学美学分析》(1990),姚全兴的《儿童文艺心理学》(1990),李春青的《艺术情感论》(1991),陶东风的《中国古代心理美学六论》(1992),黄卓越的《艺术心理范式》(1992),童庆炳的《艺术创作与审美心理》(1992)、《中国古代心理诗学与美学》(1992)、《中国古代诗学心理透视》(1993),以及后来由童庆炳主编的集大成式的"心理美学丛书",全面而深入地探索了文学与人的内心世界之间的复杂关系,凸显了从生活到文学和从作品到读者的必然中介——创作者和接受者及其创作过程和欣赏过程中的复杂心理活动,对过去庸俗社会学文学观念下,把这一必然中介简单化地忽略和删除行为,实乃一大反拨。刘再复的"性格组合论"和关于"文学主体性"的探索,虽不能仅认为是向人的"内宇宙"的掘进,但毕竟是以此为基础而展开的。而关于后一领域,也就是针对文学作品存在形式方面的研究,在俄国形式主义、英美新批评、法国结构主义等方法的汇合中形成更为壮观的潮流。而这是后文所应着重分析的。

二

应该承认,第一阶段尽管大家都有着"希望把文学当作文学来研究"的意愿,[①] 但更多的是从自己的经验出发对文学的点上的感悟。从当时所发表的文章看,关于文学研究的对象、性质和方法,认识还是零碎的和粗浅的,主要范畴之间缺乏互洽,尚未形成面上的统观。它既未在广度上形成关于文学的整体视域,也未在深度上形成关于文学的层次概念。

这里应该提到美国艾布拉姆斯的著作《镜与灯》,他的关于文学四要素所构成的研究框架使文学研究者面前的整个研究对象,包括它的区块以及每种研究方法所占的位置顿时显得清晰了:"每一件艺术品总要涉及四个要点,几乎所有力求周密的理论总会在大体上对这四个要素加以区辨,使人一目了然",这个由艺术品、艺术家、世界、欣赏者四要素建立起来的相互关联的坐标图式,涵盖着文艺研究的全部疆域;"几乎所有的理论都只明显地倾向于一个要素。就是说,批评家往往只是根据其中的一个要素,就生发出他用来界定、划分和剖析艺术作品的主要范畴,生发出藉以

[①] 《文学评论》编辑部:《我的文学观》,上海社会科学院出版社1987年版,第343页。

评判作品价值的主要标准"。① 以作品要素为中心，作者、世界、读者三要素围绕作品中心在三个极点上建立起的坐标，不仅让研究者感觉到文坛上此隐彼伏驳杂陆离的观点和方法的内在脉络，而且也方便地在此坐标中寻找到自己的理论位置，各种方法和观念在文学理论的点、块、面之间建立起了相互的逻辑关系。

在传统理论中，我们对文学的深度认识仅建基于较为简单化的"二项对立"：如关于"作者"，主要表现在世界观与创作方法之间的矛盾；关于"世界"，主要是能否通过社会现象反映社会本质；关于"读者"，主要是"俗"与"雅"，即人民大众与个人趣味之间的协调；关于"作品"，则主要着眼于内容与形式的统一。新理论的引进无疑把有关这些问题的简单模式开放了。首先是关于"人"的理解的深化："文学是人学"，作者是人，读者是人，作品中的人物还是人。弗洛伊德把人分析为"本我""自我""超我"三重结构，虽然其中的泛性论观点为人诟病，后来的荣格修正为"集体无意识"也好，阿德勒修正为自卑情结也好，还是像马斯洛那样发展为心理需求五层次说也好，都大大地丰富了有关"人"的层次概念。对于"世界"，人们的研究视野也不仅仅局限于现实社会，"寻根小说"的创作热浪推动了关于现实社会之下的文化层次的探讨，而神话原型批评更把这种探讨远溯到民族的原始形式之中。关于"读者"这一端点所形成区块，接受美学批评已不只是深化了理解的层次，干脆建立起了一个较为完整的理论体系。

当然，被研究得最多的还是文学坐标图中的中心点——作品，新批评也好，形式主义批评也好，还是结构主义也好，包括由结构主义衍生出来的符号学、叙事学等，都在这个区块经营着自己的理论建构。须特别提到的还有波兰理论家罗曼·英加登所提出的文学作品多层次构成理论：一个作品"它包括（a）语词声音和语音构成以及一个更高级现象的层次；（b）意群层次：句子意义和全部句群意义的层次；（c）图式化外观层次，作品描绘的各种对象通过这些外观呈现出来；（d）在句子投射的意向事态中描绘的客体层次。"② 最后形成"质的整体的结晶的核心"，在有些作品中是"具有审美价值的情感性质构成质的综合整体的价值核心"，或者是"一个陷入悲剧冲突的人物性格"，或者是"表现在一种形而上学性质

---

① ［美］M. H. 艾布拉姆斯：《镜与灯》，郦稚牛等译，北京大学出版社1989年版，第5—6页。

② ［波］罗曼·英加登：《对文学的艺术作品的认识》，陈燕谷译，中国文联出版公司1988年版，第10页。

的形式中"。① 概而言之，第一层为语音层次；第二层为语义层次；第三层为作品世界层次；第四层为作品观念层次；最后是取决于以上层次的"有机合成"才得以呈现的"形而上"层次。这种逐层递进的作品构成理论不仅对理论界，甚至对创作界也产生了广泛的影响。

在这样的坐标图式和层次构成中，文学研究结束了它的无序状态，"把文学当作文学来研究"也不再仅仅是意愿，而是付诸实施的一致行动，从事文学研究的学者们几乎都憧憬着构建自己的美学理论体系大厦。西方文艺理论，包括近百年发展起来的现代文艺理论，都在短短几年间让中国同行们摸耙梳理了个遍。就像有些人所说的"我们用十年就走完了外国用百年才走完的路"。但是，各种批评倾向和处理具体作品的方式上的显著差异，还是招致了普遍的疑问：这是真正的文学研究吗？或者，所研究的是真正的文学吗？在一片质疑声中，在普遍的试图对文学与非文学作出区分的努力中，俄国形式主义有关"文学性"的观点找到了最适宜生长的土壤。雅各布森明确指出"文学研究的对象不是笼统的文学，而是文学性，也就是使一部作品成其为文学作品的东西"。② 在这种理论眼光的审视下，由作者、世界、读者、作品四大要素形成的坐标图式中，无疑"作品"要素处于最为有利的地位；更进一步看，即使在"作品"中，在作品存在的多层次构成中，显然第一层的语音层次和第二层的语义层次就比第三层的作品世界层次、第四层的作品观念层次要处于更为有利的地位。于是，在作者、世界、读者、作品这四要素合成的文学坐标图式中，前三要素被当作"外部因素"排除了。而在作品这一要素中，也只有第一层的语音层次和第二层的语义层次被合法地保留了下来，第三层的"世界"和第四层的"观念"，尤其是"观念"中的"意识形态"，被无情地排斥了。这样，问题的核心就聚焦到了"语言"，文学研究的重心也就转移到语言上来。"语言，连同它的问题，秘密和含义，已经成为20世纪知识生活的范型与专注对象。"③ 当然，这个转移的过程在中国也是个缓慢地逐渐明确起来的过程。

最早关于语言与文学之关系的研讨是在1987年11月底，当时由杭州

---

① ［波］罗曼·英加登：《对文学的艺术作品的认识》，陈燕谷译，中国文联出版公司1988年版，第88页。
② 江西省文联文艺理论研究室：《外国现代文艺批评方法论》，江西人民出版社1985年版，第203页。
③ ［英］伊格尔顿：《二十世纪西方文学理论》，伍晓明译，陕西师范大学出版社1986年版，第121页。

市作协、杭州市文联创研室共同邀请了南帆、李劼、林焱、程德培等外地学者与本地学者一起就"小说语言"进行研讨,会间,代表们对语言与文学、文学语言与非文学语言、语言作为目的还是手段、文学语言的功能、诗歌小说等不同文体的语言特点等问题均有涉及,当然,对这些问题的认识均很含糊。李劼的《试论文学形式的本体意味——文学语言学初探》,① 较早突出语言对文学的决定意义,认为语言形式"本身就意味着内容"。不少与会者也发表了相关文章,引发更多的同行来思考此类问题。1988 年第 1 期的《文学评论》上,发表了一组由青年学者撰写的笔谈,开始从西方学术已有成果的视点来探讨语言与文学研究的问题。后来的成果有鲁枢元的《超越语言》(1990),骆小所的《语言美学论稿》(1996),王有亮的《汉语美学》(1999),余松的《语言的狂欢》(2000),林庚的《新诗格律与语言的诗化》(2000),马大康的《诗性语言研究》(2005),李荣启的《文学语言学》(2005),还有冯广艺主编的《语言文学丛书》中的部分著作等。唐跃、谭学纯、杨习良、吕汉东等都以"语言美学"为名出版了著作。在谢冕主编的《蓝风筝·中国当代学院批评丛书》中,有尹昌龙的《重返文学的自身——当代中国文学思潮中的话语类型考察》,王利芬的《变化中的恒定——中国当代文学的结构主义透视》,其中王一川在这方面的研究较为突出,除了已经出版的《语言的胜境》(1993)、《语言乌托邦》(1994)、《修辞论美学》(1997)等专著,此丛书中的《汉语形象美学引论——20 世纪 80—90 年代中国文学新潮语言阐释》(1999)已开始着眼于汉语区别于西方印欧语系的独特性研究。以汉语和汉字为媒介所形成的中国文学的独到审美特质,以及这种独到审美特质与其作为语言艺术所普遍具有的一般审美性质之间的关系和审美功能中的运行机制,则是文学研究的语言学转向走向中国化所亟待深入而未深入的话题。

在语言学研究中,针锋相对的意见对立中可以大致归纳为三类:第一类,就语言之对象世界而言,认为文学语言与一般语言的开放性不同,坚持其封闭性。其理由在于文学是虚构,文学语言既不表示真也不表示假,它对外在的真实世界不具指称性,是无意义的。反对的意见认为从封闭的语言世界是无法解释作品的价值的,纯粹的语言形式只能是一串无意义的音响而已,无论作者还是读者,都必须参照自身或他人涉迹于大千世界的人生经验,才能说明那些表现形式相似的作品何以会具悬殊的审美差异,

---

① 李劼:《试论文学形式的本体意味——文学语言学初探》,《上海文学》1987 年第 3 期。

"每当语言出现于世界，世界就闯入了语言"。① 第二类，就语言之思维方式而言，认为文学语言与一般语言的推理性不同，坚持其非推理性。文学语言的特质应该是直觉的、非逻辑的，它与理论语言以概念、范畴、逻辑、规律的形式去揭示事物的本质不同，而应呈现出相似、相异、相容、相离等原始逻辑的特征，这一特征不仅与理论语言截然不同，而且与日常语言也大相径庭，所以，众多论者津津乐道于文学语言之所以为文学语言，就在其与日常语言的偏离。尽管连反对者也不得不承认推理性与非推理性确可作为区分科学与艺术的一个基本点，这在音乐、绘画、雕塑等门类看来简直无可非议，但就文学来说，这一无可非议之点却陷入了至今无人言说得清的尴尬境地。也就是说，在文学中，艺术的非推理形式与语言的推理形式自相矛盾。第三类，就语言之用法功效而言，认为文学语言与一般语言的外在性不同，坚持其内在性。长期以来，语言只是被当作表达思想感情的手段和工具，连那些最为重视语言的论述，也只不过将其看作"第一要素"而已，他们认为，对于文学来说，语言不是手段而是目的，雅各布森的如下话语或者直引或者意引地出现在国内无数论著之中："诗歌的显著特征在于，语词是作为语词被感知的，而不只是作为所指对象的代表或感情的发泄，词和词的排列，词的意义、词的外部和内部形式具有自身的份量和价值。"② 如果把这种对文学的"语言本性"的强调，合理地局限在将人们的目光从作者的、社会的、读者的方面引向作品本身，让人注意到艺术品自身的特点、结构和价值，特别强调出艺术品的审美信息不仅仅来源于种种材料、要素，同时也来源于种种材料、要素之间的关系，还来源于构成这些关系所采用的种种技巧手段，那么，艺术品便以一种系统性而确立起自己的审美地位。然而，当文学的"语言本性"被扩张为"语言本体观"，文学作为一种艺术创作，也就被篡改成为一场"语言游戏"了。

如果作一比较，不难发现，国内的这种"语言学转向"基本上是国外"语言学转向"的复演。解决文学与非文学这个问题的"最简单方法是弄清文学中语言的特殊用法。语言是文学的材料，就象石头和铜是雕刻的材料，颜色是绘画的材料或声音是音乐的材料一样"③。韦勒克的这段

---

① ［法］杜夫海纳：《美学与哲学》，孙非译，中国社会科学出版社1985年版，第119页。
② 参见［英］霍克斯《结构主义和符号学》，瞿铁鹏译，上海译文出版社1987年版，第63页。
③ ［美］雷·韦勒克、奥·沃伦：《文学理论》，刘象愚等译，生活·读书·新知三联书店1984年版，第10页。

话总结了西方学人在解决文学与非文学这一问题时的基本思路。然而,一般语言又包括了科学语言、日常语言和文学语言;并且,这三种语言还的确不容易区分。从亚里士多德认为既不表示真也不表示假的语句为诗句开始,到维柯的认为诗性语言表达殊相和情感,哲学语言依凭共相和推理,① 后继学者除克罗齐持语言与艺术统一观外,理查兹、斯坦因哈尔、科林伍德等人都沿袭从用法上或性质上区分科学语言与文学语言的基本思路。另有开创了符号文化学的卡西尔到承其衣钵的符号美学家苏珊·朗格,还有语言学家洪堡特和萨丕尔,都从各自的理论观点提出区分文学语言与非文学语言的标准,但又同时声明对自己区分标准的保留。而在这语言转向中寻找文学本质的基本方法,众多研究者所沿袭的还是在文学研究中提取"文学性"的"减法思维",即在一般语言中剔除科学语言和日常语言。科学语言以它一一对应的术语体系与文学语言确实相距甚远,但日常语言与文学语言可谓水乳交融,自称揭示了文学语言的本质特征在于对日常语言的偏离、在于语言狂欢或在于奇语喧哗的论者,对那些能支撑自己论点的论据多为特例的事实,其实也心知肚明。

"语言学转向"的更深层含义并不限于一般语言学范围,也不仅仅只是言语方式、语体方式和修辞方式的综合,俄国形式主义和法国结构主义都导源于语言学,但又都超越了语言学而成为文学研究的方法论,就在于他们都在类比的意义上扩展使用了"从语言学借来的工具箱"。雅各布森的修辞诗学,维特根斯坦的语言哲学,斯特劳斯的文化人类学,巴尔特的文化社会学,托多罗夫和热奈特的叙事学,他们的学科领域和研究结论各各不同,但有一点则是相同的:提取"语法"和"规则",构建自己的"形式模式"。因为他们都认为由交互影响的单位构成的每个系统与其他系统的区别就在于这些单位的内部排列。具体表现为:重共时,轻历时;重系统,轻要素;强调系统整体不是各要素的简单之和,同理,系统特征和系统功能也不是各要素特征和要素功能的简单之和;而且,处于系统中各组成要素的特性和功能,与它们在分别孤立时的特性和功能也不相同。

三

由"语言学转向"发展为"文化转向",这是遭受内外两方面情势交相挤压的后果。内部情势:文学研究在对所谓"文学性"和"文学本质"的过度追寻中迷失了自己。当文学的构成要素中的"作者""世界""读

---

① [意]维柯:《新科学》,朱光潜译,商务印书馆1998年版,第105页。

者"因其外部性而逐渐淡出理论视野后,文学研究便因其内部性而提纯为"作品"研究;而在作品的构成层面中,第一层的"语音层面"和第二层的"语义层面"无疑要比第三层的"世界层面"和第四层的"观念层面"更为"内部",也更为"纯粹",于是,作品研究又被提纯为"语音层面"和"语义层面"的内部组合规则研究。然而,语词的意义是由语境给定的,而没有什么语境是饱和的,任何语境都具有被进一步描述的开放性。对于文学来说,文本中的语词既对上下文开放,也对文本得以形成的作者和世界开放,对文本意义得以实现的读者开放,还对这一切所置身其中的绵远流长的历史开放。显然,文学研究所要解决的问题,并非简单地割断作品与作品外因素的联系就可了事,而转向语言的研究也绝非排除掉语言背后的现实联系就可奏效。这种以"减法思维"为内在驱动的本质主义方法,并未能寻找到使文学是其所是的所谓"文学性"和"文学本质",而是物极必反。

外部情势:作为对本质主义的反拨,反本质主义成为流行的世界观和方法论。如果说语言学家能够把自己的语法研究限制在语言学范围内的话,那么,哲学家就不可能做到这一点,哲学家的语法研究必须牵涉语义、语用的内容。"毫无疑问,语言问题已经在本世纪的哲学中获得了一种中心地位"。伽达默尔的这句话被人广为引用,引用者几乎无有例外的都是为着证明"语言"相对于"语言外"的绝对重要性,可是,迦达默尔紧接着说明:"它占据的这种中心地位既不同于洪堡语言哲学的较为陈旧的传统,也不同于一般语言科学和语言学的宽泛主张。在某种程度上,我们把语言问题之获得中心地位归功于对实践生活世界的重新确认。"[①]同理,维特根斯坦的"语言游戏"在任何时候都不是纯粹的语言学问题。"撇开学派间的壁垒不论,后形而上学思想、语言学转向、理性的定位以及逻各斯中心主义的克服等思想主题,都属于二十世纪哲学研究最重要的原动力。"[②] 而其中以非理性、非逻辑、非决定、非同一、非普遍、非中心、非形而上为特征的反逻各斯中心主义,认为对事物之本质的追寻并不可能,当然也包括了关于文学本质的追寻。文学与非文学,文学性与非文学性,文学作品与非文学作品,极端的观点认为其间根本不存在区别,普遍的观点也认为其间区别随历史流动的位移确实难以把捉。"文学

[①] [德] 伽达默尔:《科学时代的理性》,薛华待译,国际文化出版社1988年版,第3页。
[②] [德] 哈贝马斯:《后形而上学思想》,曹卫东、付德根译,译林出版社2001年版,第8页。

和语言学研究分别和共同实验了对历史性的质疑,然后回归到历史性的价值。……因为文本是多孔的,因为意义是转瞬即逝的。"① 就学界而言,现象学视语言与存在为彼此依存之物,"语言是存在的畿域,即,存在的家";② 英加登侧重意识的意向性和作者与读者之间的共同经历,认为所有的阅读都是一种新的具体化;伽达默尔或利科的解释学随着读者的思路把文本当作他者的经验对其进行解码和占有;尧斯的接受理论促使许多文学史家改写了自己的结论;而作为结构主义学者的朱丽亚·克里斯蒂娃则提出了终结结构主义的"互文性"观点,"她认为,所有的文本源于其他文本(文学的或非文学的)之间大量的互换之中。'互文性'包括有意识的'借用'或征用,也涵盖了每一种可以想象得到的无意识引用"③;巴赫金说得更直接:"文本只是在与其他文本(语境)的相互关联中才有生命。只有在诸文本间的这一接触点上,才能迸发出火花,它会烛照过去和未来,使该文本进入对话之中"。④ 这些理论,"它们扩展了正典的范围,把以前被排斥的社会话语的诸样式、声音和方面包容进来。在更广泛的意义上,它们是文化的。"⑤ 这种转型总体呈现出由"内"趋"外"的大势:在语言研究层面上,出现了由语音、语法向语义、语用方面的转化,也就是由语言向话语、由文本向语境的转化;在研究方法上,则出现了由共时研究向历时研究的转化,具体表现为由结构主义到解构主义、由语言学到解释学;⑥ 在研究范围上,则由经典文学、传统文学向通俗文学、边缘文学到跨学科乃至大众文化、消费文化的转化。

这样,在语言学研究资源耗尽的全球化文化语境中,由语言学研究转向文化研究甚至跨文化跨学科研究也就成为必然。20 世纪中后期,随着英国"伯明翰学派"、美国的"新历史主义"等流派出现,文学研究开始回归历史主义、社会学、作家传记等"外部研究",至 80 年代成为主潮,

---

① 伊娃·库什纳:《"陛下,臣民们饿了!""叫他们吃符号!"——20 和 21 世纪的文学研究与语言学研究》,《第欧根尼》2003 年第 2 期。
② 参见陈嘉映《海德格尔哲学概论》,生活·读书·新知三联书店 1995 年版,第 302 页。
③ [英] 拉曼·塞尔登编:《文学批评理论——从柏拉图到现在》,刘象愚等译,北京大学出版社 2003 年版,第 405 页。
④ [苏联] 巴赫金:《人文科学方法论》,《巴赫金全集》第四卷,钱中文等译,河北教育出版社 1998 年版,第 380 页。
⑤ 伊娃·库什纳:《"陛下,臣民们饿了!""叫他们吃符号!"——20 和 21 世纪的文学研究与语言学研究》,《第欧根尼》2003 年第 2 期。
⑥ 从解释学在中国的"慢热"中也可看出其中的内在逻辑:它必得等到文学的语言学转向完成之后,文学的文化研究转向的初创之时才成为可能。

被称为"文化研究"。詹姆逊、赛义德、米勒、科恩等西方文学理论家，他们"所主张的是将文学置于广阔的文化语境下来考察，并未脱离文学现象漫无边际地探寻。而更多的来自历史学、社会学、人类学、地理学和传播学界的学者则走得更远，他们把文化研究推到了另一个极致，使其远离精英文学和文化，专注跨学科的区域研究以及大众文化和传媒研究。"①在中国的理论实践上，比较文学很自然地扩展为比较文化。文化相对主义打破了西方文化中心主义的垄断，多元文化观则肯定了各种文化的独立价值，不同类型、不同民族、不同区域、不同性别、不同媒介、不同身份的文化之间，都可以在比照中进行跨界研究。在文化研究的宏大框架下，有人在酝酿着中国文学与世界文学、古典文学与现代文学、精英文学与大众文学、传统文学与边缘文学、网络文学与纸质文学、字符文学与图像文学、后现代文学与现代主义文学……的理论新构想。

当然，也有人在挑战还是机遇、突破还是坚守的两难抉择中犹豫彷徨，还有人面对越来越没有边界的文学和越离越远的文学研究发出了"生存还是终结"的警示。关于文学研究的"文化研究化"，如果细加审视，内中实有许多的不同情况。相对而言，人们在以下两点上比较容易达成共识。

1. 针对传统文学作品内容而进行的文化层面上的研究。如探讨沈从文笔下的湘西流俗，老舍文中的京味余韵，或唐诗中的西域风情，宋词中的士大夫精神，明清小说中的科举制度，等等。台湾学者严耕望的《唐代交通图考》一书特别在唐代长安与洛阳的每条路线上都标明驿站，征引白居易、元稹等人的许多诗句。这类从空间角度对文学与地域文化之关系或从时间角度对文学与历史文化之关系进行研究，近些年硕果累累。这是因为从刘勰《文心雕龙》比较北方《诗经》的"辞约而旨丰"与南方《楚辞》的"耀艳而深华"，魏征《隋书·文学传序》中的"南北词人得失之大较也"，到五四以来对乡土文学的关注，再到前些年的文化寻根热，一直到如今的"文化转向"，悠久的理论准备和丰富的创作积累，加上中国多民族多区域多类型的文化现实和久远厚足的文化积淀，还有比较文学的学科发展和翻译队伍的壮大，为文学的民族文化、区域文化研究和历史文化研究提供了富饶的资源。严家炎主编的《二十世纪中国文学与区域文化丛书》，季水河主编的《比较文学与世界文学研究丛书》等，都对此作出了规模性反映。从本义来说，文学内容就是文化内容，文学作为

---

① 王宁：《全球化语境下的文化研究和文学研究》，《文学评论》2000年第3期。

"人学"应反映出人的整体性,即文化的广袤与深远。文学作品所包容的现实生活、社会心理、历史遗存、风情民俗、世态人情等,本身就是文化,或者说文化的重要组成部分,从这个意义层面看,对这些构成作品实际内容的文化层面进行研究,原本就该是文学研究的题内之义,只不过原先我们太偏重于政治—社会学批评,特别是意识形态层面的研究,以至于把文化内容复归文学内容进行研究时反倒不习惯、不适应,而误认为是"越界"操作了。

2. 运用文化研究方法对文学的固有论题进行研究。以文化的多学科视角去审视文学、以多学科方法去探究文学。每个学科不仅有着自己的特点,还有着自己的视角和方法。从语言、神话、宗教、艺术、科学、历史、政治、伦理、教育、哲学、民俗等跨学科的文化大视野来考察文学问题,综合的理论背景,开放的研究方法,即便是古已有之的传统论题,也会在学科"视域"的"位移"或"叠合"中产生新的解答。苏联理论家巴赫金的身体力行堪称典范,他论审美活动中的作者与人物,文学作品的内容与形式,生活话语与艺术话语,形式主义方法,小说话语和时空体形式,包括拉伯雷的创作、托思妥耶夫斯基诗学问题等,无不是传统论题。但他偏能从传统论题中发现新问题,提出新解说。他之所以能发人所未发,就得益于他能运用文学学科之外的其他多种学科的新方法。文化研究以其众多学科的多元价值观和多维度视角,必然给文学研究引入跨学科交叉与多学科综合,这不仅使研究者在学科传统界划的裂隙和空白处拨开长久积习的遮蔽而寻找到被遗忘疏漏的问题,而且在多学科间的并非简单相加的映照彰显中,发现新问题,觅得新答案,催化新学科。正是出于这样的学术认同,2000 年 4 月底,北师大中文系和文艺学研究中心与中国社会科学院、北京大学等高校、研究所的百多位同行学者,在"文艺学和文化研究学术研讨会"上提出了"文化诗学"的新理念。同年 11 月下旬,由《文艺理论研究》《文史哲》编辑部和福建漳州师范学院联合发起举办了中国第一届文化诗学研讨会,中心议题为:文化诗学的理论特色、艺术空间和研究方法。漳州师范学院还成立了专门的文化诗学研究所。童庆炳、李春青、林继中、刘庆璋、陈太胜等人的系列论文,以及近年来百多篇的有关专论,表明了众多学者都在密切关注着如何探寻一条既能拥有文化研究的广阔视野又能葆有文学研究的学科规范的学术之路。在叶舒宪、肖兵共同主持的《中国文化的人类学破译丛书》中,《楚辞的文化破译》(肖兵著),《诗经的文化阐释》(叶舒宪著),《老子的文化解读》(肖兵、叶舒宪合著),主要运用文化人类学的方法对传统经典作出了新锐破解。程正民的《巴赫金的文化诗学》对巴氏的文化诗学进行了实证分析,并在中、俄语境中探讨其理论蕴涵。刘洪一的《走向文化诗学 美国犹太小说研究》从文化与诗学综观的角度,对美国犹太小说的文化价值和诗学价值进行系统的梳理和界说,并对文化诗学的若干普遍原理进行探讨和诠释。蒋承勇的《西方文学"两希"传统的文化阐释》,从古希腊—罗马文学与希伯来—基督教文学这西方文学的两大源头出发,沿着文化传统演变与延续的角度去把握西方文学的文化灵魂和人性内蕴。林继中的《文学史新视野》,则以文化诗学的新视野对文学史进行了新的评析。钱理群在为《二十世纪中国文学与大学文化丛书》所写的序文中指出,正是从教育学与文学的学科交叉中,才能发现和发掘出这近百年来中国现代教育与现代文学互动发展的处女地。北京师范大学出版社推出的《文化与诗学丛书》,施惟达、段炳昌主编的《文化与审美丛书》,都是从跨学科视角开拓"文化诗学"理论建设的有益尝试。

而目前的文学—文化研究中产生困惑最多、招致争议最大的,主要集中于此文化空间:既非文艺的传统范围又非文艺的固有论题。如在小说、诗歌、散文、戏剧、绘画、雕塑等传统艺术门类之外,"一些新兴的泛审美/艺术门类或审美、艺术活动,如广告、流行歌曲、时装、电视连续剧乃至环境设计、城市规划、居室装修等。艺术活动的场所也已经远远逸出与大众的日常生活严重隔离的高雅艺术场馆(如北京的中国美术馆、北京音乐厅、首都剧场等),深入大众的日常生活空间。"① 在这样的生活空间中,文化活动、审美活动、商业活动、社交活动之间往往不存在严格的界限。对于这种现象与传统审美文化之间的矛盾,有的学者概括为"审美主义"与"文化主义"之争。认为"如果说文化主义(再说一遍:我只是指当今我国某些学人所倡导的'文化研究')是俯就人的感官,甚至只是把人看作欲望的主体,认为人的存在就是求得自身欲望的满足,那么审美主义则重视人的精神超越,它是以人不同于动物为前提的"。② 这一争议领域蕴含着如下两难矛盾,并要求每位文学理论工作者思考和回答:其一,正视社会现实与坚持价值选择;其二,拓展研究空间与承认学科规范。

其一,作为中国目前历史进程中的客观现状,生活空间的艺术化和艺术空间的生活化正在现实世界中日益扩大,并正在日益挤占着以往的传统艺术空间,生成一种扩张着的文化空间。更为变本加厉的是,在现代传媒

---

① 陶东风:《日常生活的审美文化与文化研究的兴起》,《浙江社会科学》2002年第1期。
② 王元骧:《文艺理论中的"文化主义"与"审美主义"》,《文艺研究》2005年第4期。

的推波助澜之下，这种文化空间正在加速鲸吞着人们的文化时间。所以，我们的研究不管出于何种考虑，都不能把这一文化空间从我们的研究视野中清除出去。因为如今它已实实在在地横亘在中国的现代化转型之中，并不以我们的好恶而自行消失。但是，对于它的社会文化功能，它与审美文化的关系，它与社会群体的利害，它在全球化语境下的态势，它在中国现状下的趋向等等，都有待于深入研究，并要求研究者作出各自的分析、阐释和评价。而价值选择的不同必然导致结论的不同，必然影响到反馈现实的社会效果和进一步的文化再生产。其二，作为新兴的文化空间，它的最大特点是各门类的互渗。文化的整体观和各学科交叉的研究方法与之具有内在的一致性。且不说与文学原本就在"家族相似"的群聚体内呈交相叠合状的历史学、社会学、政治学、心理学等学科呈相比较，就是与人类学、民俗学、新闻学、神话学、宗教学、哲学甚至于数学也形成了学科比较，极大地拓宽了学术研究的空间领域。但是，"交叉"其目的不是为了使各学科在消融个性的融合中达到某种平衡，而是在从未形成的比较关系中映照出各自的新侧面、新特点。因此，那种在文学的文化研究中否认文学的学科规范、放弃文学的学科特点的做法是不足取的。我们不能因为在入海口找不到"江"与"海"的分界便否认"江"与"海"的存在以及它们的区别。当然，承认学科规范不等于强行学科统一，而是在"纯文学"与"杂文学"、主流文学与边缘文学、严肃文学与消遣文学、精英文学与大众文学以及文学学科与非文学学科、单一学科与交叉学科、文学研究与文化研究的对立两极之间保持着充盈的张力。也就是说，简单地区别黑白是容易的，有难度的则在于分辨黑白两极间浓淡不一的大片灰色地带。同理，文学也在与其他学科的新型比照中、在文化的总体关系中更加精细地显露出自身的独特面目、独特价值、独特精神。

[原载《浙江大学学报》（人文社会科学版）2007年第3期]

小说的时间观念

金健人

第一次明确地就时间、空间问题对艺术进行探讨的，是德国的美学家莱辛。他根据艺术在题材、媒介对欣赏者感官和心理的作用，以及艺术理想等方面的因素，把以画为代表的造型艺术划入空间艺术，而把以诗为代表的一般文学划入时间艺术。黑格尔批判地继承了莱辛的诗画异质说，进一步揭示了文学的艺术特质：它作为语言艺术，从感性方面看虽不如其他艺术反映现实来得那般直接，引起欣赏者的表象经验，也达不到其他艺术通过物质媒介直诉感官所有的刺激程度，但弱点反过来也可以成为优点：它以语词为媒介，既不像绘画等空间艺术在空间上成面在时间上成点；也不像音乐等时间艺术在时间上成面在空间上成点，而是使一切通过它的信号刺激都能间接地为人感知，可以"统摄许多本质定性于一个统一体"。这样，文学比起其他艺术来，在内容上和表现形式上就要广阔得多。它可以包括一切精神事物和自然事物，一切事件、行动、情节、性格、心理等内在的和外在的情况都可以由文学加以形象化。这就使得文学的内容与表现形式在时空上可以超过其他一切艺术的总和。而小说是文学中对其他艺术依赖性最小且又最能发挥文学的间接特性的体裁，所以，小说在时空调度上享有最大的自由，拥有最丰富的手段。

本文仅就小说创作与时间的关系作一探索。

一　时间的叙事意义

"艺术并不要求把它的作品当作现实"，[①] 但成功的小说总是根基于现实，力求构造一个与读者的经验世界相符的幻觉世界。即使有的小说的幻

[①] 列宁：《哲学笔记》，中共中央马克思恩格斯列宁斯大林编译局编译，人民出版社1956年版，第66页。

觉世界与大家熟知的日常生活隔离较远,那也得通过自身的逻辑力量来说服读者。这个幻觉世界如果失去时间、空间的支撑,就会完全崩塌。所以,它有自己的日月星辰,亦有自己的东西南北,读者进入其中,自会产生鲜明的时空感觉,恍恍然如真历人生。这就要求小说家先得有明确的时空意识与分配、调整时空的高度技巧。"时间是小说的一个主要组成部分。我认为时间同故事和人物具有同等重要的价值。凡是我所能想到的真正懂得,或者本能地懂得小说技巧的作家,很少有人不对时间因素加以戏剧性地利用的。"① 英国作家伊丽莎白·鲍温的这段话,道出了作为叙事文学的小说与时间之间的本质联系。人类最早的叙事意识,就是以时间为线索把各种事物串联起来加以体现的。

在人类的野蛮时期,尚无文字,但已有各种各样的记事方法。最早的有结绳记事、刻木记事、贝壳珠带记事等,它们都是依照时间序列对事物的串接,将需要记住的各种事项"记录"下来。这种体现时间的一维性的直线式的叙事,成为后来史诗、骑士文学、戏剧、早期小说的最普遍的结构形式,使得莱辛和黑格尔都认为如果要把现实中同时发生而且因此互相联系的许多不同的行动和情节展现在读者眼前,就必须得把同时发生的动作和情节当作先后承续的序列来描述。② 莱辛在《拉奥孔》中,就以荷马史诗《伊利亚特》中对阿喀琉斯的盾的描绘与维吉尔的史诗《伊尼德》中对伊民阿斯的盾的描绘为例作了比较,盛赞前者而责难后者。区别就在于阿喀琉斯的盾上的图案(描绘它的文字尽管在中译本中占了整整四大页),荷马是放到火神的劳动过程中去,即把对各种图案的静止的空间罗列转化为动态的时间上的先后承续;而维吉尔是把盾牌作为已经完成的成品来描绘的,用的是罗列的方法。时间因素从中逃遁了,留下的是静止和呆板所造成的枯燥乏味。

要打破静止、呆板,使作品显得生动,就得有变化。而"时间就是变的第一种形式",③ 因为变化的第一个基本属性就是时间。当人们考察变化时,首先看到它的特征就是时间的流逝。春夏秋冬,节气更替,沧海桑田,人生无常,多少悲欢离合因时而易,多少终身荣辱受定于一举手一投足之间,这就是变化的内容,也是故事情节的精髓。因此,早期小说几

---

① [英]伊丽莎白·鲍温:《小说家的技巧》,《世界文学》1979 年第 1 期。
② 参看莱辛的《拉奥孔》第十五、十六章;黑格尔的《美学》第 1 卷下册,商务印书馆 1979 年版,第 32 页。
③ [德]黑格尔:《哲学史讲演录》第 1 卷,贺麟、王太庆译,商务印书馆 1983 年版,第 304 页。

乎很少例外地都以时间为顺序对种种事物作纵向的串联，叙事重心就不得不落在事件上。读者的一门心思，也被牢牢地拴在"欲知后事如何，且听下回分解"的一连串悬念之中。即使是现代的一些故事情节已退居次要地位的小说，它们还是不能缺少时间因素。世界上只存在时间因素处理得不好的小说而决没有不具时间因素的小说。时间，可以说在一切小说中都或露面或隐匿地扮演着一个必不可少的角色。

二 时间的处理方式

（一）时序的处理

人类的时间意识是历史地形成的。人类最初在时间上的觉醒，就是对"过去、现在、将来"三个时序的区分。这"过去—现在—将来"就是自然时序。星期一过了有星期二，原因之后有结果。"欲知后事如何，且听下回分解"正是这种自然时序的直接引用。福斯特给"故事"下的定义就是："一些按时间顺序排列的事件的叙述。"还说就它在小说中的地位而言，只有一个优点，那就是使读者想要知道下一步将发生什么，这虽然显得简陋，但却又是"小说这种非常复杂机体中的最高要素"。[①] 时序就这样在小说中充任一个故事的组织者。

最初的小说，无论中外，全都谨遵自然，顺着时针的走动直线式地叙述。写事件，从发生、发展到结局；写人物，由少年、成年到老年。这在客观现实中当然是规律，但在文学创作中却成了模式。一切艺术，总在力图摆脱自然又力图逼肖自然。小说的叙事时序，当然不能老被捆绑在步履匆匆、只进不退的时针上，时序从自然状态中的解放，是小说家能动地处理现实内容的需要。

古时候，说书人说到同时发生的两件事，嘴只一张，只得话分两头，在中国古典小说中，就是"花开两朵，各表一枝"之类的套话。如果同时发生的是几件事，那更难一口道尽、一笔写完，作者只得把这几个齐头并进的时间段改换成一一轮流接替的次序。想当初作者并无标新立异之心，实为事出无奈而无奈为之。可一种新技巧一旦产生，它就会自寻用武之地，不但不切割开来重新组接就无法交代的时间段必须如此，连一些原本秩序井然易于叙述的事物，作者也不甘依其本来，偏要切割开来换一换其中的先后关系，以利强化效果。丰富自己的表现力总是艺术形式变化的直接目的之一。人所共知的鲁迅作品《祝福》，作者偏从祥林嫂的死写

[①] ［英］福斯特：《小说面面观》，冯清译，花城出版社1983年版，第22页。

起，清末吴研人的长篇《九命奇冤》，也是倒戟而入。这种对时间的"倒拨"，当能在效果上起到强调和设置悬念的双重作用。像《祝福》这样的时序安排，实际上是用一个横断面罩住一个纵剖面。

五十年代曾在中国起过较大影响的苏联中篇《拖拉机站站长和总农艺师》，写的是一个拖拉机站的几个青年的生活和斗争。作者先让站长出席在克里姆林宫召开的农业先进生产者会议，并叫他成为一个上台说不出话的倒霉蛋，又安排一个"我"既在大会上看到倒霉蛋的窘相，又在归途的列车上与之巧遇，让原本应在大会上向大家介绍的先进事迹在车厢里向"我"一个人补述。全部内容就这样一节写车厢、一节写回忆，反复轮换直到终了。这等于把一个横断面与一个纵剖面细细割裂后，再一小段一小段地搭配出现。

茹志鹃的《剪辑错了的故事》和王蒙的多篇近作，更在这方面作了有益的尝试。内容虽可大致区分出"过去"与"现在"两大时间段，但同一时间段中各个小节之间的顺序性是大大削弱了，如果把各小节间的某些衔接语稍加改动，挪前错后亦成文章。王蒙的《布礼》《蝴蝶》等，更是通过时序的变动来组接主人公在较长历史时期中的生活。

在西方现代派小说中，时序的颠倒、跳动、变化可以说是一大特征。法国"新小说"派的重要作家米歇尔·布托尔的名作《变》，由一次乘火车旅行，借助主人公的回忆勾连起以往的多次旅行，有三天前的、一月前的、一年前两年前的、三年甚至二十年前的，加上对下次归程的想象，总共九次旅行像由一条铁路主干派生出八条支线，而这些又切割成无数小段混杂在一起，一忽儿现在，一忽儿过去，一忽儿将来，一忽儿梦境，一忽儿是最近的过去，一忽儿是最远的过去。突出的例子还有英国当代小说家B. S. 约翰逊的《不幸者》，内容是一个人到一个城市去报道足球赛，这城市有他的一个好朋友两年前患癌症死了。小说把现在和过去，对足球赛的报道和对朋友的回忆任意交织在一起。但这种任意性和书的装订发生了矛盾，因为任何书都有个固定的页码顺序。作者想出个办法：把书写成一个一个部分，不装订，分散装在一个盒子里，除第一和最后部分外，其他部分可以由读者任意排列阅读。还有阿根廷小说家胡·科塔萨尔的《妈妈的信》，内容写主人公远居异国接到妈妈的信后产生的种种心情与思绪、担心，对祖国、母亲和往事的回忆，特别是由于妈妈写错了名字而引起的困惑不堪的思虑。读者对这篇小说可以从任何一段读起，顺序颠倒而无损主题。

由此可见，小说的时序实际上有两种：一种是叙事时序，一种是事态时序。叙事时序是小说叙述者对内容各部分在交代时作先后次序上的安排；而事态时序则是事物存在于客观世界中的固有状态的序列，它往往通过因果联结标识出来。先叙原因或先叙结果都无伤要旨，原因还是原因，结果还是结果，而倒因为果则会导致根本性的谬误。正如介绍一个家庭尽可从女儿讲到母亲，但决不等于女儿可以生出母亲。叙事时序的任何颠三倒四千变万化，都得归结到两点：不能打乱事态时序，即必须使人能从中厘清事情的前因后果和相互关系。作者在创作时尽可根据需要像洗牌似的把时间的各个部分打乱，但有个极限，这极限就是还得让读者在欣赏时能把它们拼凑起来重建时间次序——主要是事态时序。不具备这一点的作品，要么就是产生歧义的作品，要么就是无法理解的作品。西方现代派的不少作品就是在这一点上标榜什么"突破"而陷入泥淖。

时序变动的手法之所以能够盛行起来，主要是为了表现日益繁复的现实生活使然。囿于时间一维性的直线式，纯以因果为连线、时间为次序，常使作者产生顾此失彼又腾挪不开之感，更不必说平铺直叙带来的单调使读者望而生厌。而打破时序，在因果联系难为之处，增以特征对应为补充，取事物间的相似、相反、相向、相背、相合、相离、相包、相嵌等对应关系为心理线索的客观依据，于是，一反小说叙事结构为直线式垄断的局面，交叠式、复合式、放射式等多种形式争奇斗艳，至此，小说的叙事也渐由时间的承接向空间的并列转移。值得注意的是：不同时间段的对列总隐寓着作者强化事物间特征对比的用心。所以，"叙事之法，切不可前者前，中者中，后者后。若前者前之，中者中之，后者后之，印板耳。"如把时序加以变动，"中者前之，后者前之，前者中之后之，使人观其首，乃身乃尾；观其身与尾，乃首乃身，如灵蛇腾雾，首尾都无定处，然后方能活泼泼也。"[①] 清人王源，早就深得其中三昧。

（二）时差的处理

现代人的时间观念普遍地建立在钟表上，而在没有钟表，甚至连钟漏也没有的年代，人们的时间观念只能建立在地球的自转和绕太阳公转所引起的种种现象变化上，由此而形成一个统一的计时系统。较原始的以一个黑夜加一个白昼为一日；月亮圆了又缺，缺了又圆为一月；经历了春夏秋冬四季变化，太阳又和先前一般温热为一年。而近代，这些都以精确的数字所代替：一年等于365日6时9分9.5秒；一日等于24小时；一小时

[①] 王源：《左传评》，居业堂藏版，转引自陈平原《中国小说叙事模式的转变》，北京大学出版社2010年版，第40页。

等于60分；一分等于60秒。

牛顿把时间区分为绝对时间和相对时间。所有绝对时间就是与任何其他外界事物无关的，自身在均匀地流逝着的一种"延续性"；而相对时间指的是这种延续性的一种可感觉的、外部的、通过运动来进行的量度，如通常用的小时、日、月、年等。一个人对别人说："我拼命干了一年"或"我父亲活到六十岁"，决不会引起时间概念的混乱，因为在一个统一的计时系统中有一个通用的尺度。可是，在某些小说中，我们却发现了两个不同的计时系统，仿佛有两个太阳在各自的轨道上运行，由此引出了小说的时差处理问题。

美国文学之父华盛顿·欧文有个著名短篇《瑞普·凡·温克尔》，主人公在山里喝了仙酒酣然入睡，浑然一觉，竟历二十年，入睡前是英王乔治三世陛下的臣民，醒来却成了美利坚合众国的自由公民。于是，让这二十年前的脑袋与二十年后的现实去展开一系列强烈而富于戏剧性的矛盾。继后的大作家马克·吐温发展了这一手法，不是让过去跨入现在，而是让现在退回过去。其长篇《在亚瑟王朝里的康涅狄格州美国人》，让一个19世纪的美国铁匠退回到6世纪的英国去生活，引发了一连串所谓"革命"与"反革命"的斗争。"现在"可以退回"过去"，也可以跨入"未来"，描写一个现代人在未来世界里的种种奇遇，已经是科幻小说用滥了的题材。这种题材的缘起当推英国作家赫伯特·乔治·威尔斯的《时间机器》，让一位科学家驾驶这种机器来到八十万年以后的世界。

这种在现实中不可能并存的时间段，如果取消它们的时间标志，那就可以使一个人物在同一时间干两件或两件以上的不同事情。法国小说家普鲁斯特笔下的男主角，在同一时刻既可用晚宴取悦情人又可与他的护士在公园里玩球，这与吴承恩笔下的孙大圣的分身法如出一辙。中国一千多年前的唐代小说《离魂记》，就写一位少女倩娘，自幼钟情于表兄弟王宙，不满婚姻包办，私随王宙赴京，五年间生育二子。因倩娘久居异地思亲心切，终于夫妇偕同还乡。家中却又有一倩娘病在闺中已五年，两个倩娘相见，"翕然而合为一体，其衣裳皆重"。这一手法后为不少戏曲、小说借用发展。

可见时差处理，并非现代才有，更非外国仅有。古代笔记小说《述异记》言晋代王质入山砍柴，遇二童子下棋，一局未了，已过百年。陶渊明的《桃花源诗并记》中，武陵渔人迷入桃源，遇见"不知有汉，无论魏晋"的先世秦人，比《瑞普·凡·温克尔》早千年问世。《南柯太守传》更是将纵贯过去、现在、将来的漫长人生压缩于片刻一梦之中。

这种打破人们的常规时间观念而进行的变异处理,并非全然虚妄,内中也有一定的现实基础与科学依据。由于地球的自转和公转速度不匀,加上黄道与天赤道不处于同一平面,这就引起了自然界中种种有趣的时差现象:如白昼的夏长冬短;每天太阳当顶的间隔时间长短不一;东西半球的白天黑夜于同一时刻恰好相反;一年之中南、北极圈内只有一个漫长的白天和一个同样漫长的黑夜;还有向东航行的人绕地球一周后会感觉多了一天,而向西航行的人绕地球一周后会感觉少了一天……这些时差现象一经插上幻想的翅膀,足以使人翱翔于"山中方一日,世上已千年"的仙境之中。加上爱因斯坦的相对论革新了传统的时空观,科学地论证了时间与运动的关系。如一列疾驰的火车内的时间并不等于候车室内的时间,尽管其差甚微。倘能以超光速运行,所导致的将是时间的倒流和因果的颠倒:女儿生出了母亲,死人爬出了棺材,弹片从爆炸地点聚拢来还原成炮弹飞回炮膛……许多在四度空间里做文章的作品,多导源于此。

时差变异比起时序更动来,在突出时间段之间的差距、对立或关联方面更显得强烈。朝夕相处的人们,往往互相熟视无睹,而久别重逢的老友于碰面之时都各各惊诧对方的判若两人。在现实生活中,朝夕相处与久别重逢不可兼得,而时差变异手法就能兼得此不可兼得者。如运用得当,每每叫人对熟视无睹之物大吃一惊,在惊吓之余,又陷入深深的思索之中。

(三) 时值的处理

时值就是时间的长短。正如人们对任何事物都可作客观的分析与主观的感知一样,对时间的长短也如此。同样一天,对于有些人来说可以瞬息而过,而对另一部分人却可能度之如年。爱因斯坦曾给相对论打过这么一个诙谐的比方:"如果你在一个漂亮的姑娘身旁坐一个小时,你只觉得坐了片刻,反之,你如果坐在一个热火炉上,片刻就像一个小时。这就是相对的意义。"[①] 法国哲学家柏格森和构造主义心理学家铁钦纳,一个从哲学角度提出"空间时间"和"心理时间",一个从心理学角度提出"物理时间"与"心理时间"。柏格森的空间时间和铁钦纳的物理时间就是前文提到过的牛顿的相对时间,也就是我们通常所说的,在古代可以用日出日落,在现代可以用针头在钟盘上转动来说明的时间,是可以用客观的方法进行量度的。而"心理时间"却是从人的主观方面,通过人的感官来感知的一种强度和变动,即爱因斯坦所说的对相同时间的因人而异。在文学

[①] 赵中立选编:《纪念爱因斯坦译文集》,上海科学技术出版社 1979 年版,第 148 页。

创作中，显然后者更为重要。测量它的标尺，就是人们对某一片刻或某一时间段的延续或停顿的感觉。

这是俄国大作家陀斯妥耶夫斯基的《穷人》中的一段，贫穷的小官吏杰沃式金写信给善良的姑娘华尔华拉：

> 后来发生了一件事，我现在回想起来羞得钢笔在我手里发抖。我的一颗扣子——他妈的！——我那颗扣子只有一根线吊着，忽然掉了，跳啊蹦的，骨碌碌一直滚到大人的脚跟前——这事情偏偏发生在普遍深沉的静默中！变成我有意地自辩和博得怜悯的申诉！这就是我对大人的回答！那结局，我一讲到就发抖。马上大人的注意力引到我的仪表和服装上来。我记起我在镜子里看见的我，就赶快去追扣子。我固执地追着，我尽力去捉它，可是它滑跑了，转了又转，弄得我抓不住它，我那笨手笨脚把我造成一副可悲的样子。然后我觉得我剩下的最后力量几乎用尽了，一切，一切都丧失了……①

在现实生活中，一颗扣子掉到地上，一个人要捡它起来，这只能是发生在一瞬间的事，可是在这段文字中，读者感到的这一刻是如此的漫长与沉重。那扣子不是掉到地上，仿佛是轻轻地缓慢地飘落到地上，又徐徐地、鬼使神差似地在地上滚动，旋转，永远没完没了。而杰沃式金伸出手去捉它，就像每个人在梦中常有的那样，手脚似乎被捆缚住了，奔跑不见移动，叫喊发不出声响。时间，仿佛一头被钉牢，而另一头则被拉长、拉长……

苏联著名电影导演普多夫金曾因两件小事的启迪而顿悟时间的妙用：

> 我体会到，一个人在凝神注视细心研究并反复思考的时候，首先会在自己的感觉中改变实际的空间和时间比例：他在自己的感觉中会把远处的东西拉近，会使迅速运动的东西减慢速度。如果我凝神注视，远处的东西也可能比近处的东西看得更清楚。在电影中就有所谓特写镜头，可以去掉多余的东西而集中注意必要之处。对于时间也可以这样处理，在集中注意实际过程的细节时，我在自己的感觉中会相对地减慢它的速度。不妨回想一下许多对于一个人在危险突然迫近时的感觉的描述，飞驶而来的火车，在最后瞬间会使人觉得忽然停住或

---

① ［俄］陀斯妥耶夫斯基：《穷人》，文颖译，作家出版社1956年版，第156页。

者开得非常慢。①

小说在处理时值方面具有很大的灵活性，它既可以把几十年缩成一句话，也可以把一天写成洋洋洒洒几十万言，时间段可被拉长与缩短的比例大得惊人。伊丽莎白·鲍温把这种时值处理形象地比作一把可以打开或折拢的扇子。

应该承认，对时值的缩短也是一种才能，它能使作品干净。但对于小说的成功，显然对特定时间段的拉长的本事更举足轻重。几个被拉长的时间段往往构成支撑全篇的基石。深入一步还可发现：拉长的时间段总是被当作刚发生的"现在"来进行描写，哪怕事实上是几百年前；而缩短的时间段总是被当作远逝的"过去"来叙述，哪怕事实上刚刚发生。可见时值的长短与"现在""过去""将来"这三个时态还大有关系。前文摘引的《穷人》中的一段，是小说的叙述者向另一人物讲叙一件已成"过去"的事，但要讲得翔实，还是必须回到事情刚发生的那一刻去，将那一刻重演；而读者要知道得真切，也得于阅读中追上那一刻，将它当作"现在"来体验。

时间是什么？说到底它的实质就是一个接一个连绵不断的"现在"。人是通过全部感觉意识到自己的存在的，而可供人感觉的只有"现在"。对"过去"只能回忆；对"将来"只能揣测。所以，人对时间的整体把握离不开记忆力和想象力，即把前一感觉与后一感觉联结起来的力量。过去的时间虽然过去了，然当其时也是"现在"；将来的时间还是未来，然当其时亦是"现在"。这些"现在"彼此不同又互相联结，时间通过运动就是这样由此一"现在"变为另一"现在"再另一"现在"。所以，"现在"按可能性说，既是时间的划分，又是"先""后"两者之间的界限和统一。它如一条线上的点，线是点的连续，但任何一点又可以把线划分为两段；并且，线是无穷点，可以被无尽分割。具体到创作中，一部小说的内容就是靠一个又一个的"现在"来充实的。

对时值的这些处理，固然是以心理时间为基础，而心理时间，又固然属于主观的范畴，但并不等于说因此就可以由着作者的性子任意妄为，它仍然得受许多客观因素的制约。且不说创作材料的来源和创作方法的继承，单以作者和读者的心理、意识的产生来说就离不开人脑这一特殊物质。"心理的东西、意识等等是物质（即物理的东西）的最高产物，是叫

---

① 《普多夫金选集》，人民文学出版社1985年版，第129页。

作人脑的这样一块特别复杂的物质的机能。"① 共同的物质基础当然要产生许多相似的心理要求,如果在时值处理上违背这些普遍要求:该放大的地方偏缩小或者相反,读者就会把这部莫名其妙的作品像扔一张焦距不清的照片一样扔在一边。

金敬迈在《欧阳海之歌》里关于主人公舍身救车的一刹那间的心理描写,尽管当时颇有争议,但有一点是抓准了——这一刹那不能轻易放过。凡是人物命运的转折关头、关键时刻,读者在心理上都会产生巨大的期待,他们想把这一"现在"、这一时刻、这一瞬息拴住拖牢看仔细,甚至从宏观世界中摘除出来进行微观分析。作者顺应其要求,或者把这一时间点极度分割,或者把这一时间点与其他时间点极度联结。谁如轻易放过,读者就会大感失望。在托尔斯泰笔下,安娜·卡列尼娜从明确自己的归宿——自杀,到真正用行动付诸实施寻得解脱,中译本中整整占了32页,就连她一掷自己性命的最后一个动作,作者也不让她轻易完成,甚至在灵魂离开躯体之后,还让这躯体保持感觉。

三 时间的多种层次

在小说家手里,时间处理在时序、时差和时值上的多种变化,相应地使小说时间形成了多种层次。

(一) 向心时间与离心时间

作为艺术品,它要求自身的整一;作为生活的反映,它要求追上对象的丰富。这就给小说家带来两个恰好相反难以调和的要求:向心的整一性与离心的丰富性。

整一性要求矛盾有个凝聚的中心,情节要完整,发展要有头有尾,如果莫名其妙地突然结束,当然会引起合理的猜疑与不快。"情节的完整性的标志在于:如果它所描绘的事件再向前发展,便会导向情节中已发展的矛盾以外的新的矛盾的产生了。"② 而丰富性却要求小说家朝着相反的方向努力,必须打破故事的樊篱,决不能让人为的故事结构限制住无边无际的现实,使自然生长的生动多变的人生僵化在一个封闭的世界中。这样,向心时间总是在朝中心点凝聚,离心时间总是在向外围扩张,而目的却只一个:力求在一个大于作品本身固有的时间段的规模上展现生活。

---

① [俄] 列宁:《唯物主义与经验批判主义》,《列宁选集》第二卷,中共中央马克思恩格斯列宁斯大林编译局编译,人民出版社1964年版,第232页。
② [苏] 季摩菲耶夫:《文学原理》,上海平明出版社1953年版,第203页。

在仅取某一较短时间段来叙述人生的所谓横断面小说中，向心时间表现为点上的收缩，离心时间表现为线上的伸展。高晓声的陈奂生只不过在招待所里住了一夜，可作者于字里行间放出的一根根很长的渔线，钓出的却是主人公的大半辈子。

选择某一较长时间段来叙述人生的所谓纵剖式小说，也越来越放弃了让情节稀释于漫长的有头有尾的全过程的写法，而是让它们在几个较短的时间段上浓缩，如地壳的板块运动，隆起的地方形成大陆甚至堆叠成引人瞩目的峰峦，而拉断的地方却深陷海底，在人们的视线中消失，尽管水底下是伏脉条条，而海面上却是大片"空白"。柳青的《创业史》第一部，"活跃借贷"、买稻种、进山、牲口合槽几件事，几乎囊括了当时农村的一切。

在对时间进行切割组合的交叠式小说中，作者选择某一时间段——往往是"现在时"——做向心运动，以此包裹其他时间段——往往是多个"过去时"。鲁迅的《祝福》就是用一个除夕夜包裹了祥林嫂的大半生，《拖拉机站站长和总农艺师》就是用一次列车上的长谈包裹住一群青年的生活和斗争。

如果是辐射式结构的小说，作者往往选定某一时间段作圆心，让许多时间段由此生发向外放射，如车轮子的条条轮辐生根于轮轴。王蒙的《蝴蝶》，就是以张思远的一次"探家"为圆心，借沿途见闻触动种种思绪，反省自己相当复杂的政治生活历程。沿条条射线网络"张副部长"与"老张头"之间的变异以及秋文、海云、儿子等人的命运，映照出建国三十年来风云变幻的社会生活。

布托尔的《变》借一次仅有二十多小时的旅行，穿插上二十多年来前前后后的八次旅行，总共九次旅行，连带与之相关的种种生活。更极端的例子是沃尔夫的《墙上的斑点》，写一个妇女看到墙上的一个斑点后，引起了各种各样光怪陆离的联想，末尾点出那斑点不过是只爬在墙上的蜗牛。在这里，时间似乎停于原处，又似乎无所不至，也可以这样说：向心时间成点而离心时间成面。

凡此种种，都是小说家自觉或不自觉地为调和整一性与丰富性之间的矛盾，而在向心时间与离心时间上所做出的努力。

（二）内部时间与外部时间

根据时间与情节的关系，小说时间可以分为内部时间与外部时间。外部时间是作者于情节之外专门记录的时间，它"像气候或大气层一样包围着"情节，是情节与使之得以生长的广阔无边的现实生活之间的通道和桥梁。它不直接进入情节，却是情节的土壤；它不直接诉诸读者，读者却要据其检验作品与经验世界的向背。它往往简化为几个数字加上年、月、日在作品中出现，作者却要依此安排时代背景与情节距离。内部时间就是作品中情节运动的顺序性与连贯性，它以心理时间为基础，而外部时间却以物理时间为基础。

福楼拜的《包法利夫人》，从上卷第二章开始到下卷第十章结束，叙说的基本上是包法利夫人本人的故事。从1837年1月6日起到1846年3月止，前后整整占了九年。这九年可分为四个阶段：

第一阶段：从1837年1月到1838年3月，在这一年里，爱玛小姐接受包法利医生的求婚；

第二阶段：从1838年4月到1842年9月这四年多，成了包法利夫人的爱玛小姐，过的是结了婚却不觉爱情幸福的沉闷生活；

第三阶段：从1842年10月到1843年9月，在这十一个月内，包法利夫人同附近庄园主罗道耳弗过着偷情生活；

第四阶段：养了几个月病后，从1844年夏季到1846年3月，她和见习生赖昂·都普意过了将近两年的私通生活。

准确的年月不仅增强作品的真实感，是季节变化、景物描写的依凭，更重要的是，通过年月的框架反映出来的是时代和环境对人物的重大关系。而作品的情节运动却并不得力于明确的年月界限，而是人物行动的因果联结。尽管作者为单调的外省生活花费了大量的篇幅，为许多琐碎的事件和日常生活环境的描写花费了许多笔墨，但正是靠了行动间联系的因果性，在包孕着心理时间的一个个事件中，才使得包法利夫人的悲剧能很有时间次序地从部分的危机开始慢慢走向最后的毁灭性的灾难。而这，又正是作品的内部时间。修道院的启蒙教育，在侯爵家庭舞会中与子爵的对舞，搬到永镇后遇到见习生赖昂产生的暧昧感情，农业展览会上罗道耳弗的表白，与罗道耳弗的幽会与分手，在卢昂剧场与赖昂的巧遇与之后的交往，勒乐的逼债和向罗道耳弗求援被拒，万分绝望下的服毒自杀。而这些，不是作为情节梗概，而是融化在大量的关于爱玛生活的具体细节、心理体验、环境气氛的描写之中，小说的时间运动就具体地体现在这样的情节进程中。

情节的进程越具因果性，给读者的时间感就越强。阅读另一名作《安娜·卡列尼娜》时。读者不妨作个比较：当情节转向安娜与渥伦斯基这一线索时，时间的脚步就显得清晰与有力，而当转向列文与吉提这一线索时，时间的脚步就变得零碎而迟缓，原因即在于前者较之后者的事件连接更富因果性。

时间感的获得还与小说的内部时间成正比而与小说的外部时间成反比。"屠格涅夫的小说中的故事总是发生在一个骤变的时刻里,梅瑞狄斯和乔治·爱略特总是喜欢把故事情节从主人公的孩提时期写起。……屠格涅夫则不然,几乎总是一下子就进入主题。《父与子》是一则发生在数星期内的故事,《初恋》亦是如此;《贵族之家》故事发生在拉夫列茨基重返家园之时,《烟》的故事则发生在与伊莱娜相遇之时。"① 一般地说,作品的大时跨往往会把情节运动的曲线拉平而使读者的时间感减弱,而作品的时跨越小,或在某个、某几个时间段上越浓缩,情节运动的曲线就越增陡,振荡频率也越加剧,造成读者的时间感也越强。这正如处身疾驰的车内向外看,视野最开阔的地方正是最遥远的地方也是景物移动得最缓慢的地方,而贴窗晃过的护道树,闪动之快足以让人眼花缭乱。

与西方小说不同的是,中国的古典小说几乎向来不注重外部时间,有的甚至可以这么说:故意模糊小说的外部时间。这不但与各自的文学传统有关,还与各自的文禁松严有关。

欧洲19世纪批判现实主义的作品,除注重作品内部的逻辑性,还十分强调与现实世界的联系,而这种联系的界碑就是小说的外部时间。《包法利夫人》的外部时间正好与波旁王室幼支的十八年统治相吻合;司汤达的《红与黑》,其副题就是"一八三〇年纪事";巴尔扎克的《人间喜剧》,其中包括几十部作品、两三千人物的六大生活场景的总名就是"十九世纪风俗研究";托尔斯泰的《战争与和平》,其中更为一件件确凿不移的重大历史事件所界定……这些大师挥动巨笔,充任的是现实社会的书记官,以内、外部时间与历史进程的一致来增强作品的真实性和揭示作品内容的社会根源。而中国的古典小说较多地却是从增强作品意蕴的角度来利用外部时间。《红楼梦》开篇叙"石头记"来历,第一件就是叙其"无朝代年纪可考",而全书对宝黛爱情和贾府由盛到衰的描写,实又经历了春、夏、秋、冬的四时变化,可谓"不求形似求神似"。福斯特曾将日常生活划分为时间生活与价值生活,"价值不用时或分来计算,而是用强度来度量"。② 没有价值的生活只是空壳,它当然与小说的内容无缘,而小说的内部时间,正是靠价值生活来充填的。

对时间的把握向来标志着对世界的认识的深度。小说创作是人类对世

---

① [法]安·莫洛亚:《屠格涅夫的艺术》,《外国文学评选》下册,第146页。
② [英]福斯特:《小说面面观》,冯涛译,花城出版社1983年版,第23页。

界审美认识的一个方面,所以,对时间因素的处理技巧,在小说创作中日显重要。萨特说:"当代多数大作家——普鲁斯特、乔伊斯、多斯·巴索斯、福克纳、纪德和弗吉尼亚·沃尔夫——都曾各人试以自己的方法割裂时间。"[①] 至于割裂后的结果,当然成败都有,如果仅为炫奇,那必定会步不少现代派作品的后尘,误入叫人不知所云的歧途;但如真为内容的完美表达开辟通道,那的确可获上下飞腾、纵横驰骋的叙述自由。

(原载《文学评论》1985 年第 2 期)

[①] [法]萨特:《福克纳小说中的时间:〈喧嚣与骚动〉》,李文俊,《福克纳评论集》,中国社会科学出版社 1980 年版,第 163 页。

泛文学时代的文艺学

徐 亮

当代文艺学面临的难题可以举出无数,但最令文艺学者尴尬的,也许是文学本身的不可捉摸。作为文艺学研究的对象,文学如今在哪里?它的魅力何在?它在社会生活与个人生活中还担当什么功能,扮演什么角色?这一系列的问题都环绕着一个担忧,即:文学是否在消亡,或正在蜕变为一种甚至其娱乐性也不强的娱乐项目?如果这样,是否意味着文艺学要么从娱乐性中寻求出路,要么成为一门研究过去辉煌时期文学经典的专门学科。抑或还有别的前景?无论如何,改变已经不可避免。

文艺学面临的改变基于文学现象本身的变化,对文学现象本身变化的估计影响着文艺学今后的发展。我们的基本估计是:当今文学已经或正在朝泛化方向演变,包括文学显要地位的失却,运作方式和自身估价的变化,原有界限及其划分的失效和新的转移现象的出现。我们已经进入一个泛文学的时代。当代文艺学必须面对这种泛文学的局面,重新认识和定位,作出改变。

一

最近二十年来,文学在人们的关注下发生了一系列引人注目的巨大变化,文学的基本场景已经面目全非。具体说来这些变化可以概括成以下几方面:

(一)小说、诗歌等"纯文学"的衰微

小说(指严肃的、艺术的)和诗歌一向被认作文学的标志。现在,小说和诗歌的衰微是有目共睹的。80年代随处可见的文学热早已退潮,从事文学创作不再是年轻人的梦想,仅仅成为谋生手段之一种;好的作品不多,尽管出台了很多高奖励措施,大师和杰作的出现仍遥遥无期,而且,即使出现了也不会像曾经预期的那样令全社会万众瞩目。优秀的作家正在明白,他们从事的只是这个世界上无数多行业中的一种,他们所创作的品种与油画、京剧、地方戏或芭蕾舞一样,在经历孤独与冷漠,为生存而奋斗。纯文学的载体——各种文学期刊,在不断消失,现存的也几乎都陷入了生存困境。除了不景气的长篇小说出版外,读者还能从晚报的文艺版上找到小说连载。另外,小说读者已经很少,除了为数很少的爱好者(老年人居多)外,恐怕就是文学专业的学生,研究、教学人员和从业人员了;诗歌更是乏人问津。文学在社会生活中扮演的角色从根本上发生了改变,对社会生活的影响大大减弱,从文学萌发启蒙或思想解放运动的情形已是历史,人们阅读小说诗歌的目的,有的是为工作,更多的是为娱乐,已经很少有人为体验思考生活、追求真理而阅读了。

这对一向以为是研究人类灵魂工程的文艺学意味着什么?

(二) 文学的产业化和商业化

如今,不管作者是否愿意,其作品的出版都要经过商业操作,有时候是炒作,因为对于负责将作品推向大众的媒介而言,在全球化商业背景下,不这样做无法生存,更别提产生社会影响。商业性诱惑成了主要的预期效果。对于读者,文学是一种消费方式;对于作者,文学写作更多的是作为一种职业,一门技艺来参与的。文学作为一种产业,其组织形式与一般产业是一样的:生产(作家)——销售(出版商、广告商)——消费(读者),这并不仅仅是通俗畅销小说的经营方式,它涵盖了被认为是最严肃的文学作品的出版运作,因为不仅是吸引人的题材和描写可以成为商业性诱惑,作家的名气、严肃文学或纯文学的高雅名声也是卖点。很多小说在写作时就已瞄准了影视市场,是为改编成电影电视剧而写的。强大的商业理性为文学及其作者的新生存方式准备好了不容置疑的理由。

文学一直是作为非功利的高雅精神活动被看待。文学因其纯粹的审美性质而深受理想主义者的青睐,成为拯救之道。王国维在对受羁于欲望与痛苦的恶性循环的人生感到绝望的同时,对包括文学在内的艺术寄予最后的希望,就因为艺术是绝不与功利欲望及生存之考虑有染的。"美术(即艺术——引者注)之务,在描写人生之苦痛与其解脱之道,而使吾侪冯生之徒,于此桎梏之世界中,离此生活之欲之争斗,而得其暂时之平和。此一切美术之目的也。"[①] "个人之汲汲于争存者,决无文学家之资格也。"[②] 现在,欲望与生存之争不只出现于作品的描写中,也出现于作者

[①] 王国维:《红楼梦评论》,《王国维文集》第一卷,中国文史出版社 1997 年版,第 9 页。
[②] 王国维:《文学小言》,《王国维文集》第一卷,中国文史出版社 1997 年版,第 25 页。

的写作、作品的产生过程中。文学的商业化和产业化现象如此普遍和正常，受到正面的维护，以至人们不能再用"文学的堕落"来加以解释。文学救世的神话破灭。这种情况对文艺学是颠覆性的。

（三）虚构的游戏

在十几年前，读者钟情于一部文学作品的主要理由还是其真实性，不但有深刻的思想，即所谓"内在真实"，而且有真实的场面和逼真的细节。而作者则不惜在作品中创作一批"无用的细节"，如："细小的动作，短暂的姿态，多余的话"，[①] 或仅仅是"说明身份和确定时间和空间的信息"，[②] 来营造故事的真实性氛围。可是现在作者和读者似乎都不再喜欢玩这种逼真游戏了。作者把小说当作小说来写，而读者也把小说仅仅当作小说来读。小说变得越来越好辨认了，其虚构性不再受到刻意的掩藏，它似乎不介意暴露出这一点：这不是真的。神秘的桃花岛、武力盖世的黄药师，这些内容构成了一个独立的世界，与现实世界没有沟通性（也许只有观念上的沟通）。从小说改编了的电视剧里，一片散发原野气息的青山绿水中奔跑着几个着古装的演员，这种奇怪的不协调好像是故意制造的，它标志着：这是一种娱乐的形式。没有人把黄蓉、郭靖当作真实存在的人（这与现在人们仍然试图寻找贾宝玉、林黛玉的原型形成鲜明的对照），读者可以很兴奋地模仿"降龙十八掌"，但同时却不会认为这是可以实际实施的武功。无人再关心物理时空的问题，因此诸如场面、环境、无用的细节这些真实的标志不再被需要。逼真的游戏变成虚构的游戏，小说成为真实的一种形式化的模仿，仿真游戏，其形式在游戏中一直暴露在外。新武侠只是一个突出的例子，类似的倾向普遍存在于小说的创作和阅读中。王朔的"玩文学"是一个赤裸裸的说法，这个说法中唯一不妥之处是中文"玩"字包含有不严肃、玩世不恭之义，除此之外，这就是对当下文学的真实描绘。

（四）文学的转移或"滥用"

在传统文学不景气的同时，我们却发现文学从各种非文学领域（通常不是以整篇，而是以片段的形式）冒出来。最明显的例子是广告，广告是一种促销的商业手段，目的性很强，本来与纯审美的文学无涉。现在，广告的文案部分却是文学想象和描写的广阔天地，到处在滥用文学的

[①] ［法］罗兰·巴尔特：《真实的效果》，《外国文学报道》1987年第6期。
[②] ［法］罗兰·巴尔特：《叙事作品结构分析导论》，载伍蠡甫、胡经之主编《西方文艺理论名著选编（下）》，北京大学出版社1987年版，第484页。

手法和效果。为药物疗效所作的动人叙述，不仅有曲折的情节，而且悬念丰富；食品广告与童年的回忆、亲情的渲染融为一体；关于节约用水的公益广告充满诗意和哲理，令人动容。广告中所表现出来的想象力常使人叹服。文学在报纸、广播、电视等大众传播媒介的各个角落中都变换着面目登场。现在，诗歌的最佳载体不是诗刊、诗集，而是流行歌曲的歌词，这些歌词被广泛引用来表现都市人的生活、爱情和烦恼；最吸引读者的叙事形式不是小说，而是人们感兴趣的经过捉刀人加工的名人传记、新闻背景深度报道，或新闻故事。后者是一种"新闻事实+虚构"的文体，其基本事件是新闻性的，但过程的描写、悬念的设计、心理的揭示，则有虚构。标题充满吸引力，如"性病风波缠上幸福家庭""从十四岁的新娘到死囚"等，其中很多还是连载，叫作"新闻连载"。这比报刊文艺版的"小说连载"拥有更多读者，因为事情是真实的，而小说在脸面上就已贴有虚构的标签。同时出现了一些过去不曾有的文体形式，如因特网上的网络文体。谈论网络与文学的关系尚为时过早，但有两点已可确认：一是网络文体有许多过去文体从未有过的特点（快速、对话性、偶然性等），会给写作带来新的想象；二是文学已在不同程度上涉足其中，例如谈天室中匿名的角色扮演、各种挖空心思的描写等。无论在势头还是在人们的关注程度上，以上这些非传统型文学活动可能更引人注目。

　　上述文学的种种变化，性质深刻，幅度极大。但仔细观察可见，如果认为文学从此走入消亡，这种担心是过分的。因为以上第一、第二点只是表明，两种传统的文学文体（诗歌、小说）不再辉煌，它们过去拥有的至上地位已不复存在，但它们并未消失。它们以不张扬的方式存在着，仍有许多作家、诗人在孜孜不倦地写作和探索。文学的产业化、商业化在某种意义上是这一变化的后果：从救世之道下降为一种消费方式。第三点有关文学的魅力，是文学内部发展的一个宿命（这一点后面还要谈到），但这也只说明文学发生了变化，而不是死亡。第四点则表明，文学所依附的载体发生了转移，文学生活在别处，这说明的是文学顽强的生命力，而且还说明现代生活及传媒对文学的依赖和需求。因此，种种迹象表明，文学并未开始消亡，它只是泛化了。高度的抹平、游戏化、文学的"滥用"及转移，都是泛化的表现。我们面对的眼花缭乱的变化只是显示了，文学既不会窒息在某些既定的文体中，也不会为广告、大众传媒或网络文体所挤兑和取代。它活在比过去远为广阔的文化场景中。我们正在走向一个没有张扬的形式的泛文学时代。

二

文学走向泛化有多方面的原因。探究这些原因将有助于文艺学的未来发展。

（一）全球化进程的推动

文学泛化是世界性现象。20世纪以来人类在传播工具等科技手段上的进展，改变了印刷业在传播领域的主宰地位；哲学美学观念的根本改变极大拓展了文学的想象空间。这些因素导致了文学无论从载体和传播方式、体裁或文体，以及叙事元素的配置、文学的自我认识上，都出现了重大变化。那些发生在我们社会中的文学泛化现象，也发生在世界各地，尤其是经济发达地区，只是在那里这一进程开始得更早。

近二三十年来，人类社会经济文化的全球化进程加快了文学泛化现象的发展和传播。按约翰·汤林森的意见，全球化是现代性发展的最新阶段，超越了文化殖民和经济殖民阶段强势文化对弱势文化的支配局面，科技与控制已成为全人类的共同语言与共同目标。借助跨国经济集团和现代电子传媒的推广作用，如今人类在经济和科技方面的任何进展迅速成为全球共享的成果。现代传播媒介以标准方式把各种信息传遍世界的同时，也把这些信息的组织方式以及相同的文化经验传遍世界。[①] 全球化打通了地域的疆界，动摇着文化传统，抹平个别性差异。文学在这一进程中受到新的媒介技术的剧烈冲击和分解。全球性的经济价值制度也在进一步迫其就范。更重要的是，它迅速地将新的文学媒体及其经验传遍全球，这就加剧了文学的泛化及其传播，使之成为各国现代化过程中的普遍文化现象。

毫无疑问，中国正在被卷入这一全球化过程。改革开放以来，中国正在现代化的道路上奔跑。回顾近二十年来的中国文学，我们可以发现，它走过了好几个浓缩而极具现代性逻辑的阶段：70年代末到80年代初的人道主义启蒙文学，属于现代性发展早期的特色；80年代中期到末期的先锋派文学，属于现代性中期的现代主义实验；90年代以来从崇高文学的消解，到玩文学，到各种转移了的泛文学形式的出现，则表现了晚期现代性的文化特色。这个过程速度之快令人惊讶。我们还没有从启蒙文学和现代主义文学中回味过来，还在为其中的种种问题争论不休，这些文学的形式——小说、诗歌，就已走向弱势。我们不得不面对一系列眼花缭乱的变化。随

---

① 载［英］约翰·汤林森《文化帝国主义》中的《结论：从帝国主义到全球化》一节，冯建三译，上海人民出版社1999年版，第324—335页。

着中国经济的迅速发展，泛化文学的技术手段（如大众传媒及因特网）的普及面越来越广。全球化把我们径直推到了具有一体性特点的当代全球文化的前沿。中国的文学也在快速走向泛化时代。

（二）元语言的暴露

元语言是指我们借以说话（指涉对象，表现情感）的一套语言系统。文学（如小说、诗歌）的元语言，即它们借以构成其虚构世界的话语规则系统。自柏拉图、亚里士多德以来，文学只是自然地使用这一系统，却从未从根本上反思它（古典文艺学主要是关于文学对象的理论），因为文学尚未真正意识到它。自十九世纪末以来，这个局面发生了根本变化，从而改变了文学的基本面目。

首先是一批先锋派文学家的创作实验。马拉美在他的诗歌创作中发现了语词及其语音建构或消除事物和意义这一事实，他的象征主义诗歌对词语的音形义之间的关系作了深入探索，例如他惊讶地发现"一朵花"的语音掩没了它的所有形状——花萼、绿叶和花束等，但因此却获得了永恒的生命，一种话语中的生命；他将语词的确定性悬置起来，以作一种德里达称之为"语词操作"的游戏①等等。另两位重要作家福楼拜和普鲁斯特则在叙事文学中实践着马拉美"用语词而不是用思想来写作"的观念。这种对诗或叙事语言构成本身的兴趣一直延续到法国新小说，包括罗伯·格里叶及玛格丽特·杜拉丝的写作。玛格丽特·杜拉丝认为，所谓生活的历史是不存在的，"那是一套词语问题"。她把其著名的《情人》的成功归结为词的推动力，这是她探索字词句关系的一个成果："写一本书，我认为是从词开始的。可能是那样。我看见这些词，我把它们安置下来，句子是后来的，句子悬挂在词上，环绕在字的周围，它按它所能作的那样形成自己。字是不动的，它们是一声不吭的。有些词属于句子，有一些词则属于书。"② 这些分别属于句子和书的词就形成全书持续不断的隐喻点，实际上是整个作品的结构中心。在德国，布莱希特用他的表现主义戏剧倡导一种"间离效果"，让观众和作者都处于既进戏又意识到在演戏的非受骗状态。由于戏的编码暴露在外，他们都有对作品的改动权，观众可以自己设计戏的结局。作为这种兴趣的一个自然结果，在叙事领域出现了"元小说""元叙事"等文本类型。所有这些创作的共同之处是，它们都

---

① ［法］雅克·德里达：《文学行动》，赵兴国等译，中国社会科学出版社 1998 年版，第 329—331 页。

② ［法］玛格丽特·杜拉丝：《生活·词·音乐》，载《"冰山"理论：对话与潜对话》下册，工人出版社 1987 年版，第 587 页。

致力于探索文学自身——它的语言,规则和效果,而不再致力于写好一个客体。罗兰·巴尔特总结道,一百年来,"作为语言—客体的文学看来似乎遭到了破坏,作为元语言的文学却没有遭到破坏";"我们的文学就是与自身的死亡所进行的一场危险的游戏,那也是使文学存活的一种方式;文学就象拉辛笔下的那种女主人公,她因认识自身而死去,然而又因寻找自己而活着"①。所以,现代文学没有产生出色的故事,却充满了语言的实验,就不足为奇了。这是文学在今天的宿命。当然这已经改变了文学的基本景观。

其次是批评理论界的语言学转向。与哲学思想界的语言学转向相适应,在文学批评理论方面,本世纪也出现了语言学转向。俄国形式主义首先提出,文学本质上是一种语言程序,通过这一程序,文学创作或保持了感觉的新鲜。因此文学理论从研究描写对象转向研究制作程序。普洛普写的《民间故事形态学》将所有民间故事简化为七种人物类型符码,对它们的各种操作产生了丰富多彩的童话作品。罗曼·雅各布逊认为,诗学的基本问题不是诗如何反映现实,而是"话语何以能成为艺术作品"。对此,他的回答是:突出语言交流中的信文功能,"把对应原则从选择轴心反射到组合轴心"。②源自索绪尔结构主义语言学的法国结构主义文论在叙事学上作了深入发掘,格雷马斯的"语义方阵",日奈特的"叙事语式",罗兰·巴尔特的叙事作品结构模式,让我们明白无误地看到,所谓"生活的真实""灵感的创造",其奥秘来自语言的编码。随后出现的后结构主义或解构主义是结构主义的一个逻辑结果,因为如果世界可以被归结为语言,那么任何话语都是可颠覆的。没有非此不可的合法性理由能够保住一种仅仅是话语的主角地位。解构既是结构的前提,也是结构的前景。

创作和理论上的语言学转向带来的主要后果是文学神话的破灭。因为人们突然发现,文学的世界不是真的,文学世界的生命是"纸头上的生命"(罗兰·巴尔特语)。其实,文学的虚构性并不是什么新发现,但在对语言形成新的认识之前,这种虚构性只是在"加工""改造""提炼"的意义上被加以理解的:作品是对真实世界的删繁就简的提炼,即使某些地方有加工,也是为了去掉非本质方面,以使其更具真实性。究其来源,

---

① [法]罗兰·巴尔特:《文学与元语言》,《外国文学报道》1987年第6期。
② [俄]罗曼·雅各布逊:《语言学与诗学》,载《结构—符号学文艺学》,文化艺术出版社1994年版,第182页。

作品总是有真实事件（或自传）的影子，其终极的可求证性仍然是有保障的。这种虚构性还是不彻底的。而现在我们看到，文学实际上是用语词和句子写成的，语词和句子既不是实体世界本身，也不是它的透镜。在此基础上的虚构，完全没有可求证性。此外，真实性尚需整体性作保证。真实意味着有生命，有内在统一性，是不可拆解的。而布莱希特赋予作者尤其是观众以随时拆解、改编情节结局的权力，从而削弱了人们对作品真实性的信任。失去了真实性的担保，文学的崇高地位的消失就是不足为奇的了。文学成为一种游戏，语词的游戏，成为众多消费形式的一种。而为了表示诚实，就出现了将虚构形式张扬在外的文学。在另一端，为了满足读者依然保留的对真实故事的需求，新闻连载故事、人物传记这些有真实性"担保"的形式走红。

本来，指出语言和文学的虚构性，是为了揭露长期以来被掩盖的真相以及这种掩盖行为的欺骗性。在罗兰·巴尔特、福科、德里达那里，它还具有强烈的政治意义。罗兰·巴尔特认为，掩盖叙事作品的虚构性蕴含着资产阶级的意识形态目的："不喜欢公开代码是资产阶级及其群众文化的标志"，因为这种掩盖使作品显得"像真的一般"，[1]而读者在把作品当作真实加以接受的同时，就不知不觉地接受了塞在作品中的价值标准。因此，就揭露而言，这已经是非常彻底的了。但结果是，它把文学自身也揭露了出来。文学的元语言被彻底暴露在外。而从里到外统统暴露了的文学，就失去了任何神圣性，从而失去了原有的魅力。这是我们时代文学的悲剧性献身行为。

（三）作者神话的破灭

作者在文学话语中功能的根本改变是文学泛化的重要原因。

自亚里士多德以来，诗和小说一直被作为真理的形式。在主体理性时代，文学作者因而就拥有了突出的崇高地位，因为作者是这种真理的发现者、宣告者、认识主体，写出真理的人是拥有真理的人。近五百年来对作者的研究是文艺学最富有成果的一个领域，其受重视程度不亚于作品本身。读者对作者的关注超出了对其作品的关注。作者是"人类灵魂的工程师""社会的良心"。在伏尔泰、雨果、歌德、托尔斯泰、鲁迅那里，作者的人格力量及其对社会历史的巨大影响是有目共睹的。在这样一种文学—社会格局中，一方面文学的严肃性得到充分的保证，创作文学作品是

---

[1] [法]罗兰·巴尔特：《叙事作品结构分析导论》，载伍蠡甫、胡经之主编《西方文艺理论名著选编（下）》，北京大学出版社1987年版，第498页。

一件对社会历史起作用的大事,作者或想要尝试写作的人承担重大责任;另一方面,因此也只有少数人会成为作者,只有少数人实际上拥有文学的话语权,积极地参与文学活动。作为读者的大部分人只是被动地阅读写就了的作品,尽管他们的"期望视野"是作者们要加以考虑的。

但是,随着话语真相的不断暴露,作者的神话也就破灭了。首先,因为话语是非透明的,它并不具有契合(即话语契合事物)意义上的那种真理性,作者并没有作为这种真理的认识主体的特权。我们只可以说,作者是在某类话语操作上很有才能和想象力的人。其次,即使话语操作也在某种意义上失去了主体性。话语具有自主性。令福楼拜们深感困惑和焦虑的是话语违背作者的意思自行其是,而且话语有作者看不出来的意思①。作者操作话语也是作者被话语利用的一种表现,话语借作者来运行、繁殖,作者只是整个话语运作中的一个功能,福科说,"必须取消主体(及其替代)的创造作用,把它作为一种复杂多变的话语作用来分析"。② 再次,作者的创造性已大打折扣。作者并不能创造作为规则系统的语言,相反,他必须服从语言。而至于他的文本,"是由各种引证组成的编织物,它们来自文化的成千上万个源点。"③ 写作的人所做的实际上是对已有文本的转写或改编。作者曾拥有对于话语的至高无上地位,现在,福科引用的贝克特的这样一句话"谁在说话有什么关系",④ 把作者打入从属的地位。

诗和纯小说历来是大叙事,标志一种具有内在精神力量的伟大的文学形式。因此这种纯文学是必须拥有作者,要靠作者来支撑的。如果没有,也要把他找出来,哪怕他是"无名氏"。作者伟大的神话破灭,引起釜底抽薪的后果,为诗和纯小说的衰落准备了动力。作者"死了",就无人要为维护文学文体的纯洁性担当道义上和法理上的责任了。于是,各种对文学的滥用不再受到权威的有力阻击和合法性的质问。作者"死了",各种媒体充斥着无作者的文本:广告文没有作者;新闻报道的作者分量很轻,可有可无;网络文最常见的出现方式是匿名或化名,没有必要去问写作者的名

---

① 罗兰·巴尔特曾在一篇题为《福楼拜与句子》的文章中,根据福楼拜书信披露的情况,详细描述了这种困境。载《外国文学报道》1988 年第 5 期。
② [法]福科:《作者是什么》,王潮选编《后现代主义的突破——外国后现代主义理论》,敦煌文艺出版社 1996 年版,第 290 页。
③ [法]罗兰·巴尔特:《作者的死亡》,《罗兰·巴特随笔选》,百花文艺出版社 1995 年版,第 305 页。
④ 见 [法]福科《作者是什么》中引语,王潮选编《后现代主义的突破——外国后现代主义理论》,敦煌文艺出版社 1996 年版,第 237 页。

字和身份。作者成为无人关心或不太关心的元素，写作和文本才令人感兴趣。出现了一种写作的"民主"局面，人人都能玩一把，玩它不必太严肃。

（四）现代传媒的冲击

传播媒介一直就对文学的面貌具有决定性影响。文学历史上至少已有两个传媒—文学阶段：以口头作为传媒的口头文学阶段和以印刷作为传媒的书面文学阶段。其中，印刷术的出现对口头文学的冲击和改造，决不亚于我们今天面临的冲击。印刷术不仅带来了对口头文学作品的记录、保存和流通的便利，而且创造了一种适合于这种新的传播媒介的文学样式——小说。小说适合于看、读，但不必背诵（而便于背诵是此前的口头文学采用诗体的主要原因），因为印刷品可以反复翻阅。更进一步，这一特点使近现代的诗也发生了深刻变化。浪漫派把诗写到人的内心，而不再用于叙事；象征派和意向派诗人则反复锤炼文字，把诗当作雕塑来塑造或当作方程式来构造（庞德说"诗是人类情感的方程式"），这种诗需要反复阅读、琢磨，读出其词语关系中种种微妙之处，是看和读的合作。这是荷马史诗的口头媒体无法做到的。史诗的形式已消失。而今天，现代传媒给文学带来了许多更新的传播方式上的选择和前景，它将或已经对文学本身产生重大影响，这是顺理成章的。就我们所见而言，它预示的是一个更新的文学发展阶段——泛文学阶段。

现代传媒对文学的影响有两个方面。第一，它对传统印刷文学读者的争夺。毋庸讳言，作为现代科技的重大成果，现代传播媒介对受众拥有不可思议的魅力，广播、电视、因特网、街面广告，集视听于一体，比传统的印刷媒介更感性、更直接、更省力、更迅速、更简便。自工业革命以来，人类发展的辉煌成就集中在科技与对自然的控制上，其判断标准都是量化的。这除了给我们带来经济和消费上的巨大好处外，还带来了新的生活观念，即对生活的一切方面提出消费的量化的要求。我们消费经济产品，也消费精神产品，便利、效率和直接的原则指导着人们对产品的选择。根据名作改编的电视剧夺去了小说读者，直接的视听媒体夺去了印刷媒体的市场。第二，它给文学带来新的生存需求，文学必须在新的媒体中生存下去，诗在流行歌曲和广告中，叙事在电视剧或新闻故事中，这些都可视为文学对现代传媒冲击的应对。

三

文学现状的种种变化向文艺学提出重大挑战，带来了许多尖锐的理论问题。其中有的问题本来就存在，并没有得到基本解决，而现在显得更加突出了；有的则是新出现的。当代文艺学必须对此作出回答。

（一）对象：文体界限还是文学（话语）现象

虽然从现象上我们已经指出了文学并未消亡，只是泛化的事实，但是这并不足以消除文艺学的失落感。因为文艺学已习惯于以最主要的文学文体——小说和诗歌为对象。而今应当从何处再去捕捉显要的、实实在在的研究对象呢？如果说文学还微弱地或散乱地存在，那么至少可以说，因其失去了有重要社会影响力的研究对象，文艺学也就失去了其重要的学科地位。

这就引出了一个问题：文艺学（或诗学）的对象究竟是什么？这是一个老问题。长期以来，这一问题始终未被解决，实际上还经常被回避或掩盖。因为对此问题的追问很容易陷入循环论证。乍看起来，文艺学的对象是文学，诗学的对象是诗，这很简单，但什么是文学或诗，这是有争议的。争议的焦点在于：文学或诗是一种抽象的性质，还是具体的实体（作品）？如果认为文学是一种抽象的性质，那么作为对象它就必须落实到某种作品上，以使人们可以有处着手去认识这种性质；而一旦去寻找具体作品，我们就会发现，首先必须确认的恰恰是什么是文学，即文学的抽象性质，因为只有通过它，我们才能确定这些作品是否属于文学。解决这两个相互等待的问题的最好办法是把它们的最后解决搁在一边，或无限期推迟，而去研究具体的文体和作品。因为即使尚未就什么是文学达成一致，至少，小说、诗歌作品是文学的一部分或与文学相关的对象，是没有争议的。文论史上就是这么做的。柏拉图的思辨对准史诗、悲剧和喜剧，但他探讨的是形而上的理念。亚里士多德也从具体文体入手，探讨了诸如诗的起源和本质等抽象的理论。这种探讨的短处是我们只能反复不断地同几种具体文体，如悲剧、史诗等照面，多少产生了某种印象，似乎文学就是这些文体；但它的长处是摆明了探讨的目标，那就是文学的性质。值得注意的是，虽然这一目标至今并未达成，关于文学的性质至今仍众说纷纭，但正是这种目标的未决性却保证了文艺学的存在。另外，作为上述探讨的一个顺理成章的延伸，历来文艺学还把对各类文体的内部状况作为重要对象加以研究。例如，亚里士多德还详细研究了诗的各种体裁（如酒神颂，英雄诗，六音部短长格；复杂剧，苦难剧，性格剧，穿插剧）及其特征，就像我们今天对小说的类别（短篇，中篇，长篇）详加讨论一样。后一种讨论加深了这种印象：文艺学是研究特定文体范围内的具体作品的。在今天主要就是小说和诗歌。

这是一个误解，也是形而上学文艺学必然陷入的困境：用实体的求证去解说形而上的主题,进而在实体中丢失了主题本身,最后实体取代了主题。

文艺学的对象是文学(现象),而不是某些文体类别。文学不等于小说、诗歌,事实上文学(literature)这个词不论在中文还是西文中本身就包含了广泛的文体范围。小说和诗歌之所以如此显要,是因为它们在近代是强势文体,在文学乃至思想界起着举足轻重的作用,同时又是较少争议的纯文学类别,对它们的研究有助于弄清什么是文学这一基本问题。但它们并不等于文学本身。文体有生有灭,文学并不因此而生灭。其他艺术也有类似情况。20世纪的美术,作为传统主要载体的架上绘画在衰落,其总数急速减少,代之而起的是各种拼贴、装置,还有诸如电脑美术等新玩意儿,但这并不意味着美术消失了。所以,如果盯住载体,只能看到既成之文学艺术,而看不到文学艺术之发生或发生中之文学艺术。这正是海德格尔所谓只关注在者而丢弃了存在的形而上学思路。

雅各布逊曾在1919年提出,诗学(文艺学)研究的应是文学性,而不是文学作品。这一主张是切中要害的。只有文学性才能指明某段文本或话语是否属于文学。但是,如果文艺学因此而致力于对抽象性质的表述,将会陷入另一种形而上学。仍然必须有文学抽象性质作为目标,但它仍然必须推迟或悬置。我们的目光应该盯住具有文学性的文本和话语现象,而不论它在哪一种文体或媒体中。瓦莱里曾把纯诗比作嵌在一篇讲话中的"宝石",他说,普通的话语是"粗糙的",但那里到处都可能有宝石(纯诗)。① 反过来说,纯诗、纯文学可以出现在任何话语中。所以,适宜的说法应是:文艺学研究的是文学性话语现象。凡是具有文学性的话语现象都应进入文艺学的研究视野,文学话语现象应取代文体界限而成为文艺学的对象,情况本身如此,但很长时期里它被掩盖了。在泛文学时代,澄清和肯定这一点极具迫切性。

(二)原则:体系性的还是调查性、兼容性的

现有文艺学的主要原则是体系性的。它要求前后一致,即有明确的逻辑起点和严谨的逻辑关系,有完整性。它内部的概念和原理是互相支持,说得通的。例如再现论的文艺学,其逻辑起点是文学与现实的再现关系。在此基础上,文学的外部问题和内部问题都与起点息息相通:政治、宗教会反映到文学中去,情节或隐喻也在某种程度上是来自生活现实的。事实

---

① [法]瓦莱里:《纯诗》,伍蠡甫选编《现代西方文论选》,上海译文出版社1983年版,第26—27页。

上，关于这种体系性，我们在任何学科中都可以见得着，它已形成了理论文化的一个特色。这源于理论文化的生存要求：它本身必须有一个存在形态，这形态当然必须是有向心力的。但是，对于理论而言，体系性不仅指构成形态上的逻辑性和完整性，更是指功能上的指导性和排他性。这也是体系性的逻辑后果，因为证明它合理性的唯一方法就是证明它对现象的有效性，这就形成了通常所说的从体系或理论出发而不是从现象出发的形而上学弊病。我们可以这样来描述其情形：内部的严谨和完整是其致力的主要目标；对文学现象的适用性（用于解释）并进而产生的指导性（用它掌握的对与不对的标准来指导创作和欣赏）是其主要功能。而在上述两方面（目标和功能），文艺学体系都具有排他性：既排除不合其逻辑前提的其他理论原则，又排除不合其定义的现象。

可以想象，在这样一种体系性理论原则下，文艺学对泛文学现象很难有所作为，因而很难生存下去。冲破体系性障碍，才能恢复文艺学活力。为此必须做到两方面的改变。

第一，对研究对象多作调查性研究。过去的理论致力于本身的完美性，对对象往往是有选择的、排他的，所选均为典型的对象，而放弃了多样性和开放性。例如，广告文案是否应进入文艺学研究范围的问题，只要文艺学从逻辑上证明广告的地位，即可作出决断。理论可以推论，由于其商业性本质，广告根本不属于文学，这就可以把它排除出文艺学关注范围。调查性原则旨在于表明，只要与文学有相关性，就应受到关注，就应加以调查。没有一个事先的类别范围限制。调查性原则的另一个要点是，理论致力的目标不是本身的完美性、严谨性，而是对对象的有效观察和描述。理论对对象保持开放性并寻找自己恰当的、没有先决限制的反应。在这方面，如果冒出一些新的、不能归入任何已有体系的学科，也是很正常的。最终，理论玩的不是它自己。

第二，理论应用上的兼容性。追求体系的严谨性的文艺学，在理论上具有纯洁性的特点。它从一开始就是属于某某论某某学说，而排斥其他理论的，因为它需要恪守其逻辑前提。维特根斯坦把这种严格性称为饮食上的单调，他认为，任何一个"表达式"（在此可被视作"理论问题"）都可在不同的语言游戏中出现，但哲学已习惯了恪守单一的思路，"人们只用一类实例来营养思想"，这是哲学的病症。[1] 形而上学文艺学显然也有

---

[1] [奥]维特根斯坦：《哲学研究》，载施太格缪勒《当代哲学主流》上卷，商务印书馆1986年版，第578页。

这一营养缺乏症状，而这已不能适应后形而上学局面下的学科发展，也不适应泛文学时代文学研究的要求。今天的文艺学需要理论应用上的兼容性，也就是，只要能恰当地解决问题，不管什么学什么派什么时期的什么理论，都可以拿来应用。在这一方面，后现代主义的反形而上学论证值得我们吸取。既然形而上学是不可能的，既然任何一种自以为完整严密的理论都是有条件的、相对的，那么，不同体系理论的组合就具有合法性。事实上，打破了理论的界限文艺学，就可获得许多生机。例如，雅各布逊的交流六要素论和结构主义的叙事理论可以深刻地揭示各种话语要素起作用的机制，但在分辨小说叙事的虚构性和新闻叙事的纪实性之间根本界限方面，上述理论就无能为力了。而在这方面，康德的纯粹感觉论以及幻象论，却可以从根本上解决问题。把属于认识论时代的康德的理论同语言论时代的叙事理论混为一体，似乎是不合逻辑的，但却是解决问题的。考察20世纪后期的一些理论，可以发现这种兼容的做法已产生许多出色的成果。弗里德里克·詹姆逊把马克思主义、结构主义、现象学以及分析哲学打通，在资本主义晚期文化研究领域取得了令人瞩目的成就。在此之前，俄国文艺学者巴赫金已经作了近似的努力，他在当今的影响如此深远广泛，决非偶然。

（三）方法：文化的研究和话语的分析

自从韦勒克和沃伦的《文学理论》问世以后，学界习惯于把文学研究的基本领域区分为外部问题和内部问题两大类，这当然把复杂的文艺学问题范围表述得更清晰了。但问题就在于：什么是文学的内部，什么是文学的外部？这个大的场景，包含着对文学及其研究方法的基本估计。

韦勒克和沃伦把文学看作一种以固定载体为基础的界限分明的存在，因此，在文学和其他社会现象（艺术、宗教、政治运动、社会经济状况）之间存在着外部关系，它们互相影响促动；而在界限以内，则是一些纯属文学才有的单位：情节，隐喻，象征，意象等等，它们之间构成文学内部的相互关系。但是今天我们看到，界限分明的文学只是一种理想状态，即使在传统的诗或小说中，体裁也不足以保证其绝对的文学纯度（亚里士多德提到用韵文写的医学或自然哲学著作；伏尔泰、萨特的小说则更是一种探讨哲学的形式），更不用说眼下的新闻故事、传记作品了。文艺学要与之打交道的，更可能是不纯的文化形态，其中，有点文学，更多的是非文学。在此种情况下，想要有效地加以研究，就应当打破原有的理想化的文艺学方法论，而代之以新的研究方法。这就是文化的研究方法。

文化是没有牢固界限的，即使有也与过去意义上的界限不同。在一个文化形态中，杂居着各种因素，由某种主导因素松散地维系着。例如"网络文化"，这是一个几乎无边无际的界域，唯一的外延就是"网络"，而"网络"是一种媒体，其中的内容却是无所不包。尽管如此，"网络文化"却是一个有效的概念，它不仅代表一种界限，而且代表一种品质，这种品质影响其所有内容。因此，网络中的文学就不能不受到此种品质的浸染，这颇有点类似维特根斯坦所谓的"游戏"的家族类似性。

文化的研究作为文艺学的方法有三点含义。

第一，文学自身可以从文化的角度看待之。这给我们提供了一个新的景观。例如，如果把文学看作话语文化的一部分，我们看到的问题情境就是：文学话语与其他话语的区别之处何在；哪些话语要素及其运作方法使话语具有了文学性；文学性的魅力何在；日常话语如何利用文学性；反之，文学话语如何利用日常话语的承诺来加强自身的可靠性……总之，我们将可看到文学话语活跃在一个话语组成的世界中的情形。此外，如"小说文化"这样的概念，将使我们在对传统文学形态的研究中减少些意识形态偏见。小说作为文化就不再有纯粹性的标志了，如上所言，小说就其现实而言不具纯粹性，其实是各种文化及话语的飨宴，纯文学的研究只会使其中大量文化营养流失。只有文化的研究能保存这些营养。

第二，既然文学作为文化被提及，对整体文化和各种文化形态的研究就是文艺学题中应有之义了。弗里德里克·詹姆逊的《晚期资本主义的文化逻辑》是不是文艺学著作，这另当别论，但其中所论及之义毫无疑问具有文艺学价值。詹姆逊本人就是文艺理论专家。做这类文化研究的文论专家已经不少。这是文艺学的一个转向，还是一种新的有助于文艺学学科发展的研究方面，尚值得仔细估价。重要的是，在这类著作中，文学被置放入一个总的文化运行中，使我们拥有了更宽广的视野。另外，从文艺学视点对各种文化形态，尤其是新型文化形态的研究，也已不可避免地进入了文艺学的范围。巴赫金著名的复调小说和对话体文学论，来自他对苏格拉底的对话体、古代美尼普体民间诙谐文化和中世纪狂欢节文化的研究，这些研究使其文论独具新意。今天，除了原有的，还出现了新的对文学有更大影响的文化形态，例如大众传媒文化及网络文化，文艺学对它们决不可置若罔闻。对它们的研究至少是对文学未来背景的重要调查。

第三，文艺学汲取各类文化研究的成果。这并不是一个新的现象。文艺学一直受惠于哲学文化，这是不争的事实。诗人是柏拉图理念世界格局中的一个因素；在马克思的社会历史模式中，文学是意识形态诸形式之一；对于海德格尔，诗是他脱离形而上学，终结哲学，开始思想的主要途径（"诗意的思"）。但这些哲学文化的成果对文艺学产生了重大影响，给文艺学以动力和主导思想。今天，文艺学能够从中受惠的文化研究范围大大扩展了：原始文化、人类学、各种媒介文化的研究成果中，都可能有文艺学的重要资源。

　　用文化研究的方法，文艺学将更易于看清和适应文学的现实，更具开拓性。但是，文学始终是一种话语形式，话语是其根本之所在。如果说文化的研究给我们开拓了新的研究视野，在这片文化的海洋里，唯有话语、文学的话语是属于文艺学的。文学始终是对于话语形式力量的敏感，始终是一种用语音来构造的诗性（雅各布逊）和建立在规定性陈述基础上的叙事性（利奥塔德）的表现。无论对 21 世纪哲学思想界的语言学转向（即把语言及其使用作为哲学的中心问题，以取代过去的认识论、本体论研究）作何评价，在文艺学界存在着如下共识：文学是语言的艺术。因此，话语的分析是文艺学可以牢牢逮住自己对象的基本方法，应是没有争议的。文学的泛化不等于文学的消失，作出这个判断的根据就在于，文学的真正载体其实是话语，而非诗、小说等专有文体。话语不仅不消失，而且具有广阔无边的生存现实和繁衍前景。文学是一种特殊的话语，或特殊的话语组织形式。作为后者，它既可以以诗性的元素或诗性的局部状态存在于任何一种文化形态和媒体形式中，又可以以诗体的整体形式成为独立的文化形态。看来，诗性及叙事性仍然是文艺学的中心，这一点并没有根本的变化。面对泛文学时代，文艺学的主要课题应是：寻找文化的研究与话语的分析这两种方法之间的结合点。也就是说，寻找既拥有现实而广泛的视野，又拥有深刻的立足基点的学科领域。

［原载《浙江大学学报》（人文社会科学版）2002 年第 1 期］

"理论"对文学的疏离与文学对理论的掌控
——对近百年"理论"与文学的关系的一个考察

徐 亮

20世纪至今的文学理论最诡异且最具标志性之事是,理论一再逸出并疏离文学,最终却发现它就在文学之中;文学理论从关于文学的理论到逐渐将注意力移到文学以外,变成无所不包的"理论",而最终我们却从它自身的基底中辨认出了文学;更有甚者,这一点似乎是连它自己也未曾意识到的。"理论"一直就被文学所掌控,它自身就在文学之中。

理论疏离文学的现象从20世纪早期就开始了。最先作为俄国形式主义、而后又进入结构主义阵营的罗曼·雅各布逊,认为文学性的基础在语言学之中,他把失语症精神病人的言语表现以及政治候选人的广告标语作为语言诗性的例证,使文学理论的注意力脱离了传统"文学"的圈子。罗兰·巴尔特被视为他那个时代文学理论的重要代表人物,而他的理论关注的主要是大众文化,他的专著主题涉猎时装、汽车、烹调,他用"文本""写作"等概念取代了"文学作品";在巴尔特的理论世界中,文学作为研究对象已经很淡薄了。另外,20世纪七八十年代开始的"理论"主流则完全导向了政治问题,它们共同的一个源头是福柯。福柯并不是文学理论家,他的理论涉及政治学、社会学、法学、思想史,却几乎没有关于文学的专论。但是出于他的思想或被他的思想加强了的后殖民理论、身份政治理论、文化研究、女权主义、新历史主义,却成了大学文学系学术的主潮,它们只关心社会政治问题,人们也终于认识到,这些林林总总的理论发明应该用"理论",而不是"文学理论"来称呼。这种脱离文学的文学研究现象引起了不少学者的反对。这件事最新的发展是"后理论"。20世纪90年代以后,随着那些理论大师的逝去,对"理论"的清算浪潮——"后理论"中出现了很强的反对社会政治化导向的声音,转而以各种方式呼吁理论回归文学。

文学理论怎么会疏离文学，它为何要这么做？在这个疏离过程中发生了什么，以至于这种疏离显得顺理成章的？政治化了的"理论"何以能够仍然发端并存在于文学学术圈？在这种过程中"文学"的观念本身受到哪些考量？文学学术的重大变化对文学与理论的关系发生何种影响？查清这些，有助于我们理解近百年文学理论的路径并展望其未来走向。

理论疏离文学与语言论转向这一20世纪学术思想的大背景有关，但是文学理论转向对语言的关注，这个进程从19世纪后期就开始了。马拉美说，诗不是用思想写出来的，而是用词语写出来的。福楼拜在与友人的通信中通过介绍他写作的进展详细描写了语言的这种所谓"历险过程"：如何安排语序，通过语句的省略、扩展、替换来达到某些效果，以及语句如何不顾作者的意图产生出自己的意思，等等。他们拉开了一个序幕：把文学理论关注点转向写作，而写作的重心落在语句的筹划及安排。今天看来，这件事之所以重要，是因为它似乎开启了后来蔚为壮观并且一直延续至今的跨学科的思想潮流——语言论转向，但是在开端之处，其本意其实是想回归文学本性而不是脱离文学。它呼应了当时艺术中刚萌芽的现代主义态度，就是让每一种艺术回归它本身，找出它赖以存在的基础。马拉美和福楼拜说出了文学写作的界限所在：语词、语句及其结构安排。文学创作建立在语言及其运作基础上，就像绘画建立在线条、形状、色彩，以及它们赖以表现的颜料、画框、亚麻布构成的平面空间基础上，只有在语言，以及语言赖以存在的音响与意义的关系，语言各个单位的对应关系和这些单位推进展开时对这种对应关系所产生的影响上，才能回到文学的本性。俄国形式主义的动力同样是现代主义的，它强烈质疑了源于黑格尔主义的文学形象思维论，因为这个假说把文学混同于哲学。什克洛夫斯基指出文学与哲学基于不同的出发点，所以它们的目标效果不一样。文学不是一种认识、思维，它创造陌生化效果，以达到重新感觉事物的目的，而这种效果制造过程的关键就是对语词的文学性操弄，例如像托尔斯泰那样避免使用事物的常用名，用持续的换喻延迟对它的指称，从而在一个新的语境中显出它更新麻木了的感觉。托马舍夫斯基等人则把文学作为语言的一个特殊种类，厘清它与日常交际性语言及科学语言的区别。

语言被突出到前台，引发了意想不到的后果。因为这个时候出现了索绪尔。索绪尔彻底改变了人们关于语言的认知。此前人们把语言作为一种表达的工具，它用来指涉各种事物、事实及其真理，词、语句与可见世界具有对应关系。索绪尔指出，语言不是反映世界的镜子，它只是符号及其系统。shù 这个发音与树的实物没有任何关系，人们用它来表达所看见的一株具体的乔本植物，而各种不同的乔本植物都用这个词来表示，这表明 shù 只是一个概念的符号。一个意义单位（符号）是由一个意义与一个指示意义的物质单位（可辨认的发音，也称能指）合一构成的，这意味着意义不能单独存在，那个物质单位是它之所以如此的必要部分，物质单位的改变将改变它自身，或使它不复存在。意义不取决于思想，而取决于用什么能指；更加要紧的是，意义的形成还依靠言语链、靠这些物质单位在另一个轴线——组合轴上的表现：它们的排列方式影响每一个具体单位的意义，词的语义不是固定的，它取决于在它前后安排了什么词语。如果说马拉美和俄国形式主义已经从文学的质料入手发现了语言的类似性质，索绪尔则是从纯语言学的立场发现这些，更具有合法性，也将它的影响面扩展到几乎无限。人们固然可以按现代主义的逻辑寻找各门具体艺术的质料基础并界定其界限，例如把颜料作为绘画艺术的媒介质料和划界基础，但语言不同于颜料，它并不只是诗歌小说的质料，它也是其他任何语言表现的普遍媒介材质，它是人们的日常交流、哲学、各门社会科学乃至自然科学的表现媒介和质料，这意味着对语言认知的根本变化会动摇整个文化的根基。

在这种背景下，罗曼·雅各布逊走出了理论疏离文学的关键一步。作为一个早期俄国形式主义文学理论的代表人物，他在 1960 年的一次会议总结中站在了语言学一边，建议把诗学作为语言学的一部分加以研究，认为只有在这样的格局下才能最终说明诗的诗性。在他的语言论格局中，诗只是对语言六种交流功能之一的强调和突出，而任何言语都或多或少地包括了所有六种功能。这就是说，我们不能刻板地把诗当作只突出信文（message）的言语种类，其他功能在诗中也存在着；同理，任何进入交流的言语及其作品也都会有诗性。诗性有一种特别的力量，例如通过对能指的突出强化人们对它的印象，从而影响人们对符号所指的认同或拒斥。正是在这个意义上，雅各布逊列举了政治选举的口号"I like Ike（我爱艾克）"，他把它作为诗的结构：I like/Ike，两节的诗。通过"爱的主体的一种同音双关形象'I'被受爱戴的对象'Ike'所涵盖"，[1] 该口号的诗性功能加强了被选举人的印象和亲和力。在稍早的一项研究中，雅各布逊把索绪尔"句段"和"联想"的概念称为语言的两个关键层面，认为它

---

[1] Jakobson, Roman, "Closing Statement: Linguistics and Poetics", *Style in Language* (ed. Thomas Sebeok), New York: Wiley, 1960, p. 357.

们的区分构成了语言的基本原则，可以直通语言学的所有问题。其中一个最主要的推进就是从"句段"和"联想"二元组生发的隐喻和换喻的两极。隐喻和换喻这两个诗学概念成为语言的基本运作轴线，它们运行在所有的言语活动中，并且依照不同的侧重点构成语言风格、话语类型、艺术门类，甚至精神病样式——相似性失语症和连续性失语症。雅各布逊建立了一个泛语言的平台，诗不再是这个平台上唯一或必然的焦点，在这个平台上，人们关注的是语言及其运作。

罗兰·巴尔特是以文学研究开始他的学术生涯的，但是索绪尔的符号学方法使他的关注点扩展到了所有表意系统上。如果语言媒介的文化系统是按符号学方法运作的，那么服饰、汽车、烹饪乃至照片、广告、自由式摔跤，作为表意的文化系统，也必然要按符号表意的轨道走，必然通过意指的两个层面的往复操作产生出特定的表意效果。所以他的研究甚至超出了语言范畴，涵盖了所有的文化范围。巴尔特当然仍然关注文学，他研究福楼拜、马拉美、巴尔扎克以及歌德的作品，不过这些成了他著作中零星的部分，而且即使研究这些经典作家，他也是另有所图。比如《S/Z》，与其说是研究巴尔扎克的小说《萨拉辛》，不如说是阐发他的文本实践的思想，而《恋人絮语》则是直接对歌德《少年维特之烦恼》的续写，通过这种续写实践，他成功地用写作的概念取代了文学的概念——不存在一种既定的文学文体，文本是写出来的，好的文学是可续写的。总之，他的关注点是整个的语言实践、符号表意实践。与巴尔特同时，而且巴尔特也参与其中的法国结构主义叙事学，看起来像是一种研究文学的理论，其实与文学处于一种若即若离的怪异关系中。小说或史诗当然是叙事，但叙事学关心所有的叙事，包括新闻报道、连环画、历史记述，在所有叙事中有一些具有共性的结构运作方法，当叙事学谈论这些的时候，人们很难意识到这是在谈文学，但是叙事学借以谈论叙事文本的那些范畴，如叙述者、叙述人称、人物关系、行动、情节等，又与文学理论范畴是重合的。

上述从雅各布逊到法国叙事学的发展，被称为语言论转向中的诗学的一路，因为它们关注的主要是语言运作中的美学效果，还常常围绕着文学写作的实践。但是当我们了解了其中包含的语言论转向的理路后，对于理论疏离文学，对于文学理论蜕变为理论，也就不难理解了。这样，我们能够理解20世纪40年代以后整个法国结构主义时期的一些研究主题为什么会既出自完全不同的学科范围，又令人一眼就能看出它们同出一路：列维-斯特劳斯研究人类学，但是他视野中关注的是土著民俗和文化符号的结构方式和系统性功能；拉康是精神分析专家，但他发现人类语言及其能指系统才是无意识的基础,它们在形成主体以及自我和他者的区分方面起着支配性作用。也就是说,只有在语言和符号学层次上,才能深入原始人类的文化密码,进入人的无意识层面。语言统摄了表面上看起来相当不同的领域。当然,它也统摄了文学的研究。巴尔特把文学归结于写作和文本,也就是语言实践,一旦解决了语言的问题,并且揭示了符号的意指功能,也就解决了包括文学在内的各种文化的理论问题。所以文学问题不能由一种在现代性学科分类框架中设立的"文学理论"来解决,而应该从语言和符号的意指方式层面加以解决,这种以索绪尔语言学为基础的"理论"是超学科、跨学科的,它不是社会学理论、人类学理论,甚至不是语言学理论,它只能被命名为"理论"。这样,也就不难理解为什么那么多文学研究者及研究机构会感兴趣于似乎与文学没有直接关系的问题。

理论疏离文学的倾向到20世纪八九十年代发展到高峰。以福柯为代表的语言论转向中政治学一路,开始关心权力的问题、政治的问题。福柯的问题是:话语和知识是如何运作的?它们如何产生权力效应?福柯所揭示的这种权力,从形式和内涵都与过去意义上的统治权相去甚远,但它与个人的关系却比统治权要紧密得多,它是一种以真理和知识为名号的、渗透人们生活一切方面的规范力和压力,它作用的末端达到了人的肉体及其结构,它的社会形式就是符合知识系统性的一套严密的社会机制网络。而由于以真理和知识为名号,它并不具有主体性,人自觉地就受它的规范,并且在它布置好的各种位置上发挥功能作用。顺着这个思路,人们发现了各种较微观的新的政治学议题:女性是如何在性别知识话语中规范自己并且成为女性的?同性恋如何在关于性取向的知识论操作中成为异类并受到拒斥和压抑?西方关于殖民及殖民地的话语方式如何支配了西方对于外部世界的想象、又如何在殖民地知识界产生同化或拒斥的反应的?西方以外的世界又是如何在历史(进步)和民族(地域分布)两条轴线上煎熬取舍,从而自觉地就接受了包括文化在内的各种入侵或者对西方的学习借鉴和拿来的?在一个多种族的社会内,每一个族裔是如何想象自己的文化身份的?自我与他者的区别怎样推动了具体的民族政策并且建立起多种族社会中支配性一族的地位的?福柯的理论催生了后殖民主义、身份政治、性别政治、新历史主义等理论,支持了心理分析特别是拉康的自我—他者学说,为女权主义提供了新的能量。我们很容易发现,这些议题都是语言论视野下的题中应有之义,因为如果话语具有权力效应和规约性,那么政治问题也就是一个语言的问题,权力的争夺就不是统治权的争夺,而是话语的争夺,政治斗争的策略也就是话语的策略。这些问题转移或吸引了整个社会的注意力，成功地成为人们关注的中心。比起文学问题来，这些问题显然更有现实性，更能引起学术界关于自身介入了现实政治事务的感觉。大学文学系的学术被政治学派所支配，也就不难理解了。

　　源自福柯的这些政治学发展方向是20世纪八九十年代支配了"理论"的主流，是后结构主义和以之为基础的后现代主义理论的主要面目。它们差不多彻底脱离了传统意义上的文学和文学理论。"后理论"作为对"理论"的反思和清算，其中有一种很强的对社会政治化导向的反弹，认为20世纪七八十年代以来文学理论脱离文学的倾向已经到了令人难以忍受的地步，它使得大学文学系严重偏离自己的本业，对文学尤其是经典的阅读和研究严重不足，这都是"理论"的错，所以应该抵制、抛弃、反对"理论"，回到文学，回到阅读。史蒂夫·纳普早在1982年就吐槽"理论"，他在当时与华尔特·迈克尔斯合著的《反理论》一文中，认为"理论"所做的工作就是提出一套套解释作品意义的方案，试图通过为解释提出一般性理由而控制解释实践，但是文学的意义问题并不复杂，文学作品的意义就是作者赋予作品的意义，在这个问题上理论的介入毫无必要、毫无用处，所以理论应该被终结。他在《文学兴趣：反形式主义的局限》（1993）一书中提出"文学兴趣"的概念，文学兴趣是一种对作品所言超出作者所言的部分的兴趣，这是由作者与作品中的代言者（agents）之间的张力构成的，这是文学有趣的原因。这个观点的要义是让人们把阅读聚焦于文学本身而非理论。让-米歇尔·拉巴泰在《理论的未来》（2002）一书中说，理论总是让人觉得太过偏于一端，它遗漏的东西往往是更加重要更有生气的东西，也就是被后理论学者标定为"文学"或者"阅读"的东西。后理论应该重新祭出被"理论"湮没的文学本身或者对文学作品的阅读。他们都把理论看成文学的对头，认为"理论之后"的清算应该有助于文学的回归。这方面的另一个代表人物瓦伦亭·卡宁汉注意到，我们已经回不到"理论"之前的状态中去了。他意识到，阅读总是跟在理论之后，"读者，以及阅读，在某种意义上总是要预先构形、预先判断、怀有偏见、有倾向性的，这些东西来自关于阅读是如何进行的，以及对正在读的这一类文本可以做哪些期待的观念。……所有进到书里面和页面上的读者都背负着预设这个包袱，其中大部分难免是属于文学理论类的东西。"[1] 但是这纯属无奈。从他把理论预设称作"包袱"可以看出他

---

[1] Cunningham, Valentine, *Reading after Theory*, Oxford, U.K.; Malden, Massachusetts: Blackwell Publishers, 2002, p. 4.

对理论其实是讨厌的,他认为在阅读文学作品时这些预设被清除得越彻底越好,因为"文学理论事实上把文学文本简化为公式,模式……以这种方式,它削弱了文学性,削弱了文本。……差异在这种模式冲动中被歼灭了,它不受欢迎,不被顾及。"① 应该回到对经典的阅读,而理想的阅读"始于与文本亲密的身体接触,然后转化为亲密的意念和情感上的接触,这是一个接触的序列,其中阅读的后果是一个复杂的对人整体的道德教育的场景,它深深扎根在理性但特别是情感之中。"②

然而正如卡宁汉已经意识到的那样,"理论"已经成为文学研究中挥之不去的元素了,它甚至影响到文学阅读的预设,这种试图回归"理论"之前的简单返回式的反弹并不足以把文学真正拉回来。且不说那种"亲密的身体接触"般的天真的阅读是否可能,仅凭它对"理论"遗产的漠视就不能令人信服。

那么,"理论"是不是已经形成了排斥文学之势,它与文学到底处于何种关系?"后理论"的反思中出现了一个相反的思路,它非常有意思。大卫·辛普森在总结后现代理论时发现,"理论"不但不是文学的对头,而且,正是由于依靠文学,才具有了后现代的面目与力量,用他的术语来说,文学"统治"了后现代学术。他指出,后现代学者,即"激进的哲学家、社会科学家、历史学家、人类学家、科学史家甚至某些科学家准备采用传统的文学批评词汇,他们认为这对完成他们描述世界的任务是合适的。"③ 除了这一点,文学的统治还表现在这些理论家大量使用文学性的写作方法创作他们的学术著作,例如自传式写作,讲故事,对奇闻逸事的大量描述,甚至写小说(我们都知道艾柯的理论性小说《玫瑰的名字》)。从这个意义上说,"理论"在其社会政治导向最严重的后现代学术时期,不仅没有疏离文学,而且反过来被文学所控制,虽然这是一种奇怪的、人们过去所不熟悉的方式的控制。乔纳森·卡勒对此也深有同感,他指出,"文学可能失去了其作为一个特殊研究对象的中心性,但文学的各种模式已经获得胜利:在人文学术和人文社会科学中,所有的一切都是文学

---

① Cunningham, Valentine, *Reading after Theory*, Oxford, U. K.; Malden, Massachusetts: Blackwell Publishers, 2002, p. 122.

② Cunningham, Valentine, *Reading after Theory*, Oxford, U. K.; Malden, Massachusetts: Blackwell Publishers, 2002, p. 147.

③ Simpson, David, *The Academic Postmodern and the Rule of Literature*, Chicago & London: The University of Chicago Press, 1995, p. 2.

的。"① 他感兴趣的是这一结论引起的另一个推测：文学有没有理论的功能？如果有，文学与理论到底处于一种什么样的关系中以使它的这种理论功能成为可能？关于前一个问题，卡勒抓住身份政治理论的主要问题"自我是天生的抑或是被造成的，对它应从个体方面还是社会方面加以思考？"他发现，在这个问题上理论的提法和答案都过于简化，忽略了复杂性和差异，而伟大的文学作品，如《哈姆雷特》《安提戈涅》所给出的回应，其意蕴丰富复杂又令人信服，远远超出了理论所能提供的答案。那么，文学与理论到底是什么关系呢？他认为我们似乎可以这样来发问："如果理论，就其从属于一般思想而言，是文学的剥离物，那会怎么样呢？"② 为此，卡勒倾向于得出这样的结论：理论之后应该是文学，文学才是"理论"的出路和后理论的方向。但是这个出路与卡宁汉及拉巴泰的出路（也是文学）全然不同，它不是排除了理论的文学，而是承担了理论功能的文学。不过，如何在理论学术领域操作这种文学，卡勒还没有涉及，他所做的仅止于指出传统的文学作品中所探讨的理论性问题，要比理论界自身的探讨深入得多，这对于思考理论与文学的关系是意味深长的。

无疑，辛普森和卡勒看到了与众不同的文学景象，在这种景象中，文学一直进行着广泛的掌控，理论从未疏离和摆脱文学的这种掌控力。这种洞见源于他们"与众不同"（这儿打引号的意思是，这个"与众不同"是从很小的一个相对性范围说的，脱离这个范围，它其实也是从属于一个普通的范畴）的文学观念。他们把文学看作各种文学性的写作和构造方法（the literary），即卡勒说的"文学的模式"，与此不同，卡宁汉、拉巴泰以及大多数学者把文学看作以小说诗歌为代表的一种文类（literature）。哪一种文学观念是对的？事实上，如果我们追溯概念史，可以发现，这两个含义（文学的写作方式和几个特定文类）是"文学"同时具备的。以欧美为例，最先的 literature 包含了所有的写作，所以它同时具备"书写"和"文献"的意思。这个泛文学的观念从中世纪一直持续到近代。十八世纪，法国的阿贝·巴托对艺术进行了著名的分类，建立了纯艺术与实用艺术的二元框架，把音乐、绘画、诗歌、雕塑、舞蹈等五门归入纯艺术（beaux-arts），这才有了对含义广泛的文学也进行相似分类的动作，有了纯文学（belles-lettres）的概念。与纯艺术的区分带来的后果——"艺术"

---

① Culler, Jonathan, *The Literary in Theory*, Stanford: Stanford University Press, 2007, p. 4.
② Culler, Jonathan, *The Literary in Theory*, Stanford: Stanford University Press, 2007, p. 38.

一词只用于五种或后来的七种纯艺术——相同，包容广泛的"文学"也成了小说、诗歌、戏剧等纯文学的称呼。不过即使在这种情况下，文学也同时具有"使文学成其为文学的元素或原因"的含义，也就是卡勒所称的"文学的模式"的含义。使小说、诗歌成其为小说、诗歌的是，比如，想象、虚构、隐喻、情节性、叙事性、韵律、节奏以及以此为特征的写作等，这些也同时是"文学"的题中应有之义。文类的意义主导了"文学"的用法，主要是由于现代性划界的理念的强大影响：一事物必须在知性、理性、审美三大领域及其分支中确认归属，比如当我们使用"文学"的时候，会有这样一种根深蒂固的想法：它不是科学，不是哲学，也不是其他艺术——它得让渡众多领域才能合法占有自己的领域。落实在文类上是最直观的：诗歌之所以是诗歌，就因为它不是科学，不是哲学，不是各种实用文类。可悲剧的是，就文类而言，纯文学（诗歌、小说、戏剧）已经走向衰落，这已经是不争的事实，它再也不会有十八世纪至二十世纪的辉煌了。而且它的文体形式也有些许可疑之处，例如必须宣称自己"纯属虚构"，是假的（德里达等为此指责文学"有时会存在一种天真、一种无责任感或软弱无力"，[①] 宣称他并不想成为文学家）。而另一种文学观念（或文学观念的另一半）的焦点是文学性，文学模式，它不会在几个特定文类中作茧自缚，它对任何文本中的文学性表现保持敏感。它发现的是文学正在到处高奏凯歌。

然而，即使在后现代的哲学、社会学、人类学文本中出现了对文学批评术语的大量引用，出现了很多文学性的写法，我们是不是就能够据此确定后殖民主义、身份政治理论以及女权主义的研究没有偏离文学，都是文学研究呢？如果我们这么确定，那么这些理论中显而易见的社会政治主题（据此可以把它们归入政治学、社会学领域）又如何解释呢？文学性写法的界限又在哪里？如果不能，那么我们必须考虑这样的问题：所有这些理论都主要是在文学学者中，特别是大学文学系策划、推动，而推广到其外的，是什么使得文学学者觉得这些社会政治议题与文学有关？

我们仍然得回到语言和语言论转向。索绪尔摧毁了语言的及物性，语言不是对一个世界、一个领域的表现，不是这个世界和领域的对等物，它自成一体，是一种思想据以运作却有其独特局限性的系统。人依据语言来看世界，他看到的也是语言构造或揭示中的世界。"石头"是我们把所见

[①] ［法］德里达、雅克：《文学行动》，赵兴国等译，中国社会科学出版社1998年版，第7页。

事物加以分类并进行理解的一个符号，它指及的不是外在于语言、就在那里的一块冰冷的硬质的物，而是与众多不同事物区别并且只有在一个世界网络中才会具有的意义。其实即使说"冰冷的硬质的"，甚至"粗糙的"，也都属于语言指及的意义网络而不属于物自身。石头不是根本性的，语言的构造才是根本性的，它甚至会改变石头的物理存在。所以，当马克思谈论"资本"的时候，我们根据它的意思才了解到资本的存在。马克思首先选中了"资本"这个词，按索绪尔，这是根据语言的联想关系，按雅各布逊，是隐喻，即按对应原则进行的选择作出的；同时马克思赋予这个词各种各样的申发、展开，也就是按索绪尔所说的句段性接续或雅各布逊所说的按毗连关系进行的换喻，才能使我们意识到它的各种牵连物，围绕它构成一个可理解因而是真实的世界，从而确认"它真的存在，它是被马克思发现的"。马克思没有把"资本"往通常的"勤奋""积攒"这个方向连接，而是创造性地往"剩余价值""剥削"这个方向展开，从而通向了一幅罪恶的图景，揭示了资本的真相。马克思说："资本来到世间，从头到脚，每个毛孔都滴着血和肮脏的东西。"① 在这个句子中，"资本"对应着一个有头有脚的怪物，他让我们特别注意这怪物皮肤裸露部分的细部——它的毛孔，这儿的换喻（毗连性）十分细腻，然后接着毛孔，他让我们看其中流着的血。"血"可以毗连到"悲惨""恐怖"甚至"英勇"，也可以毗连到"污"（血污），也就是"肮脏"上，而下文这个"肮脏的东西"不仅使句子有排比般的气势，在导向上也是不能省略的，它直接连接到那幅罪恶的图景，因为有了那幅图景，无产阶级有权推翻与"资本"相关的那些体制（资本主义）和人（资本家）。马克思这个文学性语句编排了真理，引起了长达一个多世纪的无产阶级革命。福柯也是如此。他是靠一些核心词语，如"规训""监狱""知识型""权力"，从它们所对应的意义的联想，到对它们意义的毗连性生发，在隐喻和换喻两根轴线上编织出一整个权力—话语图景，一个兼具揭露性和价值导向的知识型——其中各个词语被安排在恰当的位置——本身。

所以，就那些政治性很强的后现代理论而言，如果它们并不是对一个存在于话语之外的领域的谈论和言说，如果它们涉及的只是话语及其后果，我们就不能从"它们针对什么现象"这个角度去理解它们，它们针对的是其他的话语以及它们构造的景象。这样，"理论"所谈论的对象，

---

① 《资本论》第 1 卷，中共中央马克思恩格斯列宁斯大林著作编译局编译，人民出版社 1975 年版，第 829 页。

以及"理论"自身的谈论方式就止于语言（话语）层面，就不再有背后的东西。正是在这儿，文学就凸显出来了。因为人们从话语中能够看到的，以及真正引人注目的就成了话语在"隐喻—换喻"两条轴线上的运作及其产生的效果。文学在这个层面上并不是被利用的比喻和描写手段，而是话语运作的基础。任何话语都是词的选择及其与所申发粘连的一系列其他词语的关联，是这些词语的安排，而不管这个话语涉及的是政治性话题还是社会性话题。也可以说，任何话语都是文学性的。利奥塔在《后现代状况》中把科学也隶属于叙事之中，成为叙事的一种类型，他认为，真正重要的是弄清指示性的、规定性的、评价性的或者言语行为性的陈述，关注这些陈述类型之间的配置、变异游戏；后现代的战场是叙事和陈述的战场。为此他建议，大学"给语言（诗学）的实验游戏保留一席之地"，政府允许部长会议讲故事[1]。文学是任何创造性想法的来源。

　　对语言及物性的摧毁是二十世纪反形而上学思潮的战略重点。形而上学的基础是为思想设置一个对象，对思想与这个对象的种种关系加以界说和规范。随着语言及物性的被摧毁，这个对象也就不存在了，这也就摧毁了以它为判断标准的话语。那些虚构的"思想—对象"关系就不再被关注，语言成了唯一被凸显的。正是在这个意义上，理查德·罗蒂说诗人将成为这个后形而上学社会的英雄，取代以前哲学家、科学家的地位。因为在这个社会，任何政治设计都不需要符合话语外的标准，只需要发挥想象力，往"好的"方向规划就行，我们最崇高的希望乃是"偶然产生出来的各种隐喻的字面意义"，[2] 不存在深度意义，那完全是一个文学的规划。大卫·辛普森说，文学的统治表现在后现代学者广泛使用文学批评术语，并且用文学方式写作，乔纳森·卡勒展示了经典文学作品在展开理论话题上超绝于理论的效果，不过这些还没有完全说出理论的文学性实质：排除了语言的及物性，理论话语本身就是文学地运作的。理论在文学的掌控中。

　　所以，卡勒没有展开的那句话是意味深长的："如果理论，就其从属于一般思想而言，是文学的剥离物，那会怎么样呢？"文学，对于语言符号的选择和安排，才是思想的主干，理论等只不过是文学之树上的枝杈、

---

[1] Lyotard, Jean-François, The *Postmodern Condition*: *A Report on Knowledge*, Minneapolis: University of Minnesota Press, 1984, p. 17.

[2] Rorty, Richard, *Contingency*, *Irony*, *and Solidarity*, Cambridge: Cambridge University Press, 1989, p. 61.

剥离物。在这种情形下，文学不是一个可以与任何其他文化现象对比的领域，而是一切文化现象的创造性源泉。以这样的视点，我们会看到一个与以往完全不同的文学景观，文学、文学教育与文学理论的未来恐怕要在这一景观下展开。

（原载《文艺理论研究》2013年第6期）

理论之后与中国诗学的前景

徐 亮

最近西方的理论主流从下述表述中可见一斑:"反理论"(Against Theory,纳普与迈克尔斯),"后-理论"(Post-theory,吉勒里、麦奎兰以及卡鲁斯与赫伯雷希特),"理论之后"(After Theory,多切蒂、伊格尔顿以及简·艾略特与德里克·阿特里奇)。我们可以用"理论之后"来概称这一潮流。本文的任务是考察西方主流理论界最近的动向,并引出对当下中国诗学发展的思考。

一 为什么是"理论之后"

"理论之后"这个表述中的"理论"不是普通名词,而是一种思想方法和学术社会运动的名称,它发端于 20 世纪初,兴盛于 60—80 年代,延续于 90 年代;它的兴盛期给人留下强烈的印象,因为出现了像罗兰·巴尔特、列维-斯特劳斯、福柯、德里达、德勒兹等一批对当代思想影响巨大的理论家,所以,"理论"也指这批令人瞩目的理论家的著作。在这个意义上,"理论"是专有名词。

为什么把他们的著述和发现统一称作"理论",而不加上定语,例如"社会学理论"(这样,"理论"就成了普通名词了)? 考虑到这些人深厚的哲学背景,为什么不把这些著述称作"哲学"? 怎么区分他们各自的学科?

这里有个更大的背景,即 20 世纪西方思想界反形而上学思潮和语言论转向。反形而上学思潮表现了对科学理性、学科化的极大不信任,而语言论转向则为这种新的思想方法提供了理论基础。语言论转向把所有以前学科的问题和思想的问题都看作语言问题,这样,以前建立在学科分类基础上的各种概念和话题就失效了,而语言(话语)打破了它们原有的樊篱。在语言论层面上,原来属于不同学科的问题成了同一性质的问题,心理分析中的本我和超我变成一个先在的能指系统,自我—他者、男—女变成话语二元对立系统中的主体位置（拉康），社会学中的身份认同问题变成一种话语想象和争夺，文学审美则取决于换喻—隐喻或序列—结合两根轴线上的言语操作。一个理论家可以介入过去互不相关的很多领域，它们在语言论视野下变成了同一个领域，而问题和研究领域的分类有了新的范式，根据例如话语类型或功能加以分类：福柯关注话语的政治学效应，巴尔特则关注话语的诗学效应。语言论的共同视点使得这些理论家与传统哲学家明显区分开来，传统哲学的反映论（自然之镜）模式在语言论视野中遭到彻底摧毁，按詹明信的看法，理论家的工作是哲学终结的标志。

既不是哲学，也不是任何一种或几种学科，这样甚至连他们的工作方式也难以名状，不是（学科的）研究，也不是（哲学的）沉思，詹明信称之为"写作"。尽管他们相互间的争论常常很激烈，但其观念却有一种共通性，而且其思考和写作的方式显然是反思式、推测式的，即通常是各种理论运作的方式。在这种情况下，"理论"就成了一个最少争议的通用名称，尽管这种用法有点权宜之计的味道。

理论直至 20 世纪 90 年代都是盛况空前的局面，它不仅有一大批声名赫赫的领军人物，也引爆了当时后现代主义的各种思潮。但是随着这些领军人物的相继谢世，不再有新的领袖出现，它变成了一个已经逝去的、为人观望和怀念的时代。理论的运作方式及其利弊就这样成了反思总结的对象，于是就有了"理论之后"。

"理论之后"是对"理论"终结的反应。"理论之后"像是一种中性的表述，但其修辞效果却包含两个不同的方向。第一是"理论"完了，它已经结束，新的东西将取而代之；第二是曾经如此兴盛的"理论"给后代留下了什么东西，之后的理论和思想将如何在它的影响下发展。对"理论"的总结和对未来发展的展望指向这两个方向中的任何一个，都是符合题意的。事实上这两种反应都出现了。

二 "理论之后"的理论

在"理论之后"这个问题上大致存在着三种观点。

第一种观点反对理论，认为理论已死，理论的模式不再有用。如德·曼所言，理论有一种奇怪的自我否定机制，每一条理路内部包含了反向思路的头绪[1]。因此，理论的发展往往表现为走向另一面。这种发展模式出

---

[1] ［美］保罗·德·曼：《对理论的抵制》，载《解构之图》，李自修等译，中国社会科学出版社 1998 年版，第 104 页。

现多了，就会令人觉得是一种可以反复的游戏，人们可以想象到其要去的地方，于是令人厌烦，也有不再有新意的感觉，例如其中的一个著名的内在对立，即历史—形式（或审美）的对立，在理论史中可以看到在二者之间的摆动反复重演的情况。持这种观点的人对理论抱有反感，鼓吹抵制理论。史蒂夫·纳普与华尔特·迈克尔斯在1982年写了《反理论》(*Against Theory*)一文，是这方面最早的文章，他们认为理论是一系列公理，试图通过为解释提出一般性理由而控制解释实践。理论论辩毫无结果，因此，理论毫无用处，应被终结。这等于宣布理论已死。在最早谈论"理论之后"话题的人那里，对理论均保持反感，"理论之死""后理论""反理论"等是他们使用得最多的词语。"反理论"涉及"理论"的一个命门，即形式化、套路化。当理论地看待理论自身的路径，它确实会留下这种印记。

反理论的结论是，理论之后应当抛弃理论。但是抛弃理论之后怎么办？这痛快的一抛带来的空白无法回避很久，他们必须面对以后再也没有学术活动的局面，或者，如果学术活动也可以抛弃的话，他们得设想以后再也没有反思类活动的局面。然而，思想又怎么能够抛弃呢？理论时代的最大遗产之一就是认为任何话语都是有预设、有立场的，理论可以说内在于话语之中。当人们对一部文学作品说三道四时，无非是一种理论的实践。所以乔纳森·卡勒说，理论就是思考和推测，[1] 在这个意义上，理论是无尽的。

"理论之后"的第二种观点是发展和改进理论。这是"理论之后"思潮的主流。这种观点完全不认可理论已死，认为对理论本身的怀疑并不合理，理论作为一个时代已经过去，但是其遗产还在不断地发酵，理论的问题可以通过话题、方向的改变和改进得到解决。

在改进和解决的方向上，存在着非常不同的方案。特里·伊格尔顿用"理论之后"命名他2003年的一本新著，直截了当地阻断了读者对这个名称可能的误解，说"如果这本书的书名表明'理论'已经终结，我们可以坦然回到前理论的天真时代，本书的读者将感到失望。……理论……还是一如既往地不可或缺"，[2] 因为，"我们永远不能在'理论之后'，也就是说没有理论，就没有反省的人生"。[3] 他的"理论之后"看起来是指

---

[1] ［美］乔纳森·卡勒：《文学理论入门》，李平译，译林出版社2008年版，第2页。
[2] ［英］特里·伊格尔顿：《理论之后》，商正译，商务印书馆2009年版，第3页。
[3] ［英］特里·伊格尔顿：《理论之后》，商正译，商务印书馆2009年版，第213页。

理论曾经的黄金时代的结束。他认为，理论虽然很有成就，但有根本的弊端，他认为最大的弊端是回避了大问题，即当代许多急迫的政治问题。出于坚定的马克思主义立场，他观察到资本主义的策略过去是、现在仍然是、甚至更加是全球性的政治行动，理论理当回应这一政治挑战，然而作为理论后期的高峰，后现代主义却拼命鼓吹差异性、地方性、局部性，这回避了资本主义全球性挑战的锋芒。他建议理论面对当下最重要的与政治相关的大问题：资本主义的压迫问题，工人阶级的解放问题，真理、道德、客观性问题。可以说，他把后现代主义抛弃的宏大叙事重新捡了回来，他认为，这些问题的被抛弃并不是因为它们已经被解决，相反，它们中的任何一个都没有真正解决，而且在现实中醒目地存在。他的"理论之后"是回到宏大叙事的既有议题。这是一种改进理论的建议，但更像是一种对后现代小叙事的回摆。

改进理论的大部分论者与伊格尔顿相反，认为理论中值得反思的恰恰是其大理论的趋向。《理论剩下了什么》一书的编者朱迪丝·巴特勒、约翰·吉勒里、肯德尔·托马斯表达了人们对理论的疑虑："'理论'经常意味着'后结构主义'，但是不清楚的是为什么（a）文论史应该陷入后结构主义的提喻法，以及（b）后结构主义的形式是如此变化多样，却可以作为一个单一的现象意味深长地被指涉。"[1] 如果理论就是把文本放在后结构主义模式中一锅煮，文本的多样性和具体性就不会受到重视，尤其是文学文本中的细腻厚重的描写，就会在大理论的推进中被不管不顾。福柯的理论、德里达的理论，都会产生统贯一切的效果，人们在所有文本中都可以找到权力效应的话语以及中心话语在能指链中被延异的现象。大理论试图通过所有分析材料来凸显理论的发现，或者寻找某一个能够涵盖一切的概念，"后结构主义""文化"都是这样的概念。《理论剩下了什么》就是要讨论，在遭到如此质疑的情况下，理论在文学研究中还能剩下些什么（影响或痕迹）。这本书中的很多作者提出了修正理论的各种方法，他们发现，理论以及政治分析可以很好地与文学文本的细读捆绑在一起，这取决于文学学者与社会研究者的互惠。文学学者可以"把有深刻洞见力的阅读形式用于对我们集体生活进程相关度很高的社会政治文本。而且，当文学学者继续调查文化生产的文化与社会语境时，他们需要克服他们对法律、政治理论以及社会运动的样式与结构的漠视。同样，社会理论和社

---

[1] Judith Butler, John Guillory, and Kendall Thomas (eds.), *What's Left of Theory?*, New York and London: Routledge, 2000, p. iii.

会科学领域生产的文本也要依靠隐喻、转喻、省略和讽喻,意义生产的这些维度在不从事文学分析的人那里也是未被注意的"。① 这就要求改变理论自上而下地贯透一切的做法,在某种意义上,这也是一个把大理论变小的方案。

与理论鼎盛期不同,现在的理论不再注重大理论的发现,已经改变了话题,眼睛向下,注重具体问题的研究。"后殖民主义""女权主义""新历史主义"等已经被诸如"庶民研究""生物政治学""生物伦理学""新自由主义""情感""同性恋研究""变态(酷儿)研究"等更具体的问题所取代,对这些问题讨论的方法与内容让人完全无法想起以前的那种理论讨论,要么其结论是开放性的,要么干脆摒弃结论,连暗示都没有,只有材料的铺排展示。这就是为什么朱迪丝·巴特勒拒绝人们称她为领导潮流的理论家的原因,因为她压根就不认同(大)理论的观念。

学者们严格区分"理论"与"理论之后"的理论。英国约克大学的学者简·艾略特与德里克·阿特里奇于2011年编纂了《"理论"之后的理论》一书,他们把引号中的代表已经逝去的时代的"理论"标以大写,而"理论之后"的理论是小写的。二人总结了理论最新的发展,指出理论远未终结,它正在经历重大转折,以应对今天文化与政治面临的迫切问题。从内容上说,这些变化表现在几个方面。首先出现了残疾人研究、伦理学(包括动物伦理学)、生态批评、书本历史、遗传研究和全球化等新的话题及其衍生的问题群;其次也出现了阿甘本、巴迪欧、雅克·朗西埃以及一批较不知名的论者,他们的名声虽然暂时无法跟福柯、拉康、德里达等相提并论,但其观点已经引起瞩目,成为许多讨论的中心;再次,出现了一批新的概念范畴,它们具有小写的理论的特征,因为它们针对具体问题,不必推及其他对象而又具有一定的可利用性,例如"暂时性""庶民""赤裸生命"。然而,有什么证据能够表明这些发展要联系在"理论"的名目下,又说明它们与大写的"理论"相异呢?两位编者指出,这些讨论都是基础性的讨论,都对相应话题做了有深度的反思,同时珍惜"理论"的遗产,常常以此批评"理论"之后的理论,例如皮特·奥斯本的论文指出,学科性话语是"理论"当初质疑的东西,但是"理论"之后的理论忘却了这一点,形成了倒退,也付出了代价。当然,最新的理论写作也充满了对"理论"本身的反思和批评,不仅有批判,还有改进方案,做出试图拯救理论窘境的努力。例如在替代启蒙主体性方案上,从马

---

① Judith Butler, John Guillory, Kendall Thomas (eds.), *What's Left of Theory?*, p. vii.

克思主义到身份政治理论都陷入了它们试图抵制的整体性和意识形态操作，而新近理论则试图发明某种无法固定在现存思想结构内的程序或原则，确保对主体性的抵制不能简单地在对另一个优势支配方式的再生产中结束。

编者对这种批判和继承的认知颇为辩证："理论继续兴盛之处，它必然极力采用那些对曾经定义'理论'的基本理性态度提出挑战的立场。这里搜集的文章指出，理论正在经历的转变比当代理论中通常涉及的新思想家和新话题的变化要激烈得多：当一个当代大陆哲学专家提出一个有关卢梭政治意愿的观点，当《千高原》一书的英译者提出事件的暂时性已经在'对恐怖主义的战争'中被实施了，当后现代主义女权政治理论家坚持说自由与知识论无关，当最新的'法国理论'潮流提出某种相当于科学现实主义的要求时，足够的证据说明至少某些当代理论支派果断地摒弃了某些一度是其决定性标志的问题群和态度。如果今天的理论不再忠实于这些具有决定性标志的问题群和态度，那么它不仅是那批'理论'著作的后果，而且也完全有别于那批'理论'著作。"① 今天的状况表明，正是由于对"理论"的激烈批评，理论才兴盛了，因为，不管它是需求的对象还是批判的靶的，理论都影响着并被吸纳到今天各种社会问题和文学问题的讨论中。两位编者对此总结道，理论有九条命，"现在的理论遗产来自20世纪最近几十年，它看起来不像当时所预言的任何东西，它有力地证明了内在于那一时期知识发酵过程的丰富的可能性。'理论'死了，理论万岁"。②

"理论之后"的第三种观点涉及理论的出路，认为理论应该并且已经走向文学。作为"理论"之后的理论的一个展望，这里的"文学"意味着理论应该向文学发展，"理论"之后是文学，理论的出路是文学，或者至少，理论的改进有赖于它对文学的吸收。

"理论"作为一个历史阶段，它的产生、发展与文学及其理论有直接关系。语言论转向首先滥觞于语言学，它越出语言学后第一个去处就是文学理论，雅各布逊、巴尔特首先将索绪尔语言学模式引入诗学和叙事学。如果所有文化问题都被归结为语言问题，那么，文学作为语言的艺术，就是这些问题有着最突出最典型表现的地方，所以乔纳森·卡勒说，文学位

---

① Jane Elliott and Derek Attridge (ed.), *Theory after "Theory"*, New York and London: Routledge, 2011, p. 2.
② Jane Elliott and Derek Attridge (ed.), *Theory after "Theory"*, New York and London: Routledge, 2011, p. 14.

于当时"理论"建设的核心,因为人们如欲了解语言的结构、功能等一些最基本的问题,就必须思考文学。① 这样,基于语言论的文学理论也就是理论,因为一切都被涵盖到语言范畴中来了。但是在其后的发展中,这种发自文学思考的"理论",由于其视野打开后的新鲜感而不再关注文学,而是以极大热情去关注可以语言论化的各种社会文化现象,中心—边缘的语言结构模式一次次被用来伸张压抑了的位置感,少数族裔、后殖民、同性恋、性别等政治社会问题占据了"理论"论坛的中心。所以,尽管按其最先的发展路径,文学研究是理论家的主要领域,大学文学系是理论学者麇集之处,但那儿已经失却对有关文学的理论的专门研究。出现了这样的矛盾现象:按理,所有的理论都与文学有关,但现在所有的理论都不是关于文学的理论。

由于同样的原因,对理论得失的反思自然会把文学再次牵扯出来。这种对文学的重新思考因而来自两个立场,代表两种用意,即来自和代表文学研究的立场和用意以及文学以外的社会文化的立场和用意。

在什么意义上说理论的出路是文学呢?

理查德·罗蒂从哲学的角度总结了近代以来西方思想的困境,得出文学将会取代哲学完成未来思想的任务的结论②。罗蒂认为,思想不是反映自然的镜子,这在黑格尔那里已经开始认识到了。黑格尔将原来证明性的哲学工作变成演绎性的写作,意识到言语的构造是真理的秘诀。其后,经过尼采,到海德格尔、德里达,思想家们经历了艰难的走出形而上学、走出哲学之路。不过由于他们总是笼罩在哲学和传统思想解决终极问题的目标下,他们的出走总是功亏一篑。文学从来不把解决终极问题作为自己的预设,它着手处理的总是具体事例和具体场景,并且在文体上也没有容纳一种将个案推广到普遍性的机制,但是文学对于人类的主要政治社会目标——个人自由与社会团结共存——而言,却有着根本的支持力。在自由主义价值观下如何达到团结的理念?在文学中,每个个人的遭遇和处境得到了细节性展开,在那里,同情和想象被极大地激发,人类伦理的底线显露无遗,人与人之间团结的基础就被找到了,而靠推理、逻辑论辩,靠哲学、法律,这是根本无法做到的。一个时代有一个时代的英雄,

---

① Jonathan Culler, *The Literary in Theory*, Stanford: Stanford University Press, 2007, p. 23.
② 罗蒂在《偶然、反讽与团结》一书中描绘了未来反讽主义的自由主义社会理想,他在多处指出,哲学早已完成了自己的使命,它不再能提出好的社会方案;未来社会的英雄是文学家而不是哲学家、科学家,文学能够提出适合这一社会理想的较好方案。参见该书第7、115—117、153、167页以及第七、第八两章,商务印书馆2003年版。

诗人是未来时代的英雄，这就是罗蒂的结论。罗蒂是一个哲学家或（按他喜欢的称呼）理论家，但他有求于文学的似乎是一种思想方法，一种文学性的思想方法，这种方法将用来解决包括社会政治问题在内的所有反思领域的问题。

20世纪90年代中期，正当人们对新媒体冲击下文学衰落的前景大感失望的时候，大卫·辛普森从文学研究的立场放眼望去，突然发现文学不仅没有衰落，反而呈现前所未有的兴旺局面。这种兴旺主要指大量出现的理论界的文学性写作。辛普森观察到的情况是，在后现代时期，理论有被文学统治的趋势，哲学家、历史学家、社会学家等竞相用文学（逸事、故事、自传、诗等）的方式写作，有些人（比如艾柯）甚至直接写作小说，而这些写作却隶属于理论，是讨论理论问题的方式，也是理论工作的成果。① 由于使用了文学性写作，它们没有通常形而上学所具备的弊病。这种观察出自文学研究者，虽然有鼓舞士气的作用，但是客观上也表明了理论之后理论可能的出路，与罗蒂的预言相合拍。

从文学研究内部，对理论、特别是后结构主义以后理论的侵入，一直有很强的反弹意见。文学研究不能变成政治问题的研究，对文学的解读不能停留在它的政治社会蕴意上。布鲁姆在《西方正典》"序言"中抱怨大学文学系被"憎恨学派"所统治，他们不研究文学，却研究政治争斗，排遣受迫害的感觉。② 让-米歇尔·拉巴泰则从比较的角度揭示理论本身的短处，指出理论总是让人感到"太偏于一端，只是……整体的一半，而遗漏的那一半从定义上讲更真实、更富活力、更有本质意义"，③ 那一半恰恰是文学的文本本身。理论囿于它说理的目标，总是有牵强附会之处，只有文学文本是没有外在目标的，它就是创造力本身的轨迹，它能做到理论所无法做到的事情。卡宁汉呼吁，理论之后的文学研究应该回到文本细读的传统（的确，新批评是现代文学理论中对文本表现出最大尊重的一派），"把文本置于一切对文本理论化的考量之上"。④

乔纳森·卡勒同样呼吁回归文学，回归诗学的基础理论，特别是俄国

---

① David Simpson, *The Academic Postmodern and the Rule of Literature*, see chap. 1, 2&7, The University of Chicago Press, 1995.

② [英]哈罗德·布鲁姆：《西方正典》，见该书"中文版序言"，江宁康译，译林出版社2005年版，第2页。

③ 转引自[英]拉曼·塞尔登、彼得·威森德、彼得·布鲁克《当代文学理论导读》，刘象愚译，北京大学出版社2006年版，第328页。

④ 转引自[英]拉曼·塞尔登、彼得·威森德、彼得·布鲁克《当代文学理论导读》，刘象愚译，北京大学出版社2006年版，第330页。

形式主义和雅各布逊的诗学。不过他并不把文学与理论看成对立的，与辛普森一样，他认为在理论中就有文学的写作，而且"理论话语产生之处，都提醒我们注意对所有话语都起作用的各种文学版本，也就是重申文学的核心地位"。[①] 文学模式在包括理论在内的所有话语中均起作用，而对文学的谈论就已经是理论的了，文学与理论一直是互惠的。而现在，整个趋势表明，而且真正重要的也是理论应该将文学置入自身，这是理论在现阶段发展的必然。文学拥有理论所不具备的效果：具体化，个案，避免了抽象和简化的弊病。而这些原本是后现代学术的目标。通过理论无法达到这种目标，只有通过文学。举例说，关于身份的理论探讨只能把人的身份来源要么归于天生，要么归于后天建构，这两种思路同样简化。但是《安提戈涅》生动地展示了身份在天生与后天选择二者同时微妙地互相作用中生成的情形，它达到了理论梦寐以求的目标。[②] 卡勒的意思是文学具有一种理论所不具备的理论功能，今天的理论必须借助于这种功能，来达到它声称的反形而上学的目标。这与罗蒂所看到的文学功能相类似。这样，我们看到的与其说是理论走向了其对立面文学，不如说理论与文学走到了一起：充满理论色彩的文学写作和充满文学描写的理论展示。理论之后是理论与文学不分彼此的新型写作，是被融入了文学的理论。理论的功能可以在文学中得以实现。

三 "理论之后"对中国诗学的启示

当代中国诗学是在与西方文论的互动碰撞中行进的，这种互动和碰撞包括了吸收的方面和超越的冲动。"理论之后"西方文论的发展既显示了它的优点，也凸显了它与生俱来的一个命门。中国诗学如欲从中获得启发，必须扬其长避其短。

第一，建立学理基础，产生（回到）始源性问题，是中国诗学持续发展的关键。

从"理论"到"理论之后"的理论，西方学界之所以深切地感到理论有九条命、理论会长存，是因为他们一直使用一种可以通过批判的机制而自否定并且自发展的话语，总是走在黑格尔式辩证逻辑中。而这逻辑的起点是一切西方思想的始源性问题——从人与世界的二元关系出发求取真理。这使得他们的哲学以及各种理论的发展既显得是创新的，又是合乎学

---

① Jonathan Culler, *The Literary in Theory*, p. 5.
② Jonathan Culler, *The Literary in Theory*, pp. 36 – 37.

理的，显出既源远流长又能够自我更新的传统力量。当"理论"出世时，其语言论视点令熟悉认识论传统的学者们无法接受，晕头转向，但批判使得它能够归入传统，显出它仍然是对人与世界的二元关系的一种思考，一种对此关系基底的全新的、却是合乎逻辑的替换，所以只要被多次演绎，就可以迅速进入学术主流。更为关键的是，在学理传统中，它可以引起前人思想的回应，并且能够将前此的一切成果纳入"理论"的叙事中，使之成为证明自身合法性和合理性的资源，这也将前人的成果在新的基点上丰富化，丰富并壮大了西方的理论。而对"理论"的反思，也就是"理论之后"，不是对原有基点的根本性替换，而是循着"理论"自身含有的新方向进行的；批判，即从学理上梳理一种理论话语以得可能的理路，是可以发现原有理论的问题并找出其发展新路径的。例如"理论之后"对宏大叙事的反思。在"理论"（后现代主义）的视野下，宏大叙事因其思辨性遭到质疑，因为思辨推论的方法为了形成总体性思路而不顾实际的差异；它也因期盼启蒙英雄和伟人的主体性思路而遭质疑。但后现代主义并没有根除"大"的思路，后殖民主义、后结构主义虽然不再是思辨性的，也不再是解放大叙事，但它们仍然试图将所有问题笼罩在其主张下，构成一种大理论，而成为"理论之后"的靶的。依此批判，"理论之后"的理论试图找到的新话题都是没有概括力的，是针对具体问题的；由于没有触动根基，"理论之后"的理论中很容易看到"理论"本身的影子，其延续性就更明显。

　　西方文论的这种学理传统及根基，既是其走向形而上学末路的原因（这一点后面还要提到），也是其历久不衰的原因。理论的这种自否定和自发展机制至少导致了数千年理论文化的繁荣。

　　中国诗学需要有始源性的问题，否则我们就不能拥有自己的理论能量，尤其不能令中国诗学持续发展。如何找到古代先贤思想的主线，一条能够在今天不断产生回响并且能够持续发展的主线，找到这些思想在现代语境中的运作路径，以及其自我批判和发展的机制；如何找到一个源自人类生存的始源性的问题，找到它在诗学中的反应，这是理论之后背景下中国诗学迫切需要解决的任务。也许这需要五十年甚至更长时间，但它已然摆在了我们面前。而这个始源性问题究竟会是新产生的还是对早期思想的响应？这是亟须解决的。

　　由于同样的原因，中国诗学亟须走出西方形而上学理论及诗学的控制。社会历史决定论、反映论的文论观，这些其始源性问题视野需要受到质疑的西方理论产物，长期以来成为我们当代诗学不证自明的基础。当我们说杜甫的沉郁顿挫是因为他个人坎坷的经历,《诗经·豳风·七月》反映了当时社会生活客观状况的时候,我们没有意识到这只是在追随西方的某种观点,而且由于我们没有设置反思机制,不能与始源性问题相关联,造成了当西方已经抛弃这种客观论的时候,我们还在抱残守缺的现象。我们必须建立自己的始源性问题,如果挪用西方的理论,也必须与他们的始源性问题相联系,介入质疑和反思机制,使之成为可推进可发展的思想。

第二,推动理论问题的中文化。

当代中国诗学的大量理论资源来自西方文论,这并不是坏事。导致我们抵触的是这些理论的生硬陌生,不仅其思路未能与我们的相兼容,而且其原动力是我们不理解的,对其可应用性我们心中完全无数。这种生硬感源于它们未能与中文兼容,源于我们对它们的介绍远远多于对它们的写作。中国诗学要进入自己的学理路径,产生自己的始源性问题,首先要把这些外来的以及古代原有的理论资源从可读的变为可写的,用中文的理论写作将它们激活,使它们成为当代话语的一部分,在写作中找寻自己的兴趣、路数和理论源头。这样,我们对于西方文论也会产生自己的选择性。比如,反映论和社会历史决定论是中文语境中占支配地位的理论写作,是中文的理论话语熟悉的问题。照理,人们对于语言论观念如何回应也必然感兴趣。但是迄今为止,有了很多对索绪尔以来各种"理论"的翻译介绍,却鲜见让语言论问题在中文中发生的尝试,更不要说让它在中文的理论写作中持续发酵了。另外,有些理论,例如身份政治、少数族裔理论,其原动力在中国尚不存在,但在翻译介绍的层面上,它们往往获得与其他问题同等的分量,无法体现我们的选择性。所以西方优质理论资源应当在写作中变成中文自身的资源,应当以问题,而不是成果的形式与我们接触,这对于中文理论的学理化建设至关重要。

第三,文学作为理论的出路,以及由此观察到的文学的兴盛,这对中国诗学是一种鼓舞和契机。

从理论史的观察可见,"理论"从未脱离文学,尽管它与文学的关系在不同的时候有紧有疏,但最终文学会对它有强大的向心力。但在近二十年的中国,文学在商业化浪潮和技术话语的主导下曾极度衰落,这种衰落主要表现在人们对它的不管不顾,文论界也对它持悲观态度。如果文学成为理论的出路,那么至少可以鼓舞我们对文学及其研究的信心,进一步说,它还能激发中国诗学进入它原有的对"文"的领悟之道。

现代中文中的"文学"概念来自西方18世纪以后,这个概念把文学局限在几种纯文学文类如诗歌、小说、戏剧等,当代文论对文学现状的沮丧明显来自小说诗歌和戏剧文学的衰落。如果奇闻逸事、讲故事以及对同音词的敏感和利用都是文学的话，那么我们需要重新思考对文学的界定，重新估计今天文学的基本形势。它增强了我们对文学研究对象的生存状况的信心，同时提醒我们注意关注非纯文学文类中文学的表现，因为它们也是文学。雅各布逊论诗性用的例子是一则政治竞选广告"I like Ike"，通过语音上的类同巧妙地把竞选者与选民及其倾向（"喜欢"）联系在一起。[1] 中文里同音词特别多，今天人们正在通过网络和手机短信大玩同音词游戏，这绝不是与文学、诗学无关的现象。同时，辛普森和卡勒的"the literary"这个概念也让我们想到孔子、刘勰、苏轼的"文"的意蕴。中国古人是从隐喻的角度而非学科分类角度阐发"文"的，"文"以表示色彩的本义来隐喻语言构造的某种美化效果，具有了可生发性，而这才是现代意义上"文学"概念的根。关于这一点，中国古典文论中有丰富的发挥。介入这些前现代的视角，对于中国诗学而言就像是回到了熟悉的话题，这本身就使中国诗学有了更多可能性。

第四，"理论之后"表明，西方的理论包括文学理论仍然面临困境，这从另一方面表明中国诗学大有可为。

为什么在柏拉图设立世界基本格局之后会有亚里士多德强调现世合法性的修正？为什么在康德建立了认识对象的科学基础以后会有黑格尔的主体化走向？如果我们记得尼采那个生动的"掘地球"的比喻，[2] 就会明白这些摆动乃是内在于西方形而上学自身的运动。只要明白这一点，就不难理解为什么尽管有时候出现了很大突破和进展，却仍然会很快显露出令人厌烦的重复性。"理论"的情况就是如此，它突破了认识论的牢笼，带来了很大新鲜感，但仍然在短短几十年之间变成一种陈旧的、需要被突破的思路。如今理论仍然有九条命，它还在延续之中，但是对"理论"的厌倦之情迟早会降临"理论之后"，西方理论界人士对此似乎已早有担心，走向"文学"就是寻找全新出路的一种尝试。

前文指出，从柏拉图开始，西方思想一直把寻找真理作为始源性问题，柏拉图确认存在着真理，并且可以通过正确的途径获得它。这个始源性问题成为后世所有哲学人文学科的起始点，受到它的激发，后世各种理论互相之间充满对话，各种答案受到质疑，被证明或证伪、批判。因此它

---

[1] Jakobson, Roman, "Closing Statement: Linguistics and Poetics", *Style in Language* (ed. Thomas Sebeok), New York: Wiley, 1960, p. 357.

[2] ［德］尼采：《悲剧的诞生》，周国平译，生活·读书·新知三联书店1986年版，第63页。

的理论显得既有传统，又有学理基础，可自我批判、自我发展。西方理论今天的困境不是由于他们拥有始源性的问题意识，而是这个始源性问题本身的设置有问题。直到今天，后理论仍然在揭示各种各样的洞见（真理），质疑他人的观点，但是一旦他们发现这只是某种逻辑的游戏的时候，就会隐约听到尼采残酷的嘲笑：逻辑自己踩住了自己的尾巴。而真理正在越行越远。也许他们需要意识到，从人出发寻找真理这个设定本身需要受到质疑。人可能靠自己去找到真理吗？人可能看清自身被包孕其中的更大的始源吗？难道不需要考虑听命于真理，顺从于真理之道吗？

只要在它设定的始源性问题辖制下，西方理论就无法摆脱形而上学的厄运。但是中国诗学的历史和处境有所不同。中国诗学的始源性问题尚有待建立，但已有的思想基础表明了它与西方的不同。中国古代的思想从不设置人与世界的二元结构，也从未把在此基础上的通达真理作为思想的主要任务。中国诗学因而也不需要背负这种形而上学重担。就理论走向文学的可能性而言，卡勒发现理论中文学的统治力，目的是为理论寻找出路，是一种理论之后的理论之途。但是中国诗学并不对理论的存亡负有责任。文学并不一定要在理论中扮演协助的角色，文学可以独辟蹊径，走自己的路，可以使思想式写作像庄子的寓言、卮言，而不在逻辑上打转。中国诗学并不需要绑在说明真理的战车上，这是我们轻松的一面。但是沉重的任务在于激活中国经典思想的生命力并吸收西方文论的精粹，它是要通过坚持不懈的理论写作才能做到的。而做到这一点，则不仅能够给中国诗学以能量，而且能够为西方诗学困境的解除提供思路。

（原载《文艺研究》2013年第5期）

叙事的建构作用与解构作用
——罗兰·巴尔特,保罗·德曼,莎士比亚和福音书

徐 亮

一

罗兰·巴尔特在《叙事作品结构分析导论》结尾处说了一句发人深思的话:"总之,如果不作有意扭曲发育史的假设,认为儿童在同一时刻(三岁左右)'创造'句子,叙事,以及俄狄浦斯,可能是意味深长的。"[①]三岁左右的儿童不仅发展出恋母情结,同时开始创造句子和叙事。这暗示了我们这两件事——创造句子、叙事,与俄狄浦斯——的相似性:它们都是出自无意识,属于我们的本能。这是一种什么样的本能呢?通过叙事建构意义的本能。之所以说它是本能,是因为从发育史角度来看,人的一生似乎就是朝着这个目标行进的过程。为了实现这种建构,人的成长似乎一直与叙事能力的增长同步推进。幼年的牙牙学语,学习组织句子,是为叙事作准备;青少年的学习开阔了知识的眼界,积累了叙事的语料,训练了叙事的技术;成年的人生规划是一种预设的关于自我的叙事,其实现完全有赖于对自身投入其中的一个前景的设计,这个设计综合了自我、家庭、社会等因素,平衡了理性、道德和信仰多种维度,纠合了叙事的所有路径,主人公在其中时隐时现。最后到了人老话多的总结性阶段,到处讲述他知道和"经历"的故事。其句式是回顾式的:"我这个人……","我们那时……",有光荣,不再梦想;话语聚合方式是隐喻性的:"人生就这么回事"。在人生的结束阶段,也是叙事的完成处,他要做的主要是唠嗑,而且充满了重复(听者的反应是"你又来了……","这话你讲了多

---

① 伍蠡甫、胡经之主编:《西方文艺理论名著选编(下)》,北京大学出版社1987年版,第504页;引者按英译本(*A Barthes Reader*, p. 295, edited by Susan Sontag, Jonathan Cape Ltd., London, 1982.)对译文作了改动。

少遍了"），脚本已经形成，也许有时候略有微调。

人的一生就是自己写就的，也可以被别人重写关于他自己和他的世界的故事。"活得明白"就是所设计的情节富有主题性并且得到了实现，"活得浑浑噩噩"就是没有主题甚至没有任何设计，没有故事。前者成为有意义的人生，后者成为无意义的人生。人生的真谛原来就在建构意义。无疑，叙事具有一种建构性力量，它是通过赋予被建构者以意义实现的。

罗兰·巴尔特详细解释了这种建构力量的运作方式。在《叙事作品结构分析导论》中，他把这种运作方式称为"跛行"，这是叙事作品的情节与意义的互动。这首先表现在叙事单位的分类上。叙事需要横向的推进，故事情节的序列环环相扣，适应这种横向推进功能的要素属于分布类单位；但是叙事还需要一种结合类单位，它的功能是成为上一级意义层次的标志。意义是纵向贯穿的，它是一个内涵或隐喻。而在叙事作品中，这种纵向组织不是单层的，它至少包括"行动"和"叙述"两个上层组织。其中"行动"是与人物性格（行动者）有关的层面，叙述则是与叙事者和主题有关的层面。标志作为基本单位必须对上一层的行动者乃至更上一层的叙述总策略有所意指。比如托尔斯泰小说《安娜·卡列尼娜》描写安娜在火车站目睹火车轧死人事件，这时首次遇见安娜的沃伦斯基捐给了遇难者二百卢布，这既是沃伦斯基这个人物性格的标志——富有，慷慨，投其（安娜）所好等等，也是小说叙述总策略的一个标志——这个故事的一个解释成分。分布展开情节，标志透露主旨，二者的合作才能完成叙事：首先人们不能接受一个情节平淡无奇、悬念贫乏的故事，但人们也不能接受不知所云的故事，因为不知所云就是意义的阙如，也就抽去了叙事的精髓。其次，在更重要的叙事结构运行方面，这种"跛行"就得到了充分展露：情节进行过程中所有要素向意义的汇聚，即一边展开情节，一边有所意指，在缜密推进横向要素的同时不停地对纵向意义进行意指，被它所吸附。横向和纵向同时并进的这种起伏式前行，类似"跛行"，或一种兼顾上下左右的编织。因此，叙事意义的最高端，罗兰·巴尔特不称其为"主题"，而称其为"逻辑"，因为从序列展开的角度和意义的角度，它都是一种必然会如此的逻辑现象。

罗兰·巴尔特认为，经过这样一种跛行和编织，叙事可以建构出想要的意义来。叙事是一种创造性的建构工作，而不是对已有事物的重复和再现，因而也就能鼓舞人的热情，当然这是一种与语言相关的热情："在阅读一部小说时，使我们燃烧的热情不是'视觉'的热情（事实上，我们什么也'看'不见），而是意义的热情，也就是说，是一种高级关系上的热情,这种高级关系也有自己的感情、希望、威胁和胜利。叙事作品中'所发生的事'从(真正的)所指事物的角度来说,是地地道道的子虚乌有,'所发生的'仅仅是语言,是语言的历险,是对语言的产生一直不断的热烈的庆贺。"①

这种令人鼓舞的局面的支持力量来自两个相互关联的预设。第一,意义建构是可能的;第二,这种可能性建立在结构可靠性的基础上。所以,探索在叙事背后起支配性作用的结构实际上是确保意义建构的关键。在《叙事作品结构分析导论》中,这种意义建构的可能性还仰赖结构的"整体性"的设想:"序列基本上是一个内部没有任何重复的整体",② 而整体性正是结构可靠性的预表,它意味着序列或任何微小的结构因素是向引导和制约它们的一个方向聚合的,它的内部是没有裂痕,即使有也是非典型的和可修复的。在人们所说的"后结构主义"阶段,罗兰·巴尔特抛弃了这个整体性观念,转而朝向文本的"可写性"。他发现,文本的各个节点都有丰富的可能性,它们不只具有已经写出的那种定式,可对它们进行各种转义写作,例如一个情节并不必定按小说已有的路径发展,可以转向不同的方向,文本是有多种转写可能性的。为此他作了一些实践:《恋人絮语》是一次充实的实践,对热恋中人的缺乏话语完整性的絮叨、喃喃自语加以充实,补足其情境和上下文;《S/Z》是通过稍许转写而进行的一种解码操作,即对巴尔扎克小说《萨拉辛》一些关键性叙事节点的多种可能性加以探讨,暴露文本在罗兰·巴尔特所谓的"五种编码"间穿插编织的方式,从而达到解码的目的。与结构主义时期不同的是,此时他"关心的不是展示一种结构,而是生产一种结构过程(structuration)",③ 也就是说不再以揭示各种符号系统(图像、广告、汽车、时装、叙事)的意指模式为目标,而是找到一些关键的节点,把围绕诸可能性对它们作试探和选择,最终将完成编码的过程展示出来。"可写性"突破了结构的整体性,为破裂和不确定性留下了空间,结构不再是唯一的了。但总的说来,罗兰·巴尔特对此只作了一种理论性推证,他的实践并没有达到他此

---

① 伍蠡甫、胡经之主编:《西方文艺理论名著选编(下)》,北京大学出版社1987年版,第504页。引者按英译本(*A Barthes Reader*, p. 295, edited by Susan Sontag, Jonathan Cape Ltd., London, 1982.)对译文作了改动。

② 伍蠡甫、胡经之主编:《西方文艺理论名著选编(下)》,北京大学出版社1987年版,第504页。引者按英译本(*A Barthes Reader*, p. 295, edited by Susan Sontag, Jonathan Cape Ltd., London, 1982.)对译文作了改动。

③ Barthes, Roland, *S/Z*. p. 20. Trans. RichardMiller, Blackwell Publishing Ltd./Hill and Wang, New York, 1990.

时理论所开拓的视野，比如让建构自行遇到犹豫，乃至自我解构。就像在《S/Z》中我们看到的情况，"五种编码"的预设使得这种结构过程的"生产"更像是展开一个产品说明书，是对"五种编码"及其相互关系的预定理论的图解或操作指导。

虽然叙事可视为人生命的本能，但是叙事必定能够建构意义，这个确定性并不是先验给定的。因为，首先，叙事结构本身就不可靠，或者，其可靠性只是一种假设。就以罗兰·巴尔特的叙事结构来说，叙事的基本单位分为分布和结合两类，且不说这个分法马上会碰到尴尬（一个特定单位经常同时兼具两种身份），它在运作中也会陷入窘境。沃伦斯基的捐赠既是一个结合单位（标志他的个性等），也是一个分布单位：它是火车站发生的那个事故序列中的一个要素。罗兰·巴尔特注意到了一个单位同属于两个类别情况，却只是把它作为一种例外加以说明。这种双重身份的单位能够保证结构朝着建构意义的方向正向运作吗？结合类单位与分布类单位存在着相向而行的基础吗？实际上，捐赠如果被作为上一层意义的标志，就一定会影响其在序列中的分布和走向，反之亦然。作为序列，捐赠有自己的合理走向，这个走向不一定都会朝着说明沃伦斯基性格的方向走去，它与标志之间的龃龉要花很多的努力去摆平，最好的结果也只是表面上看起来抹平了。托尔斯泰没有让这个序列继续下去，这个序列就成了游离于小说主干序列之外的一个插曲。这也是一种抹平结构裂痕的方法。但如果二者的离心力发生在叙事文本的主干序列中，其破坏性就显而易见了。比如王实甫的《西厢记》，主题的鲜明的现代性是它获得赞誉的主要原因，但是主题本身的运作方式却造成了它对情节合理性的伤害。这出戏的主角们的行动序列一直被试图结合到整个作品的主题中去，以至于张生为了爱情而愿意承诺并实施那个绝无胜算的计划——"白夺一个状元"。到长亭送别为止，作品的结构裂痕并未明显暴露，但是后续的情节就显露出它们被上一层的意义单位所拖累的情况。为了说明有志者事竟成，说明爱情力量的强大，张生真的考上了状元（全国第一名），这是在他进京赴考的考试准备期间不好好复习，却艳遇崔莺莺，陷入热恋，且分心于说服老夫人的情况下做到的。而为了使"天下有情人皆成眷属"的主题成为事实，张生就一定要在考上状元后回来迎娶崔莺莺，这回避了状元被王公贵族招赘入婿的诸多可能性，也回避了"还将旧来意，怜取眼前人"（崔莺莺语，意为考取状元后张生移情别恋）的可能性。一切都被强行纳入主题，而不顾甚至侵害序列本身的可连接性。《西厢记》第五出就这样在情节和主题的离心作用之下成为"狗尾续貂"之作。这反映出叙事结构内在的分裂性：情节的逻辑与意义的逻辑不是内在统一的，罗兰·巴尔特设想的那个合而为一作为叙事作品高光亮点的逻辑并不存在。因为这个原因，结构性的裂痕实际上布满叙事框架。这就是在许多叙事中会留下尴尬和沉默的原因，这是因为意义撕扯了情节，或故事情节对于其意义归属产生了破坏性，以至于作者和解释者都无法弥合这种裂痕，只能对此沉默不语。如果《西厢记》在第四出结束，将会是这种情况。而这种情况下一些叙事还能"成功"，则只是由于这种沉默的裂痕幸运地被解读出了朝向统一性的各种意义。

二

保罗·德·曼把这种将情节序列纳入主题的情况称为意义的暴力。德·曼认为语言与意义并不是并存的，二者并没有天生的相互配合关系，意义对于语言而言是一个外来的入侵者。这一点并不难理解，比如语法（它属于语言）并不顺着意义的规则加以构成，合乎语法与合乎所要表达的意义之间就势必产生龃龉。语言富有意义只可能是因为对语言本身作了意指性的操作和理解，是阅读把意义涂抹到了语言上，夸张地说，这就是意义对语言的一种强加和暴力。叙事作品的情节遵从毗连性规则，它与遵从对应性规则的意义没有先验的适配关系；战争场面中人体的前倾可能是外作用力的后果，它遵从力学规则，但很可能被诗意地解释为出于勇敢和正义。德·曼晚年出版了一本名为《审美意识形态》的论文集，就是在揭露审美旗号下意识形态对语言施行的暴力。总之语言与意义的关系不是建构性的，而是解构性的。

具体说来，德·曼至少指出了意义建构方面的两种破坏性力量。

第一，述事句与述行句的解构性关系。顺着J. 奥斯汀的言语行为理论可以得出，语句（包括叙事性语句）并不只是在述事（它的典型句式就是过去时态的叙述），同时也是述行的，因此述事与述行构成了语句的一组二元对立。述事可以被理解为复述，对已经发生的事件的描述；述行则是借助语句做事情，例如通过语言发布命令，劝说，辩解等等。在德曼看来，二者并没有交会点。一个故事本身包含道德寓意这种事情是不存在的，因为道德寓意要通过述行加以构建，而故事通过述事构建的，两者的差别恰如康德的认知理性与道德理性的差别，它们的界限无法逾越。康德借助审美判断力搭建的二者之间的桥梁，在德曼看来不仅不可靠，而且根本上反映出了一种强制阐释的暴力。述事句与述行句之间的解构性关系在德曼对卢梭作品的分析中得到揭示。《阅读的喻说》（*Allegories of Reading*）

第十二章分析了卢梭《忏悔录》对自己过去不道德行为的忏悔，集中在卢梭对年轻时曾经行偷窃却嫁祸于人一事的忏悔上。这件事的叙述见《忏悔录》第一部第二章末，卢梭说他当时在雇主家偷了一条丝带被当场抓获，因为怕丢脸，他诬赖说是一位无辜的女仆偷了给他的，这个诬赖让女仆当场丢掉了工作，而且想必她日后会一生背负污名。因为这个罪行及其可怕的后果，卢梭说自己付出了一生痛苦的代价。不过，卢梭又透露说"当时的一些实际情况"可以为自己的行为作辩解，当时他的内心意向是对这女仆抱有感情，"我心中正在想念她，于是就不假思索地把这件事推到她身上了"。这个辩解当然令人难以置信，因而并不成功。保罗·德曼指出，这里发生的事正是源于句子述事与述行两个维度的不兼容性。忏悔（confession，有"坦白"之义）是在真相名义下所作的一种道德性补偿，只要说出真相，撒谎就被揭露，并且因其被揭露，当事人就受到了惩处，付出了代价。但是卢梭不然，他要对所忏悔之事作辩解，而辩解是一种言语行为（述行）现象；更有甚者，他把辩解的述行句处理为述事句，把辩解的理由处理为事实。"我心中正在想念她"，"我对她有感情"，这些无法验证而只能被当作自我辩护的主观理由的东西，被他当作认知性的"实际情况"说出来，让读者把这种本来只能选择信或不信的说辞，当作知与不知的事实来处理。卢梭本人想必也相信了这个说辞并且把它当作事实接受了下来。但是一厢情愿地且粗暴地撮合述事与述行关系的做法，其结果却适得其反：这个辩解不仅因其非事实性而令人怀疑，而且根本没能减弱述事序列的自然后果的严重性，更何况，这个被处理成"实际情况"的辩解中的两个前后要素（因想念她，就诬陷了她）之间没有可毗连性，不合逻辑。最关键的是，一个需要辩解的忏悔就不是真心的忏悔。辩解解构了忏悔。虽然卢梭在《忏悔录》中发誓"关于这件事我要说的话只此而已。请允许我以后永远不再谈了"，但是这个辩解的明显的失败使得他在后来写的自传续篇《一个孤独的散步者的梦想》中对此又作了一次描述和说明，以及辩解，德曼称之为对（首次）忏悔的忏悔。这一次情况更糟。为了消除首次忏悔未能消除的人们对诬陷事件本身的后果的疑虑，以及这种疑虑对于他辩解的破坏性作用，卢梭要求人们别让话语的认知作用（述事性）干扰了辩解。他解释说，对自己和他人无害的撒谎不是撒谎，只能算虚构；真理如果无用就不是一件必须具有的东西。因此，如果《忏悔录》对玛丽永的诬陷被认为是有害的虚构，那是因为人们对那个陈述作了指称性解读，没有意识到那个陈述本质上的非意指性（即非认知性）。这样，卢梭似乎在说，他忏悔而说出的那个诬陷的事实并不是事实，而是虚构。为了为一个事实辩解，只能编造新的谎言。卢梭的忏悔变成了辩解，而辩解变成了谎言的连续。述事和述行的深刻的解构关系使得他的辩解和忏悔都适得其反。

第二，语言的置放力。如果语言与自然世界没有对应关系，我们势必要注意它自身的运行方式，马上就会发现各种语言成分（词语及标点）本身的置放现象：例如它们必须遵从语法，又必须与意义加以协调，这就要对它们相互之间不同的顺序和排列组合作出选择，这些成分存在着一个秩序安排的问题。不同的置放带来不同的意指，这看起来是一种建构意义的正能量，但要命的是，它带来的解构效应更加显著。保罗·德曼在《浪漫主义修辞学》中，通过对雪莱生前最后一个作品——长诗"生命的凯旋"的细读，揭露了由语言的置放力所产生的意义解构作用。德曼列出三个互相抵触或需要协调的语言层面：语言的指称性，语言的意义，语言的定位。语言的指称性指语言所描绘的事物及其关系，它们有自己的秩序；语言的意义指文本的意指方面；语言的定位指文本的各种形式要求，它们预设了某些特定位置的词语外形，例如诗歌中的韵脚、音步等。这三个层面都需要通过特定的要素安置来实现，但是每一种安置都是顾此失彼的。意义与指称性根本上是两回事，并没有天然的合作关系，且常常冲突。常常是，意义层面上有力的一个象征无法在指称层面上获得连续性、合理性，以致最终消解了意义本身。而语言定位层面上的置放分别对指称和意义两方面都造成了难以消除的影响。以"生命的凯旋"为例。首先，为了歌颂阳光（意），雪莱作了广泛的无所不用其极的描写，结果这个光线，不仅能够照亮，甚至像那喀索斯的眼睛一样，还能够看见，这两者，即光线与看见，怎样在指称性中找到相互关系，却变成一团迷雾；更有甚者，光线还被描写为一种能够编织（thread）的力量，把世界编织到一个织体中。而一旦使用了编织这个词，它就要求与那喀索斯的眼睛和其他被描写因素形成协调关系，如果做不到，堆积到它身上的意义就会失效。但也不能设想取消这个词，"光线"对于这首诗重要到如此地步：取消光线这个意象，就等于取消了总的意义建构，它必须被置放在那儿。所以，德曼说，尽管如此不尽如人意，"这一光线依然被允许在极其牵强的状况下存在于《生命的凯旋》中"。[①] 其次，编织这个词的选择还涉嫌受制于诗歌的韵律。在这首诗中，thread, tread, seed, deed 组成了一个韵

[①] de Man, Paul, *The Rhetoric of Romanticism*, New York Columbia University Press, 1984, p. 111.

律图,这意味着它们所在的位置有语音方面的预定要求,这些词语的置放带有强制性,它们在实现韵律图的同时又必须实现各自的指称性和意义。与要实现的意义相比,这些词强横地置放在相应位置成为更硬的现实,是它们成为意义的前提。保罗·德曼指出,这首诗的意义产生方式,与诗中那些强制性的韵脚配置,诸如"波浪 billow"、"柳树 willow"和"枕头 pillow",以及"编织 thread"、"踩踏 tread"、"种子 seed"、"行为 deed"等等,是相互关联的,看起来特殊的充满意义的许多运动或事件,实际上是由能指的、随意的与表面的属性所产生的。正是"韵律"导致了思想的毁灭,因为它强行设置的这些词语引起了意指运动内部的解构性冲突,从而无法支持对一个连贯性思想的建构。① 德曼总结道:"语言的置放力,既是武断的,又是丝毫不可撼动的。武断是因为它具有一种不能还原为必然性的力量,不可撼动是因为没有任何东西可替代它。它位于机缘与决定性的两极之外,不是事件的时间序列的一部分。"② 在本质上不能还原的置放力量上建构具有必然性的意义图谱,其基础完全不牢靠。

这里应该稍作说明的是,语言的置放力所引起的解构作用并不只是针对诗歌作品的,虽然德曼的分析落在了雪莱的诗歌上。因为其中涉及的三个语言层面及其相互关系也是叙事作品共有的,虽然它们的表现有所不同:在叙事中,指称性与意义的冲突最为突出,如此等等。

三

总起来看,罗兰·巴尔特的理论肯定了叙事在意义建构方面的正能量,而保罗·德曼显然在强调包括叙事在内的意义建构的不可能性,而且看起来德曼的论证并没有问题,更击中要害。让我们回到本文的开头,罗兰·巴尔特那句意味深长的话假设,人从三岁开始表现出叙事的本能,我们也设法展开它在生命的各个阶段的表现,这表明叙事是人终其一生要做的最重要事情之一。无疑,叙事乃至言语活动都是为了建构意义,否则很难解释人为什么要终其一生去做这件事。当然叙事乃至意义建构都会遭遇解构力量的搅扰,来自多种话语相互龃龉的作用力,致使最终的建构往往不能如愿以偿,但人们不会放弃建构的努力,放弃一次次地对这些相互龃龉的力量作暂时性的协调和撮合,以求意义的显现。这同样说明了人为什

---

① de Man, Paul, *The Rhetoric of Romanticism*, New York Columbia University Press, 1984, p. 114.

② de Man, Paul, *The Rhetoric of Romanticism*, New York Columbia University Press, 1984, p. 116.

么需要终其一生去做这件事。德·曼的理论不只是对叙事意义的解构,也是对所有通过语言建构意义的可能性的否定。然而他的解构本身恰恰是建构性的,是对意义建构的不可能性的建构。

一种致力于解构的理论自身具有建构性。我们从这儿可以看到一种反讽性。用德·曼自己的概念来表述,就是当他得出修辞阅读内在的解构性这一"洞见"的时候,他陷入了自己视为不可能的某种意义的建构的"盲目"。德·曼本人在《抵制理论》一书中从另一个视角注意到了这一点,他是这样表述的:"无论什么东西都无法克服对于理论的抵制,因为理论本身就是这种抵制。"[1] 德·曼的"理论"是指"不再以非语言学的即历史的和审美的考虑为基点"[2] 的理论活动,易言之,就是以语言论立场解读文本的活动。强调这个侧重点的目的与语言论转向的目的一致,就是通过解构形而上学的理论据点——反映论("历史的和审美的考虑"显然属于反映论的理论模式),来达到反形而上学。为此保罗·德·曼建议采用一种修辞阅读的方法,将焦点聚集在语法、逻辑和语义的关系上,修辞(或转义修辞)就是能够显示这种复杂关系的一个界面。修辞阅读就是纯语言论的阅读,也是真正的阅读,即不受形而上学或意识形态控制的阅读,也即德·曼意义上的"理论"。可是德曼迅即发现,当人们进行这种阅读时,必然带有一种总体化的蓄意,因为这个过程会故意避免一些东西,或故意推向某个方向,以避开已经得知的某些会导致形而上学的程序,也因为这种阅读要获得某些能够加以展示或教学的知识。这样,每一种理论活动就都会生产出一些通则,即放之四海而皆准的结论,而这正是纯粹的修辞阅读所要避免的。

修辞阅读的实际操作产生出一种抵制纯粹修辞阅读本身的力量,理论的运行产生出一种抵制理论的力量。这个具有反讽意义的现象揭示出来的问题并不是语言运作的问题,而是理论这项事业内在的某种缺陷:它包含了某种单向性维度。语言的运作只是把理论话语的这种单向性暴露了出来,这在罗兰·巴尔特和保罗·德·曼的著作中是一样的。巴尔特通过《叙事作品结构分析导论》及其他写作所要传达的信息是:意义建构是可能的,而且发现了其运作规律;其中没有任何关于语言运作解构性的信息作为平衡机制;德·曼则意在指出:结构主义仍然是一种形而上学的理

---

[1] [美国] 保罗·德·曼:《抵制理论》,载《解构之图》,李自修等译,中国社会科学出版社 1998 年版,第 114 页。

[2] [美国] 保罗·德·曼:《抵制理论》,载《解构之图》,李自修等译,中国社会科学出版社 1998 年版,第 98 页。

论，它所宣称的意义建构是不可能的，我发现了这种不可能性的语言论基础。德·曼对卢梭和雪莱的文本的分析都是修辞阅读的典范，在文本细读方面的繁复程度绝不亚于任何新批评分析，把他们话语结构中的极其细小方面，只要有可能和必要，都作了转喻，也就是说，竭力对之进行一种修辞阅读。尽管如此，我们仍然能够看出掩藏在这些细密文本背后的那个主题，或用他自己的话说，那种"总体化"。"总体化"作为前景一直在引导转喻写作。另外，尽管德·曼承认了纯粹修辞阅读的不可能性和自反性，却仍然只能听任这种反讽现象蓬勃发展，他甚至对这种现象本身作出了略带嘲讽的断语："文学理论并没有沉没的危险；它不由自已的兴盛起来，而且愈是受到抵制，它就愈是兴盛，因为它讲说的语言是自我抵制的语言。不过，这种兴盛是一种胜利抑或是一种失败，却仍然无法做出定论。"① 就是说，只要理论存在着，就无法走出这种局面。理论，为了得出结论，为了证明自己正确，必须强调某一面。这就把话语的双重运作现象过滤为单向度的。理论话语本身要求这种所谓的发现和创新，这是它无法克服的逻辑。理论家需要证明，第一，自己的发现是有来由的，从理论传统中得来的；第二，自己的发现是全新的。所以，如果不摆脱理论的话语方式，这种单向的肯定性就无法克服。

单向的肯定性，总体化，或主题化，是修辞阅读走向自身解构的推动力，也是理论话语的主要陷阱。当然这些问题并不只在哲学和科学论文里存在，它们也在叙事文学写作中存在，比如前文提及的《西厢记》，由于主题化的处理，各种话语力量的冲突被强行拧直，因而暴露了更大的裂痕。然而，并非所有叙事写作都如此；而另一方面，理论肯定不是修辞阅读或者转义写作的合适的场所，从理论视角看到的叙事无法将其解构的力量与建构的力量汇聚成一种叙事话语的正能量，这种汇聚却是摆脱理论悖论所必需的。

四

一种不受总体化约束的话语何以可能？哪种话语或叙事既能够在处理建构问题的时候充分暴露解构的因素，而不至于像罗兰·巴尔特那样对此置若罔闻，又能够在处理解构现象的同时诚实地意识到自身的建构性，而且超越保罗·德·曼的消极（否定）的建构性，让解构要素也能够发挥

---

① ［美国］保罗·德·曼：《抵制理论》，载《解构之图》，李自修等译，中国社会科学出版社1998年版，第114页。

建构作用？

在写下这个问题的时候，我头脑中一直在想莎士比亚《麦克白》中麦克白的那句著名台词："人生如痴人说梦，充满了喧哗与骚动，却没有任何意义。"这句话直接顶撞罗兰·巴尔特的预设，因为巴尔特把叙事设为人的本能，并且保证了叙事意义建构的可能性，而这儿却说人生毫无意义。这句话很好地形容出保罗·德曼、雅克·德里达的立场，即意义是被强加的，与他们稍有不同的是，它被强加到"人生"而非"语言"上，但考虑到此处的"人生"恰恰是叙事的标的物，它说出的其实是叙事建构意义的不可能性。除去意义的强加，叙事或语言就剩喧哗与骚动，前者（sound）既是叙事意义上的喧哗，也是语言学意义上的音响（半个能指）。这似乎暗示了莎士比亚持解构论的立场。不过，有两个因素使莎士比亚这句台词避免了总体化的倾向。第一，这并不是莎士比亚所有作品中所强调的东西。我们可以在他的作品中找到许多肯定人生意义的话语，比如《罗密欧与朱丽叶》对爱情的肯定；"爱情没有任何意义"在那个语境中是不可能存在的。第二，那是《麦克白》中麦克白的台词，根据复调理论，我们只能把那句话理解为所有话语中的一种可能的组合，这个立场并不属于某个作者或主体，莎士比亚并不与这句话捆绑在一起。作者必须在一篇文本或他名义下的所有文本中秉持一种立场，这并不是戏剧写作的圭臬。所以，在这种非理论的写作中，并不需要总是为立场的统一性犯愁。莎士比亚把每一种话语立场（或角色的逻辑）发挥到极致，以致诸如玩世不恭的福斯塔夫，甚至阴谋报复的依阿古，他们的否定性都带有很强的肯定性，故事指称性层面所展示的东西令一般的道德哑口无言，在这种情况下，莎士比亚减弱了述行的力量，以致很难看出他的立场。看起来莎士比亚的叙事总是有办法接纳各种解构性的力量，哪怕是消极性的沉默的接纳，这才开启了对它们的修辞阅读可以被一再搁置和一再重启的可能性。

在《圣经》福音书（这是说理但并非理论的著作）中，我们可以遇到更好的例子。谨举三例。

《路加福音》16章1—13节：

耶稣又对门徒说："有一个财主的管家，别人向他主人告他浪费主人的财物。主人叫他来，对他说：'我听见你这事怎么样呢？把你所经管的交代明白，因你不能再作我的管家。'那管家心里说：'主人辞我，不用我再作管家，我将来做什么？锄地呢？无力；讨饭呢？

怕羞。我知道怎么行,好叫人在我不作管家之后,接我到他们家里去。'于是把欠他主人债的,一个一个地叫了来,问头一个说:'你欠我主人多少?'他说:'一百篓(注:每篓约五十斤)油。'管家说:'拿你的账,快坐下,写五十。'又问一个说:'你欠多少?'他说:'一百石麦子。'管家说:'拿你的账,写八十。'主人就夸奖这不义的管家做事聪明,因为今世之子,在世事之上,较比光明之子更加聪明。我又告诉你们:要藉着那不义的钱财结交朋友,到了钱财无用的时候,他们可以接你们到永存的帐幕里去。人在最小的事上忠心,在大事上也忠心;在最小的事上不义,在大事上也不义。倘若你们在不义的钱财上不忠心,谁还把那真实的钱财托付你们呢?倘若你们在别人的东西上不忠心,谁还把你们自己的东西给你们呢?一个仆人不能事奉两个主,不是恶这个爱那个,就是重这个轻那个。你们不能又事奉神,又事奉玛门。"[①]

故事中这个管家的所作所为类似《战国策》里的冯谖,不过冯谖是为孟尝君免除了众人的债务,而他是为自己。但此处引出了两个互相矛盾的道理,一个与钱(玛门)有关,一个与上帝和天国(永恒的帐幕)有关。管家慷主人之慨,为自己赢得后路,就后一点而言,这很聪明;但这个行为同时是不忠,耶稣用带有"精明,奸诈"意思的"聪明"(英译作 shrewd)一词形容他,这看起来具有否定性;另外,管家的免债之举从修辞层面上还含有"散财"的意思,这又是符合耶稣关于光明之子对于钱财应有的态度,这就在指称与意指之间产生了巨大的裂痕;在类似情况下,卢梭和雪莱都陷入了结构上的崩溃。《路加福音》在这儿显然采用了不寻常的话语路线:慷主人之慨确实是奸诈的,但是比起财产来更重"永恒的帐幕"又确实是要肯定的。文本没有用意指拧直指称,而是让指称在两个看似矛盾的方向上曲尽其意:管家的所作所为既是可称赞的,又是可谴责的。然而最后,阅读会发现这一解构要素成了意义建构的一部分:管家(今世之子)的聪明在某个意义上可以成为光明之子的正面教训,但是他的根本问题在于"不忠",不忠就得不着托付,这就从根本上阻断了他行为的哪怕是朝利己的方面发展的可能性。而且,耶稣的最后一句话似乎表明,虽然管家作出"散财"的动作,从手段(慷主人之慨)和目的(未来接受受捐者款待,相当于由自己收回这些财富)来看,他

[①] 本文中福音书的引文译本均据《圣经》和合本。

仍然是侍奉玛门的。

在另一个例子中，福音书甚至让同一句话同时发出两种意义相反的信息。《约翰福音》第十一章讲述耶稣让拉撒路复活的事，这件事令法利赛人和犹太人上层十分震惊，探讨除灭耶稣的计策。耶稣在当时已经深得人心，一些犹太人领袖也表达了对这个计策的合法性的担心。但是大祭司该亚法想出了一个理由。《约翰福音》11 章 49—50 节：

> 内中有一个人，名叫该亚法，本年作大祭司，对他们说："你们不知道什么。独不想一个人替百姓死，免得通国灭亡，就是你们的益处。"

这个理由是要安慰那些对杀害耶稣感到不安的人：因耶稣的到来，我们民族即将陷入巨大的灾难，即使耶稣没有罪，让他去死而可以解除这个灾难，免得通国灭亡，这也是好事。这句话的解构性在于：该亚法为残害耶稣性命而找出来的借口，恰好就是《圣经》要揭示的耶稣献身的理由，也是耶稣降世的原因。按福音书，耶稣作为神的独生子，降临到这个世界，其使命就是把自己的身体作为祭物献给神，赎回所有人因罪而必须付出的生命的代价。这句话中每一个成分的置放所产生的关系，无意中（该亚法一定是无意的）都恰好表达出说这句话的人的对立面——神的意思，就像一段乐曲奏出了另一种意味。这个事实让我们不得不考虑，置放的武断性，在特定情况下会容纳下意味深长的双重的肯定性；一个分裂力量的节点可以变成两个迥然相异的境界的界面。解构与建构像镜子和镜像般相互依存。

面对两种互相龃龉的解构力量，莎士比亚使用了沉默，通过容纳保留其建构作用的可能性，而福音书不仅容纳它们，而且直接让它们参与了意义建构，这里显示的是语言掌控力（或阅读理解力）程度的差别吗？

第三个例子见于《马太福音》。"天国"是这部福音书的一大话题。"天国"是一个词，一个概念，对它的谈论很容易陷入断语和定义的模式。但是在《马太福音》里耶稣使用的主要谈论方式是叙事，引人注目地用了六个小故事（耶稣称之为"比喻"）讲述什么是"天国"。这个叙事语体的选用减弱了语言述行的力量，比如教训、命令、规劝，增加了述事的戏份，而让述事唱主角，这是故意的。耶稣看起来一点也不担心述事会使故事的意义建构失去控制，相反，他从故事本身的逐次展开看到了所要的意义。每一个小故事都以这样的奇特句式开始："天国好像……"，省略号代表了一个或长或短的故事,作为"好像"的宾语结构。耶稣猛烈批评的对象法利赛人是一些古板老套墨守成规且心怀恶意的人,他们用命令句教训人,用判断等简单句式表述道理,遇到耶稣的时候也期待耶稣用类似句式回应他们的诘难。他们理解的《圣经》是一些行为规范,即所谓戒律,信仰就是守这些戒律。他们因此认为不按照他们的方式理解《圣经》的耶稣是一个离经叛道者,对耶稣的诘难就集中在诸如寡妇如何再嫁、安息日能不能做工、如何处分淫妇这一类反映戒律且用简单句就可以回答的问题上。"天国"对于他们只是一个用判断句就足以说清的概念。但耶稣说,天国就好像这个故事乃至所有这些故事所给出的全部信息。比如13章24—30节:

> 耶稣又设个比喻对他们说:"天国好像人撒好种在田里。及至人睡觉的时候,有仇敌来,将稗子撒在麦子里就走了。到长苗吐穗的时候,稗子也显出来。田主的仆人来告诉他说:'主啊,你不是撒好种在田里吗?从那里来的稗子呢?'主人说:'这是仇敌作的。'仆人说:'你要我们去薅出来吗?'主人说:'不必,恐怕薅稗子,连麦子也拔出来。容这两样一齐长,等着收割。当收割的时候,我要对收割的人说,先将稗子薅出来,捆成捆,留着烧;惟有麦子,要收在仓里。'"

"天国"不是一个名词,而是一个生长的过程,其中麦子(天国之子)要与稗子(恶之子)一起成长,直至成熟期的到来。主人(神)不许仆人在麦子的成长期薅稗子,包含了怕伤害年轻的麦子的意思,但也包含了让麦子在艰难的阳光和营养争夺中成就自身的意思。"天国"还包含最后的审判,让麦子成熟,充分展示其优良的品性,让稗子也成熟,充分展示其劣性,把它们分别收在仓里或烧掉,大团圆。"天国"不是一个已经成就好的状态,而是往一个方向的征战,这里面有诸多因素的考虑,更有磨炼和历险的想象,对于这种种信息,一个故事也只能说出其一二,更不要说一个词语或词组了。事实上,耶稣用了六个故事(比喻),还不能肯定已经说全备了。当每一个故事展开其复杂意蕴之时,其实也就是对简单句、对概念定义的否定,因为其中每个细节及其转喻对"天国"意义的构成都不可或缺。

用故事(比喻)讲道是福音书的一大特点。耶稣的这个选择不仅仅是因为故事文体上的优势,还因为一个他视作更重要的原因。他是这样表述这个原因的：

> 门徒进前来，问耶稣说："对众人讲话，为什么用比喻呢？"耶稣回答说："因为天国的奥秘，只叫你们知道，不叫他们知道。凡有的，还要加给他，叫他有余；凡没有的，连他所有的，也要夺去。所以我用比喻对他们讲，是因他们看也看不见，听也听不见，也不明白。在他们身上，正应了以赛亚的预言，说：'你们听是要听见，却不明白。看是要看见，却不晓得。'"（《马太福音》13章10—14节）

在这儿，故事对"你们"和"他们"的效用是不同的，"你们"很可能目不识丁，是底层百姓，故事这种浅显的形式更适合"你们"。但是对于甚至是高级知识分子、法利赛人和教师的"他们"，故事何至于竟失去了浅显性，变得浑然不清？除了对概念和定义的偏好损害了"他们"对具有相当长度的叙事的敏感性外，信心的因素是主要的。这儿的"你们"是耶稣的门徒，"他们"则是不相信耶稣的人。"你们"和"他们"二者之间唯一的差别就是信心："你们"对故事及其讲述者抱有信心，这加强了故事的可理解性；而"他们"则对之持怀疑态度，这增加了其理解的难度。怀疑者并非不聪明，他们只是没有理解的诚意。但是却因此丢失了"天国的奥秘"。

这样，诚如保罗·德·曼所假定的，语言（故事）与意义并没有先验的汇聚点或共存关系，意义是添加（按德曼，是"强加"）上去的，因为我们无法找到二者之间一对一的关系，理解只能通过组建文本的脉络并落实意义于其上。但是对于意义可靠性的预判会使得这种添加工作的效果判若云泥。德·曼一直致力于对各种时代性的意义结构如某种特定意识形态的揭露，例如他指出浪漫主义话语方式对近现代文学学术具有深刻的影响，它规定了我们的问题视野。这种揭露的后果是：支配学术乃至一般话语的意义的稳定性和严实性都是可消解的，它们是时代性的，因而不是永恒的。建构的不可能性，其实是源于对意义的可靠性的怀疑。这就露出了掩藏在下面的虚无。我们可以从耶稣的非理论话语（比喻，或故事）中获得的教益是，意愿可以成为意义建构的决定性推力：如果你相信那个故事及其讲述者，你就能够在解读中建构意义，当然在耶稣的门徒那里，那个故事及其讲述者都是绝对真理。不抱怀疑和反思地绝对接受，从科学的立场看，这涉嫌迷信。

换一种方式来思考。尽管对意义的可靠性的怀疑令我们对任何话语和叙事保持警惕，尽管这种怀疑令我们看到了虚无的底牌，但是人们仍然在不知疲倦地建构意义。这就回到本文的开头，人通过叙事在自己的一生历程中寻找意义，不知疲倦地。酒神的老师西勒诺斯的逻辑（人最好是根本不出生，次好是一出生就死）很透彻，但不现实。解构论者德里达专门写了一本书：《多义的记忆：为保罗·德·曼而作》，无疑，那是因为德里达认为德·曼留下（建构）了一些东西，而且还是多义的。喧哗与骚动是对这种意义建构活动的反讽，然而如果人的世界到处充满了这种喧哗与骚动，那我们是不是要考虑，这种本能何以如此顽固地附着在人的生命中？是不是还有我们没能看穿的底牌？

（原载《文学评论》2017年第1期）

荷马史诗文本作为古典诗学的创造根据

李咏吟

一 荷马史诗的原创性

在中国学者中，罗念生与陈中梅早就看到：亚里士多德的诗学并不是凭空形成的，而是对荷马史诗与希腊悲剧文本进行分析与解读的结果；[1]同样，帕里与洛德，正是通过对荷马史诗文本的解读形成了"口头诗学"与"口头讲唱程式理论"。[2]这说明，荷马史诗文本分析与解读对于古典诗学的创建极为关键，甚至可以说，"荷马史诗文本"是希腊古典诗学创造的基本依据，我们还可以由此去追溯希腊诗学的文化传统。

"希腊文化传统"，在希腊人无限广阔的自由思想与创造话语中形成。由于最早流传的荷马史诗包含了广泛的希腊历史文化内容，因此，希腊文化传统最终由荷马史诗所奠定，事实上，希腊众多的人文科学皆奠基于荷马史诗。从这个意义上说，"荷马"就是希腊文化传统。[3]从荷马出发并把荷马与希腊文化传统结合起来，就能看到希腊思想文化历史的大脉络。"史诗的创制"，是许多古老民族保存历史传达感情的基本方式，从目前传承的历史文本来看，它们大多具有独异的民族性和民间性特征。[4]这些史诗的原创性内容，已经成了现代人认识古代民族文化的有效方式，因而，作为文学解释的史诗学之建构，就显得非常重要。不过，综合性的经

---

[1] [古希腊] 亚里士多德：《诗学》，陈中梅译注，商务印书馆1996年版，第5—8页。

[2] [美] 弗里：《口头诗学：帕里—洛德理论》，朝戈金译，社会科学文献出版社2000年版，第3—7页。

[3] Giovanni Battissta Vico, *Prinzipien einer neuen Wissenschaft über die genreinsame Natur der Völker*, Teilband 2 übersetzt Von Vittoric Hösle und Christoph Jermann, Felix Meiner Verlag, Hamburg, 1990, S. 484.

[4] Giovanni Battissta Vico, *Prinzipien einer neuen Wissenschaft über die genreinsame Natur der Völker*, Teilband 2 übersetzt Von Vittoric Hösle und Christoph Jermann, Felix Meiner Verlag, Hamburg, 1990, S. 480–481.

典史诗学理论的建立还不成熟,倒是基于具体的史诗文本的"民族史诗学",则具有良好的文献学基础。

以荷马史诗为根基的希腊史诗学的建构,可以说水到渠成,这就是维科意义上的"新科学"(Neuen Wissenschaft)。或者说,我们可以从本文诗学、口头诗学、神话诗学和文化诗学等视角对荷马史诗文本予以重构。希腊史诗学的解释学建构,不仅对于深化荷马史诗的认知意义重大,而且对于诗学解释、文化历史认知和民族文化的比较解释,都提供了实际的理论支持。荷马史诗的文本形态和历史接受的影响史,已奠定了希腊史诗学的大格局。

以荷马为代表的希腊史诗创制者,实即民间艺人,他们以游吟的方式创制和吟诵史诗,给希腊各城邦的自由民带去想象的欢乐体验,同时,提供给希腊人关于历史的独特认知途径。纳吉认为,以荷马为代表的游吟诗人,通过历史传奇的采集和神话故事的虚拟,为希腊城邦的自由民提供了认知与游戏相结合的自由思想形式。不管人们如何解释"荷马",无论是把他看作天才的盲诗人,还是将他看作游吟诗人的代名词;无论是将他看作某一城邦的大诗人,还是将他看作全希腊人民的化身。我们必须承认,能够创制出《伊利亚特》和《奥德赛》的诗人,必定是伟大的诗人,而且,这位伟大的诗人,对于希腊史诗学的创制具有决定性或奠基性意义。[1]

从文本现象解释的意义上说,希腊史诗创制者的史诗学,特别体现在对题材的偏爱和选择上。由于古希腊人对英雄历史传记的浓厚兴趣,因此,诞生了一大批史诗诗人,而且创制了一大批史诗作品。从帕里与洛德的田野调查中可以看出,民间文化生活中完全可以出现记忆力发达并能吟诵长诗的人。[2] 史诗创制本身,在题材上相当具有确定性,或取材于历史,或取材于生活故事,或取材地方英雄传说,或取材于幻想材料,在这些材料中,能够激励人们普遍热爱的是重大历史题材,这决定了史诗学必须选定民族性的历史文化的大题材。

最常见的题材,是民族或王国的英雄传奇史。《伊利亚特》选取的是:希腊人远征特洛伊的战争史。这是两个王国之间的悲剧性战争故事,它直接影响到两个民族或多个城邦的历史命运,诗人充分展示了民族英雄

---

[1] Giovanni Battista Vico, *Prinzipien einer neuen Wissenschaft über die genreinsame Natur der Völker*, Teilband 2, S. 455.

[2] [美]弗里:《口头诗学:帕里—洛德理论》,朝戈金译,社会科学文献出版社2000年版,第32—37页。

的性格与精神形象;《奥德赛》选取的是:国王奥德修斯战争后返乡及其二十年海上历险的传奇历程,诗人借此充分展示了民族英雄的勇敢、智慧和责任以及家国情怀。这种题材选择,符合史诗的根本特点,即民族的命运史、生命悲剧与宗教信仰史。

从荷马史诗的创制本身看,荷马所代表的游吟诗人,绝对不是平庸的史诗创制者,而是对民族文化、英雄史和历史传奇乃至民族精神有着伟大想象力的自由创制者。正如布克哈特所言,"从广泛意义上说,荷马是希腊神性与人性概念的基本来源;他是希腊宗教法典的编纂者,希腊军事活动的教师,希腊早期历史的书写者;荷马构建的希腊地理学与希腊历史观影响深远。"[①] 荷马史诗显示了希腊史诗学在精神创制上的根本特点:大气魄、大场景、神圣世界、英雄人生、伟大命运、历史传奇。史诗诗人,正是以这样野性的思维和想象力构造希腊史诗人的神奇,奠定史诗想象力的文化基础。

通过文本还原,可以发现,希腊史诗学在创作上的根本选择,是对历史和神话的双重信赖及其自由想象和创造。史诗学的意义在于:它不仅是历史的,而且是想象的,尤其是历史真实的。史诗学要求诗人广泛地搜索历史资料,探访民间传奇,亲历历史的辉煌瞬间,这样,史诗的创作本身,不允许诗人对民族历史的无知。

对于荷马来说,他熟知希腊—特洛伊战争中的著名英雄,甚至间接地知道战争的细节。尽管史诗不同于一部严格的史学著作,但是,从史诗文本中可以看到,史诗诗人一定探究过战争的成因、战争的进程、战争的宗教信仰、战争的人心向背、战争胜利的根本原因以及战争胜利后英雄的命运。至少可以看到,史诗中的历史抒写与民间传说之间,没有根本性冲突。与希罗多德的历史叙述相比,荷马的战争叙述本身更加完善,更能给人以全面的理解,在很大程度上,取决于史诗诗人的深厚历史涵养。有的人以此推断荷马参与过战争,或仔细倾听过战争叙述者的诉说,也有人说,作为盲诗人的荷马可能靠想象达成了这样的历史真实性。[②]

不管怎么说,荷马肯定直接与间接地亲历过历史的真实,或对战争历史本身进行过认真的历史学研究。当然,仅有历史亲历是不够的,或者,仅有大量的历史文献资料,仍不足以创制史诗;应该说,史诗创制中想象

---

① Jacb Burchardt, *History of Greek Culture*, Translated by Palmer Hilty, New York, 1963, p. 182.

② [英]默雷:《古希腊文学史》,孙席珍等译,上海译文出版社 1988 年版,第 35—42 页。

性的作用必定高于历史性材料的作用，因而，史诗创制本身中想象力的地位值得特别强调。对于荷马来说，其想象力，不仅表现在惊人的历史记忆上，而且表现在他对神话的创造性改造上。史诗诗人以伟大的创造力将历史、神话、神灵和英雄自由地编制在极具想象力和生命快感的故事之中。唯有伟大的想象力，才能如此奇特地构建出神人同在的和谐生命世界，也就是说，盲诗人的天生记忆力和艺术想象方式决定了荷马史诗创制的独特性。

希腊史诗学的创建，特别表现在游吟诗人的伟大叙事智慧之上。帕里谈到，"我们还不能完全欣赏荷马语言的外来成分，一是因为我们不能足够理解荷马时代的伊奥尼亚方言，二是因为我们的现代诗歌对创造高贵风格所需要的类比策略（analogous device）并不熟悉。"[1] 从诗艺创制的一般规律而言，史诗创制本身，需要许多先决条件，诸如，游吟诗人对史诗创作本身的天生禀赋，即对史诗自身的无限热爱。正如我们已经看到的那样，希腊史诗的创制，乃希腊人独异的精神禀赋，而且表现出相当成熟的艺术技巧。每一民族，既然诞生了伟大的战争英雄，也就必定会诞生伟大的诗人，这似乎是民族的命运。荷马的诞生，即希腊民族之福，正因为如此，泛希腊各地的市民拼命找材料证明这位伟大诗人来自"自己的故乡"。

荷马天生地具备了史诗创制的第一个条件，即对史诗的无限热爱和无限才能；第二个条件在于，游吟诗人对历史文化材料具有伟大的综合力；第三个条件则在于，游吟诗人必须经历漫长而艰苦的艺术实践。

对于普通诗人来说，他只能驾驭有限的材料，或者，只能局限于个人表象性生命感受本身。荷马则不同，不仅对历史材料有惊人的直观判断力，而且富于原创力，能按照自己的理解和意志去重建希腊英雄历史秩序。他不仅能激活人的生命想象力，而且对历史自身有着惊人的把握。天才的艺术家可能具有艺术直觉，能够创造出常人创制不出的艺术，或者，将人们熟稔的生活自身以奇异的形式呈现出来，不过，天才的艺术本身，也需要艰巨的劳动。按照人类天才诞生的一般规律，天才艺术，总是植根于深厚的民间历史文化本身；民众持久记忆的历史神话自身，一定具有伟大的隐喻力，它永远撩拨人心，又让人无法窥破其秘密。也许是由于它的熟稔，其质朴的本质可能遮蔽了生命本质，这时，就需要天才以艺术的强

---

[1] Edited by Adam Parry, *The Making of Homeric Verse: The Collected Papers of Milman Parry*, Oxford at the Clarendon Press, 1971, pp. 22–23.

光照射在民间文化的质朴之处，让其散发出灿烂的光辉。只有这时，人们才会突然理解到民间艺术或历史传奇的精神本质。

应该说，对于荷马史诗中的原初神话和战争故事，希腊人可能并不陌生，但是，只有在荷马的天才艺术之光的照射之下，才会显得如此辉煌美丽。荷马具备了史诗创制的天赋和艺术综合力，在他的天才艺术创制力的支配下，游吟诗人荷马，才能对历史神话传奇形成如此奇妙的综合和把握。在史诗创制的过程中，荷马一方面忠实于历史事实本身，另一方面又以自己的方式去理解历史并综合性地把握历史。事实上，他天才地把握了英雄传奇与战争叙述的总体与局部的关系，史诗学必须深刻地把握历史大格局。

荷马以阿伽门农（Agamemnon）为中心，通过阿伽门农领导的阿开亚王国为主体的希腊同盟，与以赫克托（Hector）为领袖的特洛伊王国之间的战争来展开。这样，两大历史王国的恩怨，通过两个民族国家的军队间的战争来展开。[1] 于是，王国的国王、将军或勇士，构成了史诗叙事的主体性人物；王国的王子和臣僚们，可能构成情感冲突的关键。因而，以国王和王族命族为主体的史诗学叙述方式，就由此而奠定。

如果单纯地阐述王国历史或战争本身，就会显得过于实在，这时，通过神话叙述来控制整个战争叙述，就显得异常重要。神话叙述本身，一方面，遵循的是古希腊人的基本宗教信仰，另一方面，又显示了史诗诗人对故事本身的巧妙剪裁。从创作意义上说，神是真实的信仰者的命名，而神的故事则是游吟诗人的自由想象与创造。

荷马在史诗学方面的原创性，体现在他在创作方面对历史、传奇与神话现实的自由综合。在《诗学》中，亚里士多德对史诗本身进行的分析和解释，部分涉及希腊史诗学的一些特质，因为亚里士多德对诗学解释的重心，不在史诗，而在悲剧，故而，他对希腊史诗学的把握还不够系统完整。[2] 亚里士多德认识到，荷马不仅是严肃的作品的最杰出大师，而且还是第一位为古剧勾勒出轮廓的诗人。他不仅精于作诗，而且还通过诗作进行了戏剧化的模仿（第 4 章）。他也认识到，"诗是比历史更富哲学性、更严肃的艺术，因为诗倾向于表现带普遍性的事，而历史都倾向于记载具体的事件。"（第 9 章）

---

[1] Nack Wägner, *Das Antike Griechenland*: *Land und volk*, Tosa Verlag, Wien, 2004, S. 56.

[2] Aristoteles, *Poetik*（Griechisch Deutsch）, übersetzt und Herausgegeben von Manfred Fuhrmann, Reclam, 2002, S. 147.

亚里士多德意识到，希腊史诗学可分为简单史诗与复杂史诗、性格史诗和苦难史诗。他认为，"除唱段和戏景外，史诗的成分也和组成悲剧的成分相同。事实上，史诗中也应有突转、发现和苦难，此外，它的言语和思想亦要精美。"他认为荷马值得赞扬，"在史诗诗人中，唯有他才意识到诗人应该怎么做。诗人应尽量少以自己的身份讲话，因为这不是摹仿者的作为。""荷马的做法是，先用不多的诗行作引子，然后马上以男人、女人或其他角色的身分（份）表演。人物无一不具性格，所有的人物都有性格。"（第24章）

也许是由于亚里士多德站在悲剧之立场上，故他以为悲剧优于史诗，实质上，悲剧与史诗的功能，很难进行简单对比区分。不过，哈里维尔指出："荷马史诗作为一种悲剧形态的看法，比柏拉图对话的某些断片更容易证实，亚里士多德一定精通于此。"[①] 希腊史诗学要求史诗诗人具有广泛的文化的历史的自由综合，因为史诗是严肃文学的承上启下者，具有庄重、容量大、内容丰富的特点。希腊史诗学关注史诗内容的博大精深，因而，史诗创制本身，需要史诗诗人具有广博而高深的知识。

二　荷马史诗文本的神人形象

史诗的本文学，即在于如何通过语词推进完整的叙事，建构神的形象与英雄形象。一方面，丰富性地再现和表现历史生活世界，另一方面，创造鲜明生动的神性和人性形象，表达史诗诗人对人生和神秘的理解。因而，史诗的文本构成的艺术，便成了史诗学的中心问题。

史诗文本的构建，具有两重形态：一是口头史诗文本，一是书面史诗文本。史诗结构的最初构制，在于对基元故事的总体把握。以荷马史诗叙事为例，特洛伊战争神话，要叙述的是阿开亚人与特洛伊人的战争，而胜败双方由对立的两派神灵主宰，一切皆源自宙斯对人的命运和英雄命运的总体安排。

应该说，战争故事本身的结构，并不复杂，史诗叙事的真正价值在于：如何优美动人地叙述故事自身，因而，细节性叙述和形象化叙述本身，构成史诗叙事的关键。在《伊利亚特》中，史诗诗人从阿波罗的祭司祈求阿伽门农归还自己的女儿卡珊德拉开始，由此引出"阿波罗的愤怒"，这就避免了历史叙事本身追求的归因性原则与理性分析原则的制约，即战争因何而起，缘何发展，怎样转折，如何收场。从史诗本文中可

---

① Stephen Halliwell, *Aristotle's Poetics*, The University of Chicago Press, 1998, p.254.

以看到，战争叙述本身，并不是史诗诗人的目的，通过战争叙述展示神的力量和英雄的力量，才是史诗叙述的目的性所在。在《奥德赛》中，史诗诗人在总体叙述了奥德修斯流浪的核心事件梗概之后，便转入雅典娜女神对奥德修斯及其家人命运的关注之中。

从两部史诗文本可以看出，在前者的叙述中，神灵分为两派：阿波罗与雅典娜，赫拉与阿芙洛狄特、阿瑞斯和赫维斯托斯，这是故事叙述的中心性神灵，相对而言，宙斯与赫尔墨斯则是中立者。在这些神灵形象中，阿波罗与雅典娜、赫拉与阿芙洛狄特的形象，最为生动完整；在后者的叙述中，神灵也有两派：雅典娜与波塞冬。构成两部史诗的核心神灵，则是宙斯与雅典娜。[①] 史诗叙述自身，在很大程度上，就是为了创造奥林波斯神灵的自由形象，"将神性人格化"和"神人同形同体"成了史诗学最高明的创造。

口头史诗文本，取决于史诗诗人的自由想象。从目前保存下来的世界各民族的史诗文本来看，口头史诗文本，被记录转换成书面文本之后，结构和语言非常粗糙。书面文本的语言数量过于庞大而文本自身呈现的信息量又太小，这说明，口头史诗文本更重视口头表述。从《伊利亚特》和《奥德赛》的史诗文本来看，它显然超越了"口头叙述文本"的惯例，带有鲜明的书面加工文本的特性。纳吉指出："在探究记录荷马文本的历史语境时，最显著的策略是研究古希腊历史的某一阶段，看书写技术如何形成手抄本形式的文本。手抄本赋予的权威性，有别于实际表演的权威性，但价值相等。"[②] 史诗文本的口头性特征，依然明显，但是，从叙述话语和叙述结构来看，史诗本文超越了口头史诗的粗浅特性。

科克也谈道："从根本上说，《伊利亚特》和《奥德赛》以其自身的特质，达到了超拔的、几乎是盖世无双的艺术珍品的极致。确切地说，它们是传统的集大成，是语言经过无数代歌手的传承，直接地并必然地日渐演进的结晶，是程式化的产物，是主题和描述的强烈表现；还有更为深邃的视域，那里有激情和死亡的命运，有英雄个性力量的张扬，有生存与战争中的精神补偿，这一切都取决于曲径通幽而非芜杂弥漫的烛照。"[③] 书面史诗文本与口传史诗文本之间，有着密切关系；其听觉效果与阅读效果

[①] 例如，在《奥德赛》中，从第一卷第 44 行雅典娜出场说话，到第二十四卷以雅典娜劝喻终场，由此形成了以雅典娜为主导的史诗神话形象。

[②] Gregory Nagy, *Homeric Questions*, University of Texas Press, Austin, 1996, p. 65.

[③] [美] 弗里：《口头诗学：帕里—洛德理论》，朝戈金译，社会科学文献出版社 2000 年版，第 150—151 页。

之间，有着鲜明的区别。

从比较意义上说，书面史诗文本的阅读效果优于听觉效果，而口头史诗文本的听觉效果优于阅读效果。但是，书面史诗文本和口传史诗文本的形象创造价值，则具有异曲同工之妙。史诗中的神话形象，源自细节的想象和性格的描摹。宙斯高贵而庄严，作为众神之王，与子女神之间关系和睦并充满爱意，与大母神转瞬之间可以情深意密。史诗诗人，在创制宙斯形象上，并不是拘泥于民间传说或口头传说的琐碎，甚至可以说，有关宙斯的诸多传奇，并未纳入史诗叙事之中。

在两部史诗中，宙斯与雅典娜，就英雄命运和王国命运的对话，充满了神的公正性与命运性特征，宙斯对阿喀琉斯（Achlius）母亲的请求，一方面，表达亲切关爱的顺应，另一方面，又尊重命运自身的最终安排。对待战争进程的转折，史诗诗人则以赫拉和宙斯的情事作为铺垫，使宙斯的公正性不至于受到怀疑。"阿波罗的愤怒"，在史诗叙述中，也通过大量细节事件的描述，使之获得整体性。例如，他在众神聚会时受到神灵的尊重与宠爱，他的剑矢又使阿开亚军队闻风丧胆，皆突出了他美丽而又神威的特性，其余的神格，不在史诗描写之列。

荷马史诗文本的创制，是神灵自由的性格写照，而不是神灵的故事汇编，即故事创制的形象学与性格学，构成了史诗的核心，这与后来的古罗马史诗，如奥维德的《变形记》和维吉尔的《埃涅阿斯纪》有着根本性区别。在荷马史诗中，神灵形象的生动创造，直接体现在对雅典娜、赫拉和阿芙洛狄忒的描绘之中。在《伊利亚特》中，雅典娜好战且多智，最终支持奥德修斯以"木马计"破特洛伊城门；在《奥德赛》中，雅典娜则坚定地站在奥德修斯一边，与海神搏斗，化作慈祥的老人为奥德修斯指点迷津。这个城邦守护神的形象，极其可爱，她对智慧英雄的守护，也显示出迷醉般的力量与快乐。赫拉与阿芙洛狄忒，皆有其浪漫和放荡的情事，前者收敛，后者奔放，构成了奇妙的叙事和谐。例如，"请给我欲求与爱恋的力量，用以征服一切，从不朽的神灵到必朽的众人。"（die unsterblichen Götter sowohl wie die sterblich Menschen.）[①]

荷马史诗学叙事中的神灵形象与观念，实质上，体现了史诗学对神话学的依赖。史诗学的重要方面，即在于其神话学的创制；神话学在史诗中的作用，一方面，表现在神话乃史诗传奇想象之根基，没有神话学即没有

[①] Homer, *Ilias* (Griechisch und Deutsch), Vierzehnter Gesang (198–199), Der Tempel-Verlag GmbH, Darmstadt, 1957, S. 244.

史诗学，另一方面表现为神话学本身可以构成史诗学的奇妙叙事空间。一切不平凡的故事，皆可通过神话自身获得圆满之解释。因此，神灵形象创造自身，体现了神话学在史诗学创造中的核心地位。英雄形象之创造，在荷马史诗学中，具有极为重要的意义，因此，"文化英雄"构成了史诗的双核心。

应该说，史诗的初衷，不在于讲神的故事，而在于讲英雄的故事，或者说，神的故事，乃从英雄故事而出，因为有了神的故事，英雄故事的传奇性，就可以得到恰如其分的说明。在《伊利亚特》中，战争虽因帕里斯与海伦之婚恋而起，但是，这一故事本身，在史诗中只是附属性事件。这说明，史诗诗人，在史诗叙述中，尽量避免人们熟悉的故事模型和神话事件，主要致力于英雄和神的性格形象之创造。

史诗英雄人物形象与性格的创造，皆源自典型细节之描摹。例如，阿伽门农、奥德修斯（Odysseus）、赫克托、墨涅拉奥斯、卡吕普索、忒列马科斯和裴奈罗佩（Penelope），乃荷马史诗中的核心人物。荷马史诗中的英雄形象之创造，主要集中于民族人物的性格和命运。世界各民族的史诗，皆以王族英雄人物为叙事主体，英雄性格本身，就是贵族化特征，平民亦可因其英雄性格而具备贵族特征。英雄性，源自人的精神气概和智力，同时，也源自个人的勇敢和战斗力。这样，史诗性格中的英雄性，通常由两种因素构成，即聪慧的智谋和技巧、勇敢精神和战斗力。英雄因其英雄性格，必然形成了不平凡事件，英雄事件通常构成史诗叙事的主体。

在荷马史诗中，神性叙事压倒了英雄叙事，即英雄叙事附属于神性叙事，而且，"神格与人格"形成了鲜明的映衬关系，但神性叙事过于突出，英雄叙事本身就处于被压抑状态。从荷马史诗学中可以看出，人们崇尚的是神圣谱系，英雄性格离常人还不太远。在印度史诗中，英雄性格往往是神力的象征，但是，神灵形象本身则退居次要地位。从比较中即可看出，荷马史诗学具有独异的特征，他创制的奥德修斯神灵形象，成了自由神格与人格的化身，或者说，荷马史诗以人格来写神格，而有些民族史诗则以神格来写人格。

史诗学中的神话学背景与性格学建构，构成了文本诗学的关键。帕里谈到，"歌手的艺术在于仅仅根据事件进程的需要，紧密连贯地安排所有这些既成的'构想部件'，并将它们与新创作出的诗行接合起来。于是，歌手便能够采取非常不同的方式去演唱前面提到的那些'构想部件'的全部。他知道怎样将某一想法与其相同的意念用寥寥数语一带而过，或者加上细节刻划，或者根据史诗的规模添入极其细腻的描绘。"[1] 史诗文本的形象构拟和性格刻画，服务于史诗诗人的基本价值目标，史诗诗人为希腊人创制了生动的神灵形象。"尽管诸神在性格与气质上存有重大的差别，但是，他们也有着共同的禀性。"[2]

我们从荷马史诗文本出发建立理论意义上的希腊史诗学，可能会受到人们的攻击，以为解释者强调了史诗学的程式化创作的一面，而忽略了史诗诗人的灵思妙想与创作智慧。其实，这一想法是多余的，因为我们缺乏的，不是对荷马史诗文本自身的细部认识，而是对根源性的史诗学共同特征的认识。例如，史诗学的形象创造与雕塑绘画艺术本身，有着异曲同工之妙，帕里曾就"菲迪阿司的雕塑"谈过自己的看法。其实，菲迪阿司的神像创作本身，既受到史诗学形象创制的影响，又根据雕塑自身的特性加入了自己对女性形象和性格的理解，因此，他的雅典娜形象，就具有了独立特点，优特汪格勒谈到：在他的雅典娜之中，菲迪阿司（Phidias）承袭了"和平的雅典娜"（the peaceful Athene）这一传统造型。

帕里进而指出，"菲迪阿司在其作品中凝聚了全民族的精神：他不仅遵循了这一民族关于这位女神的本质的概念，而且传达出了她的地位和特征，也就是说，他按照这个民族已经选择和认同的最合适的方式，去传达出她本性中的美丽、力量和宁静。"[3] 其实，希腊艺术家的神格创造和形象创造，皆忠实于以人格贯注神格，这样，神格就构成了人格化与超人格化的统一。因而，神不仅带有人性的美丽与自由，而且带有神性的庄严和伟大。

荷马史诗学的形象创造，体现了独特的精神理念，即以人的自由美丽精神去想象神，创造自由而美丽的神灵形象，借助人的故事、人的英雄、战争和流浪的历史，构成了自由而浪漫的神话诗学。这种史诗学，是伟大的创作传统，以人格去想象神，愈见出神的自由和美丽，亦可见出人的神性与美丽。这样，英雄或人，只有具备神圣性，才是美丽的人生。"神人同形同性"，不在于创制了完美的人的形象，而在于创制了完美而自由的神的形象，这无疑给人生树立了伟大而自由的目标。因此，人生本来就有

---

[1] ［美］弗里：《口头诗学：帕里—洛德理论》，朝戈金译，社会科学文献出版社2000年版，第25页。

[2] Walter F. Otto, *Die Götter Griechischenlands：Das Bild des Göttlichen Geistes*, Vittorio klostermann, Frankfurt a. M, 1987, S. 163.

[3] ［美］弗里：《口头诗学：帕里—洛德理论》，朝戈金译，社会科学文献出版社2000年版，第51页。

自由理想之境：人生总是不完美的，只有神圣人生才是美丽的。这样，神就成了人的楷模，成了人的生命努力方向，由此，"追求神性人生"才是自由而美丽人生的最高目标。显然，希腊史诗学的这一伟大诗性传统，在史诗学中具有特殊的意义。

三 口头史诗与听众的欲望

荷马史诗学作为口头诗学与本文诗学的汇聚，不仅是语言创作学与心理想象学的丰富呈现，而且是表演学与形象学的完善表达。史诗创制本身，在很大程度上植根于接受者的本原意识，也就是说，从接受本身入手，接受者的要求必然影响到史诗学的基本特质。在史诗创作与表演过程中，史诗诗人、自由歌手与听众之间达成和谐，构成了独特的希腊史诗学艺术。

从比较意义上看，荷马史诗的话语本身带有"双重痕迹"，即口传史诗的口头性特征与史诗文本的书面化特征。诗学中的话语本身，具有多元性表达意图，即诗学话语本身，要有利于史诗诗人自身的想象性与思想性表达。这就是说，如果抒情与叙事话语有利于诗人的想象和情景描摹以及思想表达，就符合诗人对语言的自由要求。史诗语言自身，必须符合游吟诗人的表达要求。"一个古希腊的例证马上跃然于心，如雅典的泛雅典娜大祭之类的泛希腊化节日。正如我们已经提及的那样，荷马的《伊利亚特》与《奥德赛》的表演，通过法律确立，周期性地重现，服务于正式的节日安排。"[1] 设想史诗文本有"原作者"，对于不同的游吟诗人来说，史诗语言自身必须符合的语词韵律节奏，有助于游吟诗人的情感表现。与此同时，史诗语言，还要求史诗语言必须有助于听众的语言理解和情节记忆，有助于听众的形象理解与生命共鸣。在史诗的文本传承中，史诗语言还必须满足阅读的美感要求。虽然史诗语言很难同时满足这些条件，但是，天才的荷马史诗创作却同时能满足这些要求。

荷马史诗的语言，虽然具有口语性和书面性的双重特征，但是，最显著的语言特征还在于其"口语性特征"。在荷马史诗解释中，史诗语言解释，在相当长的时期内主要停留在文本语言的解释之上，即对诗的六步韵、情节形象的语言研究，并没有转向口头诗学的研究。

20世纪初以来，美国学者帕里和洛德继承了德国学者沃尔夫的荷马研究成果，致力于从口头诗学的角度研究荷马史诗。帕里致力于荷马史诗

---

[1] Gregory Nagy, *Homeric Questions*, p. 52.

文本的口语化分析，洛德则从史诗歌手入手考察史诗文本。他们选取南斯拉夫民间史诗歌手的口头歌唱作为比较研究的对象，由帕里和洛德发展起来的荷马口头史诗理论和史诗歌手理论，经由弗里等的解释和研究，发展成当今流行欧美的"口头创作理论"或"口头诗学"。

荷马史诗的口头创作理论研究，对传统的史诗学观念形成了根本挑战，因为传统史诗学将荷马史诗本文看作"天才之作"。在他们看来，天才的史诗创作源自神圣的缪斯的启示，具有不可复制性特征，所以，传统史诗学，很少对荷马史诗进行"程式研究"。帕里的口头诗学理论，打破了这一规则，在他看来，荷马史诗并非毫无规则可言，实质上，有其口头创作程式。当然，这一解释有其合理性，同时，传统史诗学所坚持的天才理论确有道理，因为荷马史诗作为天才的创制，才使史诗自身达到了如此奇妙的效果。

实际上，对荷马史诗学的语言理解，应该将传统史诗学解释的天才理论与口头创作诗学中的程式理论结合起来，这样，才能将荷马史诗的独创性与程式性进行充分的解释。事实上，唯有将这两方面的内容进行自由的结合，才能真正地理解荷马史诗艺术。

口头诗学的创作理论，已经运用程式原则对荷马史诗进行了解释。从弗里的研究中可以看出，前帕里时期，已有一些学者开始关注史诗歌手演唱的"程式原则"。沃尔夫已提供了荷马史诗乃口头创作的坚实证据，赫尔曼（Gottfriel Hermann）说得更明确，"由于（1）创作的结构和组合类型，（2）基于步格而产生的句法的适应性改变，（3）修饰语的叠加；以及（4）在完整的概念上联接以修饰性表达的并列方法。""所有这一切，都倾向于导向并使人得出这样的结论，即这些诗作不是为了阅读而是为了聆听而作的"。[①] 此外，艾特林、顿泽、韦特、梅耶都谈到了这一点。例如，梅耶谈道："荷马史诗完全由程式构成，程式则由诗人们传播。"如果你选出一段作为样例，你立即会意识到它的诗行（Verse）或部分诗行的组合，是可以在同一文本形式的某个或某些其他段落中再次发现。纵使这些诗行中的某些构成成分在另一个段落中找不到，它们也同样具有程式特点。

帕里已经注意到，"在句式中，或许没有合适的位置使装饰仅仅依靠文学模仿去辨识传统风格和句法；传统的诸要素基本上就是口头诗歌的一

[①] ［美］弗里：《口头诗学：帕里—洛德理论》，朝戈金译，社会科学文献出版社2000年版，第9页。

荷马史诗文本作为古典诗学的创造根据

部分,而领悟口头诗歌则是用耳朵而不是用眼睛。"① 对此,弗里评述道,"由于荷马的六音步是个复杂的步格网,它只允许在特定的位置纳入某一个特定的词汇和短语形式,所以,诗行起着某种选择器的机制作用,并依据步格的构成来为其修辞的诸多要素进行归类排列。""一旦被纳入适当的步格位置上,这些名词特性形容词的程式在诗人的创作中就大有用场了,并且会随着时间的推移,演变成被每一位歌手所采用并传授给其承继者的特殊句法的一部分。"②

事实上,帕里曾经指出:"荷马史诗是用诗歌语言创编的,在这种诗歌语言里,既葆有着那些古老的和外来的形式,也融入了新的形式,这都是由于它们能够帮助史诗诗人构筑他们的六音步。"③"程式句法,是爱奥尼亚人从埃俄利亚人那里习得的,尔后,尽管他们在自己言语习惯的压力之下,将之爱奥尼亚化了,但无论在怎样的情形下,都无损于对之加以运用的技巧;在有些情形下,他们又几乎没作改动,而这正是由于口头创作的惯势迫使他们这么做的。"④

与口头诗学创作中的语言理论相关的,则是"歌手理论"。这一理论源自拉德洛夫(Vasilii V. Radlov)。他注意到,歌手某次特定的演唱,既不是完全靠记忆进行复诵,也不是在每次表演时都要彻底创新,而是表演传统的艺术惯例,允许演唱者在一定限度之内发生变异。"每一位有本事的歌手往往依当时的情形即席创作他的歌,所以,他不会用丝毫不差的相同方式将同一首歌演唱两次,歌手们并不认为这种即兴创作在实际上是新的创造。"⑤ 他还谈到,"歌手的艺术在于仅仅根据事件进程的需要,紧密连贯地安排所有这些既成的构想部件,并将它们与新创作出的诗行接合起来。于是,歌手便能够采取非常不同的方式去演唱前面提到的那些构想部件的全部。""对于歌手来讲,构想部件越能适应各种不同的情境,他的演唱就越不会显得雷同而富于变化,并且也就能够演唱得更为长久,同

---

① [美]弗里:《口头诗学:帕里—洛德理论》,朝戈金译,社会科学文献出版社2000年版,第53页。
② [美]弗里:《口头诗学:帕里—洛德理论》,朝戈金译,社会科学文献出版社2000年版,第55页。
③ [美]弗里:《口头诗学:帕里—洛德理论》,朝戈金译,社会科学文献出版社2000年版,第70页。
④ [美]弗里:《口头诗学:帕里—洛德理论》,朝戈金译,社会科学文献出版社2000年版,第71页。
⑤ [美]弗里:《口头诗学:帕里—洛德理论》,朝戈金译,社会科学文献出版社2000年版,第23页。

时，也不会使观众因形象单调而感到厌倦。创造性地运用构想部件并善于操作和处理它们的技巧，是衡量歌手能力的尺度。"①

从文学语言学意义上说，荷马史诗学中的"口头语言程式理论"和"歌手理论"，对荷马史诗自身进行了深入的艺术阐释，但是，荷马史诗创作的语言成就绝非仅仅如此。应该说，荷马史诗学的语言创作，对于史诗创作者和接受者来说，有着更为深刻的理论意义。相对而言，史诗创作自身或史诗文本的语言研究，还是次要的问题，因为这并不是史诗创作的核心问题。这就是说，史诗创作者更关注接受，即接受者的要求构成史诗艺术的关键。巴克尔看到，"在韵律、知觉和口语之间有着潜在的含混，它部分证实了这样的事实：在特定口头传统中的众多表演者，通过共同经验形成他们的话语，以此作为他们自己的话语作用于知觉。他们在表演中的角色如同解释者或调停者，他们的话语行为如同受神灵支配。"②

对于口头创作而言，口头诗学更应关注"观众或听众的记忆和欲望"。如果史诗不能最大限度地调动听众的情感，那么，史诗创作就不会成功。荷马史诗创作者，以其自身天才的智慧自由地调动想象，运用程式法则自由地构拟史诗情节和形象。对于史诗诗人来说，他最关注的是两件事：一是如何通过口头叙述和讲唱构拟最完整的史诗情节，并创制生动的形象使听众能够获得完整而细致的记忆。二是如何抓住听众的内心欲望，使听众在听觉接受中获得极大的快感。

从创作与接受意义上说，史诗的全部构拟自身，就是为了奔向这一诗歌目的。在荷马史诗中，史诗诗人的情节叙述和形象创制，要通过语言自身而实现。这样，史诗诗人自觉地形成叙事技术的丰富性呈现。首要的事情是，他要通过"名词形容词"来界定神灵形象或英雄形象的基本特征。例如，"劈雷神宙斯""牛眼睛的赫拉""灰眼睛或明眸的雅典娜""捷足的赫耳墨斯""好战的阿瑞斯"。

应该说，在希腊人心目中，对于诸神，他们皆有自己的想象。荷马史诗中的这些神灵，他们并不陌生，荷马既可能忠实于民众的自由想象与记忆，又可能赋予神灵形象自身以确定性特征。这种形象特征的反复表达自身，只是设置了基本的框架，并没有细节性内容。要使形象自身丰满起来，必须叙述具体的事，由于神的事大多是虚无缥缈的，因而，与人相关

---

① [美] 弗里：《口头诗学：帕里—洛德理论》，朝戈金译，社会科学文献出版社 2000 年版，第 25 页。
② Egbert J. Bakker, *Poetry in Speech: Orality and Homeric Discourse*, Cornell University Press, 1996, p. 136.

的英雄式叙事,不仅可以构筑神的形象,而且可以构成英雄形象自身。

在故事的开头,荷马史诗往往有关键性提示,以使人们对整体故事情节有总体把握,然后,他的单元性提示和插叙式故事,总是试图强化故事中的每一事件自身,这样,有关于某一位神或某一位英雄故事,往往构成局部整体性单元情节。情节构成自身,构拟着故事的自由空间;史诗诗人的倒叙、顺叙和插叙,在史诗叙述中往往穿插进行,构成自由而完整的空间。从荷马史诗本文来看,史诗的情节叙事,极为完整而且具有艺术性,与其他的史诗文本相似。荷马史诗艺术源于口头传唱,但高于一般的口头传唱,它不仅是一部口传史诗的杰作,而且是一部书面史诗文本的杰作。

与之相关的问题,则更具生命想象性自由意义,这是由于荷马史诗与人的生命欲望直接关联起来。从创作诱惑力而言,荷马史诗能够充分满足希腊人的内在生命欲望。"欲望化叙事"构成了荷马史诗的中心兴奋点;这个中心兴奋点,即"爱欲故事本身"或"战争细节本身"。

我们可以看到,英雄与神的爱欲,能够极大地刺激接受者的好奇心,甚至可以说,荷马史诗的动机就在于,通过史诗叙述对爱欲本身形成独特理解,这是人所无法摆脱的生命欲望。无论是宙斯与赫拉的"云中之爱",还是阿芙洛狄特和阿瑞斯的"惊艳偷情",无论是阿伽门农和阿基琉斯的"争夺女俘",还是奥德修斯与神女之间的"寂寞欢爱",无论是阿波罗的祭司,还是王子帕里斯与海伦的青春美欲,都渲染着"爱欲"这个自由而伟大的主题。有此主题,史诗艺术就可以最大限度地抓住听众的注意力,使之在听觉想象中得到自由快感。

当然,"爱欲主题"毕竟只是史诗情节发展的最佳兴奋点。如果全部史诗都以此作为史诗的叙事核心,那么,史诗自身就失去了庄严性。值得重视的是,史诗诗人正是通过"正义主题""英雄主题""亲情主题"和"思念主题",将"爱欲主题"置于这种严肃主题之下。于是,"严肃主题"构成了史诗的核心基调,"爱欲主题"则调节史诗的叙述节奏,并使之激发观众的兴奋点,满足着观众的欲望。[①]

荷马史诗创作自身充满了复杂性,其中,具有多声部性特征,正是基于此,荷马史诗学开辟了一条独特的通向记忆和人心的道路。本原的艺术创作都注意到了这一点,即创作自身,不仅为了自由表达,而且为了深入人心,只有当史诗故事或情节最终成为听众或民众永久的记忆,史诗自身

[①] [德]路德维希:《爱欲与城邦》,陈恒译,华东师范大学出版社2013年版,第11页。

才能真正变成民众的充盈而幸福的生命想象体验。从史诗创作意义上说，走向心灵的艺术，才是伟大的艺术，因为艺术不能仅仅停留在阅读、认知或好奇上，艺术自身应给人以自由想象的可能空间。通过想象自身，最纯洁美好的生命信念就进入人的内心世界，使听众自身在内心的道德坚守和生命反思中享受诗的快乐自身。

四 德性和正义观念的想象

荷马史诗叙述，以其独特的智慧表达而构成了独立的人生哲学。在荷马的人生体认中，"英雄德性"与"战争正义"成为他的人生哲学的核心主题。应该说，希腊人精神生活现象学的探索，也是荷马史诗学的基本内容。要想追问史诗诗人艺术活动的目的，并不是一件简单的事，这既要简单性考察又需要复杂性考察，即不要将诗人艺术活动的目的过于神圣化。对于史诗诗人来说，创作本身乃天赋使然，而且由此可以得到创作的快乐。尽管我们不可忽视创作中的辛酸与苦恼，但乐趣本身应该占据创作精神生活的主导。在此，我们往往需要用天才论来解释，因为诗人往往将史诗创作本身视作对缪斯女神的歌唱。事实上，也唯有从天才创作自身才能真正解释史诗诗人的神奇想象力、妙趣横生的故事构造，创作优美的韵律和纯正的道德人生理想。

史诗诗人，在游戏性创作中，不仅局限于世俗生活本身，还有着对人的生命的伟大理解，因而，其生命价值观念构成了史诗学的基本内容之一。从荷马史诗文本还原中可以看到，史诗学重视对人的生命自身的真正理解。对于荷马来说，希腊人及其英雄的活动方式和活动的历史，构成了诗人最为重视的考察内容。在各种类型的人物形象中，诗人最关注的是贵族人物和英雄人物。

在古代艺术，几乎都有这一倾向：即艺术很少以普通人物为中心人物，而是以贵族人物或英雄人物为核心。按照神话学的解释，希腊英雄或国王，总喜欢为自己找到一位高贵的神灵作为自己真正的父亲，以显示个人高贵的身份根源。依照斯密的解释，富人或地位高的贵族比穷人和下层人民更受人尊敬。这种尊敬，并非源自他们的慈善，而是源自对他们那令人羡慕的出身和地位的尊敬。因此，在荷马史诗学中，阿喀琉斯、赫克托被作为英雄来描写。

在进行人性描写时，史诗诗人重视英雄性格的塑造，即英雄的美德情操的形象建构。荷马并不回避叙述英雄人物的缺点，例如，史诗诗人写阿喀琉斯因女俘被阿伽门农所抢而愤怒，这时，英雄性格中表现出单纯和孩子气。当帕特罗克洛斯假扮自己而被赫克托杀死时，他不顾与阿伽门农的个人恩怨而出征。在阿喀琉斯的性格中，"冲动与暴戾"并不是他的美德，但是，他重视情义，作战勇敢无畏，则是"至上的美德"，在荷马史诗中，诗人总是将美德情操置于英雄性格的主要位置。相对而言，史诗诗人在创造赫克托时表现得更加友好而完善，因为荷马不仅重视赫克托重情讲义，敢于担负责任，而且也重视他的勇毅和不畏牺牲的英雄情怀。

在史诗诗人的人格创建过程中，实质上，有其价值伦理原则的具体理解。例如，麦金太尔在《荷马史诗想象中的正义与行动》一文中，专门谈到了"荷马伦理"。在荷马史诗中，荷马的价值伦理确实存在，荷马史诗价值伦理中的几个关键概念，是"正义"（dike）、"神圣"、"命运"、"勇敢"、"报复"。麦舍太尔谈道："无论是荷马本人，还是他所描绘的那些人，对'dike'的使用都预先假设了前提，即宇宙有单一的基本秩序。"要成为正义的，就是要按照这一秩序来规导自己的行动和事务。统辖这一秩序的正是宙斯，他是诸神之父和人类之父，而统辖这一特殊共同体的则是国王，他们分配宙斯已分配给他们的正义。"如果特殊的'dike'合乎正义女神'Themis'的要求，则它就是正直可靠的；若与正义女神的要求相违，则它就是歪曲不当的，正义女神即是已经颁定和制定的万物、万民的秩序。"①

史诗诗人的创作，并没有狭隘的民族观念，即没有对阿开亚人发动的战争进行美化，而是从战争起因和结果中寻找战争合理性与必然性的解释。史诗诗人并未致力于战争残酷的场面描写，倒是突出诸神发怒和天气炎热导致的死亡景象。由于在荷马史诗中，诗人将人的行为视作神的意愿的体现，因而，人的过失本身可以归因诸神愚弄的结果。诸神之所以要愚弄人，一方面植根于人的劣根性，另一方面，也显出神对人的优越性，而神的行为本身，因是绝对自由的，故不用进行是非正义评判。诗人似乎在诉说"不义"导致战争和死亡，"正义"显示英雄气概和生命意义。

在史诗价值伦理中，诸神的神圣性被加以特别强调，因为神灵形象的创造本身，乃诗人的真正价值意图。"神圣"高于一切并决定一切，一切皆源于神圣的意志，因而，人类生活的最高目的还在于神圣性，唯有神圣性本身才能保证人的生命幸福。奥德修斯乃典型的例证，如果没有神灵的指引，他必然葬身大海。在荷马史诗中，奥德修斯的行动本身，永远源自

---

① ［英］麦金太尔：《谁的正义？何种合理性？》，万俊人等译，当代中国出版社1996年版，第20页。

神圣性，智者在神圣面前，显得微不足道，只不过，智者能够领悟神圣性并接受神圣性的约束和指导。因此，荷马史诗亦可看作一部"形象的神学"，以形象方式本身召唤信仰并自由地想象神灵的威力。

"命运观念"亦源自神圣性，命运就是人生的预定性。命运标志着时间的开端与终点，即诞生与死亡。诞生作为命运的预定起点，死亡作为命运的历史终结。命运源于神圣性，这种神圣性本身，却找不到合理的解释。按照命运的法则，人的生命处于永恒轮回之中，因而，一种生命存在的过失必然导致另一生命形式的命运，这样，家庭苦难与灾祸，处于永久的循环之中。

奥托指出："当我们认知某一特别的神形象时，神灵行为的生存黑暗面及其影响已被领会。这些黑暗面就是死亡及其相关物，它指向死亡的必然性。"① 命运，意味着生与死的必然性与偶然性。幸运，就是生存的偶然性，它受制于神秘的力量；不幸，就是生存的必然性，它导向痛苦与死亡，而人尽力想逃避这种命运，这就是巨大的矛盾。在希罗多德那里，这种神秘的命运观，仍被用于王族的兴衰更替的因果解释。命运标志着生命过程，揭示着这一生命过程的偶然性与必然性。命运是对必然性的解释和说明，偶然性只是必然性的复杂形式，必然性乃命运自身。

人是必定要死的，至于在什么形式中死亡，也是命定的。此外，至于是什么机缘促成了这种生命的死亡，在命运观念之中，实在无关紧要。荷马史诗通过许多冥间神灵的细节描写，证实着这种必然性。像战争胜负的根本性转折，往往根源于神灵的注意力转意或诸神诱使愚蠢的战士挑起纠纷，这并不意味着战争的结局或命运发生了改变。这说明，偶然性无关紧要，它只是命运转换的契机，必然性才是生命存在的根本困境，因为它超越了人的自我关怀范围。

"勇敢精神"乃荷马史诗中着意表现的主题，因为勇敢源于不畏死亡。勇敢不是胡作非为，而是植根于正义、友谊和智慧的行为。在荷马史诗中，诗人很少渲染恐惧，据说这与史诗时代的精神立法有关，即不许强化战士的恐惧，而要鼓起战士英勇战斗的勇气。在《理想图》中，柏拉图借苏格拉底之口谈到，"我们竭力要达到的目标不是别的，而是要他们像羊毛接受染色一样，最完全地相信并接受我们的法律，使他们的关于可怕的事情和另外一些事情的信念都能因为有良好的天性和得到教育培养而

---

① Walter F. Otto, *Die Götter Griechenlands*: *Das Bild des Götterchen im Spiegel des Griechischen Geistes*, S. 339.

牢牢地生根，并且使他们的这种颜色不致被快乐这种对人们的信念具有最强褪色能力的碱水所洗褪，也不致被苦恼、害怕和欲望这些比任何别的碱水褪色能力都强的碱水所洗褪。这种精神上的能力，这种关于可怕事物和不可怕事物的符合法律精神的正确信念的完全保持，就是我主张称之为勇敢的。"① 由此可见，勇敢不只是力的使用，还是智慧的运作，更是道义的积极行动。

在荷马史诗中，"生命报复"概念，也得到了特别的强调。史诗诗人通过形象叙述强调：不公正即要反抗，而且还要对不公正者实施报复，例如，特洛伊战争本身就是对帕里斯诱拐海伦的报复。"阿喀琉斯的愤怒"，一方面，与阿伽门农的不义有关，故他要求母亲恳求宙斯对阿伽门农的军队实施报复，另一方面，则与赫克托尔杀死他的至友相关，阿喀琉斯愤而勇敢出征，射杀赫克托，并肆意虐待赫克托的尸体以泄愤怒。阿喀琉斯说："你去死吧！假如宙斯和其他不朽的神灵作出致命的决定/我将接受我的命运（Los）。"② 在《奥德赛》中，生命报复主题更加突出，可以说，史诗前半部叙写奥德修斯妻儿受辱和求婚者胆大妄为，就是为了对史诗后半部的奥德修斯实施报复计划进行铺垫。

在史诗建构中，不仅有人对人的报复，神对人的报复，也有神对神的报复。报复的叙述本身，不仅给人带来恣意的接受快感，而且叙述本身也出自对正义的理解。在荷马史诗那里，生命报复可能导致冤冤相报，人与人世代相仇，但是，史诗与后来的悲剧中似乎并未提供解决世仇的非报复措施，仿佛这种生命报复是命运的必然。因为生命报复自身乃神给人设定的命运，因而，报复的合理性也就得到了特别的强调。

荷马史诗的最核心主题就在于对神与人的双重理解。荷马的理解方式是独特的，这给他的史诗价值伦理增添了神秘主义的内涵，因为在荷马关于神的理解中，神性身上表现了充分的人性。柏拉图对荷马的指责即根源于此，他认为，神性的描绘应脱离狭隘的人性，不应将人性的污浊附丽于神性之上，这就将神性庸俗化了。实质上，这种指责并不合理，从艺术意义上说，柏拉图未能充分理解荷马的自由想象与创造，因为将人性附丽于神性之上，神的形象更加人性化。

史诗诗人将人性附丽于神性，比将神性附丽于人性更能体现艺术的自

---

① ［古希腊］柏拉图：《理想国》430A—430B，郭斌和等译，商务印书馆1992年版，第148—149页。
② Homer, *Ilias*, (Griechisch und Deutsch), Zweiundzwanzigster Gesang (365—366), S. 390.

由理想。麦金太尔发现，"古典的希腊人"，比如说远古时代的希腊人，在大多数情况下都把他们共同体的形式和结构理解为正义秩序的实例，而他们给予这种理解的文学表达，首先就是"吟诵、倾听和阅读荷马史诗"。在公元前五世纪至公元前四世纪的雅典，这些史诗在正常性的结构中占有重要的位置；它们不仅被系统地传教给雅典的孩子们，而且在泛雅典娜大祭的节日里吟诵这些史诗让全体城邦公民温习记忆，并且特别突出了希腊城邦公民对雅典娜的认同。"在雅典，正义的制度化是非常清楚的意义上被视为宙斯之正义的地方性表达的。而且，雅典人在这样理解他们自己和他们的日常生活时，必然至少要部分地用荷马史诗的译词来理解他们自己。"[①]

　　从文本还原意义上说，研究荷马史诗学也必须探究荷马的人生哲学，因为这构成了荷马史诗的核心部分。荷马史诗正是这样通过口头吟唱，诠释并理解着希腊诸神的形象和希腊人民英雄的形象。实际上，荷马史诗对人与神的自由理解，是史诗永远传唱的最伟大秘密。从这个意义上说，荷马史诗学已经容纳了创作学、语言学、文本学和价值论等丰富复杂的内容，具有重要的诗学奠基与文化奠基作用，我们完全可以通过荷马史诗文本还原希腊史诗学的历史精神格局，为现代诗学建构提供积极的思想依据。

（原载《希腊诗学传统的重建》，浙江大学出版社2019年版）

[①] ［英］麦金太尔：《谁是正义？何种合理性？》，万俊人等译，当代中国出版社1996年版，第38页。

希腊抒情诗的定型及对希腊剧诗学的影响

李咏吟

一 希腊抒情诗定型与归类

从学术史意义上说,中国学者关注希腊抒情诗的类型及希腊抒情诗的形成问题,应该从周作人与水建馥开始。[①] 在中国,最早关注希腊抒情诗对希腊悲剧建构的作用,则要归功于罗念生与陈中梅。[②] 从古典希腊诗学的发展来看,希腊抒情诗学与戏剧诗学的成熟,确实显示出希腊诗歌艺术高度发展的经典形态。没有抒情诗的发展,仅有荷马史诗的成熟,还无法发展出希腊悲剧。虽然后来的希腊戏剧诗比抒情诗更加发达,希腊悲剧比希腊抒情诗影响更加巨大,相对而言,希腊戏剧诗学也比抒情诗学更加完善,但是,由于抒情诗的重要推动作用,我们还是应该高度重视希腊抒情诗与抒情诗学,因为只有具备真正的抒情诗创作能力,悲剧诗人主体的思想能力与情感表达能力才能得到充分的展现。

泰勒在编辑《希腊抒情诗选》时,将希腊抒情诗分成:挽歌(Elegiac poetry)、格言诗(Iambic poetry)和歌诗(Melic poetry)三种。[③] 莱斯在《希腊诗歌的开端》一文中将希腊诗歌分成四种主要形态,即叙事的、戏剧的、哲理的和赞美诗的,这四种形态的区分,涉及史诗、剧诗和抒情诗三种文体,或者说,古希腊早期诗歌可以通过叙事之门(the narrative opening)、戏剧之门(the dramatic opening)、哲理之门(the discursive

---

[①] 周作人:《希腊之余光》,参见钟叔河编《周作人文类编》(8),湖南文艺出版社1998年版,第17—25页。
[②] 陈中梅:《埃斯库罗斯悲剧集》,辽宁教育出版社1997年版,第3—7页。
[③] Edited by Henry M. Tyler, Selections from the Greek Lyric Poets, Aristide D. Caratzas Publishing House, New York, 1983, pp. 1–2.

opening）和赞美诗之门（Hymnal openings）予以窥视。① 不过，莱斯主要讨论了抒情诗中的"哲理诗"与"颂歌"。

从希腊诗歌发展的逻辑顺序上看，是先有抒情诗歌，后有荷马史诗，但是，从希腊诗歌历史发展的事实来看，则是先有荷马史诗的成型，后有赫西俄德的教谕诗、萨福的情歌、品达的颂歌，因此，抒情诗的成熟相对要晚。自然，无名诗人创作的抒情诗，可能要先于荷马，或者说，与荷马史诗创作时代同时得到发展，但是，由于独立自由意义上的抒情诗不可能先于荷马史诗而出现，因为抒情诗主要用于个人情感与思想表达，缺少经典性诗歌创作，甚至很少有抒情诗歌能与民族国家公民的政治生活直接相连。除了宗教教谕诗歌和战争英雄的墓志铭体颂歌以外，远古时期真正自由的个体生命抒情歌唱很难直接通过文字或专业诗人来加以保留。荷马史诗则是讲述民族英雄神话故事，其功用与目的，与抒情诗根本不同。

诗歌吟唱或朗诵本身，很早就与音乐建立了联系，甚至可以说，音乐构成了史诗的灵魂。泰勒曾指出："希腊语言从最早时期开始就适应了歌唱，希腊诗歌的历史变成了希腊人的历史。民族的整体发展在民族的歌声中被展现给我们。""语言充分变成了诗歌，这是希腊人本性的最好投射，它们以其丰富的形式变化和表达将希腊心灵的产品变得如此富有特色。"② 因此，萨福的诗歌和品达的诗歌，具有十分重要的意义，品达的颂歌献给城邦运动会的胜利者，萨福的诗歌则献给城邦公民的私人咏唱。

同样，西摩尼得斯重视歌唱与赞美战争英雄的豪迈，为城邦公民提供了积极的人生启示。例如，在《悲歌》中，"既生而为人，就莫说明天必将如何／若看见某人幸福，也莫说会有多久／因为那即使霎时飞走的长翅膀蜻蜓／也比不上人生变化无常。"③ 这一抒情诗具有强烈的生存哲理性启示，其中，有价值的生命存在信念与诗歌的节奏构成奇妙的音乐效果。

从词源学意义上说，希腊人的"lyric"（抒情诗），源自 lyre（里拉），而 lyre 本是古希腊的弦乐器，用于为歌唱或朗诵伴奏。由 lyre 发展起来 lyrist，即里拉演奏者、抒情诗人。"lyric"，在希腊文中是 lyrikos，这说明抒情诗与音乐有关。古代希腊抒情诗人，大多自觉地建立了诗与音乐之间

---

① William H. Race, *How Greek poems begin*, See edited by Francis M. Dunn, *Beginnings in the Classical Literature*, Cambridge University Press, 1992, pp. 14–19.
② Edited by Henry M. Tyler, *Selections from the Greek Lyric Poets*, Aristide D. Caratzas Publisher, New York, 1983, p. ix.
③ ［古希腊］荷马等：《古希腊抒情诗选》，水建馥译，人民文学出版社 1988 年版，第 164 页。

希腊抒情诗的定型及对希腊剧诗学的影响

的联系。他们不仅展示了诗与音乐的本质关联，而且发展了诗与音乐创作互动的自由空间。在谈到音乐与诗歌的联系时，塔塔科维兹指出："早期希腊音乐与诗歌保持着紧密的联系，正如没有诗歌不被歌唱那样，所有的音乐亦是有词的音乐，乐器只是服务于伴奏。由合唱队按照抑扬格的五音步节奏演唱的酒神颂（dithyramb），既是诗的形式又是音乐的形式。"[①]

从诗与音乐的自然起源意义上说，诗与音乐之间，皆遵从自然之声。自然的万象，化作生命的诗情。一草一木，一花一朵，变成诗歌吟唱的形象，构造出独特的生命情景，与人的忧郁歌唱和英雄赞颂构成高度的精神契合。诗是人的语言，人发声呼唤、表达恐惧和激情，即诗最本原的声音传达方式。音乐最本原的声音传达方式，即自然之声，声音中的信息在于人的倾听。"自然之声"，是自然运动的结果。人倾听自然之声，即为了认识自然、理解自然，"自然之声"构成了最奇妙的宇宙和声。

古希腊哲人毕达戈拉斯早就发现自然之中或天体之中充满着"宇宙的音乐"。这种宇宙的音乐，既包括自然之声，如风声、雷声、雨声、各种自然事物之间的声音和鸣，又包括天地之间的神秘秩序。在无穷的天地之间，我们虽看不到自由的个体演奏者，但总能感知宇宙之间仿佛永远流荡着"无尽的乐声"。在这无限自由的自然之声之上，必有一位伟大的演奏者，或者说，无限的自然之声的演奏者，共同构造出宇宙生命的伟大旋律，这正是抒情诗的崇高追求。希腊诗歌的生命声音，充满了神秘性和无限性，在文字还不发达的时代，人们正是借助声音传达感情。自然之声或宇宙之声，皆是生命之声。诗人的内心充满着这些自然宇宙之声，形之于想象、记忆和形象，就变成了抒情的语言与歌声。诗人越是深刻地理解诗与音乐之间的关系，越能体现出诗的自然哲学意趣与音乐美丽。

希腊抒情诗与音乐的创作，皆是希腊人自由创制的结果，也是希腊诗人和音乐家聆听宇宙生命之声后的精神创作。广义的诗与音乐之关系，必定同自然之间保持着神秘而自由的联系；狭义的诗与音乐之关系，则指希腊艺术家的具体创制的艺术品之间的精神联系。希腊抒情诗与音乐，在希腊人的热烈的生命需要中得到了自由发展。按照塔塔科维兹的看法，希腊人的舞乐诗构成了"三位一体"，舞蹈在三门艺术中处于核心位置，因为它更利于生命的自由抒发。其实，在诗乐舞三位一体的生命艺术中，到底是音乐优先发展，还是舞蹈优先发展？实在很难断定。

---

① Wladyslaw Tatarkiewicz, *History of Aesthetics*（Ⅰ）*Ancient Aesthetics*, PWN-Polish Scientific Publishers, Warszawa, 1970, p. 18.

应该说，人们对自然之声的倾听要优先于舞蹈与诗，而且，在音乐旋律之中，或者说，在自然的生命之声的召唤下，希腊人的舞蹈和诗歌都自然得以发展。就个人而言，我更愿意强调音乐的优先发展地位。音乐的发展，与人对自然之声的聆听关系最为紧密，即当人能够倾听各种自然之声时，就会伴随着各种情感的形成；当人不能舞蹈和歌唱时，倾听自然之声的本能就得到了自由发展。人在对自然之声的倾听中，就会形成快乐和紧张乃至恐惧的情绪反应。

音乐的自然发展，最初服务于生命本身的情绪表达，当音乐在人的生活中的地位得到确立以后，它便被广泛地运用到各种日常生活仪式之中。政治的、宗教的、庆典的、节日的，即人的全部活动都离不开音乐与诗歌的陶冶。音乐与诗歌，构成了人的生命活动中最本能、最自由、最广泛的理解方式，因为音乐与诗歌先于一切而形成，而且在人的生命成长中具有格外重要的地位。

希腊音乐的发展，在其宗教仪式中发挥着特别的作用。宗教音乐构成了希腊音乐的核心部分，与宗教音乐直接相关的是"宗教歌诗"。塔塔科维兹谈到，"阿波罗赞歌是对太阳神阿波罗的赞美，合唱队在春季仪式上演唱的赞美诗，是对酒神狄奥尼索斯的颂歌，韵律曲是在行列仪式中吟唱的歌。"希腊的奥菲斯教，更是强调音乐与神秘事物之间的联系。歌手奥菲斯（Ophyius）甚至被给予神秘的歌唱法术本领，他的歌声可以感动天地间的一切事物。事实上，希腊人赋予音乐以魔术般的特殊属性，而且，相信魔术与音乐可以使人的灵魂得以净化，音乐甚至被称为"众神的特殊礼物"。

音乐不仅与奥菲斯、狄奥尼索斯相关，而且与阿波罗神相关。在阿波罗身上，这位青春神、阳光神、医药神、音乐之神，体现了希腊人对生命本身的最伟大理解。诗歌与音乐的关系，不仅在宗教活动中得到了强调，而且在日常生活与艺术表演中自由呈现。塔塔科维兹认为，"正如所有诗歌都是被唱的一样，所有音乐都是包含语言的音乐，乐器只用作伴奏。"对酒神的赞美歌，像音乐一样富有旋律和节奏，同样又是诗的歌唱。"阿基罗库斯和西蒙尼德斯，既是诗人又是音乐家，在诗与音乐上皆达到同等高度，他们的诗歌被广泛演唱。"[1]

希腊乐器发出柔和的声音，并不洪亮，也不是特别有力。古希腊人的

---

[1] Wladyslaw Tatarkiewicz, *History of Aesthetics（Ⅰ）Ancient Aesthetics*, PWN-Polish Scientific Publishers, Warszawa, 1970, p. 18.

乐器大多很简单，不能用来演奏更复杂的乐曲，没有使用金属乐器和皮革乐器，他们称竖琴和三角竖琴为自己的民族乐器。希腊人还从东方引入了类似横笛这种吹奏乐器。横笛在酒神祭奠仪式中作用巨大，竖琴则在日神祭祀仪式中地位突出。

据音乐史家所述，希腊音乐非常简单，伴唱总是同声部，没有两个独立并行的旋律。在他们的音乐中，节奏优于旋律，狄奥尔修斯认为，"旋律使耳朵愉快，而节奏才给人以刺激。"亚伯拉罕指出，"在雅典，皮奥夏人被认为是最好的演奏者。公元前700年以后，阿夫洛斯管被用于其他宗教上的目的，教育年轻人、宴会、队列行进、舞蹈，也用作戏剧合唱的伴奏；事实上，它由于音质刺耳，常被用于各种室外的音乐演奏。哪里有人声，哪里就有阿夫洛斯管。"① 这说明，希腊抒情诗与音乐之间有着最为内在的生命联系。他们通过节奏与旋律作用于人的心灵与身体，使生命得到自由与欢乐。

希腊抒情诗歌，正是在与希腊音乐发展相适应的过程中不断发展成熟。希腊抒情诗，可以进行多种方法的分类，从诗乐谐和的角度来说，希腊抒情诗可分成琴歌与笛歌两种。琴歌是指由希腊竖琴伴奏的歌诗，笛歌则是指由希腊横笛伴奏的歌诗。水建馥谈到，"古希腊的抒情诗，是从公元前7世纪盛行，而且留传下来的。最早的诗体是笛歌，由诗人写成之后，用笛伴奏来咏唱。史诗的格律是每行六音步，笛歌则是六音步和五音步诗行相间。最早的抒情诗人，以写笛歌的居多。"② 这一看法，如果仅指成熟独立的抒情诗，基本上是正确的，但如果考虑到诗与音乐发展的历史关系，就不可忽略竖琴与抒情诗的关系，而且颂神诗主要是用竖琴来伴奏演唱。

希腊抒情诗与琴歌之关系，在节奏上要求不严，相对比较松散，因为诗的句子比较长，因而，韵律和节奏就比较复杂。从演唱效果而言，这类抒情诗适宜朗诵，而不适宜自由演唱。或者说，它适宜独自吟唱，而不适宜合唱。希腊琴歌的句式结构相对比较复杂，这就决定了竖歌适宜铺叙比较复杂的情感，尤其是适宜颂神诗，因为抒情诗人为了表达对神的颂赞或对英雄的颂赞，常常需要极力加以铺叙。

相对而言，希腊笛歌则旋律简单，句式短促，适宜激情朗诵或合唱。事实上，从演唱者或朗诵者的角度也可将希腊音乐歌诗分成：（1）个人

---

① ［英］亚伯拉罕：《简明牛津音乐史》，顾犇译，上海音乐出版社1999年版，第26页。
② ［古希腊］荷马等：《古希腊抒情诗选》，水建馥译，人民文学出版社1988年版，第2页。

吟诵诗或歌诗;(2)合唱诗或合唱歌。个人吟诵的诗歌,相对来说比较自由,长短不拘,韵律不限,但合唱歌则有一些特殊的规定,合唱歌必须节奏鲜明,韵律清晰,因为合唱歌必须在集体朗诵和吟唱中显得激情有力,至少要做到朗朗上口。希腊悲剧剧情的推进,人物形象的塑造或感情的表达,在很大程度上,就是通过合唱歌这种抒情方式构成真正的审美动力。

希腊抒情诗,在歌诗和诵诗中确立了自己的独立抒情风格和美学基调。塔塔科维兹认为,诗歌与音乐同样繁荣,但它并没有完全脱离原始的三位一体的舞蹈。由于它与宗教和祭祀相联系,它还是独立的自由艺术,具有歌曲节奏、行列仪式、祭祀仪式等特征。希腊诗歌具有公众的、社会的、公有的和民族的特点,宗教诗歌用于朗诵和歌唱,并不是为了方便人们阅读。这种特点,是希腊抒情诗乃至一切诗歌的特点,甚至在描写性爱的抒情诗中,也具有公共宴乐歌曲的性质而不供个人阅读。"阿那克利翁的歌在宫廷上演唱,而萨福的歌用于宴会之中",不过,塔塔科维兹的话并非全然有理。例如,他认为,"这种公共与仪式化的诗歌,是作为公共情感与力量的表达,而不是作为私人情绪的表达。诗歌被用于作为社会斗争的工具,因此,有些诗人将自己的才智服务于民主,有些诗人则选择为过往的政制辩护。梭伦的挽歌,本质上是政治性的,赫西俄德的诗则是对社会不公的抗议。"[1] 这种看法,显然太简单了,因为抒情诗的本质特征在于表达个人情感与思想,而不是为了表达公共情感,至于抒情诗人的个人情感与公众情感相通,也是由抒情诗的自由本质而决定的,这就是希腊抒情诗的音乐性与哲理性的自由统一。

正是通过抒情诗歌与音乐的关系,抒情诗歌的文化功能,抒情诗的语言构造方式,人们可以将希腊抒情诗的类型进行不同的归类。例如,琴歌与笛歌的归类主要基于演唱伴奏的乐器,颂歌与情歌的归类主要基于抒情诗的内容与功能。综合地看,希腊抒情诗可以通过颂歌、情歌、哀歌、哲理诗四种形态进行历史界定。

二 希腊抒情诗的抒情责任

当希腊诗人将诗的创作归结为"神灵凭附"时,实际上,回避了从生活与理性的立场解释抒情诗起源的可能性。实质上,希腊抒情诗的起源与演进,应该找到新的解释道路。古希腊抒情诗的产生,据亚里士多德解

---

[1] Wladyslaw Tatarkiewicz, *History of Aesthetics*(*I*)*Ancient Aesthetics*, p. 21.

希腊抒情诗的定型及对希腊剧诗学的影响

释,应该不会晚于荷马史诗创作,从创作意义上说,它可能要早于荷马史诗,因为没有断片式的歌诗创作,宏大的史诗叙事如何可能?早期希腊诗人创作的抒情诗断片,部分可能保留在史诗之中,部分可能保留在希腊戏剧诗中,还有许多古典抒情诗,由于其思想和感情的影响力不如荷马史诗,因此,并没有得到很好的保存。试想,如果西周时代不是因为设定了采诗官,那么,上古中国的诗歌可能很难保留下来,当然,孔子删诗而成三百零五篇,只能说是上古采诗官所采诗歌的代表作。

从比较意义上说,可以初步形成这样的看法:即希腊抒情诗体形式的创作,可能先于荷马史诗而形成,或者与荷马史诗同时成型,但是,抒情诗的影响力显然不及荷马史诗。事实上,希腊抒情诗独立创作与兴盛的时代,确实要晚于荷马史诗。沃尔夫指出:"即使大多数古人既不理解荷马诗歌结构与创作的艺术性(artistry),也不能像我们今天所能做出的准确判断,要想怀疑荷马史诗中存在某些策略(artifice)显然是不可能的。我们也许不能确定这些史诗到底属于荷马还是源于其他天才人物,但诗人总被诗歌的主题和情节的安排所激励。"[①] 有了这样思想基础,我们即可对"希腊抒情诗的起源问题"作些具体解释。

希腊抒情诗学的起源,或者说,作为本文意义上的抒情诗作品的创作意识是如何独立形成的呢?这就需要检验通行的考察方法:即"诗乐舞三位一体的考察法""诗歌配乐的考察法""诗歌祭祀的考察法""生活劳动歌诗的考察法"。这四种考察方法,都是从抒情诗的历史文化功能出发对诗歌的起源进行具体考察的方法。

从最早的人类生命活动来看,唱歌跳舞等娱乐活动就需要抒情诗人的歌词创作,以配合歌舞娱乐活动,这就是诗乐舞三位一体的抒情诗歌起源观。从歌诗的关联性来看,有歌必有乐,有歌必有词,歌词创作,特别是希腊笛歌创作,就是抒情诗的起源。这种诗词的创作,完全服务笛歌的要求,是人们生活娱乐的必要情感表达形式。自然,严肃的祭祀活动需要颂神的诗篇,赞美诸神是颂歌体抒情诗的古老起源。更多的诗歌,则起源于人们的生产劳动活动,人们在自然山川面前放声歌唱。这就是说,抒情诗的真正起源,源自人的生活实践与文化实践的诸多情感表达需要。

因此,抒情诗就其本原意义而言,就是歌咏唱颂,后来,则演变为生活哲理或自然景象的生命感悟。就其本质而言,必然带有歌咏的特征和形

[①] F. A. Wolf, *Prolegomena to Homer*, Translated by Anthony Grafton etc, Princeton University Press, 1988, p. 127.

式。这就是说，抒情诗最初离不开歌唱，绝不是为了作为书面文本而让人们享受诗歌的语词视觉乐趣。如果说，荷马史诗是长篇的叙事咏唱，适合大型的公共节目演出，那么，抒情诗则是短篇的抒情咏唱，适合日常生活中的各种生命自由活动的场合。荷马史诗是职业的演唱，涉及民族国家的历史文化、诸神的历史和英雄历史，气魄宏大而庄严，抒情诗则源于日常生活的自由形式，不拘一格，可以自由咏唱。

抒情诗是独立的个人性艺术，并无严格的规范要求，主要不是为了表演而创作，而是为了服务于个体的生命情感抒发。后来，当品达将抒情诗发展成赞美诗时，它在宗教生活与公共生活中的地位就显著提高。诗的地位本身，与它在实际的社会文化生活中发挥的作用密切相关。

波兰古典学家塔塔科维兹主要从三位一体的舞蹈来考察希腊抒情诗的起源。他认为，舞蹈构成了表现艺术的核心，它伴随歌词和音乐的声音，通过歌词、姿势、旋律和节奏表达人的情感冲动。舞蹈（choreia）这个术语，由合唱队（choros）这个词演变而来，强调存在者身体的自由运动，通过身体的联系，建立了独特的生命快乐观念。这种考察方法，基于对古希腊人生活的自由想象，它建立在两个前提上：一是在日常生活劳动之余必有诗乐舞的庆祝活动，这种庆祝活动，纯粹为生产和生活本身而建立；二是在宗教祭祀中拜本神灵时，必须演唱颂神歌曲。在这两种情况下，抒情诗主要起到了情感愉悦作用，对歌诗本身可以说并未提出很多要求。只要突出诗词与音乐的韵律和节奏感，适宜情绪表达即可。

在具体的艺术活动与生命活动中，人们对抒情诗的创制本身并未提出太高的要求，因而，它的技巧得不到充分发展。抒情诗只有在摆脱这种简单的歌咏要求，并试图在思想和情感表达方面提出更高要求之后，才可能获得自由发展。塔塔科维兹指出，"酒神颂的歌者化装成萨提尔（satyrs），同时作为舞蹈者。希腊语的'choreuein'有两个意义：一是群体舞蹈，二是群体歌唱。"[①] 这充分说明，歌舞相联，歌舞诗相通于生命的自由奔放的抒情要求。

从其他民族抒情诗的诞生过程来看，乐舞等艺术活动对抒情诗的要求并不高。在本原性的民间艺术活动中，生命的歌唱者只求快乐自身，没有过多的思想性考虑，抒情诗的制作者往往是民间参与者自身，他们的文化修养没有得到真正的训练。在早期抒情诗作者中，无人以抒情诗创作为职

[①] Wladyslaw Tatarkiewicz，*History of Aesthetics*（Ⅰ）*Ancient Aesthetics*，p. 18.

业,这与荷马史诗有着根本性区别,因为游吟诗人需要以歌唱本身作为谋生的职业。

就现在保留的抒情诗文献而言,我们无法考察古希腊早期抒情诗配合乐舞创作的情况,当然,配合宗教祭祀的抒情诗创作状况,倒是可以从荷马史诗与荷马颂歌中找到一些残迹。例如,阿伽门农在出征时从神庙祭祀那里得到的"占卜词",祭祀以抒情诗朗诵的形式而唱出。卡珊得拉之父乞求阿伽门农并祝祷阿波罗神时,其抒情话语就是"祭祀诗"。希腊军队在海边用肥牛羊肉祭拜阿波罗时,他们唱着颂神的赞歌,并期待阿波罗神听见。

希腊宗教祭祀活动,皆有诗乐舞相伴,特别是在狄奥尼尔斯节日仪式中,狂欢醉舞更是令人迷狂。罗马诗人阿里斯提德谈,"早在古代,人们就认识到,有些人在情绪高涨感到愉悦时唱歌奏乐,另一些人则是在陷入抑郁和忧虑之中时沉迷于声乐,还有一些人在进入神奇的迷狂状态时弹奏歌唱。""狄奥尼索斯式和类似的祭祀是有道理的,因为在那里所表演的舞蹈和歌唱具有安慰的作用。"抒情诗是从实用功能发展起来的,最初它服务于生命情感表达,情感与思想都很单纯质朴。事实上,希腊抒情诗学在文体特质上已经给予了抒情诗创作自身以具体的形式规定与价值规定。对此,我们可以结合希腊抒情诗作进行具体考察。

第一,抒情主体性的规定,通过诗人赞美神圣与英雄而确立的自由抒情形象得到证明。从荷马颂歌(The Homeric Hymns)到品达颂歌(The Complete Odes of Pindar),希腊诗人承担了特殊的诗歌责任,即赞美神圣与赞颂英雄,这些诗篇超越世俗生活之上,具有高贵而美丽的生命精神。这些诗歌的主导形象,是自由的诸神与胜利的运动员。"荷马颂歌"共有33篇,其中以赞美狄奥尼索斯、德墨忒耳、阿波罗、赫尔墨斯和阿芙洛狄忒为主,颂歌风格的高华壮美,诸神永生高贵、自由神圣;品达颂歌共有45篇,以希腊诸城邦共有的两年一届或四年一届的运动会为主题,将赞美奥林匹亚(Olympian)、庇西安(Pythian)、勒铭(Nemean)、以萨米安(Isthmian)四类运动会的优胜者作为赞歌主题。

从希腊体育竞技史可知,希腊诸城邦举办的运动会,分别在伯罗奔尼撒、德尔斐、科林斯地狭等地举行。每一运动会,皆以赛马、摔跤、格斗、跑步等作为主要竞赛项目;每项的优胜者可以得到橄榄花环,并接受品达颂歌。品达的颂歌,使这些运动英雄的力量与俊美英姿以及所代表的健康自由精神获得了不朽的地位。这些关于运动优胜者的英雄颂歌,在勾画希腊城邦运动英雄形象的同时,彰显了自由美丽与公正纯洁的人类生命精神，具有不朽的价值。① 在具体的抒情诗创作中，希腊抒情诗人自觉地规定了其创作分工。这种规定，主要在于反对诗歌的叙事性，即抒情诗不以故事的完整叙述为目标。即使有事件性叙事，也只是概括性事实，这样，抒情诗创作常常浓缩要叙述的事件，不重视事件本身的详细描述，只重视事件本身的形象性意义。这说明，希腊抒情诗学在对抒情诗歌的本性理解与规定，已经形成了自觉自由的本原意识。

这种叙事本身，标志着个人主体性的胜利，即抒情诗人不必叙述他人事件，只需对个人感受、经历和体验本身进行心理表现或形象表达。抒情诗属于严格的个人创作，它特别强调"自我"在诗歌创作中的地位和意义。这种抒情主体，可以面对自然形成生命的自由感情，也可面对历史事件抒发个人的思想情感，还可对生命存在本身进行想象性理解。这就是说，希腊抒情诗学的主体性规定，显示出诗人可以自由地表达个体思想与情感，不必寻求客观性，可以最大限度地显示其主体性与形象性。

在希腊抒情诗中，这个"主体性"的自我，虽然出现频率并不高，但从诗作的话语本身来看，很容易发现，抒情的主体始终隐含在诗作中，即抒情诗的诗性话语，不是神在说，不是英雄在说，而是抒情诗人代神或代英雄在说，因此，它始终是"主体性言说"。在主体性言说中，诗歌的形象性与自由性得到充分而自由的表达。这种抒情自我的规定性，一方面显示了原初抒情诗最本原的价值规定，另一方面也形成了后代抒情诗创作的诗学价值规范，即自我作为主体性的抒情的人格形象成了抒情诗的正宗。

第二，个人的自由情感表达，通过满足人们的歌舞实践与情感需要而得到规定。希腊抒情诗，以自我主体性表达为核心，这实质上为自我情感

---

① 为了展示品达颂歌的价值，谨译品达的《奥林匹亚颂》(11) 为证。这首诗，主要为了赞美公元前476年奥林匹亚运动会上的男子拳击赛冠军 Archestratus 的儿子，名叫 Hagesidamus 的拳击手。颂诗本身只有23行，对此，Anthony Verity 与 William H. Race 的英译存在细微的区别，我们的译文试图择其所长。"此一刻，男子的最大欲求是追风/彼一刻，男子则追求天空的水滴，如穿越云层多雨的孩童/假如一个男子通过自己的努力赢得胜利/那么，甜美的歌声就是迟到的赞词的前奏/或最高成就到来时的真切誓约/赞美被积蓄，没有忌妒，它归于奥林匹亚的胜利者/我的歌声希望向牧羊人献上赞美/但这只能通过神的力量/使一个男子的诗歌技艺臻于成熟/胜利者 Hagesidamus，Archestratusm 的儿子/你将知道，为了赞颂你拳赛的胜利/我将增加一点甜蜜的声音作为你金色橄榄花冠的装饰，借此荣耀你罗克里（Locri）的人民/缪斯，加入他们胜利的欢庆之中吧/我许诺那里没有不友好的民众/你将遇见从未体验的美丽/既有高度技艺的颂诗者，又有好的持矛者/真的，红狐狸与粗声的雄狮/都不能改变英雄天生的本性。"参见（1）Pindar, *The Complete Odes*, Translated by Anthony Verity, Oxford University Press, 2007, p. 34. (2) Pindar, *Olympian Odes*, LCL56, translated by William H. Race, Harvard University Press, 1997, pp. 176 – 179.

的自由表达提供了合法性地位。在希腊抒情诗中，似乎也很自然地解决了自我主体性情感与接受主体之间的情感沟通问题。这就是说，自我抒情中的情感，虽然是私人性情感，但这种私人情感并不是封闭的，而是具有与他者自由交流与沟通的价值。在艺术地表现私人情感时，诗人一方面强调私人情感的生命真实性，另一方面又自觉地恪守生命自由原则，即私人情感表达并不是私人事件的直接表达，而是可以引起生命主体普遍共鸣的情感与形象。

这样，私人情感与私人事件之间，就建立了特别的联系，即私人情感始终是真实的，但诗人并不通过真实的私人事件来表达这种情感，而是通过自然、历史或生活的虚拟使私人情感真实地没入对象化的世界形象重构之中。这一点与叙事艺术之间，特别是与史诗艺术有很大不同。史诗叙事与戏剧叙事对待私人事件往往特别细致，其细节自身，常常具有惊人的真实性。希腊抒情诗学中的私人情感，皆不能通过私人事件细节来呈现，相反，这种私人情感往往借助公共性事件，如历史大事件、自然事件或日常生活性事件予以表达，这样，私人情感与公共事件之间获得了情感与思想的密契。

例如，悼亡诗或哀歌的创作，皆以英雄历史作为叙述对象，但并不是为了重构历史形象本身，而是为了强化那种英勇的生命情感与接受主体之间的情感共鸣关系，最终，英雄形象与英雄精神植入抒情诗的生命抒情之中。私人情感本身，决不是个人独有的感受，也是他者可能有的生命情感，因而，在自我抒情与他者接受之间，诗歌的共感往往会促成主体间深刻的思想与情感震动。这种私人情感的共鸣，保证了接受者既可以借抒情诗表达自我情感，还可以通过抒情诗去窥视和体验陌生的伟大生命情感，从而在诗的阅读和吟唱中得到新的生活启示。

第三，希腊抒情诗的形式结构规定，通过短篇抒情诗和长篇抒情颂歌而得到了具体表现。希腊抒情诗往往是片段抒情，或者只是对某位神灵的自由赞颂，它不求系统而深入地探索历史、人性和真实，而是立足于日常生活中的小感受、小顿悟和直观思维。这样，抒情诗的长度就受到特别限制，这在希腊抒情诗创作表现为非常自觉的诗学价值取向。这可能与个人情感表达有关，也可能与抒情诗的自由性相关。

最长的抒情诗可达四百余行，最短的抒情诗则只有一行或两行。希腊抒情式的长度，与其表现方式有关。颂歌的篇幅可能很长，歌诗则不会超过三十行，哲理诗则不会超过十行，格言诗据说可长达上千行之多。据水建馥介绍，史诗的格律是每行六音步，笛歌则是六音步和五音步的诗行相间。长短格诗和短长格诗,则相对比较自由,诗行可以是二音步、三音步、四音步、四双音步长短格与舞蹈配合默契。①

希腊抒情诗的形式结构规定,是对诗的自然规律和生活的话语节奏的自由领悟与创造。对于抒情诗来说,形式规定标志着抒情诗学的真正成熟。抒情诗的本质是歌唱而不是言说,是韵律与音步的要求,是节奏与旋律的要求,是诗歌与音乐的自由统一。在希腊抒情诗中,韵律或合韵固然重要,但节奏才是最关键的。诗歌独有的节奏,使它区别于其他艺术形式。

第四,希腊抒情诗的基本主题思想规定,通过诗歌的抒情功能得到了确立。在古希腊文化中,城邦立法原则不许诗人艺术家过度渲染死亡的恐惧。② 这要求抒情诗人必须最大限度地表现生命文化主题,甚至可以说,古代希腊抒情诗学的基本主题,就是生命自由表达的主题,即使有阴沉的忧郁,多愁善感的眼泪,月夜的惆怅,依然必须以生命的阳光作为存在的希望与信念。颂歌代表的是对生命高贵的赞美,颂神诗(Hymn)以赞颂神的伟大神圣为主题,英雄颂(Ode)既可以雄壮激越又可以哀婉深沉。

博蛙指出:"品达对罪恶话语的厌恶,可以归因于他对友谊、忠诚和个人责任的高度评价。他愿意轻松地与朋友们相处,期望朋友们欣赏他正如他欣赏朋友们一样充分。"③ 在此,博蛙对品达颂歌的道德情怀的强调,揭示了希腊抒情诗的积极价值与实践意愿。如何理解生命本身,就是抒情诗人想象力的风筝的牵引线。不论风筝飞得多么高远,一切必须围绕生命文化主题本身来加以展开。

古希腊诗人在进行生命感悟,有着特别的生命理解原则,即神是不朽的永恒的,这就是说,神的生命永远存在,人的生命则不同,肉身有生必有死,只有灵魂可以求得永生。正因为建立了这样生死观念,因而,希腊人极其重视生命存在本身。一方面,在古希腊抒情诗学中,诗人致力于生命本身的唱叹,另一方面,他们又极力主张刚毅英勇原则,即不能畏惧死亡,唯有英勇本身和公正本身才能真正保证生命的荣耀。通过生命的有限时空寻求生命的神圣与尊严,是古希腊抒情诗学有关生命主题自身的基本价值规定。希腊抒情诗的思想主题,通过赞颂诸神、感悟生命、悲

---

① [古希腊]荷马等:《古希腊抒情诗选》,水建馥译,人民文学出版社1988年版,第1—3页。

② 即便如此,苏格拉底还曾指责荷马所代表的模仿化诗歌,由此影响了城邦公民的情感崇尚。See Kevin Grotty, *The philosopher's Song: The poet's Influence on Plato*, Rowman Littlefield Publishers, Lanham, 2009, p. 107.

③ C. M. Bowra, *Problems in Greek Poetry*, Oxford at the Clarendon Press, 1953, p. 91.

叹韶华、哀叹时光、教化生命、直观天地、敬畏神灵等诸多主题而得到自由表达。

从希腊抒情诗的类型与抒情诗的功能来看，希腊抒情诗学大致可以从以上四个方面进行内容与形式的价值规定。这既是希腊抒情诗的诗性原则，也是希腊抒情诗在希腊文明定型中的审美作用。这既是希腊抒情诗对希腊城邦公民的自由教育，也是希腊城邦公民关于民族国家与情感生命的心灵自由想象基础。从希腊抒情诗的功能规定及其显示的审美自由价值来看，希腊抒情诗学已经显示出民主自由城邦的独特文化意蕴。

三 希腊抒情诗的生命神圣原则

从希腊抒情诗与戏剧诗的创作文本来看，希腊抒情诗主要为了满足人们歌唱的要求与思想的要求，因此，情歌、哀歌、笛歌、祭祀颂歌、哲理诗歌，都得到了很好的发展。从希腊抒情诗歌已经保存的文献来看，充满生命智慧的诗句往往被人们传诵得更为久远。抒情诗歌通过歌唱达到生命存在的启示与生命存在的快乐，生存性启示是抒情诗歌的根本价值所在，这一诗歌的根本目的，造就了情歌、教谕诗与哲理诗的发达。在希腊抒情诗歌中，情歌、格言诗或教谕诗和哲理诗是最为发达并最具生存启示的三类诗歌。抒情诗歌的广泛而普遍的需要，决定了诗歌的发展方向，决定了诗歌的创作内容，没有民众的普遍情感需要或生存启示要求，就没有真正的抒情诗歌创作。

先看希腊情歌。希腊情歌是最富智慧启示的生命诗歌，它可以温暖人的生命与心灵。在希腊抒情诗歌中，萨福的地位非常重要，从诗歌与时代的关系来看，希腊情歌就是希腊城邦政治自由的表达。坎普指出："萨福、阿克尤（Alcaeus）和阿拉克容（Anacreon）是严格意义上的抒情诗人，因为这些诗歌是为了配合里拉琴（thelyre）伴奏歌唱而创作。诗人们本身并不会明确地告诉我们这些，他们的听众能看到里拉器乐表演，听到伴奏的歌声，并不需要明晰的陈述。"[1] 没有自由的城邦生活，个人的自由抒情与自由生活选择，就没有萨福忠于自然、夜晚和性爱的歌声。

请听萨福的歌唱，她唱道，"明月升起/群星失色/用它圆满的光辉/把世界锻成白银。""不能企望/用自己的双手/去拥抱天空。"[2] "太阳向

---

[1] Edited and translated by David A. Campbell, *Greek Lyric* (I): *Sappho and Alcaeus*, Harvard University Press, 1982, p. ix.

[2] 田晓菲编译：《"萨福"：一个欧美文学传统的生成》，生活·读书·新知三联书店2003年版，第79页。

大地/投下笔直的火/一只蟋蟀在翅膀上/弹奏出尖锐的歌。"① "月落星沉/午夜人寂/时光流转/而我独眠"。② "怒火在心中燃烧的时候/管住自己狂吠的舌头。"③ "愿你在/柔软的胸脯上/找到安眠。"④ "你来了，我为你痴狂/我的心为欲望燃烧，你使它清凉。"⑤ 这些小小的歌诗，也许在琴声的伴奏下，能够让人的心情宁静。这就是情歌的本质，真正的抒情诗歌是为了提供生存启示，没有生存启示的诗歌无法让人真正感动。

对于诗人来说，他们要道说的就是自然、生命、情感和人性的秘密，因而，诗人总是直观地把握自然世界和生活世界。对于诗人来说，他们并不关心琐屑的生活世界，只在意生命的自由与悲剧本质。道说生命本身，成了抒情诗人的根本目的。诗人对生命的道说，立足于自然生物与人类生命之间的对比，正如荷马史诗的断章"世代如落叶"那样，诗人借自然生命的特性来言说人类生命，自然中花开花落，叶荣叶枯，都随着生命的整体周而复始，在诗人看来，人类生命也是这样新陈代谢，因此，大可不必悲观，因为生命永远以延续的形式存在。

在对自然事物本身的纯粹描述中，希腊抒情诗人寄托着对自然生命的无限热爱，在这种自然的观照中，显示出生命的智慧。例如"天亮了，你不见阳光已照进窗户？""给燕子开门，快/给燕子开门，快/我们不是老人/我们是小孩。""爱神穿的是四季香衣裳。"最美丽感人的哀歌，莫过于西摩尼得斯的《温泉关凭吊》，"客人，请你带话去告诉斯巴达人/我们在此长眠，遵从了他们的命令。"⑥ 这种对生命的哀叹无疑能够给予人们悠长的启示，它展示的是抒情诗的根本价值。这是积极意义上的情歌，它表达的不是爱情，而是生命的敬畏之情。

教谕诗或格言诗（Iambic poetry），在赫西俄德的诗歌中，在梭伦的诗歌中得到了自由表达。虽然格尔贝在考察公元前七世纪到公元前五世纪的希腊

---

① 田晓菲编译：《"萨福"：一个欧美文学传统的生成》，生活·读书·新知三联书店2003年版，第224页。

② 田晓菲编译：《"萨福"：一个欧美文学传统的生成》，生活·读书·新知三联书店2003年版，第205页。

③ 田晓菲编译：《"萨福"：一个欧美文学传统的生成》，生活·读书·新知三联书店2003年版，第201页。

④ 田晓菲编译：《"萨福"：一个欧美文学传统的生成》，生活·读书·新知三联书店2003年版，第167页。

⑤ 田晓菲编译：《"萨福"：一个欧美文学传统的生成》，生活·读书·新知三联书店2003年版，第96页。

⑥ [古希腊] 荷马等：《古希腊抒情诗选》，水建馥译，人民文学出版社1988年版，第166页。

教谕诗时,只谈到阿尔基洛科斯(Archilochus)、西摩尼得斯(Semonides)等诗人,但是,我们绝对不能忽略希腊哲人与智者的哲理抒情诗歌。①

必须看到,教谕诗对诸神的颂赞构成了固定的"神圣仪式",在荷马时代后期,泛雅典娜大祭确立了史诗朗诵制度,每次朗诵的开篇,即对缪斯女神的歌唱,这是由"颂神曲"向"历史叙事过渡"的基本文化仪式。赫西俄德一方面保留了这种文化仪式,另一方面又突出了宙斯神的核心地位。在《工作与时日》开篇,诗人唱道,"皮埃里亚善唱赞歌的缪斯神女,请你们来这里,向你们的父神宙斯倾吐心曲,向你们的父神歌颂。所有死的人能不能出名,能不能得到荣誉,全依伟大宙斯的意愿。因为他既能轻易地使人成为强有力者,也能轻易地压抑强有力者。他能轻易地压低高傲者抬高微贱者,也能轻易地变曲为直,打倒高傲者。这就是那位住在高山,从高处发出雷电的宙斯。"②

抬高神的地位,强调神的尊严,渲染神的威力,这是教谕诗的基本特征。赫西俄德诗歌的教谕意味很重,其抒情性质则被教谕性质挤压到一边。古希腊诗歌很难摆脱神话的影响,正是在神话文化氛围下,抒情诗人的人生感悟便具有特别的教谕作用。与《工作与时日》相比,《神谱》的纯粹抒情意味要浓厚得多,它的序曲与《工作与时日》相同,在歌唱缪斯之后,便是对宙斯神的颂赞。强调至上神的权威,这是赫西俄德教谕诗的中心话题。他的教谕诗,一开始便将人们带入具有威慑力的恐惧世界,这使得诸神在人类生活中的地位得到了极大提高。教谕诗具有宗教严肃性,道德教谕的内涵,仿佛具有真理性,不可怀疑和否定。

在荷马史诗中,有关诸神的故事,皆是"插话",与英雄叙事相衬托,具有逗乐的性质。即使是在战争叙述中,有关诸神生活与行止的叙述故事,往往是在倒叙中完成,这说明荷马史诗中的"神话叙事"带有戏剧性特征,主要不是为了渲染神的神圣伟大与庄严肃穆。它没有表现神的道德威严,而是表现诸神意气用事地参与战争,而且,在人类的战争冲动中,诸神之间进行着折磨人类的持久游戏。神学诗人对史诗事件历史结局的深刻说明,带有命定的神圣意志不可违抗的意味。

荷马很少用权威的确定性口吻叙述诸神的故事,他主要通过描述和想象、通过神的形象之创造,增强史诗抒情的戏剧意味。赫西俄德的教谕诗

---

① Edited and translated by Douglas E. Gerber, *Greek Iambic Poetry*, Harvard University Press, 1999, p. 3.

② [古希腊]赫西俄德:《工作与时日》,张竹明等译,商务印书馆1996年版,第1页。

则与此相反，诗歌本身没有"游戏笔法"或"喜剧情调"，仿佛一切皆是历史事实本身。在赫西俄德那里，"神史"被当作真实的历史加以信仰和表达，因此，对神的叙述就带有不容置疑的权威性。赫西俄德看到了人间的许多不公正或非正义的事情，对古老的生活充满了"甜美的回忆"。赫西俄德的教谕诗，具有重视凡俗智慧的倾向，他的神学解释在很大程度上可以看作"凡俗智慧的结晶"，例如，他对希腊社会的纷争的解释，就带有凡俗智慧的倾向。

从生活智慧出发，通过岁月的沉思正视生命存在的理性信念，通过节制生命欲望，保护生命德性，实现人生幸福，这是梭伦教谕诗的基本价值意向。梭伦写道："城邦毁于豪强，而人民／受专制奴役，因愚昧／出海太远就不容易靠岸／这一切应好生想想看。"① 教谕诗的内容，提供的是神话启示和生活哲理，它通过庄严的内容和真正的生活智慧，让人们在歌唱与赞颂中想象生命的意义。

希腊哲理诗，作为希腊抒情诗的重要组成部分，可以从两个方面加以讨论。一是从生活智慧意义上讨论哲理诗，这样的哲理诗相当于教谕诗，其中，通过抒情提供一定的哲理思想内容；二是从纯粹哲学思考出发，通过诗性的哲学概念思考生命存在的本体价值。第二种哲理诗的诗歌意味并不强烈，其哲学意味更加强烈，诗歌只不过是哲学思想的外在形式，它通过韵律获得了深刻的思想表达。例如，梭伦、柏拉图、亚里士多德的少量哲理诗，其实，属于教谕诗并具有一定的哲理诗形式。

塞诺芬尼开辟了希腊哲理诗的哲学化方向，巴门尼德与赫拉克利特将这一方向推向新的高度。与之相应的，则是哲理诗的非哲学化方向。例如，泰尔潘德罗斯的《斯巴达》中写道："这儿青年的长矛如花似锦，诗神的歌声嘹亮／宽广的街头有正义，维护着美好的事业。"哲理诗既有以哲学思想为重的，也有以生命情感为重的，这是哲人的哲学诗的双重面目。例如，亚里士多德在《致荣誉》中写道，"荣誉，你人间难得的品格／你世上最好的猎物／女神，为了你的美／而赴死，而吃大苦／在希腊是可羡慕的命运／人们一心想着你／至死热爱你，胜过爱黄金／美玉，以及温柔的睡眠眼睛。"②

正如博蛙所言，"也许我们可以说，在这诗中探索哲学思想并不明智，它所展示的思想观念大多数是传统的。"③ 真正哲学的诗歌，更在意

---

① ［古希腊］荷马等：《古希腊抒情诗选》，水建馥译，人民文学出版社1988年版，第81页。
② ［古希腊］荷马等：《古希腊抒情诗选》，水建馥译，人民文学出版社1988年版，第245页。
③ C. M. Bowra, *Problems in Greek Poetry*, p. 150.

生存真理的揭示，它提供的是关于自然和人生的普遍哲学思考，它揭示的是自然与生存的真理。在巴门尼德的"论自然"中，在赫拉克利特和恩培多克勒的诗歌中，皆有其出色表达。诗歌的哲学发展方向，决定了人们对诗的本质的古老理解。

在文学史叙述中，默雷（Gilbert Murray）强调了希腊哲学和政论文献的诗学意义。他谈到，"米利都的学说，由行吟诗人塞诺芬尼广泛传播于全希腊。塞诺芬尼立足于诗的宗教中心堡垒之中，痛斥荷马与赫西俄德的谎言，宣传一神教。塞诺芬尼和巴门尼德的韵文写作，赫拉克利特和恩培多克勒、德谟克利特则用格言体诗写作。赫拉克利特的新哲学思想体系，从朴素的自然观念出发，把火看作万物的始基，并揭示了火是万物生成变化的力量"。这里要提到的是，这种新思想的哲学观念，在今天已被极大地丰富并形成了系统深入的解释，赫拉克利特的相对粗浅的看法，显示了不可忽视的预见性意义。

事实上，赫拉克利特的辩证法思想具有特殊的哲理与诗性意义。他认为，万物皆是在不断运动变化中产生的，并提出"人不能两次踏入同一条河流"这一著名论题。他看到事物的运动变化，与事物本身存在的矛盾对立有关，因为"斗争是产生万物的根源"。他还看到了事物的运动变化，是按照一定的规律进行的，并提出了"逻各斯"的思想。万物皆流，没有静止的东西，"结合物既是整体又不是整体，既是一致又有不同，既是和谐又不和谐；从一切产生一，从一产生一切。"（DK22B10）"互相排斥的东西结合在一起，不同的音响造成最美的和谐，一切皆是从斗争产生的。"（DK22B8）这种辩证法思想的闪光，无疑能够极大地启示人的心灵，从而洞悉自然和生命的本质。

赫拉克利特还建立了"反世俗的新道德观"，这从他对流俗神学信仰和道德生活的批判中可以充分感受到。赫拉克利特的思想是深刻的，也是超前的，他的思想显示了哲学家独有的精神智慧，他的孤独与思想独创在思想史上具有特殊的意义。当然，赫拉克利特的著作，充满一些内在的矛盾，其话语表达隐含着内在的对立冲突。例如，他对神的看法。"人类的本性没有智慧，只有神的本性才有"，这是否承认了神的存在？"人和神相比只能说是幼稚的，正如孩子和成人相比一样"，这是认同并夸大了神的作用？但是，这其中充满了哲理的内涵。赫拉克利特那种傲视一切的孤独意绪，也使世俗社会无法适应他的思想。正如威廉·坎普所言，"在这一思想结构中，在与其他世界观相互联系中，赫拉克利特是西方第一个哲学家，保证了人类精神生活本质的确定性位置，虽然逻各斯已经确定真实内在关系的普遍原则,如同赫拉克利特已经完整真实地证明人类精神作为一般研究对象。"①

先锋理想及其批判精神,只能激发人们的思想情感,要想真正变革社会往往会遇到特别的困难,所以,先锋性思想的命运几乎带有某种悲剧性。巴门尼德用神话叙事诗作为诗篇的开端,诗中谈到:一辆马车载着他驰骋,太阳神的女儿带他前进,"正义女神打开大门",让他自由地探索真理本身。对此,鲍拉所作的评价是,"巴门尼德的序诗可以看作比喻性的。它有两层意思,表面上是讲了一个故事,实质上是赋予诗人以特殊使命。"② 巴门尼德的这一诗篇的意义,在西方思想史上具有特殊的意义。

一般说来,学者大多把残篇第八节中的一段话看作全篇的立论基础,陈村富译成:"真正信心的力量不容许在存在以外,还从非存在产生任何东西;所以,正义决不放松它的锁链,容许它生成或毁灭,而是将它抓得很紧;决定这些事情的就在于:存在还是非存在。"③ 对此,陈教授认为,巴门尼德的本意是,决定这一切问题的关键在于"存在还是非存在",所以,存在和非存在这一对范畴以及在此基础上提出的命题,乃是巴门尼德全部哲学理论的基础,这就是希腊哲理诗所开启的希腊自然哲学与理性哲学的最初起源。"应该承认,巴门尼德的序曲使用的某些观念和形象为他的时代所熟悉,但是,他使用这些观念和形象服务于一个崭新的目的,他特别将这些概念和形象的应用限制在知识探究的范围内。"④ 显然,这一意义上的诗其实是最初的哲学。

希腊哲理诗,从情感体验入手,对人的生活形成哲理的喟叹,这是哲理诗的生活之维。与此同时,从存在与真理入手,从知识与语言入手,通过哲学理性对存在与存在者,对世界与真理形成理性逻辑的把握,这是以诗的方式进行哲学的表达,它是哲学的诗歌起源。显然,这两种哲理诗,共同丰富了人们对希腊诗歌的思想深度的理解,也见证了诗歌与哲学的丰富联系。

四 希腊悲剧的基底即抒情诗

希腊戏剧诗歌,到底是算"诗歌"还是算"戏剧",这是存在争议

---

① Herausgegeben Von Wilhelm Capelle, *Die Vorsokratider*, Alfred Kröner Verlag, Stuttgart, 2008, S. 95.
② W. K. C. Cambridge, Guthrie, *A History of Greek Philosophy*, Cambridge, 1965, p. 11.
③ 汪子嵩等:《希腊哲学史》(1),人民出版社1988年版,第592页。
④ C. M. Bowra, *Problems in Greek Poetry*, p. 53.

的。问题在于，在希腊文化生活中，戏剧艺术属于公共政治生活领域。戏剧诗与抒情诗和史诗同属三大诗歌类型，在根本性质上属于诗歌领域，那么，希腊戏剧诗歌是如何发展起来的呢？在戏剧诗歌成熟之前，荷马史诗、赫西俄德的哲理诗歌、萨福的情歌、品达的颂歌，都得到了很好的发展，这些诗人比埃斯库罗斯、索福克勒斯、欧里庇德斯、阿里斯托芬、米兰德等戏剧诗人更早在希腊文明生活中发挥作用。

应该承认，希腊戏剧诗的起源，可能与抒情诗和史诗同一时代，甚至可以说，很难从起源上确立到底哪种诗歌在先。不过，从诗歌的成熟形态或经典形态意义上说，史诗在先，抒情诗其次，戏剧诗最后成熟。有意思的是，最先成熟的史诗与最后成熟的戏剧诗，在希腊文明生活中发挥着最大的作用，而且至今依然影响着西方文学艺术的发展。

严格说来，希腊抒情诗对希腊戏剧诗的最关键影响就是：在悲剧作品中，诗人让合唱歌队发挥着极为重要的作用。席勒早就注意到希腊歌队的作用，他认为，歌队对希腊悲剧的发展具有引领剧情与烘托悲剧氛围的双重作用。在我们看来，希腊抒情诗对希腊悲剧的积极作用表现在三个方面。一是抒情诗在悲剧中具有重要的烘托悲剧气氛的效果。它在一定程度上可以超出戏剧人物的对话，也可以暂时搁置剧情的发展，通过抒情诗的吟唱，我们可以感叹生命的庄严与沉重，从而对悲剧主人公的命运心生敬畏。二是抒情诗能够交代剧情的前因后果，不必通过人物对话展开"不必要的情节"。抒情歌队的演唱并不是在剧场前完成的，而是隐藏在剧场之后。在悲剧表演中，它更容易引发观众凝神注目，侧耳倾听。三是抒情诗有助于深化悲剧的人生抒情内容。许多歌队的唱词充满着强烈的人生哲理，通过歌队的演唱，抒情诗的赞美或哀泣效果更加强烈，它不仅可以增加悲剧的悲感而且可以强化生命沉思的价值。因此，我们可以说，希腊悲剧的基底即抒情诗，离开抒情诗的自由作用，悲剧的抒情效果可能会大打折扣。

从戏剧诗的起源上说，希腊戏剧诗最初奠基于希腊祭祀仪式与节日宴饮之中。在希腊祭祀中，存在特定的表演仪式，这从雅典娜大祭和德墨忒耳祭祀仪式中可以得到证明，更可以从狄奥尼索斯崇拜中得到证明。在宗教祭祀活动中，祭祀宙斯与德墨忒耳的婚礼仪式，具有仪式化动作化特征。在这些祭祀表演中，并没有太明确的歌词伴唱，但伴随舞蹈的音乐中有歌者的歌唱。

希腊宗教祭祀中动作仪式的固定程式，就是希腊戏剧表演的雏形。希腊戏剧，由歌词与动作两方面组成：没有歌词，戏剧就没有灵魂与情节冲突；没有动作，戏剧就没有场景与戏剧形象。早期的希腊戏剧是不成熟的，宗教祭祀中的戏剧场景只是提供了表演程式，并没有适合时代的独立创作内容。宗教颂歌只是独白式的赞颂歌，或者说，它只是希腊戏剧诗的基础，还不是希腊戏剧诗的真正组成部分。希腊戏剧中最经常运用的合唱歌，在形式上可能效法了宗教祭祀歌，但内容上则完全是为了配合戏剧内容的概括叙述，其中，充满了生命存在者的生命情感体验与生命自由的想象，或者说，合唱歌只是对悲剧氛围的强化，旨在突出人物形象的悲剧化体验或喜剧性效果。显然，希腊戏剧中的合唱歌，与希腊抒情诗传统有一定的联系，那么，希腊戏诗的独特性体现在哪些方面呢？

希腊戏剧诗具有自己的独特性，它不只是书面的诗歌文本，而且是必须进行场景表演的艺术根据。这就是说，希腊戏剧的本体并不是戏剧文本而是舞台表演。没有舞台表演，希腊戏剧等于没有完成，不过，戏剧文本如果不能显现为戏剧表演，就缺乏真正的戏剧性意义。这说明，希腊戏剧是戏剧诗与戏剧表演的双重统一体。没有戏剧诗的创作，戏剧表演就没有依据，无法想象艺术形象与艺术情节冲突；如果没有戏剧舞台表演，那么，戏剧诗只是供想象的文本。到底什么是戏剧的本体？是戏剧文本还是舞台表演形象？显然，人们更愿意承认"表演形象"是戏剧的本体。基于对希腊戏剧的综合性考察，希腊戏剧诗应该强调戏剧文本与戏剧表演的自由统一。

如果说，希腊戏剧诗的古典形态只是提供了公民在城邦剧场观剧的形象，那么，在今天，它既提供了供个人观看与想象的诗性文本，又提供了希腊表演形象实践的基础。我们今天讨论希腊戏剧艺术，只是从文本意义上讨论，因此，称之为"戏剧诗"更加合适。戏剧诗的体验与认识，不受时间空间的限制，而戏剧表演则受时间空间的限制。虽然今天我们可以通过影像艺术，将希腊戏剧的体验送给每一独立个体或者说送入千家万户，但是，从根本上说，戏剧诗是戏剧表演的形象创造的基础。从文本出发，戏剧诗的文本意义更加关键，戏剧诗与抒情诗和史诗，共同具有明确的语言文本特质。

戏剧诗的形成，离不开戏剧人物间的对话。无论是独白戏剧，还是二人戏剧，多人戏剧，戏剧对话与戏剧冲突，是希腊戏剧诗歌理解的关键内容。戏剧诗的基本存在形式就是"对话"，如果不会写作戏剧对话，就不能构成真正的戏剧诗。希腊戏剧诗的合唱曲部分，充满了抒情诗的独特力量。戏剧诗的对话，在情景演绎中往往极富力量，但是，从抒情诗来看，它的语言过于口语化，缺乏抒情诗应有的象征或哲理力量，节奏也不像抒情诗那么整齐。

埃斯库罗斯的悲剧,其对话并不突出,他的戏剧诗最富有抒情诗意味,甚至可以说,他是用诗的语言在创作戏剧。他的戏剧诗就是抒情诗歌,这是由于埃斯库罗斯的戏剧表演主要依赖独白和歌队,因此,抒情意味浓郁并不影响他的戏剧推进或悲剧效果的实现。在他的悲剧《被缚的普罗米修斯》中,普罗米修斯的独白就极富抒情诗的力量。

索福克勒斯则不一样,他主要依赖对话推进戏剧创作,只有当歌队合唱时,他的戏剧才富有抒情诗意味。在大多数情况下,他完全依赖对话构成尖锐的戏剧冲突,并获得哲学探索的深度,他通过命运悲剧的探索,为人的生命存在提供了特殊的思想内容。例如,"爱情从来就是神律座旁/大权在握的统治者/战无不胜的爱神总在捉弄凡人"。[①] 索福克勒斯的悲剧形象创造证明,戏剧诗的抒情性质必须让位于哲理性质,即戏剧诗的语言并不要求过于具有诗性与形象性,相反,戏剧诗的对话,必须构造巨大的戏剧冲突,突出生命存在的悲剧冲突性,必须在心灵冲突与生存冲突中完成悲剧形象的伟大创造。索福克勒斯的悲剧诗,是通过形象创造完成的独特生存哲学,其生存的巨大心理冲突与价值冲突,含有极其丰富的生命存在内容和哲学蕴含。

欧里庇德斯对抒情诗的运用是最圆熟的。在欧里庇德斯的悲剧中,有许多紧张的戏剧冲突,也有不少舒缓的情节开展,因此,欧里庇德斯特别善于通过歌队来推动剧情的发展。例如,《酒神的伴侣》与《美狄亚》,关键情节的推展或人物内心活动的展开,几乎都是通过歌队来完成。歌队的唱词就是最优美的抒情诗。在欧里庇德斯悲剧中,歌队的颂词显得特别雄浑有力。与此同时,由于欧里庇德斯的悲剧具有特别的现代意识,他的女性悲剧与女性观念完全超出了埃斯库罗斯与索福克勒斯,因而,表现出特别的超前意识或先锋意识,它对今天的女性观念与生命观念都有特别重大的影响。

希腊戏剧体诗呈现了独特城邦戏剧文化观念,希腊戏剧文化的成熟,与城邦政治的发展有着密切的关系。从希腊文明史的发展就可以看到,希腊戏剧诗与荷马史诗,具有相同的城邦政治文化功能,即荷马史诗、游吟诗人、戏剧诗人共同参与了城邦政治文化的建设。荷马史诗主要培养希腊城邦公民的精神信仰,包括宗教信仰、道德信仰、法律信仰等,希腊戏剧

---

① [古希腊] 荷马等:《古希腊抒情诗选》,水建馥译,人民文学出版社1988年版,第236页。

诗则主要培养希腊城邦公民的审美情趣，参与城邦政治生活、历史文化生活的体验与反思，培养公民正确的价值观与生命存在信仰，包括反战传统、参政意识、战争悲剧、公民自由等。

希腊戏剧诗具有强烈的现代性意义，因为它代表了城邦政治文化的诗性追求，体现积极进步的审美道德价值。米兰德的戏剧诗，在当时影响极大，而在今天只有少量的残片，在《我亲爱的土地》中，他写道，"你好，我亲爱的土地，多年之后重见/我要拥抱你。当我看见我家乡的时候/一切地方我都不看重，只看重这地方/因为在我看来哺育我的地方是神圣的。"① 这样的戏剧诗，自然具有强烈的生命抒情意味。

席格尔看到，"在史诗与抒情诗演唱中，诗人（bard）或歌队直接面对观众；在悲剧中，诗人在表演中是缺席的。"② 实际上，有些诗人承担了演员的工作，不过，席格尔的看法相当准确，即在史诗与抒情诗中的诗人是诗人自己，而在悲剧舞台上的诗人则只能是戏剧形象或角色，虽然共同具有诗的抒情效果，但角色不同。

无论是希腊喜剧艺术还是悲剧艺术，都具有强烈的生命启示意义。悲剧艺术的悲剧性与悲剧艺术的可思考性，是最重要的问题。没有悲剧的艺术性，人们不会欣赏悲剧，更重要的是，如果悲剧没有悲剧性的情感力量与思想力量，那么，悲剧艺术不可能如此持久地作用文明的心灵。相对说来，悲剧的思想性比悲剧的艺术性更值得重视。同样，喜剧艺术的讽刺性强调公民在城邦生活中的积极价值，特别是妇女参与城邦社会的政治生活，具有强烈的反讽效果，妇女的自由解放意识推动了公民社会自由美好生活的建设。那种古老的妇女解放意识以及妇女参与城邦政治生活变革，充分显示了希腊妇女自我解放运动的性别意识以及豪放的性爱意识，表现了希腊戏剧诗具有积极健康的城邦公民自由意识与妇女寻求自我解放的平等意识。

基于此，公民与城邦政治文化之关系，必然成为希腊戏剧诗歌解释的基本主题。我们一直在寻求希腊诗歌综合研究的可能，它必须跨出文学的传统方法，寻求如何最大限度地实现文学研究的价值，因此，在研究希腊戏剧时，必须先重视艺术本身、重视艺术本身的价值，后要重视艺术的社会价值，因此，发掘戏剧诗艺术的伦理学、政治学和文化学的价值，就必

---

① ［古希腊］荷马等：《古希腊抒情诗选》，水建馥译，人民文学出版社1988年版，第257页。

② Charles Segal, Tragic beginnings: narration, voice, and authority in the prologues of Greek drama, See *Beginnings in Classical Literature*, p. 85.

须成为我们的目标。"由于缺少史诗或抒情诗那样的外在叙述者,悲剧开始就必须激发观众追问谁的悲剧或为何发生悲剧。但是,悲剧很少采用这种公开的质问姿态,也许因为悲剧的目标在于创造一个总体虚构形象,并且在悲剧的审美框架中排除自我意识的认知。"① 这确实是悲剧的重要特性,正是在悲剧形象的认知中,审美主体可以获得自由的生命启示。

希腊抒情诗学与戏剧诗学的最大价值在于,它显示了公民政治与城邦政治所具有的自由民主价值与诗性自由想象价值,因为这是对人的真正解放与真正尊重。我们时代的公民与城邦价值并没有真正确立,即使是西方社会,也依然需要得到公民文化与城邦政治的启示,因而,如何通过古希腊戏剧重建城邦政治文化与公民文化依然是有意义的事情。从这个意义上说,希腊抒情诗学与戏剧诗学的政治文化蕴涵,就别具一种特殊的审美思想启示价值。

(原载《希腊诗学传统的重建》,浙江大学出版社 2019 年版)

---

① Charles Segal, Tragic beginnings: narration, voice, and authority in the prologues of Greek drama, See *Beginnings in Classical Literature*, p. 96.

维科诗性观念历史建构的希腊文化原则

李咏吟

一 "新科学"与希腊的诗性智慧

朱光潜将维科的《新科学》引入中国,并且对此进行了深入研究,奠定了现代中国学者理解维科诗学的思想基础。[①] 细读朱光潜译注的《新科学》,我们可以强烈地感受到维科诗学思想与古希腊文明的根本性联系,甚至可以说,正是维科给予了诗人荷马以独特的文明生活创造地位。事实上,这也激发了我们重新评价荷马,重新评价西方诗歌与希腊文化理想的真正内在价值。在维科那里,荷马与希腊文化意味着诗性智慧、诗性文化、诗性思维的最初奠基,更为重要的是,维科要建立的"新科学",其根本目的就是要告诉我们:人类文明的一切优秀成果皆源自"诗歌",人类的诗性智慧与诗性思维,是最古老的世界创造方式与文明生活创造方式。显然,这也是最为独特的诗学创造方式与诗学自我肯定的理论范式。

实事求是地说,维科的《新科学》,并不是一部严格的诗学著作,但是,它与文学密切相关,特别与荷马史诗和希腊罗马神话紧密相连。它所标明的"科学",是为了区别于自然科学,它所标明的"新",是因为维科时代的科学解释,很少从荷马史诗出发,或者根本没有从异教文化出发探讨各种科学的最初起源,更没有涉及文明或文化的起源问题。但是,涉及内容广泛的《新科学》,开创了从诗性思维出发理解人类文明科学的新思路,这也是一部关于文明起源的解释学著作。文明的起源,不仅涉及诗的创作,而且涉及一切文明制度的建立。更为重要的是,原初文明形态的建立,还涉及思维方式问题,即人类物质生活与精神生活的创造如何可能,为何要创建这样或那样的文化制度。由此可见,古典文明与诗性解释

---

① 朱光潜:《维科研究》,《朱光潜全集》(新编增订本)第 14 卷,中华书局 2012 年版,第 370—376 页。

维科诗性观念历史建构的希腊文化原则

模型的形成之间,有着密切的关系。

在维科那里,原初文明生活中的一切,皆可以通过诗性思维状态予以把握,于是,置于卷首的"象征图像",成了维科全部诗性解释的思想基础。用维科的话说:"整套图形代表三种世界",按照诸异教人类心灵,从地球上升到天空的次第。在地面上,看得见的全部象征图形,表示"民族世界";处于中部的那个地球,代表"自然世界";处在上部的那些象征图形,表示"心灵世界"和"天神世界"。从玄学女神胸部反射到荷马雕像的那道光线,就是照亮第二卷里的"诗性智慧"的光。凭这道光,真正的荷马,就在第三卷里得到了阐明。"通过真正荷马的发现,形成这个民族世界的一切制度就得到了阐明。"①

由此,可以看出,维科的新科学创建的意义,不是为了通过希腊文学,特别是荷马史诗,解释希腊诗学的一般美学特征,而是从希腊文学出发,解释文明的起源和文化制度建立的精神根据。即从史诗和文学中发现原初的历史生活世界的价值,确立人类科学思想的古老起源。这样,"诗性"的意义就超出了诗,它不仅满足了人们的想象与情感好奇心,而且提供了现代人认识古代世界或古代文明的最佳方式,即发现了诗的文化学意义,或文化对诗歌的作用。这种思维方式,显然超出了单纯的诗学解释,而且把诗与文明和历史关联起来。这种解释学视野,正是现代文化诗学最关心的问题,所以,维科的新科学,也可以理解成现代意义上的"文化诗学"的创立。

新科学的特定意义是什么?维科谈到,"新科学"的原则,就是(1)天神意旨,(2)婚姻制和它所带来的情欲节制,(3)埋葬和相关的人类灵魂不朽观念。维科认为,因为本科学所用的准则,是整个人类或大多数人都感到是公道的,它必然是人类社会生活的规律。②

古代文明的第一个事实是"神话的思维"。在维科那里,文明的一切创制,如此复杂奇妙,仿佛就是天神意旨。他"将文明的创造权归属于人",但是,这种诗性思想或智慧的动力,源自天神。他对异教世界的文化充满了理解和同情,因为它更接近历史本身。维科没有满足于神话本身,而是通过神话还原去理解文明发展的真实本质。

古代文明的第二个事实是:"制度的建立"。在第132节,维科特别提起,"立法是就人本来的样子来看人,以便使人能变成在人类社会中有

---

① [意]维科:《新科学》,朱光潜译,人民文学出版社1987年版,第34页。
② [意]维科:《新科学》,朱光潜译,人民文学出版社1987年版,第148页。

很好的用处。"维科喜欢以三种发展形态看待一切事物的发展过程,例如,人类从古到今,都有三种邪恶品质:"残暴""贪婪"和"权势欲"。立法,就应把人从这三种邪恶品质中挽救出来,创造出军人、商人和统治者三个阶级,因此,就创造出政体的"强力""财富"和"智慧"。由此可见,在维科那里,仿佛一切皆可呈现出三种表现形态。维科看到,"立法"最终会把人类从地球上毁灭掉的那三种邪恶品质中挽救出来,从而创造出使人能在人道社会中生活的那种"民政制度"。在此,维科特别强调了婚姻制度在人类生活中的重要性。

古代文明的第三个事实是:"民政历史与宗教传说的混杂性"。维科十分重视灵魂不朽观念,论理说,这与他的思想存在着矛盾,但是,他强调民政历史自身的内在发展规律性。

在文明草创时期,文明的创造者,到底是运用了玄奥的理性思维或哲学思维,还是感性的诗性思维或形象思维?自然,也是重要的问题。在维科看来,文明的最初创制,运用的是"诗性思维",而不是"玄学思维",即"一切都是诗性的"。在诗人的诗性智慧中,包容了一切丰富的内容和原创性品质。

"诗性"为何具有如此重要的地位?在第34节中,维科谈到,"我们发现,各种语言和文字的起源都有一个原则:原始的诸异教民族,由于已经证实过的本性上的必然性,都是些用诗性文字(Poetic character)来说话的诗人。"这个发现,就是打开维科所谓新科学的万能钥匙。它几乎主宰了维科的全部文学生涯并坚持不懈的钻研,因为凭我们开化人的本性,我们近代人简直无法想象到,要花大力才能懂得这些原始人所具有的"诗的本性"。[①] 在对古希腊文明的考察过程中,维科通过"时历表"本身进行比较说明,结果,发现一切全是"诗性的事物",而不是理智本身。

事实上,"诗性思维"具有本源性,是古代诗人最本源的精神创造方式,成为人类全部科学的基础。人类的一切原初科学皆具有诗性品质,或者说,都从诗中起源和诞生。他说:"诗人们"首先凭凡俗智慧感觉到的有多少,后来哲学家们凭借"玄奥智慧"来理解的也就有多少。"诗人们可以说就是人类的感官,而哲学家们就是人类的理智。"[②] 应该看到,"诗性思维"具有自由想象性,是神话思维或野性思维的原始状态。在维科

[①] [意]维科:《新科学》,朱光潜译,人民文学出版社1987年版,第28页。
[②] [意]维科:《新科学》,朱光潜译,人民文学出版社1987年版,第152页。

看来，"惊奇是无知的女儿，惊奇的对象愈大，惊奇也就变得愈大。"①"推理力愈薄弱，想象力也就成比例地愈旺盛。"②"诗的最崇高的工作，就是赋予感觉和情欲于本无感觉的事物。"

维科从各方面来考察人类文明草创时期的各种思想与艺术经典，通过这些经典去还原人类思想草创时期的诗性思维特点。尽管这些思想不是理性思维与科学认知，但是，这些思想并非毫无价值。由于人类在远古时期没有形成科学理性的思维，因此，诗性思维在古典时代就是科学思维，就是人文思维。人类思维在诗性思维那里处于未分化的状态，包容着各种思维的原初性品格。维科发现，这种诗性思维还保留在儿童思维那里，因为儿童的特点，就在于把无生命的事物拿到手里，又和它们交谈，"仿佛它们就是些有生命的人"。③由此，维科得出结论："在世界的童年时期，人们按本性就是些崇高的诗人。"④

诗歌，既然创建了异教人类，那么，一切艺术只能起源于诗。最初的诗人们，都凭自然本性才成为诗人。⑤诗性思维，还具有精神神秘性，是神学诗人的独特精神创造。维科为了探讨"世界历史"的一般文化进程，特别发明了诗性解释模型。在维科那里，"诗性思维"就是原始性思维的同义词，而不是真正现代意义上的"诗性"，即自由性。我们在探讨诗性时，既考虑到它的本源性，又要重视它的自由性。

事实上，"诗性"主要是使事物充满了美感魅力，而不是混沌性；"诗性"是野性原始的，但又是自由的美感想象思维。维科的诗性解释模型，显然，不是为了此，而是为了深入地解释古典文化的起源，因而，它更具原始思想史和人类思想的起源学解释意义。

二 荷马的诗性智慧再建构

维科的"文化诗学"或者"文明论诗学"，就是对人类自由文明智慧的再发现与再建构。诗性智慧与诗性思维的世界，是维科建构的思想图像。维科的《新科学》，是以诗性为中心而建立的新的科学体系，即一切科学皆"生成于诗"，一切科学皆"从诗起源"，一切科学中皆有"诗性因素"。诗性，是人类思想最古老的智慧，或者说，诗性智慧已经包含了

---

① ［意］维科：《新科学》，朱光潜译，人民文学出版社1987年版，第98页。
② ［意］维科：《新科学》，朱光潜译，人民文学出版社1987年版，第98页。
③ ［意］维科：《新科学》，朱光潜译，人民文学出版社1987年版，第98页。
④ ［意］维科：《新科学》，朱光潜译，人民文学出版社1987年版，第98页。
⑤ ［意］维科：《新科学》，朱光潜译，人民文学出版社1987年版，第104页。

全部人文社会科学与自然科学的雏形。这种崭新的"科学观念",不仅具有特别的思想启发意义,让我们不要简单地评价古典文化遗产,而且具有特别的诗学意义与美学意义,让我们能够真正认识古典诗性思维与神话想象的文明价值。

因此,考察诗性智慧,就成为维科思想的关键。维科指出,诗人们首先凭凡俗智慧感到的有多少,后来的哲学家们凭玄奥智慧来理解的就有多少。诗人们凭借"自由想象"感知世界并且认识世界,哲学家们则凭借"理性反思"建立人类的理智力,并且,通过科学理性的运用改造世界并认识世界。①

那么,应该如何理解诗性与诗性智慧呢?为此,维科还谈到"智慧的定义"。在他看来,"智慧"是一种功能,主宰我们为获得构成人类的一切科学和艺术所必要的训练。② 真正的智慧,应该教导人认识"神的制度",以便把"人的制度"导向最高的善。维科认为,因为古代人的智慧就是"神学诗人的智慧",神学诗人们,无疑就是导师,就是教导我们认识世界的最初的哲人们。一切事物在起源时一定是粗糙的,因为这一理由,就必须把诗性智慧的起源追溯到"粗糙的玄学"。③

从这种粗糙的玄学,可以发现,诗性智慧或诗性思维,就像躯干派生出肢体一样,从这一支脉派生出"逻辑学""伦理学""经济学"和"政治学",这些科学全是诗性的;从另一支脉派生出"物理学",这是"宇宙学"和"天文学"的母亲,天文学又向她的两个女儿,即"时历学"和"地理学"提供确凿可凭的证据,这一切也全是诗性的。维科看到,"诗性的玄学",作为偶像崇拜和牺牲祭祀的起源,因为人类本性就其和动物本性相似来说,具有这样特性,各种感官,是他认识事物的唯一渠道。他谈到,这些原始人没有推理的能力,却浑身是"强旺的感觉力"和"生动的想象力"。这种玄学,就是他们的诗,"诗"就是他们生而就有的功能。他们生来就对各种原因无知,无知是惊奇之母,使一切事物,对于一无所知的人来说,"都是新奇的"。④

为此,维科看到,"各民族的原始祖先,都是发展中的人类儿童",他们按照自己的观念去创造事物。原始人在他们的粗鲁无知中,只凭完全肉体的想象力,以惊人的崇高气魄去创造。这种崇高气魄,伟大到使那些

---

① [意]维科:《新科学》,朱光潜译,人民文学出版社1987年版,第152页。
② [意]维科:《新科学》,朱光潜译,人民文学出版社1987年版,第152页。
③ [意]维科:《新科学》,朱光潜译,人民文学出版社1987年版,第155页。
④ [意]维科:《新科学》,朱光潜译,人民文学出版社1987年版,第162页。

用想象来创造的本人也感到非常惊惶,因为能凭想象来创造,他们就叫作诗人。"诗人",在希腊文中就是"创造者"。① 伟大的诗,都有"三重劳动":一是发明适合群众知解力的崇高的故事情节,二是引起震惊为要达到预期的目的,三是教导凡人们做好事。维科谈到,"诗性玄学",就是凭天神的意旨或预见来观照天神,他们就叫作"神学诗人",懂得天帝在预言中所表达的天神语言。他们是在猜测,称他们为"占卜者"是名副其实的,因为每一个异教民族,都有自己的西比尔(sybils)。维科认为:"神谕",就是异教世界最古老的制度。② 诗的起源如此,也从诗的永恒特性得到证实:诗的所有材料,是可信的不可能。③ 总之,我们不能简单地把古老的诗歌当作神话传说材料轻易地抛弃了。

必须看到,古老的诗歌中蕴含着丰富的思想智慧,古老的诗歌中隐含着人类的全部丰富思想的原初想象力。它们不受理性束缚,或者说,理性与感性,想象力与判断力,神话思维与逻辑思维等等,完全处于自然统一状态。正是诗提供给我们认识人类最古老的文明思想与制度的基础,因此,古老的诗歌与神学诗人的创造,在维科看来,就是充满奇迹的事物。

正是按照诗性统率一切的思维模式,维科发现了"诗性逻辑"的最初价值。他说,凡是最初的比喻,都来自这种诗性逻辑的系定理或必然结果。按照上述玄学,最鲜明的因而也是最必然的和最常用的比譬,就是"隐喻",它也最受到赞赏。如果它使无生命的事物显得具有感觉和情欲,那么,就用他们来造成一些寓言故事。④ "最初的诗人们",给事物以命名,就必须用最具体的感性意象,这种感性意象,就是替换和转喻的来源。他说,诗的奇形怪物和变形,起于"原始人性的必要",即没有把形式或特性从主体中抽象出来的能力。按照他们的逻辑,他们须把一些主体摆在一起,才能将这些主体的各种形式摆在一起,或是毁掉主体,才把这个主体的首要形式,强加于和它相反的形式分离开来。⑤ 维科看到,把这种相反的观念摆在一起,就造出了"诗的奇形怪物"。

在维科那里,诗性逻辑,就是"语言的内在逻辑"。维科采用大量的语言学或词源学证明,就是为了找到真正的证据,说明诗性思维包含了一切科学的最初起源。在考古学发达的今天,这种证据法,还是带有人为解

---

① [意]维科:《新科学》,朱光潜译,人民文学出版社1987年版,第162页。
② [意]维科:《新科学》,朱光潜译,人民文学出版社1987年版,第166页。
③ [意]维科:《新科学》,朱光潜译,人民文学出版社1987年版,第167页。
④ [意]维科:《新科学》,朱光潜译,人民文学出版社1987年版,第180页。
⑤ [意]维科:《新科学》,朱光潜译,人民文学出版社1987年版,第183页。

释的想象成分。他说,人类的最初创建者,都致力于"感性主题"。他们用这种主题,把个体或物种的具体的特征、属性或关系结合在一起,从而创造出他们"诗性的类"。① 因此,"天神意旨",对人类事务给了很好的指导,它激发了"人类的心智"必须先致力于论题学,而后才转向批判,因为先熟悉事物而后才能批判事物。论题学的功用,在使人心富于创造性;批判的功用,在使人心精确。② 这就是维科对诗性逻辑的强调,这就是诗性逻辑思维的真正价值。

由诗性观念出发,维科在原始思维与荷马史诗形象中发现了"诗性伦理"的启示意义。他说,哲学家们的玄学,用神的观念来实现它的第一项任务,这就是"澄清人心的任务"。按照诗性思维的看法,我们需要用逻辑使人心有清楚的确定的观念,形成它的推理活动,然后,从这些理性观念降下来,"用伦理来清洗人心"。他说,"诗性伦理",从虔敬开始,那么,虔敬就是由天意安排来创建各民族的,因为在一切民族中,"虔敬"是一切伦理的经济和民众的德行之母。"虔敬"就是伦理德性,维科没法否定它,相反,赞美它并肯定它。在他看来,"只有宗教,才使人有实践德行的力量",而哲人们,毋宁说是较适合讨论德行。"虔敬起于宗教",宗教就恰恰是敬畏神祇。③ 维科承认,人是依靠物质生活存在的,因此,经济的生活具有重要的价值。在荷马史诗中,战争的发动也离不开经济的冲动,而经济的冲动,在维科看来就展示了诗性经济的价值。

不过,在维科那里,"诗性经济"讨论了许多具体的生活问题。他说,英雄们凭各种感官,去认识全部经济学说中的两点真相。这两点,由两个拉丁动词来保持住,一个是教育,一个是训练。按流行的最好的习惯用法,前一个动词,用于精神教育,后一个动词,用于身体训练。他说,在经济的产生中,他们本着最好的想法,实现天神意旨。这种想法就是,父主们应凭劳动和勤勉为儿辈留下一份家产或祖业,以便在对外贸易,甚至一切民政生活的果实都无济于事时,后代人还可以有一份舒适而安全的维持生活的必需品。"他们所留下的这份家产",应包括有"好空气的地方",有自己的经常不断的"水源供应"。它预防万一放弃城市时,还有形势险要的地方可以退守,还要有"广阔的平坦的土地",而且,在城市万一陷落时,还可以收容逃难的穷苦农民。凭这些逃难者的劳动,还可以

---

① [意]维科:《新科学》,朱光潜译,人民文学出版社1987年版,第230页。
② [意]维科:《新科学》,朱光潜译,人民文学出版社1987年版,第231页。
③ [意]维科:《新科学》,朱光潜译,人民文学出版社1987年版,第263页。

维持自己的贵族地位。① 诗性经济,其实就是人类的原始生活冲动,就是人类的物质生活与现实生活的必然要求。

维科发现,只要有人的生活,只要有城市与乡村,只要有渴望生存与发展,就必然有经济的要求与政治的要求,因此,政治经济制度具有决定性作用。按照维科的诗性思维观念,"诗性政治",必须成为优先考虑的问题。他说,关于诗性政治的所想到的,为罗马史所证实的一切原则,都突出地为下列四种英雄式人物性格的标志所证实。第一种是"俄尔甫斯或阿波罗的竖琴",第二种是"美杜莎的头",第三种是"罗马的法斧棒",第四种是"赫库勒斯和安太的斗争"。这四种要素,都是诗性政治的重要组成部分。"竖琴",是各种弦或权力的结合,其中,叫作"民政权力"的公共权力,就是由这种结合组成。

维科看到,它结束私下的权力和暴行,因此,诗人们完全恰当地把法律,界定为"各王国的竖琴"。"美杜莎",代表父主们在氏族体制下所享有的高高在上的"家族领地",后来,形成了民政方面的"地产管理权或征用权"。"罗马的法斧棒",就是在氏族制下父主们的"王杖",它具有法律的威严,具有惩罚的力量与惩罚的合法性。最后,维科认为,"赫勒库斯和安太之争",象征着前者创建了诸英雄民族对自然的征服过程,后者则象征着自然的野蛮力量以及自然本身的历史构成性。② 人类永远要从自然中索取,而自然又会给人类带来报复,这是人与自然的冲突,也是文明与野蛮的冲突,它在古老的史诗中展示出无限自由的想象性与神话理解的浪漫性。

在解释了诗性文化的社会层面的内容之后,他开始关注"诗性文化"或"原始文化"的物理层面的内容,即"诗性智慧",维科认为,一切皆是从诗性智慧中派生出来。它既可以派生出诗性人文的浪漫想象,又可以派生出科学的理性判断。正是从诗性智慧出发,维科从文明的诗歌经典与神话想象中派生出"诗性物理",接着,又派生出"诗性宇宙"和"诗性天文",其结果是"诗性时历"和"诗性地理"。

在第 688 节中,他谈到:神学诗人们,把物理看作异族世界的物理,所以,他们首先把"混沌"界定为:人类生命的种子,在可耻的男女杂交情况下出现的混乱。物理学家们,后来推动人们想到普遍的自然界种子的混乱。为了表达这种"混乱",他们就沿用诗人们已经发明的而此后还

---

① [意] 维科:《新科学》,朱光潜译,人民文学出版社 1987 年版,第 251 页。
② [意] 维科:《新科学》,朱光潜译,人民文学出版社 1987 年版,第 313 页。

很恰当的词。在维科看来，之所以存在这种"混乱"，是因为当时其中还没有人类的制度；与此同时，也应该看到，它之所以是"昏暗的"，是因为当时还没有"民政的光辉"来照耀。进一步，他们把感性的混沌想象为"阴间"，还把它想象成吞噬一切事物的丑陋怪物。因为维科发现人类在可耻的杂交情况中，没有人所特有的形状，一切都被太空吞噬。生命存在与生命死亡，一切最终消融在自然与混乱之中。

维科认为，在原始时期，认不出谁是父母，谁是子女，人们就不能留下属于他们自己的东西。这种混沌，后来被物理学家们看成自然事物的原始物质。这种原始物质本身，是无形式的，它吞噬一切形式。不过，诗人们却给它丑怪的形式，就成了"潘恩"。他是一切林神的主神，林神们不住在城市里而住在森林里。"潘恩"这种人物性格，代表一切不敬神的流浪汉，在地上大森林里浪游，它还有人的外貌，但是，总是具有野兽的可恶的习性。它具有自然的声音与自然的浪漫，又具有无穷的生殖力与生命创造力。它的充满野性而自由的歌声，永远给予人们生命的启示，因此，潘恩是为诗人所热爱的林神，是伟大的自然生命的象征。

维科认为，"神学诗人们的世界"，是由四种神圣的元素组成的：一是"气"，这是天神的雷电的来源；二是"水"，来自永久不断的泉源，掌管水的女神是狄安娜；三是"火"，这是乌尔坎用来清除大森林的；四是"土"，这是地神垦殖过的，从此，物理学家们就被推动去研究自然世界所由组成的四大元素。[1] 这种发现，多么富有诗性价值，它让我们在思考诗性想象时，既能分析诗歌的价值，还能发现它所具有的科学价值，这就决定了诗歌的特殊地位。他说，"神学诗人"，在他们极其粗疏的物理里，看出人里面的两种玄学观念：即"存在"和"维持存在"。[2]

按照维科的这种科学思维方式，就必然引申出诗性宇宙与诗性天文、诗性时历与诗性地理。维科发现，"诗性宇宙"，在神学诗人们的想象中，就是自然生活世界，就是我们的大地与天空以及自然万物。在神学诗人那里，既然把他们想象的一些物体定为物理的原则，那么，他们描绘宇宙，也按照这种物理学把世界看作由天空、下界的诸神和界乎天地之间的诸神组成。这个世界，就是根据诗性想象来理解和完成的，不是单纯的想象，而是诗性的科学思维。维科还认为，"诗性天文"的形成，源于诸原始民族从村俗天文开始，因此，他们就诸天体编出了他们的神和英雄们的历

---

[1] ［意］维科：《新科学》，朱光潜译，人民文学出版社1987年版，第358页。
[2] ［意］维科：《新科学》，朱光潜译，人民文学出版社1987年版，第359页。

史，其中，保存住这样特性："凡是充满着神性或英雄性的人物的记忆"，都是值得历史叙述的题材。有些是因为显出天才和秘奥智慧的作品，有的是因为显出英勇和村俗智慧的作品。

维科还发现，"诗性历史"本身，向渊博的天文学家们提供机会去描绘天上的英雄和他们的象形文字。把他们摆在一个星群而不摆在另一星群，摆在天空的某一部分而不摆在另一部分，摆在某一行星上而不摆在另一行星上，都各有用意，一些大神的名称就用来"称呼诸行星"。① 人类文明的发展，离不开空间与时间问题。如果说，空间是人类生存的基础，那么，时间则是人类文明的自我创造。人类正是依靠时间的力量与时间的想象，把握生命与时间的价值，具有特别的科学意义。

"诗性时历"，是神学诗人们根据他们的天文来替"时历"制定出文明生活的各种起源。他说，"时历学"，就是以这样的方式，根据人类所必经的各种习俗和事物的进程，使它的先后承续的一些时期确凿可凭。时历，显示了特别的历史记忆价值，还保存并保护了人类生命的自由价值。希腊人在农神以后，才称时间为"时神"，才凭庄稼收获的次数计算"年岁"。这门科学，还保留着原来的完全正确的名称："天文学"，即星辰规律的科学；与此同时，天象学，属于研究星象语言的科学。这两个名词，都指占卜，象征着时间的特殊价值。根据前面提到的公理，就产生了神学这个名词。"神学"这门科学，就是研究诸天神在预言里和征象中的语言。② 这就是从原始思维中所发现的一切，这就是诗性想象对所有的科学与所有的生命的理解。一切人文科学、社会科学与自然科学，皆可以在这些诗性思维中想象。

如果说，"诗性时历"主要是为了研究人类的时间，是人类在文明发展史上就时间问题作出的伟大发现，那么，"诗性地理"则是人类在空间问题与存在问题上对人类生活与自然世界的伟大发现。按照维科对异教文明的认知，按照维科对荷马史诗的理解，"诗性地理"，显示了希腊人的心智，他们惯于进行广阔的外射来扩展自己。按照这些原理，希腊以东的那个大半岛，就称为亚细亚，与此同时，希腊因为本土在亚细亚的西方，就叫"欧罗巴"。酒神巴库斯，从东方来，就是说，从富于诗性黄金的地方来。他以凯旋的方式坐在黄金车里，也是一位能驯服蛇和虎的人。荷马史诗以诗性思维与神话思维的方式，保存了这些原始的智慧或古老智慧。

---

① ［意］维科：《新科学》，朱光潜译，人民文学出版社1987年版，第379页。
② ［意］维科：《新科学》，朱光潜译，人民文学出版社1987年版，第387页。

事实上，古代智慧寄寓在史诗或神话中，与其说是创造了或凭虚构地描绘了一些神话故事，不如说，他们借神话创造了自由美好的生命世界与科学理性的生活世界。从这些神话故事中，我们发现了全部玄奥智慧的大轮廓。各民族在这些神话故事里，通过人类感官方面的语言，以粗糙的方式描绘各门科学的世界起源，后来的专家学者的专门研究，才通过推理和总结替我们弄清楚。因此，维科说，"神学诗人们是人类智慧的感官，而哲学家们则是人类智慧的理智。"① 不是神学诗人也不是哲学家创造了文明世界，而是他们共同创造了人类文明世界，不过，神学诗人的贡献更加古老原始，哲学家是在神学诗人创造的基础上才完成了理性思维的发展或成熟。

三 荷马与维科的文化诗学

维科在讨论古典文明或希腊文明的起源的时候，特别谈到古典文明的创制的诗性特征，而这一切，又可以通过荷马史诗本身获得充分证明。他先是重复已经证明的判断："诗性智慧"是希腊各民族的民俗智慧，"希腊各民族"原先是些神学诗人，后来则是些英雄诗人。他极力反对柏拉图的荷马观，即反对像柏拉图或亚里士多德那样，认为荷马有着"玄秘智慧"，实际上，这是为了否认诗人的思维乃理性思维。他想肯定的是，诗人的思维只能是感性思维或诗性思维。他提出，荷马要遵从他那个时代的野蛮的希腊人的村俗的情感和习惯，即遵从诗性的原始思维。因此，他认为，"诗的目的"如果是为了驯化村俗人的凶恶性，那么，这种村俗人的教师，应该是"诗人们"。维科的论述，还带有一定的辩护性，虽然从总体上说，荷马诗歌创作强调以诗性思维、形象思维或村俗思维为中心，但是，也应承认，荷马不可能完全顺从诗性思维，或者说，只以诗性思维为中心，其实，在诗性思维中也有理性思维。②

从根本上说，荷马史诗创作，不是为了诗性思维而创作，而是为了形象思维而创作，因为理性思维是建立在日常经验思维之基础上，当时的人，还不能摆脱神秘主义的思维。荷马史诗文化，无论是从情感上，还是从形象记忆上，都是最有利于记忆和传播的，这不需要抽象而艰深的思考。抽象而艰深的思考，只能基于大量的生活经验的广泛积累，从而形成根本性的转变。应该说，希腊诗歌创作者，自觉意识到诗作的鲜明的身份

---

① ［意］维科：《新科学》，朱光潜译，人民文学出版社1987年版，第407页。
② ［意］维科：《新科学》，朱光潜译，人民文学出版社1987年版，第412页。

标志的重要性，是公元前六世纪的事情。

这就是说，希腊诗人的身份意识，要早于其他民族的诗歌创作者，因为这一时期的中国诗人和印度诗人都没有自觉的身份意识，但是，再往前进行时间追溯，就可以发现，希腊史诗诗人的身份标志也成了问题，即"谁是真正的荷马"？可以说，对各民族最早时期的诗歌创造者或文明的创造者的追溯，是诗性文化考察的核心性问题，对此，维科创建了独特的诗学解释学道路。

"发现真正的荷马"就成了维科的重要工作。他从史诗文本出发，提出了种种"寻求真正荷马"的尝试，为此，他从贺拉斯的说法中提出了两点疑问：其一，荷马既然出现最早，何以竟成了不可追摹的英雄诗人？其二，荷马既然出现在哲学和诗艺以及批评的研究之前，何以竟成了一切崇高诗人中最崇高的一位？在哲学以及诗艺和批评的研究既已发明之后，何以竟没有诗人能远望荷马的后尘并与它竞赛呢？① 所以，他认为，只能通过想象才能创造诗歌，由于这些神话故事，都是凭生动强烈的想象创造出来的，它们就必然是崇高的。

从此，就产生出诗的两种永恒特性：一是诗的崇高性（Poetic sublimity）与诗的通俗性（Poetic popularity），二是各族人民的英雄特性与文化生活特性。既然诗人们首先为自己创造出这些英雄人物性格，那么，就可以凭借由一些光辉范例使其著名的那些人物性格来理解人类习俗。② 维科提到，如果"荷马史诗"就是关于古希腊习俗的民政历史，那么，"它们就是希腊部落自然法的两大宝藏。"③

维科重视诗性思维，就是重视神话思维与诗性想象，在他那里，诗性思维与神话思维，皆具有理论的合法性。他认为，神话故事的精华在于诗性人物性格，产生这种诗性人物性格的需要在于：当时人按本性还不能把事物的具体形状和属性从事物本身抽象出来。因此，诗性人物性格，必然是按当时全民族的思维方式创造出来的。这种民族，在极端野蛮时期，自然就有运用这种思维方式的必要。神话故事都有永恒特征，就是要经常放大个别具体事物的印象。④ 他由此得出结论，按照诗的本性，任何人不可能既是高明的诗人又是高明的玄学家，因为玄学要把心智从各种感官方面抽开，而诗的功能却把整个心灵沉浸到感官中去。

---

① ［意］维科：《新科学》，朱光潜译，人民文学出版社1987年版，第422页。
② ［意］维科：《新科学》，朱光潜译，人民文学出版社1987年版，第424页。
③ ［意］维科：《新科学》，朱光潜译，人民文学出版社1987年版，第90页。
④ ［意］维科：《新科学》，朱光潜译，人民文学出版社1987年版，第426页。

按照维科的理论,"玄学思维"飞向共相,而诗的功能,"却要深深沉浸到殊相里去"。① 为什么原始诗人一定是诗性思维而不是理性思维?维科的解释,其实还是缺乏充分的说服力。维科看到,"一切世俗历史都起源于神话故事"。② 他谈到,"说书人"这个词,是由两个词合成的,意思是把一些歌编织在一起,而这些歌,是从他们本族人民中搜集来的,与此类似的普通词"荷马",据说,也是由两个词合成。③ 他谈到,像荷马那样或像荷马那样的歌咏诗人,竟然能把全部希腊神话史,从诸天神的起源到尤利西斯(奥德修斯)回到故乡伊塔卡的全部历史过程,都保存下来了。这些歌咏诗人的名称,是从圆圈这个词来的,它们不过是些平常人在宴会上或庆祝会上,"向围成圈子的老百姓们歌唱神话故事"。④

他谈到,荷马纯粹是一位仅存于理想中的诗人,并不曾作为具体的个人在自然界存在过;单就希腊人民在诗歌中叙述了他们的历史来说,"荷马是希腊人民中的理想或英雄人物性格"。为什么希腊各族人民都争着要取得荷马故乡的荣誉,理由就在于:"希腊各族人民自己就是荷马"。⑤ 维科还谈到,"荷马的一切优点",都是希腊人英雄时代的特征。荷马在这种英雄时代,始终都是一位高明无比的诗人,正因为生在记忆力特强、想象力奔放而创造力高明的时代,荷马决不是哲学家。⑥ 所以,他说,"荷马是流传到现在的整个异教世界的最早的历史家"。⑦ 必须承认,这些说法,多么富有思想的想象力,也多么富有思想的启示力!

正是通过这些分析与论述,我们看到古老的诗歌与经典的文明价值,也看到各民族的人民乃至世界人民共同创造生活、文明与历史的重要价值。英雄的价值,是不容忽视的,然而,创造历史与文明的,又不只是英雄。因此,全体希腊人是荷马、荷马就是全体希腊人等看法,是多么了不起的思想发现。

维科发现,这种诗性思维发展的历史经历了三个不同的时代,这就是神的时代、英雄时代与人的时代,与此同时,关于神话思维与神话想象的接受,也经历了这样三个时代。首先,是神学诗人的时代,神学诗人自己

---

① [意]维科:《新科学》,朱光潜译,人民文学出版社1987年版,第429页。
② [意]维科:《新科学》,朱光潜译,人民文学出版社1987年版,第433页。
③ [意]维科:《新科学》,朱光潜译,人民文学出版社1987年版,第436页。
④ [意]维科:《新科学》,朱光潜译,人民文学出版社1987年版,第437页。
⑤ [意]维科:《新科学》,朱光潜译,人民文学出版社1987年版,第442页。
⑥ [意]维科:《新科学》,朱光潜译,人民文学出版社1987年版,第448页。
⑦ [意]维科:《新科学》,朱光潜译,人民文学出版社1987年版,第449页。

就是英雄，歌唱着真实而严峻的神话故事；其次，是英雄诗人的时代，英雄诗人把这些神话故事篡改和歪曲了；再次，是荷马时代，因为荷马接受了这样经过篡改和歪曲的神话故事。

维科的荷马观，有着自己明显的意图，可以说，维科并不是真正为了解释荷马，而是为了解释诗人与历史文化之关系。在他看来，所有的上古文化，都不是某个人所创造的，而是民众共同创造的结果，而且，上古人类的思维模式，皆带有诗性思维的特征。因此，荷马就成了这种诗性解释模型的代表。实际上，这一问题，并非如此简单即可解决。

对这个问题，应该进行辩证的解释。首先，原始文化，确实很难找到具体的作者，因为部落首领及其所重视的智者，通常就是文化的创造者。他们的智慧，通过部落首领发挥作用，这样，文化的权威和解释效力，通过神权的维护者发生作用。因而，维科说整个希腊人创造了荷马史诗，从这个意义上看是正确的。其次，民间的歌唱创造者，往往走边缘化的民间创造道路，因为他们不能为部落首领承认其特殊地位。他们立足于民间文化生活并为民众带来快乐，他们忠实于民间思想并满足民间的要求，同时，又提供民间想象的伟大成果。他们的歌声能给人们真正的快乐，按照维科的说法，歌手就扮演着这样的角色。

维科认为，荷马就是这样的歌手，而且是其中最杰出的歌手，因而，否认个人的杰出作用似乎不妥。歌手，确实与他生活的文化之间有着亲密的关系，他扎根于文化之中，并成为人们最忠实的思想和想象的保护者，所以，"诗性的一切"，皆是诗人所独创的说法，站不住脚。诗人可以是原乡文化的表现者，也可以在原乡文化之基础上进行自由想象和创造。

因此，主张荷马是"全希腊人民"，或者主张荷马是"希腊最杰出的诗人"两种说法，其实并不矛盾，因为诗人并不仅代表他自己，还代表他的文明与历史和民间智慧。他同时又是天生的诗人，创造本身成了他的语言天赋和想象天赋的自由表现。这样，维科的荷马观，虽然存有偏见，但是，他提供了从诗歌进入文化和从文化进入诗歌的理解之可能，这已经超出了"纯诗"与"纯诗学"的范围了。

四 诗性思维的创造性价值

维科指出，根据埃及人所说的他们以前经历过的那三个时代，即神、英雄和人的先后衔接的三个时代。我们将看到诸民族，都是按照这三个时代的划分向前发展。根据每个民族所特有的因与果之间经常的不间断的次第，就会不断向前发展。这三个时代，有三种不同的自然本性，而从这三种本性中，又产生出三种不同的习俗。由于这三种习俗，他们就遵守三种部落自然法，作为这三种法的后果，就创建出三种民事政体或政权。

维科发现，为了便于已进入人类社会的人们，一方面，相互交流上述三种主要制度，就形成了三种语言和三种字母；另一方面，为了便于辩护，就产生了三种法律，佐以三种权威（或所有制）、三种理性和三种裁判。这三种法律，处于三阶段期间，这是诸民族在他们的生命过程中都遵守的。维科在建立了新科学的公理与原则之后，试图将其公理和原则推展到不同文明的解释中去，并将此视作文明进程的一般历史精神发展原则。这种三分法分析，表面上看来很有科学理性智慧，实际上，充满了维科式解释的理论强制。文明与历史，未必是按照这三个阶段发展的，因为文明与历史本身，常常有许多偶然性。这种必然性与偶然性，并不能获得内在的一致性。

维科对人类文明进程的分析，特别标明是"异教文明"，即从"非上帝创世"的角度去解释文明创生的历史过程。他的文明进程理论，大多采取三阶段说。在他看来，一切原创性的事物都是具有诗性的，因此，诗的含义被扩大，诗性思维就变得格外重要。"诗性"，成了维科评价各民族文明的标志，也是文明发展的内在精神动力。他说，古罗马法是一篇严肃认真的诗，是由罗马人在广场表演的，而"古代法律是严峻的诗"。他说，根据上述考察得出的结论是：这些玄学逻辑学和伦理学各方面的原则，都是从"雅典广场"上产生出来的。

他发现，从梭伦对雅典人说的"认识你自己"那句告诫开始，就产生了"民众政体"。从民众政体中，就产生了法律，哲学就是从法律中涌现出来的。梭伦本来在村俗智慧方面是哲人，后来，才被认为在秘奥智慧方面也是哲人。[1] 在他看来，"人按特性来说，只是心、身和语言，而语言仿佛处在心和身的正中间。"因此，就什么才是公道这个问题来说，在哑口无言的时代，确凿可凭的事物，就是从身躯开始。接着，各种所谓有声的语言被发明出来了，"公道"就进展到：由说出的程序，变为确凿可凭的一些观念。最后，人类理智已充分发展了，"公道"就在真实中达到了它的目的，并且，由此达到什么才是公道的一些观念本身。这些观念，是由理性根据事实的细节情况来决定的。[2]

维科的解释说明，"诗歌"决不仅仅是情感的事物，还是文明的真正

---

[1] ［意］维科：《新科学》，朱光潜译，人民文学出版社1987年版，第533页。
[2] ［意］维科：《新科学》，朱光潜译，人民文学出版社1987年版，第534页。

原始的创建性文化力量和方式。维科的研究本身，表明了原初诗歌或广义的文学，对于保护人类思想的历史或保护人类思想的重要性，具有十分重要的意义。历史的文学或诗歌是如此，现实的文学或诗歌，未必不是如此。从这个意义上说，诗歌或文学，对于人类文明的创建、保护或发展，具有十分重要的借鉴作用。

　　文明发展的路线和文明的智慧创建，是否真的像维科所设想的那样，自然而历史地演进和发展呢？即是否文明中的一切，皆有神的时代、英雄的时代和人的时代三种创造形式？显然，这是成问题的设想。应该说，维科超出基督教的范围而对异教世界的文明进行解释，是非常了不起的，但是，他并没有真正创立"新科学"，他只是为古典文明或最早的文明成果提供了科学合法性理解开辟了一条思想的道路。他的最后的总结性解释，似乎又向神学作了妥协。在文明生活中，那种神的时代、英雄的时代和民众的时代的三分法，是很成问题的。

　　维科在不侵犯基督教的权威性时，又小心地论证着民政秩序的地位。他特别谈到，"天意"就在城市既已兴起时创建出民政秩序，这种民众秩序，是最接近自然的。① 他又谈到，随着岁月的推移和人类心智的巨大发展，各族人民中的平民们，终于对这种英雄体制的各种权利要求，发生了怀疑，认识到自己和贵族们具有平等的人性，于是，就坚持自己也应加入城市的各种民政机关里去。他认为，"这一切都是天意安排的"，其目的在于：品德的行为，既然不再像从前那样由宗教情绪来推动，那么，哲学就应使人从理念上认识各种品德，凭借对品德理念的反思，没有品德的人们也会对他们的丑行感到羞耻。只有这样，倾向于做坏事的人们，才能被迫去尽他们于理应尽的义务。②

　　在这里，维科将天神看得高于一切，所以，他最后，得出的这样的结论："本科学以对宗教虔诚的研究为他的不可分割的一部分"，而且，"对宗教不虔敬的人，就不可能是真正具有智慧的人。"③ 显然，这种思想有其真实性，但是，又存在着内在的矛盾。这说明，维科还不可能像十九世纪的哲学家那样，给科学、法学和哲学进行真正正名，他提供了考察古代思想的重要方式，却在神学面前止步了。这说明，他的"新科学"，只有文明解释与文明还原的作用，还没有或不能通过宗教批判达到宗教否定的

---

① ［意］维科：《新科学》，朱光潜译，人民文学出版社1987年版，第568页。
② ［意］维科：《新科学》，朱光潜译，人民文学出版社1987年版，第569页。
③ ［意］维科：《新科学》，朱光潜译，人民文学出版社1987年版，第576页。

作用。因而，这样的"新科学"，是不彻底的，理性的光辉还处于昏暗状态。但是，也应看到，维科提供了极为重要的文化解释方式。他在骨子里是说，不是神创造了世界，也不是英雄创造了世界，而是所有的民众创造了世界。这个思想，具有最为积极的文明启示价值。

特别值得思考的问题在于：是否一切文明都是诗性的方式？应该说，诗在文明创建过程中发挥了积极的作用，这是应该肯定的，但是，诗的作用具体表现为保存文明、正视心灵、想象历史真实性、给人快乐、显示民族的心性智慧，即发挥着精神的作用，它反映民政制度，但并不创建民政制度，它保护想象和理想，但并不能对社会生活形成真正的律法。诗性思维方式，得以保留的最根本的原因，是由于它在心灵记忆中的神圣作用，它能激发人们想象的激情，同时，也是由于存在保护诗的职业和热爱者，它最初具有娱乐的功能，而从历史的角度来看它，则具有保存历史文明的功能。这是诗人在创造诗歌时想象不到的，也是诗的历史文化传承造成的必然结果。

虽然我们可以说"诗歌不是正史"，但是，诗歌是民众的精神想象史和生活的心灵史。维科重视诗性思维的作用，显然，是从历史功能入手。他恰好忽视了诗的审美功能，这可能正是维科诗学的缺陷所在。好在大家都重视诗的本体审美功能，而维科则重视诗的文明传承和文明保护及文明证明的功能，这就开辟了"诗性认识的新维度"。这说明，诗的作用，可以超出文学自身，它属于整个人类文明，而且可以超出民族文化自身的局限，这正是维科诗学的伟大之处。

事实上，诗与诗人，参与了人类文明的伟大创建。最初的人类诗人成先知，就是用诗性思维来创建一切科学和文明。"诗歌与神话成了一切科学的起点"，在维科的时代，许多人不愿意承认这一点，那时的人们和今天的人们更加崇尚科学，然而，通过《新科学》，维科颠覆了这一说法。我们必须从古老的诗歌传统与神话传统中，去寻求伟大的生命智慧。从西方文明生活意义上说，如何理解希腊文化理想或荷马所代表的希腊文化传统，寻求诗性理解与诗性想象乃至诗性创造的特殊价值，不仅是有价值的诗学眼光，而且是自由的文明生活解释视角。由此，我们可以构建古典文明生活与艺术的自由或浪漫精神，这就是《新科学》的重大价值。

（原载《希腊诗学传统的重建》，浙江大学出版社2019年版）

席勒诗学对希腊文化理想的审美诠释

李咏吟

一 席勒诗学对希腊的尊崇

单从中国文艺理论界对席勒研究的贡献来看,冯至、范大灿、张玉能无疑奠定了关于席勒诗学解释的基本范式:冯至从浪漫派文学入手强调席勒通过希腊神话对浪漫派的积极引导作用,[①] 范大灿则从创作文本分析入手强调席勒诗学的古典美学法则,[②] 张玉能则通过对席勒诗学文本的翻译与研究强调席勒对希腊戏剧文化的深刻理解。[③] 从这三位代表人物的翻译与研究可以发现,他们都不同程度地关注了席勒诗学与古希腊文化的内在联系,虽然并未给予特殊而明确的强调。事实上,这是理解席勒诗学与美学最重要的思想线索,也可以发现席勒对希腊文化理想(Hellenism)的独创性解释及其浪漫文化精神的探求。

从文学与诗学意义上说,席勒诗学的历史价值,远远没有得到充分的认识,这从有关研究文献即可看出。应该说,席勒在诗学和美学上的创造性探索,比他在戏剧与诗歌创作方面的贡献更大,所以,他的《论素朴的诗与感伤的诗》与《审美教育书简》,以及有关美感、戏剧理论方面的著作,至今仍为人们所津津乐道。相对于他的美学思想而言,他的诗学基本理论,在后人的理论解释中出现了许多误解。误解之一,在于把席勒诗学中的"素朴的与感伤的诗"等同于"现实主义和浪漫主义";误解之二,在于把席勒诗学仅仅看作"倡导观念化创作"的理论,将其诗学与创作之关系简单化。尽管席勒的文学创作本身确有观念化倾向,但是,不应以此作为评判其全部思想的基础。

[①] [德] 席勒:《审美教育书简》,冯至、范大灿译,北京大学出版社 1985 年版,第 2—3 页。
[②] 范大灿编译:《席勒经典美学文论》,生活·读书·新知三联书店 2015 年版,第 3—5 页。
[③] 张玉能:《席勒美学引论》,天津教育出版社 2015 年版,第 2—6 页。

因此，回到席勒诗学那里去，在历史文化背景中重估席勒诗学，不仅有助于澄清误解，而且有助于理解席勒诗学的真实意图。席勒诗学的基本理论，充分体现在写于1795年的《论素朴的诗与感伤的诗》中。这一时期是席勒思想的成熟期，因而，这一著作的价值不可低估。席勒从事诗学基本理论的研究，有许多历史现实文化原因。

首先，在德国启蒙时期，这一基本理论趋向非常引人注目，即崇尚希腊文化理想。运用古典法则从事德语文学的写作，在当时的德国的文化界，几乎达成了基本价值共识。在席勒看来，崇尚古典诗创作并没有错，但是，如何体现文学创作的时代性，如何体现艺术的进步性，这是在理论上被人忽视的问题。因此，席勒感到自己有必要对古典诗和近代诗创作的合法性做出强有力的回答。

其次，自1794年至1805年间，席勒与歌德建立了亲密的合作关系，这对文学巨人，共同推进了德国民族文学的发展。问题是，在诗学观念上和创作方式上，两人有着明显的差异：歌德从事古典化创作，他从德国民间文化中取材，运用古典诗的法则，写出了大量有影响的作品。他在创作中反对思辨，厌恶哲学式思考，创作本身成了他的思想的自然表露，或者说，形象思维原则始终占据着主导地位；席勒则不然，他喜欢哲学思考，喜欢现实题材，较少直接从民间文化中去吸收营养，而是从时代政治现实中，抽取一些有意义的历史题材，直接去干预政治现实，批判现实政治。在他的创作中，有着极为浓重的思想理念的干预，这样一来，他的创作变得沉重、深邃而晦涩。

在歌德那里，思想是明晰且复杂的，主题可以加以自由伸展；在席勒这里，思想是单一且明确的，主题有其现实针对性。就时代性而言，席勒式作品，更容易引起当时德国民众的兴趣。在歌德与席勒的讨论中，就诗到底是以现实性处理方式为主，还是以理想化处理方式为主，展开了激烈的争论，而且，这场争论本身，使诗的正确价值取向成了悬而未决的问题。正因为如此，问题本身引发了席勒的深入思考。正是出于这些现实动机，席勒构思并写作了诗学基本理论著作《论素朴的诗与感伤的诗》。

席勒诗学的出发点，虽然是针对文学史事实，但是，其理论立足点，却是两种不同的诗学思维方式。由于这两个问题在席勒诗学中比较混杂，所以，不少阐释者把二者混为一谈，由此导致对席勒诗学的误解。席勒诗学的出发点，是以对西方文学史的历史把握为依据。在当时，德国诗学理论家，一般把诗歌分成古典诗与近代诗，这是时间的界定，应该说相当尊重历史。古典诗与近代诗不同，这也是事实。在席勒的时代，德国文艺的市民趣味还相当浓厚。不少启蒙思想家为了改变德国文学的审美趣味，力主重新学习希腊文艺并尊重"希腊文化理想"（Hellenism）。鲍姆加登、温克尔曼、莱辛等，都有这种思想意向，康德与歌德也不例外，他们极力推崇希腊文化理想。席勒很重视这种思想文化意向，从未公开反对这一看法，而且，在他的相关著作中也多次重申这一主张。

但是，在席勒看来，"返回希腊"，决不是简单的还原和模仿问题。近代诗与古典诗的对立，在表面上是审美趣味问题，实质上则是思维方式转换问题。要想把握古典诗与近代诗的实质，必须对两种不同的诗学思维方式做出深刻的探讨。

从文学史的归纳分析中，席勒提出了两种基本的诗学思维方式：即"素朴的"与"感伤的"。这两个概念很难界定，作为日常话语，要想上升到理性高度去把握，就存在不少含混之处。由于席勒从文学史中提炼出这两种思维方式，不少人简单地把"素朴的"当作"古典的"或"希腊的"，把"感伤的"当作"近代的"或"浪漫的"。在席勒的诗学文本中，这两个问题确实没有真正厘清，他的论述方式易于形成这种误解。其实，形成这种误解，很容易贬低席勒诗学的价值。既然是诗的两种基本思维方式，那么，应该是古今同理，这样，才能真正理解古典诗与近代诗的差异。

在席勒看来，"素朴是自然"，"素朴是天真"，"素朴是思维方式"。[①]他认为，感伤以沉思为基础，"感伤的诗人经常打交道的，是两个互相冲突的表象和感觉，是作为有限物的现实和作为无限物的他的观念。"[②] 因此，应该把"素朴与感伤"理解成席勒诗学的两种基本思维方式。一旦我们把"素朴与感伤"理解成两种基本思维方式，就可以看到："古典诗"，有素朴的诗和感伤的诗，但以素朴的诗为主导，与此同时，"近代诗"，也有素朴的诗与感伤的诗，但以感伤的诗为主导。

任何思想观念，都萌芽于古老的文化事实之中，只不过，有的被遮蔽、被忽略，有的则被强调、被彰显。抛开历史，我们很难设想人类精神本质中完全新生的东西。人同此心，心同此理。任何创新的东西，都是人对现实的回应，现实发生了巨大变化，艺术形式也必须形成实实在在的变化，但是，就其精神本质而言，未必与古典艺术形成绝缘式隔离，现实的

---

① ［德］席勒：《秀美与崇高》，张玉能译，文化艺术出版社1996年版，第265页。
② ［德］席勒：《秀美与崇高》，张玉能译，文化艺术出版社1996年版，第289页。

艺术总是植根于历史的艺术之中。

应该说，席勒诗学的意图也在于此。他看到了"古典诗"以素朴为主导，但是，并没有回避感伤因素，他看到了"近代诗"既有素朴的也有感伤的因素。事实上，同一诗体，既有感伤的也有素朴的；同一诗人，既有素朴的也有感伤的；同一时期，既有素朴的也有感伤的。从这个意义上说，席勒对文学历史本身有着深刻而辩证的理解。如果人们把素朴的与古典的等同，或者说，把感伤的与近代的等同，把素朴看作现实主义，把感情看作浪漫主义，那么，这等于说：荷马史诗是现实主义创作，歌德是浪漫主义创作。这种归纳，显然是极其危险的，席勒诗学本身所包含的内容，要比这复杂得多。

因此，关于席勒诗学的第一重误解，我们完全可以澄清。正因为把"素朴与感伤"视作两种基本的文学思维方式，因此，席勒诗学的全部立足点，实际上，就在于"素朴"与"感伤"两个概念。"素朴与感伤"，标志着两个完全不同的创作取向。形成什么样的创作取向，既有艺术家个人的主动选择，也有时代使然的问题，时代的制约力，有时是极其强大的，席勒充分看到了这一点。从这个基本的诗学立场和创作取向上去理解古今诗人的差异，应该说，是很明智的选择。

这两种取向既有时代的因素，也有文化的因素，不能仅从艺术道德观去考虑这一问题并形成厚古薄今的诗学取向，而应从艺术革新观念出发综合考虑。古典艺术曾经达到的高峰状态，现代艺术家必须明智地越过这座高峰并形成新的高峰。在高峰与高峰之间，可能有低谷，但是，两座高峰可以是完全不同的。艺术进化和艺术水平，常常不是成正比的，今人的思想，不可能完全超越古人，甚至还要重复古人。只有在重复的基础上，才能创新和超越。但是，有一点是共同的，即人类面对共同的人性和自然，素朴的创作取向，就在于特别崇尚自然，而感伤的创作取向就在于特别崇尚人性。

因此，在席勒看来，"素朴的诗人"，面对自然和人生，常常不易感动，它总是那么冷静，那么信赖真实的自然，那么强调客观性、历史性和对象性。"感伤的诗人"，则在面对自然和人生时，常常陷入内心的理性判断与感性体验的冲突中。感伤的诗人，总是追求实现某种思想观念与理想，同时，以感性体验去充实和说明这一思想观念，把创作的主体化倾向显露出来并加以强调突出，力图使人们产生紧张、激情和感动。"感伤诗人"，从不控制内心的激动，带有强烈直观化倾向地去理解自然和人生。这两种不同的思维方式和创作取向，必然形成根本性冲突，但是，它们又自由地构成了审美精神与审美理想表达的两个自由侧面。从席勒对古典希腊文化理想与古典希腊诗歌艺术的理解来看，古老的希腊文学自身确实包含着这样两种独特的审美方式。如果将这种审美范式或审美理想普遍化，那么，它对于席勒时代的文学创作乃至后来的文学创作都是富有启发意义的。

二 追寻希腊与素朴或感伤的诗

席勒非常重视素朴的诗，他从未否定过古典诗所表现出来的文化精神和文化理想。如果把"素朴的诗"与"感伤的诗"作为不同的诗歌美学价值范式并视作席勒诗学基本理论的两个组成部分，那么，我们可以看到，席勒在论述"素朴"这个诗学观念时表现得更加严密。一般说来，《论素朴的诗与感伤的诗》后半部，显然不及前半部完整和系统。在这个不到六万字的诗学论著中，席勒反复通过对比研究，证明"素朴诗"与"感伤诗"的独特性和不可替代的历史地位。他并不是为了厚古薄今，而是为了给予素朴诗以真正的解释。

席勒认为：素朴的思维方式，是自然对矫揉造作的内在精神的胜利。他的这一思想源于康德，从他有关这一思想的历史性基础的长篇注解中就可以看出：康德也认为在素朴之中有着某种通过动物性的快感和精神性的尊敬感混合而成的东西。素朴是人类本质的天生真诚，是对成为另一天性的伪装艺术的突破。[①] 席勒把自然和艺术看作对立的东西，这是十分古老的思想，因为早在希腊智者那里，他们就把这一问题给挑明了。

在希腊智者看来，自然即"Physis"，习俗或规范即"Nomos"，由此，形成了两种对立的思想派别。一派主张 Physis 永远优越于 Nomos，另一派主张 Physis 必须服从 Nomos。当然，我们会发现：反 Physis 会使 Nomos 不合法，而反 Nomos 则使人性挥霍无度。因此，Physis 和 Nomos 就成了人类精神生活或价值选择上的一对永远的矛盾。对此，卢梭解决不了，康德也解决不了；卢梭偏重于 Physis，而康德则偏重于 Nomos。[②]

席勒坚持认为，"素朴是天真，天真绝不能被期待"。[③] 他把素朴分成"惊异的素朴"和"信念的素朴"，在他看来，前者尊重自然，后者尊重个性。席勒确信，"无论是在惊异的素朴那里，还是在信念的素朴那里，

---

① [德] 席勒：《秀美与崇高》，张玉能译，文化艺术出版社 1996 年版，第 266 页。
② 李咏吟：《文艺美学综论》，浙江大学出版社 2016 年版，第 215—227 页。
③ [德] 席勒：《秀美与崇高》，张玉能译，文化艺术出版社 1996 年版，第 267 页。

自然必定有权，而艺术却必定无权。"自然永远对艺术构成真正的胜利，而不是艺术对自然构成胜利。

席勒认为，内心冲动是自然本性，而礼仪规则却是某种人为的东西，然而，内心冲动对礼仪规则的胜利，绝少是素朴的，反之，如果相同的内心冲动战胜矫饰、战胜虚伪的礼仪，并战胜伪装，那么，我们会毫无顾虑地称之为"素朴的"。在惊异的素朴那儿，我们总是尊敬自然，因为我们必须尊敬真实。在信念的素朴那里，我们尊敬个性。① 思维方式的素朴，从来就不可能是道德败坏的人的特点，而只能归于儿童和有儿童般思想的人。"每个真正的天才必定是素朴的，否则，他就不是真正的天才。"天才不知道遵守法则，不知道虚弱的拐杖和倒错的严师，仅从自然本性即本能出发就能自由创造，他的守护天使引导着他，镇静而安全地穿过虚伪审美趣味的一切罗网。席勒强调，天才应该满怀不苛求的天真和轻松，并以此来解决最复杂的任务。

席勒对素朴的诗有着自己的明智规定："他是端庄贞洁的，因为自然始终是这样的；他是明智的，因为自然决不能相反。"他忠实于他的性格和爱好，但是，不仅因为他有原则，而且因为自然在产生任何收获时总是移向以前的位置，所以，自然永远把古老的需要送回来。他是谦逊的，甚至是羞怯的，因为天才本身永远保持着秘密，他不是胆怯的，因为他不知道他们改变的道路的危险。② 从素朴的思维方式中，还必然地流露出素朴的表现，不仅在言语上而且在动作上，这种表现，是优美感最需要的组成部分。

席勒相信，天才因这种秀美（Anmut），能表现他最崇高和最深刻的思想，能创作出自儿童之口的神启箴言。"我们在无理性的自然中，只看到幸福的姐妹，她留守在慈母的家里，而我们放纵我们的自由，从这个家中出来冲进异乡。""我们一开始经受文化的烦恼困苦，就痛苦地渴望重新回到那里去，并在遥远的艺术异邦，听到母亲动人心弦的声音。"③

素朴的美，在天才那里就会像一片田园风光那样环绕着你。在这田园风光中，从艺术的迷途中，天才重新为你自己找到路径。在这田园风光那里，你使勇气和新的信仰汇集成潮流，而且，理想火焰在生活的狂飙中那里容易熄灭，天才把它在你的心中重新燃起。他以希腊人的艺术的素朴的

---

① ［德］席勒：《秀美与崇高》，张玉能译，文化艺术出版社1996年版，第268页。
② ［德］席勒：《秀美与崇高》，张玉能译，文化艺术出版社1996年版，第272页。
③ ［德］席勒：《秀美与崇高》，张玉能译，文化艺术出版社1996年版，第275页。

美为例:"他们社会生活的整个结构建立在感觉之上,而不建立在艺术的拙劣制品之上,他们的神学甚至是素朴感情的灵感,是兴奋的想象力的产物,不像现代民族的教会教义是苦思冥想的理性的产物。"①

席勒认为:"所有诗人",只要实际存在着,他们都是处在由时代决定的状态之中的。他们活跃在时代之中,或者有偶然的情况,对他们总的教养和一时的心境发生影响。"他们要么属于素朴的诗人,要么属于感伤的诗人。"

纯粹素朴而才华横溢的青春世界之诗人,就像在矫揉造作的文明时代最先接近他的那种人一样,是冷淡的、漫不经心的、沉静的、毫无过分的亲昵。他用来对待对象的一针见血的真实,时常表现为冷淡,客体完全占有着他。他的心灵,不像一块变质的金属当即放在水面下,而像一枚深渊中的钱币要人寻求。就像宇宙结构后面的神灵那样,他在他的作品的后面。"他就是他的作品,他的作品就是他。"他认为,素朴诗人,在现代世界中不合时宜,在这样的时代,他们甚至也不再可能是素朴的,所以,他们对于艺术家来说是慰藉的现象,艺术家学习他们。统治者的印章刻在他们的前额上,我们却希望被缪斯陶醉和提携。他们被批评家、审美趣味的真正卫士当作偷越边界者来憎恶,而且人们更喜欢能够镇压他们。

显然,席勒在这里的论述有失片面,素朴诗的不合时宜,虽然有政治文化原因,但是,主要是时代趣味使然,更重要的是艺术的创新与变革使然。新的时代,新的精神,一味地提倡素朴是不可能满足人们无限自由多样的审美要求的。在新的时代,人们更喜欢通过创新来表达思想和情感,历史会强化这种差别性。因而,从历史进化而言,感伤诗必定代替素朴诗,为此,席勒相继讨论了素朴与形象思维、素朴与主体的对象化和客体化、素朴与静观、素朴与无我等多重美学关系。

更为可贵的是,席勒抱着历史进化论的宗旨,非常重视近代诗的写作。他给予了"感伤诗"以深入阐释,并给予"近代诗"以合法性地位,充分肯定了近代诗创作的历史意义和时代意义。席勒认为,"诗的精神是不朽的",它决不会从人性中消失,它只能同人的本性自身一起消失,或者,同人的天赋能力一起消失。

席勒强调,感伤诗的写作,是文化人的写作。他认为,近代诗人所走的道路,是诗人不仅作为个人而且作为整体都必须走的道路。自然使人自我同一,艺术与人分化为二;通过理想,他又恢复到统一体。"自然人,

---

① [德]席勒:《秀美与崇高》,张玉能译,文化艺术出版社1996年版,第278页。

通过绝对地达到有限来获得他的价值；文化人，则通过接近无限的伟大来获得他的价值。"① 仅仅为了眼睛创造的作品，只有在有限中找到自己的完美；为了想象力创造的作品，只可以通过无限达到自己的完美。

感伤的诗人，往往喜欢沉思事物在他身上所产生的印象。甚至可以说，他的心灵中所引起的感动和他在我们心灵中所引起的感动，都是以他的这种沉思为基础。对象在这里是联系着观念的，而它的诗的感染仅仅以这种联系为基础。因此，感伤的诗人经常打交道的，是两个互相冲突的表象和感觉，是作为有限物的现实和作为无限物的他者观念。他者所引起的混合感情，始终证实这种源泉的双重性。

为了深入地讨论"感伤诗"，也为了对当时德国的感伤诗人的创作给予具体分析，席勒特别论述了"三种诗体"。这种论述，不是从素朴与感伤的双重联系中展开的，只是纯粹从感伤入手予以探讨。在论述感伤诗时，诗人通过加长注的方式予以说明。他提出，他的"讽刺诗""哀歌"和"牧歌"等诗学专用术语都是在广义上进行使用。他不是为了改变过去规定的界限，而是想探讨这三种诗中独特的感受方式。在他看来，在这三种诗中，占优势的感受方式是感伤的诗，而不是素朴的诗。他的牧歌，也特指属于感伤诗的那种牧歌，主要为了强调自然和艺术对立，理想和现实对立。在这里，不是为了给诗作分类，而是仅仅以感受方式的差别为基础对诗歌作出理性分析。

他认为，诗作本身的分类和推导诗的性质，必须由表现形式来确定，而不能以某种感伤方式来确立，因为诗人不会受同一感受方式的约束。这说明，诗人可以写素朴的诗，也可以写感伤的诗。他认为，讽刺诗有两种：一是激情的讽刺，二是戏谑的讽刺。在激情的讽刺中，不要破坏诗的形式，因为诗的形式就存在于游戏的自由之中；在戏谑的讽刺中，不要选择诗的内容，因为诗的内容永远应当是无限的。"激情的讽刺"，在任何时候，都一定是从深深渗透着理想的心灵中产生的。这类诗，只适合于崇高的心灵。诗人的性格，只有在感官抵抗的个别胜利中，只有在情感激昂的片刻和瞬间的紧张之中，才能表现出自己。"戏谑的讽刺"，只能由一颗优美的心灵来完成。

席勒强调，悲剧诗人应当谨慎地对待冷静的推理，并且应该永远使心灵感兴趣；喜剧诗人应当避免激情，并且应永远保持理解力。哀歌诗人寻求自然，但是，在它的美中寻求，不只是在它令人愉快之中寻求。在理想

---

① ［德］席勒：《秀美与崇高》，张玉能译，文化艺术出版社1996年版，第286页。

中寻求,不只是在对大概的时间中寻求。

哀歌诗人探求自然,寻求的是作为理想的自然。他认为,卢梭就是近代的哀歌诗人,他不是寻求自然,而是在给艺术报仇。在感伤式处理中,想象不由自主地压倒直觉,智力不由自主地压倒感情;我们闭着眼睛,塞住耳朵,可以沉湎于自我省察之中。"如果心灵不静观它自己的游戏,不通过自我反思使自己心中的东西突出出来,那么,它是不能接受任何印象的。"

席勒认为,诗的艺术,只有两个领域,它必须要么在感性世界里,要么在观念世界里。基于此,席勒对克罗卜史托克评价最高。在他看来,这位诗人力所触及的范围永远是观念世界,他会把他所处理的一切题材都引导到"无限的领域"中去。他的诗作所提供的一切享受,几乎都是通过智力的努力而得到的。他在我们心中这样深情和强烈地激起一切感情,都是自然的感觉源泉。因此,就出现了标明他的一切作为观念特征的这种严肃。这种力量,这种热情,这种深刻,还显现在我们读他的作品时所必定体验的不断紧张的心灵状态。

席勒强调,克罗卜史托克总是号召人们把精神武装起来,而不让感官静观外在对象而得到平静。他的诗神,是关注的世俗的与非实体的,而且,使他的宗教一样神圣,同时,必须承认,即使诗人有时自己在这个高处迷失道路,也决不会掉落下来。"这位诗人的统治权的危险后果,在德国是十分明显的。""只有在一定的昂扬的心境中,他才能够被寻求到和感觉到。"因此,他是青年崇拜的偶像,虽然并不是他们创作的最好选择。青年总是渴望超出现实生活的界限,逃避各种形式,打破一切限制,所以,这位诗人给他们展示的无限空间是"欢天喜地"。席勒认为,这是一位伟大的挽歌诗人。他在感伤诗的整个领域,堪称一位大师,"他具有各种起决定作用的力量,有时候以最高的激情来震撼我们的灵魂,有时候以温柔甜美的感情来使我们陶醉。"①

席勒的诗学,一开始就提出了"古代诗人"和"近代诗人"两种类型,继之将这两个时代的诗人分别称为"素朴诗人"和"感伤诗人",借此,就是为了到达不同的诗学理想目标。一方面是通过自然、个体和生动的感性来感动我们,另一方面则通过精神性对我们的心灵发生强烈而广泛影响。他认为:"我们是天真而又快乐的人性的富有诗意的表现"。席勒指出,"牧歌只能给予痛苦的心灵以治疗,而不能给予健康的心灵以滋

---

① [德]席勒:《秀美与崇高》,张玉能译,文化艺术出版社1996年版,第306页。

补。""它们不能使人生气蓬勃,而只能使人性情柔和。"

任何诗,都应具有无限的内容,诗人之所以"为诗",其真正的价值就在于此。当诗表现对象超越一切界限,把对象个性化的时候,它在形式上可能是无限的。因此,诗或者由于绝对的表现而成为无限的,或者由于表现绝对而成为无限的。素朴诗人通向前一条路,感伤诗人通向后一条路。感伤的牧歌,是将最高的"美的理想"应用于现实的生活。这种牧歌的性质,就在于将现实与理想之间的一切矛盾消除,与此同时,让各种感情的一切冲突也完全停止。

因此,"宁静"是这类诗作在我们身上所产生的主要印象。这是完成的"宁静",而不是燃情的"宁静"。这种"宁静",来自我们的各种力量之间的平衡,而不是来自这种力量的静止状态。这种"宁静",是来自充实,而不是来自空虚,而且伴随有气无力的感觉。心灵必须得到满足,可是,追求不能因此停止,这就是诗人必须提供的无限自由理想。

作为两种最基本的诗学思维方式和价值取向,它们是否能够形成融合呢?未来的艺术理想,是不是素朴诗与感伤诗的和谐统一呢?席勒非常重视这一问题。从理论出发,席勒认为,这一目标是可能实现的,但是,文学的历史本身,显然,并不符合席勒的这一演绎逻辑。艺术总是要进化的,总是要解体的,不能以古典艺术来否认现代艺术,同时,也应看到,现代艺术或者说未来艺术,绝对不是古典艺术和现代艺术的某种简单拼合。在此,黑格尔比席勒看得更加准确。①

未来的艺术,可能植根于现在的艺术和历史的艺术之中,但是,其发展方向,则无从预料,也不应预料的。它就在创作的历史变革之中,它就在创作的创新性和探索性追求之中。人们以什么样的方式去对待自然和人生,取决于人们怎样去体验和感应他的生活和他的心灵,取决于他们对艺术的价值理解。因此,在席勒所设想的诗人对待自然和人生的两种基本方式之外,还有新的变异的可能。这种变异,可能回归古典,回归现代,也有可能提供的是全新的属于未来的经验。

席勒看到,素朴诗与感伤诗,各有各的价值。他认为:自然特别优待素朴诗人,允许他作为不可分割的统一体来活动,在任何时刻都是独立的整体,并且,按照人性的全部含义,在现实中表现充沛的人性。对于感伤诗人,自然则赋予他这样的力量。自然在他心中激起热烈的愿望,从他内心深处,自然恢复抽象在他身上所破坏了的统一。自然使人性在他自身之

---

① [德]黑格尔:《美学》(第二卷),朱光潜译,商务印书馆1981年版,第231—242页。

中完整起来，并且从有限的状态进入无限的状态。① 这两种诗人的共同任务，是完满地表现人性，否则，他就不能称为诗人了。

与此同时，席勒认为：在读感伤诗时，心灵就活动起来，它处于紧张状态中，就在相互对立的感情之间摇摆着；在读素朴诗的时候，心灵是平静的、松弛的、自我统一的和充分满足的。他还认为：素朴诗人以"现实性"胜过感伤诗人，并且，给予那些只能引起感伤诗人强烈的冲动的东西以真实的存在。感伤诗人，则提供着比素朴诗人已经和可能提供的"更崇高的对象"。因为"一切现实都落后于理想，一切存在的东西都有它的界限，然而思想是没有界限的。""感伤的诗，是超脱和宁静的产物，它又指引我们求取超脱和宁静。素朴的诗，是生活的儿子，它还引导我们回到生活中去。"从席勒所作的对比中，可以看到：素朴的诗与感伤的诗彼此不可替代，或者说，素朴的诗与感伤的诗各有各的价值。

席勒的这一看法是客观的、符合事实的。席勒对素朴的基本界定是合理的，但是，这种素朴不只是现实主义的。同样，感伤的也不只是浪漫主义的。席勒强调观念是否参与创作，并把这一点视作文学创作的有限与无限的根本。在素朴诗那里，一切都源自冷静客观的观察，因此，形象本身所蕴含的观念是有限的，因而，它的思想也是有限的，一切统统具有一定的确定性。

历史上是否如此呢？我们可以通过《奥德赛》和《尤利西斯》作一比较。在《奥德赛》那里，情节的发展，甚少受到观念的干扰，我们可以从奥德赛中提炼出家园主题、爱情主题、财产主题、命运主题、复仇主题等。这种从叙事形象中提升素朴诗学观念的做法，已经有章可循。但是，在《尤利西斯》中，既无情节叙述，只有断片的场景，一切又构成不了完整的叙事。不仅如此，作品的内容既不素朴也不感伤，既不能让人心灵和谐也不能让人心灵激动，相反地，主体还可能表现出憎恶和厌倦之情绪。在这部作品中，观念的因素和主观的因素十分浓烈。作者把各种混杂的东西，都还原到混杂的形式中。这里，有些是现实的，有些又不是现实的，有些是虚构的，有些是纪实的，作品本身始终呈现出开放性结构。虽然他们皆取材于奥德修斯返回家园的传说故事，但是，创作的根本意图却完全不同。

席勒强调素朴与感伤之诗其实各有价值，既要看到素朴诗对感伤诗的优越性，又要看到感伤诗对素朴诗的优越性。这种强调，毋庸置疑深化了

---

① ［德］席勒：《秀美与崇高》，张玉能译，文化艺术出版社1996年版，第320—321页。

诗学的基本主题认知，但是，席勒也发现，这两种创作方式都各有缺陷。例如，素朴天才的全部工作，是凭借感受来完成的，他的力量在于此，他的局限性也在于此。素朴的天才，如果不是一开始合乎人性的感受，那么，任何艺术也不能补救这个缺点。批评只能帮助他看到这个缺点，可是，不可能以美代替这个缺点。

席勒认为："素朴的天才，对于经验是处于依赖状态之中的，而这种依赖状态是感伤的天才所不理解的。""感伤的天才，开始自己的活动的地方，正是素朴天才结束自己的地方。感伤天才的长处在于，促使由于自身而带有缺陷的对象完善起来，并且依靠自己的力量使自己从有限制的状态转到自由状态。""素朴的天才诗人需要来自外界的帮助，而感伤的天才诗人则从自己来滋养自己和净化自己。"① 更为重要的是，素朴诗人，必须在他周围看到丰富多彩的自然、富有诗意的世界、天性纯洁的人类，因为他必须在感性的感受中来完成他的工作。

因此，席勒看到了素朴诗的危险性在于："感受的平板和庸俗"。不仅素朴诗的天才有太接近庸俗现实的危险，表现上的轻而易举，而且对现实的这种过分接近，都鼓励作者在诗的领域一试身手。平板的性格，如果总是力图变成可爱的和素朴的，那么，就更令人厌恶了。平板的诗人为了掩饰自己可恶的自然本性，就必须用艺术的一切面具把自己伪装起来，这就产生了那些难以形容的庸俗乏味的东西。

同样，席勒也看到了感伤诗的危险性在于："感受和表现的夸张"。感伤的天才，由于努力克服人性的一切限制而有这样危险。完完全全地否认人性，而他所应当和必须有的东西，不仅超越任何确定的有限的现实性，而且达到绝对的可能性，这直接表现为理想化，甚至超越现实可能性，表现为沉溺于幻想。"夸张"的缺陷，即根源于感伤天才的方法的特殊性。在感伤诗人的心灵中，主动性总是比感受性占优势，正如在素朴诗人身上感受性总是比主动性占优势一样。"在素朴诗人的创作中，有时候找不到精神，在感伤天才的作品中，往往找不到对象。"尽管二者按照完全对立的方式进行创作，但是"最终陷入了空虚的缺点之中"。②

故而，席勒认为："素朴诗的杰作后面"，通常紧跟着许多庸俗天性的"最平板和最脏污的复制品"。"感伤诗的杰作后面"，一般紧跟着大量完整而内容丰富的作品。显然，这一点在任何民族的文学中，皆很容易得

---

① ［德］席勒：《秀美与崇高》，张玉能译，文化艺术出版社1996年版，第323页。
② ［德］席勒：《秀美与崇高》，张玉能译，文化艺术出版社1996年版，第329页。

到证实。

席勒设想，素朴性格和感伤性格在诗中完全可以自由结合。他说："我们不得不寻找这样阶级的人，他们不劳动，然而是积极的，他们不空想，然而能够理想化；他们在自己身上，使一切生活的一切现实性和最为可能的生活限制结合在一起，他们随着事件的潮流前进，而不成为这些事件的俘虏。"在这一阶级中间，素朴性格和感伤性格将结合起来，以至于任何一方都防止另一方走向极端，"前者防止感情走到紧张的地步，后者防止感情走到松弛的地步。"

不论是素朴性格还是感伤性格，都不能完全详尽地阐明"美的人性的理想"。这个理想，只有在两者的紧密结合中才能出现。"只要这两种性格激发而成为诗的性格，正如我们一直对它们所作的考察那样，它们所特有的许多限制就会消失，它们的矛盾也就会越来越不明显，它们就会在越来越高的程度上成为诗的性格。""因为诗的心境是独立的整体，在这个整体中，一切差别和缺点都烟消云散了。"①

在席勒诗学中，现实主义者和理性主义者，都是当作贬义词来使用的。从理想上看，前者只剩下客观冷静的观察方式和永远依赖感官的证明，从实践上看，只剩下对自然的听天由命。后者则在民族上就只剩下不安宁的思辨精神，在实践上只剩下道德上的奴隶主义。席勒看到了素朴与感伤的矛盾对立，他所设想的诗中的结合，也就变成了一句空话。事实上，席勒之后的艺术，在感伤诗创作思潮持续了相当长的时间，又转向了"现代主义艺术"。即素朴诗和感伤诗所反对的一切，在现代主义的反审美与反和谐中，又奇妙地混杂在一起。

现代主义的创作取向，不再重视生命的理想，而是让我们重视我们的处境。我们处境的卑微和哀痛，使现代主义者既看不到素朴，也看不到感伤。剩下的只有无名的悲苦现实。但是，现实是不相信眼泪的，你必须直面这个现实。无路可走，又不得不行走，因此，席勒根本无法预见"未来生活"是否真正如同凄惨的人生之剧。不过，席勒的诗学的最大价值，在于给予了感伤诗以合法地位，但是，他所设想的素朴与感伤性格在诗中的结合已被历史证明不可能形成真正自由的结合。席勒在本质上是理想主义者，而时代的巨变，又需要诗人必须成为现实主义者。时代，就是如此无情地粉碎人类的素朴梦想，这在很大程度上决定席勒徘徊在希腊主义与现实生活之间。

---

① [德]席勒：《秀美与崇高》，张玉能译，文化艺术出版社1996年版，第337页。

席勒通过素朴诗与感伤诗、素朴诗人与感伤诗人的对比，不仅强调希腊文化理想的重要意义，而且正视了古典文化理想的时代局限性。因此，他真正的意图在于，诗思必须让古今相通，让素朴与感伤互补。在很大程度上，这也直接促成了"古典希腊文化理想"与"时代生存理想"的最佳融合。

三　希腊主义与席勒的反现代性

如果说，席勒在《论素朴的诗与感伤的诗》中，通过大量的诗歌作品以及素朴诗与感伤诗两种美学观念，审视了古典希腊文化理想与近代欧洲文化理想的不同价值，并且确证了希腊古典诗歌的特殊作用，那么，席勒通过《审美教育书简》，则系统地论证了自由的审美主义观念，并强调这种审美观念与古典希腊文化理想之间的亲密联系。与此同时，通过古典文明理想与现代欧洲生活危机的对比，席勒直接表达了自己对西方现代生活危机与生活价值崩溃的深重忧虑。

应该说，现代生活的危机，是由现代性的诸多要素决定的：一方面，现代性使人们从封闭与狭隘中突围而出，获得了自身的主体性觉醒；另一方面，科学技术的现代化对现代文明生活产生了深远的影响，人的生活越来越受制于外在的工业技术。"现代性"，虽然是在后现代主义文化条件下才逐渐引人焦灼的思想主题，但是，随着工业革命的进行、传统生活方式的改变，现代性早就在西方人的日常生活中造成过不安，这也一直是诗人与哲学家忧虑的主题。席勒的思想，从某种意义上说，就是对现代性的反抗，而且，在现代性背景下，席勒美学思想回归古典希腊文化理想的价值就更加显得重要而突出。

作为心灵敏感的诗人，席勒永远追求自身的独立性，并试图与社会文化惯力进行对抗。因此，尽管席勒意义上的现代性，不同于后现代意义的现代性，但是，这两者之间仍可找到本质近似的特征。从这个意义上说，席勒的反抗现代性思想，在今天依然充满启示。

"现代性"，意味着技术革命带来的资本重组、权力再分配所产生的畸形现象和人的精神异化现象的外在表征。随着技术力量的凸显，社会文化的惯性法则是：以技术革新为动力，最大限度地攫取财富，通过财富积累，参与政治生活和社会生活，获得现实生存的主导性支配权。"现代性"的过程，是不断推毁旧有的价值体系，形成新型的人与人、人与社会之权利关系的过程。它打破了固有的时间节奏和生活方式，使人在获得个人现实生活的自由方面，产生了巨大的焦虑感与技术优越感。

这种变革带来的直接后果是：一是传统道德模式解体，在工业革命条件下，财富积累结果成了个人社会价值尊严的体现，信仰失去了核心地位。二是人的生产生活方式不再处于独立性地位，闲暇自由时间减少，生命存在者成了机械化生产中的一部分，生存本身始终充满紧张与不安，技术训练成了强制性手段。三是诗意地位沦落，科学技术处于中心性地位，知识高于一切，审美的想象力被挤压乃至被剥夺。四是贫富悬殊进一步拉大，底层生存者必须被动地承受工业噪音、环境污染等后果，生产力与生产关系之间的紧张加剧了生命存在者之间的根本对立。

这是当今时代对"现代性危机"的一般认识，显然，席勒的美学思想，已有这样的思想萌芽，这说明席勒相当关心特定历史时代的生活事实与生存境遇。

席勒对这种现代性境遇的切身体会是：只有"艺术是自由的女儿"。"她只能从精神的必然，而不能从物质的最低需求接受规条。"可是，如今是需要支配一切，沉沦的人类都降服于它那强暴的轭下。财富是这个时代崇拜的大偶像，一切力量都要侍奉它，一切才智都尊崇它。在这架粗糙的天平上，艺术的精神功绩没有分量，艺术失却了任何鼓舞人心的力量，在这个时代的喧嚣市场上艺术自由正在消失。①

席勒的这种忧虑不无道理，当然，席勒还无法预见，此后的艺术也被纳入商业化运作中，并成了巨大的利益获取源泉。此后，马克思从经济问题出发，深刻地洞见到"艺术也是生产"。这说明，艺术需要与艺术生产的关系，已成了艺术创造不可逃避的宿命。诗人哲学家的可贵之处：不在于认同现实，而在于反抗现实。在这一点上，席勒与马克思之间显然是有一致处。这就是说，马克思虽正视了艺术生产的现实，但并不满意艺术生产受制于物质生活。

对于这种类似现代性的境遇，席勒保持着高度的清醒。他说："文明远没有给我们带来自由，它在我们身上培植起来的每一种力都只是发展出新的需要。物质枷锁的束缚使人越来越胆战心惊，因为怕失去什么的畏惧，甚至窒息了要求上进的热烈冲动，逆来顺受这个准则，被看作最高的生活智慧。"② 在席勒那里，反抗现代性，直接表现为对"文明"这一概念本身的质疑。

席勒认为："给近代人造成的这种创伤，正是文明本身，只要一方面

---

① [德] 席勒：《审美教育书简》，冯至等译，北京大学出版社1986年版，第13页。
② [德] 席勒：《审美教育书简》，冯至等译，北京大学出版社1986年版，第16页。

由于经验的扩大和思维要确定因而必须更加精确地区分各种科学,另一方面由于国家这架钟表更为错综复杂,那么,必须更加严格地划分各种等级和职业,人的天性的内在联系就要被撕裂开来,破坏性的纷争,就要分裂本来处于和谐状态的人的各种力量。"① 这种文明造成的直接后果是:"现在,国家与教会,法律与道德习俗都分裂开来了;享受与劳动,手段与目的,努力与报酬都彼此脱节。""人永远被束缚在整体的孤零零的小碎片上,人自己也只好把自己造就成碎片。""他耳朵听到的永远只是他推动的那个齿轮发出的单调之味的嘈杂声,他永远不能发展他本质的和谐。"② 在这里,席勒将现代性的根源,直接归因于国家与科学的发展,而这一切正是人们所迷信的现实理性法则。

"反抗现代性"与"回归希腊文化理想",在诗人那里肯定都能在希腊找到思想根基。相对而言,诗人的反抗性根基的真正依托,是自由的理想,即想象的理想生活。在这个理想的生活世界中,人与人之间是和谐平等自由的关系。人们由于精神的自由而歌赞自然的神灵,唱着美妙的颂歌,在闲散和自由中释放着艺术的创造力。这样的世界,总是力图从物质解放和道德解放中寻找真正的审美自由。人从物质中解放自己比较易于理解,但是,人从道德中解放自己,则在理解上存在一些困难。

在席勒那里,他还没有像尼采后来所做的那样,"将生命与道德完全等同起来"。在尼采那里,"生命就是道德",因而,他可以通过生命概念置换道德概念。在席勒那里,道德概念,依然倔强地保持着理性因素,并作为规范构成强制性。他认为:"物质的人是现实的,而伦理的人只是推论的。"③ 这里,他着重分析理性的职能,"理性从人身上夺走的是人实际占有的",没有了这些,他就一无所有。"为了补偿,理性给人指出的是人可能和应该占有的。"假使人对理性的崇拜是以牺牲感性为代价,那么,为了人能富有人性,人还必须解放自身。在工具理性那里,缺乏人性无伤人的存在,所以,它最终甚至会夺走人的获得兽性的手段,而兽性又是人性的条件。这样,"人还没有来得及用自己意志来握紧生命法则,理性就已经从人的脚下把自然的梯子撤走了。"④

在第四封信中,席勒显然看到了文明生活的道德的矛盾性:"每个个人按其天赋和规定在自己心中都有纯粹的、理想的人,他生活的伟大任

---

① [德] 席勒:《审美教育书简》,冯至等译,北京大学出版社1986年版,第29页。
② [德] 席勒:《审美教育书简》,冯至等译,北京大学出版社1986年版,第30页。
③ [德] 席勒:《审美教育书简》,冯至等译,北京大学出版社1986年版,第15页。
④ [德] 席勒:《审美教育书简》,冯至等译,北京大学出版社1986年版,第17页。

务,就是在他各种各样的变换之中同这个理想的人的永不改变的一体性保持一致。""这个在任何主体中都能或明或暗地看得到的纯粹的人,是由国家所代表的,而国家竭力以客观的,可以说是标准的形式把各个主体的多样化统一成一体。"① 他还说:"理性要求一体性,而自然要求多样性"。"这两个立法机构,人都得应付。""人铭记理性的法则,是由于有不受诱惑的意识。人铭记自然的法则,是由于有不可泯灭的情感。"

因此,倘若伦理性格只靠牺牲自然性格来保持自己的地位,那么,就证明人还缺乏教化;倘若一部国家宪法只有通过泯灭多样化才能构成统一的本性,那样的宪法,就还是非常不完善的。"国家不应只尊重个体中那些客观的和类属的性格,还应尊重他们主观的和特殊的性格,国家在扩大目不能见的伦理王国的同时,不应使现象王国变得荒无人迹。"② 按照席勒的和谐法则,反抗现代性的理性信念可以简述如下:"如若理性要把它的道德一体性带入物质社会,它不可损伤自然的多样性;如若自然要在社会的道德结构中保持自己的多样性,它也不可因此而破坏道德的一体性。"③

应该看到,导致席勒反抗现代性的最充分的理由,源于他对古希腊文化的崇拜。在他看来,古希腊人在物质与道德之间达成了审美的自由和谐。在第六封信中,他谈到希腊人:"他们既有丰富的形式,又有丰富的内容,既善于哲学思考,又长于形象创造,既温柔又刚毅,他们把想象的青春性和理性的成年性结合在完善的人性里。""在希腊的国家里,每个个体都享有独立的生活,必要时又能成为整体。"④

与大多数人运用希腊文化理想这一规则作为社会变革的模型一样,席勒并不能充分说明:为什么希腊文化理想必然应该成为今天生活的楷模?他同样不能说明:希腊文化理想的真正构成要素到底是什么?他也只能停留在对希腊人的神话观、自然观和自由观的图解之上。这样一来,希腊文化理想作为社会变革模型,就可能仅仅停留在精神理想一维之上,根本无法落实到具体的文化实施过程之中。从这个意义上说,"希腊文化理想"永远是诗人的一帖安慰剂。

席勒的这种纯粹精神生活自由的考虑,对于扩张人的自我认识,扩展人对工业化文明或现代性的理解有着切实的意义。这种精神的幻想症,不

---

① [德]席勒:《审美教育书简》,冯至等译,北京大学出版社1986年版,第20—21页。
② [德]席勒:《审美教育书简》,冯至等译,北京大学出版社1986年版,第22页。
③ [德]席勒:《审美教育书简》,冯至等译,北京大学出版社1986年版,第22—33页。
④ [德]席勒:《审美教育书简》,冯至等译,北京大学出版社1986年版,第29页。

仅没有使席勒感受到来自现实法则的威胁，而且使席勒感受到了从未有过的坚定与自信。对于诗人来说，他不愿屈服于现实法则，并试图与现实法则对抗，这使他的诗意幻想带有悲壮性色彩。同时，诗人也使人意识到我们必须恢复真正的人性，葆有人的自由条件。显然，这对工业化文明或现代性膜拜的人来说确实具有警示与启迪作用。

四　希腊人文精神的诗性改造

反抗现代性只是席勒的姿态，如何反抗现代性或反抗现代性的自由可能，才是席勒更加深入地进行哲学证明或美学证明的工作。对于席勒而言，这种证明，完全可以通过人的精神心理结构本身予以呈现。在这一问题上，席勒并未发明新原则，只是借用了康德的理想原则与审美判断力原则。他说："我不愿向您隐瞒，下边的看法大多是以康德原则为依据。"① 康德原则，是通过三大批判建立的，即知性原则与理性原则的统一，感性原则与理性原则的统一，先验原则与经验原则的统一，自然主义原则与自由主义原则的统一。

康德设想人类通过知性原则获得知识，他认为："经验的判断，在其有客观有效性时，就是经验判断，但是，那些只有在主观上才有效的判断，我仅仅把它们叫做知觉判断。后者不需要纯粹理智概念，而只需要在能思的主体里进行逻辑的知觉联结。然而前者除感性直观的表象之外，还永远要求来源于理智的特殊概念，就是由于这些概念，经验判断才是客观有效的。"② 在关涉道德问题时，康德谈道："一切道德判断中最为重要的是，格外准确地注意一切准则的主观原则，这样，行为的一切道德性才被安置在行为出于职责和出于对法则的敬重的必然性之中，而不是安置在行为出于对行为可能产生的东西的热爱和倾心的必然性之中。"③

康德在第一批判中，只涉及知识与理性问题。在第二批判中，康德出现，自然与自由领域并无必然联系。如果说，康德的三大批判，还有其一贯性的主题的话，那么，就是想象力问题与合目的性问题。在理性认知过程中，想象具有认识的作用；在道德反思中，想象具有指导的作用；而在审美判断中，想象则具有体验作用。一切皆因为主体的合目的性和客观的合目的性，内在的合目的性与外在的合目的性，自然世界与自由世界才真

---

① ［德］席勒：《审美教育书简》，冯至等译，北京大学出版社 1986 年版，第 10 页。
② ［德］康德：《未来形而上学导论》，庞景仁译，商务印书馆 1985 年版，第 63 页。
③ ［德］康德：《实践理性批判》，韩水法译，商务印书馆 1998 年版，第 88 页。

正变成主体性自由的事业。

这就是说，尽管康德在探究知性和理性时加入了许多因素，但是，也应该看到，人类这三种不同性质的活动，其想象方式具有一定的关联性。另外，神学的神秘性，始终贯穿在他对人类精神活动的探究中，它构成了康德思想自由的重要价值维度。康德设想人类的精神活动既有不同的方向，又有其内部的统一性。在认识与道德的对抗中，他以为，审美可以起到调节作用，所以，真正探究人类精神活动的自由和人类精神活动的内在统一性，是康德在《判断力批判》中才完成的工作。

在自然与自由问题的解决上，《判断力批判》试图寻找人类审美活动的本质特征和目的论活动的本质特征的内在统一。康德设想：审美可以作为知识通往道德的桥梁，也可以视作由自然领域通往自由领域的桥梁。这里，问题本身比较复杂，人们可以常设的反问是：为什么审美要作为桥梁？审美真正能够架起科学认知和生命意志之间的桥梁吗？老实说，康德并未很好地解释这一问题。

首先，认识、道德与审美的"三分法"，是建立在人们对三种认知能力的不同价值功能的区分之上。认识能力专属科学认知理性活动，它面对纯粹客观的自然，不需要道德与情感作用。道德意志能力则专属于社会职责领域，它规范人的自由意志，通过理性规范人的社会行为并通过自律提供真正的道德法则。审美能力则专属于艺术鉴赏与创造活动，它源于自然体验，通过形式的创造重构人的全部精神生活，特别是人的行为。这样一来，三大认知能力的区分是建立在对人的不同价值活动的考察之上。按理说，仅仅从这种行为方式去考察，还不足以把握人的全部生产活动与精神活动的内容，因为柏拉图将"知、情、意"视作人的三重心理结构，显然，康德承继了这一历史区分，但是，其分析本身又不仅仅停留在心理结构之上，因而，寻求这三者的内在沟通始终存在着特殊的困难。

其次，康德将世界设想为"自然领域"和"自由领域"，并提出了"自然"与"自由"两大核心概念，并将自由视作人类生命存在的最高价值原则。这是《判断力批判》的基本思想出发点，在此，自然领域既是科学的领域，又是人类一切认知活动的基础领域，决不只是科学的专有领域，因而，审美和道德都要从自然的认知中得到启示。自然领域属于人的对象性领域，而自由领域属于人的精神生活领域。这两大领域，确实存在巨大的鸿沟。为何只有审美才能构成这两大领域的桥梁呢？这里，有价值的答案在于：审美活动面对自然，人们从自然中寻找美感，它所要表达的，则是自由的情感与精神。其实，这只能说明：自然领域与自由领域，在审美活动不再处于分裂状态，而且可以构成和谐统一。

既然审美与道德同属自由领域，那么，道德为何不能构成桥梁作用，而唯有审美才可能呢？显然，康德的论证，不能从这种经验逻辑找到圆满的说明。因此，自然领域不是科学认知的纯粹领域，自由领域也不是道德判断的纯粹领域。在人类精神活动中，这两个专属领域之间，本身并不能寻求真正的沟通，只是人的精神主体性吁请这种沟通，或者说，目的论的思想或合目的性理论寻求这种沟通。因此，按照康德的合目心性理论，我的必须思考：科学认知在什么目的下才是合乎伦理的？伦理实践在什么目的下才是合乎自然的？

审美领域不应简单看作自然领域和自由领域的桥梁，它实质上所能显示的是：唯有审美活动才可以跨越这两大领域，使这两大领域彼此协调而不再产生矛盾。这种协调，不是认识与道德的协调，不是自然与自由两大领域的协调，而是审美活动本身的自由特性产生的联络作用。这样，三大领域之间的真正沟通就没有任何可能，也没有任何必要。审美活动，虽然使自然领域和自由领域达成和谐，由自然概念的理解可以达成对自由概念的理解，但是，从根本意义上说，审美又无法真正克服理性的巨大思想制约。

康德勾勒的这一审美理论草图，虽不太易理解，但可以对现代思想产生很好的启发。席勒作为康德主义者，他将康德没有说明白的一些问题，在《审美教育书简》中进行了深入而独特的表达。席勒的美学解释，之所以比较易于为人所接受，就在于：他直接从人出发，以"冲动"概念本身作为出发点，将人的认知活动分成感性冲动、理性冲动和游戏冲动三类。"冲动"（drive）概念，意味着人类认识活动的自发性和随机性，它源于人类自身的本源性的力。这种力的认知方向，是由主体性的认知目的所决定的。

人们习惯于将认知活动划归感性领域，将道德活动划归理性领域。康德试图探究这两大领域的沟通问题，席勒则探究人如何在感性领域和理性领域取得自由这一问题。在席勒看来，人在感性冲动支配下的活动是不自由的，因为它受着物质材料的支配。人在理性冲动支配下的活动也是不自由的，因为它受着道德法则的约束。重要的是，要从物质性格中区分出"任意性"，要从道德性格中区分出"自由性"。更重要的是，要使前者同法则一致，要使后者同印象相联系。与此同时，还必须使前者离物质再远一些，并使后者离物质再近一些，从而造出第三种性格。"这种性格，和那两种都有连带关系，它开辟了从纯粹是力的支配过渡到法则支配的道路，它不会妨碍道德性格的发展，反倒会为自己所不能见的伦理性提供感性的保证。"①

席勒承认："真理要想在同各种力的斗争中取胜，它本身必须先变成力，并在现象世界设置冲动作为它的代理人，因为冲动是感觉世界中唯一的动力。"② 席勒一方面将三种冲动划归具体的领域，另一方面又将三种冲动视作一体。这样，在解释认知活动、道德活动和审美活动时，就产生了相互的联系，这为导入自然与自由领域之间的联系提供了现实可能性。

席勒从一般意义上探究了人类心理活动的基本特征。他认为，人类精神世界中有不变的因素，有可变的因素，这种不变与可变的统一，就是精神的完善性与自由性。这就是说，通过这一说明，他的自由概念，就有了依托。"那持久不变的，称为人的人格；那变化的，称为人的状态。"③

在席勒那里，"感性冲动"是由人的物质存在或者说是由人的感性天性而产生的。它的职责，是把人放在时间的限制之中，使人变成物质，而不是给人以物质。只要人是有限的，这种冲动的领域就会扩展，而且，因为一切形式只在物质上显现，一切绝对，只是通过局限为媒介，才表现出来，因为人的全部表现，最后，当然会固定在这种"感性冲动"上。与此同时，"形式冲动"来自人的绝对存在，或者说，来自人的理性天性，它竭力使人得以自由，使人的各种表现得以和谐，在状态千变万化的情况下，保持住人的人格。

按照席勒的理解："感受性越是得到多方面的培育，它越是灵活，给现象提供的就（越）多，人也就越（能）把握世界，越能在他自身之内发展天禀。""人格性越是有力和深沉，理性获得的自由越多，人也就越能理解世界，越能在他自身之外创造形式。"④ 感性活动有其独有的领域，理性活动也有其独有领域，将感性活动与理性活动结合在一起，就可以构成"第三个领域"，即审美冲动或"游戏冲动"的领域。

席勒看到，感性活动要求变化，要求时间有内容；形式冲动要废弃时间，则不要求变化。因此，这两个冲动，在其中结合在一起进行活动的那个冲动，即"形式冲动"。它所指向的目标是，在时间中扬弃时间，使演

---

① ［德］席勒：《审美教育书简》，冯至等译，北京大学出版社1986年版，第3封信，第18页。
② ［德］席勒：《审美教育书简》，冯至等译，北京大学出版社1986年版，第7封信，第41页。
③ ［德］席勒：《审美教育书简》，冯至等译，北京大学出版社1986年版，第57页。
④ ［德］席勒：《审美教育书简》，冯至等译，北京大学出版社1986年版，第68页。

变与绝对存在，使变与不变合而为一。① 这样，审美活动的独立地位，就得以真正确立了。

康德对人类精神活动的内在统一性的探索，由于过于执着于科学与道德的本质、职责和目的的探讨，因而，科学活动与道德活动，始终是分离的两个精神领域。尽管席勒对美学自身做出了深刻的判断和认识，在审美自由问题上做出了特殊的发现，但是，他所设想的审美促成认知向道德的过渡以及道德向认知的过渡，实际上，并不可能真正发生。如果说，审美在科学认知领域也有作用，那么，这种作用是微弱的；如果说，审美在道德领域发挥作用，那么，它也只是辅助性的。因此，"审美就是审美"，它不是处于道德依附地位，就是独立的精神活动本身。

显然，席勒的解释更接近事实本身。在人类精神活动中，这几种不同的生命冲动彼此独立又相互关联，其功能与作用互不雷同。就审美本身而言，它源于"游戏冲动"。这种游戏冲动，能使人达到最大限度的自由，使人类精神生活的分离状态得到统一，使人类精神领域中的感性冲动与理性冲动之间的矛盾能够得到自由解决，但是，它决不会代替"感性冲动"与"理性冲动"，也决不会窜入认知领域或道德领域，"游戏冲动"本身只属于人的审美自由活动本身。

五 自由的希腊与审美游戏原则

席勒的游戏观念，如果从语源的角度出发，就可以在康德那里找到起点。显然，席勒的游戏观念的提出，也与康德思想有关，但是，严格说来，这只是外在的联系。席勒认同或借用康德观念，一定有其更深层的原因。席勒是相当重视感性历史生活经验的人，他的诗学与美学观念，大多扎根于他的历史生活体验之中。

第一，在德国思想史上，诗人哲学家对生命观念的关注，直接源自古希腊文化生活的启示。古希腊文明，从本质上说，是以"奴隶的牺牲"换来"自由民的闲暇"，最终由自由民在闲暇与自由中创造出各种各样的审美文化，由此，构成希腊文明生活本身。古希腊的奴隶制及其奴隶制下的奴隶生活，从来就没有找到合适的代言人。因而，"古希腊文明"是自由人创造的文明，而不是表达了奴隶生命意志的文明。正因为这样，古希腊文明可以说是"被美化的文明"，但是，古希腊文明与其他文明形式之间还是存在着本质的区别，即没有形成贵族阶级与平民阶级

---

① ［德］席勒：《审美教育书简》，冯至等译，北京大学出版社1986年版，第73页。

在自由权利上的根本对立。

　　古希腊自由民，既有贵族也有平民，而且，平民作为自由民，也可以享受贵族的各种社会权利。因此，以自由民为主体的希腊文明，具有独特的文化生活形式，这就是"闲暇"与"自由"。他们虽然也有较为繁重的农业生产和手工生产劳动，也有较为正统的城邦法制和道德规范，但是，他们的社会并不充满剧烈竞争，而且，也不存在统一的生活价值范式需要被普遍信守。这样，每个自由民，都可以自由平等地参与社会政治生活，同时，也可以自由平等参与城邦的艺术文化生活。特别是文艺生活，不仅有审美快感与娱乐形式，而且还有观剧奖励和竞赛制度。这种文明生活形式本身，最大限度地激发了希腊艺术家创作的自由。

　　同样，奥林匹克竞技、史诗合唱和其他游艺活动，虽也有竞赛制度，表演诗也视胜利为极大荣誉，但大多数人乐于与胜利者一道分享快乐，因此，这些活动本身的游戏成分，也是相当重的。游戏的本质，在古希腊社会生活中体现了出来，即艺术和游艺活动本身，虽然充满竞争性和荣誉性，但是，艺术与游戏的本质就在于生命的自由解放。游戏即在于寻求快乐，游戏本身即在于：通过平等的竞赛取胜而获得精神的快乐。游戏不是一次性的，它可以不断地定期进行，因此，游戏中的优胜者，期待更多的快乐，而游戏中的暂时失利者，可以争取下一次胜利，更何况，游戏本身也是快乐。特别是在公共场合，能以自己出色的技艺参与游戏本身，就是生命快乐。

　　古希腊自由民的游戏生活所创造的艺术文明，在西方文明人那里，永远视作无限的光荣与至上的生命自由价值。这种文明形式本身，历来也被视作自由的象征，席勒在对古希腊神话文化的审美想象中，已经洞悉了古希腊文明生活的本质，并视此为生命自由存在的价值规范。

　　第二，生活本身的游戏本质，也使席勒意识到游戏是审美创造的本质特征。"游戏"这一概念，具体指代的是"生活形式"。在人类的日常生活中，人们不得不为物质生存条件的改善而劳作，同时，也不得不处理各种各样的现实利益关系。遵守法律制度和道德原则，以保证个人生活的社会自由，这些生活形式本身，既是对人的挑战，也是对人的约束。在国家和社会团体中生活，人不得不面对这些生存束缚。任何现实生活的束缚，尽管是为了保障每个人的自由，但是，它毕竟对个体生活本身形成了某种强制性。因而，人们常常通过游戏来调节生活的匆忙与紧张。这种调节生活的基本方式，往往不带任何直接功利目的，或者说，它唯一的功利目的，即在于快乐本身。

席勒发现，在审美游戏与生命游戏中，人们可以最大限度地发挥个人的创造性。在同一游戏规则下的游戏，既带有生命本能的新鲜刺激，又是对人的智性的无边挑战。游戏冲淡了生活的紧张，改变了忙碌的生活节奏。它在一瞬间，使人释放出所有的强力，又通过快乐的情绪刺激活动本身，使人们置身于强制性生活法则之外。因而，"游戏"作为生活的组成部分，确实，是人类最自由的表达方式。游戏有各种各样的形式，有通俗高雅之分，有技巧难易之别，但是，它们都渲染着生活的自由本质。

遵守游戏规则的游戏本身，也带有生命的严肃性。即使是戏谑的艺术，也必然要遵循公共的游戏规则，决不胡作非为。所有的游戏，都是在惯例法则下的自由表现，它可以通过大型狂欢庆典的形式，也可以通过小型活动方式；它可以通过艺术的方式，也可以通过日常生活形式。当儿童不能承受正规的社会生活形式约束时，儿童的唯一工作方式，即在游戏中学习，或在学习中游戏。游戏本身，只是生活的间奏，它决不是生活本身。如果所有人的生活本身只有游戏，那么，这个社会必然会迅速瓦解或崩溃。

席勒看到，审美游戏与生命游戏最本质的特征，就在于它的非正统性、业余性和生活刺激性，它绝不能抢夺正常生活的主导性位置。游戏的变异在于游戏的职业化。当游戏作为职业时，对于游戏者而言，游戏本身就是艰苦的技艺训练和生活劳作。只不过，游戏形式本身作为游戏者的爱好，它在适度的条件下，还不至于与人的生活本质形成异化关系。因而，职业游戏本身，既有技术的严肃性，又有生命的无限解放性。它本身也负有社会职责，与生产劳动性工作一样，职业游戏也是生产劳动方式。

游戏的恶名在于：游戏者把附属性游戏置于主导性生活劳动之上，并且，以游戏性消解生活本身的严肃性，最终使严肃的生活本身失去了价值和意义。游戏的艺术或技术，特别是职业的游戏，绝不可能无目的地介入人类生命活动之中。当然，还应看到，当游戏作为罪恶生活的满足形式时，游戏的本质就会发生质变。无原则的游戏，所提供的就不再是生命的自由快感，而是生命的罪恶和灵魂的异化。在罪恶的游戏中，生命得到了蔑视，生活的庄严和价值，在此让位于罪恶与癫狂，一切自由与美好的价值失去了正当性与合理性。

席勒深深体察到人类的游戏冲动所具有的审美意义，它将"游戏冲动"看作调和感性冲动与理性冲动的有效形式。在谈到三者的关系时，席勒谈道："感性冲动要求被规定，它要感受它的对象。""形式冲动要求自己规定，它要创造它的对象。""游戏冲动则力争要这样来感受，就像自己创造一样,力争要这样来创造,就像感官在感受一样。""感性冲动,要从它的主体中排斥一切自我活动和自由;形式冲动,要从它的主体中排斥一切依附性和受动。"但是,"排斥自由是物质的必然,排斥受动是精神的必然。"因此,两种冲动,都必须强制人心,或者通过自然法则,或者通过精神法则。当两个冲动在游戏冲动中结合在一起时,游戏冲动就同时从精神方面和物质方面强制人心,而且,"因为游戏冲动扬弃了一切偶然性,因而,也就扬弃了强制,使人在精神方面和物质方面都得到自由。"①

席勒通过游戏冲动,揭示了审美活动的本质。他认为,"美"是两个冲动的共同对象,也就是游戏冲动的对象。从语言的用法意义上,完全可以证明这个名称是正确的,因为它通常用"游戏"这个词来表示一切在主观和客观上都非偶然的,但既不从内在方面也不从外在方面进行强制的东西。在美的观照中,心情处在法则与需要之间的恰到好处的中间位置。正因为游戏冲动分身于三者之间,所以,"它既脱开了法则的强迫,也脱开了需要的强迫。"②

席勒特别强调了游戏的理性功能的消解性价值。"当心情与观念相结合时,一切现实的东西都失去了它的严肃性,因为它变小了;当心情与感觉相遇时,一切必然的东西就放弃了它的严肃性,因为它变得轻松了。"③"人对舒适、善、完美只有严肃,但它同美只是在游戏。"④ 在席勒看来,美的事物,不应是纯粹的生活,不应是纯粹的形象,而应是"活的形象"。这就是说,因为美强迫人接受绝对的形式性和绝对的实在性这双重的法则。因而,理性作出了断言:"人同美只应是游戏,人只应同美游戏。"说到底,"只有当人是完全意义上的人,他才游戏;只有当人游戏时,他才完全是人。"⑤ 这样,席勒将人与游戏的关系、将游戏冲动与审美的关系作了深刻的说明。这决定了席勒美学具有特殊的价值,显然,这是对自由的希腊文化理想最生动而形象的诠释。

因此,可以这么说,尽管席勒在形式上是从康德原则出发,采纳了康德的解释模型,但是,在实质上,席勒完全不同于康德,他将审美置于认知和道德之上,并将游戏视作人类的自由审美形式。这样一来,席勒实际上消解了道德问题,因为游戏本身超越于道德之上。审美替换了道德的强

---

① [德] 席勒:《审美教育书简》,冯至等译,北京大学出版社1986年版,第74页。
② [德] 席勒:《审美教育书简》,冯至等译,北京大学出版社1986年版,第78页。
③ [德] 席勒:《审美教育书简》,冯至等译,北京大学出版社1986年版,第79页。
④ [德] 席勒:《审美教育书简》,冯至等译,北京大学出版社1986年版,第39页。
⑤ [德] 席勒:《审美教育书简》,冯至等译,北京大学出版社1986年版,第80页。

制性，又使物质生活本身具有了自由的特性。这样，席勒比康德更加强烈地热衷于希腊文化理想的现代性解释，或者说，康德只热衷于希腊的道德理性，而席勒则热衷于希腊文化的全部自由生命理想，因此，席勒与后来的尼采一样，都是真正的希腊主义者或审美自由主义者。

六 希腊文化理想与人的自由

席勒通过审美活动本身，探究人类生活的自由形式，但是，他相对忽略了科学研究的价值，也忽略了道德教化的社会功用。在他的眼里，通过游戏和艺术本身，是人类自我救赎的最好方式。因为在他看来，科学进步了，文明发展了，人并没有获取自由；道德具体化了，也就具有极大的强制性，也就不可能给人带来更大的自由。这是由于感性冲动与理性冲动之间构成了永远不可调和的矛盾，并且容易走向思想的极端。因而，唯有回到审美本身或者返回到希腊文化理想之中，才能真正实现人的自由。

在日常生活中，实际上有多重意义上的自由，或者，可以体察"实在的自由"与"精神的自由"。实在的自由，是由物质生活和国家形式决定的。随着物质生活的改善，人们有可能在物质强制中获得自由。人的身体所受到的物质性奴役减轻，就是实在自由的获得。此外，实在的自由，则是国家机器、法律制度最终减轻了对个体的束缚，使个体保有更多的社会权利，享有更多言论自由与活动自由。这样，人的社会生存压力，才会被最大限度地减轻，才可能享受更多的法权意义上的自由。

这种实在的自由，永远是有限的，它需要通过抗争去争取，甚至需要通过牺牲才能获得。这种实在的自由，是人类生活的基本象征形式。缺少实在的自由，人类的精神自由就会变成一句空话。实在的自由，之所以是有限的，不仅由于实在的自由是社会规范约束下的自由，而且由于实在的自由受制于物质生活资料的生产与分配。千百年来，人类千方百计为之奋斗的目标，就是为了最大限度地获得这种"实在的自由"。然而，这种实在的自由，如果没有精神的自由的启示和引导，就永远不可能踏上正确的方向。因而，精神的自由，对实质的自由具有指导和启示作用，而实在的自由，则决定了精神的自由的发展水平。

其实，席勒在《审美教育书简》中并未涉及现实生命存在者的自由的获得方式。在他看来，工业文明作为现代性追求对精神自由本身构成了伤害。至于它是否给人带来了实在的自由则未予说明。而且，国家机器的落后与专制制度的封闭，残暴与专制的权力体系剥夺了人的精神自由这一事实，席勒虽然有所涉及，但是，又没有进行充分的探讨。这就是说，

"实在的自由"全在席勒的审美精神视野之外。

在席勒看来,实在的自由并不是真正的自由,因为它总要受到各种各样的束缚,总要受到各种各样的伤害。人们为了争取这种"实在的自由",常常以暴力和革命的形式,结果,常常对"精神的自由"构成伤害。因而,在席勒那里,唯有游戏冲动,唯有审美活动才具有自由的特质。这无疑带有乌托邦性质,也确实具有审美幻想性特征。席勒也认识到了这一点,但是,他没有在"实在的自由"面前表现出妥协性,而为了强化这种"精神的自由",并且,给予审美的自由无限特权和无限的优先性。

确实如此,审美活动因其精神特质而超越了物质活动和伦理活动的规则性束缚,因而,这种精神的幻象性,决定艺术可以无限地创造自由,无限地体验自由,无限地想象自由。在游戏冲动和审美活动中,自由不受任何束缚,自由本身也不进行任何设防。人与游戏,游戏与人,生命主体在游戏中扩张人的审美自由。席勒为何明知审美自由的虚幻性而又如此强调游戏冲动的审美本质呢?显然,这有其特殊意旨。

在康德那里,审美不仅作为合目的性的自由创造方式而且作为道德善的象征,因此,审美活动变成了知性与理性冲突的调节手段。但是,审美活动本身,始终没有上升到至高无上的地位,甚至可以说,康德只是有限地评估了"审美自由"。在康德那里,理性才是至高无上的。康德不仅强调人对自然的认知,而且强调在自然的认知中确证生命的理性自由。他还强调伦理法则对于生命实践的理性意义,通过职责强调伦理自由与法权自由的统一,因为个人在伦理上是完善的,自然在法权意义上也是完善的。

相反,法权意义上的完善,并不一定在伦理上是完善的。因而,康德强调了道德自律、精神信仰与科学探索的优先性,但是,他没有完全扩展人的精神主体性,只是肯定了"天才为艺术立法"的精神合理性。他看到了审美的自由是通过审美的独特方式而获得的,即无概念而普遍的感性自由,无目的而合乎目的性的审美自由等,他也看到了崇高是由理性与想象力的冲突而形成,并由此特别强调自然本身与理性尊严的自由契合。这些美学观念和原则,保留了康德思想的浪漫主义情怀,但是,它还不至于压倒理性主义,因为康德更强调知性的自由与理性的自由并最终通达"实在的自由"。

席勒之所以特别强调审美精神的自由,是因为他充分认识到自然法权与宗教道德的强制性与强大约束力。它们的现实力量极大地剥夺了艺术的自由,而审美自由本身已被越发挤到次要的位置上,因而,席勒才大声疾呼:"审美自由是最高意义上的自由"。事实上,精神的审美自由,真正可以无限拓展而不受到任何束缚。通过对精神自由的无限肯定，席勒无疑给艺术创作的自由想象和活的形象，确立了天才的法规。在这一点上，席勒与康德的浪漫主义有其一脉相承之处。

席勒意识到："美是从两个对立冲动的相互作用中，从两个对立原则的结合中产生的，因而美的崇高理想就是实在与形式尽可能最完美的结合和平衡，但是，这种平衡永远只是观念，在现实中是绝对不可能达到的。"① 他还谈到："美同时起着松弛作用和紧张作用"。松弛作用就是使感性冲动与形式的冲动，各自停留在自己的界限之内；紧张作用，就是使二者保持自己的力。"美起着松弛作用，是因为它使两种天性同样地紧张起来；美起着紧张作用，是因为它使两种天性同样地松弛下来。"

根据这个概念，审美的两种作用必然同时互为条件，又彼此制约，它们最纯洁的产物就是美。② "美在紧张的人身上恢复和谐，在松弛的人身上恢复振奋，并以这样方式本诸它的本性，把受到限制的状态再带回到绝对状态，使人成为一个他自身就是完整的整体。"③ "感性的人，通过美被引向形式与思维。""精神的人，通过美被带回到物质，又被交给感性世界。"④ 美之所以将游戏作为手段，是为了把人从物质引向形式，从感觉引向法则，从受限制的存在引向绝对存在。这并不是因为美能够帮助我们思维，而是因为美能为人的思维力创造"可以根据思维力自身的规律来进行外显的自由"。⑤

这一切，当然要取决于人的完全性。他说："如果人是完全的，他的两种基本冲动，都已经发展，他就开始有自由。"相反，"当人是不完全的，这两种冲动有被排除的时候，他就必定没有自由。"不过，"通过重新给人以'完全'，自由也必定能够再恢复起来。"⑥ 在席勒那里，他只是把审美与精神自由关联在一起，但是，他并未将美的功能进行无限夸张。他说得很清楚：通过审美的修养，人的个体价值或尊严仍然是完全未受规定，只要这种价值或尊严还能依赖于此而存在。"美什么也达不到，除了从天性方面使人能够从他自身出发为其所欲为，把自己完全归还给人，使

---

① ［德］席勒：《审美教育书简》，冯至等译，北京大学出版社 1986 年版，第 83 页。
② ［德］席勒：《审美教育书简》，冯至等译，北京大学出版社 1986 年版，第 84 页。
③ ［德］席勒：《审美教育书简》，冯至等译，北京大学出版社 1986 年版，第 88 页。
④ ［德］席勒：《审美教育书简》，冯至等译，北京大学出版社 1986 年版，第 91 页。
⑤ ［德］席勒：《审美教育书简》，冯至等译，北京大学出版社 1986 年版，第 97 页。
⑥ ［德］席勒：《审美教育书简》，冯至等译，北京大学出版社 1986 年版，第 103 页。

他可以是其所应是。"① 这是席勒的清醒的审美创造立场。

当然，这并不意味着席勒剥夺了审美自由的独立性。他发现，唯独审美状态是自成一体，因为它的起源以及得以延续的一切条件，都统一在自身之中。只有在审美状态中，我们才觉得我们像是脱开时间，我们的人性纯洁地、完整地表现了出来，"仿佛它还没有由于外在力的影响而受到任何损害。"②

席勒进一步指出："美对我们来说固然是对象，因为有反思作条件我们才对美有感觉，但同时美又是我们主体的状态，因为有情感作条件我们对美才有意象。"因此，"美固然是形式，因为我们观赏它，但是，它同时又是生活，因为我们感觉它。"总之，一句话，"美既是我们的状态又是我们的行为。"③

当美或审美融为一体的时候，在材料与形式之间，被动与主动之间，往往发生着瞬息的统一和相互调换时，"这两种天性的可相容性，无限在有限中的可实现性，从而也证明了最高人性的可能性。"④ 由此，席勒得出了这样的结论："只要对实在的需要与对现实的依附仅仅是由于缺乏而造成的后果，那么，对实在的冷漠和对假象的兴趣就是人性的真正扩大和走向文明的决定性的步骤。"

应该看到，这证明了主体具有的外在自由。因为只要强制在主宰，需求在进逼，想象力就被牢固的枷锁束缚在现实上面。"只有当需求得到满足，想象力才会发挥出它那不受任何约束的功能。"事实上，这也证明了主体性的内在自由。因为这使我们看到力，"它不依赖外在的材料而靠自己本身就可运动起来，并具有足够的潜能可以抵挡进逼的物质。"⑤ 他说："在力的可怕王国与法则的神圣王国之间"，审美的创造冲动，不知不觉地建立起"第三个王国"，即游戏和假象的快乐王国。在这个王国里，审美的创造冲动，给人卸去了一切关系的枷锁，使人摆脱了一切称为强制的东西，"不论这些强制是物质的，还是道德的。"⑥

席勒曾指出，唯有审美国家才能使社会的自由成为现实，因为它是通过个体的天性来实现整体的意志。尽管需求迫使人置身于社会，理性在人

---

① [德] 席勒：《审美教育书简》，冯至等译，北京大学出版社1986年版，第107—108页。
② [德] 席勒：《审美教育书简》，冯至等译，北京大学出版社1986年版，第111页。
③ [德] 席勒：《审美教育书简》，冯至等译，北京大学出版社1986年版，第133页。
④ [德] 席勒：《审美教育书简》，冯至等译，北京大学出版社1986年版，第134页。
⑤ [德] 席勒：《审美教育书简》，冯至等译，北京大学出版社1986年版，第138页。
⑥ [德] 席勒：《审美教育书简》，冯至等译，北京大学出版社1986年版，第151页。

的心中培植起合群的原则,但是,只有美才能赋予人合群的性格。"只有审美趣味才能把和谐带入社会,因为它在个体身上建立起和谐。"① 在审美王国中,一切东西,甚至供使用的工具,都是自由的公民,"他拥有最高贵者具有平等的权利。"② 就这样,席勒通过反抗现代性或工业文明生活法则,建立了审美的自由城邦,把审美提升到无限的精神高度。他那种骨子里浸透浪漫主义精神特质的思想,为此披上了一件独特的审美主义外衣。

人的实在自由追求游戏,人的外在自由追求取胜,但是,精神的自由则无法言表。外在的自由可以被剥夺,但是,人的内在自由则永远不可被剥夺,它具有无限永恒的价值。从这个意义上说,席勒高扬审美自由冲动和游戏冲动,虽具有一定的虚幻性质,但绝非没有意义。席勒能够把精神自由提升到极致,无疑具有真正自由的积极浪漫主义精神价值,因为他使人类在现代性的焦虑中可以听到乐观的欢歌。就这样,席勒通过诗学的想象与美学的诠释完成古典希腊文明的自由想象,并且,由此赋予了他自己的诗学或美学以古典希腊城邦生活的美丽精神信念或浪漫主义理想。从这个意义上说,席勒的诗学和美学已经完整地诠释了真正的希腊主义精神或古典希腊文化理想。

(原载《希腊诗学传统的重建》,浙江大学出版社2019年版)

---

① [德] 席勒:《审美教育书简》,冯至等译,北京大学出版社1986年版,第152页。
② [德] 席勒:《审美教育书简》,冯至等译,北京大学出版社1986年版,第153页。

认识论与本体论:主体间性文艺学的双重视野

苏宏斌

近年来,关于文学的主体间性(intersubjectivity,胡塞尔用语,又译为交互主体性、主体际性)问题的研究已经逐渐引起了国内学界的关注,这对于推进文艺学基础理论的发展无疑是大有益处的。如果说主体性范畴的引入对于我们超越以往那种机械反映论的文艺观起了关键的推动作用的话,那么主体间性范畴的引入则为我们克服认识论文艺观的局限性提供了一个关键的契机。对于这一问题,本文拟从认识论和本体论两个层面来加以探讨,以期引起学界的关注。

一 主体论文艺观问题何在?

毋庸讳言,对于文学主体性的研究在我国当代文艺学的发展中,曾经起过十分重要的历史作用。在20世纪80年代以前,我国的文艺学研究具有明显的机械唯物主义倾向。在这种情况下,文学主体论者主张在文学研究中给人以主体的地位,肯定艺术家与读者在文艺活动中的能动性和创造性,这对于人们解放思想、摆脱旧的哲学观念和文艺思想的影响,无疑具有十分重要的意义。正是在这种思想的推动和促进下,我国的马克思主义文艺学从旧的机械反映论发展到了能动的、辩证的审美反映论。

既然主体论文艺观对于我国当代的文艺学研究做出了如此重要的理论贡献,我们何以仍然要引进主体间性的理论视角呢?这是因为,主体论文艺学归根到底仍然是一种认识论的文艺观。当然,与旧的机械反映论文艺观不同,主体论文艺观尤其审美反映论不是把文艺活动视为一种狭隘的求知行为,而是看作一种以情感为中介的审美反映活动,因而强调文学活动不仅要反映对象的实体属性(即"是什么"),还要反映对象的价值属性(即"应如何")。然而在我们看来,对于价值属性的把握在根本上仍是一种认识活动，因为价值属性无非是主体从自己的价值标准出发对客体所做出的一种评价和判断，因而反映的乃是主体与对象之间的关系，而对这种关系的把握显然仍是一种认识活动，因为广义的认识活动不仅可以把握对象的特征，而且可以把握主体自身以及主客体之间的相互关系。出现这种情况的原因也并不奇怪，因为主体本身就是一个认识论的范畴，这一范畴最初的起源就是笛卡尔的"我思故我在"这一著名命题，也就是说主体所指的本身就是人所具有的一种认识能力或思维能力。此后，这一范畴的内涵在近代哲学中尽管经过了十分复杂的演变过程，但主体——客体作为认识论的一对核心范畴这一地位却从未改变过。当然，我国学者所谈论的主体概念乃是从马克思主义哲学当中引申过来的，而马克思所谈论的主体不仅是指认识主体，而首先是指实践主体，然而问题在于我国许多学者恰恰把实践本身视为一个认识论的范畴，这样一来主体自然就只是一个认识论概念了。① 而主体论文艺学既然仍属于认识论的范围，自然也就无法摆脱认识论文艺观本身所存在的一些固有缺陷了。在我们看来，这些缺陷主要有以下三个方面。

首先，主体论文艺观主要关注文学活动的认识本性，对于文学的交流或交往本性则重视不够。由于主体论文艺观建立在广义认识论的基础上，因而自然把文艺活动中主体与对象的关系视为一种认识关系，在主体与客体的二元对立关系中来把握文学活动的基本特征。然而事实上，文学活动不仅是主体对于世界的认识活动，同时也是主体与主体之间的相互理解和交流活动。举例来说，在创作活动中，艺术家与其所表现的人物之间就既是一种主客体之间的认识关系，同时也是一种主体间的交流关系。同样，读者与人物之间、艺术家与读者之间的关系也具有这种两重性。不难看出，主体论文艺学只能解释这些关系中的前一方面，对于后一方面的解释则难免显得捉襟见肘。

其次，由于主体论文艺学仍然建立在认识论哲学的基础上，因而必然无法彻底摆脱认识中心论或科学主义倾向。众所周知，西方近代的文艺学理论始终具有一种科学主义的倾向。这是因为，西方思想从古希腊时代开始，就把理性看作把握真理的根本方式，至于文学等艺术活动，则由于必须借助于感性认识而被置于哲学以及科学之下。这种倾向在近代无疑表现得更加显著。在近代哲学的创始人笛卡尔看来，"真正说来，

---

① 笔者恰恰以为，实践在马克思主义哲学中首先是一个本体论的范畴。参见拙文《实践：艺术活动的本体之维》，《人文杂志》1998年第3期。

我们只是通过在我们心里的理智功能,而不是通过想象,也不是通过感官来领会物体"①,而莱布尼茨则认为,感性认识只是一种混乱的、低级的认识能力。② 与理性主义相反,经验主义者强调感性认识以及经验归纳的重要性,但这种思潮最终在休谟那里陷入了彻底的怀疑主义。当然,我国学者所谈论的认识活动来自马克思主义的认识论观点,而马克思主义则继承了从康德以来的德国古典哲学的辩证法思想,因而强调感性与理性之间的辩证统一,认为文学活动尽管必须借助于感性形象来进行思维,但却仍能够把握到社会生活的本质特征。然而问题在于,辩证思维本身就把感性与理性之间的二元对立设定为一种当然的前提,因而同样认为理性乃是比感性更高的认识能力。这样一来,文学活动把握真理的能力自然就处在纯粹的理性活动之下了。据此我们不难理解,辩证法大师黑格尔何以尽管把艺术视为绝对理念自我显现的一种途径,但却仍将其置于宗教以及哲学之下。对于这一问题,我国的主体论文艺学同样未能加以真正的解决。

再次,从方法论的角度来看,主体论文艺学的根本缺陷在于无法彻底超越形而上学的二元论思维方式。事实上,我们前面所概括的两种缺陷也都根源于此:这种文艺观之所以忽视了主体与主体之间的交流关系,就是因为其固守着主体与客体这一对二元对立范畴;同样,其认识中心论倾向也是由于坚持感性与理性之间的二元论关系。当然,我们在此并非彻底否认这种思维方式的合理性,相反,就认识论的层面而言,主体与客体之间的分离和对立乃是一个必然的事实。这是因为,认识论所谈论的主体乃是一种经由反思而确立起来的思维或精神实体,正是通过这种反思,主体才意识到自身与世界乃是两种完全不同的存在(前者能思维而无广延,后者有广延而不能思维),从而把自己与世界之间视为一种二元对立的关系。就文艺活动来说,这种二元对立的关系也是客观存在的,因为艺术家以及读者在审美活动中都不可避免地会对自身的意识活动进行反思,从而使自己与审美对象之间产生二元对立的关系。然而问题在于,审美经验的典型或理想状态恰恰是一种非反思或前反思的状态,在这种状态中,艺术家以及读者都处于一种丧失自我意识的状态,因而其与对象之间就不再是主客体之间的二元对立关系了。当然,主体论文艺学强调主体与客体之间是一种对立统一的辩证关系,即认为主体与客体能够通过一种矛盾运动的方式来克服彼此间的对立。然而问题是,艺术家或读者在审美活动中经常

---

① [法]笛卡尔:《第一哲学沉思录》,庞景仁译,商务印书馆1996年版,第33页。
② [德]莱布尼茨:《人类理智新论》,陈修斋译,商务印书馆1996年版,第8页。

处于一种非反思的状态，这时他与对象之间本身就处于一种物我合一、水乳交融的状态，也就是说辩证法所设定的那种矛盾对立关系在此时是根本不存在的，因而所谓矛盾运动自然也就无从谈起。这时，审美活动也并不是一种广义的认识活动，而是一种本体论意义上的理解和领悟活动。当然，我们并不认为审美活动会始终保持这种状态，一旦艺术家或读者因为某种原因而处于反思的状态，恢复了自我意识，这时他与对象之间必然转化为一种主客二分的二元对立关系。因此，对于文艺活动的完整把握就必须同时兼顾认识论与本体论这两个层面，而主体论文艺学仅仅从认识论层面来阐释艺术活动，其片面性和局限性自然也就无法避免了。

二　主体间性文艺学的认识论维度

正是由于主体论文艺学存在着上述缺陷，主体间性理论视角的引入就成为一种必然。从认识论的角度来看，主体的认识活动本身就存在着两种不同的形式：一种是对于客观事物的认识，以主体—客体的方式进行；另一种则是对于他人的认识，以主体—主体的方式进行。传统认识论的错误就在于，没有把这两种认识形式明确地区别开来，而是把后者混同于前者，认为认识活动只存在主体—客体这一种形式。这样一来，主体间的相互交流关系就被错误地当成了主体对于客体的认识关系。

那么，这两种认识形式之间的区别究竟何在呢？我们以为这种区别是全方位的。从认识对象上来看，前者的认识对象是物，而后者的认识对象则是人。人与物的根本区别就在于人是一种有意识的存在物，也就是说他尽管变成了一种认识对象，但却同样是拥有主体性的。从表面上来看，作为认识对象的人同样是一种物，因为他也拥有自己的身体或躯体。然而问题在于，对于躯体的把握与对其他物的认识有着本质的区别，因为当主体认识他人的躯体的时候，他清楚地意识到这个躯体与他人的自我之间有着必然的联系，也就是说他是与主体自身相同的存在物。用现象学的创始人胡塞尔的话来说，"与其他东西不一样，他们（即他人——引者注）是连同其身体，作为心理—物理的对象在世界中存在的。另一方面，我同时又把他们经验为这个世界的主体。他们同样在经验我所经验的这同一个世界，而且同时还经验着我，甚至在我经验这个世界和在世界中的其他人时也如此"。[1] 认识对象上的这种差别必然导致认识过程本身也发生了根本的变化。简单地说，主体对于物的把握总是立足于自身与物之间的基本差

---

[1] 倪梁康主编：《胡塞尔选集》下卷，生活·读书·新知三联书店1997年版，第878页。

异：前者是一种思维的实体，后者则是一种广延的存在。在此基础上，主体循着由感性认识上升到理性认识的方式来获得关于客体的知识。而对于人或主体的把握则不同，因为作为认识对象的主体不仅是一种广延之物，同时也是一种精神实体，如果主体以对待物的方式来对待他，则必然导致忽视其主体性。那么，主体怎样才能在认识活动中完整地把握另一个主体的特征呢？这就要求主体以把握自身的方式来把握对象，即抱着一种"同情"或曰"移情"的方式来把握对象。具体地说，主体在认识他人的时候，必须在自己与他人之间建立一种"结对"关系，即把对象与自己看作一种相互对应的存在关系：他人自我显现在我的意识中总是以其躯体为媒介的，尽管我只能看到他人的身体和行为而看不到他的意识活动，但通过移情作用，我却能够把自己的意识与身体之间的统一性转移到他人身上，这样一来我就从他人的身体联想到了他人的意识活动。由此可见，对于他人的认识和对于物的认识之间最根本的差异在于，主体在认识中始终必须把他人作为一种与自身平等的存在物，在肯定他人主体性的同时，抱着一种理解和同情的态度去理解对方。正是因此，主体对于他人的认识就转化成了一种平等的理解和交流。

当然，我们对于认识形态的这种划分是相对而言的。在具体的认识活动当中，主体与对象之间的关系往往是十分复杂的。就文学活动而言，主体与审美对象之间既可能是主体—客体形态的认识关系，又可能是主体—主体形态的交流关系，还可能出现两种形态兼而有之的现象。主体论文艺学的缺陷就在于，仅仅固守着第一种认识形态，因而对于后面两种现象就难以做出正确的解释。从艺术创作的角度来看，这种文艺观通常把艺术家与社会生活的关系界定为一种主体—客体形态的认识关系，这种看法尽管总体而言并没有错，但却忽视了其中所包含的主体间交流和理解的因素。这是因为，社会生活除了是由各种物（自然物以及社会存在）所构成的之外，还包含着人这一重要的因素。在某种程度上，人恰恰是艺术家所要表现的核心对象，他所要反映和表现的各种物在根本上总是和人联系在一起的，这些物在作品中总是作为人物所置身的某种自然以及社会环境的形式出现，其存在的意义也在于对人物的性格起着某种影响或者烘托的作用。这样一来，艺术家与社会生活之间表面上看起来是一种纯粹的主客体关系，但这种关系的内核却恰恰是艺术家与社会中的人之间所形成的主体间交流关系。当然，进一步来看，这种主体间的交流关系中事实上又包含着某种主客间的认识关系，因为当艺术家选择了某个人物作为自己创作的原型之后，他既要通过彼此的交流来了解对方，也需要通过仔细的观察和记录来认识对方。因此，艺术家与社会生活之间的关系乃是主体—客体与主体—主体这两种认识形态相互交织的产物。

在创作活动开始之后，这种复杂的认识关系同样出现在艺术家与其所创作的作品之间。从某种意义上来说，艺术作品中的任何事物，包括各种人物形象、故事情节、自然景物、社会环境等，都是由艺术家通过自己的想象虚构和创造出来的。就此而言，艺术家与作品之间乃是一种主体—客体形态的认识关系（或曰精神实践、精神生产关系）。然而另一方面，在这一总的框架之中又包含着某种主体间的交流关系。这是因为，艺术创作的一个核心任务就是塑造栩栩如生的人物形象，而人物形象塑造成功的标志则在于其具有了某种独立的生命，也就是说它具有了一定的主体性。事实上，许多艺术家在创作过程中都获得过这种奇特的经验：每当他们笔下的人物变得十分鲜活之后，他们总是会陷入一种幻觉之中，似乎这些人物真的是富有生命的。巴尔扎克的友人曾经发现，他竟然会关在房里痛骂自己笔下的那些反面人物；当笔下的女主人公爱玛服毒自杀之后，福楼拜竟然觉得自己满嘴都是砒霜味；加西亚·马尔克斯在写到奥雷连诺上校（《百年孤独》一书的主人公）之死时，难过地躺在床上哭了一整天……诸如此类的例子在文学史上可说是不胜枚举。对于人物形象所具有的这种主体性，主体论文艺观其实也并没有忽视，相反还给予了格外的重视，比如刘再复即强调要给予人物以"对象主体"的地位。不过，由于他仍固守着认识论上的主客体关系模式，没有看到作家与人物之间同时存在着一种主体间的理解和交流关系，因而错误地认为作家越有才能，面对人物就越是无能为力，反过来蹩脚的作家却对人物具有更高的控制力，[1] 而事实上任何一个成功的艺术形象无不是艺术家充分发挥自己的主体性和创造力的结果，因而这种观点与艺术实践是完全不相符的。论者之所以会产生如此悖谬的观点，就是由于他仍然试图运用主客对立的模式来规范作家与人物之间的关系，因此认为两者的主体性是无法相容的，当人物成为主体的时候，作家就必须放弃自身的主体性而转化为客体，反过来，当作家坚持自身的主体性的时候，人物就变成无生命的客体。而如果我们把这两者之间看作主体间的交流关系，问题便迎刃而解了。具体说来，正是由于作家把人物看作主体而非客体，因此他才能赋予人物以相对独立的主体性。反过来，人物主体性的获得并不需要以作家主体性的丧失为代价，因为只有当作家以主体的身份与人物进行交流的时候，他才能体察到人物作为一个

---

[1] 参见刘再复《论文学的主体性》，《文学评论》1985年第6期。

主体所可能具有的行为或者思想。人们常常津津乐道于这样的例证：有些人物可能在某些时候违背了作者的意志或者初衷，这似乎表明人物的主体性与作者的主体性是无法相容的。然而从主体间性的理论出发，我们却恰恰可以做出相反的解释，因为在作者最初进行构思的时候，人物还只有一个模糊的轮廓或者形象，其主体性还没有真正确立起来，两者之间主要还是一种主客体的认识关系。这时作者与人物间的交流关系显然还是不完备的，因而作者对于情节的安排可能并不符合人物自身主体性的要求。而当人物的形象逐渐丰满起来的时候，其主体性也就越来越充分地显露出来，这时作者也就能更充分地把人物当作主体来看待，并使人物的行为和思想更加符合其自身的性格逻辑。由此可见，人物主体性的确立恰恰是其与作者的主体性进行相互交流的结果，所谓两者之间的矛盾对立只是一种理论的假象而已。据此我们认为，只有把主体—客体与主体—主体这两种认识形态辩证地统一起来，才能对创作活动做出全面和科学的解释。

从艺术欣赏的角度来看，接受者与艺术作品的关系同样既是一种主客体间的认识关系，也是一种主体间的交流关系。这种交流关系首先出现在接受者与作品中的人物之间。我们在前面已经指出，艺术作品中的人物固然是作家所创造出来的客体，但同时也是一种主体的存在，因而它与接受者之间自然就构成了一种主体间的交流关系。正是因此，我们要想成功地进行艺术欣赏活动，就必须首先与作品中的人物建立起精神上的交流关系，设身处地地感受他们所曾经有过的喜怒哀乐、悲欢离合。在阅读文学作品的时候，我们常常为作品中人物的命运遭际所深深地吸引，并产生强烈的情感共鸣。有时，我们甚至可能会深陷其中而难以自拔，彻底忘却了作品与现实之间的界限。曹雪芹的《红楼梦》问世之后，坊间曾有女子把自己与林黛玉完全混同起来，以致茶饭不思，郁郁而终；歌剧《白毛女》在延安上演之际，还曾经发生过解放军战士激于义愤而向演员开枪的事例。当然，这些现象的产生主要是由于读者的欣赏活动失去了应有的理性制约，因而并不能被视为成功的欣赏经验，但这至少说明，读者与人物之间所具有的精神上的紧密联系，乃是艺术接受中一个普遍存在的客观事实。

不过，艺术接受中的主体间交流活动更重要的还是指读者可以以作品为中介，与作者建立起精神上的交往关系。对于这一点，日内瓦学派的代表人物乔治·普莱曾经进行过精辟的分析。他认为，文学作品在阅读活动开始之后，就发生了一种奇特的变化，其物质性消失了，转化成了我们意识中的一种精神实体。随着作品存在方式的变化，我们的意识也发生了奇特的转变，其最显著的表现就是我们的思想被来自书本的大量思想观念所占据。对于这些观念之物来说，我们的意识可以说是为它们提供了存在所必需的居所。这也就是说，这些思想是"另外一个人的，可是我却成了主体"。① 这种变化促使我去与他人进行思想上的交流，因为我必须去思考他人所思考的问题，而且必须站在他人的立场上来进行思考。不过，这个他人并不等于生活中的作者本人，因为他是由读者从作品出发而重构出来的："我通过一种行为回溯到某一确定的作者对这种行为的意识，正是这种行为本身使我就在这意识实现其精神行为的时刻活生生地抓住一种思想的独特性以及它在其中得以发展的那种环境的含义"。② 这两个主体之间有着明显的差异，因为作者的意识以及生活体验可以分散地存在于任何一部作品及其语句之中，这就使这些作品中的思想缺乏真正的统一性和独立性。反之，一部文学作品中的思想观念则是独立存在的，并且构成了一个高度统一的有机整体。正是因此，读者与作者之间所进行的固然只是一种间接的精神交流，但这种交流却比那种直接的交流更加符合审美活动的基本要求。

三 主体间性文艺学的本体论维度

通过上面的分析我们发现，主体间性理论视角的引入使我们的文艺学研究在主客体间的认识活动之外，又增添了主体间的交流活动这一维度，因而构成了对于主体论文艺学的一种补充和完善。不过，由于主体间性理论把主体与主体之间的交流看作主体对于其他主体的认识问题，因而这充其量只是在认识论文艺观内部所进行的一种自我完善，尚不足以从根本上克服这种文艺观所存在的局限性。具体地说，这种文艺观并不能彻底克服和超越认识论文艺观所具有的认识中心论和科学主义倾向，也不能使我们真正摆脱形而上学的二元论思维方式。

那么，怎样才能避免主体间性的文艺学重走主体论文艺观的老路呢？我们认为这就必须在认识论的视角之外，再引入本体论的视角，也就是说把主体间的交流问题不仅看作一个认识论问题，同时视为一个本体论问题。表面上看来，把主体间性视为一个本体论的范畴乃是一种自相矛盾的说法，因为主体本身就是一个认识论的概念，而所谓主体间性所指的就是

---

① ［比利时］乔治·普莱：《批评意识》，郭宏安译，百花洲文艺出版社 1993 年版，第 257 页。

② ［比利时］乔治·普莱：《批评意识》，郭宏安译，百花洲文艺出版社 1993 年版，第 282—283 页。

主体在与其他主体的交流活动中所产生和呈现出来的某种特性，因而同样是一个认识论的概念。然而问题在于，主体间性理论所描述的乃是人与人之间的相互理解和交流问题，而对于这个问题本身则既可以从认识论的层面来加以观照，也可以从本体论的层面来进行探究。这是因为，认识论所描述的只是建立在反思基础上的不同自我之间的交流，而事实上人与人之间的交流在很多时候都是在非反思或前反思的状态中进行的，这时交流者对于他人的理解就不再是一种认识活动，而是一种本体论意义上的本源性的领悟活动了。当然，这种本体论层面的理解和领悟已经不再是主体间的交流活动了，因为交流者在此本身就不是以主体的方式来存在的。因此，当我们的探索深入到本体论层面的时候，我们实际上只是借助了主体这一称谓，对其内在的含义则进行了彻底的改造。

事实上，许多现代思想家在谈论本体论意义上的人，或者描述人的存在方式的时候，都不约而同地摒弃了主体这一概念。海德格尔在自己的基础存在论体系中，所使用的就是此在而不是主体或者自我。在他看来，近代哲学把人看作一种封闭的自我意识，这就使人与世界之间出现了主客二分的二元对立关系。而他则认为，此在本身就是以一种"烦忙于世"，也就是与其他存在者打交道的方式存在的，因而此在的生存方式是外在而不是内在的："此在的在世向来已经分散在乃至解体在'在之中'的某些确定方式中"。[1] 这样一来，此在对于自身的把握就不是通过笛卡尔式的反思来进行的，而恰恰是从他与之打交道的其他存在者那里来了解自己的，因而此在自然也就不是作为主体而存在的。与此相应，世界也不再是所谓与主体相对的客体，而主体对世界的把握也不是以那种对象性或表象性的认识活动，而是通过一种生存论上的理解活动来进行的。在海德格尔之后，萨特又提出了"前反思的我思"这一概念。在他看来，笛卡尔之所以会陷入二元论的困境之中，就是因为他所谈论的自我始终是一种反思意识，而事实上还存在着一种前反思或非反思的意识："正是非反思的意识使反思成为可能：有一个反思前的我思作为笛卡尔我思的条件。"[2] 在前反思的领域之中，主体与客体的分离和对立根本没有出现，因而所谓二元论问题自然就不复存在了。而梅洛-庞蒂则进一步指出，要想彻底超越笛卡尔所陷入的身心二元论的困境，就必须以身体—主体（body-subject）

---

[1] ［德］海德格尔：《存在与时间》，陈嘉映、王庆节译，商务印书馆1987年版，第70页。
[2] ［法］萨特：《存在与虚无》，陈宣良等译，生活·读书·新知三联书店1987年版，第11页。

来取代传统的主体概念。所谓身体—主体指的是一种身心合一的肉身化的主体,它与笛卡尔所说的与身体相对立的主体概念显然是根本不同的。在笛卡尔看来,我们的身体与外在世界一样,都是一种物质的存在,是我们进行认识活动的中性工具,这样一来,他就在人与世界的二元对立之外,又设置了心灵与身体之间的二元对立。而梅洛-庞蒂则认为,身体与心灵本身就不是相互对立的,而是紧密地结合在一起的,因为我们的身体并不是一种中性的物质存在,而是本身就具有一种"意向性的功能",它可以在自己的周围筹划出一定的生存空间和环境。[①] 这样一来,身体与心灵、主体与客体之间的二元对立自然就被超越了。

在我们看来,这种存在论上的"主体"概念对于我们理解艺术活动无疑是极有帮助的。这是因为,艺术活动恰恰是经常以这种前反思的或者非主体的方式来进行的。在这个问题上,我国学界普遍存在着这样一种误解:认为文艺活动作为一种高级的人类活动形式,理所应当是一种主体性的活动。这种看法背后的依据主要有两个方面:一方面,人们认为自从人类从自然界当中分离开来,确立起自我意识以后,就始终是以主体的形式存在的,而其活动的对象自然就成了客体;另一方面,人们总是惯于把主体性的活动视为一种高级的活动,而前反思或非主体的活动则被认为是一种低级或非正常的活动。事实上,这两方面的根据都是极不可靠的。首先,尽管人类与自然界的分离和对立乃是一个客观的事实,然而这一点却并不是认识论上的主客体关系得以形成的前提。正如我们在上文所说的,哲学上的主体概念是从笛卡尔的"我思故我在"这一命题引申而来的,这一事实说明所谓主体指的就是一种经由反思而确立起来的自我意识,也就是说如果人在活动过程中没有对自己的意识进行反思,那么这种活动就不是主体性的活动,他与对象的关系也就不是主客体关系;其次,前反思的非主体性活动与反思性的主体性活动之间也并不存在高低之分,两者之间的差别根本上是由观照人类活动的不同视角所造成的:在本体论的层面上,人类的活动是非主体性的,人正是在这样一种前反思的本源性领悟活动中才把握到了存在的意义。只有在认识论的层面上人类的活动才是主体性的,因为认识活动的起点就是人对自身的意识活动进行反思。人们通常之所以把前者看作一种低级的活动,是因为在人们看来这种前反思的活动乃是人类认识能力尚不发达时期的特征,而今天的人类则除了婴儿时期以

[①] See Merleau-Ponty, *Phenomenology of Perception*, London: Routledge & Kegan Paul, 1962, p. 98.

及在醉酒、做梦等非正常的精神状态之外，都是有清醒的自我意识的，因而都是作为主体存在的。然而事实上这只是一种认识论上的偏见，因为人类在艺术以及审美经验等高级的精神活动中，恰恰是经常处于前反思的状态之中的。稍有艺术常识的人都知道，当我们在全神贯注地进行艺术欣赏的时候，常常会出现一种丧失自我意识的状态，这时我们甚至忘记了周身的一切，也忘记了现实生活与艺术作品之间的界限，以致在幻觉中以为作品中所发生的事件就是真正的事实。从某种意义上来说，只有当我们能够产生这种精神上的"高峰体验"（马斯洛语）的时候，艺术欣赏才能获得真正的成功。这一事实恰好说明，审美经验在根本上乃是一种非主体性的活动。而西方传统思想正是因为不加分别地把这种前反思的活动称之为一种低级的认识形式，因而才做出了贬低艺术的错误结论。在这个意义上，我国当代学界一味地强调文艺活动的主体性特征，恰恰是重蹈了西方传统思想的覆辙。

从这种本体论的视野出发，我们对于文艺活动就可以做出某种全新的解释了。就艺术创作而言，我们就不会再把艺术家与社会生活的关系视为一种认识论上的主客体关系，而应看作一种本体论意义上的相互交流。在这种关系中，艺术家不是站在生活之外去客观地观察和认识生活，而是把事物也看作有生命的存在，与其建立起一种平等的交流关系："我通过我的身体进入到那些事物中间去，它们也象（像）肉体化的主体一样与我共同存在"。① 梅洛－庞蒂曾经通过对绘画艺术的分析深入地揭示了这种关系。他认为，当画家进行艺术创作的时候，他并没有把自己与要表现的对象区别或对立起来，也没有人为地设置灵魂与身体、思想与感觉之间的对立，而是重新回到了这些概念所由产生的那种初始经验。在这种源始的经验中，画家不是面对着对象，而是置身于对象之中，为对象所包围。在这种时刻，画家会感到不仅自己在注视和观察着对象，而且对象也在观察着自己。法国画家安德烈·马尔尚曾经这样描绘自己的创作体验："在一片森林里，有好几次我觉得不是我在注视森林。有那么几天，我觉得是那些树木在看着我，在对我说话"。② 而印象派画家塞尚也曾经说过："是风景在我身上思考，我是它的意识"。③ 显然，我们不能把这些感受简单地归结为艺术家的幻觉。当然，这里所谓说话与思考等等都是拟人化的说

---

① ［法］梅洛－庞蒂：《眼与心》，刘韵涵译，中国社会科学出版社1992年版，第185页。
② ［法］梅洛－庞蒂：《眼与心》，刘韵涵译，中国社会科学出版社1992年版，第136页。
③ ［法］梅洛－庞蒂：《眼与心》，刘韵涵译，中国社会科学出版社1992年版，第51页。

法，但这些说法的内在根据在于艺术家与世界之间的某种密切的交流，而这种交流体验却是完全真实的。在我们以往的艺术理论中，往往把被描绘的风景当作纯粹客观的自在之物，只有艺术家才被认为具有一定的能动性和创造性，这显然是把自然科学中的主客体关系模式搬用到了艺术理论之中。而事实上，艺术家在观察对象的时候，却并没有把自己与事物对立起来，相反，他总是设法忘却一切对于事物的固有看法，使自己完全沉浸到事物当中去，把自己变成事物或风景的一部分。只有这样，他才能真正领悟风景的魅力和意义。反过来，当艺术家与景物建立起了这种真正的交流关系之后，景物自然也就获得了自己的生命，艺术家正是从这种生命的诉说中领悟了大自然的奥秘，从而获得了取之不尽的创作资源。同样，这种本源性的理解和交流关系也存在于艺术欣赏活动之中。正如我们在前面所指出的，欣赏活动的成功进行恰恰要求读者在一定程度上放弃自身的自我意识，在一种前反思的状态中与作品中的世界建立起一种密切的交流关系。限于篇幅，对此我们就不做具体的分析了。

　　现在的问题是，我们把文学主体间性问题的研究划分成了认识论与本体论两种形态，那么这两者之间的关系是怎样的呢？我们以为，认识论层面的研究应该是以本体论的研究为前提的。具体地说，在文艺活动中，艺术家或者读者首先是在本体论的层面上，以一种前反思的方式建立起与对象之间的平等交流和理解关系，并在这种关系中完整地把握到对象存在的意义；而后，则是在认识论的层面上，通过意识的反思活动，把本体论层面的理解和领悟加以分解或者专题化。当然，这种先后关系是逻辑上而不是发生学上的，在具体的文艺活动中，这两种形态的认识和交流活动实际上是相互交替、相互交织在一起的。艺术家或者读者既不可能在文艺活动中始终保持非反思的状态（否则就无法创作出具体的艺术作品，也不可能对作品的审美价值做出理性的判断和评价），也不可能始终保持反思的状态（否则就将无法真正进入审美状态，艺术活动也将沦为一般的认识活动）。当然，这种关系的内在机制是极为复杂的，对此还有待于我们进一步的深入探讨。

（原载《文学评论》2007年第3期）

文化研究的兴起与文学理论的未来

苏宏斌

文化研究对于文学理论的冲击和挑战,是我国当前文艺学研究中的一个热门话题。许多倡导文化研究的学者认为,文学理论应该向其敞开大门,进行边界的移动或者扩容,有的甚至认为文学理论作为一种"元理论"已经过时了,应该为文化批评所取代。对此我们认为,文化研究不可能也不应该取代文学理论,但其迅猛发展却使传统的文艺学研究暴露出许多重大的缺陷与不足,因而必须在研究对象和研究方法上进行全面的变革,才可能走出目前所面临的困境与危机。

一

客观地说,文化研究对于文学理论的挑战并不仅仅是中国学界特有的现象,在当今文化研究大行其道的英美批评界,这同样是一个亟待解决的理论课题。根据美国学者贝尔教授的描述,美国大学当今的文学研究与教学已经由于文化研究的冲击而陷入了严重的危机,因为文化研究把握文学文本的主要方式就是用其来说明一定的意识形态或历史主题,这使得文学与其他文化表述之间不再有根本的区别,因而导致学生对于文学的兴趣与日俱减。许多美国学者因此而忧心忡忡,赛义德就曾痛心疾首地感慨说:"如今文学已经从……课程设置中消失",取而代之的都是些"残缺不全、充满行话俚语的科目",而哈罗德·布鲁姆则无奈地表示:"我们已经战败,……文学研究已经被一种叫做文化批评的令人惊叹的垃圾所替代了!"[1] 那么,文化研究这种从文学研究中孕育出来的新兴学科,何以不是丰富和推进了文学研究,而是反过来危及到了它的生存呢?这是因为,

---

[1] 以上有关美国当代批评状况的描述来自盛宁的《对"理论热"消退后美国文学研究的思考》一文,载《文艺研究》2002年第6期。

文化研究与现代西方所产生的各种形形色色的批评流派之间有一个根本的区别：它的出现本身就是为了反抗和颠覆学院式的文学理论乃至整个现存的学科分工体制。在研究英国文化的先驱马修·阿诺德、利维斯，以及德国的法兰克福学派那里，对通俗文学和大众文化的研究尚主要采取一种批判的态度，因而仍属于传统意义上以高雅文学和经典作品为研究对象的文学理论阵营。然而在雷蒙德·威廉斯、霍加特、汤普逊等人那里，则明确主张消解精英文化与大众文化之间的二元对立和等级关系，因为在他们看来，大众文化包含着复杂的意识形态机制，通过探索这种机制，就可以洞悉资产阶级与无产阶级之间为争夺文化霸权而形成的商谈以及斗争关系，并进一步服务于激进的"左派"政治实践。这样一来，文化研究与远离社会政治的学院式文学理论之间自然就形成了难以调和的冲突。从某种意义上来说，文化研究本来就不是一个学科，而是一种反学科的知识以及政治实践："这里的关键不仅是跨越现存的学科疆界，而且更迫切的是拆解学科化的知识方式，对学科疆界本身提出质疑。"[1]

正是由于文化研究对文学理论的学科性质和研究模式提出了如此尖锐的质疑，因而它的兴起导致文学研究陷入危机就成了一件自然的事情。而从我国的情况来看，这种危机恐怕还要严峻和迫切得多。这是因为，我国的现代文学理论尽管历史并不久远，但其学院化的程度与西方相比却有过之而无不及。最突出的表现就在于，西方现代的文学研究主要采取的是理论与批评合一的方式，学者们往往同时坚持理论的建构和批评的实践；而我国现行的学科分工体制却把文学理论与文学批评截然划分开来，使之成为两个不同的学科，这就使我们的许多学者自觉不自觉地疏远了批评，把自己的兴趣主要集中于建构一个包罗万象、面面俱到的理论体系。由此造成的后果就是，我们的许多理论著作一方面高屋建瓴、体系严密，另一方面又与现实的文学创作和批评实践较为隔膜，难以发挥其应有的作用和功能。长此以往，对于文学理论的发展显然是十分不利的，因为理论的价值和意义归根到底体现在其对现实实践的指导作用上，那种完全脱离实践的学院化理论显然是缺乏持久的生命力的。

需要指出的是，我国文学研究体制的这种弊端早就已经为人们所察觉了，只是文化研究的兴起使其更加显著地暴露出来了。这是因为，文化研究产生的前提乃是大众文化在当代的勃兴，而对于大众文化的研究恰恰是

---

[1] 科内尔·韦斯特：《少数者话语和经典构成中的陷阱》，罗钢、刘象愚主编《文化研究读本》，中国社会科学出版社2000年版，第206页。

我们既有文艺学体系中的一个盲点。之所以出现这种情况，除了由于大众文化乃是一种新兴的文学和文化形态，而理论家们又一贯对文学实践的最新动态反应迟钝之外，更主要的因素还在于，我国当今的文艺学体系过分刻板地信守着高雅艺术与通俗艺术、精英文化与大众文化之间的划分，因而有着十分显著的精英主义倾向。诚如前文所指出的，我们的理论著作过多地把目光集中在那些举世公认的经典作品上面，其原因就在于认为只有这些作品才能代表文学艺术的最高成就，至于那些通俗艺术和大众文化则在审美价值和思想意义方面都无法与之相比，因而似乎不值得给予理论的关注。而在我们看来，尽管这种价值等级本身自有其合理性，但这并不意味着大众文化在理论上也不具备研究的价值。这是因为，大众文化如电影、电视、网络文学等乃是当代受众最广、社会效应最显著的艺术形式，尽管当今的大众文化产品良莠不齐，粗制滥造之作比比皆是，但其中也不乏思想性与艺术性俱佳的作品，以电影而论，就很难说是一种纯粹的大众文化形式，因为其中的许多作品恰恰具有艺术的独创性和先锋性，而且从某种意义上来说，由于电影综合了文学、音乐、摄影等多种艺术形式，因而较之其他艺术形态能够更好地做到雅俗共赏，从而在一定程度上克服高雅与通俗、精英与大众之间的二元对立。不仅如此，研究大众文化还是我们了解大众的审美需要和艺术品位的直接途径，这对于我们的理论工作者走出自己封闭的象牙塔，真正切入当代的文化实践无疑是大有助益的。或许有许多论者受到了法兰克福的较多影响，认为大众文化在很大程度上乃是一种统治阶级的文化控制形式，由于普通大众在接受活动中处于消极被动的地位，因而更容易在大众文化的糖衣包裹之下，不自觉地接受统治阶级的意识形态和文化霸权。然而随着文化研究的深入发展，这种观点的片面性已经日渐暴露出来了。当代英国的文化研究所取得的一个主要成就即在于吸收和借鉴了葛兰西的文化霸权理论和阿尔都塞的意识形态学说，从而发现了大众在文化消费过程中的积极性和反抗性。马克思曾经宣称，统治阶级的意识形态在每个时代都占据着统治地位，而葛兰西则进一步指出，统治阶级之所以能够成为霸权阶级，并不是因为它简单地消灭或者取代了被统治阶级的文化，而是因为它能够在一定程度上容纳被统治阶级的文化和价值，为其提供一定的生存空间。托尼·本内特对此曾有过精辟的分析："使葛兰西离开较早的马克思主义传统的是他认为，资本主义社会中统治阶级与从属阶级之间的文化和意识形态关系，与其说是前者对后者的支配，不如说是二者之间，即统治阶级与主要的被统治阶级、工人阶级之间为了争夺霸权，换言之，为了争夺道德、文化、思想的领导权所进行的斗争。这绝不仅仅是一个术语的变更,霸权概念指出,统治集团的支配权并不是通过操纵群众来取得的,为了取得支配权,统治阶级必须与对立的社会集团、阶级以及他们的价值观念进行谈判,这种谈判的结果是一种真正的调停。换言之,霸权并不是通过剪除其对立面,而是通过将对立一方的利益接纳到自身来维系的。"① 按照这种观点,资本主义社会的大众文化就不能简单地看作资产阶级文化,或者说是对资产阶级价值观的单向表达,而同时是工人阶级价值观念的体现。工人可以通过自己在文化消费中的积极选择,在一定程度上影响到大众文化的生产,使其体现出自己的审美和文化需要。与法兰克福学派对大众文化采取简单的否定态度相比,葛兰西以及英国文化研究学派的看法无疑要更加辩证和客观得多。不幸的是,我国当前的文学理论恰恰犯了与法兰克福学派同样的错误,这就使其对这种十分重要的当代文化形式丧失了应有的阐释能力,从而进一步暴露了其内在的缺陷和危机。

二

通过上面的分析我们认为,我国当代的文学理论面临危机乃是一个客观的事实。正是因此,我们无法认同有的学者那种过分乐观的估价,在他们看来,我国的文学理论已经"大体上适应了当前文学发展的水平"。② 现在的问题是,我们应该如何应对文化研究的冲击,使文学理论走出这种危机呢?对此有的学者认为,文化研究的兴起表明文学理论的"使命已经结束","不可避免地要向文化批评发展"。其根据在于,当前的文学理论是一种"元理论",仍旧忙于探讨文学的本质等抽象的理论问题,严重脱离了文学批评与文学创作的具体实践,因而"并不能规范文学批评,更不用说规范当下的创作实践"。③ 对于这一判断,我们是十分赞同的。然而能否由此判定文学理论已经终结,必须为文化批评所取代呢?对此我们认为是缺乏根据的。作者为此所提出的主要理由是,西方现代的文学理论实际上只是文学批评的理论化或历史化,"是对文学作品文本进行分析评论的结果",④ 也就是说文学理论在西方只是文学批评的一种可有可无的副产品,因而我们的文学研究也应该照此办理。切不说这种以西方话语来剪裁中国学术的做法是否合理,单就其对于西方现代文学理论的评价来

---

① 罗钢、刘象愚主编:《文化研究读本》,中国社会科学出版社2000年版,第16—17页。
② 见钱中文《文学理论反思与"前苏联体系"问题》,《文学评论》2005年第1期。
③ 陈晓明:《元理论的终结与批评的开始》,《中国社会科学》2004年第6期。
④ 陈晓明:《历史断裂与接轨之后:对当代文艺学的反思》,《文艺研究》2004年第1期。

看，就基于一种十分明显的误解和误判。

毋庸讳言，西方现代的文学批评取得了长足的发展，产生了许多重要的批评流派，如俄国形式主义、新批评、结构主义、符号学、现象学、存在主义、解释学、接受美学、读者反应批评、解构主义、女权主义、新历史主义、后殖民主义，以至风靡当代的文化批评等等，这些流派对于现代批评以及创作实践都产生了重大的影响，以至于人们把二十世纪称作"批评的世纪"。然而问题在于，批评的强势是否必然意味着理论的弱势、失势甚至消亡呢？我们认为并非如此。事实上，把上面这些思想流派简单地说成是批评流派，本身就是一种错误的做法。这是因为，文学批评与文学理论在现代西方并不存在严格的界限。从语义学上来看，批评（Criticism）是指一种基于判断之上的评论或者"挑剔"，而理论（Theory）则是指一种用以解释的思想体系，[①] 因而文学批评与文学理论之间似乎界限分明，各有不同的学科定位：前者需要对具体作品的思想和艺术价值做出一定的评价和判断，后者则需要为文学批评提供一套用以解释文学的思想体系。然而问题在于，上面所说的这些流派绝大多数恰恰同时兼有批评与理论的双重特征。

在这方面，那位论者的估价显然出现了严重的偏差。在他看来，只有杜夫海纳、茵加登等为代表的现象学批评才具有较为浓厚的理论色彩，但却仅仅是一个"特例"，至于其他的流派则都是一些较为纯粹的批评流派，是对文学作品进行文本分析的结果。而在我们看来，事实恰恰相反，只有新批评、俄国形式主义等极力标榜文学的"内部研究"的流派才是较为纯粹的文学批评，除此之外的大多数流派则首先都是以文学理论甚至哲学理论的形式出现的，而后才转化为具体的批评实践。这位论者强调结构主义批评家热奈特对普鲁斯特作品的兴趣远远超过建构一般的叙事学理论，但实际上如果没有索绪尔的语言学理论，没有列维—斯特劳斯、阿尔都塞、拉康等人对于结构主义理论的建构，又何来这种结构主义的批评实践呢？如果没有福柯的知识考古学理论，格林布拉特、怀特等人的新历史主义批评又从何谈起呢？如果没有德里达的解构主义哲学，又如何会产生以保罗·德曼、希利斯·米勒等人为代表的耶鲁批评流派呢？至于现象学、存在主义、解释学等则至今仍主要是一种哲学和文学理论流派，其主要成就本来就不是表现于批评领域，比如现象学的批评成就（以"日内

[①] 参见［英］雷蒙德·威廉斯《关键词：文化与社会的词汇》，刘建基译，生活·读书·新知三联书店2005年版，第97、486页。

瓦学派"为代表）即远远低于其文学理论（以茵加登为代表），存在主义思想对于文学的影响则主要体现于文学创作而不是文学批评，至于解释学则始终都没有形成一个独立的批评流派，其对批评实践的影响主要是通过接受美学等间接地显现出来的。因此，西方现代的文学理论与文学流派之间的关系是十分复杂的，根本不可能一概而论，而就其整体倾向而言，则仍是以哲学和文学理论为先导，而后再形成具体的批评理论和批评实践，因而断言西方现代批评的勃兴是以理论的衰亡和终结为代价的，乃是一种没有根据的做法。

那么，为论者所倡导的文化研究是否仅仅是一个纯粹的批评流派呢？回答同样是否定的。事实上论者自己也认为广义的文化研究（包括新历史主义、女权主义、后殖民理论以及大众文化研究等）是后结构主义思想的产物，① 这显然已经把福柯、德里达等人的思想看成了文化研究的理论基础。至于狭义的文化研究（即指大众文化研究）则同样也不例外，因为从某种意义上来说，这一研究实际上是西方当代马克思主义理论的一个组成部分，法兰克福学派自不待言，其每个重要的批评家首先都是重要的哲学和文学理论家；即便是当代英国的文化研究，也始终处于马克思、葛兰西、阿尔都塞等人的上层建筑理论和意识形态学说的支配和影响之下。就此而言，（狭义的）文化研究实际上是马克思主义理论发展的一个新形态，又怎能说它的出现标志着文学理论的终结呢？

从上面的分析可以看出，西方现代的文学理论并没有随着文学批评的迅速发展而走向终结，相反，文学批评的发展恰恰是以文学理论本身的发展为前提的。总体而言，西方现代的批评理论并不是从具体的文本分析当中抽象和概括出来的，而是在一定的哲学以及文学理论的基础上引申和推演出来的。事实上这一点并不奇怪，因为批评的任务是对具体的文本或作品加以分析，并在此基础上对其审美和艺术价值做出评判，至于进行文本分析的方法和范畴，以及进行审美判断的标准和依据，则不是文本本身所能够提供的，而只能来自批评家所接受的哲学以及文学理论。当然，这并不意味着批评家要以现成的理论框架和批评标准来剪裁文学作品。在具体的批评实践中，批评家当然应该首先立足于对作品的解读和欣赏，但在这一过程中，他所接受的理论主张必然会以"期待视野"的方式融入到他的阅读行为之中，并影响到他对作品的感受和理解，因此伽达默尔才说，

---

① 陈晓明：《文化研究：后—后结构主义时代的来临》，金元浦主编《文化研究：理论与实践》，河南大学出版社2004年版，第1—40页。

理解总是理解者的视域与文本本身的视域相融合的结果。① 如果说在欣赏活动中理论的作用尚且是潜移默化的，那么在批评活动中理论的作用显然就更加直接和自觉。事实上，当代西方的批评实践恰恰总是带有十分明显的理论背景，比如女权主义批评家总是有意识地选择那些涉及女性地位问题的作品来作为自己的批评对象，后殖民主义批评则热衷于解读那些反映帝国主义殖民活动的作品，而文化批评则总是从意识形态和文化霸权的角度来分析大众文化，因而从某种意义上来说，文学或文化批评所获得的结论是在一开始就注定了的，或者说批评的结果很大程度上是由它所依据的理论来决定的，批评家从作品中解读出的东西正是他所放进去的。在我们看来，这种现象说明文学批评具有一种寄生性的特征，它必须依赖于一定的文学理论才能存在，否则就会沦为论者所说的"作家作品印象记和读后感"。② 然而令我们感到好奇的是，如果论者真像自己所期望的那样终结了一切"元理论"，那么他所推崇的文化批评又如何能够免于这种不幸的结局呢？如果完全抛开马克思、德里达、福柯、葛兰西和阿尔都塞等人的"元理论"，又将如何对大众文化进行批评性的解读呢？对此我们只能推测，恐怕论者真正想终结的只是当代中国的文学理论，而不是一切"元理论"本身。而这又从反面启示我们，要想使我们的文学研究摆脱困境，正确的做法不是以批评来取代理论，而是使我们的文学理论重新与批评结合起来，并且真正成为批评活动的基础和前提。

三

如果说文学理论必须重建与文学批评的联系才能走出困境，那么文艺学向文化批评开放不就成了顺理成章的事情了吗？或许正是由于这个原因，近年来有许多学者主张我国的文艺学研究应该进行边界的移动、"扩容与转向"，以便把文化批评纳入进来。③ 其所以如此，则是因为大众的"日常生活"已经"审美化"了，"审美活动已经超出所谓纯艺术/文学的范围而渗透到大众的日常生活中。占据大众文化生活中心的已经不是传统的经典文学艺术门类，而是一些新兴的泛审美/艺术现象，如广告、流行歌曲、时装、电视连续剧乃至环境设计、城市规划、居室装修等。艺术活动的场所也已经远远逸出与大众的日常生活严重隔离的高雅艺术场馆，深

---

① [德] 伽达默尔：《真理与方法》上卷，洪汉鼎译，上海译文出版社1999年版，第373页以下。
② 参见陈晓明《元理论的终结与批评的开始》，《中国社会科学》2004年第6期。
③ 参见王德胜《为"新的美学原则"辩护》，《文艺争鸣》2004年第5期。

入大众的日常生活空间（如城市广场、购物中心、超级市场、街心花园）。"[1] 对此有的学者提出了自己的质疑，认为真正出入上述高级消费场所的其实只是少数富人、中产阶级和白领阶层，至于广大的劳工阶层则还根本不具有这样的消费能力，他们即便涉足这些场合，主要也不是为了进行审美活动，而是为了生活的实际需要，因此他们认为大众的日常生活并没有审美化，因而文艺学自然也不应该转向文化批评。[2] 在我们看来，这里的论争双方都犯了一个不易觉察的错误，即把"日常生活的审美化"这个命题与文化批评挂起了钩，似乎前者乃是后者兴起的根本原因，因而只要认可了这一命题，文艺学就势必要转向文化批评。然而事实上这两者之间恰恰是风马牛不相及，从某种意义上来说，"日常生活的审美化"甚至是一个违背文化研究宗旨的命题，它即便成立也只能导致文学研究转向大众文化，但却绝不可能使这种研究转化为一种文化批评。

表面上看来，我们的这种说法似乎是明显的自相矛盾，因为文化批评不正是要研究大众文化吗？然而问题在于，文化批评的主要目的却不是要研究大众文化的审美特征，或者说不是从审美的角度来研究大众文化，因而大众的日常生活是否已经审美化了，这根本不是文化研究所要关心的课题。征之以文化研究的发展历史，这一点可说是不言自明。众所周知，雷蒙德·威廉斯曾经对文化的概念做过三种界定：第一种是理想的文化定义，指的是我们称之为伟大传统的那些最优秀的思想和艺术经典；第二种是文化的文献式定义，指的是各种知性和想象作品的总和；第三种是文化的"社会"定义，指的是一种整体的生活方式。正是这最后一种定义，奠定了文化研究的基础。因此，文化研究不仅是为了理解和阐释那些伟大的思想和艺术经典，而且是为了阐明某种特殊生活方式的意义和价值，理解某一文化中"共同的重要因素"，如"生产组织、家庭结构、表现或制约社会关系的制度的结构、社会成员借以交流的独特方式等等"。[3] 文化批评的实践可说是十分彻底地贯彻了这一主张。威廉斯的《漫长的革命》一书所考察的就是过去两百年间欧洲发生的工业革命、民主革命和文化变革；霍加特的《文化的用途》一书系统地考察了二十世纪三十年代英国

---

[1] 陶东风：《日常生活的审美化与文艺社会学的重建》，《文艺研究》2004 年第 1 期。
[2] 参见童庆炳《文艺学边界三题》（《文学评论》2004 年第 6 期）、鲁枢元《评所谓"新的美学原则"的崛起》（《文艺争鸣》2004 年第 4 期）、朱立元《文学的边界就是文艺学的边界》（《学术月刊》2005 年第 2 期）等文。
[3] ［英］雷蒙德·威廉斯：《文化分析》，罗钢、刘象愚主编《文化研究读本》，中国社会科学出版社 2000 年版，第 125—126 页。

工人阶级的日常生活;汤普逊的《英国工人阶级的形成》则追溯了英国工业革命初期工人阶级意识和文化的形成。此后,英国的文化研究接受了葛兰西的文化霸权理论和阿尔都塞的意识形态学说的影响,又把目光转向资产阶级与无产阶级争夺意识形态领导权的斗争。在这一过程中,文化研究当然也关注了工人的文化娱乐和审美活动,但这些只是作为他们日常生活的一部分出现的,并没有得到特殊的关注。

文化研究的这种历史和现状表明它与文学理论和文学批评之间具有一种难以相容的异质性,因而它的出现并不是对文学研究的发展,在某种程度上甚至可能对文学研究造成难以弥补的伤害。或许有人会说我们的这种观点危言耸听,但事实上历史的发展已经一再证明了这一点。西方现代批评之所以产生的一个重要原因,就在于反对近代批评运用各种社会学、文化学的观点来研究文学,其结果是把文学变成了各种社会科学的"狩猎场"。当然,诸如俄国形式主义和英美新批评等流派过分地强调了文学的"内部研究",切断了文学与社会等外部现象之间的联系,因而不可避免地走向了封闭和衰亡,但它们把揭开文学作品的"文学性"之谜作为文学研究的根本使命,则是一个不容置疑的历史贡献。而文化批评对于文学研究的最大危害就在于,它只是把文学当作一个普通的文化现象,来透视其所包含的意识形态机制和社会政治功能,这无异于抹杀了文学与其他文化形式的根本区别,因而也就取消了文学理论和文学批评赖以存在的根本基础。当然,这种研究自有其不可替代的文化价值和思想意义,因而文化批评毫无疑问是当今时代一种十分重要的新兴学科。[①] 然而问题在于这种新的理论形态与文学研究的宗旨是背道而驰的,在这种情况下贸然让已经深陷危机的文艺学向文化批评敞开大门,实在无异于引狼入室,文艺学的"内爆"恐怕就真的为期不远了。有的学者把文化批评视为帮助文艺学摆脱困境的一剂良药,而在我看来这却是一种饮鸩止渴。当然,我丝毫无意于反对这些学者进行文化研究,但我认为这种研究应该旗帜鲜明地走自己的道路,比如借鉴英国文化研究中的"民族志"传统,对大众文化进行长期的跟踪研究和大量的实证考察,而不应该借"日常生活审美化"的名义来挤进文艺学的阵营,否则不仅会扰乱文艺学的研究视线,而且也会使文化研究丧失自身的理论特色,煮出一锅不伦不类的理论夹生饭。

基于以上理由,我认为文化批评根本不属于文学批评的范畴,因而文

[①] 文化研究尽管标榜自身的反学科性质,但最终仍无法避免成为一种新兴学科的宿命,这成为一个不争的事实。

艺学研究不应该向其敞开边界，而应该明确与其划清界限、拒之门外。然而另一方面，这并不意味着我们也要向大众文化关上大门，相反，我认为文艺学正应该大力加强对于大众文化的研究和批评，只不过这种研究不是走文化批评的路子，而应循文学批评的方向。在我看来，这两种批评把握大众文化的角度和方法是根本不同的，相互之间是不容混淆、不可替代的，因而大众文化研究对文艺学来说其实是一把双刃剑：如果文学批评跟在文化研究的后面亦步亦趋，则将反过来危害甚至"终结"文学理论，但如果文学批评从艺术和审美的角度来把握大众文化，则将有助于打破目前文学理论的封闭和僵化局面，重建与文学创作之间的联系。正如我们在上文所指出的，大众文化尽管目前还存在着种种弊端，但却毕竟已成为当代社会一种十分重要的文化形式。如果我们仍然固守着那种僵硬的精英主义立场，则将使我们在很大程度上丧失对于社会文化的发言权。当然，这并不意味着我们要一味地向大众文化唱赞歌，恰恰相反，我们应该紧紧抓住自己的批评武器，对于大众文化所存在的种种弊端痛加针砭，对其中积极、健康的因素则加以扶持和引导，而不应该简单地对其加以否定或者漠视。需要指出的是，目前的大众文化当中已经孕育着某些大有发展前途的文学和文化形式，比如电影艺术和网络文学等等，这些艺术形式目前所取得的成就当然还无法和小说、诗歌、戏剧等传统文类相比，但其未来的发展却不可限量，因为它们更有效地利用了电信、网络等新兴的科学技术和传播媒体，也更契合当代青少年的感知方式和审美体验。或许有人会说，媒介只是文学的一种外部因素，但事实上这种外部因素会逐渐内化为人们感知和体验世界的重要途径。从某种意义上来说，西方近代文学尤其是小说的兴起与报刊等新的媒介形式的出现就有着直接的关系。这些文学形式在产生之初往往也具有通俗性和大众性的特征，但经过作家们的改造之后，就逐渐具有了高雅艺术和严肃文学的秉性，这在中外文学史上已经成为一条屡试不爽的法则，鉴古知今，我们又怎能对新兴传媒和大众文化的艺术潜能视而不见呢？

不过，仅仅是把目光转向大众文化和批评实践还是不够的，文学理论要想摆脱目前的困境，则还必须苦练内功，谋求自身的理论创新。西方现代的文学理论之所以能够不断地发展，成为文学批评甚至是文学创作的重要基础（比如什克洛夫斯基的"陌生化"理论对布莱希特的戏剧创作就有直接的启示作用，海德格尔看似晦涩的思想却对许多诗人产生了重要的影响），除了理论家们自身始终注重批评实践之外（就连海德格尔、萨特、梅洛－庞蒂这样的哲学大家都十分注重把自己的理论运用于批评实践），根本上还是因为他们的思想理论处在一种不断的发展和变革之中，能够敏锐甚至超前地把握住时代文化和艺术的脉搏，因而自然能够赢得批评家和艺术家们的青睐。在这方面，文学理论其实有着某种先天的缺陷，因为理论的建构总是具有抽象性和学院性的特征，因而对于批评和创作中的最新动向往往反应迟钝和滞后，而实践和应用方面的选择权主要又掌握在批评家的手里（这部分是因为理论家自身疏远批评所造成的），如果这种理论不能切合其审美经验和批评需要，就会被其毫不留情地予以抛弃。这种现象的存在显然为理论的创新提出了更高的要求，促使他们在追求思想的普遍性和规律性的同时，还必须注重其现实性和创新性。事实上，高明的理论家们正是由于较好地处理了这两者之间的辩证关系，因而才使其理论具有了显著而持久的实践功能。以海德格尔为例，他的思想一方面直溯前苏格拉底时期的古希腊思想，把存在的意义这个古老的形而上学话题作为自己一生探索的对象，然而另一方面，他对存在问题的思考又始终立足于当今时代，把对形而上学思维方式的反思与对工业文明、技术理性的批判紧密地结合起来，这就使他的思想历久弥新，就连当今的生态批评、环境美学等最新的理论思潮都在不断地从中吸取营养。当然，这并不意味着我们的文学理论必须完全抛开自己原有的思想基础，转而向西方寻求新的理论资源。事实上，构成我国现今文艺学基础的马克思主义理论本身并没有过时，即便在西方也已经日渐成为一门显学，就连文化研究本身也深受其影响。然而问题在于，文化研究并不是被动地照搬马克思主义的现成结论，而是从时代的要求出发对其进行了重大的改造和发展，由此才使其焕发出对于大众文化的阐释和批判潜能。当然，我国新时期以来的文学理论实际上也在不断地致力于发展和推进马克思主义理论，然而批评与创作对理论的疏远甚至无视说明，我们的理论创新还远远不够。因此我们认为，理论创新与批评实践紧密结合，才是我国文学理论未来的发展之路。

（原载《文艺研究》2005 年第 9 期）

文学研究中的"关键词批评"现象及反思

黄 擎

近年来,中国文学研究领域出现了引人注目的关键词写作现象,已有数十种相关著作、丛书,《外国文学》《南方文坛》《人大复印资料·文艺理论》等学术刊物还设立了关键词专栏,相关论文更是数以百计,中外有关机构合作的"中西文化关键词"计划也进入了具体实施阶段。"关键词批评"于文化研究的母体之中孕育,源自英国伯明翰学派与"新左派"领军人物雷蒙·威廉斯的创造性想法。在"关键词批评"中,雷蒙·威廉斯突破了传统的研究范式和学科疆域,另辟蹊径,从社会大视角和多语境角度诠释文化及其时代新质。20世纪90年代以来,"关键词批评"以其极富创新性的研究理念在中国产生了显著的学术影响力,成为一种重要的理论资源和研究路径。"关键词批评"的影响力波及众多学科领域,对中国学术界、思想界、文化界的整体影响日益凸显。"关键词批评"在推动中国文学研究深入发展的同时,还在鲜活的批评实践中表现出了一些新的趋向,给文学研究以较大的启示,但也出现了一些需要我们注意规避的理论"陷阱"和实践误区。

一 "关键词批评"的萌生与发展

雷蒙·威廉斯的《关键词:文化与社会的词汇》(1976)一书,开创了以关键词解析为社会和文化研究有效路径的独特方法,是"关键词批评"兴起的标志。不过,"关键词批评"的萌生却早在雷蒙·威廉斯1958年推出的《文化与社会:1780—1950》一书之中。雷蒙·威廉斯在此书中曾联系社会历史变迁考察"工业"(industry)、"民主"(democracy)、"阶级"(class)、"艺术"(art)、"文化"(culture)这五个在现代社会意义结构中极为重要的词语的语义嬗变和用法变化,开始了其"关键词批评"的早期实践。当年,雷蒙·威廉斯本想让《关键词:文化与社会的词汇》作为《文化与社会：1780—1950》的附录出版，后因故未能如愿。经增补后这部分内容于 1976 年独立成书，1983 再版时又增加了 21 个词条，总词条量达 131 个。在"关键词批评"中，雷蒙·威廉斯以核心术语为考察重心，从历时和共时层面进行梳理，揭示出词语背后的政治思想倾向与人文踪迹，具有独到的研究视角和开阔的理论视野。

雷蒙·威廉斯的《关键词：文化与社会的词汇》问世后"备受关注，广为征引"，[①]"关键词批评"也在经历了 20 世纪 50—80 年代的萌生阶段后，于 20 世纪 90 年代进入较为广泛的运用阶段，至今方兴未艾。西方学界对人文社会科学不同领域中的关键词进行了较为深入的研究，尤以文化研究和文学研究领域为甚。如《文学理论关键词》（Julian Wolfreys，*Key Concepts in Literary Theory*，2002）、《文学与文化理论批评关键词》（Julian Wolfreys，*Critical Keywords in Literary and Cultural Theory*，2004）、《新关键词：文化与社会的词汇》（Tony Bennett，Lawrence Grossberg，Meaghan Morris（eds.），*New Keywords: A Revised Vocabulary of Culture and Society*，2005）、《当代文学关键词》（Steve Padley，*Key Concepts in Contemporary Literature*，2006）等。尤为值得一提的是，出现了罗杰·韦博斯特的《研究性的文学理论导论》（*Studying Literary Theory: An Introduction*，1990）、安德鲁·本内特与尼古拉·罗伊尔的《关键词：文学、批评与理论导论》（*An Introduction to Literature, Criticism and Theory*，1995）、乔纳森·卡勒的《文学理论：简短的导论》（*Literary Theory: A Very Short Introduction*，1997）等新型文学理论著述。与我们熟知的以雷纳·韦勒克、奥斯汀·沃伦合著的《文学理论》为代表的流派理论史书写模式不同，这些论著采用的是以文学理论的核心范畴、问题或关键词为主的写作模式，这显然在很大程度上受到了"关键词批评"的影响。

此外，一些著名的学术出版公司还推出了"关键词批评"系列丛书，如包括《文化理论关键词》（*Key Concepts in Cultural Theory*，1999）、《传播与文化研究关键词》（*Key Concepts in Communication and Cultural Studies*，1999）、《后殖民研究关键词》（*Post-Colonial Studies: The Key Concepts*，2000）等三十余种在内的"劳特里奇关键词系列"（Routledge Key Guides）。不仅如此，劳特里奇出版公司还以"一词一书""一人一书"的方式推出了一批专著类的关键词研究和批评家研究丛书，如包括《自

---

① 付德根：《词义的历史变异及深层原因——读雷蒙·威廉斯的〈关键词〉》，《文汇读书周报》2005 年 5 月 6 日第 9 版。

传》(*Autobiography*)、《殖民与后殖民主义》(*Colonialism/Postcolonialism*)、《文化/元文化》(*Culture/Metaculture*)、《话语》(*Discourse*)、《哥特式文本》(*Gothic*)等三十余种在内的"批评新成语"(*the New Critical Idiom*)系列丛书,以及包括《萨义德》(*Edward Said*)、《法农》(*Frantz Fanon*)、《保罗·德曼》(*Paul de Man*)等当代文学和文化批评家在内的"批评思想家"系列丛书。① 这批著作的问世,无疑增强了"关键词批评"在西方文学研究领域的影响力度。

随着文化研究渐成显学,"关键词批评"近年登陆中国后也被广泛接受和大量运用,产生了较大影响,成为文学研究的重要羽翼与理论参照。中国新的时代语境既有引入"关键词批评"的内在需求,也为其勃兴提供了适宜的文化土壤。世纪之交,中国社会步入全面发展、急剧转型的快车道,互联网时代的到来更使中国的社会、文化映现出多元共生、繁杂斑驳的镜像。在资讯爆炸、术语迭出的文化语境中,透过错综复杂的表象深入有效地把握问题要义和学科发展重心,成为中国学术界的集体诉求,"关键词批评"恰恰在这方面给我们以极大的理论启迪。国内已有多种与"关键词批评"有关的出版物和文章,其中有关文化研究、文学研究的成果最为丰赡。如陈思和的《中国当代文学关键词十讲》(2002)、洪子诚和孟繁华主编的《当代文学关键词》(2002)、陈耳东等编著的《佛教文化的关键词:汉传佛教常用词语解析》(2005)、廖炳惠编著的《关键词200:文学与批评研究的通用词汇编》(2006)、赵一凡等主编的《西方文论关键词》(2006)、管怀国的《迟子建艺术世界中的关键词》(2006)、王晓路等的《文化批评关键词研究》(2007)、柯思仁等的《文学批评关键词:概念、理论与中文文本解读》(2008)、施旭升主编的《中外艺术关键词》(2009)等。此外,还出现了陶东风主编的"文化研究关键词丛书"(含《现代性》《文化与文明》《意识形态》《文化研究》《互文性》5本,2006)、周宪等主编的"人文社会科学关键词丛书"(含《文学关键词》《语言学关键词》《美学关键词》《文化研究关键词》等17本,2007)。

与此同时,《外国文学》《人大复印资料·文艺理论》《南方文坛》《电影艺术》《信阳师范学院学报》等刊物还专辟了"文论讲座:概念与术语""关键词解析""当代文学关键词""电影学关键词""中国现代文

---

① 参见王晓路等《文化批评关键词研究·序论:词语背后的思想轨迹》,北京大学出版社2007年版,第8—9页。

学关键词"等"关键词批评"专栏。此外,《读书》2006 年第 1—4 期也刊登了汪民安等撰写的一批有关文化研究关键词的词条,《民族文学研究》2004 年第 3 期则在"民族文学关键词"专栏介绍了"(口传)史诗""史诗创编""史诗集群"等词条。在中外有关人士和机构的共同努力下,"中西文化关键词"计划也进入了具体实施阶段。该计划最初由哈佛大学出版社人文部主任 LindsayWaters 博士、中山大学王宾教授等于 1996 年酝酿,在中国文化书院跨文化研究院和欧洲人类进步基金会的支持下,1997 年 7 月在巴黎召开了第一次工作会议,该研究计划正式立项。"中西文化关键词"计划首先提出了五个关键词——"真""善""美""自然""经验",每一个关键词将由中西方各一位学者用自己的母语撰写独立成章的论文,每一篇论文都要译成另外两种语言,五个词构成《关键词》的第一分册,并以中、法、英三种文字出版。① 在文学研究领域频现关键词的同时,文学创作中也出现了题名直接与关键词相关的小说,如辛唐米娜的短篇小说《关键词》(《青年文学》2005 年第 22 期)、王棵的短篇小说集《守礁关键词》(2005)、盛琼的长篇小说《生命中的几个关键词》(2003)等,这些小说创作虽与"关键词批评"无甚关联,但由此也可足可见出关键词日趋强大的影响力。

毋庸置疑,"关键词批评"的开拓者和推进者以他们新颖独到的学理思考和充满生机的批评实践,冲击着传统的批评理念和批评话语,显示了强劲的理论穿透力。然而,"关键词批评"尚未进入纵深发展阶段,主要原因在于学术界对"关键词批评"自身的研究相对薄弱。目前,除《关键词与文化变迁》(《读书》1995 年第 2 期)、《"所指"变迁下的文化史:论雷蒙·威廉姆斯的"关键词"研究》(《上海大学学报》2007 年第 3 期)等屈指可数的专论性文章外,学界的"关键词批评"研究主要表现为三种形式:一是相关出版物的序言和书评,如陆建德、刘建基分别为雷蒙·威廉斯《关键词:文化与社会的词汇》中译本所写的《词语的政治学》(代译序)和《译者导读》、朱水涌为南帆主编的《二十世纪中国文学批评 99 个词》所写书评《关键词、话语分析与学术方法》(《当代作家评论》2004 年第 2 期),以及冯宪光的《文化研究的词语分析——雷蒙·威廉斯〈关键词〉研究》(《绵阳师范学院学报》2006 第 3 期)、付德根的《词义的历史变异及深层原因——读雷蒙·威廉斯的〈关键词〉》(《文汇读书周报》2005 年 5 月 6 日)等;二是在论及英美文化研究和评

---

① 参见任可《"中西文化关键词"计划》,《世界汉学》1998 年第 1 期。

析雷蒙·威廉斯论著学说时顺带提及其《关键词：文化与社会的词汇》一书，如王宁的《当代英国文论与文化研究概观》（《当代外国文学》2001年第4期）、李兆前的博士学位论文《范式转换：雷蒙德·威廉斯的文学研究》（2006）等；三是文学批评类教材，目前仅有蒋述卓、洪治纲主编的《文学批评教程》（武汉大学出版社2010年版）在第六章"文学批评的类型"中专节简要评析了"关键词批评"。总体观之，"关键词批评"在国内虽然应用广泛，但对"关键词批评"自身的研究却仅处于散论式零星评介的起步阶段，"关键词批评"及相关研究尚有较大的发展空间。

二 "关键词批评"的新变与推进

"关键词批评"在世纪之交步入快速发展期后，除继续在文化研究领域大放异彩之外，在文学理论与批评领域也表现出不可小觑的力量。虽然"关键词批评"的历史并不久远，但在理论承传中已显示出一些新的特点和趋向。"关键词批评"延续了雷蒙·威廉斯紧密联系特定社会历史文化语境研究关键词生成和演变的做法，但在批评实践层面出现了不少新变和推进。就文学研究中的"关键词批评"而言，这种新变与推进主要表现在以下三方面。

其一，不再仅以从词源学角度追溯关键词的源起为批评中心，而是以从文学批评视野考察那些关键词在批评历史和实践中的生发和演变为重心，以期有益于文学批评理论与相关学科的建构和发展。

1998年4月，有关专家在广州召开的有关"中西关键词计划"会议上达成了如下共识：不必过分拘泥于对这些关键词的意义进行繁复的训诂考证，而要特别注意描述和分析它们在社会生活中具有巨大活力和影响的领域（Force-field）。该计划关注的焦点在于把握这些关键词如何给每一种文化以特殊的组织和风格，如何构成了文化活力的储存库。[1] 洪子诚、孟繁华在编撰《当代文学关键词》时，也谈到"社会主义文学""两结合创作方法""手抄本""鲜花""毒草""阴谋文艺"等关键词之于中国当代文学学科的重要性，并明确提出中国当代文学应该有属于它自身的基本概念，因为这些概念联系着中国当代文学的特殊问题，体现了它的独特性质。[2] 而古风的《从关键词看我国现代文论的发展》（《文学评论》2001年第5期）、黄开发的《真实性·倾向性·时代性——中国现代主流文学

---

[1] 参见任可《"中西文化关键词"计划》，《世界汉学》1998年第1期。
[2] 参见洪子诚、孟繁华主编《当代文学关键词》，广西师范大学出版社2002年版，第1页。

批评话语中的几个关键词》(《中国现代文学研究丛刊》2002 年第 3 期)、刘志华的《"典型"的"纯粹"与"负累"——"十七年文学批评"关键词研究》(《学术论坛》2006 年第 7 期)、刘登翰的《双重经验的跨域书写——美华文学研究的几个关键词》(《文学评论》2007 年第 3 期)、张勇的《"摩登"考辨——1930 年代上海文化关键词之一》(《中国现代文学研究丛刊》2007 年第 6 期)等论文,均从关键词角度审视特定研究对象或特定历史时期文学研究的特点及文论的发展脉络。其中,刘登翰的《双重经验的跨域书写——美华文学研究的几个关键词》通过对一些关键词的阐释,探讨了美华文学的语言形态、文化内质和族性规约,移民历史和移民者的文学书写,移民生存状态的不同导致书写状态的"唐人街写作"和"知识分子写作",移民作家从国内到海外的双重经验和跨域书写,百年来美华文学文化主题变迁及其与 20 世纪中国文学的互动关系等美华文学研究的一些基本问题。刘志华的《"典型"的"纯粹"与"负累"——"十七年文学批评"关键词研究》则对"十七年文学批评"的核心概念"典型"进行了深入探究,指出其内涵的不断改写构成了"十七年文学批评"的重要现象,也记录着中国当代文学复杂变迁的微妙症候。作者认为,"典型"往往依托于"人物"和"形象"而言说自身,与"新的人物""(新)英雄人物"及"中间人物"等概念有着紧密联系。张勇的《"摩登"考辨——1930 年代上海文化关键词之一》在 20 世纪 30 年代上海社会文化历史语境中对"摩登"一词进行了细致考辨,对其在汉语情境中的意涵生成和语义演变进行了翔实梳理。作者认为,作为英文"modern"的音译词,汉语中的"摩登"一词于 20 世纪 20 年代末出现,至 30 年代,意涵趋于"时髦"之意,渐与"现代"分野。作者指出,在左翼文学运动和新生活运动等话语力量的强势影响下,"摩登"很快被赋予了明显的负面意涵。的确,通过考察"摩登"的词义及词性色彩的变迁,我们可以管窥中国在现代化实践过程中不同文化力量和政治力量之间复杂的纠缠关系。这类"关键词批评"跳出了词源学的窠臼,在特定批评视野中辨析关键词的流变,有助于在审辨反思重要词语内涵演变的基础上推动相关学科的深入发展。

其二,表现出了注重紧密联系文学文本进行批评实践的趋向。

由于雷蒙·威廉斯主要是在社会历史文化语境的变迁中捕捉关键词语义的生发流变,所以很少联系文学作品进行阐析,而近年文学研究中的"关键词批评"越来越倾向于紧扣文学文本进行关键词释义。安德鲁·本尼特和尼古拉·罗伊尔在《关键词:文学、批评与理论导论》中对 32 个关键词进行解析时，就注重将理论研究与文本范例分析有机结合起来。据笔者统计，该书在32个词条中讨论过的文学作品多达127部。如在探析"怪异"（queer）这一关键词时，作者对亨利·詹姆斯的短篇小说《丛林猛兽》（*The Beast in the Jungle*，1903）进行了细致解读，提出同性恋话语不仅存在于艾德里安娜·里奇等同性恋话语的写作之中，也会以隐蔽、扭曲的形式存在于看上去属于异性恋话语的写作之中。作者正是在对文学问题的多元探讨和文学文本的多维解读中，"呈现了文学理论的多种可能途径"，"挑战了我们对文学通常的理解与认知，激发我们对文本进行审视与重读的欲望"。①

"关键词批评"在中国的文学研究中还被应用于作家作品研究，如管怀国的《迟子建艺术世界中的关键词》（2006）、安本实的《路遥文学中的关键词：交叉地带》（《小说评论》1999年第1期）、刘保亮的《阎连科小说关键词解读》（《名作欣赏》2008年第10期）、李凤亮的《小说：关于存在的诗性沉思——米兰·昆德拉小说存在关键词解读》（《国外文学》2002年第4期）等。管怀国在《迟子建艺术世界中的关键词》中从"民间立场""童年视角""回归式结构"等关键词出发，探析了迟子建小说的艺术特色。刘保亮的《阎连科小说关键词解读》则注意到阎连科的小说在方言的开掘和使用上的独具一格，认为这有助于恢复和表达对乡土的原初感觉。作者提出，"合铺""命通""受活"这些河洛方言是解读阎连科"耙耧小说世界"的关键词和象征性符码，让人直接触摸到了耙耧土地文化的脉搏。"合铺"揭示了耙耧婚姻并非以爱情为基础，而更多的是礼俗仪式上的身体占有；"命通"体现了耙耧人对苦难人生的阐释和梦想；"受活"则从"身体的享乐"这一意涵演化为"幸福的追求"。上述这类紧密联系小说文本氛围和文化意味的关键词解读，在很大程度上避免了研究者一厢情愿的过度阐释，也显示出了"关键词批评"在文本细读上的有效性。

其三，编撰体例有所突破，文论性得以进一步彰显。

雷蒙·威廉斯在《关键词：文化与社会的词汇》中虽然采用的还是传统辞书按音序编排的体例，但在对词义的简略梳理和精当辨析之中也隐含地表达了自己的个人观点与批评立场，体现了传统辞书所不具备的文论性。安德鲁·本尼特和尼古拉·罗伊尔合撰的《关键词：文学、批评与

---

① ［英］安德鲁·本尼特、尼古拉·罗伊尔：《关键词：文学、批评与理论导论·译者序》，汪正龙等译，广西师范大学出版社2007年版，第4—5页。

理论导论》就在编撰体例上进一步突破了辞书性，彰显了文论性。作者提供了一种新颖的文学理论与文学批评范式，在编排上也显示出了独具匠心的系统建构。他们以文学活动中的32个关键词结构全书，以"开端"这一章开始，以"结局"这一章结束。这种编排看上去秩序井然，而各词条又是相对独立的，读者其实可以从其中任何一章开始阅读，各章合起来又共同构成了文学活动的各个方面和大致风貌。作者在论述每一个核心范畴时都力图呈现出问题的起源与流变，揭示该问题的生成语境和变形图景，具有厚重的历史感和强烈的时代感。

相较而言，中国文学研究领域中"关键词批评"的"编选""编著"的色彩更为浓重。这些"关键词批评"往往先在相关刊物上设立关键词词条专栏，一两年后再将这些论文集结成书。如洪子诚、孟繁华主编的《当代文学关键词》就建基于《南方文坛》自1999年第1期起开设的专栏"当代文学关键词"，赵一凡、张中载、李德恩主编的《西方文论关键词》也是在《外国文学》2002年第1期起开设的专栏"文论讲座：概念与术语"基础上完成的。赵一凡、张中载、李德恩主编的《西方文论关键词》文论性更为突出，它以83篇独立论文的形式汇聚成书，用一词一文的形式对西方文学及文化批评理论中的关键用语和时新词汇予以明晰阐释。该书在明确所选术语与概念的源流、内容、特点和演变，凸显中外学者及其观念之间交流对话的学术效应的同时，还反映了西方文论在中国的接受、发展、变异及其独立品格。[①] 在目前国内所有的"关键词批评"论著中，陈思和的《中国当代文学关键词十讲》体例上突破最大，文论性也最强。作者选择了"战争文化心理""潜在写作""民间文化形态""共名与无名""中国文学的世界性因素"这五个极富创见的当代文学史研究的关键性术语，各选录了两篇论文，一篇是对所涉及关键词的阐述，一篇是相关的当代文学个案研究。这种编撰方式"以理论研究来推动文学批评，以批评实践来检验理论探索"，[②] 体现了理论研究与批评实践的有机结合。

上述新变和推进昭示了"关键词批评"在雷蒙·威廉斯之后的发展新路向，也显现了"关键词批评"在新的时代语境之下的勃然生机和研究实绩。鉴于学术界对"关键词批评"自身研究的不足，我们更应在中西对话与交融的背景下，客观审视"关键词批评"在中国化批评实践中

---

① 参见赵一凡、张中载、李德恩主编《西方文论关键词·编者序》，外语教学与研究出版社2006年版，第2—3页。

② 陈思和：《中国当代文学关键词十讲·自序》，复旦大学出版社2002年版，第3页。

的得失，注重发扬其优质因素，规避其可能产生的副作用，以期更好地发挥其批评功能。

三 "关键词批评"的启示与"陷阱"

文学活动宛如一个纵横交错的网络，那些起着核心作用的基本概念和批评术语就是这个网络经纬线脉相交处的"网结"。雷蒙·威廉斯以历史语义学为写作方法进行关键词的钩沉，通过细腻的考辨梳理，凸显这些词语背后的政治立场和人文印迹，呈现相关问题的源起与流变。可以说，"关键词批评"开启了以阐释核心术语反思学科建设和发展的研究新视窗，提供了一种全新的研究范式，对文学研究具有重要的借鉴意义。这种借鉴意义主要体现在以下两个方面：

第一，由于"关键词批评"不仅甄别遴选那些起到核心作用的关键词，进而洞察词义的嬗变衍生，还尤其注重这些核心语汇被遮蔽的边缘意义，这就有助于研究者重视并选择蕴含巨大理论能量、关系学科魂灵命脉的核心术语，严谨辨识其语义来源，并在社会发展和历史演变中梳理词义的扩展与转换，从而更好地把握本学科的基本问题和发展趋势。这样既实现了宏观研究与微观研究的有机结合，又做到了历时研究与共时研究的有效兼顾，对科学地认识这些关键词的全部内涵，并借此反思学科发展的脉流及瓶颈问题具有很大的镜鉴意义。雷蒙·威廉斯认为，关键词指在某些情境及诠释中重要且相关的词语，以及在某些思想领域中"意味深长且具指示性"的词语，[1]他就是紧密围绕"文化"与"社会"选择与之息息相关的131个关键词的。我们知道，一个词语的意义并非仅限于词典意义，在不同历史时期和不同文化背景中还会发生意义裂变。雷蒙·威廉斯在"关键词批评"中正是通过探询词语意义的变化过程，从语言角度深入社会、政治、文化、思想及其历史演进的过程，揭示其间隐匿的意义差异、断裂和张力。

南帆也提出，每一个时代都会产生一些隐含了这个时代最为重要的信息的关键性概念，这些关键性概念在特定文化网络中占据着"核心位置"，并成为复杂的历史脉络的聚合之处。南帆认为，在很大程度上，阐释这些概念也就是从某一方面阐释一个时代，[2]他主编的《二十世纪中国文学批评 99 个词》就力图阐释这样一批活跃在 20 世纪中国文学批评史上

---

[1] See R. Williams, *Keywords: A Vocabulary of Culture and Society*, New York: Oxford University, 1985, p. 15.

[2] 南帆主编：《二十世纪中国文学批评 99 个词》，浙江文艺出版社 2003 年版，第 1—2 页。

的关键性概念。雷蒙·威廉斯还透过意义变异的表象洞悉了许多重要的词义往往都是在社会历史发展中由优势阶级所形成的这一真相——在社会史中,很大程度上,许多关键的词义都是由占优势的阶级形塑的,并由某些特定行业所操控,从而导致一些词义被边缘化。[①] 基于此,雷蒙·威廉斯冀望"从词义的主流定义之外","找出那些边缘意指"。[②] 雷蒙·威廉斯不仅不认同由优势阶级所掌控的那些重要词义的权威性,恰恰正是要通过细致地辨析和揭示词义的流变,尤其是"主流定义"之外的"边缘的意指",来削减这种或显或隐地烙有主流意识形态印痕的词义的权威性。这种对关键词词义的全面考量和把握,在权力话语与传媒话语共同营构话语霸权的当下,对我们尤其具有警醒意义。

第二,"关键词批评"所具有的反辞书性品格在方法论上给日趋程式化和成见化的文学研究以极大启示。雷蒙·威廉斯曾反复强调他的《关键词:文化与社会的词汇》并非一本词典,也非学科的术语汇编,而是对文化与社会类词汇质疑探询的记录。[③] 由此可见,雷蒙·威廉斯只是借鉴了辞书编撰的外壳,其重心是落在对文化与社会问题的解析之上的。洪子诚、孟繁华谈到《当代文学关键词》的编撰动机时也表示,主要不在于"编写一本有关当代文学主要语词的词典,以期规范使用者在运用这些概念时的差异和分歧,进而寻求通往概念确切性的道路",而是"质疑对这些概念的'本质'的理解,不把它们看作'自明'的实体,从看起来'平滑''统一'的语词中,发现裂缝和矛盾,暴露它们的'构造'的性质,指出这些概念的形成和变异,与当代文学形态的确立和演化之间的互动关系,通过从对象内部,在内在逻辑上把握它们,来实现对'当代文学'的反思和清理"。[④] 人文学科的很多概念本来就处于动态变化之中,"关键词批评"也相应地表现出了极富弹性的批评思维特征。因此,采用"关键词批评"的研究者虽然在甄鉴各种观点的基础之上形成了自己的看法,却并不试图给出一个最后的结论。陈思和就在《中国当代文学关键词十讲》序言中坦言所论五个关键词的内涵意义是他在文学史研

---

① See R. Williams, *Keywords: A Vocabulary of Culture and Society*, New York: Oxford University, 1985, p. 18.

② See R. Williams, *Keywords: A Vocabulary of Culture and Society*, New York: Oxford University, 1985, p. 24.

③ See R. Williams, *Keywords: A Vocabulary of Culture and Society*, New York: Oxford University, 1985, p. 15.

④ 参见洪子诚、孟繁华主编《当代文学关键词》,广西师范大学出版社2002年版,第2—3页。

究的实践中逐步形成和丰富的，尚且处于尝试之中，因而本来也就没有什么确定的意义。① 这种充满学术张力的研究方式与思维方式，表明研究者认识到这些概念的意义与鲜活的阐释实践不可分割，其阐释意图超越了提供关于关键词界说的"标准答案"的企冀，而是更加注重关键词的开放性与流变性，重视其生成语境、基本意指及在批评实践中的不断发展。

"关键词批评"在中国的文学研究中方兴未艾，并表现出了非常宽泛的适用性。而在新概念、新术语层出不穷的文学语境中，认真清理核心术语对相关学科的健康发展尤为重要。一方面，关键性的词语在批评实践中的使用频率极高，并切实有效地推进了批评的进程；另一方面，学界往往在对这些核心范畴的理解和使用上存在着不可忽视的混杂性。因而，对关键词进行细致的梳理、反思、甄别、滤汰就显得十分必要。我们在充分认识"关键词批评"理论价值的同时，也要清醒地看到一些问题的端倪，注意规避一些理论"陷阱"和实践误区，力争有新的提升与拓展，为"关键词批评"在更多研究领域的纵深发展及与西方文论界展开对话提供良好的理论支撑，并宕开更为广阔的发展空间。

从这种意义上说，我们在"关键词批评"中要慎防的一大理论"陷阱"就是避免政治视角从"一维"成为"唯一"。"关键词批评"萌生之初即与政治视角紧密相连，雷蒙·威廉斯视词语为社会实践的浓缩、政治谋略的容器，注重在语言的实际运用、意义变化中挖掘其文化内涵和政治意蕴。雷蒙·威廉斯曾直言《关键词：文化与社会的词汇》一书对词义的评论并非不持任何立场，他在对词义的细微辨析中往往也暗含针砭。陆建德曾以雷蒙·威廉斯对"福利"（welfare）词条的释义为例，指出其结尾所言"福利国家（the welfare state）这个词语出现在1939年，它有别于战争国家（the warfare state）"，这就巧妙地通过"welfare"与"warfare"这两个头尾押韵的词语的对照，婉曲地讽刺20世纪七八十年代提出削减福利待遇的那些政界人物有1939年第二次世界大战爆发时纳粹德国的法西斯分子之嫌疑，有力地抨击了撒切尔夫人及其追随者。② 然而，政治视角只是文学研究的重要维度之一，我们在"关键词批评"的实践中既要重视词语背后的政治意味和意识形态色彩，又要避免政治视角从"一维"成为"唯一"，以免重蹈中国特殊时代症候下文学研究的历

---

① 陈思和：《中国当代文学关键词十讲·自序》，复旦大学出版社2002年版，第3页。
② 陆建德：《词语的政治学（代译序）》，载［英］雷蒙·威廉斯《关键词：文化与社会的词汇》，刘建基译，生活·读书·新知三联书店2005年版，第5页。

史覆辙。

　　同时，我们还要注意避免"关键词批评"的霸权化和快餐化，这也是"关键词批评"已初步显露出的实践"误区"。从某种程度上讲，关键词的流变就是一个社会、时代或学科的发展历史和研究前沿的浓缩。因此，研究这些词语及其概念的内涵厘定、发展流变的"关键词批评"受到学界的重视，是相关学科发展到相对成熟阶段的自然产物。正是在这个意义上，"关键词批评"具有极大的理论价值。然而，正如雷蒙·威廉斯当年不仅注重关键词的所谓"权威"意义，还特别关注其被边缘化了的意义一样，我们在"关键词批评"的实践中不要仅仅重视关键词——它们本来就是相关学科的强势话语——更要注意不能因此而遮蔽其他非关键性的词语及其昭显的文学现象、文学问题，以免由于唯关键词马首是瞻而造成"关键词霸权"现象。此外，现今的学术界本来就存在着热衷于发明新概念和新名词的浮躁现象，在文化"麦当劳"时代，我们也要注意不要让"关键词批评"扮演助长这一不良批评倾向的角色，以免出现"关键词批评"的快餐化和简单化。毕竟，只有抓住那些真正能够有力阐释文学现象和解决文学问题、富含理论创见的批评术语，才能在批评实践中激发"关键词批评"的生机与活力。

　　（刊载于《浙江大学学报》2011年第4期，《高等学校文科学术文摘》2011年第5期转载）

阅读者的"在场"与"不在场"
——文学阅读行为中的人学辩证法研究

朱首献

辩证法,在希腊文中写作 dialektike téchnē,意为谈话,论战的艺术,由此可见,从词源学上看,辩证法与人的交流、对话行为有着密切的关系。文学阅读行为是一种交流、对话行为,它是阅读者与写作者、文本的一种交流、对话。因此,文学阅读行为与辩证法的关系十分密切。而人学辩证法则指的是主体的实践辩证法,它强调主体能力在实践活动中的积极介入、参与。文学阅读行为同时又是一项主体实践性行为,是阅读者在阅读行为中主动参与、介入,与文本、写作者建构对话、交流关系的一种行为。在文学阅读行为中,文本作为阅读行为的对象与客体,阅读者作为行为的主体,他们之间是一种相互规定、相互建构,你中有我、我中有你的关系。正是在这种意义上,日本近代美学家厨川白村认为,"所谓鉴赏者,就是在他之中发现我,我之中看见他。"① 对阅读者来说,一方面他的主体性在文本的建构中的积极介入、参与就是他在阅读行为中的"在场";而另一方面,文本作为一个独立自主的结构实体以及写作者灌注于文本中的写作意图等因素作为阅读行为的先在前提对于阅读者的"在场"行为又有一种制约和规定,这种制约和规定对于阅读者的"在场"必然产生一种反向解构力,这种反向解构力排斥、抵制着阅读者的"在场",从而又导致阅读者的"不在场"。阅读者的"在场"与"不在场"这一对矛盾构成了文学阅读行为中的人学辩证法。

一 阅读者的"在场"

阅读者的"在场"是文学阅读行为中阅读者自身主体性能动参与阅

---

① 鲁迅:《鲁迅译文集》卷3,人民文学出版社1958年版,第76页。

读行为的重要标志。阅读行为既不是对阅读对象的简单再现,也不是对阅读对象的客观意义的机械把握。阅读行为是一项复杂的心智活动,在阅读行为中,阅读者根据自身在长期的阅读实践中积淀下来的知识经验、审美素质、人生阅历等构成的心理图式并发挥自己的想象力和情感力来对阅读对象进行整合、再造,这样才能使阅读行为得以正常进行。具体来说,在阅读行为中,阅读者的"在场"主要通过以下几种方式进行。

首先,阅读者作为语言的"在场"。文本是一个话语系统,是由一系列语符架构起来的。因此,阅读者对文本的阅读,实际上也就是语言与语言的游戏、对话。是语言与语言的一次正面交锋,阅读者以自己的语言能力、语法水平在文本中"在场",用自己的语言来领会作品所说出的东西,这就是说阅读具有很强的语言性。因此,伽达默尔在谈到阅读行为的特征时指出,阅读行为所处理的"是一个语言事件,是把一种语言转换成另一种语言,因而是在处理两种语言之间的关系。"① 萨特也认为"只有对文字进行想象时,才能产生形象"。② 同时,文学阅读行为不只是一个"读什么"的问题,也是一个"怎么读"的问题。"怎么读"事实上就表现了阅读者自身作为语言"在场"的程度。海德格尔在谈到理解的"前结构"时,认为它是由"先行具有"(Vorhabe)、"先行见到"(Vorsicht)和"先于掌握"(Vorgriff)所构成,其中"先行见到"指的就是阅读者在理解对象时要加以利用的语言观念和语言的方式,这些语言观念和语言方式在阅读行为开始之前已经预先规定了阅读者的阅读视域。因此,在阅读行为开始之时,阅读者具备什么样的语言能力,什么样的语法水平,决定着他能在何种程度上与文本展开对话,决定着他怎么样去阅读文本(即"怎么读")。德国哲学家和语言学家施莱尔马赫曾认为,理解一首诗或一部小说,首先就要对于构成它的语言文字有所了解,了解它的语法构成,了解它的修辞手段,了解它的语言表现特点等。而这些语言能力是阅读者在进行阅读行为之前所必须具备的,并且在阅读行为中"在场"的。文学阅读是一种对文本中用各种手段编配的符号进行破译的过程。因此,阅读者必须具备一定的语言文字能力。文学是语言的艺术,文字符号是作家思想的载体与作品的显现形式,断文识字是阅读的前提条件。对于文盲来说,文学文本只是一堆废纸,文字是无意义的符号,它们无法成为他阅读行为的对象。美国读者反映批评的代表人物费什在回答"谁是读

---

① [德] 伽达默尔:《哲学解释学》,夏镇平译,上海译文出版社1994年版,第99页。
② [法] 萨特:《萨特文学论文集》,施康强等译,安徽文艺出版社1998年版,第1页。

者"问题时列举了三条要求,其中两条与语言文字能力有关:"(1)能够熟练地讲写成作品本文的那种语言;(2)充分地掌握'一个成熟的……听者在其理解过程中所必需的语义知识',包括词组搭配的可能性、成语、专业以及其他方言行话之类的知识(亦即作为适用语言的人和作为语言的理解者所具有的经验)。"[①] 一个合格的读者,不单要认识文字,还要掌握语法规则,具有语言的阅读与理解能力。一个不能熟练掌握英文的中国人,不能成为莎士比亚、狄更斯英语原著的读者。一个不懂古代汉语词义与语法的现代人,阅读不加注解的《诗经》也会是一件麻烦事。因此,在文学文本的阅读行为中,阅读者的语义知识、语法规则、语用习惯与语言经验既是不可或缺的,也必须介入到阅读行为中去,在阅读行为中"在场",只有这样,文学阅读行为才能得以进行。

其次,阅读者作为历史和文化的"在场"。任何文学文本既是一种历史性的存在,也是一个文化事件。阅读行为要求阅读者作为一种历史参与到文本的生成过程中去。文本中所具有的历史境遇必须通过阅读者作为历史的"在场"而得以转换。在阅读行为中,阅读者所具有的历史视野、历史体验对文本的生成起着重要的作用。文本自身是不能自动地向阅读者敞开自己的,因此,阅读者必须充分调动自己的历史体验来对文本中的社会生活境遇进行加工、再创造。阅读行为同时又是一种文化行为,阅读者作为文化的载体,他在阅读行为中的"在场"也是一种文化身份参与行为,一种对于文本的文化认同。而且,文学自身又是一种文化现象,因此,在阅读行为中,阅读者的文化视觉、文化观念必然在阅读行为中体现出来。这也决定了阅读者对于文本的阅读必然也是一种文化阅读、一种文化"在场"。如莎士比亚笔下的哈姆雷特,在歌德那里,是"一个美丽的、纯洁、高贵而道德高尚的人,他没有坚强的精力使他成为英雄,却在一个重担下毁灭了",变成一个悲剧人物;而在赫尔岑那里,哈姆雷特是莎士比亚全部作品中的典型,他看完这个戏的演出之后,"不但两眼流泪,而且号(啕)大哭";可是,到了托尔斯泰那里,哈姆雷特却成了一个"没有任何性格的人物",只是"作者的传声筒而已"。鲁迅先生在谈到对《红楼梦》的阅读时也曾指出,民国人读《红楼梦》会把林黛玉想象成"剪头发,穿印度绸衫,清瘦,寂寞的摩登女郎……但试去和三四十年前出版的《红楼梦图咏》之类里面的画像比一比罢,

---

[①] [美]费什:《读者反映批评:理论与实践》,文楚安译,中国社会科学出版社1998年版,第165页。

一定是截然两样的"。① 阅读行为中之所以会出现这种差异，主要是阅读者文化视野的"在场"所导致的。不同时代、不同民族的文化是不同的，阅读者以不同的文化身份参与到文本的解读中必然会得出不同的结论。人类学家在西非有过一个有意思的实验：在听取了当地人所讲述的许多部落故事之后，人类学家也要求给当地人讲一讲自己的"部落故事"，这一故事就是莎士比亚的《哈姆雷特》。出乎意料的是，部落长者听后的反应竟是"完全理解"。在他看来，克洛迪斯是真正的完美人物，他在兄弟故世后娶嫂为妻的行为本身表明了他尽到了为弟的责任，而哈姆雷特的复仇则是一错，因为在当地人看来：智者的劝告会高于幽灵的谵言。② 这种对于文本意义的颠倒很明显反映出了阅读者文化"在场"的极端差异。

　　再次，阅读者作为价值和意味的"在场"。文学阅读行为的最终指向是获取文本的价值和意味，传统阅读理论认为文本的价值和意味存在于文本之中，阅读者只需寻取就可以了。现代阅读理论普遍反对这种观念。事实上，文本的价值和意味并不是先在于文本之中，而是在阅读行为中生成的，是阅读者和文本的价值和意味视域融合的结果。所以，美国学者霍拉勃曾指出："曲解——或径用布鲁姆自己的词汇：'误解'——被看作是阅读阐释和文学史的构成活动。我们决不可能像传统批评相信的那样去复述一首诗或'接近'于它的本意，我们最多只能构成另一首诗，甚至这种系统的再阐述也总是一种对原诗的曲解"。③ 因此，在阅读行为中，阅读者依据自己的生活经验、价值观念、美学趣味等积极在阅读行为中"在场"，发挥自己的主体性来促成阅读行为中价值和意味的生成，这样，才能使阅读行为顺利完成。鲁迅先生在论及《红楼梦》的阅读时就曾说，"谁是作者和续者姑且勿论，单是命意，就因读者的眼光而有种种：经学家看见《易》，道学家看见淫，才子看见缠绵，革命家看见排满，流言家看见宫闱秘事……"，④ 由此可见，同一个文本，在不同阅读者的阅读行为中呈现出不同的价值和意义，显然同阅读者的不同"在场"有着密切的关系。

　　需要说明的是，与前面的两种"在场"相比，阅读者作为价值和意味的"在场"是阅读行为中的一种真正的和更高的"在场"，因为文学阅读行

---

①　鲁迅：《鲁迅杂文全集》，河南人民出版社1994年版，第588页。
②　郑凡：《震撼心灵的古旋律》，四川人民出版社1987年版，第187—188页。
③　[德] 姚斯、霍拉勃：《接受美学与接受理论》，周宁、金元浦译，辽宁人民出版社1987年版，第449页。
④　鲁迅：《鲁迅全集》卷8，人民文学出版社1981年版，第145页。

为的最终目的是对于文本的价值和意味的生成。同时，阅读者作为语言以及作为历史和文化的"在场"也正是通过这一"在场"而在文学阅读中成为一种必要，也正是通过这种"在场"，文学阅读才真正得以实现。

二 阅读者的"不在场"

如果说阅读行为中阅读者的"在场"是从提倡阅读者的主体参与性的角度而言，那么，阅读行为中阅读者的"不在场"则是从文本作为先在前提对于阅读者的"在场"的抵制、解构、排斥的角度来说的。我们强调阅读行为中阅读者的"在场"并不是赞成阅读者在阅读行为中可以无限地、随意地僭越自己的主体参与性。如果真的如此，那么阅读行为也就成了阅读者主观经验的整合，成了阅读者天马行空的胡思乱想。这不是我们所理解的阅读行为。事实上，在阅读行为中，文本并不是阅读者随意宰割的对象，萨特有一句名言：读者的阅读活动是一种自由自在的梦。这种观念显然是不符合文学阅读行为的实际的。文本作为写作者的完成品，一旦形成，在某种意义上说，它就获得了生命，阅读者在阅读行为中必须首先考虑到这一点。而文本自身的内在规定性：作家所灌注的创作意图、价值观念、审美理想、情感关怀等都会对阅读者的"在场"形成一种反向解构力，这种反向解构力会极力地排斥阅读者的随意"在场"企图，使阅读者自始至终既"在场"又处于"场"外，而只有那种得到文本的内在规定性默许的"在场"在阅读行为中才是被允许的，所以，真正的阅读必须尊重文本内在的质的规定性，尊重文本的具体存在性。在文本的基础上来发挥阅读者自己的"在场"。而不是阅读者无限度地发挥自己的"在场"随意侵犯、阉割文本。

那么，文学阅读行为中阅读者为什么会"不在场"呢？之所以如此，一方面，从文本作为独立自主的实体的角度来看，文本自身的内在构成对阅读者的"在场"有一种抵制、解构作用。西方形式主义诗学往往强调文学文本的独立自足性，而且在他们看来，独立自足的文学文本是一个文字结构或者是符号体系。如加拿大文学批评家诺思罗普·弗莱就认为，"文学是一个独立自主的文字结构"，[①] 韦勒克等也指出，文本是"一个为某种特别的审美目的服务的完整的符号体系或者符号结构"。[②] 文学文本

[①] 王先霈、王又平：《文学批评术语词典》，上海文艺出版社1999年版，第183页。
[②] [美] 雷·韦勒克、奥·沃伦：《文学理论》，刘象愚等译，生活·读书·新知三联书店1984年版，第147页。

作为写作者以审美的方式把握世界的精神成果，它是一种永久性的结构，是一种具有物质特性的感性存在。它有着自己特定的语音规则、语法构成以及内在的结构，从这种意义上看，文本是一个"定在"，而"定在"则是"一个规定的存在，是一个具体的东西，因此，在它那里，便立即出现了它的环节的许多规定和各种有区别的关系"。① 这就是说，文本具有自己内在的质的规定性，阅读者在阅读行为中应当从尊重文本内在的质的规定性出发来展开阅读行为。这就决定了阅读者在阅读行为中不可能是一种完全的"在场"。很显然，如果没有写作者，那么也就没有了文学文本，也就没有了文学阅读行为的对象，因此，阅读"只能从接受的对象中获得存在的合理性"。② 不仅如此，文本还创造了阅读的需要，而且也"创造了满足这种需要的材料和接受的方式。每一部作品都表现出一种内在的意义、一种特有的结构、一种个性、一系列特点，这一切为接受过程预先规定了作品的接受途径、它的效果和对它的评价。"③ 而这些作为在阅读行为开始之始就已然确定了的因素在阅读行为中都会对阅读者的完全"在场"构成一种抵制和消解的效应，从而使阅读者在阅读行为中始终既"在场"又处于"场"外。由此可见，文学阅读行为中，阅读者的"在场"是一种"既定"的"在场"，而不是一种随意的"在场"。

另一方面，从文本作为写作者创作意图的结晶的角度来看，文学写作者的创作意图对阅读者的"在场"有一种监控、诱导作用。文学文本是写作者主体性的结晶，尽管说文本一旦被创作出来之后就获得了自己的生命，但是写作者的创作意图必然会在文本中潜在着，写作者所意欲表达的东西、他的价值评判、他的审美趣味等都会作为一种客观存在而隐含在文本之中。"理解一部文学作品就是理解作者意欲表达的东西。"④ "对于各种类型的有效的解释来说，都必须以对于作者所意指的东西的再认识为基础。"⑤ "阅读是归纳、[为原文]增补文字和推论。这些活动以作者的意志为依据，就像人们曾经长期以为科学归纳的依据在于神的意志一样。有一股柔和的力量伴随着我们，从第一页到最后一页支撑着我们。"⑥ 而这

---

① [德] 黑格尔：《逻辑学》卷2，梁志学译，商务印书馆1981年版，第102页。
② 童庆炳：《文学活动的审美维度》，高等教育出版社2001年版，第263页。
③ 章国锋：《国外一种新兴的文学理论——接受美学》，《文艺研究》1985年第4期。
④ 朱立元：《现代西方美学》，上海文艺出版社1996年版，第851页。
⑤ 朱立元：《现代西方美学》，上海文艺出版社1996年版，第878页。
⑥ [法] 萨特：《萨特文学论文集》，施康强等译，安徽文艺出版社1998年版，第107页。

些由写作者所规定了的东西在阅读者的阅读行为中无疑会时时监控、诱导着阅读者主体性的"在场",只有那些同写作者的创作意图没有根本性对立的"在场"才是被允许的,而那些从根本上违背了写作者的创作意图的"在场"则要被解构掉、过滤掉。塞尔维亚作家伊凡·拉利奇曾生动地描述过写作者写作中的一幕:"当作家坐在一张白纸面前写作的时候,他(读者)的影子俯身站在作家的背后,甚至当作家不愿意意识到影子存在的时候,影子也还是站在他的背后。这个读者在那张白纸上打上他那看不见的磨灭不掉的印记,写上证明他的好奇心的证词。"[1] 其实,写作如此,阅读又何尝不是如此呢?在阅读者的阅读行为中,他的身后何尝又不是站着一个影子,只不过这一次的影子换成了作家而已。阅读者在阅读行为中必然摆脱不掉这个影子的纠缠。这个影子构成了阅读者阅读行为的一个"度",它引导着阅读者的阅读意向方向,从而使阅读者在阅读行为中不至于因为自己过度的"在场"而偏离了文本。因此,对于阅读者来说,"不管他走得有多远,作者总是走在他前面"。[2] 鲁迅先生也曾说过,"读者所推见的人物,却不一定和作者所设想的相同,巴尔扎克的小胡须的清瘦老人,到了高尔基的头里,也许变成了粗蛮壮大的络腮胡须。不过那性格,言动,一定有些类似,大致不差,恰如将法文翻成了俄文一样"。[3] 所以说,在阅读行为中,阅读者的"在场"必须要受文本的客观规定性的监控,而不能把他的"在场"理解成一种主观随意性,从这个意义上,我们说,阅读行为中,阅读者又是"不在场"的。

三 余论

文学阅读行为是一种充满着辩证法的行为,它既不像客观阐释学所宣扬的只是把握文本的客观意义的机械行为,也不是主观阐释学所认为的是阅读者主观经验整合的行为,恰恰和二者有着截然的差别。它既是一种尊重文本的客观存在性和写作者的写作主体性的行为,也是一种尊重阅读者从而使之有着积极的主体参与性的行为。正确认识这一点对于我们理解文学阅读行为的本质具有重要的意义,苏联美学家巴赫金认为,阅读行为事

---

[1] 胡经之:《西方文艺理论名著教程》(下册),北京大学出版社1989年版,第385页。
[2] [法]萨特:《萨特文学论文集》,施康强等译,安徽文艺出版社1998年版,第106—107页。
[3] 鲁迅:《鲁迅杂文全集》,河南人民出版社1994年版,第588页。

实上就是把"我"变成"另一个他人"。[①] 但他忽视了另一方面，阅读行为也是把"另一个他人"变成"我"。正是这种你中有我，我中有你的辩证性才是文学阅读行为的本质所在。法国哲学家萨特也指出，"只有为了别人，才有艺术；只有通过别人，才有艺术。"[②] 这种评判也同样适用于文学的阅读行为。

（原载《山东师范大学学报》2003 年第 6 期）

[①] ［法］托多罗夫：《巴赫金、对话理论及其他》，蒋子华等译，百花文艺出版社 2001 年版，第 328 页。

[②] ［法］萨特：《萨特文学论文集》，施康强等译，安徽文艺出版社 1998 年版，第 98 页。

知识与真理:理性论人学与文学观念批判

朱首献

人学是一切社会科学研究的出发点和前提,文艺学中许多重大理论问题的解决都依赖于人的问题的解决。英国经验主义哲学家休谟曾提出,"关于人的科学(按:即人学)是其他科学的唯一牢固的基础",[1] "在我们没有熟悉这门科学之前,任何问题都不能得到确实的解决。"[2] 休谟的这个论见很有道理,就文艺学来看,人学也是文艺学发展的牢固基础,一部文学思想史,在很大程度上也是一部人的思想发展的历史。在西方人学思想史上,最早出现的就是理性论人学,它对西方的文学观念产生过深刻同时也极具片面性的影响。

一

作为西方思想史源头的早期古希腊思想,显要的特点就是研究自然而无视人。从人学思想发展的维度看,最先跃入古希腊哲思视野的并非人类自身,而是外在于人的自然。但是,这种哲思的深层却是基于对"自然与人的同一性"的肯定。也正是在这种对人的外在本原的思考中,古希腊思想家突然发现了对人自身体认的重要性。著名的"斯芬克斯之谜"就是以文学的外观确证了人对自身思考的冲动。自苏格拉底开始,古希腊思想出现了人学转向。普罗泰戈拉的"人是万物的尺度"和苏格拉底的"认识你自己"两个命题的提出,真正标志着西方人学的开端。在后苏格拉底时代,对人的认识就成了古希腊思想的主旋律。正是在这个意义上,瑞士学者安·邦纳认为:"全部希腊文明的出发点和对象是人。"[3] 后苏格

---

[1] [英]休谟:《人性论》(上),关文运译,商务印书馆1980年版,第7—8页。
[2] [英]休谟:《人性论》(上),关文运译,商务印书馆1980年版,第8页。
[3] 孙鼎国主编:《世界人学史》卷1,河北人民出版社2003年版,第72页。

拉底时代古希腊人学的主流就是理性论人学,最早的滥觞者当属柏拉图和亚里士多德。事实上,从苏格拉底的"认识你自己"和普罗泰戈拉的"人是万物的尺度"这两个口号始,古希腊人学就已经呈现了理性论的端倪,因为"认识你自己"和"人是万物的尺度"这两个人学命题所暗含的逻辑前提就是"人是一个理性的存在","理性能力"是人之本性所在。正是如此,黑格尔在评价这两个命题时提出了这样的见解,"智者们说人是万物的尺度,……在苏格拉底那里我们也发现人是尺度,不过这是作为思维的人。"① 柏拉图则将苏格拉底和普洛泰戈拉这种对人的理性的弘扬推向极致,建构了以"理念"范畴为核心的先验理性论人学体系。柏拉图的人学诉求是在其先验理念论基础上展开的,他认为,理念是世界的本原,人是理念的"殊相",理念植入灵魂,灵魂依附肉体转变成现世的人。通过这样一系列先设,柏拉图提出人的本质就是一种有理性的灵魂。同时,柏拉图又认为,植入在人灵魂中的理性的纯洁度是不高的,其中还有欲望、感觉、情绪,但在这三者之中,理性是主宰,情感和欲望则是它的"臣民和同盟军",② 由此可见,在柏拉图那里,理性在人的本质中具有绝对决定的地位。柏拉图的灵魂说尽管是对古希腊"灵魂是人的本质"观念的发展,但这种发展也是一种基于理性读解的结果,它表征了古希腊思想家对人的理性的初始觉悟。

柏拉图之后,亚里士多德对理性论人学作了更深入的推延。在《形而上学》中,他提出,"求知是所有人的本性。"③ 而且,他还对人下了这样的定义:"人是理性的动物",④ 唯有人才能过理性的生活。在亚里士多德那里,理性又进一步被区分为知识理性和实践理性,前者解决"是什么"(知)的问题,后者解决"应如何"(行)的问题。由于亚里士多德认为哲学是关乎世界的本原和基质的学问,这种体认直接影响到他对于人的实践理性能力的态度。在他看来,人的知识理性能力高于其实践理性能力,亚里士多德对人的实践理性能力的这种贬抑直接致使他把人当成了一个认知理性的主体。所以,他所谓的"人是理性的动物"的根本致思在于昌明人是一个认知理性主体。在《尼各马可伦理学》中,他又将人的

---

① [德]黑格尔:《哲学史讲演录》卷2,贺麟、王太庆译,商务印书馆1997年版,第62页。
② 苗力田:《古希腊哲学》,中国人民大学出版社1990年版,第297页。
③ [古希腊]亚里士多德:《形而上学》,吴寿彭译,中国人民大学出版社2003年版,第1页。
④ 高亮华:《人文主义视野中的技术》,中国社会科学出版社1996年版,第2页。

认识理性区分为二，"一部分我们用它来思辨那些具有不变本原的存在物，另一部分我们用它来思辨那些具有可变本原的存在物。"① 他称前者为"认知的"，后者为"推算的"（按：这里的"推算"就是我们平常所理解的"推理"），这样，在亚里士多德那里，人不仅成了一个理性主体，而且也只是一个理性主体。

较之古希腊人学，西方近代人学更突出了人的理性本质，西方近代人学从理性论的角度阐述了人的本质，普遍将人理解为一种"理性存在物"，并强调，人的本质实现的程度，从根本上说取决于人的理性，取决于人对自身及其外在世界的认识程度。如西方近代人学的开拓者笛卡尔就强调人的思维本性和理性能力，他不仅将研究人的本质的学问归入物理学领域、反对对人的经验主义解释，而且把精神（灵魂）和肉体对立起来，认为肉体是被动的，精神（灵魂）则是主动的、自由的，因为它是能思维的东西（res cogitans），因此，肉体的特性和人的本性无关，只有思维（精神、灵魂）才是人的本性，这就是他所谓的"我思故我在"。很显然，在这个命题中，人成了一个"在思维的东西"，因为只有当"我"思维的时候，"我"才存在着，也就是说"我"是一个"思维实体"、一个"理性主体"。正是如此，我们认为，笛卡尔的"我思故我在"，不仅是一个理性论哲学的命题，同时也是一个理性论人学的命题。

黑格尔是西方理性论人学的集大成者，他的人学代表着西方理性论人学的终结。从其绝对理念出发，黑格尔认为人是绝对理念发展到精神阶段的产物，绝对理念（即理性）是人的本质。在《历史哲学》中，谈到人的全部精神现实性都是通过国家才据有的时，黑格尔有过这样一段表述："人的精神的现实性就在于此：人自己的本质——理性——是客观地呈现给他的，它对人来说是客观的直接的存在。"② 在这里，黑格尔明确提出了理性是人的本质的观念。既然理性是人的本质的直接的存在，那么，借助理性来观照自己、认识自己、思考自己，就是人的存在的全部内容。因此，黑格尔提出，构成人的"最内在的本质的东西正是思考"，③ 人"首先作为自然物而存在，其次他还为自己而存在，观照自己，认识自己，思考自己，只有通过这种自为的存在，人才是心灵"。④ 这些言说充分体现

---

① ［古希腊］亚里士多德：《尼各马可伦理学》，廖中白译注，中国社会科学出版社1999年版，第122页。
② ［英］罗素：《西方哲学史》（下），马元德译，商务印书馆1976年版，第287页。
③ ［德］黑格尔：《美学》卷1，朱光潜译，商务印书馆1996年版，第16页。
④ ［德］黑格尔：《美学》卷1，朱光潜译，商务印书馆1996年版，第38—39页。

了其人学观的理性论色彩。因此,马克思主义经典作家在批评黑格尔的人学时指出,黑格尔尽管在其思想中也大谈人,但是他所指的人"都不是具体的东西,而是抽象的东西,即理念、精神等等"。① 这个批评应该说是准确地击中了黑格尔人学的理性论本质。

二

正如对人的理解一样,理性论人学往往从理性和认知的维度看待文学,秉持的是文学研究中的科学主义精神,并由此形成其特有的文学观念。这种文学观念在西方文学理论史上有着广泛而持久的影响。总体来说,理性论人学的文学观念主要有如下体现。

首先,理性论人学把文学当作一个知识体系、人的理性能力的对象。这一观念始自柏拉图。柏拉图不仅将文学视为人的理性的对象,而且认为知识和理性决定着文学的本质。从理式说出发,他认为文学是对理式的影子的模仿,所以,它和真理隔着三层,是模仿的模仿、影子的影子。在柏拉图看来,真正的美是理式,真正的美感来自人对于理式的认知,文学要想成为美的东西,就必须让人们从中体认到理式的知识,从而使其知识感和理性力得到确证。但是,现实的文学恰恰做不到这一点,所以柏拉图就否定了文学,在其理想国的版图上没有给文学留下容身之地。

同柏拉图相比,亚里士多德的理性论人学和文学观要彻底得多。他不仅将文学视为理性认识的对象,而且还构建了一个以理性为本体的摹仿论诗学体系。我们知道,摹仿论是古希腊较为普遍的一种文艺本质观,它与认识论有着天然的联系,正如亚里士多德自己所言,"人是最富有摹仿能力的动物,他们最初的知识就是从摹仿得来的"。② 事实上,在文学的本质问题上坚持摹仿论,本质上就是认识论的文学观。正是如此,西方学者阿斯穆斯认为,"如果艺术是'摹仿'的现实性,而模拟的范本又是体现着某种'本质'、因而可以成为认识对象的实在的事物,那么显而易见,艺术在某些条件下也是可以参与认识活动的。当艺术是以实际存在的、可以认识的事物为蓝本时,由于艺术形象的摹仿力,艺术就有可能增加人们对这些事物的已有的认识。于是,'摹仿'论同认识论联系起来了。"③ 正

---

① 马克思、恩格斯:《马克思恩格斯全集》卷2,中共中央马克思恩格斯列宁斯大林编译局编译,人民出版社1979年版,第49页。
② 蒋孔阳、朱立元主编:《西方美学通史》卷1,上海文艺出版社1999年版,第483页。
③ 蒋孔阳、朱立元主编:《西方美学通史》卷1,上海文艺出版社1999年版,第482页。

是站立在理性论的立场上,所以,亚里士多德在我们所熟稔的诗与历史的差别的论断中会提出诗比历史"更富有哲理",这是因为诗所描述的是"普遍性的事件",而历史则描述"个别事实",① 换句话说,也就是诗可以传达真知识,而历史则相反。

理性论文学观到黑格尔、车尔尼雪夫斯基、别林斯基等人那里更是被强调到了极致。黑格尔把文学看作绝对理念实现、回复和认识自己的媒介,因此,在他看来,文学事实上就是"用感性形式来表现真理",②"是一种直接的也就是感性的认识"。③ 他甚至认为,文学尽管可以以感性的形式认识绝对理念,但它还不能像哲学和宗教那样充分地去表现和认识绝对理念,因此,文学只是一种低级认识。不仅如此,从理性论人学出发,他对西方传统的"美在自由论"也做了认识论的改造。在他看来,人的需要有三种:即物质的需要、上层建筑的需要(对家庭、法律、国家等的需要)和精神的需要(对科学、文化、宗教、艺术等的需要),需要的达成就是自由。但前两种需要的满足达成的是"有限的""窄狭的""要受多种多样的条件的制约"的自由,这不是真正的自由。科学和知识是实现人从自在到真正自由的转折点,因为"无知者是不自由的"。因此,科学、文化、宗教、艺术等精神需要"都只发源于一种希求,都是要把上述不自由的情形消除掉,使世界成为可以用观念和思考来掌握的东西"。④ 也只有在观念和思考中把握了世界,人才算实现了真正的自由,这就是黑格尔自由观的本质。正是基于此种自由观,黑格尔才把文学视为感性认识,而把审美视为满足人认识世界的精神需要的重要方面。所以,在确证"美在自由"时,黑格尔自然地将其理性论和审美自由对接起来,从而使其理性论文学观更加的系统和深刻。

至于车尔尼雪夫斯基和别林斯基的文学观,则基本上是黑格尔理性论文学观的重演。如前者认为,"艺术最能够把科学所获得的知识普及于广大民众之中,因为了解艺术作品总比了解科学的公式和枯燥的分析容易得多而且更引人入胜。"⑤ 后者则提出,"诗也是哲学,也是思维,因为它也以绝对真理为内容;……诗人用形象来思维,他不是论证真理,而是显示

---

① [古希腊]亚里士多德:《修辞术·亚历山大修辞学·论诗》,中国人民大学出版社2003年版,第320页。
② 朱光潜:《朱光潜全集》卷13,安徽教育出版社1987年版,第128—129页。
③ 蒋孔阳、朱立元主编:《西方美学通史》卷1,上海文艺出版社1999年版,第482页。
④ [德]黑格尔:《美学》卷1,朱光潜译,商务印书馆1996年版,第125页。
⑤ 朱光潜:《朱光潜全集》卷7,安徽教育出版社1987年版,第248页。

真理。"①

其次,理性论人学注重人的理性力在文学创作中的重要地位。如柏拉图就认为,艺术家之所以能创造出艺术品,是由于神秘的"灵感",但只有"它(按:指灵魂)对于真理见得最多,它就附到一个人的种子,这个人注定成为一个……诗神和爱神的顶礼者"。②尽管如此,他仍然从理性论出发,认为"图画和一切摹仿的产品都和真理相隔甚远"。③亚里士多德则更是认为诗人应按照必然律和可然律来模仿生活,这显然是从人的理性力出发所提出的文学创作原则。

由于把文学活动视为理性认识活动,所以,在文学创作的问题上,黑格尔指出,文学创作的任务就在于"抓住事物的普遍性,而且把这普遍性表现为外在现象之中"。④"诗所表现的总是普遍的观念而不是自然的个别细节。"⑤由此出发,他甚至对文学创作中的艺术想象也作了理性主义的读解,认为艺术想象"这种活动就是理性的因素,就其为心灵的活动而言,它只有在积极企图涌现于意识时才算存在",⑥正是如此,他进一步要求作家不仅要有对"外在世界形状精确的知识,还要加上熟悉人的内心生活"。而且"对其中本质的东西还必须按其全部广度与深度加以彻底体会"。⑦这样,作为作家就"必须从内心和外表两方面去认识人类生活,把广阔的世界及其纷纭万象吸收到他的自我里去,对它们起同情共鸣,深入体验,使它们深刻化和明朗化"。⑧此外,黑格尔对文学活动中的独创性也提出了理性论的理解,在他看来,文学的独创性取决于对于现象的本质的表现深度,这就是他所谓的"只有在受到本身真实的内容(意蕴)的理性贯注生气时,才能见出作品的真正独创性,也才能见出艺术家的真正独创性"。⑨

黑格尔之后,别林斯基甚至把文学创作理解为用情感来表达概念的活动过程。所以,他提出,在文学创作中"概念逐渐显现在他的眼前,化为生动的形象,变成典范……这些形象,这些典范,挨次地怀胎、成熟、

---

① 朱光潜:《朱光潜全集》卷7,安徽教育出版社1987年版,第185页。
② 蒋孔阳、朱立元主编:《西方美学通史》卷1,上海文艺出版社1999年版,第365页。
③ 蒋孔阳、朱立元主编:《西方美学通史》卷1,上海文艺出版社1999年版,第376页。
④ [德]黑格尔:《美学》卷1,朱光潜译,商务印书馆1996年版,第211页。
⑤ [德]黑格尔:《美学》卷1,朱光潜译,商务印书馆1996年版,第214页。
⑥ 朱光潜:《朱光潜全集》卷13,安徽教育出版社1987年版,第47—48页。
⑦ [德]黑格尔:《美学》卷1,朱光潜译,商务印书馆1996年版,第358页。
⑧ [德]黑格尔:《美学》卷3(下),朱光潜译,商务印书馆1996年版,第53—54页。
⑨ [德]黑格尔:《美学》卷1,朱光潜译,商务印书馆1996年版,第377页。

显现"。① 最后,"思想消灭在感情里,感情又消灭在思想里;从这相互的消灭就产生了高度的艺术性"。②

再次,由于理性论人学把人视为一个理性的存在,因此在文学接受问题上,它往往从知识论出发来强调文学的理性认知功能。这是自古希腊至19世纪西方文学观念的显在特征。柏拉图之所以否定文学,就在于文学是模仿的模仿、影子的影子,和真理隔着三层而不能向人们传达真知;亚里士多德之所以肯定文学,也只是因为文学可以给人提供真理,从而使作为理性主体的人的求知欲得到满足,从而获得一种知识满足的快感。很显然,他们都是从理性论人学的角度切入文学接受,强调文学的理性认识功能,二者在这一点上是殊途同归的。

黑格尔同样宣扬理性主义的文学接受论。他不仅认为"人对艺术品的专心致志纯粹是认识性的",③ 而且在《美学》中,虽然他也提出美是不假道于概念而"直接引起普遍的快感",但是,紧接着他又补充道,审美判断"不容许像其他形式的判断那样把个别对象和普遍概念分开"。④ 如果说黑格尔这里所说的"美不凭借概念而直接引起普遍的快感"的观点是受康德的影响的话,那么,审美判断"不容许把个别对象和普遍概念分开"的论断显然又把康德驱逐了出去,这种既摒弃却又恋恋不舍的思想徘徊充分暴露了黑格尔在审美论上的理性论本质。所以在对美感进行定义时,他会提出审美的快感是一种"认识性的感觉",⑤ 它"只涉及视听两个认识性的感觉"。⑥ 因此,在审美活动中,主体把审美对象"只作为心灵的认识方面的对象"。⑦ 这样,在黑格尔那里,审美活动就沦为理性复现自己、观照自己、认识自己、思考自己等体现自己作为自为存在的本质的途径。事实上,黑格尔的文学接受论可以归结为一句话,那就是,通过文学,使人们"不用走寻求广博知识的弯路,就可以直接了解它(按:指知识)"。⑧

---

① [俄] 别林斯基:《别林斯基选集》卷1,满涛译,上海译文出版社1980年版,第178页。
② [俄] 别林斯基:《别林斯基选集》卷2,满涛译,上海译文出版社1980年版,第15页。
③ 朱光潜:《朱光潜全集》卷13,安徽教育出版社1987年版,第58页。
④ [德] 黑格尔:《美学》卷1,朱光潜译,商务印书馆1996年版,第74页。
⑤ [德] 黑格尔:《美学》卷1,朱光潜译,商务印书馆1996年版,第48页。
⑥ [德] 黑格尔:《美学》卷1,朱光潜译,商务印书馆1996年版,第48页。
⑦ [德] 黑格尔:《美学》卷1,朱光潜译,商务印书馆1996年版,第46页。
⑧ [德] 黑格尔:《美学》卷1,朱光潜译,商务印书馆1996年版,第346—347页。

三

在古希腊"人是理性的动物"和近代唯理论基础上发展起来的理性论人学,完全把人唯理化了。唯理主义在强调普遍知识的重要性、人作为认识的主体应该去获取普遍有效的知识的同时,把人变成了认识的机器,或者说人应该像机器那样符合理性的原则和规律。而人生问题、人的价值问题则被遗忘在了他们的论域之外。尤其是理性论把本体论作为形而上学和独断论的摈弃使它本身又陷入了独断论的泥沼,人的存在的终极性问题也随着他们对本体论的终结而滑出了理性论人学的关注阈阀。理性论者只是埋头为知识寻找人学的支撑点,却很少追问人生意义的内在根柢。固然,不少理性论思想家也关涉过人生问题、价值问题,但他们只是在认识论的基础上,尤其是在自然科学认识论的基础上来诠释人生和价值。事实上,人不仅是一个理性主体,同时还是一个价值主体、意义主体。他不仅仅有理性、有智慧、能认识,更重要的是他还有感性、有情感、能实践。人是什么,他应如何,这是理性论人学所无能为力的一个问题,也是一个靠知识无法回答的问题。

就文学观念来看,在理性论人学基础上生成的文学观念,把人的审美感觉力完全地知性化、理性化了,人的审美活动被当成了日常认知的延伸,这势必使审美沦为认识的奴婢。而且在审美中,由于理性论的左右,人同样鲜有对于审美对象的新鲜感,日常感觉的钝化在审美领域也一样在发生着。康德在《判断力批判》中谈到人为什么要创造出艺术这个"第二自然"以及它对人的生存所持有的意义时曾认为,"当经验对我们显得太平淡无味时,我们就以它(按:指第二自然或艺术)来消遣取乐"。[①]这既是从培养人的感觉力的角度对审美意义的认定,也是对理性论人学主导的文学观的批判。不仅如此,在其美学思想中,康德还多次论述过审美的非认知性,他认为,认识是知性的机能,只要关涉到知性,不管是明晰的认识还是朦胧的认识,都不是纯粹的审美鉴赏。判断一个对象是否美,不是靠知性来把握的,审美不是对客体的某些属性的把握,不是获得关乎客体的知识,审美判断的宾词不反映客体的实际存在和特征。因此,在谈到科学与艺术的区别时,他明确提出,科学是知识,而艺术则不是,这就是他所谓的"能不同于知(knonen vom wissen)"。康德的这种体认尽管有

---

① [德]康德:《判断力批判》(上),邓晓芒译,杨祖陶校,商务印书馆1964年版,第160页。

割裂能与知的嫌疑,但却是符合文艺的实际的。文学确实不同于科学,它并不像理性论人学所认为的那样是服从于人的认识的,是给人带来知识快感。文学的指向不是知识,在《判断力批判》中,康德反复地申明了这一点,他认为,审美判断"不基于对象的现存的任何概念,并且它也不供应任何一个概念。当对象的形式(不是作为它的表象素材,而是作为感觉),在单纯对它反省的行为里,被判定作为这客体的表象中一个愉快的根据(不企图从这对象获致概念)时,……这对象因而唤做美"。① 康德的这个论断明确地表明了美不涉及概念、美感不关乎认识的思想,以至于黑格尔在评价这段话时也不得不对之大为赞赏,认为"这是关于美所说过的第一句合理性的话"。②

即使从理性论人学所宣扬的文学的认识维度来看,文学的认识也和科学有着本质性的差异,文学的认识自有一个"我"在。所以这种认识从根本上来讲是理解,而不是理性论人学的文学观念中所谓的"解释"。德国生命哲学家狄尔泰认为"理解就是生命在其深处解释自身",③ 威廉·冯·洪堡特也指出,理解就是"从你中重新发现我"。④ 文学的认识本质就是这样的"理解",就是从文本中发现"我",是在生命的深处解释自身。究其原因,是因为文学的世界是一个意义和价值的世界,它不像科学那样,是一个单纯的实体及其属性的世界。科学是一个知识体系,它对任何人都是一样的,它追求抽象性、普遍性、规律性和无差异性,而艺术则是一个价值、意义体系,它对任何人都是不一样的,它只向个体开放,是关乎个体生存的真理。任何人所把握到的艺术真理都是属于"我"自己的,是关于自身的人生真知。因此,艺术之真追求的是具体性、个别性、此在性和差异性,这是依靠人的理性能力所无法把握得到的,它必须凭借人的情感体验,也只有在情感体验中,"我"才能真正潜入艺术世界中,把"我"融入艺术的世界,从而使"我"转化为"我们",才能深入洞见这种艺术之真理。正是如此,德国存在主义美学家海德格尔把知识和真理严格地区分开来,认为知识不同于真理。我们知道,长久以来,由于受西方科学理性主义的影响,人们往往把知识和真理混为一谈,习惯于把隶

---

① [德]康德:《判断力批判》(上),邓晓芒译,杨祖陶校,商务印书馆1964年版,第28—29页。
② [德]黑格尔:《哲学史讲演录》卷4,贺麟、王太庆译,商务印书馆1997年版,第299页。
③ 张汝伦:《历史与实践》,上海人民出版社1995年版,第39页。
④ 张汝伦:《历史与实践》,上海人民出版社1995年版,第39页。

属于自然科学和逻辑思维领域的知识称为真理,并且将之视为认识的唯一结果,这种独断论受到了海德格尔的严厉批判,为了与之划清界线,海德格尔进一步限定了真理和知识,认为知识隶属于科学,是客观的规律,而真理则属于生存,是关于人的存在的意义域;知识以规律性为目的,而真理则以价值性为目的,是人对生存的评价,它是一种价值意识和存在的体验,是一种"主观的知识",以个体为本位。文学提供给人的正是这种生存的真理,因为文学所描绘的是一个应然的人生图景,而不是一个实然的人生图景。文学之所以不能提供认识,和"真理"隔着三重,就是因为它是一个应然的世界。理性论人学把文学当成认知的手段,强调文学的知识功能既不符合文学反映生活的规律也混淆了文学和自然科学以及其他人文社会科学的本质区别。

建基于理性论人学的文学观把文学视为满足人的求知需要的对象,并以此出发来解释文学活动中的审美愉悦,以知识快感来取代、僭越审美愉悦,这不仅是片面的,也没有从根本上把握文学的本质,由于知识的启蒙始终是一个伴随人类自身的问题,所以这种思想在迎合启蒙主张的同时,在西方文学理论史上能够长久占据着绝对的统率地位。但是,人不仅是一个认识主体,同时也是一个情感主体、审美主体、道德主体、信仰主体。在文学活动中,他不仅满足着认知的需要,而且还有情感的愉悦、道德的满足和信仰上的自由。理性论人学仅仅把人当作一个认识的主体、理性的动物,并由此出发来建立其文学的观念,这自然是片面的和不合理的。

(原载《上海交通大学学报》2005年第5期)

存在与澄明:论存在主义的文艺人学观念

朱首献

人学是一切社会科学研究的出发点和前提,文艺学学科中许多重大理论问题的解决都依赖于人的问题的解决。英国经验主义哲学家休谟就曾提出,"关于人的科学(按:即人学)是其他科学的唯一牢固的基础",[①]"在我们没有熟悉这门科学之前,任何问题都不能得到确实的解决"。[②] 从文艺学发展的历史来看,人学对文艺学研究也有突出贡献:特定时代的文艺学家往往是立足于其对人的理解来观照文艺活动,进而形成其独特的文艺人学观念。在西方当代文艺学史上,存在主义从人的存在出发,系统而深入地探讨了文艺问题,形成其独具特色的文艺人学观,对当代文艺思想的建构产生了持续而深远的影响。

一

存在主义既是一个哲学思潮同时也是一个人学思潮,存在主义认为哲学应以"人"为对象,是研究人的具体存在的"人学",因此,人的问题自始至终都是其关注的焦点。由于存在主义在哲学观念上持论各异,所以,其在人学上也各具特色,共同构成了存在主义人学的理论图景。

首先,存在主义人学反对西方传统的本质主义和实体论人学。存在主义人学是在批判西方传统本质主义和实体论人学的基础上发展起来的,在它看来,传统的本质主义和实体论人学拒斥人存在的本真,宣称人的本质先于存在,在没有洞察人何以存在之前就已经先行规定了人,导致其将人视为一种静止、先验规定的存在,使人的存在与其世界二分对立起来。不仅如此,存在主义人学还认为,西方传统本质主义和实体论人学为人筹划

---

① [英]休谟:《人性论》(上册),关文运译,商务印书馆1980年版,第7—8页。
② [英]休谟:《人性论》(上册),关文运译,商务印书馆1980年版,第8页。

了一个先验的设定，人成了在范畴中"如此"的定在，在这种人学中，人无须对自己的存在进行过多的追思，一切尽在设定的范畴之中，这样，人的生存本真被逻辑化的范畴所遮蔽、剥噬和压抑（按：本质主义和实体论思想是西方传统哲学的一个重要特征，其将主体和客体二分对立起来，从而使人与其存在分离，本质主义和实体论人学注重追求人的抽象本质，既是对人感性生命存在的凌越，也是对其感性生命活动的压抑）。基于对本质主义和实体论人学的反动，存在主义人学充分关注人的现实生存"境域"（horizon），对人进行"现象学还原"，批判和厘理本质主义和实体论人学对人的各种既成规定，指出本真意义上的人是一种源始的、无规定性的存在，它是先于主客二分的，是一种涌现、一个动态的去蔽进程，不能由任何认识范态和逻辑规式来言说，也不属于任何本质主义和实体论讨论的阈阀，并提出"存在先于本质"，把人从先验的规定中解放出来，从而以感性的态式呈现在自己的人学视野中。这尤以海德格尔为典型。海德格尔认为，自柏拉图始，西方哲学一直在研究存在，但是，从来没有一个哲学家真正眷注过存在，症结就在于传统哲学关注的是"存在是什么"这个属于本质主义和实体论范畴的问题，而不是解决"存在何以成为存在"这个真正眷注人的存在的问题，所以，他提出要以后者取代前者。从后者出发，海德格尔指出，人与外物不同，它是一种先行于自身的存在，总是"是其所尚不是"而"将是"，因此，人一直在不断地选择、筹划和超越自己，这样，"去存在"就是人的根本特征。外物则不然，它是"其所是"的存在，永远都是一种被规定了的现实。同时，海德格尔还认为，人是通过他的主观生命活动而得到意义规定的，"此在的'本质'在于他的存在"。[1] 这里需要说明的是，海德格尔所谓的存在并不是一个"实体"，而是一种意义之在，它不能认识，只能靠领会，"对存在的领会本身就是此在的存在的规定"。[2] 所以，在海德格尔这里，人的存在展现为一种涌现、一个动态的领悟过程，它不断地领悟着存在也就不断地规定、达成着自己。

其次，存在主义人学充分重视人的超越性，并将之视为重要的人学关怀。存在主义人学先贤克尔凯郭尔就认为，人的使命是"去成为它自

---

[1] ［德］海德格尔：《存在与时间》，陈嘉映译，生活·读书·新知三联书店1987年版，第16页。

[2] ［德］海德格尔：《存在与时间》，陈嘉映译，生活·读书·新知三联书店1987年版，第14页。

身",① 对人来说"我应该"永远高于"我要"。海德格尔则用一个专门的词来称呼人的存在,即"此在"(da sein),这是基于他对人的超越性的肯定。因为从构词学上看,"da sein"一词由德文"da"和"sein"合成,"sein"即汉语学界理解的"存在",而"da"在德文中兼有"此"与"彼"的含义,所以,"da sein"在德文中既指"此在"也指"彼在"。海德格尔用"da sein"来指称人的存在,显然意指人的存在是一个"由此向彼"的动态结构(按:"da sein"在英文中译作"there-being",其中"being"既指"存在"又是动词"to be"的进行时态,"there"为"彼",这个译文可谓深得海氏之本意,相较之下,中译文的"此在",即转译为英文的"here-being",似乎无法准确传达出海氏的人之"向彼存在"的意旨),他是变动不居的,永远向着"彼处"敞开,同时,因为"彼"与"此"在不断地转化,所以这个敞开也就永远不会停止。显然,在海德格尔看来,人的存在既不是过去时,也不是将来时,它永远只是进行时,亦即进行向彼处,所以,人就是"去存在""在路上"。正是在此意义上,海德格尔提出:"存在地地道道是 transcedens［超越者］",② 它"总是它所能成为的东西,总是按照它的可能性来此在。"③ 萨特用"自在存在"和"自为存在"范畴也表达了同样的致思,他认为,存在分为两种:即自在存在和自为存在,前者是偶然的、昏暗的、无意义的,它既无过去也无将来,是"是其所是的存在";后者则是变动不居的,它要不断地否定"其所是",趋向"其所不是",进而不断地超越,祈向其本真,但变动不居的特性使之永远也无法达到其本真,否则它就会沉入"自在存在"中。而且萨特指出,只有人才是"自为的存在",因为也只有人才能不断地进行自我设计、自我创造、自我谋划,从而不断地趋向"其所不是"。

再次,同对人的超越性相关联,存在主义人学肯定了人存在的自由性。在存在主义的人学致思中,人的自由性和超越性是密不可分的,雅斯贝尔斯就曾认为存在和自由是两个可以互换的概念。海德格尔在其人学中也持同见,他认为,此在(按:人的存在)是一种先行于自身的存在,它总是走在自己的前面,敞开向其所期待的未来,不断地筹划、设计、选择和超越自己。海氏并且指出,此在这种对其敞开向度的选择、设计和筹

---

① 李均:《存在主义文论》,山东教育出版社2000年版,第55页。
② ［德］海德格尔:《存在与时间》,陈嘉映译,生活·读书·新知三联书店1987年版,第44页。
③ 刘放桐主编:《新编现代西方哲学》,人民出版社2000年版,第346页。

划不受任何外在条件的约束和限定,而是其始源性特征。显然,在海氏的这种理解中,此在不仅是自由的,而且这种自由也是其与生俱来的秉性。在存在主义人学家中,真正把自由作为核心范畴的是萨特,他称人为"自为存在"的目的就是把自由真正地归还给人。萨特人学高扬人的自由本质,宣称"人是自由的,人就是自由";①"自由不是任何存在,它是人的存在,……人并非有时是自由人有时是奴隶,因为人要么是完全彻底的自由,要么就干脆不存在"。人"命定是自由的,这意味着,除了自由本身以外,人们不可能在我的自由中找到别的限制,或者可以说,我们没有停止我们自由的自由"。"自由和自为的存在是一回事:人的实在严格地就他应该是其固有的虚无而言是自由的。"②

二

就文艺观念而言,存在主义人学家异常关注文艺与人的关系,分别建构起各自的文艺人学思想体系。在存在主义文艺人学家中,克尔凯郭尔最早把审美和人生的自我实现沟通起来。从人的使命是"去成为它自身"出发,克氏将人生区分为三种:在第一种人生中,人无视或无知自己的使命,处于一种沉沦的状态(克氏称之为"伦理状态");第二种人生中的人虽然意识到了自己的使命,却逃避它,不积极地去投入生活,克氏称其为"审美"状态;处于第三种人生的人不仅意识到自己的使命,而且努力追求之,克尔凯郭尔称其为"信仰"状态并极力推崇。从表面上看,审美似乎是克氏所要否定的,实则不然,因为他又将审美的人生状态分为两类:一类是无意识的(即自发的、浅薄的),也就是随波逐流的人生;另一种是有意识的,即有追求其使命的意识,但由于种种原因而没有践行,这种人生处在怀疑和犹豫不决之中。克氏认为这种人生状态中有转折(即超越向信仰状态,践行自己的使命)的机遇在。因此,在克氏那里,审美使人处在"真正人生状态"的临界点上,它向真正的人生敞开,从而为人自我实现的达成开辟向度。存在主义文艺人学的另一位代表人物雅斯贝尔斯同样指出,艺术是对人存在真理的破译,真正的艺术能够照亮人的生存,把人存在的真理彰显给人。因此,他认为,在审美中,人可以摆脱日常的烦忧,获得一种解放感,且在愉悦的刹那间顿悟存在的

---

① [法]萨特:《存在主义是一种人道主义》,周熙良、汤永宪译,上海译文出版社1988年版,第12页。
② [法]萨特:《存在与虚无》,陈宣良译,生活·读书·新知三联书店1987年版,第565—581页。

永恒真谛。

真正对存在主义文艺人学做过突出贡献,并使之产生巨大影响的当属海德格尔和萨特,存在主义文艺人学的主要范畴:存在、真理、超越和自由等都是由他们完善和建构的。立足于其人学立场,海德格尔把文艺视作对此在存在真理的揭示和显现,他认为,此在在世是一种沉沦、"被抛状态",因此,在世无法帮助此在领悟存在的真理,而文艺使存在的真理显现出来,所以,在文艺中"有真理的发生",[1] 文艺"就是自行置入作品的真理"。[2] 值得一提的是,海氏的真理观与那种视真理为正确反映对象的知识体系、逻辑体系的观念不同,他认为,人的存在是敞开性和遮蔽性的斗争统一,真理就在这冲突中得以涌现,因此,真理是"解蔽(aletheia)"、敞开、展示(unconcealedness),是一个过程、一种涌现,且与人的存在休戚相关。在《通向语言的途中》中,海氏曾以梵高《农夫的鞋》为例阐述了其真理观及文艺是如何呈现人的存在真理的。他指出:在画中,农鞋那磨损的黑洞洞的口子凝聚着劳动步履的艰辛,这双硬邦邦、沉甸甸的破旧农鞋聚积着那寒风料峭中,在一望无际、永远单调的田垄上迈出的步履的坚韧和滞缓。在这双鞋中,回响着大地无声的召唤,显露着大地对成熟的谷物的馈赠,也透露着冬天荒野中大地的冬眠。这农鞋浸透了对聊以糊口的面包的担忧和战胜了贫困的无言喜悦,隐含着分娩阵痛时的哆嗦和死亡逼近时的战栗。这农鞋属于大地,大地在农妇的世界中得到了保存。从海德格尔的分析可以见出,《农夫的鞋》之所以能够使存在的真理涌现,是因为它描绘了世界(敞开性)和大地(遮蔽性)冲突和斗争这样一个事件,从而使存在的真理涌现出来。所以,与传统的文艺观念不同,海氏理解的文艺不是一种实体而是事件:即世界与大地(敞开性与遮蔽性)的冲突,在这种涌现与遮蔽的冲突中,真理得以去蔽并涌现出来。正是如此,海德格尔认为文艺就是存在者真理的涌现和敞开,因而,它具有澄明人生的作用,同时也"是感染与解放"。[3]

如前所述,萨特把人的本质规定为自由,这直接影响到他对文艺的体认,以至于其将文艺视为对人的自由的肯定,并建构了以人的自由为核心的文艺人学观念。日本人今道友信认为"萨特关于美和艺术的考察,总是和占据他全部思想核心的'自由'(liberté)相联系着的,或者说是围

---

[1] 李均:《存在主义文论》,山东教育出版社2000年版,第187页。
[2] [德]海德格尔:《诗·语言·思》,彭富春译,文化艺术出版社1991年版,第39页。
[3] 李均:《存在主义文论》,山东教育出版社2000年版,第182页。

绕着自由进行的"。① 此论可谓抓住了萨特文艺观的人学实质。在《什么是文学?》中,萨特首先把文艺规定为"由一个自由来重新把握世界"的活动,② 并认为通过文艺,"人得以每时每刻从历史中解放出来"。③ 由此出发,萨特对文艺创作和阅读展开了分析。萨特认为,就创作而言,作家的创作是为了确证其自由,这源于一种感觉上的需要,那就是"感觉到在人与世界的关系中,我们是本质的"。④ 在萨特看来,外在世界是"自在存在",它是昏暗、无意义且常居不动的,其构成人的生存"境域"。这种生存境域总是要抵制、限制人的自由,如果人屈从于这种境域,就会沉入"自在存在"中去,无从拥有其本质。所以,作为"自为存在"的人必须超越这种存在的境域,去追求并实现自己的本质。同时,萨特还认为,尽管人对于外在世界而言是非本质性的,但它可以赋予外在世界以意义,从而满足其作为外在世界本质的需要,文艺创作就是满足这种需要的活动,因为在文艺创作中,"我"不是去顺从外在世界,"我"可以使这株树与那一小块天地发生联系,在本无秩序的地方引进秩序,控制五花八门的事物……总之,文学中的世界是"我"创造出来的,因此,"我"会"感觉到在我与作品的关系中,我是本质的"。⑤ 事实上,在萨特看来,在文艺创作中,"我"没有顺从"我"的境域,而是通过"我"的选择、筹划而更改了"我"的境域,"我"赋予外在世界以意义,从而实现了"我"作为外在世界本质的目的,在这个过程中,"我"亦达成了"我"的自由,确证了"我"作为"自为存在"的本真。就阅读而言,萨特认为,在这种活动中,人可以审视到其自由,审美愉悦的本质就在于人的自由意识在对象中的确认,使其"与对于一种超越性的、绝对的自由的辨认融为一体"。⑥ 正是如此,在分析凡尔·米尔的画时,萨特认为,在这幅画中,我们"在物质的被动状态本身中也遇到人的深不可测的自由"。⑦

---

① [日]今道友信等:《存在主义美学》,崔相录、王生平译,辽宁人民出版社1987年版,第207页。

② 蒋孔阳、朱立元主编:《西方美学通史》(第六卷),上海文艺出版社1999年版,第490页。

③ [法]萨特:《萨特文学论文集》,施康强译,安徽文艺出版社1998年版,第144页。

④ 伍蠡甫、胡经之主编:《西方文艺理论名著选编》(下卷),北京大学出版社1983年版,第95页。

⑤ 伍蠡甫、胡经之主编:《西方文艺理论名著选编》(下卷),北京大学出版社1983年版,第95页。

⑥ 柳鸣九主编:《萨特研究》,中国社会科学出版社1981年版,第18页。

⑦ 蒋孔阳、朱立元主编:《西方美学通史》(第六卷),上海文艺出版社1999年版,第488页。

不仅如此，萨特还进一步阐述了审美愉悦和自由的关系，且把审美愉悦分为三个阶段：在第一阶段，人的自由意识在对象中确认到自身，从而使自己和一种超越性的、绝对自由的辨认融为一体；第二阶段，欣赏者体验到自由再创造的欣喜（按：萨特认为审美愉悦不仅是人的自由意识在对象中确认到自身，更是欣赏者自由再创造的结果）；到达第三个阶段，萨特认为，审美愉悦成为一种普遍有效性的愉悦，而且这种源自人自由本质的审美愉悦的最高层次就是这种本于个体自由的普遍有效性，也就是"要求任何人，就其自由而言，在读同一部作品的时候产生同样的快感。就这样，全人类带着它最高限度的自由都在场了"。①

三

无疑，存在主义文艺人学的出场及其对于文艺本质的认识，不仅开拓了我们的文艺视野，也从根本上改变了我们既有的文艺观念。

首先，存在主义文艺人学重视文艺与人生的关联，强调联系人生来阐释文艺活动，甚至将之提升到文艺本体的高度，使人生成为文艺存在的终极依据，在文艺理论史上，这无疑是一种思入文艺本质的新视角。我们知道，早在公元前4世纪，亚里斯多德就曾提出，诗所"摹仿的对象……是在行动中的人"。② 人的行动构成人生的全部内容，因此，亚氏强调文艺摹仿的是"在行动中的人"，本质上就是从对象的维度强化了文艺与人生的关联，也正是如此，车尔尼雪夫斯基在论及亚氏的这个观点时认为，在亚氏那里，"诗的真正内容完全不是自然，而是人生"。③ 亚氏这种对象论的文艺人学思想在西方影响甚盛，直到18世纪，在德国浪漫派那里才有所改观。受康德"人是目的"思想的影响，针对近代科技理性造成人生的美好与诗意被平庸世俗挤兑的现实，德国浪漫派诗学寄希望于文艺，认为文艺的使命就是"赋予生活和社会以诗意"，④"激发、培养并重新统一人的全部本质"，⑤ 使人"按照自己的理念生活"，⑥ 走向"持续的完善

---

① 柳鸣九主编：《萨特研究》，中国社会科学出版社1981年版，第20页。
② ［古希腊］亚里斯多德：《诗学》，陈中梅译注，人民文学出版社1982年版，第7页。
③ ［俄］车尔尼雪夫斯基：《美学论文选》，缪灵珠译，人民文学出版社1957年版，第144页。
④ ［德］施莱格尔：《浪漫派风格：施莱格尔批评文集》，李伯杰译，华夏出版社2005年版，第71页。
⑤ ［德］施莱格尔：《浪漫派风格：施莱格尔批评文集》，李伯杰译，华夏出版社2005年版，第36页。
⑥ ［德］施莱格尔：《浪漫派风格：施莱格尔批评文集》，李伯杰译，华夏出版社2005年版，第115页。

和最终的、完美的满足",① 从而避免沦为手段的厄运。毫无疑问,德国浪漫派诗学在推进文艺与现实人生的结合,提高其服务人生的自觉性及深化人们对文艺本质的认识方面具有重要意义,同亚里斯多德立足于对象论的文艺人学思想相比,它显然极大地深化和充实了西方文艺人学思想的内涵。尽管德国浪漫派诗学强调文艺的人学价值,在抵制物的奴役所造成的人的分裂、维护真正有意义的人生方面具有重要的意义,但是,它的仅从目的论出发来阐释文艺与人生之关联的思维视觉,又使其无法将这种关联提升到本体论的高度,进而从本原上来把握文艺与人生的密切联系。在西方文论史上,只有在存在主义文艺人学那里,这种提升才得以真正实现。人该如何在这个贫困的时代安身,又该如何寻绎其生存的尺度?这是存在主义思考的首要目标。为了使人摆脱"无家可归"的命运,存在主义不仅宣称文艺可以给沉沦的人生带来澄明之光,使人得到拯救,而且强调文艺源于人的生存活动,只有联系人的生存,文艺才能得到最终阐释,这就从构造人的生存本体的维度阐发了文艺的本质,并赋予文艺以人生本体论的意义,在文艺问题上开创了一种新的本体论研究视界。存在主义这种从人的生存本体角度强化文艺与人生关联的思想,真正开辟了人走向此在的通途,使人学精神成为文艺的主导精神,也使追问终极、切问生存、发掘人生成为文艺的唯一命题。因此,在这个意义上,存在主义在推进传统的对象论和目的论文艺人学向现代本体论文艺人学的转向中,具有至关重要的作用。事实上,也正是在存在主义那里,文艺的根基导向人的生存,文艺与人生的关联走向了一种新的历史高度。

其次,存在主义文艺人学反对传统的知识论文艺学,强调文艺之真不关乎知识而只关乎人的个体存在,是一种基于个体生存体验的真理,从而将文艺的价值根基从知识论转移到生存论上。由于受科学主义的影响,长期以来,人们习惯于把知识和真理混为一谈,将隶属于自然科学和逻辑思维领域的知识称为真理,在这种思想背景下生成的传统文艺学往往把文艺视为知识的形式,进而强调其认识的功能。这种强调文艺之科学精神的观念随着知识论在近代的推衍,逐渐弥漫成为传统文论的统摄性理念。存在主义文艺人学反对这种文艺观念,认为其既不符合文艺反映生活的规律,也混淆了文艺与自然科学尤其是其他人文社会科学的本质区别。在存在主义文艺人学看来,知识与真理有着严格的区别:知识隶属于科学,是客观

---

① [德] 施莱格尔:《浪漫派风格:施莱格尔批评文集》,李伯杰译,华夏出版社 2005 年版,第12页。

的规律，真理则属于生存，是人的生存体验；知识是人对客观世界的认识，以规律性为目的，真理则是人对自身生存状态的评价，以个体性为本位，是一种"价值意识"或"主观知识"；知识是一种规律性体系，它追求抽象性、普遍性和同一性，对任何人都是一样的，真理则是一种意义体系，它追求个别性、此在性和差异性，对任何人都是不一样的，因此，真理只向个体开放，关乎个体的生存体验，任何人所把握到的真理都是属于"我"的，是自身的人生真知。在此基础上，存在主义认为，文艺之真是一种基于个体体验的生存评价，依靠认识是无法把握得到的，它必须凭借人的生存体验，也只有在生存体验中，个体才能真正融入文艺的世界，使"我"转化为"我们"，这样，文艺之真才能为我所有。正是通过这种厘定，在存在主义文艺人学那里，知识被"悬置"，生存体验成为文艺价值的唯一根基。

再次，存在主义文艺人学固守文艺解蔽人之生存真理的功能，颠覆了传统的"美是文艺之本质"的观念，这样，在它那里，文艺就不再是美的象征，而是成了人的生存真理的家园。我们知道，在传统文艺观中，文艺之为文艺，乃是因为其"美的属性"，因此，美是文艺的决定性本质。但是，存在主义文艺人学却不同意这种观念，因为在它看来，真理比"美"更符合作为文艺的本质。据新西兰奥克兰大学的朱利安·扬记载，20世纪60年代，海德格尔在德累斯顿国家艺术收藏馆参观拉斐尔为皮亚琴察教堂所作的圣坛画像时曾批评说，当该画被放置到博物馆中时，它就被连根拔起，脱离其自身世界，不再是其"曾在之物"，并丧失其所"确证的真理"而沦为"审美对象"。[①] 由此可见，在海德格尔看来，对于文艺，真理比美更重要。不仅如此，海德格尔还抨击西方传统中把美与真理捆绑在一起的观念，认为这是"美和真理的一种奇特的合流"，[②] 并坚持认为不能根据美来理解文艺。正是如此，在《艺术作品的本源》中，他指出，"美是作为无蔽的真理的一种现身方式"，[③] 这就是说，在文艺中，美只是真理的附庸。除海德格尔外，雅斯贝尔斯也认为文艺只有显现人的生存真理，才在其本质之中。那种单纯追求审美的文艺，在雅氏看来，是不配被称为真正的文艺的。所以，他提出，文艺是对人的存在真理的破

---

① Julian Young, *Heidegger's Philosophy of Art*, Cambridge: Cambridge University Press, 2001, p. 20.
② [德]海德格尔：《林中路》，孙周兴译，上海译文出版社1997年版，第65页。
③ [德]海德格尔：《海德格尔选集》（上卷），孙周兴译，上海三联书店1996年版，第276页。

译,真正的艺术能够照亮人生,把人本源存在的真理彰显给人。如此,在存在主义文艺人学那里,文艺的真理功能就自然僭越了其"美学"功能。当然,存在主义文艺人学立足于人,将人的生存真理抬高为文艺绝对法则的做法,放逐了文艺的情感、审美、文化等内涵,最终使文艺沦为哲学的附庸和存在之"思",恐怕是其始料未及的。

[原载《浙江大学学报》(人文社会科学版)2007年第5期]

中 篇

美学和艺术理论问题

李泽厚美学的思想基础还是历史唯物主义吗?
——兼与刘再复商榷

王元骧

一 历史唯物论

我国的马克思主义美学研究是在 20 世纪中叶美学大讨论中随着"实践论美学"的兴起而开始的,这里有李泽厚先生的一份功劳。我把"实践论美学"看作我国马克思主义美学研究的起点,就是因为它建立在马克思主义的历史哲学,即历史唯物主义的基础之上。

历史哲学是研究历史发展的原因和规律的科学,在近代由维科所开创,并经由孟德斯鸠、伏尔泰、卢梭、康德、赫尔德、黑格尔等人的发展而形成和确立的。但是他们不是受近代自然科学和机械决定论的影响,把历史发展归之于自然环境、种族和风俗,就是按斯多亚学派的"宇宙理性""宇宙秩序"甚至基督教的"上帝创世说"思想,把它归之于超自然的天意、理性的意图和计划,因而都不能对之做出科学的解释;是马克思首先拨开了笼罩在历史上的这些迷雾,从物质生产以及生产力和生产关系的矛盾运动中找到了它的根本原因,并从物质生产出发,来解释人类社会和精神生活的各种现象而使之建立在科学的基础之上。这是迄今为止无人能企及和超越的伟大的贡献。

实践论美学就是以历史唯物主义的观点为指导来探究人与现实的审美关系产生和发展的原因的。它既不同于古典美学只是把美看作一种物理现象,只是把美感看作人对客观世界美的事物的一种反映,也不同于现代美学把美看作一种心理现象,把美感看作人的主观情感的一种投射;而认为正是人类在生产劳动中改变了人与自然的关系,使自然由"自在"的变为"为我"的,由与人是对立、疏远的变为亲和的,由仅仅是利用的关系变为观赏的关系;并在这一改变客观世界的过程中也发展了人类自身的感觉能力和心理能力,使原本的自然感官变为文化感官,这才有可能使人和自然建立起审美的关系而使对象对人来说成为美的,从而为我们解释审美现象找到了科学的思想基础。当然,这些思想还只是限于对审美关系产生的根本原因上的说明,要使美学成为一门完善的科学,还需要我们在此基础上进一步向审美心理学、审美文化学等诸多方面推进,这还有一段很长的路要走。但美学界的不少人,特别是所谓"后实践美学"的倡导者不理解这一点,认为它不能直接解释一些复杂的审美现象而予以否定,这完全是没有道理的。

不过,我国美学研究中这一思想的逆转,我认为还并非真正始于"后实践美学",李泽厚本人才是始作俑者。它是从李泽厚晚年对于历史唯物主义的思想背叛和理论篡改,提出所谓的"主体性实践哲学""人类学本体论""情本体"开始的。这三者在他看来实在是同一的理论,它的出发点就是"人活着"。他的思想集中体现在他的后期著作《历史本体论》中,这部著作虽然以历史为题,但实际上是以"情本体"为核心所建构的美学著作。它的基本观点被刘再复誉为是对马克思主义作"穿透性阅读"之后所作出的"相当彻底的历史唯物论的表述",是"真正的历史唯物论"[1],"在当今中国甚至世界范围,历史唯物论表达得如此彻底,也极少见"[2]。那么事实是不是这样的呢?

把历史和人联系起来,从人的问题切入来看待社会历史和文化问题,无疑是历史唯物主义的一个基本的出发点,因为"历史就是追求自己目的人的活动"[3],"有了人我们才开始有了历史"[4],所以"人类史与自然史的区别"就是它"是我们自己造成的"[5]。这表明产生人类史的根本原因在马克思主义者看来就是人的活动,首先是生产劳动。这种从事生产劳动的人不是抽象的,而是"有生命的个人存在",所以马克思主义创始人特别强调与19世纪"德国哲学从天上降到地上"相反,"这里我们是从地上升到天上,就是说,我们不是从人们所说的、所想象的、所设想的

---

[1] 刘再复:《李泽厚美学概论》,生活·读书·新知三联书店2009年版,第4、37页。

[2] 刘再复:《与李泽厚的美学对谈录》,《李泽厚美学概论》,生活·读书·新知三联书店2009年版,第105页。

[3] [德]马克思、恩格斯:《神圣家族》,《马克思恩格斯全集》第2卷,中共中央马克思恩格斯列宁斯大林著作编译局编译,人民出版社1957年版,第118—119页。

[4] [德]恩格斯:《自然辩证法》,《马克思恩格斯选集》第3卷,中共中央马克思恩格斯列宁斯大林著作编译局编译,人民出版社1972年版,第457页。

[5] [德]马克思:《资本论》第1卷,《马克思恩格斯全集》第23卷,中共中央马克思恩格斯列宁斯大林著作编译局编译,人民出版社1972年版,第409—410页。

东西出发,也不只存在于口头上所说的、思考出来的、想象出来的、设想出来的人出发,去理解真正的人。我们的出发点是从事实际活动的人"①。这些观点从表面上看与李泽厚的"人活着"非常相似,但只要稍加分析,就会发现这两者之间有着根本区别。

马克思主义创始人把"有生命的个人的存在"视为历史的第一个前提,无非是说明"人们为了'创造历史'必须能够生活。但是为了生活,首先就需要衣、食、住以及其他东西。因此,第一个历史活动就是生产满足这些需要的资料,即生产物质生活本身"②,否则,人们就无法生存。但这对人来说并不仅仅只是为了"吃饭"、为了"活着",而只是为了说明历史的创造以及它的发展变化的物质基础,绝非历史唯物主义的全部内容。因为人是不可能作为孤立的处在"与世隔绝、离群索居的人"从事生产活动的,在生产活动中还必然会形成人与人之间的关系,出现人与人之间的交往和合作。所以"生产本身又是以个人之间的交往为前提的"。因此,历史唯物主义"从直接生活出发来考察实际生活的过程"时,就必然要求把与"该生产方式相联系的、它所产生的交往形式……理解为整个历史的基础"③。正是生产力和生产关系的这种辩证运动,推动着历史的发展和进步。同时也表明在人类社会中,人总是处于一定的社会关系中的,都是"一定历史条件和关系中的个人"④;反过来这种社会关系又通过由此产生的思想观念,包括政治的、宗教的、伦理的制约着个人的思想和行动,这决定了凡是社会的人既是个别的,又是普遍的人,"在其现实性上,他是一切社会关系的总和"⑤。这种社会性反映在人的意识中就是人的理性,它集中体现在人对自身社会本性的自觉认识上;反过来也就是说,只有当人对自身的社会本性有了自觉的认识,人才开始具有理性。所以理性与社会性、普遍性在某种意义上是同一的概念,都是对于人的本质的一种理论上的规定。

---

① [德]马克思、恩格斯:《德意志意识形态》,《马克思恩格斯全集》第3卷,中共中央马克思恩格斯列宁斯大林著作编译局编译,人民出版社1960年版,第30页。

② [德]施莱格尔:《浪漫派风格:施莱格尔批评文集》,李伯杰译,华夏出版社2005年版,第31页。

③ [德]施莱格尔:《浪漫派风格:施莱格尔批评文集》,李伯杰译,华夏出版社2005年版,第24、43页。

④ [德]施莱格尔:《浪漫派风格:施莱格尔批评文集》,李伯杰译,华夏出版社2005年版,第86页。

⑤ [德]马克思:《关于费尔巴哈的提纲》,《马克思恩格斯选集》第1卷,中共中央马克思恩格斯列宁斯大林著作编译局编译,人民出版社1972年版,第18页。

但这一基本道理却成了李泽厚所批判、否定的对象,认为"生存在马克思所说的既定的现存生产方式之下,人们交往关系之中,人活着就受它们的支配,控制甚至主宰"①,"在哲学上,由笛卡尔的'我思'到康德的'先验统觉',再由黑格尔的'自我意识'和'绝对精神',翻转为革命的马克思主义,社会性集体性的'我意识'将个体性的'我活着'几乎完全吞食。人为物役,异化极峰"②。他提出"我活着"就是为了"宣告人类史前期那种同质性、普遍性、必然性的结束,偶发性、差异性、独特性的日趋重要和凸出"③,目的是"使人从集体、从理性、从各种约束中解放出来",这"正是由理性、逻辑普遍性的现代性走向感性、人生偶然性的后现代之路"④。为此,他按照一贯使用的"六经注我"的思维方式,对历史唯物主义加以肆意的篡改,在谈物质生产时,把生产过程所形成的人与人之间的"交往活动""交往关系",亦即马克思、恩格斯后来所说的"生产关系"排除在外,借刘再复的话来说,就是"不侈谈生产关系,只注重生产工具的制造与变革的巨大历史作用"⑤。这样就把人从社会关系中抽离出来,而成为孤立的、抽象的人。虽然他反复说明"个体的人总是出生、生活、生存在一定时空条件的群体中,总是'活在世上''与他人同在'。由此涉及了'唯物史观'的理论"⑥。但由于排除了社会关系,这种"与他人同在"也就成了虚幻的、是没有社会根基的,也就与海德格尔的"人生在世"合流,与马克思主义的历史唯物主义是风马牛不相及的。这就必然使他的"历史本体论"走向主观主义和唯心主义。所以他把心理建设看作"本体论的回归之路"⑦。认为"心理成本体这是海德格尔哲学的主要贡献",并承认他的"历史本体论"是"承续海德格尔而来"⑧。这样,历史发展也就不再是社会变革的问题而只是一个"心理建设"的问题。

---

① 李泽厚:《历史本体论》,生活·读书·新知三联书店2002年版,第131页。
② [德]施莱格尔:《浪漫派风格:施莱格尔批评文集》,李伯杰译,华夏出版社2005年版,第97页。
③ [德]施莱格尔:《浪漫派风格:施莱格尔批评文集》,李伯杰译,华夏出版社2005年版,第130页。
④ [德]施莱格尔:《浪漫派风格:施莱格尔批评文集》,李伯杰译,华夏出版社2005年版,第132、12页。
⑤ 刘再复:《李泽厚美学概论》,生活·读书·新知三联书店2009年版,第30页。
⑥ 李泽厚:《历史本体论》,生活·读书·新知三联书店2002年版,第13页。
⑦ [德]施莱格尔:《浪漫派风格:施莱格尔批评文集》,李伯杰译,华夏出版社2005年版,第112—113页。
⑧ [德]施莱格尔:《浪漫派风格:施莱格尔批评文集》,李伯杰译,华夏出版社2005年版,第91页。

这就是刘再复所妄言的是对马克思作了"穿透性的阅读"之后对历史唯物主义所作出的"创造性"的发展,"是独家创造的历史本体论"①!

我这样说并不认为心理建设不重要,早在两千五百年前苏格拉底就提出了要为灵魂操心,规劝人们不要只关心自己的身体、财产,而应该"注意灵魂的完善为重"②;所以面对当今社会人们一心为财富操劳而忘却自己灵魂的安顿的情况下,提出"心理建设"问题确是有其十分紧迫的现实意义,我在近年发表的论著中也在反复提倡和宣扬这个问题③。但与李泽厚不同的是,我认为这只是属于人生论、伦理学和美学研究的领域的问题,是不能取代历史哲学,特别是历史唯物主义的。所以唯"后现代主义"马首是瞻,把人的社会普遍性看作"人类史前"的特性,而仅仅以个人性、偶然性为人的本质定性,并认为马克思主义以社会性、集体性"吞食"了个人,是极其轻率、武断、缺乏起码的科学态度的;试图把历史的问题转化为个人心理的问题,放到个人心理的层面上来探寻解决社会历史问题的方案,更是一种脱离实际的幻想和妄想!

事实上,马克思主义创始人不仅把历史的出发点视为"有生命的个人存在",而且始终把个人的自由解放看作历史发展的归宿和最终目的,认为"要不是个人都得到解放,社会本身也不能得到解放"④,共产主义社会就是以"每个人的全面而自由的发展为基本原则的社会形态"⑤,"在那里每个人的自由发展是一切人的自由发展的条件"⑥,这些言论都足以充分说明。当然,这些思想在马克思主义经典著作中只是提出而未能得到全面的展开。这是因为历史唯物主义是一种历史哲学,它所着眼的是人类总体,而非像伦理学、心理学、人生学那样以具体的个人为对象;所致力的不是个人的心理建设,而"把历史看作人类发展的过程",探讨人类历史发展的基本规律。同时也决定了作为历史唯物主义的出发点的"有生

---

① 刘再复:《李泽厚美学概论》,生活·读书·新知三联书店2009年版,第30页。
② [古希腊]柏拉图:《申辩篇》,苗力田主编《古希腊哲学》,中国人民大学出版社1989年版,第209页。
③ 参见拙著《审美超越与艺术精神》,浙江大学出版社2006年版;《论美与人的生存》,浙江大学出版社2010年版,见两书中的有关篇目。
④ [德]恩格斯:《反杜林论》,《马克思恩格斯选集》第3卷,中共中央马克思恩格斯列宁斯大林著作编译局编译,人民出版社1979年版,第332—333页。
⑤ [德]马克思:《资本论》第1卷,《马克思恩格斯全集》第23卷,中共中央马克思恩格斯列宁斯大林著作编译局编译,人民出版社1972年版,第649页。
⑥ [德]马克思、恩格斯:《共产党宣言》,《马克思恩格斯选集》第1卷,中共中央马克思恩格斯列宁斯大林著作编译局编译,人民出版社1972年版,第273页。

命的个人存在"不是抽象的、偶然性的个人,他本身就是个人性与社会性的矛盾统一体,强调"人作为人类历史的经常前提,也是人类历史的经常的产物和结果,人只有作为自己本身的产物和结果才成为前提"①。所以他们所说的"有生命的个人存在"既不是生物学意义上的,也不是心理学意义上的,而只能是处在一定社会关系中的、个人性与社会性统一的人。李泽厚认为"唯物史观将人的主题完全纳入生产力和生产关系中,以至个人的人看不见了,更不能解决'为什么活'(伦理学)和'活得怎样'(幸福,即宗教和美学)的问题"②,从而提出要把立足点转移到人"为什么活"和"活的怎样"上来,认为"个人作为'我意识我活着'得努力去自己寻找,自己决定,自己负责。即凭自己个体的独特性,去走向宗教、科学、艺术和世俗生活,以实现自己的人生"③。这就把历史唯物主义与人生学、伦理学、美学混淆了。历史唯物主义是社会科学与人文科学的理论基础,它涵盖人生学、伦理学和美学而本身不就是伦理学和美学?否则,还有什么科学分工的必要呢?如果抛开客观的、历史的视野,以个体的偶发性、差异性、独特性,以个体的心理、情感作为历史唯物主义的基本内容,必然会把个体与社会、人与历史分割开来、对立起来,以人的个体性来否定社会性,还算得上马克思主义的历史哲学——历史唯物主义吗?

二 两个"人化"

个体与社会、人与历史的分割和对立,集中体现在李泽厚对"自然的人化"这一命题的解释上。"自然的人化"是实践论美学的基本命题。它由马克思在《1844年经济学哲学手稿》中提出,最先由苏联美学家万斯洛夫与斯托洛维奇等人引入美学研究。认为"美既不是意识或绝对理念的产物,也不是自然物的自然属性","人们从审美上评价现象的能力,是在人们劳动活动过程中形成的",因为正是在劳动过程中"一方面,人改变着、改造着自然,在利用自然规律的基础上使自然界满足人的需要;另一方面,人也改变着自己,发挥自己的能力和力量,使自己成为创造活动的主体",它的基本精神就是我们前面所谈到的由于人在生产劳动过程

---

① [德] 马克思:《资本论》,《马克思恩格斯全集》第26卷,中共中央马克思恩格斯列宁斯大林著作编译局编译,人民出版社1974年版,第515页。
② 李泽厚:《关于马克思的理论及其他》,《李泽厚近年答问录》,天津社会科学院出版社2006年版,第269页。
③ 李泽厚:《历史本体论》,生活·读书·新知三联书店2002年版,第131页。

中改变了自然与人的关系，一方面使自然对象成为人的对象、美的对象，而另一方面使人的自然感官成为人化的感官，人类才能与自然建立起审美的关系[1]。李泽厚早年就是按这一思想来解释美学问题的，认为"'自然的人化'指的是人类征服的自然的历史尺度，指的是整个社会发展到一定阶段人和自然关系发生了根本改变"[2]。这"是马克思主义实践哲学在美学上的一种具体表达或落实"[3]，表明人与自然界审美关系的建立都是"人类实践的历史成果"[4]。因而被后人概括为"实践论美学"。这表明它在哲学观上是"一元"的，即以人类的生产劳动为基础的。

但是自20世纪80年代中期开始，李泽厚的思想就发生了变化，首先他抛弃了一元论的哲学观和历史观，把原本辩证统一的"外在自然的人化"与"内在自然的人化"这一"自然的人化"的两个方面作机械的分割，视为两个"本体"。认为"外在自然人化"是"工具本体的成果"，故称之为"工具—社会本体"；"内在自然人化"是"情感（心理）本体的建立"，故称之为"文化—心理本体"[5]。并认为前者传承的是马克思的路线，后者传承的则是康德—海德格尔的路线。声称"传统的马克思主义更注重前一方面"，重在"用特定的社会存在来解释人"，强调的是人的"有限性、相对性、独特性"，而他自己则"更注重后一方面"，所强调的是"历史的积累性、绝对性和普遍性"，这才真正"关乎人类本体存在"[6]。断言在今天"精神世界支配、引导人类前景的时刻将明显来临。历史将走出唯物史观，人们将走出传统的'马克思主义'。从而'心理本体'（'人心'—'天心'问题）将取代'工具本体'，成为注意的焦点"[7]。这样就把本属于"自然的人化"的统一的两个方面分割开来，并以"心理本体"来取代和排斥"社会本体"，而使"社会本体"在他后来的美学著作中也就完全成了一种虚设，强调唯有"心理本体""情本论"才是美学所要论述的基本主题。这样，"情"与"理"、"心理"与"社会"、"人性"与"历史"也随之被机械地分割开来了。

---

[1]［苏］万斯洛夫：《客观上存在着美吗？》，《美学与文艺问题论文集》，学习出版社1955年版，第2、4页。
[2] 李泽厚：《美学四讲》，《美学三书》，安徽文艺出版社1999年版，第494页。
[3] 李泽厚：《美学四讲》，《美学三书》，安徽文艺出版社1999年版，第478页。
[4] 李泽厚：《美学四讲》，《美学三书》，安徽文艺出版社1999年版，第486页。
[5] 李泽厚：《美学四讲》，《美学三书》，安徽文艺出版社1999年版，第499页。
[6] 李泽厚：《历史本体论》，生活·读书·新知三联书店2002年版，第38页。
[7] 李泽厚：《哲学探寻录》，《李泽厚哲学文存》下编，安徽文艺出版社1999年版，第503页。

我觉得李泽厚的这种解释是颇可商榷的。先来看看他是怎么解释"外在自然的人化"的。他认为"外在自然的人化"狭义的是"指人对自己生存环境的改造";广义的是指"随着物质的进步,人与自然关系发生变化",使自然"日后成为个人审美对象的前提、基础和根源",而"具有了审美的性质"①。这应该是不成问题的,问题在于对"外在自然人化"的社会原因的解释上。李泽厚在谈到历史唯物主义时认为:唯有"使用—制造工具即从原始时代起科技行为是维持延续人类生存发展的根本动力,在社会存在中占有本体位置"②,从而离开了社会关系,把作为社会主体的人看作只是制造和使用工具的人,这我认为是对历史唯物主义的根本篡改。其实,这个定义早在马克思之前的一百年就已为富兰克林所提出,此后,柏格森也认为人的"智力就在于'制造工具'",利用工具来进行劳动,"'人'应当界定为制造工具的人"③。对于这个定义,马克思肯定它从工艺学的角度"揭示了人对自然的能动关系"时,就曾明确地指出它具有"排除历史过程的、抽象的自然科学唯物主义的缺点"④。蓝德曼也认为"当富兰克林称人为'制造工具的动物'时,他只是表述了真理的一部分。人不仅创造工具,而且也创造了知识的传统和世界观、技术、道德风尚、社会秩序、交往的程度、风格和其他许多事情",而这些无不是由生产关系所决定的。⑤ 这都表明唯有把人的活动置于一定的社会关系之中,把生产力与交往方式统一起来,从生产力与生产关系的辩证运动中来探讨社会历史发展的规律,才是历史唯物主义的精髓所在、真义所在,才能科学地说明种种复杂的社会现象;包括人与现实的审美关系在内。大量事实向我们表明,这种交往方式和生产关系不仅通过以反映在意识领域内的各种文化观念,如自然观、宗教观、伦理观,像中国汉代流传的谶纬神学,西方中世纪占统治地位的基督教神学中的天人感应、天人同构的思想,在审美对象中打上深刻的烙印,而且还直接影响人对现实的知觉方式,像席勒、马克思批判的资本主义社会的"异化劳动"所造成的人与现实的审美关系的异化那样。这种异化表现为马克思说的它使人在对象面前丧失了审美的感觉而成为仅仅是一种"占有"关系,"结果人(工人)

---

① 李泽厚:《美学四讲》,《美学三书》,安徽文艺出版社1999年版,第496页。
② 李泽厚:《历史本体论》,生活·读书·新知三联书店2002年版,第15页。
③ [法]柏格森:《创造进化论》,姜志辉译,华夏出版社2000年版,第120页。
④ [德]马克思:《资本论》第1卷,《马克思恩格斯全集》第23卷,中共中央马克思恩格斯列宁斯大林著作编译局编译,人民出版社1972年版,第409页(注)。
⑤ [德]蓝德曼:《哲学人类学》,彭富春译,工人出版社1987年版,第262页。

只有在运用自己的动物机能——吃、喝、性行为,至多还有居住、修饰等等的时候,才觉得自己是自由活动,而在运用人的机能时,却觉得自己不过是动物。动物的东西成为人的东西,而人的东西成为动物的东西"①。但由于李泽厚在谈历史时只谈与生产力相关的工具的制造和使用,而刻意回避和排斥生产关系,认为人若是"生存在马克思所说的既定的现实生产方式之下,人们交往关系之中,人活着就受它们的支配、控制甚至主宰",而使得"个体总是处在社会性的权力/知识的话语之中",这是人活着的"三重悲哀之一"②。这样,工具的制造使用和进步,也就成了决定"外在自然人化"的唯一因素,以此来说明"外在自然人化"的历史就是人类科技发明和物质文明进步的历史。从而得出"历史规律性首先就是生产工具和经济的发展"③的结论,并把工具和技术命名为"工具本体"。这个概念令人颇为费解,因为:一、按一般的理解"工具"只不过是一种"手段",它相对于"目的"而言,一旦目的达到,手段也就废弃了。它怎么会有"本体"的地位呢?李泽厚自己也说过,"工具只是第二性的存在,将它置于生活之上,便是本末颠倒、头足倒置"④,现在又把"工具"视为"本体",这在逻辑上说得通吗?二、基于上述观点,他还把马克思和杜威生硬地扯在一起。说他们"同样从黑格尔的理性主义脱身出来,走向日常生活的经验和实践","杜威的工具主义理论或如他自称的'实践经验主义',恰好可以看作卡尔·马克思唯物史观的实践观念非常重要的具体开展和补充"⑤,这就更令人百思不得其解。因为在我看来,虽然从宽泛的意义上来说,历史唯物主义和实用主义都可以说是"实践哲学";但是马克思主义的"实际生活过程"与杜威的"日常生活"的含义是有着本质区别的,它主要是指构成人类社会基础的生产劳动,不仅与杜威所理解的应对日常事务的实际操作完全不同,而且这种仅仅为了应对日常事务的"实践"正是被马克思冠之以"卑污的犹太人的活动"而加以批判的。就如李泽厚本人在《批判哲学的批判》中所指出的:"实用主义所讲的实践、操作等,从根本上讲,并不是历史具体的人类社会实践,而是适应环境的生物性的活动。……他们作为实证论的嫡系,与马克思主

---

① [德]马克思:《1844年经济学哲学手稿》,中共中央马克思恩格斯列宁斯大林著作编译局编译,人民出版社1985年版,第51页。
② 李泽厚:《历史本体论》,生活·读书·新知三联书店2002年版,第131页。
③ 李泽厚:《历史本体论》,生活·读书·新知三联书店2002年版,第26页。
④ 李泽厚:《历史本体论》,生活·读书·新知三联书店2002年版,第34页。
⑤ 李泽厚:《实用理性与乐感文化》,生活·读书·新知三联书店2005年版,第14页。

义的实践论是截然对立的。"[1] 而现在把它与历史唯物主义牵强附会地拉扯在一起，试图借此排斥生产关系，来说明工具和技术的进步为历史发展进步和"外在自然人化"的唯一原因，这是不是显得太随意了呢？这如同伊格尔顿在批评本雅明时所指出的，视"决定历史的因素不是技术力量在整个生产方式中所占的地位，而是技术力量本身"一样，都是典型的"工艺主义"[2]。所以在李泽厚后期的美学思想中，"外在自然的人化"实际上的已完全没有本体论的地位，他的全部精力都集中在试图通过对"内在自然的人化"的论证，从人的内在世界、人的心理活动中去探寻历史的本体，亦即他所谓的"情本体"。他之所以还谈"外在自然的人化"，并称之为"工具—社会本体"，无非是为了让人们觉得他的美学似乎还在坚持以历史唯物主义为思想指导的一个障眼法。

现在我们再来看看他对"内在自然人化"的解释。李泽厚认为"内在自然的人化"可分为"感官的人化"和"情欲的人化"。关于前者，他的解释基本上还是以马克思的《手稿》为依据的，在此不予论述；关于后者，他认为就是把人的动物性的生理情欲塑造成为超生物性的需要和享受，而达到"生物性与超生物性的统一"。但是他认为这统一在审美领域与认识和伦理领域是不同的："认识领域和伦理领域的超生物性质经常表现为感性中的理性，而在审美领域，则表现为积淀的感性。在认识领域和智力结构中，超生物性表现为感性活动和社会制约内化为理性；在伦理和意志领域，超生物性表现为理性的凝聚和对感性的强制，实际上都表现了超生物性对感性的优势。在审美中则不然，这里超生物性已完全溶解在感性中"，而成为一种"新感性"[3]。他所说的"新感性"根据他自己的解释就是"人的自然化"，就是说人的自然本性不受原欲的强制而达到与外部世界的协调和契合。所以他认为"人的自然化"就是"情感（心理）本体的建立"[4]。这样"内在自然的人化"也就成了他的"情本体"的理论支点。所以要说明他的"情本体"能否成立，第一步还得先来看看他对"内在自然的人化"是怎样解释的。

"内在自然人化"和"外在自然的人化"原本就是"自然的人化"的两个侧面。我们通常所说的"审美关系"，也就是指在审美活动中这两

---

[1] 李泽厚：《批判哲学的批判》，《李泽厚哲学文存》上编，安徽文艺出版社1999年版，第99—100页。
[2] ［英］伊格尔顿：《马克思主义与文学批评》，人民文学出版社1986年版，第66页。
[3] 李泽厚：《美学四讲》，《美学三书》，安徽文艺出版社1999年版，第516—517页。
[4] 李泽厚：《美学四讲》，《美学三书》，安徽文艺出版社1999年版，第499页。

个侧面所构成的辩证的统一,因为"关系"总是由两个事物或事物的两个方面互相依存、相互作用而形成的,这要求我们在研究任何一方时都不能离开对方作孤立的说明,而必须看到它们之间的相互作用。"相互作用首先表现为互为前提、互为条件的实体的相互的因果性"①,对于"审美关系"来说,也就是前述的在实践过程中改变了人与自然的关系,使自然从"自在"变为"为我"的同时,也改变了自身的内部条件,使人的自然感官变为文化的感官、审美的感官,然后才有可能使对象对人来说成为美的对象,同时也决定了作为审美关系的客体——"外在自然人化"的成果与主体——"内在自然人化"的成果都是在实践的过程中相互作用而不断发展的。这里,实践总是具有基础性的地位。因此,正如我们不能离开人的活动来谈"外在自然的人化"那样,我们同样不能离开"外在自然的人化"来谈"内在自然的人化"。历史唯物主义的精神就是要求我们"从物质实践出发来解释观念的东西",认为"个人的真正的精神财富完全取决于他的现实关系的财富"②。然而由于"外在自然人化"作为形成审美关系的前提性条件被李泽厚在解释两个"人化"时虚化了,从而使得他作为"情本体"的理论支柱"内在自然的人化"一开始就缺乏现实的根基。他把"情本体"看作历史积淀的成果,说自己"1956年提出'美感的矛盾二重性',从那时起,就一直在研究理性的东西怎样表现在感性中,社会的东西怎样表现在个体中,历史的东西怎样表现在心理中"③。为了判断他对这一转化的内在机制的解释是否科学,我们就得进一步来看看他的"积淀"说。

三 "积淀"说

"积淀"说发源于荣格,它被李泽厚引入作为建立"情本体"的心理机制和心理前提。荣格认为任何个人的心理意识都不只是个人经验的产物,它还包含着由历史积淀而来的"集体无意识"在内,所以他把作家看作一个"集体的人",在他的作品中回响着"整个族类"乃至"全人类的声音"④。表明人的心理乃是历史的积淀物,是历史工作的成果,笔者

---

① [德]黑格尔:《逻辑学》下卷,杨一之译,商务印书馆1976年版,第230页。
② [德]马克思、恩格斯:《德意志意识形态》,《马克思恩格斯全集》第3卷,中共中央马克思恩格斯列宁斯大林著作编译局编译,人民出版社1960年版,第42、43页。
③ 李泽厚:《美学四讲》,《美学三书》,安徽文艺出版社1999年版,第516—517页。
④ 荣格:《论分析心理学与诗歌的关系》,《心理学与文学》,生活·读书·新知三联书店1987年版,第121页。

认为这不是没有道理的。马克思、恩格斯把人看作历史的产物,认为"一个人的发展取决于和他直接或间接交往的其他一切人的发展;……单个人的历史决不能脱离他以前或同时代的人的历史,而是由这种历史决定的"①。他们在谈到拉斐尔的作品时说"和其他任何艺术家一样,拉斐尔也受到他以前的艺术所达到的技术成就……条件的制约",表明在他的身上有一种由历史所造成的"既得的力量"在起作用。这些"既得的力量"是"以往活动的产物",不是"任何个人所能自由选择"②的,是"由历代祖先经验"所"积累起来的遗传"的结果③,这在某种意义上也可以理解为"积淀"说。但要使"积淀"说成为科学,我认为还需对它的内在机制有一个正确的认识,这就关涉到内在机制与外在机制以及人与"历史"关系的问题。按照前文所引的"历史就是追求一定目的的人的活动"的观点,表明历史与人的活动是不能分离的,离开人的活动也就没有历史。这就要求我们看待历史时必须注意这样两点:一、由于人的活动总是在一定现实关系中进行的,而现实关系是一种共时态的存在,是以空间的形态而出现的,所以我们在看待历史时就不能把时间性与空间性加以分离,否则,就会把历史虚化和抽象化了;二、作为构成历史的活动主体的人也不是抽象的,而是"有生命的个人存在",是作为知、意、情统一的整体的人投入活动的。所以历史的动力就不是像黑格尔所说的抽象的理性精神,而只能是马克思所说的现实生活中"从事实际活动的"、具有"使用实践力量的人"。

那么,李泽厚在阐释"积淀"说时是怎样理解历史和作为历史主体的人的呢?这就得先从他对"积淀"的理解说起。他对"积淀"这个概念有过多次解释,认为积淀可以"从'人类共同的'、'文化共同的'和'个体的'三个层面来剖析。认识是'理性的内化',表现为百万年积累形成似是先验的感性时空直观、知识逻辑形式和因果观念;伦理是'理性的凝聚',表现为理性对感性欲求的压抑、控制和对感性行为的主宰、决定;审美则是'理性对感性的渗透融合'。'积淀'理论重视理性与感性、社会与自然、群体与个体、历史与心理之间的紧张以及前者如何可能

---

① [德]马克思、恩格斯:《德意志意识形态》,《马克思恩格斯全集》第3卷,中共中央马克思恩格斯列宁斯大林著作编译局编译,人民出版社1960年版,第515页。
② [德]马克思、恩格斯:《德意志意识形态》,《马克思恩格斯全集》第3卷,中共中央马克思恩格斯列宁斯大林著作编译局编译,人民出版社1960年版,第459页。
③ [德]恩格斯:《自然辩证法》,《马克思恩格斯选集》第3卷,中共中央马克思恩格斯列宁斯大林著作编译局编译,人民出版社1972年版,第565页。

转换成后者,最终落脚在个体的独特性和创造性,以获取自由,认识的自由直观,伦理的自由意志,审美的自由享受等"①。并认为"'积淀'三层,最终也最重要的是个体性这一层"②。按个体性是"积淀"的最终的落脚点这一思想,后来,他又把"积淀"分为广义的和狭义的。广义的是指"不同于动物又基于动物生理基础的整个人类心理的产生和发展",包括"理性的内化"和"理性的凝聚";狭义的是专指"理性在感性(从五官知觉到各类情欲)中的沉入、渗透和融合"③。前二者"主要是理性在建造、主宰、控制着感性",因为理性"是为了'与人共在'、'活在世上'而组建的共同规则",是"群体对于个体此在的生活规范和生存规范","其人类普遍性非常突出",认为这种"理性心理乃是'非本真本己'存在中的历史组建";而审美作为"理性的积淀"由于把"理性融化在'我'的感性中,在这里,'非本真本己'的存在沉入'本真本己'的存在中"④,这就使得在审美中"由各不同文化(民族、地区、阶层)所造成的心理差异,即理性与感性的结构、配合、比例,便可以颇不相同"而最能显示个体的心理特征⑤。

且不说这样的分析是否存在着机械分割的倾向,至少有一点是值得商讨的,即这里所说的都只是就"积淀"的内在机制所做的静态的考察,而毫不涉及它的外部根源。这显然是与他把人与历史分割,而导致对历史作时空分离的解释是分不开的。而在我们看来,历史作为人的活动在时间的延续上的一种形态,既然它的发展的动力是人的活动,而人的活动总是在一定的现实关系中进行的。所以只要承认历史是人的活动的产物,在历史研究中,我们就不能把时间与空间作机械的分离,把空间性排除在历史的视野之外。空间性的特征是广延性和共时性,是一切物质系统中各种要素得以共存并互相作用的根本条件。所以奥古斯丁认为"一样不被空间所占有的东西,即是虚无,绝对虚无"⑥。马克思主义创始人把人的活动看作社会历史的基础,就包含着对人的生存的空间性维度的积极的肯定。他们批评"过去的一切历史观"的错误之一,就是"完全忽视了历史这一现实基础",把历史的东西"说成是某种脱离日常生活的东西,某种处

---

① 转引自刘再复《李泽厚美学概论》,生活·读书·新知三联书店2009年版,第36页。
② 李泽厚:《历史本体论》,生活·读书·新知三联书店2002年版,第130页。
③ 李泽厚:《历史本体论》,生活·读书·新知三联书店2002年版,第124—125页。
④ 李泽厚:《历史本体论》,生活·读书·新知三联书店2002年版,第105页。
⑤ 李泽厚:《历史本体论》,生活·读书·新知三联书店2002年版,第125页。
⑥ [古罗马]奥古斯丁:《忏悔录》,周士良译,商务印书馆1963年版,第113页。

在世界之外和超乎世界之上的东西，这样就把人对自然界的关系从历史中排除出去了，因而造成自然界和历史之间的对立"①。这就表明空间性乃是时间性的前提，正是这种处在特定空间条件下的人的活动的延续和发展，才会有以时间承续的形式而出现的人的历史。否则，就等于把历史虚化、抽象化了。尽管从文化的角度来看，人类的活动不会是完全没有历史前提的，任何空间条件下的人的活动，都总是这样那样地承载着历史的经验和成果；但从世界的物质性的观点来看，我们就不能不把特定空间条件下的人的活动置于基础的地位。

而恰恰在这一点上，被李泽厚在解释"积淀"说时给任意地排除了，他认为"历史会有两层含义，一是相对性、独特性，即指事物在特定的时空、环境、条件下的产物（发生或出现）；一是绝对性、积累性，指事物是人类实践经验及其意识、思维的不断的继承、生成。人是历史的产儿，同时具有这两个方面的内容"②，这并没有什么不对。但按一般的理解，相对性是指处在特定的时空条件中的，因而是有限的、特殊的、暂时的；而绝对性是超越时空条件的，因而是无限的、普遍的、永恒的。这两者原本是不可分割地联系在一起的，总是在相对之中包含绝对，而绝对体现在相对之中，比如对于某些伦理道德观念像诚信、仁义等，我们一方面承认它有超历史、超时空条件的绝对价值，但另一方面更应看到它的内涵总是因历史的发展而发生变化的，在不同的历史年代，它的具体内涵和现实意义也不完全一样。但李泽厚对相对性和绝对性作这样的分解目的不是说明两者的内在联系，而是为了强调"传统的马克思主义更看重前一方面"，而他则"更注重后一方面"。因为前一方面都是"用特定的社会存在来解释、强调什么是相对性"，而"后一方面（历史的积累性、绝对性）正关乎人类的本体存在"③。这样就把原本辩证统一不可分割的时间性和空间性机械地分割开来，并由此把空间性的内容，如人所处的特定的社会关系、人的活动和外部环境和条件等客观因素排除在他的历史的视野之外，这与他前面排除生产关系来谈生产力的思想是一脉相承的。所以李泽厚虽然表面上也承认历史的空间维度，但既然认为唯有时间的维度才"关乎人类的本体存在"，这不就是说明以空间的形态而出现的人的活动中的各种要素的共存和互相作用是没有基础性、本体论的地位吗？这实际

---

① ［德］马克思、恩格斯：《德意志意识形态》，《马克思恩格斯全集》第 3 卷，中共中央马克思恩格斯列宁斯大林著作编译局编译，人民出版社 1960 年版，第 44 页。
② 李泽厚：《历史本体论》，生活·读书·新知三联书店 2002 年版，第 38 页。
③ 李泽厚：《历史本体论》，生活·读书·新知三联书店 2002 年版，第 38 页。

上就是把人与历史加以分离，使他的"情本体"趋向封闭抽象，而这种历史也只能说是他主观虚构的而实际上是不存在的。

正是由于否定了历史的空间的维度，否定了在特定现实关系中的人的活动在历史发展过程中的作用，所以在他的"积淀"说中，作为构成人的心理活动知、意、情这三个部分，也就不再是一个有机的整体，这样，就为他在"积淀"说中把认识、伦理、审美三者做机械分割埋下伏笔。而事实上在人的实际活动过程中，知、情、意这三者总是互相联系、互相转化、互为前提的。因为实践是人的有目的的意识行为，所以为了使实践获得成功，从逻辑上来说，人们首先必须认识世界，掌握世界发展变化的客观规律，然后才能按照规律提出切实可行的目的，并通过意志努力在对象世界实现自己的目的。但是"思想根本不可能实现什么东西，为了实现思想，就要有使用实践力量的人"①。这里所说的"实践力量"，不只是指一定的工具和技术，更包括推动人去从事实际活动内部意志和精神动力，如目标、意向、愿望、激情等，其中无不包含着鲜明的情感的成分。正是由于情感在从认识向意志过渡过程中所起的动力作用，才有可能使得认识和意志由理性的强制转化为个人主观的意愿；同时通过实践，反过来又使得认识和意志的关系获得深化，把原先间接认识到的变为自己直接体验到的，从而使原先外在于人的变为内在于人的。这就是一个理性与感性、社会意识和个人意识相互作用、转化和融合的过程。表明在人的实际活动过程中，人作为"有生命的个人存在"总是以一个整体的人而出现的。所以人的心理的成长和发展既不可能只限于情感，而情感也不可能完全脱离人的整个心理背景而获得成长，都是以整体的形式来实现的。要是没有整体的心理背景的发展，就不可能有其中单一心理元素的提升。就李泽厚所说的作为"内在的自然的人化"的基本标志"情欲的人化"来说，不就是由于理性的介入而使本能的欲望上升为人的情感和情操，亦即由情欲的理性化而实现的吗？所以情的积淀是离不开理的积淀的，情的提升从根本意义上说也就是理的提升。因此把积淀分为"理性的内化"、"理性的凝聚"和"理性的沉入"，并认为前二者都是"非本真本己"的，唯有后者才是"本真本己"的东西，从而把认识论、伦理学和美学这哲学之中的三个分支，机械地分割开来，以贬低认识论和伦理学来提高美学在对人的本体建构过程中的地位和作用，这完全是由于他离开了人的活动这一

---

① ［德］马克思、恩格斯：《神圣家族》，《马克思恩格斯全集》第2卷，中共中央马克思恩格斯列宁斯大林著作编译局编译，人民出版社1957年版，第152页。

历史背景，对之作抽象的、静态的、纯心理的分析所致。所以在我看来，李泽厚的积淀说虽然不像荣格那样，把个人身上的集体无意识归之于"遗传"，认为"它不是从个人那里发展而来，而是通过继承与遗传而来，是由原型这种先存的形式所构成的"①，但实际上都是脱离人的活动所作出的一种主观唯心的理论假说，这就决定了他由"积淀"说所引申出来的"情本体"必然是抽象的、没有客观依据、缺乏科学基础的。

四 "情本体"

"情本体"是李泽厚后期美学思想的核心，它被刘再复认为是"最有原创性"的思想。他提出"情本体"的目的用他自己的话来说，就是"反对道德秩序即宇宙秩序，反对以伦常道德作为人的生存的最高境地，反对理性统治一切，主张回归感性的真实的人"②。

理性是西方传统哲学的精神。亚里士多德就曾提出"人是理性的动物"，认为人之所以不同于动物就在于其有理性。这一传统经笛卡尔、斯宾诺莎、莱布尼兹等人的发展到了黑格尔那里被推到了极端，认为人只不过是理性的工具，都必须宿命地接受理性的主宰，从而招致了叔本华、尼采、狄尔泰、柏格森、海德格尔等为代表的现代西方人本主义以及当今流行的后现代主义哲学的猛烈攻击，并都以对理性的批判来为他们自己的哲学开路。李泽厚把"心理""情感"视为历史的本体，即沿承以上思想传统而来。他的理由是：一、由于理性对人来说都是一种外来的强制，是"非本真本己"的东西，所以"人性的塑造、陶冶不能只凭外在律令，不管是宗教的教规，革命的'主义'。那种理性凝聚的伦理命令使所塑造的'新人'极不牢靠，经常是在这所谓'绝对律令'崩毁了后便成为一片废墟，由激进的'新人'到颓废的浪子，在历史上屡见不鲜"③。这种情况应该说是存在的，但原因非常复杂，需要我们作具体的分析，笼而统之的借此来贬低和排斥理性是缺乏科学态度的。二、在否定理性对人的支配地位的基础上，他主张把理性视为"实用理性"、一种"经验合理性的概括和提升"，它只能"作为现实生活的工具来定位，重视的是功能而不是实体"④。这样，也就从根本上否定了理性对于塑造人的作用以及从理性中

---

① 荣格：《集体无意识的概念》，《心理学与文学》，生活·读书·新知三联书店1987年版，第94—95页。
② 李泽厚：《实用理性与乐感文化》，生活·读书·新知三联书店2005年版，第71页。
③ 李泽厚：《历史本体论》，生活·读书·新知三联书店2002年版，第129页。
④ 李泽厚：《历史本体论》，生活·读书·新知三联书店2002年版，第34—35页。

去寻找人生的归路，认为人生无常，一切都是偶然的、当下的、即时的，"与其在重建'性'、'理'、'无'、'Being'、'上帝'、'五行'等等道德来管辖、统治、皈依、归宿，又何不皈依、归宿这'情'"。所以对于人生来说，也"只有以这亲子情、男女爱、夫妇恩、师生谊、朋友义、故国思、家园恋、山水花香的寄托，普救众生之襟怀以及认识发现的愉快、创造发明的欢欣、战胜艰险的悦乐、天人交会的皈依感和神秘经验，来作为人生真谛、生活真理了"。因为"能常在常住心灵的，正是那些珍惜的真情'片刻'只有它能证明你曾经真正活过……'命'非别的，它关注的正是这个非人力所能主宰、控制的人生偶然"。他提出"情本体"就是表明人只能"停留、执着、眷恋在这种情感中，并以此为'终极关怀'。这就是归路、归依、归宿。因为已经没有在此情感之外为'道体'、'心体'、Being 或上帝了"。就"让这种审美情感引领你'启真'、'储善'吧"①。这与其说是对理性瓦解后的虚无人生的一种心理疗救，不如说是李泽厚本人信仰泯灭后的内心写照：由于无家可归了，心灵也只能四处漂泊，在"片刻"中找到情感的慰藉，这就是他所说"皈依、归宿这'情'"。

我们并不否认情感的培育在人的心理建设中的重要性。这不仅由于在人的活动过程中，情感是由认识过渡到意志行为的心理中介，一切为人所认识了的东西，只有经过情感体验，化为自己的内心的需要和追求，才能成为人的行动的动力，在人的行为中得以落实，而且唯有强烈的情感的支撑和维护，人的行为才能得以持久，才会最终实现自己的人生目标。所以狄德罗认为"只有情感，而且只有强大的情感，方能使灵魂达到伟大的成就"，"情感淡泊使人平庸"，"情感衰退使杰出的人物失色，一勉强就消灭了自然的伟大力量"②。这也就是马克思在批判资本主义异化劳动所造成人的异化时，并不认为由于知识和技能的退化，而从根本上把原因归之于情感的物欲化和荒漠化的理由。这充分说明情感在人格结构中的重要地位。问题是对于情感与理性的关系应如何作辩证的理解。李泽厚的失误不在于强调情，而在于没有看到甚至完全否定两者之间的辩证关系，具体表现为以下方面。

一、以强调"情"来贬低、否定和排斥"理"。不加分析地把"理"

---

① 李泽厚：《哲学探寻录》，《李泽厚哲学文存》下编，安徽文艺出版社 1999 年版，第 524—526 页。
② [法] 狄德罗：《哲学思想录》，《狄德罗哲学选集》，江天骥等译，商务印书馆 1983 年版，第 1—2 页。

笼而统之视为"工具",认为它只有功能性而没有实本性的意义。这认识是片面的。其实,"理"所指的不仅是人对外部世界的科学认识,而且也包括人对自身社会性的自觉意识,不仅是指"知识理性",而且也包括"道德理性"(实践理性)。它无时无刻不在支配着人的行动。所以康德一方面认同自"智者派"以来把希腊理性主义哲学冠以"独断论"来加以批判,而另一方面又把"理性"二分,把知识理性作为认识论中的构成原理,把实践理性作为伦理学中的范导(调节)原理,像人生理想、信念、信仰等都属于此。它们在一个人的行为中是至上的,是人生存的思想根基;要是连这个根基也摧毁了,那么他的灵魂也就无处安顿,行为也就失去依托。正是由于这样,康德才把它看作一种"先天的律令""道德的本体"。并认为实践理性与知识理性不同,由于它最终目的为了付诸实行,这就必须要求进入人的内心,化为人们"对法则的爱"而使人"乐意执行"①,这才有可能在人的行为中落实。他在写了《实践理性批判》之后还写了《判断力批判》,在我看来就是为了探讨如何通过审美而使先天原则、使"思辨规律"成为一种"感觉意识",一种"活在心中的对于人性价值的感觉"而"进入人的心灵"成为主体人格主导意识②。这表明康德的伦理学不像李泽厚说的"只是一套理智主义的空论"③,一种"森严可畏的绝对命令"④,它的最终目的就是进入生活。如果把实践理性也视为一种工具,它只是用来应付日常事务的,甚至是为求"经验的合理性"而可以放弃原则的;那么,伦理学岂不成了处世哲学甚至市侩哲学?

二、当然,李泽厚也并没有完全否定"理",他强调"道由情生",认为它作为一种生存的智慧,应从自然情感中产生、提升而来,"只有'以美启真'、'以美储善',才是真正的心灵成长、真正的人性出路"⑤。但若是承认在情提升为理的过程中是不可能完全自发的,而是经由主体意识的评价和选择这一中介环节来实现的,那就不可能完全排除理的介入。自近代情感主义伦理学的创始人休谟以来,人们就认为伦理学的基本命题不是以"是"与"不是",而是由"应该"与"不应该"为连系词的。而"应该"与"不应该"不只是认知,而且更是一种体知,是经由自身

---

① [德]康德:《实践理性批判》,韩水法译,商务印书馆1999年版,第90页。
② [德]康德:《论优美感与崇高感》,何兆武译,商务印书馆2001年版,第14页。
③ 李泽厚:《中国思想史论》(下),安徽文艺出版社1999年版,第1132页。
④ 李泽厚:《历史本体论》,生活·读书·新知三联书店2002年版,第104页。
⑤ 李泽厚:《历史本体论》,生活·读书·新知三联书店2002年版,第129页。

体验所得的认识，亦即是休谟说的是"由道德感得来"的①。如在生活中，当我们帮助了别人，从别人的快乐中获得自己情感上的满足的时候，我们同时也就从中认识到自己的行为应该怎样不应该怎样。这难道不包含理性的评价和选择吗？这表明没有理的参与和介入，"情"是无法上升为"道"，上升为李泽厚所说的"情感信仰"的。但是由于李泽厚认为在当今社会，理性已被消解，也无须再去重建，人们不需要"并不存在的，以虚幻的'必然'名义出现'天命'、'体性'、'规律'主宰自己"②，所以为了这偶然的人生有个归宿的家园，只能求助于所谓"神秘经验"，并认为"中国传统中的儒、道、释就是以某种天人交会的神秘经验作为底线，来建立情感信仰"③。断言这种"以神秘经验为本体或最终依托，尽管形态不同，甚至多种多样，都已经没有认识论意义，也不是伦理学的课题，它只属于宗教或美学的范围"，"它很难是如康德那样的道德的神学，而只能是非理性的审美的神学"了④。

关于这种反理性主义的理论我觉得是缺乏最起码的科学精神的。阿那克西曼德早就指出，人不是来到世上"便能独立生活"，"人需要一个很长的哺育期"⑤，这"哺育期"不仅是指生理的，也包括文化的。蓝德曼在谈到人与动物的区别时也说："动物从已经完成的自然之手之中出来，它只需要实现已经给予它的东西"，它先天具有日后生存的一切能力；而"自然没有把人制造完整便把人放在世界上了，自然界没有最终决定人，而是让人在一定程度上尚未决定"，也就是说，人来到世上还是一个半成品，他还必须经过后天的塑造才能最终完成⑥。这一过程就是进入社会、在社会交往中接受文化教育的过程，也就是经由理性的再塑造的过程。在这一过程中，知识理性使人超越外在自然规律的强制而获得自主，使人能够掌握和支配自然规律；道德理性使人超越内在自然欲望的强制而获得自由，使人能够按自己的自由意志来选择自己的行为方式和生活道路。这样，才能使人与自然的关系从原本混沌的状态中解放出来而具有自身独立的品格。这说明理性作为人类智慧的结晶，乃是社会、历史给予每个人的

---

① ［英］休谟：《人性论》下册，关文运译，商务印书馆1980年版，第510页。
② 李泽厚：《哲学探寻录》，《李泽厚哲学文存》下编，安徽文艺出版社1999年版，第525页。
③ 李泽厚：《历史本体论》，生活·读书·新知三联书店2002年版，第120页。
④ 李泽厚：《历史本体论》，生活·读书·新知三联书店2002年版，第122页。
⑤ ［希腊］伪普鲁塔克：《述要》，《古希腊哲学》，中国人民大学出版社1990年版，第29页。
⑥ ［德］蓝德曼：《哲学人类学》，彭富春译，工人出版社1987年版，第245—246页。

一份珍贵的馈赠，它使人在自身成长过程中超越个人经验的有限性而与社会和人类的智慧得以融通；人若要使自己得以健康的成长，就应该自觉地接受社会、历史的这份珍贵的馈赠。所以对每个社会自文化的人来说，不仅是感性与理性的两重组合，而且在这种组合中，理性成分的多少往往是衡量一个人社会化程度高低的一个重要标志。我们决不能因为现代社会理性的片面发展，以致原本从对自然与人生做统一把握而形成的知识理性，在近代自然科学的影响下蜕变为只是科技理性、工具理性所造成的对感性个人的奴役，而对之不加以分辨、区别地一概加以否定或拒斥，或把它理解为仅仅是一种"工具"。

根据以上分析，我觉得李泽厚的"情本体"其实不过是被"后现代主义"和"庄禅哲学"改造了的"陆王心学"。他与陆九渊和王阳明一样都否定客观世界的基础地位，把世界的本体归之于"心"。但是他对"陆王心学"不仅没有按照批判继承的原则，扬弃它思想局限而吸取其合理的因素把它推向前进，反而作了更加片面的发展，表现为：一、在陆王心学中，情与理是统一的，认为个人的"心"与"千百载圣贤心"、"宇宙万事万物之理"是相通的，是一切是非善恶的标准；与之相反，李泽厚的"心理本体""情本体"恰恰是以"心"来否定理，认为要"回到根本"、回到"本真本己"，就必须突出偶发性、差异性、独特性，"与'后现代人生'接轨"，理的成分却基本上已被消解。二、"陆王心学"是从传统儒学发展而来的。中国传统哲学，特别是儒家学说与古希腊哲学不同，侧重的不是知识的问题，不像古希腊哲学那样热衷于对世界本原和始基的探寻而不考虑实际应用，它基本上是一种人生哲学、伦理哲学，主要是为了解决个人修养和家庭、社会伦理的问题。它与历史哲学是属于两个不同的层次，前者立足于个体（按："个体"在儒家哲学与近代西方哲学中理解不同，并非指"感性的个人"而是"社会的角色"），后者立足于社会和历史。李泽厚以"情"来作为历史本体，把历史的问题完全看作只是一个个体的问题、心理的问题，而认为心理建设根本又是一个情感塑造的问题，是一个美学的问题，从而提出"美学是第一哲学"。认为"自黑格尔将理性宣扬至顶峰后，作为巨大反动，人的感性存在、感性生命成为哲学的聚焦。……历史本体论承续着这一潮流，将美学作为第一哲学，正是将人的感性生命推到顶峰"[1]。从而把美学的问题看作既是历史的"起点"

---

[1] 李泽厚：《实用理性与乐感文化》，生活·读书·新知三联书店 2005 年版，第 96 页。

又是历史的"终点"①,它承担着解决社会历史问题的根本任务。这不是把历史完全主观化、心理化和美学化了?这还算得上历史唯物主义吗?

余论

最后,笔者还想谈一点阅读李泽厚美学理论著作时所生的感想。李泽厚无疑是中国当代学界的大家,笔者的美学思想最初主要是受他早期的美学论著的影响。至今还是认为当年以他为代表的"实践论美学"作为美的哲学,有关审美关系形成的社会历史根源的探讨,对于美学研究沿着科学的道路前进,还是有重要的指导意义的。但遗憾的是自新时期以来,他似乎并没有沿着这一正确的方向继续前进。笔者这样说并非思想保守;因为笔者同样认为,在学术研究的道路上,故步自封、墨守成规是没有前途的,只有不断创新突破和超越自我才能推进学术的进步。但学术的创新本身毕竟不是目的,它的目的就是通过更新观念和方法来拓展思路而使我们的认识不断地逼近真理、更趋完善。从这样的标准来看,李泽厚近些年的学术创新似乎并没有与科学真理性获得同步前进,尽管他的理论新见迭出,许多见解也颇能给人以启迪,但不少往往都出于一种对传统的逆反的心理而做出的带有明显情绪化的论断,缺乏实事求是的态度,在学理上往往都经不起科学分析;在理论建树上,在推进美学学科向着科学的方向发展和提升方面,似乎还不如他前期的成果。关于他的问题在笔者看来主要有两方面。

一、在观念上,他力图广泛地吸取中外古今他认为有价值的各种思想作为理论资源,通过融合会通来建构他的以"情本体"为核心的美学体系,并被刘再复认为是"自'美学'概念传入中国、美学学科在中国确立之后第一个建构体系的人","是中国近现代史上唯一建立美学体系的哲学家"②,这些理论资源除了刘再复所提到的中国儒家思想、康德哲学、马克思主义的历史唯物论之外,我觉得至少还有庄禅哲学、存在主义,特别是后现代主义哲学。这些理论原本是没有共同的思想基础和话语契合点而很难直接开展对话的,但是为了"会合融通",李泽厚运用他惯常的"六经注我"的思维方式,往往违背其基本精神而通过任意肢解、肆意发挥,来加以裁剪、拼凑。这使得某些理论资源,特别是马克思主义都有意无意地被他曲解得面目全非,而且在理论的推进过程常常未作任何分析和

---

① 李泽厚:《实用理性与乐感文化》,生活·读书·新知三联书店2005年版,第108页。
② 刘再复:《李泽厚美学概论》,生活·读书·新知三联书店2009年版,第13页。

论证而以"我注重""我以为"为转折,显得非常随意、主观、武断,很难以理服人,如对于两个"本体"、人性与历史、情感与理性、相对与绝对的关系等论述,都显得自相矛盾,难以自圆其说。总的来说,不免让人感到有些混杂。在我的感觉中,与刘再复评价"真的是打通中西文化血脉,一切论述均是融会贯通后的表述"①就有着很大的距离。所以,尽管他的论著文字晓畅,也颇有文采,但从理论上来把握他的思想脉络,读来却很困难,有时感到比康德、黑格尔的论著还难理解。因为后二者主要是理论的艰深,反复钻研尚能渐入佳境;而前者则是思想的驳杂,本身就没有形成逻辑严密的思想体系,结果只能是让读者枉费精力。若是一定要说他后期美学理论的思想特色,我觉得既不像他自己所说的是循康德到马克思或循马克思到康德,也不像刘再复所说的"是马克思与康德互补而原创的哲学工程"②,而是被后现代主义改造了的"陆王心学"。因为在他以"情本体"为核心建构的美学论著中,康德的理性精神和马克思的实践理论其实都已解构殆尽。

二、在方法上,缺少辩证思维而带有明显机械凑合的倾向。他在讨论问题时常常喜欢把事物作分解考察,如生产力与生产关系、外在自然人化与内在自然人化、空间性与时间性、感性与理性、人性与历史,……这原本无可厚非,但同是这样二元分解,辩证思维与形而上学却有着根本的区别:前者不仅注意彼此的对立,更看重彼此的联系、转化和统一,主张"从对面的统一中把握对立面","从否定的东西中把握肯定的东西"③。所以对辩证的思维来说,对立面双方是相互依存、相互渗透、互相转化的。如在历史与人性的问题上,认为人是离不开历史的。人既是历史的产物,又是历史的创造者,所以历史中有人的因素,而人身上也有历史的因素。这就要求我们既反对离开人的活动来考察历史,也反对脱离历史来研究人。而李泽厚在分解时不仅没有看到双方互相依存、相互转化的一面,而且往往以一方来排斥另一方,如在历史与人性的问题上,处处都是以人性来排斥历史,这样就必然引发以个人性排斥社会性、以感性来排斥理性等倾向。虽然有时李泽厚似乎也发现这种机械分割所造成的理论上的片面和极端,而回过头来想从另一方来作些纠正。如他提出历史的出发点就是"我活着",就是"每个活生生的人(个体)的日常生活本身"时又补充

---

① 刘再复:《中国现代美学的第一小提琴手》,《李泽厚美学概论》,生活·读书·新知三联书店2009年版,第2页。
② 刘再复:《李泽厚美学概论》,生活·读书·新知三联书店2009年版,第4页。
③ [德]黑格尔:《逻辑学》上卷,杨一之译,商务印书馆1966年版,第39页。

说"这活生生的个体的人总是出生、生活、生存在一定时空条件的群体之中，总是'活在世上''与他人同在'"。并认为这就是"涉及'唯物史观'的理论"①。但由于经过他改造的"唯物史观"早已把交往活动、生产关系排除在外，这里"与他人同在"和"人活着"之间就已不再有学理上的内在的逻辑联系，充其量只不过是一些"修补"的工作，而丝毫没有改变他理论本身所存在的内在矛盾。

说明一点，以上所论的不少问题，李泽厚在不同的场合的说法似乎并不完全一致，至少侧重点是不同的，如在《历史本体论》之后发表的《"超越"与"超验"》《情本体、两种道德和"立命"》②等谈话中的有些观点似乎也在对《历史本体论》作不断的修补。但由于他的《历史本体论》于2002年出版以后，又于2003年、2008年与其他著作合编在一起，由不同的出版社出版多次，最近又像玩魔方似的，把它们另行编排题名《哲学纲要》由北京大学出版社出版，表明他迄今没有放弃书中的观点，加上在其他场合他都是以谈话的形式发表的，唯有《历史本体论》是系统的著作，所以我写这篇文章主要以此书为依据，其他谈话可能无暇全都顾及。为了写这篇评述文章，我对此书读了多遍，但由于智力愚钝、功底浅薄，可能还存在把握不准、说得不够到位甚至误解的地方，敬请李泽厚先生、刘再复先生以及学界的同人批评指正。

2010年中秋前后
原载《文艺研究》2011年第5期
收入本文集时有修改

---

① 李泽厚：《历史本体论》，生活·读书·新知三联书店2002年版，第13页。
② 参见《李泽厚近年答问录》，天津社会科学院出版社2006年版。

"后实践论美学"综论

王元骧

一

"实践论美学"是20世纪五六十年代美学大讨论留下的重要成果。它是在苏联社会派美学的代表人物万斯洛夫和斯托洛维奇著作的启示下,按照马克思《1844年经济学哲学手稿》的思想对美学问题所作的一种创造性的论述。它在美学研究上的突出贡献在于把历史唯物主义的观点引入美学,使得美学的观念和方法都发生了一个根本性的转变,表现为:它既不像古代客观论美学那样,把美看作脱离人而独立存在的客观事物的物理属性,也不像近代主观论美学那样,把美看作只是人的主观情感的一种表现;而认为正是由于人的实践,特别是人类最基本的实践活动——生产劳动,改变了人与自然的关系,使"自然人化",亦即与人之间的关系由对立、疏远的变为亲近、和谐的,由"自在的"变为"为我的",并在改变外部自然的同时也改变了人的内部自然,使人的感官从"自然的感官"变为"文化的感官",亦即"人化的感官",这才有可能使得人与自然的关系由仅仅是利用的关系而上升为观赏的,亦即审美的关系,使对象对人来说成为美的对象,从而确立了为马克思主义美学所特有的"审美关系"的理论,为我们研究复杂的审美现象找到了科学的思想基础。

但是到了新时期,这理论成果就不断遭到人们的批判和颠覆,这最早起始于以潘知常的《生命美学》和《生命美学论稿》为代表的"生命美学"和以杨春时的《超越实践美学建立超越美学》和《走向后实践美学》为代表的"生存美学"(亦称"超越美学"),亦即人们通常所说的"后实践论美学"。它们的共同特点都是以现代西方非理性主义哲学为依据,而把它作为美学研究的指导思想。非理性主义的特点就在于把理性与感性对立起来,强调情感、意志、直觉、体验、潜意识等非理性因素在人的生存活动中的地位和作用,以求摆脱"理性的统治"而回归个人的心理生活而受到人们的青睐。"后实践论美学"就是站在这一理论立场,反对从主客体关系的角度,把审美当作在实践的基础上所形成的人与现实关系的一种特殊的形式来进行研究;否认美的客观性和社会性,认为"美学的根本问题就是人的问题",它所阐释的就是"那在自由体验中形成的活生生的、'说不可说'的东西"。断言从主客体关系出发来研究美学乃是"知识型美学的方向性的错误","这样就必然固执地坚持从抽象、一般、普遍、知识、真理、理性、本质入手",把美"置于对象的位置上去冷静地加以抽象,从客体的大量偶然性中归纳出某种必然性、某种终极真理,在动态的、现实的、丰富多彩的此岸世界之上,建构起一个静态的、永恒的、绝对的彼岸世界,一个美的世界,一个纯粹概念的、外在的、目的论的世界",这样"生命的维度也就被遮蔽和取消了"。从而宣称"我国百年美学史的失误就在于坚持主客二分","只有走出主客二分,中国的美学才有希望"[①]。认为"实践论美学"就是这样一种知识型的美学,它"虽然在一定程度上突破了传统美学的局限",但由于承认美的客观属性,所以仍然未能突破主客对立的二元结构以及"古典美学的理性主义"的窠臼,而把审美活动"压缩到理性的范围,非理性、超理性的活动被排除在外"[②],因而都力图以否定"实践论美学"为他们自己的理论开路。

  在笔者看来,这种以由于承认主客二分为理由,把"实践论美学"看作一种"知识型美学",乃是对"实践论美学"的一大误解。因为在马克思主义者看来,"主客二分"并不等同于"二元对立",而认为这两者既是对立的又是统一的。它是解释人的活动首先必须确立的思想原则。这是由于人不同于动物,动物与世界是直接同一而不存在主客之间的关系的;人由于有了意识,才开始把自己与世界从混沌状态中分离出来,把世界当作自己认识和意志的对象,这样主客二分也就成了人类意识活动和意志活动所必不可少的前提条件。只是自17世纪以来由于理性主义的片面发展,使得哲学脱离现实生活而走向思辨形而上学,以致把两者完全分离开来、对立起来,当作互不相关的两个预成的实体。而这正是马克思主义所竭力反对的。要说明这个问题,还需要我们回过头来对 subject 和 object 这两个概念作一番语义上的分析。这两个概念在传统哲学中通常都按直观的思维方式,视 subject 为人的主观意识、object 为不依赖人的意识而存在的客观事物而被译为"主观"与"客观"。而马克思主义不同于以往哲学

[①] 潘知常:《生命美学论稿》,郑州大学出版社2002年版,第15、5、85、326、43页。
[②] 杨春时:《生存与超越》,广西师范大学出版社1998年版,第141—142页。

就在于立足于人的实践活动，认为不论是 object 还是 subject，都是在实践过程中分化出来，并随着实践的发展而发展的。所以在马克思主义实践论的视野里，并没有什么预设的实体。就 object 来说，它并不是与生俱来的自然界，而是人类"世世代代活动的结果"①，其中无不打上人的活动的印记；从 subject 来说，也正是人在改变世界的过程中，由于经验、智慧、技能的积累和内化，不断地改变着人自身的心理结构和活动能力，而使作为联系两者之间关系的人的感官不同于"自然的感官"，而成为"以往全部世界历史工作的产物"②。所以为了显示与传统哲学的理解的不同，后来在翻译中也就按马克思主义哲学的精神译为"主体"和"客体"，以示与"主观"和"客观"的区别。表明在马克思主义者看来既不存在完全独立于主体的客体，也不存在完全独立于客体的主体，它们之间总是相互依存、相互渗透、相互转化的。"实践论美学"所说的"美的社会性"，也就是从本体论层面说明了美并非自然原本的属性而其中无不带有人的活动的印记，它是人的实践活动的历史表征和历史成果。"后实践论美学"认为"只要强调从主客体关系出发，就必然假定存在一个脱离人类生命活动的纯粹本原，假定人类生命活动只是外在地附属于纯粹本原而并非内在地参与纯粹本原。而且既然作为本体的存在是理性预设的，是抽象的、外在的，也是先于人类生命活动的，主客体之间必然是彼此对立的、相互分裂的，也必然只有通过认识活动才有可能加以把握的"，因而"在从主客体关系出发的美学中，审美活动被看作是一个可以理性把握的对象、一个经验的对象，因而就不得不成为某种被动的东西，从而也就最终放逐了审美活动"，使美学成为一种"知识型的""见物不见人"的"冰冷冷的美学"③。这都是由于没有理解马克思主义的实践观，按直观的思维方式来理解马克思主义哲学中主客体关系的内涵而把它混同于主客观关系所造成的曲解和误解。

我的理解与"后实践论美学"刚刚相反。我认为在美学研究中，正是马克思主义的实践观点的引入，才改变了传统哲学对人作孤立的、抽象的理解，使人从抽象的、脱离现实的、被知性所分解了的理性的人成为现实的、以整体而存在的活动的人，从而克服传统知识论、认识论美学的局限，而把审美放到整个人的活动系统中来加以考察，从根本上改变了客观

---

① ［德］马克思、恩格斯：《德意志意识形态》，《马克思恩格斯选集》第 1 卷，中共中央马克思恩格斯列宁斯大林著作编译局编译，人民出版社 1972 年版，第 48 页。
② ［德］马克思：《1844 年经济学哲学手稿》，刘丕坤译，人民出版社 1985 年版，第 83 页。
③ 潘知常：《生命美学论稿》，郑州大学出版社 2002 年版，第 236—237、338 页。

论美学那种"见物不见人"的倾向,赋予审美活动以实际的人的内容。这是由于传统哲学是一种知识论、认识论哲学,因而人也只是作为认识的主体被视为"理性的人",亦即笛卡尔说的"一个在思维的东西",它的"全部本质或本性只是思想,它不需要任何地点以便存在,也不赖任何物质性的东西"①。马克思反对把人作这样抽象、分割的理解,认为这样的人是"天上降到地上"的;与之相反,"我们不是从人们所说的、所想象的、所设想的东西出发,也不是只存在于口头上说的、思考出来的、抽象出来的、设想出来的人出发,去理解真正的人。我们的出发点是从事实际活动的人"②。这种人与抽象的、思辨领域中的理性的人不同,只能是处身于现实生活中的知、意、情三者有机统一的具体的、整体的人,是从知、意、情全方位、多方面与世界发生关系和联系的人。如果说,认识(知)使人与世界二分,即由于有了意识使人从动物与世界的那种浑然一体的状态中分离出来,把世界看作认识和意志的对象,并从对世界规律的认识中提出自己所追求的目的;那么,实践(意)则把认识成果的目的化为自己活动的动机,通过意志努力在对象世界中实现自己的目的,而使主客二分回归统一。所以马克思认为理论和实践的"对立的解决不只是认识的任务,而是一个现实生活的任务",以往的"哲学未能解决这个任务,正因为以往的哲学把这仅仅看作是理论的任务",不理解它"只有通过实践的方式,只有借助于人的实践力量才能得以解决"③。这里所说的"实践力量"在我看来不仅是指在实践活动中所使用的技术和工具,而更是指驱使人从事活动的心理能量和精神动力,包括情感、意志、愿望、动机等。所以马克思把"激情、热情(都看作)是人强烈追求自己对象的本质力量"④,认为没有这些心理的、精神的力量的驱使,一切实践活动都不会产生、持久,也很难得以完成。这充分表明马克思主义的实践理论不仅不存在什么需要摆脱的"理性主义的痕迹",而且正是由于把实践的思想引入哲学,才改变了近代理性主义哲学以理性来排斥非理性的倾向,同时又避免了现代非理性哲学由于对非理性的片面强调以至走向完全否定

---

① [法]笛卡尔:《谈方法》,《西方哲学原著选读》上卷,北京大学哲学系外国哲学史教研室编译,商务印书馆1987年版,第369页。
② [德]马克思、恩格斯:《德意志意识形态》,《马克思恩格斯选集》第1卷,中共中央马克思恩格斯列宁斯大林著作编译局编译,人民出版社1972年版,第30页。
③ [德]马克思:《1844年经济学哲学手稿》,刘丕坤译,人民出版社1985年版,第83—84页。
④ [德]马克思:《1844年经济学哲学手稿》,刘丕坤译,人民出版社1985年版,第126页。

理性这样一种极端，而使人真正成为具体的、整体的人，使哲学对于人的活动的研究得以全方位的拓展。我们凭什么理由断言"实践论美学"是一种"知识型的美学"，它把"人的生存活动压缩到理性的范围，非理性和超理性活动被排除在外"呢？

当然，马克思主义的实践理论作为历史唯物主义的核心内容，它的理论视角是"人类总体的社会历史实践"，不像在审美活动中那样以个体活动的形式出现。这决定了"实践论美学"就其性质来说只能是一种哲学美学而非经验美学，它只是为我们研究美学提供了一个思想基础而并不旨在直接解释审美活动中的具体现象和经验的问题。所以要使美学研究走向完善，我们还得在实践论美学的基础上向审美心理学、审美文化学等方面作进一步的推进，这还有一段很长的路要走。但这并非要我们离开"实践论美学"的根基去改弦易辙、另谋出路；而实际上它正是"实践论美学"向我们所发出的理论预示和所作出的理论指向，是"实践论美学"的内在本质的一种具体展示。因为它从哲学的高度指出实践主体是一个知、意、情统一的整体的人，而意志和情感不仅是一个哲学的问题，而且也是一个心理学的问题，它只能发生在个人的内心或经由个人内心才会转化为现实的力量，这就决定了在马克思的实践论视野中作为"人类总体"的人不像笛卡尔的"一个在思维的东西"那样，只是一种"知性的抽象"，而只能是"理性的具体"，是在理性层面上对人所作出的整体把握，这就意味着它必然要向个体的、心理的人开放，赋予审美活动中个人的、心理的因素以充分的地位，为我们研究在具体审美活动中人的个体的、心理的、非理性的活动打开了一个广阔的空间。"后实践论美学"认为以实践的观点来研究美学，是把"实践活动与审美活动，实践的成果与美学的成果统统放在同一层面"，把实践活动与审美活动"互相等同"[①]，而以此断定"实践美学仅有本体论基础而缺乏解释学基础，因此只能作实践（作为物质生产）角度而不能从解释（作为认识或价值判断）角度来阐释审美本质"，必然导致抹杀审美的超越性、审美的精神性、审美的个体性[②]。这显然是没有认清美的哲学与审美心理学两者之间的内在联系，完全按审美心理学、审美经验论的思维方式来看待"实践论美学"而产生的误判。

美是属于感性世界的东西，它直接诉诸人的感觉和体验，离开个人的

[①] 潘知常：《生命美学论稿》，郑州大学出版社2002年版，第78页。
[②] 杨春时：《生存与超越》，广西师范大学出版社1998年版，第147、35—36页。

心理活动也就不可能有审美情感的发生。从这个意义上,"后实践论美学"转向从审美活动与审美经验的角度对于美以及审美与人的追求自由、超越的本性联系起来进行探讨,对于推进我国美学研究从实践论维度向人生论维度发展是有积极意义的;但若是完全否定了实践在人的社会生活中的基础地位,否定了任何个人都是生活在一定社会关系之中,就其性质来说都是"社会性的个人",以完全排除社会内容的所谓"生命""生存"作为美学研究的逻辑起点,那就很难突破非理性主义的思想局限。所以我觉得我们在吸取现代"非理性主义"的合理因素在克服近代"理性主义"的局限的时候,就不能把"非理性主义"视为终极真理,同样也存在着一个超越"非理性主义"的思想局限的问题。

二

如果说"后实践论美学"的逻辑起点是"生命"和"生存",那么它的中心论题则是"超越"和"自由"。它们认为:"生存的本质,一言蔽之,就是超越性。"① "美学不可能是别的什么,而只能是人类生存的超越性阐释,只能是人类关于生命的存在与超越如何可能的冥想。它不去追问美和美感如何可能,也不去追问审美主体和审美客体如何可能,更不去追问审美关系和艺术如何可能,而去追问作为人类超越性的生命活动如何可能。这就推动着美学从发生学的追求真正转向美学的追问,从主客二元层面的考察真正转向了超主客二元层面的考察;也推动着美学的内容走出局限于审'美'的困窘领域,成为对人类生存的超越性阐释,还推动着美学从实体形态转向境界形态……"因为"对于心而言,无所谓世界而只有境界"②。因此,从生命和生存活动的基础上来研究美学,它的领域也就是"心"即主观心理活动,它的主题也就是超越和自由,它的目的就是为"自由生命定向"。

超越性是人的主观能动性的集中体现,唯此,人才能从现实关系的束缚中解放出来而进入自由,它毫无疑问是美学所要探讨的核心问题,我自己这些年的研究也都以此为主题③。问题在于它们能否像"后实践论美学"那样脱离现实关系,当作一种抽象的主观心理的活动,把"生命活动的原则"与"实践活动的原则"对立起来,认为唯有"从实践原则扩

---

① 杨春时:《生存与超越》,广西师范大学出版社1998年版,第31页。
② 潘知常:《生命美学论稿》,郑州大学出版社2002年版,第103—104页。
③ 详见王元骧《审美超越与艺术精神》,浙江大学出版社2006年版;《论美与人的生存》,浙江大学出版社2010年版。

展为生命活动原则",才能进入超越和自由①?这种把"生命活动"与"实践活动"对立的倾向,使得它们所谈论的超越和自由都是内外分离而作为一种纯粹的精神活动来理解,认为它不能在现实中而只能在审美活动中实现。如"生命美学"把自由分为所谓"把握必然的自由(自由的客观必然性)"和"超越必然的自由(自由的主观性和超越性)",强调唯有主观的、"超越必然的自由"才是"美学之为美学所必须面对的真问题",认为"实践论美学"把审美活动与实践活动等同,这就把主观的、"超越必然的自由",还原为客观的、"把握必然的自由",以致"自由的现实属性片面地加以突出,自由的超越属性被片面地加以遮蔽"而使美学的"真问题"丧失了②。这种内外分离的倾向也同样反映在"生存美学"之中,它把人的生存方式分为"自然的生存方式""现实的生存方式""自由的生存方式"三种。认为在前两种生存方式中,人都受着自然和物质的关系的束缚,而使精神未能得以独立;只有后一种生存方式由于精神获得独立,才使得主体成为"自由的主体",而进入一种审美的生存方式。因为在"审美态度下,主体忘却现实,进入超常的体验;客体失去真实性,成为幻觉的对象;时空限制不复存在",是一种"与现实隔绝的生存状态",这就使得"审美不仅是一种自由的生存方式,也是一种超越的解释方式"。这样"生存的自由本质即在于它有超越的要求和能力,而这种能力就是审美创造力的哲学反思能力"③。这些论述表明"后实践论美学"所理解的生命活动和生存活动都是与实践这种现实的感性物质活动完全没有内在联系而截然对立的抽象的、纯精神的主观心理活动。

  这就关系到我们应该怎样正确地理解"生命"和"生存"这两个概念的问题。在我看来,这两个概念是不可分割地联系在一起的。生命是一切生物活动的动力源,生命的消失,生存活动也就终止了。所以对于人来说,他的生存的原动力也就在于他的生命。但是,在人文科学领域,"生命"是一个十分歧义、迄今尚未获得统一而准确的科学界定的概念,即就近现代"生命哲学"的代表人物狄尔泰和柏格森来说,彼此的理解就很不相同,狄尔泰所指的主要是人的精神生命,而柏格森所指的主要是人的自然生命。但是共同之点在于两者都离开人所处的现实关系,对之作抽象的理解,如同黑格尔在谈到"生命"时所说的,都"把自己作为个别

---

① 潘知常:《生命美学论稿》,郑州大学出版社2002年版,第91页。
② 潘知常:《生命美学论稿》,郑州大学出版社2002年版,第42、47、42页。
③ 杨春时:《生存与超越》,广西师范大学出版社1998年版,第35—36、31—32页。

的主体而和客观性分割开来"①。而马克思不同于狄尔泰和柏格森,他在把"有生命的个人存在"看作历史的出发点时,强调"有生命的个人"总是处在一定现实关系中的"从事实际活动的人","人们的存在就是他们的实际生活的总过程"②。这样,就把人的生命活动、生存活动与实践活动统一起来,放在由于人的实践活动所形成的主客体的关系中,按历史唯物主义的精神来理解超越与自由的问题,这才对生命和生存的认识开始进入科学的轨道。

为什么这样说呢? 因为从哲学上来看,"超越"与"自由"问题的提出,就是以人来到世间总是处身于一定的现实关系之中,并必然被一定现实关系所规定和约束这一认识为前提的。"关系"的范畴最早是由亚里士多德发现,它表明"有些东西由于它们是别的东西的,或者以任何方式与别的东西有关",因此"属于关系范畴的各对对立者,都需要借对立的一项与另一项的关系来加以说明"③。这样,要正确说明问题就不能脱离在实际生活中人所处身的现实关系,所谓超越与自由,也就是人凭着自己的主观能动性,从这种现实的必然性中解放出来按自己的意愿和意志从事活动。所以恩格斯说"自由不在于幻想中摆脱自然规律而独立",而"在于根据自然界的必然性的认识来支配我们自己和外部自然界"④。这种客观必然性造成的对于人的支配和约束主要来自两个方面:即"外部自然界"和"我们自己的内部的自然界"。前者是指物质世界对人的支配和约束,后者是指"我们自己"的内心欲求对人的支配和约束。这样,人的能动性也就相应地可分为实践的能动性与意识的能动性,前者使人从物质的约束中摆脱出来,不像动物那样受必然律的支配行事而达到外部的超越,亦即"外在的自由";后者使人从欲望的支配中摆脱出来而实现内在的超越,亦即"内在的自由"。但由于欲望说到底是由物质内化而来的,是物的支配力量在人的内心生活中的反映;所以,要根本解决欲望对人的支配,就不能完全离开如何超越物质对人的支配这一现实基础而作纯精神的探讨。这表明要求的内部的超越是不可能完全离开外部的超越而单独实

---

① 转引自列宁《黑格尔〈逻辑学〉一书摘要》,《哲学笔记》,人民出版社1956年版,第188页。
② [德] 马克思、恩格斯:《德意志意识形态》,《马克思恩格斯选集》第1卷,人民出版社1972年版,第30页。
③ [古希腊] 亚里士多德:《范畴篇·解释篇》,方书春译,商务印书馆1959年版,第23、38页。
④ [德] 恩格斯:《反杜林论》,《马克思恩格斯选集》第3卷,人民出版社1972年版,第153—154页。

现的。

所以，要真正从外部和内部来实现人对现实关系的全面超越而进入自由，就需要把人的全部心理能力——知、意、情都调动起来投入活动中去。因为实践的能动性需要凭认识、意志的力量。认识是为了透过现象来把握事物的本质，为的是使我们的行动遵循客观规律而避免主观、盲目；意志是根据对现实世界内在规律的认识而提出的目的，通过意志努力在对象世界实现这一目的，而最终实现对外在的、物质世界的超越。这种超越在历史唯物主义者的观点看来，最根本的就是人通过自己的生产劳动，从物质世界获得满足的过程中来摆脱物对人的支配和奴役。若是人在现实生活中连基本的物质需要都不能满足，对他来说所谓的"超越"也就成了一种奢谈。超越欲望的支配则需要凭情感的能动性，通过文化教养和情感的陶冶，使人从一己的利害关系中解放出来意识到自己和别人是同一的。如果再加细分，又可以分为伦理的超越和审美的超越。伦理是人的社会行为的准则，它虽然需要理性的规范，但由于它是为了付诸实行，因此这些理性所规定的行为准则只有经过内化，从内心真切地体验到自己与别人是统一的，自己活着应该为别人尽到点什么义务和责任之后，才能转化为人的行动。它是理性向情感的融入。审美与伦理不同，它是不受任何理性的强制完全凭着自身的自由爱好而产生的，但由于它是一种纯粹的"观照"活动而不为任何欲望所驱动，这就使得审美愉悦突破了一般感觉快适所不可避免的个人性和自私性，"就好像认识判定一个对象时具有普遍法则一样"而"把自己对于客体的愉快，推断于每个别人"[①]。这样，原本完全由个人趣味所生的个人性的情感，由于有了社会性的内容，使得它与伦理情感一样，都在情感领域实现了社会性对个人性的超越。所以，情感的超越作为一种内在的超越与认识的超越、意志的超越这些外在的超越不同，它所要解决的不是物质世界中的问题，而是通过心灵净化、人格提升和人生境界拓展来超越一己利害关系的支配和束缚的问题。这在当今这个金钱至上、物欲横流的社会里，在人日趋物化、异化的险境中，对于维护人的人格尊严和独立有着十分重要的作用。所以"后实践论美学"把"超越"与"自由"作为美学的基本主题提出，我认为是有它的现实意义的。

问题在于，由于"后实践论美学"把"生命活动""生存活动"与"实践活动"对立起来，离开了人的社会实践对"生命"和"生存"作孤立的、抽象的、纯精神的理解，不认识实践的能动性与意识的能动性、

---

① [德]康德：《判断力批判》上卷，宗白华译，商务印书馆1964年版，第137页。

外在超越与内在超越之间的辩证关系以及外在超越的基础性的地位,以致把审美在人的生存中的地位和作用无限夸大,认为"实践活动限定了人类的理想,审美活动则不然,它固然涉足于有限,但却并非着眼于有限,更不是为了一个有限的创造,而是为了通过这有限而达到无限的境界",达到"人的自由本性的全面实现","生命活动也只有在审美活动中才找到了自己"。这样,审美活动也就"失去了实在的需要,而成为一种象征。因此,审美活动的可能,恰恰证明了现实中理想本性的不可能;审美活动要为人找到理想,恰恰因为现实中缺少理想;审美活动要为人找到无限,恰恰因为现实中没有无限……审美活动所面对的是永远无法解决的问题"①。这样一来,不仅由于对意识的能动性的无限夸大而使之堕入唯心主义,而且也使得审美成了对现实人生的一种逃避,一种完全没有实际意义的精神的陶醉和抚慰了。

那么,怎么正确理解审美情感所造就的人的内在超越对于提升人的人生境界、完善人格建构、实现人的自由解放的意义和作用呢?这可以从两方面来说:从情感本身来说,由于情感是由生物性的情绪社会化而来的,因此它具有沟通感性和理性的功能,就像席勒所说,在感性的层面上实现理性的工作,从而使理性的强制转化为主观的自愿。从情感与认识与意志的关系来说,它能把从对客观规律的认识的基础上所提出的目的,内化为驱使行动的需要和动机,推动着人们通过自己的意志努力使目的在现实世界得以实现。从而使得认识、意志、情感三者在人身上达到全面发展,有机的统一而成为一个整体的人。所以许多哲人都十分重视情感在人的人格结构中的地位之重要。如狄德罗认为"只有情感,而且只有强大的情感,方能使灵魂达到伟大的成就","情感淡漠使人平庸","情感衰退使杰出的人物失色,勉强就消灭了自然的伟大力量"②。这也就是马克思在批判资本主义异化劳动所造成人的异化时,并不认为由于知识和技能的退化,而从根本上把原因归之于情感的物欲化和荒漠化而造成人的工具化的理由。一个人要是缺乏情感的教育特别是审美的教育,他就很难成为一个完整的人、一个自由的人。

但是不论怎样,内在的超越和外在的超越总是不可分割地有机地联系在一起,并以外在的超越为基础和前提的。因为物质生活对于人来说毕竟

---

① 潘知常:《生命美学论稿》,郑州大学出版社2002年版,第280、279、317页。
② [法]狄德罗:《哲学思想录》,《狄德罗哲学选集》,江天骥译,商务印书馆1983年版,第1—2页。

是第一性的，正如马克思所说"忧心忡忡的穷人甚至对最美的景色都不会有什么感觉"①。所以在一个尚存在着贫穷、失业，还有很多人在为温饱发愁的社会里，审美在国民教育中的地位和作用总是不可能得到充分的重视和普及的。完全脱离人与现实的关系，离开外部世界的超越，认为仅凭个人的"主观选择"就可以实现自我超越进入自由②，这显然是一种不切实际的空想。但是从辩证的观点来看，也并不意味着我们只有等到物质领域内的问题解决了之后才有条件来提倡审美。因为既然审美与伦理有着内在的统一性，伦理学与社会学不同，它属于人生科学而不是实证科学，所遵循的是自由律而不是必然律，这就在一定限度内为人的自由意志留下了发挥的空间，表明审美的作用在人的整个生存活动中也不是完全是消极的、被动的，它可以为人们树立一种信念和理想，以激励和鼓舞人们在不自由中去争取自由。这样，我们在美学研究中就可以做到既不否认在人的生存活动中物质生活的基础地位，脱离物质领域内人的解放去奢谈精神上的超越和自由；又不否认审美在改变人的人格结构、造就的人的信念和理想，在实现现实世界中的人的自由解放所起的积极作用。这样，我们也就从人的整个活动结构中为审美找到了自己所处的正确的地位，而使审美对人的生存的意义和价值获得了一个科学的定位。这就是"实践论美学"所要达到的目的。它的意义和作用不在于具体地描述和说明审美的经验现象，却保证了我们的研究不迷失方向而朝着科学的道路前进。

三

紧随"生命美学""生存美学"之后在我国出现的是以邓晓芒、易中天为代表的"新实践论美学"和朱立元为代表的"实践存在论美学"。它们与"生命美学"、"生存美学"的主要差别是在于主观上似乎都力图维护"实践"的原则，但是从具体的论述来看，实际都已偏离了马克思主义"实践"的原则，而向"生命美学"和"生存美学"靠拢。所以我将"后实践论美学"扩容，而把它们都包括在内。在"新实践美学"与"实践存在论美学"两者之间，虽然"实践存在论美学"的出现在时间上稍迟于"新实践论美学"，但在思想观点上与"生命美学""生存美学"的内在联系似乎更为紧密。因为在"实践存在论美学"看来，"生命美学""生存美学"对"实践论美学"批评的理由，如认为"实践论美学""把

---

① [德]马克思：《1844年经济性哲学手稿》，刘丕坤译，人民出版社1985年版，第83页。
② 潘知常：《生命美学论稿》，郑州大学出版社2002年版，第310页。

实践直接作为美学的基础,跳过许多中介环节,直接推论到美学基本问题;审美强调超越性,而实践没有超越性;审美强调个体性,而实践往往是群体的、集体的、社会的活动;审美强调感性,而实践强调理性,带有目的性"等,都"不无合理、可取之处,有的批评甚至有振聋发聩的功效"①,因而都为"实践存在论美学"的担纲之作《走向实践存在论美学》所吸取和继承。正是由于这种直接的亲缘关系,所以,我把它提到"新实践论美学"之前紧随"生命美学""生存美学"来说。

"实践存在论美学"的思想核心是"生成论",认为"美不是现成的,而是生成的"②。这思想是值得重视的。其实,"实践论美学"也就是一种生成论美学,它认为美不是物的自然性而是社会性亦即价值属性,而社会性就是在自然性中生成的。但是两者在对"生成"的现实根源的具体理解却存在着深刻的分歧,这分歧源出于对"实践"的不同理解。

"实践"这一概念在我看来,从最宽泛的意义上说就是指与"知"(认识)相对的"行",它的含义十分丰富,有的从伦理学的观点,有的从认识论的观点,也有的从存在论(生存论)的观点对之作过种种不同的解释。与这些解释不同,马克思则是从历史唯物主义的观点,把实践理解为感性物质活动首先是生产劳动,认为这是人类社会得以存在和发展的现实基础,并强调必须"从物质实践出发来解释观念的东西"③。"实践论美学"就是按照这一思想原则来研究美学的。但"实践存在论美学"似乎并没有从历史唯物主义视角理解实践对于建设马克思主义美学思想体系的特殊意义,认为这等于"把人的其他各种活动完全排除于外",是"对马克思关于实践的看法的严重误解",从而以亚里士多德和康德的伦理学思想为例,来证明"从西方的思想背景来看,实践从来就不是单纯指物质生产劳动,而且主要不是指生产劳动"④。这就抽去了物质生产活动在马克思的"社会存在"学说中的基础地位,而把它与"存在主义哲学"中的"存在"概念混淆在一起,认为"在马克思的学说中,实践概念与存在概念有一种本体论上的共属性和同一性,两者揭示和陈述着同一本体领域",它们的"根本取向","都是走向现实的人生和实际生活","马克思的历史唯物主义,或者说实践的唯物主义,就是以存在论意义上的社

---

① 朱立元:《我为何走向实践存在论美学》,《文艺争鸣》2008年第11期。
② 朱立元:《走向实践存在论美学》,苏州大学出版社2008年版,第269页。
③ [德]马克思、恩格斯:《德意志意识形态》,《马克思恩格斯选集》第1卷,人民出版社1972年版,第43页。
④ 朱立元:《走向实践存在论美学》,苏州大学出版社2008年版,第281页。

会存在为基础的"①。从而试图把马克思的"实践论"与海德格尔的"存在论"加以融合,来为"实践存在论美学"提供理论基础。这恐怕只能是一朵不结果的花。因为事实上两者的思想观念和思维方式都存在着根本的差别,我们似乎很难从马克思的作为历史出发点的、处在一定现实关系中的"从事实际活动中的人",与海德格尔的"在世界中存在的人"之间找到什么共同的东西。这是因为:第一,海德格尔所说的在世界中的、与他人共在的人即"此在",是与他人("常人")、社会处于对立地位的、个体的、心理的人;而马克思则认为就其本质来说,人是"社会关系的总和",社会就反映在个人身上,使得任何个人都是"社会的存在物"、是"社会的人",这里社会与人是统一的。第二,在海德格尔看来,"此在在世"就是一种"被抛状态",这种被抛状态只能以个人的情绪体验才能领悟。情绪体验是一种非理性的心理活动,所以在情绪体验中,人与世界则总是未经分离浑然一体的,这决定了他的哲学在思维方式上必然是反认识论、反主客二分的。他虽然也谈论人生的"筹划",按可能性开展自己的行动,但与马克思的实践观有着根本的差别。因为在马克思主义者看来,实践作为人有目的、有意识的活动,即按照自己的目的通过意志努力在对象世界实现主观目的的活动,它虽然与认识不同,但却不是对立的,认为凡是正确的、通过实践活动得以实现的目的,都不可能仅凭主观意愿确立,而总是建立在对客观规律认识的基础上,是"客观世界所产生的,是以它为前提的"②,所以又不可能没有认识论的基础。若是排除主客二分、排除认识论的前提,那只能是一种盲目的活动。"实践存在论美学"认为它的理论建构"虽然仍然以实践作为美学研究的核心范畴,却突破主客二元对立的认识论,转移到了存在论的新的哲学的根基之上"③,这在我看来实际上就是放弃马克思主义实践论转而以海德格尔的存在论作为他们美学的思想基础,这样,作为活动主体的人,也就不再是社会性的个人,而只能是个体的、心理的、非理性的人了。

由于"实践存在论美学"按海德格尔的存在论的思想把人看作个体的、心理的人,所以,对于"审美关系"也就不再像"实践论美学"那样理解为由人类社会实践特别是生产劳动过程中历史地形成的人与现实的主客体关系中派生出来的一种客观的、社会的关系,而只是在个人审美活

---

① 朱立元:《走向实践存在论美学》,苏州大学出版社2008年版,第269、271、283页。
② [俄] 列宁:《哲学笔记·黑格尔〈逻辑学〉一书摘要》,《列宁全集》第38卷,人民出版社1959年版,第201页。
③ 朱立元:《走向实践存在论美学》,苏州大学出版社2008年版,第280页。

动中所形成的主观的、心理的关系。这样,它的"活动优先原则"所指的"活动"也只能是一种个人的、心理的活动。这就不难理解它把审美活动也看作是一种实践活动,认为它"不仅是人的存在方式之一,而且是基本的存在方式之一,是基本的人生实践之一"①的理由了。所以,按"实践存在论美学"所倡导的"生成论"的思想和"活动优先的原则",也就必然否认在个人审美活动之外有相对独立的"审美客体"的存在,把它看作与"审美主体"一样,都是"在审美活动中当下、现时生成的",认为"传统主客二分的认识论美学的一个基本立足点就是把'美'作为一个早已客观存在的对象来认识,预设了一个固定不变的'美'的先验存在,而总是追问'美是什么'的问题。……从而使人们陷入了一个怎么说都可以却总是说不清、道不明的怪圈之中,说来说去,难以有大的突破"②。这样美也就被看作完全是由个人的审美活动所生、依赖于个人的审美经验而存在的而完全没有客观现实性可言的东西。为此,在《走向实践存在论美学》中,作者还引了海德格尔说的当《莎士比亚全集》没有被人欣赏时,那么它与茶缸、土豆一样只是具有同样"物性"的"物";杜夫海纳以当博物馆关闭后,那里的画就不再是审美对象为例,来为自己的观点佐证。其实这些观点就像王阳明与友人一同游山时,在友人按照他的"心外无事、心外无物、心外无理"的思想向他提问"此花树在深山自开自落,于我心亦何相关"时说的"你未看此花时,此花与汝心同归于寂,你来看此花时,则此花颜色一时明白起来,便知此花不在你心外"那样,在我看来,都只是从审美经验论、审美心理学、审美现象学的角度,来说明在具体审美活动中,只有当事物与人的感觉发生联系之后才能成为实际的审美对象,而并没有否定《莎士比亚全集》,博物馆关闭后那里存放的名画,以及与人的视觉未曾相遇时那深山里的花的实际存在。这是我们在审美活动中之所以能获得美感的前提条件。所以,就将审美心理学与美的认识论对立起来,否定美的本体论、美的客观性这一点来说,"实践存在论美学"与"生命美学""生存美学"是如出一辙的。

所以,我认为按历史唯物主义的观点,我们所说的"审美关系"首先应该是指在人类总体实践活动中,特别是生产劳动中人与世界建立起来的一种客观的、社会的关系。它相对于在具体审美活动中所形成的个人与

---

① 朱立元:《走向实践存在论美学》,苏州大学出版社 2008 年版,第 295 页。
② 朱立元:《走向实践存在论美学》,苏州大学出版社 2008 年版,第 303 页。

审美对象所发生的那种主观的、心理的关系来说，不论在时间上还是在逻辑上都是先在的。也就是说，唯其有了在人类总体实践活动中历史地形成的人与现实的这种宏观的审美关系，才会有在个人审美活动中所形成的微观的审美关系。我认为"实践论美学"所谈的"审美关系"正是指前者而非后者。现在大家都以鲜花为审美的首选对象，但原始人却并不以花为美，如普列汉诺夫在《没有地址的信》中谈到澳洲的土著布什门人生活在一年四季鲜花盛开的地方，而布什门妇女却从不以鲜花来装饰自己[1]。原因就在于由于当时生产水平低下，使得他们还不能摆脱功利的目的以审美的眼光看待鲜花。这表明鲜花进入人类的审美的视域，从根本原因上来说，乃是生产力发展的历史成果。所以从历史唯物主义的观点看来，只有当人类与鲜花发生了这种宏观的审美关系之后，才有可能出现个人以具体的鲜花为对象的微观的审美活动。一切个人的审美活动，都不可能超越这历史的、客观的条件的制约。这就是我们之所以坚持审美对象的客观社会性的理由。当然，审美不同于认识，它是一种情感活动，它总是这样那样地受着主体情感的选择和调节，这种在选择和调节过程中起作用的不仅有个人的兴趣、爱好、生活经历、文化教养等相对稳定的因素，而且还有心境、情绪、联想等偶然性的、不稳定的因素。所以在具体审美活动中，呈现于人的意识中的只能是现实事物被主观因素所加工、改造过的美的"意象"而不是它的"物象"，它反映的不完全是事物的事实属性，而是事物与主体审美需要之间所产生的关系属性。这使得任何审美对象反映在个人的审美意识中都会出现种种变异，就像普罗泰戈拉说的"对于我来说，事物就是向我所呈现的那个样子，对于你来说，事物就是向你所呈现的那个样子"[2]；它不像认识的成果那样可以彼此互证。但是，也决定了并非一切情绪性的判断都是审美判断，如冰心在《寄小读者》通讯十七中有这么一段自白：

> ……我对于花卉是普遍的爱怜。虽有时不免喜欢玫瑰的浓郁，和桂花的清远，而在我忧来无方的时候，玫瑰和桂花也一样的成粪土。在我心情怡悦的一刹那顷，高贵清华的菊花，也不能和我手中的蒲公英来占夺位置。

---

[1] [俄] 普列汉诺夫：《没有地址的信》，《艺术与社会生活》，曹葆华译，人民文学出版社1962年版，第36页。
[2] [古希腊] 柏拉图：《克拉底鲁篇》，苗力田主编《古希腊哲学》，中国人民大学出版社1990年版，第185页。

尽管情绪性的判断是这样随机、偶然，但从社会的、客观的标准来看，菊花的审美价值无疑要高出于蒲公英。这表明并非"当下、现时生成的"情绪体验都可以归属于审美判断。所以康德在谈到审美判断时特别从量的关系方面，强调它必须对每个人都具有普遍有效性，认为它虽然没有概念，但又必须像认识的成果那样得到社会的普遍认同。所以他把"不依赖概念而具有普遍传达性的愉快"视为"构成鉴赏判断规定的依据"①。唯此审美才能起到社会交往的作用。尽管审美判断常常是在主体与对象不经任何理性思考而在瞬息相遇之间即时产生，但只要是审美的，它在偶然性之中必然蕴含着必然性，而在逻辑上必然是判断在先的。在这个问题上，休谟的"趣味"（亦即"鉴赏力"）的理论是颇能给我们以启示的，他一方面认为"美存在于观赏者的心里"，审美情感都是一种个人的偶然的感觉，"每个人心见出的都是不同的美"，"每个人应该默认他自己的感觉，也不应该要求支配旁人的感觉，想要寻求实在的美或实在的丑，就像想要确认实在的甜与实在的苦一样，是一种徒劳无益的探讨"；而另一方面他又把这种个别性和偶然性的情感只限于"偏爱"的范围之内，而对于"偏见"则提出了尖锐的批评，主张"必须有高明的见识才能抑止偏见"。所以"理性尽管不是趣味的组成部分，对于趣味的正确运用却是不可缺少的指导"②。表明凡是审美情感，都不可能完全不受现实世界中客观地存在着的美的对象所激发以及对于审美对象的审美属性的理性认识所规范。

四

以邓晓芒、易中天的《黄与蓝的交响》为代表的"新实践论美学"与"实践存在论美学"一样，也试图从对"实践"的概念作新的阐释入手来推动我国美学研究的发展。它认为当今我国美学界"许多人已经意识到马克思主义实践论是当代中国美学的出路，但对实践的理解仍然受到传统的机械唯物主义的束缚，它通常像费尔巴哈那样理解为一种纯粹物质牟利活动、谋生活动，因而像费尔巴哈那样被一道鸿沟与人道主义原则隔离开来；人道主义是心，实践是物，心与物不相谋。这道鸿沟……阻挡着美学理论迈向具体生动的审美经验，而成为一种冰冷冷的说教……这是我国当前美学界走向深入的最大障碍"③。

---

① ［德］康德：《判断力批判》上卷，宗白华译，商务印书馆1964年版，第59页。
② ［英］休谟：《论趣味标准》，《古典文艺理论译丛》第5辑，人民文学出版社1963年版，第11页。
③ 邓晓芒、易中天：《黄与蓝的交响》，人民文学出版社1999年版，第397页。

中篇　美学和艺术理论问题

　　这段话虽然是就当今学界有些人对"实践"的错误理解所提出的批评，也反映了邓晓芒和易中天本人对实践认识的局限：把实践中主观因素和客观因素、价值因素和事实因素的关系个体化而理解为"心""物"的关系。在我看来，按这理解来批评"实践论美学"简直是方枘圆凿，这是因为"实践论美学"是从历史唯物主义的角度理解"实践"的，它所指的实践主体不是心理学意义上的个人，而是"作为社会实践的历史总体的人类"。"新实践论美学"以"心"来规定实践的主观能动性，并以能否直接"迈向具体生动的审美经验"来要求"实践论美学"，这与"实践存在论美学"一样，实际上都是把实践理解为个体的生存活动和心理活动，已非马克思主义实践论的本意。所以，按它的这一理解来批评"实践论美学"的代表人物李泽厚，认为他在对"自然的人化"的解释上只着眼于物的因素而排除了人的因素，以致"对个人、对主观、对精神的独创性和自由的尊重"，在美学中都没有找到应有的位置①，那必然是不准确的。这不是说李泽厚的"实践论美学"没有问题，它认为"所谓'人化'，所谓通过实践使人的本质对象化"是指"通过人类的基本实践使整个自然逐渐被人征服，从而与人类社会生活的关系发生了改变，……是指人类社会历史发展的整个成果"。从这样的观点来看，"具有主观目的、有意识的人类主体实践，实际上正是一种客观的物质力量。正如区别于社会意识，社会存在是客观的物质存在一样；区别于人类的意识活动，人类的实践活动也是一种客观的感性现实活动，它属于物质（客观）第一性的范畴，而不属于意识（主观）第二性的范畴"，"不是任何个人主观意识在审美中偶然的、一时的作用"②。这些理解虽然正确但都只是就审美客体而言并没有贯彻到对于审美主体和审美感知的分析中，以致在美感论中他所持的仍然是一种直观的反映的观点、把美感看作不过是对美的"反映"和"模写"③，而使他的"美感论"和"美论"处在分离对立的状态。"新实践论美学"因此认为李泽厚的这些观点虽然从苏联"社会派"美学中而来，但他"不承认社会派立论基础中包含人的主观的因素"，"为了从实践观点坚持美的客观性，他从实践中排除了人的主观因素，使之成为一种毫无能动性的、非人的、实际上是如费尔巴哈所认为的那种'丑恶'的实践"（这其实正是李泽厚当年所批判的）④。我认为这

---

①　邓晓芒、易中天：《黄与蓝的交响》，人民文学出版社1999年版，第398页。
②　李泽厚：《美学三题议》，《美学论集》，上海文艺出版社1980年版，第173、153、173页。
③　李泽厚：《论美感、美和艺术》，《美学论集》，上海文艺出版社1980年版，第18页。
④　邓晓芒、易中天：《黄与蓝的交响》，人民文学出版社1999年版，第386页。

些批评不仅同样是不全面的，同时也反映了"新实践论美学"对主观性认识上的偏颇：即只承认个人意识活动的主观性而不承认人类实践活动的主观性。正是从这种观念出发，在美的本体论问题上，它在否定李泽厚从物质层面上论述主客观的统一的同时，而竭力推崇朱光潜从意识活动层面，即审美意象不同于物理映像的意义上所提出的"美是主观与客观的统一"，认为朱光潜的这一见解"可以和中国传统美学的'移情'观点挂起钩来"，"它的一个突出的理论倾向就是要打破认识论和反映论对美学的限制，而诉诸实践论和表现论，……而直接与西方近代以来的人文美学的步伐合上拍"，这是"朱光潜对我国当代美学的最大贡献"[①]。从中可以看出其倾向与"生命美学"、"生存美学"和"实践存在论美学"一样，不论就观念还是方法来看，都是一种主观论美学，都是力图否定美的客观实在性、否定人的实践活动对审美对象生成的意义方面来研究美学，而都是把"美的问题归结为审美心理的问题"，并按这一认识，提出这是中西美学"经过长途跋涉"从不同方向最终找到的"真理的大门口"，从而把美定义为"情感的对象化"，"'对象化的情感'就是美。"[②]

当然，"新实践论美学"也不是完全没有意识到仅仅从心理的观点看待美的问题可能会走向主观唯心论，所以它不像"实践存在论美学"那样，把那些"随缘而发""当下生成"的个人的情绪体验都当作审美判断，而力图通过对审美心理的理性的、社会性的内涵的揭示，来说明审美情感的普遍有效性，强调它所理解"实践论美学是实践论人学的一部分，它必须以艺术起源于生产劳动这一原理作为一切审美心理学和美的哲学的前提"，这种"审美心理学不仅仅是一个普通心理学的问题、实验心理学的问题，乃至是一般社会学分支的社会心理学的问题，是一个意识形态学和精神现象学的问题，它必须上升到人的哲学（哲学人类学）才能为自己找到正确的答案"，并从实践是人的"有意识的生命活动"这一认识出发，论述了正是"在生产劳动中所逐步形成起来的人的意识（自我意识和对象意识），使本来只是动物的心理活动都带上了理性精神的烙印，从而上升为人的心理活动"："使动物也有的对待客观外界的直观的'表象'，上升到了人的'概念'"；"使动物也有的对自己生存必需的物质对象的'欲望'，上升到了人的有目的的自觉'意志'"；"使动物也有的由外界环境引起的盲目的'情绪'，上升到了人的有对象的'情感'"，使之

[①] 邓晓芒、易中天：《黄与蓝的交响》，人民文学出版社1999年版，第388页。
[②] 邓晓芒、易中天：《黄与蓝的交响》，人民文学出版社1999年版，第400、418页。

社会化而具有精神性。这种经过社会化的情感具有"一种要得到普遍传达的倾向",因而它也就成了生产者的"内在的尺度",通过自己的产品把它传达出来而与别人开展交流①,审美活动也就由此产生。这些分析应该说还是比较精到的。但是由于"新实践论美学"否认审美对象的客观属性,把审美判断和认识判断绝对对立起来,认为"审美主体和审美对象的关系决不是认识关系和'反映(模写、映象)的关系',因为主体体验到的并非对象固有的客观属性,而是对象对于自己情感的适合性、融洽性",而无视关系属性总是以客观属性为条件的。而把"美感"视为"一切审美评价和审美判断的最终标准",认为"它没有真正客观标准的依据,而只能是主观的、相对的。在这一点上,英、美流行的美感经验固守着一个十分有利的阵地,他们坚持从人的直接的美感经验出发,而这个立场实际上是驳不倒的"。所以虽然根据它对情感的社会性的认识,认为"它既是个人的、相对的,又是社会的、包含着普遍性的",但这个社会的、普遍性的标准"决不是认识论意义上的'客观标准'而只是一种社会意识形态标准"②。这就等于把人的心理生活中原本统一的认识、意志、情感加以分割,把情感与认识看作互不相关的甚至对立的,表明它没有跳出康德的窠臼,都只是以"主观的量"来解释审美的普遍有效性问题,这样也就没有评判的客观标准了。

所以,我认为要正确揭示审美判断的普遍有效性是离不开对审美客体作认识论的研究的。这不是说要像自然派美学那样,把美看作纯粹是物的自然属性,把审美看作只是对客观存在的美的一种认识性的反映。因为审美判断是一种情感活动,情感不同于认识,它是客观事物能否满足人的主观需要所生的一种态度和体验,它在性质上不是属于事实意识而是一种价值意识。这决定了凡是审美意象都不是物理映像而只能是一种心理印象。但是不论怎样,它总是以客观世界所存在的价值客体为前提,是建立在对于价值客体的评价性反映的基础上的,这里就不可能完全排除认识的内容。所以现代心理学创始人冯特一方面认为"情感是独特的主观状态而不是我们身外物体的特性"的反映;而另一方面又认为情感与意志一样,都是"与观念相联系的",它们只有"在心理抽象中"才能分离开来,在实际生活中,"情感的意识始终伴随着我们的感觉和观念"。"情感是主观的,而观念则具有客观的关系",它与感觉一样都有一个"共同的目

---

① 邓晓芒、易中天:《黄与蓝的交响》,人民文学出版社1999年版,第401、435、404页。
② 邓晓芒、易中天:《黄与蓝的交响》,人民文学出版社1999年版,第474、486—487页。

标——认识外部世界"。这样，观念也就作为外部世界与心理活动的中介，在情感活动中起着支配和调节的作用①。这都表明正是人的情感所具有的认识的性质，亦即"新实践论美学"所说的"在生产劳动中所逐步形成起来的人的意识"所赋予情感的那种"理性精神"，才使得审美情感具有社会的普遍有效性。否则，在审美判断中就难免会出现像他们自己批评的"把一个无知顽童的信手涂鸦与达·芬奇的佳作同等看待"那样荒唐可笑。这表明，审美情感的普遍有效性总是以对它的对象的客观属性的认识为依据的。比如对于花，虽然人们各有所爱，如陶渊明爱菊、林和靖爱梅、周敦颐爱莲、郑思肖爱兰……但是人们无不肯定和承认这些所爱都属于一种高雅的审美情趣，从未听说有人指责其中谁的爱好是属于偏私的判断而不具有社会的普遍有效的价值。如自周敦颐写了《爱莲说》以来，人们都称莲为"花之君子"，甚至那些并不最喜爱莲花的人也会认同，这就是由于客观上莲的那种"出淤泥而不染，濯清涟而不妖，中通外直，不蔓不枝，香远益清，亭亭净植，可远观而不可亵玩"的客观属性与君子品性的相似性为周敦颐的审美判断普遍有效性提供了事实的依据。这里体验和评价与认识是统一的。审美判断自然不属于认识判断，它不是概念的、逻辑的，但在审美情感发生的过程中，认识虽然不直接参与，而却无不暗含在对审美客体的评价之中。因而，康德对于审美判断的普遍有效性虽然着眼于从"主观的量"方面进行分析，但他认为这不可能"建立在经验的基础上"，其内部必然含有一个"应该"的观念，所以总是以一定的"理性概念"为基础，只不过它不是直接以概念的形式而是借"一个符合观念的个体的表象"亦即"美的理想"呈现于人们的意识之中。这就要求在审美活动中"每个人都必须结合悟性和感官去判断"，所以它虽然不依赖于概念，而实际上却隐含着概念，隐含着"客观的量"在内②。我认为这至少比"新实践论美学"的理解要辩证一些。

"新实践论美学"当然也不是完全排斥审美对象的存在，认为"情感的社会性本质在其具体现实的表现中只能是情感的有对象性"，但是这里对象不是作为客体和客观事物，而是由情感的外化而来的，认为正如"人类通过亿万次的实践所建立起来的范畴和概念，无一不是通过拟人的方式从人的主体能动活动而扩展到自然界对象上去的"那样，审美对象

---

① [德] 冯特：《人类与动物心理学导论稿》，李维、沈烈敏译，浙江教育出版社1997年版，第222—223页。

② [德] 康德：《判断力批判》上卷，宗白华译，商务印书馆1964年版，第78、70、51、57页。

作为人化的自然,也无非只是这种"拟人化"的成果,"可以说,没有对象的人化或拟人化就没有艺术和审美"①。这样,"对象化"和"人化"也就不再被看作人类的实践活动中与自然之间所形成的审美关系的一方,即由于在对象世界打上人的印记而成为美的对象,而被理解为只不过是在审美活动过程中由个人的"移情"作用所生,这就使原本实践论意义上的主客体的统一变成了心理学意义上的主客观的统一,亦即是朱光潜所说的意识层面上的主客观的统一。这样,也就背弃了"实践论美学"的基本精神而走向表现论、移情论。因为这里所说的对象只不过是一种主观情感的符号,已不是作为审美关系的客体而存在的客观世界的美。即使"表现论美学"也是承认的。如鲍桑葵的"使情成体"说即是。他批评克罗齐把美看作"只是一种内化状态"而认为外部媒介都是多余的观点,认为"心灵没有事物是不完整的,就和心灵没有身体一样"②。人的活动是一个主客体从对立走向统一的过程,对于审美来说,也就是通过情感活动来达到"对象化"和"人化"的交互作用的过程。所以若是要坚持马克思主义的实践的原则,我们就应该把审美放在由人类实践历史地所形成的主客体的关系中来分析,要是离开丰富多彩的对象世界,仅仅从主观的、心理的方面来进行探讨,那不仅会使美学研究的内容趋向封闭,而且也必然会使审美趣味流于凝固、保守。

所以我认为尽管"新实践论美学"联系实践活动在对审美情感的社会性方面作过一些深入的分析,但同样很难说是对马克思主义"实践论"的真义的真正传承和发扬,同样不是"实践论美学"发展所应走的正确的路向。"新实践论美学"的倡导者感叹在20世纪80年代末期由于"'美学热'陡然降温",使他们的著作在当时出版未能引起学界的广泛关注,以致"中国美学界停滞了20年"③,这自我估价是否会太高了一些?!

2011年"五一"前后初稿

2011年6月上旬修改

原载《学术月刊》2011年第9期

---

① 邓晓芒、易中天:《黄与蓝的交响》,人民文学出版社1999年版,第449、440页。
② [英]鲍桑葵:《美学三讲》,周煦良译,人民文学出版社1965年版,第34页。
③ 邓晓芒:《什么是新实践美学》,《学术月刊》2002年第10期。

关于推进"人生论美学"研究的思考

王元骧

一

美是相对于人的审美需要而言的,离开人的审美需要,现实世界中就无所谓有美与不美的事物。所以要研究美学,我们就不能不联系到人,联系到对人的认识和理解。

人是一个感性与理性、个性与社会性的统一体。但在历史上,却往往把人作分割的理解。一般来说,在古代,在看待人时比较着眼于理性、社会性,如亚里士多德认为"人是政治的动物"①,个人是城邦的一员;孔子也认为人的特点就在于"群",说"鸟兽不可与同群,吾非斯人之徒与而谁与?"② 但由于他们片面地强调人的理性和社会性,忽视了作为在现实生活中实际存在的人的感性与个人性,因而往往导致以社会性压制个人性,以理性排斥感性。所以到了近现代,随着个人意识的觉醒,又出现了与之相反的倾向,特别是从叔本华和尼采的意志哲学和生命哲学开始,往往都站在感性、个人性的立场来否定人的理性和社会性,把理性看作"摧毁生命的危险的力量"③。但尽管这两者的意见截然相反,而有一点却是共同的,即不论取理性、社会性的立场,还是感性、个人性的立场,都是离开人的生存的具体的现实关系、环境和条件,对人作抽象的理解,被视为观念中的而非现实生活中实际存在的人。我们提倡人生论美学,就是为了改变以往把人作抽象的、分解的理解,把审美关系中相对于审美对象而言的审美主体看作处身于现实关系中的感性与理性、个人性与社会性统

---

① [古希腊]亚里士多德:《政治学》,苗力田主编《古希腊哲学》,中国人民大学出版社1990年版,第585页。
② 《论语·微子》。
③ [德]尼采:《悲剧的诞生》,周国平译,生活·读书·新知三联书店1986年版,第344页。

一的、现实的、具体的人。这是不同于我国以往美学研究的一个新视角，是迄今为止我们所能找到的最为切实的美学研究的立足点和出发点。

要说明这一点，我想只要把我国近半个世纪以来较为流行的美学派别稍作比较分析就能明白。美学自王国维开始介绍到我国以来，在我国影响最大的是以康德、席勒为代表的德国古典美学的传统。但新中国成立之后，由于它的唯心主义的倾向曾一度被中断研究，代之而起的是以马克思的历史性唯物主义原则为指导的"实践论美学"。"实践"是一个有多重内涵的概念，而"实践论美学"所说的实践主要是指物质生产劳动，认为这不仅是自然向社会转化的中介，更是社会得以存在和发展的物质基础，一切精神现象也只有在这一基础上，才能从根本上获得科学的解释。这决定了实践主体必然是人类，是社会的、普遍的人。所以就实践论美学看来，人与现实的审美关系，从客体方面来看，只有当人类在生产劳动过程中改变了自然世界，使自然从"自在"的变为"为我"的，与人的关系从疏远的、对立的变为亲和的，从满足人的物质需要的对象变为同时满足人的精神需要的对象；从主体方面来看，只有在长期的社会实践过程中由于经验的积累、内化，改变了人的心理结构，使人的感官从"自然的感官"变为"人化的感官"亦即"文化的感官"之后，这才有可能与对象发生的审美关系，使对象对人来说有可能成为美的。这就改变了长期以来人们或把美看作只是事物的自然属性，从对称、均衡、比例、节奏等外部形态方面来加以分析和研究，或把美看作只是个人主观情感的外化和移入的结果，认为审美只不过是一种自我观照的活动的片面观点，从而为看待人与现实的审美关系找到了一个科学的思想基础。这无疑是对于美学研究的一个重大的历史性的突破。

但我们也应该看到，这些研究虽然意义重大，它主要是沿承自古希腊以来的本体论美学的传统，从美的本质、本源的意义上来说的，而难以直接解释现实生活中丰富多彩的审美现象，满足人们试图通过学习和研究美学来提高自己审美鉴赏能力的需要；因而到了20世纪八九十年代，就渐渐被人冷落，转而从认识论的、从事物为什么是美的转向我为什么感到事物是美的维度，亦即从美感论和审美心理学方面去进行研究。这转向自然有它的必然性和合理性。因为审美关系作为人与对象之间所建立一种情感的关系，不仅只能以存在于感性世界中的美为对象，而且也只有通过个人的感觉、体验和想象才能为人所切实感受到，这就离不开个人的心理活动。

但是，感觉、体验、想象作为个人的心理活动，是不可能直接由对象的单向刺激产生的,它总是建立在主客体的交互作用的基础上。在实际生活中,某一对象之所以被我们认为是美的,总是由于它这样那样契合我们的审美需要而把我们的情感激活起来,并通过情感的交流使自己深入审美对象,使审美对象的客观属性转化为主体的审美情感的寄值体而产生的,所谓"情以物兴,物以情观","神来似赠,兴往似答"①,就是对审美活动中主客关系的一种生动的描述。这就使得反映在个体的心理层面上的审美意象不同于客观事物的物理映像,而总是主客体共同创造的结果。以致同一对象经过不同主体审美心理的折射,所形成的主观意象往往会有很大的差别。同时也决定了美只有通过个人的感知,对个人的心灵的陶冶、人格的塑造才能影响社会。这都足以说明美感论和审美心理学的研究对于建立完善的美学理论意义的重要性。

那么,美感论和审美心理学能否像当今有些学人所理解的那样可以取代美的本质论而占据美学研究的全部内容呢?我认为这同样是不现实的。我们在前面谈到的审美意象不同于物理映像,就在于它不仅仅是客观事物的简单的映像,不像小孩或野蛮人仅凭自然感官所接纳的那样,山就是山,水就是水,不含有任何主观感觉和情感的成分;王观的《卜算子·送鲍浩然之浙东》中写道:"水是眼波横,山是眉峰聚。欲问行人去哪边?眉眼盈盈处。"词中以笑意盈盈的眉和眼作比,所描写的虽然是自然的山和水,但却已经过他的审美感官的改造,让人所感觉到的是这江南山水的灵秀所引发的人的亲切和喜悦的心情,已不是物理映像中的山和水了。而人的审美感官与自然感官的不同就在于它是"以往全部世界历史的产物"②,带有人的文化教养和审美意识的深刻的印记。这就使得审美活动不可能只按心理活动的生理机制,而只有联系社会、历史、文化才能获得圆满的解释。所以在审美活动中,个人的审美选择和判断总是这样那样地反映着一定社会的选择和判断,总是带着有鲜明的社会、历史、文化的印记。比如同样是对于美的评判,由于西方的美学观念最初是从古希腊自然哲学衍生的,古希腊自然哲学的代表人物毕达哥拉斯把自然的本原视为"数",因而也就从数的关系出发,从对称、均和、比例、节奏等方面看待和评判事物的美,所以比较看重外观;而我国古代则深受"比德说"的影响,所以在审美评价中往往以"品"来取代"美"这个概念,如绘画中的"岁寒三友""四君子"等,都是由于它们自然品性与人的道德品

---

① 刘勰:《文心雕龙·物色》。
② [德]马克思:《1844年经济学哲学手稿》,刘丕坤译,人民出版社1985年版,第83页。

格相似而备受看重。这就不是以纯感觉、纯心理的观点所能解释得了的。所以,要是否定了对美的本质论和审美社会学研究的成果,仅从审美心理学的角度去进行研究,我们对美的理解就必然趋于肤浅、贫乏。

以上分析说明,虽然从本体论、社会历史层面,和从认识论、个人心理的层面的研究对于美学来说都非常重要,但是由于它们的立足点和出发点不是抽象的人类,就是抽象的个人心理过程,而与现实生活中实际存在的人的生存活动是分离的,所以都不足以完满地解释现实生活中实际的审美关系;只有把两者统一起来,把与审美客体相对应的审美主体看作既不是一般的、社会的人,也不是个别的、心理的人,而是感性与理性,自然性与文化性、个人性和社会性统一的在现实世界从事实际活动的人,这才有可能使之成为人生论美学研究的立足点和出发点,而改变以往我们美学研究把本体论或认识论作分离研究所造成的科学化的倾向,显示它对于现实人生的人文情怀而突出它的人学的、伦理学的内容。这也是我国传统美学的特色和优势之所在。我们提倡"人生论美学",在某种意义上也是对我国传统美学思想的一种继承和发展。

二

那么,什么是"人生论"?这门学科目前似乎还鲜有人研究,词典上一般也找不到这一词条;而在我看来大致可以说它是一门研究人的生存活动及其意义和价值的学问。它与一般的所谓"人学"不同,在于它的对象不是"类"而是具体的、处身于一定现实关系中的"社会性的个人";其目的是为了探寻人生的方向和目标,为人们理解人生的意义和价值提供评判的准则,而使人在实际生活过程中把自己从"实是"的状态提升到"应是"的境界。所以它是一门综合性的学问,它的内容在我看来至少应涵盖"目的论""价值论"和"生存论"三个方面,是立足于人的生存活动来对目的论和价值论所作的一种理解和阐释。

首先说目的论。目的是人的活动的指向,是活动所要达到的结果,是人的一切有意识的活动所共有的。但"目的论"所说的"目的"不是指人的一般活动所指向的实际的目的,它是从古希腊"本体论哲学"中引申出来的。古希腊哲学把世界看作"神"(宇宙理性和宇宙精神)按照自己的意志所创造的,认为在那里,每个别事物都根据神的意志被安排得最为完善的,是宇宙、人生所能达到的终极的目的。所以到了中世纪,就被基督教所吸取而发展为"上帝创世说"。因而自文艺复兴以来,基督教神学的被否定,也遭到了许多哲学家的批判,如恩格斯所说:"根据这种理论，猫被创造出来是为了吃老鼠，老鼠（被）创造出来是为了给猫吃，而整个自然界被创造出来是为了证明造物主的智慧"①。所以到了康德那里，就对之加以改造而把它引入到人学的领域，而提出"人是目的"。他把世界看作由因果链所构成的一个体系，这里，所有一切部分都以交互作用为目的和手段，其中人又是它的最终的目的所在，认为唯此才能使人"对世界的沉思有其价值"②。而人之所以能成为最高的目的，在康德看来就是由于人有意识和自我意识，他不仅能"感觉到自身"，而且还能"思考到自身"，这才使人的自然欲望上升为情感、自然需要上升为意志，自然感觉上升为认识，成为"世界上唯一拥有知性因而具有把他自己有意抉择的目的摆在自己面前的能力的存在者"③，而在自己的生存活动中有了一个"至善"的观念，并以此来设定自己的人生。这表明相对于这一终极的目标来说，个人的一切得失、荣辱都是有限的、是不足以为之计较的。因而这里所说的目的也就成了人生论的形上层面，而克服在人生论问题上一切经验论的倾向由于终极目标的指引而使人生有了穷追不舍毕生努力的方向。反映在他的美学中，美也就被视为一种"至善"的愿景，一种以近似信仰的方式所体现的人对自身存在的终极关怀。

　　其次是"价值论"。价值论是研究事物的价值属性以及人的价值观念和价值评价的学问。这里所说的价值除了指客观对象的物质价值和精神价值之外，从人生论的角度来看，还应包括人自身存在的价值。价值属性不是通过认识，而是通过评价来裁定的。价值评价是以一定的价值观念为尺度的，而价值观不仅是一个层级的系统，一般可以分为有限的、即为个人欲望和功利目的所驱使的，和终极的、也就是为高远的人生理想、信念所指引的两个层次，而且由于人们追求目标的不同，在不同的评价主体中还会出现不同的价值取向，这样人们在价值评价中、在设定自己的人生目标和立身处世的原则上就会出现不同的选择。这突出地体现在一个人对于苦乐、义利、荣辱、生死等问题的理解和态度上，如对于苦乐的问题，人们之间的理解就有很大的区别。就我国哲学史上来看，孔子说自己："饭疏食饮水，曲肱而枕之，乐亦在其中矣。"④ 而杨朱认为快乐来自"丰屋、

---

　　① ［德］恩格斯：《自然辩证法》，《马克思恩格斯选集》第 3 卷，人民出版社 1972 年版，第 449 页。
　　② ［德］康德：《判断力批判》下卷，韦卓民译，商务印书馆 1964 年版，第 109 页。
　　③ ［德］康德：《判断力批判》下卷，韦卓民译，商务印书馆 1964 年版，第 94 页。
　　④ 《论语·述而》。

美服、厚味、姣色,有此四者,何求于外"①,在西方即使同属"快乐主义"者,阿里斯底卜和伊壁鸠鲁也大不一样。人的高尚与卑下,根本上也就由此而来。我们把目的论视为人生论的形上层面,也就是为了让人们认清有限目的和终极目的,相对价值和绝对价值之间的利弊得失,而按终极目的和绝对价值,亦即"至善"的观念作为评价人生意义和价值的尺度和一个人的人格的最高准则。我们把美引入价值论,以美为价值取向来引领人生,就是把理性与感性、社会性与个人性的统一的自由人生来作为人生所应达到的最高境界。

再次是"存在论"。存在论以我的理解就是从现实生活中人的实际存在状况出发来研究人生的学问。如果说目的论是属于人生论的形上性的层面、价值论是属于人生论的社会性的层面,这些研究都还只停留在理论上的分析与探讨;那么,存在论则属于现实性和个人性的层面,它强调人生在世,人总是在一定的现实关系之中生活的,目的就是为了使我们对人的理解回到现实人生,进入人的实际的生活领域。这种现实关系除了人与自然、人与社会的关系之外,还包括人与自我的关系。这是由于前文谈到的人不仅有意识而且还有自我意识,他还会把自己作为对象来认识自己、评价自己、筹划自己、选择自己的人生道路。这三种现实关系互相渗透、互相交织反映在人的活动过程中就构成了任何人在生活中都无法避免和摆脱的境遇、遭际和命运,而使得人生的成败、得失、福祸、荣辱往往充满着偶然性和不可预见性,以致任何人在生活中不可避免地都要经受各种境遇、遭际、命运的严正考验。这就是现实的人的生存状态,是处身于这现实世界中的每个人都必须正视的一个问题。所以孔子说"不知命,无以为君子"②。而生存论的研究的目的就是使人在不可回避的种种命运、遭际面前不予俯首屈从而积极进取,做自己命运的主人。所以歌德认为"一个人,即使驾驶的是一艘脆弱的小舟,但只要把舵掌握在他的手中,他就不会任凭波涛摆布,而有选择方向的主见"③。这样他就不仅不会被命运压倒,而且在与命运抗争中反而变得更加坚强;不像一些意志薄弱者那样,或因挫折、失败、厄运而悲观失望、消极颓唐,或因顺利、成功、幸运而陶醉沉迷,不思进取。所以要做一个具有自己的人生信念、胸怀远大、心理健全、意志坚强的人,就必须具有与命运抗争的精神,不以胜

---

① 《列子·杨朱》。
② 《论语·尧曰》。
③ [德]歌德:《歌德的格言和感想集》,程代熙、张惠民译,中国社会科学出版社1982年版,第6页。

骄，不以败馁，把一切境遇都看作对自己意志和情感的一种磨炼和考验，而使自己的人格在各种磨炼中获得提升。这里就涉及意志的行为，中国自古以来就有"功崇推志"之说，孔子也曾以"三军可以夺帅，匹夫不可夺志也"（《论语·子罕》）来说明意志对人的生存的重要性。蔡元培更是认为"人的一生，不外乎意志的活动"①。因此自19世纪以来，不论是意志哲学、生命哲学还是存在哲学，都把人生的问题联系意志的问题去思考，并把审美从传统本体论和认识论美学所探讨的情理的关系扩展到情志的关系。尽管各家对审美与意志的关系有不同的理解。这当中虽然有像叔本华那样主张借美来泯灭意志的，但多数还是倾向于借审美来激励意志和强化意志的，只是由于没有明确的目的论指向，而使得他们把意志活动看作只是一种内心的期盼和追求而难以付诸实践，如同海德格尔那样虽然认为"形而上学就是此在本身"，"只要我们生存，我们总是处在形而上学之中的"②，但它到底是什么，"我们至多可以唤醒大家去期待它"，"却无法把它想出来"③。但不论怎样，这无疑是在美学研究中向存在论维度的一大深入。它把美学研究的视界在以往认识论的基础上进一步推向实践论，凸显了审美在知意情全方位的意义上对人的生存所发生的影响和作用。

所以按人生论的观点把审美的精神与人的生存活动联系起来，也就改变了传统美学按本体论哲学和认识论哲学的思维方式，把美学的内容按美的本质论和美感论作分解研究的纯理论的路向，而使之进入人的生存活动，从人生论维度把它们融为一体，显示了审美对于现实人生以亲切的人文情怀，这是我国传统美学的思想特色之所在。但由于我国传统哲学是在儒、道两家（后来又融入了佛家）的对立互补中发展起来的，虽然它们都视"道"（天道）为世界的本体，并把"天人合一"视为人生追求的最高境界，但儒家的道是指"人伦之道"，而道家的道是指"自然之道"，所以前者倾向于"入世"，把践仁成圣作为人生的最高目标；而后者倾向于"出世"，把清静无为、顺应自然看作人生的理想状态。这就在一定程度上造成了在我国传统哲学熏陶下所成长起来的知识分子人格上的两面

---

① 蔡元培：《美育与人生》，《蔡元培美学文选》，文艺美学丛书编辑委员会编，北京大学出版社1989年版，第220页。

② ［德］海德格尔：《形而上学是什么?》，《海德格尔选集》上卷，孙周兴译，上海三联书店1996年版，第152页。

③ ［德］海德格尔：《只还有一个上帝能拯救我们》，《海德格尔选集》下卷，孙周兴译，上海三联书店1996年版，第1306页。

性：虽然在他们之中大多在社会理想上倾向于儒家，但在美学思想上则往往倾向于道家，以致历来许多以儒家思想为人生理想的知识分子都以"达则兼济天下，穷则独善其身"作为自己处世行事的准则，少有像屈原那样"虽九死其犹未悔"的为自己理想赴汤蹈火的献身精神。所以一旦当匡时济世的理想受到打击之后，往往就从寄情山水中获得一种精神上的慰藉和解脱，就像王维的诗中所言"自顾无长策，空知返旧林"，在"松风吹解带，山月照弹琴"的生活中过着逍遥自在的日子；并通过一些文学艺术作品把这种生活境界描写为一种至美的，也就是最值得人们所向往、羡慕、留恋的理想境界。不像康德和席勒那样把"振奋性的美"和"融洽性的美"、崇高与美看作是对立互补、内在统一的。这样，审美也就成了对于人生挫折、逆境、苦难、厄运的一种逃避，而对抗争、奋斗的决心和意志的消解，以致"崇高"这一审美范畴在我国传统人生论美学中的地位几近丧失。所以当近代西方美学被介绍到我国时，最为人们所推崇和乐道的就是西方美学中建立在审美所给予人的是一种"无利害关系的自由愉快"基础上的"静观"的思想，并按我国传统美学思想的思维定式把审美观照与意志活动截然分割开来、对立起来。王国维如此，朱光潜如此，今天大多数美学论著也是如此，如朱光潜早年在《谈美》中认为，今天社会闹得如此之糟，不完全是制度问题，大半由于"人心太坏"，人心之坏就在于"未能免俗"不能超脱，都在"像蛆钻粪似的求温饱"①，他提倡美学，提倡"人生艺术化"就是为了使人在这种世俗的生活中以求超越，凭着"孤立绝缘"的静观进入一种纯粹的美的境界，这岂不把人求生的本能，也当作一种罪过？是对人的生存意志的一种否定？所以对于我国传统的人生论美学，在肯定和继承它对现实人生的人文关怀的同时，还有一个如何对之进行超越的问题。这里就涉及我们对审美与意志关系的理解。

三

所以我觉得要使美学进入人生、融入人生，还得要突破传统认识论美学的困扰，联系审美情感与生存意志的关系作深入的分析。

近代的西方美学虽然流派纷呈，但有一点似乎是为各家所普遍认同的，即审美所带给人的是一种"无利害关系的自由愉快"。它按康德在《判断力批判》上卷中"美的分析"中所谈的，就在于它和人与世界的理

---

① 朱光潜：《谈美·开场话》，《朱光潜美学文集》第 1 卷，上海文艺出版社 1982 年版，第 446 页。

智关系（真）和意志关系（善）不同，是"既没有官能方面的利害感，也没有理性方面的利害感来强迫我们去赞许"，它"对对象的存在是淡漠的"，他把这种感知形式称之为"静观"（一译"观照"）①。后来叔本华、克罗齐所说的"直观"基本上也沿承这一理解。但这认识似乎并不全面，首先，这显然只是就狭义的美（优美）感而言，并不包括崇高感。所以康德后来也作了补充说明："美的鉴赏以心意的静观为前提"，"而崇高则结合着心意的运动"，它经由想象连系着"认识能力和意欲能力"②。其次，即使是就美（优美）感而言，也并不意味着它与意志绝缘。如果按斯多亚主义那样把静观视为排除激情的纯理智的观审，那自然是与意志活动分离的；但是到了中世纪基督教神学中，它却被理解为是与上帝开展交流、相亲相近并趋向合一的途径，是一种"心灵的扩展"，"心灵的升华"，"一种与神圣者尽量近似的行动"③。这样静观也就被发展为一种意向性的心理。只是到了近代，随着宗教世界观的逐渐被解体，对于"静观"的后一理解也逐渐被人们淡忘，返回到斯多亚主义的解释而与意志重新趋于分离，这突出地表现在叔本华的美学思想中。他把世界的本体理解为一种非理性的"生存意志"，它是人生痛苦的根源所在，所以认为"没有彻底的意志之否定，解脱生命的痛苦是不能想象的"。他研究审美，就是认为静观（直观）作为一种"纯粹的认识方式"，它可以作为一种意志的"清静剂"，带给人以"真正的清心寡欲"，使人"意识到这一切身外之物的空虚"，而被视作一种在人生苦境中达到暂时解脱的重要途径④。王国维就是按叔本华的这一思想来解释美学的社会功效的。这种解释显然偏于消极。所以我觉得要全面深入揭示"静观"这一概念的内涵，很有必要回顾一下康德思想的本意。

康德的美学思想是为了匡正近代西方社会功利主义和幸福主义伦理观的流行所造成的社会风尚的腐败而展开的。因为自文艺复兴以来，人们在反对基督教神学时把"目的论"也一概予以否定，反映在对人的认识上，不是像霍布斯那样把人比作"钟表"，就是像拉美特利所认为的人是一台"机器"，都"是在必然性掌握下的一个被动的工具"；认为"人的精神想

---

① 康德：《判断力批判》上卷，商务印书馆1964年版，第46页。
② ［德］康德：《判断力批判》上卷，宗白华译，商务印书馆1964年版，第86页。
③ ［叙利亚］（托名）狄奥尼修斯：《神秘神学》，包利民译，生活·读书·新知三联书店1998年版，第114页。
④ ［德］叔本华：《作为意志和表象的世界》，石冲白译，商务印书馆1982年版，第543—545页。

— 387 —

冲到有形世界范围之外乃是徒然的空想"①。这样人也就完全丧失自己的自由意志,被置身于手段、工具、奴隶的地位,与完全受自然律所支配的动物无异了。这在康德看来是近代社会风尚日趋腐化和堕落的根源。他提出审美所带给人的是一种"无利害关系的自由愉快",正是为了他的"人是目的"在思想在美学中得到贯彻和落实。因为在他看来,在世界这一切都是互为目的和手段,所构成的因果关系体系中,人之所以"有资格来做整个自然目的论上所从属的最后目的",就在于人具有一种"超感性的能力(即自由)",他能从因果性的规律即眼前的利害关系之中解放出来意识到"以之为其最高目的的东西,即世界的最高的善",使人作为一个"有理性的存在者在道德律下存在"②。而审美在他看来就是使人的生存活动从必然进入自由而达到自由境界的最为有效的途径。因为在西方美学思想史上,美从来并不被看作只是感觉的对象,供人以耳目之娱,而同时认为它是"上帝的象征",是显示于现实生活中的"至善"的理想形态,是"分享"了"神明的理式"而来的,它"只有一种为审美而设的心灵的功能才能领会"。所以若"要观照这种美我们就得向高处上升,把感官留在下界"③,这就使得审美成了一种对于人的思想境界的提升力,它所追求的主要不是本真的存在而是目的的指向,是超越理性认知所领悟到的对人的生存状态的终极关怀。这种"神明的理式"实际上也就是康德所说的"审美理想",它作为一种人生的目的由于不是像一般的行为目的那样以概念的方式向人们宣示,而只是人们所感觉和体验的对象。所以看似"没有目的的",但他通过对于"有限目的"的否定正是为了强调"终极目的"在人的生存活动中的地位和作用。从而向人表明在个人的实际生存活动中虽然不可避免的会受到成败、得失、荣辱、福祸等利害关系的困扰,但若是我们有了一个终极目的和信念,我们就能分清眼前的和长远的、相对的和绝对的、有条件的和无条件的,就不至于为了汲汲追求个人眼前的利害,放弃根本的人生目标,把自己当作只是一种为达到有限目的的手段,而不再是目的本身。这里所阐明的实际上就是一个理想、信念,也就是意志在人的活动中的地位和作用的问题。所以我觉得在我国近代介绍西方美学的学者中,梁启超是最深得康德美学的精髓的,他不仅认为康德是"非德国人而是世界之人,非十八世纪之人而百世之人",而更

---

① [法]霍尔巴赫:《自然体系》,《西方哲学原著选读》下卷,北京大学哲学系外国哲学史教研室编译,商务印书馆1981年版,第220、203页。
② [德]康德:《判断力批判》下卷,韦卓民译,商务印书馆1964年版,第109—113页。
③ 普洛丁:《九卷书》,《西方美学家论美与美感》,商务印书馆1980年版,第53、60页。

在于他提倡"趣味"说,提倡的"知不可而为主义",要求人们在活动中把"无聊的计较一扫而空","把利害的观念变为艺术的、情感的",认准了目标就应该"一味埋头埋脑去做"①,而不以一时的成败、得失、荣辱、福祸来衡量自己的活动的意义和价值。这样他在活动中就有了自己高远的人生理想,就会做到胜不骄、败不馁,而永远保持奋发向上的精神。审美所带给人的这种"无利害关系的自由愉快",正是造就这样一种人格、品性的最为有效的精神良方。

但是由于审美带给人的自由愉快是排除了当下的利害的计较,对"对象的存在是淡漠的",只求主体把全身心都调动起来专注于对象外观,为对象所沉醉、所欢娱;所以它在感知形式上虽然与意志不同,不像意志那样"以概念为其基础和目的",带有某种强制的性质,从而对心灵起到一种净化的、解放的作用;但又与斯多亚主义和叔本华等所宣扬的那种淡泊宁静有别,而恰恰是为了通过排除杂念而按美的目的来指引人的生存活动。这是由于情感包括审美情感作为客体能否满足主体需要所生的心理活动,实际上是以情绪体验的方式所表达的人们对于客观对象的一种态度和评价,对现实世界的一种期盼和梦想,它总是隐含着一种"合目的性"的观念和指向,是人的一种意向性的心理。它与理智的不同在于"理智是灵魂用来思索和判断的部分",它"与躯体是分离的";而"感觉和情感则不能离开身体"②。

所以一旦当感觉在内心唤起某种情绪体验之后,就不仅会使意向心理得以激发,而且还会通过中枢神经传播到人的全身,引发呼吸、心跳、血液循环等机体各个部分的变化,而转化为人的行为的心理能量,就像笛卡尔所说"从心灵上看是激情的东西,从身体上看则是行动"③,使意向性的心理同时也成为一种意向性的行为,不仅成为驱动人们按照美所指引的目标去从事行动的精神动力,而且经过长期的心理积淀还会形成一种"动力定型",一种行为的内隐倾向。这就使得审美判断在形式上虽然是静观的,但在心灵深处却能把情感与意志沟通起来,克服按原子心理学的观点将认识和意志分离的倾向,而通过情感这一中介使知、意、情三者交互作用、互相渗透统一而成为一个心身一体、知行合一的整体人格,这样

---

① 梁启超:《"知不可为而为"主义与"为而不有"主义》,《饮冰室合集》第4册,商务印书馆1989年版,第59—68页。
② [古希腊]亚里士多德:《论灵魂》,苗力田主编《亚里士多德全集》第3卷,中国人民大学出版社1992年版,第75—76页。
③ [法]笛卡尔:《心灵的激情》,转引自李珣《身体的激情》,《哲学动态》2015年第3期。

就把人们对审美价值的理解从传统的情感—理智的关系进一步推向情感—意志的关系，同时表明在人的生存活动中审美比之于任何其他精神活动更能深入人心、进入人的实际生活的领域，对人的全身心都能发生深刻而持久的影响。

所以从审美对于现实人生的实际介入这一点来说，我们完全可以把人生论美学看作一种生活美学，但是它又与目前学界所流行的"生活美学"即"日常生活审美化"不同，因为这是一种只求"有限目的"——满足于当下休闲、享乐等消费性需要的美学，它以"回归生活"为名，一味追求平庸、低俗，使作品完全丧失了振奋人心、鼓舞人心、激励人们为美好人生奋斗的热情，所缺少的正是对人生的"终极关怀"；而人生论由于是在目的论和价值论的视野下来审视和评判人的生存活动的，这就使得"终极目的"在"人生论美学"中有着特殊的意义和价值。因为它作为康德所说的"目的王国中的立法的元首"所隐含着的"至善"的概念①，所指向的完善的境界是没有止境的，虽然人们在行动中"可以越来越接近它们，但却永远不能完全达到"②，以致人们在追求这一理想目标的时候就仿佛永远是在途中。对于那些人生旅途上的跋涉者来说，它仿佛是夜幕光临前的旅舍，使这些精疲力竭的旅人仿佛回到家里，烤烤火，驱散寒意，喝口水，解除饥渴，从而消除疲劳、恢复体力，因为尽管前途遥远，而且还会遇到许多艰难险阻，但这条路总还得要走下去；而又仿佛像航行者在旅途中所见的灯塔，如同柯罗连科在他的散文诗《火光》中所描写的，在一个黑暗无边的夜晚乘船在一条曲折的河流中航行时所看到前面的火光那样，尽管小船驶了很久，拐了一个弯又一个弯，火光还是那么遥远而没有临近，但它毕竟让人看到希望，激励人奋发前行。总之，它在让人们看到这一路途的艰难和险阻的同时，却又如同春风雨露那样滋润人的心灵，所以又最能深入内心、融入人生，而成为人生旅途中的精神伴侣，时刻给人以慰藉和鼓舞，激励人们的意志和决心，让人生命不息而奋斗不止。这就使得人生论美学不像本质论、本原论美学那样停留在社会的、形上的，也不像美感论、审美心理学那样局限于个人的、形下的，而是以感性与理性、个人性与社会性统一的人为出发点把两者有机地统一起来，联系它对人的生存活动的价值和意义来理解，反过来又为提升、完善和诗化人生，为培育具有自由

---

① ［德］康德：《判断力批判》下卷，韦卓民译，商务印书馆1964年版，第111页。
② ［德］康德：《实用人类学》，邓晓芒译，重庆出版社1989年版，第88页。

意志和独立人格的人作为自己的归宿和落足点。

所以尽管对于美的问题我们可以从各个角度来进行研究，但是从人生论的观点进行研究，我认为应该是它最能亲近人生，满足人的生存需要，实现美学回归人生的最具现实意义，也最能体现我国传统美学思想精神的一种理论形态。

2017年6月26—29日为《学术月刊》创刊60周年而作

8月15日改定

原载《学术月刊》2017年第11期

反本质主义与美学的现代形态

徐 岱

一

　　一般说来，思想史上的各种嬗变总是伴随着知识形态的相应调整。虽然美学的现代转型早已开始，并且关于美学的"现代课题"的关注随着审美现代性反思的全面启动，也曾进入过一些学者的研究视野[1]。但究竟该如何把握现代美学的知识形态，对于这个问题迄今一直缺少明辨。这种情形事实上已使当代审美理论的研究陷入了一种困境。

　　众所周知，当两千多年前的柏拉图以"我并不关心对于人们来说什么显得美，而只关心美是什么"这样一句提问，来启动西方美学的思辨之舟，他同时也替作为一门学科的美学设置了一条"本体论"的航道。因为从"什么是美"到"美是什么"的转折，意味着从"个别"到"一般"的思想穿越。自此以降，以对抽象的"美的本质"的追究来替代对实际的"美的存在"的关注，便构成了古典美学的基本知识形态。基于这个立场，在我们所面对的大千世界看似变动不居的现象后面，不仅存在着作为事物本质的稳定的东西，而且只有这些东西才是真正真实、永恒不变的存在，它是那些具体事物的理念原型。由此出发的方法论思想，被英国学者波普尔率先命名为"本质主义"。概括地说，"这种观点认为，'纯粹知识或科学'的任务是去发现和描述事物的真正本性，即隐藏在它们背后的那个实在或本质"[2]。以此为本质的古典美学在某种意义上也就成了关于美的定义之学。

---

　　[1] 如日本著名学者今道友信于第八届国际美学会议上，以《美学的现代课题》为题，代表国际委员会作过相关方面的发言。理查德·赫尔兹的《现代艺术的哲学基础》也涉及这方面的问题。均见《美学文艺学方法论》上册，文化艺术出版社1985年版。
　　[2] ［英］波普尔：《开放社会及其敌人》，杜汝辑、戴雅民译，山西省高校联合出版社1992年版，第33页。

无须赘言，借助本质主义的舞台，人类的思想精英们上演了一幕宏伟壮观的古典戏剧。但这出戏如今已落下帷幕。滥觞于20世纪初的那场"语言学转向"，标志着一股新思潮的崛起，瑞士学者索绪尔与奥地利人维特根斯坦成了开风气之先的人物。他们的目标所向皆为传统语言理论中的所谓"逻各斯中心主义"。根据这一观念，口头言说之所以较书面文字能更好地表达意思，是由于声音同我们的内在灵魂有最密切的联系。因此，"逻各斯中心主义"也就是"意义本体论"，它在"言意关系"中为"意义"提供了一个先验实在的位置，使之成为能主宰具体言语媒介的一个对象。所以，当我们在赫拉克利特的《著作残篇》中读到，他要后人"不听从我本人而听从我的'逻各斯'"，一个具有自足性的"意义"便已被确认。而在"现代语言学之父"索绪尔看来，语言活动只有在成为一个形式系统时才能发挥作用，此时的一切都是以具体的"关系"为基础。孤立一个语词因无法被确认而不具有实际意义。最终赋予一句话语以意义的，是词与词之间的一种"差别性表演"，正是这番表演让一个原本无确定之"是"的语词，拥有了一个受具体语境制约的"所是"。

这样，通过切断语言活动同实际世界的指称联系，索绪尔对为"意义本体论"提供掩护的"逻各斯中心主义"发起了强有力的冲击。用他的话来说："我们表示语言事实的一切不正确的方式，都是由认为语言现象中有实质这个不自觉的假设引起的"。[①] 在取消意义的实质性这点上，后期维特根斯坦通过以"语言游戏说"取代其早期倡导的"语言图像论"作出了呼应。所谓"图像论"是说，一个语言命题是以"现实的图像"的方式反映着作为"现实的实质"的意义。在这里，传统的"逻各斯中心"的幽灵清晰可见，意味着"图像论"同"指称论"一样，将一个名称的意义同其所指对象相提并论，从而赋予了"意义"以某种实体性。维氏的自我反叛借助于将一个词的"负载者"和其"意义"的区分。一个语词在实际世界里的指称对象，只是其意义的负载者而非意义本身。如此，这个负载者在现实世界中即使消失也不影响意义的存在（如历史上的苏格拉底这个人死后，"苏格拉底"这个词语仍然具有意义）；这个负载者甚至可以原本就不存在，而以它为载体的某个语词依然拥有意义（如"飞马"这个词的指称对象在现实世界中从来就无着落）。因此，与其在《逻辑哲学论》里提出的"图像所表现的东西就是它的意义"观相

[①] 索绪尔：《普通语言学教程》，商务印书馆1982年版，第169页。

反,在《哲学研究》中维氏坚持并不存在凝固不变的语词意义,"一个字词的意义是它在语言中的用法"①。

显然,围绕语词意义的这番争执,其意义并不仅仅在于语言观的调整,而在于哲学观的嬗变:对意义的先验实体性的注销,意味着对事物的抽象本质的瓦解。用维特根斯坦的话说:"我无意找出所有我们称之为语言的某种共同点,我要说的是,这些现象没有一个共同点能使我们可以使用一个同样的词来概括所有这一切。"因此,"当哲学家使用字词并且想抓住事情的本质时,我们必须时时这样问自己:这些字词在一种语言中,在它们自己的老家中是否真的这样使用?"②维氏认为,如此这般地追究不仅能让我们发觉"本质隐藏不见了",而且还将揭示出,在人们通常所持的那种"透过现象看本质"的态度里出场的所谓事物"本质",其实乃是我们自己所营构的一个"本质主义"幻觉,它的缔造者是柏拉图。曾在哲学界流传的一个关于柏拉图的故事,有助于我们认识这种本质主义的虚幻性:柏氏有一次派弟子上街买面包,此人空手而回说不见"面包",只有或方或圆或长或短的面包。老师道,就买一个长面包,弟子去而又回说没有"长面包",只有黄的白的棕色的等面包。柏氏说,那就买个白的长面包吧。但弟子还是空手而回说没有"白的长面包",只有冷的热的温的烫的等白而长的面包。如此来回折腾,最后让只以"理念"为重的哲学家饥饿而死③。

当然,历史上的柏拉图并未坐以待毙,只是一场声势浩大的"反本质主义"思想运动就此出场了。它在对长期以来一直独步天下的"本质主义"思想方法作出解构的同时,也使仰仗其威望而建立起来的古典本体论美学,陷入了一种"合法性危机"。迄今已为我们耳熟能详的维特根斯坦的"家族相似说",是发起这场挑战的一个桥头堡。维氏指出:考虑一下我们称为"游戏"的过程,它们的共同点是什么呢?首先得去掉这样一种先入之见:它们一定有某种共同点,否则它不会都叫作"游戏"。而要仔细观察,以具体地"看"来取代凭空之"想"。这样的话"你是不会看到所有游戏的共同点的,你只会看到种种相似之处和它们的联系"。比如棋类游戏不同于牌类游戏,后者也有别于球类游戏,后者又不同于竞技体育类的游戏,如此

---

① [英]维特根斯坦:《哲学研究》,陈嘉映译,生活·读书·新知三联书店1992年版,第31页。
② [英]维特根斯坦:《哲学研究》,陈嘉映译,生活·读书·新知三联书店1992年版,第45页。
③ 参见冯友兰《三松堂自序》,人民出版社1998年版,第270页。

等等。而最终"我们看到了相似点重叠交叉的复杂网络",就像一个大家族,家庭成员之间从身材相貌、步态声音到脾气秉性等,程度不同地存在着各式各样的相似性。同样地,"'各种游戏'形成了家族"。因此,当我们向人们解释游戏时就无法给他一个定义性的界定,而只能向他作出某种描述并加上一句:"这种以及类似的东西就称为'游戏'"①。

以此来看,如果说美学如同柏拉图所坚持的那样,是对许多具体审美现象的内在共同本质的把握,则只能是在做一场水中捞月的游戏,纯属徒劳。因此,随着这场以"语言学转向"为先遣的思想运动在当代人文学界长驱直入,已经跋涉了两千多年的本体论美学终于走到了历史的尽头。用英国学者普罗福的话来说:"正是由于维特根斯坦的影响,那种试图发现艺术'本质'的做法已经被抛弃了。"正像他所指出的,"尽管维特根斯坦并不是有意把家族相似的想法运用于一切词语,但人们很快意识到这个观念特别适用于诸如'艺术'和'审美'这样的概念"②。但问题在于,这不仅仅是以柏拉图的名字命名的形而上一本体论美学的彻底溃败,而且也是从爱琴海起航的美学思辨之舟的整个沉没。因为在维氏向我们提出的,不要再继续诸如"美是什么"这类的陈述,而应去作"美怎么样"这样的描述的劝告中,其实意味着完全终止任何关于"美"的谈论。因为对审美现象的具体化,也就是回到个别的审美事态,如果我们不将其放到更大的背景中同其他事物发生某种联系,而是就事论事地加以描述,我们事实上也就无法正当地使用"美"这个词。因为在这个词中存在着一种概括,意味着一种抽象。

所以,不论我们如何处置都无法否认,以一种"取消主义"的立场对待"美学",这原本便是以维氏思想为策源地的当代"反本质主义"思潮的逻辑归宿。以此为本的"分析美学"所能做的,也就是为美学举行体面的葬礼。事实上,作为始作俑者的维特根斯坦本人对此从不掩饰,用他的话说:"奇怪的是,所有时代都不能使它们自己从某些概念(例如'优美的'的概念和'美'的概念)的束缚中解放出来。"因为"在实际生活中,当人们做出审美判断时,诸如'美的'和'好的'等形容词几乎不起什么作用"。在他看来,人们对于音乐的反应只能是"注意这个调"或"这段不连贯",对于一首诗则是"意象用得很准"等。总之,

---

① [英]维特根斯坦:《哲学研究》,陈嘉映译,生活·读书·新知三联书店1992年版,第46—47页。

② 转引自周宪《20世纪西方美学》,南京大学出版社1997年版,第331页。

"你所使用的这些词更近于'对的'和'正确的',而不是'美的'或'可爱的'"①。

二

那么,我们今天应该怎样来谈论美?身处所谓"后现代"文化语境,作为人文思想界的老字号的美学是否还能够继续开张营业?显然,凡此种种均需要对现代美学的话语—知识形态作出把握,而首先是对反本质主义逻辑作出某种解构,舍此别无选择。事实表明这种解构不仅可能,而且势在必行。法国著名学者马利坦曾批评道,这种对关于事物本质与本性的任何思考的摧毁与取消的做法,只是"显示了智慧的彻底失败"②。这听起来似乎显得有些严厉而保守,其实不然。冯友兰先生在其《三松堂自序》里也讲过一个故事:孔子某日对一位学生讲解"吾日三省吾身",说这个"吾"就是"我"。学生到家回答其父的检查时复述说,"吾"是孔先生。受到一顿责骂,被告知"吾"不是孔子而是"我"。于是第二天当孔子要这位学生对前日所学的"吾"字加以解释时,他便答道:"吾"是"我爸爸"。弄得孔子无言以对。显然,故事里的这位学生的问题出在缺乏基本的抽象能力,因而他难以明白这个"吾"不属于孔子和其父这样的个体,而是指由他们所代表的一个抽象"主体"。

这个故事形象地告诉我们,反本质主义所倡导的放逐抽象本质、回归实际存在的主张虽然听上去煞有介事,实际操作起来并非那回事。因为世界的存在虽然呈现为个别而具体的事态,但我们对它的认识与把握却只能借助于一条相对抽象的道路。所以,从对具体事物的感受里培养起一种抽象能力,这乃是文明的不归之路,也是哲学活动的一种归宿。西班牙哲人加塞尔说得好:"所谓求知,就是不满足于事物向我们呈示的相貌,而要寻索它们的本质。"③ 当代解释学家伽达默尔也曾指出:"在差异中寻找出共同的东西,这就是哲学的任务。"④ 赋予混沌一体的世界以某种秩序,这乃是自然宇宙通过人类意识活动所要体现的一种力量。这无疑是一项吃力不讨好的工作,因为人类毕竟不是上帝,生命个体永远无法克服其存在的主观有限性,种种谬误与偏差于是在所难免。但正如加塞尔所说,"永远面对一个彻底的疑问,这正是哲学的英雄本色之所在。"以此来看维特

---

① 刘小枫主编:《人类困境中的审美精神》,东方出版社1994年版,第527页。
② [法] 富尔基埃:《存在主义》,潘培庆等译,上海译文出版社1988年版,第120页。
③ [西] 加塞尔:《什么是哲学》,商梓书译,商务印书馆1994年版,第38、50页。
④ 刘小枫主编:《人类困境中的审美精神》,东方出版社1994年版,第655页。

根斯坦所提出的"对不能说之事保持沉默"的主张,显得聪明而脆弱。它让我们想起黑格尔的这句名言:对谬误的恐惧本身就是一个谬误,深入分析之下,这其实是对真理的恐惧。

诚然,从那种古典英雄的阵营作全面撤退正是当代精神的一大特色。问题在于,事实上没有谁能严格地落实反本质主义的主张,除非他们愿意被现象的海洋淹没。因为任何一种认识活动都意味着对纯粹个别的超越,否则的话便会"受阻于存在物的所是,即它们的本质"。而从经验立场来看,反本质主义理论其实是认识论上的一种乌托邦。因为它所推崇的"描述"手法本身,终究还是同"前陈述"有某种暧昧关系。因为任何描述都只能是有选择地进行,因而必须以某种范围的相对"确定"为其前提,这也就意味着在我们对"所在"之物作出描述之际,就一定有关于它之"所是"的判断的渗入。正是在此意义上,施皮格伯格认为,反本质主义以对具体事物的描述作为手段来取消对本质的概括性陈述是无力的,因为"描述已经包含了对于本质的考察"[1]。

所以,在当代思想界一度以"革命者"姿态出现的维特根斯坦的学说,其实在其出场不久便已面临"被革命"的命运。苏联学者古辛娜女士曾从语义学的角度指出,维氏理论里隐含着一种同语反复的自循环。比如当他提出一个词的意义就是其用法时,它实际上意味着"意义即意义",因为在具体的交流活动中,我们总是按照我们在那个特定场合所指的某种意义来使用词的。而这也意味着这样一个事实:在一个词的运用之外,仍存在着为这个词所蕴含的某种意义[2]。对这一点,牛津大学的格雷林先生也曾提供过相似的见解。他指出:"像维特根斯坦那样把意义和运用看作一回事,这毫无疑问是犯了一个错误。因为人们有可能在不知道一个语词的用法的情况下知道其意义,也有可能在不知道一个语词的意义的情况下知道它的用法。"比如很多人或许知道"AMEN"(阿门)这个词通常被用于基督教祈祷或圣歌的结束语,而不懂得它的含意是说"但愿如此"[3]。以此来看,具体语境的功能仅仅在于对一个词所拥有的"意义域"作出选择,而正是后者划定了一个语词在用法上的"可能性空间"。比如"你休息"这句话,不管它在不同的语境里呈现出什么样的

---

[1] [美]施皮格伯格:《现象学运动》,王炳文、张金言译,商务印书馆1995年版,第937页。

[2] [苏]古辛娜:《分析美学评析》,东方出版社1990年版,第70页。

[3] [英]格雷林:《哲学逻辑引论》,车博译,徐纪亮校,中国社会科学出版社1990年版,第310页。

意义差别，其意义毕竟与诸如"你能干"或"你放屁"这样的表达相去甚远。

随之而进，我们也就必须重新审视语言活动与现实世界的真切关系。应该承认语言对于我们的生活的构成作用，正如洪堡所指出的，人主要地、甚至可以说完全地，是按照语言呈现给人的样子而与他的客体对象生活在一起。这表明了语言是人与世界的中介，因而在很大程度上人所认识的其实只是语言中的世界。但这并不意味着我们所认识的就是"语言世界"，更不能进而以为语言之外别无世界。因为归根到底，语言并不是一个"自足体"，而是为满足我们把握世界的需要而被创造出来，其目的在于帮助我们进入存在之中。因此，语言在具体运用中所呈现的"差别性表演"只是意义的呈现方式，而并非意义的生成之源。这个根源只能来自语言同存在的关系。借用保罗·利科的话说："话语是一种这样的行为，通过它语言超越作为符号的自身，走向它的参照物。"也是在同样的意义上，杜夫海纳提出："一个语言整体只有在说出一个意指、瞄准一个外在于指号并由指号首先命名的实在时，才是有意义的。"因而，不同于维特根斯坦提出的"情况可以描述，但不能命名"，他明确地认为："要描述，首先必须命名"①。

这样，曾经被索绪尔和维特根斯坦所切断的语词同世界的联系，如今又重新被接上了。"作品自身的语言不要像手淫那样从自身上获得满足，作品多少要参照世界"。杜夫海纳以如此强烈的方式，重审了语言同世界的关系：语言并非"就是"世界，它只是我们进入世界的媒介。"意义"也不再是语言王国里的流浪儿，不再在话语系统中呈一种"漂浮"状态。它根植于"存在"之中，并因此而拥有了某种充实性。著名学者舍勒曾以这么一个例子来作出说明：当一个人指着窗外对你说，"外面天气真好"时，你要怎样做才算是理解了呢？他认为"惟有这才叫做理解：听话者通过追踪聆听说话者的意向和辞句，也把握了'阳光灿烂'或'户外天气晴朗'这一事态"②。从这个例子可以看到，"意义"虽然不如一个茶杯和一张桌子那样实，但也不像"天使"那样虚。它虽像"上帝"一般的神秘，但并未那么悬而难决。它是对"存在"的分有，而存在却有点像借助世界这个大舞台的盛装表演，它所出场的时空

---

① [法] 杜夫海纳：《美学与哲学》，孙非译，中国社会科学出版社1985年版，第148—149页。
② [德] 舍勒：《爱的秩序》，林克等译，生活·读书·新知三联书店1995年版，第191页。

限定并不影响它给我们留下深刻的印象。因此，意义并非如反本质主义思想家们所认为的那样，是语言系统能随意差遣的婢女，相反它倒更像是能够支配语言活动的主妇，她在语言所进驻的世界里有属于自己的一个位置。

而随着意义与语词之间的关系的这番重新调整，"本质"这个词似乎也就得到了一个复活的契机。哈佛大学教授普特南提出了他的"新本质主义"语言观。他不仅坚持现实世界里"存在着具有共同隐结构的事物类"，而且还认为，虽然"自然种类的这些外在特征可能随着时间发生变化，或随条件的变化而变化，而'本质'却没有改变到要使我们不再用同一个词来称呼它的程度"[1]。而另一位叫斯特劳逊的学者甚至还主张："我们应为一种已被清洗过的形而上学保留一块地盘。"[2] 对于这些观点或许仍应持一种谨慎态度，但至少我们可以对各类以"反本质主义"的名义对事物本质的全面围剿出示一张黄牌。因为分析起来，这个学说的理论破绽实在太耀眼。

美国学者曼德尔鲍姆对维特根斯坦的"家族相似说"提出过削切的批评。他指出，家族相似这个概念应包含一种对遗传关系的肯定，否则我们所谈的就只不过是一般的相似而并非"家族相似"。因为将一个家族成员联系在一起的并非只是外部的相似性，而主要是内在的血缘关系。这就意味着，"如果家族相似这种类比能够对游戏之间的联系方式作出某种解释的话，我们就应该设法揭示，尽管不同游戏之间存在着巨大差异，但它们却可能具有一种像遗传因素一样的共同属性，这种属性并不一定是它们的外部特征"[3]。英国学者查尔斯沃斯也曾提出，"'家族相似'是这样一种相似，它不能为普遍概括或推论提供基础。然而在其范例理论，或他关于在一个特殊语言游戏之外使用语词是无意义的理论中，维特根斯坦是既想作出一个概括又想作出某种推论"。此外从一个更普遍的观点来看，比如从维氏一再坚持在哲学的"即将倒塌的建筑"与日常语言的坚实基础之间存在着确定的界线等，其实在那种语境中，"维特根斯坦再次引进了关于本质的思想"[4]。

上述这番意见中肯地揭示了维氏思想在逻辑上的不彻底性，对此许多学者都有共识。如著名哲学史家施太格缪勒也曾指出，"维特根斯坦在他

---

[1] ［英］艾耶尔：《二十世纪哲学》，李梦楼等译，上海译文出版社 1987 年版，第 306 页。
[2] ［英］查尔斯沃斯：《哲学的还原》，田晓春译，四川人民出版社 1987 年版，第 201 页。
[3] ［美］李普曼：《当代美学》，邓鹏译，光明日报出版社 1986 年版，第 253 页。
[4] ［英］查尔斯沃斯：《哲学的还原》，田晓春译，四川人民出版社 1987 年版，第 200 页。

描述语言游戏上以及他对不同观点的批判上,一直受到下面信念的支配,即他比其他哲学家关于语言本质有着更深刻的洞察力"①,这样他便将自己的学说置于了一个十分不利的处境:以一种本质主义的立场来张扬自己的反本质主义的主张。美国坦普耳大学的舒斯特曼教授也曾撰文指出,虽然"艺术上的反本质论和对于明晰性的追求,也许就是分析美学最一般和最显著的特点",但是人们依然能够发现,"潜藏于所有优秀批评中的那种观念,即存在着或必定存在着一个本质的或适当的阐述性逻辑,乃是分析美学难以摆脱的美学上的本质主义的遗迹"②。当代"后哲学"的代表人物罗蒂在分析解构主义思想的特点时也写道:"把德里达和德·曼对语言的有用的、创造性的描述,作为道德和政治的关键只是又一个例子。它表明,反本质主义通过虚构它自己的元叙说、它自己关于什么地方可以发现力量的终极杠杆的自私的故事,而在最后关头又推了本质主义一把,反倒使自己变得可笑了。"③

总之,在经历了大半个世纪的思想之旅后,由反本质主义掀起的诸如反普遍性话语和反宏大叙述等"后现代思潮",如今已渐渐显出自身的问题。迄今来看,"哪怕是彻底的分析哲学,离开了本体论假设它将无法再宣称什么"④。著名学者佛克马最近发表意见:"在任何情况下,自从利奥塔德写了《后现代状态》以来,他对元叙述的怀疑便无法阻止新的元叙述的发明。"事情确实如此,例如像后殖民主义、多元文化主义和全球化理论等,所有这些新学说无一不拥有一种普遍性的框架和宏大叙述的姿态。因此,佛克马中肯地指出:"利奥塔德的关于一切宏大叙述均已终结的似是而非的宏大叙述,显然不能令人信服。"⑤

但问题还在于,该怎样看待和评价这种"否定之否定"?本质论思想的阴魂不散究竟意味着什么?在佛克马教授看来主要是一种文化惯性,他认为,连"利奥塔德本人似乎也大大低估了具有包容性构架的心理需求。人的头脑总是试图在不同的兴趣和经验领域之间建立起相关联的结构"。这自然不会有什么问题,需要进一步追究的是这种文化习性的形成背景。显然,只要我们承认,文化是人类为应对来自大自然的挑战而发展起来的

---

① [德] 施太格缪勒:《当代哲学主流》上卷,王炳文等译,商务印书馆 1986 年版,上册第 602 页。
② [美] 舒斯特曼:《对分析美学的回顾与展望》,《哲学译丛》1990 年第 1 期。
③ [美] 罗蒂:《后哲学文化》,黄勇译,上海译文出版社 1992 年版,第 158 页。
④ 赵汀阳:《走出哲学的危机》,中国社会科学出版社 1993 年版,第 13 页。
⑤ 佛克马:《走向新世界主义》,《东方丛刊》1991 年第 1 辑。

一种价值系统，那么就会看到人类的这种需要依据，就在于我们所身处的这个世界本身便具有这种可归类性。

因此，如同人之所以追求秩序，归根到底是由于世界自身能够"拥有"一种秩序，并且它能为我们所感知；主体心灵之所以会有从"个别"里寻求"一般"的冲动，乃是因为我们所面对的从来都并非纯粹的个别，而是一种能被我们以"类"来对待的具体。亚里士多德早就指出："当一个未作逻辑上区分的个别事物突出出来时，最先存在的普遍事物便呈现于心灵中，……以人为例，它呈现出的是人，而不是卡利阿斯这个人。"这话乍听起来似乎有点突兀，同我们的常规经验相悖，但事实其实正是如此：对于那些猎食动物来说，之所以不会犯柏拉图弟子的错误让自己饿死，就在于它们本能地对其被猎对象具有一种"类"的把握能力。对于动物界的绝大多数生命体来说，存在论意义上的"个别"是毫无意义的。这为亚里士多德的这番见解提供了一个有力的依据："知觉作为一种能力是指对这类事物的知觉，而不仅仅是对这一个别物的知觉。"①

但从这个例子我们除了可以发现，知觉活动的轨迹并非如我们通常所以为的那样从个别到一般，在某种意义上而是从一般到个别；还能够意识到，"本质"这个概念并不像反本质主义者所认为的那样见不得人。"应该承认在我们有可能看见的存在事物的那些个别特性后面，有种类的典型，即它的一般本质"②，法国学者富尔基埃的这番话颇能获取人们的认同。事实上，这也正是我们能够给大千世界的事物进行命名的逻辑依据，这种命名的不够精确并不影响其有效性。比如迄今来看，巴尔扎克的"上帝独白"式小说不同于普鲁斯特的"心理自白"式小说，陀思妥耶夫斯基的"复调"式小说不同于昆德拉的"反讽"式小说，托尔斯泰的"史化"小说不同于施笃姆的"诗化"小说，拉伯雷的"诙谐"小说不同于沈从文的"风俗"小说，如此等等。但尽管如此，这并不妨碍我们像昆德拉这样坚持："在小说与回忆录、传记、自传之间，有着本质的不同。"③ 宋朝诗人陆游在其一首《论诗绝句》里，对审美活动中的这种普遍性特征，作了如此生动而精辟的概括："吏部仪曹体不同，拾遗供奉各家风。未言看到无同处，看到同时却有功。"

所以，承认世界的具体性和存在的个别化与容纳相对显得抽象的本质

---

① 转引自［美］阿恩海姆《视觉思维》，滕守尧译，光明日报出版社1986年版，第52页。
② ［法］富尔基埃：《存在主义》，潘培庆、郝珉译，上海译文出版社1988年版，第3页。
③ ［法］昆德拉：《被背叛的遗嘱》，余中先译，上海人民出版社1995年版，第22页。

性现象，这二者之间并不存在分庭抗礼之势。审美文化同样如此。前英国"美协"主席卡里特说得好："我们并不否认一切美的事物都是个别的说法。我们的意思是说，被归之为所有美的事物的美，完全不是一个多义的名称，而是一种同一性。它能够在美的所有实例中，被作为不同于例如道德这另一种同一性的因素而辨认出来。"① 深入地来看，这正是席勒当年在其《美育书简》中所指出的，审美体验的特点并不在于人们享受的更多，而在于享受的不同。因为在审美体验里，主体"不仅在范围和程度上提高了他的享受，而且在种类上也使他的享受高尚化了"。以此而言，柏拉图能成为"美学之父"确有其道理：美学只能诞生于人们不再只是欣赏各种美的现象，而试图进一步了解这些现象的统一性时。就像爱默生所说："美的问题把我们的思想从事物的表面带到了事物的本质。"② 从这个意义上讲，在美学与本体论思想之间永远存在着一种暧昧关系，美学之舟的每一次出航都绕不过对"美是什么"的继续追问。

三

"一种新的经院哲学异军突起，并且像它的中世纪先行者，有点钻进了牛角尖。"在《西方的智慧》的结尾处，罗素对语言分析学派所作的这番言简意赅的概括，同样可以被用来评价以维氏思想为核心的反本质主义思潮。但这并不意味着我们可以无视其所提出的问题，心安理得地继续盘踞于本质主义的堡垒。否定之否定并非回到原点，美学的本体论时代已一去不返。事情正是这样，"一种立场将受到批判这一事实决不意味着它们就一定是肤浅的"（利奥塔）。尤其是当我们面对维特根斯坦这样的学说，重要的并非找出这样那样的缺陷，而是如何利用其所具有的理论价值，因为"维特根斯坦是那种虽有错误但却是极为重要的错误的哲学家"③。

的确，当今反本质主义所提出的问题，在某种意义上可以被视为在中世纪以"奥卡姆的剃刀"名扬天下的"唯名论"思想的一种继续。作为以柏拉图"理念说"为源头的"唯实论"的对立面，这一思想坚持"存在"就是"实在"的立场，认为以语词为依托的各种概念都是些有"名"无"实"的东西，因而由这些概念所提供的所谓事物之"共相"只是观念的虚幻之物，并不实际地存在于事物之中。所以，"唯名"与"唯实"

---

① ［英］卡里特：《走向表现主义的美学》，苏晓离译，光明日报出版社1900年版，第24页。
② 见［美］波尔泰《爱默生集》下卷，赵一凡等译，生活·读书·新知三联书店1993年版，第1238页。
③ ［英］查尔斯沃斯：《哲学的还原》，田晓春译，四川人民出版社1987年版，第202页。

之争的关键，在于如何把握"存在"和看待抽象事物的意义：在唯名论以"只有个别的东西存在"这一基本观念营造起来的意义世界里，决无抽象事物的一席之地；相反在唯实论以"唯有关于事物的一般概念才是真正真实之物"的主张下，抽象事物成了唯一重要的实体，那些能为我们耳闻目睹的具体现象反倒如过眼烟云一般毫无意义。

从当年的这场唯名论与唯实论之争，到当今的本质主义与反本质主义的对峙，这一对思想伙伴事实上也是难兄难弟，彼此荣辱与共存亡一体：当唯实论由于其以抽象理念为本的本质主义立场而处处碰壁，从唯名论而来的彻底的反本质主义学说，则会让我们因见木不见林而寸步难行。问题的症结仍在于对"存在与本质的关系"持一种排他性的"一维论"态度，思想推进的入口则在于给抽象事物在作为存在的世界，落实一个合适的位置，这个抽象物就是"本质"。到底有谁见到过"美"的"本体"？不久前有学者如此发问。结论是"'美'的独立本体本不存在，却硬要去探讨所谓'美'的本质，这显然是不可能的"。[1] 不难发现这是一个具有普遍性的思路，即"本质"是对某个"自在之物"的揭示。这个思路在美学史上的经典表述，是黑格尔的"美是理念的感性显现"。在这个关于美的定义里，个别感性的"美的现象"只是作为一种自在之物的"美的理念"的具体表现而已。所以黑格尔虽然一方面承认"本质是设定起来的概念"，另一方面又提出"事物中有其永久的东西，这就是事物的本质"。显然，对于这位辩证法大师，通过本质这个设定的概念我们所把握到的不仅是一个既成的事实，而且是一个真正的存在物。所以有这样的说法："事物真正地不是它们直接所表现的那样。"[2]

这样，"本质"要么只是一个徒有其名的语词空壳，要么就是一个自在之物的观念代理，古典形而上学留给我们的便是这么一种两难选择。而事实上，"本质"这个词所意味着的只是"存在"，但在这里，存在指的是一种"有"而非"实"。但后者仅仅是存在（有）的一种形态（在这种形态里，"存在"作为一种既成事实以"存在者"的姿态"出场"了），除此之外存在还拥有另一种形态：可能性。它是一种"无"——相对于种种既成事实，但它也是一种"有"——相对于毫无根据的虚无。虽然我们一般只能从某个确切的"存在者"身上把握到"存在"，但不能不承认存在并非某种凝固聚集的东西，而是从一种"可能性"出发向一

---

[1] 杨守森：《审美本体否定论》，百花文艺出版社1992年版，第277页。
[2] ［德］黑格尔：《小逻辑》，贺麟译，商务印书馆1950年版，第241—242页。

个事实状态的行进。本质便属于这样的存在，它所代表的东西既不是一个自在之物，也并非纯粹的观念玩具，而只是一种可能性。它本身无疑只是一个观念，因为它的内容是凭借我们的意识活动对某些条件的抽象而成；这种抽象之所以拥有真正的意义，是因为通过这番抽象我们可以把握到一种潜在的事实。这正是"抽象"有别于"抽样"之处。阿恩海姆曾精辟地指出，"抽样"是对一个既成事实的组成部分的随意抽取，与此不同，"抽象"既是对事物主要方面的选择性保留，也是对事物的结构特征的把握。因此，通过抽象我们就有可能超越事情的既成条件而把握其内在所拥有的活动空间。但就其自身而言，作为一个观念体的抽象物并非一个既成事实，因为"结构不是一个物质的或精神的自在之物，它属于现象的范畴"①。这个现象存在于我们的意向活动之中。

由此来看，本质与其说意味着对象的所"是"，不如讲只是我们试图揭示对象之所是的一个手段和道具，也就是说它其实是由我们出于把握对象的需要而被设置出来的一个概念，而并非我们所要把握的实际对象。因此其真正的位置并不在本体论而只属于认识论。由此也就可以解释何以同一个对象可以拥有不止一个本质，这取决于我们的认识目的和所采取的方法。比如对于一位医生而言，人的本质只能是从生理学与病理学方面作出的界定，如同在政治与社会学家眼里总是从社会学与文化学的层面作出解释。但无论从哪个方面作出的关于人的本质的设置，都不是已成事实的存在，而只是一种有待实现的可能。在诸如"你是一个人，不是一个动物"这样的句子里，"人"这个词已具有一种从哲学人类学的角度作出的本质性的含义。但这也不过是认为，人类的生命一般能拥有语言能力以及对自由境界的憧憬等等，而并不意味着现实中的每一个体都已如此。事实上曾有一些人类个体不会"人话"（比如狼孩），有许多人已不具有对自由生命的渴望（比如那些失去了自我意识的奴隶）。从这个意义上讲，"本质"之"是"并非存在，而只是关于存在的有待验收的猜测与假设，其意义在于替我们打开通往实在世界的大门。因为"存在"只有在其得到真正实现之际而不仅仅只是一种可能时，才能拥有切实的意义、体现出其特有的价值。

显然，将一个功能性的认识论装置当成了一个实体性的本体论对象，这是本质主义思想的根本错误。因为它将存在与本质的关系作了颠倒，把虚拟的幻影当成了追踪对象。如此这般的形而上学家们就像同风车作战的堂·吉诃德，悲壮而滑稽；由此出发的本体论美学也势必在开始其将所谓

---

① ［法］富尔基埃：《存在主义》，潘培庆等译，上海译文出版社1988年版，第56页。

"美的本质"当作追逐目标的长征后,越来越背离其初衷。因为审美对象并不是抽象的观念实体,而是实实在在的现象。虽然我们看到,"在舞蹈、大海、悲剧、日落和音乐中,美都明白无误地是美"(卡里特)。但美毕竟与具体的感性现象同在,离开了这些现象也就无美可言。虽然文学中有所谓"哲理诗",比如像"生命诚可贵,爱情价更高,若为自由故,两者皆可抛",以及如"卑鄙是卑鄙者的通行证,高尚是高尚者的墓志铭"等。但细细体会起来我们并不难发现,其实这里的概念通过铿锵的韵律和高扬的语境,已拥有了一种独特的抒情个性和精神视象,两首诗里的概念也由此完成了从抽象到具体的转换。因此,美学的使命在于关注那些活生生的审美现象,帮助我们更好地进入由个别的审美对象所筑成的审美世界;对一种抽象的美的本质的寻找根本就无法兑现美学的承诺,离开具体的审美经验去建造关于美的理论体系只能是欺名盗世。

但正如只有在对一个事物具有了理性认识之后,才有可能更好地感觉它;为了能真切地进入个别现象,我们需要借助于关于它的本质性把握。所以,不是"透过现象看本质",而是恰恰相反"通过本质看现象",才是审美理解的基本轨迹。本质无疑在此扮演了一个重要角色,但它并非目的而是手段。如前所述,对本质所具有的这一意义视而不见,是反本质主义的最大弊端。但它矫枉过正地试图将我们的思想从对本质主义抽象理念的盲目迷信中拖出来,使我们永远地同一元独断论告别,这却是功不可没。正是借助反本质主义的这番努力我们意识到,存在就其作为存在者而存在来说,总是个别和具体的现象,除此之外无所谓存在。这样,那些活生生的感性现象既是审美认识的出发点,也是其最终的归宿;美学的关注焦点应该是具体的审美存在而并非观念的美的本质,"是什么"的概括最终必须落实于对"怎么样"的阐释。对这一基本立场的坚守形成了以现象学方法为基地的所有"存在论"哲学的统一战线,因此,从本体论美学的废墟里撤退出来的当代美学,有必要改旗换帜投奔开放性的存在论美学阵营。但这并非为了改头换面地重返本质主义的城堡,而是设法别开生面地营造一种"多元普遍主义"格局。这样做的原因正如华勒斯坦所指出的,一方面是因为我们必须承认,"对于一个复杂的世界应当允许有多种不同解释的同时并存";另一方面也是由于"我们的出发点乃基于这样一个坚定的信念,即某种形式的普遍主义是话语共同体的必要目标"[①]。

[①] [美]华勒斯坦等:《开放社会科学》,刘锋译,生活·读书·新知三联书店1997年版,第63页。

正是从这种多元普遍主义格局中，我们可以看到实现美学的现代转型的可能：虽然依然怀有一种普遍性理想但却不再固守排他性的立场，这或许是现代美学所能拥有的一种话语与知识形态。

（原载《文艺研究》2000年第3期）

审美正义与伦理美学

徐 岱

从遥远的类人猿世界到想象中的电子人社会,人类文明的舞台一直呈现着"你方下台我登场"的情形,各种精彩纷呈的大戏层出不穷。尽管每个时代都留下了不可替代的足迹,但进入 20 世纪以来的风景似乎显得更为别开生面。有许多关于这个时代的命名,比如,这是一个"跨文化与全球化"的时代,这是一个"宁要臭名昭著的名声,不要伟大崇高的人格"的"没有无耻的时代",这是一个"消费主义与技术垄断"的时代,这是一个以"赛博空间"(Cyberspace)为核心的"媒体时代"和"信息时代",这是一个"娱乐至死与自我中心"的时代,这是一个信口雌黄的胡说八道与各种邪教一起"群魔狂舞的时代",这是一个以"转基因技术和克隆人研究"等"科学"的名义为所欲为的"最愚蠢的时代"。所有这些命名都各有道理,但无可否认,最有力量的概括仍然来自尼采的预言:这是一个彻头彻尾、由一种多元虚无主义主宰的"空虚时代"。因此,首先的问题是:在这样一个"性刺激和性暴力代替了已经丧失的政治斗争热情"[1] 的时代,还有什么必要为"重构美学"而操心?还有无可能创建一个飘扬着"审美正义"的旗帜的"伦理美学"?

这个问题的提出理所当然,但要随着我们下面叙述的逐渐展开才能给予最终回答。为此,让我们首先保持足够的耐心。随着轰动一时的"垮掉的一代"的叛逆精神和"先锋派艺术"的张扬个性逐渐失去新鲜感,激动人心的宏图和神话般的明星一去不返。曾经独步天下的"政治人"宣告终结,以自我为中心的"心理人"取而代之。这种人的典范特征是一种"后现代冷漠":既无任何生命短促的悲剧性,也无末日来临的恐惧感。用法国学者利波维茨基的话讲,这是一个依据:"无痛伦理观"行事

---

[1] [英]特里·伊格尔顿:《人生的意义》,朱新伟译,译林出版社 2012 年版,第 21 页。

的"后责任时代"①。用美国学者托尼·朱特的话讲,这是一个"沉疴遍地"的时代:我们所面临的不仅是道德情操的腐化和启蒙理性的幻灭,更严重的是,我们培养出了除了对物质财富孜孜以求,对其他那么多东西无动于衷的一代。② 换言之,在这个时代,生活使所有的道德化为乌有③。事情似乎早已在预料之中。"崇高精神"的衰落是明显的象征。1987年诺贝尔文学奖获得者、诗人约瑟夫·布罗茨基曾经说:我们的过去有伟大而未来只有平凡。利奥塔也指出:崇高也许是构成现代性特征的艺术感觉模式,因为事实上"正是在这个名词的范围内,美学使其对艺术的批评权有了价值,浪漫主义也就是现代主义取得了胜利"④。后现代艺术范式的崛起意味着崇高精神的颠覆,随着让人热血沸腾的行侠仗义的江湖英雄的销声匿迹,艺术中的崇高精神也逐渐退场。

总而言之,"我们对伟大的敬重,一个时代接一个时代地连续在减弱"⑤。事情似乎可以多方面予以理解。"在同样方式下,渴望饮食的愿望,在心理上,总比渴望正义的愿望更强烈。"⑥ 这是西班牙学者贾塞特从思想史方面做出的解释。"道德的始作俑者是上帝。"⑦ 在西方基督教文化传统中,这样的说法虽然听起来让人不太舒服,但却基本属实。"人是为别人活着的"是神权伦理学中唯一的道德。曾几何时,道德不过是人类崇仰上帝的一种仪式,远非对人的终极要求。显然,这是一种没有"关于个人权利内容"的伦理诉求,因而在今天看来,本质上也是一种伪伦理甚至是反伦理的伦理观。我们无须为这种名不副实的伦理观的消失而悲观,相反倒应该额手称庆。人类以惨痛的代价换来一个强烈的现实意识:"贪污、不公、卑劣永远不会消失,我们所能做的只是巧妙应对。"⑧

---

① [法]吉尔·利波维茨基:《责任的落寞》,倪复生等译,中国人民大学出版社2007年版,第5页。
② [美]托尼·朱特:《沉疴遍地》,杜先菊译,新星出版社2012年版,第25页。
③ [法]让-弗朗索瓦·利奥塔:《后现代道德》,莫伟民译,学林出版社2000年版,第1页。
④ [法]让-弗朗索瓦·利奥塔:《非人》,罗国祥译,商务印书馆2000年版,第103、105页。
⑤ [英]托马斯·卡莱尔:《英雄和英雄崇拜》,张峰等译,上海三联书店1988年版,第134页。
⑥ [西]奥德嘉·贾塞特:《生活与命运》,陈升译,广西人民出版社2008年版,第136页。
⑦ [法]吉尔·利波维茨基:《责任的落寞》,倪复生等译,中国人民大学出版社2007年版,第5页。
⑧ [法]吉尔·利波维茨基:《责任的落寞》,倪复生等译,中国人民大学出版社2007年版,第14页。

于是我们看到，在一个所谓的"后宗教社会"，大部分人都是在世俗目标中寻找意义和满足。时代的步伐催生了一种全新的社会形式：为一个倡导"无痛伦理观"的"后道德社会"①的到来鸣锣开道。但在一片悲观主义情绪中，似乎仍存在着希望的曙光。利波维茨基认为，"后道德社会"并不意味着所有禁令都将消失，它只是借由对残忍、粗暴、不人道等现象的"情感上的"厌恶来完成个体的道德化；只是以"自我完善"的需要取代了以往的"自我牺牲"的原则。②

这也清楚地暴露出，学院派话语的传统早已封闭在与世隔绝的书斋之中。因为正如论者本身就意识到的，这种"后道德文化"的特点就是遵循"享乐主义逻辑"。这个逻辑的症结并不在于随着责任感的放弃而导致奉献观的消失，更在于它以"个体权利"的名义维护绝对自我中心，以"情感伦理"的名义为非伦理行为辩护，以"宽容"的说法取消伦理底线，为逃避道德担当的懦弱行为提供冠冕堂皇的伦理依据。但希望的确并没有彻底泯灭。它通过启蒙理性描绘的"伟大乌托邦"的幻灭让人意识到：我们不能再将人类幸福与科技进步捆绑，也不能再将道德完善与知识进步相并列。③换言之，希望在于我们并非只有"公而无私的英雄主义"和"举世为敌的自恋主义"两个选项。在这两个极端之外，还存在着一些能够让日常人性有一席存在之地的空间。必须承认，对伦理的真正捍卫要通过对"伦理主义"的批判来进行。④不过这种批判绝不能成为替"无痛伦理学"辩护的借口。从这个意义上讲，产生了一种似乎是"悖论"性的现象：恰恰因为以"责任"为实质的伦理观的消亡，导致了"二十一世纪有可能就是一个伦理的世纪"⑤的观点被提上议事日程。起因很简单：人之所以为人就在于不能在伦理缺席的环境中生存。用中国作家王小波的话讲叫"人猪有别论"：相对猪的需要，人之为人的要求正是由于伦理观的介入而显得要多些。

---

① [法] 吉尔·利波维茨基：《责任的落寞》，倪复生等译，中国人民大学出版社 2007 年版，第 14 页。
② [法] 吉尔·利波维茨基：《责任的落寞》，倪复生等译，中国人民大学出版社 2007 年版，第 157、201 页。
③ [法] 吉尔·利波维茨基：《责任的落寞》，倪复生等译，中国人民大学出版社 2007 年版，第 235 页。
④ [法] 吉尔·利波维茨基：《责任的落寞》，倪复生等译，中国人民大学出版社 2007 年版，第 237 页。
⑤ [法] 吉尔·利波维茨基：《责任的落寞》，倪复生等译，中国人民大学出版社 2007 年版，第 1 页。

在某种意义上人们必须承认，起始于17世纪的"伦理世俗化"进程，正是所谓"现代民主文化"最显著的特征之一。但是，就像别的事物一样，这种世俗化伦理同样有着"两副面孔"：一方面，它有对作为个体的人的权利的尊重，另一方面，它还有出于不断膨胀且无止境的个人对享乐的满足。其结果往往超越了德行，在原先上帝的位置上放了一个魅力无穷的诱惑女神。消费社会的问题不仅仅在于过度满足，而在于把人世的苦难与不幸等原本让人珍惜生命的反思都转化为消费资源，产生一种所谓"自恋型幸福"。面对丰富多彩和困苦不幸的景象，普遍而心甘情愿地沉溺于"High"（这个词在此表达的有"尽情地、无拘无束地、疯狂地、爽快地"等等意思）之浪潮的大众们充满激情。他们"或笑或哭，似乎道德便应当是一场'联欢'"①。由此可见，这种世俗伦理学奉行的已不仅仅是"一切皆可"的后现代解构原则，而是一种"既无约束也无惩罚的道德"的"非人"主张。② 因为在这样的"道德情景中，所有道德之道德都将是'审美的'快感"。当然，这个意义上的"审美"早已面目全非。因为它处于商业的掌控之中，利润至上的商业文化尤其不能让象征经典美的崇高精神一如继往地占据道德制高点。因而，"当商业占有崇高时，商业就会把崇高变成笑柄"③。所以也就不难理解，对于各种面目的后现代主义者而言，他们不仅会确信"不存在高尚的'诗意'"，而且会进一步产生这样的困惑："存在美学吗？"④

由此而来，原本似乎互不相干，各自为政的伦理学与审美学，在"崇高之后"的消费社会，通过对日益昌盛的"娱乐至上主义"的抵制，如此这般地走到了一起，共同面临着同舟共济的命运。在某种意义上，以"审美正义"之名进行跨越伦理学和审美学的学科重构的工作，就是在从古典美学中拥有举足轻重意义的"崇高"概念的坍塌开始的。康德曾认为，"正义"的概念不像一个范畴，而是更像不可代表的崇高。⑤ 这是值

---

① [法]吉尔·利波维茨基：《责任的落寞》，倪复生等译，中国人民大学出版社2007年版，第139页。
② [法]吉尔·利波维茨基：《责任的落寞》，倪复生等译，中国人民大学出版社2007年版，第45页。
③ [法]吉尔·利波维茨基：《责任的落寞》，倪复生等译，中国人民大学出版社2007年版，第19页。
④ [法]让－弗朗索瓦·利奥塔：《后现代道德》，莫伟民译，学林出版社2000年版，第156、151页。
⑤ [美]休·拉福莱特：《伦理学理论》，龚群译，中国人民大学出版社2008年版，第136页。

得重视的见解。"崇高"正是分别通往伦理学和审美学的一座桥梁:崇高既是道德至善的标志,也是伟大的美学精神的象征。让人意想不到的是,正是所谓的知识阶层总是对虚无主义的景象情有独钟。不过尽管如此,他们的自以为是并不总是能如愿以偿。诸如"我们该相信什么?我们该怎么办?"[1] 这样的困惑仍然存在,而且也依然是当代社会大众必须面对的问题。比如,耐人寻味的是,大众们一方面喜欢消费媒体上的各种暴力现象,但仍会厌恶现实中存在的暴力,尤其是当这种暴力发生在他们自己的生活世界中,实施于他们身上,影响到他们的生活时。这就巧妙地说明,除了一些旧的参照物遭到了侵蚀或几乎失去了其稳定性之外,一个"稳定的共同价值核心"依然存在。

事实上,我们的社会便是围绕着这些基于基本伦理价值观所形成的共识而建立起来的。[2] 比如人权、诚实、宽容以及拒绝暴力等。对于这些事关一个向往起码的民主生活的社会的"最低道德要求",被自恋主义挟持与绑架了的"个人主义意识形态",无法对它实行完全有效的控制。这就像利奥塔所说:无论理性对于人类社会的构成具有多么重要的意义,作为个体的人而言,存在着侧重于感觉的审美体验和自我需求的满足的伦理诉求的一致性。因为人体是感性的,人类沉寂于情感之中。[3] 在这个意义上,自从走出茹毛饮血的生存状态,人类就逐渐开始努力摆脱弱肉强食的"从(丛)林法则"。所谓"文明"的概念,在某种意义上就意味着"审美意识"的发生与发展。所以,虽然"伦理学"与"审美学"都是十分成熟的古典学科,但在当今时代它们都共同面临着学科重建的任务,从事这样一项跨越审美学与伦理学的研究势在必行。但仅仅这样的解释仍是不充分的。解决"空虚时代"的问题之所以需要分别从"伦理学"与"审美学"两个方面共同努力,是因为单凭一种思想的力量是不够的。英国著名学者休谟说得好:道德更适合被感觉而不是被判断。[4] 这句话的意思换种说法也就是,往往以"强制性"面貌呈现的道德问题,需要以有着"体贴的"形象的美学方式介入,反之亦然。在鱼龙混杂、良莠不齐的艺

---

[1] [美]托尼·朱特:《沉疴遍地》,杜先菊译,新星出版社2012年版,第3页。
[2] [法]吉尔·利波维茨基:《责任的落寞》,倪复生等译,中国人民大学出版社2007年版,第155页。
[3] [法]让-弗朗索瓦·利奥塔:《后现代道德》,莫伟民译,学林出版社2000年版,第151页。
[4] [美]凯利·克拉克等:《伦理观的故事》,陈星宇译,世界知识出版社2010年版,第74页。

中篇　美学和艺术理论问题

术世界中，同样需要伦理学的介入。

　　有意思的是，寻根究底起来不难发现，"审美学"和"伦理学"其实拥有一个共同的源头：古希腊思想家亚里士多德。虽说在柏拉图的《大希匹阿斯篇》里第一次提出了"关于美"的讨论，而一部《理想国》实质上就是"正义论"；但就像标志着一门学科正式诞生的第一本美学著作，是由亚里士多德撰写的《诗学》；同样由他所著的《尼可马科伦理学》，则正式开创了西方伦理学研究。按照亚里士多德的理解，美学的重点不再是不可见的"美的理念"，而是以悲剧等为代表的艺术类型的具体构成原则。同样，"一切技术、一切规划以及一切实践和选择，都以某种善为目标。因为人们都有个美好的想法，宇宙万物都是向善的"。亚里士多德以这句话为其《尼可马科伦理学》开头，不仅表明了他像苏格拉底一样，将"德性的塑造"作为其思想的核心；而且当他在书里明确把幸福界定为"符合理性据德而行的人生"①，意味着伦理学就是关于善的探讨。诚然，不同于科学史的进展有一个得到了相对公认的轨迹，人文领域的特点是以"百家争鸣"为繁荣兴旺的象征。由此而来往往呈现出"众说纷纭，莫衷一是"的格局。自亚里士多德以来，关于"正义"和"伦理"的讨论吸引了太多学者的关注。除了开风气之先的名著，如休谟《道德原则研究》和亚当·斯密《道德情操论》，以及康德《道德形而上学原理》、费希特《伦理学体系》、叔本华《伦理学的两个基本问题》、尼采《超善恶》、亨利·西季威克《伦理学方法》、胡塞尔《伦理学与价值论的基本问题》、石里克《伦理学问题》、理查德·黑尔《道德语言》等，自20世纪末以来，相关研究著作可谓汗牛充栋。许多著作都各有特色。

　　比如，除了层出不穷的《伦理学理论》《伦理学导论》《伦理学与生活》，以及那些已成经典的罗尔斯《正义论》，麦金太尔与之争论的《谁之正义？何种合理性？》与《德性之后》，保罗·利科的《论公正》和费尔南多·步瓦特尔优秀的普及性作品《伦理学的邀请》等，由不同视角做出的不同研究同样吸引人眼球。比如《善恶经济学》《伦理的经济学诠释》《境遇伦理学》《基因伦理学》《环境伦理学》《环境正义论》《正义的理念》《社会正义论》《自然正义》《作为公道的正义》《自由的伦理》《道德的理由》《道德的基础》《道德运气》《道德的基本概念》《生命伦

---

①　[美]罗伯特·索罗门等：《最简洁的哲学》，杨艳萍译，中国书籍出版社2009年版，第66页。

理学导论》《无本体论的伦理学》《责任的落寞》《正当与善》《什么是好生活》《为什么做个好人很难》等。在这个反伦理的伦理学界,两位后现代思想家利奥塔的《后现代道德》和齐格蒙特·鲍曼的《后现代伦理学》一直引人注目,而匈牙利学者阿格妮丝·赫勒的《超越正义》同样拓展了思考这个主题的新路径。不过为了这项研究工作能够顺利展开,首先需要对几个关键词进行必要的梳理,比如对"正义"和"伦理"等概念的理解。但事实表明,在人文研究中,任何一个重要概念都难以形成一个得到普遍认同的结果,因而关于概念的争议本身就占据了思想史的重要篇幅。这样的现象有其一定的道理,但它对具体研究项目的阻碍也显而易见。让太多的才俊之士皓首穷经一生而无所作为,这种对人力资源的极大浪费早已到了应该终结的时候。

比如在日常生活中,伦理与道德这两个概念经常纠缠不清,这有其词源上的因原。从词源上讲,"伦理"(ethics)一词来源于古希腊,本义是习俗、风俗与性情;而来源于拉丁文的"道德"(morality)如出一辙,同样也是习俗、风俗与性情。① 这导致了学者们在实际运用这两个概念时的混乱。我们的研究不准备按照这个路径进行,尽量避免陷入"定义"的困境而不让自己束手无策,这是首先必须考虑的问题。否则我们就无法对实质性的问题展开思考。考虑到本项研究的宗旨,我们既不准备像英国学者布莱恩·巴里在《正义诸理论》中那样,满足于将正义划分为"作为互利的正义"(justice as mutual advantage)和"作为公平的正义"(justice as fairness)② 的二分法;也不试图像美国学者唐纳德·帕尔玛在其《伦理学导论》中那样,通过对自古希腊伊壁鸠鲁的利己主义和享乐主义以来,诸如功利伦理、进化伦理、美德伦理、先验伦理、实用伦理等各种流派的历史梳理,来给"何谓正义"一个理论上的界定。有句话说得好:缺少一个明确的定义似乎不会对我们的生活造成太大影响。③ 这里的"生活"显然包含学术研究在内。但这并不等于说我们可以随意地信口开河。麻烦的是,关于"正义"的解释似乎早已处于一种"超饱和"状态。

古代人把正义设想为一种由宗教或政治体现出来的宇宙秩序,柏拉图

---

① [美]唐纳德·帕尔玛:《伦理学导论》,黄少婷译,上海社会科学院出版社2011年版,第5页。
② [英]布莱恩·巴里:《正义诸理论》,孙晓军等译,吉林人民出版社2004年版,第5页。
③ [美]唐纳德·帕尔玛:《伦理学导论》,黄少婷译,上海社会科学院出版社2011年版,第1页。

中篇　美学和艺术理论问题

提出关于正义的一种原始概念：正义是人的一种美德。① 仅仅从古希腊到罗马再到天主教，三种关于正义的不同诠释，就足以如利奥塔所说的，正义的多样即是多样性的正义。② 这种情形让某些当代伦理学家望而生畏，失去继续前进的动力。在他们看来，由于"伦理学的通常性任务已经失去作用"，因而其目标只能是关于"伦理学的终点"何在的讨论。而这种讨论的实质，是指"放宽伦理学的目标、限制和界限"。这就意味着坚持"伦理规则的临时性"和"伦理普遍性的不可通达性"③。不言而喻，这事实上是"伦理学取消论"。但与其说这是一种聪明的选择，不如讲是愚蠢的狡猾。因为"接受多样性不同于崇拜多样性，正如尊重他人不是相对主义"④。为了从这种消极状态中超越出来，从日常经验或者历史常识入手是个相对可行的做法。诚然，常识的价值并不在于它是无可置疑的，而在于它是一种实践的基础和前提。通常说来，伦理学问题涉及"道德"或道德上"有价值的东西"。用最古老也最简单的话讲，伦理学就是关于善的知识。⑤ 以此类推，"审美正义"所要讨论的是以艺术文化为中心的拥有道德价值的东西。它的基本原则，一言以蔽之，如果说"没有了伦理的政治和经济是邪恶的"⑥，那么——一部从古至今的世界艺术史早已表明，没有伦理的艺术是微不足道的。

　　从学科建设方面来看，对伦理美学来说值得一提的是对宗教伦理的警惕。做出这样的强调是因为在一定程度上，伦理美学面临着一个"两难选择"：以理性为基础的伦理学追求的是正义，而从信仰出发的宗教伦理则将爱作为其最高理想。从伦理的角度来看，由"爱"激发出来的人性关怀似乎比单纯从理性而来的对正义的诉求更纯粹。⑦ 但深入地来看这其实往往徒有其表，是一切宗教有意无意地都在利用的一种手段。宗教对"异教徒"的排斥和利用共同信仰形成的集体主义优越性，决定了没有一

---

① ［意］康波斯塔：《道德哲学与社会伦理》，李磊等译，黑龙江人民出版社2005年版，第49页。
② ［美］休·拉福莱特：《伦理学理论》，费群译，中国人民大学出版社2008年版，第136页。
③ ［美］休·拉福莱特：《伦理学理论》，费群译，中国人民大学出版社2008年版，第128、149页。
④ ［法］吕克·费希：《什么是好生活》，黄迪娜等译，吉林出版集团有限责任公司2010年版，第325页。
⑤ ［德］石里克：《伦理学问题》，李步楼译，商务印书馆1997年版，第12页。
⑥ ［法］吉尔·利波维茨基：《责任的落寞》，倪复生等译，中国人民大学出版社2007年版，第237页。
⑦ ［美］莱因霍尔德·尼布尔：《道德的人与不道德的社会》，蒋庆等译，贵州人民出版社1998年版，第46页。

种宗教能真正解决社会公正的问题。一方面,在每一种追求社会公正的激情中,似乎总是包含着一些类似于宗教理想的成分。另一方面,宗教为了能够吸引大众扩大自身的世俗权力,也必须使原本以理性为基础的公正的观念掺杂进爱的理想。为了避免陷入困境,伦理美学必须在两个问题上明确自己的立场:其一,良知的力量显然只能来自"个人"而不受权威主导的"社会";其二,尽管如此,在伦理学中必须坚持"正义"的核心。因为归根到底,"和谐的社会关系靠的是正义感而不是慈悲心"。① 因为,唯有"正义感"拥有超越任何局部利益的普遍性。

这足以充分说明,我们关心"正义"问题,并不是因为它是一门历史悠久、学理深奥的"学问",恰恰相反是因为它的日常性。换句话说,无论你自觉与否都不得不承认:正义问题出现在我们的日常生活中。从新闻媒体、娱乐节目到一本正经的政府发言人的报告,或隐或显地都涉及"正义何在?"的问题。这个问题通常包括"分配正义""矫正正义""程序正义"三大部分。② 为了不陷入概念纠缠的陷阱,暂且让我们接受这样的解释:所有关于正义的诉求都源于诸如"自由"与"生命"等其他价值的追求,而不是正义本身。③ 一个最简洁也最有效的诠释就是:"正义的主要观念是公平。"④ 在当下这个由"平庸者"取代"平常人"为主导,热衷于用无休止的消费来填补心灵之苍白的"空虚时代",退一步说即使我们承认生活没有更高的目标,事实上仍然无法回避"生命何为?"的意义问题,需要为自己的重大选择赋予某种说法。在这个意义上,我们可以用托尼·朱特的这番话来让自己从"定义论"的陷阱中脱身:公正或善的实质既是一种公约功能,更是一种定义。但却"如同形形色色的色情现象"那样,它的这些特点可能无法定义,但关键在于"你看见它们时就知道了"⑤。或许这个比喻显得有点粗俗,但平心而论它对于我们干净利落地摆脱"理论主义"的概念游戏,相对准确而有效地把握和使用"正义"的概念还是很合适的。

毫无疑问,"正义"的理念来自人身上的一种"正义感",尤其是在那些具有侠义精神和公共意识的人们身上,体现得格外鲜明。这种

---

① [美] 莱因霍尔德·尼布尔:《道德的人与不道德的社会》,蒋庆等译,贵州人民出版社1998年版,第29、24页。
② [美] 公民教育中心:《正义》,刘小小译,金城出版社2011年版,第3页。
③ [匈] 阿格妮丝·赫勒:《超越正文》,文长春译,黑龙江大学出版社2011年版,第1页。
④ [美] 公民教育中心:《正义》,刘小小译,金城出版社2011年版,第3页。
⑤ [美] 托尼·朱特:《沉疴遍地》,杜先菊译,新星出版社2012年版,第133页。

"普遍性"说明了"正义"作为伦理学核心概念的有效性。但在生活世界中,不同个体在这方面所存在着的差异性也相当明显。因此如果进一步追究,为什么是"这些人"而不是"所有人"都能在这方面有着"步调一致"的表现,这就难以用科学的方式给予解释了。倡导"先验论"的康德曾对此大惑不解,他将这与"头顶上的星空之灿烂"作为两大无解之谜留给了我们。这里,我们也不想就这种俗称为"良知"的东西的生成机制多费笔墨。但在此我想借用美国著名人类学家康拉德·洛伦茨的观点。根据他的研究,"我们的价值观很可能是建立于一种先天的机制基础上的,这些机制阻碍了某些特定的,对人类有害的蜕变现象的发生。这种猜测是很合情理的,比如:我们的'正义感'也同样是事先就编入我们的基因程序中,其作用就是抵制那些人类蛆虫的恶劣行径对社会的浸润。"[1] 尽管这样的解释仍带有人文学色彩的"非逻辑"化,但却能从"现实感"中得到验证。由此而再进一步,我们同样能以一种简单却有效的方式,从"实用"的角度,以生命为法则,给伦理学之"善"做个基本的把握:"善是保存和促进生命,恶是阻碍和毁灭生命。"[2]

由此可见,"审美正义"就是"伦理美学",彼此不过是同一件事的两种称呼。但必须强调的是:伦理美学虽然仍属于传统意义上的哲学美学,但却不是其中的一个分支。而是随着美学研究的发展,人们对这门学科本身性质渐渐清晰之后,"伦理美学"是对以往被以"艺术哲学"命名的学科的一次重新界定。所以在"伦理美学"之外不再有任何别的哲学意义上的"美学理论"。换言之,与诸如政治美学、科学美学、经济美学等门类研究不同,伦理美学属于"元美学"层面。这意味着,以"审美正义论"的名义对伦理美学展开研究,是当今时代对历史悠久的美学研究,通过学科重构实现继往开来的唯一路径。这项研究的"基本问题"主要包括两方面:首先是伦理美学"如何可能",这涉及对已成老生常谈的"艺术自律"话题的重新理解;其次是伦理美学"怎样落实",这涉及对"美学与美育"的关系的重新认识。长久以来,美学研究领域一直有个显未明说但心照不宣的"共认":美学理论或艺术哲学是这个研究领域的主体,而美育研究只是在美学理论引领下的实际运作。彼此之间的关系并不是相互依赖与促进,而是指导与接受。但这种认识早已到了需要彻底

---

[1] [美]康拉德·洛伦茨:《文明人类的八大罪孽》,徐筱春译,安徽文艺出版社2000年版,第124页。
[2] [法]阿尔贝特·史怀泽:《敬畏生命》,陈泽环译,上海社会科学院出版社1992年版,第19页。

在此，不妨让我们直截了当地把事情讲明。美学的出路其实并不在于从古典"形而上学"向现代"后形而上学"的转变，而是要彻底扭转坐而论道指点江山的做派。如果说古典美学以自视为不结果的"花朵"为荣，那么当今美学则有必要彻底终止这种孤芳自赏的做派。约翰·巴罗说得好：如果我们对待世界的"本能的美学感应"对于我们的生存有负面影响的话，这种本能的美学感应就不可能进化。而事实上，"我们审美的偏向是天生与经验的一种融合。对于自然景色中能维持生命的东西我们保持着一种天生的敏感。"① 事实胜于雄辩。人类美学能力的进化清楚地表明了它对于我们的生活不仅有用，而且十分重要。这是我们需要"重构美学"的积极意义所在。概括地来说，美学研究只是在相对意义上包含理论与实践两大部分。传统中那些真正有价值的美学理论之所以能够载入史册，事实上得益于审美实践的支持、能够从具体经验中汲取营造抽象理论所必需的实践成分。美学必需、事实上也具有其独特的"用处"。但它的这种"功用"主要是通过以"人格塑造"为目标的"审美教育"实践而呈现出来。因此，关于伦理美学研究的关键不仅在于要充分说明，伦理价值及其评估在以艺术作品为中心的审美现象中的决定性意义，同样也包括对"美学的根本在于美育"这个长期未能得到承认的道理，给予充足的阐明。

从学术史来看，通常认为，"伦理学是第一个发现了人的本质是什么、人需要什么以及最终如何满足这些需要的科学"②。但这个结论并非无可置疑。因为作为以"肉体"为生存前提的人类的第一反应，只能是感官生理的适应性，也就是必须在身体方面感觉良好。孔子《论语》中两次说道"吾未见好德如好色者也！"（分别是《子罕第九篇》和《卫灵公第十五篇》）。这句话中的"好色"的意思与现代明显带有贬义的含义完全不同，强调的是人对外在之美的注意力相对于内在德性修养（如鲁迅所谓的"魏晋风度"）往往具有一种"优先性"。这也从一个侧面说明，如果说以亚里士多德正式给"伦理学"命名，标志着这门学科的诞生，那么，其实早于伦理学的美学事实上已经从事着同样的研究。诚如叔本华在《作为意志与表象的世界》中强调的：现代哲学的最大错误是没有意

---

① ［英］约翰·巴罗：《艺术与宇宙》，舒运祥译，上海科学技术出版社2001年版，第131、142页。

② ［英］以赛亚·伯林：《现实感》，潘荣荣等译，译林出版社2004年版，第195页。

识到,"身体经验"不仅构成了进入真正现实的大门,而且这种真正现实就是事物的内在本质。这个本质指向同我们的生命体验融为一体的那个"意义世界"。换句话说,"如果身体世界不仅仅只是我们的表象,而是更多的东西,那么这更多的现实只能在身体经验中获得。同样,身体经验也构成了进入真正现实的大门,这种真正现实就是事物的内在本质。"① 所谓"空虚时代"的根本症结,就是享乐主义的泛滥。但这个"主义"的最大问题其实并不是让人沉迷于快乐的海洋,恰恰相反,而是让人类的享受变得浅薄和毫无实质内容的平庸。

这里的关键在于:享乐主义把具有丰富内涵的人类"快乐",单质化为平面向的"享受"而排斥了具有人性深度的"愉悦"。如果说享受是所有动物共有的体验,那么只有"愉悦"才是专属于人类的东西。因为"'享受'或许可以不必通过艰苦的工作而获取,然而'愉快'这种鼓舞人类的天赐之物却不会如此"②。康德说过:鸟的歌声宣诉着它的快乐和对生活的满足,至少我们这样解释着自然,不管这是不是它的真实的意图。③ 正如康德所说,这是人类以"移情"方式对鸟语花香的自然天地的美好景象的理解,但不可否认的是,包括鸟类在内的所有动物都有享受生命的时刻。但这恰恰说明了"享受"的本质特点:生理感官层面的直接体验,因此它往往表现为当下的即时性,缺乏能够令人回味的东西,不仅无益于提升个体的生命境界,而且相反会"促进"人沦为"单向度"的"空心人"。其症结在于,这样的体验中缺乏自觉到自我存在的"生命意识"。只有拥有这种自觉的体验才属于"愉悦"性的快感。它甚至无须通过诸如饮食男女等生理本能的满足而实现。一位 19 世纪的美学家早就指出:"深深地呼吸,感觉血液怎样通过与空气的接触得到净化以及整个循环系统怎样呈现新的活力,这差不多是一种真正令人陶醉的快乐,其审美价值是绝不能否定的。"④ 从中我们所认识到的,不仅是伦理学与审美学在对人的本质的把握上的一致性,还有在这种一致性中呈现出来的对"人性"的积极作用。

抽象的理论思辨是美学研究的起点,具体的美育实践则是其最终目标。从这个视野上看,我们必须坦率地承认:当今时代的美学真的需要一

---

① [德] 费迪南·费尔曼:《生命哲学》,李健鸣译,华夏出版社 2001 年版,第 30 页。
② [美] 康拉德·洛伦茨:《文明人类的八大罪孽》,徐筱春译,安徽文艺出版社 2000 年版,第 89 页。
③ [德] 康德:《判断力批判》上卷,宗白华译,商务印书馆 1964 年版,第 147 页。
④ [美] 舒斯特曼:《实用主义美学》,彭锋译,商务印书馆 2002 年版,第 350 页。

个彻底的"转型与重构"。必须意识到,传统意义上以"艺术哲学"命名的"美学",其实就是"以人为本"的"美育学"的"导论"而已。为"形而下"的美育实践的顺利展开铺平道路,是"形而上"的理论研究的职责所在。只有这样的理解,才能让美学这门古典学科焕然一新,在丰富多彩的现代人类文化中呈现出它不可替代的重要性。不难发现,在某种意义上,"伦理美学"与"人生意义"的关联十分密切。有句话耐人寻味:现在"人民的鸦片"不是宗教而是体育①。为什么在今天的世界有如此多的人为足球疯狂,体育明星被视为昔日的救世主般地顶礼膜拜?这就是"空虚时代"的症状。无论自愿或自觉与否,绝大多数人事实上过着一种漫无目的的生活。人们只是不再想要服务于某个功利性明确的目标,他们厌倦了那些严肃的宗旨,不需要让自身的存在拥有某个合法性的担保。只有一件事是明确的,那就是快乐。这就像一位老牌的"马克思主义美学家"所说,"在这个意义上,人生的意义有趣地接近于无意义"②。这看似是对当下现状的真实描述。但我们不能让自己为这个现象所迷惑。

如果说"崇高精神"的象征是"英雄形象",那么,从每个时代都并不缺乏属于自己的"时尚文化"来说,崇高永远不会消失,只是在形态上发生了改变。因为"年轻人一向都需要自己的英雄"③。所以很显然,需要我们真正关心和认真考虑的,其实并不是"崇高精神"的消失,而是怎样为崇高精神以一种新形象回归创造条件。应该明确的是,身处空虚时代面临价值虚无的挑战,我们的任务当然并非利用好莱坞大片"穿越时间回到从前"的特技效果,"去为那些消失了的崇高理想"的幽灵招魂。而是让这个思考重返普通百姓的日常生活和平常事务之中。必须强调的是,崇高之后的时代不仅依然有关于人生意义的问题,而且这是一个"人之为人"的永恒问题。归根到底,这个问题并不是哲学意义上对某个抽象命题的解答,而是在生活世界之中对某种具体生活方式的选择。这不仅意味着"它不是形而上的,而是伦理性的"④;而且,还进一步表明,它就是属于"作为哲学本身"的美学范畴的。这就是伦理美学的特色与意义所在。这方面的工作事实上早已悄然而扎实地展开。仅就译成中文的著作而言,除了 20 世纪英国著名美术评论家罗斯金的《艺术与道德》

---

① [英]伊格尔顿:《人生的意义》,朱新伟译,译林出版社 2012 年版,第 25 页。
② [英]伊格尔顿:《人生的意义》,朱新伟译,译林出版社 2012 年版,第 99 页。
③ [美]耶胡迪·梅纽因:《人类的音乐》,冷杉译,人民文学出版社 2003 年版,第 244 页。
④ [英]伊格尔顿:《人生的意义》,朱新伟译,译林出版社 2012 年版,第 93 页。

外，比较出色的有英国学者舍勒肯斯的《美学与道德》。

此外，仅以美国学者为例，诸如美国加州大学保罗·伯格曼与迈克尔·艾斯默合作的《影像中的正义》，著名学者阿兰·布鲁姆的《莎士比亚笔下的爱和友谊》，以及阿诺德·贝特林的《艺术与介入》等，都在这个领域展开了杰出的工作。此外，特别需要提到的是，美国芝加哥大学著名学者玛莎·努斯鲍姆的《诗性正义：文学想象与公共生活》，更是近年来在这个领域中一部颇有影响力的著作。尽管她的一些核心观点受到不少学者的强有力的质疑，比如，"难道真的只有伟大的艺术作品才可能赋予道德理解吗？"以及"若不借助于对伟大文学作品的阅读，就不可能理解某些道德问题了吗？"[1] 但这样的不同声音显然有益于伦理美学的建设而不是相反。但毫无疑问，这个"转型与重构"的事业只是刚刚开始，需要做的工作还有许多。叔本华认为，作为个体的我们所有意志行为，都来自匮乏和缺陷，因而都陷入痛苦之中。其症结在于欲望是永恒的，而欲望的满足则是无止境的。在他看来，解决之道"只有无我的审美沉思，以及一种佛教式的自我克制"[2]。显而易见，这种典型的叔本华式消极态度虽然是真实的，但只是回避而无法解决问题。这里的关键在于，叔本华对"审美"的古典式理解在今天来看显得十分片面。事实上，"审美沉思"的意义并不在于让人借"审美体验"的路径进入佛教之门，恰恰相反而是一种积极的实践行为。

或许我们必须承认，从"意义"的角度讲，人生更多地呈现为一个"过程"而不是一项"工程"。因而也就不能预先做出一个完美的"方案"、无法明确一个具有可操作性的实际的功利"目标"。但这并不意味着我们的日常行为，就因此而只能臣服于无所事事的随波逐流或随心所欲，更不能为"空虚时代"的登场提供任何合法性。真正的审美体验并不会让人成为别尔嘉耶夫所说的那种缺乏公共意识的冷漠的旁观者的"审美主义者"，而是必然导致付诸审美实践的行动主体。这才能让审美存在的价值得到充分呈现，它为我们通过伦理美学的建设而恢复美学事业的意义提供了逻辑保障。这就是我们此项关于"审美正义与伦理美学"的研究根本宗旨，对于它所要想达到的阶段性目标，我可以下面四句话来予以概括：热爱艺术，体验美感；抛弃世故，回归真诚；懂得珍惜，学会关怀；确立信念，守卫人性。从这个意义上讲，无论从伦理学还是审美

---

[1] ［英］舍斯肯勒：《美学与道德》，王树平等译，四川人民出版社2010年版，第109页。
[2] ［英］伊格尔顿：《人生的意义》，朱新伟译，译林出版社2012年版，第54页。

学,"道路也许是必然不同的,但目的地对于所有人来说只有一个:它包括了和平、正义、美德、幸福、和谐的共存"①。用一位英国学者在其所著的《价值、美学与伦理》一书中的话说:审美是重要的、严肃的,以一种紧要的、有影响的、深刻的方式和人类的普遍价值联系在一起。② 由此来看,审美学与伦理学的殊途同归是必然的:它们都指向一个共同目标:让人类的生活更美好!

(原载《文学评论》2014 年第 2 期)

---

① [英] 以赛亚·伯林:《现实感》,潘荣荣等译,译林出版社 2004 年版,第 195 页。
② 赵彦芳:《诗与德》,社会科学文献出版社 2011 年版,第 11 页。

《艺术作品的本源》的本源

徐 亮

自从梅耶·夏皮罗揭露海德格尔在《艺术作品的本源》中弄错了梵高画作里的鞋主人以后，评论界对海德格尔艺术理论作了重新审视。在中国国内，对这个问题的讨论也颇为热烈。一些专家探讨海德格尔在哪个环节上出了错（不是"错"，而是真的错），以至于将艺术家本人的鞋误认为一双农鞋而且能够自圆其说，在现象学或阐释学基础上应该如何避免这种错；也有的专家指责海德格尔不尊重艺术作品的具体性，对鞋的历史与关系不管不顾，如此等等。然而，《艺术作品的本源》中令人困惑和质疑之处不只是对鞋主人身份的认定，甚至，这并不是什么至关紧要之事（德里达在《恢复绘画中的真实》一文中已经充分指出了这一点）；它真正令人困惑和质疑的是在别处，并且不是一处，它们还充溢在海德格尔论艺术的其他著述中。把这些质疑点铺展开来，我们可以看到它们的指向，而这个指向，按照阐释学的立场，正是这些质疑点之来由。所以，《艺术作品的本源》，乃至海德格尔艺术论，自有其自身的本源。揭开这个本源是本文的目的。

让我们首先从这些可质疑点入手。

质疑一：真理在哪里？

诚实地说，《艺术作品的本源》虽然是一个关于艺术的演讲，但海德格尔的兴趣是讨论物的物性（物因素），讨论真理。因此进入话题不久他就大谈西方思想关于物性的各种解释。为了展示对物的思索的途径，他扯出了梵·高的《农鞋?》[①] 一画，意图在两个方面与他的主旨有所关联。

[①] 我们用《农鞋?》表示海德格尔文章里涉及的梵高那幅画。海德格尔认为那鞋的主人是农人（农妇），问号表明他对鞋主人的认知受到了质疑；但我不采用夏皮罗认定的"艺术家的鞋"的称呼，乃是因为海德格尔已经从农鞋的角度对它作了长篇描绘，而这鞋现在已经归属于《艺术作品的本源》这个文本了。

一方面，这是一个艺术作品，与演讲题目关联；另一方面，《农鞋?》中描绘的鞋是一个器具，他把器具（鞋）作为讨论物的物因素的接入点。海德格尔认为"物之物性极难道说"①，所以他借助在纯然物与作品之间占有中间位置的器具加以言说——器具既有纯然物的自持性，又有类似艺术作品的被制作性。作为纯然物，它是内敛的，自持的，即不显现的；但是器具作为被制作物被有用性支配，有用性"植根于器具之本质存在的充实之中。我们称之为可靠性"②。所以器具的器具存在属于存在之真理范畴，但是它与作品的作品存在又属不同层级。有用性会随着器具的使用磨损而被耗尽，一旦有用性被耗尽，就只剩下"百无聊赖的死皮赖脸的惯常性"③。而艺术作品就不同了，它是一种"被创作存在"；艺术作品的存在就是建立世界，制造大地，并且将大地和世界的争执过程显现出来，保藏于自身。它不仅显现出自身的被创作性，而且显现纯然物的自持内敛，以及器具的有用性。而这也就是存在的真理的自行置入和显现。所以，海德格尔需要将表现在梵高《农鞋?》中的鞋作为显现农鞋的器具存在的一个标本。"我们也许只有在这幅画中才会注意到所有这一切"④；"艺术作品使我们懂得了真正的鞋具是什么"⑤。

这里出现了质疑一。

让我们稍微离开一会儿《艺术作品的本源》，关注一下海德格尔的另一篇演讲文章《物》。在那篇文章中，海德格尔讨论的主题仍然是"物之物性因素"⑥，作为主要例证的也不是纯然物，却是同为器具（孙周兴译为"器皿"）的壶。不是《壶》，而是壶。也就是说，它不是某个艺术家的作品，海德格尔从头至尾都没有称它为艺术作品，而是不停地称之为器皿。海德格尔论证道，作为器皿的壶具有容纳作用，在壶壁和壶底之间的空无成就了这种容纳⑦。壶内部的空无"居留""聚集""容纳"着天地

---

① ［德］海德格尔：《海德格尔选集》，孙周兴译，上海三联书店1996年版，第252页。
② ［德］海德格尔：《海德格尔选集》，孙周兴译，上海三联书店1996年版，第254页。
③ ［德］海德格尔：《海德格尔选集》，孙周兴译，上海三联书店1996年版，第255页。
④ ［德］海德格尔：《海德格尔选集》，孙周兴译，上海三联书店1996年版，第254页。
⑤ ［德］海德格尔：《海德格尔选集》，孙周兴译，上海三联书店1996年版，第255页。
⑥ ［德］海德格尔：《海德格尔选集》，孙周兴译，上海三联书店1996年版，第1167页。
⑦ 这里可以明显看出受老子《道德经》的影响。《道德经》第十一章："三十辐共一毂，当其无，有车之用；埏埴以为器，当其无，有器之用；凿户牖以为室，当其无有室之用。故有之以为利，无之以为用。"尤其这个"壶"，正是"埏埴以为器"中作为器皿的"埴"；"当其无，有器之用"则正是所谓的"容纳"。《物》是1950年海德格尔一次演讲的整理稿，当时海德格尔已经接触到中国学者萧师毅的《道德经》的意大利文译稿，并曾提议与萧合作进行《道德经》的德译。

中篇　美学和艺术理论问题

神人四方整体，就像《艺术作品的本源》中的作品所起到的那种"保藏"大地与世界及其争执的作用一样。天地神人四方整体的会聚是真理显现的标志。在海德格尔的另一篇演讲《语言》中，乔治·特拉克尔的诗"冬夜"被认为是令"天、地、人、神四方聚集于自身"① 的杰作，而诗在海德格尔的艺术谱系中占有最高地位（"一切艺术本质上皆是诗"②）。所以，显然，壶在这儿取得了艺术作品，甚至是其最本质的代表的诗的地位，成了真理的自行置入。但是壶与农鞋一样，只是被有用性支配的器具，如果它能够被设置入天地神人四方整体，那么，只有艺术作品才能使我们懂得什么是真正的鞋具，以及"我们只有通过作品本身才能经验器具的器具因素"③ 这些话就没有着落了。器具本身就显现真理。农鞋为什么不可以呢？

值得注意的是海德格尔触及"农鞋"的方式。他说，要避免哲学解释的干扰，了解器具的器具因素，最保险的方式是找到一个人所尽知的实物，比如一双农鞋作为例子。对实物的描绘能够驱除哲学解释的干扰。接着，海德格尔又似乎漫不经心地（"姑且"）选取了一幅描绘农鞋的画，即那幅被夏皮罗纠正为不能称作《农鞋》的梵高的画。看来，海德格尔毫不犹豫地把梵高的画当作对实物的正确描绘（他说这幅画具有直观性）。于是，我们看到了几种不同的农鞋。第一种是实物农鞋，海德格尔解释道，这是自持的，与意识不发生关系的鞋，"农妇在劳动时对鞋想得越少，看得越少，对它们的意识越模糊，它们的存在也就益发真实。"④它没有关联性，没有处所感和用途的暗示，"鞋子上甚至连地里的土块或田陌上的泥浆也没有粘带一点"；它不能使我们真正了解器具的器具因素。第二种是梵高的作品《农鞋？》，它保藏着农鞋（也就是器具）的真理。海德格尔对它作了那篇著名的到处被引用的浪漫风格的渲染描写（德里达讥之为"可笑而可悲""夸张""平庸而繁冗而贫乏"⑤）。但是如果我们意识到这两种"农鞋"只不过是海德格尔自己一厢情愿的描绘和区别时，就会发现真正出现的只有第三种，即海德格尔的"农鞋"。当他举出"实物"农鞋的时候我们根本看不到实物，只有海氏的文字；当他

---

① ［德］海德格尔：《海德格尔选集》，孙周兴译，上海三联书店1996年版，第992页。
② ［德］海德格尔：《海德格尔选集》，孙周兴译，上海三联书店1996年版，第293页。
③ ［德］海德格尔：《海德格尔选集》，孙周兴译，上海三联书店1996年版，第290页。
④ ［德］海德格尔：《海德格尔选集》，孙周兴译，上海三联书店1996年版，第253页。
⑤ ［法］雅克·德里达：《恢复绘画中的真实》，《外国美学》第十一辑，何秋实译，商务印书馆1995年版，第422页。

谈论梵高《农鞋?》的时候，他谈的根本不是梵高的《农鞋?》，而是他臆造的梵高的《农鞋?》（夏皮罗指出根本不存在他谈的那些内容），梵高本人看到海德格尔的描绘恐怕会被惊倒，他根本没有想到自己的画中有这些意思。我们只要举出海德格尔对"农鞋"上的泥土的描绘就可以看出海氏这种特征是如何完全左右了他的真理的：当他谈实物农鞋的时候说，"鞋子上甚至连地里的土块或田陌上的泥浆也没有粘带一点"，但是当他谈到作品《农鞋?》的时候，即在那篇浪漫描绘中，他用抽象名词取代了形容词："鞋皮上存留着泥土的湿润性和丰富性"①。无疑，他使用了不同指涉性的喻说。"泥浆"和"泥土的湿润性和丰富性"是区分实物鞋与鞋的存在真理的关键，但是这个关键不正建立在海德格尔对词语的有意选择与组合的基础上吗？这不是对象的区别，而是词的区别。正是这些不同指涉性的喻说，而不是农鞋实物和作品的实在性，把农鞋与《农鞋?》区别开来。

那么，真理在哪里呢？在农鞋（器具、实物）里，还是在《农鞋?》（艺术作品）里，还是根本上就在"农鞋"（海德格尔的谈论和描绘）里？

质疑二：物在哪里？

从质疑一中我们可以看到，物的问题是《艺术作品的本源》的基本主题。但是海德格尔在切入物的问题的时候似乎过于随意，以至于引起了一个小小的混乱。

什么是物？物是"在切近中存在的东西"②，艺术作品以物的姿态切近存在，物性是艺术作品的直接现实性。所以，海德格尔追问艺术作品的第一步就直接让我们与它的物的方面照面了："这些作品就是自然现存的东西，与物的自然现存并无二致"，一幅梵高的画或贝多芬的乐谱"就像地窖里的马铃薯一样"③ 被存放于某处。把艺术作品看作物并不是海德格

---

① 这段文字是笔者据原文的英译本翻译的。英译本作 "on the leather lies the dampness and richness of the soil"（Heidegger, p.14），中译本作 "鞋皮上粘着湿润而肥沃的泥土"。从义理上看中译本的这一句译文不妥。海德格尔在谈实物农鞋时用了涉及实物的用语 "地里的土块或田陌上的泥浆"（英译 "clods of earth from the field or the country path stick to them"；出处同上），而这一句谈论的是《农鞋?》中的泥土；按其理论，在艺术作品中物（泥土）以其本质出现，所以用抽象名词 the dampness and richness 是顺理成章的，这样才能引到海德格尔的主题（艺术作品对物的物性的显现）。而中译文的这一句仍然选用了海德格尔在谈论实物农鞋时所用的形容词+具体物质名词的表述法，按海氏，这就无法区别器具与作品了。

② ［德］海德格尔：《海德格尔选集》，孙周兴译，上海三联书店1996年版，第1167页。

③ ［德］海德格尔：《海德格尔选集》，孙周兴译，上海三联书店1996年版，第239页。

尔的观点。物只是进入作品的切入点。他要将我们的视点转到物背后的东西，即"某种别的什么"①，他要我们思考"这作品是否根本上就不是物，而是那别的什么"②。按全文的思路，物的物因素（物性）如何在艺术作品中被设为无蔽状态是本文道说的方向。但是由于从一幅画（《农鞋?》）的物层面入手，海德格尔就着它随意确定了这篇演讲的主导问题，把它定为作品的物因素问题（"我们首先必须弄清作品的物因素"③）。事实上，在接下来的展开中，海德格尔把这个"作品的物因素"不加说明地粗暴地直接换成了"物的物因素"。他带我们历经古希腊以来对物性的三种解释（都是错误的），又绕道到"器具"，在对作品的作品存在（世界与大地的争执）作长篇论述后，才又"重新捡起"那个"主导问题"（"现在我们可以重新捡起我们的主导问题：那个保证作品的直接现实性的作品之物因素的情形究竟如何呢？"）④。不过到这儿，也许因为混乱已经难以厘清，他打算放弃这个问题："情形是，我们现在不再追问作品的物因素的问题了，因为只要我们作那种追问，我们即刻而且事先就确定无疑地把作品当作一个现存对象了"⑤，对象化作为形而上学的一种思路无疑是海德格尔要避免的。这就意味着海德格尔在演讲的开始时提出的是一个他根本不打算追问且最终会放弃的主导问题。为了摆脱这个尴尬，他在下文里再次用了转换问题方法为自己圆场："那么，我们对物之物因素的追问是多余的吗？绝对不是。作品因素固然不能根据物因素来得到规定，但是对作品之作品因素的认识，却能把我们对物之物因素的追问引入正轨。"⑥ 海德格尔忘了，他在这儿需要说明的是为什么放弃了文章开始时确定的那个主导问题，那个问题是"作品的物因素"，而不是"物之物因素"。他接着用"对作品之作品因素的认识"的大量展开，即演讲第二部分"作品与真理"的内容来搪塞，似乎这仍然是那个主导问题的题中应有之义，但是很明显，"作品之作品因素"与"作品的物因素"并不相同。

然而，对于艺术作品而言，"作品的物因素"的确是关键问题，它不应该被放过去。就拿梵高的《农鞋?》来说，装在画框中，里面的颜料堆得老高老厚，与过去的写实画相比画面形状显得略有变形，背景明显虚

---

① ［德］海德格尔：《海德格尔选集》，孙周兴译，上海三联书店1996年版，第240页。
② ［德］海德格尔：《海德格尔选集》，孙周兴译，上海三联书店1996年版，第240页。
③ ［德］海德格尔：《海德格尔选集》，孙周兴译，上海三联书店1996年版，第240页。
④ ［德］海德格尔：《海德格尔选集》，孙周兴译，上海三联书店1996年版，第289页。
⑤ ［德］海德格尔：《海德格尔选集》，孙周兴译，上海三联书店1996年版，第289页。
⑥ ［德］海德格尔：《海德格尔选集》，孙周兴译，上海三联书店1996年版，第290页。

化，我们不能指出它在室内还是室外的地面上，我们甚至不能确定画面下方是地面——那只是用很粗的画刷涂上去的带有明显刷痕的颜料。这些无疑属于这幅画与我们照面之时最先的直接的现实性。但是海德格尔完全没有涉及艺术作品《农鞋?》中的这些东西，这不是很奇怪吗？这些难道不是一幅画中切近我们的因素吗？海德格尔在论及艺术作品对物性的道说时，只是把作品当作一面透镜，让我们注意画中表征之物，而完全忽略了画本身的物性，即画本身切近我们之处。《农鞋?》不是《农鞋?》，而是农鞋的一面镜子，或对农鞋的绘制，只要透过它看到农鞋，农鞋的形象以及它在现实生活中的状态，画的使命就完成了，尽管能够证明其所看到的东西的只不过是一堆文字。但是，事实上，作品的那些物因素还真是一幅画的主题之所在呢——梵高之所以把颜料堆得老高，难道不正是欲阻止我们去透视它的对象吗？他让我们把注意力放在画本身上，注意这些过分亮丽又厚重的色彩产生的效果，放弃对背景（即画外世界的关联物）的猜测。在《农鞋?》中我们还能辨认画面上的形象，进一步说，如果是抽象表现主义、构成主义、极少主义，或哪怕是立体派画家的作品，那上面没有或几乎没有可辨认的形象，那情形又如何呢？是不是画里没有可辨认的形象，画就没有物因素了？比如抽象表现主义画家波洛克的"滴画"《Full Fathom Five》（1947），我们又怎么辨认其形象呢？那上面都是滴落的油彩，而且形成了一种立体的堆积效果，它们兀自站立，拒绝任何透视。这样一幅画，在海德格尔那里，就当被视若无物了；但它以扎实的物性告诉我们，这就是它的现实性。

一方面，《艺术作品的本源》通过把我们的注意力引向画或者诗之外，引向艺术作品所"逮住"的世界，而对艺术作品最切近的物因素，如颜料、画框、画布、织体或音响、能指等，置若罔闻。另一方面，即就是对物的物因素的探讨，也由于它自身的重心，而变成了对"真理"本身的探讨。海德格尔真正所关心的是世界与大地的争执，物的物性只是从这方面被牵连进来的：他把这称为物的物性显现，也就是存在者的存在。存在者不是要点，存在才是要点；因而物不是要点，它怎么显现出来，是（being）出来，才是要点。因此，农鞋或者《农鞋?》或者壶或者乔治·特拉克尔的诗"冬夜"不是要点，它们能够把世界与大地的争执，把天地神人四方整体聚纳于其中，才是要点。当海德格尔谈论这种争执和聚纳时，所用的言路乃至措辞都是相似的，不论它出现在实物、器具、神庙还是诗歌中。它们失去了自身的独特性。《艺术作品的本源》从两方面抹灭了物，这是一种双重的抹灭：作品之物灭于作品表征之物，物灭于真理。

质疑三：作品在哪里？

作品的物因素的抹灭就是作品本身的抹灭。

《艺术作品的本源》之所以拈出艺术作品，是为了让我们见识物的物性，也就是最后被归结为真理的东西。艺术作品是真理的通道，而它从一开始就不是重点。尤其是，当真理实际上背离了海德格尔的某些定论（"只有在这幅画中才会注意到所有这一切"①，"我们只有通过作品本身才能经验器具的器具因素"②，在器具等艺术以外的存在者上显现出来时，艺术作品在海德格尔的关注中所占的戏份就更少了。

一个明显的例子是他的一篇短文《艺术与空间》。这是一篇专门探讨雕塑艺术的文章，海德格尔说："这里的评论自限于造型艺术，并且更限于其中的雕塑艺术"③。但是通观全文，海德格尔没有涉及任何一个雕塑作品，甚至没有涉及雕塑材料的任何信息（是雕还是塑，是木材还是石材，还是浇铸），而只是试图告诉我们雕塑处理空间的方式。在一个关键段落里他是这么描述雕塑的："雕塑乃对诸位置的体现；诸位置开启一个地带并且持留之，把一种自由之境聚集在自身周围；此种自由之境允诺各个物以一种栖留，允诺在物中间的人以一种栖居。"④ 这段话对于壶，对于神庙，都是一样适用的（他在下文说"雕塑表现中有空虚在游戏"⑤，我们很容易想起他在《物》里所说的壶的空无及其容纳作用）。他给雕塑的定义是"雕塑：在其创建着诸位置的作品中体现存在之真理"⑥。其实，在这篇文章中，根本就没有雕塑，只有"存在"和"真理"。

在我们所讨论的这篇专论艺术作品本源的文章里，《农鞋？》让我们聚焦到一个具体的艺术作品上了，这是艺术理论家们特别感兴趣的地方，大家想从此文弄清海德格尔对于艺术到底持什么立场；大家费了九牛二虎之力，努力弄明白世界、大地、无蔽、遮蔽、真理、存在、容纳、聚集这些词语的深意，以及诸如"真理设置入作品"的路径与义理，最后似乎仍然困惑，不明白这与一幅具体的油画《农鞋？》有什么关系，以为这是

---

① ［德］海德格尔：《海德格尔选集》，孙周兴译，上海三联书店1996年版，第255页。
② ［德］海德格尔：《海德格尔选集》，孙周兴译，上海三联书店1996年版，第290页。
③ ［德］海德格尔：《海德格尔选集》，孙周兴译，上海三联书店1996年版，第481页。
④ ［德］海德格尔：《海德格尔选集》，孙周兴译，上海三联书店1996年版，第486页。
⑤ ［德］海德格尔：《海德格尔选集》，孙周兴译，上海三联书店1996年版，第487页。
⑥ ［德］海德格尔：《海德格尔选集》，孙周兴译，上海三联书店1996年版，第487页。

我们理论素养的缺乏所致。而实际上，海德格尔早就把焦点从《农鞋？》移开了。他对《农鞋？》并不真的感兴趣，也不在乎作品的细节，所以鞋主人是农夫还是农妇还是艺术家本人，对于海德格尔的论说目标确实是无关紧要的；甚至，他也未曾仔细辨认画中的形象（而这是他通过作品中的描绘对象而不是描绘本身来讨论物的物性的理论出发点所要求的），否则他就必须慎用"一双鞋"这样的表述。那"鞋"，海德格尔说是"一双鞋"，而德里达则指出，从图像上看，它们更像两只鞋，两只都是左脚鞋，根本就不是一双。无论从哪个角度，艺术作品都没有被顾及，因为海德格尔的焦点已经很快（或者一开始就）移到"本源"问题上了。

艺术作品的本源是艺术；艺术是真理自行设置入作品或生成和发生。在最后一部分"真理与艺术"中，海德格尔赋予诗以特权地位，他论证道，"真理乃通过诗意创造而发生"①；艺术是真理的自行设置入作品这个命题可以归结为艺术是诗："一切艺术本质上是诗"（同上）。预计到此论会遭到的驳斥，他用下一段玄妙的语言给予回应："诗歌在语言中发生，因为语言保存着诗的原始本质。相反地，建筑和绘画总是已经，而且始终仅只发生在道说和命名的敞开领域之中。它们为这种敞开所贯穿和引导，所以，它们始终是真理把自身建立于作品中的本己道路和方式。它们是在存在者之澄明范围内的各有特色的诗意创作，而存在者之澄明早已不知不觉地在语言中发生了。"② 建筑和绘画（还有雕塑，等等）只不过把早已在诗中所发生的真理再炒作一遍，它们的作用只是给这早已发生的真理添上各种佐料，使之各有特色。它们可以消失，可以还原为诗。

诗歌不也是艺术作品吗？是的。可是海德格尔并不真的在乎诗。在他对荷尔德林、里尔克、乔治·特拉克尔的诗歌作品的谈论中，他并未在乎过他们诗里音响的关联性，词语的独特组合。诗之所以被关注，是因为它体现了真正的语言（语言的真理），而真正的语言是道说，道说是天地神人的会聚。我们又一次被引入了抹灭的路径里。

质疑四：语言的等级秩序

这里我们进入海德格尔的语言观。海德格尔的艺术观就是他的真理观，而他的真理观寓于其语言观。

从上述引用的关于诗与建筑、绘画等其他艺术的关系的论断，我们可

---

① ［德］海德格尔：《海德格尔选集》，孙周兴译，上海三联书店1996年版，第292页。
② ［德］海德格尔：《海德格尔选集》，孙周兴译，上海三联书店1996年版，第295页。

以得出，诗处于所有艺术的最高等级，而其他艺术次之。如果我们把语言广义地理解为任何表意的符号系统，那么在艺术的符号系统中，诗的语言处于最高等级，建筑语言、绘画语言、雕塑语言等，则等而次之。而诗的语言之所以优先是因为：第一，存在者的澄明最早发生于其中，它离真理最近；第二，其他艺术语言受其引导，只是对它的进一步展开和特色化。真理并不自行设置入任何艺术作品，它首先设置入诗的语言里，其他艺术则模仿"早已不知不觉地"在诗的语言中发生的真理。梵高的画《农鞋？》就只不过是把语言所敞开的真理再次设置入绘画，绘画仅仅是一种"有特色的诗意创作"。海德格尔的诗歌优先论同时是一种抹杀论，对其他艺术的抹杀。这是优先论引起的等级秩序的后果，而且它似曾相识。

　　它令人想起达·芬奇截然相反但逻辑类似的观点。达芬奇是绘画优先论者，而且他贬低的对象恰恰是诗歌。达芬奇认为画家是自然的儿子，其作品能够像镜子那样反映自然，"前面摆着多少事物，就摄取多少形象"[①]；"诗企图用文字来再现形状，动作和景致，画家却直接用这些事物的准确的形象来再造它们"[②]；而且"诗人无法同时叙述不同的事物……"[③]；因此"画家是形形色色的人和万物的主人"[④]。一样的等级论（诗与绘画的高低），一样的涵盖论（海德格尔：诗涵盖一切艺术；达芬奇：绘画直接再现自然，因而涵盖了诗同样的却完成得不完满的再现自然的任务）。所不同的是他们关于优劣的判断标准（特权要素），海氏根据距真理的远近，以及与语言的关系，而达芬奇则根据距自然的远近，以及相对于视觉的直接性。所以他们关于艺术等级秩序的结论相反。我们还可以回溯到柏拉图。柏拉图根据距真理的远近，得出诗低于哲学，甚至低于器具（床），得出诗是应当诅咒的；而同样根据模仿的直接性及距真理的远近，得出史诗高于悲剧。看来，根据自己选定的特权因素决定各个门类艺术的高低，并且确定一种至高无上的艺术门类，是从柏拉图一直延续到海德格尔的艺术论的一个传统主题。在海德格尔这儿，这种思路还自然延伸到对诗人等级的评定。在《荷尔德林和诗的本质》里把荷尔德林称为"诗人

　　[①]　[意大利] 达芬奇：《画论》，《西方文艺理论名著选编（上）》，戴勉译，北京大学出版社1987年版，第161页。
　　[②]　[意大利] 达芬奇：《画论》，《西方文艺理论名著选编（上）》，戴勉译，北京大学出版社1987年版，第160页。
　　[③]　[意大利] 达芬奇：《画论》，《西方文艺理论名著选编（上）》，戴勉译，北京大学出版社1987年版，第164页。
　　[④]　[意大利] 达芬奇：《莱奥纳多·达·芬奇笔记》，郑福洁译，生活·读书·新知三联书店1998年版，第186页。

的诗人"①，而在讨论里尔克的地位的《诗人何为》里，海德格尔把里尔克与荷尔德林作了比较，认为里尔克是贫困时代的诗人，而荷尔德林则是"贫困时代的诗人的先行者。因此之故，这个世界时代的任何诗人都超不过荷尔德林"。②

然而，按照追溯"本源"的思路，海德格尔的优先论并没有停留在诗或诗歌语言，他继续追踪诗的来源。诗的发生地是（狭义的）语言，语言"保持着诗的原始本质"③。正是因为如此，使用（狭义）语言的诗才能拥有优先性。

海德格尔虽然反对把语言看作传达的工具，认为语言所做的是使存在者进入敞开领域之中，但仍然认为语言与存在者的存在具有符合关系。在描述他称为"正确的语言概念"④时，他说："由于语言首度命名存在者，这种命名才把存在者带向词语而显现出来。这一命名指派存在者，使之源于其存在而达于其存在。"⑤在这儿，我们看到的一个关键词是"首度"。语言首度命名存在者。这是不是意味着每一种语言都是或都能对存在者加以首度命名呢？完全不是！《艺术作品的本源》在讨论西方思想对物的物性的第一种解释（即认为物是各种物的属性的载体）时，指出了一个现象，就是最早用希腊语命名的那些对物的谈论，遭到了后来的拉丁文翻译的扭曲。在希腊文中，物的属性与物的物性既有区别（不同的命名），又有联系（属性从属于作为内核的物性），而在拉丁文里，作为根据的物性已经被译为"主体"，与其他被误译的词语"实体""属性"一起构成了命题，构成了形而上学的物定义系统。海德格尔指出，"从希腊名称向拉丁语的这种翻译绝不是一件毫无后果的事情……毋宁说，在似乎是字面上的、因而具有保存作用的翻译背后，隐藏着希腊经验向另一种思维方式的转渡。罗马思想接受了希腊的词语，却没有继承相应的同样原始的由这些词语所道说出来的经验，即没有继承希腊人的话。西方思想的无根基状态即始于这种转渡。"⑥这个"转渡"被弗里德里克·詹姆逊称为"罗马断裂"⑦，因为这导致本来有根基的西方思想中断了，成了无根基的。这是存在于历史中的

---

① ［德］海德格尔：《海德格尔选集》，孙周兴译，上海三联书店1996年版，第311页。
② ［德］海德格尔：《海德格尔选集》，孙周兴译，上海三联书店1996年版，第461页。
③ ［德］海德格尔：《海德格尔选集》，孙周兴译，上海三联书店1996年版，第295页。
④ ［德］海德格尔：《海德格尔选集》，孙周兴译，上海三联书店1996年版，第294页。
⑤ ［德］海德格尔：《海德格尔选集》，孙周兴译，上海三联书店1996年版，第294页。
⑥ ［德］海德格尔：《海德格尔选集》，孙周兴译，上海三联书店1996年版，第243—244页。
⑦ ［美］詹姆逊：《詹姆逊文集》第四卷，王丽亚译，中国人民大学出版社2004年版，第45—46页。

一个悲惨事件。因而"首度命名存在者"的语言必须是能够使存在者源于其存在而达于其存在的,在这样一种语言中,道说才是可能的;拥有特权地位而成为艺术之旨归的诗也必须是这种语言的诗。这种语言非希腊语莫属。

然而还存在着比拉丁语更贴近希腊经验的语言,那就是德语。众所周知,海德格尔认为除了希腊语,只有德语是最适合于哲学思想的。

现在我们看到了各种语言的等级秩序:希腊语,德语,拉丁语……这是一种基于真理的谱系:语言的优劣取决于它与真理的距离,与那种对存在者存在的敞开经验的距离。

这样一种理论,如果仅仅用于评级,我们也许可以假设其作用仅限于书面上和学术领域。但是海德格尔的思想追求现实性,他的语言论并不仅仅止于语言与真理的符合。在我们讨论的这篇演讲中他指出,由于真理是一种生成和运作,语言(诗)具有一种冲力,它开创新的局面,并且"同时把我们移出平庸"①。这就是所谓"作品的被创作存在"②,它不同于器具的被制作性之处就在于它是有所启示的。为此,真正的语言(道说之生发)"乃澄明之筹划"③。筹划当然是面向未成之事的,所以在道说的生发,亦即语言的筹划中,"一个民族的世界历史性地展开出来"④。在海德格尔纯思的语境中出现这么接地气的政治话语,谈论民族的未来,给人有点异乎寻常的感觉。在几乎同时期(1936年)的《荷尔德林和诗的本质》里,海德格尔借荷尔德林的诗句警告说,语言"乃是最危险的财富"。语言的危险性乃在于决断。"在语言中,最纯洁的东西和最隐蔽的东西,亦即混乱的和粗俗平庸的东西,都同样达乎词语"⑤,只要在语言中,就已经在冒险,因为必须在最纯洁和最混乱粗俗的东西中选择和决断。但是"诗人本身处于诸神和民族之间"⑥,"作诗乃是对诸神的原始命名。然而唯当诸神本身为我们带来语言之际,诗意的词语才具有它的命名力量……诗人之道说是对这种(诸神的—引注)暗示的截获,以便把这些暗示进一步暗示给诗人的民众。这种对暗示的截获是一种接受但同时也是一种新的给予:因为诗人在'最初的名称'中也已经看到被完成者,

---

① [德]海德格尔:《海德格尔选集》,孙周兴译,上海三联书店1996年版,第287页。
② [德]海德格尔:《海德格尔选集》,孙周兴译,上海三联书店1996年版,第287页。
③ [德]海德格尔:《海德格尔选集》,孙周兴译,上海三联书店1996年版,第294页。
④ [德]海德格尔:《海德格尔选集》,孙周兴译,上海三联书店1996年版,第295页。
⑤ [德]海德格尔:《海德格尔选集》,孙周兴译,上海三联书店1996年版,第313页。
⑥ [德]海德格尔:《海德格尔选集》,孙周兴译,上海三联书店1996年版,第324页。

并且把这一他所观看到的东西勇敢地置入他的词语中,以便把尚未实现的东西先行道说出来。"① 我们必须指出,对于诗人为他的民族给出的指点,海德格尔比荷尔德林有信心得多。在海德格尔引用的一封信里,荷尔德林表明,从前他能够从命名的名称中看到真与善,"现在我耽心,我最终力不能胜任,就像古老的坦泰鲁斯,他从诸神那里获得的远远超过他能消化的"②。海德格尔看来并不担心诗人的消化能力以及他们与神的差异,他将诗人拔高到真理的持有者的位置:"由于诗人如此这般地在对他的规定性的最高具体化中保持于他自身,所以诗人具有代表性地因而真正地为他的民族谋求真理。"③ 也许我们必须从德语的高贵序列上才能理解这种信心。德语是对存在者的存在的经验保留得最好的现行语言,德语诗人荷尔德林是诗人中的诗人。在德语中所昭示的对民族历史使命的指向具有真理性。而语言的秩序与民族的优劣有着无法摆脱的正相关性。日耳曼人的优越性从德语在语言的等级秩序中的地位上就已经被确定下来,因为German(德语)就是German(日耳曼人)。

都是形而上学惹的祸

海德格尔的思想以反形而上学为己任。他坚决反对把存在看作存在者,因为这种思路把人生命中发生的异乎寻常的东西扭曲为可以被合理性解释的东西看作公式和命题,消抹了存在者存在的活力,也消抹了在存在中人与天地以及神的生动的交流和互动,掩盖了无在存在中的根本性作用,根本上,它把本应如其所是者思为非如其所是者。它导致了世界的被扰乱,技术的架构的强暴等等。在这方面,海德格尔显示的东西足够令人触目惊心,他开创了苏格拉底以来西方思想的新局面,是西方反形而上学努力中的一个里程碑。

海德格尔认为的形而上学最重要的根源是存在的在者化。这从他在《艺术作品的本源》第一部分总结西方思想对物的解释,特别是前两个解释中也可以明显见出。在剖析第一个物的解释时,海德格尔指出,由于拉丁文翻译的曲解,物被解释为物的属性或特征的总和。在这个解释中,命题(主谓结构)被看作物自身结构的对等物,海德格尔质疑道,命题结构是何以可能被转嫁到物结构上的?在者化在这儿表现为(作为命题特

---

① [德]海德格尔:《海德格尔选集》,孙周兴译,上海三联书店1996年版,第322页。
② [德]海德格尔:《海德格尔选集》,孙周兴译,上海三联书店1996年版,第320页。
③ [德]海德格尔:《海德格尔选集》,孙周兴译,上海三联书店1996年版,第325页。

中篇　美学和艺术理论问题

征的）正确性和可检验性。我们知道，形而上学的思路确实是这样一种符合论的思路，主谓语之间的符合和命题与对象的符合。海德格尔进而指出，对物的这种解释还有另一种品性，它"不仅适合于纯然的和本真的物，而且适合于任何存在者。因而，这种物的概念也从来不能帮助人们把物性的存在者与非物性的存在者区分开来"①，这也是形而上学的典型思路。形而上学有一种总体化倾向，这种总体化消抹差异，海德格尔认为这是对物的强暴。在对西方思想史上第二种对物的解释（物是感官感知的总和）的剖析中他指出，这仍然是一种建立在正确性和可证实性基础上的解释，它把真实的物的存在中的解释（而不只是感觉）的介入排除在外，使物失去了自身显现和生发的品质，因而足以令人怀疑其真实性。

然而，前文笔者提到的海德格尔艺术理论中几个明显令人生疑之处是怎么发生的呢？在质疑一，海德格尔本来要借《农鞋?》论说器具并不能自己显现真理，器具的器具存在（真理）只有借助于艺术作品才能获得显现，但是后来我们发现，在壶这个典型的器具上真理（天地神人四方整体）获得了完满的保藏。在质疑二，作品的物因素被转换为物的物因素，而针对绘画作品，这种物因素又不包括最为切近的画材质料。其实所有人都能看出，虽然海德格尔提及的是《农鞋?》，是艺术作品，但他真正关注的只是真理本身。真理可以设置入任何之中，不管它是器具还是作品还甚至是纯然物本身，但是真理有权超越任何具体性的束缚。虽然《艺术作品的本源》为自己规定了区分"物性的存在者与非物性的存在者"② 的任务，"把具有物之存在方式的存在者与具有作品之存在方式的存在者划分开来"③ 的任务，但是那种深入骨髓的总体化思路最终还是会把所有差异引向那个本体，因为它"适合于任何存在者"。循着总体化，质疑三中我们讨论的各种艺术也最终还原为了诗，而诗还原为语言和真理。总体化并不能做到把个别与整体分别保持住，做到所谓从个别中见出整体，它是消抹个别的过程，因为个别中本不能见到那个预设和虚构的"整体"，那些背后的什么。很明显，海德格尔只要谈论"雕塑"这个词，不需要让我们注意任何作品就可以把雕塑的本质说清楚，因为雕塑、建筑乃至绘画，都不过是诗，诗不过是真理。所以，总体性仍然支配着海德格尔的艺术理论。有总体性，就有等级，因为如果最高的真理在那儿，那么

---

① ［德］海德格尔：《海德格尔选集》，孙周兴译，上海三联书店1996年版，第245页。
② ［德］海德格尔：《海德格尔选集》，孙周兴译，上海三联书店1996年版，第245页。
③ ［德］海德格尔：《海德格尔选集》，孙周兴译，上海三联书店1996年版，第241页。

《艺术作品的本源》的本源

与它距离的远近就决定了高低优劣。所以距真理最近的诗与其他各种艺术分布在同一个秩序中的不同层级上。这也是一种差别,是一种总体性支配下的差别,这些差别真正体现的不是它们各自本身,而是同一的真理本身,是真理的同质性。以存在取代存在者并不能阻止滑向抹杀差异的总体化和本质化,它可能只是意味着用存在替换了存在者的位置,存在本身就是一种思想意图无限趋近的终极目标。

另外,海德格尔事实上也受制于一种符合论。我们也许奇怪,在《艺术作品的本源》开始时他是从作为物的作品切入话题的,他说油画首先是挂在墙上展出的物品,它被到处运送,收藏于仓库里,像地窖里的马铃薯一样;他这么说,应该能最近距离接触到油画的质料油彩和画框,但是为什么这些在他对《农鞋?》乃至其他艺术作品的谈论中全无踪迹呢?从其文本看,海德格尔面对作品时,仅仅把它当作一扇可透视的窗,他的关注点是窗外的景物。他对色彩视而不见,把"油画在色彩里存在"的看法视为俗常浅见,他的目光直接越过油画而欲触及"那别的什么"①。所以《农鞋?》中的鞋可以被拿出来作为器具加以描述,因为《农鞋?》是对鞋的再现。而又因为纯然的器具没有什么可说的,它消失在自身中,需要为器具设立真理(器具背后的什么东西),他把作品《农鞋?》当作显现这背后的真理的一个表征体。不论是物、器具、还是真理,都是语言、绘画、诗的对象或目标,它们之间都构成对应关系、符合关系。

这样的话,那种作为形而上学标志之一的主体性(主观性)观念也就受到了支持,因为符合论的逻辑就是主客二元对立的逻辑。海德格尔反对主观性,主观性是他在攻击形而上学时设立的一个重要标靶。"真理自行设置入作品"②的表述,用"自行"一词,就是要避免主体性的介入。但是实际情况却适得其反。德里达揭露道,与夏皮罗一样,海德格尔在《艺术作品的本源》中谈的也是"构成画的重要主体、鞋的主体,谈的是主体的,脚、鞋……——我感到吃惊。这就是海德格尔在辩论开始时写的话。他岂不是把一切关于主观性的论争忘在脑后吗?但是事实上主观性是海德格尔重新提出被他遗忘的问题的前提"③。德里达感到吃惊的是,尽管主观性是海德格尔在论争中极力反对的,但在这篇演讲中,对《农鞋?》的全部描绘还是建立在鞋的主体是农妇的基础上。这说明仅仅是想

---

① [德]海德格尔:《海德格尔选集》,孙周兴译,上海三联书店1996年版,第240页。
② [德]海德格尔:《海德格尔选集》,孙周兴译,上海三联书店1996年版,第259页。
③ [法]雅克·德里达:《恢复绘画中的真实》,《外国美学》第十一辑,何秋实译,商务印书馆1995年版,第416页。

避免形而上学，这是不够的。主观性被无意识地置入了论争的前提，这才是要点。在天地神人四方整体中，人是一个可疑的，或许我们可以说，是狡猾的要素。真理能够"自行"设置入作品，是因为人在那个整体中，他有所作为，但是他是在四方整体中，因而不是作为主体施为的，他的作为也就成了世界和大地的争执的一部分。因此，在需要的时候，他可以合法地、非主观地现身。海德格尔在"真理与艺术"一节讨论了艺术的被创作存在，他引用了16世纪德国大画家丢勒的一段话并加以引申道："阿尔布雷希特·丢勒想必是知道这一点的，他说了如下著名的话：'千真万确，艺术存在于自然中，因此谁能把它从中取出，谁就拥有了艺术'。'取出'在这里意味着画出裂隙，用画笔在绘画板上把裂隙描绘出来。但是，我们同时要提出相反的问题：如果裂隙并没有作为裂隙，也就是说，如果裂隙并没有事先作为尺度与无度的争执而被创作的构思带入敞开领域中，那么，裂隙何以能够被描绘出来呢？"① 不论如何小心翼翼地避免使用"谁"，"事先作为……被创作的构思带入敞开领域"这样的表述还是使一个主体泄露了出来。它留出了一个主体的位置：谁事先构思，谁描绘。这整个一段表述是要说，如果没有这样一个主体的积极作为，事先筹划，并加以描绘，也就是丢勒说的"取出"，真理就无法设置入作品。"被创作存在"这个命题充满了主体论色彩，而它在海德格尔心目中是作品现实性的标志，也是艺术的本质之所在。《艺术作品的本源》就是在这个前提下展开的。

所以，尽管寻求主谓语之间的符合，命题与对象的符合的思路在海德格尔这儿不见了，我们还是会看到符合论以另外的面目出现，例如绘画与形象的符合；看到以主客二元对立为前提的主观论阴影，它破坏了海德格尔试图建立一元本体论以摆脱形而上学的努力。尤其是，海德格尔话语中可以清楚见到的语言与真理之间的符合论。存在的在者化或许并不是形而上学的根源。更根本（本源）的形而上学是为人的思想或语言设立一个可以谈论、符合甚至触及的目标、对象，而不论它是存在者、存在、终极的善，还是别的什么；而思想和语言的真理性表现在与它的一致性上。语言论的符合论是形而上学更深刻的根源。海德格尔的语言论建立在语言与意义能够产生一致关系的预设基础上，当他说语言能够命名存在者，这种命名能够"把存在者带向词语而显现出来"② 时，他完全不担心能指与所

---

① ［德］海德格尔：《海德格尔选集》，孙周兴译，上海三联书店1996年版，第291页。
② ［德］海德格尔：《海德格尔选集》，孙周兴译，上海三联书店1996年版，第294页。

指的分裂,尤其是不担心这种分裂是内在于语言自身的,是语言不可克服的品格。这样,在海德格尔的哲学和思想的反形而上学革命中,我们看到最多的是一些老词遭到了替换,而他小心翼翼地使用的那些新词总也不能摆脱形而上学的阴影。

最后,我们必须谈谈语言与民族历史命运的关系问题。语言并不只是述事,并不只是摆事实;它还讲道理,而道理包含了前进的方向,所以语言还述行;它做事,并且通过聆听与阅读使听众和读者进入这种做事的状态。海德格尔的运思产生了这方面的真知灼见:语言筹划并且决断,指出做事的方向,这当然会对一个民族的世界的未来可能性产生影响。但这同时是一种冒险:有什么东西能够确保这对未来的断言是善的和真实的呢?荷尔德林对此有所保留,他说他作为一个人不能确保自己力能胜任,但海德格尔并未认可他的谦逊。尽管海德格尔极力推崇荷尔德林,但二人在此问题上的确显示出分歧。荷尔德林把诗人看作只是传达神谕的,他是人,因此可能消化不了从神那里所获得的东西。海德格尔虽然也把诗人置于诸神与民族之间,但他的天地神人一元本体论确保了神与人的一体性,因此他丝毫不担心消化不了以及人力不胜任的问题。另外,海德格尔通过基于与真理的距离而得出的语言优劣论,进一步确保了希腊语或德语,乃至日耳曼人,所作出的筹划和决断的真理性。西方中心主义,日耳曼中心主义都可以从这儿推导出来。形而上学在此所起的作用,是以总体化本质化的思路把本来只是冒险的人的决断真理化,为冒险壮了胆,把它说得跟得到确保的真与善一样,甚至可以鼓动人们为此奋斗牺牲。

冒险是语言与生俱来的品质。人们说话,同时承担了可能带来的后果,这个后果不是任何理论能够预见的,也不是顺着任何人的真理性论证发生和发展的。形而上学面对语言的冒险性拒绝采取诚实的谦逊态度,把仅只基于述行和转义产生的筹划和决断归入真理,使其拥有永世长存的性质,并且真诚地相信这一点。虽然在二战以后的文本中海德格尔已经不再使其言论具有那种为德国民族筹划的接地气的色彩了,"民族的世界"及其"历史性"这类的词也消失不见了,但是他是怎么面对自己当时话语的后果的呢?海德格尔的孙女葛尔特鲁特·海德格尔最近抱歉道,海德格尔终其一生没有正式退出纳粹党,也未就其纳粹言论道歉。他仍然相信这种经过真理性论证的决断确实属于真理,其永世长存的性质不会被一时一事的俗见左右?海德格尔一生以攻击和扭转形而上学为己任,他的存在论,诗意的思,开拓了一片前所未有的思想的奇境。但是深陷符合论预设的他最终没有从根本上摆脱对象化的思路,被形而上学的语路所控制,这令人唏嘘。海德格尔并不是恶徒，他自认的出发点甚至是好的，不过从思想的那个本源走出以后的情形，他自己也就无法控制，甚至意识得到了。控诉海德格尔，抓住他的纳粹污点不放，是没有意义的。也许真正要控诉的是形而上学。而我们自己又何尝摆脱了它呢？葛尔特鲁特解释道，在20世纪30年代的德国，纳粹被当作一种改革和变化，被很多年轻人看作希望。这是很多历史学家指出过的。当时的纳粹尚未张开其血盆大口，它拥有的新想法甚至可以被解读为平等、自由和解放。连雅斯贝尔斯当时也曾为今天看来颇具纳粹色彩的海德格尔的弗莱堡大学校长的就职演说叫好。葛尔特鲁特把这解释为代际话题，即那个时代的人不能意识到而我们今天意识到的问题。她举例道，这相当于今天人的孙辈质问我们为什么没有积极改变生活方式以防止在他们时代才爆发的气候生态灾难。代际问题永远存在，但人类面对决断的可能灾难性后果的态度是可以不同的。就可以预料的结果而言，我们可以为已经爆发的生态灾难道歉，甚至在今天作出任何经济的政治的乃至思想的决断时保持一份谦逊。真正可怕的是深信自己的决断具有真理性，决心为它奋斗到底，在"真相"大白之际也绝不道歉（像海德格尔一样）。

（原载《文艺研究》2017年第9期）

感觉如何通过实践成为理论家?
——实践美学的现象学阐释

苏宏斌

"感觉通过自己的实践直接变成了理论家",① 这是马克思在《1844年经济学哲学手稿》② 中提出的一个重要命题,也是实践美学的重要理论支柱。这一命题脱胎于黑格尔的《精神现象学》,但却克服了这种现象学的思辨性质,认为人的感觉并不是通过精神的矛盾运动转化为理性的,而是在实践的基础上直接具备了理性特征。从现象学的角度来看,这种理性化的感觉实际上就是一种本质直观或范畴直观能力,正是这种能力构成了审美经验的基础。因此我们认为,马克思的实践哲学和美学对胡塞尔所开创的现代现象学保持着开放性的视野。澄清这一视野,对于实践美学的建构有着重要的意义。

一 从精神现象学到实践哲学

所谓感觉通过自己的实践变成了理论家,就是说感性能力演变成了理性能力。这种观点本身并不是马克思的首创,黑格尔在《精神现象学》中早就对此进行了系统的论述。在黑格尔看来,人的意识或精神经历了一个由低到高的发展过程,从最低级的感性逐渐演变成了理性。具体地说,意识发展的第一个阶段是"感性确定性",它是一种最直接的感觉,对于客体或对象只能"意谓"到"有这么一回事",所把握到的只是一种最简单的个别性,也就是所谓的"这一个",至于"这一个"是什么,如何存在,则一无所知;第二个阶段则是"知觉",其特点是意识能够用语言说出"这一个"是什么,这样一来就把"这一个"变成了普遍的东西,因

---

① 特别声明:本论文受到国家教委人文社会科学跨世纪优秀人才培养计划基金资助,为"审美直观与艺术真理"问题研究的中期成果。
② [德]马克思:《1844年经济学哲学手稿》,《马克思恩格斯全集》第42卷,人民出版社1979年版,第124页。

为这种说法可以适用于任何一个"这一个",不过,知觉所把握到的并不是纯粹的普遍性,而是一种"具有普遍性的直接性",因为"在这里感觉成分仍然存在着,但是已经不象在直接确定性那里,作为被意谓的个别东西,而是作为共相或者作为特质而存在着。"① 第三个阶段乃是"知性",它能够摆脱共相中的感性成分,把握到事物的普遍本质和规律,"这个绝对普遍的东西消除了普遍与个别的对立,并且成为知性的对象,在它里面首先启示了超出感官世界和现象世界之外有一个超感官世界作为真的世界"②;第四个阶段是"自我意识",这阶段意识不再像前几种形态那样以和自身相异的"物"为对象,而是以自身为对象,从而依次产生了欲望、主奴关系和苦恼意识等三种形态;第五个阶段是"理性",意识超越了前面那种把对象和自身对立起来的观点,它自己就是实在,并且是唯一的实在:"它现在确知它自己即是实在,或者说,它确知一切实在不是别的,正就是它自己;它的思维自身直接就是实在;因而它对待实在的态度就是唯心主义对待实在的态度。"③ 黑格尔认为,这一特征构成了理性的本质:"理性就是意识确知它自己即是一切实在这个确定性;唯心主义正就是这样地表述理性的概念的。"④

从这里可以看出,黑格尔的精神或意识现象学包含着两个维度:一个是意识自身的演变过程,在这一过程中,意识从感性历经知觉、知性而发展为理性;另一个维度则是意识与其对象的关系,从关注对象到关注自身,最终扬弃两者之间的对立。这两个维度交织在一起,表明黑格尔认为意识的发展和演变并不是封闭和独立的,而是在对象性活动中得以展开和完成的。从某种程度上来说,这意味着他获得了与胡塞尔相似的洞见:胡塞尔强调意识的根本特征是意向性,即意识总是关于某物的意识,或者说意识总是指向某种对象的;黑格尔则认为意识总是具有对象性的,只能通过对象性活动来加以展开和发展。不过仔细想来,黑格尔并没有真正贯彻这一洞见,因为他否定了对象的独立性和实在性,认为对象只是由意识所设定的,是意识把自身加以外化和异化的结果。这样一来,意识从对象身上把握到的一切,实际上都是意识本身所赋予对象的。这正如马克思所指出的:"自我意识的外化设定物性。因为人=自我意识,所以人的外化的、对象性的本质即物性=外化的自我意识,而物性是由这种外化

---

① [德] 黑格尔:《精神现象学》上卷,贺麟译,商务印书馆1996年版,第75页。
② [德] 黑格尔:《精神现象学》上卷,贺麟译,商务印书馆1996年版,第97页。
③ [德] 黑格尔:《精神现象学》上卷,贺麟译,商务印书馆1996年版,第155页。
④ [德] 黑格尔:《精神现象学》上卷,贺麟译,商务印书馆1996年版,第155页。

所设定的。"① 从这里可以看出，黑格尔的对象化理论实际上来自费希特的"自我设定非我"，因而根本上是一种思辨的唯心主义。正是由于这个原因，他虽然把感性确定性作为意识活动的起点，但随即就强调"这种确定性所提供的也可以说是最抽象、最贫乏的真理"。② 由此出发，他就不再关注对象在意识活动中的显现问题，而是关注意识自身的自我扬弃和辩证发展。虽然由此产生的各种意识形态与对象性活动之间还存在着一定的对应关系，但这些意识形态的特征却不是从其与对象的关系中产生的，而是由意识自身的矛盾运动所决定的。这样一来，他就违背了自己的现象学洞见，把意识的对象性活动变成了意识自身矛盾运动的内在环节，他的精神现象学因此蜕变成了一种思辨哲学。

对于黑格尔哲学的这种两面性，马克思显然有着清醒的认识。他一方面尖锐地指出，"黑格尔把人变成自我意识的人，而不是把自我意识变成人的自我意识，变成现实的人的自我意识。黑格尔把头足倒置起来，因此，他就能够在头脑中消灭一切界限；……全部《现象学》的目的就是要证明自我意识是唯一的、无所不包的实在"，③ 另一方面又明确肯定，"黑格尔的《现象学》及其最后成果——作为推动原则和创造原则的否定性的辩证法——的伟大之处首先在于，黑格尔把人的自我生产看作一个过程，把对象化看作失去对象，看作外化和这种外化的扬弃；因而，他抓住了劳动的本质，把对象性的人、现实的因而是真正的人理解为他自己的劳动的结果"。④ 从这种双重的洞见出发，马克思找到了对黑格尔的精神现象学进行批判和改造的突破口。具体地说，他颠倒了黑格尔在意识活动的两个维度之间建立的关系，认为意识自身的辩证运动应该建立在对象性活动的基础上，这样一来，他就打破了黑格尔思辨哲学的封闭性，使其重新建立在现象学的基础之上。他之所以能够做到这一点，是因为他把黑格尔所说的意识的对象化活动改造成了感性的实践活动，这样一来，意识就不是通过自身的自我否定，而是通过感性的实践活动，实现从感性到理性的发展和演变的。从某种程度上来说，这种改造实际上是一种还原，因为黑

---

① ［德］马克思：《1844年经济学哲学手稿》，中共中央马克思恩格斯列宁斯大林著作编译局编译，人民出版社2000年版，第104页。
② ［德］黑格尔：《精神现象学》上卷，贺麟译，商务印书馆1996年版，第64页。
③ 《马克思恩格斯全集》第42卷，中共中央马克思恩格斯列宁斯大林著作编译局编译，人民出版社1979年版，第244—245页。
④ 《马克思恩格斯全集》第42卷，中共中央马克思恩格斯列宁斯大林著作编译局编译，人民出版社1979年版，第163页。

格尔本人已经洞察到了意识的对象性活动与感性的实践活动之间的关联,他所说的各种意识形态与社会历史实践之间存在着相当严格的对应关系,比如主奴关系对应着奴隶社会的阶级关系,自由意识或怀疑精神来自古罗马的斯多葛主义,苦恼意识则产生于中世纪的基督教信仰,如此等等。只是由于受制于自身的思辨方法和唯心论立场,他把这种现实的社会关系和实践活动当成了意识外化或者异化的结果。马克思则颠倒了这两者之间的关系,主张真正的对象化活动乃是现实的实践活动,至于意识的对象化活动和矛盾运动,则只是这种实践活动在精神领域的显现和反应而已。这样一来,黑格尔的精神现象学就被改造成了马克思的实践哲学。

二 实践哲学的现象学维度

正是从这种实践哲学的立场出发,马克思提出了感觉的理性化这一命题。我们在前文说过,这个命题脱胎于黑格尔的精神现象学,但如果仔细推敲的话,两者之间其实有着本质的区别。黑格尔所说的理性是一种与感性完全不同的认识能力:感性只能把握纯个别的"这一个",理性则能把握事物的普遍本质;感性是一种直观能力,理性则是一种抽象的思辨能力;感性属于纯粹的对象意识,把意识和对象完全对立起来,理性则是对象意识和自我意识的统一,扬弃了意识与对象之间的对立。与之不同,马克思所说的理论家则既不同于感性,也不同于理性,而是一种包含着理性因素的感性,它一方面能够把握事物的普遍本质,另一方面却仍保持了感性活动的直观本性,因而实际上是一种本质直观能力。正是对这种直观能力的发现,为马克思的实践哲学开启了一个现象学的维度或视野。

本质直观是现代现象学的创始人胡塞尔所提出的一个重要概念,指的就是通过直观把握一般本质的能力。不过客观地说,胡塞尔的这个概念并不是空穴来风,而是有着悠久的传统。人们通常认为,西方思想把人的认识能力划分成了感性和理性两种形式,但实际上从古希腊时代起,哲学家们就认为人类还具有一种高级的认识能力,这种能力可以不经推理直接把握事物的本质,柏拉图、亚里士多德,以及近代的笛卡尔、斯宾诺莎和莱布尼茨等理性主义者等莫不如此。[1] 这一传统在康德那里受到了尖锐的挑

---

[1] 有关智性直观思想在西方哲学史上的演变过程,可参见邓晓芒《康德的"智性直观"探微》,《文史哲》2006年第1期,以及倪梁康《"智性直观"在东西方思想中的不同命运》,分期连载于《社会科学战线》2002年第1、2期。

战，因为他主张人类只具有感性直观而不具有智性直观能力。用他的话来说，"我们的本性导致了，直观永远只能是感性的，也就是只包含我们为对象所刺激的那种方式。相反，对感性直观对象进行思维的能力就是知性。""知性不能直观，感官不能思维。只有从它们的互相结合中才能产生出知识来。"① 不过，康德的挑战并没有真正中断这一传统，相反，后继的思想家如费希特、谢林等还十分重视他所提出的"智性直观"这一概念，并将其作为自己思想体系的核心。就连黑格尔也对这一概念大加赞赏，认为是"一个深刻的规定"。② 就此而言，马克思所提出的"理论家"或人化的感觉也隶属于这一传统。

不过在我们看来，马克思在这一传统中享有某种独特的地位。严格说来，马克思并非自觉地置身于这一传统，相反，他的致思目的恰恰在于批判和颠覆这一传统。西方传统哲学所谈论的感性和理性都是一些形而上学的设定，是从人类的认识活动中抽象出来的。马克思则不同，他对这种抽象的理论思辨兴致寥寥，他所真正感兴趣的恰恰是把这些抽象的认识能力还原为现实的社会历史活动。众所周知，马克思关于感觉的人化的思想出自其对象化理论，而对象化理论则是其异化学说的组成部分。马克思所说的异化并不是一个抽象的哲学概念，而是特指资本主义社会的私有财产和工业生产所造成的劳动以及人的异化。表面上看来，感觉的人化说的是动物的感觉与人的感觉之间的差异，实际上马克思所说的动物感觉并不是指人类产生以前的动物感觉，而是指异化状态中的人的感觉；反之，人的感觉也不是指人类在超越其动物性之后所获得的新的感觉，而是指异化被扬弃之后的人的感觉。这两种感觉之间的差异，在于异化状态的感觉是一种纯粹的占有、拥有，具有利己主义的性质；人化的感觉则扬弃了这种利己主义性质，具有了某种社会性。正是因此，马克思把感觉的人化与私有制的扬弃紧密地联系在一起："私有制使我们变得如此愚蠢而片面，以致一个对象，只有当它为我们拥有的时候，就是说，当它对我们来说作为资本而存在，或者它被我们直接占有，被我们吃、喝、穿、住等等的时候，简言之，在它被我们使用的时候，才是我们的"③；反之，"对私有财产的扬弃，是人的一切感觉和特性的解放；……因此，需要和享受失去了自己的

---

① ［德］康德：《纯粹理性批判》，邓晓芒译，人民出版社2004年版，第52页。
② ［德］黑格尔：《哲学史讲演录》第四卷，贺麟、王玖兴译，商务印书馆1978年版，第296页。
③ ［德］马克思：《1844年经济学哲学手稿》，中共中央马克思恩格斯列宁斯大林著作编译局编译，人民出版社2000年版，第85页。

利己主义性质,而自然界失去了自己的纯粹的有用性,因为效用成了人的效用。"①

从这里可以看出,所谓感觉的人化、理性化,实际上指的就是感觉的社会化。对马克思来说,这个过程不是通过意识自身的辩证运动和对象化活动,而是通过现实的社会历史实践来完成的。就此而言,马克思彻底颠覆和终结了西方哲学的基本传统。不过从另一个角度来看,马克思实际上又开启了一个新的哲学传统。就直观问题而言,马克思与传统思想的根本差异,在于他不是把理论家或人化的感觉视为一种高级的理性能力,而是看作一种新的感性能力。传统哲学所说的感性是一种主观的认识能力,它以五官感觉为基础,把握事物的个别属性;马克思所说的感性则超越了这种主观与客观、精神与物质的二元对立,指的是一种感性的实践活动。这种活动的主体不是主观的心灵而是完整的人,活动的方式也不仅仅是通过五官感觉来感知对象,而是借助于劳动工具等社会的器官,来实际地把握和改造对象。用马克思的话说,"人以一种全面的方式,就是说,作为一个总体的人,占有自己的全面的本质。人对世界的任何一种人的关系——视觉、听觉、嗅觉、味觉、触觉、思维、直观、情感、愿望、活动、爱,——总之,他的个体的一切器官,正像在形式上直接是社会的器官的那些器官一样,是通过自己的对象性关系,即通过自己同对象的关系而对对象的占有,对人的现实的占有"。② 正是由于人的感觉具有这种全面性和现实性,因此它不仅能够把握事物的个别性,而且能够把握其内在本质。

这种全新的感性能力,实际上就是胡塞尔所说的本质直观能力。或许有人会说,社会化的感觉也仍然是一种感性能力,如何能够将其说成是一种本质直观能力呢?然而事实上马克思对这种能力的论述已经清晰地说明了这一点:"对象如何对他来说成为他的对象,这取决于对象的性质以及与之相适应的本质力量的性质;因为正是这种关系的规定性形成一种特殊的、现实的肯定方式。"③ 这就是说,人化的感觉具有一种特定的本质力量,通过这种力量它就可以把握到事物的内在本质。尽管马克思所列举的

---

① [德] 马克思:《1844年经济学哲学手稿》,中共中央马克思恩格斯列宁斯大林著作编译局编译,人民出版社2000年版,第85—86页。
② [德] 马克思:《1844年经济学哲学手稿》,中共中央马克思恩格斯列宁斯大林著作编译局编译,人民出版社2000年版,第85页。
③ [德] 马克思:《1844年经济学哲学手稿》,中共中央马克思恩格斯列宁斯大林著作编译局编译,人民出版社2000年版,第86—87页。

例证仍然是眼睛和耳朵等感觉器官,但这些器官所具有的却已经不再是一种纯粹的感性能力,因为它们已经通过实践具有了新的本质力量:"只是由于人的本质客观地展开的丰富性,主体的、人的感性的丰富性,如有音乐感的耳朵、能感受形式美的眼睛,总之,那些能成为人的享受的感觉,即确证自己是人的本质力量的感觉,才一部分发展起来,一部分产生出来。"① 从这里可以看出,人的眼睛和耳朵所具有的已经不再只是一种感性的认识能力,因为它们已经获得了人的本质的丰富性。正是因为这个原因,它们才能从声音中听出音乐感,从事物身上看到形式美。

从西方直观思想的传统来看,马克思的这种观点与胡塞尔有着惊人的相似性:传统思想总是把本质直观归结为一种理性能力,因此称其为理性直观或智性直观;马克思和胡塞尔则更强调其与感性活动之间的关联。前文指出,马克思把本质直观视为人类在实践的基础上所产生的一种新的感觉能力;无独有偶,胡塞尔的本质直观和范畴直观概念也是通过对于感知概念的拓展而产生的。他明确指出,"就每一个感知而言都意味着,它对其对象进行自身的或直接的把握。但是,感知可以是狭义的感知,也可以是广义的感知,或者说,'直接'被把握的对象性可以是一个感性的对象,也可以是一个范畴的对象,换言之,它可以是一个实在的对象,也可以是一个观念的对象,随这里的情况变化,这种直接的把握也就具有一个不同的意义和特征。我们也可以将感性的或实在的对象描述为可能直观的最底层对象,将范畴的或观念的对象描述为较高层次上的对象。"② 这就是说,他把感知区分成了狭义的感知和广义的感知:前者指的就是传统哲学所说的感性,它所把握的是个别对象,后者则是指范畴直观或本质直观,所把握的是范畴对象或本质一般。不难看出,马克思所说的"对象的性质"、形式美等,恰恰就属于胡塞尔所说的范畴对象或本质,因而人化的感觉实际上就是一种范畴直观或本质直观能力。

当然,这种理论视野的相似性并不会掩盖他们之间的思想差异。大体上来说,胡塞尔主要探讨的是本质直观的内在机制,马克思则更关注产生这种直观能力的社会历史根源,因而我们可以认为,马克思的实践哲学为胡塞尔的现象学提供了一种社会历史的证明。

---

① [德] 马克思:《1844 年经济学哲学手稿》,中共中央马克思恩格斯列宁斯大林著作编译局编译,人民出版社 2000 年版,第 87 页。

② [奥地利] 胡塞尔:《逻辑研究》第二卷第二部分,倪梁康译,上海译文出版社 1999 年版,第 146 页。

二 实践美学的现象学阐释

现在的问题是,马克思所发现的这种人化的感觉能力对于实践美学来说具有何种意义呢?我们认为,这种新的感觉或直观能力就是人的审美能力的来源。

长期以来,人们总是把审美和艺术经验归结为一种感性活动,由此带来的问题就是,如果审美和艺术只是一种感性活动,那么它必然就不具有真正的真理性。为了解决这个问题,美学家们试图把感性和理性统一起来,认为审美经验不仅包含着感性因素,同时也包含着理性因素。问题在于,感性和理性是两种截然不同的认识能力,它们如何能够统一起来呢?正是为了解决这个问题,近代美学不得不求助于辩证法。辩证法的特点在于把感性和理性作为两种相互对立的认识能力,试图在两者之间的矛盾运动中使其统一起来。以黑格尔为例,他认为理性就是通过感性的自我否定和扬弃而产生的,反过来,理性以扬弃的方式把感性包含在自身之内,由此使两者获得统一。问题在于,这种统一实际上是一种虚假的统一,因为经过了从感觉到知觉、知觉到知性、知性到理性的多重扬弃之后,感性早就消失得无影无踪了,其结果只是以理性吞并了感性而已。黑格尔自己的思想轨迹就充分印证了这一点。他一方面宣称,"艺术的内容就是理念,艺术的形式就是诉诸感官的形象"①,这意味着艺术达到了感性和理性的统一,但另一方面又认为,"无论是就内容还是就形式来说,艺术都还不是心灵认识到它的真正旨趣的最高的绝对的方式",② 原因就在于艺术未能彻底摆脱感性的约束。由此出发,他甚至做出了艺术终结的断言,认为艺术必然为宗教和哲学所取代。由此可见,他并不认为审美经验可以真正把感性和理性统一起来,两者之间矛盾运动的结果只能是理性确立起自己的统治地位。

近代美学的上述命运启示我们,辩证法并不能提供美学之谜的真正解答。正是在这一背景之上,马克思的发现凸显出其革命性的意义。从某种意义上来说,马克思所提供的是一个和辩证法相反的解决方案:不是把感性和理性统一在某种新的认识能力或认识活动中,而是将两者还原到其共同的根源。在我们看来,这种观点堪称划时代的创举。从哲学史上来看,在马克思之前或许只有康德产生过类似的想法。他在《纯粹理性批判》

---

① [德] 黑格尔:《美学》第一卷,朱光潜译,商务印书馆1991年版,第87页。
② [德] 黑格尔:《美学》第一卷,朱光潜译,商务印书馆1991年版,第13页。

一书导言的结尾处说过这样一段话:"人类知识有两大主干,它们也许来自于某种共同的、但不为我们所知的根基,这就是感性和知性,通过前者,对象被给予我们,而通过后者,对象则被我们思维。"① 从这段话来看,康德曾经推测感性和知性具有某种共同的根源,但这显然只是一个转瞬即逝的念头,因为他在此后从未沿着这个方向进行深入的思考。与之不同,马克思所说的人化的感觉则是一种本源的认识能力。或许有人会说,既然这种感觉乃是一种本质直观能力,那就应该归属于历史悠久的理性直观传统,何以称之为划时代的创举呢?然而问题在于,传统哲学始终把理性直观当作一种高级的理性能力,而不是视之为感性和理性的共同根源。马克思则不同,他表面上看起来是把人化的感觉看作在感性之后出现的一种认识能力,然而事实上在他看来,原有的感觉只是一种动物的感觉,只有这种人化的感觉才具有属人的本性。换句话说,人化的感觉对人来说乃是一种原初的认识能力,在此基础上才出现了感性和理性的分化和对立。

从这个角度来看,实践美学的创新意义就变得一目了然了。在我们看来,马克思在谈论人化的感觉及其对象化活动的时候,之所以一再涉及美学和艺术问题,并非一种偶然,而是因为这种感觉最直接、最充分的体现就是审美活动。当然,马克思并不认为感觉的人化主要是通过审美和艺术活动来实现的,在他看来对象化活动的根本方式乃是工业等物质实践,他甚至把那种过分重视艺术的观点视为异化现象的产物:"我们看到,工业的历史和工业的已经生成的对象性的存在,是一本打开了的关于人的本质力量的书,是感性地摆在我们面前的人的心理学;对这种心理学人们至今还没有从它同人的本质的联系,而总是仅仅从外在的有用性这种关系来理解,因为在异化范围内活动的人们仅仅把人的普遍存在、宗教、或者具有抽象普遍本质的历史,如政治、艺术和文学等等,理解为人的本质力量的现实性和人的类活动。"②

不过在我们看来,人化的感觉尽管最初并不是通过审美和艺术活动而产生的,但在这种能力产生之后,却无疑只有在审美活动中才能得到不断的磨砺和发展。这是因为,工业本身尽管是本质力量得以产生和发展的根本途径,然而迄今为止的工业活动却始终是以异化的形式出现的。从这个角度来看,由此所产生的本质力量恰恰被工业活动掩盖起来了。正是因

---

① [德]康德:《纯粹理性批判》,邓晓芒译,人民出版社2004年版,第22页。
② [德]马克思:《1844年经济学哲学手稿》,中共中央马克思恩格斯列宁斯大林著作编译局编译,人民出版社2000年版,第88页。

此，马克思才强调人们迄今还没有打开这本关于人的本质力量的书。反过来，审美和艺术则成了工业社会中对抗异化的有效途径。在这方面，20世纪的法兰克福学派无疑做出了富有价值的探索。马尔库塞就认为，艺术能够有效地对抗社会的异化，唤起人们的反抗意识，并且培养起一种新的感受力："艺术创造了使艺术推翻经验的独特作用成为可能的领域：艺术所构成的世界被认为是在既成现实中被压抑、被歪曲的一种现实。这种经验终于导致极端的紧张场面，这些场面则以一种通常不被承认、甚至闻所未闻的真实性的名义，爆破了既有的现实。艺术的内在逻辑发展到底，便出现了向为统治的社会惯例所合并的理性和感性挑战的另一种理性、另一种感性。"[1] 耐人寻味的是，他把这种新的感受力称为"新感性"，并且强调这是另一种理性、另一种感性。显然，这种新感性与马克思所说的人化的感觉一样，既不是感性，也不是理性，而是两者的共同根源，是一种本质直观能力。所不同的只是，马尔库塞认为这种新感性是通过艺术活动发展起来的。这看起来背离了马克思的历史唯物主义立场，实际上却是这种立场的进一步发展，因为尽管对异化劳动的扬弃只能通过工业本身来完成，然而要想唤起工业社会中人们的反抗意识，却必须借助于工业之外的力量，这显然就为审美和艺术提供了用武之地。马克思反对人们仅仅从有用性的角度来看待工业，但这并不意味着他反过来否定了非实用的审美活动在对抗和消除异化方面的功能。什克洛夫斯基有段名言："为了恢复对生活的感觉，为了感觉到事物，为了使石头成为石头，存在着一种名为艺术的东西。"[2] 我们以为，这里所说的感觉同样指的是这种原初的直观能力。

当然，我们把马克思所说的人化的感觉说成是一种本质直观能力，并不意味着他已经提出并建构起了成熟的现象学美学。事实上，马克思只是初步开启了这一维度，并且构成了其中的一个环节。我们在前文说过，康德只是猜测而没有真正探究感性和知性的共同根源，然而海德格尔却曾主张，康德在《纯粹理性批判》的第一版中实际上已经发现了这种原初的认识能力，这就是康德所说的先验想象力，但他为了维护知性的统治地位，随即就从这个立场上退却了。[3] 这种诠释是否合理姑且不论，但它至

---

[1] ［德］马尔库塞：《现代美学析疑》，绿原译，文化艺术出版社1987年版，第7页。
[2] ［俄］什克洛夫斯基：《艺术作为手法》，《俄苏形式主义文论选》，蔡鸿滨译，中国社会科学出版社1989年版，第65页。
[3] 参见［德］海德格尔《康德与形而上学疑难》，王庆节译，上海译文出版社2011年版，第152页。

少提示我们先验想象力在认识论上的重要地位。事实上，在他之后的费希特和谢林都十分重视这一概念，并且将其与智性直观紧密地联系在一起，直到20世纪的胡塞尔在建构其本质直观学说的时候，仍然把想象力作为不可或缺的元素，认为只有通过想象来进行自由变更，才能把普遍本质作为绝对同一的内涵呈现出来。① 从这个角度来看，马克思似乎游离在了本质直观学说的传统之外。不过在我们看来，尽管马克思并没有注意到想象力在认识活动中的重要地位，但这并不能否认他所说的人化的感觉与本质直观之间的一致性，因而对实践美学进行一种现象学的阐释就有了合理的理由。

(原载《广西师范大学学报》2013年第1期)

---

① 参见［奥地利］胡塞尔《经验与判断》，邓晓芒、张廷国译，生活·读书·新知三联书店1999年版，第394—395页。

审美图式论
——试论康德图式概念的美学意义

苏宏斌

图式（schema，又译为图形、图几等）是康德提出的一个重要概念。他认为，要想获得普遍必然的知识，就必须把感性表象和知性范畴统一起来，然而这两者之间却具有异质性，因此就需要图式来作为中介。在康德哲学中，图式只是一个认识论概念，与美学无关。然而在后来的美学研究中，这一概念却得到了广泛的应用，诸如茵加登、贡布里希和阿恩海姆等人，都将其视为艺术活动的一个重要环节。那么，图式究竟是一个认识论概念，还是同时跨越了认识论和美学两个领域？如果说图式也是一个美学范畴的话，那么它究竟是如何产生的？在审美经验中处于何种位置？这些就是本文所要探讨的问题。

一 何谓图式？

要想回答康德为什么把图式限定于认识领域这一问题，就必须首先弄清他赋予这一概念的确切含义。严格说来，康德实际上提出了两种图式概念，或者说他把图式划分成了两种类型：经验的图式和先验的图式，前者对应着经验性的概念，后者则对应着先验的概念或者范畴。当他把图式看作感性表象和知性范畴之间的中介的时候，他所说的显然是先验图式。这种图式必须一方面与范畴同质，另一方面又必须与现象同质，因此它必然一方面是智性的，另一方面则是感性的。在康德看来，具有这种双重性的事物只能到时间之中去寻找，因为时间是一种先验的直观形式，就其是先验的而言，时间与范畴同质，就其是直观的而言，时间又与现象同质。因此康德宣称："范畴在现象上的应用借助于先验的时间规定而成为可能，后者作为知性概念的图型对于现象被归摄到范畴之下起了中介作用。"① 简言之，先验的图式（图型）就是先验的时间规定。

至于经验的图式，则除了充当感性形象和感性概念（经验性概念）之间的中介之外，还被看作两者的来源和基础。就经验性图式与感性概念的关系来说，康德宣称，"实际上，我们的纯粹感性概念的基础并不是对象的形象，而是图型"②，（这意味着经验性概念并不是直接从对象身上概括出来的，而是通过图式才产生的。他还进一步指出，"感性概念（作为空间中的图形）的图型则是纯粹先天的想象力的产物，并且仿佛是它的一个草图，各种形象是凭借并按照这个示意图才成为可能的，但这些形象不能不永远只有借助于它们所标明的图型才和概念联结起来，就其本身而言则是不与概念完全相重合的。"③ 从这段话来看，经验性图式也是感性形象的来源和基础。同时，它还充当了感性形象和感性概念之间的中介。

康德虽然把图式划分成了两种类型，但他随即就把注意力转向了先验图式，至于经验性图式则被弃之不顾。这种做法我们不难理解，因为康德的认识论探究的是认识活动的先验前提，经验性图式显然与此无关。另一方面，我们也不难理解康德何以要把图式概念限定于认识论领域，因为他的美学所关注的同样是审美判断之所以可能的先验前提，而审美判断在他看来并不涉及知性范畴，用他的话说，"美是那没有概念而普遍令人喜欢的东西。"④ 既然审美只涉及表象而不涉及概念，自然也就不需要图式来充当两者之间的中介了。正是由于这个原因，康德明确把图式从美学之中排除出去了。

然而耐人寻味的是，图式这一概念却在康德之后的美学研究中得到了广泛的应用。茵加登在《论文学作品》这本书中，就把图式作为文学作品基本结构的一个重要层面，认为它在文学创作和欣赏活动中都发挥着重要的作用。按照他的看法，文学作品在描绘事物的时候，必然会省略事物的许多特征，因此所产生的再现客体就只能是一个图式，因为它包含着许多不确定性："再现的……客体确切地说，在所有方面都不是完全一致地被确认的，作为原初的统一体的个体只是一个图式的构造，包含着不同类型的未确定的位置。"⑤ 阿恩海姆也认为，艺术家在观看事物的时候，把

---

① ［德］康德：《纯粹理性批判》，邓晓芒译，人民出版社 2004 年版，第 139 页。
② ［德］康德：《纯粹理性批判》，邓晓芒译，人民出版社 2004 年版，第 140 页。
③ ［德］康德：《纯粹理性批判》，邓晓芒译，人民出版社 2004 年版，第 141 页。
④ ［德］康德：《纯粹理性批判》，邓晓芒译，人民出版社 2004 年版，第 54 页。
⑤ ［波兰］英加登：《论文学作品》，张振辉译，河南大学出版社 2008 年版，第 248 页。

握的不仅仅是事物的细节特征,而是首先关注事物的结构图式:"观看一个物体,就是在进行某种抽象活动,因为观看活动中包含着对物体之结构特征的把握,而决不仅仅是对细节的不加区别的录制。至于究竟把握到哪些特征,这主要取决于观看者,当然还要取决于刺激图式所处的总的背景。"① 贡布里希更是主张,任何艺术再现事物的时候都必须依托于一定的图式:"种种再现风格一律凭图式以行,各个时期的绘画风格的相对一致是由于描绘真实不能不学习的公式。"②

现在的问题是,这些美学家们所说的图式与康德所提出的是否是同一个概念呢?这还需要我们进行具体的考察。茵加登所说的图式相当于事物的略图,这从他把图式说成"骨架"就可以看出来。阿恩海姆所说的图式是指事物的结构形式或者样式。贡布里希曾经援引康德关于图式的论述,表明他所说的图式概念的确源自康德,但这并不能说明他们赋予这一概念的含义也是相同的。从他对该词的具体应用来看,大体上指的是每个艺术家或每种艺术风格所秉持的描绘事物的特定图样或者公式,比如每个描画教堂的艺术家都必须事先掌握某种教堂的图样,然后再参照所绘教堂的具体特征进行矫正,从而逐渐产生一幅具有一定逼真性的图画。归结起来,这些含义实际上大同小异,都与 schema 一词的日常用法基本一致,因为该词在德语和英语中都包括格式、图表、规范、模板等含义。这样看来,这些美学家所说的图式更加接近于康德所说的经验性图式,与先验图式则有着明显的区别,因为后者指的是"先验的时间规定",并且只是与十二个知性范畴相关的,不可能表现为事物的结构样式。至于经验性图式,康德虽然没有给其下一个明确的定义,但他曾具体分析过三角形、狗等经验性概念的图式,认为"它意味着想象力在空间的纯粹形状方面的一条综合规则"③,考虑到他把经验性图式也说成先验想象力的产物,我们大胆推断他所说的经验性图式就是一种"先验的空间规定",与先验图式正好相对。如果说先验的时间规定指的是时间视域中的知性范畴,那么先验的空间规定指的就是空间视域中的感性概念。感性概念是从感性形象之中抽象出来的一般性,当这种一般之物被赋予了某种先验的空间形式的时候,必然呈现为某种抽象的图样或样式。因此我们认为,现代美学所谈论的图式概念的确来自康德,不过不是他所重视的先验图式,而是他有意

---

① [美]阿恩海姆:《视觉思维》,滕守尧译,四川人民出版社1998年版,第89页。
② [英]贡布里希:《艺术与错觉》,杨成凯、李本正、范景中译,广西美术出版社2012年版,第1页。
③ [德]康德:《纯粹理性批判》,邓晓芒译,人民出版社2004年版,第140页。

加以忽视的经验性图式。

然而即便是经验性的图式,也是与经验性或感性概念相关的,而康德显然认为审美鉴赏既与先验的知性范畴无关,也与经验性的概念无关。因此我们就需要追问,经验性的图式何以能够逾越认识论的范畴,进入美学研究的领域呢?

二 图式是如何产生的?

要想回答前文所提出的问题,就必须首先弄清图式究竟是如何产生的。对于这一问题,康德并未做过深入的探究,而是仅限于指出图式乃是先验想象力的产物,至于先验想象力是如何生产出图式的,他却未做过任何具体说明。这种做法在康德的批判哲学中可说是屡见不鲜,比如对于知性范畴的来源他也未加探究,而是简单地将其说成知性自发地生产出来的。康德采取这种做法的原因,在于他把先验与经验截然对立起来,认为知性概念及其图式都不具有经验来源,而是人的心灵中先天固有的,这就使他无法对它们的产生机制做出清晰的说明。就此而言,康德显然未能摆脱理性主义固有的独断论缺陷。对于我们所关注的经验性图式来说,康德观点中的内在矛盾就变得更加尖锐了,因为经验性图式是与经验性概念相关的,他却不加区分地将其也说成先验想象力的产物。因此,要想对图式的来源做出合理的说明,就必须抛弃康德对于经验想象力和先验想象力的区分,对于想象力在图式的产生过程中所起的作用进行深入的分析。

如果我们撇开康德关于经验与先验的二元对立,就会发现一切图式都是介乎于形象和概念之间的某种东西,它既具有形象的直观性,又具有概念的普遍性,因而必然是通过直观活动所把握到的某种普遍之物。康德曾经把直观活动区分为感性直观和知性直观,前者所把握的是个别之物,后者把握的则是普遍之物。然而按照他的观点,人类并不具有知性直观能力,因为这种能力是自发性的,它能够通过直观活动创造出自己的对象,因而只能为神所具有。这样一来,康德实际上否定了人类通过直观把握普遍之物的可能性。然而这种观点同样是他的二元论立场的产物,因为在这两种相互对立的直观活动之间,还存在一种特定的直观活动,它既非纯然接受性的,又非纯然自发性的,它所把握到的普遍之物并不完全是自身创造出来的,而是从个别之物身上析取出来的。事实上康德自己对这种能力也并不陌生,他在讨论空间问题时曾经指出,"……一切有关空间的概念都是以一个先天直观(而不是经验性的直观)为基础的。一切几何学原理也是如此,例如在一个三角形中,两边之和大于第三边,这决不是从有关线和三角形的普遍概念中，而是从直观、并且是先天直观中，以无可置疑的确定性推导出来的。"① 这段话显然已经明确肯定了人类通过直观把握普遍之物的能力，但由于受到自己二元论立场的限制，他竟把这种能力归属到感性活动之中去了。

康德所犯的这一错误在胡塞尔的本质直观学说中得到了纠正。我们不无惊讶地发现，想象力在这一学说中同样占有关键性的地位。按照胡塞尔的看法，本质直观必须通过本质变更来进行，而本质变更则需要借助于想象力："将一个被经验的或被想象的对象性变形为一个随意的例子，这个例子同时获得了指导性的'范本'的性质，即对于各种变体的开放的无限多种多样的生产来说获得了开端项的性质，所以这种作用的前提就是一种变更。换言之，我们让事实作为范本来引导我们，以便把它转化为纯粹的想象。这时，应当不断地获得新的相似形象，作为摹本，作为想象的形象，这些形象全都是与那个原始形象具体地相似的东西。这样，我们就会自由任意地生产各种变体，它们中的每一个以及整个变更过程本身都是以'随意'这个主观体验模态出现的。这就表明，在这种模仿形态的多种多样中贯穿着一种统一性，即在对一个原始形象，例如一个物作这种自由变更时，必定有一个不变项作为必然的普遍形式仍在维持着，没有它，一个原始形象，如这个事物，作为它这一类型的范例将是根本不可设想的。这种形式在进行任意变更时，当各个变体的差异点对我们来说无关紧要时，就把自己呈现为一个绝对同一的内涵，一个不可变更的、所有的变体都与之相吻合的'什么'：一个普遍的本质。"② 这也就是说，本质直观需要以某个感性对象为起点，把它的某种属性作为指导性的范本，然后借助于想象将其变更为某种相似的形象。当这种变更达到足够充分的时候，形象之间的相似性便转化为一种同一性，并作为普遍本质呈现出来。举例来说，我们可以从一朵红色的玫瑰花开始，通过想象将其变更为一块红布、一张红纸，如此等等，最终红色就会作为普遍之物呈现出来。

不过，胡塞尔所说的本质直观把握到的是事物的普遍本质，这与我们所说的图式有何关联呢？在我们看来，这两者实际上是一回事，也就是说本质直观所把握到的普遍本质恰恰就是图式，原因很简单：这种普遍本质既具有直观性，又具有普遍性，因而正是介乎于形象和概念之间的图式。

---

① [德] 康德：《纯粹理性批判》，邓晓芒译，人民出版社2004年版，第29页。
② [奥地利] 胡塞尔：《经验与判断——逻辑谱系学研究》，邓晓芒、张廷国译，生活·读书·新知三联书店1999年版，第394—395页。

当然，胡塞尔本人并不作如是观，在他看来本质直观所把握到的就是范畴或者概念（本质直观学说的前身就是他在《逻辑研究》中提出的范畴直观理论），但这是由于他错误地夸大了本质直观的功能。他主张在直观活动的过程中，普遍本质可以作为某种绝对同一、不可变更的内涵而呈现出来，这意味着普遍之物已经不再具有时间性了，因而自然就变成了范畴或概念。然而本质直观既然是一个通过想象力来进行变更的过程，那么同一之物的呈现就只能是一个无限的过程，尽管在这个过程中它会变得越来越清晰，但这种清晰性却永远只能是相对的而不是绝对的，也就是说本质直观所把握到的普遍之物永远只能处于时间境域之中，因而便只能是图式而不是概念。要想把图式转化为概念或者范畴，就必须借助于知性及其判断力，因为只有知性能力能够在普遍之物与个别之物之间设置一条明确的界限，从而使直观活动的时间进程终止下来，使图式摆脱时间性而变成概念。胡塞尔把普遍之物的产生建立在"各个变体的差异点对我们来说无关紧要"这样一种心理体验的基础上，显然是犯了他所一再批判的心理主义的错误。正是这一错误使他混淆了直观和知性之间的界限，使得直观侵入了知性的领域。

因此我们认为，图式是通过直观从个别之物转化而来的，概念则是通过知性从图式转化而来的。康德想必会说，由此产生的图式和概念，都只能是经验性的，至于实体这样的先验范畴则不可能从对象身上直观出来，而只能从对判断活动的反思中被揭示出来（他的范畴表就是直接从判断表推演出来的）。然而胡塞尔就曾强调指出，"实事状态和（系词意义上的）存在这两个概念的起源并不处在对判断或对判断充实的'反思'之中，而是真实地处在'判断充实本身'之中；我们不是在作为对象的行为之中，而是在这些行为的对象之中找到实现这些概念的抽象基础；而这些行为的共形变异当然也会为我们提供一个同样好的基础。"[①] 所谓"判断的充实"就是使判断行为本身作为对象呈现出来，也就是把判断行为作为直观的对象；所谓"共形变异"就是对判断行为进行变更，从而使其中所包含的范畴作为同一之物呈现出来。这也就是说，范畴"是"或"存在"不是通过对判断的反思，而是通过对判断的直观被把握到的。认为"存在"不是作为观念，而是作为对象被把握到的，正是这一洞见给了海德格尔以关键的启示，使他找到了把现象学与存在论结合起来的道

[①] ［奥地利］胡塞尔：《逻辑研究》第二卷第二部分，倪梁康译，上海译文出版社1999年版，第142页。

路。因此，康德在经验性概念和先验概念、经验性图式和先验图式之间设置的对立是站不住脚的，任何图式都是借助于想象从对象身上直观到的。

三　图式的审美功能

解开了图式的产生之谜，我们同时也就为其进入美学领域扫清了障碍。康德之所以把图式排除在美学之外，是因为他主张审美经验不涉及概念，因而就不需要图式来充当感性形象和知性概念之间的中介。然而我们的分析已经表明，图式本身并不是作为这两者的中介而产生的，相反，图式乃是概念的本源。因此，审美经验尽管不涉及概念，却仍然可能会涉及图式。

现在的问题是，图式在审美经验中究竟具有怎样的功能呢？我们认为，图式的首要功能就在于它可以成为独立的审美对象，也就是说图式本身就具有一定的审美价值。对于我们的这个观点，康德想必会持明确的否定态度。在他看来，审美对象只能成为某种抽象概念的象征，却不可能成为其图式，其理由在于："……一切我们给先天概念所配备的直观，要么是图型物，要么是象征物，其中，前者包含对概念的直接演示，后者包含对概念的间接演示。前者是演证地做这件事，后者是借助于某种（我们把经验性的直观也应用于其上的）类比，在这种类比中判断力完成了双重的任务，一是把概念应用到一个感性直观的对象上，二是接着就把对那个直观的反思的单纯规则应用到一个完全另外的对象上，前一个对象只是这个对象的象征。"① 按照这种区分，图式是对概念的直接演示，象征则是对概念的间接演示；前者采取的是演证的方式，后者采取的则是类比的方式。两种方式都是把概念应用到了感性对象上面，但在前一种方式中，判断力确证了对象与概念之间的同一性，在后一种方式中，判断力则并未设定这种同一性，而是以反思的方式在对象与概念之间设置了一种类比关系。举例来说，"美是德性—善的象征"这一命题并不意味着美和德性之间具有同一性，而是说对美的鉴赏所激起的体验与德性之间是可以类比的。

明眼人不难看出，图式与象征的对比建立在规定判断与反思判断的对比之上。康德显然认为，图式只能与规定判断相关，象征则与反思判断相关，因此图式不可能成为审美对象。然而在我们看来，这一区分看似有理，实际上却是不能成立的。康德曾经如此描述两种判断的区别："如果

---

① ［德］康德：《判断力批判》，邓晓芒译，人民出版社2002年版，第200页。

普遍的东西被给予了，那么把特殊归摄于它们之下的那个判断力就是规定性的。但如果只有特殊被给予了，判断力必须为此去寻求普遍，那么这种判断力就只是反思性的。"① 就图式与象征的关系来说，他显然认为前者乃是普遍之物，后者则是特殊之物，因此图式就不可能成为审美对象。然而在我们看来，规定判断和反思判断的区别并不在于判断的对象是否是普遍之物，而是在于普遍之物究竟是预先被给定的，还是通过判断活动被发现的。从某种意义上来说，反思判断首先是一种从对象身上发现普遍之物的认识活动，其次才是把对象与这种普遍之物联结起来的行为。更进一步来说，规定判断和反思判断所涉及的普遍之物本身也是截然不同的：前者所涉及的是抽象概念，后者所涉及的普遍之物则是非概念性的，用康德的话说，这是一种"不确定的概念"。在我们看来，这种不确定的概念恰恰就是图式，因为图式一方面因其普遍性而与概念同质，另一方面又因其具有时间性而在知性看来是不确定的。这两个方面的因素结合起来，表明反思判断在根本上就是一种本质直观活动，它所直观到的本质不是概念而是图式。因此，图式并不因其普遍性而成为规定判断的对象，相反，它乃是反思判断的构成物，因而也是审美鉴赏的对象。

从这个角度来看，康德关于审美判断的二律背反就可以得到全新的解释。这种二律背反的正题是鉴赏判断不是建立在概念之上的，反题则宣称其建立在概念之上。他所提出的解决办法是：正题所说的概念是确定性的，反题所说的概念则是不确定的，因此前一个命题说的是鉴赏判断不涉及确定的概念，后一个命题说的是鉴赏判断涉及不确定的概念，两者之间的矛盾自然就消失了。然而这个解决办法之所以成立，是因为康德设定了一个前提：存在着一种特定的概念，它不能产生对客体的任何认识，却是对每个人都普遍有效的。问题在于，一种不能用于认识事物的普遍之物还能被称作概念吗？在我们看来，这种普遍之物并不是概念而只能是图式，因为图式一方面不是概念，因此不能用于认识活动；另一方面又是一种普遍之物，因此对每个人都是有效的。由此出发，我们认为所谓鉴赏判断的二律背反实际上是不存在的，因为我们一旦把反题中的概念替换为图式，那么两个命题所表达的就是两个完全不同的事实：前者宣称鉴赏判断不涉及概念，后者认为鉴赏判断涉及图式，这两个命题显然完全同真，何谈背反呢？

除了直接成为审美对象之外，图式还可以作为感性形象的基础和来

---

① [德]康德：《判断力批判》，邓晓芒译，人民出版社2002年版，第13—14页。

源，从而间接地参与到审美活动中来。我们在前面曾经指出，图式是从形象演化而来的，因此似乎应该把形象作为图式的基础而不是相反。不过，审美经验所涉及的感性形象与日常的感性之物有着本质的区别，它看起来是一种个别之物，实际上却包含着某种普遍性和一般性。黑格尔的著名命题"美是理念的感性显现"说的显然就是这个道理。事实上，康德也已经产生了这一洞见，尽管他把审美对象说成是一种个别的感性形象，但在谈到艺术的时候，却认为艺术作品中的感性形象是由抽象的理念或概念转化而来的："诗人敢于把不可见的存在物的理性理念，如天福之国、地狱之国、永生、创世等等感性化；或者也把虽然在经验中找到实例的东西如死亡、忌妒和一切罪恶，以及爱、荣誉等等，超出经验的限制之外，借助于在达到最大程度方面努力仿效着理性的预演的某种想象力，而在某种完整性中使之成为可感的……"①。而在我们看来，这种转化必然离不开图式的参与，因为任何形象都无法直接与理念联结起来，而必须以图式作为中介。也就是说，理念必须首先转化为图式，然后才能体现为具体的艺术形象。进而言之，如果说理念只是部分艺术形象的来源的话，那么图式则是一切艺术形象的共同来源和基础。在这方面，茵加登和贡布里希等人的研究已经提供了十分雄辩的证明，我们在此就不必赘述了。

或许有人会说，康德只是主张艺术形象与理念或概念相关，至于一般的审美对象则只是一种个别的感性表象。但实际上康德的这一立场并没有贯彻始终，在对审美判断的具体分析中，他已经发现审美对象常常与概念相关，因此不得不提出了自由美和依存美的划分："有两种不同的美：自由美，或只是依附的美。前者不以任何有关对象应当是什么的概念为前提；后者则以这样一个概念及按照这个概念的对象完善性为前提。前一种美的类型称之为这物那物的（独立存在的）美；后一种则作为依附于一个概念的（有条件的美）而被赋予那些从属于一个特殊目的的概念之下的客体。"② 从这段话来看，自由美与概念无关，依存美则与概念相关。在谈到美与崇高的差异的时候，他更是进一步指出，"美似乎被看作某个不确定的知性概念的表现，崇高却被看作某个不确定的理性概念的表现。"③ 按照我们在前面的分析，所谓不确定的概念或理念就是图式，因此康德实际上变相地承认了一切审美对象都是与图式相关的。

---

① ［德］康德：《判断力批判》，邓晓芒译，人民出版社2002年版，第159页。
② ［德］康德：《判断力批判》，邓晓芒译，人民出版社2002年版，第65页。
③ ［德］康德：《判断力批判》，邓晓芒译，人民出版社2002年版，第82页。

对于康德观点中的这种矛盾和困惑,我们其实也不难理解,因为艺术作品是一种人工制品,是由艺术家创造出来的,其产生当然离不开艺术家所接受的某种理念和图式;审美对象则常常是某种自然对象,比如一朵鲜花或一片风景,何以也会与某种普遍性的图式相关呢?这里的关键就在于,审美对象与自然物并不等同,它是在我们的鉴赏活动中才产生的,借用现象学的术语来说,自然物是一种实在对象,审美对象则是一种意向对象。意向对象当然与实在对象相关,因为前者本身就是后者的显现;然而这种显现同时是一种构成,是主体意向活动的产物。正是在这一过程之中,图式起着不可替代的作用。按照阿恩海姆的分析,任何知觉活动都具有某种抽象性,都是一个把握事物的普遍特征,从而产生知觉概念的过程。而在我们看来,所谓知觉概念就是图式,因而任何知觉活动都包含着图式。那么,为什么在日常生活以及审美活动中,我们何以并未察觉这种抽象图式的存在,而是仍然以为我们所感知到的是一种个别之物呢?这是因为,我们的知觉行为大多数时候并未停留在图式阶段,而是进一步对获得的图式进行了加工,使其转化成了一种新的个别表象。比如当我们欣赏一朵花的时候,我们分别获得了关于其形状、色彩以及气味的图式,在此基础上才合成了这朵花的感性形象。人们常常以为审美鉴赏是在一瞬间完成的,并未经过这样一个从分解到合成的复杂过程,但这实际上是因为人类的知觉能力已经经过了长期的历史进化,因此才能在一瞬间无意识地完成这个复杂的过程。同时,这也是因为普通人对一朵花的感知和欣赏都是较为粗疏的,往往并未产生完整的审美表象。我们往往惊讶于艺术家在描绘事物的时候,何以会如此艰难和漫长,需要经过反复的斟酌和修改。在我们看来,艺术家所展示的恰恰就是我们在无意识活动中所进行的整个知觉过程。也正是因为这个原因,艺术家所创造的艺术形象,才能既具有鲜明的个性特征,又包含着某种普遍性和一般性。

基于以上分析,我们认为康德所说的图式是认识活动和审美经验中的共同现象。从某种意义上来说,这意味着认识和审美具有同源性。由于任何图式都因其直观性而具有一定的审美价值,我们甚至可以断言,认识活动起源于审美活动,人类把握世界的经验在其根基处就具有审美本性。维柯在《新科学》中把原始初民的一切知识都归结于"诗性智慧",诚可信也!

(原载《文艺理论研究》2016年第1期)

时间意识的觉醒与现代艺术的开端
——印象派绘画的现象学阐释

苏宏斌

印象派绘画乃是现代艺术的开端,这在艺术史上是一个被公认的事实。不过迄今为止,对这一事实的解释主要仍局限于艺术批评和艺术史的层面,比如强调印象派抛弃了文艺复兴以来的透视法和明暗对比造型法,从室内走向户外,从关注线条和轮廓走向关注色彩和光线等等,至于艺术哲学和美学层面的解释基本上仍付诸阙如。我们认为,印象派绘画之所以能成为现代艺术的开端,是因为这一画派首次把握住了现代艺术的审美特质——现代生活的变易之美。由于致力于捕捉和表达瞬间影像,印象派绘画把时间维度引入了绘画之中,从而使凝固的空间形象具备了变易之美。在西方现代思想中,对时间意识的研究无疑是现象学的优长,因而对印象派绘画进行现象学阐释就成了一种必然。

一

我们把现代艺术的审美特质说成一种变易之美,源于波德莱尔的一段经典论述。他在其名著《现代生活的画家》中指出,"……美永远是、必然是一种双重的构成,……构成美的一种成分是永恒的、不变的,其多少极难加以确定;另一种成分是相对的、暂时的,可以说它是时代、风尚、道德、情欲,或是其中一种,或是兼容并蓄。它像是神糕有趣的、引人的、开胃的表皮,没有它,第一种成分将是不能消化和不能品评的。"[①]对于这种不断变易的美,他明确将其与现代性联系在一起:"现代性就是过渡、短暂、偶然,就是艺术的一半,另一半是永恒和不变。"[②] 从某种

---

① [法]波德莱尔:《现代生活的画家》,郭宏安译,浙江文艺出版社2007年版,第8页。
② [法]波德莱尔:《现代生活的画家》,郭宏安译,浙江文艺出版社2007年版,第32页。

程度上来说，这可以看作批评史上对艺术现代性的首次论述，其意义自然不同凡响。不过客观地说，波德莱尔所说的现代性与当今学界赋予其的内涵有着明显的区别，因为现代性一词在今天主要用来描述工业文明以来现代社会的特征，而波德莱尔所指的却是每个时代所特有的风尚、习俗，比如人们的服装、发型、举止、神情等等，这意味着每个时代的艺术只要真实地反映了这一时代的风尚，就都可以被称作现代艺术。从这个意义上来说，我们把波德莱尔的这段话看作审美现代性的开端实际上是一种误读。

不过深入一步来看，这种误读却包含着内在的合理性，因为当时的大多数画家都痴迷于《圣经》、古希腊神话和历史题材，也就是说都着力于创造和表现某种永恒之美，而波德莱尔却强调艺术必须表现随着时代而变化的变易之美，这本身就是一种对现代艺术的倡导和呼唤。更重要的是，无论波德莱尔主观上赋予了变易一词何种内涵，这个术语在客观上的确准确地把握住了现代生活的特质。从历史上来看，每个时代相比以前的时代都必然表现出一定的变化和差异，但这些差异都是经过漫长时间的积累而逐渐形成的，就处于该时代的人们来说，所感受到的主要是稳定性而不是变易性。只有从19世纪中期开始，随着工业革命的逐步完成，社会生产力获得了极大的提高，社会生活才获得了日新月异的发展，人们每时每刻都能直观地感受到社会环境和自然环境的剧烈变化。从这个角度来看，变易之美并不是每个时代所共有的，而是现代社会和现代艺术所特有的，或者更准确地说，变易之美在现代艺术中拥有了前所未有的重要地位。波德莱尔对艺术现代性的表述尽管失之笼统和模糊，但他对现代性的体验却无疑是敏锐而前瞻的。

正是由于波德莱尔把变易之美当作每个时代都具有的特征，因此他错把艺术史上籍籍无名的画家贡斯当丹·居伊赞誉为"现代生活的画家"，原因无非是这位画家不为时风所惑，执著地从法国当时的现实生活中取材。从今天的标准来看，这其实只表明这位画家是一位现实主义者而不是现代主义者，而波德莱尔的赞誉之所以未能提升他在艺术史上的地位，也是因为现实主义画家的代表并不是他而是库尔贝。从某种意义上来说，印象派的画风与现实主义或自然主义有着明显的相通之处，因为它们都把目光从历史转向了现实。然而印象派之所以能成为现代绘画的先驱，并不是因为它以法国当时的现实生活为题材，而是因为它把握住了法国社会的现代性特质——变易性。我们在上文曾经指出，变易性是工业社会的普遍特征，然而这种特征在19世纪后半叶的法国表现得格外明显，原因在于从

中篇　美学和艺术理论问题

1853年起，奥斯曼男爵奉拿破仑三世之命，开始了对巴黎的大规模现代化改造，在此之后的短短二十余年间，巴黎从一个中世纪风格的城市一跃而成为现代化的大都市，城市景观每天都在发生着迅速的变化，而19世纪的巴黎乃是欧洲艺术的中心，这一变化自然就被捕捉到了艺术家们的笔下。①

　　因此印象派绘画在取材方面的特征并不在于现实性而在于时间性。从艺术形态学上来说，绘画属于空间艺术，画家的任务是借助于色彩和线条等物质媒介来创造某种空间影像，至于时间维度则一向是缺席的。从理论上来说，画家所描绘的对象也具有某种时间属性，然而画家的工作恰恰是从时间之流中截取事物的一个断面，将其凝固在画布之上，因而实际上排除了事物的时间性。正是由于这个原因，传统画家一般都不具有明确的时间意识。这可以从两个方面来看：就画家所描绘的对象来说，画家会自觉或不自觉地淡化事物的时间属性。传统绘画一般都是在室内完成的，光线的亮度和光源大体上是固定不变的，因此画家所呈现的是事物的常态，而不是其在某一瞬间的特定状态。即便画家所描绘的是自然风景，也并不是在户外直接完成的，而是在室内重新设计光线和明暗效果，依靠记忆和想象来完成的，户外写生一般只是简单地勾勒事物的轮廓和阴影。就画家自身的创作行为来看，时间也并不是创作过程的一个内在因素，因为画家从不把作画的时间进程与所绘对象的时间属性关联起来，画家完成一幅画所需的时间完全取决于对象在空间造型上的复杂程度和画家自身的气质以及风格，比如达·芬奇完成一幅画往往需要数年的时间，拉斐尔却总是能按期把作品交付给雇主。凡此种种，都说明传统绘画并不具有明确的时间维度和时间意识。

　　印象派绘画则不同，它是第一个把时间维度引入绘画的艺术流派。表面上来看，印象派绘画与以库尔贝、米勒等为代表的现实主义绘画一样，都从神话和历史转向了社会现实，但对这些现实主义画家来说，这仅仅意味着绘画题材的转变，至于描绘题材的方法则并无多少实质性的改变，这就是为什么这些画家尽管一开始对当时的画坛构成了一定的冲击，但最终却都被官方的沙龙所接纳，而印象派画家却始终与学院派势力所把持的沙龙保持着紧张乃至对立的关系，因为从现实中取材对印象派绘画来说不仅

---

①　对此可参看［美］T.J.克拉克《现代生活的画像——马奈及其追随者艺术中的巴黎》（江苏美术出版社2013年版）、［德］本雅明《发达资本主义时代的抒情诗人》（生活·读书·新知三联书店1989年版）第三部"巴黎，十九世纪的都城"等。

意味着题材的改变，更重要的是绘画方法和风格的革命性变革。当印象派画家面对一片风景的时候，吸引他的并不是风景本身所固有的特征，而是其在此时此刻的自然光线之下所呈现出的瞬间样貌，也就是说时间因素成了画家关注的焦点，与空间因素享有了同等的重要性。莫奈、毕沙罗等人之所以热衷于创作系列绘画（如莫奈的《鲁昂大教堂》系列、《干草堆》系列、《白杨树》系列，毕沙罗的《法兰西歌剧院广场》系列、《鲁昂布瓦尔迪约桥》系列等），就是为了呈现事物在时间进程中的不同状态。印象派画家之所以从关注线条和轮廓转向了关注色彩和光线，就是因为前者只关乎事物的空间特征，与时间无关，后者则是随着时间而变化的，因而具有时间和空间双重属性。

正是为了把时间维度摄取到画面之中，印象派画家才极力坚持画家必须在户外完成绘画，断然抛弃了传统画家那种在户外写生，在室内完成绘画的做法。这样一来，时间也成了创作过程的一个内在因素，因为画家完成绘画的过程必须与所绘对象的时间特征保持一致。处于自然光下的风景每时每刻都在发生着变化，画家的作画过程也就必须大大地加速。传统画家完成一幅画的时间一般都需要数天、数月乃至数年，而印象派画家则只需要几十分钟。正是由于这个原因，印象派画家必须练就快速观察事物的能力。塞尚就曾经感叹："……莫奈却有着怎样的一双眼睛啊？那是人类自有绘画以来最了不起的一双眼睛！"[①] 作家莫泊桑也曾惊叹于莫奈的作画速度，将其誉为一个风景"猎人"："……我经常跟莫奈一起走向户外。实际上他已不再仅仅是一个画家，更是一个猎人。他……带着他的画布——用五到六幅画布描绘同一地点不同时间与光影效果下的景观。他完成这些画作之后，便按天气的变化一张张排列。莫奈守在他所要画的题材前，紧盯着太阳与阴影的变化，然后开始着手，寥寥几笔，普照的阳光，抑或漂浮的云朵以及对于虚假与传统的蔑视，便跃然于画布之上了。"[②] 然而莫奈本人却常常抱怨自己作画的速度太慢，赶不上风景的变化："我努力钻研，我执着于《干草堆》一系列不同的效果，然而在这个季节太阳总是落得太快，以至于我无法追随它……我作画的速度慢得让我绝望，但是我越画，就越明白我需要画得更多，才能表现我追求的东西：'瞬间性'，尤其是同样包裹一切、散布各处的光，

---

① [法]约阿基姆·加斯凯：《画室——塞尚与加斯凯的对话》，章晓明、许苪译，浙江文艺出版社2007年版，第52页。

② [俄]娜塔莉亚·布罗茨卡雅：《印象主义后印象主义》，刘乐、张晨译，人民美术出版社2014年版，第119—120页。

而且我前所未有的厌恶一股脑出现的简单的东西。"① 事实上，我们在其他印象派画家的书信里也常常看到类似的抱怨和感慨，表明这是印象派画家的共同特征。据此我们可以认为，正是这种对于绘画的时间性的强调，把印象派与此前的其他画派明确地区分开来了。

二

如何在绘画这种空间艺术中引入时间维度，这是印象派绘画所要解决的主要艺术难题。传统绘画之所以摒弃了时间维度，原因就在于绘画所采取的媒介天然不适合于表现时间。莱辛对此有一段精辟的论述："绘画由于所用的符号和媒介只能在空间中配合，就必然要完全抛开时间，所以持续的动作，正因为它是持续的，就不能成为绘画的题材。绘画只能满足于在空间中并列的动作或是单纯的物体，这些物体可以用姿态去暗示某一种动作。"② 不过，传统画家还是摸索出了一些表现运动和时间的技巧，比如莱辛就曾指出，"绘画在它的同时并列的构图里，只能运用动作中的某一顷刻，所以就要选择最富于孕育性的那一顷刻，使得前前后后都可以从这一顷刻中得到最清楚的理解。"③ 从这里可以看出，时间性在传统绘画中充其量只是一个潜在的维度，画家只能通过截取一个富有暗示性的瞬间，把事物的时间性间接地表现出来。除了这种视觉上的暗示之外，画家还常常采用象征的手法，比如 16 世纪的荷兰画家汉斯·霍尔拜因在其名作《让·丹维尔和乔治·塞尔夫的寓意肖像》中，在地板上画了一个变形的头盖骨，以此来表达"人总是会死的"这一寓意。17 世纪的法国画家普桑则直接通过文字来表达这一主题，在他的代表性作品《甚至在阿卡迪亚亦有我在》中，他让画中的人物在石碑上直接辨认出了这段文字。这些苦心孤诣的做法固然看起来别具匠心，却也显示出传统绘画在表现时间主题时的捉襟见肘。正是因此，时间从来就不是绘画艺术中的常见主题。

与之不同，印象派画家却试图在每一幅画中都引入时间维度，而且不是采取暗示的方式来间接地表达，而是直接加以明示。表面上看来，印象派所采取的做法与传统绘画并无两样：都是从事物的存在和运动中截取一个瞬间，然而细一分析就会发现，传统绘画中的瞬间影像并不是从事物所

---

① [法] 弗朗索瓦兹·巴尔伯-嘎尔：《读懂印象派》，王文佳译，北京美术摄影出版社 2015 年版，第 211 页。
② [德] 莱辛：《拉奥孔》，朱光潜译，人民文学出版社 1988 年版，第 82 页。
③ [德] 莱辛：《拉奥孔》，朱光潜译，人民文学出版社 1988 年版，第 83 页。

处的时间流程中直接截取出来的，而是画家人为地设计和建构起来的，而印象派绘画中的影像却是在画家观察事物的过程中当下直接地显现出来的，而且这种显现是在画家的心灵和画布上同步发生的。举例来说，"耶稣下十字架""圣母怜子""圣母子"等都是传统绘画中的常见题材，这类画作看起来也是截取了人物运动中的一个瞬间，但这一运动本身在很大程度上就来自于艺术家的虚构，即便画家在创作过程中采用了模特，但模特的动作和表情也是由画家按照自己的想象设计出来的，而且由于传统绘画的创作总是要延续很长时间，模特的姿态和表情也必须保持不变，有时甚至要不断重复，这些都使画作中的瞬间性名存实亡，时间维度也就随之被消解掉了，因为时间的本质就在于永无休止的流变和绵延，每一个瞬间都是转瞬即逝、无法重复的，被重复的瞬间就不再属于时间而属于空间了。也就是说，传统绘画从事物的运动中截取一个瞬间，所获得的影像只具有空间性而不具有时间性。

那么印象派画家又是如何克服这一悖论的呢？诚如我们所指出的，画家们所采取的是让事物从画家的当下感知中直接显现的方式。这一作法不仅要求画家摒弃神话、宗教和历史，直接从现实生活中取材，而且必须截取事物现实运动的一个真实瞬间。正是由于这个原因，印象派绘画在构图上与摄影有着高度的相似性。从某种程度上来说，印象派的这种构图风格就是从摄影术中得到的启发。贡布里希就明确宣称，摄影术的发明是印象主义者在与传统绘画的斗争中取得胜利的主要帮手之一。[①] 从我们的角度来看，这种作法的根本意义在于为艺术家捕捉和表现事物的瞬间性提供了必要的前提。只有当艺术家把注意力集中在事物当下此刻的样貌上，让其在自己的直观活动中原初地显现出来的时候，他所获得的瞬间印象才能包含着真正的时间维度。从现象学的角度来看，任何时间对象都是通过某种相应的时间意识来构成的。胡塞尔曾经分析过如何通过时间意识来构成对一段旋律的时间经验。任何一个乐句都是由一个个相继出现的音符组成的，然而这些音符给我们的印象却并不是相互分离的，而是组成了一个连续的整体，这表明时间对象或客体不是一个个孤立片段组成的链条，而是一条绵延不断的河流。那么，对于不同音符的感受是如何联结起来的呢？胡塞尔的解释是，我们对每个音符的感知并不会随着音符的消失而立刻消失，而是会延续一段时间，逐渐衰减并蜕变为回忆和想象，这意味着当后

[①] [英]贡布里希：《艺术的故事》，范景中译，广西美术出版社2008年版，第522—523页。

一个音符响起的时候，对前一个音符的感知还在继续和滞留（retention），因而对两个音符的感知就会同时叠加在一起，两者之间的间隔由此被消弭。另一方面，当我们在感知当下的音符的时候，就已经对后续的音符产生了某种预期和前摄（protention），这种前摄并不是想象，而是一种有待被充实的感知。这样，滞留和前摄就成了围绕着原初印象的视域或晕圈，它们分别把对每个音符的原初印象与此前和此后的音符联结起来，从而形成了一条绵延的时间之流。①

胡塞尔的上述思想尽管讨论的是时间流的构成问题，但其中显然也包含着对瞬间性的把握问题，因为时间流就是通过不同瞬间之间的相互绵延和渗透而构成的。从前面的概述中可以看出，胡塞尔把时间意识的核心要素界定为感知，这一点在对瞬间性的构成方面体现得尤其明显，因为瞬间印象尚未衰减，因此不可能蜕变为回忆，而是一种纯粹的感知。胡塞尔之所以如此重视感知，是因为在他看来，感知与回忆和想象相比乃是一种原初性行为，它能够使事物当下直接地显现出来，而回忆和想象则是一种当下化行为，只能对事物加以间接的再现："感知在这里是这样一种行为：它将某物作为它本身置于眼前，它原初地构造客体。与感知相对立的是当下化，是再现，它是这样一种行为：它不是将一个客体自身置于眼前，而是将客体当下化，它可以说是在图像中将客体置于眼前，即使并非以真正的图像意识的方式。"② 这就是说，感知才是我们对事物原初印象的直接来源，回忆和想象等当下化行为则只能把原初印象复现出来。就对时间对象的构成来说，感知显然能让我们获得对事物的瞬间把握，回忆和想象则只能把此一瞬间与其他瞬间联结起来。因此，感知是使印象保持瞬间性的关键因素。

由此我们就可以理解，印象派画家何以对感知如此重视，而对回忆和想象则始终保持着抗拒和否定的态度。众所周知，印象派总是强调画家应该在户外而不是室内完成绘画，其原因就在于，当画家在户外直接面对对象作画的时候，其所依赖的必然主要是感知，而当他们返回室内的时候，对对象的感知不可避免地会蜕变为回忆。这是因为，尽管感知可以以滞留的方式得到保持和延续，但这种滞留并不是无限持续的，或迟或早总会转化为回忆。胡塞尔主张通过感知就能够把握一个完整的乐句，但他显然不

---

① 上述内容可参看［德］胡塞尔《内时间意识的现象学》（倪梁康译，商务印书馆2009年版）、《关于时间意识的贝尔瑙手稿（1917—1918）》（肖德生译，商务印书馆2016年版）等书。
② ［德］胡塞尔：《内时间意识的现象学》，倪梁康译，商务印书馆2009年版，第74页。

可能把这一主张推广到整个乐章或整首乐曲，因为我们对一个音符的感知充其量只能够延续到该乐句的最后一个音符，当下一个乐句响起的时候，对前一个乐句的感知必然会在一定程度上转化为回忆。对于音乐欣赏来说，回忆的介入是完全必要的，因为音乐是一种时间艺术，作曲家所提供给听众的本身就是一个时间对象。而绘画却是一种空间艺术，画家所要建构的是一种空间对象而不是时间对象。无论画家采取多少努力，都不可能使影像具有一种绵延的时间性（这一难题只有在电影艺术出现之后才得到解决），画家唯一可能引入的时间维度就只有瞬间性，而对瞬间的把握只能依赖于感知，在这种情况下，回忆和想象一旦介入，就会使画家的原初印象发生变形，从而消解了影像的时间性。印象派画家之所以大大加快了绘画速度，原因也在这里，因为绘画时间一旦延长，不仅对象本身必然发生变形，画家的意识行为也会发生蜕变，从而影响对原初印象的把握和表达。

三

印象派画家执着于表现事物的变易之美，这使他们把时间维度引入了空间影像，从而对绘画艺术产生了革命性的影响。西方近代绘画的根本特征是采用透视法来营造一种三维空间的错觉，从而达到对客观世界的写实性再现。这种创作理念导致线条成为绘画艺术的主要媒介和表现对象，色彩则处于从属地位。这是因为，近代绘画所采用的是线性透视法，其方法是用一系列虚拟的视线把视点与事物的轮廓线连接起来，然后根据镜子发射光线的原理，让这些视线在与视点相对的灭点处交汇起来，以此来传达人眼从固定视点观察到的世界景象。正是为了获得这种空间透视效果，画家总是想方设法在画面上设置一系列近乎平行的纵向线条，以此来把观众的视线引向画面深处，从而使画面产生深度感。达·芬奇的《最后的晚餐》、拉斐尔的《雅典学院》等名作莫不如此。同时，画家也常常把事物的轮廓线勾勒得十分清晰，以此来为观众的视线提供明确的空间参照。由此我们就能理解传统画家何以对素描如此重视，因为素描几乎完全是由线条构成的。当画家在户外进行观察的时候，他主要通过素描来勾勒事物的轮廓，并且把事物的阴影区域涂抹出来，对于事物的颜色则只关注其固有色，并且不做任何现场记录，而是完全依靠记忆。当他返回画室完成绘画的时候，其程序也是先用线条来勾勒事物的轮廓，然后把事物的固有色填充进去，再依据室内的光线效果来调整其明度和纯度。这样一来，色彩自然就沦为线条的附庸。

印象派画家则不同，他们一反传统，把色彩放到了首位。莫奈曾经这样宣称："当你外出画画时，要竭力忘掉你眼前所拥有的对象：一棵树、一幢房子、一片农田或任何什么东西，而只是去思考一小方的蓝色，一长块的粉红色，或一条黄色，通过恰如其分的色彩和形态来画出你的所见，直至对象让你自己形成对眼前情景的纯真印象。"① 从一定程度上来说，印象派绘画所描绘的主要对象就是事物的表面在特定光线照射之下所呈现出来的微妙而丰富的色彩。那么印象派画家何以对色彩如此感兴趣呢？表面上看来，这是因为长期的户外观察使他们发现了事物的色彩之美，但从根本上来说，则是因为色彩较之线条更富于变化，因而更富有时间性。印象派画家的主要发现就是事物的固有色会在光线的照射和环境色的影响之下发生改变，这一点在户外的自然光下表现得尤其明显。当天气晴朗、日照强烈的时候，事物的色彩几乎每时每刻都在发生着微妙的变化。与之相比，事物的线条和形状则是相对固定的。英国经验主义哲学家洛克曾经把事物的性质区分为第一性质和第二性质两种类型，前者包括广延、形状、数目等，后者则包括颜色、声音、气味等。在他看来，第一性质是客观的，不以人的感知为转移；第二性质则是主观的，是由人的感觉器官附加给事物的。按照这种区分，线条是客观的，色彩则是主观的，这在哲学上当然是经不住推敲的，但把线条说成是相对固定的，而色彩则是富有变化的，这一点却显然是与人们的视觉经验相符合的。从我们的角度来看，这意味着从色彩出发所构成的影像天然就具有某种时间特征。印象派画家既然把变易之美作为自己的表现对象，那么他们关注色彩自然也就顺理成章了。

与其对于色彩的重视相对应，线条在印象派绘画中变得可有可无了。在印象派画家的笔下，任何事物的轮廓都趋于模糊乃至消失，仿佛融化在空气和光线之中，成为一片或大或小的色斑。在莫奈的笔下，无论是花朵还是树叶，都没有清晰的轮廓，就连人物的面孔也被涂抹成一团模糊的色块，有时连五官都完全消失了，比如在《罂粟花田》（1873）、《韦特伊附近的罂粟花》（1879）等画中的女性面孔完全没有五官，被画成了与背景色相同的黄色、红色斑块。在《花丛中的女人》（1875）、《在普尔维尔海崖上散步》（1882）等画中，人物几乎完全融入了风景之中，需要仔细分辨才能察觉其存在。在著名的《鲁昂大教堂》系列画中，教堂外立面那

---

① 转引自易英《印象派：现代生活的观察者》，上海博物馆编《三十二个展览：印象派全景》，北京大学出版社2013年版，第64页。

棱角分明的轮廓被涂抹得影影绰绰，规则的几何线条被不规则的色彩团块所取代。总之，线条和色彩之间的关系被完全颠倒了，线条沦为配角和附庸，色彩则成了当仁不让的主角。

通过捕捉和刻画色彩与光线交织而成的美丽画面，印象派画家为我们提供了一幅幅色彩斑斓、五光十色的瞬间影像。为了突出色彩在户外光线下变幻不定的特点，印象派画家不再像传统画家那样在调色板上把不同的颜色调和在一起，而是直接用细碎的笔触把纯色涂抹在画布上，让不同的颜色相互映射，借此来模拟真实的视觉印象。美国学者修·昂纳和约翰·弗莱明曾这样描述印象派的绘画方法："最典型的印象主义绘画是风景及其他户外为主题的绘画，作品尺寸较小，且往往是在现场直接作画，而不是在画室中进行的，画中常运用高明度及高纯度的颜色，笔触多变且破碎，画布则选用以白色涂底的帆布（而非传统棕色涂底的帆布）。他们试图平均使用光谱上的颜色来捕捉住自然光的特性，并且以细碎的笔触为之，使得这些颜色在正确的距离外观看时，可以达到视觉上混合的效果。这种组合的方式显然有快照一般的随意性，全然是由颜色加以组合起来（以视觉上的色彩取代物象的固有色彩），而且尽量不（或根本不）倚赖色调的对比。"① 以莫奈的成名作《日出·印象》为例，画面上的一切事物都仿佛笼罩着一层空气的面纱，无论是太阳、船只、人物还是水面，都不是通过形状和线条，而是通过光线和色彩刻画出来的，"所有传统观念中的'内容'或是主题已不复存在，光线和空气才是主题——烟、雾以及港口内肮脏水面反射出来的视觉效果。这只是一段飞驰而过的时刻的记录，是对即将迅速消散的晨雾中正在升起的太阳的惊鸿一瞥。再过几分钟，甚至几秒钟之后太阳即将爬升得更高，颜色也将改变，海中的小船也会移动位置，每一件事物看起来都会变得不一样，这一刻也将不复存在。"②

印象派绘画把时间维度引入绘画，使得瞬间和变易成为绘画的主题，可以说是把握住了现代生活的特质，因而也理所当然地成了现代艺术的开端。波德莱尔曾把贡斯当丹·居伊称为"现代生活的画家"，但实际上这一桂冠更应该被戴在印象派画家的头上。无论是从他们与学院派艺术及其所把持的官方沙龙的长期艰苦卓绝的斗争和最终大快人心的凯旋，还是从

---

① ［英］修·昂纳、约翰·弗莱明：《世界艺术史》，吴介祯等译，北京美术摄影出版社2013年版，第703页。
② ［英］修·昂纳、约翰·弗莱明：《世界艺术史》，吴介祯等译，北京美术摄影出版社2013年版，第704页。

他们对当时以及后来的画家们的深刻影响来看，这一赞誉都是当之无愧的。然而耐人寻味的是，印象派的绘画风格却并没有在其后继者那里得到长久的延续，而是迅速被各种新的风格和流派所取代。事实上还在印象主义运动的盛期，这一流派就发生了内在的分裂。19世纪80年代中期，毕沙罗被修拉的"点彩派"画法所吸引，抛弃了自己原有的信念，雷诺阿也对印象派的画法产生了深刻的怀疑，转而回到卢浮宫临摹那些经典杰作。尽管数年之后他们又重归印象派阵营，但印象派画家之间的分歧实际上已经无法弥合了。到了80年代后期，塞尚、梵高、高更等深受印象派影响的画家们便毅然决然地与其分道扬镳了。那么，究竟是什么原因导致这些画家们对印象派的绘画理念和技法产生了严重的不满呢？简单地说，这是因为印象派绘画过分执迷于捕捉和刻画事物的瞬间影像，导致他们的作品失去了传统绘画所具有的坚实感和稳定感。印象派绘画给人的最大感受就是，画面五色斑斓、光彩夺目，但却显得破碎凌乱、缺乏秩序。从某种意义上来说，印象派绘画过分沉迷于追求艺术的变易之美，从而忽略和遗失了波德莱尔所说的永恒之美。我们把现代社会的特质说成是永无休止的变易，但这并不意味着现代艺术只能以变易为主题，因为现代社会除了变易的一面之外，也有其不变和稳定的一面，只不过相对于传统社会而言，其变化和发展的速度更快而已。究极而言，任何社会都是变革与稳定的统一，因而任何时代的艺术都如波德莱尔所言，必须兼具变易之美和永恒之美。怎样在令人眼花缭乱的变易景观之下，发现现代社会的永恒之美，就成了现代艺术的终极使命。印象派艺术只抓住了前者而错失了后者，因此它就注定只是现代艺术的开端，不可避免地会被后来的现代艺术流派所取代和超越。

四

现在的问题是，印象派绘画为什么未能把握住现代生活的永恒之美呢？在我们看来，这是由于印象派绘画所呈现的只是一种单纯的感性影像，其背后不包含任何稳定的图式。"图式"（schema）这一概念最初是由康德提出来的，但在现代艺术理论中却是因为贡布里希而广为人知的。他在其名著《艺术与错觉》中开宗明义地指出，"种种再现风格一律凭图式以行，各个时期的绘画风格的相对一致是由于描绘视觉真实不能不学习的公式。"[①]

---

① ［英］贡布里希：《艺术与错觉》，杨成凯、李本正、范景中译，广西美术出版社2012年版，第1页。

按照他的观点，图式是画家描绘事物时所参照的某种观念或公式，比如当一个画家试图描绘一座教堂的时候，他并不是直接在画布上勾勒自己的视觉印象，而是从自己已经掌握的描绘教堂的一般程式出发，参照自己的视觉印象对其进行修正，直到两者逐渐符合为止。应该承认，这种观点与艺术家的创作经验大约是基本一致的，因此得到了艺术家和理论家们的高度肯定和赞誉。但就其对于图式这一概念的理解来说，却是对康德的明显误读。对于康德来说，图式并不是先验的概念或范畴，而是介乎于知性范畴和感性表象之间的一种中介物，"它一方面必须与范畴同质，另一方面与现象同质，并使前者应用于后者之上成为可能。这个中介的表象必须是纯粹的（没有任何经验性的东西），但却一方面是智性的，另一方面是感性的。这样一种表象就是先验的图型（按即图式）。"① 按照康德的观点，这种中介物只能是时间，或者叫作"先验的时间规定"："……一种先验的时间规定就它是普遍的并建立在某种先天规则之上而言，是与范畴（它构成了这个先验时间规定的统一性）同质的。但另一方面，就一切经验性的杂多表象中都包含有时间而言，先验时间规定又是与现象同质的。"②

从康德的这些论述来看，他所说的图式既具有知性范畴的抽象性，又具有感性表象的直观性，而同时符合这两方面要求的只能是时间，这表明图式就是感性表象在时间进程中所呈现出的某种抽象性或一般性，或者反过来说是知性范畴在时间进程中所呈现出的某种直观性。康德的这种图式理论很自然地让我们联想到了胡塞尔的本质直观学说。按照胡塞尔的观点，本质直观就是通过想象力对某个感性表象进行自由变更，直到某种自身同一的普遍本质呈现出来。③ 举例来说，我们可以把一张白色的纸作为直观的对象，通过想象将其变更为白色的墙壁、白色的布料、白色的云朵等其他事物，这时各种事物之间的差异就会变得无关紧要，白色本身则越来越清晰地呈现出来。胡塞尔认为由此产生的就是白色的普遍本质，也就是白色的概念或者范畴，但在我们看来，这恰恰就是康德所说的图式，因为它既具有表象的直观性，又具有范畴的普遍性。

如果说图式是在时间进程中产生的，那么印象派绘画何以缺失了图式呢？考虑到我们把印象派绘画的最大贡献确定为引入了时间维度，这种说法似乎显得有些匪夷所思。然而仔细想来，这一点却不难理解，因为印象

---

① ［德］康德：《纯粹理性批判》，邓晓芒译，人民出版社2004年版，第139页。
② ［德］康德：《纯粹理性批判》，邓晓芒译，人民出版社2004年版，第139页。
③ 参见［奥地利］胡塞尔《经验与判断》，邓晓芒、张廷国译，生活·读书·新知三联书店1999年版，第394—395页。

派画家所着力捕捉的只是事物的瞬间影像,这种影像的生成只依赖于感知,与想象和记忆无关。图式的生成则不然,因为图式不同于瞬间影像,而是通过对瞬间影像的变更而产生的,这种变更恰恰依赖于记忆和想象,因为想象只有在感知结束之后才能真正开始,而且图式只有在想象活动充分展开之后才能呈现出来,这必然导致感知表象转化为记忆。从这个角度来看,传统绘画恰恰有利于图式的产生,因为这类绘画不强调即时性,而是由画家在室内运用想象和记忆逐渐孕育成熟的。即便是一幅风景画,画家也只是在现场用素描勾勒和提取出风景中最核心、最"如画"的元素,而后在画室中通过想象对其加以修正和完善。正是由于这个原因,传统绘画往往充溢着某种永恒之美。当塞尚宣称他要"依据自然来复兴普桑"、"使印象主义成为某种更为坚实、更持久的东西,像博物馆里的艺术"的时候,他显然是在缅怀印象主义所遗失了的传统艺术所蕴含的永恒之美。

然而这是否意味着印象派的艺术革新趋于失败了呢?并非如此,因为正如我们一开始所说的,传统绘画发展到 19 世纪已经走向了末路,原因就在于其过分执迷于追求永恒之美,以至于丧失了每个时代都具有的变易之美。印象派绘画把握住了现代生活的变易之美,显然是一次具有历史意义的拨乱反正,因为绘画艺术由此才能焕发出新的生机。印象派绘画既然错失了现代生活的永恒之美,自然就需要其他的现代艺术家来予以补救,而补救的方式就是从瞬间影像转向抽象的图式,这正是西方现代艺术走向抽象的根本原因。贡布里希曾这样概括印象派之后的现代艺术发展脉络:"我们记得塞尚感觉到失去的是秩序感和平衡感,感觉到因为印象主义者专心于飞逝的瞬间,使得他们忽视自然的坚实和持久的形状。梵·高感觉到,由于屈服于他们的视觉印象,由于除了光线和色彩的光学性质以外别无他求,艺术就处于失去强烈性和激情的危险之中,只有依靠那种强烈性和激情,艺术家才能向他的同伴们表现他的感受。最后,高更就完全不满意他所看到的那种生活和艺术了,他渴望某种更单纯、更直率的东西,指望能在原始部落中有所发现。我们所称的现代艺术就萌芽于这些不满意的感觉之中;这三位画家已经摸索过的那些解决办法就成为现代艺术中三次运动的理想典范。塞尚的办法最后导向起源于法国的立体主义;梵·高的办法导向主要在德国引起反响的表现主义;高更的办法则导向各种形式的原始主义。无论这些运动乍一看显得多么'疯狂',今天已不难看到它们始终如一,都是企图打开艺术家发现自己所处的僵持局面。"[①] 我们认为,

---

① [英]贡布里希:《艺术的故事》,范景中译,广西美术出版社 2008 年版,第 554—555 页。

现代绘画的这三条发展脉络恰恰代表了三种重建绘画图式的道路：塞尚以及立体主义者所建构的是一种客观图式，他们试图通过某种纯客观的几何图形来赋予印象派所发现的色彩世界以秩序，其最终结果是以蒙德里安为代表的客观抽象主义；梵·高以及表现主义者所建构的则是一种主观图式，其目的是为每一种色彩和线条都寻找到所对应的情感图式，最终结果就是以康定斯基为代表的主观抽象主义，以及以波洛克为代表的抽象表现主义；高更以及各种原始主义者所建构的可以说是一种超验图式，其目的是让各种神秘的超验之物（如宗教以及原始的自然力）得到直观的呈现。

从这里可以看出，现代艺术在察觉到印象派绘画的缺陷之后，并没有试图重新寻求变易之美和永恒之美的统一，而是从变易之美走向了永恒之美，从瞬间影像走向了抽象图式，其结果是绘画艺术自觉地疏离和拒绝了普通公众的审美趣味，从而也就永远地淡出了大众的视线。现代艺术为何会走上这样一条发展道路？这当然是一个值得深思的问题，不过显然已经超出了本文的范围，只能留待他日再做探讨了。

（原载《文艺理论研究》2018 年第 1 期）

弗美尔绘画研究

邹广胜

前年夏天我有幸去参观阿姆斯特丹国立博物馆（Rijksmuseum, Amsterdam），令人惊奇的是，博物馆宣传册页的封面既不是众所周知的伦勃朗的《夜巡》与《犹太新娘》，也不是亨德里克·阿维坎普的《隆冬溜冰者》与哈尔斯的《艾萨克与比阿特丽克斯夫妇肖像》，甚至也不是赫尔斯特的《明斯特条约庆祝宴会》与埃文丁根《戴大帽子的少女》，而是弗美尔的《倒牛奶的女佣》，这幅无论在过去还是在今日都可视为象征着荷兰物质富足，气定神闲的画作。

弗美尔是荷兰黄金时代最著名的画家之一，其艺术成就现已获得与伦勃朗、梵高齐名的国际声誉，然其在中国艺术界及知识界的影响与伦勃朗及梵高相比还有待于提高，特别是其画作所隐含的特有的宁静气质是其他艺术家所无法比拟的，反观充斥当今艺术界的慌乱与污浊无疑具有补偏救弊的作用。阿姆斯特丹国立博物馆还收藏了弗美尔其他三件重要的作品：《读信的蓝衣女子》《小巷》《情书》，画前总是不断地站着很多游人在沉思欣赏，使我很想在这几幅心仪已久的画作前留影的想法也作罢了，而我是很少产生这种想法的。但这种感受至少印证了我对弗美尔画作的热爱并不仅仅是我个人情趣的反映，乃是弗美尔画作魅力与影响深广的证明。由此也可看出弗美尔在现在的荷兰，乃至欧美艺术界的重要地位，他是与伦勃朗、梵高齐名的荷兰艺术大师。然而遗憾的是在中国，正如他开始沉默在西方艺术史二百年之久一样，现在还基本沉默在中国的艺术界，其影响远不及伦勃朗，更不要说梵高了，很少能见到关于弗美尔的高质量的画册、论文、论著，甚至是译注。特别是国内仅见的基本关于弗美尔的图书大都不够精美，可能是出版社为了降低印刷成本的缘故，但精美细致的构图与光彩照人的色彩正是弗美尔画作的基本特点。

约翰内斯·弗美尔（Johannes Vermeer 或 Jan Vermeer）（1632—1675）

是荷兰17世纪伟大的风俗画大师,他的一生都工作生活在荷兰的代尔夫特(Delft),因此也被称为代尔夫特的弗美尔,有时也被称为约翰尼斯·范·德梅尔(Johannes Van der Meer)。弗美尔作为荷兰黄金时代最伟大的画家之一,却被人遗忘了长达两个世纪之久,但在今日西方艺术界已享有与梵·高、伦勃朗一样的声誉,成为举世闻名的世界级艺术大师。特别是弗美尔由于他自己独特的真实而亲切的艺术风格、精严的构图、明亮的色彩、温馨的意境,宁静的韵致、对光与色的巧妙运用,对后来很多艺术大师,如凡·高、达利、马奈等产生了极为深远的影响。梵高画中所经常出现的黄蓝两色,正是弗美尔画作的基本色调,而这两种色调在弗美尔的时代确是少见的。在2008年东京大都会美术馆举办的名为《动静之间:液晶绘画展》中,日本著名的"戏仿"艺术家森村泰昌就表演了一段名为《回首》的视频,此视频就模仿了弗美尔的名作《戴珍珠耳环的少女》,以此向弗美尔致敬,与靳尚谊通过模仿弗美尔的三幅杰作向弗美尔致敬一样。波兰著名诗人亚当·扎加耶夫斯基曾在他的诗歌《弗美尔的小女孩》中说:

> 弗美尔的小女孩,如今很出名,
> 她望着我。一颗珍珠望着我。
> 弗美尔的小女孩的双唇
> 是红的、湿的、亮的。
>
> 啊弗美尔的小女孩,啊珍珠,
> 蓝头巾:你全都是光
> 而我是阴影做的。
> 光瞧不起影,
> 带着容忍,也许是怜悯。
> (黄灿然译)

亚当·扎加耶夫斯基之所以钟情于弗美尔的绘画,正在于其与弗美尔一样善于在日常生活中发现美,把日常生活陌生化,并赋予其神圣之光。正如美国文学评论家苏珊·桑塔格在《重点所在》一书里对扎加耶夫斯基作品的评价:"这里虽然有痛苦,但平静总能不断地降临。这里有鄙视,但博爱的钟声迟早总会敲响。这里也有绝望,但慰藉的到来同样势不可挡。"这个评价也适用于弗美尔的画作。

丹纳在《艺术哲学》中谈到弗美尔生活的时代时说:"今日全世界没

有一个地方享有象荷兰那么多的自由，人与人间的和睦竟能使平民不受大人物责骂，穷人不受富人责骂……没有人为了宗教而受审问。……人与人绝对平等。……至于文化和教育，正如组织和管理的技术一样。他们比欧洲的国家先进两百年。……民族艺术就在这样的形势中产生的。所有别具一格的大画家都生在十七世纪最初的三十年内。"当然荷兰艺术的发展更直接与当时普遍的对艺术的尊重与爱好有关，而这种尊重与爱好自然也与自由的大环境密不可分："即使最清寒的布尔乔亚，也没有不想好好地收藏一些画的。一个面包店的老板花六百佛罗伦买梵·特·美尔画的一副人像。除了室内的清洁和雅致以外，图画就是他们的奢侈品。"① 丹纳所描述的当时荷兰文化的特点，我们在弗美尔的绘画中都可看到，因为弗美尔画中主人公的墙上大都装饰着各种各样的画，如《天文学家》《音乐课》《拿天平的女人》《拿葡萄酒杯的女孩》《玻璃酒杯》《坐在小键琴边的女士》《站在小键琴边的女士》《写信的女子和女佣》《信仰的象征》《音乐会》《弹吉他的女人》《情书》《中断音乐课的女子》等，其他如《拿水杯的女子》《读信的蓝衣女子》《弹鲁特琴的女子》《地理学家》《绘画的寓言》《士兵和微笑的女子》墙上悬挂的则是地图，至于《打盹的女人》《写信的女子》中墙上也挂着类似画作的画框，由于艺术的处理画中的图像则被模糊简化了。如果再考虑到图画中充斥的各种来自东方的瓷器、壁毯等，应该说是对艺术的热爱已成为当时流行的时尚与潮流。弗美尔笔下普通市民的日常生活与日常劳作也都显示了令人感动的优雅与和谐，画中没有纷争，没有危机，没有狂热的情感，甚至没有戏剧性，人物都是平静地沉浸在自己的事务之中，与其说是他们爱好自己的工作，倒不如说是毫无怨言地承受，平静地、日积月累地、不厌其烦地重复着自己的劳作，如《倒牛奶的妇女》《织蕾丝花边的女人》《天文学家》《地理学家》等。他们的日常生活也是如此，读信、写信、绘画、弹琴、恋爱、交谈、科学研究、倒奶、饮酒等，无不如此。弗美尔的绘画中充满了一种自然质朴、精确自然、神秘静谧的诗意。特别是弗美尔画中的房间里常常充满了阳光，这些柔和而优雅的阳光往往使画中寻常的人物充满了一种超出日常生活的神性，而这种神性并不是表现一个普通人物的个性，而是艺术家所追求的普遍存在的理想，这种朴素的场景通过光的渲染散发出一种令人感动的神圣之光，特别是这种光往往从左边的窗口射进来，就更加使我们能深刻地感受到它。弗美尔画中的主人公多是女性，给我们以深刻的印象。这自然与他的生活

---

① ［法］丹纳：《艺术哲学》，傅雷译，安徽文艺出版社1991年版，第297—300页。

环境，特别是家庭环境中多以女性为主有关，特别是《带珍珠耳环的少女》中宁静纯真的回眸一瞥所散发出的自然而神秘的美，更是令人难以忘怀，说其可以与《蒙娜丽莎》相提并论并不为过，只不过《蒙娜丽莎》的美更成熟，更优雅，而《带珍珠耳环的少女》的美则更清澈无瑕。这是弗美尔最著名的代表作之一，这幅尺幅很小的油画（44.5×39cm），曾被荷兰艺术评论家戈施耶德称为"北方的蒙娜丽莎"，但她确实具有一种与《蒙娜丽莎》不同的美：回眸惊鸿一瞥的少女侧身向着画家，也向着我们这些观画者凝望，她身着朴素的黄色外衣，黄色的外衣正与她头上自然下垂的柠檬色头巾相呼应，而白色的衣领、蓝色的头巾又在鲜明而和谐地统一在一起，粉红色的脸庞，殷红的嘴唇，显得健康而又宁静，耳朵下的泪型珍珠垂挂在头巾下的阴影之中熠熠生辉，与同样大小的两只眼睛遥相呼应，更引人注目，同时也与整幅画全黑的背景形成鲜明对比，好似她从不知名的远方走来。最令人难忘的就是少女的神情，正如蒙娜丽莎的微笑让人着迷一样，少女的神情也同样让我们站在画前神秘莫测，久久不忍离去，是什么如此吸引我们？她的眼睛、她的珍珠如黑暗中相联的三盏明灯，让我们驻足，她微启的嘴唇似乎在回答我们的询问，更似乎在从自己的世界与沉思中惊醒，无意中看到了我们，清澈的眼神显露出她纯洁无瑕的内心世界，我们都在这无瑕的一瞥中杂念顿消。

在弗美尔的画作中能与《戴珍珠耳环的少女》相提并论的也只有创作于1666年前后的《绘画的寓言》了，它是弗美尔最大尺幅的画作（120×100cm），现藏于维也纳艺术史博物馆，其初创的原因大致起于让购画者能够观赏到作者高超的绘画艺术，所以弗美尔一直都把它放在自己的画室里，没有出售。希特勒也曾一度拥有，但后来被维也纳艺术史馆购得。绘画的内容是一位画家背对着观者在全身心地描绘一个装扮成头戴花环的女子的肖像，女子左手执长号，右手怀抱着一本大书，背对着墙上的荷兰地图，似乎在沉思，又似乎面含羞涩，掩藏着心中的秘密，难以回答画家的揶揄，只是等待着他把自己的肖像描绘成画中的女神。也就是这种充满胜利喜庆的氛围吸引了好大喜功的希特勒的购买欲望。但画中精美的帷幕、细致的吊灯、黑白相间的地砖、窗外透来的阳光，条形花纹的上衣，彰显了艺术家出神入化的艺术技巧。整幅画面温馨、华美，也表达了艺术家名传后世的自我期许。这幅画也往往被认为是弗美尔最优秀的代表作之一，英国BBC在制作《旷世杰作的秘密》系列节目中就选择了弗美尔的这幅画来作为自己的主题。西班牙超现实主义画家达利就非常崇拜弗美尔，也很崇拜弗美尔的这幅《绘画的寓言》。对于这位极富有革命意识的画家，很难想象他会始终如一地崇拜某个画家，而令人惊奇的是，在世界上无数伟大的画家中，达利最崇拜三位伟大的画家，他们就是拉斐尔、弗美尔和委拉斯凯兹。在一般人看来，这三位画家的画风甚至和达利的画风有着根本的不同。达利早年就依靠对弗美尔的研究使自己古典风格的绘画水平到了惊人的地步，如他1945年创作的《面包篮》和后来的复制品都得益于弗美尔的艺术风格。特别是有一段时间达利对弗美尔《制带人》的研究达到了偏执狂的程度，并绘制了《维米尔的〈制带人〉的偏执狂批评研究》。① 关于《戴珍珠项链的少妇》，达利说："我发现在《戴珍珠项链的少妇》一画中就像在所有的绘画作品中一样，神圣会聚集在艺术家没有明显地画出的东西上，但已充分地表达了自我。"② 达利在《我的秘密生活》中曾明确声明自己"反对伦勃朗，拥护维米尔"，③ 甚至当阿兰问及，当人类在一小时之内全部消失，他有权利抢救一幅画，但这幅画不是他的画，他选择哪一幅时，他回答道："维米尔的《艺术家的画室》，这幅画在维也纳。"④ 达利有多幅名画都直接来自维米尔的作品，当然达利在引用弗美尔的作品时比靳尚谊更多地加入了自己超卓的想象，以此来表达自己对绘画的思想。如《可以作为椅子使用的弗美尔幽灵》就来自弗美尔的《艺术家的画室》，《消失的影像》来自弗美尔的《窗前读信的少妇》等。弗美尔的绘画常常被一种宁静所笼罩，画中的人物神情庄重，即使在他的画作《士兵和面带笑容的女孩》中，女孩"笑"得也是有些矜持，面带羞涩。至于在《老鸨》中举杯的男人，这个男人也有时被认为是弗美尔的自画像，他的笑容也不是那种激烈的大笑，而是一种不自然的，好似在摆着笑的姿势等待着画像的样子。弗美尔的绘画是那么宁静，那么含蓄，真给人如孔子所说的"素以为绚兮"的感觉。沃尔夫林在论述意大利文艺复兴著名画家安德烈·德尔·萨尔托的绘画时说："他是人世间的宠儿，甚至他的圣母也有一种尘世的优雅。他对生机勃勃的动作或强烈的感情没有兴趣，而且除了平静的伫立或漫步的姿态以外，他不越雷池半步。但在这范围内他创造了一种令人陶醉的美。"⑤ 沃尔夫林对萨尔托绘

---

① ［西］达利等：《达利谈话录》，杨志麟译，中国人民大学出版社2003年版，第158—159页。
② ［西］达利等：《达利谈话录》，杨志麟译，中国人民大学出版社2003年版，第50页。
③ ［西］毕加索等：《现代艺术大师论艺术》，常宁生等译，中国人民大学出版社2003年版，第233页。
④ ［西］达利等：《达利谈话录》，杨志麟译，中国人民大学出版社2003年版，第63页。
⑤ ［瑞士］沃尔夫林：《古典艺术——意大利文艺复兴艺术导论》，潘耀昌、陈平译，中国人民大学出版社2004年版，第185页。

画的评价也非常适合弗美尔的绘画。弗美尔的宁静风格与伦勃朗及梵高对人物内心复杂世界的刻画形成鲜明对比。当然,在一些理论家看来,萨尔托与弗美尔宁静的画风和米开朗基罗、达芬奇、伦勃朗等画家的画风相比而言,往往由于缺乏强烈的感情与戏剧性而被看作是没有骨气、胆怯、缺乏冒险精神的表现,但他们的作品所呈现出的另一种与众不同的朴实而安详的美,这种美却更容易和一种理想的终极道德观念相联,也许《论语》"仁者静"正是萨尔托、弗美尔画中宁静世界所隐含的价值取向的最好说明。当然,这种外在的和谐与内心的宁静并不是艺术家周围世界的特点,它是艺术家心灵与想象的产物,同样,伦勃朗及梵高艺术戏剧化的风格与他们戏剧性的性格与人生密切相关,正如弗美尔平静的绘画与他平静的心情与人生有关一样。弗美尔生活在自己的日常世界中,而他的题材也取自这些日常的事件,因此观看弗美尔的绘画正如走进他的、也是当时荷兰大多数中产阶级的日常生活中一样,弗美尔不仅仅是一个摄影师,一个机械的图像采集师,他更是一个画家,一个深刻思考日常生活存在的哲学家,《台夫特之景》中太阳把光线投射在新教堂的尖顶上,这束完美而安详的阳光与其说它来自画外的太阳,倒不如说来自弗美尔的内心世界,因为弗美尔的每一幅绘画都充满了阳光,是弗美尔为自己的绘画增添了光影,他的绘画世界比当时荷兰中产阶级的现实生活,甚至是自己的现实生活更美,更令我们神往,也更令我们怀念与感动。

  在丹纳看来,弗美尔对荷兰日常生活的描绘正反映当时荷兰的兴旺发达及其日常市民生活的情感世界。弗美尔属于荷兰当时众多描写日常生活用作家庭装饰的画家中的一位,他们的绘画由于来自共同日常生活中真实的人与事而呈现出共同的特色:"这些作品中透露出一片宁静安乐的和谐,令人心旷神怡;艺术家象他的人物一样精神平衡;你觉得他的画图中的生活非常舒服,自在。画家的幻象显然不超越现实,似乎跟画上的人物一样心满意足,觉得现实很圆满,他想添加的不过是一种布局,在一个色调旁边加上一个色调,加上一种光线的效果,选择一下姿态。"[1]《倒牛奶的女人》中简朴的生活、丰满的身体与宁静的表情不禁使我们想到老子所说的:"是以圣人之治,虚其心,实其腹,弱其志,强其骨。常使民无知无欲,使夫智者不敢为也。"[2] 这种简朴生活的神圣化,并不仅仅是一种艺术的美化,更是一种人生的理想,特别是那从窗外投射来的阳光,它

---

[1] [法]丹纳:《艺术哲学》,傅雷译,安徽文艺出版社1991年版,第304页。
[2] 陈鼓应:《老子注译及评介》,中华书局2001年版,第71页。

一样地投射到富人、穷人身上，并无任何偏爱，更让我们感受到那来自自然万物的关爱和简朴生活本身的意义。生活是充满了艰辛，正如生活简朴的弗美尔依然要抚养十几个儿女，但正如加缪笔下的西西弗斯，陀思妥耶夫斯基笔下的穷人一样，他们的尊严、幸福与美正来自他对现实无言的承受，用温柔的心情享受着来自自然万物的爱抚。也正是弗美尔这种对日常生活的爱与赞美导致了他与伦勃朗的根本不同。丹纳在《艺术哲学》中说伦勃朗，在荷兰的画家中"只有两人越过民族的界限与时代的界限，表现出为一切日耳曼种族所共有，而且是引导到近代意识的本能；一个是拉斯达尔，靠他极其细腻的心灵和高深的教育；一个是伦勃朗，靠他与众不同的眼光和泼辣豪放的天赋。伦勃朗是收藏家，性情孤僻，畸形的才具发展的结果，使他和我们的巴尔扎克一样成为魔术家和充满幻觉的人，在一个自己创造而别人无从问津的天地中过生活。"丹纳把伦勃朗的艺术风格与古希腊罗马的艺术风格进行了对比，他说："希腊人和意大利人只看到人和人生的最高最挺拔的枝条，在阳光中开放的健全的花朵；伦勃朗看到底下的根株，一切在阴暗中蔓延与发霉的东西，不是畸形就是病弱或流产的东西；穷苦的细民，阿姆斯特丹的犹太区，在大城市和恶劣的空气中堕落受苦的下层阶级，瘸腿的乞丐，脸孔虚肿的痴呆的老婆子，筋疲力尽的秃顶的匠人，脸色苍白的病人，一切为了邪恶的情欲与可怕的穷困潦倒不安的人；而这些情欲与穷困就象腐烂的树上的蛀虫，在我们的文明社会中大量繁殖。他因为走上了这条路，才懂得痛苦的宗教，真正的基督教，他对圣经的理解同服侍病人的托钵派修士没有分别；他重新找到了基督，永久在世上的基督。……在一般贵族阶级的画家旁边，他是一个平民，至少在所有的画家中最慈悲。"[①] 丹纳认为，在刻画人物精神世界的深度与广度上只有莎士比亚能与伦勃朗相比，但在如何象希腊人与意大利人那样"看到人和人生的最高最挺拔的枝条，在阳光中开放的健全的花朵"，弗美尔就具有了与伦勃朗根本不同的能力与价值取向。

在 17 世纪荷兰黄金时代的画家中伦勃朗是一个众所周知的人物，与伦勃朗相比弗美尔则显得更像一个谜，虽然他今日的声誉已于伦勃朗齐名，但关于他的生平与艺术历程除了很少的文献资料外，大多淹没在艺术史家的各种推断之中。就弗美尔一生流传下来的仅有的三十多幅作品来看，几乎件件都令人称奇，也就是这些伟大的艺术作品使他在美术史上的地位不仅与他同时代的伦勃朗，也与后来的梵高相提并论。弗美尔与伦勃

---

① [法] 丹纳：《艺术哲学》，傅雷译，安徽文艺出版社 1991 年版，第 305—306 页。

朗根本不同,弗美尔是那样的单纯,不像伦勃朗那样如包容一切的大海与天空,招引着无数人的眼光与好奇,他就像一泓碧潭一条小溪清澈见底,唯有情有独钟的人才愿久久不忍离去。他们之间有着很多惊人的对比:伦勃朗生前就已获得了他应有的声誉,但弗美尔却没有那么幸运,他在去世后二百多年才获得了认可;伦勃朗辉煌时曾衣食无忧,并曾有富有的妻子为后盾,但弗美尔一生都平凡清贫,长期居住在岳母家里,和妻子卡塔琳娜一起为要养活十一个孩子而挣扎,生活上主要依靠父亲留下的旅馆和当艺术经纪人的收入来维持他那庞大的家庭开支,同时还受岳母的周济,根据档案记录证明,弗美尔花费了大约三年时间才全部支付了加入圣路加行会所需的区区六盾,特别是弗美尔晚年的经济状况由于1672年法国入侵尼德兰导致艺术品市场的瓦解而突然陷入窘境,只好以借贷度日,最后不得不宣布破产,导致生计无所依靠的弗美尔于1675年12月15日在困顿中突然去世,时年43岁,妻子在回忆他的早逝时说:"由于(经济损失)的缘故,还有养家糊口的巨大负担,个人也没有多少家产,他精神恍惚,从此一蹶不振。竟在一天或一天半之后就去世了。"① 他妻子卡塔琳娜在求助于代尔夫特市政当局时也说,弗美尔的死是因为"自己的作品一张都卖不掉,而且,让他损失惨重的是,他只能枯坐,看着自己买进却卖不出去的大师画作,因为这个问题,因为孩子的沉重负担,身无分文的他陷入衰弱、颓废,为此郁结在心,然后,仿佛发狂一样,原本健健康康的他,只不过一天半的光景,就撒手而去。"② 弗美尔死后债台高筑,甚至还欠有面包店很多钱。于是,他的财产被清理,绘画被出售或拍卖,现今这些绘画大都被收藏在从他的家乡荷兰到美国、法国、德国、奥地利等世界各地,其中三幅,包括他的代表作《带珍珠项链的女孩》《代尔夫特之境》收藏在离代尔夫特最近的海牙皇家摩里斯宫里。弗美尔生活在11个孩子之中的忙乱与环境的吵闹是可想而知的,但这一切在他的画作中竟然没有一点显现,他的画作完全充满了安静与优雅。普通人的日常生活成了弗美尔绘画的源泉,他对女性细微深刻的刻画、日常生活场景生动感人的写照、绘画中精美的细节、对日常家具的深厚感情、对阳光与宁静的赞美都来自他对自己繁忙而充实的日常生活的感叹,同时我们在他的画中也能感受他对飞速发展的时代的赞美,甚至他自己的绘画还采用了一些科学的

---

① Brad Finger, *Jan Vermeer*, Prestel Verlag, Munich Berlin London New York, 2008, pp. 69 – 70.

② [加]卜正民:《维梅尔的帽子——从一幅画看全球化贸易的兴起》,刘彬译,文汇出版社2010年版,第219页。

方法来取景构图。弗美尔的时代是一个科学发生巨大进步的时代，那时，路易十四建立了天文台，牛顿发明了反射望远镜，惠更斯发现了土卫六，航海中开始用木星的卫星来定位等等，这一切对于一个对航海有着特殊感情的国家——荷兰来说无疑具特别重要的意义，他与列文虎克的亲密友谊更是加深了他对科学的关注与赞美。弗美尔与显微镜的发明者列文虎克都生于1632年，并生活在同一座城市——代尔夫特，列文虎克甚至最后成了弗美尔财产的托管人。弗美尔两幅著名的关于科学家的画作《天文学家》《地理学家》显然都是以同一个模特为模型画出的，地理学家身后的地球仪、桌子上的地图、手中的量规、沉思而又志存高远的眼光，天文学家的星象仪、打开的书本、二者专注深思的表情都表达了作者对于一个完美科学家的形象的理解，也表达了他对崇高的科学及勇于献身的科学精神的无限赞美，这一切使人联想到无数科学家、冒险家、商人为经济、文化的交流所付出的巨大代价，及其所蕴含的无数浪漫想象。明亮的窗口所带来的阳光正如来自另外一个世界的恩典，把荷兰的每一个房间都照射得令人倍感温暖。科学家的绘画主题既不是爱情，也不是道德的寓言，而是更为现实的对一个广大而生机勃勃的外在世界的向往与探讨，这是旅行者、商人及探险家的世界，那里充满各种令人惊奇的新事物、新信息，它也强迫那些接触到这新世界的人必须以一种新的视觉与价值来重新看待世界与自我。至于这个模特是否就是列文虎克，还没有定论，但其确实准确而形象地表达了当时人们普遍对于地理、天文及无限广阔的外部世界的向往与探索。

在对日常生活事物的处理上，弗美尔与伦勃朗也是根本不同，弗美尔对日常生活用品的精美刻画与伦勃朗大都把无用的细节淹没在黑暗之中的做法形成了鲜明对比。如他的《倒牛奶的女人》中女人深浅不一的上衣、微微倒出的牛奶、粗糙的面包表面、条纹清晰的挂蓝，令我们印象深刻。特别是女人头顶墙上无用的钉子及其投下的淡淡阴影，还有其他几颗拔过钉子留下的洞痕，真是令我们对艺术家的苦心孤诣不得不发出赞叹：这个钉子显然以前是曾悬挂过东西的，正如它旁边依然悬挂着提篮和水壶一样，这样的钉子在我们小时候的墙上也能常常看到，它之所以没有被取下来，是因为还需要它下次悬挂东西，这即将悬挂的东西也正是生活的希望，人们就是被这些看似简单的日常生活牵挂着，这看似无用的钉子及其周边依然散落的钉眼，借助弗美尔的光线，借助他对日常生活温柔而亲切的描绘使其具有了无法言喻的温情，短暂且看似毫无意义的日常生活便就此获得了某种永恒，在近五百年后的今天让我们看来，依然是那样生动、亲切而感人，让人充满怀念与遐想。在伦勃朗的绘画题材中，宗教题材则占据了很大的比重，但题材与画作所体现的并不是宗教所最终追求的神圣的宁静，而是一种伦勃朗式的宗教激情，即使是《沉思的哲学家》中的宗教学家也是表现的深思的宗教激情或以宗教的激情来深思。其他取材自宗教的画作，如《耶稣在以马忤斯》《一百盾》《被拿住的奸妇》《浪子回头》《木匠家庭》《三个十字架》《扮成使徒保罗的自画像》《耶利米哀悼耶路撒冷的毁损》等都取材自富有寓意性的圣经故事，其他如《夜巡》《杜普教授的解剖课》《伯萨撒之宴会》则充满了宏大而复杂的场景，人物的内心也充满了紧张的矛盾。伦勃朗一生反复刻画的戏剧化的自我画像也是他与弗美尔根本不同的重要表现。当然动荡而复杂的画面必须要有大尺幅的构图来与之相配，并借助整幅绘画周围阴暗部分所展示的神秘气氛以引起观画人情感的动荡与沉思，伦勃朗也时常希望能通过画巨幅油画来期望能使自己声誉大振。① 伦勃朗这些戏剧化的特点总能吸引时代的眼球，也因此更容易成为时代的焦点与中心。而弗美尔正好与此相反：他仅仅注重日常的题材，没有大场面，只有一些简单的日常场景，如读信、写信、交谈、织布、倒奶、一个人的自弹自乐，没有内心的争斗与欲望，仅有人物平静的外表与简单的动作，甚至他的人物很少出现微笑，（只有《士兵与少女》中的少女出现了少有的微笑）而且大都是简单的小尺幅的构图，② 只靠整幅绘画所呈现出的精美与宁静来打动观者，而这些平淡温馨的场景是很难打动那些追求宏大场面与激烈动荡感受的观众的内心的。他们两位简直就是艺术的两极，二人的个人生活也呈现出极大的不同，伦勃朗的生活充满了动荡与起伏，他的艺术生涯与个人情感生活也无不如此，从而展现了一种浪漫主义的风格，而弗美尔的生活则充满了宁静，甚

---

① ［美］房龙：《伦勃朗的人生苦旅》，朱子仪等译，北京出版社2002年版，第130页。
② 创作于1685年现藏于荷兰阿姆斯特丹国立美术馆的《倒牛奶的女人》尺幅是45×41cm，创作于1666—1667年现藏于美国华盛顿国家美术馆的《戴红帽的女孩》尺幅是23×18cm，著名的《台夫特城景色》创作于1660—1661年，现藏于荷兰海牙莫瑞修斯博物馆，尺幅是96.5×115.7cm，创作于1665年现藏于荷兰海牙莫瑞修斯博物馆的《戴珍珠耳环的少女》尺幅是44.5×39cm，创作于1666—1667年现藏于维也纳艺术史博物馆的《绘画的寓言》最大，是120×100cm，创作年代不详，现藏于巴黎卢浮宫的《做蕾丝边的少女》尺寸是24×21cm。创作于1669—1670年间的《情书》尺幅是44×38.5cm，现藏于阿姆斯特丹国立美术馆。由此来看，弗美尔作品的尺幅大都很小，所以当收藏家巴尔塔萨·德·芒特尼斯在代尔夫特拜访弗美尔，要买他的画时，就认为他的画作太小，而且往往只有一两个人物，且又要价太高。因为在17世纪，一幅画的价值往往取决于作品的大小、复杂性和精美细部的数量，而弗美尔很少创作大尺幅的作品，并往往用一两个人物来紧扣主题，这也许是他不合时代画风、不受时代青睐的一个重要原因。

至他艰难的日常生活也是一种普通人所常常经历的困苦，所以他的绘画既是他日常生活的反映，也是他内心精神世界的写照。弗美尔画中的人物感情细腻，如《音乐课》中教师并没有在聆听音乐，也没有在看钢琴或乐谱，而是在时刻注视着弹钢琴女孩的脸，他内心隐约的情感与欲望显露无遗，这细微的处理让人感受到画家对人物内心世界的精微体察。弗美尔画中的人物不是没有欲望，而是压抑了欲望，内心的情感被宁静的神情和安详的氛围所笼罩，化为平静的深水，如《倒牛奶的女佣》中丰满的形体、怎没有欲望呢，其他如《花边缝纫者》《读信的蓝衣女子》《写信的女子与女仆》《情书》《坐在小键琴边的女士》等无不如此，然而这种欲望并不是被一种充满饥饿的邪气所控制，而是如牛马在丰沛的草原上悠荡一样，没有争夺，没有吵闹，没有紧张，大家都固守着一种"强身弱志"的原则，相安无事。即使如《老鸨》这样的题材也仅仅是充满一种世俗的欢乐而已。她们的形象充分显示了经济的兴旺、营养的丰富、家庭的幸福，这些世俗的绘画与追求与当时主流意识的宗教画形成了鲜明的对比。这种充满宁静的古典主义风格与"高贵单纯，静穆伟大"的古希腊风格有相通之处，正如梅因斯通所指出的："这些特点让我们想起：'古典'这个词还有另一层含义，也就是用来形容伟大的荷兰画家扬·弗美尔的《德尔夫特景色》的那层含义。""比较一下弗美尔的《看信的少妇》，也可看出'古典'这个词用来指和谐、宁静和平衡时，可适用于与古罗马毫无联系的艺术品。"[①] 无论怎样，伦勃朗因为描述了复杂的人生及人性让我们肃然起敬，但弗美尔描述了富足温馨的人生，而这正是今日中国人的普遍向往，从这个角度讲，在今日的中国弗美尔比伦勃朗更具有现实意义。

当然，弗美尔画作所呈现的古典主义审美趣味是一种融合巴罗克风格的古典主义，苏珊·伍德福德在《剑桥艺术史·绘画观赏》一书中通过对比贝里尼的文艺复兴作品《首席长官洛雷达诺》与弗美尔的《绣花边的人》来说明弗美尔的巴洛克风格。她说："试看贝里尼作品底部的坚硬的横栏、抬得笔直的头（包括平视的眼睛、水平的嘴巴和横着的鼻子），和在一个与画面平行的平面上绘制的半身塑像。把这些特征与《绣花边的人》进行比较：她坐在一个边角上，后面的肩膀退入深景，头微斜，这样她的目光就偏向左下方；光线从右面进来，照亮身体右边而把左边投

---

① ［英］梅因斯通：《剑桥艺术史·17世纪艺术》，钱乘旦译，译林出版社2009年版，第71—72页。

入阴影，这样就使绘画表现出统一性。"① 通过伍德福德的分析，当然她也是为了印证沃尔夫林的古典主义理论。沃尔夫林在《艺术风格学：美术史的基本概念》中就通过分析弗美尔画中的纵深感来揭示其与同时代画家的基本区别及其所隐含的巴罗克风格，在沃尔夫林看来，《代尔夫特的风景》中虽然街道、河面和附近的堤岸几乎全是用纯粹的狭长带形来展示的，但其通过色彩，特别是天空中云彩所具有的逐步的由暗到明所形成的纵深感使观者的眼光不断地从近处的岸边到河边、街道，直至远方的被房屋遮挡而无法看到的天际。即使《音乐课》这样的室内画也同样表现了这种强烈的纵深感，虽然初看起来，这部作品在房间构图及内容上与丢勒的《圣杰罗姆》没有太大的区别，但作品所展现的纵深感正是它风格新异的基本标志，也是沃尔夫林所谓的巴罗克风格的象征："如果这幅复制品在光和色上较真切的话，我们的这位画家风格上的新要素当然会显露出来；不过即使在这里，也可以看到某些因素，这些因素毫无疑问地使人想到巴罗克风格。首先，这是一系列的透视的大小，是与背景相比有显著尺寸的前景。这种急转直下的缩减是由接近的观测点产生的，它总是要加强纵深的运动。在地面图案上的外观也有同样的效果。展开的空间被展示为一条有最显著的纵深运动的走廊，这是一个重要的母题，这个母题在同一意义上起作用。"② 沃尔夫林与伍德福德的分析揭示了弗美尔的巴罗克风格，其实，这种巴罗克风格既是艺术家个体艺术风格及情趣的展现，也是画家根据被刻画人物根本不同的个性、职业特点、社会身份特点等所作出的必然选择，首席长官洛雷达诺表情严肃，身体笔直，摆出正襟危坐的样子乃是为了充分显示其职业性质与其人物性格的庄严神圣，但绣花边的女工根本不同，她在工作时必须屈身低首，目光注视着自己手中的织物。弗美尔乃是采用一种当时流行的现实主义风格，为了展示一个工作中的女性形象，低垂的头，弯曲的肩膀，摆满加工衣料以至于必须坐在桌子角边的局促都是工作的需要，整个画面不过是显示这是一个普通的劳动者的形象，和那些追求浮华充满幻想的巴罗克风格在取材、趣味、表现手段等都有着根本的不同。以今日的审美习惯来看，取自世俗题材的弗美尔画作自然是更为亲切自然，和当时占据主导地位的伦勃朗式的绘画风格比较起来截然不同，甚至有些离经叛道倾向。从伦勃朗大量的圣经题材来看，

---

① ［英］苏珊·伍德福德：《剑桥艺术史·绘画观赏》，钱乘旦译，译林出版社2009年版，第92页。
② ［瑞士］沃尔夫林：《艺术风格学：美术史的基本概念》，潘耀昌、陈平译，中国人民大学出版社2004年版，第103页。

他也可说是另一种形式的古典主义,直接取自现实生活题材的弗美尔仅仅是在艺术风格及其表达手段上,也就是仅仅在形式上体现了一种古典主义的审美趣味,正如丹纳指出的,弗美尔的绘画正是当时新兴的荷兰市民中产阶级审美趣味的反映,日常简朴的生活、现实环境的风景画、静物画、肖像画等,正反映了他们的日常生活内容及其精神价值追求,虽然少数画作仍然具有传统宗教画的寓意,如《称天平的女人》《绘画的寓言》《信仰的象征》,还有一些直接取材于圣经的作品,如《狄安娜和她的女伴》《基督在马大和玛利亚家》等,但整体上弗美尔的绘画大多是以现实为源泉,无论在内容上,还是在形式上都突破了意大利佛罗伦萨画派多取材圣经、威尼斯画派多取材希腊神话的局限,这在弗美尔的《代尔夫特之景》中就可看出:层层倒影的河面、岸边停栖的小船、令人熟悉的建筑、三五成群交谈的人们、蓝天中漂浮的大片白云、远远耸立的教堂尖塔等等,无不是眼中活生生的自然与生活。画中河港两岸码头上停歇的船只,或在港口停留的小货船都表明了荷兰当时商业与航海事业的发达,特别是画中反复出现的读信、写信主题更是呈现了海上贸易发达的荷兰很多人被卷入全球人口流动浪潮的情景,这位一生很少远行的"居家画家"也深刻地感受到了这种社会的动荡与巨变,不得不在画中反复出现这个日常的话题。至于《小巷》则更是对真切的街头巷尾的描绘了,坐在门前缝衣的女人、跪在地上正在擦洗地板的女仆、正在洗刷抹布的女人等真是一场真切感人、令人怀念不已的温馨生活场景。正如布列逊《视觉与绘画:注视的逻辑》指出的"维米尔以前所未有的精确记录其知觉"。[①] 是的,弗美尔摄影般的自然与精准是任何观看过弗美尔绘画的人所一致得出的结论,当然这种精确也是与一种同样松散的自由的风格并列地呈现在画布上的,如《绘画的寓言》中整齐的花格地板、精美的服饰、别致的吊灯与粗狂的窗帘的编织图案、墙上地图的大致轮廓及富于变化的光线的明暗等和谐地交融在绘画之中,而这一切都隐含在画面中的画家刚刚开始创作的图画之中,这幅画,我们才刚刚看到它开始的一部分,这也是弗美尔在画中呈现绘画过程使现实的绘画与未完成的虚拟画作虚实结合的完美构思。看似平凡的弗美尔绘画又往往蕴含着一定的宗教道德寓意,这又在某种程度上显示了弗美尔与殖民地时期荷兰传统绘画的必然联系,如直接取材自希腊神话题材的绘画《狄安娜和她的女伴》中洗脚的形象自然使人联想到耶稣

---

① [英]布列逊:《视觉与绘画:注视的逻辑》,郭杨等译,浙江摄影出版社2004年版,第122页。

基督在最后为门徒洗脚的故事。《基督在马大玛利亚家》则来自耶稣把聆听讲道的玛利亚置于忙于世俗服务的马大之上的故事，其隐含了圣经的教导是更高的存在的寓意。《信仰的象征》也是直接来自基督教题材，特别是画中墙上悬挂的巨幅耶稣受难图更是直接宣示了基督教的教义，女主角抚胸昂视的造型也是基督教题材中常见的信道者为耶稣及世人苦难哀悼的形象。除此之外，他的《拿天平的女子》中的宗教寓意则较为含蓄，有研究者认为这是以怀孕时期的妻子卡塔琳娜为模特画制的，画作描述了下腹微微隆起的卡塔琳娜正站在几乎被完全遮蔽的窗前称量黄金重量的情景，在当时的荷兰非常普遍的，由于经济的迅速发展，各种黄金的流通物由于反复的使用而常常遭受磨损，重量也常常发生变化，因此为黄金称重不仅是很重要，也是很常见的工作，由于其重要性，自然也是很隐蔽的工作。画中的卡塔琳娜平静而专注的眼睛全神贯注在她的工作之中，同时也似乎在体味着身为母亲的喜悦，她是如此地沉浸在自己的工作之中，似乎外面的世界已完全不存在，甚至珠宝盒上熠熠闪烁的珍珠链、桌上随意取出等待称重的金项链与金银币都很难引起她的注意，她的目光紧紧注视着那只权衡一切的天平，据用放大镜观看过的理论家说，那上面并无一物。当然，称上面的东西是可有可无的，更为重要的是称要保持它应有的平衡，卡塔琳娜身后的那副以典型的弗兰德斯风格绘制而成的画则暗示了她的工作的真正意义，不是为自己谋求财富，而是要为神的意志寻求公正。这幅画中画的题材同样来自圣经，内容是上帝在进行最后的审判，最后的审判自然也应该包括卡塔琳娜每次给黄金称重的行为。上帝用他的道德标准来为每一个世人的行为与内心称重，他并不关注世人的物质财富，他关注的是每一个人真正的道德水平。因此画中的卡塔琳娜并没有把自己的目光聚集在珍珠与黄金项链上，她关心的是天平的两边是否平衡，商品是否物有所值，人是否各得其所，因此吸引我们视线的整个画面的焦点并不是珍珠、黄金与白银，而是卡塔琳娜宁静地审视一切而又甘愿接受最后审判的神情，这样，墙上众人等待审判的动荡与卡塔琳娜脸上的宁静就形成了鲜明的对比。当然，这种动荡与宁静在本质上都是一而二、二而一的，因为称量珍珠与黄金本身就是明辨是非权衡善恶。

  贡布里希也把弗美尔看作与伦勃朗一样伟大的画家。在贡布里希看来，正如很多伟大的音乐没有歌词一样，一副取材于日常题材的绘画也同样能伟大不朽，题材并不是决定一个艺术家是否成功的标志。为此贡布里希说："弗美尔好像是个慢工出细活的人。他一生没有画很多画，其中也很少表现什么重大的场面。那些画大都表现简朴的人物正站在典型的荷兰住宅的一个房间里。有一些表现的不过是一个人物独自从事一件简单的工作，诸如一个妇女正在往外倒牛奶之类。弗美尔的风俗画已经完全失去了幽默的图解的残余印迹。他的画实际上是有人物的静物画。很难论述到底是什么原因使这样一幅简单而平实的画成为古往今来最伟大的杰作之一。但是对于有幸看过原作的人，我说它是某种奇迹，就难得有人会反对我的意见。它的神奇特点之一大概还能够被描述出来，不过很难解释清楚。这个特点就是弗美尔的表现手法，他在表现物体的质地、色彩和形状上达到了煞费苦心的绝对精确，却又不使画面看起来有任何费力或刺目之处。像一位摄影师有意要缓和画面的强烈对比却不使形状模糊一样，弗美尔使轮廓线柔和了，然而却无损其坚实、稳定的效果。正是柔和与精确二者的奇特无比的结合使他的最佳之作如此令人难以忘怀。它们让我们以新的眼光看到了一个简单场面的静谧之美，也让我们认识到艺术家在观察光线涌进窗户、加强了一块布的色彩时有何感觉。"① 弗美尔喜爱表现普通人日常生活中宁静的瞬间景象，并从中发现令人难以忘怀的诗意能力，是同时代的其他画家所难以达到的，他一反依靠宏大的宗教题材来获得空洞威严的做法，让普通人和平常的生活绽放出感人的光彩，使他的风格与法国著名画家夏尔丹的画风极为相似，他们的画作都没有花哨的戏剧效果，也没有故作惊人的暗示，但朴实而感人的氛围却是其他画家所无法比拟的。所以贡布里希在《理想与偶像》中以弗美尔的《代尔夫特的景象》为例来思考"艺术是否有一种改善的作用"，这个历来就困惑艺术家及哲学家的老问题，他说："我想以弗美尔（Vermeer）的《代尔夫特的景象》（View of Delft）作为范式，因为在几星期前我有过这种奇妙的感受。这是一种有改善作用的感受吗？这完全得取决于你用'收益'一词指的是什么。我不安地发现，有一种本意良好、结果却不好的宣传说：艺术是对你有益的，会使你成为一个更好的人或公民，但可悲的是，这一点已被多次证明是错误的，事实是有一些暴君和恶棍也有敏锐的审美眼光。这并不是说欣赏艺术不能留下永久的印象，也不是说欣赏艺术不是一种有丰富作用的感受。我们珍惜这类观看所留下的记忆，我们只希望我们能够随意地完全唤起以往欣赏艺术所获得的体验。"② 贡布里希体会到了艺术，特别是弗美尔《代尔夫特的景象》这样伟大的艺术给人的美好影响，但他同时也看到了

---

① ［英］贡布里希：《艺术的故事》，范景中译，广西美术出版社 2008 年版，第 430—433 页。
② ［英］贡布里希：《理想与偶像》，范景中等译，上海人民美术出版社 1989 年版，第 322—323 页。

这种影响的有限性，因为历史上无数的阴谋家、战争狂都是艺术狂热的爱好者，正如希特勒、戈林都非常喜欢弗美尔的艺术，事实上，艺术正如炎炎盛夏的清风，虽然它无法改变盛夏的大局，但如果没有凉风的吹拂，人生只能遭受更多的灾难。

也许由于家庭生活的直接原因，我们可以看到在弗美尔的画中女性占据着绝对主导的地位，无论是工作中的女性，如《倒牛奶的女佣》《织花边的女工》《拿天平的女人》《打瞌睡的女人》等，还是从事简单的日常生活，甚至是纯粹休闲中的女性：《坐在小键琴边的女人》《音乐会》《弹吉他的女人》《音乐课》《弹鲁特琴的女子》《中断音乐课的女子》《坐在维基拿琴边的女子》等，她们在享受着生活，即使那些纯粹的肖像画，如《戴红帽的女孩》《年轻女子肖像》《戴珍珠项链的女子》《拿笛子的女子》等都充分展示了女性自身的富足、沉静与价值，至于几幅少有的以圣经和神话为主题的关于女性的画作，如《圣徒布希德》《基督在马大和玛利亚家》《狄安娜和她的女伴》《信仰的力量》，也同样使女性的主导地位得以展示。这其中，有几幅特别令人感兴趣的是以男女对话为主题的画作，如《音乐会》《音乐课》《中断音乐课的女子》《拿葡萄酒杯的女孩》《玻璃酒杯》《军官和微笑的女子》等，更是通过男女神态及画中男女位置的对比，也就是男性注视甚至有些恳求的目光及女性大多处于画中心的位置来展示女性显著的地位变化，而这在同时代其他的画家中，如伦勃朗的画中所绝少看到的。男性对女性注视恳求的目光已经充分说明了女性地位的新变化，随着贸易的发展，金钱自然占据着人们生活的主导地位，创造金钱、占有金钱的男性在社会中自然占据更多的主动地位，正如《军官和微笑的女子》中的军官一样，我们也许能隐约感受到他的霸气与不可一世，这种霸气在《拿葡萄酒杯的女孩》中两位争风吃醋的男性身上也可看出，一位因为得到女性的青睐而洋洋得意，另一位则因为丧失了女子的垂青而不顾尊严地垂头丧气，但同时，我们也能看到，在金钱主导的经济浪潮下，随之而来的另一股浪潮也正在暗暗涌动，那就是随着人口流动的增加与人际交往的频繁，随之而来的浪漫与幻想也同样慢慢地在改变着人们的情感世界，特别是给女性的生活与内心世界平添了无数的想象空间。这几幅描写男女交谈场面的绘画，也许是他们正在谈婚论嫁，男性的讨价还价与不断恳求正显示了女性的地位已经悄然发生变化，女性的微笑、沉着、自信、对局面的控制与画中的中心主导地位，至少反映了在一个经济飞速发展的时代，美与浪漫的情感正在悄然取代财富的地位成为衡量爱情价值的软货币，而体察入微的弗美尔用他精准的笔触揭示了这种悄

中篇　美学和艺术理论问题

然涌动的新变化，其中女性的穿戴也同样是展示女性地位的一种象征，最为典型的就是对珍珠、项链、华美的服饰、繁复挂毯的描绘，同时也展示了弗美尔精美的艺术技巧。弗美尔有很多幅画作都刻画了女性耳畔上的珍珠，如《写信的女子》中两耳上悬挂的珍珠，《绘画寓言》中女子耳畔的一串珍珠，《音乐会》中两个女子耳畔都垂挂着珍珠，其他如《戴红帽的女孩》《主仆》《年轻女子肖像》《弹鲁特的琴女子》《写信的女子与女佣》《情书》《戴珍珠项链的女子》《拿笛子的女子》等中女主人耳畔均垂挂着大珍珠，当然还有最为著名的《戴珍珠耳环的少女》中的大珍珠。弗美尔描绘的这些珍珠形体大都很大，且光彩熠熠，给人以富丽堂皇的感觉，上面隐约出现的形状与轮廓又往往使人联想起戴它的女子所处的房间的情景，无论这些珍珠是否让人怀疑它们的真假，但珍珠所呈现的富足与祥和确实和弗美尔绘画的充实而宁静的风格保持着和谐。

　　此外读信的女子也是弗美尔痴迷异常的题材：《窗前读信的女人》《写信的女子》《写信的女子与女佣》《读信的蓝衣女子》《主仆》《情书》等，反映了信在以航海为重要生活组成部分的荷兰人的日常生活中所起的重要作用。当然，情书也是一种重要的主题，是当时荷兰人精神自由的一个象征，特别是年轻女子的信件。信是人与人交流的一种特殊方式，它使观画人很容易产生无限的遐想。在弗美尔众多以信为主题的绘画中，《读信的蓝衣女子》给笔者的印象最深。这幅画的女主人是一位已有身孕的女子，她身穿宽大的蓝衣，修长的裙子，朴素的装扮透露着雅致高贵的气息。她站在充满阳关的窗前，似乎迫不及待地放下手中的工作，来不及坐下就急切地打开从远方寄来，或者是从别人手中传来的书信，她脸上隐约的急切说明这是她期盼已久的信，现在终于到了。这使我们不禁想到凡隆恩在《伦勃朗传》中描述的大诗人翁德尔在港口边常常等待远在东印度群岛的儿子消息的情景，① 椅子上的坐垫也似乎暗示着窗外的寒冷与她内心不露声色的着急的思念的张力。她神情端庄，完全沉浸在信中，周围的一些仿佛都已静止、不复存在，空着的两张椅子，微微露出的桌子的一角，给人惆怅之感，这本应该是写信人的位置。虽然我们不知道这封信从哪儿来，又是谁的信件，但墙上简略的地图与她专注的神情大致可以让我们揣测，这封非常重要的信应该是从一个遥远的地方寄来，也许读信的女主人常常张望着这张地图期盼着这封渴望已久的信，这封信应该与她微微

---

　　① [美]约翰尼斯·凡隆恩：《伦勃朗传》，周国珍译，上海人民美术出版社1997年版，第5页。

隆起的腹部有关，那是一个延续着过去的传奇故事，而这正是信的真正主题。另一幅同样著名的《窗前读信的女子》则与《读信的蓝衣女子》有所不同：与《读信的蓝衣女子》以蓝调为主给人以清冷的感觉不同，《窗前读信的女子》则以暖色为主调，它更多给人以温馨之感，画的主人可能是一位少女，在阅读情人或未婚夫寄来的信件，我们同样能从她完全沉浸在信中的专注神情中感受到，这是一封期盼已久的信，这种持久也许是由她殷切的渴望产生的，所谓一日不见如三秋兮，她的专注使我们不难想象到她内心的渴望与激动，也许她在重温，或是猜到了她一直萦绕在心头的故事？旁边桌上精美瓷盘中散落的水果正是她内心慌乱的象征，她对信的专注，对外界的一无知觉，心潮的起伏都在波浪一般的土耳其地毯与如乱石一般散落的水果上显现出来。在这几幅以信为主题的画中，女性无论是在写信还是在读信，那另一个写信或读信的男子都没有出现，他仅仅出现在画中女子与读者的想象之中，然而正是这种毫无边际的想象使弗美尔的画充满了一种若有若无的怀念与感伤，也许那远在天边近在咫尺的写信人与收信人并不像我们的画中人那样痴情与专注，衷肠无限、风情万种的信不仅仅是一种内心的展示，它也同样也是一种内心的掩藏——愈是随着空间距离的增大而愈是无法知道写信人的真相。

弗美尔常常以全神贯注地做某件事的女性作为画的主角，画作也往往有两种基本色调组成：黄色与蓝色。以黄色为主的画作自然以《带珍珠耳环的女孩》《倒牛奶的女佣》《织花边的女人》为代表。其他如《窗前读信的女人》《拿葡萄酒杯的女孩》《玻璃酒杯》《写信的女子》《主仆》《写信的女人及女佣》《士兵与微笑的女子》《弹吉他的女人》《情书》《老鸨》《弹鲁特琴的女子》《戴珍珠项链的女子》《坐在维吉那琴边的少女》等，充满整幅画的黄色给人以强烈的印象，使整幅画既显得温馨亲切，又给人以高贵富足的感觉，充分显示了弗美尔试图丰富画面、丰富生活的美好愿望。普鲁斯特在《追忆逝水年华》中就描写了作家贝戈特虽然有病在身，仍然坚持去参观弗美尔《代尔夫特小景》，并在参观时突然去世的情景，作家临死前的各种意识与弗美尔的用点画画出的景色融为一体，特别是普鲁斯特重点强调了弗美尔经常采用的黄色，小说中写到："但是一位批评家在文章里谈到弗美尔的《德尔夫特小景》（从海牙美术馆借来举办一次荷兰画展的画）中一小块黄色的墙面（贝戈特不记得了），画得如此美妙，单独把它抽出来看，就好像是一件珍贵的中国艺术作品，具有一种自身的美，贝戈特十分欣赏并且自以为非常熟悉这幅画，因此他吃了几只土豆，离开家门去参观画展。……最后他来到弗美尔的画前,他记得这幅画比他熟悉的其他画更有光彩,更不一般,然而,由于批评家的文章,他第一次注意到一些穿蓝衣服的小人物,沙子是玫瑰红的,最后是那一小块黄色墙面的珍贵材料。他头晕得更加厉害;他目不转睛地紧盯住这一小块珍贵的黄色墙面,犹如小孩盯住他想捉住的一只黄蝴蝶看。'我也该这样写,'他说,'我最后几本书太枯燥了,应该涂上几层色彩,好让我的句子本身变得珍贵,就象这一小块黄色的墙面。'这时,严重的晕眩并没有过去。在天国的磅秤上一端的秤盘盛着他自己的一生,另一端则装着被如此优美地画成黄色的一小块墙面。他感到自己不小心把前一个天平托盘误认为后一个了。他心想:'我可不愿让晚报把我当成这次画展的杂闻来谈。"① 这一段正是普鲁斯特再现了他自己在1921年5月在巴黎网球博物馆参观荷兰画展时观看弗美尔作品突感不适的情景。② 身体虚弱不宜出门的普鲁斯特坚持要去观看弗美尔的作品,并被其画作中所特有的安宁、坚实、丰富、平易所折服。我们从这段文字中也能深刻感受到普鲁斯特对弗美尔的情有独钟。《追忆逝水年华》第一部《在斯万家那边》的主人公斯万就是一个弗美尔的热爱者,书中多次提到他要重新开始对弗美尔中断的研究。③ 普鲁斯特在这里如弗美尔点彩画一般精确地再现了贝戈特去世前对弗美尔绘画的感受及绘画对自己创作的启发,特别是对墙壁如蝴蝶一般金黄颜色的描写,及其如中国艺术品的评价更是令人印象深刻,这与他对奥黛特的卧室中中国装饰,如中国瓷器、丝绸、兰花、菊花、小摆设等的描绘形成了对照。④

弗美尔的蓝调绘画则彰显了他的艺术的开拓性,大量使用的蓝色给他画中的女主人增添了一种高雅与神秘之感。《戴珍珠耳环的女子》中鲜艳的蓝头巾、《倒牛奶的女人》的蓝围裙、《地理学家》的蓝袍、《绘画寓言》中的蓝衣女子、《拿笛子的女子》的蓝衣、《弹鲁特琴的女子》的蓝窗帘、《信仰的力量》中的蓝裙等。特别是《坐在小键琴边的女士》《站在小键琴边的女士》《拿水杯的女子》《读信的蓝衣女子》等基本上以蓝色为基调,而《读信的蓝衣女子》更是给人以深刻的印象。在1888年,梵高曾就《读信的蓝衣女子》中复杂的着色、精致的色彩搭配发表过评

---

① [法]普鲁斯特:《追忆逝水年华》(下),周克希等译,译林出版社2008年版,第1633页。
② [法]普鲁斯特:《追忆逝水年华·普鲁斯特年谱》(上),李恒基等译,译林出版社2008年版,第35页。
③ [法]普鲁斯特:《追忆逝水年华》(上),李恒基等译,译林出版社2008年版,第144、174页。
④ [法]普鲁斯特:《追忆逝水年华》(上),李恒基等译,译林出版社2008年版,第161页。

论,他说:"这位不同寻常的艺术家在调色时,使用了蓝色、柠檬黄、珍珠灰、黑和白。的确,在他的画中没有几幅我们可以发现全部色调。但是,柠檬黄、暗灰色和浅灰色调和在一起就是他画作的特征,正如委拉斯开兹把黑色、白色和粉红色调和在一起一样。"① 弗美尔非常喜欢钻石蓝,这种钻石蓝成了弗美尔画作一个最为典型的标志之一,这种色彩对后来的印象派及其他现代绘画,如梵高、马奈、莫奈、蓝色时期的毕加索等都产生了重要的影响,如毕加索1900—1904年蓝色时期的《母与子》《蓝色自画像》及1905年创作的《拿烟斗的男孩》《扇子女人》等都显示了毕加索与弗美尔蓝色画风的基本特征,只不过弗美尔的蓝色更多地是一种优美,而不是一种沉郁。梵高之所以是十九世纪众多崇拜弗美尔的画家之一,与他崇拜弗美尔对色彩的大胆而精妙的运用有很大关系。弗美尔惯常使用的蓝色颜料由于主要产自以阿富汗为中心的中东地区,同时在伊斯兰绘画与建筑中也能经常发现大量的运用,因此这种色彩的运用能产生一种强烈的美丽、精致而神秘的东方情调,这也是各种现代主义对蓝色情有独钟的原因之一。同时,马奈、莫奈的人物画中的色彩、人物、构图、整体风格等很多方面都出现和弗美尔绘画相似的风格,如弗美尔的《绘画的寓意》中画家的条格上衣的样式在莫奈的《绿衣女人》、马奈的《铁路》《坐船的人》、塞尚《坐在红扶手椅里的塞尚夫人》等人物画中反复出现过多次。特别是他反复运用的蓝色、黄色、白色等更是被这些印象画家情有独钟。当然弗美尔画中其他因素的存在也加强了弗美尔画作的神秘异国情调,如:《窗前读信的女人》中的瓷盘、《中断音乐课的女子》中桌上乐谱旁边的中国瓷壶、《打盹的女人》面前的瓷盘与瓷壶、《戴珍珠项链的女子》桌上的瓷罐与瓷碗、《音乐课》中桌子上的瓷壶、《拿葡萄酒杯的女孩》中的瓷器果盘、《老鸨》手边的青花瓷杯,这些瓷器与《倒牛奶的女佣》中的普通奶罐、《玻璃酒杯》的瓷酒壶迥然不同,它们装饰着精美的图案,熠熠闪光的中国瓷器也许正来自当时外贸发达异常的东印度公司,它们都是富足的商人用以炫耀的奢侈品。在弗美尔作品中反复出现的方格地砖也是如此,如《音乐课》《坐在小琴键边的女士》《站在小琴键边的女士》《绘画的寓言》《写信的女子与女佣》《信仰的力量》《音乐会》《情书》《弹鲁特琴的女子》中黑白相间具有大理石般质感的地砖、《拿葡萄酒杯的女孩》《玻璃酒杯》中黄黑相间的地砖等,这些地砖排列精美,严格按照物理学的视觉效果画出,不仅体现了弗美尔精确的科学精

---

① Brad Finger, *Jan Vermeer*, Prestel Verlag, Munich Berlin London New York, 2008, p.111.

神,同时也呈现出来一种典型的异国风调,地砖上浅浅的图案素描具有中国瓷器的风格,与弗美尔画中墙上窗前常常悬挂的色彩丰富的土耳其壁毯形成了鲜明的对照,同时也更使弗美尔的绘画呈现出一种精致的神秘感,这些价值连城的挂毯和瓷器既展示了当时荷兰贸易的高度发展及普通人生活的富足,也反映了弗美尔对异国情调的热爱及对普通人美好生活的祝福。

这种异国情调也是贸易发达的荷兰黄金时代所普遍存在的一种审美趣味,关注时代的弗美尔就在他的绘画中表现了这种审美倾向:普通的市民阶层由于经济的富裕而对绘画艺术产生了欣赏与购买的需要,同时他们的审美趣味也体现其中,市民把自己的目光从虚无缥缈的历史及神话世界转向了生动亲切的现实,他们在强大的自我之中发现了人生的价值,这样日常生活便在绘画中取得了主导地位,兴盛发达的荷兰文化对生活与外界事物所保持的强烈兴趣及信心也迫使艺术家更多地从现实生活取材,关注市民阶层对自身生活题材的欣赏及纯熟艺术技巧的追求,这种艺术技巧的追求也是为了能更生动准确地表达现实而存在的,它充满活力、亲切与诗意的效果,而不是象后期的巴罗克艺术所追求的那样夸张、宏丽、矫饰、繁复,使艺术脱离了丰富而坚实的现实生活基础,这是黄金时代荷兰文化的基本价值倾向。赫伊津哈在《十七世纪的荷兰文明》中这样评价弗美尔,他说:"弗美尔和他的许多朋友一样表现的是日常生活。为何他很少在肖像画中去表现生活呢?显然不是因为他难以洞悉题材的深度。他会展示一位男人、最好是一位妇人,这个人做简单的事情,处在简朴的环境里,表现出关爱的细心,或看信,或倒牛奶,或候船。所有的人物似乎都从平凡的生存状态中移植到了澄明和谐的背景中;在那里词语无声,思想无形。任务的行为笼罩在神秘的氛围里,宛如梦境中的人物。'写实主义'一词似乎是完全格格不入的。一切都具有诗意的烈度。如果我们仔细看,我们就会发现,弗美尔画中人物如其说是16世纪荷兰的妇人,倒不如说是来自挽歌世界的人物,和平、宁静。她们的服装也不是特定时代的服装,其穿戴犹如幻境,亦如蓝色、白色与黄色的和谐结合。闪光、生动的红色不太贴近弗美尔的心——即使那光辉的大作《画室》(The Painter in his Studio)也不响亮、不闪光。容我斗胆断言,宗教题材正是他失手的题材,比如《基督在厄玛邬》(Christ at Emmaus)就不成功。正是因为他关心的首先不是福音故事,而是用色彩体现题材的好机会。虽然他个性突出,但他是名副其实的荷兰画家,他不提出神秘创作原理;从严格意义上说,他缺乏一种固定的风格,至少从这一点说,他是地地道道的荷兰画家。"① 因此，弗美尔对现实生活的刻画并不是以一种简单机械的自然主义态度来刻画他所处的生活环境，即使如艺术史家所指出的，弗美尔已经采用了暗箱技术来达到对环境更加真实地，甚至于如照相机一般真实地描写荷兰平民生活世界，如《绘画寓言》中墙上的地图竟然和真实的地图完全一致。当然，在描写自然社会环境的同时也反映了画家及购买者的情感、愿望与理想，这一切都反映了他对生活其中的荷兰及其民众的一种美好的情感与深切的爱。即使如弗美尔的《代尔夫特之景》《小巷》《绘画的艺术》那样逼真，也同样反映了画家对现实与艺术的基本理解：他绘画自然风景与室内风景并不是走出室外，而是按照自己的意愿象戏剧一样在自己的想象中设定风景，这也就是为何弗美尔的绘画总是充满阳光、人物的表情总是那么平静，画面总是充满了温馨与和谐的情调，这至少是与他自己充满嘈杂与艰辛的生活环境相背离的。绘画中所包含的隐喻更是说明了艺术家对艺术与人生的理解与愿望。正如韦斯特曼在解释《绘画的艺术》时所说的："艺术的任务不完全是摹仿自然，这是人所尽知的。对艺术家在工作中面对绘画艺术可能出现的几种状态，有些画家进行了详细地描述。维梅尔的工作画室，表面上看来是个很生动的情境，已经被他的遗孀叫做《绘画的艺术》（The Art of Painting）。维梅尔将画中的旁观者定位为一个正站在挂毯后面偷看画家和他的模特的角色。这表明了欣赏者的世界和一个更加冷色调、更加和谐的图画世界的界限。《绘画的艺术》并不是一幅肖像画：欣赏被画像者的背影，这恐怕是很难让人接受的——即使是对最具创新精神的肖像画法来说也是如此。而且，当代的人也应该看出了画家身上奇异的服装是不符合历史场景的，而是属于过去。偷看者发现画家正在画一个女人，她头戴花冠，手上拿着一个喇叭和一本书。凯撒·尼拔为克莱奥（Clio）配置了这些装饰物，掌管历史的希腊女神缪斯（Muse）：花冠代表者她带来的荣誉，喇叭代表着她授予的名声。荣誉和名声是绘画创作的最好动力和奖赏，尤其是因为它的欺骗性而获得的，桌子上的石膏面像暗示了这一点。当然，'历史'画是对艺术的最高挑战，但是维梅尔对这种传统所做的文字阐释，表现了一种历史的典型——在他所专长的风俗画里，似乎具有讽刺效果。这里的历史，也意谓尼德兰的历史，主要指政治上的，正如荷兰脱离之前的十七省联合时期的那幅重要的地图所暗示的。但在尼德兰悠久的传统中精心创作的这幅

---

① [荷] 约翰·赫伊津哈：《十七世纪的荷兰文明》，何道宽译，花城出版社2010年版，第67页。

画本身，也包含了一部尼德兰的艺术史。"① 弗美尔艺术作品中这种理想化的表达使他的作品经常充满阳光，同时也使他的作品时刻和真实的现实生活保持着距离，由此柯耐尔说他的作品比伦勃朗及哈尔斯的作品更使我们充满与历史及现实的距离感："作为人来说，她比委拉士开兹的《宫女》或哈尔斯的《杨克·拉普与其情人》中的人物形象显得更遥远。从卡拉瓦乔得到启示并使我们同对象接近的恰是巴罗克美术中的浪漫的一面，在维米尔作品里有着某种具有更为古典的距离感，某种客观性，这种客观性反映了17世纪中叶压倒这种风格的一种逆流。"② 是的，正如梵高在1888年8月致他弟弟提奥的信中所说的："我并不力求精确地再现眼前的一切，我自如而随意地使用色彩是为了有力地表现我自己。"③ 弗美尔的画作既表现了他眼中的世界，也表现了他内心的向往。如《倒牛奶的女佣人》中简单的构图、简朴的厨房、怀旧的氛围、健壮的叠起裙角的妇女、悬挂的篮子与马灯、日常的面包和牛奶、透出光线的烟熏的窗口，整幅画的主题都在女主人随遇而安、自我满足的神情中得到了最高的体现，这是弗美尔绘画的基本情调，没有激动人心的场面，也没有令人感慨万千的思想，有的只是心如止水的平静，明暗交错的构图、纯熟的技巧、鲜艳的色彩、丰满的体格、宁静的氛围，和谐完美地统一在一起，既令人充满无限的遐想，又让人安详平静。正如王国维在《人间词话》中所说的艺术中"有造景，有写境，此理想与写实二派之所由分。然二者颇难分别。因大诗人所造之境，必合乎自然，所写之境，亦必邻于理想故也。"④ 伟大的诗人与画家无不是如此，所有伟大的艺术家都是浪漫主义与现实主义的完美结合。

鲍曼在《个体化社会》中谈到弗美尔时说："人们会认为，像马蒂斯或毕加索、佛梅尔或鲁本斯这样历时已久并且德高望重的大师们已经坚实地扎根于永恒之中。但是，他们也要通过公开展示和大肆宣传才能强行进入现代的视阈，大众因事件的片段性和短暂性而趋之若鹜，一旦兴奋过去，便把注意力转向其他同样是片段性的事件。"⑤ 是的，在这个没有持

---

① [荷] 威斯特曼：《荷兰共和国艺术（1585—1718）》，张永俊译，中国建筑工业出版社2008年版，第169页。
② [美] 柯耐尔：《西方美术风格演变史》，欧阳英译，中国美术出版社2008年版，第239页。
③ [美] 奇普编：《艺术家通信——塞尚、凡·高、高更通信录》，吕澎译，中国人民大学出版社2003年版，第47页。
④ 王国维：《人间词话》，上海古籍出版社2000年版，第1页。
⑤ [英] 齐格蒙特·鲍曼：《个体化社会》，范祥涛译，上海三联书店2002年版，第329页。

久，只有此时此刻的片段的后信息化时代，传统追求永恒、以建筑哥特式大教堂、以绘制巴罗克壁画为荣的审美时代已渐行渐远，但是否这就意味着人类对终极真理的思考已毫无意义，对美的探索与追求仅仅就是人类虚无缥缈的幻想呢？其实这种以沉浸在短暂的快乐之中为终极目标的时代在人类历史上也是反复出现过，所谓阳光之下无新事，那些对人类的精神世界做出过巨大贡献的人即使被短暂的忘记，但他的价值也将被重新记起，正如沉默了几百年后仍被人发现的弗美尔一样。由于弗美尔的生平所指甚少，所以法国作家埃蒂安－约瑟夫·泰奥菲尔·托雷（Etienne-Joseph Theophile Thore）就称弗美尔为"代尔夫特的斯芬克斯"，就是他推动了十九世纪中叶对弗美尔的"重新发现"，他同时还发现了另一位荷兰绘画大师哈尔斯。[1] 但在弗美尔的发现过程中，正如很多伟大的艺术家，如梵高、塞尚等被发现的过程一样既充满了必然性也充满了戏剧性。其中，荷兰画家汉·米格伦伪造大量弗美尔画作的事已成为世界艺术史上极为罕见的奇谈，特别是，他以弗美尔的名义伪造了绘画《基督和他的情人》，并以大约150万荷兰银币的高价卖给了德国法西斯头子赫尔曼·戈林，这场闹剧既抬高了米格伦自己的身价，也加深了人们对弗美尔的敬仰。在二十世纪弗美尔的接受史中，另一位最崇拜弗美尔的伟大艺术家就是西班牙超现实主义画家萨尔瓦多·达利，他以自己独有的方式对弗美尔表达了他毕生的崇敬，甚至认为《绣花边的女工》足以与西斯廷教堂相媲美，他的多幅画就直接来自弗美尔的画作，1934年创作的《可以用做一张桌子的代尔夫特的弗美尔的鬼魂》以怪诞狂放的方式对弗美尔的画作《绘画的艺术》进行了戏仿，1955年他从弗美尔的《绣花边的女工》获得灵感，创作了自己版的绣花边的女工。[2] 另一件在弗美尔的艺术影响史上特别值得一提的是，英国著名畅销书作家特蕾西·雪弗兰根据弗美尔的生平与画作创作的小说《戴珍珠耳环的女人》被著名导演皮特·韦伯2002年搬上银幕，虽然电影与小说有很多臆想的成分，但无疑确使弗美尔再次吸引了全世界的目光，也使他的画作更为广泛地为世人景仰。中国当代著名的画家靳尚谊也以自己独特的方式向弗美尔表达了敬意，他于2011年6月11日在中央美术学院美术馆向世人展览了他创作的《向维米尔致意》的画作，其中包括《惊恐的戴珍珠耳环的少女》《新戴尔夫特风景》《戴尔夫特老街》三幅。作者虽然有一些改变，融入了自己对弗美尔及其故乡代

---

[1] Brad Finger, *Jan Vermeer*, Prestel Verlag, Munich Berlin London New York, 2008, p.110.
[2] Brad Finger, *Jan Vermeer*, Prestel Verlag, Munich Berlin London New York, 2008, p.112.

尔夫特的复杂感受，如：睁大了《戴珍珠耳环的少女》的眼睛，甚至在胸前增加了一只半露的手，以突显少女对飞速发展的现代文明，也可说是画者本人对飞速发展的现代文明惊诧的神情，《新德尔夫特的风景》增加了一些新建筑，如房子和桥，《德尔夫特老街》则增加了现代的橱窗，骑摩托车的人等。正如靳尚谊自己所说："大感觉还是以前的那张画，但仔细看呢有许多现代的因素。这三张画的基本构思都是一样的。"特别是三幅作品在整体上所呈现出来的与原作基本一致的宁静祥和的古典情调并没有被作者加入的新元素冲淡，甚至绘画的尺幅都没有改变，因此整体上呈献给观看者的仍然是一种临摹的风格。所以三幅绘画放在一起称为《向弗美尔致意》也是合适的。在弗美尔与中国艺术的关系中，有些理论家甚至称董其昌为"中国的弗美尔"，或者称弗美尔为"荷兰的董其昌"，但董其昌与弗美尔的相似之处与靳尚谊与弗美尔的相似之处非常不同，甚至与董其昌离开上海去北京追求真正的中国画风根本不同，弗美尔终其一生都生活在自己的故乡，但正如董其昌看到了来自欧洲的版画一样，弗美尔也看到了绘在丝绸、瓷器上的中国绘画，二者都或多或少地受到了来自另外一个遥远国度的根本不同的艺术品风格的影响。[1]

伦勃朗一生的大起大落、弗美尔一生的默默无闻，最后二者都在悲惨中离开人世，特别是弗美尔的一生从未有享受到成功的欢乐，在当时的人看来，他不过是一位依靠绘画并经营绘画借以生活的手艺工匠而已，虽然他是小镇圣卢克工匠行会的头领，据说和他一样具有此种头衔的有80人之多。[2] 但正是在这种平凡的生活中孕育了真正伟大的艺术，弗美尔只是到了19世纪之后才被收藏家和鉴赏家视为伟大的艺术家。他从小生活在父亲开的小旅店里，后来又与孩子们一起居住在岳母位于老长堤的房子里，他的画作也大多是在这里完成的，后来房子被拆掉，弗美尔一生很少离开过家乡，现在的代尔夫特没有留下任何他的遗迹，这也是大多数生前默默无闻的艺术家的共同遭遇吧。他的生活既不像梵高那样充满动荡，他的画作也不如伦勃朗那样让时人充满好奇，一生平淡无奇且画风宁静朴实的弗美尔只是到了后来才让人真正体会到他的伟大与卓越。因此，了解弗美尔除了一些简单的历史档案外，只有通过他的画作来了解这位伟人的内心世界了，正如人们了解康德只有通过阅读康德的著作一样。创作于

---

[1]　[加] 卜正民：《维梅尔的帽子——从一幅画看全球化贸易的兴起》，刘彬译，文汇出版社2010年版，第21页。

[2]　[加] 卜正民：《维梅尔的帽子——从一幅画看全球化贸易的兴起》，刘彬译，文汇出版社2010年版，第3页。

1658 年前后的《小街》，我很荣幸地在阿姆斯特丹国家美术馆看到，与此同时还看到了伦勃朗的那副众口皆碑的《夜巡》。但我却对弗美尔的作品情有独钟，我站在弗美尔的画作前久久不忍离去，土黄的房子上隐隐闪现着灰白的砖缝，坐在门前缝补衣物的主妇、在水池前冲洗的女佣、跪在门前玩耍的儿童，简朴而宁静的景色中洋溢着恬静怡然的感觉，纯朴温馨的感觉恰似又梦回到儿时的村庄。当时唯一的想法就是要在弗美尔的画作前留个影，这是我很少有的想法，（另一次是在纽约杜莎夫人蜡像馆的甘地像前，）虽然我去过欧美很多著名的大博物馆，但在弗美尔的画作前却很难抵挡这种情有独钟的诱惑，当时很想找人为自己和弗美尔的画作留一副合影，但遗憾的是，弗美尔也有很多其他的崇拜者，他们也如我一样站在弗美尔画作前，久久不忍离去，或沉思，或浅浅低语，我也只好悻悻地从人缝中拍了几张弗美尔画作的照片悄悄离开了。想想《追忆逝水年华》中普鲁斯特关于其黄色斑点的亲切描写，真是让人神伤，这朴素的街道，温馨的回忆，让人一旦想起，便充满爱意。弗美尔的绘画是如此朴素，以至于他经历了长久的被人遗忘的沉默，而今日他之所以能深深打动我们，也许就在于当时的他、他画中的人物同今日的我们一样都是纷繁的日常生活中再普通不过小人物吧。这不禁又使我想起在卢浮宫参观弗美尔《花边女工》的情景。记得当时已经是参观一整天即将离开卢浮宫了，但还没有看到弗美尔的作品，便匆忙之中询问服务人员它的位置，服务人员说在另外一层，看我是否有运气在闭馆之前看到，我便慌慌张张地小跑起来，但这又被服务人员制止，因为在博物馆不能奔跑，最后幸运的是竟然看到了这幅渴望已久的作品。但这幅作品是如此之小（24×21cm），以至于如果没有弗美尔的大名就很容易被观众错过，然而仍然有不少观众在琳琅满目的画作中唯独驻足在这幅精美的小画前仔细品味，这不禁使我们思考，这幅把普通的劳众画得如此神圣，把日常的劳作画得如此富有诗意的画作是怎样的画家呢？这位编织蕾丝的少女的神情是那样专注平和，她对工作的喜爱与对劳作的沉浸正如倒牛奶的女佣一样让人不禁对生活充满感激与赞美，而这种赞美，我们在女孩沐浴在如神一般的光芒中也能感受到，这种光芒在当时的绘画中大都是献给那些永传千古的圣经或神话中的人物的，女孩的黄色服装，金色的头发更加深了整幅画作温馨与神圣的气氛，两缕散出的红白丝线如两条小河一样从箱子中泄出，让人不禁发出惊叹与赞美，这真是一幅让瞬间的日常生活转化为永恒的艺术之美的传神之作！

弗美尔终生生活在自己的家乡代尔夫特，这个令人感觉甜美的"小桥流水人家"的乡镇正是荷兰这个低地国家城市中普普通通的一个，而他去世后也是埋葬在这座城市的老教堂的地下。这看似狭窄的生活圈子竟然产生出这样伟大的艺术家不禁使我们想起伟大的苏格拉底与康德，他们都有弗美尔这样的经历，很少离开家乡，但他们都达到了人类精神文明的顶峰，这真使我们不禁感叹，那些走遍欧美却无任何民主、自由、博爱精神的游走者，也许是他们游览世界更多的是借助飞机、火车、汽车，而弗美尔、苏格拉底、康德则是徒步来探索脚下的大地与人类的精神世界，所以他们在某种程度上走得更远，站得更高，看得更广，想得更深。简明扼要应该是欣赏艺术的根本原则，一切都在眼中与心理，内心的感动是最为根本，最为重要的，言说太多就会无意间过分展现自己，还是让这位伟大而又沉默的画家和画作自己开口说话，去感动每一个走到画前的人。

（与穆宝清合作，原题名为《神圣的宁静——〈弗美尔〉译序》，刊载于《中文学术前沿》2013 年第 1 期）

下 篇

文学批评与文学史问题

去"经典化"的网络写作

徐 岱

　　无须赘言，我们今天正身处网络技术日新月异的"网络社会"中，网络时代的潮流进步无可阻挡，它的影响呈现在方方面面。随之而来，传统的文学形态势必发生改变，这是任何人都无法予以改变的事实。有统计数字表明，截至2015年6月，中国网络文学用户规模达到2.85亿人，占网民总数的42.6%，其中手机网络文学用户达到2.49亿人。2015年，中国网络文学的产值规模达到70亿元。以网络文学为代表的"数字出版物"，已经成为数字出版最为核心的部分，这呈现了网络文学的群众基础之雄厚和市场经济之活跃。这是诸如"网络文学高峰论坛"这类会议近年来层出不穷的原因，也意味着无论我们如何评价网络文学，首先必须重视它的存在。

　　顾名思义，网络文学的特色在于对"网络"的有效利用。加拿大传播学家麦克卢汉的名言众所周知：媒介即信息。尼采也曾在一封信里谈到，我们所用的写作工具参与了我们思想的形成过程。这对于我们最后的文字产品不可能没有重大的影响。网络文学的特点是利用电子手段进行生产、传播、接受。区别于书面文本的"作者—文本—读者"，具有一种单向性和固定性，并在此基础上突出一种权威性。网络文学的大众性显而易见。这既是现代高科技时代的产物，同时也是大众文化异军突起，完成从边缘到中心的文化重构的一种现象。在与传统书面语文学的对比中，关于网络文学究竟孰优孰劣的讨论已经很多，双方各执一词各有理由，重复这种评价性争论意义不大。今天似乎需要的是进一步讨论更具体的问题，这是我想强调的一点。而问题也恰恰在于，什么样的问题是值得讨论的"具体问题"。在我看来，值得注意的有两个问题：首先，网络文学能否成为经典，或者说是否有必要向传统纸质文学那样产生自己的经典？其次，对于网络文学，文学批评究竟有多大的存在价值？对于网络文学，我们能否向对传统文学那样,同样对它提出诸如"伦理教化"的使命和"人文关怀"这样的要求?

显然,要想深入地回答这两个问题,我们的讨论还是需要回到"工具"或"手段"方面。网络文学的创作工具是电脑,在某种意义上,这是强化而非弱化传统书面文本的优势。也就是说它有益于文字表达的精练和思维的慎重性,同时也方便于写作。这是指电脑与传统打字机的相似性。但电脑与打字机的相似并非网络文学的主体,网络文学之所以被称为网络文学,在于"网络"化,这意味着"在线"性。而"在线"意味着什么?这需要考虑。在线首先意味着一个由无形的网络天地构成的空间,网络文学属于一个虚拟世界。它的生产优势不仅在于让"写作"方便,而在于让"交流"方便。它"省略"了诸如"出版"或"发行"等等的环节。无论是传统文学还是网络文学,都有一个最基本的"写"与"读"的问题。由于省去了发行和出版的环节,写作"门槛"降低,而这是一把"双刃剑",对此无须多说。

在通常意义上,传统作者的文学修养较现代网络作者或许更为深厚。而网络写作的普及性则为人才的脱颖而出提供了方便。但文学作品的另一方面是受众,没有读者的作品也就缺乏创作的意义。所谓"在线一代"与以往阅读受众的一大不同是年轻化。电子产品更新换代之快和对技术含量更容易产生兴趣等等,无疑都是青少年所特有的特点。因此,如果说以往的传统文学有一种"老少皆宜"的特点(孩子们读"小人书",成人们读"文学经典"),那么有意无意地,网络文学更多地侧重于青少年人群。在此意义上,网络文学的产品其实并不属于通常意义上的"大众文化",而应该明确为"青少年亚文化"。这也是"媒介即信息"的一种内涵。媒体的使用方式决定了使用者,具体的使用者不仅进一步决定了使用媒介生产的内容,而且同时也限制了使用者的对象。由此来看,网络文学与其说是"大众化"了,不如讲是"特殊化"了。它的受众面有着鲜明的年龄因素,主要属于"在线一代"或"互联网族"。也因此,关于网络文学的讨论归根到底必须落实到作为主要受众的青少年身上。

再进一步看,网络文学借助电子产品进行创作,同时也意味着受制于工具即电子产品的发展方向。现在的网络技术早已从简单的电脑技术发展到了智能手机阶段。这种媒介不仅仅是信息的极度多样化和碎片化,而且是信息内容的消费化。由此而言,首先,网络文学在某种程度上呈现出一种"返祖归宗"之态,也就是重新回归到道听途说和八卦消息方面,这些原本就是小说这类文学形态的生成之源。在这个意义上,我们似乎可以说，文学（小说）借助高科技完成了一个"否定之否定"（肯定—否定—再肯定）的阶段。其次，在网络空间内，电子产品的使用者更多地会进入随意浏览的状态，被种种游戏化内容和图像化文本所吸引。所谓"低头族"一代对手中电子产品的观看，更多的不是针对通常意义上的"文学作品"，而是广义的"文化产品"。这意味着，问题并不仅仅是网络文学究竟是"什么样"的文学，而且还有网络文学到底是否货真价实的存在。也即网络在线究竟还是否有"文学"？网络文学的称呼是否已经需要重新界定？

我这样说并非彻底否认"网络文学"的意义，而只是从逻辑方面做出一种分析，讨论今天我们究竟应该如何看待和更准确地认识网络文学。我们能够考虑的是，应该以怎样的一种姿态来应对这种改变的发生，以及在这种改变中究竟还能够和必须做些什么。让我们把话说明白，问题的症结在于，事实上我们需要对通行已久的"网络文学"予以重新命名。如果说上述关于网络文学很大程度上已经成为一种烙有鲜明的"资本消费"特色的"文化产品"，那么为了区别于以往的"文学"概念以便更好地把握和认识当下的网络文学的特质，更合适的界定应该是"网络写作"。这个概念能够方便我们更为有效地理解现在的"网络文学"的独特性质。我要强调的是，从"网络文学"到"网络写作"，一个概念的改变提醒我们：文学史上一个具有"转折性"的转变已悄悄发生。

网络写作不仅在名称上更贴切，而且它鲜明地意味着，这是属于"在线一代"的特有文化。所以，不同于传统的"文学作者"，有学者将网络作者称为"网络写手"，这并非毫无根据。尽管对这代人的特点有无数负面的评价，比如"最愚蠢的一代""最浅薄的一代"诸如此类。或许这些批评不无道理，相关的警告也值得听取。但凡此种种对于所指向的"在线一代"事实上毫无意义。他们默契一致的不予理睬说明了一切。因为这些评价无一例外地来自年长于他们的人们。而随着时间的推移，这批人将服从大自然的规律逐渐全部退出历史舞台。在那个时候，由于游戏规则将由这批备受责备的"最愚蠢和浅薄的一代"所制定，往日的评价标准将不可避免地失去存在的必要性。重要的是，随之而来的还有哪些改变呢？

首先是在纸质媒体占据主导的时代已经边缘化的"文学批评"更为边缘。这其中的一个原因在于，从事"网络写作批评"者多为具有相当文化素养的人，他们中不少人的身份就是学院派研究人员。当他们将自己的研究放到网络上，往往是自言自语、自娱自乐。因为他们无论是居高临下还是努力平易近人的文字,对于享受自由自在的虚拟空间的网络写手,都是一种阻碍。不在乎他人说什么、只在意自己怎么写,是网络写作的一大特点。显而易见,这个特点在很大程度上已经将"网络批评"的概念"排除"在"网络写作"之外。网络写作让"我手写我口"这句老话终于付诸实践。网络写作的一大特色是"作者与受众"角色的一体化。也就是写者本身同时即受众中的一员。这种写作的一个重要特点在于"圈子化",真正能在网络上获得关注度的产品,是有着相似经历的群体。在纸媒时代,文学批评通过"理论化"即从"文学批评"变身为"文学理论"来重新赢得话语权。但在网络世界,"消费至上"的逻辑让这种理论根本没有立足之地。

其次,网络写作带来的另一种改变是价值取向的颠覆。纸质媒体由于受到出版环节的控制,多多少少涉及意识形态和伦理道德等方面的制约。但这个情形在网络写作中已经发生根本性改变。对网络写作的批评人们耳熟能详,比如"大而不强、丰而不富、多而不优、快而不稳"等。但问题的症结在于,网络写作只要不触犯执政党的核心原则(即不"反党"),它们往往能在日常伦理和道德品质方面获得最大限度的"豁免权"。只要满足"基本原则",网络能够为一切文字提供出口,这是网络产品之所以是宽泛的"写作"而非约定俗成的"文学"的特点。不同于多少接受过起码的文学训练、具有一定的写作素养的纸质文本的作者,网络写手通常缺乏这方面的品质。他们也因此化"劣势"为"优势",比常规的文学作者更具有天马行空的胆量。不同于第一代由常规化文学作者"转型"的网络作者,当下名副其实的网络写手以摆脱传统真善美的写作观确立起自己的品牌,坦然自若地以"为钱而写"为动力。"没有免费的午餐",这是网络在为写手们提供方便时,所带来的一大限制。

再次,这种写作动力和发表机制的改变影响深远。对于网络写手而言,"虚构与想象"这个写作基本要素的含义,已经大为不同。他们从传统文学的"尊重读者"改变为网络写作的"取悦读者",否则网络写作就无法进行下去。不再在意作家的所谓"创造性劳动",而是一切以"读者为王",网络写作的这个特点决定了网络写手们的"虚构与想象"不再遵循任何逻辑关联,而是服从于"自恋主义文化"的主体需求。凡此种种全方位地推翻了以往围绕纸质文学所建立的所有的文学规则。网络写作卸下了所有的伦理道德责任和社会与人文要求。历史对于他们不再有任何知识论的限制,不仅仅只是在了解历史基本背景下的"戏说",而是毫无任何历史认识的"胡说",只要这种胡说能够说得"好玩"而被人多势众的网络读者所接受。由于对手机的依赖，使"碎片化写作"成为网络文本的新常态。在此意义上，继续指责其"浅薄"已经没有意义。在某种意义上，这正是"浅薄一代"的自我实现和存在宣言。关键所在是，这些似乎带有"价值评价"的叙述已经完全没有了过去的内涵，仅仅只是一种客观现象的陈述。

　　网络写作的"新颖性"也正体现于此。概言之，这是一批新人类的品种，他们不仅有自己的文化需求，并且自行创立了满足这种需求的方式。人们无法也无权简单地以过去的价值观念来做出评判和取舍。这代人奉行一种"无痛伦理学"，成功地将曾经作为一个负面概念的"自恋主义文化"，改变成了一种不能简单地予以批判否定的既成事实。诚然，文化的存在意味着人的存在，因此，对于人类文明的发展，作为主体的人永远都不应是无所作为的，必须积极主动地参与变化，而不是被动地做出反应。这要求我们对所发生的现象有清晰的认识。从以上分析来看，网络写作较传统文学的基本优势或者说鲜明特点，恰恰在于其具有"去经典化"的诉求。换句话说，网络写作的成就建立在它不再像传统文学那样，对自己提出"经典化"的要求，这种要求对于写作旗帜鲜明地提出了"平面化"与"迅速性"的特点，使它理直气壮地趋向于"快餐文化"，不可能也没必要照着传统文学的路径追求经典化。

　　显而易见，"长江后浪推前浪，各领风骚没几年"的现象，在网络写作中成为一种常态。对于全凭"点击率"生存的网站和网络文本，决定性的因素在于受众的眼球效应，只要你的写作不能赢得读者的青睐，那么昨日的辉煌瞬间就会成为今日的凋谢。这种由消费性市场的完全主导，注定了网络写作只能成为完全的娱乐活动。这并不意味着此类写作因此就是毫无意义的，更不是指网络写作的内容只能是低级趣味的，而是指网络写作不可能在"经典性"上向传统的纸质文学看齐。因为网络文本的受众也即"在线一代"的普遍的低龄化或青少年人群，他们的期待意愿内在地含有对"伦理教化"的抵触情绪。他们的文化需要具有鲜明的平面性与当下性。这就是网络文本中的猎奇性与怪异化倾向较传统文学更为突出的原因，由此我们不难发现诸如"时空穿越"和"盗墓情景"在网络写作屡见不鲜。尽管有些评论者能够以"故事性"这点，将网络写作与传统文学相提并论，但仔细分析显然能够发现彼此之间的本质性区别。

　　如前所述，网络写作通过高科技手段呈现出文学的"返祖归宗"之态，在某种意义上似乎回到了"道听途说"这样的"前文学"阶段。这样的文字中无疑包含了故事的原型，但关键在于对于传统文学，故事虽然具有核心意义，但并不简单的"等于"故事的记录，关于故事的组织必须在一种"叙事性"的处理中才能够最终的成型。所以，与网络写作在故事的处理上基本追求情节的曲折多变不同，文学的经典性建立于故事内涵的丰富性和多元化。这种对故事"深度"的追求显然不在最为流行的网络写手们的考量之中。而任何缺乏这种内涵深度的故事，无疑难以具备文学经典的品质。能够让我们得出这个结论的一个重要案例，是彼此对作为故事的基本形态的历史叙述。比如，如果说经典文学的故事是基于对历史的严格尊重前提下的"述说"，大众文学是以对历史有基本认识的基础上的"戏说"，那么擅长以别出心裁来博取受众眼球的网络写作，则往往是以对历史知识的彻底放弃为招牌的"胡说"。必须强调的是，当我这么说时与具体的网络写手本人没有关系。我愿意相信，一个优秀的网络写手在知识积累和文化修养方面并不比传统文学家差，我甚至愿意假设，那些一夜暴利的网络明星写手，不仅拥有比尔·盖茨的聪明才智，而且还具有爱因斯坦的大脑，他们的成功不是没原因的，是因为他们是这个不按常理出牌的人才高科技时代的佼佼者。因此他们比传统的文学家们更有天赋，更了不起。

但问题是扯这些皮都毫无意义。无论如何可以肯定的是，艺术素养再高、历史知识再丰富、学历学位留洋出国再多，这些对于具体的网络写作没有太多意义。决定一个网络文本成功与否的关键在于，这种传播形式的彻底的"受众化"和"媒介化"。没有一个感觉良好自以为人文修养不能再好的网络写手，能有当年《红与黑》作者司汤达那样的底气，敢于藐视当代读者断然宣布：我的作品并不是写给你们读的，而是留给半个世纪以后的读者的。你们读与不读无所谓，属于我的时代在不远的未来一定能到来！如果有哪个网络写手敢于如此口出狂言，那么结果只能是自取灭亡，迅速地让自己主动主局。网络文本的"手机化阅读"方式和由"在线一代"主宰的受众面，决定了网络文本真正属于"由受众决定一切"的文本，它的"生产权"完全掌握在"消费者"手中，其文本内容很大程度上由手机界面的特性所决定。这两者的结合注定了网络文本并不只是传统意义上带有席勒味道的"游戏性"，而是彻头彻尾的娱乐，是一次性消费。在这种消费性娱乐中，所谓的"文学性"和通常意义上的"艺术精神"将显得面目全非。这是网络写作必须去经典化的前提。

由此可见，正是"去经典化"这个诉求，给予了网络写作"解放"，使它能够在传统文学空间之外别开生面地大显身手。而承认这一点同时也就意味着必须坦然地承认，对于网络写作来说，"文学批评"的存在往往是徒劳无功的，对于网络写作进行研究虽然具有一种理论的必要性，但事实上缺乏实践的可能性。如果说真正有意义的文学研究，其价值在于通过对经典文本的深入浅出的阐述，而为读者带来阅读的方便；那么对于网络写作，所谓的研究只能是相关人员为了自身的生存而进行的自言自语。这就是我们在面对网络写作现象时所面临的一种尴尬的局面。只有清晰地承认并坦然地面对这个事实，我们的言说才具有针对性，否则只能是自欺欺人地自娱自乐。对网络写作的"去经典化"和"去批评化"的正视，能够让我们更好地对待具体的网络写作。如果一位网络写手试图谋求"熊掌与鲜翅兼得"，认为自己的网络文本能够在日收暴利的同时，还将在未来名垂青史，那只能说这样的诉求并不是真正为了网络写作的健康发展，而只是暴露了一种不合理的野心。事实上，正是因为网络文本根本无法拥有"熊掌与鲜翅兼得"的可能性，才使我们没有必要过分担心传统文学会在网络写作方兴未艾的时代潮流中彻底消亡。因为它对传统文学提出了更高的要求，这就是进一步全方位地推进自身的经典化过程。换言之，这也是一种新的分工。当网络写作将传统文学中原本具有的游戏性，以娱乐性的方式全面推进之际，使文学摆脱了它对大众化的承诺，以便更为明确地走向经典之路。

将《红楼梦》这样的作品用电脑重新打印上传到网络上，并不是真正意义上的网络写作，这种名副其实的网络写作也不可能产生类似这样的作品。原因就在于，在"在线一代"中，这样的文本没有市场。在某种意义上，网络写作更鲜明地体现了当代消费性市场经济的作用，亚当·斯密的"看不见的手"原理在此得到又一次呈现。所以，网络写作的全面崛起意味着文学界的又一次大洗牌，就像半个世纪前影视艺术的兴起迫使传统文学在写作方式上做出改变。现在，当我们面对当下的世界潮流，也要适时变换传播方式、注重传播效果；在讲好中国故事的同时，向世界大力传播好中国声音、阐释好中国特色，在中国与世界各国良性互动、互利共赢中开拓前进，为提升全人类的福祉而努力。

（原载《浙江社会科学》2016年第1期）

韩国天君系列小说与中国程朱理学

金健人

内容提要：天君系列小说是韩国文坛的一朵奇葩，但与中国程朱理学却有着血缘关系，它以儒家宇宙观理念构筑其世界模式，以朱子学范畴体系建构其人物关系体系，以朱子学天理人欲冲突的基本矛盾演绎为情节发展的框架。本文在中韩儒学两相比较的背景中阐释了天君系列小说产生演进的社会基础、艺术根据和个性特点。

主题词：程朱理学　血缘关系　社会政治　教育科举　图解方式

一　天君小说——奇特的文学现象

不能不说，韩国天君系列小说是一种奇怪的文学现象。其奇一：作者各异的十多部小说都围绕同一个主人公"天君"展开，而且故事情节也大体相仿，并且，这一创作过程前后相衔承续了三个多世纪。其奇二：作品内容并非如通常小说那样状摹世态人情，而是演绎某种学说理念，这种学说理念还来之于外国，具体来说就是中国儒学中的程朱理学，并且，在程朱理学的母国——中国，文坛上却找不到这类天君小说的半点痕迹。像这样的现象不要说在韩国文学史上没有二例，即使在世界文学史上，也是绝无仅有的。

韩国"天君系列小说"以林悌（1549—1587）的《愁城志》为发端，到郭锺锡（1854—1919）的《天君颂》为止，这中间有金宇颙（1540—1603）的《天君传》，黄中允（1577—1648）的《天君纪》，郑泰齐（1612—1669）的《天君演义》，林泳（1649—1696）的《义胜记》，李钰（1760—1812）的《南灵传》、郑琦和（1786—1840）的《天君本纪》，也称《心史》，柳致球（1783—1854）的《天君实录》，金道和（1825—1912）的《天君说》等等。天君小说的嚆矢之作为林悌的《愁城志》。他虽英年早逝，但其气象高迈的诗文对后世影响颇大。有说他"放浪不羁，无荣利之心，文章豪宕，能于诗，好兵法，有宝剑名马，日行千里。"① 更有说他："豪气无拘检，病将死，诸子悲号。林曰：'四海诸国，未有不称帝者，独我邦从古不能，生于若此鄙邦，其死何足惜。'命勿哭。又尝戏言：'若使吾值五代之朝，亦当为轮递天子。'一世传笑。"② 他的《愁城志》就是在继承了高丽朝的《麴先生传》《竹夫人传》等拟人假传体小说。当然，这类小说就其写法上的特点当可上溯到中国韩愈的《毛颖传》《下邳侯革华传》，苏轼的《万石君罗文传》等。在韩国，拟人假传体小说的滥觞是薛聪的《花王戒》，这篇寓言式文章以花王、丈夫白头翁、佳人蔷薇之间的对话形式，讽喻一国之君应当亲贤人、远奸佞的道理，这位8世纪初的新罗贤士的文学创作对林悌产生了直接的影响。

《愁城志》把人的心性进行拟人化处理，方寸之间，幻化为天地世界，而形体百骸之主宰，即为天君。作品述说天君即位之初，仁、义、礼、智各充其端，喜、怒、哀、乐发皆中节，视、听、言、动俱统于体，日理五官七情，以达中和。一日，七情之一哀公上朝奏曰：哀怨之气掩袭天地，不知何因。天君闻之不乐。此时有二人渡海而来，乞讨尺寸之地筑城容身，天君恩准此事。想不到筑成的则是一座愁城，让人不得安宁。天君欲克此城却牢不可破。后有主人翁荐举奇人麴襄，天君拜他为三州大都督驱愁大将军，终于攻克愁城，扫荡愁云。从林悌的这篇作品可以看出，在对心性的理解上，完全来之于性理学。但在情节的展开方面，则与性理学的结合尚不甚明显。而率军攻城的"麴襄"也好，"雍（瓦）、并（瓶）、雷（罍）三州大都督"也好，都曲指"酒"。而以酒攻愁显然是非儒家的。

金宇颙的《天君传》，其故事内容已初具性理学的完整意义：天君重用太宰"敬"治国，国泰民安。但天君好出游，受两佞臣"懈"和"傲"挑唆，逐"敬"，结果群盗蜂起，天君失国。后召回"敬"重为太宰，用"克己"为前锋，立"志"为元帅，终于歼敌制胜。黄中允的《天君纪》，在人物设置和情节安排上都已比较完备，已经具有后来天君小说的基本结构，作为辅佐天君的重臣已有了惺惺翁、主一翁和诚意伯，而作为敌对势力的首领，也已有了越白（色）和欢白（酒）。

"天君"类小说中最具规模又最有艺术感染力的，当数郑泰齐的《天君衍义》。当然，这部作品到底是否为郑泰齐所作，学界尚存争议。该书

---

① 《朝鲜人物号谱》罗州，林氏条。
② 李瀷：《星湖僿说》，人事门，善戏谑条。

原本作者佚名，卷首所附郑泰齐序言中有"不知何人所作也"①句。然而卷末朴义会的跋文，则引用郑泰齐五代孙郑教义语称："此吾五世祖讳泰齐之所作，而但序文中'不知何人所作'者，盖自韬也。"于是朴义会写道："今始知其人矣，菊堂自号也。"②可见朴义会已经认定该作撰者为郑泰齐无疑。

《天君衍义》是以拟人化的写法，讲述了人的心性理智和五官肢体与七情六欲之间的复杂关系，焦点集中于天理与人欲之间的斗争。全书共三十一章，回目标题一律采用七言诗句格式。"朝鲜小说采用章回体，这篇小说大概是其嚆矢，故此值得注意。"③作品把人心喻写为天君，他居方寸之地，笼天下万物，即位后志得意满，不听老臣惺惺翁的谏劝，宠幸五利将军欲氏所荐举的佞臣欲生，沉溺于酒色娱玩，终至于贼寇越白（色）与欢伯（酒）竞相杀入，目官、鼻官、口官、耳官以及喜氏、怒氏、爱氏、哀氏、恶氏、乐氏、欲氏等臣下们逃的逃、降的降，天君落得个孤家寡人、去国亡命的地步。在有悔氏、惺惺翁的辅佐下，天君亲顾茅庐，拜主一翁为大将，又请惺惺翁为军师、擢诚意伯为丞相。誓师出征，击退欢伯、大破越白、擒斩欲生，终于复国还都。

其他天君作品尽管各有特点，但其核心内容都是把人心拟人化地塑造为天君这样个人物，把人的心理意识世界幻化为天君所治理的王国，让人的感觉器官接触外界事物而生出种种欲念成为反派角色，展开的是人欲与天理之间的种种争斗。几乎无一例外的，这些作品都是哲理小说，即儒家程朱理学的形象图解。

二 天君作品与程朱理学之关系

汉文文学在高丽时代达到了繁荣，但到高丽末转入颓势，朝鲜朝初期虽然未能短期内振兴，但却在为下一波汉文文学的兴起养精蓄锐。只不过与高丽时代的汉文学在体裁上会有所不同，如果说高丽时代的汉文学以诗、赋、论、策、序、记、跋为主的话，那么，朝鲜朝得到兴起的汉文学则主要为汉文小说。在这个准备阶段，赵润济指出汉文文学面临着几项重大任务，其中第一项任务就是纯儒教文学的确立。新罗以来儒佛混合，致使文学沾满佛气，高丽时代以佛教为国教，国民信仰一统于佛，当时的汉

---

① 奎章阁所藏《天君衍义、愁城志》合本，《天君衍义·序》。
② 奎章阁所藏《天君衍义、愁城志》合本，《天君衍义·跋》。
③ 赵润济：《韩国文学史》，社会科学文献出版社1998年版，第253页。

学者们都以儒家身份学佛。而朝鲜朝在开国之时，确立斥佛崇儒为国是，当时的文章大家如郑道传、权近、卞季良、申叔舟、徐居正等，都是斥佛崇儒并握有文坛权柄的朝廷重臣，在他们的身体力行和大力倡导下，"朝鲜时代的汉文文学一扫过去高丽时代儒佛混合之状态，树立起以经学为本、性情纯真的儒教文学"。① 天君系列小说就是这种文学中相当重要的一脉。

纵观这些"天君"作品，它们与性理学的关系，我觉得主要表现在这样三个方面。

1. 以儒家宇宙观理念构筑其天君世界模式

中国早期儒学即已形成了具有较为完整意义的心范畴，把心作为一种直觉和思维器官及其所具有的机能，心是身的主宰等。最早有意识地注重心范畴的当数孟子，他最先把心与感官相对提出："耳目之官不思，而蔽于物。物交物，则引之而已矣。心之官则思，思则得之，不思则不得也。此天之所与我者。"② 比孟子稍后的荀子对孟子既有继承又有立异，除了一个主张性善，一个主张性恶之外，荀子还突出了心的知觉功能："天职既立，天功既成，形具而神生。……耳、目、鼻、口、形，能各有接而不相能也，夫是之为天官。心居中虚，以治五官，夫是之为天君。"③ 他把感觉和知觉看作心的基本功能，因此他认为心的本质是"虚"，"人何以知道？曰：心。心何以知？曰：虚壹而静。"④ 天君小说世界模式的基本构架即由此出。而到了宋明理学，心的机能就不止于此了，儒家吸收了道家和释家的有关思想，在对心的常识认识的基础上，极力夸大了心的机能，把心作为一种超越感官、超越现实、主宰人生、主宰万物的东西。朱熹虽然没有把"心"作为最高范畴，而是强调"理"的至高地位，但他还是认为帝王之心是统治天下、治理国家的根本："盖天下之大本者，陛下之心也……。臣之辄以陛下之心，为天下之大本者，何也？天下之事，千变万化，其端无穷，而无一不本于人主之心者，此自然之理也。"⑤。作为心学开创者的陆九渊，更是把心放到了一个与宇宙等量齐观的地步，"四方上下曰宇，往古来今曰宙。宇宙便是吾心，吾心即是宇宙。"⑥ "万

---

① 超润济：《韩国文学史》，社会科学文献出版社1998年版，第162页。
② 《孟子·告子上》。
③ 《荀子·天论》。
④ 《荀子·解蔽》。
⑤ 朱熹：《文集》卷十一《戊申封事》。
⑥ 陆九渊：《文集》卷二十二《杂说》。

物森然与方寸之间,满心而发,充塞宇宙,无非此理。"① 正是基于这种宇宙论的心的本体观念,天君小说的作者们把作品的主人公——天君——也进行了这样的缩之方寸之间、扩之天地宇宙式的描摹:郑昌翼的《天君实录》是这样形容天君的:"内具众理,理理悉举;外应万事,事事时叙,以至上天下地之宇,古往今来之宙,百千万亿,许多酬酢,无不由此而出。"② 或如郑泰齐的笔下:"天君姓朱名明,字明之,鬲县人也。……初朱明所居,不过方寸之地,而能牢笼天下万物,人皆称其虚灵,且曰:'有天德者,便可语王道,则朱明既有天德,当语王道,既能语王道,则必不久而立天下之正位也。至是果即位,以受天明命,故曰'天君'。"③

2. 以朱子学范畴体系建构其人物关系体系

因朱子学是此前的儒学理论的集大成学说,其范畴体系当然是非常庞大复杂的。有人认为它"以'道体'和'性'为核心,以'穷理'为精髓,以'主静'、'居敬'的'存养'为工夫,以'齐家'、'治国'、'平天下'为实质,以'为圣'为目的。"④ 在韩国,朱熹的理气之论得到了突出的继承与发展。特别是经过李退溪与奇明彦的长达八年之久的"四端七情"之辨,更是使关于理与气、道心与人心、人心与人欲等范畴及其关系的认识,超过了中国本土儒学的深度。应该承认,即使在朱子学固有范围之内,朝鲜学者们以其特殊的思想能力确实继承并予以独立性地发展了传统儒学;韩国大儒李退溪等人关于"四端七情论"的辨析,就在重申朱子旧说的同时,较之朱子更高层次上论述了朱子所未曾提出的独创理论。"如此凭借朱子说表现朝鲜朝性理学者的各种学说,使朝鲜朝性理学具有隐然中较之中国更侧重于心性论的特征,在心性论层面上实际上超过了当时中国性理学的水平。……朝鲜朝诸学派之围绕着心性论而形成的事实,正是最好的证据。"⑤ 也就是说,心性论在韩国儒学中的地位,较之在中国儒学中更为突出显要。这也成了天君小说创造最主要的题材。

天君小说在其人物关系体系的建构上,就其基本面来说,可区分为三组:本体组、敌对组、功夫组。

(1) 本体组:以天君为首,人体固有的眼、耳、鼻、口、身等五官

---

① 陆九渊:《文集》卷三十四《语录》。
② [韩] 郑昌翼:《天君实录》,林德明主编《韩国汉文小说全集》第六卷,第169—170页。
③ [韩] 郑泰齐:《天君衍义》,林德明主编《韩国汉文小说全集》第六卷,第194页。
④ 张立文:《宋明理学研究》,中国人民大学出版社1985年版,第19页。
⑤ [韩] 尹丝淳:《韩国儒学研究》,陈文寿、潘畅和译,新华出版社1998年版,第5—6页。

自然是最基本的成员,这些被拟人化处理的作品人物,也就是现实人的实有感觉能力的抽象式的形象化。接着就是仁、义、理、智四端,这是人的虚化本质的抽象化,孟子称之为:"人之有是四端也,犹其有四体也"。①而四端,孟子辨义为:"恻隐之心,人皆有之;羞恶之心,人皆有之;恭敬之心,人皆有之;是非之心,人皆有之。恻隐之心,仁也;羞恶之心,义也;恭敬之心,理也;是非之心,智也。仁义理智,非由外铄我也,我固有之也。"② 还有就是与"四端"可谓二而一又一而二的"七情"。朱熹在《中庸章句》中说:"喜怒哀乐,情也。其未发,则性也。"

(2) 敌对组:在朱子学中,比起其他儒学派别来,已经强调了天理与人欲之间的对立冲突。但在朝鲜朝的儒学中,则比朱子学还要重视天理与人欲之间的斗争和解决办法。与四端七情相关联的便是道心与人心,李退溪认为"人心为七情,道心为四端"③。道心与天理相联系,人心与人欲相联系。那么,人心与人欲又是什么关系呢?退溪又说:"人心者,人欲之本。人欲者,人心之流。夫生于形气之心,圣人亦不能无。故只可谓人心而未遽为人欲也。然而人欲之作,实由于此,固曰人欲之本,陷于物欲之心。"④ 基于这样的认识,人欲便成为所有天君小说中的内奸,而敌寇之首便是诱使天君堕落的物质利益或外部条件,这视不同作品而又有所不同,但不外乎酒、肉、声、色、亵玩等而已。

(3) 功夫组:尽管对天理与人欲的关系儒家各派有不同见解,但在需要存天理灭人欲这一问题上,各派的意见还是基本一致的。然而怎样才能存天理灭人欲呢?各派的做法又显出了各自的不同:有主"敬"的,有主"诚"的,有主"志"的,有主"气"的,有主"仁"的……这往往表明了作者所认为的矫正人心、疗救时弊的治世方略。依各派的不同主张,又依作者的不同归属,在作品中起关键作用的人物也就各有不同了,在《天君传》中是太宰敬;在《天君衍义》中是诚意伯;在《天君本纪》是志帅;在《义胜记》中是浩然之气等。

3. 以朱子学天理人欲冲突的基本矛盾演绎为其情节发展的框架模式

朱熹认为心统性情,"此心之灵,其觉于理者,道心也。其觉于欲者,人心也。……人心是此身有知觉有嗜欲者,感于物而动,此岂能无,但为物欲而至于陷溺,则为害耳。故圣人以为此人心有知觉嗜欲,

---

① 《孟子·公孙丑上》。
② 《孟子·告子上》。
③ 李退溪:《答李平叔》,《增补退溪全书》(二),第259页。
④ 张立文编:《退溪书节要》,中国人民大学出版社1989年版,第35页。

然无所主宰，则流而忘反，不可据以为安，故曰危。道心则是义理之心，可以为人心之主宰，而人心据已为准者也。故当使人心每听道心之区处方可。……然此又非有两心也，只是义理与人欲之辨尔"。① 朱熹认为心尽管只是一个，但原于性命则正，生于形气则私。当人的精神活动、道德修养遵循义理，保存天赋的善性，便是道心；如果从感情欲望出发，追逐物质享乐以致丧失善性，那就是为人欲所陷，危害灾祸便随之而来了。

同为儒学，而陆九渊则另有一解。他认为"心即理"，只有一个，可合内外而兼动静，反对朱熹天理人欲之分以及人心道心之说。"若天是理，人是欲，则是天人不同矣。此其原盖出于老氏。《乐记》曰'人生而静，天之性也；感于物而动，性之欲也。物至知之，而后好恶形焉。不能反躬，天理灭矣。'天理人欲之言盖出于此。《乐记》之言亦根于老氏。且如专言静是天性，则动独不是天性也？……《书》云：'人心惟危，道心惟微。'解者多指人心为人欲，道心为天理，此说非是。心一也，人安有二心？"②

从天君小说的共通情节来看，在韩国儒学界，几乎都是采纳朱子一说，而非陆九渊之说。这些作品写到天君登基之始，都能秉承天赋善性，为政清明。然而，几无例外的，天君又都是由于经不起外界的各种诱惑才昏聩堕落，以致丧权误国的。这分明是朱子的关于天理与人欲之矛盾关系说的翻版。那么，如何才能做到存天理而遏人欲呢？也就是说，天君如何才能由乱达到治呢？这个辅佐天君的人物，尽管根据作者的识见不同而在作品中有不同的表现，如在有的作品中是主一翁，有的是敬一翁，或是惺惺翁，还有的是志帅、气帅等，但都指的是朱子所提的持敬功夫，也就是要做到心常惺惺，如履薄冰。惺惺：机警、警觉。刘基在《醒斋铭》中说："昭昭生于惺惺，而愦愦出于冥冥。"

比如《天君衍义》写天君在最危难之时，有三个关键人物帮助天君战胜强敌，夺位复国，那便是惺惺翁、主一翁和诚意伯。在天君宠幸欲生等佞臣、渐露亡国之兆时，是惺惺翁挺身而出据理力谏，但遭群邪交谗，天君怒斥惺惺翁，迫使惺惺翁辞职隐退。而当天君众叛亲离之际，又是惺惺翁冒死护驾，力荐主一翁出任大元帅。主一翁果然不负众望，挽狂澜于既倒，使天君出死地而后生。当然，在主一翁受命之际，又特别提出必须拜诚意伯为相辅佐方能领命，这诚意伯果然精诚合作，携手共成光复大业。

---

① 朱熹：《语类》卷六十二。
② 陆九渊：《文集》卷三十四《语录》。

这惺惺翁、主一翁和诚意伯三个人物，其实都是儒家理想的化身。李退溪在他六十四岁时所写的《答金而精》这封信中说："今公欲做持敬功夫，而必欲求对病之药，则是于三先生之说，欲拣取其尤切己者行之。此则不须如此也。譬之治病，敬是百病之药，非对一症而下一剂之比，何必要求对病之方耶？……但今求下手用功处，当以程夫子整齐严肃为先，久而不懈，则所谓心便一，而无非僻之干者，可验其不我欺矣！外严肃而中心一，则所谓主一无适，所谓其心收敛、不容一物，所谓常惺惺者，皆在其中，不待各条别做一段功夫也。……主一之'一'，乃不二不杂之'一'，亦专一之'一'，非指诚而言。但能一，则诚矣。故《中庸》以一言诚耳。"①

在李退溪的这段论述中，小说中的这三个关键人物都已被提到："敬是百病之药"的"敬"，其实所讲的就是个"诚意"，也就是要真实；"则所谓主一无适"句，所要求的就是要"主一"，也就是要专精；"所谓常惺惺者"，亦即"惺惺"，也就是要清醒。这"诚意"也好，"主一"也好，"惺惺"也好，实质上只是从三个不同的角度谈论同一桩事物，都要求身心的集中，不使它放纵散逸到各处去。这是一个人要成就一件事所必须具备的主观条件，无论是大到治国平天下还是小到修身养性。所以，在小说中，作者也特别说到，这三个人的祖先就是莫逆之交，形影不离，他们本人也是最好的朋友，相互荐举，天君便是靠他们的辅佐才能由破而立，达到天下大治。

作为这三个人物的对立面，也就是天君的死敌，那便是欲氏、欲生、越白和欢伯。当天君被欲氏和欲生诱引得昏聩迷醉时，越白和欢伯便乘虚而入，直把天君驱赶得断无藏身之地，最后只能避难于酣眠国，遭受魔党的百般攻击，真可谓虎落平阳被犬欺。值得注意的是，作者并不把这几个敌人同一视之，而是把越白和欢伯看作外敌，把欲氏和欲生看作内奸。主一翁在向天君陈述破敌之计时说："越白内怀奸术，外示柔态，见人分食饮，言语呴呴；此所谓妇人之仁也。欢伯壮猛酷烈，千人自废，然不量其器，徒欲折冲樽俎，是自速其满招损耳。然二贼之乱，本欲氏、欲生等酿成，而喜氏、乐氏、爱氏等从而和之故也，不斩伯嚭，难以防越；不戮秦桧，无以却金。今若先擒欲氏与欲生而诛之，则何惧乎越白之乳臭？何忧乎欢伯之弄瓮？"这就是儒家所认为的内忧外患的根源所在。此作品则把这一儒家理论加以形象性的发挥，也就是外界的种种诱惑，根源于人性的

---

① 见张立文主编《退溪书节要》，中国人民大学出版社1989年版，第444—445页。

种种弱点，"人心惟危，人欲也"，人欲植于人心，非常危险，是祸害罪恶的根源，所以中韩儒家都把去人欲、存天理作为奋斗目标。而要达到这一目标，就不能不讲究修炼的"功夫"，这是使人性修养达到理想境界的必须手段。

朱熹讲究"持敬"。"大凡学者，须先理会敬字。敬是立脚去处。"①"伊川朱子之学，'居静'为先。敬则彻动静而一于仁矣。此以心之应接事物时名动，物感不交时名静。静只是心不散乱，动时尽自澄明，泛应曲当，静时炯然，毋有昏昧。动静一于敬，即动静皆不违仁体。《论语》及六经，大都言敬。此是孔门心法，与禅家习静功夫迥别。"②"静者，直探本原；敬者，功夫，实则一也。"③金宇颙在《天君传》皆为假托太史公之口这样说："予观天君之为君也，其赖太宰敬之辅乎！其治也以相敬，其乱也以去敬，其还也以复敬，其配上帝也以敬，其统万邦也以敬。一则太宰，二则太宰。呜呼！得一相而兴，失一相而亡，人君可不慎所相与？"④

三　产生天君系列作品的社会原因

程朱理学的原产国并非韩国而是中国，为什么天君小说不出现在中国而出现在韩国？究其原因有以下一些。

首先，促使这么多的文人以一个固定的人物为主人公，以一个大致相仿的理念为创作主题，并沿袭一个大同小异的叙事框架，就必须有一个时代社会所共同注目普遍认可的主导理论，"众所周知，当时的儒学是引导民族生活的意识形态。特别是随着朝鲜朝的建立，性理学的理念取代佛教引导着民族的生活，儒学或儒教处于思想的支柱地位。"⑤譬如从高丽时代起，《朱子家礼》就被朝野付诸实施，在恭让王时代，便达到一切祭礼均据其举行的地步。到朝鲜朝，性理学处于国教的地位，"太祖素重儒术，虽在军旅，每投戈之隙，引儒士刘敬等，商榷经史，尤乐观真德秀《大学衍义》，或至夜分不寐，慨然有挽回世道之志"⑥。太祖时代根据《经济六典》实施了五服制，根据《朱子家礼》确立了三年丧及家庙制；

---

① 《朱子语类》卷十二。
② 熊十力：《论汉学与宋学及宋明理学史》，《熊十力学术文化随笔》，中国青年出版社1999年版，第200页。
③ 康有为：《主静出倪养心不动》，《康有为学术文化随笔》，中国青年出版社1999年版，第110页。
④ 《东冈文集·杂著》。
⑤ [韩]尹丝淳：《韩国儒学研究》，陈文寿、潘畅和译，新华出版社1989年版，第12页。
⑥ 《太祖实录·总书》。

太宗时对即将入仕者和虽已入仕但官居七品以下者均实施《家礼》考试，两班中如有不举行家庙祭祀者则予以严惩；世宗时制定和实行了训民教化的《三纲行实图》；世祖时完成了《国朝五礼仪》。这些都说明了心性学在当时的朝鲜半岛所享有的至高地位。而中国的心性学自产生之日起，就一直处在各种思潮学派的相互争斗论辩之中，不但外有佛、道两大教派，与儒学成三足鼎立之势，即使在儒学内部，比如与朱熹同时对峙而立的就有陆九渊。"而在朝鲜只有程朱学一家，他学毕废。""朝鲜朝的儒学始终以朱子学为正宗，而朱子学则以性理学为其核心。所谓性理学就是有关性命与理气的学问，它贯串于整个朝鲜朝，或成为统治理念，或成为教育理念和解释人的理论根据，不断得到深入和发展。"① 这就造成了韩国的理学虽来自中国，但比其中国本土的来，更为周密、更为正统。"在中国，反对朱子之学的明代阳明学派和泰州学派及清代的汉学从未允许朱熹的体系像它在韩国那样拥有这种文化上的垄断权。"②

其次，对韩国来说，不但程朱理学是外来文化，而且承载这些外来文化的汉字还是外来文字，这两者都得通过专门的教育才能获得。李退溪就曾耗费半生精力编纂《朱子书节要》，目的是"止为两家子弟辈谋之"，也就是只用于教授弟子的教科书而已。后来之所以有那么多的文人雅士不断加入"天君系列小说"的创作行列，很大程度上也都是采用通俗娱人的方式引导人们学习儒学，以此达到教矫世态人心之目的。并且，作为社会现实需要，读书人那么热衷儒学教习，还在于韩半岛历史上曾有近千年之久沿袭着与中国一样的科举制度。这种以考试成绩高下为主要标准的入仕之途，诱使天下无数读书人穷其一生相与竞争，考试内容又都以儒家经典为主。高丽朝仁宗十七年（1139），仿宋朝范仲淹在庆历新政的改革，规定初场试经义，中场试论策，三场试诗赋；毅宗八年（1154）改为：初场试论策，中场试经义，终场试诗赋；忠穆王即位之年（1344），又改为：初场试六经义、《四书》，中场古赋，终场策问。③ 从此内容安排可见，其取舍为越来越重视经义和论策。而到朝鲜朝，科举考试内容更为注重对儒学经典的把握和理解。"科举考试之内容，以儒学为主，禁用老庄

---

① ［韩］崔根德：《韩国儒学思想研究》，学苑出版社1998年版，第23页。
② ［韩］黄秉泰：《儒学与现代化——中韩日儒学比较研究》，李明译，社会科学文献出版社1995年版，第463页。
③ 郑麟趾：《高丽史》卷七十三，《选举志（一）》，影印本中册，第589—594页；参见金宗瑞《高丽史节要》卷二十五，忠惠王后五年秋八月条，影印本，第655页。

之说，如宣祖三十三年（1600），以李涵用庄语，特命削科。"① 李朝"建国初期，通过刊行各种典章阐明各种文物制度和统治大纲，这无疑是为通过易姓革命而建立的新国家的存续和繁荣而做出的政策性努力。问题在于这种制度和统治是根据何种思维制定和设计的？毋庸置疑，《朝鲜经国典》等所体现的《六典》的背景思想是儒学。根据儒学的价值观和思维方式制定和设计了官制和科举及各种仪式。儒学之以官僚主义为象征的现实的合理主义的统治规范，在展望这个新生国家的现在和未来的同时，也巩固了其基础。儒学的机能在此获得了发挥。……政治愈是真正以儒学规范的政治为目标，愈需要国民对儒学的一般规范有所认识。因为国民对儒学规范的认识愈高，愈能获得国民自发的响应，统治愈是容易"。② 于是，从高丽末期就开始的对儒学的社会普及教育活动，到了李氏朝鲜更是从两班到民间大规模地开展起来。而天君小说系列不过是这个应运而生的大合唱中较为特殊的一个声部而已。

  再次，如仅有前两项还不够，还不足以说明韩国人为什么要尝试以这样的特殊方式——艺术的方式——来教习传播儒学。我们应注意到一个现象，韩国的文人们很擅长于使用图解手法来阐释某些哪怕是很深奥复杂的哲理，就是以图的形式把儒学的入道之门简明易懂地显示出来。这种以图解的形式来通俗易懂地向社会推介性理学的做法，肇始于权近，他在高丽末期和李朝初期的1389年到1393年间，于流放、坐牢和闲居的在野生活中，完成了著名的《入学图说》。这本从《中庸》和《大学》出发而为初学者撰述的性理学入门书，把数十个自古以来儒学者必须学习的问题作图，如"天人心性合一之图""天人心性分释之图""大学指掌之图""中庸首章分释之图""中庸分节辩议""语孟大旨""五经体用合一之图""五经分体用之图"等，对儒家学说进行阐释和说明，这一别开生面的儒学教授方法，不但在朝鲜半岛，而且在日本列岛也产生了深远的影响。且不说比权近稍前已有郑道传的《学者指南图》问世，在权近之后，便有大量图说涌现，如金泮的《续入学图说》、权采的《作圣图》和《作圣图说》、郑之云的《天命图说》等，到学界巨擘李退溪在宣祖元年所呈现的《圣学十图》，则达到了登峰造极的地步。尽管这十图中有几图是采用前人已有的，但以系列图谱的方式来讲解宋明理学，对该学理论体系包

---

① 蔡茂松：《韩国近世思想文化史》，东大图书公司1995年版，第227页。
② ［韩］尹丝淳：《韩国儒学研究》，陈文寿、潘畅和译，新华出版社1998年版，第33—34页。

容规模之宏大，熔铸精髓之深厚，逻辑结构之严密，不能不首推李退溪为第一。可以这样说，以图说的形式来讲解儒学要义，尽管不是朝鲜学者的独创，在此之前中国早有了周敦颐的《太极图说》、朱熹的《中庸章句》作图，但似这般参与作者如此之众、图说数量如此之多、释解经典如此之全、社会影响如此之广，当首推朝鲜，这是一点也不为过的。很自然的，对儒学要义，以图说的形式进行线条的图解，与以天君小说的形式进行文字的图解，只不过是异曲同工而已。

最后须指出的是，前面三种原因只能解释天君小说在韩国产生的现象，但无法解释为什么会有那么多的天君小说在韩国出现。应该看到，自林悌的《愁城志》之后，以三百年之久、十数人之手参与了天君小说的创作。而这与中国的曹雪芹写了《红楼梦》后，紧跟着便有郎环山樵的《增补红楼梦》、逍遥子的《后红楼梦》、秦子忱的《续红楼梦》、归锄子的《红楼梦补》、梦梦先生的《红楼圆梦》，以及《红楼复梦》《红楼绮梦》《红楼演梦》《红楼重梦》《红楼后梦》《红楼再梦》等，还很不一样。中国的红楼梦系列或其他系列，绝大多数都是对原典的补充而不是重写，而韩国的天君小说系列，则每一部都是重写。所以，由《红楼梦》引发的众多续书，没有一部能够超越原典的，而天君小说系列，各作品尽管也有高下优劣之分，但不存在着这种因母体与子胎的关系而带来的明显优劣区别，应该说是各呈特色。

天君小说以其寓言象征的性质，小而言之，通过心、身与情的纠葛关系，喻托的是一个人修身处世的道理；大而言之，展示天君、群臣与敌寇的矛盾冲突，宣扬的是一个国家治国平天下的方略，这也就是儒家所谓的"内圣外王"之术。就个人而言，黄中允在《天君纪·序》中说得非常明白："余少志于读书，而不知门户。自抠于寒冈大庵两先生之门，虽知有门户，而质钝才鲁未免醉梦。且为名缰缚束，役役风埃，遂至于肉走尸行者今六十年。噫！初不知门户则已，既知有户，而反不知所入，惩既往之大失，痛将来之莫及，而备述其从前迷误于此编寓言之中。如此而其所以终能恢复云者，未敢自谓能然也，盖欲其从此自警自勉，而不远乎旧门户云尔。"[①] 而就国家而言，李退溪说得更为决绝："一国之体，犹一人之身也。人之一身，元首居上而统临，腹心承中而干任，耳目旁达而卫喻，然后身得安焉。人主者，一国之元首也。而大臣，其腹心也。台谏，其耳目也。三者相待而相成，实有国不易之常势，而天下古今之所共知也。古之人君，有不信任大臣，不听

---

① 见［韩］车溶柱《韩国汉文小说史》，亚细亚文化社1989年版，第257页。

用台谏者，譬如人自决其腹心，自涂其耳目，固无元首独成人之理。其或有信任大臣，而不由其道。其求之也。不求且能匡济辅弼之贤，而惟求其阿谀顺旨者，以某遂其私。是其所得者，非奸邪乱政之人，则必凶贼擅权之夫。君以此人为济欲之腹心，臣以此君为济欲之元首。上下相蒙，缔结牢固，人莫能间。而一有鲠直之士，触犯其锋，则必加之窜谪诛戮，为齑为粉而后已焉。由是忠贤尽逐，国内空虚，而耳目之司皆为当路之私人矣。则所谓耳目者，非元首之耳目也，乃当路之耳目也。于是凭耳目而鼓势煽焰，以党助权臣之恶，由腹心而积戾稔祸，以蓄成暗主之愚，侈然自以为各得所欲，而不知元首之鸩毒发于腹心，腹心之蛇蝎起于耳目也。此古今一辙，前者既覆，后不知戒，响寻而未已，诚可痛也。"像李退溪这样在《戊辰六条疏》①中倾吐的扼腕痛心之言，实可借表多数天君小说之主旨。而中国小说对儒家思想的吸收，从精神实质来说，主要是内化为忠、孝、节、义等具体内容；假如触及"天理"与"人欲"之矛盾，中国作品往往表现为：要么在"天理"与"人欲"之间摇摆；要么干脆让"人欲"战胜"天理"。并且，越是有才华、越是思想进步的作家的作品，越是如此。与林悌同时的明代著名作家李贽就公然反对"咸以孔子之是非为是非"，猛烈抨击程朱理学，倡导抒写人的自然性情，这对后世产生了深远的影响。

在朝鲜半岛，从高丽末年到朝鲜末年的670多年间只有朱子学一枝独秀，退溪、栗谷等哲人学者无不沉溺其中，这是事实，但同时也应看到几个变数。

第一个变数是，即使在朱子学内部，由于各自的不同理解，对于如何修身治国，如何内圣外王，还是有着不同的谋策方略。如孔子主仁、朱子主理、陆子主志、李滉主敬、李珥主诚、金时习主气等，天君小说作者们都可由不同的感悟重点想象出不同的人物关系和矛盾纠葛而形成各异的作品。

第二个变数是，即使在儒学内部，尽管朱子学在韩国处于正统地位凌驾于其他儒学势力之上，但并不等于与其他学派可以彻底绝缘，中国儒学中与朱子学双峰对峙的陆氏心学，还有后来在中国取代了程朱理学而勃兴的阳明学，在朝鲜朝虽然遭受排挤未能繁荣昌盛，但隐然中还是发挥着相当的影响力。"在这段独尊程朱学期间，仍有部分朝鲜学者们在暗地里研读阳明学，他们以阳明学来批判现实政治、社会种种之非理及矛盾的现

---

① 见张立文主编《退溪书节要》，中国人民大学出版社1989年版，第146—147页。

象，而主张以阳明学的思想来改革社会、政治方面之弊端。"① 这种对朱子学的批判也会刺激天君小说作者的不同灵感。

　　第三个变数是，即使在唯儒独尊的时期，反朱子学甚至反儒学的暗流从来没有停息过。17 世纪初，尹镌率先反对朱子学的绝对权威，指出并非只有朱子独知义理，结果被无情处死。李晬光、柳馨渊不满朱子学的空谈，力主实学。18 世纪，李瀷、洪大容、朴趾源等人的活动振兴了实学，到 19 世纪，丁若镛、崔汉绮等都用实证的方法探索实用的强国之路。这种实学思潮"讲求实效、实理，反对朱子学的空谈性理，主张经世致用，改革时弊。这个派别的思想家们在哲学上大都坚持'气一元论'，并借助当时自然科学、技术的成就，对很多自然和社会现象作了比较正确的解释。"② 但面对正统朱子学"一字致疑"便"扣上'斯文乱贼'的大帽进行残酷镇压的严酷现实，实学派思想家吸取汉学派尹镌等被镇压的教训，批判朱子学时往往打着儒家的旗号，是通过对汉唐儒家经典的考证来阐述自己的实学思想的。"③ 正因为此，到后期的天君小说所宣扬的已不再是儒家思想，如李钰的《南灵传》就是。能给天君排忧解难的已不再是敬、志、气、仁等儒家大法，而是烟和酒。这显然是非儒家甚至反儒家的。从林悌《愁城志》的酒——靠酒来救助天君；到李钰的《南灵传》的烟——靠烟来救助天君，天君小说正好走完了一个圆圈。这正从一个角度印证了儒学在朝鲜半岛上由同释、道二教并列到唯我独尊，到一统而为朱子学，再到朱子学衰落而被实学代替的过程。

（原载《外国文学评论》2003 年第 2 期）

---

① 郑德熙：《阳明学对韩国的影响》，文史哲出版社 1986 年版，第 2 页。
② 《东方著名哲学家评传·韩国卷》，山东人民出版社 2000 年版，第 15 页。
③ 朱红星等：《朝鲜哲学思想史》，延边人民出版社 1989 年版，第 237 页。

佛传中反映的早期佛教思想研究

邹广胜

歌德在《谈话录》中谈到《圣经》的意义时说,"无论精神文化教养怎样不断向前迈进,自然科学在广度和深度上怎样不断进展,人类心灵怎样尽量扩张,它也不会超越'福音书'中所闪耀的那种基督教的崇高和道德修养。"如果说有一个人人格之崇高伟大可以和耶稣相提并论的话,那就应该是佛陀。关于佛陀形象对人类文化的意义,赫尔穆特·吴黎熙《佛像解说》中曾引用德国出生的锡兰比丘三界智法师所说:"佛陀既不是上帝,也不是上帝的预言家,或转世什么的。他是人类最高形式的存在,他对别人的教诲是通过自己的行为来进行的,他从自己的努力中获得了从苦中最终的解脱及最高的智慧,从而成为人类非凡的宗师及伟大的典范。只有那些亲自走完佛陀走过并指引过的道路的人,才能获得解脱。佛陀在其智慧和大慈大悲完美的和谐之中体现出来宇宙间(无限时间和空间)人类的光辉典范。"[①] 这位世界之眼,以真理的语言,成为世人的大海之舟楫,长夜之灯炬,很少有人如释迦摩尼那样对整个人类的精神世界产生如此深广的影响,只有耶稣、孔子、穆罕默德能与其相提并论了,与他们相比,孔子由于更注重现实利益而不是显得更加理想化。雅斯贝尔斯说,人类文明轴心时代产生了几个伟大的思想家琐罗亚斯德、毕达哥拉斯、孔子等,他们个体在今日世界的影响应该说都不如释迦牟尼。至于孔子的影响在今日也可谓微乎其微,基本上已成为书斋里或电视上的高头讲章,已很少有人真正钻研过《论语》,按照《论语》而行的人则更是微乎其微了。释迦摩尼则不同,他仍然深深影响着世界各地数以亿万计的人们,一如莎士比亚戏剧中的人物,从帝王到草莽,从商人到巨星,从科学

[①] [德] 赫尔穆特·吴黎熙:《佛像解说》,李雪涛译,社会科学文献出版社2003年版,第19页。

巨人到贩夫走卒，各类人等无不包括。对佛陀传记的追寻在某种程度上就是对"圆满"的叙述，很少有人如佛陀的一生那样令世人震惊，既令当时的人震惊，也令今日的我们震惊。活在当下，让身心融入此时此处，向自身内心的深处洞视，追求简朴、自由、幸福的生活，涅槃就是远离内心的贪念和欲望，这就是佛陀的教导，佛陀说法的要义不在于解释这个世界，在于如何导向正知识，而贪念和欲望正是这个时代的标志。佛陀的漫游传道正如苏格拉底的集市演讲一样，既不收费，也不强迫，都是以激发听者内在的动力为目标。不同文化语境下的佛陀是如此的相似，正如生活在不同语境下的人性一样，在贪念和欲望占据一切的世界里，佛陀的教诲正如黑暗中闪亮的一簇灯火，它穿越不同文化的篱墙，照耀着世人的心灵。

　　如何尽可能地接近佛陀本原的面目及原始佛教思想，正是探索佛陀生平历程的根本动因。由于佛陀如孔子一样生前没有留下著作，保留下来的原始佛典也是弟子根据其生前口述回忆编撰而成，佛陀的传记也是根据佛经的记述整理出来。由于早期佛教徒最关心的是佛陀的基本教义，所以巴利文三藏中并无完整的佛陀传记，只有散见于佛经各处的佛陀生活或传教片段，因为佛陀在传教时常常现身说法，用自己的深切经历来说明自己的教导，因此佛经也是他思想的传记，把这些片段串联在一起就能形成一个基本的佛陀生活轨迹。如《梵网经》《菩萨心地品之下》就简述了佛陀从出生到成佛及传道的故事："下生南阎浮提迦夷罗国，母名摩耶，父字白净，吾名悉达。七岁出家，三十成道，号吾为释迦牟尼佛。于寂灭道场，坐金刚华光王座，乃至摩醯首罗天王宫，其中次第十住处所说。"[①] 关于佛陀早年的生活及觉悟的故事，多大同小异，他的后半生则是一场弘法之旅。布瓦瑟利耶在《佛陀的智慧》中说："关于佛陀早年的生活故事，所有典籍记述几乎都一致。然而，这类故事中总难免掺杂着高度的神奇成分。叙述者对事实的夸大与其虔诚程度一般，这正是印度文学传统的最佳特色。"[②] 巴利语经藏《犍度》中就编入了许多佛教传说与故事，其中就有一些最古老的佛陀传记片段，《犍度·大品》就记载佛陀觉悟后度化五个苦行者、迦叶三兄弟、舍利弗、目犍连及自己的儿子罗睺罗的故事，《犍度·小品》记载了给孤独长者、提婆达多、摩诃波阇波提夫人的故事，《长尼迦耶》第18《大般涅槃经》记载了佛陀涅槃前最后的生活，既有原始古老的成分，也有添加晚出的成分，其中也有对佛陀的神化，结

---

① 赖永海主编：《梵网经》，戴传江译注，中华书局2012年版，第194页。
② ［法］布瓦瑟利耶：《佛陀的智慧》，萧淑君译，上海书店2007年版，第39页。

下篇　文学批评与文学史问题

尾还提到舍利的分送和佛塔的建造等。《中尼迦耶》第26《圣求经》、第36《萨遮迦大经》、第75《摩犍提经》和第85《菩提王经》记载了佛陀早期出家求道、苦修及成佛的故事等。《中尼迦耶》第61《教戒罗睺罗庵婆罗经》，与汉译《中阿含经》第14《罗坛经》相对，就记载了佛陀如何教育罗睺罗绝不撒谎的故事。现存最早的佛陀传记则是梵文撰写的《大事》《佛所行赞》《神通游戏》，这些佛传记述了佛陀的一生，并融汇了各种关于佛陀的生平传说，细节描写多有夸张，甚至充满神话传奇色彩，常常为了渲染佛陀的神通而加以神化，与早期人的思想认识水平相当。约一、二世纪马鸣的《佛所行赞》，我国有北凉昙无谶译本、藏译本、宋宝云译本等，行文较理性严谨，注重作为人的佛陀的生活状况，而非神化的佛陀。五世纪觉音所著《因缘记》本为巴利文《本生经》作注的长篇序言。在汉译佛经中，除了《普曜经》《方广大庄严经》《佛本行集经》《佛所行赞》和《佛所行经》外，关于佛陀传记的经文还有《修行本起经》（后汉竺大力和康孟详译）、《太子瑞应本起经》（吴支谦译）、《异出菩萨本起经》（西晋聂道真译）、《过去现在因果经》（刘宋求那跋陀罗译）、《众许摩诃帝经》（宋法贤译）和《中本起经》（后汉昙果和康孟详译）等。① 在中国，自东汉佛教传入中国以来，佛教徒为传教需要出版了很多不同形式的佛传，除前面提到的几种外，明初释宝成收集了四百余篇释迦摩尼的故事，并配以插图，编撰成《释氏源流》。清代佛门弟子永珊从七十余部佛典中重新辑录、撰文、绘制了二百零八则故事，按照顺序展示了佛陀从出生到涅槃的一生。每篇故事开头都注明所出经典的名称，一个故事配有一幅图画，文图精美，这种以连环画的形式来介绍佛陀故事及其思想的著作，无论是对研究佛学还是对宣传佛教都是一本雅俗共赏的传世之作，现有王孺童注译本印行。② 当今流行的佛陀传有星云大师的《释迦牟尼佛传》、郭良鋆的《佛陀和原始佛教思想》、崔连仲的《释迦牟尼——生平与思想》、王孺童的《佛传》等，其中星云大师的《释迦牟尼佛传》流传最广。其实佛陀的各种传说，在某种程度上，也可算作佛陀的生命历程，至少从佛教的观点来看是如此。法国著名佛学家布瓦瑟利耶的《佛陀的智慧》就用简洁的语言，融合佛陀的生平及其各种传说，并配以丰富的印度及东南亚佛教考古、雕塑、插图等各种艺术图片以文图

---

① 郭良鋆：《佛陀和原始佛教思想》，中国社会科学出版社2011年版，第22—26页。
② 王孺童：《佛传：〈释迦如来应化事迹〉注译·前言》，中国人民大学出版社2009年版，第1—7页。

结合的方式来叙述佛陀的历史。当然在信众的心中与普通人心中佛的传记有着根本的不同,正如《佛陀的智慧》中所说的:"释迦牟尼的一生与传说是不可分离的。想象与事实、凡与圣、天上与人间,在其中不断地掺杂交织。""借由两部巴利文(pali)正典,我们得以了解菩萨感人的志业。这两部典籍,一为《佛种姓》(Buddhavamsa,即《过去佛史》),一为《本生经》(Jataka,讲述佛陀成佛前事迹的经典)。这两部典籍迟至1世纪——也就是佛陀去世后400年——才写成,被视为是转述佛陀本人所讲的道和讲道的故事。这两部古籍尤其是《本生经》故事受欢迎的程度,可从众多的古代图像上窥知一二;其中包括很多发现于印度中北部巴赫特(Bharhut)地方的公元前2世纪中叶的图像,其时佛陀的故事尚未以文字形式出现。《本生经》受欢迎的情况历久未衰。"① 但是佛陀成佛前的往世经历显然与现在所说的传记有所不同,现在所说的传记主要是指佛陀作为人的一生,当然这种一生在信众看来与前生有着必然的联系,特别是在因德的继承方面。由于《本生经》在佛教宣传中的广泛影响,一些信众对其中的故事甚至比对佛陀本身的生平更为熟悉。

现代世界里也从未缺少过对佛陀的崇拜,正如布瓦瑟利耶在《佛陀的智慧》一书指出的,佛教道场遍布欧洲。② 早在1879年英国著名诗人阿诺德就曾著有《亚洲之光》,以抒情优美的文字叙述并颂扬了佛陀的一生,在欧美广为传播,甚至不少人因此而信佛。现代日本小说家武者小路实笃的《释迦牟尼传》,和他的《孔子传》《托尔斯泰传》等一起在东方世界里产生了广大的影响。其他著名的佛陀传还有:日本中村元的《瞿坛佛陀传》、副岛正光的《释迦其人及其思想》、濑户内寂听的《佛陀传》、英国亚当斯·贝克夫人的《释迦牟尼的故事》、凯伦·阿姆斯特朗的《佛陀》、德国格里姆《佛陀的教义,理性的宗教》、赫尔穆特·吴黎熙的《佛像解说》、法国布瓦瑟利耶的《佛陀的智慧》、美国高乐斯的《佛陀的纶音》、印度巴塔查里亚的《佛陀的一生》、斯里兰卡那烂陀的《觉悟之道》、髻智比丘的《亲近释迦牟尼佛——从巴利藏经看佛陀的一生》、越南一行禅师的《佛陀传》等。其中一行禅师的《佛陀传》又称《故道风云》,就是要同众人分享重步佛陀"故道",细看"白云"的感受。从跨文化的角度,给笔者印象最深的就是凯伦·阿姆斯特朗的《佛陀》。凯伦·阿姆斯特朗(Karen Armstrong)是英国最著名的宗教学家之

---

① [法]布瓦瑟利耶:《佛陀的智慧》,萧淑君译,上海书店2007年版,第27—29页。
② [法]布瓦瑟利耶:《佛陀的智慧》,萧淑君译,上海书店2007年版,第178页。

— 527 —

下篇　文学批评与文学史问题

一，其对世界"轴心时代"中国儒道思想，印度佛教、印度教、耆那教，以色列犹太教，希腊理想主义哲学及文化的研究可谓举世闻名，曾著有《轴心时代》《佛陀》《神话简史》《神的历史》《伊斯兰简史》《默罕默德》等，自己也曾在修道院苦修七年之久，后在牛津大学获博士学位。她的著作最显著的特色就是视野开阔，能超越不同宗教的局限而直指人类文明的真正核心。佛陀的一生充满了无数的神话与传说，一般的佛教经典由于忠于宣扬佛陀的精神，因而很少谈及佛陀生活及性格的细节。在佛陀从三十五岁悟道到八十岁圆寂四十五年的传教生涯中，很少见他个人生活的记录。巴塔查里亚在《佛陀一生》中说："至于佛陀个人生活，只有很少的事件被记录下来，但这些事件发生的先后顺序却无法得知，因此这些事件发生的时间也无法推算。"① 那具体的细节除了想象与推断外就更难确定了。正如福音书仅仅关注耶稣传道的故事，而没有他早年的生活一样，佛经中关于佛陀传道的故事也多是前五年的情景，而后的也很少提及，甚至佛陀生活的具体时间都有争议，佛陀最后二十年的情景基本没有记载，这是因为故事的讲述者更多地关注历史事件的宗教意义，并不较多地关注历史事实本身。耶稣的死是圣经中最为详尽的，乃是因为耶稣的死是其道成肉身的生动现场，是救赎活动的具体呈现，而佛陀的出生与早年求道的精神旅程则是整个信仰事件的关键，也是他号召弟子与信徒的无上法宝，至于证悟后的生活细节及较为确切的生活历程则是风平浪静后的收获季节，自然较少感人的细节，因而也较少呈现。佛经追求的不是佛陀个人的成就，而是要强调人在求道时所经历的各种心路历程，所以佛经不像犹太教与基督教经典那样对摩西或耶稣的生平有较为详细的年代记载或细节描述，阿姆斯特朗的《佛陀》也是如此，它共分为《出走》《求道》《证道》《佛法》《传道》《般涅槃》六个部分，是按照释迦摩尼有重要意义的人生节点来划分的，大都是佛陀一生中最为关键的几个时期：诞生、出家求道、证悟、初转法轮和涅槃，这是一般佛传所共同依据的基本时空顺序，遵循着人生的现实与佛教发展的必然逻辑的完美结合，也就是佛陀的人生与佛教教义的生成是一体化的。与此相似巴塔查里亚的《佛陀的一生》则分为《太子降生——出家求法》《云游苦行——悟道成佛》《建立僧团——教化民众》《最后供养——大般涅槃》《佛法于当今之意义》等五章，与阿姆斯特朗的《佛陀》基本相似，其章节的安排与佛陀一生

---

① 萨布亚萨奇·巴塔查里亚：《佛陀的一生》，谢岫岫译，四川人民出版社2015年版，第81页。

的重要经历及佛教的发展结合在一起，佛陀的一生也就成了早期佛教发展的缩影。另外，阿姆斯特朗还强调《佛陀》是依据巴利文三藏，特别是对南传巴利《律藏》《经藏》典籍的解读，勾勒出佛陀的生平面貌，重现了佛陀觉悟后的人生历程，给读者塑造了完整的佛陀形象。凯伦之所以注重巴利文原典是因为，一般认为，佛陀可能使用的就是这种语言，佛陀一生传教也注重对人们日常语言的强调，所以研究佛陀生活的学者与信徒往往都很注重巴利文原典，其中巴塔查里亚、髻智比丘的佛陀传大都是如此，这也是当时印度东北部大众的语言，而不是当时印度许多地方学者所用的梵文。由于大陆版的大多数佛典直接译自梵文，很难直接找到对应的巴利文译文，为方便读者，译者最后经过多方努力终于找到了台湾版的巴利文佛典译文，并重新查核、注明了出处，这既是本书的一大亮点，也是佛家所讲勇猛精进的又一例证。

凯伦在著作的献词中说：献给我信仰佛教的妹妹琳赛·阿姆斯特朗，这是作者再一次申明此作与她人生的又一因缘。但令读者印象深刻的是凯伦有意识地把佛教与基督教相比较，如她谈到佛教经典与圣经不同的传播方式及传播者时说："所有经典都声称是佛陀原话的简单结集，没有比丘们的补充说明。这种口耳相传的方式排除了个人主创的可能，这些圣典不是某个佛教徒所为，不像马太、马可、路加、约翰就能写出自己个人风格的福音书。我们既不知道是谁结集和编撰了这些圣典，也不知道后来是交给谁来抄写的。"[1] 这种消除个人的方式自然增加了佛经的客观性与神圣性，但同时也抹杀了探讨其传播媒介的个体性、主观性及追根溯源的可能性，因为无论怎样，佛经的结集与传统都必须经过个体佛教信徒的作为，无论他多么伟大都不可能达到佛的境界。佛传的历史乃是言行一体，以身证法的历史，佛的哲学是自传式的哲学，也就是他所说的"见我者，即见法；见法者，即见我"。因此，无论人们怎样怀疑经典里的事件没有一件可以确定在历史上真实地发生过，连微不足道的细节被夸大至神话，各种神通的故事与其说是用来证明佛的万能或有意欺骗渴求神迹的听众，倒不如说是传讲者企图用渲染故事的方法来增加它对信众精神及心理的影响。凯伦还对佛陀的形象与圣经的耶稣，甚至是苏格拉底的形象进行了对比，她说："佛陀的传记还有其他方面的挑战。比如，福音书把耶稣描述为一个具有特质的非凡人物，保存了他特殊的措辞，深奥的情感以及纠

---

[1] 凯伦·阿姆斯特朗：《佛陀·译后记》，贤祥译，生活·读书·新知三联书店2014年版，第7页。

结、性情暴躁和恐惧的时刻。佛陀却不是这样，他被作为一个典范而不是一个个体呈现。在他的谈话中，我们找不到耶稣或苏格拉底式的突然的讽刺、抨击或者令人愉悦的诙谐妙语。他说话遵照印度哲学传统所要求的方式：庄重、正式或客观。在他证道后，我们根本不知道他的喜好和厌恶、希望和恐惧以及绝望、欣喜或强烈渴望的时刻。我们只能见到他超凡的安详、自控力、超越肤浅的个人偏好的高尚品质，以及内在的深邃平静。佛陀通常被比作动物、树木或植物等其他生物，不是因为他低人一等或者不仁慈，而是因为他完全超越了我们大多数人认为与人密不可分的自私。佛陀想要寻找一种新的为人之道。在西方，我们崇尚个人主义和自我表现，但是这容易变成自我炫耀。我们在乔达摩身上看到的是完全彻底的、惊人的自我舍弃。"[1] 佛陀对自私与自我的超越后所获得的平静、安详、仁慈与优雅正是触动我们智性与人格的最大动力，也是佛教所寻求的解救现代文明偏颇的良方。佛陀的人格是佛陀传记的核心所在，也是佛教的基本主题。因此，各种佛传与其说是对佛陀一生的追寻与叙述，倒不如说是借助佛陀的故事来说明佛陀所表达、所追求的真理。阅读不同佛传的目的就是为了从不同的文化角度、不同研究者的视角来反复体察佛陀的人生经历与思想的境界。

我们在阅读阿姆斯特朗的《佛陀》时能随时看到他把释迦摩尼的思想与苏格拉底、耶稣及孔子的思想相对比，试图探讨他们之间的异同，他们之间所代表的文化的异同及其最终结合的可能性，至于常常引用圣经的典故、原理来阐明佛教中相对应的类似的故事与道理，可谓俯拾皆是。这在其他佛传中是较为少见的，这充分显示了作者所具有的多种文化背景，及其企图以一种较为客观的实事求是的态度来研究佛教的努力，虽然它也同样以对佛教的尊重为前提，但这种前提是以苏格拉底的探索精神，而不是以信仰的毫无怀疑的态度作为前提的。这和其他基本著作，特别是星云法师的《释迦摩尼传》形成鲜明对比，后者基本没有提及任何其他的人物，因为他的信仰不允许把其他人与佛陀相提并论，髻智比丘的《释迦摩尼传》则由译者直接翻译成了《亲近释迦牟尼佛》，"亲近"与"佛"已和阿姆斯特朗的《佛陀》形成了鲜明对比，这对佛教徒来说自然是完全可以理解的，但这是否就是阿姆斯特朗所说的对"人"的崇拜，那就不得而知了。髻智比丘写书的一个显然的目的，正如书名所标志的，作为

---

[1] 凯伦·阿姆斯特朗：《佛陀·前言》，贤祥译，生活·读书·新知三联书店2014年版，第16页。

佛的佛陀已不是个体的人。髻智比丘的《亲近释迦牟尼佛》，仅在寺院刊行，市面较少见到，但可在网上直接阅读，由此可见其主要目的是为了传法需要，它还有一个副标题《从巴利藏经看佛陀的一生》。所以，书一开始《导论　在巴利文献中遇见佛陀》中详细谈到了历史文献中的佛陀、本书内容的来源及采用巴利文文献的具体意义，不仅是因为它历史的悠久，更是因为，"在三藏的典籍里，确实含括了佛陀的完整形象，对照后来辞藻华丽的书所勾勒的佛陀，更加显得朴实。若将三藏典籍对佛陀在开悟前的说明，其文词之简练与传神犹如一支利剑、一盏烛光或一根未经雕琢的象牙。"[①] 这部著作还有一个与众不同的写作方式，它借鉴了广播剧本的形式，除了对佛陀生平及传教故事的叙述外，还加入了叙述者、注释者、唱诵者等角色，叙述者对论及的事件以观者的态度给以客观的说明，注释者则提供历史的及巴利语的相关资料，唱诵者则朗诵某些偈颂。髻智比丘对不同角色的区分分清了在写作过程中常常由作者一人担当的多种角色，在一般的写作中，如星云大师的《释迦牟尼佛传》则有把叙述者与原始文献混合在一起的特点，使读者很难分清哪些是原典，哪些是叙述者加进去的，特别是叙述者的情感及价值取向对文风的影响更使一般的读者难以区分，这并不是一个简单的学术问题，而是一个关涉到真、善、美的问题，只有把善与美建立在真之上才能产生牢固的信靠。

巴塔查里亚是印度著名的历史学家，印度则是释迦摩尼生活传道的国度。他的《佛陀的一生》首先思考的问题是，"圆寂于两千五百年前的佛陀，他的所言所行，对于我们，特别是年轻人，是否或可能具有某种意义。"所以他把这句话写在了书的扉页上，而且还在叙述完佛陀的一生后增加了一章"佛法对于当今的意义"，可以说此问题既是此书的开始，也是此书的结束，既是出发点，也是归宿。很显然，在巴塔查里亚看来，佛陀对人生意义的追寻正直指现代人孤独漂泊的心灵，其实所有对佛陀的追忆及其思想的钻研都是出于此目的，但此书更为明确。人们喜欢用自己的方式来想象佛陀，但正如人揣度神一样，很难不夹杂着自我的成分。正如凯伦指出的，早期佛教徒保存流传佛经的方法主要靠记忆，瑜伽修行虽然能赋予他们超凡的记忆力，他们发展出记诵佛陀经论和戒律细则的方法，使他们"可能像佛陀所记诵的那样，也以偈颂形式记说唱诵他的一些教法，并且发表出一种规律性的、反复唱诵的风格（至今还可以在经典里

---

① 髻智比丘：《亲近释迦牟尼佛——从巴利藏经看佛陀的一生》，释见谛牟志京译，弘化社，无出版时间，第4页。

见到),以帮助僧侣们背诵这些经典。"但她同时也指出了这种方法的局限性,"尽管经过瑜伽训练的比丘记忆力超强,但是这种口耳相传的方式难免出错。很多文献资料都可能已佚失,有些已误解,比丘们后来的观点无疑已经投射给了佛陀。"①《佛陀的一生》与其他佛陀传记不同,它的根本特点并不是对佛陀生平的细节展开想象,而是要"根据佛陀自己的言论来讲述他的事迹",同时又指出"关于年轻的乔达摩·悉达多的传说非常之多,但可以相信的真实事情却少之又少。"② 只依据佛陀本人就他自己的生活所说过的话,所引用文献也多来自巴利三藏中的经藏,因为它是佛陀言论与教导的合集,所以本书在讲述佛陀的经历时,随后都附有佛陀的言论及佛经中的相关记载,同时还点缀以各种早期的佛教石雕像来呈现佛陀的一生,它的文献也是用最早的佛经所用的语言文献,也就是当时印度东北部大众的语言巴利语,而不是当时印度学者所常用的梵文,这就给读者以重新回到佛陀世界的感觉。当然,阿姆斯特朗的《佛陀》也采用了最原始的巴利文文献。这自然可以在某种程度上保证它的可靠性,但也不尽然,从另一角度讲,既然佛教的核心意义乃是追求最终的精神超脱,不识文字的六祖慧能亦能超越文字纯熟的神秀而成为拈花微笑的真正传人,可见语言不仅是一种媒介与载体,同时也是一种必须超越的障碍与必须解脱的甲壳。

在这几本常见的佛传中一行禅师的《佛陀传》最长,36万字,巴塔查里亚的《佛陀的一生》最短,6万字,阿姆斯特朗的《佛陀》123000字,星云大师的《释迦牟尼佛传》22万字,其他各有长短。各种佛传的长短对于读者是否具有某种特殊的意义呢,为何有些很长,有些很短呢?他们根本的差别难道是由于作者所占有材料多少的差别吗?其实他们所占据的材料差别是很小的,其中重要的区别应是由对细节的想象与细节的多少决定的。对于一个生活在两千五百多年前的人的传记过分强调他生活及言谈的细节是不是一种虚妄不实的表现?如何区分历史的真实与艺术的真实,在复杂的佛陀一生中,如何采用简朴而直接的叙述来接近其最原始的真实?如何谨慎地区分神迹、情感及细节的作用,其中的争论必不可少,但多数文本大都采用通过细节的描写来增加文本真实性的策略,在加强读者的现场感的同时也强化了自身的合法性,这一目的确是毋庸否认的。然

---

① 凯伦·阿姆斯特朗:《佛陀·译后记》,贤祥译,生活·读书·新知三联书店2014年版,第4、8页。
② 萨布亚萨奇·巴塔查里亚:《佛陀的一生》,谢岫岫译,四川人民出版社2015年版,第3、12页。

而，佛陀的传记与众不同，正如耶稣、孔子的传记一样，如果不把他们的生命与言行看成对善本身意义的追寻，无法在他们的人生与善本身的价值之间建立真正的关联，各种所谓善良的欲望与冲动，都很难找到最终的依据，文本所宣扬的报应与永生，甚至是各种仪式、法力、神迹等都很难成为证明其合法性的现实或逻辑的依据。其实，如佛陀、耶稣这样在人类文化历史上有着特殊意义的人，任何对原初场景的增加，当然这种增加都包含着深思熟虑的设想及各种难以诉诸广众的冲动，其实都是自大的表现，是对人类最高真理的轻视，人类的历史反复证明，正如罗素所说，这个世界的真正悲剧乃是，愚者始终信心十足，而智者总是疑惑重重。① 自以为是正是人类进步的最大障碍，人类史上所有重大的文明灾难，特别是宗教灾难，无不根源于此。人类的历史反复证明，人的愿望和他的预期并不完全对应，甚至常常是适得其反，究其原因就是他轻易地把自己的愿望想当然地加进了那些他不断追寻的伟人的思想与行为里，他在做着以自己的心思忖度伟人心思的事情而不自知，而自己和这些圣人的距离恐怕是他自己很难想象的。对细节的热衷正是文学与传记的根本区别，也是传记文学的根本特点，因为细节，特别是对几千年前生活言谈细节的追求多是揣测与想象的结果，并不是对史实的实事求是的记录。如一行禅师《佛陀传》对佛陀成佛后内心的描绘。此传原名《故道白云》，附有"全世界影响力最大的佛陀传记"的文字。一行禅师生于越南，长期在欧美传播佛教，倡导人间佛教，是世界著名的和平主义者。此《佛陀传》直接取材自二十本巴利文、梵文及中文佛典，本书从给佛陀觉悟提供坐垫的牧牛人缚悉底的视角描写了佛陀普通而又神圣的一生，这位"不可接触者"见证了佛陀觉悟的那一刻，他追随佛陀的一生，行走在佛陀传道不断往返的故道上，也不停地瞻仰着佛陀曾经抬首仰望的白云，正是他亲切而又真实的叙述给阅读此书的我们以无限的身临其境之感。一行禅师通过自己的想象与揣测描述了佛陀成佛的心理："通过念念留心专注的观察，悉达多的心、身和呼吸都达至完满合一。他在念力上的修习，使他培养出很大的定力，而他就是用这种定力，帮助他观照他的身和心。进入甚深禅定之后，他可以辨察到当时他身体内存在着的无数众生。这包括有机或无机的，矿物、草台、昆虫、动物和人等。在那一刻，他也观察到所有其他众生就是他自己。他看见自己的过去，和所有生世的生生死死。他看见无数星体和世界的建造和毁灭。他感受到所有生灵的喜乐和悲哀——这些生灵包括了胎

---

① ［德］克劳斯·艾达姆：《巴赫传》，王泰智译，商务印书馆2000年版，第198页。

生、卵生和细胞分化而成的。他看见自己体内的每一个细胞都蕴藏着天地万物,而且更跨越过去、现在和未来。那时,刚好是夜里的第一更。"①完全以文学的手法融合了佛典的教义想象了佛陀的内在心理。

濑户内寂听是日本著名的尼僧,也是著名的小说家,在八十多岁时所著的《佛陀传》是她自己一生思想境界的反映。此《佛陀传》与其是说写佛陀的活动与传记,不如说是写佛陀身边发生的故事,是不同的人从四面八方不断走向佛陀,皈依佛陀的故事。整部书以阿难作为叙述者,以阿难的视角来叙述不同的故事,此书又有一个副标题为"12 个疗愈身心的故事",借助佛陀身边发生的故事来说明佛陀阐明的道理。阿难是伴随佛陀始终的侍者,多闻第一的阿难天生容貌端严,面如满月,眼如青莲花,身洁如镜,佛经记载他虽屡遭女性之诱惑,但仍志坚身洁,然出家后常随佛二十余年仍未开悟。在世俗的眼光看来,他应该有更多的故事,更能使人产生各种想象,况且阿难记忆力超强,能记住佛陀的任何言行,由他来叙述佛陀及其身边发生的故事就再好不过了,这也是此书以记忆超强的阿难来做叙述者的原因。当然阿难虽然始终侍奉佛陀,但没能修成阿罗汉果,所以也可说是僧俗之间,因此阿难的一生也更加富有戏剧性,以阿难的视觉来叙述故事也更具有艺术效果。书的腰封写着"全世界最深情唯美的佛陀传记",再配以多幅袒胸露乳半裸的艳俗美女插图,在外观上就给人以奇异的感觉,而书的第一章就是《阿难的忏悔》,描写阿难冒雨从庵婆婆梨的妓院里赶回来,反观自己肉体的情景,而且在标题下直接引用了阿难的内心感受来吸引读者,"其实,不近女色只是由于我害怕世尊的目光,这一点他早就看穿了。"显示了作为小说家的写作特点。濑户内寂听也常常描写老年佛陀所遭遇到的个人磨难与痛苦,老、病、死,而且多是从常人的感受与角度来叙述描写的,佛陀仅仅以刚强的忍耐坦然地接收着。如她描写佛陀的肤色,"曾经光泽而富有弹性的金黄色皮肤已经松弛,褐色的老年斑像豆子的碎皮一样浮现其上。"甚至还描写了佛陀的牢骚:"这段时间,世尊常常发牢骚。'阿难,我的背很痛。'"当然后来阿难又说:"无论世尊有多么痛苦,他也只是低声呻吟,从未诉说过自己的病痛。"这些与书中大量存在的对女性身体之美描写的段落形成了鲜明的对比,当然这一切都最后归结为佛陀的教诲,一切都是无常,都会烟消云散,在这变幻无常的梦幻世界里,没有任何事物能永远维持一个状态,只有佛陀的教诲,也就是对世间无常与人生苦难的认识,是唯一金刚不坏的

---

① 一行禅师:《佛陀传》,何蕙仪译,河南文艺出版社 2014 年版,第 85 页。

真实。这些看似俗艳的描绘同时也是对人性的探索与刻画,也许只有经历过各种复杂人生,看透深察人性的智者,才会心无挂碍地看待这一切,正如书中所描述的佛陀能接受印度第一妓女庵婆婆梨的抚摸一样。书中也表明作者深受存在主义哲学影响,通过佛陀的话阐明了存在主义的根本观念:"我突然觉察到,无论我有多么爱妻子,即使通过性爱将两人的肉体融为一体并陶醉其中,即使我们分享同一张床并紧拥在一起,我们也无法做着同样一个梦。人孤独地降生于世,随后又孤独地死去。母亲莫耶不也如此吗? 她留下深爱的丈夫和刚出生的我,一个人死去了。"① 然而勇猛精进的佛陀与悲观厌世的存在主义对人生的理解有着根本的不同。

在众多佛陀传中星云大师的《释迦牟尼佛传》有着特殊的意义。星云大师是当代佛学界影响广大的佛学家、佛教活动家,其开创的人间佛教研究中心为推动人间佛教的发展在全世界70多个国家和地区建立佛光会,拥有众多寺院及追随者,让西方人认识到除基督教外还有一个更人道、对人生更有帮助、让心灵更安定的宗教乃是其重要宗旨。作为佛学家的立场决定了星云大师在写作《佛传》时与阿姆斯特朗及巴塔查里亚有根本不同,特别是与阿姆斯特朗的立场与价值观及写作方式有明显不同。星云大师把佛教当作唯一至上的真理,在他看来不存在其他任何可以与佛教等量齐观的价值观,所以他也不会引用其他观点来比附佛教的信仰,论证佛教的教义。他的护教意识常常充满了他对经典的解释,这自然是他的工作。如《六祖坛经》中六祖反复宣称自己"不识字",所以在《第七机缘品》中无尽藏执《大涅槃经》问字时,六祖说:"字即不识,义即请问。"无尽藏便说:"字尚不识,焉能会义?"六祖就说"诸佛妙理,非关文字。"关于这段文字星云大师在《六祖坛经讲话》中解释说:"其实六祖大师并非不识字,相反地,六祖大师不但在禅学的修正上有所体认,在佛学义理上,他也能发挥深奥微妙的道理。他讲《涅槃》《法华》《唯识》;他对《金刚经》《维摩经》《楞伽经》《楞严经》《梵网经》等,也都有很精到的研究。因此,虽然在《六祖坛经》中,慧能大师曾自称是一个不识字的人,但这只是六祖大师自谦的言辞,不可以因此把他当做不识字,没有学问。"② 慧能大师虽然反复强调人要谦虚,并不是要掩盖什么,他是一个坦坦荡荡实事求是的人,应该不会以这种小技来彰显自己。况且他既然说出"诸佛妙理,非关文字"的话就说明他对文字的态度,并非如今日

---

① [日]濑户内寂听:《佛陀传》,刘薇译,华文出版社2015年版,第5—6、16、48、79页。
② 星云大师:《释迦牟尼佛传·十版缘起》,海南出版社2007年版,第281、308页。

我们这样强调学问与文字，况且释迦拈花微笑、达摩面壁都不是什么学问的问题，可见六祖是否识字并非是六祖成为六祖的关键。总之，信徒的身份乃是星云大师解经的关键，在他看来，佛教是自明的无上真理，但在阿姆斯特朗的知识背景里，还有着根深蒂固的基督教与希腊文明，而这些在星云大师的《释迦牟尼佛传》中根本没有提到，他仅仅讲述了释迦摩尼的故事。虽然我们在他提倡的人间佛教里也能看到其与儒家文化相通的地方，但其根本的论旨无非是说儒家文化印证了佛教的某些观点，从另一个角度论证了佛教在解决中国传统文化及现代文明各种问题时的无所不适。星云大师在《释迦牟尼佛传·十版缘起》中说："我是一个弘法工作者，我写这本书时，并不是把佛陀当作一个普通历史人物来描写，在我心目中，他是我所信仰的教主，是娑婆世界众生最值得皈依的导师。因此，在撰写时我的心态是虔敬的、严肃的，我不唯自己亲切地感受到佛陀深邃的智慧和无比的慈悲，更亟于把这种感受传达给这一时代的国人。以这种心态所写出的佛陀传记，我相信与坊间那些学术式和历史式的佛传有所不同。"① 这就是星云大师写作佛陀传的缘起，也是他贯穿于此传记的基本原则，由此也决定了整本书的基本特点。虽然作者在《出版自序》中说："我很惭愧，我还是凡夫的初学沙门，用凡夫的心情和知识不能来叙述佛陀的生涯，因为凡夫写佛陀，佛陀也要成为凡夫。"当然，他坚守了自己的基本原则。阿姆斯特朗的《佛陀》与巴塔查里亚的《佛陀的一生》在描述佛陀涅槃的时候都能看到作为人的佛陀在去世时所遇到的各种人生际遇，身体的衰老、病苦的侵袭、亲人的远离、缺乏知音的孤寂，这些年老的悲戚在星云大师的《释迦牟尼佛传》中一切都被得道的解脱所化解，从人的悲剧转化为佛的喜剧。这也是他们不同的人生价值体验，一是从人的角度，一是从佛的角度，来对佛陀去世心情不同的解读与揣测。但《杂尼迦耶》第48《根集》就记载了阿难在帮佛陀按摩身体时发现佛陀的皮肤起皱不再光洁的情景，而佛陀就现身说法，回答道："正是这样，青春必然会衰老，健康必然会生病，生命必然会死亡。"这正是生命的必然，也是佛陀教义的起点。② 与星云法师所采取的信徒的立场显著不同，崔连仲的《释迦牟尼——生平与思想》主要以历史学与宗教学的研究方法简洁明晰地阐述了释迦摩尼的生平与思想，其实释迦摩尼的思想就是他人生的重要组成部分。本共分为《出世篇》《教义篇》《善恶篇》《平等

---

① 星云大师：《释迦牟尼佛传·十版缘起》，海南出版社2007年版，第1页。
② 郭良鋆：《佛陀和原始佛教思想》，中国社会科学出版社2011年版，第103页。

篇》《伦理篇》《政教篇》《杂话篇》《涅槃篇》等。释迦牟尼的前半生主要以时间顺序讲述了他从出家到得道成佛的过程，后半生主要是云游活动，很难找出时间的顺序，主要按照说法的内容来分成不同篇章。每次佛陀的说法活动都依据佛经按照讲故事的方式，有时间、地点、人物、情节等，给人以通俗易懂，生动有趣的感觉。特别是书中大量的篇幅用以分析佛陀的基本思想及其构成，阐明其与中国传统儒家文化的区别及其联系，并指明其对中国及世界文化发展的重要意义，与其他著作形成了鲜明的对比，这也是作为学者所应具有的忠实客观态度的反映，很多在他著作中都较为戏剧化的情节场面，如《重返故乡化亲族》《佛陀涅槃》《佛所遇到的非难》《提婆达多的分裂活动》等章节，在本书中都呈现出客观平实而亲切的风格。①

　　星云大师的《释迦牟尼佛传》共分四十六章，在释迦摩尼从出家到涅槃的整个过程中选择了最典型的节点进行了描述、细化，虽然他在完成这部"宇宙第一人"的传记时，宣称"不是用想象力来写的，不能说一句没有根据的话。"②但他并没有指明其中的原始来源及出处，事件本身虽然都有根据，都在经传中有记载，但对很多事情的细节描写其想象的成分还是很显然的，可以说其中充满了生动翔实的描述，有些人物形象还非常鲜明，特别是佛陀各大弟子的个性也有着显著的不同，这应该是作者为了使佛陀的生活及其生活环境更加生动感人而努力想象营造的，这种随处可见的诗人与小说家的气质与丰富的想象力乃是为感染读者而故意为之的，也是阿姆斯特朗的《佛陀》与巴塔查里亚的《佛陀的一生》所绝无仅有的。如文中对迦留陀夷大骂并殴打偷兰难陀的生动描述，对迦留陀夷善于接引女人来皈依佛陀等都写得跃然纸上，生动引人，甚至似今日生动的日常生活场景。③在佛陀的一生中，除了佛陀出生、苦行、成觉、初转法轮、涅槃等具有标志性的人生时刻外，还有不少戏剧化的场面，其中佛陀成道返家，父子相见，与家人见面就是其一，各种佛传中也多有刻画，关于其细节的描述，各传记有所不同，但佛经的记述却简朴感人，《庄严经》曾记载这次父子之见。父王听说儿子得道六年后，也想成就阿罗汉果，佛陀也想度化父母，于是世尊威仪庄严，显现十八中神变，父王大喜，率群臣万民出城迎接四十里，父王说道："离别多年，现在得以相

---

① 崔连仲：《释迦牟尼——生平与思想》，商务印书馆2001年版，第42、313—317、296—303页。
② 星云大师：《释迦牟尼佛传·出版自序》，海南出版社2007年版，第2页。
③ 星云大师：《释迦牟尼佛传》，海南出版社2007年版，第173页。

见。"《宝积径》也有相关记载说,净饭王看到世尊统领人和天人,富贵自在,不自觉地头面着地,顶礼世尊足。① 其记述均简朴无饰,较少细节刻画渲染。星云大师《释迦牟尼佛传》中佛陀与父亲的见面却因非常戏剧化的谈话充满了世俗色彩:"佛陀的慈容,静得如止水一般,很温和恭敬地说道:'父王,我已不是昔日的悉达多,请您不要再呼我的名字,请您依照我们先祖的规矩称呼我好了。'"② 这种无情决绝的口吻很难与后来佛陀为父王主持火葬仪式的做法相提并论,同样也与佛经中直接简朴的记述形成了鲜明的对比,而质朴的叙述也常常包含着更加感人的力量。濑户内寂听《佛陀传》中描写佛陀父子再见时,佛陀则对父亲说:"实在抱歉。我把弟子们也带来了,在此地停留期间,我会与僧人们一起住在郊外尼捔律林中的小屋里。"父亲说:"这岂不是遗憾至极吗?"佛陀又说:"还望父亲海涵,教团刚成立不久,如果不严加管束的话,很快就会乱起来。明天孩儿一定出席难陀的婚礼。"③ 这些完全符合常人思维的想象,把大解脱的佛陀当成了看似维护父子关系、维护中庸之道的儒者形象了。一行禅师的《佛陀传》同样花费了很多笔墨在《重聚:佛陀回家了》一节中描述了佛陀回家的情景:"大王的马车离佛陀还有一段距离。大王叫车夫停下来。他下车行往佛陀。这时,佛陀看见父亲行近。他们朝对方走去,大王走着急步,佛陀依然是平和轻松的步伐。'悉达多'!'父亲!'"这就是他们见面时的称呼。当佛陀见到他的养母和妻子时,书中描写到:"佛陀望着大王、王后、耶输陀罗和孙陀莉难陀,每个人脸上都泛起了重聚的喜悦。片刻沉默之后,佛陀说话了:'父亲,我已经回来了。母亲,我回来了。瞿姨,你看,我不是回到你身边了吗?'"④ 佛陀与他们的谈话内容也是常见的亲人相聚的内容,只不过是加上了关于佛道的讨论。正如佛陀很少谈到自己苦行的具体细节,这些生动的描述多有想象的成分,但仍能深深地打动我们这些缺乏勇猛精进的俗人。但佛陀对父母的称呼却与圣经中耶稣对母亲的称呼形成了对比。《约翰福音》中迦拿娶亲的筵席上当耶稣的母亲对他说"他们没有酒了",耶稣说:"母亲(原文作'妇人'),我与你有什么相干?我的时候还没有到。"⑤ 文中译成"母亲"显

---

① 王孺童:《佛传:〈释迦如来应化事迹〉注译》,中国人民大学出版社2009年版,第219、261页。
② 星云大师:《释迦牟尼佛传》,海南出版社2007年版,第133页。
③ [日]濑户内寂听:《佛陀传》,刘薇译,华文出版社2015年版,第134页。
④ 一行禅师:《佛陀传》,何蕙仪译,河南文艺出版社2014年版,第155—159页。
⑤ 《圣经·约翰福音》,2章4节。

然是为了适应中国文化的需要，然而耶稣这句话应该与《马太福音》"作门徒的代价"一节中所说的是一致的："你们不要想，我来是叫地上太平；我来并不是叫地上太平，乃是叫地上动刀兵。因为我来是叫人与父亲生疏，女儿与母亲生疏，媳妇与婆婆生疏。人的仇敌就是自己家里的人。爱父母过于爱我的，不配作我的门徒，爱儿女过于爱我的，不配作我的门徒；不背着十字架跟从我的，也不配作我的门徒。"① 简单的称呼其实是宣称在人的生命里是父子、母女的血缘关系重要，还是人与神、人与佛的道缘关系重要，对文化传统的尊重也隐含了人神、人佛关系的弱化。这也与后来佛陀对父亲所宣称的："父亲，我已不再是一个家庭、一个民族或一个国家的儿子。我现在的家庭是众生，我的家乡就是大地，而我的身份就是有赖所有人包容的僧人。"② 亚当斯·贝克夫人的《释迦牟尼的故事》《故乡之行》一章中则是这样描写的：佛陀的父亲"净饭王在王子必经的路上，站在树荫下等候。他的上下左右到处充满了欢乐气氛。等着等着，净饭王看到一个身穿袈裟，裸露着肩膀的和尚沿路走来，后面还跟了两个人。和尚手里托着化缘的大钵，每走到一家门口，就停下来无声无息地把大钵递上去，不管施主给什么，都庄重地收下来，如果人家拒绝施舍，就不动声色地缓缓走向下一个门。这就是他的儿子。净饭王看到这种情景，羞耻之外又是爱怜又是气愤。他的胸中好似卷起来了一阵旋风，搅得他心神不宁，于是用手扯住袍子的胸襟，对着悉达多大声叫喊着：'这给我丢脸，丢透了脸！我的儿子竟成了叫花子！我们的民族被你羞辱得无法抬头了！'佛陀泰然自若地站在净饭王面前，恭敬地行礼后，扬起脸来望着父亲答道：'净饭王，这是我们民族的风俗。'"③ 因为佛陀认为他的祖先在古代乃是佛陀。这些个性化的叙述与佛经中佛陀的各弟子较少个性化的记载有着不同的文本风格，这与圣经中个性化的门徒也有根本不同，正如德国画家丢勒所设计的四个性格外貌截然不同的门徒一样，基督教在保证信仰的前提下，信众的个性与衣着外貌是可以富有个性的，但佛陀弟子迥然不同，即使他几位著名的弟子如舍利佛、目犍连、阿难及其出家的儿子罗睺罗到底是怎样的形象与个性，也是较为模糊，这种对个性的忽略应该与佛教的基本教义有关，既然姓氏都为释，衣着均为橙黄色的袈裟衣，那内在的要求与外形的形象一样自然也是追求一体化的，所以他们对佛陀及其

---

① 《圣经·马太福音》，10 章 34—37 节。
② 一行禅师：《佛陀传》，何蕙仪译，河南文艺出版社 2014 年版，第 168 页。
③ ［英］亚当斯·贝克夫人：《释迦牟尼的故事》，赵炜征译，陕西师范大学出版社 2002 年版，第 118 页。

弟子的记述就会较少地关注他们的特质和个性，而更多地关注他们在放弃我执，达到无我的程度，及在追寻佛的教诲的路上走了多远，至于其他都是我执的一部分，都是应该放下的。

　　星云大师无疑把写作《释迦牟尼佛传》当作自己宣传佛教的讲堂，所以书中很多地方都直接把逐步形成的系统的佛法体系在文中当作佛陀一次成型的演讲内容。如书中在谈到佛陀对憍陈如等五人说四圣谛法门时就直接把四圣谛的详细解释放在了文中，并以讲纲的形式呈现出来，在讲十二因缘时也采取了这个方式，① 甚至佛陀在对摩诃波阇波提夫人等宣讲比丘尼对比丘的八敬法时，说"佛陀威严地讲说八敬法道"，接着列举了八敬法的具体内容，并一再叮咛，把佛陀对女子加入僧团的复杂感受顿时消解了。② 这显然违反了佛陀讲话的基本风格，其实佛陀讲话正如耶稣、苏格拉底、孔子，甚至是庄子的讲话风格相似，常常以日常的、亲切无间的语言来吸引人、感染人、化解人心中的烦恼，常常读佛经的人也会感受到，佛陀讲道很少有这样细如罗网，密不透风的高头讲章，佛陀这样亲近人，不仅要化解婆罗门和刹帝利的烦恼，还要消除吠舍与首陀罗的人生困惑，所谓这些系统的讲章乃是后来的佛学家根据自己与先人的理解整理出来的。这显然是作者把写传记当作自己宣讲佛学理论的课本了。亚当斯·贝克夫人《释迦牟尼的故事》在谈到佛陀为王后波阇波提提出八敬法时说："接着佛陀讲授了这八条令人难以接受的训诫（其中心思想是：把最年高的尼姑列在僧团中最年轻、最低等的人之下），阿难陀听完之后，向王后一一作了传达。王后和那些倦怠的女人们全都接受，她们的苦恼就像被风吹散的乌云那样一下子便消失了。"③ 高兴的王后与充满不平的贝克夫人乃是两种不同文化下的女性的正常反应。对于佛陀反对女性出家，布瓦瑟利耶的《佛陀的智慧》则认为佛陀是从印度的文化传统及现实僧团的利益出发得出的结论，他说："佛陀对女性的表面态度完全是根植于对印度传统的尊重，因为印度传统认为女性应该依靠家族的男性成员过活。另外，也可能是基于佛陀自身的经验，特别是他想到波旬的三个女儿，更使得佛陀不禁要担心'女人的魔力'对刚成立不久的僧团可能产生的危险。"④ 其实佛陀的感受还是复杂的，《中本起经》记载了他处理此事的基

---

① 星云大师：《释迦牟尼佛传》，海南出版社2007年版，第88、95页。
② 星云大师：《释迦牟尼佛传》，海南出版社2007年版，第153—154页。
③ ［英］亚当斯·贝克夫人：《释迦牟尼的故事》，赵炜征译，陕西师范大学出版社2002年版，第118页。
④ ［法］布瓦瑟利耶：《佛陀的智慧》，萧淑君译，上海书店2007年版，第90页。

本过程，姨母的三次哀求遭到了佛陀的拒绝，但她不停地在门外悲啼，引来了阿难，阿难便到佛陀那儿求情，佛陀首先回忆了姨母的恩典，再申明了八敬法，同时也讲述了不让女性做沙门的根本原因。① 从另一角度看佛陀宁愿让佛法在世衰微五百年，也答应了姨母的请求，同时制定了八敬法，佛陀还是想在二难中找到一个折中的方法的，而不是简单地毫无人情地快刀斩乱麻式地用律条来解决这些复杂的情理纠葛。髻智比丘《亲近释迦牟尼佛》谈到了净饭王的请求，也就是比丘剃度时应先征求父母的同意。当舍利佛在为罗睺罗王子剃度时，净饭王便讲出了自己的心里话："世尊，当你出家时，我心中有极大的痛苦。之后，难陀出家，现在罗睺罗也出家，这痛苦真令人难以承受。世尊！父母对子女的爱犹如割皮，割皮而切肤，切肤而割肉，割肉而断筋，断筋而入骨，入骨而切入骨髓，并驻留在那里。世尊！今后比丘剃度弟子时，应先征求其父母的同意才好。"世尊于是对诸比丘说："诸比丘！没有征得其父母的同意，不可剃度儿童出家。若比丘如此做，便是犯恶作。"② 由此来看，佛陀在勇猛精进的同时，也有中庸之法，他不是要无畏地增加世人的苦痛，而是要善意地解除、避开世人的苦痛。佛陀传中还常常谈到另一个令人感叹的情景就是佛陀与他儿子罗睺罗的关系。佛陀即使在教育自己的儿子时，也要求他忘记父子关系，完全消融在"以戒为师"的信条里。与佛陀的父亲净饭王过分依恋自己的儿子不同，佛陀却按照信仰的原则来教育自己的儿子。佛经讲：当佛陀整理好衣服，持钵与僧衣准备去舍卫城行乞时，他的儿子也穿戴好衣服，持钵与僧衣准备紧随其后，这时佛陀转身对他说："罗睺罗！凡任何色……都应该以正确之慧被这样如实看作：'这不是我的，我不是这个。'"于是罗睺罗便重新回去，挺直身体，盘腿坐在树下，按照佛陀的教导冥想，以建立不执的正念。③ 简朴的叙述，正如压抑着无限的力量，把世间极其重要的父子之情写得如此淡然，如此平静，既令人感动，也令人唏嘘不已，而这正是佛陀所展示的力量，也是他所追求的，任何从事伟大事业的人大都经历过这种舍弃的感受。那烂陀《觉悟之道》有一段精彩的描写佛陀与罗睺罗的关系，书中写到：罗睺罗18岁那年，

---

① 王孺童：《佛传：〈释迦如来应化事迹〉注译》，中国人民大学出版社2009年版，第257页。
② 髻智比丘：《亲近释迦牟尼佛——从巴利藏经看佛陀的一生》，释见谛牟志京译，弘化社，无出版时间，第115页。
③ 萨布亚萨奇·巴塔查里亚：《佛陀的一生》，谢岫岫译，四川人民出版社2015年版，第83页。

他因自己俊美的相貌，心中生起欲念。为此佛陀向他讲解了如何修习更高层次的心法。一天，罗睺罗跟在佛陀后面，沿路乞食，他俩一前一后，如同一只吉祥高贵的天鹅，领着一只美丽的小天鹅，又好像一只威武的狮王带着它的雄壮的幼子。两人都面呈金色，相貌几乎一样庄严，同出武士世家，又都放弃王位。罗睺罗一面赞美佛陀，一面自我想到："我同我父亲一样英俊，我同佛陀一样相貌庄严。"佛陀马上觉察到他心中这些不善之念，朝后看了看，对他说道："无论何相，你都应该作如是观：此非我所（n'etam-mama），此非自我（n'eso'ham），此非自体（na me so atta）。"[1] 其记述简朴，较少细节的刻画。星云大师的《释迦牟尼佛传》里生动引人的故事与情景并不如阿姆斯特朗的《佛陀》与巴塔查里亚的《佛陀的一生》那样指明原始的出处，多是在佛经与传说的基础上自然而然地生发出细节，这些内容在星云大师看来都是毫无疑义的常识。正如他自己所宣称的，他坚守了自己的基本原则，在完成这部"宇宙第一人"的传记时，"不是用想象力来写的，不能说一句没有根据的话。"[2] 这些生动的记述自然能迎合大众读者的口味，但却无疑淡化，甚至是消解了整个佛教所包含的坚韧、崇高与克制的精神力量。这种原始的精简淳朴之美是后来的各种佛陀传记中所缺乏的，也是佛教艺术由纯朴到精美再到繁复的过程的再现。

在佛陀一生中最被反复叙说的就是他的出家与涅槃，出家是承诺与出发，涅槃是兑现与归宿。释迦牟尼开始踏上求道之路时29岁，这时他已有妻室及刚出生几个月的儿子，但天赋超群的他其实已识破人生的局限，所以他给儿子起的名字叫罗睺罗，意思是"系缚"，他不仅束缚了自己，同时也束缚了自己的亲人，他与儿子的出家自然都是对"系缚"的解脱与呼应。佛陀为了如贝壳般完满纯净的生活而努力追求人生的意义，其对家庭与亲人的逃离乃是这一追求所必然付出的代价，《圣经》也多次讲述了耶稣的这种经历与宣教。《路加福音》中耶稣对那位说要先回家埋葬自己的父亲再回来跟随他的人说："任凭死人埋葬他们的死人，你只管去传扬神国的道。" 对那位要先辞别家人再回来跟随耶稣的人说："手扶着犁向后看的，不配进神的国。"[3] 他甚至说："人到我这里来，若不爱我胜过爱自己的父母、妻子、儿女、弟兄、姐妹和自己的

---

[1] 那烂陀：《觉悟之道》，学愚译，山东人民出版社2007年版，第68页。
[2] 星云大师：《释迦牟尼佛传·出版自序》，海南出版社2007年版，第2页。
[3] 《圣经·路加福音》，9章59—62节。

生命，就不能作我的门徒。""你们无论什么人，若不撇下一切所有的，就不能作我的门徒。"① 这使我们想到耶舍在听闻佛陀讲法证道后想回家探望母亲被佛陀温和拒绝的故事，他已成阿罗汉，不能再受世俗贪爱欲望的束缚了。与孔子的儿子鲤先于孔子辞世一样，佛陀的儿子罗睺罗也先于佛陀辞世。然而罗睺罗的辞世并不如目犍连的被害对佛陀的打击更大，一如《论语》中孔子对颜渊的去世更为悲伤，这也说明觉悟了的佛陀把世人的觉醒成为自己生存、悲喜的依据。对于突然失去自己最好的弟子与朋友的佛陀，阿难反复揣测着佛陀的心理，想法安慰佛陀，但佛陀对阿难说："阿难陀，人人都称赞你用功多闻，而且记忆力惊人。但你不要以为这样便足够。虽然照顾'如来'和僧团是很重要，但你还有更重要的事要做。剩下来的时间，你要精进修行，以能冲破生死。你要视生死为幻想，就如你揉目后所见到的星斗一样。"佛陀对阿难的关心，是要他把修行看得比亲情与身心更重要，不要拘泥于短暂的利益，而要以成道为归宿。佛陀对阿难的称赞也表明了他是一位知恩图报的人，他并没有把阿难当作自己的工具，而是当作自己的朋友与同道。当着其他比丘的面，佛陀说："没有人是比阿难更好的侍者了。过去曾有其他的侍者把我的衣钵丢到地上，但阿难陀却从没有这样，从最小到最大的常务，他都照顾得非常妥善。阿难陀永远知道我要在何时何地与何人会面，不论是比丘、比丘尼、在家众、大王、官臣，甚或其他教派的行者，他把这些会议安排得智巧方便。'如来'相信过去未来，都再没有一个觉者能找到一个比阿难陀更忠心能干的侍者了。"② 关于佛陀选择侍者《本生故事》就记载了。那烂陀《觉悟之道》记述得更为生动，佛陀说："我现在老了，当我说要走此路，有人却要走其他的路，有人要把我的衣钵扔在地上。挑选一名永远侍奉我的弟子吧。"从舍利弗开始，每个比丘个个自告奋勇，愿意效劳。但是，佛陀拒绝了他们的好意。只有阿难陀在一旁默不作声。一些比丘就过去劝说他来侍奉佛陀，他同意了，但提出了如下几个要求：1. 佛陀不要把自己受供养的袈裟给他。2. 佛陀不要把自己受供养的饭食给他。3. 佛陀不要允许他同住一个香房。4. 佛陀不要每次带他去应供。5. 佛陀每次都要同他去应供。6. 佛陀要慈悲地允许他引见所有远道而来的客人。7. 佛陀要慈悲地允许他在有任何疑难时提问。8. 佛陀要慈悲地重讲他不在场时所讲的经典。当佛陀答应阿难提出的四要四不要条件时，阿难便成了佛

---

① 《圣经·路加福音》，14 章 26—33 节。
② 一行禅师：《佛陀传》，何蕙仪译，河南文艺出版社 2014 年版，第 370、384 页。

陀真正的侍者。书中写到:"从那时起,阿难陀便成为佛陀喜爱的侍者达25 年之久,直到佛陀涅槃。如同影子随身,佛陀走到哪里,他就跟到哪里。以挚爱小心谨慎地照顾着佛陀的起居。无论是白天还是黑夜,他总是依照老师的吩咐行事。据记载,在夜里,他总是手拿棍棒和灯把,提醒自己保持清醒,绕香房转九圈,保护佛陀的睡眠不受干扰。"① 但是佛陀对阿难的回报并不是等同的服侍,而是他的教导,正如耶稣把玛利亚看得比马大重要一样,乃是因为他把永生的道看得比世俗的服侍更重要,佛陀想看到阿难的得道与解脱,而这才是佛陀应该的回报,耶稣的回报则是永生与天堂。耶稣说:"我实在告诉你们:人为神的国撇下房屋,或是妻子、弟兄、父母、儿女,没有在今世不得百倍,在来世不得永生的。"② 佛陀的出家与耶稣对家与天国关系的讨论,其本质含义就是在人的一生中,到底是什么更为重要,是家,还是天下,是亲人,还是众人。在儒家来看,前者更为重要,虽然儒家把前者看成过渡到后者的桥梁,至少孔子如此,但大多数人也仅仅能做到前者就到止步不前了。佛陀并不是这样,他与耶稣一样,直接抛弃了家庭,佛陀更是逃离了家庭,这是各种佛传中反复宣讲的内容:释迦摩尼出家时还常常提到他看到的四种景象,即老人、病人、死亡和僧人,其中还有天神扮演成病人和尸体来促醒他的觉悟,特别是晚上醒来看到娱乐的歌舞美女横七竖八地躺倒在地上丑态百出的情景,有的张着嘴巴,有的打着呼噜,有的口水流在身体上,有的磨着牙,有的说着梦话,这一切都使他看到了"美"的本质,这些由虚假的装饰来掩盖的人群,更加促使他逃离这个虚妄的世界。传记还一再提到魔罗对他的诱惑,正如魔鬼对耶稣的诱惑一样,这是伟大传记中常常提到的人性阴暗面对自身成功的阻碍,是人生成长过程中的常态。佛陀传还常常提到佛陀所经历的各种残酷的修行,骨瘦嶙峋,腹部碰到脊柱,头发脱落,皮肤褶皱,形容枯槁,以至被路过的天人认为已死,这都是佛陀为去除贪欲和我执所做的艰苦努力,当然结果并不令人满意,所以他说"通达菩提,当有他道",这也是证误旁门左道所付出的代价。当然,佛陀放弃苦行及食用乳粥之后证悟的记述显示了早期佛教的中道思想及其对和谐、平衡与人性的尊重,正如佛陀所说:"诸比库,有二极端乃出家者所不应实行。哪两种呢? 凡于诸欲而从事此欲乐享受者,乃卑劣、粗俗、凡庸、非圣、无意义;凡从事此自我折磨者,乃苦、非圣、无意义。诸比库,不近于此二

---

① 那烂陀:《觉悟之道》,学愚译,山东人民出版社 2007 年版,第 74 页。
② 《圣经·路加福音》,18 章 29—30 节。

极端,有中道为如来所证正觉,引生眼,引生智,转向寂止、胜智、正觉涅槃。"① 在佛陀看来,自我折磨的苦行与终生沉浸于享乐一样是两个极端,是与中道正觉相悖的,人只有使自己的内心既不被快乐所执着,也不被痛苦所烦恼才能得真解脱。虽然逃离家庭、舍弃自我是佛陀核心价值的反映,但佛陀在菩提树下成悟的故事至少说明早期佛教不是压制人性,而是合理地、中庸地释放人性,和苦行僧不同。当然教与家的争执作为佛教与儒教最大的争论之一在中国历史上从未断绝过,王国维在《红楼梦评论》中还在为贾宝玉的出家辩护,说:"夫宝玉者,固世俗所谓绝父子、弃人伦、不忠不孝之罪人也。然自太虚中有今日之世界,自世界中有今日之人类,乃不得不有普通之道德,以为人类之法则。……夫绝弃人伦如宝玉其人者,自普通之道德言之,固无所辞其不忠不孝之罪;若开天眼而观之,则彼固可谓干父之蛊者也。知祖父之误谬,而不忍反覆之以重其罪,顾得谓之不孝哉?然而宝玉'一子出家,七祖升天'之说,诚有见乎所谓孝者在此不在彼,非徒自辩护而已。"② 这也是王国维为自己的自杀提前所作的辩护。当然这种把现实原则与理想原则截然对立的观点与做法都是很难获得普通信众的理解的,也是与孔子及注重现实世界的古希腊文化不相一致的地方。阿姆斯特朗《佛陀》根据释迦摩尼的回忆谈到了他身穿苦行黄袍,剔除发须之后,父母号啕大哭的情景,同时也提到了在离家之前偷偷上楼看熟睡中的妻儿最后一眼再不辞而别的情景。③ 简朴的叙述中彰显了他求道的复杂感受,求道不是不爱家人,而是在关键的时候如何在大爱中舍弃小爱,在大道之中舍弃小道,在大家之中舍弃小家。所以释迦摩尼的出家并不是一种消极悲观的虚无主义,而是一种勇猛精劲的大智大勇,是乐观进取的救人救己。

佛经中佛陀在对自己的陈述中说,这也是佛陀的自传:"我出身刹帝利族,是刹帝利种,乃王侯武士的血统,我的姓是乔达摩。我的寿命短促,很快就要结束;而现在的长寿者可活到百岁或百岁以上。我在一棵钵多树下成正觉,以此树为我的菩提树。我的两位上首弟子是舍利弗与目犍连。我有一次僧众之集会,有一千二百五十位比丘,各个皆是阿罗汉。我的侍者、第一侍者是阿难比丘。净饭王是我父,王后摩耶夫人是我生母。

---

① 萨布亚萨奇·巴塔查里亚:《佛陀的一生》,谢岫岫译,四川人民出版社2015年版,第69页。
② 王国维:《红楼梦评论》,上海古籍出版社2005年版,第18—19页。
③ 凯伦·阿姆斯特朗:《佛陀·译后记》,贤祥译,生活·读书·新知三联书店2014年版,第2—3页。

此王的国都设在迦毗罗卫城。"① 释迦牟尼传记的碎片化，正如《论语》的碎片化一样，与早期记录的碎片化有关，很难如后来发达的传记一样按照时间、空间的顺序来对一个人的一生展开详细的记载或论述。然而也与佛家，特别是释迦牟尼把生命的细节看得远不如佛教的教义更为重要有关，所以当释迦牟尼去世时，他的学生就哭诉，深感前途无助，正如布瓦瑟利耶《佛陀的智慧》中讲述的，现场信众中已成阿罗汉者仅仅表现出虔敬的沉思，但是"尚在路上（求道）"之人只能强忍悲痛，说："世尊逝去得过早，'善逝'（Sugata）离去得过早，'世界之眼'阖上得过早。""生死大海，谁作舟楫？无明长夜，谁为灯炬？"② 释迦牟尼便告诉他们，他虽然逝世，但他的话还在，应当以戒为师，而不是以人为师，即使释迦牟尼也有不完美的地方，也有人的局限，而他的教导则完美的。这与佛陀对薄伽梨的教诲是一致的，当其愧疚很久没有见到佛陀时，佛陀说："你以为要见到我的面容才是见到佛吗？这外在的身体是不重要的，最重要的是我所教之道。你见到佛所教的，就是见到佛。如果你只是见到我这个身体而不见我所教的，那便完全没有价值了。"③ 与释迦摩尼对自己的态度相对比，各种佛传大多是对佛陀完美的追求，也是对佛性完满的塑造，因此很少提到佛的不完满，除非是作为完满的反衬，如成佛之前修行过程中出现的各种丑恶，但在修行之后就很少提到，甚至在涅槃之前身体的衰老、疾病、丑陋也很少提到，这是作为过程的佛陀的肉体本应该存在的基本形态，但一般的信徒传记较少出现，其策略应该是担心因此而影响佛的神圣性，从而强化对佛的尊崇。但巴塔查里亚的《佛陀一生》在描写佛陀最后涅槃的过程中，却让读者深深感受到作为人的佛陀的感伤，书中写到："当佛陀渐渐老去后，他的一些弟子并不在他身旁，他们正忙于在各地传播他的思想。而他的第一批弟子，有些已经去世。所以佛陀入灭之时，似乎相当孤独。他的儿子罗睺罗曾有一段时间与他一起出游行乞，当年老的佛陀大多数时间都居住在舍卫城时，罗睺罗却像佛陀的其他弟子一样，常年行走在弘法的路上。在佛陀生命的最后日子里，只有他十分信任的近亲阿难陀守在他身旁。"④ 巴塔查里亚《佛陀一生》的这段叙述充满了

---

① 髻智比丘:《亲近释迦牟尼佛——从巴利藏经看佛陀的一生》，释见谛牟志京译，弘化社，无出版时间，第257页。
② ［法］布瓦瑟利耶:《佛陀的智慧》，萧淑君译，上海书店2007年版，第106页。
③ 一行禅师:《佛陀传》，何蕙仪译，河南文艺出版社2014年版，第296页。
④ 萨布亚萨奇·巴塔查里亚:《佛陀的一生》，谢岫岫译，四川人民出版社2015年版，第128页。

人性的味道,所谓"孤独""厮守""儿子""十分信任的近亲"等都使我们倍感亲切,但是否更符合佛陀的真正感受,那是很难验证的。正如王国维所说:"佛之言曰:'若不尽度众生,誓不成佛。'其言犹若有能之而不欲之意。然自吾人观之,此岂徒能之而不欲哉!将毋欲之而不能也。……释迦、基督自身之解脱与否,亦尚在不可知之数也。"① 巴塔查里亚的描述正是王国维观点的再次展现,然而佛陀之所以是佛陀,王国维是王国维,其差别正在于此。但这种描述在释迦摩尼的其他传记中却较少出现,正如在各种耶稣的传记与研究中很少提到他临死前的痛苦、对死亡的恐惧及看到弟子们沉睡时的孤独感一样。这些虽然在圣经中有明确的记载,但在一般的传记中,特别是传道中很少提到,《圣经·路加福音》说:"耶稣极其伤痛,祷告更加恳切,汗珠如大血点,滴在地上。祷告完了,就起来,到门徒那里,见他们因为忧愁都睡着了,就对他们说:'你们为什么睡觉呢?起来祷告!免得入了迷惑。'"② 这也与佛圆寂前的宁静形成了鲜明的对比,而这也是基督教充满激情的信仰与佛教追求寂静的境界形成了对比,对二者完满前情景的描述正是其精神追求的具体显现。

与各种佛陀传记中佛性完满的塑造相关,传记同时也充满了各种圣迹,正如圣经中的神迹一样,巴利圣典中也常常记载佛陀的奇迹,特别是他天才的慈悲之心与轻易就达到普通人很难达到的寂静喜乐的禅境。阿姆斯特朗《佛陀》就分析了这种异于常人的圣迹:"小男孩本能地禅坐,挺直后背,盘起双腿。他是天生的瑜伽士,很快就进入初禅,即达到寂静喜乐,但仍能思考和反省。没有人教过他瑜伽方法,但是一会儿小孩子就体验到超然物外的感觉。这段记录告诉我们,自然世界都知道幼年乔达摩的精神潜能。是日将近,其他树影都已偏移,唯有他头上的阎浮树影静止不动,为他遮阴蔽日。看护人回来被眼前的奇迹吓呆了,赶紧叫来净饭大王,净饭大王见状便向小男孩礼拜。这最后的情节自然是后人虚构的,但是这个入禅故事,无论真实与否,在巴利圣典中都很重要,据说对乔达摩的证道有关键的作用。"从这段叙述中我们能感受到阿姆斯特朗对早期圣迹的怀疑,同时也能感受到虔诚的佛教徒与一个现代文明的宗教学者对待佛陀神迹的不同态度,这是信徒的"信"与研究者的"疑"之间的差距。从另一个角度也说明了,原始佛教时期严谨纯朴的比丘们记录下来的佛陀的言论及形象与经历过几个世纪由信徒们塑造的形象之间有多么大的差

---

① 王国维:《红楼梦评论》,上海古籍出版社 2005 年版,第 21—22 页。
② 《圣经·路加福音》,22 章 44—46 节。

别，其中最大的差距就是人的佛陀与神化的佛陀、智者的佛陀与神通的佛陀之间的差距。凯伦对《本生经·姻缘谭总序》中有关证道的描述说："故事中没有瑜伽术语，完全以神话去描述证悟。作者并不打算写我们所说的历史，而是以永恒的想象力，去显示证得涅槃时的情形。他们使用神话学里常见的主题，我们通常把这些主题说成是近代以前的心理学，它们追溯心灵的内在轨迹，使潜意识心灵更加清晰。佛教基本上是心理学的宗教，难怪早期的佛教学者都那么擅长使用神话。我们必须再次提醒，这些圣典要告诉我们的，并不是真正发生过的事，而是要帮助读者获得自己的证悟。"[1] 不是对物理学意义上的现实真实事件的叙述，而是对意识领域里的心理现实的叙述，是对读者心理想象的强烈暗示。也就是从这角度，从简单的物质世界的立场来理解佛教的各种叙说就是南辕北辙，在佛教与基督教共同描述的，盲人看见、跛子行走、聋子听见的世界里，太纯粹理性的现实逻辑是不适用的。

这使我们想到佛陀所常常采取的沉默的态度。佛陀并没承诺过什么天堂，甚至也没承诺过跟随他的人都能达到自己的目标，他常常用沉默来回答弟子的疑问，特别是对于那些超出人的能力所能认识的问题，他的态度与孔子"君子于其所不知，盖阙如也"类似，苏格拉底也常常说，自己的聪明就在于知道自己不知道。佛陀关心的问题仅仅是此世生命遭受的痛苦及解脱痛苦的方法，他自己也这样认为，是他的思想，而不是他本人更能对人具有根本的意义，而这个看似简单的问题竟是如此之难，他甚至怀疑是否有人愿意跟随自己，并能跟随多久。根据《大般涅槃经》，佛陀临终时反复告诫弟子要时刻精进，以自作洲，自作归依，勿皈依他人，以自己为明灯，做在自己看来是善的事，甚至不可依靠宗教典籍，"勿信与藏经之教相合之说"。人必须从内心之中，在自己心中去寻找引导自己的光，光从内心升起，并以智慧之灯唤醒众生。他也并不确定佛法在他入灭后能否永久流传下去，自己只是一位指路人，他并不确定任何人都能达到彼岸，甚至他还确认，即使没有机会听闻佛法的人，也可以因善业圆满而入证涅槃。[2]

由此来看，佛陀的心胸是无限宽广的，如天空与大地一样无所不包，如森林与大海一样无所不容，这正是后来者所往往不及之处，也是我们要

---

[1] 凯伦·阿姆斯特朗：《佛陀·译后记》，贤祥译，生活·读书·新知三联书店2014年版，第73页。

[2] 萨布亚萨奇·巴塔查里亚：《佛陀的一生》，四川人民出版社2015年版，第155、166页。

追寻佛陀足迹的根本原因,他的人生的每一个印记里都包含着慈悲与友善,只要世界的暴力存在,它就具有非比寻常的现实意义。佛陀在这一点上与圣经及孔子的想法是一致的,不需要暴力,不需要刑法就可以为国家带来和平与幸福。对佛完美人格及境界的描述在不同文化背景的作者描述下,并没有本质的差异,这也是佛教的理想与信念对不同文化、阶层、性别、宗族的超越,它要面对所有的人,解决他们的人生问题,而不仅仅是针对哪部分人,甚至是针对哪些团体,正如六祖慧能在回答五祖弘忍说他"汝是岭南人,又是獦獠,若为堪作佛"时所回答的:"人虽有南北,佛性本无南北。獦獠身与和尚不同,佛性有何差别?"① 佛教与基督教对超越不同文化的追求,正是它超越儒家执着于血缘与独特性的伟大之处,乃是人类追求整体一体化文化模型的努力的表现。佛教告诉世人,只有体会他人的苦乐,仿佛自己的苦乐,不是隐居在深山密林之中,而是走向人群之中,投入到世人的烦恼里,才能成为真正的人,并与世界融为一体。房龙所说的摩西的十诫乃是整个人类文明的基石,释迦摩尼对完美人生的追求,也可如是说。

在佛教的发展史上,佛陀允许女性出家无疑具有深远的意义,但其过程却往往让人产生困惑与歧义,阿姆斯特朗《佛陀》就探讨了他对女性出家的态度。阿难在佛陀生命的最后请教应该怎样与女人接触,佛陀便告诫他最好不要接触,万不得已就不要讲话,最后是要保持正念,所以阿姆斯特朗说:"佛陀自己也许不同意对女性保持这么极端的歧视,但是这些话有可能反映了他始终无法克服的担忧。"② 当然这种担忧与其是针对女性的,倒不如说是针对人性的,是人性的软弱造就了这一令人不得不担忧的局面,也许单独的男性是坚强无我的,但一遇到女性,那最终的结果倒是很难预料的,这也就是所谓的爱情价更高的原因吧。一行禅师的《佛陀传》中,关于女子出家的八规条是由舍利弗宣布的,而且舍利佛还与目犍连关于此规条是否歧视女性进行了简单的辩论。当舍利弗宣布完八条后,目犍连大笑起来,"这八规条很明显是歧视了。你还不承认吗?"舍利弗回答道:"这八规条的目的,旨在开启女性加入僧团的大门。它们不是旨在歧视女性,然而是终止对她们的歧视。你体会吗?"目犍连随即点头,以示认同舍利弗的高明见地。③ 如果说这八条规不是"旨在歧视女

---

① 惠能:《坛经》,尚荣译注,中华书局2010年版,第6页。
② 凯伦·阿姆斯特朗:《佛陀·译后记》,贤祥译,生活·读书·新知三联书店2014年版,第163页。
③ 一行禅师:《佛陀传》,何蕙仪译,河南文艺出版社2014年版,第204页。

性",那一定是合情合理的,因为佛陀连"不能接触者"都能允许加入僧团,女性又如何不能呢?但如果因此说这是"终止对她们的歧视",那就令人费解了。那烂陀《觉悟之道》在谈到佛陀的八敬法与妇女加入僧团将使圣法延续由一千年变为五百年时说:"一般来说,这些评论也许不会迎合妇女口味,但是佛陀当然没有全盘指责妇女,只不过是指出了她们在性格上的弱点而已。"① 阿姆斯特朗《佛陀》中则根据《律藏·大品》指出"比丘尼八敬法"是佛陀为波阇波提出家做出的让步,是佛陀对整个僧团发展的担心,而这种担心正是实事求是的,因为,正如阿姆斯特朗指出的,"我们必须很遗憾地说,文明从未善待过女人。"② 一行禅师企图化解矛盾的努力是很显然的。其实,佛陀担心的不仅仅是女性,还有男性,不然他为何要求男性出家呢,但是更担心的是男女结合后所产生的巨大力量,而这种力量是单独的男性所无法产生的,这是对话的力量,而不是孤独的力量。作为一个对佛教保持着尊敬的局外人阿姆斯特朗的《佛陀》时刻坚守基督教义与现代文明的基本理念,对释迦牟尼的整个生命历程,及其这种生命历程所隐含的佛教教义的精神实质进行了自我的解读。她从不回避佛教本身的局限,佛陀身体的衰老与病痛的侵袭,他的被反复谋害,与提婆达多的对立,僧伽的我执与争斗,甚至是佛陀在处理僧团分裂,僧众争议时的无奈,他宁愿独自到森林里与一只受伤的大象一起过夜,也不愿意与争吵不休的固执自我的比丘们一起。律藏《小品》和《增一尼迦耶》的《八集》中记载了摩诃波阇波提夫人出家的故事,与汉译《中阿含经》第116《瞿昙弥经》相对,提到佛陀要摩诃波阇波提只要接受八敬法就能出家。佛陀在《增一尼迦耶》经中也提到由于妇女出家,梵行将持续五百年,而本来可以持续一千年。律藏《大品》和《中尼迦耶》第128《随烦恼经》就记载了佛陀看到比丘们就戒条产生歧义,争吵不休,他再三劝告无用,只好离开的情景。佛陀甚至斥责提婆达多说他是一个废物,当提婆达多向佛陀提出要接受僧团时,佛陀便义正词严地说:"我甚至不会把僧团交给舍利弗和目犍连,又怎么会交给你这样一个无用的废物?"③ 这是佛陀在责骂人吗?佛陀是否如马丁·路德严厉咒骂教皇那样责骂过人呢?一行禅师《佛陀传》中说:"很久以前,缚悉底曾听过佛陀责骂和辅导罗睺罗,他又见过佛陀矫正一些其他的比丘。现在才

---

① 那烂陀:《觉悟之道》,学愚译,山东人民出版社2007年版,第78页。
② 凯伦·阿姆斯特朗:《佛陀》,贤祥译,生活·读书·新知三联书店2014年版,第161—163页。
③ 郭良鋆:《佛陀和原始佛教思想》,中国社会科学出版社2011年版,第88、98页。

明白佛陀责骂的背后，是深切的爱。"① 其实，爱的态度并不能完全解决教团的一切纷争。一行禅师《佛陀传》就详细描述了僧团内的各种争论、分离，甚至是对佛陀的诽谤与暗杀，这是对人性复杂性的展示，也是从另一角度彰显了佛陀的伟大，但一般的佛陀传却常常遮蔽这些僧团内部的争论，甚至是为了彰显佛陀的万能而人为消解了这些佛陀伟大的人格力量，虽然人格力量不是万能的。一行禅师并没有用神通来彰显佛法无边的荣耀，可能是作者长期生活在西方，受强大的科技理性精神直接影响的结果。《默默反抗》一节详细地描述了提婆达多如何分裂教团及其如何被佛陀所战胜的过程。当佛陀企图用"不可执着自己的见解"来化解僧团内一次戒师与经师的争论无果时，一个比丘请他不要插手此事，欲自己解决。"接下来的，是鸦雀无声的沉默。佛陀站起来，离开了礼堂。他回到自己的房间，拿起乞钵，步往拆赏弥乞食。之后，他独自行入森林里用食。吃完后，他又起来离开拆赏弥，向着河那边走。他没有通知任何人，就是他的随从罗祇多和阿难陀也不知道他离开了。"② 调解无果的佛陀孤独静静地离开了是非之地，正如甘地企图调解欲以分裂的印度教派与伊斯兰教派无果一样，他又一次目睹了人性的丑陋与粗鄙，即使是佛陀这样的智者有时也难于让人不执着于自己浅薄的见解，正是他真正彻悟了人性的各种迷痴才说出自己仅仅是导师，不能保证任何人都能最终觉悟的话。佛陀的无奈正是他省察到人与莲花一样，每个人都有自己的先天条件，都需要不同的法门，自然也会有不同的果，这是一种伟大的实事求是，与各种宗教虚假无妄的承诺形成了鲜明的对比，人只有自己才能解脱自己。佛陀明白，这一切都必然通过自我的修行与觉悟才能达到，只有同情与爱才能化解，但根深于人性内部的自私与自我很难彻底干净地拔出，成为出污泥而不染的红莲花，成为抛弃我执、超越世间的觉者，不是简单的剃发、穿衣、读课所能达到的，后来六祖的被追杀也让世人看到了人真正的觉悟之难，所以佛陀的担心不仅仅是担心女性，更是担心人性，他深知要从根本上改变人的思维方式与生活方式是多么艰难，担心人总是执着于他们执着的东西，更担心执着的人自认为放弃了执着，佛教很难彻底征服世界的根源乃在于世人很难达到佛陀所要求的境界，只有看到佛陀所面对的人性的难化，才能体会到他的真正伟大。

面对教团的争执，不同的作者采取了不同的态度，也记述了佛陀面对

---

① 一行禅师：《佛陀传》，何蕙仪译，河南文艺出版社2014年版，第330页。
② 一行禅师：《佛陀传》，何蕙仪译，河南文艺出版社2014年版，第208页。

这些争执时所采取的不同的策略与手段。一行禅师《佛陀传》描写了佛陀在面对无知僧团的内争时所特有的坚韧与无奈，而那烂陀的《觉悟之道》却采取了不同的策略。那烂陀为佛国斯里兰卡著名佛学大师，其《觉悟之道》初版于1942年，为著名的南传上座部佛教著作。本书的第一部分为佛陀的传记，第二部分则阐述了巴利语系佛教的基本内容。本书第八《佛陀和他的眷属》、第九《佛陀和他的眷属（续）》两章专门探讨了佛陀的家庭关系，他与父亲净饭王、妻子耶输陀罗、儿子罗睺罗、同父异母兄弟难陀、堂弟阿难陀、姨养母摩诃波阇波提等之间的关系。第十章专设一章《佛陀的反对者和护持者》讨论佛陀在传教中所面临的各种人为的偏见及其艰难险阻，这是其他佛陀传记较少见到的。在很多常见的佛陀传记中，为了宣传佛陀的神圣及其神通广大，把佛陀的传教历程设想为所向披靡，一往无前的坦途，《觉悟之道》也首先采取了这种策略。净饭王渴望见到自己的儿子，佛陀去见父亲，但在释迦族的花园里高傲自大的释迦族元老并不向佛陀行礼，这时佛陀运用自己的神通征服了他们，书中写道："即时，佛陀升至天空，大显双运神通，以此制服了他们的狂妄。老国王见如此不可思议之神通，率先向佛陀行礼，口言这是他第三次礼拜佛陀。其他人也不得不依次向佛陀行礼。随即，佛陀从天空降至地上，坐在早已准备好的座位上，谦恭有加的释迦族人一齐围坐四周，渴望听闻佛陀的开示。"《觉悟之道》在描写佛陀与父亲关于乞食的争执时也采取了基本相同的策略。当国王得知佛陀沿街乞食时顿感羞辱，便以荣耀的出身来劝说佛陀放弃此行，但站在街头的佛陀劝说国王到："大王，这不是你国王家族的传统，而是我佛陀家族的传统。诸佛以乞食为生。""正念乞食，正法行事，善行之人，此彼得乐。"[1] 听完此偈，净饭王也即可见道而证初果。《觉悟之道》还讲述了佛陀如何化现神通，带领同父异母兄弟难陀游历兜率天见识天女以忘记未婚妻的故事。[2]《觉悟之道》多次描述佛陀为解决困境而幻化神通的故事应该与那烂陀作为佛国斯里兰卡著名佛学大师所言说的语境及其听众有关，这与长期生活在西方的一行禅师有着根本不同的文化语境。关于佛陀这次传教中所显现的各种奇迹，也就是佛陀成道后第六年再次回到舍卫城，在由波斯匿王主持的与外道的辩论中，佛陀显现大神通，特别是"芒果树奇迹"，以最终战胜外道富兰那，使其投水自尽，布瓦瑟利耶在《佛陀的智慧》中说："佛陀于舍卫城，在作为

---

[1] 那烂陀：《觉悟之道》，学愚译，山东人民出版社2007年版，第62—63页。
[2] 那烂陀：《觉悟之道》，学愚译，山东人民出版社2007年版，第72—73页。

仲裁者的波斯匿王面前所示的'大神通',足以震惊对立的教派领袖们,即众位敌视佛陀及佛教的成功的'外道'。这类公开辩论的优胜者势必影响力大增。但若要震惊群众,仅仅在口头上辩论是不够的。因此,尽管佛陀厌恶这么做,展现神通也是必需的。"很显然,如果耶稣在他的传道中,不能使水变成酒,不能使死人复活,不能治病,不能驱鬼,正如摩西不能降灾以惩法老,不能使红海分道,不能使磐石涌泉,不能天降吗哪,那能有多少人愿意跟随他们确实是值得怀疑的。但是过分的渲染也会适得其反,关于佛陀的各种遭遇,布瓦瑟利耶说:"关于佛陀游历说法三十七年期间内的事迹,较为人熟知的并不是皈依者的增加,而是佛陀所遭遇到的一些阴谋恶行。佛陀游历期间内的某些时期缺乏可资记述的事迹,因而有些作者甚至怀疑佛陀'最后一生'的实际年寿可能被有意延长了十五年,以便达到'人类满寿的最低限度'。但是没有特出的事件原本就不意外,而且,引起轰动的皈依场面本来就不多,更遑论奇迹的示现了。要杜撰一些神奇的轶闻当然是很容易的,因此,包括学者费里尤乍在内的人都相信,文献对此期间甚少着墨,其实正说明了作者的诚实。"① 其实,任何企图掩盖,甚或弱化佛陀艰难历程的努力都是不符合历史史实的,也是不符合人类文化发展的基本轨迹的,无论是代表古希腊文化的苏格拉底的死,还是代表基督教文化的耶稣的死,甚至是代表儒家文化的孔子的多灾多难,都表明任何人类的进步都要无畏的勇气,付出艰辛的努力,最后才能达到理想的境界,佛陀传道的历程也不会更平坦,从另一个角度,如果是太容易,那又何来佛陀的伟大呢?所以那烂陀说:"虽然他为人类服务的动机是绝对的纯洁,彻底的无我,但是在宣说和传播教法中,佛陀不得不与强大的反对者作斗争。他受到刻薄的批评,公然的侮辱,以及无情的人身攻击。这是其他宗教领袖从来没有经历过的。他的主要反对者就是外道之师及其追随者。而他们的传统教法和盲目的祭祀仪式受到佛陀的公正抨击。就个人而言,他最大的敌人就是他的姻弟和早期弟子提婆达多。他曾试图谋害佛陀。"在佛陀拒绝提婆达多提出的转移领导权时,那烂陀《觉悟之道》中这样写道:佛陀斩钉截铁地拒绝了他,说:"我甚至不把僧团交给舍利佛和目犍连,我又怎会交给你?"② 佛陀对提婆达多的憎恶与羞辱给省略了,也许在那烂陀看来,对于已经觉悟的佛陀来说,愤怒与憎恶是不应该的,也是没有的,其实佛陀的伟大就在于他具有一往无前的

---

① [法]布瓦瑟利耶:《佛陀的智慧》,萧淑君译,上海书店2007年版,第91—92页。
② 那烂陀:《觉悟之道》,学愚译,山东人民出版社2007年版,第82—83页。

坚韧，具有化解一切的方便法门，哪是普通的信众，即使出众的传教者所能体会的呢？所谓现身说法，所谓方便法门，所谓随机设教，所谓超凡入圣，所谓金刚怒目，所谓拈花微笑，所谓棒喝狮吼，都是如此，常理设想，提婆达多这种人怎能是简单如那烂陀那样的一句话所能改变的呢。其实，佛陀受辱也是常理，历代圣人似乎都没有逃过受辱的命运，不是圣人羞辱庸人，而往往是圣人遭受庸人的羞辱。即如孔子，不是孔子羞辱阳货，而是阳货羞辱孔子，庄子描述了盗跖对孔子的羞辱，这从另一个角度证明了孔子忍受阳货羞辱的准确性，都是一样的羞辱，盗跖的更甚，孔子对此都能忍受，阳货的更不在话下了。释迦牟尼也是一样，不是释迦牟尼侮辱哥利王，是哥利王侮辱释迦牟尼，而且释迦牟尼在成道后还第一个度他。同样耶稣在钉死的时候不是他侮辱强盗，而是强盗侮辱他。甘地的死也是一样，不是他杀死了纳图拉姆·戈德森，而是后者杀死了他，圣人的心中只有他的理想，而庸人的心中只有他的利益，他看到的仅仅是圣人的理想挡住了他的利益，那就是他宁死也不愿改变的欲望与本性，他甚至常常坚定不移地认为他的欲望就是世人必须满足的欲望的代表。当他遇到圣人的原则时，他只有坚定不移地摧毁它，而这只有依靠暴力，他哪有别的可能来战胜圣人呢？忍耐，他们肯定是不屑一顾的，辩论取胜的可能性极小，表决又是他们极端蔑视的，只有暴力使他们极愿选择而又不得不选择的方法，侮辱不过是暴力的辅助手段，在他们看来，暴力自然是最有效率。

　　在佛教的传播史中，佛陀的图像对佛教的传播起着非常重要的意义，佛像的传记已成为佛的传记的重要组成部分，因为佛教所追求的境界有很多是语言所很难传达的，虽然早期佛教反对塑像，但后来还是得到了很大的发展。正如在西方基督教历史上反复出现的破坏圣像运动一样，中国历史上也多次出现佛教造像兴盛与屏息的交替。正如梁思成指出的，在元魏统治下，帝王提倡佛教，"故在此时期间，造像之风甚盛，然其发展，非尽坦途。"[1] 早期佛的存在往往用菩提树、法轮、佛的足印、宝座等一些在佛陀一生中富有典型意义的物件来代替，直到四世纪末印度东南方的案达罗地区仍有佛教的不同教派争论该如何表达既有神性又有人性的佛陀，是用神的形象，还是用人的形象，还是直接采用象征性的事物来标志？有的浮雕就直接采用拂尘所围的大伞盖来象征新生的佛陀。[2]《圣经》摩西

---

[1] 梁思成:《佛像的历史》，中国青年出版社2010年版，第12页。
[2] ［法］布瓦瑟利耶:《佛陀的智慧》，萧淑君译，上海书店2007年版，第41页。

十诫中也有"不可为自己雕刻偶像"的规定,这也使得最初的基督信仰中很难发现具体的圣像,圣像也往往用象征的手法来体现。在佛教的传播史上,人们发现借助外在的形象来感知神圣事物的存在正是人的局限与需要,人必须借助有限来达到无限,人在阅读佛经时,同时也能从佛堂的图画与雕塑中感受想象到佛的慈爱与威严,各种殿堂所营造的庄严肃穆的神秘气氛,佛像所展现出的慈祥、亲切、庄严、高贵及神圣性,佛像的直观性与冲击力无不对身临其境的心灵、对信徒的心理及感受的影响有文字语言所不能取代的价值和意义,这正是宗教家热衷佛像的根本原因,也直接导致了佛像艺术的标准化、程式化、风格化。那些静坐在佛堂或寺院中的精修者自然知道这些关于佛的壁画与雕塑并不是真正的佛,而仅仅是通向佛的路径,但完美的艺术形象却充分展示了佛经所竭力追求的固守自我、坚忍一切、内外合一的大解脱者的精神形貌,对佛陀图像的解读与美学分析无疑会加深对佛陀本人及其教义的理解。所以赫尔穆特·吴黎熙在《佛像解说》,本意为"佛陀之像"(Das Bild des Buddha),中说:"有什么能比给佛陀造像以代替其预期的权威,更容易让人接受的方法呢?"[①]他在谈到自己在博物馆观看佛像的感受时说:"多年前,当我第一次在萨尔纳特博物馆,站在萨尔那那尊著名的坐佛面前的时候,我明显地感觉到自己完全被征服了。我似乎在还未意识到这一古典主义的每一特征时,便感觉到了这件成功的艺术杰作表现手法之独特性、卓越性,这绝不仅仅表现在佛陀面部的表情上,其身体的所有部位以至于松松的相互叠加在一起的双手的指尖,都被刻画得极其细腻入微。此乃进入大解脱者的写照。忍受一切、固守自我的道路、回向于内心,这一切乃印度笈多艺术之特征,也是印度佛教古典主义之标志。"[②]博物馆单独的佛像都会如此,那真正的佛的殿堂,正如庞大的哥特式教堂一样,神秘的烛光、繁复的壁画、幽深的殿堂、庄严的佛像和内心的信念一起都融入了顶礼膜拜的信众的心中。在这里,绘画、雕塑、建筑中的形象与文学语言的形象融为一体,把观赏者从遥远的现实带入到艺术所创造的神圣氛围之中,这种视觉的警醒与言语的叮咛一起不断告诫观看者要牢记自己的目标与归宿,不断超越自我。台湾著名漫画家蔡志忠在《佛陀说——觉者的法音》一书中以精美的图画配上佛陀的各种言说以阐明佛陀的基本教义。他在开始就以简明的

[①] [德] 赫尔穆特·吴黎熙:《佛像解说》,李雪涛译,社会科学文献出版社2003年版,第10—13页。

[②] [德] 赫尔穆特·吴黎熙:《佛像解说》,李雪涛译,社会科学文献出版社2003年版,第36—37页。

文辞，配以高大挺拔的菩提树、树下成觉的佛陀、讲法的佛陀、围绕听法的众比丘等几幅线条流畅、构图精美的图画传神地表达了佛陀的一生。①蔡志忠绘画中的佛陀有一种宁静活泼而又亲切自然的现代味道，他是以佛陀的思想及自己的绘画来努力为困倦的现代人提供释然的直接结果。亚当斯·贝克夫人的《释迦牟尼的故事》则用80幅佛教名画，155种世界大寺院及博物馆珍藏艺术品来解读释迦牟尼的一生，特别是彩色插图是其他纯文本图书所无法取代的。靠图像来了解佛陀的生活及其人生理念在某种程度上具有语言所无法达到的效果，正如佛陀与迦叶之间的拈花微笑，当然，图像并不是一种如实的描绘，而是按照佛经的记述及佛教的理念对佛陀形象及其言行的完美塑造。布瓦瑟利耶《佛陀的智慧》就专设一章《佛的容貌与形象》来分析佛经对佛的形象的记述、描写及其佛学意义，特别是对不同于凡人之处的三十二相给予了分析，因为那是无尽前世所积功业善因福报的明证。②此章不仅讨论了佛陀的身体特征，还讨论了佛陀的各种身体姿态，各种立、行、坐、卧姿势及各种代表性的手势及各种手印，以辨别佛陀一生中最具意义的时刻及其在佛教中的具体意义。语言的呈现与图像的呈现对接受者的心理自然产生不同的意义。泰国艺术家关于佛陀最后一餐所食食物的画面就让文化语境不同的信众产生异样的感受，布瓦瑟利耶《佛陀的智慧》中说，其中有一道"猪肉膳"似乎让佛陀病痛复发，而且病情加重，甚至还有泰国的艺术家用图画描述了众人采用当地烹调方式，将小猪串于铁摇杆上烘烤的情景，并以众神的在场来确认此事件的真实性与重要性。③

我们为何要一再地重回到远古佛陀的精神世界里呢？正如每次的基督教改革都要重回到原初的耶稣传道的世界里一样，那是因为在他们原初的生活与精神原型里更少后世人为的掺杂，更加接近精神世界所最终追求的本真而又简朴的精神理念，体系愈来愈庞大，规则愈来愈繁复，人愈来愈迷失方向，不仅迷失在世界与自我里，而且迷失在道路与规则里，看着厚厚的规章制度，哪有不歧路亡羊的呢。写作、阅读佛陀传记并不是一个简单的实事求是问题，而是关涉到对佛教的基本教义及对人生、自然、自我等人类基本问题的理解，正如《法华经》中记述妙音菩萨对佛的问候："您没有生病，没有烦恼吧？您的日常起居都顺利吗？您行、住、坐、卧

---

① 蔡志忠：《漫画佛学思想》上册，商务印书馆2009年版，第9—16页。
② [法] 布瓦瑟利耶：《佛陀的智慧》，萧淑君译，上海书店2007年版，第147—148页。
③ [法] 布瓦瑟利耶：《佛陀的智慧》，萧淑君译，上海书店2007年版，第102页。

都安稳快乐吗？四大调和吗？世事可忍吗？众生容易救度吗？众生没有过多的贪欲、嗔怒、愚痴、嫉妒、悭慢吗？没有不孝顺父母、不恭敬沙门、充满邪见不善之心、不能收摄喜、怒、爱、恶、欲等五种情感的众生吧？众生能降服诸魔怨吗？久已灭度的多宝如来也在七宝塔中听您说法吗？"妙音菩萨又向多宝如来问讯："能够身心安稳、无忧无恼吗？还能忍耐久住吧？"[①] 菩萨的修行天高地厚，海深河广，但他们仍然是为了解决这些日常生活的基本问题。所以一本佛陀传既是作者的一次精神旅程，也是一次在读者面前自我展示精神境界的过程。对佛陀的描述与塑造既是对佛陀一生的澄清与追随，同时也是对佛陀一生的美化与歌颂，这既是求真的艰苦历程，更是求善、求美的精神历程。佛陀对人生意义的追寻穿越两千多年的历史直指现代人孤独漂泊的心灵，所有对佛陀的追忆及其思想的钻研都是出于此目的，各种《佛陀传》更是如此。但佛陀反对个人崇拜，如孔子一样，他虽然也相信神的存在，但很少考虑神的问题，认为对神的献祭很难真正解决自己的问题，他认为要坚定地依靠自己的力量，依照原则而行，以身证法，相信善恶本身因果轮回的力量，抑制自我，去除自私的本性，拒绝贪爱与欲望，培养心灵的宁静以显示精神的力量，最终来实现自我的解脱，而不是仅仅靠崇拜什么，崇拜本身没有任何意义，如果自己的心、行没有任何变化。今日我们在佛教界到处看到了对佛陀的崇拜是不是算作个人崇拜已很难定论，因为人性的需要在佛教的传播中已成为无法忽视的因素，这是对信奉者施加影响的一种重要策略，是俗众的需要。对自我与原则的信靠与基督教对神的信靠不尽相同，对神的信靠乃是建立在神的万能的基础上，但其最终还是对自我的信靠，在这里，自我、神、原则乃是完美的三位一体，如果任何一方出现偏差，信仰的力量都无法真正实现，信仰的大厦也即顷刻崩塌。正如那烂陀《觉悟之道》《佛陀怎样看待创世主——上帝》一章中佛陀对创世主的看法，文中说："巴利语中，相当于其他宗教创世上帝一词的是 Issara（梵天 Isvara），毗湿奴或梵天。佛陀在好多场合中，否定了永恒灵魂的存在，只在为数不多的情况下否定了创世上帝。但是，佛陀从来没有承认创世上帝的存在，无论它是一种力量或一种情。虽然说，佛陀没有置超人的上帝于人类之上，有些学者则说佛陀在此特别重大的矛盾问题上保持了特有的沉默。以下的摘录将明白无误地表明佛陀对创世上帝观念的看法。"但在《般达龙本生故事》中，菩萨这样质问创始者所谓的神圣公正："有眼之人皆能见到疾病，梵天为何

---

① 赖永海主编：《法华经》，王彬译，中华书局2010年版，第478页。

没把所创造之人塑造好？如果他法力无边，为何他又很少伸出他祝福之手？为何他创造之人又都惨遭痛苦？为何他不给他们施予快乐？为何欺骗、谎言和无知如此盛行？为何虚伪如此嚣张？真理和正义如此衰落？数落你梵天非正义，创造了容纳错误的世界。"在《大菩萨本生经》中，菩萨反驳了一切皆是万能者所造的理论，他指出："若有万能之主的存在，支配一切众生的苦乐和善恶，此天主沾满了罪恶。人类只能按其意志行事。"[①] 其讨论的问题仍然是恶从何来，世界有没有最终的善恶主宰者，而世界为何又常常不能见到正义的实现，也就是善良的人常常悲惨不幸，邪恶者又往往飞黄腾达呢？而这正是司马迁与约伯共同的困惑。

（原载《现代传记研究》2016 年春季号）

[①] 那烂陀：《觉悟之道》，学愚译，山东人民出版社 2007 年版，第 210—212 页。

时代铭纹深重的话语风貌
——对20世纪40—70年代三个文艺批评"样板"的文本细读

黄 擎

20世纪40—70年代的文艺批评及其影响下生成的文艺景观虽然已经离我们远去,但自有其社会政治批评的承传与异变轨迹,具有一定的政治合法性与历史合理性,对当代文学的发展和国民文化人格建构的深层影响至今仍有遗痕与回响,简单的否定或肯定都难以认识其复杂的话语风貌和实践功效。20世纪40—70年代文艺批评话语流变的过程即其主导形式——政治批评范式的确立与衍生过程,这当中也显现了主流批评话语对支流批评话语和潜流批评话语的控制与改造的关系。以《在延安文艺座谈会上的讲话》(以下简称《讲话》)为标志,通过延安整风,解放区各种不同的批评话语和批评理念趋于一致。政治话语成功地收编了知识分子话语,形成、维护和巩固了文艺领域的权威话语,进而更好地服务于现实政治的需要。中华人民共和国成立后,通过对电影《武训传》《红楼梦》研究与胡适资产阶级唯心论思想、"胡风反革命集团"等的批判,文艺批评臻达话语的"大一统"。文艺创作与批评主动汇入了这种政治与文学"一体化"的时代主流,扮演了意识形态权力话语的诠释者和大众行动的向导的角色。"十七年"时期,文艺批评几经起伏,数次出现了相对宽松和活跃的批评氛围,但旋即又都由于政治原因被打压下去,取而代之的是更为苛严的政治干预。文艺批判运动的不断铺展和升级,促发了以大批判为主的政治化文艺批评话语的迅速喷涌。至"文化大革命"时期,极"左"思潮成为社会主潮,文艺批评畸形发展为以《林彪同志委托江青同志召开的部队文艺工作座谈会纪要》(以下简称《纪要》)为圭臬,以"根本任务"论和"三突出"原则为核心的粗暴批评,并异化为帮派文艺的同谋,体现了实用理性与非理性的异常结合。此时的文艺批评完全以政治支点代替理论支点，以政治风向为文艺批评的导向，异变为极度膨胀的政治野心的载体和权力争夺的手段。

一　《讲话》：隐匿话语缝隙和话语矛盾的革命文艺纲领

毛泽东的文艺思想主要体现在《新民主主义论》《讲话》《关于正确处理人民内部矛盾的问题》《在中国共产党全国宣传工作会议上的讲话》《与音乐工作者的谈话》等著述和一些批示、通信、谈话、按语及为报刊代拟的社论中。文艺思想表述得较为系统，影响也最为广泛的当属《讲话》。《讲话》是毛泽东文艺思想体系形成的标志，是一篇具有里程碑意义的革命文艺的纲领性文献，也是一篇把马克思主义和中国革命文艺实践结合起来的马克思主义文艺理论的经典文献。《讲话》总结了中国五四以来，尤其是20世纪30年代革命文艺运动的基本经验教训，首次全面系统地阐述并确立了中国无产阶级文艺发展的工农兵方向，提出了一系列指导文艺实践的意见，确定了党对文艺工作的基本方针。《讲话》是毛泽东文艺思想体系形成的标志，延安文艺界的整风运动则是它的第一次和典范性的实践，从此中国革命文艺迈进了新的时代。1949年召开的第一次文代会确立《讲话》为新中国文艺工作的总方针，"文艺为人民大众首先是为工农兵服务的方向"为新中国文艺运动的总方向。《讲话》是半个多世纪以来中国主流文艺思想、运动和批评的圭臬，对当代文艺的发展起到了纲领性的指导和规范作用。

由于毛泽东是以政治家和中国共产党领袖的身份发表关于文艺问题的谈话的，《讲话》在文本和话语层面彰显了明确的政治效用性。细读《讲话》文本，我发现其中隐匿着一些话语缝隙和话语矛盾，正是这些缝隙和矛盾愈加凸显了《讲话》的政治性和革命性。我尝试着从以下三个方面来分析《讲话》的话语特色。

一是在句式上较多地采用了设问和反问句式。《讲话》共有37处使用了设问句，14处使用了反问句，有时还是几个设问连用或设问与反问并用。偏好使用设问，这与"讲话"这种形式有关，设问句更能引起听众的注意和参与。与多处使用设问句式相关联的是，毛泽东的回答都是简明有力的。在谈到文艺工作者与工作对象的疏离状态时，毛泽东说，"工作对象……我们的文艺工作者对于这些，以前是一种什么情形呢？我说以前是不熟，不懂，英雄无用武之地。什么是不熟？人不熟，……什么是不懂？言语不懂。"再如论及普及与提高时，毛泽东谈道，"所谓普及，也就是向工农兵普及，所谓提高，也就是从工农兵提高。用什么东西向他们普及呢？用封建的东西吗？用资产阶级的东西吗？用小资产阶级的东西吗？都不行，只有用工农兵自己的东西。""譬如一桶水，不是从地上去提高，难道是从空中去提高吗？那末所谓文艺的提高，是从什么基础上去提高呢？从封建阶级的基础吗？从资产阶级的基础吗？从小资产阶级的基础吗？都不是，只是从工农兵的基础，从工农兵的现有文化水平与萌芽状态的文艺的基础上去提高。"设问的连用或与反问并用形成了一种独特而强烈的表达效应，使清浊更分明，是非更显著，不仅能够增强言语的吸引力，更有益于增强说服力与感召力。

毛泽东的许多讲话和文章也都注重以势取胜，较多地采用设问、反问句式。在《新民主主义论》[①] 中，毛泽东就运用了 15 处设问句式和 13 处反问句式。全文的第一个小标题"中国向何处去"和最后一段话也都是设问句式，第三部分"中国的历史特点"、第四部分"中国革命是世界革命的一部分"、第五部分"新民主主义的政治"、第八部分"驳'左'倾空谈主义"都在首段即采用设问句式。第七部分"驳资产阶级专论"中有这样一段文字："依国内环境说，中国资产阶级应该获得了必要的教训。中国资产阶级，以大资产阶级为首，在一九二七年的革命刚刚由于无产阶级、农民和其他小资产阶级的力量而得到胜利之际，他们就一脚踢开了这些人民大众，独占革命的果实，而和帝国主义及封建势力结成了反革命联盟，并且费了九牛二虎之力，举行了十年的'剿共'战争。然而结果又怎么样呢？现在是当一个强大敌人深入国土、抗日战争已打了两年之后，难道还想抄袭欧美资产阶级已经过时了的老章程吗？过去的'剿共十年'并没有'剿'出什么资产阶级专政的资本主义社会，难道还想再来试一次吗？……但是这种新的'剿共'事业，不是已经有人捷足先登、奋勇担负起来了吗？这个人就是汪精卫，他已经是大名鼎鼎的新式反共人物了。谁要加进他那一伙去，那是行的，但是什么资产阶级专政呀，资本主义社会呀，基马尔主义呀，现代国家呀，一党专政呀，一个主义呀，等等花腔，岂非更加不好意思唱了吗？如果不入汪精卫一伙，要入抗日一伙，又想于抗日胜利之后，一脚踢开抗日人民，自己独占抗日成果，来一个'一党专政万岁'，又岂非近于做梦吗？抗日，抗日，是谁之力？离了工人、农民和其他小资产阶级，你就不能走动一步。谁还敢于去踢他们，

[①] 原题为《新民主主义的政治与新民主主义的文化》，是毛泽东 1940 年 1 月 9 日在陕甘宁边区文化协会第一次代表大会上的讲演，载于 1940 年 2 月 15 日延安出版的《中国文化》创刊号。1940 年 2 月 20 日刊载于延安出版的《解放》第 98、99 期合刊时，题目改为《新民主主义论》。

谁就要变为粉碎,这又岂非成了常识范围里的东西了吗?但是中国资产阶级顽固派(我说的是顽固派),二十年来,似乎并没有得到什么教训。不见他们还在那里高叫什么'限共''溶共''反共'吗?不见他们一个《限制异党活动办法》之后,再来一个《异党问题处理办法》,再来一个《处理异党问题实施方案》吗?好家伙,这样地'限制'和'处理'下去,不知他们准备置民族命运于何地,也不知他们准备置其自身于何地?"这里通过3处设问句和8处反问句的并置连用,雄辩地说明了在中国走建立资产阶级专政的资本主义社会之路是行不通的,必须走新民主主义政治和新民主主义经济的共和国之路。

语言表达是人的个性、思想、学养、胆识和创造才能的集中表现,毛泽东集农民、学者、政治家、诗人的秉性于一身。而丰富复杂的个性内涵又使其语体呈现多种色彩:散文的风采情致,杂文的自由活脱,政论文的逻辑力量。毛泽东的话语风格是通俗与儒雅、生动与庄重、绚烂与朴素、挥洒与节制的和谐展现。他擅长使用修辞,辞藻丰富、表达灵活,使其语体简明通畅,又文采焕发,富有表现力,具有鲜明的个性和魅力,澎湃的激情也使他的文章洋溢着一种磅礴雄壮的美。[①] 他人在对毛语体的仿效当中出现了复杂的增损情况,尤其在大批判文体盛行期间,简化了文艺与政治的关系,简单机械地套用政治标准,所增加的是文章的痞气,虚张声势,粗陋低俗;所减损的是毛泽东的诗性智慧、纵横捭阖和挥洒自若。在大批判文体式的文艺批评中,也出现了大量模拟毛语体气势的文章。为取得一定的话语表达效果和批评效应,这类文章往往是叠加使用反问句式,以增强语势。"难道……吗?"之类的质问方式是20世纪50年代至70年代常见的文艺批评的话语表述。1951年11月24日首都文艺界召开整风动员大会,胡乔木作了题为《文艺工作者为什么要改造思想》的动员讲话。周扬曾赞誉性地对张光年说:"你看乔木的报告还是有点日丹诺夫味道哩。"胡乔木在报告中历数了文艺界种种严重问题后,连问三个"这难道不是事实吗?"紧接着又严厉地责问道:"这种现象难道可以忍受的吗?但是为什么这种现象竟可以存在两年之久呢?"日丹诺夫的报告中经常使用这样的语气,他在《关于〈星〉及〈列宁格勒〉杂志所犯错误的报告》一开头就连用了三个"难道……吗?"并责问"为什么……容许这些可耻的事实呢?"袁水拍在《质问〈文艺报〉编者》中也不断地发出质

---

① 参见傅金祥《毛泽东语体在现代汉语写作发展史上的地位和影响》,《文艺理论与批评》2001年第1期。

问:"难道这是可以容忍的吗?""这不是容忍依从吗?""这不是赞扬歌颂吗?""这究竟是什么动机呢?难道《文艺报》和《文学遗产》的其他作者一律都是充分研究了中国古典文学的老年吗?难道他们所发表的其他文章一律都不是'试图'或'供我们参考',而一律都是不能讨论的末日的判决吗?"[1] 洁泯在《论"人类本性的人道主义"——批判巴人的〈论人情〉及其他》中也诘问道:"巴人的那种'普通的人情'、'人情味'、'人人相通的人道主义'等等,不正就如我们前面所说的,是要在阶级斗争面前'偷偷下泪'的人性,为博得资产阶级'爱抚'而向资产阶级投降的人性,战士在死亡面前'伤心落泪'的人性么?这种人性,不也正是'地主阶级资产阶级的人性'么?在巴人眼中,无产阶级的人性不都是'矫情'么?不是'不合于人性'的么?"[2] 这类文艺批评好用一连串盛气凌人、不容辩驳的反问斥责批评的对象,在语势上压倒对方,以庇荫论证的乏力和论据的不足,予人酣畅淋漓的阅读快感。

二是受极性思维的显著影响,偏好采用全括性、极度加强语气的词语,强化了不容置疑的语气。毛泽东在《矛盾论》《片面性问题》等文中均表现出了卓越的辩证思维,他用辩证唯物主义与历史唯物主义观点将趋于两个极端的矛盾方面统一起来,这种辩证思维在其文艺思想中也得到了一定体现。然而,在战争语境中,毛泽东更加注重矛盾中对立的一面。革命战争时期,文学艺术已然成为革命事业颇有战斗力的重要组成部分,文艺批评的表层话语形态和深层思维模式均深受极性思维的影响。极性思维过于强调对立、分化、斗争性和敌对关系,往往夸大差异处,突出"二元对抗",偏好采用两极表述,抹杀矛盾的复杂性、相对性、易变性及中间状态。毛泽东早在《湖南农民运动考察报告》中就用"好得很"和"糟得很"来划分各阶层人物在农民运动前的复杂心态,在《讲话》中也针对"我是不歌功颂德的,歌颂光明者其作品未必伟大,刻划黑暗者其作品未必渺小"的观点,旗帜鲜明地指出:"你是资产阶级文艺家,你就不歌颂无产阶级而歌颂资产阶级,你是无产阶级文艺家,你就不歌颂资产阶级而歌颂无产阶级与劳动人民,二者必居其一。"他还断然认定,"歌颂资产阶级光明者其作品未必伟大,刻划资产阶级黑暗者其作品未必渺小,歌颂无产阶级光明者其作品未必不伟大,刻划无产阶级所谓'黑暗'

---

[1] 袁水拍:《质问〈文艺报〉编者》,《人民日报》1954年10月28日第2版。
[2] 洁泯:《论"人类本性的人道主义"——批判巴人的〈论人情〉及其他》,《文学评论》1960年第1期。

者其作品必定渺小"。毛泽东的这类表述具有鲜明的排他性和不容质疑性。毛泽东的文艺功能观也同样体现了这种对立乃至对抗的紧张关系，面对任何文艺问题，都只能站在其中一个立场坚决、彻底地反对另一个立场。毛泽东的这一文艺观念在革命战争时期具有一定的合理性，但是，在社会主义建设时期就有将阶级斗争扩大化之虞。极性思维与战争文化心理的红色交响致使20世纪40年代的文艺批评话语呈现出特殊的话语风貌，偏好采用全括性、极度加强语气的词语，强化了不容置疑的语气。《讲话》中就大量采用了这类词语，如"中国的革命的文学家艺术家，有出息的文学家艺术家，必须到群众中去，必须长期地无条件地全身心地到工农兵群众中去，到火热的斗争中去，到唯一的最广大最丰富的源泉中去，观察、体验、研究、分析一切人，一切阶级，一切群众，一切生动的生活形式和斗争形式，一切自然形态的文学和艺术，然后才有可能进入加工过程即创作过程。"谈到"为什么人的问题"时，毛泽东指出，"我们却必须解决它，必须明确地彻底地解决它。我们的文艺工作者一定要完成这个任务，一定要把屁股移过来，一定要在深入工农兵、深入实际斗争的过程中，在学习马列主义和学习社会的过程中，逐渐地移过来，移到工农兵这方面来，只有这样，我们才能有真正为工农兵的文艺。""我相信，同志们在整风过程中间，在今后长期的学习与工作中间，一定能够改造自己和自己作品的面貌，一定能够创造出许多为工农兵和人民大众所热烈欢迎的优秀作品，一定能够把根据地的文艺运动和全中国的文艺运动推进到一个光辉的新阶段。"这里多处使用"一切""必须""一定""唯一"等词语，并与排比句式或必要条件句式结合使用，使表述的观点更为鲜明，信服力也大增。彼时，文艺批评是作为阶级斗争和政治斗争的锐利武器而存在的，其话语形态也很自然地高度政治化了。

　　三是对鲁迅的高度赞誉和具体观点上存在差异的话语矛盾。召开延安文艺座谈会之初，毛泽东指示发表了《鲁迅对于左翼联盟的意见》。1943年3月13日，《解放日报》在报道中央文委和中央组织部展开党的文艺工作者会议的消息里第一次披露毛泽东在文艺座谈会上的讲话的部分内容，值得注意的是，报道是以鲁迅提出文艺与群众、实际斗争结合为导语的。1943年10月19日，毛泽东特意选择了在鲁迅逝世纪念日正式发表《讲话》，并加了这样的"按语"："今天是鲁迅先生逝世七周年纪念，我们特发表毛泽东同志一九四二年五月在延安文艺座谈会上的讲话，以纪念这位中国文化革命的最伟大的最英勇的旗手"。另据有关人士回忆，毛泽东在《讲话》"引言"中曾说：我们有两支军队，一支是"朱总司令的"，一支是"鲁司令的"，后来正式发表时改成了"手里拿枪的军队"和"文化军队"。① 在正式发表的《讲话》中则有12处提及鲁迅，1处直接引用了鲁迅的话，可见毛泽东对鲁迅的评价之高。

然而，细细推敲，我发现《讲话》在对鲁迅的评价上存在话语缝隙和话语矛盾。毛泽东确实对鲁迅的文学地位和历史地位给予了极高的评价，但同时，在一些问题上，毛泽东和鲁迅的观点是不一致的。总的说来，毛泽东巧妙地借重鲁迅的威望和影响力来宣扬无产阶级革命文艺思想，实际上鲁迅成了一个话语符号，这个符号的所指不再是原来意义上的鲁迅，而是毛泽东化了的鲁迅。毛泽东在《讲话》中对鲁迅这个具有象征意义的符号的利用是复杂的，存在几种不同的情况。

第一种情况，当鲁迅的观点和毛泽东的观点一致时，毛泽东就引用鲁迅的话来支持自己的观点。如间接引用鲁迅《对左翼作家联盟的意见》中的话，"革命文艺战线的不统一是因为缺乏共同的目的，而这个共同目的就是为工农"来论证文艺家只有真正到群众中去，才能去掉文艺界的宗派主义。又如说明当时仍然存在为着剥削者压迫者的文艺时，毛泽东指出，"像鲁迅所批评的梁实秋一类人，他们虽然在口头上提出什么文艺是超阶级的，但是他们在实际上是主张资产阶级的文艺，反对无产阶级的文艺的。"此外，在强调只有深入工农兵群众，文艺家才能有所作为时，毛泽东也间接引述了鲁迅的话："否则你的劳动就没有对象，没有原料或半制品，你就无从加工，你就只能做鲁迅在他的遗嘱里所谆谆嘱咐他的儿子万不可做的那种空头文学家，或空头艺术家。"

第二种情况，毛泽东对鲁迅的话做了符合其时政治需要的解释。在论及既然必须和新的群众的时代相结合，就必须彻底解决个人和群众的关系问题时，毛泽东认为鲁迅《自嘲》诗中的"横眉冷对千夫指，俯首甘为孺子牛"两句应该成为我们的座右铭，并解释说，"'千夫'就是敌人，对于无论什么凶恶的敌人我们决不屈服。'孺子'就是无产阶级和人民大众。一切共产党员，一切革命家，一切革命的文艺工作者，都应该学鲁迅的榜样，做无产阶级和人民大众的'牛'，鞠躬尽瘁，死而后已。"这里，毛泽东对"千夫"和"孺子"的解释显然是政治化和阶级化的。

第三种情况，在鲁迅的一些观点与毛泽东的观点或其时的政治需要和文化语境不一致时，毛泽东就采用了相当具有政治智慧的处理方式。要么

---

① 胡乔木：《胡乔木回忆毛泽东》，人民出版社2003年版，第257页。

在文字的显性层面不提及鲁迅对相关问题的看法，而是正面宣扬自己的观点；要么在显性层面仍然高抬鲁迅，但是强调由于具体语境的不同，在一些具体做法上我们应做出和鲁迅不一样的选择和处理云云，这就非常巧妙地转换到推出毛泽东自己的相关文艺观点上。前者如鲁迅认为在阶级社会中人的思想感情等"都带"阶级性，并没有说"只有"阶级性。《讲话》则申明："在阶级社会里，也只有阶级的爱"，"在阶级社会里，就是带着阶级性的人性，而没有什么超阶级的抽象的人性。"又如对托洛茨基的评价，鲁迅认可其肯定有共同人性的说法，并赞扬托氏为"深解文艺的批评者"。毛泽东则回避了鲁迅的这一看法，在《讲话》中把托洛茨基完全当作批判和否定的对象，说托氏主张的是二元论："政治——马克思主义的；艺术——资产阶级的。"后者如在《讲话》"结论"的第四部分，毛泽东把"还是杂文时代，还要鲁迅笔法"列为"缺乏基本的政治常识，所以发生了各种糊涂观念"的一个例子，予以批驳。毛泽东一方面说"鲁迅处在黑暗势力统治下面，没有言论自由，故以冷嘲热讽的杂文形式作战，鲁迅是完全正确的。我们也需要尖锐地嘲笑法西斯主义和中国的反动派"，另一方面，又将话锋转到"但在给革命文艺家以充分民主自由，仅仅不给反革命分子以民主自由的陕甘宁边区及各敌后的抗日根据地，杂文形式就不应该和鲁迅一样，可以大声疾呼，不要隐晦曲折，使人民大众不易看懂。"正如有研究者指出的一样，"对鲁迅的崇高赞誉和在一系列基本问题上的矛盾同时并存"[①]，这无疑增加了《讲话》文本思想的复杂性。对鲁迅的复杂态度恰恰说明了毛泽东是一切从政治需要和夺取革命胜利出发，而不是以文艺自身的规律为言说重心的。

二 《我国社会主义文学艺术的道路》：彰显"跃进"时代氛围的集体意志表达

周扬是中国左翼文学的重要理论家，始终与中国无产阶级革命文艺和社会主义文艺的发展紧密地联系在一起，他个人的沉浮很大程度上就是红色文艺发展的缩影。20世纪40年代至60年代初期，周扬成为毛泽东文艺思想的权威阐释者和党的文化宣传部门的高级官员，这就使他主要不是以批评家的身份，而是以权力话语的体现者和代言者的身份参与文艺批评的。作为毛泽东文艺思想的权威阐释者和文化、宣传部门的主管高官，周

[①] 参见王福湘《悲壮的历程——中国革命现实主义文学思潮史》，广东人民出版社2002年版，第189、203页。

扬是新中国文艺政策的实际制定者和文艺创作、批评方向的导引者之一，批评话语也多为毛泽东文艺思想的阐释和贯彻，体现了以政策阐释为文艺批评生命线的被动与尴尬。

显赫的文艺界领导者身份和接踵而至的政治运动，极大地消弭了周扬作为批评家的独立个性和创造精神。周扬虔诚地阐释毛泽东文艺思想，自觉地捍卫毛泽东文艺路线，并在较长时期内深受毛泽东的信任和嘉许。周扬的文艺思想在整体"左"倾的缝隙中，也有着服务政治与尊崇文艺特性的矛盾，显得被动和尴尬。李辉论及周扬时曾说："这的确是一个难以描述的人物……他留给我们诸多公文和报告，很难让人能从中窥探到他内心的变化。实际上，在延安之后的许多时间里，他的自我已经消失在报告的后面，人们只能从历史风云的变化中看出他自己生活的蛛丝马迹。"[①]周扬的批评文章主要刊发在《人民日报》《解放日报》《红旗》杂志等权威的党的机关报刊上，主要有三种样式：一是在各种文学艺术工作、宣传工作会议上的讲话，如《新的人民的文艺——在全国文学艺术工作者代表大会上关于解放区文艺运动的报告》等；二是参与文艺运动的批评文章，如《反人民、反历史的思想和反现实主义的艺术——电影〈武训传〉批判》等；三是对作家作品进行具体批评的文章，如《论赵树理的创作》《论〈红旗谱〉》等。周扬在这三类文章中都重在自觉地阐释、传达、贯彻党的文艺方针、政策和毛泽东的文艺思想，又各有特点和侧重。第一类文章是典型的官方关于文艺问题的发言，具有浓郁的报告气和强烈的权威性，批评个性和个人见解罕见；第二类文章具有浓烈的火药味，也鲜明地体现了那个时代大批判文体简单定性、上纲上线、牵强附会的特点；第三类文章则是毛泽东文艺思想在具体作家作品论中的运用和印证。

1960年7月22日至8月23日，中国文学艺术工作者第三次代表大会在北京举行，会议总的主题是反对国内外的修正主义，把1957年以来的反右派和1959年以来的反右倾继续向"左"推进。周扬的《我国社会主义文学艺术的道路》是大会的主报告，除前言和结束语外，报告的主体分为五大部分：为工农兵服务、为社会主义事业服务，百花齐放、百家争鸣，革命现实主义和革命浪漫主义的结合，驳资产阶级人性论，遗产的批判和继承。报告指出，"在为工农兵服务、为社会主义事业服务的方向

---

① 李辉：《摇荡的秋千——关于周扬的随想》，见李辉《人生扫描》，上海远东出版社1995年版，第147页。

下，实行百花齐放、百家争鸣和推陈出新，这就是我国社会主义文学艺术发展的道路。"毛泽东审阅报告时予以了"写得很好"的总体评价，认为报告"高屋建瓴，势如破竹，令人神往"。① 这个报告是在"大跃进"背景下产生的，在文本细节上也体现了"跃进"的时代氛围，主要体现在以下三个方面。

其一，多处使用了表示速度迅捷的词语。有时直接说"迅速成长""迅速发展"；有时加上具有极度强调功能的词语，如说社会主义经济建设以"空前速度持续跃进"；有时则以修饰性的文学语言来夸张性地表述，如说社会主义建设"正在一日千里地前进"，我国文艺"正沿着社会主义轨道飞跃前进"。这类强调高速的词语的频繁使用直接显示了"大跃进"时代的话语特色，某种程度上也是文艺界和社会各领域人们急躁冒进心理的折射。

其二，大量使用了表示层进关系的词语和递进关系的句式结构。报告一共出现了 25 处"越来越""进一步""一步一步""逐步"之类的词语，55 处与"更"字有关的表述，如"更高""更多""更好""更大""更光辉""更美好""更细致""更深入""更聪明""更优美""更有力""更强烈""更扩大""更典型""更理想""更耀目""更大量""更辉煌""更崇高""更需要""更加健壮""更多样化""更加锋利""更加民族化""更带普遍性""更有集中性""更加正确和熟练""更加细致和丰满"等。此外，还有 12 处使用了"不但……而且……""不但……还……""不但……也……"等表示递进关系的句式结构。有的是从反面驳斥错误的文艺倾向和文艺思想，如"垄断资本家们不但使在他们控制下产生的文学、电影和艺术作品成为腐蚀和毒害人类心灵的麻醉剂，而且还通过他们雇佣的文人们制造了不少赤裸裸地鼓吹侵略战争、殖民统治和种族歧视，直接为帝国主义战争势力服务的血腥的作品。"又如，谈到有的马克思主义者退回到资产阶级的历史唯心论和人性论的立场时，周扬指出，"其结果，不但使自己成为资产阶级思想的俘虏，而且扮演了有意无意地帮助资产阶级欺骗和麻醉人民的角色。"但更多的是从正面立论，用以评估其时的大好形势和展望文艺的辉煌前景。如周扬指出，"毛泽东同志对马克思主义文艺理论的伟大贡献，不但在于最明确最透辟

---

① 参见林默涵 1977 年 12 月 29 日在《人民文学》编辑部座谈会上的讲话，见《热烈欢呼华主席的光辉题词 向"文艺黑线专政"论猛烈开火——记本刊编辑部召开的在京文学工作者座谈会》，《人民文学》1978 年第 1 期。

地提出了文艺为什么人的问题,还在于从根本上解决了如何为的问题。""百花齐放、百家争鸣的方针,是迅速发展我国文艺和科学的最正确的方针,不但有利于正确处理意识形态领域内人民的内部矛盾,而且有利于同资产阶级文艺和伪科学进行较量和斗争。""在我们的社会中,劳动人民由于物质生活日益改善,精神生活日益丰富,他们对物质产品和精神产品的要求也将日益增长,不但要求这些产品有更多的数量,而且要求有更多的品种和更好的质量。"发表于1958年2月28日《人民日报》和1958年第5期《文艺报》的《文艺战线上的一场大辩论》也曾得到毛泽东"写得很好"的嘉许,文中一共出现了20处"逐步""越来越""愈""不断"之类的词语、24处"更"和13处"不但……反而"等表示递进关系的句式。这些词语和句式频现周扬的报告中,彰显了官方冀望文艺在"大跃进"时代有更快的发展和更大的作为之宣传导向。

其三,文体风格上存在矛盾。一方面周扬报告中多处使用了"应当""应该""必须""要"等表示祈使和命令口吻的词语,仅"应当""应该"就出现了35次之多。这些都是报告文体常用的典型词语,体现了报告的话语权威性和影响力。另一方面,与这种规整严谨的报告文体风格不一致的是,在不少地方周扬又使用了文学修饰意味较为浓重的表达。如"社会主义经济建设以空前速度持续跃进,农村和城市人民公社正如旭日东升,千百万群众卷入了热火朝天的技术革命和文化革命运动。人民群众的精神面貌发生了无比深刻的变化。""中国正在一步一步地改变着贫弱落后的面貌,以雄伟的革命姿态,青春焕发地站立在世界上。""修正主义在我国文艺界没有能够占据主要地位,但并不是说它们已经不存在了,它们是看气候行事的,只要国内外有一点风吹草动,它们又会兴风作浪,像渣滓一样浮上水面,乘机散布毒素。"再如,谈到推陈出新方针促进了旧传统的革新,在继承和发展中国文学艺术遗产方面做了大量卓有成效的工作时,周扬说:"我们打开了一座又一座长期被埋没的民族、民间艺术的宝库,拭去了淤积在它们身上的尘土,在马克思主义思想的照耀下,去芜存菁,使它们焕然一新,发出夺目的光彩。"严格地说,这些文学笔法是不应该出现在报告这类文体中的,但它们又具有豪迈的革命浪漫主义色彩,与大会正式确认的"革命的现实主义和革命的浪漫主义相结合"的创作方法也是相适宜的。另外,这些文辞表达还特别具有渲染高歌猛进的时代氛围的造势功能。因此,在周扬的报告中这两种看似矛盾的文风得以兼存,并形成了一定的话语张力,有益于展现主张文艺持续跃进的报告主题思想。

会议与机构、团体、刊物等一样,是党和国家对社会各领域掌控的体制化形式。在很大程度上,会议就是传达贯彻国家方针政策、统一思想认识的重要形式和主要渠道,是官方意志和权力话语的强有力表达。会议的这些功能主要通过其派生的相应文体——会议报告来实现的。会议报告作为会议的思想载体和传播形式,是由官方认可的权威人物代表某一权力机构所作的官方意识形态表达,"会议报告并不是体现报告人意志或研究成果的一种文体,它是掌握'话语领导权'的统治阶级的'集体发言',具有至高无上的权威性"。① 因此,重大文艺会议的精神往往直接影响一个时期文艺创作和批评的风貌和特质,会议报告也集中体现了官方文艺政策的变化。在中国,会议及会议报告具有如此鲜明的政治功能,周扬的《我国社会主义文学艺术的道路》完全是权力话语和集体意志的表达,消弭了批评家的批评个性和创造精神,就是非常正常和自然的事情。毕竟,周扬是以国家文艺和宣传部门主管高官的官方身份,而不是以职业文艺批评家的身份在做这个报告的。

《我国社会主义文学艺术的道路》的写作过程同样体现了报告的政治功能和官方意志载体的特点。第三次文代会召开之前,中央书记处就作出了四点指示:要充分肯定成绩;修正主义只点南斯拉夫的名,国内修正主义不占主导地位;我们的文艺队伍是好的;参加大会的代表应照顾各个方面。② 周扬组织邵荃麟、刘白羽、何其芳、林默涵、袁水拍等人根据中央书记处的意见起草大会报告,反复修改后又送毛泽东审阅修改,周扬再根据毛泽东的意见修改定稿。因此,这个报告虽然是以周扬的名义写作和宣讲的,但其实是包括国家领袖在内的集体写作的产物。《文艺战线上的一场大辩论》同样也是虽有周扬的个人署名,实质上却仍是集体意志的产物。这篇文章是周扬根据1957年9月16日在中国作家协会党组扩大会议的讲话整理、补充而成的,发表之前反复征求过毛泽东等领导人的意见,林默涵、张光年等人也参与修改,最后经毛泽东审阅修改才定稿并公开发表。《我国社会主义文学艺术的道路》的写作班子由一些当时著名的文艺家组成,在文体追求和文字风格上有所不同,如在谈到国内大好形势时周扬加了一句中国"以雄伟的革命姿态,青春焕发地站立在世界上"。林默涵几次删去,周扬又几次恢复。③ 不过,在文艺观点上,他们却是高度一

---

① 孟繁华:《中国20世纪文艺学艺术史》(第三部),上海文艺出版社2001年版,第177页。
② 黎之:《文坛风云录》,河南人民出版社1998年版,第254—255页。
③ 黎之:《文坛风云录》,河南人民出版社1998年版,第256页。

致的。因此,《我国社会主义文学艺术的道路》的写作主体和言说主体既不是周扬个人,也不是以他为主的写作班子,他们都只是国家意志和政治话语的代言人。

三 《纪要》:极左文艺思潮话语膨胀的"文艺宪法"

1966年2月2日至2月20日,江青以林彪委托的名义在上海召开了"部队文艺工作座谈会"。会后形成的《林彪同志委托江青同志召开的部队文艺工作座谈会纪要》,由总政治部文化部的刘志坚、陈亚丁等人起草,陈伯达、张春桥等作了多次修改,又经过毛泽东三次亲自审阅修改。《纪要》共有十条内容,包括"文艺黑线专政论"、重新组织文艺队伍、破除对30年代文艺的迷信、破除对中外古典文学的迷信、文艺上反对外国修正主义等。中心内容体现在一破一立两个方面,"破"的是"资产阶级文艺黑线","立"的是"无产阶级文艺样板"。在"破"的方面,《纪要》提出了"文艺黑线专政"论,从领导、队伍、理论、路线、创作、批评等方面全盘否定革命文艺的成就,在"破除迷信"和"彻底革命"的旗号下,排斥一切中外文艺遗产,否定了五四以来特别是20世纪30年代以来左翼文艺运动的成就。《纪要》指出,"十六年来,文化战线上存在着尖锐的阶级斗争",中华人民共和国成立以来的文艺界"被一条与毛主席思想相对立的反党反社会主义的黑线专了我们的政,这条黑线就是资产阶级的文艺思想,现代修正主义的文艺思想和所谓30年代文艺的结合",并表示要"进行一场文化战线上的社会主义大革命,彻底搞掉这条黑线"。破除"文艺黑线"与"重新组织文艺队伍"相呼应,从文艺路线和文艺组织两个方面彻底否定了革命文艺。《纪要》在抛出"空白"论,否定革命文艺传统的同时,又在"立"的方面提出"样板"文艺论、"新纪元"论、"根本任务"论。《纪要》主张创造"开创人类历史新纪元的、最光辉灿烂的新文艺","搞出好的样板"来"巩固地占领阵地",提出"要努力塑造工农兵的英雄人物","这是社会主义文艺的根本任务"。

"文革"文艺与"十七年"文艺存在丝丝相扣的历史关联,《纪要》所批判的"现实主义广阔道路"论、"现实主义深化"论、"中间人物"论、"反题材决定"论、"时代精神汇合"论、"反火药味"论、"写真实"论、"离经叛道"论等所谓"文艺黑线"的"代表性论点",都已在"文革"之前受到批判,"根本任务"论也是"文革"之前就已确立的。"文革"时期,占据文艺领域统治地位的是以《纪要》为标志的极左文艺思潮。《纪要》贯穿着文化专制主义思想,是文艺界历次运动中"左"倾错误的集大成，也是中国革命文艺思潮中"左"倾路线登峰造极的理论形态。以《纪要》为标志，激进的文艺思想实现了对文艺领域的全面统治，彻底褫夺了异己声音的生发。与此同时，大批文艺工作者被污蔑为"黑线人物""叛徒""走资派""反动文人""三反分子"等，被投入"牛棚""干校"，或长期遭到监禁，有的还被迫害致死。

在《纪要》的文本层面，我们也不难窥见这种政治性和策略化运作的印迹。《纪要》是江青登上文艺界领导位置进而把控政治大权的开始，此前江青极少在公开场合露面，在文艺界也几无影响力。因而，策略性之一表现在精心修改过的《纪要》文本在对江青的定位上就表现出了很耐人寻味的处理。《纪要》说，"在座谈开始和交谈中，江青同志再三表示：对毛主席的著作学习不够，对毛主席的思想领会不深，只是学懂哪一点，就坚决去做。最近四年，比较集中地看了一些作品，想了一些意见，这些意见不一定全对。我们都是共产党员，为了党的事业，应当平等地进行交谈。……根据林彪同志的指示，请同志们来共同商量。"这里用江青谦虚谨慎的言谈，塑造了一个谦和民主、一心为公、带病工作的江青形象。但在《纪要》的开头就已用林彪的话推出了一个文艺很在行、政治素养很高的江青形象——"来上海之前，林彪同志对参加座谈会的部队同志曾作了如下的指示：'江青同志昨天和我谈了话。她对文艺工作方面在政治上很强，在艺术上也是内行，她有很多宝贵的意见，你们要很好地重视，并且要把江青同志的意见在思想上、组织上认真落实。今后部队关于文艺方面的文件，要送给她看，有什么消息，随时可以同她联系，使她了解部队文艺工作情况，征求她的意见，使部队文艺工作能够有所改进。'"此外，《纪要》又借参加座谈的人员之口对江青大加吹捧——"我们在接触中感觉到：江青同志对毛主席思想领会较深，又对文艺方面存在的问题作了长时间的、相当充分的调查研究，亲自种试验田，有丰富的实践经验。这次带病工作，谦虚、热情、诚恳地同我们一起交谈，一起看影片、看戏，给了我们很大启发和帮助。"这种文辞上的有意处理，使作为军委领导的林彪和参加座谈会的部队文艺工作者的极度褒扬与江青自己的连连谦辞之间，既形成了对比，更在对比中呼应，汇成合力高度抬升了江青的政治地位和文艺地位。

策略性之二表现在模糊用语与精确数字的比照映衬。江青召开的这个所谓的部队文艺座谈会实际上除了她自己之外只有四人参加，而且，名为座谈会，实则为江青的"一言堂"。《纪要》中有这样一段话："在文艺工作中，不论是领导人员，还是创作人员，都要实行党的民主集中制，提倡

'群言堂',反对'一言堂',要走群众路线。"这和座谈会的实际情况恰好构成了反讽。但这样的真实情况是不适宜在公开发表的为众人周知的《纪要》文本中出现的,因而,凡是涉及这些不利因素的数字时就都采用了模糊化的处理方式。如"江青同志根据林彪同志的委托,在上海邀请部队的一些同志,就部队文艺工作的若干问题进行了座谈。"而在那些有利于提升江青形象的方面则多次采用非常准确的数字说明,如"江青同志给我们阅读了毛主席的有关著作,并先后同部队的同志个别交谈八次,集体座谈四次,陪同我们看电影十三次,看戏三次。……另外,还要我们看了二十一部影片。""江青同志接见了《南海长城》的导演、摄影师和一部分演员,同他们谈话三次,给了他们很大的教育和鼓舞。"这些看似不起眼的数字的表述也都彰显了《纪要》在文字处理上的用意和用心。

除了政治性和策略化操作在文字层面留下了上述明显的印迹之外,《纪要》还有两个鲜明的语词特点。一是大量运用了"很""最""极"等之类的表示极致程度的词语。仅"很"字就出现了18次之多,有"很好""很坏""很强""很多""很大""很紧""很正确""很尖锐""很顽强"等。二是对一个中心词同时使用2—3个修饰性或限定性的形容词。譬如,《纪要》说江青"谦虚、热情、诚恳地同我们一起交谈",还提出与所谓"文艺黑线"的斗争是"一场艰巨、复杂、长期的斗争",而保卫和发展社会主义文化革命的成果,把社会主义文化革命进行到底,"还需要人们作长期的、艰苦的努力","要提倡革命的战斗的群众性的文艺批评","写一些系统的,有理论深度的较长的文章"等等,《纪要》有十余次诸如此类的表述。此外,《纪要》不仅多次出现2—3个修饰性或限定性词语连用的情况,有时还与表示极致程度的词语并用,如《纪要》认为毛泽东的《新民主主义论》《讲话》《看了〈逼上梁山〉以后写给延安平剧院的信》"就是对文化战线上的两条路线斗争的最完整、最全面、最系统的历史总结",又说自林彪主持军委工作以来对文艺工作"作了很多很正确的指示"等。作为极左文艺总路线的《纪要》,在语词上的这两个特点也是"文革"时期社会用语和文艺用语中极性思维和话语膨胀在语词层面初步而典型的显现。

在《纪要》的影响下,"文革"文艺批评话语高度政治化、模式化,貌似正确,唯我独尊,却掩盖不住思想的苍白和失控的情绪。[1] 这些大批判式文艺批评往往不进行任何分析,就直接把批判对象置于与毛泽东语录

---

[1] 参见祝克懿《"文革"元旦社论话语的逻辑语义分析》,《贵州大学学报》2001年第4期。

相敌对的位置进行批判。那时的批评文章热衷于以毛泽东语录为理论论据，在凡是需要推理的地方就引用"语录"，以遮掩论证的乏力和思想的贫乏。姚文元的文章是"文革"时期最具代表性的大批判文体式文艺批评，充斥着红卫兵式的声讨语言和血腥气息。这类恶吏断案似的大批判文体式文艺批评，以断章取义、强词夺理、上纲上线、乱扣帽子、乱打棍子为特点，引领了"文革"霸权话语之风尚。文艺批评失却了研究文艺发展规律的功能，蜕变为专政机器。这种批评话语是对当时政治话语的演绎，"文革"文艺批评本身也是政治宣传的组成部分。"文革"文艺批评形成了特定的写作模式，用既定的一般的政治原则来规范和取代文艺创造的规律，作家对生活的独特观察、体验、思考和描写，文艺批评的自身特点和标准。"文革"文艺批评是一种独断霸道的政治性批评，以对作家作品的政治性判决为价值判断的最后结果。文艺上的斗争一律被看作两个阶级、两个阵营的敌对斗争，对作家、作品、流派、思潮很自然地也只有两种态度：肯定或否定，"捧杀"或"骂杀"。是否贯彻"根本任务"论和"三突出"原则，溢出了文艺范围，成为判断是拥护、执行，还是反对、抗拒无产阶级革命路线及区别无产阶级文艺家和资产阶级文艺家的标准。[①] 复杂的现实关系和文学关系就这样被整合进服从与被服从、陪衬与被陪衬、专政与被专政的简单化模式中。虽然，姚文元并非真正意义上的文艺批评家，但从姚文元、关锋、戚本禹等人的文艺活动和人生沉浮，我们可以窥见"工具论"在极左文艺思潮中的畸形发展。他们的文艺批评，完全以政治支点代替理论支点，以政治风向为文艺批评的导向，异变为极度膨胀的政治野心的载体和权力争夺的手段。

　　话语是社会权力关系生成和再现的场所，话语形态则是文艺批评的显性层面，文艺批评语言符号系统和文体风格的表层变化隐匿了批评范式、思维方式、文艺观念等深层特质。话语生产所派生的话语关系与社会关系相对应，话语生产的权力也与现实社会政治权力的分配和争夺息息相关。文艺批评话语的形成和发展绝非单纯的语言问题，而是始终与新旧文化的话语斗争相互牵绊。在历史大变革中产生的新老话语都想争夺话语权，以通过话语实践和社会实践实施对社会现实的有效干预。这就使得政治权力的争夺与文化权力的争夺往往交织缠绕，而且在更多的时候是通过新旧话语的争斗消长来体现的。况且，语言问题从来就不只是单纯的语言问题，文艺批评领域内话语权的争夺往往直接显现了政治权力的斗争，就像海然

[①] 参见钱浩梁《塑造高大的无产阶级英雄形象》，《红旗》1967 年第 8 期。

热指出的那样:"语言是一种政治资本,语言实践反映着一种从未公布的霸权,任何语言政策其实都是一种权力游戏,目的在于将人们纳入语言编成的网绳中,便于控制。"从以上对《讲话》《我国社会主义文学艺术的道路》《纪要》进行的文本细读,可以见出,在时代风云裹挟和政治规范的拘囿下,20世纪40—70年代的文艺批评秉持张扬意识形态性的政治批评立场,很大程度上成为国家权力话语的回音壁,在批评话语、批评功能、批评策略等方面均表现出了时代印痕深重的批评理论特质。

(原文第一、二部分内容刊载于《文学评论》2010年第6期)

1940—1970年代中国主流批评家批评心态解析
——以周扬、茅盾、姚文元为个案

黄 擎

近年学界对1940—1970年代中国主流批评家的批评心态和话语形态的研究，较多关注其自觉顺应主流意识形态的吁求、表现出强烈的一元论以及本质主义话语方式等左翼批评话语的共性，而在一定程度上忽略了它们内部存在的异质性和复杂性问题。本文以周扬、茅盾和姚文元为其时主流批评话语主体的典型，他们都具有政府高官兼批评家的特殊身份，在批评实践和话语方式上也都具有主流意识形态所要求的共性特点；同时，他们的话语表现和批评心态又有所不同。本文结合他们不同的话语表现，深入解析其复杂的批评心态，并借此提示1940—1970年代主流左翼文艺批评话语和批评心态中所存在的复杂性问题。

一 周扬：以政策阐释为文艺批评生命线的被动与尴尬

周扬是中国左翼文学的重要理论家，1937年赴延安后曾任陕甘宁边区教育厅长、延安大学校长、鲁迅艺术学院院长、中共晋察冀中央局和华北局宣传部长等职，中华人民共和国成立后，担任中央文化部副部长、全国文联副主席、中国作家协会副主席、中共中央宣传副部长等职。周扬始终与中国无产阶级革命文艺和社会主义文艺的发展紧密地联系在一起，他个人的沉浮很大程度上就是红色文艺发展的缩影。20世纪20年代末，周扬以文学阶级论者的身份涉足文艺批评。在其处女作《辛克莱的杰作〈林莽〉》中，周扬引用了辛克莱的话——一切的艺术宣传，普遍地不可避免地是宣传；有时是无意的，而大抵是故意的宣传。这种对文艺宣谕功能的强调也是周扬文艺思想的基本观点之一。20世纪30年代，周扬致力于译介苏联马克思主义文艺理论。1933年，周扬在《现代》杂志第4卷第 1 期上发表了《关于"社会主义的现实主义与革命的浪漫主义"——"唯物辩证法的创作方法"之否定》一文,最早将苏联的社会主义现实主义引入中国,并客观地阐扬了浪漫主义的合法性。20 世纪 40 年代至 60 年代前期,周扬成了毛泽东文艺思想的权威阐释者和党的文化宣传部门的高级官员,这就决定了他主要不是以批评家的身份,而是以权力话语的体现者和代言者的身份参与文艺批评的。作为党的文艺方针、政策的阐发者和执行者,周扬承担的主要是制定和阐释党的文艺政策的历史使命。

周扬虔诚地阐释毛泽东文艺思想,自觉地捍卫毛泽东文艺路线,并在相当长的一段时期内深受毛泽东的信任和嘉许。1944 年,周扬在《马克思主义与文艺》一书的编者序言中说:"毛泽东同志的《在延安文艺座谈会上的讲话》给革命指示了新方向,这个讲话是中国革命文学史、思想史上的一个划时代的文献,是马克思主义文艺科学与文艺政策的最通俗化、最具体化的一个概括,因此又是马克思主义文艺科学与文艺政策的最好的课本。"① 毛泽东非常欣赏周扬这种自觉论证与积极宣传党的文艺路线和文艺政策的做法,赞许地说他"把文艺理论上几个主要问题作了一个简明的历史叙述,借以证实我们今天的方针是正确的"②,并认为这一做法很有益处。周扬在 1960 年第三次文代会上做的主报告《我国社会主义文学艺术的道路》,也得到了毛泽东"写得很好"的高度评价。

尽管多年来周扬在主观上紧紧追随毛泽东的步伐,但事实上,他毕竟是在五四新文化运动熏陶下成长起来的知识分子,与毛泽东等完全意义上的职业革命家对文艺功能的认识和定位是有差异的。在一些文艺问题上,周扬与毛泽东存在歧见,且距离越来越大,以至于周扬难以跟上毛泽东的思维和步伐,渐渐由积极主动地诠释毛泽东文艺思想和党的文艺政策的文艺批评的领跑者,变成了费力攀赶的追赶者,20 世纪 60 年代则变成了跟不上毛泽东文艺思想变化的落伍者。以 1963 年、1964 年毛泽东关于文艺问题的两个措辞严厉的批示为标志,周扬和他领导的文艺、宣传等部门的工作不断受到毛泽东日益苛严的批评,至"文革"前夕,周扬终于作为"文艺黑线"的领导者和"反革命两面派"被彻底否弃。"冰冻三尺,非一日之寒。"任何变化也都不是倏忽而至的,毛泽东对周扬的不满和疏离其实在一些场合和具体的批评事件中已有所流露,只是此前尚处于潜隐状态罢了。正如有研究者指出的,"在一九四九年之后的一次次政治运动

---

① 周扬:《周扬文集》(卷一),人民文学出版社 1984 年版,第 454 页。
② 中共中央文献研究室编:《毛泽东文艺论集》,中央文献出版社 2002 年版,第 281 页。

中，他几乎一开始总是受到毛泽东的批评。从批评电影《武训传》到《红楼梦研究》批判，从反右、关于文艺的两个批示到批判《海瑞罢官》，被批判者的背后，总是或多或少闪着周扬的影子。"①

从进入解放区文艺开始直至20世纪60年代初期，周扬的文艺批评相对缺乏主动性和创造性，成为一种密切配合政治思想、政策导向的文艺批评模式。中华人民共和国成立后，身居文化、宣传部门要职的周扬是新中国文艺工作的实际领导者和文艺政策的制定者，显赫的文艺界领导者身份和接踵而至的政治运动，极大地消弭了他作为批评家的独立个性和创造精神，而成为毛泽东文艺思想的宣传者、解说者和应用者。周扬的文艺思想在整体"左"倾的缝隙中，也有着服务政治与尊崇文艺特性的矛盾，因而显得被动和尴尬。李辉论及周扬时曾说："这的确是一个难以描述的人物……他留给我们的诸多公文和报告，很难让人能从中窥探到他内心的变化。实际上，在延安之后的许多时间里，他的自我已经消失在报告的后面，人们只能从历史风云的变化中看出他自己生活的蛛丝马迹。"② 周扬的批评文章主要刊发在《人民日报》《解放日报》《红旗》杂志等权威的党的机关报刊上，主要有三种样式：一是在各种文学艺术工作、宣传工作会议上的讲话，如《新的人民的文艺——在全国文学艺术工作者代表大会上关于解放区文艺运动的报告》《为创造更多的优秀的文学艺术作品而奋斗——一九五三年九月二十四日在中国文学艺术工作者第二次代表大会上的报告》《建设社会主义文学的任务——在中国作家协会第二次理事会会议（扩大）上的报告》《我国社会主义文学艺术的道路——一九六〇年七月二十二日在中国文学艺术工作者第三次代表大会上的报告》等；二是参与文艺运动的批评文章，如《反人民、反历史的思想和反现实主义的艺术——电影〈武训传〉批判》《我们必须战斗》等；三是对作家作品进行具体批评的文章，如《论赵树理的创作》《论〈红旗谱〉》《从〈龙须沟〉学习什么》等。周扬的这三类文章都重在阐释、传达、贯彻党的文艺方针、政策和毛泽东的文艺思想，又各有特点和侧重。第一类文章是典型的官方关于文艺问题的发言，具有浓郁的报告气和强烈的权威性，批评个性和个人见解罕见；第二类文章具有浓烈的火药味，也鲜明地体现了那个时代大批判文体简单定性、上纲上线、牵强附会的特点；第三类文章则是毛泽东文艺思想在具体作家作品论中的运用和印证，体现了一定的个

---

① 李辉：《人生扫描》，上海远东出版社1995年版，第149页。
② 李辉：《人生扫描》，上海远东出版社1995年版，第147页。

人化的学理思考。

  概而言之，周扬在上述三类文艺活动和批评话语中呈现的被动与尴尬主要是由两方面原因造成的。

  一是批评身份的转变。周扬由早期具有革命倾向的职业批评家转变为官方文艺政策的发言人与代言人，决定了他在为谁说、说什么和如何说方面发生了根本性的变化，其批评话语也相应受到更多的制约，使他越来越鲜有个人批评话语，而成为官方的喉舌。当他所代言的文艺思想与自己原有的文艺观念发生冲突时，虽仍以政治话语为主导，但间或也表露了自己的少许个性化的思考，显现了其文艺思想的矛盾性和复杂性。如1956年，在对胡风反革命集团的批判基本结束后，周扬也承认胡风所揭露的文艺批评中马克思主义的简单化、庸俗化，创作上的公式化、概念化及自然主义等问题依然存在。1961年6月16日，在文艺工作座谈会上，周扬曾提到自己一直记着胡风的这两句话——机械论统治了中国文艺界二十年……如果我们搞得不好，双百方针不贯彻，都是一些红衣大主教、修女、修士，思想僵化，言必称马列主义，言必称毛泽东思想，也是够叫人恼火的了。

  无怪乎，后来姚文元以周扬在"写真实"、保证创作自由、肯定人道主义和人性、承认作家在创作中的主体性等问题上与胡风的相通相近为由，指斥周扬的思想同胡风思想本质上是一样的。① 再如，20世纪50年代中后期涌现的一批自编文艺学教材存在言必称马恩列斯毛等问题，周扬也对此类现象进行了客观的针砭："《文学概论》的编写，应以总结我国从古至今的文学经验为主，不要泛泛而论。毛泽东主席的《在延安文艺座谈会上的讲话》，可单独开课。我们用毛泽东思想挂'帅'，是把它作为红线，作为灵魂，进行总结。教科书不同于具体政策，如果句句都引用毛泽东主席的话，就会使'帅'变成兵将，红线变成红布，灵魂变成肉体了。"② 在高度政治化的语境中，周扬的这一言论是颇为大胆和率真的。

  二是批评理念的差异。周扬的文学修养深厚，虽强调文艺的政治功利性，但其内心深处仍然无法淡忘文学的特殊性。周扬早先译介苏联文艺思想，后来逐渐形成了自己的文艺思想体系，进入解放区后又信服于毛泽东文艺思想，并全力阐释、努力传达毛泽东的文艺思想。不过，当周扬自己的文艺思想与毛泽东的文艺思想发生冲突时，他也会在相对宽松的政治语

---

① 姚文元：《评反革命两面派周扬》，《红旗》1967年第1期。
② 周扬：《周扬文集》（卷三），人民文学出版社1990年版，第197—198页。

境中适当表露自己的文艺观念。周扬文艺思想的核心源自苏联的社会主义现实主义,然而,随着中苏关系的不断恶化,这一原则也最终为毛泽东提出的"革命的现实主义和革命的浪漫主义相结合"所替代。曾经是社会主义现实主义忠实拥趸的周扬,在 1958 年后,又成为毛泽东倡导的"两结合"的创作方法的权威阐释者。当然,作为国内最早接受并介绍社会主义现实主义的人,周扬在这一转变过程中是有思想波澜的。在 1961 年至 1962 年文艺政策调整时期,周扬就重提社会主义现实主义,并公开为之辩护,称社会主义现实主义是创作方法的新发展,继承了现实主义和浪漫主义的好东西,要给予应有的评价。① 此外,在对社会主义现实主义的人民性原则与党性原则的认识中,周扬的观点也与毛泽东不同,他更看重的是前者,他认为,"人民性比党性的范围更大一些。人民性有时不一定用党性来看,人民性的确是站在中国人民的立场表现中国人民的力量的。"② 姚文元在《评反革命两面派周扬》中大肆攻击周扬,但其中对周扬"左右摇摆"现象的揭示是准确的。周扬的这种"左右摇摆"大多属于被动的,旨在维护文学的一体化和明哲保身。周扬现象极具时代特色,典型地反映了周扬、何其芳、林默涵等一批官方中心批评家审慎被动的心态和尴尬波折的经历。

二 茅盾:现实取向与开放心态之间的矛盾

周扬、林默涵等中心批评家只是在政治气氛相对宽松或政策需要时,才在政治话语的间隙中闪现有限的个人思考,较之他们的谨小慎微,茅盾、邵荃麟等主流批评家虽也难免有同时代批评家兼官员的审慎、被动与尴尬,但在一些场合还是敢于比较明朗、真实地表达自己的文学观点。可以说,茅盾的批评话语明显地体现了"现实取向与开放心态之间的矛盾"③。周扬和茅盾在批评话语、批评心态方面的差异与他们在中华人民共和国成立之前的身份也有重要关联,周扬是解放区文艺的代言人,茅盾是国统区革命文艺的领导者。在第一次文代会上,双方身份的差异就明显地表现出来了。周扬代表解放区文艺作了《新的人民的文艺》的报告,高度评价解放区文艺的成就,并将解放区文艺的方向扩展为新中国文艺的方向,他指出,《讲话》"规定了新中国的文艺的方向,解放区文艺工作

---

① 杨鼎川:《1967:狂乱的文学年代》,山东教育出版社 1998 年版,第 16 页。
② 周扬:《周扬文集》(卷二),人民文学出版社 1985 年版,第 217 页。
③ 许道明:《中国现代文学批评史新编》,复旦大学出版社 2002 年版,第 374—375 页。

者自觉地坚决地实践了这个方向，并以自己的全部经验证明了这个方向的完全正确，深信除此之外再没有第二个方向了，如果有，那就是错误的方向。"[1] 而与此形成对比的是，茅盾代表国统区革命文艺作了题为《在反动派压迫下斗争和发展的革命文艺》的报告，在总体肯定国统区文艺工作者在反动统治下取得显著成就的前提下，相当的篇幅则是对国统区文艺的自我批评。茅盾在报告中列举了国统区存在着作品不能反映和正确分析社会的主要矛盾与重要斗争、流露出一些黯淡无力的思想情绪、以自己的主观任意解释和说明客观的现实、以人道主义的思想感情来填塞作品等不良倾向，还指出文艺创作中存在纯粹以个人的趣味为中心的作品、抗战加恋爱的庸俗的新式传奇和公然表现颓废主义思想等包含腐蚀革命斗志的毒素的有害倾向。

　　茅盾既是现代著名的小说家，也是一个颇有影响的文艺批评家，其文艺批评理论与观念，在中国现代文学的发展中发挥了重要的作用。茅盾的文艺批评和文学创作一样，大多数时候仍是个人化的选择消融于社会性的集体选择之中。茅盾是现实主义文学的积极提倡者，现实主义文学理论是其批评体系的理论基石。从初涉文坛到中华人民共和国成立后的领导工作，茅盾都是以现实主义作为批评作家作品、把握文学发展方向的理论支柱。茅盾的文艺批评经历了三个发展时期：早期（1920—1927年），茅盾的文学思想主要是通过《文学与人生》《读〈呐喊〉》《自然主义与中国现代小说》等批评文章表现出来的，表现出了比较明确的现实主义文学理论趋向，但尚未形成系统的批评方法；中期（1928—1949年），茅盾在文学研究会和各种文艺论争中逐步形成了自己较为系统的文学思想，《关于抗战文艺》《民主运动与文艺运动》《徐志摩论》《冰心论》等是他这一阶段的代表性文学批评文章，"为人生"的文艺观具有强烈的功利目的；后期（1949—1981年），《夜读偶记》《关于历史和历史剧》《关于长篇小说〈李自成〉》等批评文章对新中国文学的发展产生了较大影响，但这一阶段茅盾主要是以文艺界领导人的身份，以讲话、报告等形式参与文艺批评的，如《新的现实和新的任务——在中国文学工作者第二次代表大会上的报告》《培养新生力量，扩大文学队伍——在中国作家协会第二次理事会会议（扩大）上的报告》等。

　　在抗日战争、解放战争的特殊时期，阶级矛盾和民族矛盾突显，民族

---

[1] 张炯：《中国新文学大系（1949—1966）理论·史料集》，中国文联出版公司1994年版，第93—94页。

解放和民主进步成为其时进步知识分子的共同选择。在这种历史情势下，茅盾也自觉地将文学写作和文艺批评融入时代主潮，但还是会不自觉地表露出对文学审美本性的执着追求。1946年，茅盾在为萧红《呼兰河传》作的序中指出："如果让我们在《呼兰河传》找作者思想的弱点，那么，问题恐怕不在于作者所写的人物都缺乏积极性，而在于作者写这些人物的梦魇似的生活时给人们以这样一个印象：除了因为愚昧保守而自食其果，这些人物的生活原也悠然自得其乐，在这里，我们看不见封建的剥削和压迫，也看不见日本帝国主义那种血腥的侵略。"茅盾一方面认为这部小说不像一部严格意义上的小说，但另一方面又肯定有比"小说更'诱人'些的东西：它是一篇叙事诗，一幅多彩的风土画，一串凄婉的歌谣"，"开始读时有轻松之感，然而愈读下去心头就会一点一点沉重起来。可是，仍然有美，即使这美有点病态，也仍然不能不使你炫惑。"① 茅盾的这些文字本身就是洋溢着诗情画意的美文，字里行间透露出了他对文学审美品性的倚重。这也比较突出地表现了茅盾批评的矛盾：执着而深层的艺术情趣追求与注重思想意义的时代主流趋向之间的不和谐。

"十七年"时期，茅盾也和其他主流批评家一样，自觉维护政治文学的一体化，配合主流意识形态对文艺的吁求，在文艺批评实践中与主旋律批评话语保持一致，打上了显著的时代烙印。1958年，茅盾在《文艺报》发表的长文《夜读偶记》，典型地体现了左翼文艺对西方"现代派"的基本观点和态度。这篇文章在总结文学史发展规律时认为，在阶级社会内，文学的历史基本上就是现实主义与反现实主义的斗争，这一观点就过于绝对化，具有鲜明的政治色彩。再如茅盾在《关于所谓写真实》一文中认为在旧社会把暴露社会生活的阴暗面作为写真实的要求具有合理性，在新社会里却是荒谬透顶的②，这一观点也深深地镌刻了时代铭纹。但是，茅盾对文学的审美性、个性化的理解和追求并未消失。在20世纪40—70年代的主流批评家中，茅盾是谈论文学技巧较多的一位。在1956年3月18日的《中国青年报》上，茅盾撰写了《关于艺术的技巧》一文专论文学技巧。当然，由于受到时代性因素的拘囿，茅盾的这些思想仅得到了有限的表现，也显现出了一定的矛盾性。譬如，中华人民共和国之初，茅盾顺应时势，极力倡扬文学的"赶任务"，但几乎与此同时，他又在《文艺报》1950年第9期发表的《目前创作上的一些问题》中坦陈文学的"赶

---

① 茅盾：《茅盾文集》（卷十），人民文学出版社1961年版，第97页。
② 茅盾：《关于所谓写真实》，《人民文学》1958年第2期。

任务"是与创作规律相矛盾的。茅盾在《夜读偶记》中严厉批判了新浪漫主义（现代主义）的同时也谈到它的建设性，认为象征主义、印象主义乃至未来主义在技巧上的成就可以为现实主义作家或艺术家所吸收，从而丰富现实主义作品的技巧。① 反右斗争开始后，茅盾不得不顺应时势批判"写真实"，说它是个似是而非的口号，"实质上是资产阶级文艺思想的口号，必须从理论上和右派分子的实践上予以分析和驳斥，不使它继续挂羊头卖狗肉！"② 然而，在关于《青春之歌》、历史剧的讨论中，茅盾又都坚持了文学的真实性原则。总之，这一系列看似矛盾的文学观点正昭显了茅盾在现实取向与开放心态之间存在无法真正协调的深层矛盾。

中华人民共和国成立之后，在新的政治文化环境中，茅盾一面适应不断变更的文艺政策，一面热心提携新人，并尽可能地维护他们的创作个性，切实推进文学创作的多样化。茅盾在《谈最近的短篇小说》《一九六〇年短篇小说漫评》中，就奖掖推荐了王愿坚、王汶石、茹志鹃、胡万春、张勤等文学新人。其中，对茹志鹃的提携护佑典型地体现了茅盾的文学观念。《百合花》的含蓄婉曲以及对人情人性的表露，与"十七年"时期的时代氛围是格格不入的。茅盾却对《百合花》予以了极高的褒扬，认为这篇小说"可以说是在结构上最细致严密，同时也是最富于节奏感的。它的人物描写，也有特点；人物的形象是由淡而浓，好比一个人迎面而来，愈近愈看得清，最后，不但让我们看清了他的外形，也看到了他的内心"。③ 在人民公社题材被简单化地演绎为保守思想与进步思想之间的激烈斗争时，茅盾又充分肯定了茹志鹃的《静静的产院》服从生活的复杂性，"细致地刻画了这两种思想在一个人头脑里的矛盾和斗争"，并认为作者在处理个人的思想矛盾这个批判现实主义的老题目时采用了全新的立场、观点和表现手法。茅盾还以文学化的笔法肯定了《静静的产院》中文学技巧的成功使用："开头写产院的肃静，后来又写它的热闹，着墨不多，可是宛然如画。描写谭婶婶的心情变化，也有层次，而且由浅入深，从涟漪微漾到波涛澎湃。"④ 这些批评文字都典型地表现了茅盾对文学审美性的追求，也流露了他的批评个性。在1960年第三次文代会上的报告《反映社会主义跃进的时代，推动社会主义时代的跃进!》中，茅盾在作家"个人风格上，一定有时代精神的烙印"的前提之下，倡导文学

---

① 茅盾：《茅盾文艺评论集》（下），人民文学出版社1978年版，第836页。
② 茅盾：《关于所谓写真实》，《人民文学》1958年第2期。
③ 茅盾：《谈最近的短篇小说》，《人民文学》1958年第6期。
④ 茅盾：《一九六〇年短篇小说漫评》，《文艺报》1961年第4期。

作品题材、形式和风格的多样性。他还以饱含文学激情的笔触呼唤文艺工作者："既能以金钲羯鼓写风云变色的壮丽，也能用锦瑟银筝传花前月下的清雅"；"文气既要能像横槊据鞍，千人辟易，也要能像岁时伏腊，欢腾田野；既要能横眉怒目写斗争的艰苦，也要能眉开眼笑写胜利的快乐；既要善于塑造人物，也要善于渲染气氛；既要能写江山之多娇，也要能写厂矿的雄伟。"① 这些受到"大跃进"时代氛围熏染的激情四射的文字也真实地体现了他对文学和生活的丰富性、复杂性和多元化的认识、思考和期许。

三 姚文元：斫伤文艺批评本性的畸形批评心态

姚文元是从批判《武训传》、批判胡适和俞平伯的"资产阶级唯心论"起家的，主要是以政治批判者的身份出现在文艺批评界的。在"文革"期间，姚文元被誉为"无产阶级的金棍子"，并凭借他那些善于见风使舵的文艺批评文章步入了国家权力话语的中心，先后任中共中央文革小组成员、上海市革委会第一副主席、中共上海市委第二书记、中共中央政治局委员等职。据统计，仅1949年至1966年，姚文元就发表了《再谈教条和原则》（《文艺报》1957年第18期）、《冯雪峰资产阶级文艺路线的思想基础》（《文艺报》1958年第4期）、《批判巴人的"人性论"》（《文艺报》1960年第2期）、《评新编历史剧〈海瑞罢官〉》（《文汇报》1965年11月10日）、《评"三家村"——〈燕山夜话〉、〈三家村札记〉的反动本质》（《文汇报》1966年5月8日）等450余篇批评文章，出版了《细流集》（新文艺出版社1957年版）、《论文学上的修正主义思潮》（新文艺出版社1958年版）、《新松集》（上海文艺出版社1962年版）、《文艺思想论争集》（作家出版社1964年版）、《在前进的道路上》（人民文学出版社上海分社1965年版）等多本批评论文集和杂文集。因此，有研究者指出："姚文元的批评著述在量上成为'十七年'文学批评之最，而对整个文学批评的冲击与破坏，也居首位。"② 姚文元的批评文章是以诬陷漫骂、罗织罪名、人身攻击为主的大批判文体，鲜见对文艺作品的学理分析。姚文元在《评"三家村"——〈燕山夜话〉〈三家村札记〉的反动本质》中说："《燕山夜话》《三家村札记》虽然内容十分庞杂，但一分

---

① 茅盾：《反映社会主义跃进的时代，推动社会主义时代的跃进!》，《人民文学》1960年第8期。
② 周海波：《中国现代文学批评史论》，上海人民出版社2002年版，第356页。

析，就可以看到它贯穿着一条反党反社会主义的黑线，这条黑线同《海瑞骂皇帝》《海瑞罢官》是一脉相承，在这几年中国政治气候中刮起了一阵乌云。现在，是到了进一步揭开'三家村'这个大黑店的内幕的时候了！"然而，通览全文，却并无对所涉及作品的分析，更说不上"分析"，充斥文章的是拉虎皮作大旗的虚张声势和恶吏断案般的散发着血腥气息的文字。李辉在《风落谁家——关于姚文元的随想》中说："读姚文元的杂文，或者评论，我不由感到一种逼人气势如山一般矗立面前，如海浪一般朝你涌来。但一旦走进这山背后，便发现这气势只是虚假的声势，他是以语言的喧嚣和情绪的亢奋，掩饰着逻辑混乱和思想苍白。那么多大小长短的文章，除了批判呵斥还是批判呵斥，除了引经据典寻章摘句，他并没有表现出更多的更出色的其他才能。"[①] 可以说，姚文元的文艺批评是大批判文体的恶性发展和集中体现，并最终成为"帮派文艺"和"阴谋文艺"的重要组成，姚文元本人则是被激进的政治话语和膨胀的权力欲望异化了的文艺批评的畸形儿。正如李洁非指出的，姚文元"后来完全成为政治阴谋集团的一个政客，但是帮助他登上权力高层的，不是别的，恰恰是文学——他整个50—70年代间以笔为刀，是通过'文学暴力'攫取权力的文人的典范！"[②]

姚文元曾坦言，"在文艺思想战线上，辨别风向是特别重要的一件事。"[③] 在其批评实践中，姚文元也的确是在敏锐地嗅出了阶级斗争新动向和辨测出政治新风向后，再据此确定自己的批评方向和批判对象，并利用文艺批评积极参与阶级斗争的。姚文元对胡风由景仰到倾力批判即为他这种典型的"墙头草"式文艺批评的显例。姚文元最初是仰慕胡风的，还撰写了《论胡风文艺思想》等文。在文艺界开始批判胡风文艺思想运动后，他立即改弦更张，转而加入猛烈批判胡风的阵营。在1955年《文艺报》第1、2期上，姚文元以《文艺报》通讯员的名义发表了批判胡风的文章《分清是非，划清界限》，在上海文艺会堂召开的批判胡风的大会上又不遗余力地攻击胡风。此后，姚文元在一年之内炮制了《胡风反革命两面派是党的死敌》等十余篇炮轰胡风的文章。在贯彻"双百"方针之初，姚文元又迅速变脸，发表多篇文章积极响应"百花齐放、百家争鸣"。在《百家争鸣，健康地开展自由讨论》一文中，他提出"要反对不

---

① 李辉：《风落谁家——关于姚文元的随想》，见《沧桑看云》，上海远东出版社1997年版，第96页。
② 李洁非：《对"暴力"的迷恋，或曰撒旦主义——20世纪文学精神一瞥》，《文学评论》2001年第1期。
③ 姚文元：《在革命的烈火中》，作家出版社1958年版，第1页。

重视学术问题上政治的研究和争论的作用"①。在《敌友之间》则表示，"动不动就用'挖根'来代替一切具体分析，是教条主义的方法。然而我们不少人，是习惯于用几顶帽子来代替具体分析的，这在整风中是应当改一改了。""有这样的人（也许一万个人中间只有一个），他用把同志当作敌人来打击作为抬高自己'威信'的手段。'残酷斗争，无情打击'就是这种人的口号。但历史证明，这种极个别的冒充'百分之百的布尔什维克'的野心家，是并不能永远维持自己的'威信'，他迟早总会被拆穿的。"② 这段话不无讽刺地成了姚文元文艺批评轨迹和人生命运的自画像。当姚文元从张春桥处得知政治风向的新变后，又写了攻讦《文汇报》的《录以备考——读报偶感》，并获得毛泽东的青睐，转瞬又成为先知先觉的反右"英雄"。反右运动中，姚文元集中火力批判资产阶级右派分子，对丁玲、冯雪峰、艾青、秦兆阳、陈涌、刘绍棠、流沙河等人重拳出击。姚文元的文艺批评所涉及的人物和问题都是已经遭到了清算或正在进行清算的，他是在以既定的意识形态评判为依据的情况下展开批判的。但他并不满足于对这些人物和问题的定性，而是在原有基础上进一步提升问题的严重性，频频给批评对象扣上"修正主义"的大帽子，大加挞伐。姚文元曾在相当长的一段时期内密切关注周扬等文艺高官的言论，并以之为确定自己批评对象和批评方向的主要参照。但在1963年、1964年毛泽东作了关于文艺的两个批示后，对政治风向异乎寻常敏感的姚文元又背弃周扬，旋即反戈攻击周扬。如果说周扬等中心批评家的"左右摇摆"和茅盾等主流批评家的话语矛盾是出于被动与无奈的话，姚文元的望风而动则更多的是出于主动的选择和政治投机心理。

姚文元在《论文学上的修正主义思潮》的序言中说："我乐于把全部业余时间献给当前的社会主义文学事业，我希望自己永远能'跟着社会上跑'，只要跟得上，没有落伍，这就是最大的快乐了。"③ 周扬等主流批评家在顺应主流意识形态的整体倾向中，还是会在可能的情况下谈论文艺的艺术规律，终于跟不上毛泽东文艺思想的发展和激进思想郁勃的特定时代对文艺批评的要求而落伍了。姚文元却始终"跟着社会上跑"，从被江青、张春桥等相中写作《评新编历史剧〈海瑞罢官〉》之后，更是逐步成为极左时期文艺批评方向的引路人之一。姚文元的文艺观点和话语方式迎

---

① 姚文元：《百家争鸣，健康地开展自由讨论》，《解放日报》1956年6月30日第3版。
② 姚文元：《敌友之间》，《解放日报》1957年6月10日第4版。
③ 姚文元：《论文学上的修正主义思潮》，上海新文艺出版社1958年版，第2页。

合了其时的政治吁求,不断地借用不同的批判对象,复制和转述那个时代的权力话语。姚文元"不仅是那个历史时代的产儿,同时也是那个时代期待的文化英雄",他"能在那个时代脱颖而出、迅速地成为新的文化英雄",在很大程度上,也可以说是"主流话语长期期待的理论代言人和话语表达方式,终于在姚文元这里不期而遇"。[①] 虽然,姚文元未必是真正意义上的文艺批评家,但从姚文元、关锋、戚本禹等人的文艺活动和人生沉浮中,我们可以窥见"工具论"在极左文艺思潮中的畸形发展。他们的文艺批评完全以政治支点取替理论支点,以政治风向为文艺批评的导向,异变为极度膨胀的政治野心的载体和权力争夺的手段。

1940—1970年代文艺批评的书写方式和话语主体的批评心态,无不受到时代政治的高度规约,也是极性思维与战争文化心理的产物。以周扬、茅盾、姚文元为代表的三类主流批评家的批评心态以及他们的命运浮沉和心路历程,折射了特殊时代文艺批评话语的发展轨迹。作为毛泽东文艺思想的权威阐释者和文化、宣传部门的主管高官,周扬是新中国文艺政策的实际制定者和文艺创作、批评方向的导引者之一,可谓主流批评家中的中心批评家,在批评心态上更为循规蹈矩,谨小慎微,批评话语也多为毛泽东文艺思想的阐释和贯彻,体现了以政策阐释为文艺批评生命线的被动与尴尬。茅盾虽也属于主流批评家,但比之周扬,批评心态上略显自由和开放些,其个人话语的空间更为广阔,在各种场合表露的个性化思考和对文学审美品格的关注也更多更大胆,存在较为明显的现实取向与开放心态之间的矛盾。姚文元则视文艺批评为权力角逐的敲门砖,并如愿以偿地借此进入了权力话语的中心。姚文元的批评话语是几无学理分析、滥施淫威的大批判话语,体现了斫伤文学批评本性的畸形批评心态。周扬和茅盾虽然在应和主流意志的需求与自己内心世界的真实想法之间存在冲突,并在批评话语上表现出了犹疑和矛盾,批评心态也显得审慎、被动、疲顿与尴尬,但还是能够坚守文艺批评的底线。姚文元则丧失了文艺批评家的基本操守,其文艺批评是典型的粗暴武断的"棒喝"式批评,彻底沦为了赤裸裸的权力争夺的工具。

(原文刊载于《东南大学学报》2011年第6期,《高等学校文科学术文摘》2012年第1期转载)

---

① 孟繁华:《中国20世纪文艺学学术史》(第三部),上海文艺出版社2001年版,第333—334页。

"大批判"文艺批评模式与对王实味的两次批判

黄 擎

在 20 世纪 30 年代左翼文艺界开展的与"人性论""第三种人"等的论争中，批评者的理念、逻辑和话语，已经开始表现出一元论、话语霸权、集体围攻以及人身攻击等特点及倾向。及至 20 世纪 40 年代，延安文艺界以批判王实味等人为中心，在左翼文艺界初步形成了一套新的文艺批评的操作范式与话语风格，"大批判"文艺批评随之进入了生发期。而 1958 年《文艺报》以专辑形式发起的对王实味等人的"再批判"运动，进一步促发了政治化文艺批评话语的迅速喷涌，"大批判"文艺批评也步入了成型期。到"文革"时期，伴随着各类批判运动的日常化，文艺批评也在政治激情的煽动和极"左"思潮的裹挟下，异化为权力和专政机器的工具，"大批判"文艺批评模式更是成为主导性话语形态。本文以 1942—1943 年和 1958 年对王实味等人的两度批判为中心，结合具体历史语境细读相关批评文本，对"大批判式"文艺批评模式的生成加以考察。

一 "大批判"文艺批评话语的生成：延安时期对王实味的批判

20 世纪 30 年代末、40 年代初，为数众多的进步知识分子和文艺工作者怀揣着对中国共产党的极大信任以及对抗日战争的高度热情，从全国各地奔赴延安。然而，由于一部分知识分子的世界观、文艺观与革命主流意识形态对文艺功能的吁求存在偏差，导致他们的文艺活动出现了与革命不甚协调，突出地表现为《解放日报》《谷雨》发表了王实味、丁玲等人对延安生活"阴暗面"有所揭露与批评的杂文和小说。① 这批文章迅疾引发了高度关注及褒贬不一的强烈反响，被认为是"当时延安发生的大事"，一度"议论得简直比战争还多"。② 这些文章虽有促进与改善新生民主政权的良好愿望，但在当时的战争环境下显然难以得到革命主流意识形态的认同。两者之间的分歧甚至冲突，成了延安文艺座谈会召开的主要动因之一。延安文艺座谈会之后，上述文章及作者均受到了批判。其中，王实味受到的批判力度最大，先是被定性为"托洛斯基分子"，后又与潘芳、宗铮、陈传纲、王汝琪一起被打成"反党五人集团"。其时，毛泽东对丁玲等人的态度是有别于王实味的，仍把他们看成写了有思想问题的文章的"同志"。而丁玲、艾青等人也主动改正错误，并积极汇入批判王实味的"合唱"之中。在对王实味的批判中，"大批判"文艺批评话语模式初步形成。具体说来，延安时期对王实味的批判在文艺批评方式和话语形态上有以下几点值得我们注意。

　　首先，对批评对象的称谓有一个显著的"去同志化"过程，由此不仅恰可管窥整个批评进程的迅疾升温和事件性质的根本变化，还凸显了文艺论争跃升为政治批判的批评轨迹。

　　重新检视 1942 年《解放日报》有关王实味及其《野百合花》等杂文的批评文章，不难发现 6 月 16 日是一个重要的"节点"。此前的文章都是称王实味为"同志"的，当然具体指称有细微差异，有称"实味同志"，也有称"王实味同志"。此外，陈道的《"艺术家"的"野百合花"》（6 月 9 日）虽未以"同志"谓之，也未出现批评对象的姓名，但通篇均以"作者"称之。这里要特别说明的是，《野百合花》在《解放日报》发表时署名即为"实味"，故有关批评文章中称其为"实味同志""实味"并非朋友间的亲切之称。其实，"实味同志"也好，"王实味同志"也好，"作者"也好，都只是出于革命阵营内部争论的客气称谓而

―――――――――

① 这些文章主要有丁玲的《我们需要杂文》（《解放日报》1941 年 10 月 23 日）、《在医院中时》（初刊于 1941 年 11 月 15 日延安出版的《谷雨》创刊号上，后更名为《在医院中》刊发在 1942 年 8 月 25 日重庆出版的《文艺阵地》第 7 卷第 1 期）、《三八节有感》（《解放日报》1942 年 3 月 9 日），艾青的《了解作家、尊重作家》（《解放日报》1942 年 3 月 11 日），罗烽的《还是杂文的时代》（《解放日报》1942 年 3 月 12 日），萧军的《论同志之"爱"与"耐"》（《解放日报》1942 年 4 月 8 日），王实味的《野百合花》（《解放日报》1942 年 3 月 13 日、23 日）、《政治家·艺术家》（《谷雨》第 1 卷第 4 期〈1942 年 3 月 15 日出版〉）、《零感两则》（中央研究院墙报《矢与的》）等文，以及中央研究院墙报《矢与的》和由住在文化沟里的在青委工作的一些人所编墙报《轻骑队》上刊发的一些文章。

② 黎辛：《〈野百合花〉·延安整风·〈再批判〉——捎带说点〈王实味冤案平反纪实〉读后感》，《新文学史料》1995 年第 4 期。

— 589 —

已,也可见出批评者还是将批评对象视为"同志"关系,王实味事件的性质尚属革命内部矛盾,批评文章中虽已有一些尖利的话语,但总体上还是一种较为平等温和的文艺论争。

《解放日报》6月16日之后发表的文章,则在对批评对象的称谓上完全地"去同志化"了。有意思的是,周文还在《从鲁迅的杂文谈到实味》中特别解释了自己为什么主张不再以"同志"称呼王实味。周文先是引述了鲁迅《三月的租界》中的一段话——"'要执行自我批判'……但我以为同时可也万万忘记不得'我们'之外的'他们',也不可专对'我们'之中的'他们'。要批判,就得彼此都给批判,美恶一并指出。如果在还有'我们'和'他们'的文坛上,一味自责以显其'正确'或公平,那其实是种向'他们'献媚或替'他们'缴械。"接着,周文明确提出:"实味的文章,不仅是在'向"他们"献媚或替"他们"缴械'而已,那简直是在我们的头上屙屎,在我们的后园里挖祖坟,在'散布细菌,传染疾病',在'直接制造黑暗'。所以我这篇文章,也用不着采取'同志'的态度。"① 周文其文的确自始至终直呼其名"实味"而不称"同志"。

自此往后,报刊上有关王实味的文章均未再出现"同志"二字,多数是直呼其名,如丁玲《文艺界对王实味应有的态度及反省——六月十一日在中央研究院与王实味思想作斗争的座谈会上的发言》(6月16日)等文②。有的还在王实味名字前加上了托派的帽子,如张如心在《彻底粉碎王实味的托派理论及其反党活动——在中央研究院斗争会上的发言》(6月17日)中用过这样的并称——"王实味这一托洛斯基主义的信徒"。后来,张如心在《中央研究院整风以来思想改造总结——在中央研究院总结党风时的报告》(10月31日)中提到王实味时除直呼其名外,也在多处称之为"托派王实味",有时还以姓氏"王"简称之。这当中不仅显示了延安文人对政治律令的遵从,也显露了对沦为敌对阵营的批评对象的极端蔑视。当初同样因为写了"出格"文章受到批判的艾青,大约

---

① 周文:《从鲁迅的杂文谈到实味》,《解放日报》1942年6月16日第4版。
② 其他文章还有张如心《彻底粉碎王实味的托派理论及其反党活动——在中央研究院斗争会上的发言》(6月17日)、艾青《现实不容歪曲》(6月24日)、罗迈《论中央研究院的思想论战——从动员大会到座谈会》(6月28日)、范文澜《在中央研究院六月十一日座谈会上的发言》(6月29日)、温济泽《斗争日记(中央研究院座谈会的日记)》(6月28—29日)、陈伯达《关于王实味——在中央研究院座谈会上的发言》(7月3日)、周扬《王实味的文艺观与我们的文艺观》(7月28—29日)。

是为显示自己与王实味的截然两立,在座谈会上指斥王实味立场反动、手段毒辣,进而强调"这样的'人',实在够不上'人'这个称号,更不应该称他为'同志!'"① 在文艺批评激变为政治批判的情形下,在曾经的"同志"眼中,王实味终于连做"人"的资格都丧失了,遑论"同志"!

不过,在延安文艺界不再以"同志"称呼王实味之后,还有一篇陈伯达的旧文仍以"同志"相称。陈伯达原与王实味关于"文艺的民族形式"问题有笔账,《解放日报》1942年7月3日第4版刊发了他1941年春所写《写在实味同志〈文艺的民族形式短论〉之后》一文,题目、内容和口气因遵照原文未改,故而仍以"同志"谓之,这在"王实味批判"升级的情形下恰恰不无"反讽"之意。

上述文章对批评对象称谓的变化当然不是孤立的话语现象,而是与王实味事件逐渐升温的批评进程相吻合的:随着对王实味"托派""反党"异己阶级身份的认定,问题的性质也由同属一个阵营的"同志"之间的内部矛盾转化为尖锐的敌我矛盾。从3月18日召开整风运动动员大会开始,中央研究院进行了历时半年的整风学习,其中5月27日至6月11日召开了为期两周的关于"党的民主与纪律"座谈会,而自6月1日起,"座谈会的中心问题,已经从对于极端民主化偏向的一般清算,转移到王实味的思想"②。延安整风运动初期,中央研究院尚有95%的人赞同《野百合花》。③ 此后,经过整风纠正中央研究院"极端民主化"的"偏向"和对王实味的深入批判,王实味被认为从表现了"一种不良倾向——小资产阶级倾向,一种错误的思想方法——主观主义的思想方法"④,到成为为人所唾弃的"托洛斯基分子"。同时,王实味问题也由思想问题上升到反党的政治问题。正如丁玲所说,王实味的问题"已经不是一个思想方法的问题,立场或态度的失当,而且是一个动机的问题,是反党的思想和反党的行为,已经是政治的问题"⑤。随着开除王实味党籍决定的做出,

---

① 温济泽:《斗争日记(中央研究院座谈会的日记)》,《解放日报》1942年6月29日第4版。

② 温济泽:《斗争日记(中央研究院座谈会的日记)》,《解放日报》1942年6月28日第4版。

③ 参见黎辛《〈野百合花〉·延安整风·〈再批判〉——捎带说点〈王实味冤案平反纪实〉读后感》,《新文学史料》1995年第4期。

④ 金灿然:《读实味同志的〈政治家·艺术家〉之后》,《解放日报》1942年5月26日第4版。

⑤ 丁玲:《文艺界对王实味应有的态度及反省——六月十一日在中央研究院与王实味思想作斗争的座谈会上的发言》,《解放日报》1942年6月16日第4版。

对王实味的批判步入高潮。根据温济泽《斗争日记（中央研究院座谈会的日记）》的记载，在1942年6月10日下午的座谈会上，"本院各研究室及工作人员支部，及（杨家岭）政治研究室全体，一致要求开除王实味党籍，主席团决定：交院党委会办理"。① 那些还称王实味为"同志"的文章都发表于6月10日之前，座谈会提议开除王实味党籍之后自然不能再称其为"同志"了。查看周文《从鲁迅的杂文谈到实味》发表时的文末标注日期，可见文章完稿于6月12日，丁玲、罗迈、范文澜的文章都是在6月11日座谈会上的发言。

在渐次升级的批判中，对王实味从以"同志"相称到不仅不再以"同志"相称，甚至绝杀了王实味做"人"的资格。其间绝非简单的批评称谓变化问题，"去同志化"的话语表层凸显了文艺论争中跃变为关乎是否"反党"的重大政治斗争的滑行轨迹。虽然革命主流意识形态是这一事件幕后的真正推手，但绝大多数延安文人也出于"洗过效忠"或"人人自危"等不同心理，扮演了促使话语风貌政治化、暴力化的助推器的角色，他们这种为了确证自己的革命身份而相互倾轧的行径在日后愈益"左"倾的文艺批评中也表现得愈发突出。

其次，昭显了"大批判式"批评话语的初步形成。

伴随着对批判对象称谓"去同志化"进程的，还有话语形态的显殊变化，正如黎辛曾指出的那样，6月11日以后发表的有关《野百合花》的文章不仅不再以"同志"相称，"并且是批判式的了，上纲高，语气凶，是对敌人进行斗争了"。② 延安时期对王实味的批判初步表现出了"大批判"文艺批评的一些典型性特征，有的文章上纲上线地扣帽子，谓之"主义满天飞"也不为过。范文澜在《论王实味同志的思想意识》中就给王实味戴上了六顶形形色色的"主义"帽子——"王实味同志是一个共产党员，可是他的思想意识却集合了小资产阶级一切劣根性之大成。所有散漫、动摇、不能坚韧、不能团结、不能整齐动作、个人自私自利主义、个人英雄主义、风头主义、平均主义、自由主义、极端民主主义、流氓无产阶级与破产农民的破坏性、小气病、急性病等等劣根性，王实味同志意识中各色俱全，应有尽有，不折不扣，几乎使人难以置信"。③ 还有

---

① 温济泽：《斗争日记（中央研究院座谈会的日记）》，《解放日报》1942年6月29日第4版。

② 黎辛：《〈野百合花〉·延安整风·〈再批判〉——捎带说点〈王实味冤案平反纪实〉读后感》，《新文学史料》1995年第4期。

③ 范文澜：《论王实味同志的思想意识》，《解放日报》1942年6月9日第4版。

的文章在大批判的政治话语中裹挟了漫画式的文学性话语,艾青就在《现实不容歪曲》中运用文学笔法将王实味"小丑化"——"王实味和所有的托洛茨基党徒一样,是善于以'左'的面貌出现的。托洛茨基者们,永远拿一切'左'的名词、术语做胭脂,涂在苍老得干瘪了的脸皮上;身上穿着红得发紫的旗袍,手上提着柏林制造的手提袋,在光天化日之下,迷惑纯洁的青年。王实味也一样。"[①] 在此,文学话语与政治话语联姻,借助隐喻性的文学话语实施看似充满"威力"实则"乏力"的政治批判。毕竟,这类批评话语在快意地丑化批评对象的同时,也暴露了批判者缺乏理性立场和有力推论的尴尬境况。

范文澜的《在中央研究院六月十一日座谈会上的发言》是一篇值得细读的文本,有助于我们更好地分析和认识延安时期对王实味批判中显现的话语风貌。范文澜的这个发言有严正痛彻的批判,体现了"大批判"文艺批评好用极致修饰词的话语特点。如在讲到要"彻底反对自由主义"时,他说:

> 我们研究院的自由主义的气氛非常浓厚,这是极坏的现象。由于我们自由主义的气氛太浓厚,所以听到王实味反对党污辱党甚至破坏党的言论,也不及时报告组织,不和他作斗争。对他的《野百合花》表示同情,而对批评《野百合花》的文章不满,认为是打落水狗。在反王实味斗争的过程中,还有一些同志存着小资产阶级的温情心理,认为对他的斗争太过火。对这样自由主义的态度,我们一定要深恶痛绝,下最大的决心改正它。[②]

这短短的一段话连同小标题,就有8处使用了"彻底""非常""极""最大"等表示极致状态的修饰词语。然而,范文澜的发言也不乏诙谐的嘲讽与调侃,如:"我们正是这样,用尽了苦心去挽救王实味,希望把他从茅坑里救出来,可是他却想把我们拉到茅坑里去。""王实味许多捕风捉影的材料,都是从小广播得来的。今后要把这些小广播的电台打碎。""过去有些同志批评王实味的文章,我们有些同志还觉得过火,这证明我们政治嗅觉的鼻子伤了风"。范文澜这个讲话一共才2000余字,现场听众却爆发了5次笑声,可以想见讲话的现场"笑"果之好。这些充满奚落

---

① 艾青:《现实不容歪曲》,《解放日报》1942年6月24日第4版。
② 范文澜:《在中央研究院六月十一日座谈会上的发言》,《解放日报》1942年6月29日第4版。

的笑声，看似占据了政治优位和道德强势，其实恰恰表现了批判者惧怕被归入王实味同类的惶惧心理，期许借助对王实味的深彻批判洗刷自我，重获革命主流意识形态青睐。

上述批评话语风格虽然表露了文艺批评的不良倾向，并越来越成为主导趋势，但毕竟不是这一阶段批评话语的完全形态。总体观之，延安时期那些批判王实味的文章虽然遍布"立场""态度""动机""歪曲""污蔑""阴暗""挑拨""温情""两面派""人性论""蜕化论""小资产阶级""人道主义""平均主义""极端民主主义""托洛斯基""托派""反党"等语汇，也给王实味扣上了"托派分子"等大帽子，但其批评话语风貌并不像1958年"再批判"时期那样是典型的"大批判"文艺批评，而是表现出一定的混杂性。这种混杂性主要表现在延安时期对王实味的批判虽已初步显露出"大批判"文艺批评的一些端倪，但仍然夹杂了其他的话语风格。整风初期的一些批评文章，如杨维哲《从〈政治家·艺术家〉说到文艺——与王实味同志商榷》等文还是以摆事实、讲道理的方式针对王实味文中的一些具体问题展开"商榷"，具有一定的学术争鸣性质。即便是整风后期的批判文章中，也有如周扬《王实味的文艺观与我们的文艺观》这样还是注重从理论层面来分析问题的文章。

再次，在批评方式上表现出了采取狂欢式群众批判套路的趋向，开启了文艺事件政治运动化的先河。

延安时期对王实味的批判的一个突出特点是借助群众运动的方式全面铺开，并运用了谈话、开会、写信、墙报、《解放日报》文章等繁复多样的形式，开了文艺事件政治运动化的先例。中央研究院1942年5月27日至6月11日召开了所谓"座谈会"，群众运动的声势颇为浩大。据温济泽《斗争日记（中央研究院座谈会的日记）》记载，其中6月4日、8日、11日参与者甚众。6月4日，"中央政治研究院和文抗来旁听的人很多，大礼堂的窗台上也坐满了人。开会的铃声响了，几百双眼睛发出来的视线射在从左面大门走进来的王实味底身上。"6月8日，"从早晨七点钟起，就不断地像潮水一样的涌来了一千多个旁听者，他们来自七十个机关（学校在内）。"6月11日，"到会的人又很多，大礼堂的周围添了一层由人围成的墙。"[①] 延安时期，有关王实味的批判在具体操作过程中显示出了文艺批评武断粗暴的倾向。王实味本人仅参加了6月4日上午的座谈

---

① 温济泽：《斗争日记（中央研究院座谈会的日记）》，《解放日报》1942年6月28日第4版。

会，可就是在被批判者绝大多数时候缺席的情况下，座谈会还是通过"揭发"给王实味戴上托洛茨基分子的帽子，并要求党委开除其党籍。王实味于1942年10月被开除党籍，1942年底因反革命托派等问题被关押，1946年被定为"反革命托派奸细分子"，1947年7月在兴县被处决。① 在特定历史语境中，王实味成了延安文艺整风运动首当其冲的"靶子"和"祭品"。而对王实味的过火批判，"创造了一个把思想问题上纲到政治问题，发动群众揪政治尾巴，打棍子，戴帽子，在政治上把人批倒批臭，制造假案的先例"。② 当然，延安时期对王实味的批判主要是根据政党领袖意志来确定文艺批评的基调和方向，这种广场化和狂欢式的大批判运动的实质仍然是对政党领袖意志的秉承，只不过是借助群众运动这种"民主"方式以取得更好的批判效应而已。

王实味事件、整风运动和"审干运动""抢救运动"等接踵而至的"洗脑"运动，使延安的社会、政治、文化环境以及文人的心态思绪和话语风貌都发生了明显的变化。概而言之，中国共产党加强了对文化工作的指导和管理，"文人们的文化活动被当作'党的工作的一部分'，更大规模地、规范化地纳入到政治轨道中进行管理"③。而以财富多寡为标准的阶级学说和中国根深蒂固的传统血缘观念同构，在延安形成了血统化了的阶级文化语境，"阶级成分"成为现实生活中人的徽章，对人们的思想和言行产生了巨大的影响。在血统论和阶级论思想的影响下，延安形成了一个新的强大的话语场。在这一话语场中，文艺批评主动榫合政治需求，自觉并入服务政治的轨道。与此同时，曾一度与王实味一起受到批判的丁玲、艾青、何其芳、刘白羽等人的话语风格也发生了转变。从对王实味的批判及丁玲等延安文人的话语转变中，可以看出革命主流话语的强大同化力量。作为意识形态的重要组成部分，话语生产总是受到它直接或间接的控制与规约。延安时期，这种调控已见成效，并初步昭显了中华人民共和国成立之后文艺的命运。

二 "大批判"文艺批评模式的趋于成熟：1958年《文艺报》的"再批判"运动

通过延安整风，解放区不同的文艺批评话语和批评理念趋于一致。第

---

① 参见徐一青《王实味撤离延安及被秘密处死的经过》，《传记文学》1993年第3期。
② 黎辛：《〈野百合花〉·延安整风·〈再批判〉——捎带说点〈王实味冤案平反纪实〉读后感》，《新文学史料》1995年第4期。
③ 吴敏：《延安文人研究》，香港文汇出版社2009年版，第60页。

下篇　文学批评与文学史问题

一次文代会后,解放区文艺工作的特点和经验成为中华人民共和国文艺建设的典范。新中国文艺批评几经起伏,随着文艺界批判运动的不断铺展和升级,促发了以"大批判"文体为主的政治化文艺批评话语的"井喷"。当然,主流话语和支流话语乃至潜流话语之间存在着错综复杂的关系,即便是公开的话语形态,其间往往也充满了复杂性。从主导趋势而言,在延安时期对王实味批判中初步表露出的文艺问题政治运动化倾向,到1958年对王实味等人的"再批判"运动时期愈益彰显,20世纪40年代始具雏形的"大批判"文艺批评的话语形态也在不断升级的大批判文艺运动中完全成型。

1958年《文艺报》发起的对王实味等人的"再批判",是在中华人民共和国成立之后文艺批评话语渐趋异变的语境下兴起的。1950年代初,文艺批评对作品思想倾向的讨论往往一步就跨到对作家政治立场的挞伐。在"双百"方针提出后,1956—1957年的文艺批评也一度是活跃而富于建设性的。秦兆阳、钱谷融、巴人等在文艺批评中试图解除教条主义的束缚,注重文艺的特点与规律,并呼吁给予文学艺术创作一定的自由环境。然而,"双百"方针很快就演变为无产阶级与资产阶级两家的政治斗争。在随之而来的反右派运动中,一大批文艺工作者被打成右派分子,丁玲、陈企霞、冯雪峰还被打成"反党集团"。1950年代中后期这些接连不断的文艺运动,为"大批判"文艺批评话语的兴盛提供了适宜的政治土壤。

正是在这种阶级斗争形势人为扩大化的背景下,与延安时期对王实味等人的批判相隔15年之后,《文艺报》1958年第2期刊载了一个名为"再批判"的特辑。"再批判"专辑重新刊登了一组当年在《解放日报》和《谷雨》上发表过的所谓"反革命"文章,还针对各篇文章专门组织了批判文章。①《人民日报》1958年1月27日还特地发表了李骥的《奇文共欣赏　毒草成肥料　王实味、丁玲、萧军、罗烽、艾青等文章的再批判　介绍改版后的"文艺报"》一文,以增强"再批判"的气势。在极性

---

① "再批判"专辑刊载的延安时期就受到批判的旧文除王实味的《野百合花》之外,还有丁玲的《三八节有感》《在医院中》,萧军的《论同志之"爱"与"耐"》,罗烽的《还是杂文的时代》,艾青的《了解作家,尊重作家》;组织的批判文章分别为林默涵的《王实味的〈野百合花〉》、王子野的《种瓜得瓜,种豆得豆——重读〈三八节有感〉》、张光年的《莎菲女士在延安——谈丁玲的小说〈在医院中〉》、马铁丁的《斥〈论同志之"爱"与"耐"〉》、严文井的《罗烽的"短剑"指向哪里?——重读〈还是杂文的时代〉》、冯至的《驳艾青的〈了解作家,尊重作家〉》。

思维与战争文化心理的双重影响下,1958年"再批判"运动时期的这些批判文章,在20世纪40年代对王实味批判中初步形成的批评话语风格的基础上继续推进,形成了一套更加纯熟的"大批判"文艺批评的话语模式,呈现出时代铭纹深重的话语风貌。就话语风格来讲,此次"再批判"对"大批判"文艺批评话语形态的成型起到了推波助澜的作用,确立了如下基本特点。

一是以政治定性为思维基点,以抽象议论和空洞说教为主要论证方法。

20世纪40年代对王实味等人的批判虽然表现出了以政党领袖意志为风向标的趋向,但毕竟在初始阶段起于文人之间的论争,后来才逐步转为政治斗争。而1958年的"再批判"则一开始就是以政治斗争为鹄的,表现出完全以政治定性为思维基点的特点。

"再批判"专辑是由毛泽东亲自审改的"编者按语"领衔的,其后才是专门组织的各篇批判"檄文"。"编者按语"首先指出延安时期王实味等人与丁玲、陈企霞"勾结在一起,从事反党活动",并说"丁玲、陈企霞等人在此后的若干年中进行了一系列的反党活动,成为屡教不改的反党分子","这些文章是反党反人民的",这就给"再批判"定下了批判的政治基调。延安时期对王实味事件的定性就已经是"反党","再批判"除进一步扩大了批判的范围、将当年仍视为"同志"属于挽救对象的丁玲等人一并冠之"反党"罪名外,还将批判策略的重点落在"编者按语"所指出的这些文章"奇就奇在以革命者的姿态写反革命的文章"之上。

"编者按语"本来就是一种集体权威意志和官方色彩极为浓厚的话语表达,其后各篇批判文章其实是围绕"编者按语"所做出的政治定性展开的,是对它的复述、转述和延伸。林默涵的《王实味的〈野百合花〉》一文就是根据"编者按语"所设定的"反党"罪名,从"以革命者的姿态写反革命的文章"角度来分析王实味及其《野百合花》问题所在的。在具体论述中,林默涵采取的是先定性再联系批判对象分析的批评逻辑。我们不妨来看一看林默涵文中第2段、第7段和第14段的论述:第2段先说"混进革命阵营中来的反革命分子和阶级异己分子,总是会利用革命在一个时期的困难处境来施行他们对党和革命的攻击",然后没有任何具体分析,就直接转到对"王实味和他的一伙们""展开对党和革命的进攻"的国际国内革命形势的分析上;在发出"《野百合花》是一篇怎样的文章呢"的提问之后,第7段立即斩钉截铁地予以回答——"和一切混到革命阵营中来的阶级异己分子和反党分子们所常做的一样,托派分子王实味的这篇文章也是冒充着革命阵营内部的'自我批评'的姿态来对革

— 597 —

命进行袭击的";第 14 段提出"王实味是什么人"的问题后,也同样简明地回答道——"他是一个混进党内来的托洛斯基分子"。也就是说,在林默涵的批评逻辑中,王实味的罪名是无须分析和论证的,也不需要提供翔实的论据,而只是在他犯有"反党"罪行的前提下继续罗列其"罪状"即可。这种轻率定性的批评方式简单武断,以抽象的议论和空洞的说教取代了批评对象的深度分析。显然,这根本不是正常的批评路径,而是典型的先定"罪名"、再展开所谓"分析"的贴标签式的"大批判"文艺批评的套路。

二是以上纲上线的批判为基本构架,罔顾事实,曲解作品原意。

"编者按语"将"再批判"的现实意义定位于:在新的整风和反右斗争形势下再度批判这些文章有助于我们"理解这些文章对于我们有些什么教育作用,毒草何以变成肥料"。① 显而易见,由于此时的王实味早已成了一只"死老虎","再批判"的重心自然是落在丁玲等"屡教不改的反党分子"身上,这一番推今及昔的"秋后算账"正是为了在新的时代语境中彻底批倒丁玲等人。

"再批判"专辑中的文章也紧密围绕此次批判的现实意义大做文章,王子野的《种瓜得瓜,种豆得豆——重读〈三八节有感〉》和张光年的《莎菲女士在延安——谈丁玲的小说〈在医院中〉》就对丁玲的《三八节有感》与《在医院中》做出了谄媚主流意志却歪曲文本原意的诠释。丁玲在《三八节有感》中说过"延安的妇女是比中国其他地方的妇女幸福的",王子野却认为这里采用的"是反挑的笔法",并说"统观全文,每一句话都在反驳这个正确的命题",进而提出丁玲的最后结论是"延安是女人的地狱"。丁玲《三八节有感》确实以锐利的笔触涉及延安妇女的现实处境及存在问题,有些话说得也颇为直率大胆,但细读其文实在无法得出王子野所言"延安是女人的地狱"这样的结论。丁玲文章还从自身体会出发对延安女性提出了四点注意事项——"不要让自己生病""使自己愉快""用脑子""下吃苦的决心",这四点也被王子野解读为秉持的是"极端个人主义的原则",所"企望"的是与革命利益针锋相对的"野心勃勃的个人英雄主义",发出的是"一个个人主义者的'肺腑之音'"。正是在不断曲解作者原意的基础上,王子野进而提出丁玲并非仅仅在妇女问题上向党和人民射出了"毒箭",而是将"进攻的矛头还同时指向解放区的婚姻法,指向新的社会制度",因而"同王实味的《野百合花》是异曲

---

① 《"再批判"编者按语》,《文艺报》1958 年第 2 期。

同工的反党的纲领"①。丁玲的《在医院中》说陆萍与黎涯、郑鹏相交颇多，特别提到两位女性"她们织着同样的美丽的幻想。她们评鉴在医院的一切人"。张光年的《莎菲女士在延安——谈丁玲的小说〈在医院中〉》则从这句话中解读出他们"实际上在一起抒发反党情绪，制造流言蜚语，商量着对领导和同志们如何进行打击和报复"②，并引用丁玲小说中的原话——"他们计划着，想如何把环境弄好，把工作做得更实际些"——作为证明自己论断的证据。然而，客观地说，我们从丁玲小说的这两句话中是无论如何都无法找寻出张光年这番"宏论"的立论依据。显然，这种有意为之的"误读"一味迎合或曰应和以"编者按语"为代表的主流意识形态对批评对象的政治预设，极大地偏离了文艺批评的本性。在文艺争论越界为政治斗争的时代语境下，"再批判"中的这些文章漠视文艺作品的艺术特性，还动辄模拟权力话语，给批评对象扣上"老牌毒草""反党反人民的作品""反革命的毒箭""反党分子""反党的纲领"等罪名，文艺批评就这样逐渐蜕变为棍棒式的政治大批判。

上述两个特点侧重的是"再批判"文章所体现出的"大批判"文艺批评模式的结构性特点，从文本细节看，这些文章还在微观层面彰显了战争时期特定的话语风貌。

首先，偏好采用绝对性词语和战争话语。延安时期一些批判王实味的文章就初步表现出了好用绝对性词语的特点。"再批判"时期的这些文章更是大量使用绝对性词语，林默涵的《王实味的〈野百合花〉》就多次使用"十分""极大""极端""绝对""一切""完全""根本""丝毫没有""腐败透顶""从头到底"等绝对性语词。此外，还大量使用了"堡垒""攻击""进攻""反击""正面作战""袭击""阵营""枪口"等战争话语，在"满眼敌情"的时代氛围中凸显了代表革命的"我们"与批判对象之间的壁垒分明，进一步凸显了双方不可调和的敌我矛盾性质。

其次，青睐运用第一人称复数形式"我们"的口吻进行批评。林默涵的《王实味的〈野百合花〉》就有21处使用了"我们"，还使用了14处"他们"、2处"王实味和他的一伙们"、1处"王实味和他的伙伴们"、1处"王实味和今天的右派分子们"来指称王实味、丁玲、陈企霞、萧军、罗烽、艾青等所谓"混进革命阵营的反革命分子和阶级异己分子""今天的资产阶级右派分子"。林默涵在这里使用的"我们"，就具有一种

---

① 王子野：《种瓜得瓜，种豆得豆——重读〈三八节有感〉》，《文艺报》1958年第2期。
② 张光年：《莎菲女士在延安——谈丁玲的小说〈在医院中〉》，《文艺报》1958年第2期。

超越个体的集体意志代言人的政治身份与言说功能,其话语主体、批评立场与现实生活中的社会主体、政治立场完全等同,彰显了"大批判"文艺批评的话语霸权。

再次,通过设问句式与反问句式加强话语的批判锋芒与接受效应。马铁丁的《斥〈论同志之"爱"与"耐"〉》用了10处设问、5处反问,全文4个小标题中的第1个和第2个用的都是设问句式——"是什么样的'同志爱'?""是什么样的纪律?",第6自然段则出现了3个设问句式和1个反问句式的连用。严文井的《罗烽的"短剑"指向哪里——重读〈还是杂文的时代〉》在句式上采用了19处设问句式和6处反问句式,其中第14自然段全部由设问句式和反问句式组成。这两种句式的并用形成了一种独特而强烈的表达效应,不仅能够增强话语的吸引力,更有益于增强"大批判"文艺批评的话语气势和批判力度。

最后,这些"再批判"文章还多延续了延安时期对王实味批判中丑化批评对象的风气,进一步加剧了以人身攻击代替学术批评的趋向。林默涵的《王实味的〈野百合花〉》开篇就将王实味和"现在的右派"称为"历史舞台上的小丑",严文井的《罗烽的"短剑"指向哪里?——重读〈还是杂文的时代〉》用"狠毒""谩骂""怀疑""仇恨""阴暗心理"等贬抑性词语形容罗烽的文字和心态;冯至的《驳艾青的〈了解作家,尊重作家〉》将艾青呼唤"写作自由"和"艺术创作的独立精神"视为资产阶级的"烂调",并说"听起来使人发呕",还说艾青是"灵魂这样肮脏""生活这样腐朽"的人,他的文章是在进行"泼妇骂街式地咒骂";马铁丁的《斥〈论同志之"爱"与"耐"〉》则给萧军戴上"极端的利己主义者"的帽子,并认为萧军所谓的"宗教的情操"正是"准备带到棺材里去的资产阶级个人主义立场"。这些漫画式的笔法和带有侮辱性的言辞,虽然与"文革"时充斥詈骂和恶毒攻击的文字相比,尚属"温和",但毕竟使文艺批评愈来愈和现实政治生活中的人身攻击混杂一处。

在对王实味等人进行"再批判"的前后,文艺界对赵树理的《锻炼锻炼》、郭小川的《望星空》、海默的《洞箫横吹》等的批判也同样彰显了"大批判"文艺批评话语的集束效应。如陈刚在1960年2月15日《戏剧报》刊发的《评海默的〈洞箫横吹〉》一文,从"温习"毛泽东的《关于农业合作化问题》这份文件入手分析作品所描写的历史时期的特点,进而通过对剧中人物的解读,认为"海默在这个剧本有意丑化我们党和政府的负责同志的形象","明目张胆地反对社会主义道路,反对党的领导"。此外,还联系所谓"乌云满天,右派猖狂进攻"的写作背景,认为海默"把农业合作化运动描写的一团糟,把我们的社会生活描写的一团糟,把各级的共产党员描写的一团糟,都是为了表达他的这个政治目的,贯串全剧的根就在这里。这实质上是代表了资产阶级来向党和社会主义革命事业进攻的"!在1961—1962年文艺思想短暂调整期之后,以阶级斗争扩大化为核心的极"左"思潮迅速泛滥。在此情势下,以大批判为主要功能的文艺批评表现出了更大的破坏性。1963年至1966年初,邵荃麟的"写中间人物"论和"现实主义深化"论,廖沫沙的"有鬼无害"论,周谷城的"时代精神汇合"论,夏衍的"离经叛道"论等,都被扣上了"资产阶级""修正主义""反党反社会主义"的帽子并饱受鞭挞,《刘志丹》《怒潮》《李慧娘》《谢瑶环》等一大批文艺作品则被打成"反党反社会主义"的"大毒草""修正主义材料","大批判"文艺批评话语也在日趋激化的批判中运动恶性膨胀。及至"文革"时期,文艺批评工作者几乎全部被迫停止了自己的正常工作,但是文艺批评却在特殊时代症候中得到了畸形的发展,完全沦为以断章取义、强词夺理为主导话语形态的恶吏断案似的"大批判"文艺批评。

虽然,这些依附于政治话语、拥有超常话语霸权的批评文字,已随着极"左"思潮阴霾的消散渐被历史尘封,然而如若我们对其负面影响缺乏清醒审慎的反省意识,也许它们还会以种种变体形式还魂。近些年时兴的所谓"酷评",很大程度上正是"棒杀"的变形,在詈骂中渲染和宣泄了暴戾的情绪。正如有研究者不无忧虑地指出,"假如思想的论证、文见的切磋伴随着或索性就演变为恐吓与辱骂,不难想象这样的语言暴力一旦被置于'文革'的情境,会立刻地直接地转化成烧书、吐口水一类行为暴力。"[①] 与此同时,更多的文学批评则从一个极端走向了另一个极端,在自我粉饰和相互吹捧中舍弃了应有的锋芒与锐气,有的甚至沦为廉价的吟赞。冀望新世纪的文艺批评在自我反省与鞭策中稳健前行,起到贺拉斯所说的"磨刀的作用",以"使钢刀锋利"[②]。

(原文刊发于《中国现代文学研究丛刊》2011年第7期)

[①] 李洁非:《对"暴力"的迷恋,或曰撒旦主义——20世纪文学精神一瞥》,《文学评论》2001年第1期。

[②] 贺拉斯:《诗学·诗艺》,人民文学出版社1962年版,第153页。

李健吾感悟式批评的理论特质

黄 擎

中国传统文学批评在其悠长的历史演进过程中,形成了与崇尚含蓄、意在言外的中国古代文学艺术的审美取向和充满诗性智慧的中国传统文化语境相契合的感悟式文学批评的深厚传统,选本、摘句、诗格、论诗诗、诗话、品、评点等中国古典文学批评形态都程度不一地体现了感悟式批评的特点。在时间老人步履匆匆地迈入现代社会后,感悟式批评虽然不再成为主流批评模态,却仍然在新的时代语境中显示出不可小觑的对接与沟通中西文化的勃然生机。在中国现代文学批评史上,与顺应时代趋势渐成主流的左翼批评大异其趣的,是以北平和周边北方城市为活动中心的"京派"批评。"京派"批评的主力多既有深厚的民族文化根基,又汲取了西方文化的精神资源,"力图融合中西文化传统和批评传统,建构相对稳定和综合的批评范式"[①]。留法多年的李健吾堪为"京派"批评最为著名的代表者之一,他深受阿诺德、法郎士、王尔德、勒麦特、蒙田等西方文学批评家的影响,又受到中国传统感悟式批评的滋养,其批评实践融合了中国古典感悟式批评与法国印象主义批评的理论特质。李健吾的感悟式文学批评是建基于赏析品评之上的启悟式批评,具有鲜明朗然的特点:在思维方式上重视审美直觉和感悟,强调批评主体的深度介入和深切的情感体验,在话语形态层面灵动自由,充满形象化的诗性表达。

一 倚重审美直觉的运思方式

在运思方式上,中国古代文学批评讲究"活参""顿悟""神会"式的直觉思维,强调在潜心赏品的批评过程中臻达"不落言荃,自明妙理"

---

① 黄键:《京派文学批评研究》,生活·读书·新知三联书店2002年版,第3页。

之类直接领会和把握作品意蕴情致的高妙境界。感悟式批评是一种直觉感悟式的品鉴批评，它不以理性思维见强，更多地体现为跳跃性思维和发散性思维，尤擅品评批评对象的整体审美风貌和艺术特征。老庄的"目击道存"、禅宗的"不立文字"和"直指人心"等直观感悟方式，对中国文学批评形态的形成和发展具有深远影响。《庄子·秋水》说："可以言论者，物之粗野，可以意致者，物之精也。"可见，庄子认为用语言可以进行探讨的只是事物粗野之处，而事物的精深微妙之处则难以用语言做出精准详尽的分析，只有通过心灵的体味才可以达到。刘勰《文心雕龙·神思》所云："至于思表纤旨，文外曲致，言所不追，笔固知止"，表达的也是相近的意思。严羽《沧浪诗话·诗辩》以禅论诗，强调"悟"——"大抵禅道惟在妙悟，诗道亦在妙悟"。"惟悟乃为当行，乃为本色"。作为一种灵活的散论型评论体式，评点在吉光片羽的即兴评说中也往往闪现灵思，妙语惊人，使人茅塞顿开、获益匪浅。然而，传统的感悟式批评缺少严谨的体系性与严密的推理论证，正如朱光潜所言，存在"零乱琐碎，不成系统""缺少科学的精神和方法"之阙[①]。李健吾的感悟式批评则在主要采用整体直觉体悟思维方式的同时，兼采并用系统分析与实证的科学思维，实现了传统文学批评的现代性转化并与西方印象批评形成了对接。

　　西方 19 世纪末 20 世纪初盛行的印象批评以西方现代人本主义哲学思潮和审美直觉理论为理论基石，在强调批评的主体意识、重视批评的独立品格、推崇情感体验和内心直觉等方面，与中国传统的感悟式批评有契合之处。叔本华在《作为意志和表象的世界》中强调世界是自我的表现，并指出形成表象的认识方法便是直观，甚至认为只有直接或间接以直观为依据才有绝对的真理。法国生命哲学代表人物伯格森认为宇宙最根本的实在是"绵延"，它是一种永不停息、持续不断的生命冲动，这种生命冲动本能只有通过直觉这种特殊的感知方式才能够把握它。

　　李健吾在中国重视直觉顿悟的传统思维方式的熏染和西方印象主义、唯美主义批评的牵引下，形成了具有个人特色的批评旨趣与审美追求。李健吾注重对作品的个人体味，以其敏锐的艺术触角捕捉并形成对批评对象最为真切的整体直观印象和感悟，并以此为其批评的基础。但他并未止步于此，而是强调批评家在批评过程中要"使自己的印象由朦胧而明显，由纷零而坚固"，即在形成"独有的印象"之后，还应对这种印象进行适

---

① 朱光潜：《朱光潜全集》（第 2 卷），安徽教育出版社 1987 年版，第 3 页。

当梳理，使之得到深化与精纯，以"形成条例"①。李健吾对萧乾《篱下集》的批评就是既重视自己的阅读感受，又有一定的理性剖析，在两者的水乳交融之中进行精准、新颖、深入的品评，用充盈灵性的语句和生动鲜活的比喻淋漓透彻地揭示评论对象的特性。《篱下集》开篇并未直切正题评析萧乾的同名作《篱下集》，而是先用了较多的篇幅就沈从文为该书所写的《题记》畅谈自己的感思体悟："一家铺面的门额，通常少不了当地名流的款识。一个外乡人，孤陋寡闻，往往忽略落款的题签，一径去寻找那象征的标志，例如一面酒旗子，纸幌子，种种奇形怪状的本色，那样富有野蛮气息，那样燃灼愚人的智慧，而又那样呈有无尽的诗意或者画意。《篱下集》好比乡村一家新开张的店铺，前面沈从文先生的《题记》正是酒旗子一类名实相符的物什。我这落魄的下第才子，有的是牢骚，有的是无聊，然而不为了饮，却为了品。所以不顾酒保无声的殷勤，先要欣赏一眼竿头迎风飘飘的布招子。"② 在这段半是幽默半是调侃的表述之后，李健吾以《边城》为佐证对沈从文的人生观进行了分析。尔后，李健吾又从探究作品的观念内容的理性分析迅疾回转到个人的阅读体悟："当我们放下《边城》那样一部证明人性皆善的杰作，我们的情思是否坠着沉重的忧郁？我们不由问自己，何以和朝阳一样温煦的书，偏偏染着夕阳西下的感觉？为什么一切良善的歌颂，最后总埋在一阵凄凉的幽噎？为什么一颗赤子之心，渐渐褪向一个孤独者淡淡的灰影？难道天真和忧郁竟然不可分开吗？"③ 这一串具有浓烈抒情意味的设问句、反问句，既饱含了浸染李健吾个人深切情感体验的直觉感悟，又潜隐着逻辑推演。随后，他以渗透着理性分析的感性意象"绮丽的碎梦""命运更是一阵微风"为隐喻，恰切地指出了沈从文所具的"浪漫主义者的忧郁气质的自觉的艺术表现"。开篇看似花费诸多笔墨评论沈从文的文字绝非李健吾纯然的随兴所至，而是以此为下文对萧乾《篱下集》展开批评的理论前提，后文在此基础之上解析了萧乾《篱下集》中人物淳朴坚韧却又命运多舛的性格特征。在其重点赏品的《蚕》中，李健吾的审美味蕾和批评神经被"蚕"这一富有象征意味的意象激活，"现在，我们不觉得这些蚕都是老黄之流的常人吗？这一生，充满了忧患浮光，不都消耗在盲目的竞争上吗？为生存，为工作，一种从不出口的意志是各自无二的法

---

① 李健吾：《答巴金先生的自白》，见郭宏安编《李健吾批评文集》，珠海出版社1998年版，第42—43页。
② 李健吾：《篱下集》，见郭宏安编《李健吾批评文集》，珠海出版社1998年版，第64页。
③ 李健吾：《篱下集》，见郭宏安编《李健吾批评文集》，珠海出版社1998年版，第65页。

门。然而隐隐有什么支配着它们。一对年轻男女是它们的主宰,那么谁又是人生朝三暮四的帝王?我们自然而然想到命运。对于现代人,命运失去它神秘的意义,沦在凡间,化成种种人为的障碍。这也许是遗传,是经济,是社会的机构,是心灵的错落。作者似乎接受所有的因子,撒出一面同情的大网,捞拾滩头的沙石。于是我们分外感到忧郁,因为忧郁正是潮水下去了裸露的人生的本质,良善的底里,我们正也无从逃避。生命的结局是徒然。"① 李健吾由"蚕"这一触拨自己心弦的审美意象入手提炼了作品的主题内涵,同时又极为自然地回应了篇首论及沈从文所得的结论"浪漫主义者的忧郁气质的自觉的艺术表现"。通览《篱下集》,李健吾在倚重整体直觉思维的同时,有机融入了抽象理性思维。正如有评论者指出的:"整体直觉思维所产生的意象作为一种思维符号,经由理性的反思与抽象,而获得较为清晰的意义导向,从而加入了整体上以逻辑与理性为潜在规则与流程的批评思维过程之中。在其中,经由逻辑思维的渗透而实现意义诠释定向的直觉意象或是充当了逻辑推断的起始条件,或是成为逻辑推理的结果的一种意义凝聚,在思维的进程中充当了某种跳板与驿站的作用。"②

二 注重批评主体的深度介入

感悟式批评的批评主体与批评对象之间的关系总体上表现出彰显主体意识的趋势,由于批评主体的深入介入,并强调个人的情感体验和文学欣赏的主观性,因而通篇洋溢着批评主体的诗性美。无论是中国传统的小说评点,还是西方印象主义、唯美主义文学批评都表现出高扬批评者主体意识的批评旨趣。

评点是中国古代小说批评的重要形式,充分体现了批评主体对小说文本的深度介入,在对文本的赏评和赏之不足继而修订之的"评""改"中突出地表现了批评主体的性情和美学追求。金圣叹就将自己的人生感慨、政治抱负和忧患意识诉之《水浒传》评点,在评点《水浒传》的情节、人物时多与历史、现实相连,借此抒泄对污浊世事的愤恨、对贪官污吏的抨击和对真英雄的歌赞。金圣叹的评点融入了他个人的情致意趣和人生理想,强化了批评者的主体意识和批评个性。西方印象主义批评则"试图用文字描述特定的作品或段落的能被感觉到的品质,表达作品从批评家那

---

① 李健吾:《篱下集》,见郭宏安编《李健吾批评文集》,珠海出版社1998年版,第74页。
② 黄键:《京派文学批评研究》,生活·读书·新知三联书店2002年版,第99页。

里直接得到的反应（或印象）"①。其代表人物法郎士否认艺术和批评的客观性，直言"天下无所谓客观的批评，犹之无所谓客观的艺术"②。他极度推崇批评的主观性和相对性，在《文艺生活》中提出"优秀批评家讲述的是他的灵魂在杰作中的探险"，并说："批评家若是坦率的话，就应该说：先生们，关于莎士比亚，拉辛，帕斯卡尔，或是歌德，我所要谈的是我自己。"③ 印象主义批评另一领军人物勒麦特也认为所谓批评不过是记录下具体的艺术作品在一定时刻给我们留下的印象，因而，批评也是"一种欣赏书籍的艺术，一种增富并提纯人们由书籍接受的印象的艺术"④。

李健吾深受勒拜特、法郎士等西方印象主义批评家的影响，崇尚批评主体的个性与创造性，以自我和个性作为批评的依据。李健吾视自我为批评标准，强调个人体验感悟，注重对作品的沉潜体味。李健吾认为批评是灵魂与灵魂接触，好的批评家要叙述他的灵魂在杰作里面的探险，"探幽发微，把一颗活动的灵魂赤裸裸推呈出来"，"一直剐爬到作者和作品的灵魂深处"⑤。李健吾的感悟式批评在高扬批评主体的同时兼顾创作主体的性灵，既重视自己阅读作品的主观印象和情绪体验，又不忘关注作者生平背景，寻绎作者的心路历程。李健吾曾明确提出："认识一件作品，在他的社会与时代色彩以外应该先从作者身上着手：他的性情，他的环境，以及二者相成的创作的心境。从作品里面，我们可以探讨当时当地的种种关联，这里有的是社会的反映，然而枢纽依旧握在作者的手心。"⑥ 李健吾评塞先艾的《城下集》时就注重探究作者的心灵世界，在"凄清"与"凄凉"的细微辨析中勾画其"寂寞而又忠实"的精神气质："塞先艾先生的世界虽说不大，却异常凄清；我不说凄凉，因为在他观感所及，好像一道平地的小河，久经阳光熏炙，只觉得清润可爱：文笔是这里的阳光，文笔做成这里的莹澈。他有的是个人的情调，然而他用措辞删掉他的浮华，让你觉不出感伤的沉重，尽量去接纳他柔脆的心灵。这颗心灵，不贪得，不就易，不高蹈，不卑污，老实而又那样忠实，看似没有力量，待雨

---

① [美] 艾布拉姆斯：《简明外国文学词典》，曾忠禄等译，湖南人民出版社 1987 年版，第 72 页。
② [美] 琉威松：《近世文学批评》，傅东华译，商务印书馆 1928 年版，第 5 页。
③ 转引自 [美] 韦勒克《近代文学批评史》（第 4 卷），杨自吾译，上海译文出版社 1997 年版，第 29 页。
④ [美] 琉威松：《近世文学批评》，傅东华译，商务印书馆 1928 年版，第 41 页。
⑤ 转引自黄曼君《中国 20 世纪文学理论》，中国文联出版社 2002 年版，第 368 页。
⑥ 李健吾：《从〈双城记〉谈起》，见郭宏安编《李健吾批评文集》，珠海出版社 1998 年版，第 15 页。

打风吹经年之后，不凋落，不褪色，人人花一般地残零，这颗心灵依然持有他的本色。"① 李健吾虽然尊重作者的个性，却绝不为作者意图所牵引，不以作者为作品解释的权威，他曾就《爱情三部曲》《鱼目集》与巴金、卞之琳往复辩诘。

在强调批评者主体性的同时，李健吾又说"妨害批评的就是自我"，因为"如若学问容易让我们顽固、执拗、愚昧，自我岂不同样危险吗？"② 他认为"批评最大的挣扎是公平的追求"③，当这种对公平中肯批评的追求与高扬批评主体个性之间发生矛盾时，李健吾在批评主张和批评实践中仍以批评主体的个性为主要追求。李健吾认为："一个真正的批评家，犹如一个真正的艺术家，需要外在的提示，甚至于离不开实际的影响。但是最后决定一切的，却不是某部杰作，或者某种利益，而是他自己的存在，一种完整无缺的精神作用，犹如任何创作者，由他更深的人性提炼他的精华，成为一件可以单独生存的艺术品。"④ 李健吾在评论林徽因的短篇小说《九十九度中》时，就先用了较长的篇幅畅谈自己的人生感想，再说到这部作品最值得称道之处在于它的现代性："我绕了这许多弯子，只为证明《九十九度中》在我们过去短篇小说的制作中，尽有气质更伟大的，材料更真实的，然而却只有这样一篇，最富有现代性；唯其这里包含着一个个别的特殊的看法，把人生看作一根合抱不来的木料，《九十九度中》正是一个人生的横切面。……全都那样亲切，却又那样平静——我简直要说透明；在这纷繁的头绪里，作者隐隐埋伏下一个比照，而这比照，不替作者宣传，却表现出她人类的同情。一个女性的细密而蕴藉的情感，一切在这里轻轻地弹起共鸣，却又和粼粼水纹一样轻轻地滑开。"⑤

三 偏重灵动鲜活的诗性呈现

在文本形态和话语呈现方面，李健吾的感悟式批评秉承了中国传

---

① 李健吾：《城下集》，见张大明编《李健吾创作评论选集》，人民文学出版社1984年版，第455页。
② 李健吾：《自我和风格》，见郭宏安编《李健吾批评文集》，珠海出版社1998年版，第184—185页。
③ 李健吾：《咀华集跋》，见郭宏安编《李健吾批评文集》，珠海出版社1998年版，第311页。
④ 李健吾：《答巴金先生的自白》，见郭宏安编《李健吾批评文集》，珠海出版社1998年版，第44页。
⑤ 李健吾：《九十九度中》，见张大明编《李健吾创作评论选集》，人民文学出版社1984年版，第454页。

统文学批评重视形象化赏评的传统，偏重灵动鲜活的诗性呈现，较多地采用比喻、拟人等形象化的文学笔法表现批评主体的阅读体验和审美感悟。

从钟嵘的《诗品》、皎然的《诗式》、司空图的《二十四诗品》、严羽的《沧浪诗话》到王国维的《人间词话》，中国传统文学批评大都善于取譬引喻，通过一些含蓄蕴藉的意象，将批评家幽微精深的内心体验转化为生动具体的视觉形象，诗意地传达对作品神韵的领悟。这种意会体悟和形象说诗的批评风格形成了以意象、比喻、象征等为主的形象化批评传统，充分体现了诗性智慧与诗意表达，批评文字本身往往同时就是华美卓绝的文学作品。中国古代甚至出现了直接以审美文体的形态表现批评理念的现象，譬如用诗歌的形式来评论作家、作品或文学现象的论诗诗就是中国古代诗歌批评的常见形式。盛唐诗人杜甫的七绝《戏为六绝句》首开此风，在论诗诗的形成过程中具有界标意义。《戏为六绝句》以"别裁伪体""转益多师"为主脉，运用诗歌的形式和比喻等形象化手法，表现了对诗人及诗歌的品评。这种评论方式对文艺现象进行了形象传神的评析，同时又具有诗歌的韵味，给人以独特的审美享受。韩愈的《调张籍》、元好问的组诗《论诗三十首》、王士禛的32首《戏仿元遗山论诗绝句》、沈德潜的《戏为绝句》等均深受杜甫影响，凸显了中国传统文学批评的诗性特征和诗化倾向。中国传统的小说评点也同样不是以学理的逻辑论证见长，而是形成了笔随心欲、形式不拘的批评风格，评点者偏好运用生动灵活的笔致传达丰富、微妙而又独特的审美感受、情感体验和艺术情趣。评点《水浒传》第四十二回牛二、张保等次要人物之于杨志、杨雄的陪衬作用时，金圣叹就用"借勺水兴洪波"的比喻说明次要人物在引出主要人物、推动故事的发展方面起着重要的结构作用。金圣叹在点评《水浒传》第十二回言及情节的完整性时，又以"写大风者，始于青蘋之末，盛于土囊之口。吾尝谓其后当必重收到青萍之末也"为喻，借大风兴起平息的全过程形象地说明情节的始终也都经历了一个起始极其精微、逐渐发展、臻之高潮、渐趋平息的发展过程。这与亚里斯多德《诗学》对情节完整性的纯理论思辨的表达——"它所摹仿的就只限于一个完整的行动，里面的事件要有紧密的组织，任何部分一经挪动或删削，就会使整体松动脱节"[①]——迥异，但在感性和诗性表达中同样蕴含了理性思考。

---

① [古希腊]亚里斯多德：《诗学》，罗念生译，上海人民出版社2006年版，第37页。

与中国古代文学批评的主流风格相似，李健吾也往往采用饱蘸情感的诗性语言，在对批评对象的意象化表达中凝定自己丰富多彩、曲致微妙的阅读体验。身兼作家与批评家双重身份的李健吾，具有相当高的艺术修养和审美追求，鲁迅就曾称誉其早年小说《终条山的传说》文采"绚烂"[1]。李健吾的文学批评也是一种审美创造，才情毕现的批评文字背后也足可见出其敏慧的诗心和睿智的哲思。李健吾的文学批评可谓对批评对象诗化的散点透视，结构上完全不受引论、本论、结论模式的束缚，体式灵动不拘、随意活泼。他擅用形象俊美、文思灵异、新颖别致的批评话语，表达对批评对象艺术特质的体认感悟。比喻、拟人、排比等修辞手法的灵活运用，使其文学批评行文更加挥洒自如、形象可感。在评论芦焚的小说《里门拾记》时，李健吾就以暗喻直切作家的灵魂："诗是他的衣饰，讽刺是他的皮肉，而人类的同情，才是他的心"[2]。李健吾评析何其芳的《画梦录》时，用了一连串的妙喻铺陈描述了他的阅读感悟："这年轻的画梦人，拨开纷披的一切"，"他把若干情境揉在一起，仿佛万盏明灯，交相辉映；又像河曲，群流汇注，荡漾回环；又像西岳华山，峰峦叠起，但见神往，不觉险巇。他用一切来装潢，然而一紫一金，无不带有他情感的图记。这恰似一块浮雕，光影匀均，凹凸得宜，由他的智慧安排成功一种特殊的境界。"[3] 论及叶紫小说"苦难"中"向上"的反抗精神的悲壮质朴风格时，李健吾用了这样的比喻——"叶紫的小说始终仿佛一棵烧焦了的幼树……不见任何丰盈的姿态，然而挺立在大野，露出棱棱的骨干，那给人茁壮的感觉，那不幸而遭电殛的暮春的幼树"[4]。在比较茅盾和巴金行文风格的异趣时，李健吾如是说："读茅盾先生的文章，我们像上山，沿路有的是瑰丽的奇景，然而脚底下也有的是绊脚的石子；读巴金先生的文章，我们像泛舟，顺流而下，有时连收帆停驶的工夫也不给。"[5] 这里用动感十足的比拟对茅盾和巴金的文风进行了细致的区分：茅盾文风华美却难免有晦涩做作处，巴金文风则如行云流水般平易畅达。李健吾的

---

[1] 参见许道明《中国现代文学批评史新编》，复旦大学出版社2002年版，第189页。
[2] 李健吾：《里门拾记》，见张大明编《李健吾创作评论选集》，人民文学出版社1984年版，第493页。
[3] 李健吾：《画梦录》，见张大明编《李健吾创作评论选集》，人民文学出版社1984年版，第485页。
[4] 李健吾：《叶紫的小说》，见张大明编《李健吾创作评论选集》，人民文学出版社1984年版，第517页。
[5] 李健吾：《〈爱情三部曲〉——巴金先生作》，见郭宏安编《李健吾批评文集》，珠海出版社1998年版，第36页。

感悟式批评注重表达的文学性,讲究辞章与内容共荣,不仅以鲜活生动、富有文采的言辞予人审美愉悦,也以睿智独到的见解和敏慧精巧的哲理感悟新人耳目、予人启迪。

（原文刊载于《江西社会科学》2010年第8期,《人大复印资料·文艺理论》2011年第1期全文转载）

后殖民女性主义圣经诠释实践
——穆萨·杜比和郭佩兰对"外邦妇女"故事的解读

梁 慧

内容摘要：二十世纪下半叶以来，当代西方文论批评方法对于圣经研究产生深刻的影响。后殖民女性主义圣经诠释就是在过去二十年逐渐兴起的圣经解读进路，它不局限于对后殖民主义文论和女性主义理论的批判性结合，更是倡导从种族、阶层、社会处境等层面关注两种批判理论所忽略的问题。本文选取穆萨·杜比和郭佩兰这两位代表性的非洲和亚洲妇女神学家，以其对《马太福音》15：21—28 和《马可福音》7：24—30 中"叙利腓尼基妇女"和"迦南妇人"的解读为例，分析她们是如何运用后殖民女性主义的解读策略，对这段历来富有争议的经文作去殖民化和去父权化的双重诠释。本文详细分析了其各自后殖民女性主义释经的身份立场、解读前提和诠释重心，指出虽处于同一的第三世界妇女"诠释社群"，但她们寻求的释义构造和阅读目标仍是有差异的。本文在评判她们对这个外邦妇女故事所达到的积极诠释效应之外，也强调对于圣经的社会政治解读不能脱离传统的历史批评方法，后者为当代激进的多向度的经文解读提供了可供参照的历史文化场景。

关键词：后殖民女性主义圣经诠释 迦南妇人 叙利腓尼基妇女 去殖民化 去父权化

Abstract: The contemporary theoretic research methods of literary criticism have made significant impact on biblical studies. As a new interpretive approach emerging in the past twenty years, postcolonial feminist biblical interpretation is not only a critical combination of postcolonial theory and feminist studies, but also pays close attention to the issues that have been consciously or unconsciously neglected by these two literary theories from the agendas of race, class and social location etc. Through a case study of Musa Dube and Kwok Pui-lan's postcolonial feminist readings of the fascinating story of the Syrophoenician/Canaanite woman narrated in Mark (7: 24 - 30) and Matthew (15: 21 - 28), the essay makes analysis on how these two representative feminist theologians from Africa and Asia have adopted such a reading strategy to challenge the traditional interpretations of this story and seek the liberation of the two-thirds world women who are "doubly colonized." With a critical comment on their interpretive identities, reading premises and hermeneutical focuses, the essay points out that although Musa Dube and Kwok Pui-lan belong to the same interpretative communities, their reconstructions of the text meaning and the motifs of biblical reading are somewhat different. Thus we should not homogenize their postcolonial feminist biblical interpretive processes. The essay also emphasizes that even for today's social political reading of biblical passages, historical criticism is not an outmoded biblical approach which still provides us the new discoveries of the dating and localization of texts.

Keywords: postcolonial feminist biblical interpretation   A Canaanite Woman   A Syrophoenician woman   decolonizng   anti-patriarchalism

自 20 世纪 70 年代以来，女性主义批评（feminist criticism）逐渐成为倡导和影响圣经研究的重要进路。西方学者在回顾这一诠释方法的兴起、发展和理论建构时，指出"圣经的女性主义批评，如同整体意义上的女权运动，在广泛的社会层面上是有争议的"，然而，"由于它的学术热情和生产力，它所正在形成的为男性学者所忽略的对于圣经的看法，它使得男性学者能够进入其目标和方法的能力，它不仅在圣经研究、也在所有人文领域具有广泛影响，女性主义允诺为即将到来的新一代成为解读圣经的主要方法。"[①] 概而言之，这一评价代表了西方圣经研究界对于女性主义阅读持有中立立场的学者的意见。而值得我们注意的是，近年来，女性主义批评与后殖民主义理论的结合，正在形成圣经研究中新的动向。在过去的将近四十年，后殖民主义研究作为充满斗争的批判性理论，在历史、人类学、文化研究等诸多学科产生深入的影响，而作为相对平静而安宁的圣经研究领域，还是难以回避后殖民种种批评范畴的渗透与扩张，在具有被殖民主义统治背景的圣经学者的推动下，形成后殖民主义圣经批评方法。

[①] Robert E. Van Voorst, *Reading the New Testament Today*, Thomson, 2005, p. 43.

正如后殖民圣经批判理论的主要倡导者、实践者苏吉萨拉迦（R. S. Sugirtharajah）所主张的，"后殖民主义圣经批判的最大目标是将殖民主义处于圣经和圣经诠释的中心。"[1] 而二十世纪末开始兴盛的后殖民女性主义解读（postcolonial feminist reading），将女性主义和后殖民主义批判联合，使得女性主义批评呈现出更为多元的诠释向度。可以说，这种对第三世界妇女神学家产生深远作用的批评方法，不局限为两大批判性理论的简单结合，更是从种族、阶层、宗教和社会处境等对原有的解读策略做出纠偏。本文的意旨就在于借助圣经经文的具体阅读，检视后殖民女性主义批评对于第三世界人民的意义，以及它是如何"将其工作延伸到包括被占统治地位的后殖民主义思想所忽略的问题"，[2] 并在同一的女性释义社团中寻求新的释义构造，为解读圣经中那些被压迫的妇女的故事形成独特的贡献。

本文在这里选取穆萨·杜比（Musa W. Dube）和郭佩兰（Kwok Pui-lan），以其解读《马可福音》7：24—30 和《马太福音》15：21—28 的"外邦妇女"故事为例，分析女性主义圣经学者是如何从后殖民批评的角度诠释新约的经文，这种解读对于第三世界妇女的解放将起到什么作用？如何看待她们对这个外邦妇女故事所做的去殖民化阅读？非圣经世界妇女的生活经验是如何影响圣经解释学的目标？这些将是本文关注的问题。

一 "你的信心是大的！"：一个"外邦妇女"故事的传统诠释

那个以"信心"著称的外邦妇女的故事，在新约《马可福音》和《马太福音》中都被提及。尽管马可、马太的叙述有些差异，但是故事的内容是大致相同的：经文都交代了耶稣在离开革尼撒勒地方，[3] 来到推罗、西顿的境内，[4] 这是属于腓尼基的城市。一位女儿被鬼所附的外邦妇

---

[1] R. S. Sugirtharajah, *Postcolonial Criticism and Biblical Interpretation*, Oxford University Press, 2002, p. 25.

[2] R. S. Sugirtharajah, *Postcolonial Criticism and Biblical Interpretation*, Oxford University Press, 2002, p. 29.

[3] 革尼撒勒（Gennesaret），参见《马可福音》6 章 53 节、《马太福音》14 章 34 节。

[4] 参见《马可福音》7 章 24 节、《马太福音》15 章 21 节。推罗、西顿（Tyre and Sidon, Tyre 又译为"泰尔"），这是属于古代腓尼基人（Phoenician）的城市，在革尼撒勒的西北方向，有五十公里左右的行程。推罗原来位于距离西顿二十二英里之外的岛屿上，岛上多岩。公元前 332 年，亚历山大大帝围攻此城，建造了一个延伸出岛屿二百英尺宽的防波堤。在古代，推罗作为一个优良的海港，占据显著的地位，由一系列靠近海岸的小岛屿组成。尽管西方学者 J. Jeremias 指出，推罗城的东部区域仍以犹太人为主，但它一般被视为外邦的领地。参见 J. Jeremias, *Jesus' Promise to the Nations*, Philadelphia: Fortress, 1958, pp. 31 - 32, 35 - 36；以及 Robert H. Mounce, *Matthew*, Peabody: Hendrickson, 1991, p. 152。

女，前来寻求帮助，她跪拜在耶稣面前，呼求他赶出污鬼。耶稣的回答是："不好拿儿女的饼，丢给狗吃。"妇人的回应是："但是狗在桌子底下，也吃孩子们的碎渣儿。"耶稣因她的这句话，治好了她的女儿（可7：24—30；太15：21—28）。① 这是有关耶稣在推罗、西顿境内的活动的唯一两处记载，回顾西方诠释这个故事的历史传统，这个外邦妇女的形象通常被解读成具有很大的信心，或者她的谦卑成为基督徒美德的典范。美国当代新约学者莫恩斯在注解这段经文时，着重指出："这位妇女的坚持不懈、以及她对于耶稣治愈其女儿的能力之坚定信念，导致了奇迹性的治愈。"② 著名神学家巴克莱在评价这位妇女的信心时，更是强调其"不屈不挠的坚持来源于一种不可征服的期盼。"③

当女性主义神学家面对这个妇女的故事，这种被传统教会所推崇、以男性为诠释主体的文本解读，受到了重新的检视和批判。她们在运用"怀疑的诠释学"（hermeneutic of suspicion）探索经文的内在真理时，反对的不仅是新约中大多数的父权气质，更是试图揭示文本背后的经济、社会、文化、政治的意识形态。本文在这里选取穆萨·杜比和郭佩兰，这两位来自非洲、亚洲的女性圣经学者，以她们对于这段经文的代表性解读为例，探讨其如何从后殖民女性主义批评的角度诠释新约的经文。④

---

① 本文的中文圣经翻译沿用《和合本》，以下皆同。
② Robert H. Mounce, *Matthew*, p. 153.
③ W. Barclay, *The Gospel of Matthew*, Philadelphia: Westminster, 1975, Vol. 2, p. 124.
④ 对于这个外邦妇女的故事，当代圣经学界有不少女性学者有过相应的诠释。从第一世界来看，澳大利亚著名女性圣经学者伊兰·韦恩莱特（Elaine M. Wainwright）和日本妇女神学家绢川久子（Hisako Kinakawa）等做过较具代表性的解读，但本文处理的是来自第三世界妇女的解经，因此不涉及对她们论述的评析，具体可参见 Elaine M. Wainwright, "A Voice from the Margin: Reading Matthew 15: 21 – 28 in an Australian Feminist Key", in *Reading from This Place: Social Location and Biblical Interpretation in Global Perspective*, ed. by F. F. Segovia and Mary Ann Tolbert, Minneapolis: Fortress Press, 1995, pp. 132 – 153; Hisako Kinakawa, "Mark", in *Global Bible Commentary*, ed. by Daniel Patte, Nashville: Abingdon Press, 2004, pp. 367 – 378; 以及 Hisako Kinakawa, *Women and Jesus in Mark: A Japanese Feminist Perspective*, Maryknoll: Orbis Books, 1994。而在第三世界的女性主义圣经解读中，除了穆萨·杜比和郭佩兰对此的释经之外，印度妇女神学家苏瑞克哈·奈拉法拉（Surekha Nelavala）的诠释也较具代表性，她从一个"贱民"（Dalit）妇女的角度审视马可对于叙利腓尼基妇女的描述（《马可福音》7章24至31节），限于篇幅，不展开评析。具体参见 Surekha Nelavala, "Smart Syrophoenician Woman: A Dalit Feminist Reading of Mark 7. 24 – 31", *Expository Times* 118, No. 2, 2006; Surekha Nelavala, *Liberation beyond Borders: Dalit Feminist Hermeneutics and Four Gospel Women*, unpublished dissertation, Drew University, Madison, New Jersey, May, 2008。

二 "她的人民"诠释"她的故事":对于"外邦妇女"故事的后殖民女性主义圣经阅读

在来自第三世界的妇女神学家中,穆萨·杜比和郭佩兰是探索运用后殖民女性主义批判理论解读圣经的代表性学者。杜比原是博茨瓦纳[1]长老会的女性主义作家、学者,后在美国范德比尔特大学获得哲学博士学位,目前担任博茨瓦纳大学神学和宗教研究系教授,主要的专长是圣经文本的诠释、后殖民和翻译研究等。她也是非洲知名的妇女神学家,在很多公共宗教事务上扮演重要的角色,尤其关注艾滋病和性别的问题。郭佩兰出生、成长于香港,原是香港中文大学崇基神学院的讲师,后赴美学习,获得哈佛大学神学博士学位,此后在美任教,目前为美国圣公会神学院的威廉姆·柯尔教席教授,主讲基督教神学、灵修学。作为著名的亚洲女性主义神学家,她的研究主要集中在妇女神学和后殖民批判,出版了较多具有影响的论著。可以说,杜比和郭佩兰都具有殖民地的生活经历,以及殖民主义让位于后殖民主义的历史现实。[2] 因此,当她们阅读这个外邦妇女的故事,如何寻求进入文本的最好途径,便构成其圣经诠释的重要任务。

首先,她们鉴于自身的处境(性别身份、历史经验和社会定位),都使用了同样的方法——后殖民女性主义诠释,解读这个外邦妇女的故事。这种尝试的意义已超越了非洲或亚洲圣经诠释本身,郭佩兰指出:"千百年来,她的故事没有被她的人民本身所诠释——叙利腓尼基人(Syrian-Phoenicians)信奉其它的信仰——但通过基督徒,他们为了自己特定的目的占用了这个女性形象。"[3] 现在,同样来自非圣经世界的女性主义神学家重新探索了这个故事,并赋予它新的意义。

其次,她们声称对于这个新约文本的解读,很大程度上是一种文学的阅读(literary reading),而不是历史的分析。杜比指出,她研究的目的是"将帝国力量的出现作为叙述故事结构的核心。"换而言之,"因此,对于文本的仔细阅读并不等同于将《马太福音》作为历史的事实。更确切地说,它是一种将《马太福音》看作是修辞性的文本、并设定于特殊的历

---

[1] 博茨瓦纳(Botswana),位于南非共和国内,于1966年独立。

[2] 1984年,经过中、英政府的协商,达成"中英联合声明",宣布在主权移交给中国后,香港成为特别行政区。因此,学界认为香港在1997年7月1日零时零分进入后殖民时代。

[3] Kwok Pui-lan, *Discovering the Bible in the Non-Biblical World*, Maryknoll: Orbis Books, 1995, p. 71.

史处境中的阅读。"① 同样，郭佩兰也不将这个外邦妇女的故事看作是"一个历史的记录，确实发生在一个妇女和耶稣之间，而是一个文学的结构，借助它，读者寻求获得某种修辞的目的。"② 这个故事的修辞功能和影响是什么？这是她们在文本阅读中试图要探索的。如果理解了她们为文学和文化的研究所建立的前提，读者就能够较好地欣赏她们对于该故事的分析。

1. 后殖民诠释及其对象

在谈论杜比和郭佩兰对于外邦妇女故事的诠释之前，需要检视她们对于后殖民主义圣经批评自身的看法。正如后殖民批评范畴"已富有成效地缔结了尽管有时不甚稳定的联盟"，③ 在诸多学科产生重要的影响，但"后殖民"是一个意义含混的术语。后殖民主义圣经批评理论的推动者苏吉萨拉迦在其代表作《后殖民批评和圣经诠释》（*Postcolonial Criticism and Biblical Interpretation*）一书中指出，"后殖民主义没有固定的开始时期"，长期以来，"该术语相当普遍地用来定义那些先前身为殖民地国家后又成为自治国的亚洲、非洲、加勒比地区和太平洋地区国家的后殖民历程。最近，该术语的意义又有了新的发展和变化。"④ 他将这种变化描述为"它已从那种相当普遍的线性历时序列的理解，转化为更富有天主教意味、更为多元的如同历史和文化变迁之迹象的意义"，⑤ 其总的看法是"就像该术语目前使用的现状一样，不管它指称的是文本实践，还是心理条件，或者历史进程，它的意义取决于谁使用它和它所服务的意图。"⑥

苏吉萨拉迦对于"后殖民"范畴的深刻检视，为我们评判杜比和郭佩兰对这种方法的运用提供了远景。值得注意的是，当她们使用该术语时，关注的是早期殖民主义、当代新殖民主义之间的连续性、复杂性。何为后殖民诠释（postcolonial interpretation），以及它的对象是什么？杜比认为："后殖民（postcolonial）这个词被设想出来是用以描述帝国主义的现代历史，首先是殖民主义的进程，然后是独立，以及当代新殖民主义的现

---

① Musa W. Dube, *Postcolonial Feminist Interpretation of the Bible*, St. Louis: Chalice Press, 2000, p. 127.
② Kwok Pui-lan, *Discovering the Bible in the Non-Biblical World*, p. 72.
③ R. S. Sugirtharajah, *Postcolonial Criticism and Biblical Interpretation*, Introduction, p. 1.
④ R. S. Sugirtharajah, *Postcolonial Criticism and Biblical Interpretation*, Introduction, p. 2.
⑤ R. S. Sugirtharajah, *Postcolonial Criticism and Biblical Interpretation*, Introduction, p. 2.
⑥ R. S. Sugirtharajah, *Postcolonial Criticism and Biblical Interpretation*, Introduction, p. 2.

实。"① 我们可以看到，她的这个定义"强调的是过去和现在、殖民者和被殖民者之间的关联和连续性。"②

相比而言，郭佩兰对于这个术语给予了更广泛的界定，她指出："并不存在关于'后殖民（postcolonial）'标准的、统一的可被接受的定义。对某些人而言，'后'（post）指称殖民地在重新获得独立之后的时期，对另一些人来说，它也包括殖民主义肇端之初，并继续进入到当代，当殖民主义让位于新殖民主义。"③ 在这里，她也同时意识到西方帝国主义的延续，尤其它以新殖民主义的方式维系其有效性。可以说，当经济殖民主义和文化殖民主义以新的形式持续出现，现代帝国主义所形成的不平等关系还在全球以及各个地区普遍存在。

因此，杜比在谈论后殖民理论所研究的对象时，将之描述为"都被归入到第一世界和第三世界（Two-Thirds World）、发达和不发达、西方和非西方的广泛范畴里。"④ 在我们所生活的这个时代，无论是经历过殖民统治的，还是处在持续的殖民化过程中，全球化所带来的世界政治、经济、文化冲突和碰撞，构成了解释学所无法回避的问题。出于自身所经历的帝国主义统治，以及当代的社会、伦理、种族、政治等问题，杜比和郭佩兰寻求从后殖民女性主义的进路，对外邦妇女的故事做出自己的解读和回应。

2. "迦南妇人"与"叙利腓尼基妇女"：关于"身份"的诠释

如前所述，这个"外邦妇女"的故事在福音书中出现两次。在《马可福音》的叙述中，妇女没有为其自身发话，她的请求是由叙述者间接提及的（可7：26）。她只有一次讲话的机会，当耶稣最初拒绝了她的请求（可7：27—28）。而在《马太福音》中，妇女显得更为积极，以直接的发话方式讲述了三次（太15：22，25，27）。关于《马太福音》对《马可福音》这个故事版本的改编，杜比和郭佩兰都注意到其中的差异，但她们的着重点是不同的。

杜比关注的是在不同版本中"外邦妇女"身份的转变，在其代表作《后殖民女性主义圣经诠释》（*Postcolonial Feminist Interpretation of the Bible*）一书中，她指出："当马可将这位妇女视为一位'希腊人，属叙利腓

---

① Musa W. Dube, *Postcolonial Feminist Interpretation of the Bible*, p. 15.
② Musa W. Dube, *Postcolonial Feminist Interpretation of the Bible*, p. 15.
③ Kwok Pui-lan, *Introducing Asian Feminist Theology*, Cleveland: The Pilgrim Press, 2000, pp. 59 - 60.
④ Musa W. Dube, *Postcolonial Feminist Interpretation of the Bible*, p. 15.

尼基族'（a Greek, by race a Phoenician from Syria），① 马太却暗示了作者的编修，将经文改为'有一个迦南妇人从那地方（出来）'（a Canaanite woman from that region（came out）。②"③ 这种身份的转换代表了什么？她的回答是："按照神所应许的那地（the promised land）这一根基神话，在相互关联的经文中（intertextually），将一个外族的妇女刻画为一位'迦南人'，是为了将她标识为必须被侵略、征服和消灭的；或者，假如她要生存下去，那么就像妓女喇合④和基遍人⑤，必须模仿她的征服者的优越性，背叛自己的人民和土地。"⑥ 因此，她认为"迦南妇人"的形象被用来指代"一个被殖民化的头脑，一个被征服和被归化的对象。"⑦

相比之下，郭佩兰没有太多强调"迦南妇人"这个形象，而是围绕《马可福音》中的叙利腓尼基妇女，将更多的兴趣放在叙述者是如何讲述故事的。受当代著名的文化理论家米克·巴尔（Mieke Bal）叙述学理论模式的影响，她建议我们在进入文本之前，应提出三个问题：第一，谁在讲述（语言）；第二，谁在聚焦问题（构想）；第三，谁在行动（行为）。⑧ 她主张读者，首先应该询问的是谁在聚焦和行动，这可以帮助我们分析在福音书对妇女的讲述中主体和客体的等级。显然，在《马可福音》和《马太福音》中，聚焦者（或定位者）是叙述者自身。通过比较《马可福音》和《马太福音》中的叙述方式，郭佩兰认为《马太福音》的叙述者更为活跃，可以允许一个外邦妇女直接发言三次。借助分析这个妇女的行动和言语，她指出这个故事展示了在父权制的社会中女人和男人之间的不平等关系。以下，本文详细比较杜比、郭佩兰对于这个故事的去殖民化阅读。

3. "儿女的饼"与狗的"碎渣"：对于"外邦妇女"故事的去殖民化解读

二十世纪后半叶的圣经研究潮流中，一个重要的发展方向是以叙事文

---

① 此处经文也沿用《和合本》的中文翻译，英文经文出自杜比的《后殖民女性主义圣经诠释》（*Postcolonial Feminist Interpretation of the Bible*）一书中的原引文。
② 此处经文也沿用《和合本》的中文翻译，英文经文出自杜比的《后殖民女性主义圣经诠释》（*Postcolonial Feminist Interpretation of the Bible*）一书中的原引文。
③ Musa W. Dube, *Postcolonial Feminist Interpretation of the Bible*, p. 148.
④ 喇合（Rahab），参见《约书亚记》2—6章。
⑤ 基遍人（The Gibeonites），参见《约书亚记》9—10章。
⑥ Musa W. Dube, *Postcolonial Feminist Interpretation of the Bible*, p. 147.
⑦ Musa W. Dube, *Postcolonial Feminist Interpretation of the Bible*, p. 147.
⑧ Mieke Bal, *Death and Dissymmetry: The Politics of Coherence in the Book of Judges*, Chicago: University of Chicago Press, 1988, pp. 248 – 49; See also Kwok Pui-lan, *Discovering the Bible in the Non-Biblical World*, p. 73.

本为研究对象的文学批评方法，继历史批评之后在圣经批评领域中赢得青睐。面对后现代的语境，圣经文学批评首先钟情的是读者反映批评，正如苏吉萨拉迦在九十年代所指出的，"过去二十年来，圣经学者从'历史的'方法转向'文学的'方法来研究圣经，并且经历了'作者中心'、'经文中心'及'读者中心'等三个阶段。"① 他进一步揭示了读者反应批评对于第三世界释经的独特意义，强调"虽然知道'读者回应'之批判原产于西方特殊的情境，亚洲诠释学仍接受了它的一些预设：经文的意义产生于读者和经文之间的互动；读者进入经文的世界，经文进入读者的世界，经文的意义乃读者的启悟；读者由于他们特殊的社会、文化和宗教背景，对于经文就会产生特殊的意义。"②

回顾西方近现代以来的圣经研究，传统的历史批评注重圣经叙事素材的来源及其编纂，这种批评方法为形式批评所继承，注意力集中在文本的内在结构，成为一种叙事批评；而叙事批评在对阅读的关注中又超越了形式批评，发展出读者反应批评。如果说历史批评所追求的是"文本后面的世界"（world behind the text），即圣经文本向人们所描述、所展现的那个世界，那么读者反应批评寻求的则是"文本前面的世界"（world in front of the text），即面对文本，读者所看到、所接受甚至所参与构造的那个世界。③ 保罗·利科由此指出，"理解就是将自己放置于文本之前的理解。它不是将我们有限的理解力施加于文本，而是在文本面前暴露我们自己，并从文本中接受一个放大的自我。"④ 正是在此意义上，利科进一步指出，"作为读者，我只有失去自己才能发现自己。"⑤ 概而言之，读者反应批评力求解释的关键不是文本的历史背景及其原意，而是读者对于文本的阅读经验。若从利科的文本诠释学来看，真正的阅读是读者悬置自身的主体性，即以虚构为其主体性的基本维度，唯有如此，"阅读将我引入了

---

① 苏吉萨拉迦（R. S. Sugirtharajah，此文原译者译为"苏基尔"）：《经文与诸经文：亚洲圣经诠释的例子》，载李炽昌编著《亚洲处境与圣经诠释》，庄雅荣译，香港：基督教文艺出版社1996年版，第31页。
② 苏吉萨拉迦：《经文与诸经文：亚洲圣经诠释的例子》，载李炽昌编著《亚洲处境与圣经诠释》，庄雅荣译，香港：基督教文艺出版社1996年版，第31页。
③ 保罗·利科：《间距的诠释学功能》，载于氏著《诠释学与人文科学：语言、行为、解释文集》，J. B. 汤普森编译，孔明安等译，中国人民大学出版社2012年版，第91—105页。
④ 载于氏著《诠释学与人文科学：语言、行为、解释文集》，J. B. 汤普森编译，孔明安等译，中国人民大学出版社2012年版，第104页。
⑤ 载于氏著《诠释学与人文科学：语言、行为、解释文集》，J. B. 汤普森编译，孔明安等译，中国人民大学出版社2012年版，第104页。

一个自我（ego）想象性变异的世界。"① 读者由此实现了"一个放大的自我"，这是由其自身、文本与"失去自我"的阅读共同达成的。

如前所提及，杜比、郭佩兰对于外邦妇女故事的去殖民化解读，其阅读的方法论前提是将这个故事看作一个完整的文学结构，而不是历史的事实。因此，借助文学批评的手段，她们寻求的是文本所具有的修辞性功能，以及读者面对文本所产生的阅读经验。郭佩兰由此指出："叙利腓尼基妇女的故事提供了从后殖民解读圣经文本的某些策略的例证。"②

（1）穆萨·杜比

杜比对这个外邦妇女故事的解读，是其关于后殖民女性主义圣经诠释的代表性例子。在其代表作《后殖民女性主义圣经诠释》（*Postcolonial Feminist Interpretation of the Bible*）的第三部分，以"对《马太福音》15：21—28 的后殖民女性主义阅读"（"A Postcolonial Feminist Reading of Matthew 15：21-28"）为标题，杜比从一个非洲女性主义圣经学者的角度，着重解读了《马太福音》版本中的外邦妇女形象。

作为一位黑人妇女，杜比生活在博茨瓦纳这个前殖民地国家。在获得独立之前，博茨瓦纳被称为"贝专纳保护地"，长期处在英国的殖民统治下，1966 年 9 月 30 日宣告独立，改名为博茨瓦纳共和国，仍留在英联邦内。博茨瓦纳的官方语言为英语，多数居民信奉基督教新教和天主教，可以说，殖民主义的统治在这个国家的政治、经济、宗教、文化中留下深刻的烙印。在此书的序言中，杜比这样描述了自己的处境："我是用殖民者的语言在写作。"③ 可以说，她自身的历史经验和社会生活处境为其进入故事提供了特定的进路。概而言之，她认为《马太福音》中的这个外邦妇女形象体现了"土地占有的类型场景"（Type-Scenes of Land Possession）的形式和意识形态。杜比的文学分析具体如下：

首先，这位异教徒妇女代表了外邦人，尤其当她的身份从一个希腊人转变为迦南人。对于《马太福音》对《马可福音》这个故事的改编，她指出："通过这种（身份的）变化，向其他国家的传教并不是预示以希腊人为显著的对象，他们从来没有被神话化为以色列征服的目标。相反，可以选择以迦南人为特定对象，正是这种人物的形象影射着那些必须被征服

---

① 载于氏著《诠释学与人文科学：语言、行为、解释文集》，J. B. 汤普森编译，孔明安等译，中国人民大学出版社 2012 年版，第 104 页。
② Kwok Pui-lan, *Introducing Asian Feminist Theology*, p. 60.
③ Musa W. Dube, *Postcolonial Feminist Interpretation of the Bible*, preface.

的、被驱逐的。"①

其次,基督教的传教被主张为是征服,而不是解放或独立。她认为,迦南妇人的形象表明传教是以一种不平等的关系模式而被建构的。

再次,杜比进一步发现,"(《马太福音》)匿名作者的改编手法也强化了《马可福音》的文本,将外族人描绘为邪恶和危险的。"② 具体而言,在《马可福音》中,叙述者交代:"当下,有一个妇人,她的小女儿被污鬼附着。"("a woman whose little daughter had an unclean spirit," Mark 7:25b, NRSV③) 她听说耶稣的到来,就来"求耶稣赶出那鬼,离开她的女儿。"("to cast the demon out of her daughter," Mark 7:26c, NRSV) 而在《马太福音》中,妇女直接向耶稣请求:"我女儿被鬼附得甚苦。"("My daughter is tormented by a demon," Matthew 15:22d, NRSV)④ 杜比自己将这句经文翻译为:"My daughter is severely possessed."⑤ 显然,她的翻译让我们更加注意到叙述口吻的不同,发现《马可福音》中提及的"污鬼",在《马太福音》中被强化为一种副词的修饰——"女儿被鬼附得甚苦。"通过对关联文本的比较,她总结出迦南妇人和她女儿的形象代表了"不仅是属女人的,而且是极度的邪恶和危险。这显然为那些急切需要神的救赎的人铺平了意识形态的道路,也使到外族国家的旅行和进入变得合法化。"⑥

最后,她也讨论了故事的情节是如何成为另一种将传教表现为征服的主要手段。我们看到,在《马太福音》中,情节是由迦南妇人的言行和她对于耶稣的请求而推动的,与此同时,也进行着耶稣对她"哭喊"和请求怜悯的回应。杜比认为耶稣的态度是冷漠的经典例子,尤其是他第二次被迫回应妇人的请求,他的回答是:"不好拿儿女的饼丢给狗吃。"(太15:26)"狗"这一指称暗示了什么?她认为这个称呼强调了外族人是"不足道的人民"——必须跟从他们的主人,尽管他们不配孩子的食物。因此,外族的形象表明,向其他民族的传教是建立在一种不平等的包容概念上。⑦ 与之相对应的,妇人没有与耶稣争论不配的"狗"的称呼,而是

---

① Musa W. Dube, *Postcolonial Feminist Interpretation of the Bible*, preface, p. 148.
② Musa W. Dube, *Postcolonial Feminist Interpretation of the Bible*, preface, p. 148.
③ NRSV (New Revised Standard Version):英文圣经新修订标准版,下同。
④ 也参见 *The Holy Bible New International Version* (NIV): "My daughter is suffering terribly from demon-possession"。
⑤ Musa W. Dube, *Postcolonial Feminist Interpretation of the Bible*, p. 148.
⑥ Musa W. Dube, *Postcolonial Feminist Interpretation of the Bible*, p. 148.
⑦ Musa W. Dube, *Postcolonial Feminist Interpretation of the Bible*, p. 150.

说:"主啊,不错;但是狗也吃它主人桌子上掉下来的碎渣儿。"(太15:27)在这里,迦南妇人被描绘为接受了"狗"这一被指派给她的社会类别,同意蹲在桌下,捡拾掉落下来的碎渣儿。杜比指出,通过接受"狗"这种最为低下的社会身份,并要求获得怜悯,这位妇女象征着"那些必须被寻求、被教导服从一切的非基督徒跟从者,她们没有被认同为与那施舍东西的人一样平等。"①

通过对于迦南妇人故事的去殖民化阅读,杜比清楚地阐述了其神学立场:"圣经信仰的核心是一种帝国主义的意识形态。"② 在她的文本解读中,我们可以看到"土地"(Land)、"种族"(Race)、"权力"(Power)、"性别"(Gender)、"当代的历史和解放"(Contemporary History and Liberation)等后殖民范畴直接构成了其诠释的重心,由此形成了她对于圣经的批判性看法,认为其在促进欧洲殖民主义之进程中扮演了重要的角色。借助对圣经的后殖民女性主义阅读,她检视了"为何圣经文本及其西方读者成为殖民主义的工具,作为非洲黑人妇女,我们应如何为自己的信仰辩护,这是一种不忠实于我们自身的宗教———种来自敌人的宗教。"③

从其自身的历史经验和社会政治处境,杜比指出一个很重要的问题,即第三世界的妇女受到"双重的殖民化"(doubly colonized)。何为"双重的殖民化"? 杜比解释道:"处在被殖民区域的妇女,不仅遭受殖民压迫的奴役,而且还承受两种父权制体系施加于身上的重担。"④ 换而言之,她认为,殖民主义和父权制对于处在非圣经世界的妇女构成双重的压迫。

(2)郭佩兰

相对于杜比,郭佩兰是在其代表作《在非圣经世界探索圣经》(*Discovering the Bible in the Non-Biblical World*)一书的第六章,以"妇女、狗和碎渣儿:建构一个后殖民的论述"("Woman, Dogs and Crumbs: Constructing a Postcolonial Discourse")为题,基于一位华人女性主义神学家的视角,从自己的处境出发,探讨了这个故事中所蕴含的殖民主义、性别主义和反犹太主义等问题。具体而言,她对于这个故事所作的文学阅读,主要体现在以下几个方面:

---

① Musa W. Dube, *Postcolonial Feminist Interpretation of the Bible*, p. 151.
② Musa W. Dube, *Postcolonial Feminist Interpretation of the Bible*, p. 17.
③ Musa W. Bube, *Postcolonial Feminist Interpretation of the Bible*, p. 4.
④ Musa W. Bube, *Postcolonial Feminist Interpretation of the Bible*, p. 20.

首先，郭佩兰也同样讨论外邦妇女和耶稣之间的不平等地位，但她主要强调的是女人和男人之间的不平等关系。与她不同的是，杜比更多的是聚焦于征服者和被征服者、殖民者和被殖民者。同为第三世界的妇女，她们诠释重心的不同与其各自的社会处境有关。作为一个中国女性，比起殖民地的压迫重轭，她经历更多的是父权制度的重负。在其〈从华人妇女的角度谈释经学〉一文中，她对自己的释经身份作了这样的表述："作为一个中国基督徒妇女，我对圣经的诠释，必须同时顾及中国人及女性的身份。"① 由此，她进一步指出，"我对民族的承担，使我在研究圣经时所提出的问题，与西方妇女神学家提出的截然不同。圣经究竟对我们身处不同环境的中国妇女有何意义？我们怎样继承圣经及民族的双重历史？"② 基于上述的社会处境和性别身份，以及其寻求的诠释目的，郭佩兰认为"叙利腓尼基妇女显然被构想为用以表述两性之间的身份和言语的不对称。"③

其次，她发现"这个叙事中所描绘的妇女的不平等关系是处在一种对立的密集的网罗中：犹太本国/外邦土地，屋内/屋外，犹太人/外邦人，洁净/不洁净，孩子/狗，门徒/妇女，有信仰的人民/不信的人民。"④ 受其导师、美国著名妇女神学家伊莉莎白·S. 费奥伦查（Elisabeth Schüssler Fiorenza）的女性主义诠释观点影响，郭佩兰认为，作为一个文化、社会、性别和种族之间差异的象征者，叙利腓尼基妇女在耶稣的陈述中被用以命名和展示同一和差异。⑤

再次，她指出，在这个特定的故事中，后殖民的诠释使殖民主义、性

---

① 郭佩兰：《从华人妇女的角度谈释经学》，载李炽昌编著《亚洲处境与圣经诠释》，香港：基督教文艺出版社1996年版，第257页。[KWOK Pui-lan, "Cong huaren funü de jiaodu tan shijingxue" (Biblical Interpretation from a Perspective of Chinese Women), in *Yazhou chujing yu shengjing quanshi* (*Asian Context and Biblical Interpretation*), ed. Archie C. C. LEE, Hong Kong: Chinese Christian Literature Council Ltd., 1996, p. 257.]

② 郭佩兰：《从华人妇女的角度谈释经学》，载李炽昌编著《亚洲处境与圣经诠释》，香港：基督教文艺出版社1996年版，第257页。[KWOK Pui-lan, "Cong huaren funü de jiaodu tan shijingxue" (Biblical Interpretation from a Perspective of Chinese Women), in *Yazhou chujing yu shengjing quanshi* (*Asian Context and Biblical Interpretation*), ed. Archie C. C. LEE, Hong Kong: Chinese Christian Literature Council Ltd., 1996, p. 257.]

③ Kwok Pui-lan, *Discovering the Bible in the Non-Biblical World*, p. 74.

④ Kwok Pui-lan, *Introducing Asian Feminist Theology*, p. 61.

⑤ Elisabeth Schüssler Fiorenza, "The Politics of Otherness: Biblical Interpretation as a Critical Praxis for Liberation", in *The Future of Liberation Theology*, ed. Marc H. Ellis and Otto Maduro, Maryknoll: Orbis Books, 1989, p. 316; Also see Kwok Pui-lan, *Discovering the Bible in the Non-Biblical World*, p. 74.

别主义和反犹太主义关联在一起。对她来说，耶稣进入一个外族的领地——推罗和西顿的境内，并同一个外邦妇女说话，这个事实可用来表明向外邦人传道的开始。神的救赎首先来到以色列的家，但当以色列失败于维系与上帝的约，外邦人取代犹太人的位置，以承继上帝的国。郭佩兰认为这个同在《马可福音》和《马太福音》中的外邦妇女故事，"反映了在早期基督教社团中犹太人和外邦人之间不安的紧张状态。"① 她也由此建议，在殖民主义复杂的性别政治学中，一个外邦妇女的从属关系不应脱离我们的关注。

回顾对于这个故事的诠释历史，这个外邦妇女被解读成具有很大的信心，或者她的谦卑被视为基督徒美德的主要典范。郭佩兰注意到，在殖民化的背景中，殖民者通常视自己为男性，将被殖民者看作为女性。她进一步指出，"在这个故事中，外邦妇女的谦卑被用来加强对占统治地位的主人的一种被动的、温顺的和服从的态度，后者是来征服和统治的。"② 由此，叙利腓尼基妇女被视为被殖民化人民的原型，他们被设想为是屈从的，像"忠实的狗"一样忠诚。

最后，郭佩兰提出建议，后殖民主义诠释应该全面描述叙利腓尼基妇女的多重身份。作为一位有不洁疾病的女儿的外邦妇女，她被犹太人所轻视，并同时作为一个女性，在父权制社会中遭受压迫。但是，在《马可福音》中，作为一个说希腊语的妇女，她也有可能来自城市的精英阶层，具有这样的可能性，即成为剥削加利利的穷乡僻壤的压迫者，而这个地方被视为推罗这个富有城市的"装面包的篮子"。从这个角度而言，郭佩兰提示读者，"后殖民批评家挑战对于在统治/屈服、局内人/局外人、有权的/无权的、殖民者/被殖民者这一权力动态做任何简单的二元的讽刺描述。"③

三 评价：第三世界女性"诠释社群"中的不同诠释关怀

通过比较杜比和郭佩兰对于外邦妇女故事的去殖民化解读，我们可以发现，尽管她们都运用文学批评的手段，对该文本作了后殖民主义和女性主义批判相结合的阅读，为这两种圣经诠释的新方法架构起了桥梁，弥补了各自批评话语之间的裂隙，但是值得关注的是，即便身处同一的第三世

---

① Kwok Pui-lan, *Discovering the Bible in the Non-Biblical World*, p. 75.
② Kwok Pui-lan, *Introducing Asian Feminist Theology*, p. 61.
③ Kwok Pui-lan, *Introducing Asian Feminist Theology*, p. 62.

界女性"诠释社群"（interpretative communities）①，其所寻求的释义构造仍是不尽相同的。

虽然杜比和郭佩兰借助后殖民女性主义的诠释进路，对该文本中的殖民意识和父权传统予以揭示和批判，但她们不同的社会、历史、文化、政治、经济等背景，决定了其本身释义权力的不对称，由此达到的阅读效应也是不同的。如上所述，杜比对于《马太福音》中外邦妇女的故事具有极大的兴趣，并分析她作为迦南人的身份所具有的修辞功能，而郭佩兰更多的是关注《马可福音》中的妇女，并讨论她作为叙利腓尼基人的多重身份。

同处于第三世界，虽都具有殖民地的生活经验，杜比更关注的是基督教在非洲文化中的扎根问题。作为一个信仰宗主国的宗教的黑人妇女，她表达了一个非洲本土女性神学家的艰难处境，即"我们成长于那个寻求解放的武装斗争年代，处在从二次世界大战到1994年南非获得独立之间，信奉的是基督宗教，这使得我们从来无法找到容身之处。"② 如何为自己的信仰辩护，这促使非洲本土信徒必须"发展出一种在表达方式和社会形象方面都能真正体现非洲性的神学和灵性生活"，③ 他们由此提出了"作为上帝当下活动的莫雅（Moya）"之概念，亦即"灵"的观念。这是一种在非洲本土宗教和基督教传统中都能找到的概念，杜比认为它"既是一种抵抗策略，也是一种从宗主国所强加的文化重制下寻求疗救的方式，这种方式依靠减少差异和推行一些普世性的准则来实现。"④ 运用"莫雅"（"灵"）的观念，杜比描述了在后殖民主义的处境下，博茨瓦纳国内的非洲独立教会⑤妇女如何对《马太福音》所记载的"耶稣遇到迦南妇人"的故事作了重新解读，她们认为是"灵引导耶稣遇到了那妇人；是灵的作用使

---

① 该概念是由费席（Stanley Fish）提出的，参见 Stanley Fish, *Is There a Text in This Class?: The Authority of Interpretative Communities*, Cambridge: Harvard University Press, 1980, pp. 147 – 173。苏吉萨拉迦对此说明指出，"'诠释的社群'指的不是一个对社会、经济、政治问题没有兴趣的诠释者团体，而是从社群的特别关怀——如人民因经济、种族、和性别因素被边缘化以及社会中种种不平等的关系如何改善——出发之诠释者所构成的团体。"参见苏吉萨拉迦的《经文与诸经文：亚洲圣经诠释的例子》，第32页。

② Musa W. Bube, *Postcolonial Feminist Interpretation of the Bible*, Introduction.

③ 约翰·里奇斯：《〈圣经〉纵览》，梁工译，外语教学与研究出版社2015年版，第142页。[John Riches, *Shengjing gailan* (The Bible: A Very Short Introduction), trans. LIANG Gong, Beijing: Foreign Language Teaching and Research Press, 2015, p. 142.]

④ 约翰·里奇斯：《〈圣经〉纵览》，梁工译，外语教学与研究出版社2015年版，第143页。也参见 Musa W. Bube, *Postcolonial Feminist Interpretation of the Bible*, p. 125.

⑤ 对应的英文是"African Independent Churches"。

耶稣治病救人、施教布道。"① 这种颠覆性的后殖民阅读，使得文本所具有的殖民特征的修辞功能被弱化，由此达到对上述外邦妇女故事的全新理解。

当杜比等非洲独立教会妇女对于该故事的"莫雅"解读，为本土的"迦南妇人"带来解放性的力量，郭佩兰后殖民女性主义阐释的重心在于检视圣经和亚洲传统中的父权架构。作为一位华人妇女神学家，受法国哲学家福柯的真理的"政治经济性"（political economy of truth）概念的影响，她尤其关注圣经真理的阐释者及其阐释对象，认为这"内中涉及权力的问题。诠释者及受众的社会阶层、政治取向、性别及种族分歧，直接或间接影响对经文的诠释方向。"② 从这个角度出发，当她审视圣经的正典化，发现"正典的产生明显地与权力有关"，然而获得这种权力的只是社群中的一部分人，"在宗教群体以内，女人、边缘人及穷人（换句话说，即是民众）都没有力量去决定甚么是真理。"③ 由此，她质疑"正典"观念的适切性，指出"它标榜维护真理的同时也可能引致真理被践踏"，④ 同时基于自身的中国处境，她也困扰于"圣典"（Scripture）的权威性对于本民族文化传统的贬低与排斥。

因此，在讨论圣经的阐释准则时，郭佩兰并不赞成美国妇女神学家路特（Rosemary Radford Ruether）的传统看法，即"圣经批判准则乃在于先知——弥赛亚传统"，⑤ 相反地，她认可费奥伦查的观点，"我支持费奥伦查⑥的建议，就是妇女的阐释圣经定要'整理圣经经文看是否可以经得起批判分析及评估的过程，检视其中的内容及功能，在原有的历史情境中，以至在今日的处境里，是否仍然在维护父权架构。'"⑦ 对于权威的批判和

---

① 约翰·里奇斯：《〈圣经〉纵览》，第 142 页。
② 李炽昌：《导言》，载于其编著的《亚洲处境与圣经诠释》，第 3 页。
③ 郭佩兰：《从非圣经世界发掘圣经的意义》，载李炽昌编著《亚洲处境与圣经诠释》，香港：基督教文艺出版社 1996 年版，第 53 页。[KWOK Pui-lan, "Cong feishengjing shijie fajue shengjing de yiyi"（Discovering the Bible in the Non-Biblical World）, in *Yazhou chujing yu shengjing quanshi*（*Asian Context and Biblical Interpretation*）, ed. Archie C. C. LEE, Hong Kong: Chinese Christian Literature Council Ltd., 1996, p. 53.]
④ 郭佩兰：《从非圣经世界发掘圣经的意义》，载李炽昌编著《亚洲处境与圣经诠释》，香港：基督教文艺出版社 1996 年版，第 54 页。
⑤ Rosemary Radford Ruether, "Feminist Interpretation: A Method of Correlation", in *Feminist Interpretation of the Bible*, ed. by Letty M. Russell, Philadelphia: Westminster, 1985, p. 117.
⑥ 原引文中译为"费莱莎"，见郭佩兰《从非圣经世界发掘圣经的意义》，第 55 页。
⑦ Elisabeth Schüssler Fiorenza, "The Will to Choose or to Reject: Continuing Our Critical Work", in *Feminist Interpretation of the Bible*, ed. by Letty M. Russell, Philadelphia: Westminster, 1985, p. 131；中译见郭佩兰《从非圣经世界发掘圣经的意义》，载《亚洲处境与圣经诠释》，第 55 页。

父权制的揭示，构成其圣经诠释工作的核心。

考虑到亚洲的多元宗教经典背景，圣经在其古老历史中尚未产生深远的影响，郭佩兰提出了"对话性的想象"（Dialogical Imagination）这个名词，以尝试建构"一个阐释圣经过程的新意象"。① 当杜比在非洲本土宗教中找到"莫雅"的概念，来言说上帝之"灵"及其疗救，郭佩兰也倡导在非圣经世界的灵性遗产中寻找和圣经传统沟通的渠道，这当中也包含了发掘亚洲妇女的故事和经验。概而言之，正如她提出的，"我们怎样继承圣经及民族的双重历史？"② 对此，她认为应抱着既存怀疑、也有认信的双重态度："一方面，我们对圣经以男性为中心的经文、正典上和诠释，以及亚洲传统中男权主义的宗教文化提出质疑，另一方面，我们要重新追溯过去教会妇女运动的经验，和我们自己文化中释放妇女的传统。"③ 当其检视十九世纪以来中国基督徒妇女的圣经诠释，她尤为推崇二十世纪上半叶以张竹君、诚冠怡、丁淑静等华人教会女性领袖为代表的释经态度，在其教牧工作中，她们对圣经中男尊女卑的描述提出了异议和批判，并关注从妇女自身的角度来解释圣经，追求男女平权，为被压抑在社会底层的女性而发出声音。郭佩兰由此指出，"在追忆先慈的懿范时，我们要继承这种批判的释经学。"④ 换而言之，亚洲妇女信徒在正视圣经和民族传统的男权主义之时，也应从中汲取富有解放意义的信息，重塑经文对于当前处境的现实意义，回应不同诠释社群的社会关怀和灵性需求。

四 结语

关于《马可福音》和《马太福音》中这个外邦妇女的故事，自新约正典化以来，历代的教父、神学家、平信徒和学者做出了无数的诠释，解读的形式涉及注经作品、教会讲道、故事重述和诗歌创作等，本身构成了一部错综复杂的接受史。该故事中的"迦南妇人"或"叙利腓尼基妇女"形象是西方不同时期解经的重心，而焦点通常又围绕着她与耶稣之间的对话。耶稣对她呼求治愈其女儿的严厉回绝，以及不符合其请求的"饼"（bread, *artos*）的回应，都构成诠释学上需要解决的难题。著名新约圣经学者歌德·泰森（Gerd Theissen）梳理西方以往对上述问题的解经，将它

---

① 郭佩兰：《从非圣经世界发掘圣经的意义》，第47页。
② 郭佩兰：《从华人妇女的角度谈释经学》，第257页。
③ Kwok Pui-lan, "Claiming a Boundary Existence: A Release from Hong Kong", *Journal of Feminist Studies in Religion*, 3: 2 (1987), p. 123; 参见郭佩兰《从华人妇女的角度谈释经学》，第259页。
④ 郭佩兰：《从华人妇女的角度谈释经学》，第259页。

们概括为三种类型：传记体的、典范式的和救赎历史的诠释。① 但他认为这三种解释都不具有说服力，理由是都不符合该故事所处的历史情境，即当时推罗和加利利的边界地区的社会和政治状况。②

限于篇幅，本文不展开详细讨论，但是泰森对福音书处境的纵深考察，提示我们历史批判的分析对于当代圣经诠释仍然具有重要的价值。虽然以读者反应批评为主的文学批评注重的是文本的修辞功能与意识形态，但在阅读实践中，如果过分强调诠释者的主体性，会造成与经文原有社会历史场景的过度疏离，导致不能从文本中接受一个如利科所主张的"放大的自我"。

值得肯定的是，后殖民女性主义圣经诠释虽然是一种社会政治的阅读，但是作为亚非两位代表性妇女神学家，杜比和郭佩兰并没有否认历史批评法对于第三世界妇女释经的意义。在《后殖民女性主义圣经诠释》的第三部分，杜比强调其对"迦南妇人"的去殖民化解读本身建立在历史编撰学的方法基础上，在这部分的第九章，她也对西方学者对《马太福音》所作的历史批评解读作了评析。③ 郭佩兰在探讨妇女释经的三种模式时，尤其谈到对第二种方法"历史批判法"的看法，指出"历史批判法尝试透过历史及考古研究，了解圣经当时的处境。"④ 她认为不同于西方学术界对于该诠释进路的普遍接受，基于神学训练不足等原因，"直到今天，我国妇女研究严谨圣经学说的仍属罕见。"⑤ 她强调该方法的学术贡献和现实意义，"历史批判法的出现，部分原因是为了抗衡教会中的教条主义思想，若没有这种研究工具，妇女便不能自己深入探求圣经的意思。妇女神学家应用这些严肃的历史考究方法，为我们提供了不少新的资料及活泼的见解。"⑥ 当然，她们也清楚地认识到历史批判进路的局限性，当代的圣经研究不是仅仅寻求与历史处境的相符，更是要透过对古代教会诠释和近代西方圣经学的了解，运用妇女自身的经验，"重新传讲圣经故事，建立新的传统。"⑦

---

① Gerd Theissen, *The Gospels in Context: Social and Political History in the Synoptic Tradition*, trans. by Linda M. Maloney, Edinburgh: T & T Clark, 1992, pp. 62–65.
② Gerd Theissen, *The Gospels in Context: Social and Political History in the Synoptic Tradition*, trans. by Linda M. Maloney, Edinburgh: T & T Clark, 1992, p. 65.
③ 参见 Musa W. Bube, *Postcolonial Feminist Interpretation of the Bible*, pp. 157–195.
④ 郭佩兰：《从华人妇女的角度谈释经学》，第255页。
⑤ 郭佩兰：《从华人妇女的角度谈释经学》，第255页。
⑥ 郭佩兰：《从华人妇女的角度谈释经学》，第255页。
⑦ 郭佩兰：《从华人妇女的角度谈释经学》，第255页。

尽管后殖民女性主义圣经解读"去殖民化"、"去父权化"的诠释立场具有强烈的社会政治效应,但是其阐释实践无法脱离历史批判分析的基础,后者为其激进的解放题旨提供了合理的可能性。概而言之,借助对杜比和郭佩兰对"外邦妇女"故事的分析,我们可以看到,经文的历史时空与读者的社会处境相互交融,编织成一种充满张力的"互文性",第三世界妇女在其创造性的圣经诠释中,"一方面追忆过去,另一方面塑造将来,使男女能同样地承受神的应许。"[1]

(原载《圣经文学研究》第 16 辑,2018 年春)

---

[1] 郭佩兰:《从华人妇女的角度谈释经学》,第 256—257 页。

孟子的"以意逆志"读经法与圣经释义学：探讨吴雷川的圣经解释策略[*]

梁 慧

中国是一个由"多元宗教经典"构成的世界，在《圣经》传入之前，中华文化中的儒、释、道三教在悠久历史中遗留下了深深的烙印，塑造了各自的宗教文化典籍、思想学说及历史传统。在"诸经并存"的处境中，以十三经为代表的儒家典籍，占据了中国传统文化的主体，并形成了"中国自汉代以至明清占统治地位的学问"——"经学"。在漫长的发展过程中，中国经学又形成了不同的流派，汉代经学分为西汉的今文经学和东汉的古文经学，前者偏重"微言大义"，后者偏重"名物训诂"；唐代的义疏则是东汉古文经学的支流；宋学一反汉唐的训诂义疏传统，偏重"心性理气"；而清学则重在考证。

最近二三十年来，受到西方当代诠释学的影响，海内外学术界"开始思考、研究中国古代经典中存在的诠释学现象，并力图通过此种研究来构建一种有别于西方诠释学的中国经典诠释学"。[①] 在这些研究中，如何"把中国解释经典的思想资源引入到西方解释学中，而创造出中国化的解释学的问题"，[②] 更是具有中国传统文化背景的学者重点探讨的话题，并

---

[*] 国家社科基金青年项目"吴雷川对《圣经》本土化解读的实践和贡献"成果（项目号：08CZJ004）。

[①] 参见张广保的《近年来有关中国经典诠释学研究的个案述评》，《现代哲学》2014 年第 5 期；景海峰的《解释学与中国哲学》，《哲学动态》2001 年第 7 期；贾红莲的《中国哲学研究中的两个问题》等评介文章。目前探讨中国经典诠释学的代表性研究是傅伟勋的创造诠释学、成中英的本体诠释学、汤一介的诠释学研究、黄俊杰的儒学诠释学等。

[②] 这一看法是由汤一介先生在《能否创建中国的解释学》一文中提出的，《学人》1998 年第 13 辑；后又发表《论创建中国解释学问题》一文，《学术界》2001 年第 4 期；以及《再论创建中国解释学问题》，《中国社会科学》2000 年第 1 期；《三论创建中国解释学问题》，《中国文化研究》2000 年第 2 期；《关于僧肇注〈道德经〉问题——四论创建中国解释学问题》，（转下页）

取得了初期的诠释实践成果。相形之下，有关中国经学与西方圣经诠释学之间的比较研究，相关的讨论尚不多见。这一方面与国内的学术视域与问题意识有关，但另一方面是由圣经学研究在国内的薄弱状况所直接造成的。[①] 事实上，"专门训解和阐释儒家经典之学"的经学，与"西方从教父时代以来形成的以《圣经》为诠释对象"的圣经学或圣经注释学（或称圣经解经学），作为中西各自源远流长的经典解释与理解的传统，无论是在诠释前设、思想旨趣、读经目的，还是方法论的具体建构等方面，都可进行深入的比较和借鉴，而《圣经》作为"外来"之书，伴随基督宗教在中国各时期的流播、发展，一直面临在汉语语境中如何诠释的问题。这使得中西经典解释传统之间的对话和沟通，不囿于各种理论的创设和构想，更是当下持续发生的本土化圣经解读要求回应的现实命题。

本文以民国儒家基督徒吴雷川为例，借助对其生平著述的细读，发现其创造性之处在于自发地引入孟子的"以意逆志"读经法，重新看待和解读以福音书为主的圣经文本，探求可供借鉴的中国本土圣经诠释。本文将详细分析吴氏如何运用孟子"不以文害辞，不以辞害志"的《诗经》诠释原则，发展形成其"不以辞（词）害意"的解经观念，达到对西方教会释经传统的批判，以阐发其预设的"耶稣改造社会"等理念，并评析其本土化圣经解释策略的内在理路及得失。

一

一九四○年，吴雷川以"吴震春"的本名，出版了晚年代表作《墨翟与耶稣》，当时的著名神学家、教育家刘廷芳为该书作序，并在序言中如此评价："此书是皈依基督教的中国智识阶层，中国国故的学者，试用中国旧有的思想与哲学，去研究基督教，欣赏基督生平与教训的表示。这是智识阶级的表示，因为读者若能细味全书精味之处，可以看出来，背景

（接上页）《学术月刊》2000年第7期；《"道始于情"的哲学诠释——五论创建中国解释学问题》，《学术月刊》2001年第7期；《论郭象注释〈庄子〉的方法——兼论创建中国解释学的问题》，载陈鼓应、冯达文编《道家与道教·道家卷》（第二届国际学术研讨会论文集），广东人民出版社2001年版，第280—305页。对于此问题的讨论，港台的学者较为审慎，不直接使用"诠释学"一词，而以"经典诠释传统"作为研究的名称，参见李明辉的《〈儒家经典诠释方法〉导言》，载氏编《儒学与东亚文明研究丛书·儒家经典诠释方法》，华东师范大学出版社2008年版，导言部分，第1—3页。

① 张隆溪、李天纲等作过相关表述，见张隆溪的《明末信教文士对我们的意义》，《汉语基督教文化研究所通讯》2008年第7期；李天纲《"回到经典，回到历史"：探寻汉语神学的新进路》，《汉语基督教文化研究所通讯》2008年第7期。

与观点中,渗透着中国民族灵性的遗传,与向来教会中不学无术之宣教师率尔操觚者之著述不同了。"①

这段话非常精辟地概括了吴雷川的独特身份、研究特色和神学立场。不同于赵紫宸、倪柝声、贾玉铭、陈崇桂、王明道等五四时期以来的神学家、传道人、教会领袖等,吴雷川可谓民国旧式知识分子的代表。他早岁蜚声翰苑,于国学素有深造,后皈依基督教,是少数具有"进士"科名的中国基督新教教徒。作为官宦子弟,他自小深受儒学的熏染,专注"书法的练习、诗书经赋的背诵、八股文的习作",尤其长于"经史的穷研",② 其所具备的深厚经学功底,在同时代的基督徒知识分子中也是较为少见的,这为其本土化的圣经解读奠定了基础。

吴氏儒、耶兼具的双重身份,促使其学术研究重在"基督宗教与国学并举",而他"毕生从政与学"③ 的经历也使得其"两教并举"的做法不拘泥于学理的探讨,更是为了直接回应社会的需要。检视吴氏的神学研究进路,刘廷芳概括为"试用中国旧有的思想与哲学,去研究基督教",他认为这种做法既沿袭了"用中国民族灵性的遗产,来重新解释基督教义"④ 的本土化策略,同时也有别于西方"以教会传统作为圣经诠释原则"的神学解经。尽管刘廷芳尚未深入探讨吴氏研究"基督生平与教训"的具体进路,但他的评价准确把握到吴氏对基督教的理解是在"中国民族灵性的遗传"与西方认信性诠释传统的张力中进行的。

二

检视吴雷川的生平著述,他没有系统地发表过有关圣经研读的讨论,但搜集其各个时期的文章、著作,加以细读,可以大致勾勒其读经的思想脉络,以及厘清其对圣经诠释的主要方法。

吴氏关于读经问题的公开表述,较早见于《我用何法读圣经?我为

---

① 刘廷芳:《序言》,载吴雷川《墨翟与耶稣》(署名:吴震春),青年协会书局1940年版,第5页。

② 参见查时杰的《中国基督教人物小传》(上卷)关于"吴雷川部分",(台北)中华福音神学院1983年版,第69—75页。有关吴氏的生平,也可参见 Chu Sin-jan,《吴雷川:民国时期的儒家基督徒》(*Wu Lei-chuan*:*A Confucian-Christian in Republican China*;New York:Peter Lang,1995),第5—15页。

③ 刘廷芳:《序言》,载吴雷川《墨翟与耶稣》(署名:吴震春),青年协会书局1940年版,第3页。

④ 刘廷芳:《序言》,载吴雷川《墨翟与耶稣》(署名:吴震春),青年协会书局1940年版,第2页。

何读圣经?》① 这篇联名文章（1921年）。这大概是民国基督徒知识分子第一次自觉地探讨《圣经》解读的问题，在这篇短文中，相较于赵紫宸、吴耀宗，吴氏阐述其读经的动机是"自救救人"，一方面是为了自己的得救与灵修，另一方面是"将自己所信的，传给别人"，② 这是他初步以"内圣外王"的经世模式确立圣经研读的起点。至于其解经的方法，他表述为："我常盼望我的知识，能随着世界进化，也能就着现世界的情（形），与圣经上所说的事理，互相印证。凡是前人陈旧的解释，与现在社会不相合的，一切都不拘守。这或者可说是我内心所用的方法。"③ 概括而言，其读经方法有两条：一、"古""今"互证（"现世界的情（形），与圣经上的事理，互相印证"）；二、不拘守"前人的陈解"。从吴氏二十至四十年代的读经实践来看，他这里提及的"古""今"互证，其实更偏向以"古"证"我"、以"我"为本，当"古""今"之间紧张对抗，他采取的化解方法就是不拘守"前人的陈解"。

吴氏一九二一年发表的这段读经讨论，初步确立其读经的立场：研读圣经不囿于对经典事理本身的阐释，而是立足于诠释者所处的时代，当"古"不符"今"，对圣经可以做出脱离传统束缚的解释。尽管在此，吴氏没有提及以儒家的经典解释方法诠释《圣经》，但其不拘守前人陈解的主张，暗示其解经旨趣与读经目的将迥异于西方教会传统的认信性诠释。

而吴氏探讨形成其本土化的圣经诠释方法，首先就是出于对"圣经遗传之解释"的不满与批判。二十年代上半叶，吴雷川在《生命月刊》等撰文，从中国智识界的立场，对近代西方新教传教士在华的传教活动作了深刻的检视，集中表达了对基督教传统的信条和教义的不满。一九二四年，在《对于在智识界宣传基督教的我见》一文中，他概括指出："传教士所传的，无非是些因袭的信条，遗传的解释，和固定的礼仪；与中国固有的教化，绝对不融洽。"④ 他认为这种中西宗教文化间的"不沟通融洽"问题出在近代来华传教士的传教方法和工具。一九二五年，吴氏在《基

---

① 赵紫宸、吴雷川、吴耀宗：《我用何法读圣经？我为何读圣经？》》，《生命月刊》1921年第1卷第6期。具体论述参见拙文《中国现代的基督徒是如何读圣经的？——以吴雷川与赵紫宸处理〈圣经〉的原则与方法为例》，《世界宗教研究》2005年第3期。

② 赵紫宸、吴雷川、吴耀宗：《我用何法读圣经？我为何读圣经？》》，《生命月刊》1921年第1卷第6期。具体论述参见拙文《中国现代的基督徒是如何读圣经的？——以吴雷川与赵紫宸处理〈圣经〉的原则与方法为例》，《世界宗教研究》2005年第3期。

③ 赵紫宸、吴雷川、吴耀宗：《我用何法读圣经？我为何读圣经？》，《生命月刊》1921年第1卷第6期。

④ 吴雷川：《对于在智识界宣传基督教的我见》，《生命月刊》1924年第5卷第1期。

督教在中国的新途径》一文中对此作了深入的阐述。他指出"百年以前，基督教借着欧美各国的势力，传来中国，士大夫对于基督教，都抱着一种恶感，最初与传教士接触的，只是一般少有知识的人"，早期信教的也以非知识阶层为主。这造成的问题是，一方面，近代传教士不能够体察到中国文化的博大，"既不得窥见中国旧有的文明，方以为中国也和初开关的澳洲非洲，同是野蛮的民族，因而预备的传教方法，显然不合于中国的国情。"另一方面，他们也不尊重中国的本土文化，"毫无理由的将中国的典章文物，一笔抹煞，以为都与唯一的基督教不能相容，而究其实在，他们并没有探得中国文化的渊源，即其所传形式的机械的基督教，也显不出如何较优于中国的文化。"① 吴氏批判早期新教传教士对中国文化素少研究，以基督教为唯一独尊，其西方中心主义的传教方式，显然不合乎中国的文化传统与社会处境。他总结道："所以基督教在中国，向来为士大夫所轻蔑，近且激起无谓的仇恨，这既不是基督教本身原有缺憾，也未必是中国学者不能接受真光，乃是传者者未得着合宜的方法与工具。"他以孔子的教导为比方，指出："昔孔子告子贡说'工欲善其事，必先利其器，居是邦也，事其大夫之贤者，友其士之仁者。'此言正可为传道的金鉴。"②

当吴雷川批判"传教者未得着合宜的方法与工具"，他实质上是在指摘近代西方传教士来华所传的基督教，即如美国学者菲利普·韦斯特（Philip West）所指出的，他批评的是那种"由传教士带入中国的西方教会传统"。③ 具体而言，指的是教会的礼仪、信条，以及对圣经的解释等。就前者来看，他认为礼仪规制是教会历史的产物，在现今的时代，无论从理性还是感情来看，都不必受"遗传性的捆绑"。而对于基督教的传统教义、信条等，他批判这些条文不可思议、僵化、神秘主义色彩太浓，因而容易被误解为迷信。而他尤其不满近代来华传教士所传的"遗传的解释"，认为不仅造成传道上的阻碍，为中国智识界所普遍反对，也使基督教真正的教义不为阐发。

从20年代初开始，吴氏集中表述了对"圣经遗传之解释"的看法。一九二〇年，在《我对于基督教会的感想》一文中，他首次提出了对于

---

① 吴雷川：《基督教在中国的新途径》，《生命月刊》1925年第5卷第8期。
② 吴雷川：《基督教在中国的新途径》，《生命月刊》1925年第5卷第8期。
③ Philip West，《基督教与国家主义：吴雷川在燕京大学的生涯》（*Christianity and Nationalism: The Career of Wu Lei-ch'uan at Yenching University*），载《中美之间的传教事业》（*The Missionary Enterprise in China and America*；ed. John K. Fairbank；Cambridge, Massachusetts: Harvard University Press, 1974），第231页。

教会圣经解释的批判,指出:"新旧两约书的道理,自然有大部分至今还不失效用。但因为种族的关系,区域和时代的关系。他们的思想不同,语言不同,文字组织法也不同,(类如同是证明真理,现今用论说体的文字证明的,在古今代多半要用纪事体的文字来证明。)若是一点不肯变通,还要泥着文字去解释,就免不了'以文害辞,以辞害志。'以致叫人疑惑书上所讲的道理,多与世界上事实不相切合。于传道上大生阻碍。像这样的思想,都是叫我感觉不快的。"① 在这段话中,吴氏首先谈到对于《圣经》文本的看法,认为两约经典所蕴含的道理,至今大部分仍然有效,但问题出在教会的解经方式,以致其解释的经义,多与时代不符,造成宣教上的困难。吴氏在这里萌生的"古""今"相切合的读经取向["书上(圣经)所讲的道理,要与世界上事实相切合"],与他一九二一年所提出的"古今互证"的圣经解读法是前后相承的。而他对于教会释经的指摘,主要指其"不肯变通,泥着文字去解释",并批评其解经的后果是"以文害辞,以辞害志"。在这里,吴氏首次运用中国儒家的经典解释方法,来比较衡量西方教会的释经传统。"以文害辞,以辞害志",原是孟子所批判的经典解读方法,其相关的经典表述如下:

> 咸丘蒙曰:"舜之不臣尧,则吾既得闻命矣。《诗》云:'普天之下,莫非王土;率土之滨,莫非王臣。'而舜既为天子矣,敢问瞽瞍之非臣,如何?"
>
> 曰:"是诗也,非是之谓也;劳于王事而不得养父母也。曰:'此莫非王事,我独贤劳也。'故说诗者,不以文害辞,不以辞害志。以意逆志,是为得之。如以辞而已矣,《云汉》之诗曰:'周余黎民,靡有孑遗。'信斯言也,是周无遗民也。孝子之至,莫大乎尊亲;尊亲之至,莫大乎以天下养。为天子父,尊之至也;以天下养,养之至也。《诗》曰:'永言孝思,孝思维则。'此之谓也。《书》曰:'只载见瞽瞍,夔夔齐栗,瞽瞍亦允若。'是为父不得而子也?"(《孟子·万章上》)②

在这段话中,孟子谈到如何解读《诗经》的问题,提出了"以意逆志"的诠释原则,具体而言,就是"说诗者,不以文害辞,不以辞害志。以意逆志,是为得之"。"以意逆志"作为孟子所提出的重要解经方法,

---

① 吴雷川:《我对于基督教会的感想》,《生命月刊》1920 年第 1 卷第 4 期。
② 原文参见杨伯峻译注《孟子译注》,中华书局 2008 年版,第 166 页。

历代的儒家学者作过各自的批注。概括而论，注疏的重点是对此句四个关键词的解释，即"文""辞""意""志"。关于"文"，历代有两种解释：一作"文采""雕饰"；一作"字""词"，即选字造词之谓也。前者如东汉赵岐《孟子章句》云："文，《诗》之文章，所引以兴事也。"清焦循《孟子正义》疏作："篇章上之文采。"当代学者周光庆也认为："孟子的文，就是孔子'言之无文'的'文'，即修辞方式。"①而后者如南宋朱熹《孟子集注》云："文，字也。"现代徐复观也主张："所谓的'文'指的是用字。"②当代杨伯峻《孟子译注》取朱注，也解为"文字"。通常而言，此二训皆能说通。③本文认为将"文"解为"字""用字"，更符合孟子的原意。而对于"辞"的含义，较少争议，赵岐《孟子章句》云："辞，诗人所歌咏之辞。"焦循《孟子》进而疏为："诗人所歌之辞已成篇章者。""辞"解为"篇章"，或指"词句"，如朱熹《孟子集注》云："辞，语也。"他将此句解释为"不可以一字而害一句之义，不可以一句而害设辞之志"，"辞"指称的是"句"。清段玉裁《说文解字注》指出了"辞"与"词"的不同："辞者，说也。……词者，意内而言外，从司言。……积词而为辞。"徐复观基于朱注，更明确指出："'辞'指的是用字所结成的句。"④概而言之，"辞"是指（《诗经》）辞句（篇章）的字面意义。至于"志"，孟子在此处提及两次，历代学者通常都解释为作者之"志"，代表性的批注如赵注、朱注、徐复观等，⑤当代学者在探讨"以意逆志"的学说时，进一步关注到"志"前后的指称，如杨乃乔指出："'志'是文本的意义，也是作者所赋予的意义。"⑥刘耘华谈道："'志'是指原作者的真实意图和思想倾向，它就是寄寓于文本整体之中、读者所要寻求的'原意'。"⑦在这里，可以看到，"志"前后的含义，分别指的是"文本的意

---

① 周光庆：《中国古典解释学导论》，中华书局2002年版，第359页。
② 徐复观：《徐复观论经学史二种》，上海书店出版社2005年版，第28页。
③ 参见刘耘华《诠释学与先秦儒家意义之生成——〈论语〉、〈孟子〉、〈荀子〉对古代传统的解释》，上海译文出版社2002年版，第89页。
④ 徐复观：《徐复观论经学史二种》，上海书店出版社2005年版，第28页。
⑤ 赵岐《孟子章句》云："志，诗人志所欲之事。"朱熹《孟子集注》云："言说诗之法，不可以一字而害一句之义，不可以一句而害设辞之志，当以己意迎取作者之志，乃可得之。"徐复观指出："'志'指的是作诗者的动机及其指向。"（《徐复观论经学史二种》，上海书店出版社2005年版，第28页。）
⑥ 参见杨乃乔《诗学与视域——论比较诗学及其比较视域的互文性原则》，《文艺争鸣》2006年第2期。
⑦ 刘耘华：《诠释学与先秦儒家意义之生成——〈论语〉、〈孟子〉、〈荀子〉对古代传统的解释》，上海译文出版社2002年版，第89页。

义"与"作者所要表达的主观意图",但这两者是何关系,上述的讨论未予涉及,而是将它们相等同。本文认为,首先,从"文—辞—志"的层面来看,第一个"志"当指"被诠释文本"的整体之意,也即诗歌的原意,它是诠释"辞""文"等部分意义的理解前提;其次,从"文—辞—意—志"的深层结构来看,第二个"志"指的是作者之"志",即如徐复观所说的"作诗者的动机及其指向",周光庆从"诗言志"的传统出发,具体解释为"诗人对自己所反映的社会生活的体验与评议,是诗人所抒发的具有一定伦理道德规范的思想,尤其是诗人关于政教风俗的有启示性的见解"。[①] 对于"志"这两个层面的含义,不同于当代西方诠释学对于"文本的文义"与"作者的原意"的区分,[②] 历代的批注通常是将两者混同,强调的是对"作者之志"的领会、理解,而不注重"志"前后指称的含义差异。而从孟子的本意来看,他也是以寻求"作者之志"为文本诠释的旨归,认为诗人的原意不仅体现在文本之中,而且通过诠释文本"整体之意"得以推求。对他而言,诗的原意与作者本意紧密相关,两者的界限不明显,彼此尚未发生当代西方诠释学视域中的不一致(即利科尔指出的文本意义与作者原意之间存在着诠释学距离)。对于"意"的解释,争议最多,历代的注解有四种:一是解为读者之"意",持此种看法的学者为多,远如赵岐、朱熹等,近如黄俊杰、周光庆等;二是解为作者之"意",以清吴淇、[③] 顾镇为代表;三是解为文本之"意",吴淇的作者之"意"实际已涵括文本之"意"在内,刘耘华认为"读者之意""作者之意"的解释尚有不足,主

---

① 周光庆:《中国古典解释学导论》,中华书局2002年版,第357页。

② 当代法国诠释学家利科尔(Paul Ricoeur)的文本诠释理论是这方面的代表,他将"文本"界定为"任何由书写所固定下来的任何话语",区分于"作为口语形式出现的话语"。按照他的分析,文本和口语形式的话语相比,具有永恒性、简化性和意义的不确定性等特征,他特别强调书写文本的自主性,指出书写意味着其与口语及其所表达的事件之间存在着诠释学距离,由此,书写使文本对于作者意图的自主性成了可能。文本所指的意义和作者的意思不再一致。具体参见氏著《解释学与人文科学》,陶远华等译,河北人民出版社1987年版;以及氏文《诠释学的任务》、《诠释学与意识形态批判》,载洪汉鼎编《理解与解释——诠释学经典文选》,东方出版社2001年版,第409—432、433—474页。相关评述也可参见彭启福《理解之思——诠释学初论》,安徽人民出版社2005年版,第56—60、68—74页。

③ 关于吴淇对"意"的解释,周光庆认为其"反对将'意'视为解释者自己之意,而认定意乃典籍文本所表现出来的思想内容,进而强调'以意逆志'其实是'以古人之意,求古人之志,乃就诗论诗'",主张吴淇是将"意"理解为典籍的思想内容,即文本之"意",参见周光庆的《中国古典解释学导论》,中华书局2002年版,第356—357页;刘耘华也对吴淇将"意"解为作者之"意"作了评价,指出其是通过文本来追寻作者之"意",他的看法已蕴含了吴淇的作者之"意"是以文本之"意"的解释为基础,参见刘耘华的《诠释学与先秦儒家意义之生成——〈论语〉、〈孟子〉、〈荀子〉对古代传统的解释》,上海译文出版社2002年版,第89—90页。

张"意"为《诗经》文本之意;四是解为读者对于文本准确理解之"意",以徐复观为代表。① 这种解释是对前三种的补充与完善,本文认为,将"意"解为诠释者以自身对文本准确理解的意义追寻作者的本意,既可避免以读者之"意"推求作者之"志"可能造成的误解,也强调了其对文本整体之"意"把握的重要性。

综上所述,"以意逆志"作为孟子诠释《诗经》的方法,主张解经不应拘泥于字句,而应立足于文本的语境,通观经文的整体意义,才能准确了解作者的原意。一九二〇年,吴雷川首次运用孟子的"以意逆志"法,评判西方教会的释经传统,将其概括为"泥着文字去解释",即认为教会的解经拘泥于《圣经》字句,按照字意、文法释义,造成的后果正是孟子所批评的"以文害辞,以辞害志"。吴氏对于西方教会解经传统所作"泥着文字"的批判,贯穿其二十至四十年代初的论著。一九二三年,在《基督教经与儒教经》一文中,他着重指出:"基督教经,多有写实的文字。只要不为文字的形式所障碍,就能领略他(耶稣)的精神。"② 在这里,他给出圣经解经不应拘泥于字句的理由(即"不为文字的形式所障碍"),认为《圣经》的文字以写实为主,倘若泥着字面的意思解释,就无法领会耶稣的精神意旨。具体而言,他以《约翰福音》二十章二十二至二十三节、《马太福音》十六章十九节为例,通过对这两段经文的解读(兼与《论语·里仁篇》比较解释),指出耶稣"向他们(门徒)吹口气"与"要把天国的钥匙给你(彼得)"含义是相同的,都是"应许门徒和彼得有赦罪定罪的权柄,也是注重在受圣灵"。他尤其指出"天国的钥匙,也是指圣灵说的。所以语意是完全一样。倘若泥着《新约》的文字解释,能说耶稣对门徒吹口气,真含有什么神秘和小说家所记的神仙幻术相似么?耶稣拿天国的钥匙给彼得,那钥匙又是什么东西呢?"③ 吴氏认为"耶稣对门徒吹口气""天国的钥匙"都是写实的文字,如果拘泥于其字面的意思,就会产生涉于神秘的解释,他批判西方教会就是采取这种

---

① 徐复观将"意"解释为"是读者通过文词的玩味,摆脱局部文句文字的局限性,所把握到的由整体所酿出的气氛、感动、了解。由所得到的这种气氛、感动,以迎接出(逆)诗人作此诗之动机与指向,使读者由读诗所得之意,'追体认'到作者作诗时的志",参见《徐复观论经学史二种》,第28页。
② 吴雷川:《基督教经与儒教经》,载张西平、卓新平编《本色之探——20世纪中国基督教文化学术论集》,中国广播电视出版社1999年版,第464—465页;原载《生命月刊》1923年第3卷第6期(署名:吴震春)。
③ 吴雷川:《基督教经与儒教经》,载张西平、卓新平编《本色之探——20世纪中国基督教文化学术论集》,中国广播电视出版社1999年版,第464—465页。

释经进路，拘执于字句的解经，曲解耶稣的真实意图，导致基督教的道理被误解为"遗传的迷信"。一九二四年，在《人格——耶稣与孔子》一文中，他对《新约》所载耶稣言论之神秘作了解释，认为"此其中必有关系当时听众与记载者的情事，也许书上所写的，未必恰肖耶稣口中所言，抑或耶稣口中所言的，未必恰如其心中之意"，即原因有两点：第一，福音书没有完全准确记载耶稣所要传达的意义；第二，耶稣所使用的言语不能充分表达其思想意图。一九二七年，在《基督教祈祷的意义与中国先哲修养的方法》一文中，在讨论耶稣的祈祷与中国先哲修养方法之间的关联时，他进一步完善了上述看法，指出耶稣的用语受时代的限制，"因为一般犹太人知识程度较低，为求他们能够了解，不得不借着当时通行的方式，和他们所习用的名词，表示他所要说的真谛"。另外，问题出在福音书的作者，"记录福音书的人，又不免为一己的思想所囿，不能将耶稣的微言，写得惟妙惟肖"，因此，他劝告"研究圣经中所记关于祈祷的文句，不可以辞害意，往往难索解人"。①

一九三〇年，在比较儒耶有关天（上帝）的观念时，他深入探讨了耶稣为何沿用同时代用词的原因，指出"凡是民族思想的进化，先知先觉的只是少数的人，至于大多数人的脑海里，总是为遗传的观念所占据，一时很不容易排除净尽。这些少数人所具有的高深理想，既不能期望众人共晓，有时要将自己的意思向众人表白，就不能不用众人所能了解的那些名词。因而也就沿用其名词中的含义"。从这个立场出发，他进一步阐明"耶稣生在宗教性最浓厚的犹太民族中，虽然他自己有独到的见解，要实行宗教改革。但为当时人说法，也只能沿用犹太人所了解的名词，和他们所容易领悟的景象，来表显他自己理解的一部分"，这就造成"基督教新约书中，记载耶稣关于这一类的言论，诚然是多有神秘的意味"，因此不可拘泥于经文的字句解经，即"能够不以词害意"。② 一九三四年，他谈到以往解读耶稣言论的谬误所在，指出：一、耶稣的教训分为不同的发言对象，"后来读福音书的，不知在这地方分别"，产生很多谬说；③ 二、福

---

① 吴雷川：《基督教祈祷的意义与中国先哲修养的方法》，载张西平、卓新平编《本色之探——20世纪中国基督教文化学术论集》，中国广播电视出版社1999年版，第453页；原载《真理与生命》1927年第2卷第6期。

② 吴雷川：《从儒家思想论基督教》，《真理与生命》1930年第4卷第18期。

③ 吴雷川：《耶稣的社会理想》，青年协会书局1934年版，第25—26页。有关耶稣教训分为不同发言对象的论述，可详细参见吴氏的未刊文章《一月二十五日说教大意》（读经：路加十二章四十一至四十八节，题目：多给谁就向谁多取，多托谁就向谁多要），见中国国家图书馆所藏的吴雷川文稿，写作年代未详。

音书多以寓言或比喻记载耶稣的教导,"容易使人任意测度,未必得着正解"。总结这两点,他断言"所以耶稣对人类社会的主旨,当时使徒就不能充分领悟,以致宣传耶稣,徒然附加上许多神秘的解释,引起后人的迷信。但这些都是人的错误,并不是耶稣的教义原有甚么缺欠"。① 在这里,吴氏批判历代受上述等因素的限制,拘泥于传统的神学解释,而没有阐发耶稣真正的教义是社会改造。一九三六年,为了论证其"基督教是革命的宗教"之假说,他通过对福音书所载耶稣论及"末日审判或人子再来"等经文的独创性解释,再次强调耶稣引用犹太人传统的观念,是有其特殊的见解,他指出"我以为:耶稣这一类的话,尽管文句是袭用前人的论调,至他的含义必是各别。正所谓'伤心人别有怀抱'。他必是本着个人的经验,深知要彻底地改造社会,既不是爱与和平所能成功,而真理又不能因此就湮没不彰,于是革命流血的事终久是难于避免。他预想将来必要经过革命流血的惨剧,有许多人民受了灾害之后,他的理想就由此实现,这就是他所说的人子再来了。"② 吴氏有关"不以辞(词)害意"的解经观念,于一九四〇年,在其晚年代表作《墨翟与耶稣》中达到最充分的论述。检视近代学者的考证,他认为四福音书存在下述问题:一、福音书的成书带有作者主观的成见;二、福音书的写作受到著书环境的支配;三、福音书的流布存在抄写错误或窜改。由此,他总结道:"无论是著者的成见,或著者受当时环境的支配,抑或是抄写时有意的窜改,总是趋向于彰显耶稣的宗教,而将他要改造社会的精神掩盖下去。所以倘使我们现时不拘执着《四福音书》表面上的文字,却从文字的里面将耶稣改造社会的大旨阐发出来,因而正与原来的情事相近,这并不是不可能的事。"③ 吴氏从福音书的编纂、写作、流传等角度,指出著者注重的是"彰显耶稣的宗教",经文内容"完全渲染了宗教的色彩",淹没了耶稣教训的原意,因此,他提倡不拘泥于《新约》字句,而意在阐发耶稣所内蕴的改造社会的主旨。

如何评价吴雷川"不以辞(词)害意"的解经法?从上述其对该问题的深入表述来看,他是自发运用孟子的"以意逆志"读经法,比对西方教会的释经传统,提出不拘泥于福音书字句的开放性阅读策略。值得注

---

① 吴雷川:《耶稣的社会理想》,青年协会书局1934年版,第25—26页。
② 吴雷川:《基督教更新与中国民族复兴》,载张西平、卓新平编《本色之探——20世纪中国基督教文化学术论集》,中国广播电视出版社1999年版,第70页;原载氏著《基督教与中国文化》,青年协会书局1936年版。
③ 吴雷川:《墨翟与耶稣》,青年协会书局1940年版,第82页。

孟子的"以意逆志"读经法与圣经释义学:探讨吴雷川的圣经解释策略

意的是,如前所述,"以意逆志"法作为孟子诠释《诗经》的主要方法,其"不以文害辞,不以辞害志"的准确含义是指对《诗经》文本"部分"(文辞)之意义的解读,不能仅从其字句的字面意思来了解,而应通读诗句的"整体"之意,从诗歌的整体语境与意蕴出发,解读"部分"之意,这样才不偏离作者的原意,即"不以辞害志"。当吴氏将"以意逆志"法运用于福音书解读,他没有在论著中完整引用孟子的原话,转述的只是前半部分的内容("不以文害辞,不以辞害志"),并将之概括为"不以辞(词)害意",而没有谈到如何以"意"逆"志"的问题。在这里,吴氏体现了其对"以意逆志"法的创造性运用:首先,从孟子的本意来看,解读《诗经》的目的是寻求"作者之志",也即追溯作者的原意。而在吴氏看来,记载耶稣生平的福音书存在问题,它既不是"耶稣在世时的'起居注'","它们的性质本和正宗的历史不同",① 同时受限于著者环境、识见等,喜宣扬耶稣的神迹,没有阐发其真正的意旨。因此,他所引述的"不以辞(词)害意",其"意"不是指基于文本整体之"意"而了解到的经文本义,也不是诠释者以对文本准确理解的意义所"逆"之作者原意,而是指福音书著者没有在经文中充分表达、领悟到的圣贤本意,即耶稣的原意。从这个意义而言,他对孟子的"以意逆志"法也作了"断章取义"的理解,以迎合其所认为的"耶稣要改造社会"之理念。其次,"以意逆志"法作为儒家的重要解经方法,是孟子与学生咸丘蒙讨论如何解读《诗经》所提出的,他们所谈论的是《小雅·北山》,咸丘蒙引用了诗中的"普天之下,莫非王土。率土之滨,莫非王臣"之句,从王权的普遍性质疑瞽叟之不以臣事舜,其做法是强删了原诗的后面两句,使所引的诗句脱离整体语境,然后抓住孤立诗句的字面意思而曲解其真实意义,不去体察诗人的心志。孟子由此批判其解读方法是"断章取义""以辞害志"。② 而吴氏自发运用孟子"以意逆志"的解诗原则,解读以福音书为主的《新约》文本,批判的是西方教会的释经传统。具体而论,他笼统地将近代西方新教来华传教士在内的释经活动称为"遗传的解释",反对的核心是"以教会传统作为圣经诠释原则"的经文

---

① 吴雷川:《墨翟与耶稣》,青年协会书局1940年版,第80页。
② 《诗·小雅·北山》原文部分:"陟彼北山,言采其杞。偕偕士子,朝夕从事。王事靡盬,忧我父母。溥天之下,莫非王土。率土之滨,莫非王臣。大夫不均,我从事独贤。"相关评述参见黄俊杰《孟子运用经典的脉络及其解经方法》,《台大历史学报》2001年第28期;以及周光庆《中国古典解释学导论》,中华书局2002年版,第355页。

释义，即其多次指摘的"神学的解释""神秘的解释"。① 在其相关表述中，他将中世纪的教会传统与改教的传统混为一谈，批评的对象指向从早期教父时代、改教时期到近代，将这些不同时期的主流解经方法都批评为"以辞（词）害意"，而没有认识到类如"字意解经法""历史文字考据法"等实际上和孟子的解经方法存在较大的相似之处。可以说，孟子"不以文害辞，不以辞害志"的解经观念，通过其创造性的发挥与挪用，为其主张不拘泥于经文本义，以自身时代的见解取舍福音书材料，打破西方教会的神学解经传统，阐发其预设的"耶稣改造社会"之经义提供了本土化的解经方法论依据。

三

作为孟子提出的《诗经》诠释原则，"以意逆志"构成儒家的重要解经方法，为后代许多儒者所继承。值得注意的是，孟子在论及如何解读《诗经》《尚书》时，还提出了另一条诠释古代文本典籍的方法，即"知人论世"法。但孟子提出该方法，原指与古人的相友之道，后代的注解也指出它是"'尚友'（与古人为友）的原则，而不是'论诗'的原则。只是对此加以逻辑和理论的引申之后，它才会是一条诠释原则"，② 本文不涉及讨论"知人论世"法及其对于吴氏解经的意义。

如何看待吴雷川自发引入儒家的解经方法，建构其本土化的圣经解释策略，以及他对孟子"以意逆志"法所作"断章取义"的理解与运用？回顾二十世纪初叶，民族主义浪潮风起云涌，在晚清中国基督徒的神学反省之后，中国现代基督教会更加关注本色化运动，其中主要的标语是："用中国民族灵性的遗产，来重新解释基督教义。"（Reinterpretation of Christianity in terms of the spiritual inheritance of the Chinese race.）③ 在当时的中国基督徒智识阶层，如何运用本土的传统思想资源，尤其是儒家的文化观念诠释《圣经》，"全力论证基督教义与中国先哲的经典在原始语义上的一致性"④ 等的探讨并不少见，但从中国经学传统出发，自发引入儒

---

① 吴雷川：《耶稣的社会理想》，青年协会书局1934年版，第25—26页。
② 参见刘耘华《诠释学与先秦儒家意义之生成——〈论语〉、〈孟子〉、〈荀子〉对古代传统的解释》，上海译文出版社2002年版，第87、90、97页。
③ 刘廷芳：《序言》，载吴雷川《墨翟与耶稣》（署名：吴震春），青年协会书局1940年版，第2页。
④ 对于当时有关中国文化与基督教关系的讨论，杨念群指出："二十世纪中国基督徒在剧烈变动的时代风潮的挤压摧迫下，必须独立解决'文化身分认同'、'社会认同'和'政治认同'等多项问题。'文化身分认同'基本可以通过文字辩争的吸收达到自我澄清的效果，比（转下页）

家的经典诠释方法解读《圣经》,这样的做法却鲜有人实践,可以说吴雷川为《圣经》的本土化诠释提供了一种具有原创意义的尝试。但是,吴氏运用孟子的"以意逆志"法,发展形成其"不以辞(词)害意"的解经观念,其所寻求的"意",不是孟子主张探求的文本文义或作者原意,而是读者不受经文拘泥所体悟到的圣贤本意,即其所认为的耶稣原意。因此,吴氏对于"以意逆志"读经法本身采取了"断章取义"的理解与运用,落实到其诠释实践,他关注的是如何从中国本土的语境出发,重新解读福音书,阐发其预设的"耶稣改造社会"等理念,其脱离于《圣经》原意的诠释进路,不仅受到赵紫宸等同时代神学家的批判,也为后代学者所诟病,被批评为"往往不是'义解'(exegesis),而是'强解'(eisegesis),所得到的结果是诠释者偏见的加强,而非经文的原本意思。"[1] 吴氏对于《圣经》文本及孟子的经典诠释方法均采取"断章取义"的做法,事实上,很大程度上是对孟子自身做法的沿袭与发挥。当代学者在检视孟子的《诗经》诠释实践时,注意到他自己未能切实遵循"以意逆志"的读经法。[2]

首先,孟子引用《诗经》,也存在断章取义的用诗方式,即黄俊杰所指出的"脉络性的逸脱"[3]的现象,造成所引的诗句原意或语脉的失落。其次,对于孟子引《诗》、论《诗》的方式,海内外学者指出他是在"运用"(use)经典(或"使用文本"),而较少"称引"(mention)经典(或"诠释文本"),概而言之,认为"孔孟常引用经典以证立道德命题,他们的重点不在于经典本身,而在于以经典作为权威而进行论述",[4] 刘耘

(接上页)如全力论证基督教义与中国先哲的经典在原始语义上的一致性,进而把基督教福音的普世性纳入中国话语系统。基督形象的地域性由此被淡化,时代特性则会被放大。当时基督教界有关中国文化与基督教之关系的讨论即属此类尝试。"参见氏文《"社会福音派"与中国基督教乡村建设运动的理论与组织基础》,载陈慎庆、刘小枫、王晓朝等《现代处境中的宗教》,香港:明风出版2004年版,第155页。

[1] 蔡彦仁:《经典诠释与文化汇通:以吴雷川为例》,《台湾东亚文明研究学刊》2004年第1卷第2期。

[2] 黄俊杰:《孟子运用经典的脉络及其解经方法》,《台大历史学报》2001年第28期。刘耘华也指出:"孟子在诠释古代文本时也提出了一些具有重要理论价值的诠释原则,同时,在他的诠释实践中又存在着不少与这些原则相抵触之处。"参见氏著《诠释学与先秦儒家意义之生成——〈论语〉、〈孟子〉、〈荀子〉对古代传统的解释》,上海译文出版社2002年版,第87页。

[3] 黄俊杰提及的"脉络性的逸脱",是指"诗句在《诗经》中原有其特定之使用脉络以及由此而生之含义,但是,在孟子运用《诗经》时,却将诗句予以'去脉络化'以转入他自己的对话语脉或情境之中,于是,遂造成诗的原意的失落或逸脱。"参见氏文《孟子运用经典的脉络及其解经方法》,《台大历史学报》2001年第28期。

[4] 黄俊杰:《孟子运用经典的脉络及其解经方法》,《台大历史学报》2001年第28期。

华进一步指出,孟子引《诗》,无论其是否符合原意,都是为自身"以仁义为核心和枢纽并可自足运行的有机思想体系"服务。① 再次,孟子的思想表述或论辩,都有其特定的说、辩语境,当其引《诗》加以佐证或服务,为服从于其新的意义语境,便会对所引诗句作"创造性误释",造成"所引诗内涵发生了变化,偏离了原诗的整体意义"。② 可以说,孟子虽然提出了"不以文害辞,不以辞害志"的诠释原则,但自身对于经典的运用或解读,常使文句从其历史脉络中脱逸(de-contextualized),造成对经典原意的误读。而孟子这种过度"以意逆志"的读经倾向,朱自清、顾颉刚等学者早就指出,自孔子之时就已开始,孔子引诗已经采用"断章取义"的做法,孟子只是进一步发扬光大而已。

综上所述,吴雷川自发引入"以意逆志"读经法,但在运用与解读《福音书》时,采取的做法是将所引经文从其上下文语境中脱逸而出,甚至使"整本经典也从历史与文化的情境中被抽离出去",当代学者蔡彦仁批判其后果是"《新约圣经》成了印证文本(proof text),仅为其预存的'人格修养'与'社会改造'理念作背书"。③ 吴氏这种将"耶稣从西方释义学与教会的传统诠释中剥离"的释经做法,从表层来看,是中国现代社会福音派基督徒知识分子为回应时代风潮所采取的本土化策略,而从深层检视,则是深受孔孟"脉络性的逸脱"之用经方式的影响,灵活引用经典而不被经典所禁锢,其对耶稣形象所作的政治化诠释,也正是儒家"通经致用"之解经旨趣的内在表达。吴氏本土化的圣经解释策略之得失,当为汉语人文学界探讨中国经学和西方圣经释义学之间的沟通提供深刻的反思与借鉴。

(本文发表于《道风:基督教文化评论》第 31 期,2009 年秋)

---

① 刘耘华:《诠释学与先秦儒家意义之生成——〈论语〉、〈孟子〉、〈荀子〉对古代传统的解释》,上海译文出版社 2002 年版,第 96 页。
② 刘耘华:《诠释学与先秦儒家意义之生成——〈论语〉、〈孟子〉、〈荀子〉对古代传统的解释》,上海译文出版社 2002 年版,第 94 页。
③ 蔡彦仁:《经典诠释与文化汇通:以吴雷川为例》,《台湾东亚文明研究学刊》2004 年第 1 卷第 2 期。

对话的诠释学：比较经传学视域中的汉语圣经研究方法论探讨[*]

梁 慧

本文主要从比较经传学的视域出发，探讨在本土多元化的经学传统处境下，如何建构以"对话的诠释"为重心的跨宗教诠释观念，尝试为汉语圣经解经实践提供一种开放的、动态的诠释模式。这种构想是基于对两大古老的诠释传统，即古代犹太释经传统和儒家经典诠释方法的"辩读"与比较，具体而言，本文主要选取古代拉比犹太教"米德拉西"的释经法与孟子"知人论世"的尚友法，检视其各自所蕴含的"对话"的诠释特质，以及对于其后中西经典诠释传统所产生的深远影响。

以上述两者的诠释精神和旨趣为比较的参照，本文认为"对话的诠释"将是多元经典诠释传统中的汉语圣经诠释学可以传承的经学理念，从这两大古老释经源流传递下来的强烈的生命实践倾向，也将使汉语基督教经学继续呈现诠释者与上帝、古今之善士持续的对话与交流，并在跨文化的全球视野中深入建构本土化的圣经诠释范式。

一 "对话的诠释学"理念的提出及其意义

中国和西方都有着各自源远流长的经典解释与理解的传统。如从东西方的文化结构而言，儒家代表了中国的大传统，[①] 其正统的学问就是经

---

[*] 本文为国家社科基金一般项目"何进善基督教文献收集整理和诠释研究"（17BZJ007）的阶段性成果，也感谢以色列阿尔布莱特考古研究所（W. F. Albright Institute of Archaeological Research）、香港汉语基督教文化研究所对本选题研究的大力支持。

[①] 参见何光沪对于"中国有两种传统"的表述，见氏文《关于基督教神学哲学在中国的翻译与吸纳问题》，载杨熙楠、雷保德编《翻译与吸纳——大公神学和汉语神学》，香港道风书社2004年版，第62—63页。

学，而构成西方主流文化的基督宗教，其正统的学术是圣经注经学。① 而从这两大经典诠释传统的源头来看，中国经学肇端于先秦儒家对古代典籍所作的"述"之工作，初期基督教教会则是在继承犹太人的圣经的同时，传承和发展了古代犹太拉比的解经方法。因此，追溯和检视这两大释经传统的开端，描述它们各自的"圣经"观念、治经特征和方法论原则，不仅有助于重拾被遗忘的古代经学资源，而且也是当代多文明视野中的比较经传学所需要思考的理论命题。

上述议题也是对汉语学术界有关圣经本土化诠释的深入思考与探讨。自 20 世纪 80 年代以来，国内人文与社会科学学界逐渐开始对圣经研究的重视，但由于其研究力量和人才队伍的薄弱，在较长时间内附属于汉语基督教研究的范畴，缺乏确立具有自身问题意识的学科特点与研究模式。2009 年，作为华人基督教学术研究的顶尖期刊，《道风：基督教文化评论》在第 31 期"卷首语"中提及上述现象，"从客观数据来看，《道风》复刊至今，所收到文稿确是多元化的，可是《圣经》研究也恰恰是最薄弱的。"② 也就是在该"卷首语"中，《道风》学刊编委会指出，"《圣经》是基督宗教的正典，为历代教会和信徒提供规范性功能"，不存在"'非《圣经》的'（unbiblical，或应说不合乎《圣经》的）神学"，因此，汉语学术界"不能绕过正典而行"，"汉语神学和汉语基督教研究势必要涉足《圣经》研究这专业领域，问题仅是如何处理而已。"③ 为了回应"如何处理"上述问题，《道风》在该期推出了"《圣经》研究与中国学术"（Biblical Studies and Chinese Academia）的专题，④ 并进一步指出，该主题中的系列论文正是对当时汉语学界《圣经》研究现状的"适时的反映"。⑤ 值得指出的是，《道风》学刊在肯定这些作者取得的研究进展，"以致有潜力成为汉语人文和社科界在圣经学这个专业领域中的创始者"，⑥ 也敏锐地观察到"他们所要遇上的困难也是独特的，因为从现代世俗的角度来看，《圣经》仅是一种古代文献的集

---

① 梁慧：《孟子的经典诠释方法与圣经释义学：以民国儒家基督徒吴雷川的圣经解读策略为例》，载《基督教思想评论》2016 年第 21 期。
② 林子淳：《卷首语》，载《道风：基督教文化评论》2009 年第 31 期。
③ 林子淳：《卷首语》，载《道风：基督教文化评论》2009 年第 31 期。
④ 该专题由钟志邦、游斌担任主题策划，撰写了"神学论题引介"，编发了由游斌、王献华、孟振华、温司卡、施文华、梁慧撰写的六篇论文，参见《道风：基督教文化评论》2009 年第 31 期。
⑤ 林子淳：《卷首语》，载《道风：基督教文化评论》2009 年第 31 期。
⑥ 林子淳：《卷首语》，载《道风：基督教文化评论》2009 年第 31 期。

成，与我们有着历史和文化上的巨大距离，故此在诠释上便可呈现多元性的看法。再加上以往基督宗教并未如儒、释、道传统在汉语学术中占主流地位，当下的诠释者所选取的处理方法和立场便对未来的发展具举足轻重的参考作用。"①

可以说，上述的看法是切中肯綮的，非常准确地道出了汉语圣经研究的关键问题，即如何在中国多元经典并存的处境中，探讨既能承袭自身诠释传统、又能回应其他宗教或文化的经学传统的本土释经方法。从上述维度而言，汉语圣经诠释学势必是一种跨宗教经典的诠释实践，它将在对话的过程中倾听"他者"，尝试理解和学习本土诸文化的经学方法，由此更好地认识犹太—基督教释经传统的多元性，在汉语的处境中发展出富有新意的诠释成果。

本文即是在这样的学术背景下，进一步探讨这种连接中西经典诠释传统的基础是什么？亦即"跨越差异的对话"如何可能？②怎样评判未来汉语圣经诠释范式的合法性？基于在中国，儒家代表了中华文明的大传统，它的经典诠释传统也是最为悠久的，本文将选择儒家经学，尤其是其原始经学，③作为与基督教释经学早期来源之一的犹太拉比解经学的主要"辩读"对象，借助对各自经典诠释传统之源头的考察，揭示其共同蕴含的诠释特征和解经机制，由此尝试为汉语圣经研究建构以"对话的诠释"为基石的方法论前设与内在原则。

1. 跨宗教经典诠释方法的学术史回顾

本文在上述提及，汉语圣经诠释学势必是一种跨宗教经典的诠释实践。这一方面是出于对其置身的多元化经学传统处境的回应，另一方面也是由其自身诠释传统所包含的理解的多元性（plurality）之内在动力所驱使的。以下将对二十世纪末以来海内外对跨宗教经典比较研究方法的探讨，作简略的学术史回顾。

在西方学界，近年来比较具有代表性的跨宗教诠释进路研究，主要有以下两种：

（一）跨宗教诠释学（Interreligious Hermeneutics）或"跨宗教阅读"

---

① 林子淳：《卷首语》，载《道风：基督教文化评论》2009年第31期。
② 参见彼得·奥克斯有关"跨越差异的对话"之表述，见氏文《"经文辩读"：从实践到理论》，载《中国人民大学学报》2012年第5期。
③ 范文澜先生将春秋战国时期"孔子及七十子后学"的经学，称为"原始经学"，见氏文《中国经学史的演变》，载氏著《范文澜全集》第10卷"文集"，河北教育出版社2002年版，第49—51页。

（Cross-religious Reading; Interreligious Reading）。这是由当代比较神学（Comparative Theology）的代表性倡导者波士顿学院（Boston College）神学系凯瑟琳·柯妮教授（Catherine Cornille）和哈佛大学（Harvard University）弗朗西斯·克鲁尼教授（Francis X. Clooney）等分别提出，认为我们对其他宗教传统的学习，将有助于更好地理解基督教自身的传统，并改变我们对自身熟悉的传统经典之间的关系。概括而言，基于以往比较神学和跨宗教对话的成果，这些神学家注重从跨宗教经典阅读的层面，汲取西方诠释学之外，尤其是来自更多其他宗教传统的诠释学资源，作为"对21世纪宗教多样性的一种回应"，[①] 同时也是"对自身宗教传统进行反思并构建新神学思维"之议题所提供的方案。[②] 在对上述进路作具体的阐发和实践方面，这两位学者关注的理论重心有所不同。柯妮主要探讨跨宗教诠释学的重要性，并提出了它可以开展的四种主要进路，[③] 强调不仅要重新检视自身的传统，寻找与他者对话的诠释学资源，而且要关注其他宗教传统的理解过程与方法，尤其是学习它们的诠释学原则。克鲁尼则基于其所理解的"比较神学"的概念，主张基督宗教从"其根基出发，大胆汲取一个或者更多的其他信仰传统"，由此"追寻新的神学见解，这些神学见解既来自新近遇到的（众多）传统，同样也来自自身传统"。[④] 这表明"比较"是学习其他宗教传统的方法与途径，其真正的目的是回到基督信仰本身，重新反思和深化对自身传统的认识，"以便更好了解上帝，这才是比较神学的核心。"[⑤] 值得指出的是，柯妮和克鲁尼在积极建构研究型宗教对话理论的同时，也投身于

---

① ［美］弗朗西斯·克鲁尼：《比较神学：跨越边界的深度学习》，聂建松等译，宗教文化出版社2014年版，第7页。

② Francis X. Clooney, "Comparative Theology: A Review of Recent Books (1989—1995)", *Theological Studies*, 56 (1995), p. 522; 转引自富瑜《文本互读建构神学——克鲁尼比较神学思想初探》，载卓新平主编《基督宗教研究》第21辑，宗教文化出版社2016年版，第145页。

③ 这四种进路即是："在自身传统内重新找到可以（与其他宗教）对话的诠释学资源"（the hermeneutical retrieval of resources for dialogue within one's own tradition）、"寻求对他者（其他宗教传统）的恰切理解"（the pursuit of proper understanding of the other）、"在自身宗教框架内对他者的挪用和重新诠释"（the appropriation and reinterpretation of the other within one's own religious framework）和"对其他宗教诠释学原则的借用"（the borrowing of hermeneutical principles of another religion）。参见 Catherine Cornille, "Introduction: On Hermeneutics in Dialogue", in *Interreligious Hermeneutics* (eds. Catherine Cornille and Christopher Conway eds.; Eugene, Ore.: Cascade, 2010), pp. ix – xxi。

④ ［美］弗朗西斯·克鲁尼：《比较神学：跨越边界的深度学习》，聂建松等译，第10页。

⑤ ［美］弗朗西斯·克鲁尼著：《比较神学：跨越边界的深度学习》，聂建松等译，第8页。

具体的比较实践,即"跨宗教的评注",① 通过注释其他宗教传统的文本,实现跨宗教阅读,由此更新对以圣经和基督教为中心的传统神学的理解。

(二)"经文辩读"(Scriptural Reasoning)。这场兴起于20世纪90年代中期的跨宗教经典研读活动,其前身是"文本辩读"运动(The movement of Textual Reasoning)。它起源于20世纪90年代初的美国,主要的发起人是彼得·奥克斯(Peter Ochs)、罗伯特·吉布斯(Robert Gibbs)和斯蒂芬·科普内(Steven Kepnes)等教授,② 该运动是对犹太的文本诠释传统与哲学传统的双重实践,主要成员是来自大学的犹太哲学学者和拉比文献解经家等,他们以小组聚会和学习的形式,研读《塔纳赫》(Tanakh)和《塔木德》(Talmuld)等犹太教古典文献,以期创造犹太思想和生活的新形式,回应当代社会的挑战与需求。③ 到了20世纪末,一些基督徒和穆斯林也加入经文研读小组,"经文辩读"活动由此产生,扩展成为亚伯拉罕诸宗教(犹太教、基督教、伊斯兰教)的跨宗教经典互读。作为该运动的代表人物,美国弗吉尼亚大学(University of Virginia)彼得·奥克斯教授和剑桥大学(University of Cambridge)大卫·福特(David Ford)

---

① 在跨宗教评注实践方面,凯瑟琳·柯妮和弗朗西斯·克鲁尼都对印度教经典作了基督教的评注和研究,尤其是后者这方面的著述很丰富,主要对印度教梵文和泰米尔文传统作了神学研究和注释。参见 Catherine Cornille, *Song Divine: Christian Commentaries on the Bhagavad Gita*, Leuven: Peeters Publishing, 2006; Francis X. Clooney, *Beyond Compare: St. Francis de Sales and Śrī Vedānta Deśika on Loving Surrender to God*, Washington, D. C.: Georgetown University Press, 2008; Francis X. Clooney, *The Truth, the Way, the Life: Christian Commentary on the Three Holy Mantras of the Śrīvaiṣṇava Hindus*, Leuven and Dudley, MA: Peeters/Grand Rapids, MI: Eerdmans, 2008; Francis X. Clooney, *His Hiding Place Is Darkness: A Hindu-Catholic Theopoetics of Divine Absence*, Stanford, CA: Stanford University Press, 2013。

② 这些学者在1991年开始了"后现代犹太哲学学术网路"(The Postmodern Jewish Philosophy Bitnetwork)协作项目,2000年3月"文本辩读"运动正式化,在纽约的犹太神学院建立了该学会,2002年《文本辩读学刊》(*Journal of Textual Reasoning*)正式创立。关于"文本辩读"运动的形成背景、发展历史和研究现状,参见 Steven Kepnes, "Introducing the Journal of Textual Reasoning: Rereading Judaism after Modernity", *Journal of Textual Reasoning* Volume 1, Number 1, 2002, in Journal of Textual Reasoning homepage (http://jtr.shanti.virginia.edu/volume-1-number-1/introducing-the-journal-of-textual-reasoning-rereading-judaism-after-modernity/, accessed on 26 October 2018)。

③ 《文本辩读学刊》的"创刊宗旨"提及,"该运动的原初灵感来自于后现代哲学、实用主义、文化理论与赫曼·科恩(Hermann Cohen)、马丁·布伯(Martin Buber)、罗森茨维格(Franz Rosenzweig)、列维纳斯(Emmanuel Levinas)的犹太对话和诠释哲学之融汇。"参见 "Statement of Purpose", in Journal of Textual Reasoning homepage (http://jtr.shanti.virginia.edu/statement-of-purpose/, accessed on 26 October 2018)。

教授做了较多理论的奠基工作。①

从研究模式而言,"经文辩读"包括"文本辩读"在内,但它不是仅"在伊斯兰教、犹太教或基督教内部进行的文本研习",而是"同时研究几个不同的经文传统",② 其开展方式是"从讨论一个经文文本的直白义开始,然后参与者提出这一直白义之中的问题,激发人们重读或重新解释直白义,由此产生出解释义,以回应对于直白义的某些质疑。"③ 概而言之,"经文辩读"的目标不是寻求一致的意见或"真—假判断",反之保留并尊重不同信仰的差异,借助跨越界限的经文研读,达到对"他者"和自身经典的更深理解,从而实现如福特所主张的"每个宗教的自我突破与成长"。④

上述两种跨宗教阅读进路,为当代圣经研究提供了丰富的方法论资源,同时也构成目前宗教间对话的新模式。这两种具有"家族相似性"的跨宗教经典研究方法,⑤ 也为汉语学界带来富有活力的启示,并延伸出新的理论范畴和辩读类型。

在大陆方面,杨慧林、游斌等国内学者引入后,扩大到对中西之间的"经文辩读",以及基督教与儒释道等中国经典的对读互释。自 2009 年以来,杨慧林教授较为系统地引介了西方"经文辩读"理论,主持了相关期刊专栏和发表了一系列论著。⑥ 其最突出的学术贡献就是将"辩读"的对象从同源的亚伯拉罕诸宗教扩展到"西方传教士所致力的《圣经》汉

---

① 奥克斯和福特共同创立了"经文辩读学会",前者也是"文本辩读"活动的发起人之一,后者建立了"剑桥跨宗教信仰研究项目"(the Cambridge Inter-Faith Programme)。关于其理论主张和具体实践,参见彼得·奥克斯《"经文辩读":从实践到理论》,载《中国人民大学学报》2012 年第 5 期;大卫·福特《面向 21 世纪的信仰间对话:犹太教、基督教与穆斯林围绕经典的辩读》,聂建松译,载《民族论坛》2012 年第 6 期。

② 彼得·奥克斯:《"经文辩读":从实践到理论》,载《中国人民大学学报》2012 年第 5 期。

③ 彼得·奥克斯:《"经文辩读":从实践到理论》,载《中国人民大学学报》2012 年第 5 期。

④ 焦玉琴、薛立杰:《剑桥教授福特:我看中国的宗教研究》,载《中国宗教》2013 年第 5 期。

⑤ Paul D. Murray, "Families of Receptive Theological Learning: Scriptural Reasoning, Comparative Theology, and Receptive Ecumenism", *Modern Theology*, 29, 2013, pp. 76 – 92; in Wiley Online Library Homepage(https://onlinelibrary.wiley.com/doi/pdf/10.1111/moth.12063, accessed on 26 October 2018)。

⑥ 杨慧林主持的专栏"'经文辩读':中西之间的思想对话",载《中国人民大学学报》2012 年第 5 期。其这方面的论著,主要有:《经文辩读的价值命意与公共领域的神学研究》,载《长江学术》2009 年第 1 期;《中西"经文辩读"的可能性及其价值——以理雅各的中国经典翻译为中心》,载《中国社会科学》2011 年第 1 期;《"经文辩读"与"诠释的循环"》,载《中国人民大学学报》2012 年第 5 期;"第二编:'意义'问题的跨文化读解",载氏著《意义》,北京大学出版社 2013 年版,第 50—100 页。

译和中国古代经典的西译",① 尤其是对理雅各中国经典翻译和注读等的辩读研究,由此实现了该命题"从亚伯拉罕传统内三大宗教经典之间的对勘"到"基督教传教士所译中国经典进入'经文辩读'的视野"之转换,② 拓展了一个富有理论创新意义的研究领域。游斌教授则在综合"比较神学"与"经文辩读"这两种理论的基础上,提出了"比较经学"的概念,即"通过一个以上的经学视野来进行经典研究,并研究经学与其他知识间的关系",③ 他选取宋儒朱熹的读经法、李九功的比较经学实践等作案例分析,④ 同时期也创立了相关研究基地和刊物。⑤ 检视其理论表述和文本实践,"比较经学"更偏近克鲁尼的"比较神学"进路,倡导各自传统的"双重的复兴",⑥ 寻求发展一种"互惠的跨宗教诠释学",⑦ 最终的目的仍是"通过读别人的经典,丰富自己的传统"。⑧ 因此,它可被视为是"比较神学"在汉语语境中的深入发展。本文作者近年来也探讨了中国经学传统与圣经解读之间的关联,尤其关注以儒家经典诠释为主的解经传统是如何被挪用到对圣经的本土化解释,并借助具体的案例,分析以往汉语圣经诠释实践在这方面的得失,以此反思与探求其未来的释经路向。⑨ 如果从泛义上的基督教神学与儒学等的中西"辩读"来看,李天纲、孙尚扬、张西平、刘耘华、杨乃乔等学者作了较多的比较研究,⑩ 近

---

① 杨慧林:《中西之间的"经文辩读"》,载《河南大学学报》2009 年第 3 期。
② 杨慧林:《"经文辩读"与"诠释的循环"》,载《中国人民大学学报》2012 年第 5 期。
③ 游斌:《论比较经学作为汉语基督教经学的展开途径:以朱子之读经法为例》,载《道风:基督教文化评论》2011 年第 34 期。
④ 游斌:《论比较经学作为汉语基督教经学的展开途径:以朱子之读经法为例》,载《道风:基督教文化评论》2011 年第 34 期;游斌:《和天、和人与和己:晚明天主教儒士李九功的比较经学实践》,载《比较经学》2013 年第 1 期。
⑤ 2011 年中央民族大学成立"比较经学与宗教间对话"创新引智基地,游斌担任主任,并创办了《比较经学》期刊(宗教文化出版社出版)。
⑥ 游斌:《专题引介:比较经学与晚明中国》,载《比较经学》2013 年第 1 期。
⑦ 游斌:《专题引介:迈向一种互惠的跨宗教诠释学》,载《比较经学》2013 年第 2 期。
⑧ 游斌:《和谐宗教、从经开始——"比较经学与宗教间对话"专栏引介》,载《民族论坛》(学术版)2011 年第 9 期。
⑨ 这方面的论述,参见梁慧《孟子的"以意逆志"读经法与圣经释义学:探讨吴雷川的圣经解释策略》,载《道风:基督教文化评论》2009 年第 3 期;氏文《中国现代基督徒知识分子是如何读〈圣经〉的?——以吴雷川与赵紫宸处理〈圣经〉的原则与方法为例》,载林子淳编《汉语基督教经学刍议》,香港:道风书社 2010 年版,第 341—355 页;氏文《从中国经学传统出发诠释〈圣经〉:吴雷川解读〈圣经〉的立场和方法》,载《世界宗教研究》2013 年第 2 期;氏文《孟子的经典诠释方法与圣经释义学:以民国儒家基督徒吴雷川的圣经解读策略为例》,载《基督教思想评论》2016 年第 1 期。
⑩ 参见李天纲《跨文本诠释:神学与经学的相遇》,载林子淳编《汉语基督教经学刍议》,第 277—318 页;氏著《跨文化的诠释:经学与神学的相遇》,新星出版社 2007 年版。

下篇　文学批评与文学史问题

年来"西学东渐"与"汉籍传译"这方面的跨文化理解研究也成为热点关注的话题。

在港台及海外，有关汉语圣经研究和跨宗教诠释的理论探讨和文本实践，也在深入地开展。香港汉语基督教文化研究所杨熙楠总监、林子淳主任等在大力推进"汉语神学"运动的同时，也对人文学界如何进行《圣经》研究提出了前瞻性的看法和建议，[①] 主张应重视该研究的学术性，并加强方法论的探讨，以此思考"其阐释方法、传统及认信群体的特有语言对人文学界有何参照价值"。[②] 赖品超教授则在汉语神学的学术视野内，讨论了如何处理神学、《圣经》与普世基督教传统的问题，并从其研究兴趣出发，提出可从"中国佛教的判教为《圣经》神学的问题提供一个值得参考的研究模式"，[③] 并由此倡导"大乘基督教神学"的概念，[④] 其在佛耶之间的"经文辩读"与跨宗教神学实践，既是"比较神学"方法论在东亚语境中的运用，也可视为是对民国张纯一的"大乘基督教"理念模式的沿袭与发展。在上述理论层面的思考之外，以李炽昌、杨克勤为代表的华裔圣经学者，长期致力于圣经的本土化诠释，尤其是圣经文本与中国经典的对读与互释。自20世纪90年代以来，李炽昌教授基于亚洲世界"诸经并重的处境"（multi-scriptural setting）与西方文化"独尊一经的情况"（mono-scriptural status）之差异，提出了"跨文本诠释学"（cross-textual hermeneutics）的方法论，倡导在"希伯来文本与亚洲文本之间进行多重'穿梭'（crossings）阅读"，[⑤] 以此促成《圣经》文本（文本A）与自身的宗教文化文本（文本B）处于相互渗透与互动的关系，而"达至本土文化与信仰传统间和谐的身份认同"，[⑥] 其在旧约文本与中国古代

[①] 参见杨熙楠《杨序》，载林子淳编《汉语基督教经学刍议》，第13—15页；林子淳《汉语基督教经学的概念与问题意识》，载氏编《汉语基督教经学刍议》，第27—72页。
[②] 杨熙楠：《杨序》，第14页。
[③] 赖品超：《汉语神学、〈圣经〉与普世基督宗教传统》，载林子淳编《汉语基督教经学刍议》，第112页。
[④] 参见赖品超《大乘基督教神学：汉语神学的思想实践》，香港：道风书社2011年版；游斌、赖品超《"比较神学、佛耶对话与基督教中国化"》，载《民族论坛》（学术版）2011年第9期。
[⑤] 李炽昌、李凌翰：《新世纪之〈圣经〉神学议题》，载林子淳编《汉语基督教经学刍议》，第122页。
[⑥] 李炽昌、李凌翰：《新世纪之〈圣经〉神学议题》，载林子淳编《汉语基督教经学刍议》，第123页。有关其在圣经文本与中国古代经典之间的跨文本圣经诠释实践，详见李炽昌《跨文本阅读：〈希伯来圣经〉诠释》，上海三联书店2014年版；李炽昌《跨文本阅读策略：明末清初中国基督徒著作研究》，载林子淳编《汉语基督教经学刍议》，第323页，脚注9。

经典之间作了较多的跨文本互读,为汉语圣经跨宗教解读提供了宝贵的实践经验。杨克勤教授作为新约研究专家,主要以"互文性"(intertextuality)理论为方法论基础,发展形成其中西文本互涉的跨文化诠释,其对《论语》与《加拉太书》《庄子》和《雅各书》所作的"消弭主客,亦师亦友"之互文解读,[①] 体现了汉语学术界在跨文化圣经诠释方面的代表性成就,而其"'互文性'没有终结"的解读立场也表明其"一切的真理都是那至高者的真理"之开放的诠释前设与释经旨趣。[②] 此外,卢龙光、温西卡、叶约翰、刘达祥等华裔圣经学者也对汉语圣经诠释做出了诸多贡献。

以上汉语学术界的圣经研究理论探讨和跨文本、跨文化诠释实践,进一步扩大了"比较神学"的对话空间,也为"经文辩读"的类型提供了更多具有差异的文本或经典,为更深入建构汉语圣经诠释模式确立了多元化的维度。

2. "对话的诠释学"之经学理念的提出

本文在检视和汲取上述跨宗教诠释进路与以往汉语圣经解读实践的基础上,主要提出有关"对话的诠释学"之经学理念。该理论构想来自对犹太—基督教释经传统与儒家经典诠释传统之源头的考察,尤其是古代拉比犹太教的诠释传统和先秦儒家经典诠释方法的"辩读"与比较,发现拉比先贤形成的"米德拉西"(midrash)释经法与以孟子"知人论世"尚友法为代表的早期儒家解经方法,其各自蕴含强烈的"对话"的诠释特质。

本文以下将论述犹太拉比"米德拉西"释经法与孟子"知人论世"尚友法,在回溯中西经学源头的同时,辩读各自的解经前设和神学观念,揭示其共同蕴含的诠释特征和解经机制,由此深入探讨促进不同经学传统之对话的方法论基石,以及开展汉语圣经跨宗教诠释实践的内在动力。

二 "对话"与"倾听":拉比"米德拉西"释经法

什么是对话?如果我们跨越马丁·布伯(Martin Buber)的"对话"

[①] 杨克勤:《序言》,载氏著《庄子与雅各:隐喻生命、遨游天恩》,华东师范大学出版社2012年版,第6页。

[②] 杨克勤:《序言》,载氏著《庄子与雅各:隐喻生命、遨游天恩》,华东师范大学出版社2012年版,第5页。其主要的跨文化圣经诠释专著,参见杨克勤《孔子与保罗:天道与圣言的相遇》,华东师范大学出版社2010年版;氏著《庄子与雅各:隐喻生命、遨游天恩》,华东师范大学出版社2012年版;K. K. Yeo, "Part I: The Methods of Cross-Cultural Hermeneutics", in *What Has Jerusalem to Do with Beijing?*: *Biblical Interpretation from a Chinese Perspective*, 2nd ed.; Eugene, Oregon: Pickwick Publications, 2018, pp. 1–52。

概念和罗森茨威格（Franz Rosenzweig）的"言说—思考"，回到犹太诠释学（Jewish hermeneutics）的早期阶段，即古代拉比时期（rabbinic period，公元1至11世纪），① 会发现正是《希伯来圣经》和拉比文献，赋予这些"文本辩读"的先驱最丰富的启示。

1. Torah min hashamayim（启示的托拉）

朱利奥·巴雷拉（Julio Trebolle Barrera）在概述拉比诠释学（rabbinic hermeneutics）时，指出"对话（dialogic）是一个特别具有犹太色彩的术语。它与独白（monologic）相对。"② 如果要揭示犹太传统的"对话"特质，首先要回到犹太教的开端，即摩西在西奈山领受上帝的启示。《希伯来圣经》交代了托拉（וְהָרָה，Torah）的被授，不仅是以书写的形式——"石版并我所写的律法和诫命"，③ 更是上帝对摩西和犹太民众的直接言说。"十诫"的颁布，即是以"上帝吩咐这一切的话说"为开端，④ 托拉，这个启示性的文本，是以文字和口传的双重形式被传授给以色列子民，由此也形成了被后代反复背诵、"昼夜思想"这种"复述"（hagah）的传统。⑤

在拉比犹太教的观念中，神启的托拉，也是启示（revelation）自身，被概括为 Torah min hashamayim 这一特定的犹太神学概念。这一术语意为"Torah from heaven"，即"启示的托拉"或"神授的律法"。从这个表述，可见托拉被赋予了至高无上的地位，它来自上帝自身，即是"启示"的代名词。现当代著名的犹太拉比亚伯拉罕·海舍尔（Abraham Joshua Heschel）和约拿单·萨克斯（Jonathan Henry Sacks）对于 Torah min hashamayim 的神学含义，做出过具有代表性的深度阐释。如果说海舍尔将启示的本质理解为是无限的，诠释的实践就是与神圣者相遇并经历他，

---

① 关于拉比时代，按照目前学术界的通常看法，可分为"坦拿时期"（大致从公元70年至公元300年）、"阿摩拉时期"（公元3世纪至6世纪）、"萨沃拉时期"（公元6世纪）、"加昂时期"（公元6世纪中叶至11世纪），参见陈文纪《燃亮传统——路得记的犹太释经与教父释经比较》，香港：汉语圣经协会2013年版，第98—102页。

② Julio Trebolle Barrera, *The Jewish Bible and the Christian Bible: An Introduction to the History of the Bible*, trans. Wilfred G. E. Watson; Leiden: E. J. Brill and Grand Rapids, MI: Eerdmans, 1998, p. 473.

③ 《出埃及记》24章12节。

④ 《出埃及记》20章1节。

⑤ "昼夜思想"这句经文，出自《约书亚记》1章8a节："这律法书不可离开你的口，总要昼夜思想，好使你谨守遵行这书上所写的一切话。""律法书"的希伯来原文是"托拉"（וְהָרָה，Torah），也可英译为"instruction"等，此处的"思想"是一种意译，其希伯来原文是הָגָה，（hagah），具有"recite"、"meditate"等多重含义，可中译为"背诵"、"复述"等。

托拉就是上帝与人类的对话,① 那么当代英国犹太教正统派拉比萨克斯则是从"倾听"的维度来阐述对 Torah min hashamayim 的理解。他指出,经过时间的流逝,当上帝的启示从开端的压迫性力量变为"一种微小的声音"(kol demama daka, a voice of soft whisper),② 我们需要全神贯注地聆听,才能听到他的话语,这就是启示的戏剧之神学含义所在。

2. 双重的托拉:成文与口传

基于 Torah min hashamayim 的概念,犹太教形成了双重托拉的传统,即"成文"与"口传"这两种形式,以传承摩西在西奈山所领受的两种启示。"成文托拉"(written Torah),指的是《摩西五经》以及延伸到整个《希伯来圣经》(即《塔纳赫》),"口传托拉"(oral Torah)涵括犹太拉比的传统圣经诠释和律法规则,即包括"米德拉西文献"(Midrashim)与《塔木德》在内的拉比文献。③ "口传托拉"的诞生是出于犹太拉比的观念,认为"摩西在西乃山上不只领受那记录在圣经中的成文妥拉,也从上帝之口'学习'了另一套妥拉传统,摩西再'教授'他的哥哥亚伦、亚伦的众子、众长老、以及全部的百姓各自的经文,之后大家依序'覆述'经文以致全部的人都听了四遍",④ 由此,犹太学者雅各·纽斯纳(Jacob Neusner)将拉比犹太教称为"双重托拉的犹太教"(the Judaism of the dual)。⑤

---

① Avraham Yehoshu'a Heshel (השל יהושע אברהם,), Torah min HaShamayim BeAspaklariya shel HaDorot (הדורות של באספקלריה השמים מן תורה,) [Hebrew] 2 vols, London: Soncino Press, 1962; Third volume, New York: Jewish Theological Seminary, 1995.

② 见《列王纪上》19 章 12b 节。这是一节较难翻译的经文,"qol"的希伯来原文是קול, (voice),"daq"的希伯来原文是דק, (soft),"demamah"的希伯来原文是דממה, (whisper)。萨克斯提及这句经文的常规英译是:"a still small voice",但他认为更准确的译法是"the sound of a thin silence",NRSV 译为"a sound of sheer silence"。参见 Jonathan Henry Sacks,"Faith Lectures: Revelation-Torah From Heaven"(23rd February 2001, London), in Rabbi Sacks Personal Homepage (http://rabbisacks.org/faith-lectures-revelation-torah-heaven/, accessed on 16 July 2018).

③ "口传托拉"在历代犹太拉比传承的过程中,也以文字的形式逐渐被编纂,统称为"拉比文献",成书于公元 2 世纪末期到公元 6 世纪,主要由《塔木德》和"米德拉西文献"组成。《塔木德》是拉比犹太教的核心文献,也是犹太宗教律法和神学的主要来源,它是由"米示拿"(Mishnah)和"革马拉"(Gemara)这两部分编纂构成,前者是对各种讨论律法的成文记录之编集,为基本的哈拿卡(Halakhah)文献,通常认为是由犹大·哈拿西拉比(Rabbi Judah ha-Nasi)约于公元 200 年编辑完成;后者是对"米示拿"所作的注释等,由以色列地的各拉比在公元 5 世纪编排而成。作为犹太拉比诠释的重要作品,《塔木德》现存《耶路撒冷塔木德》(Jerusalem Talmud)和《巴比伦塔木德》(Babylonian Talmud)两种。

④ 邓元尉:《通往他者之路:列维纳斯对犹太法典的诠释》,台北:台湾基督教文艺出版社 2008 年版,第 29 页。(备注:引文按照原文,此处的 Torah 中译为"妥拉")

⑤ J. Neusner, Introduction to Rabbinic Literature, New York: Doubleday, 1994, pp. 3 – 5.

上述双重托拉的观念，构成了拉比犹太教的两种诠释传统，即以"成文托拉"为中心的诠释传统——"米德拉西"（midrash），以及通过《塔木德》这一"口传托拉"之集大成者确立的诠释传统。这两种传统不仅密不可分，而且处在"一种独特的（sui generis）诠释关系"中，即"成文妥拉决定了犹太诠释传统的主题，但直到口传妥拉，此一诠释传统才获得明确的诠释学意识"。① 值得强调的是，当"口传托拉"形成并确立为一个口传传统，它的重要性甚至超过"成文托拉"，拉比贤者认为它可以言说的要比成文的更多。海舍尔做过这样的评价："托拉的意义从来不能被书写的话语所完全、永久地捕捉到。"② 可以说，"口传托拉"的诠释传统不仅本质上决定了拉比犹太教的面貌，也促使其圣经诠释具有更强的社群性和对话的现象。

3. 对话的诠释："米德拉西"释经

在探讨"米德拉西"释经法之前，先检视一下该术语的含义。"Midrash"中文又译为"米大示"，或"米德辣市"，该词源自希伯来文 darash，意思是"研究"、"考查"或"探究"。这是一个较难定义的词汇，主要的争论围绕它究竟是一种文学的类型，还是一种释经的方法。目前学术界较多采纳纽斯纳的看法，认为一般所称的"米德拉西"具有三个含义：第一，意思是解释，由犹太教的诠释者负责，将圣经的经文逐节解释；第二，经文的诠释成果被收集在"米德拉西汇编"（Midrash-compilation）或"米德拉西文献"（Midrash-document）当中；第三、关于诠释的过程，比如指引诠释者的原则，称作"米德拉西释经法"（Midrash-method）。③

概括而言，米德拉西是圣经诠释最古老的形式，作为古代希伯来有关解经的专有术语，用于描述犹太教与其神圣文本（托拉）之间的关系。综合西方学术界的研究成果，本文认为"米德拉西"释经法具有以下几方面的特征：一、注重经文内部的互文性与对话性，经常采用以经解经（inner interpretation）的原则；二、具有强烈的伦理实践性，将解释应用于生活的实际情境；三、通常采用拉比提问、学生回答的诠释结构，并且"'发问'比'回答'更具优先性，答案的给出乃是为让新的问题得以产

---

① 邓元尉：《通往他者之路：列维纳斯对犹太法典的诠释》，第 29 页。
② Rebecca Schorsch, "The Hermeutics of Heschel in *Torah min hashamayim*", *Judaism*, 40, 1991, p. 306.
③ 陈文纪：《燃亮传统——路得记的犹太释经与教父释经比较》，第 130—131 页。

生";① 四、呈现开放的、多元的诠释精神。不同于现代读者的释经观念，古代犹太拉比认为同一段经文有不同的诠释，不确定的诠释构成了一种规范，而不是例外。五、作为解释的过程，米德拉西也是与上帝对话的过程。从口传托拉的形成来看，拉比的释经就是不断回溯到摩西所领受的另一套托拉传统，即上帝传授的非成文启示，由此他们的话语自身也成为文本，构成"一种不断前行的传统，一种相互归属的结构"。②

可以说，"对话"的属性是"米德拉西"释经法最鲜明的特质，而这是由 *Torah min hashamayim* 的神学含义所决定的。正如吉罗德·布伦斯（Gerald Bruns）指出的，"托拉作为自身而出现，并只有在它产生的对话中成为其自己；并且只有进入对话，一个人才能进入托拉。属于对话，就是属于犹太教。"③

三 古今交会：孟子"知人论世"尚友法

如果说公元 1 世纪以色列社团形成了丰富和多元的解经方法，④ 对于基督教的圣经诠释历史产生重要影响，那么春秋战国时期的经学构成了儒家经典解释的源头，以下作概要的检视。

1. 三极之道：儒家的经典概念

本文在前面考察了"启示的托拉"的概念，这里大致勾勒儒家经典的指称和涵义。"经"在中国典籍中具有"经典"、"常典"之意义，后来专指儒经，则经历了一个较长的词源学与文化学的渐进过程。《说文解字》曰："经，织也。从系，巠声。"其本意是"织从（纵）丝也"，即"纵丝"之意，相对于"纬"所指的"织横丝也"。从经之本意，进一步发展出引申的含义。《周礼·考工记·匠人》："经涂九轨。"疏："南北之道为经。"解为经乃纵线，故可转借指南北之道路，自然可视为常道，故又可借指常规。⑤ 后又进一步引申为"常典"。《荀子·劝学》："其数则始乎诵经，终乎读礼。"注："经谓《诗》《书》。"在此指称"常典"，《荀

---

① 邓元尉：《通往他者之路：列维纳斯对犹太法典的诠释》，第 40 页。
② Gerald Bruns, *Hermeneutics Ancient and Modern*, New Haven: Yale University Press, 1992, p. 116.
③ Gerald Bruns, *Hermeneutics Ancient and Modern*, New Haven: Yale University Press, 1992, p. 116.
④ 概括而言，当时的犹太拉比主要使用五种诠释方法，即字面的（literal interpretation）、米德拉西的（midrashic interpretation）、别沙的（persher interpretation）、寓意的（allegorical interpretation）和预表的（typological interpretation）解释。
⑤ 孙筱：《两汉经学与社会》，中国社会科学出版社 2002 年版，第 78 页。

子》将《诗》《书》谓之为"经"。何为"常典"？① 《文心雕龙·宗经第三》曰："三极彝训，其书言经。经也者，恒久之至道，不刊之鸿教也。"② 刘勰在此进一步解释了"经"的含义，即"说明天、地、人的常理"的书籍，它是永恒的、绝对的道理，也是不可改易的伟大的教导。

需要指出的是，在《易》被纳入经典而成为"六经"之前，儒家对"经典性"的理解是不同的。对"五经"之"经典性"作出最明确界定的是荀子，他将《诗》《书》《礼》《乐》《春秋》并举，认为其共同点是"穷尽圣人之道、天下之道、百王之道"，亦即其经典性在于承载了"人道"。③ 而《易》取得经典的地位后，儒家经典性的指涉从"人道"扩展为天、地、人三极，由此不再独尊人文化成的"人道"，"而是在天地、鬼神、物序等更大的宇宙——形上世界中被理解"。④ 这表明儒家经学作为关乎"天道人心"的学问，也同样具有神学的维度，即也"以信仰和知识相混合的方式处理'天、地、人'三者之关系"，因此也具有"很强的宗教性"。⑤

2. 原始经学：孔子的"述而不作"

从儒家经学的开端而言，可以追溯到"孔子及七十子后学"，范文澜先生将这一时期的经学现象称之为原始经学。他指出，"孔子删诗书、订礼乐、修春秋、作易传，'删'、'订'、'修'、'传'就是孔子的经学"，⑥ 这亦即通常所说的孔子"治经"，载于《庄子·天运》："孔子谓老聃曰：'丘治《诗》《书》《礼》《乐》《易》《春秋》六经，自以为久矣，孰知其故矣。'"

该如何理解孔子"治经"？这便涉及他对于六经的编修准则，即"述而不作，信而好古，窃比于我老彭。"（《论语·述而》）孔子在此提出了

---

① 对于"经"由"织布纵丝"的本意引申为常典，有些学者对此另有推论，详见近代古文学大师章太炎以及民国陈延杰的论说，参见孙筱《两汉经学与社会》，第78—79页，本文在此赞同"章太炎及诸先生之说恐难成立"。
② 此句经文中，"三极"即指"三才"，指的是天地人，"极"是指"把三才的道理探索到顶点"，"彝训"是指经久不变的道理，"至道"指"推究到极点的道理"，"不刊"指"不可磨灭的"，"鸿"指"大"，参见周振甫《文心雕龙今译》，中华书局1992年版，第27页。
③ 《荀子·儒效》："圣人也者，道之管也。天下之道管是矣，百王之道一是矣。"参见陈昭瑛《先秦儒家与经典诠释问题》，载氏著《儒家美学与经典诠释》，华东师范大学2007年版，第4—5页。
④ 陈昭瑛：《先秦儒家与经典诠释问题》，第5—6页。
⑤ 李天纲：《跨文本诠释：神学与经学的相遇》，第280—282页。
⑥ 范文澜：《中国经学史的演变》，第49页。朱熹《章句》对此的表述是："孔子删《诗》、《书》，定《礼》、《乐》，赞《周易》，修《春秋》。"对于孔子是否删《诗》、《书》，或只是"修《春秋》"而未作《春秋》，学界尚有存疑。参见陈昭瑛《先秦儒家与经典诠释问题》，第2页。

其著名的"述而不作"之表述,对于这句经文,历来的争议在于对"述"与"作"的含义理解。

在当代学者中,杨乃乔对此作了较深入的字词训解与诠释分析。概括而言,他指出这里的"述"即是其原初意义——"循"或"遵循",而"作"具有"营造"、"制作"与"兴作"、"兴起"的双重含义,"述而不作"的整体意义就是孔子持"对圣人周公及其礼乐制度的崇圣性'遵循'",不制作也不兴起,由此担负了"述者"而不是"作者"的身份。① 由此,他对以杨伯峻为代表的将"述"解释为"阐述"、"作"理解为"创作"之释义作出了批判,认为学界以往的解释是将这个"经学诠释学命题降解为文学诠释学命题"。② 本文认为上述基于《十三经》的经传注笺疏传统所作的读解,准确地揭示了"述"与"作"之字义与词义的原初意义,但他对于孔子所作的"述"之工作,界定为其"在思想(形而上)与行动(形而下)两个维度上,是对圣人周公及其礼乐制度的崇圣性'遵循',此外别无它义",③ 没有充分体现"遵循"该词本身所蕴含的丰富的诠释学意涵以及"述"与"作"之间的张力关系。

如何深入阐发"述"与"作"的关系?这涉及对孔子之"述"者身份与功能的理解,在这方面,陈昭瑛、刘耘华的表述较具代表性。陈昭瑛从《礼记·乐记》的经文出发,④ 指出"'作'指制礼作乐,那是圣人所为;'述'在时间上在后,是继承阐述",并进一步解释"述者之谓明",这表明"'述'是一种将晦昧之物事照明出来、揭示出来的工作",⑤ 同时引用朱熹《章句》对孔子"治经"的评价:"其事虽述,而功则倍于作

---

① 杨乃乔:《中国经学诠释学及其释经的自解原则——论孔子"述而不作,信而好古"的独断论诠释学思想》,载《中国比较文学》2015 年第 2 卷第 2 期。

② 杨乃乔:《中国经学诠释学及其释经的自解原则——论孔子"述而不作,信而好古"的独断论诠释学思想》,载《中国比较文学》2015 年第 2 卷第 2 期。杨乃乔将这句经文疏解为孔子"遵循而不制作礼乐制度且不兴作而起,信仰圣人周公及其礼乐制度,私下谦卑地自我比喻为有德无位的贤者老彭",参见氏文《中国经学诠释学及其释经的自解原则——论孔子"述而不作,信而好古"的独断论诠释学思想》,载《中国比较文学》2015 年第 2 卷第 2 期。

③ 杨乃乔:《中国经学诠释学及其释经的自解原则——论孔子"述而不作,信而好古"的独断论诠释学思想》,载《中国比较文学》2015 年第 2 卷第 2 期。杨乃乔将这句经文疏解为孔子"遵循而不制作礼乐制度且不兴作而起,信仰圣人周公及其礼乐制度,私下谦卑地自我比喻为有德无位的贤者老彭",参见氏文《中国经学诠释学及其释经的自解原则——论孔子"述而不作,信而好古"的独断论诠释学思想》,载《中国比较文学》2015 年第 2 卷第 2 期。

④ 《礼记·乐记》对"述"与"作"之关系的阐发:"故知礼乐之情者能作,识礼乐之文者能述,作者之谓圣,述者之谓明。"

⑤ 陈昭瑛:《先秦儒家与经典诠释方法》,第 2 页。

矣。"由此她认为孔子的"述"者身份即是"诠释者",这种阐述(或诠释)的工作比经典的创作更重要,并赋予了儒家经典的"被诠释性"特质。① 刘耘华则将"述"之"遵循"原义更准确地延伸解释为"因循性诠释",指出孔子对于古代文本的诠释具有"述而不作"和"述"中有"作"的双重性质,认为前者"体现的是孔子对古代传统的因循性诠释",后者是其"对古代传统的创造性诠释"。② 概括而言,他对孔子"述而不作"之诠释学内蕴作了整体意义上的理解,指出"孔子以古代圣王为最高理想而确立的思想立场以及西周礼乐制度'郁郁乎文哉'的'事实',决定了他对古代传统的诠释原则主要是'述而不作,信而好古'",但他强调"遵守这个原则并不意味着只有一条通向意义的方式和途径",③ 并总结出《论语》具有七种意义生成方式。

综上所述,"述而不作"作为原始经学之诠释学命题,不仅设定了"六经"的正典性亦即封闭性,而且确立了中国儒家以因循古代传统为根基、又开启意义创造和生成之多样性的诠释观念。

3. "尚友"与"知人":孟子经典诠释方法

如果说"对话"是"米德拉西"释经法的主要特征,那么在先秦儒家经典诠释中,孟子的"知人论世"尚友法也具有鲜明的对话特质。

作为一个孔子之后的"述"者,孟子对《易》之外的"五经"皆有所述。在谈论如何解读《诗经》时,孟子提出了"说诗者,不以文害辞,不以辞害志。以意逆志,是为得之"的主张,④ 后世将之称为"以意逆志"法。值得注意的是,他在论及如何解读《诗》《书》时,还提出了另一条诠释古代文本典籍的方法,即"知人论世"法。但孟子提出该方法,原指与古人的相友之道,后代的注解也大多指出它是"'尚友'(与古人为友)的原则,而不是'论诗'的原则。只是对此加以逻辑和理论的引申之后,它才会是一条诠释原则",⑤ 因此历代学者论及"知人论世"法,大多是从"交友"的脉络中引申出孟子如何颂诗读书的问题。

"知人论世"出自《孟子·万章下》,全文如下:

---

① 陈昭瑛:《先秦儒家与经典诠释方法》,第2页。
② 刘耘华:《诠释学与先秦儒家意义之生成——〈论语〉、〈孟子〉、〈荀子〉对古代传统的解释》,上海译文出版社2002年版,第44—61页。
③ 刘耘华:《诠释学与先秦儒家意义之生成——〈论语〉、〈孟子〉、〈荀子〉对古代传统的解释》,上海译文出版社2002年版,第61页。
④ 《孟子·万章上》。
⑤ 刘耘:《诠释学与先秦儒家意义之生成》,第87—97页。

孟子谓万章曰:"一乡之善士斯友一乡之善士,一国之善士斯友一国之善士,天下之善士斯友天下之善士。以友天下之善士为未足,又尚论古之人。颂其诗,读其书,不知其人,可乎?是以论其世也。是尚友也。"

本文主要对"尚""友"之含义作疏解。首先,关于"尚",在上述经文段落中,共出现了两次,其意义前后是一致的,"尚"同"上",朱熹注:"尚,上,同。言进而上也。"[①] 用当下的语言来表达,即上溯、追溯的意思。在当代学者的译解中,金良年较偏重文言的译注,将"尚"直译为"上","尚友"今译为"上与古人结交",而"尚论古之人"译为"上溯讨论古时候的人",将"上"扩展译为"上溯",更接近今人的理解。[②] 杨伯峻则将"尚友"译为"追溯历史与古人交朋友",而"尚论古之人"译为"追论古代的人物",[③] 凸显了孟子将交友的范围扩大到古人的用意(追而论之),同时又承接前一句对"世"的理解("是以论其世也"),不仅译出"尚友"是进而上与古人结交,更是通过对其历史的追溯,实现对古人的了解,以达到交友的目的。

在古人对"尚"的注解中,较多强调其进取、求道之心。如朱熹在总结这段经文时,指出:"夫能友天下之善士,其所友众矣。犹以为未足,又进而取于古人,是能进其取友之道,而非止为一世之士矣。"[④] 张栻注曰:"友天下之善士为未足,又尚论古之人焉——其求道之心,盖无穷也。自友一乡之善士,至于尚论古之人,每进而愈上也。"[⑤] 较之朱注,张注更深入地指出"善士""尚论古之人"的深层动机在于"其求道之心,盖无穷也",而此"道"就是他所认为的"善道",也可理解为孟子的"仁义之道"。

其次,探讨"友"的含义。如果仅就"知人论世"说的这段表述而言,孟子没有直接阐明"友"的意义,需要借助其另外的相关阐述作评析。孟子自身是如何定义并规范"友"的内涵?对此,其较有代表性的论述可见于《孟子·万章下》:

---

① 朱熹:《孟子集注》,齐鲁书社1992年点校版,第153页。
② 金良年:《孟子译注》,上海古籍出版社2004年版,第229页。
③ 杨伯峻:《孟子译注》,中华书局2008年版,第193页。
④ 朱熹:《孟子集注》,第153页。
⑤ 张栻:《孟子说》,台北:世界书局1986年版,第493—494页。

下篇　文学批评与文学史问题

> 万章问曰："敢问友。"孟子曰："不挟长，不挟贵，不挟兄弟而友。友者也，友其德也，不可以有挟也。……"

在这段经文中，孟子与万章讨论了有关"友"的问题。对话以万章的提问开始，他询问孟子如何交友，后者没有直接回答，而是提出了三种要避免的做法，即"不挟长，不挟贵，不挟兄弟而友"。关于"挟"，朱熹注曰："挟者，兼有而恃之之称。"① 今注一般译为"倚仗"。孟子在此阐明了自己交友的前提，即结交朋友是一种纯粹的行为，而不能倚仗自身任何的外在条件。那么，正确的交友动机该如何？孟子进一步阐述道："友者也，友其德也，不可以有挟也。"即交友，是因为其品德而结交，因此"心目中不能存在任何有所倚仗的观念。"② 朱熹的评注如下：

> 此言朋友人伦之一，所以辅仁，故以天子友匹夫而不为诎，以匹夫友天子而不为僭。此尧、舜所以为人伦之至，而孟子言必称之也。③

在此处，朱注将"友其德"进一步解释为"辅仁"，指出交友不仅是仰慕朋友的品德而去结交他，而且可以辅助自己的德行，达到对有德之士的效仿。由此，孟子"知人论世"说的最终目的是"尚友"古人。如张栻所言，今之善士出于"求道之心"无穷的动机，④ 进而上与古人为友，不惟其他，是要结交古人的品德，以辅助自己的德行，完善自己的修为。对于这段经文的要旨，明代郝敬作过极其全面深入的评析：

> 论世知人，即诗书所言，神游古人之地，较量体验，如亲承謦咳，冥识其丰采，而洞悉其底里者。⑤

郝氏在此强调了诵读诗书是了解古人的途径，但"书诗非古人"，还须借助"较量体验"，设身处地，才能"冥识"古人之"丰采"，"洞悉"其"底里"，由此，论世知人，不在于对古人客观的认知，而在于与其为友，达到古今之间的交会。清代崔纪对孟子的"尚友"法作了

---

① 朱熹：《孟子集注》，第 146 页。
② 朱熹：《孟子集注》，第 146 页。
③ 朱熹：《孟子集注》，第 146 页。
④ 张栻：《孟子说》，第 493—494 页。
⑤ 郝敬：《孟子说解》（《四库全书存目丛书》）卷十，庄严文化 1997 年版，第 227 页。

如下的评点：

> 尚友二字直自孟子揭出，是一生家当，是七篇贯索。……诗书两字，通万世之天下而言，盖其人既往，其语言文字之存者，惟此两项足以括之。①

崔氏在此揭示了"尚友"的重要意义，并将之举为"一生家当""七篇贯索"，可见孟子"知人论世"说对后世儒者的深远影响。陈昭瑛对"友"的道德实践的界定，在当世的研究中较具有代表性，认为孟子此处的表述"'友'字最为关键，'友'字使历史成为今人对古人世界积极参与的场域，成为同道同心之人越代而进行对话的场域，而不是客观认识的对象。在此历史是一个当下的、有血有肉的生活世界"，②并指出"这种古今之会，是今人通过其'想象'、通过其'精神'与古人'冥接'、对古人'冥识'所达到的，其动力来自于'好善求道之心'"。③这段评价较为准确地道出了孟子"尚友"古人的要旨，即与古人为友，不仅是为了理解古人，更是达到对自身道德情操的提升，从而实践良善之道。

概而言之，孟子以"交友"之原则所提出的"知人论世"法，其目的不在于诵读诗书，而在于尚友古人。它体现了与古圣先贤为友，实则是瞻仰其气象，体贴其精神，从而达成变化气质、洗练人格的效果。可以说，孟子以"尚友古人"为旨归所开展的"知人论世"，无论是论其"世"，知其"人"，都体现了强烈的伦理实践倾向。

四　结论

本文通过对拉比"米德拉西"释经法与孟子"知人论世"尚友法的"辩读"，发现其各自蕴含强烈的"对话"的诠释特质。前者主要围绕 *Torah min hashamayim* 的概念，揭示启示的托拉不仅构成犹太教自身，而且对其的阅读与解释本身就是与神圣的托拉对话的形式，犹太拉比对于经文所作的米德拉西的阐释，不在于寻求最终的、决定性的解释，而是在字词的对话中，通向不可言喻的上帝，并将他的话语转化到生活中。后者则是

---

① 崔纪：《读孟子劄记》(《四库全书存目丛书》，孟子二，庄严文化1997年版，第422页)。
② 陈昭瑛：《孟子"知人论世"说与经典诠释问题》，载氏著《儒家美学与经典诠释》，第52页。
③ 陈昭瑛：《孟子"知人论世"说与经典诠释问题》，载氏著《儒家美学与经典诠释》，第52页。

以"尚友"为解经的旨归,以求"善道"为终极的追求,这也揭示了孟子的经典诠释方法是一种对话的诠释学,尚友古人,遥与古圣先贤对话,"迎逆"出"古人之志"("以意逆志"),在与古人神游结交的过程中,实现对其人格的效法,达成生命的转化与重塑。

本文认为从这两大释经传统之开端所开启的"对话"的诠释理念,不仅构成了中西经典"辩读"与比较的基石,也为当前汉语圣经本土诠释方法论的建构提供了持续的动力。因此,"对话的诠释学"将是未来汉语圣经研究可以开展的观念范式,也是促进不同经学传统相互学习与成长的方法论基础。正如孔子有七十后学,托拉存在七十种解释的不同方法,汉语圣经诠释将在自身的开放性与多元性中,倾听神圣者之言,践履圣贤之道,施行跨越差异的对话,"在中国特有的处境及文化脉络里,可能生发出不可能的可能。"① 作为汉语神学的重要组成部分,它也将是一个"停不了的故事"。②

(本文原载于《道风:基督教文化评论》第 50 期,2019 年春)

---

① 杨熙楠:《杨序》,第 15 页。
② 杨熙楠:《杨序》,第 13 页;参见杨熙楠《序言:一个停不了的故事:汉语神学》,载何光沪、杨熙楠编《汉语神学读本》,香港:道风书社 2009 年版,第 1 页。

试论儒家基督徒吴雷川对新约"主祷文"的解读[*]

梁 慧

在新约圣经中，有关耶稣的生平和教导，是中国现代神学家关注的重心。而"主祷文"作为耶稣教导的典范，构成他们处境化阅读的核心经文。本文以民国儒家基督徒吴雷川为例，检视他是如何在中国文化、宗教和社会政治的处境下，对"主祷文"（《路加福音》11：2—4）做出富有挑战的本土化诠释，并分析他的处境化解读之利弊。

关于耶稣教导门徒如何祷告的训言，记载在《马太福音》6：9—13和《路加福音》11：2—4。在这两处经文中，都提及耶稣指示门徒应当如何祷告，这段富有典范意义的祷文，就是现在基督教会所通称为"主祷文"的经文，它也是基督徒最基本的祷告。以下，我们首先简略考察"主祷文"的文本语境、历史处境和神学主旨。

一 祷告的典范："主祷文"的现有解读

《马太福音》《路加福音》都记载了"主祷文"，但不同的是，它们处在各自的文本语境中。在《马太福音》中，耶稣有关门徒如何祷告的教导，是属于"山上宝训"的组成部分。面对门徒，耶稣教导的内容涉及"论福"（八福）、"盐和光"、"论律法"、"论发怒"、"论奸淫"、"论离婚"、"论起誓"、"论报复"、"论爱仇敌"、"论施舍"、"论祷告"、"主祷文"、"论饶恕"、"论禁食"、"论天上的财宝"、"论心里的光"、"论神和财利"、"不要忧虑"、"不要论断人"、"祈求就得到"、"要进窄门"、"两种果树"、"遵主旨得进天国"、"两种基础"等，这构成《马太

---

[*] 国家社科基金青年项目"吴雷川对《圣经》本土化解读的实践和贡献"成果（项目号：08CZJ004），也感谢"浙江文化研究"课题（课题编号：07WHZT010Z）的资助。

福音》5至7章的全部内容，而有关"主祷文"的训言，是在"论祷告"（6：5—8）之后，耶稣对门徒宣讲的。在6：5—8这段经文中，耶稣规定祷告所应具备的品质，警告不要效法两种人的祷告，即"不可像那假冒为善的人，爱站在会堂里和十字路口上祷告，故意叫人看见"（6：5a），也"不可像外邦人，用许多重复话，他们以为话多了必蒙垂听"（6：7）。在告诫之后，耶稣示范门徒，如何在上帝面前祷告。6：9—13就是耶稣所教导的祷告，经文开头提到，"所以，你们祷告要这样说"（6：9a），这构成了基督徒祷告的典范，也就是通称的"主祷文"。

而在《路加福音》中，经文交代，耶稣为了回应一个门徒的请求，给出了"主祷文"的教导："耶稣在一个地方祷告。祷告完了，有个门徒对他说：'求主教导我们祷告，像约翰教导他的门徒。'"（11：1）耶稣的回答是："你们祷告的时候要说"（11：2a），接下去就是"主祷文"的内容。这段经文显示在不同的情境中，耶稣赐予门徒这个祷告的范例。J. N. Geldenhuys、F. F. Bruce等认为耶稣有可能将这段祷文用作各个时代门徒的祷告典范，而在不同的场合中重复教导。①

在《路加福音》11：2—4中，有关"主祷文"的经文，比《马太福音》6：9—13相对要短小，没有《马太福音》6：13b的结尾。② 尽管这个赞美颂歌结语，自早期教会就已经开始使用，但学界公认这个结尾并不属于《马太福音》古卷本身。

作为中国现代神学家的代表人物之一，吴雷川在《基督教与中国文化》一书中，③ 对新约"主祷文"作了较为详尽的解读。他选择的是《路加福音》11：2—4，没有提及《马太福音》的相应经文。也许，《马太福音》6：13b的结尾，对于深受儒家理性传统影响的吴雷川而言，是他排斥而不加以处理的。基于吴氏解读的是《路加福音》的"主祷文"，以下就大致梳理这段经文的文本脉络。

正如西方著名的新约学者约珥·格林指出的，"这段叙述性的文本是在两个重要的方面与前述的内容发生关联。"④ 首先，耶稣关于"主祷文"的教训是在他探望马大和马利亚之后发生的（《路》10：38—42），这一事件为他教导上帝的父亲身份提供了铺垫，尤其是其通过首肯马大的妹子

---

① I. Howard Marshall, A. R. Millard ed., *New Bible Dictionary*, third edition, Leicester: Inter-Varsity Pres, 1996, p. 695.
② 《马太福音》6：13b："因为国度、权柄、荣耀，全是你的，直到永远。阿门。"
③ 吴雷川：《基督教与中国文化》，青年协会书局1936年初版，1940年再版。
④ Joel B. Green, *The Gospel of Luke*, Grand Rapids: Eerdmans, 1997, p. 437.

马利亚的专心听道，强调了人在即将到来的上帝之国面前当认真听讲，不为"许多的事思虑烦扰"。其次，在教导"主祷文"之前，耶稣已经五次以"父"提及上帝，无论是在祷告还是教导中（《路》10：21—22）。

教导上帝的父亲身份被当今的许多圣经解经学者看作"主祷文"的重心所在。① 为何福音书的作者将上帝理解为"父"？大部分学者认为路加的记载显然关联到希腊罗马时代的社会现状，在这个历史时期，"父亲在其一生中对他的孩子（包括其孙子）拥有至高无上的权威"。② 尽管父亲通常比母亲要严厉，但这被认为体现了真正的爱，同时他们也对子女充满慈爱和关切，历史文献描述了无论对于漂亮的或丑陋的、健康的或不健全的孩子，父亲是同样怜爱，他们尤其乐于教育儿子。③ 而在那个时期的犹太社团中，父亲的主要职责是为孩子提供衣食，倘若担负不起这个义务，将构成最严重的疏忽行为。④ 希罗思想家斐洛也记载了父亲担当维持家庭的重任，他要为女儿提供嫁妆，为儿子供应家产，使他们能够拥有基本的衣食、教育和健康关怀。⑤ 当然，我们认为对于希罗时代父亲的描述不足以概括将上帝指称为"父"的理由。约珥·格林指出，"主祷文"的教训集中在"上帝的和蔼可亲、对上帝的依赖，以及对上帝的效仿"，⑥ 因此，上帝的父亲形象意味着上帝眷顾他的子民，并为了他们常施行救赎。

按照传统的历史批评的诠释，蕴含在这个叙述性的文本单元中的神学主旨，可概括如下：在当下期望上帝未来之工的成就、上帝历史性的和末世论意义上的对其子民的供应、宽恕和对罪的赦免、在遇见试探之时的忠实行为。这些都是对于主祷文的传统解读，当吴雷川阅读这段经文时，作为一个民国的儒家基督徒，他诠释实践的起点是什么？他的诠释与传统的观点有何不同？我们将具体描述吴雷川对"主祷文"所作的处境化解读。

二　吴雷川：双重身份与社会处境

吴雷川（1870—1944），本名震春，早岁蜚声翰苑，于国学素有深

---

① 当然 J. N. Geldenhuys、F. F. Bruce 等学者也倾向认为"主祷文"是耶稣以祷告的形式总结了其关于"上帝国"的信息，参见 *New Bible Dictionary*，p. 696。

② Joel B. Green, *The Gospel of Luke*, p. 438.

③ James S. Jeffers, *The Greco-Roman World of The New Testament Era* Downers Grove, Illinois: InterVarsity Press, 1999, p. 247.

④ 参见《阿里斯蒂亚书信》（The Letter of Aristeas），第 248 页。

⑤ Philo of Alexandria, *On the Special Laws* II, XLI, 233；原文参见：http://www.earlyjewishwritings.com/text/philo/book28.html。

⑥ Joel B. Green, *The Gospel of Luke*, p. 440.

造,后皈依基督教,是少数具有"进士"科名的中国基督新教教徒。他毕生从政与学,先后担任过杭州市长、中央政府教育部参事等,晚年任燕京大学校长、教授。回顾其生活的年代,跨越了晚清和民国,经历了袁世凯复辟、北伐战争、国民党统治、日本侵华等重大历史事件,对于这位生活在激荡的旋涡中的中国知识分子而言,"如何认识所处环境的变化,以及想使中国如何变化",① 构成了其无法回避的现实命题。

1936年,吴氏发表了专著《基督教与中国文化》,在该书的自序,他交代了自己写作的背景:"正值华北风云变幻,平津各学校学生罢课游行,影响到全国各地。"他这样描述了自己的心境:"我的精神上感受不可言说的痛苦。"② 这种痛苦是双重的,首先,来自急剧变动的社会、政治环境,其次也关涉时代风潮对个人信仰的冲击与挑战。在当时的历史处境下,中国知识精英面临艰难的精神信仰选择,一方面,传统的儒释道已不太符合时代的需求,尤其是五四以来,孔孟之道受到全面的批判与否定;另一方面,外来的基督宗教面临二十年代以来排外主义、科学主义、非基督教运动的攻击和非难。处在这样文化、神学的夹缝中,如何重新确立中国基督徒知识分子的信仰根据,辩护基督教在中国存在的合理性与有效性,成为吴氏及其同时代神学家所要解决的问题。

作为儒、耶身份兼具的知识阶层,吴雷川学术研究的起点是如何回应和关注中国社会的需求。相较于儒家传统和其他的中国宗教,他认为基督教是对宇宙真理最为简明、集中的显现,它可以为中国社会的危机提供足有成效的解决方法。但与此同时,他又不满于传统意义上的基督教神学,以及西方教会对"圣经遗传之解释",③ 由此,建立一个以中国社会需要为出发点所构成的基督教,成为其神学工作的重心。这也为他的圣经诠释实践,尤其是解读"主祷文"确立了主旨和出发点。

三 本土化诠释:从一个儒家基督徒的角度

在《基督教与中国文化》一书中,吴雷川从自己的社会科学观出发,对《路加福音》的"主祷文"进行了详尽的解读,他的诠释融合了儒家学说、基督教、达尔文主义、社会主义、共产主义和其他的革命理论。在

---

① [日]佐藤慎一:《近代中国的知识分子与文明》,刘岳兵译,凤凰出版传媒集团2008年版,前言,第1页。
② 吴雷川:《基督教与中国文化》,青年协会书局1936年初版,1940年再版,自序部分。
③ 有关吴雷川对西方教会认信性诠释传统的批判,参见拙文《孟子的"以意逆志"读经法与圣经释义学:探讨吴雷川的圣经解释策略》,载《道风:基督教文化评论》2009年第31期。

试论儒家基督徒吴雷川对新约"主祷文"的解读

该著作的第三章,他将福音书中的"耶稣训言"概括为:(1)自述,(2)论上帝,(3)论圣灵,(4)论祈祷,(5)论天国,(6)教训门徒为人的通则等六项,对于"主祷文"的解读是在"论祈祷"部分进行的。由于吴雷川没有接受过西方教育,也不通外国文,因此,他的诠释是以通行的中文圣经译本《和合本》为根据,而《和合本》是依照1885年出版的《英文圣经修订版》(*English Revised Version*)所翻译的。以下是其具体的解释。

(一)我们在天上的父。上帝作为父亲的形象常出现在新约中,耶稣自己也将上帝称为"父"(Abba),用来表明他和上帝之间的亲密关系。在《路加福音》古卷中,出现的是"父啊"这样的祷告称呼,而不是"我们在天上的父",西方学者认为目前所扩充的《马太福音》文本,采用"我们在天上的父"的言辞表达,主要是为了基督教的礼拜仪式而改写的,仿效了犹太会堂的用语。

对于这个祷告短语,吴雷川强调的是上帝作为"全人类的父"的形象。他指出,当耶稣将上帝称述为"我们的父",这里所说的"我们","是指所有的人类,不是单指着门徒一伙人说的。"[①] 他认为,首先,上帝是慈悲、仁爱的,他滋养和保护所有的人类。当耶稣教导他的门徒如何祷告时,他的目的是要他们明白上帝是"全人类的父"。因此,当门徒学会如何在"我们的父"面前祷告,他们祈求的是上帝赐福于全人类,而不是"教他们只为他们这一伙的人求得甚么利益"。[②] 其次,作为上帝的儿女,人类应该孝敬上帝,并彼此相爱。我们看到吴雷川的诠释关联到中国的社会处境,尤其是儒家的道德教导。长期以来,中国在儒家传统思想的架构下,被看作大一统的社会:"四海之内皆兄弟"。[③] 但十九世纪末二十世纪初,儒家建构的伦理关系在近代中国严重的社会骚乱和政治无序中遭受破坏,横溢于世间的剥削、压迫加重了传统道德的崩溃,儒家文化的主要遗产,孔子关于"仁"的教导也逐渐失去社会实践的有效性。因此,当吴雷川解读上帝的形象时,他将重心放在"上帝是全人类的父",强调人类应当彼此相爱,不可相互欺压。同时,他也特别指出,作为全人类的父,上帝的爱是公正、无私的,"上帝既是全人类的父,我们就都是弟兄,就应当彼此相爱。而且上帝必是主持公道,好比一家里有许多子女,

---

[①] 吴雷川:《基督教与中国文化》,青年协会书局1936年初版,1940年再版,第62页。
[②] 吴雷川:《基督教与中国文化》,青年协会书局1936年初版,1940年再版,第62页。
[③] 《论语》12章5节。

为父的决不能有所偏爱。如果有了偏爱，便是不公，也就不免有妒忌，仇恨，甚至于杀害的事情生出来。"因此，他发出警告，"所以凡人决不可妄想自己要特别承受天父的眷顾。我们不当有私心，当有像天父一样的公心。"①

在上述的解读中，值得注意的是，吴雷川在诠释上帝的"父亲"形象时，没有完整引述"我们在天上的父"的祷告称呼，省去了"在天上"这个词。而在西方传统的解读中，通过提及"在天上"这个表述，"表达了对上帝虔诚的敬畏，他是主宰一切的全能统治者"，②吴氏不引称这个词，表明他回避处理上帝超自然的、神圣的属性，该称述所具有的历史性和末世论意义也就被排斥在外。

（二）愿人都尊主的名为圣。这是请求上帝让世人认识和尊崇他的祷告，传统的解读认为，上帝的名字，及其自我显现的自身，是全然神圣的。他完全地爱世人，作为至善的和全能的创造主，他将接受所有的尊荣和荣耀。对于这句经文，吴雷川认为，"这是愿天父的圣名为全世界上的人所尊敬。换句话说，就是愿世界上人人都承认公道，服从真理。"③

在这里，吴氏提及他对上帝和基督教的独特观念，即理解为"公道""真理"。这种看法是如何形成的？首先，它来自吴氏"真道同源"的理念。20年代初，在《我对于基督教会的感想》一文中，吴氏提出了"所有真道同出于一源"的表述，他指出"我更信基督教与其他各种宗教，乃是各派学说，都是同源，在大本上并无违异。将来必要像百川归海，普世同风"。④他认为，基督教与本土的儒、释、道等宗教没有本质的差异，也与科学、哲学等并行而不冲突，究其原因，它们都是上帝之道——"天道"的显现，故无须扬此抑彼，或将它们有意地对立。其次，基于"真道同源"的体认，他并不认为基督教是超越性、终极性的真理，也不视《圣经》为唯一的具有神启的经典。对于儒家十三经和《圣经》，他持有的观念是："基督教的新旧两约，与儒教的十三经，从各方面观察，颇有两相比较的价值。只因中国民族，与以色列民族，所占据的时代和环境，各有不同。所以风俗、习惯、思想、文字，也都不同。又因为基督教

---

① 吴雷川：《基督教经与儒教经》，载张西平、卓新平主编《本色之探——20世纪中国基督教文化学术论集》，中国广播电视出版社1999年版，第459—460页；原载《生命月刊》1923年第3卷第6期。
② *New Bible Dictionary*, p.695.
③ 吴雷川：《基督教与中国文化》，青年协会书局1936年初版，1940年再版，第63页。
④ 吴雷川：《我对于基督教会的感想》，载《生命月刊》1920年第1卷第4期。

经是教会所定,其目的专在保存宗教。儒教经是国家所定,其目的乃是教训普通治世的人才,使之通经致用。二者的范围,显分广狭,所以一般人对于两教经典的观念,也截然不同。其实宇宙间的事理,虽是万殊,终归一本。无论各民族的特性,是如何差异,而于推阐事理的论说,总是发见相同之点。"①

综合上述,吴氏"真道同源"的理念,实质上出于程朱学派"理一分殊"的看法。北宋程颢、程颐认为,"天下只有一个理"②,"万物皆只是一个天理",③言下之意,万事万物皆有理,然而万理都是来源于"天理";朱熹在承袭程颐的基础上,进一步提出"合天地万物而言,只是一个理","未有天地之先,毕竟也只是理。有此理,便有此天地。若无此理,便亦无天地。无人无物,都无该载了。有理便有气,流行发育万物。"④ 概而言之,所谓的"理一分殊",就是一理摄万理,同时,又是万理归于一理。受程朱"天理观"的自觉影响,吴氏认为"宇宙间的事理,虽是万殊,终归一本",于显明天理上并无差异。基于这样的诠释前设,尽管他将基督教放置于儒教和其他宗教之上,认为它对"天道"作了最简明、最集中的阐发,但他没有强调耶稣基督的独一性。

吴氏的这种做法,回避了中国多元的宗教和基督教的排他性之间的张力,这造成的后果是,一方面,他从西方教会传统的神学束缚中解放出来,对圣经文本作自由、开放的诠释;另一方面,上帝被其简约化为"公道""真理",而不是三位一体的神,由此失去了与基督教的核心信仰传统之间的关联。

(三)愿你的国降临。这句经文涉及如何理解"上帝的国"。通常意义而言,这是祈求上帝的神圣统治延续到"此在、此时",但主要的是,这个祈愿具有末世论的含义,"上帝的国"将在人子的荣耀降临中而成就,《马可福音》记载了耶稣预言受难和复活,向门徒指出"上帝的国大有能力临到"(9:1)。

对于这句祷语,吴雷川指出"所说你的国就是上帝的国,也称天国"。对于"天国",他提出自己的见解,认为"天国并不是在这世界之

---

① 吴雷川:《基督教经与儒教经》,载张西平、卓新平主编《本色之探——20世纪中国基督教文化学术论集》,中国广播电视出版社1999年版,第459—460页;原载于《生命月刊》1923年第3卷第6期。
② 参见朱熹编辑的《遗书》(即《二程语录》原本),卷第十八。
③ 朱熹编辑的《遗书》(即《二程语录》原本),卷第二上。
④ 《朱子语类》卷一。

外另有一个世界,更不是像教会所常讲的死后升天堂,乃是将这世界上所有不合仁爱和公义的事全都除去,叫这世界上充满了上帝的仁爱和公义,这就是天国降临。"① 他进一步指出,对于"天国","用现在的话来说,就是改造旧社会,成为新社会。"②

如何理解吴雷川的"天国"观?首先,受儒家理性传统的影响,以及五四以来科学主义等的挑战,吴氏在谈论上帝时,没有将他看作人格神,而是自然秩序的起源与最高的原则。他在信主之后,就这样申明:"我以为上帝就是和真理,大自然,最高的原则相等的一种名称。所谓上帝,能治理管辖我们,就如同说:人类必须与大自然适应,不能与真理或最高的原则相违反。"③ 1930 年,他进一步认为,"耶稣承认宇宙有一最高的主宰——就是上帝,并且以上帝为我们人类公共的父。"④ 吴氏对主祷文"天父"及其国度的含义的解读,就是建立在其特定的上帝观念上。其次,出于对基督教传统信条的排斥,以及对圣经中所记载的神迹奇事的不可理解,吴氏无法接受耶稣基督的复活,也不承认它是有关永生的教导的依据,因此,他否认末世论意义上的"人子再来",而试图给出自己独创性的解释。⑤ 从上述立场出发,吴氏对于"天国"的诠释,不同于西方系统神学的理解,认为"天国并不是在这世界之外另有一个世界",也不是"教会所常讲的死后升天堂",其解读的积极意义在于避免过于强调天国的未来性,不关注它与现存社会之间的连续性,但他的观点也走向极端,认为天国是可以在地上实现的,建立的手段是"改造旧社会,成为新社会",他所提出的新社会的标准是"这世界上所有不合仁爱和公义的事全都除去",这就是"天国降临"。当吴氏确信借助社会改造的途径,可以在地上实现天国,他实质上是将人类的理想社会等同于天国,而取消了它的未来属性,以及包括在内的末世审判,这种将"天国"作社会政治化的解读取向,一方面反映了他迫切解决中国社会危机的使命感,另一方面,也内在地体现了儒家疗救社会疾患的常见进路。吴氏对"天国"的功利化解读,消除了该神学范畴所具有的现实性(now)与未来性

---

① 吴雷川:《基督教与中国文化》,青年协会书局 1936 年初版,1940 年再版,第 63 页。
② 吴雷川:《基督教与中国文化》,青年协会书局 1936 年初版,1940 年再版,第 63 页。
③ 赵紫宸:《吴雷川先生小传》,载《真理与生命》1937 年第 10 卷第 8 期。
④ 吴雷川:《从儒家思想论基督教》,载《真理与生命》1930 年第 4 卷第 18 期。
⑤ 吴雷川有关"人子再来"的解释,参见其《基督教更新与中国民族复兴》一文,载张西平、卓新平主编《本色之探——20 世纪中国基督教文化学术论集》,第 70 页;此文节选自他的《基督教与中国文化》一书。

（not yet）之间的张力，由此也很大程度上削弱了基督信仰的独特性与超越性。

（四）愿你的旨意行在地上如同行在天上。这句经文不见于《路加福音》古卷，学者通常认为它是后来添加的，是对上一个祷语的详尽表述。传统的解读认为，这是信徒祷告上帝的旨意在地上被所有人遵行，如同在天国，上帝的神圣统治被无条件的、欢乐地接受。J. N. Geldenhuys 等指出，这个祈求部分指向现世，但是它也展现了将来的远景，每个人将俯首在上帝面前，黑暗的权势最终将被摧毁。[1] 而吴雷川从其"天国"观出发，认为这句经文指出了新社会的确立，不能很快实现，"天国的降临"必须建立在对旧社会的改造上。但是，"社会到了要改造的时候，必定有许多人为个人私利的原故起来反对"，所以，他认为这句经文提醒我们，要经常祷告，"就是愿意改造社会的工作顺利进行"。[2]

（五）我们日用的饮食天天赐给我们。对于这个祈求，《马太福音》对应的经文是"我们日用的饮食，今日赐给我们。"（6：11）它与《路加福音》11：3 的细微不同是，前者是"今日赐给我们"（Give us this day our daily bread），后者则是"天天赐给我们"（Give us each day our daily bread）。这句经文的核心含义是请求上帝赐给信徒生活的必需供应。传统的解读认为，它关联到前述的三个祷告，祈愿上帝不断地供应生命的物质所需，以便更有效地尊崇他的圣名，为上帝国的到来而工作，并在地上行使他的旨意。

吴雷川认为，这句经文有两层意思：首先，常有人不能得到足够的食物供应。他认为造成这种现象的根源是，"因为世界上有种种不平等的制度，以致有许多人得不着日用的饮食，所以这里所说要叫世界上所有的人都得着他所需要。"但是，怎样能使人人都得着？"自然是要改革种种不平等的制度了"，也就是说改造社会。[3] 其次，为何世界上充满不公、贫困等不平等的事？他认为，"多半是因为人有贪得无厌的私心"，尤其是对于财富和权势。因此，耶稣教导我们祈求"日用的饮食"。[4]

什么是"日用的饮食"？按照传统的圣经诠释，它指称"可以适合到次日的食物"，也就是指"今日所需要的饮食"，若以上帝在西奈旷野对以色列人赐吗哪为例（《出埃及记》16：9—21），吗哪就象征着"今日足

---

[1] J. N. Geldenhuys, *New Bible Dictionary*, p. 695.
[2] 吴雷川：《基督教与中国文化》，青年协会书局 1936 年初版，1940 年再版，第 63 页。
[3] 吴雷川：《基督教与中国文化》，青年协会书局 1936 年初版，1940 年再版，第 63 页。
[4] 吴雷川：《基督教与中国文化》，青年协会书局 1936 年初版，1940 年再版，第 63 页。

够的食物，以及神对明日供应的许诺"。① 而如果从词源学考察，"daily"（日用的）对应的希腊文词语是 epiousios，在新约圣经中，这个词只在《马太福音》和《路加福音》这两处经文中出现，它指的是"日常的定量供应"。"bread"（饮食）这个词则代表了在地上生存所需要的事物。吴雷川认为耶稣对于"日用的饮食"的教导，"乃是教人应当知足，只要每天得着各人所需要的，就不当想积聚有余的钱财"。② 吴氏为何特别关注"日用的饮食"？回顾他所处的时代，人民挣扎在饥饿、贫穷和压迫的境地中，许多人衣食不饱，但与此同时，各地的军阀、官僚主义者和资本家却积聚了大量的财富，因此，吴氏认为，耶稣对于"日用的饮食"的教导，正是对贪婪和物质自利主义提出了告诫，这也为他批判不公正的社会现象提供了有效的依据。

从上述两层意思，他对这句经文得出的结论是："可以看出耶稣要改造社会，并不轻看物质，乃是要物质分配平均。"③ 他认为"天国降临"之际，正是物质平均分配、人们的日常生活得到满足的时候，显然，他的看法也融合了社会主义和共产主义学说的影响，并将这种观念创造性地带入圣经诠释中。

（六）赦免我们的罪，因为我们也赦免凡亏欠我们的人。对于这句经文，《马太福音》对应的是"免我们的债，如同我们免了人的债"。（9：12）传统的解读认为，这个祈求既是发出的祷告，也是所作的忏悔。"赦免我们的罪"，信徒祷告上帝的宽恕，同时也承认自己犯了罪。从词源学考察，"罪"（sins）对应的是希腊文词语 hamartias，而"债"（debts）保存了亚兰文词汇 hoba 的用法，也指的是"罪"的意思。"因为我们也赦免凡亏欠我们的人"，J. N. Geldenhuys、F. F. Bruce 等指出，这并不意味着我们请求赦免，是因为我们赦免了那些亏欠我们的人，只有通过上帝的恩典，我们才能得到赦免。但为了诚挚地向上帝祈求赦免，我们应免除所有仇恨和报复的情绪。④ 他们认为这句经文强调了赦免是出于上帝的恩典与权能。

对于这句经文，吴雷川是如何诠释的？概而言之，他认为耶稣是教导门徒一种完全的爱。他指出，物质平均分配对于建设新社会固然重要，但如果人类之间不能彼此相爱，天国是不会降临的。人如何能彼此相爱，尤

---

① Joel B. Green，*The Gospel of Luke*，p. 442.
② 吴雷川：《基督教与中国文化》，青年协会书局1936年初版，1940年再版，第63—64页。
③ 吴雷川：《基督教与中国文化》，青年协会书局1936年初版，1940年再版，第63—64页。
④ *New Bible Dictionary*，p. 696.

其是"不独亲其亲，不独子其子"？① 对此，吴雷川借用儒家的"恕道"来解释这句经文。依据孔子的教导，"己所不欲，勿施于人"，② 这就是"忠恕"，它代表着一种互惠、友善的人际原则，尤其表明对他人的尊重和关心。吴雷川指出："人类在社会里活动，不只是个人求生存，更有人与人联合的关系。倘使人与人相处，不能彼此互相原谅，纵然物质分配平均，还是难免有忌恨残害的痛苦。所以这里特别提到：凡人都有缺欠的，我们想要宽恕自己的缺欠，也应当宽恕别人的缺欠，总合乎推己及人的恕道，人类间有了恕道，总能成为亲爱和平的世界"。③ 这也正合乎孟子所说的"仁者以其所爱及其所不爱，不仁者以其所不爱及其所爱"。(《尽心章句下》14：1) 吴氏在此提及的"凡人都有缺欠"，显然不是基督教意义所指的"罪"，因此，他运用"推己及人的恕道"来解释对罪的赦免，强调的是人自身可以宽恕别人的缺欠，只要推行忠恕、友爱的精神，这也体现了儒家对人性的乐观看法。

从"恕道"的观念出发，吴氏对"赦罪"作了更为具体的理解，他认为"这里所说赦罪，就是人心中得着平安。因为一个人如果总是惦记着忌恨或伤害别人，心里必是不得平安，但如果能饶恕了别人，不再有忌恨或伤害的念头，心里自然就平安了，这平安就是赦罪的证据。所以这里用'因为'二字的意思，就是说：我能饶恕人到几分，我所得到的平安也是几分。"④ 吴氏将赦罪解释为"人心中得着平安"，这固然描述出了信徒罪被赦免的心理状态，但是仅以"平安"作为"赦罪的证据"，还是体现了儒家对宽恕的人文主义理解，上帝对人类生命所具有的完全权柄，以及对道德和灵性之罪的赦免，这些传统的解读没有被涉及。在这里，吴氏尤其提到经文中的"因为"(for) 这个连接词，认为人赦罪所得的平安，是以饶恕别人为前设，这显然迥异于 J. N. Geldenhuys 等西方学者的解读。

---

① 参见《礼记·礼运》。
② 参见《论语·雍也》。概括而言，儒家处理自我和他人关系的基本态度，就是"忠恕之道"和"絜矩之道"。什么是"忠恕之道"？就是"己欲立而立人，己欲达而达人"；"己所不欲，勿施于人"；"有诸己而后求诸人，无诸己而后非诸人"。什么是"絜矩之道"？就是运用这样一种忠恕的精神来处理在自己上下左右前后跟自己发生联系的一切人的关系，即《大学》所说的："所恶于上，毋以使下；所恶于下，毋以事上；所恶于前，毋以先后；所恶于后，毋以从前；所恶于右，毋以交于左；所恶于左，毋以交于右。此之谓絜矩之道。"儒家的"忠恕之道""絜矩之道"包含着这样一种积极的人际关系精神，即一个人首先应当尊重别人的人格和价值，这样才能使自己的人格和价值得到别人的尊重。
③ 吴雷川：《基督教与中国文化》，青年协会书局1936年初版，1940年再版，第64页。
④ 吴雷川：《基督教与中国文化》，青年协会书局1936年初版，1940年再版，第64页。

认信性的诠释传统通常将人对他人的赦免和宽恕，归结为来自上帝的恩典，即有罪的人自身不能真正赦免亏欠他的人。出于其儒家人文主义的立场，吴氏对这个连接词的解读没有关联上帝赦罪的主权，人的"赦罪"成为道德更新与改善的结果。

（七）不叫我们遇见试探，救我们脱离凶恶。在《路加福音》古卷中，没有"救我们脱离凶恶"的末句。什么是"试探"？在圣经中，这是一个语义模糊的术语。旧约提及上帝对人的试探，并将之视为信仰是否虔诚的考验，有时也看作灵性成长的锻炼，《约伯记》便是一个典型的例子。但在新约中，试探的出现被始终如一地看作对信仰的损害。[①] J. N. Geldenhuys、F. F. Bruce 等依据《雅各书》1：13，指出上帝从来不试探人犯罪，而是掌管我们生命的境况。在这个祷告中，我们谦卑地承认自己是容易犯罪的，因此祈求上帝不要容许我们陷入面临重大的诱惑以致犯罪的情境中。[②] 传统的解读认为，当基督徒面临极大的试探时，他们可以应用这个祷告，祈求上帝的恩典和权能，以使自己免于犯罪。"救我们脱离凶恶"，通常是指向上帝祷告，祈求保守自己不受魔鬼（the devil）的攻击，这句经文也指向末世之际，上帝将终结所有的恶，建立公义和神圣的国度。

当吴雷川解读这句经文时，他作了较为具体的诠释。对于"试探"，他认为"是指着社会上种种引诱人的事，如贪财，好色，酗酒等等"。至于什么是"凶恶"？他指出"凶恶，是指世界上一切伤害人的事，如水火刀兵等等。这句的意思，不只是提醒个人要谨慎自己，躲避危险，更是要人设法除去一切诱人犯罪的事，并设法防止一切祸害，希望世界进化到全人类都得着安全的境界。"[③] 我们看到，吴氏对"试探""凶恶"这些神学术语的诠释，是对应于世上各种引诱、伤害人的事，而不是视为来自撒旦的攻击与诱惑。具体而言，他将"试探"看作来自人类社会"诱人犯罪的事"，而"凶恶"则是存在于自然界和人类社会的各种祸害，他认为人可以设法除去"试探"，防止"凶恶"，这样人类就可以达到安全生存的境地，他将之称为"世界的进化"。在这里，吴氏既批判了世上现存的罪与恶，也表达了对"全人类都得着安全"的社会的迫切期望。显而易见，他的批判并没有涉及属灵层面人的私欲与软弱，以及魔鬼的试探与引诱，因此也就缺乏对上帝护佑的恩典和权能的强调。

---

① Green, *The Gospel of Luke*（路加福音），p. 444.
② *New Bible Dictionary*, p. 696.
③ 吴雷川：《基督教与中国文化》，青年协会书局1936年初版，1940年再版，第65页。

四　诠释的效应：吴雷川对"主祷文"的社会政治化解读

我们该如何评价吴雷川对于"主祷文"(《路加福音》11：2—4）的解读？如前所述，传统的解读认为这段经文的主旨是耶稣教导有关"天国"的信息，他以祷告的形式对此作了总结，告诫信徒常向上帝祈求，更完善地生活，直至上帝的国度的临到。对于"天国"的含义，认信性的诠释传统视之为既济未济的神学范畴，即作为基督教的理想，天国"立足于现在，同时指向未来；它既是现实的（already），又是未来的（not yet）"。它的现实性是指"天国并不只是一个遥远的梦想，它通过基督徒和教会已经开始进入这个世界，已经部分地存在于这个世界。教会是天国的种子、表记和工具，福音所宣示的和平、和解与公义等价值观已经开始影响社会"，而其未来性表现为"天国并不会在这个世界上完全实现，它的完全实现是未来的事。真正的教会至多只会让我们对天国有惊鸿一瞥而已，但是我们无从知道天国的全部细节，天国必然与此世的状况有着本质的区别"。① 概括而言，"天国"既不是遥不可期的未来，它与现存的社会具有连续性，但它的完全实现依赖于上帝的未来之工，不是人类社会自身可以达成的。对于"天国"这种既济未济的神学属性，新约福音书、保罗书信都有所提及，描述了"我们这地上的帐棚"与"天上永存的房屋"之间的张力。②

作为儒、耶身份兼具的知识精英，吴雷川也是以"天国"作为解读"主祷文"的重心。从其特定的诠释前设出发，他将"天国"解读为"理想的新社会"，通过对旧社会的改造，是可以在地上实现的。吴氏对"天国"社会政治化的理解，贯穿了他三十年代的著述。1931年，在《基督教与革命》一文中，他指出"耶稣在世时重要的使命，乃是宣传天国"，并认为"他所宣传的天国"，其含义和犹太人的传统观念大不相同，强调"耶稣所说的天国降临，乃是要将天国建立在人世之上"。③ 同年，他在《耶稣新社会的理想及其实现的问题》一文中，再次提到对"耶稣所宣传的天国"的理解，认为"我们用现代人的眼光来看，假如说耶稣所传的天国就是他理想的新社会，似乎是很时宜的解释了"。④ 1934年，在其著

---

① 姚西伊：《评本世纪初以来中国基督新教的社会态度》，载《维真学刊》1999年第3期，转引自 http://www.gongfa.com/yaoxyzhguoxinjiaoshehuitaidu.htm。
② 参见《哥林多后书》5章1—2节。
③ 吴雷川：《基督教与革命》，载《真理与生命》1931年第5卷第4期。
④ 吴雷川：《耶稣新社会的理想及其实现的问题》，载《真理与生命》1931年第6卷第2期。

作《耶稣的社会理想》一书中,吴氏更是详尽地阐发了其"天国"观。他首先指出,"我们要研究耶稣的社会理想,首先要研究他开始传道时所用的口号",① 这口号就是"天国近了,你们要悔改"。(《马太福音》4:17)同时,通过考察耶稣后来在各地的宣传,以及和门徒的谈话,进一步指出他"所有重要的教训,多半以天国为标题,又可见耶稣用这名词,不但是开始宣传时姑且采用的口号,乃是他一生致力的中心对象"。② 概括而言,他认为"天国"作为耶稣的社会理想,不仅是他宣传的口号,而且是他致力建构的中心对象。其次,吴氏将上帝作为"天国"——"新社会"的标准。他指出,"耶稣要改革社会,是根据于他所见到的最高原则;这最高的原则,就是他的上帝观,所以新社会的标准就是上帝。"③ 具体而言,他将上帝的诚实、公义和仁爱作为新社会实现的条件。这与他在解读"主祷文"时,基于以往将上帝等同于"真理、大自然、最高的原则"的理念,进一步将上帝体认为"公道""真理",以此作为实践新社会的标准,是一脉相承的。再次,他指出"主祷文"是"耶稣社会理想的缩写",并作了独创性的表述。他总结道,"这祷文(指主祷文)乃是耶稣指示门徒要时时想到社会,要念念不忘地以改造社会为一生工作的目标,所以说这祷文就是耶稣社会理想的缩写。"④ 这段话为吴氏在《基督教与中国文化》一书中,诠释"主祷文"的核心含义确立了基本的意旨。

综合上述,吴雷川关于"天国"的诠释,注重的是其现实性,而不强调其未来性,由此,取消了其"既济"与"未济"之间的张力,传统末世论意义上的天国被他排除在外,而化简为可在地上建立的"新社会"。从这样的观念出发,他没有遵循认信性的诠释传统,将"主祷文"视为耶稣教导门徒如何祷告的典范文本,以及构成教会崇拜的礼仪性经文。在对《路加福音》11:2—4 作了详尽的解读后,吴氏概括了"主祷文"的核心含义,指出它"是改造社会底信条,也可以认为是改造个人思想底方案。耶稣是教训门徒天天思想这几句话里的道理,在心理上建设了根基,就可以依照这信条去行事"。⑤ 他在此总结了"主祷文"的功能,认为它一方面是培养人格、改造心理的基本方案,另一方面也是改造社

---

① 吴雷川:《耶稣的社会理想》,青年协会书局 1934 年初版,第 4—5 页。
② 吴雷川:《耶稣的社会理想》,青年协会书局 1934 年初版,第 5 页。
③ 吴雷川:《耶稣的社会理想》,青年协会书局 1934 年初版,第 6 页。
④ 吴雷川:《耶稣的社会理想》,青年协会书局 1934 年初版,第 14 页。
⑤ 吴雷川:《基督教与中国文化》,青年协会书局 1936 年初版,1940 年再版,第 65 页。

会、复兴民族的指导方针。他认为,如果人人能每日从早到晚,省察自己,实践"主祷文"的教导,那么个人的道德就会更新,社会改造也就有望。

吴氏对"主祷文"所作的社会—政治批评的诠释,从其宗教、文化层面而言,首先体现了儒家理性主义传统对其世界观的深刻影响,其次,也反映了其特定的宗教观念对其圣经诠释所产生的作用。在《基督教与中国文化》一书中,吴氏阐发了宗教是改造社会的推动力的观念。他明确指出,"宗教的功用在于领导个人以改造社会。"① 他对基督教的宗教功能作了分析,认为"以前基督教偏重个人得救,即被称为个人的福音,近代多讲社会改造,基督教又被称为社会的福音"。② 他主张两者皆不可偏废,其理由是,一方面,人受环境所限,"要救个人,莫如造成良好的环境,使人得享幸福",这就意味着要改造社会;另一方面,"环境必要人来改造,至少是要一般做领袖的人改造,那就非先使人得救不可了",③ 这就要求在改造社会之先,改造民众的心理。而吴氏对"个人得救"的理解,也是排除了末世论意义的含义指称,对于什么是"得救",他指出"绝不是从前所谓死后永生,乃是生前脱离自私的罪恶,然后能献身于社会。所以个人得救与社会改造本是一件事"。④ 他认为,正是在改造社会的最终目的上,基督教既是个人的福音,也是社会的福音。因此,他总结"主祷文"的功用,也是体现在个人从改造自我,再到改造社会的宗教观念。而从其社会、政治处境而言,吴氏对"主祷文"的去除末世论意义的解读,也直接反映了中国现代严重的社会、民族危机带给知识分子的沉重压力,他们承担着太多改良社会、拯救危亡的使命和义务。在《基督教与中国文化》的自序中,吴氏就交代了自己的写作目的,希望读者"都能了解耶稣,了解基督教,因而负起复兴中国民族,为中国创造新文化的责任"。⑤ 吴氏对"主祷文"所作的处境化解读,将"天国"诠释为人类的理想社会,可以通过社会改良或革命达到,很大程度上反映了其对

---

① 吴雷川:《基督教与中国文化》,青年协会书局1936年初版,1940年再版,第1章,第7页。
② 吴雷川:《基督教与中国文化》,青年协会书局1936年初版,1940年再版,第1章,第7页。
③ 吴雷川:《基督教与中国文化》,青年协会书局1936年初版,1940年再版,第1章,第7页。
④ 吴雷川:《基督教与中国文化》,青年协会书局1936年初版,1940年再版,第1章,第7页。
⑤ 吴雷川:《基督教与中国文化》,青年协会书局1936年初版,1940年再版,自序部分。

历史处境的艰难回应与妥协。他这种具有强烈化简倾向（reductionism）的圣经诠释，损害了圣经文本在中国"诸经并重的处境"（multi-scriptural setting）中诠释的多元性与丰富性。

如何看待吴雷川圣经解读的效应？从当代的视角看，作为"第一代真正的中国神学家"，① 吴氏及其同时代基督徒知识分子的圣经诠释还不是严格意义上的注经，只能称作一种解读，但他们的实践表明中国人的宗教、文化和历史经验是如何影响到圣经诠释的进程。我们知道，二十世纪下半叶，来自非西方国家的圣经学者已经开始发展和形成更适合本土处境的诠释方法，因此，"跨文化批评"这一新的圣经批评法注重的是对"种族、阶层和性别等问题的关注，这些显然为诠释带来了解放"。② 相比于这种新的批评法，吴氏的尝试可以说在运用中国人的经验和历史传统诠释圣经方面起了先行者的作用。1920 年，当他批判西方传教士在华诠释圣经的原则和方法，他谈道，"新旧两约书的道理，自然有大部分至今还不失效用。但因为种族的关系，区域和时代的关系。他们的思想不同，语言不同，文字组织法也不同，（类如同证明真理，现今用论说体的文字证明的，在古今代多半要用记事体的文字来证明）。若是一点不肯变通，还要泥着文字去解释，就免不了'以文害辞，以辞害志。'"③ 显然，吴氏注意到圣经文本在不同历史处境中的诠释，在自己的著述中便试图处理经文和自身时代之间的关联，尤其关注对现代中国的社会问题的迫切回应。因此，他对圣经文本的解读在很大程度上也是一种意识形态的阅读。

但他的诠释的消极之处在于，出于其自身的"前理解"，以及功利化的阅读前设，吴氏的圣经解读有意疏离于西方的诠释传统，即将圣经文本的诠释与教义学紧密关联，而是注重附加政治文化的含义在圣经的原意之上，由此导致其诠释实践失去了与基督教的核心信仰传统应有的关联。与他同时代的神学家赵紫宸就批判吴氏所表述的基督教"不是耶稣所传的宗教"。④ 基督教信仰的核心是什么？这是需要迫切回应的问题。当代新

---

① Thor Strandenæs, "Biblical Interpretation in the Middle Kingdom: Focus on the Choice of Paradigm in Chinese New Testament Scholarship," in Tord Fornberged, *Bible*, *Hermeneutics*, *Mission*: *A Contribution to the Contextual Study of Holy Scripture*, International Tryck: Swedish Institute for Missionary Research, 1995, p. 86.

② Robert E. Van Voorst, *Reading the New Testament Today*, Thomson: Wadsworth, 2005, p. 44.

③ 吴雷川：《我对于基督教会的感想》，《生命月刊》1920 年第 1 卷第 4 期。

④ 赵紫宸：《耶稣为基督——评吴雷川先生之"基督教与中国文化"》，载《真理与生命》1936 年第 10 卷第 7 期。

约学者詹姆士·布朗森在谈到圣经含义的一致性时，指出："什么是圣经的涵义？它是以耶稣的生命、死亡和复活为中心及意义的一致性，并将这一线索作为世界的命运，由此福音的基本真理可以在广泛的、不同的方式下获得处境化的表达，尽管如此，这些表述具有'家族的相似性'，体现的正是三位一体的传教宗旨：通过圣子，圣灵将人带到圣父面前，与他达成和解。"[1] 这段话道出了基督教信仰的核心内容，同时也指出了圣经处境化解读应该具备的前提。吴氏的解读例子，其借鉴之处在于，当下在本土的文化处境中进行跨文化的圣经批评，中国的圣经学者应该寻求既忠实于圣经经文本身，又对于其处境富有意义的诠释，由此，汉语圣经诠释方能获得充足的发展。

（本文发表于《基督教思想评论》第 12 辑，2011 年 1 月）

---

[1] 引自 James Brownson 教授的未刊讲义，"Seminar in Intercultural Hermeneutics," MI：WTS, 2005 年 1 月 3 日至 12 日。

论文学史的"个体意识"与"类意识"
——百年中国文学史学科发展论析

朱首献

作为人类生命活动的表现形式之一，文学史与其他活动一样，内部包含着诸种矛盾，这些矛盾对立、冲突、调和、妥协，共同构成文学史的内生态。具体而言，这些矛盾主要包括个体意识与类意识、史学观与文学观、经典化与非经典化、本质与反本质、史料与统摄形式、史实与体例编排等。对它们的研究可以加深我们对文学史的本质及功能的理解，进而更有效地促进文学史写作。伊娃·库什纳在她的《文学的历史结构》中指出，长期以来困扰文学史的问题"并非立史本身"，而是其中"潜伏的某些概念"。[①] 她的看法颇有道理。我们认为，当前文学史学科之所以存在焦虑，根本原因就是我们对其内部潜伏的诸种概念没有得以有效解决。显然，作为文学立史的基点，这些潜伏的概念没有得到有效解决，文学立史极易沦为空谈，而文学史的焦虑则会挥之不去，拂之还来。当然，在对这些潜伏概念的理解上，我们与伊娃·库什纳有所不同，她所谓的潜伏概念是指文学史内部的因果关系、文学史实乃至时间等，但在我们看来，远不止此，个体意识与类意识、史学观与文学观、经典化与非经典化、本质与反本质、文学史料与统摄形式、文学史实与体例编排等，都应囊括其中。只是它们中有些是文学史的主要的、核心的矛盾，而有些则是次要的、非核心的矛盾。我们将要探讨的文学史的个体意识与类意识就属于前者，对其研究当属文学史理论的元问题之一。

---

① ［加拿大］伊娃·库什纳：《文学的历史结构》，转引自［加拿大］马克·昂热诺等主编《问题与观点》，史忠义译，百花文艺出版社2000年版，第139页。

一

个体意识与类意识是一对对立的范畴。所谓个体意识，是指由个人的情感、思想、观念等所构成的一种总体个性意识，它是人的意识的固有特征。在具体社会中，个人虽然具有社会属性，是特定社会中的存在，但他必须要努力表现他的个体性，以此证明他的存在。个体意识体现着个体性，是人的个性内容的感性显现，个人的独特感受、体验、理解、思考等，都以个体意识的形式呈现，因此，个体意识是意识中最可能具有创新性的内容。个体是人存在的最基本形态。虽然人在本质上是社会存在物，但在具体形式上，现实中的人却是单个的存在物，这种单个存在性决定着他一定有着与众不同的性格特征、气质禀赋、社会阅历、生存环境等，这些内容呈现在意识层面，就是人的个体意识。个体意识是人的"这个"和"唯一"，它在人的生命活动中确证的是人与人的非同质性。古希腊思想家亚里士多德就否定普遍人的存在，因此，他指出，人只是个体，"医师并不为'人'治病，他只为'加里亚'或'苏格拉底'或其他各有姓名的治病，而这些恰巧都是'人'。"① 亚氏所谓的这些恰巧都是的人，指的就是具体的个别的人。人的生命活动独特性的体现，主要依靠个体意识来完成。因此，个体意识在人的生命活动中的在场，意味着人的自我存在感的觉醒、自我同一性的实现以及人对自我以外的人和物之间差异性的肯定。所以，在个体意识领域，我们经常看到的是，"我"的感觉一定不同于"你"的感觉，而"你"的思想也与"我"的思想有着鲜明的区别。由于个体意识的自我性特征，所以，它往往以追求差异性为目标。个体意识的这种自我性、差异性又使其在彰显人的个性与生命活动的创新性方面具有积极的意义。一句话，个体意识是个体价值的体现，是个体生命活动意义的意识确证，也是人的自我的意识显现。所谓类意识，是指人作为社会关系的总和其社会普遍性内容的意识反映，作为类存在物，人具有类的感觉和需要，这种感觉和需要在意识层面的反映，就构成了人的意识的类内容。无论承认与否，类意识都是一种客观的存在。由于类意识更注重社会普遍内容，是个体的类认同的呈现，故在目的与使命上，它更强调人的普遍存在性。

重视个体意识，是现代西方哲学的重要特征。现代西方哲学的一些重要流派如生命哲学、存在主义、精神分析、意志哲学等，都将个体作为它

---

① ［古希腊］亚里士多德：《形而上学》，吴寿彭译，商务印书馆1959年版，第2页。

们哲学的出发点，并将对生命"小我"的尊重，张扬个性、重视个体意识等作为其核心理论主张，从而形成它们具有鲜明特色的个体人学理论。如新精神分析的代表人物弗洛姆就认为，每个人都是"人种的一个特例"，"是具有他的独特性的个体"，在这种意义上，"他是惟一的"。① 存在主义的创始人克尔凯郭尔则把人视为"孤独的个体"，并提出用"个体辩证法"取代压制人的生命个性的"整体辩证法"。约翰·穆勒也认为个人的存在比社会群体的存在更具有实在性，他宣称："人并不因为被放在一起而变成另一种具有不同属性的实体，就像氢和氧不同于水，或氢、氧、碳和氮不同于神经、肌肉和胫腱一样。"② 海德格尔则将个体性提升到人的生存本体的高度，他把人称作"此在"（即此时此地的存在），其实就是想强调"人是个体"，而他的反对先行规定人，坚持"存在先于本质"的思想，更是深刻揭示了人的本质的自我生成性和存在的个别差异性。固然，这些理论在一定程度上漠视了人存在的社会内容，但如果从对个体性和个体意识张扬的角度来看，也是有着积极意义的。

马克思主义经典作家也非常重视人的个体意识，在《1844年经济学哲学手稿》中，马克思指出，"人是一个特殊的个体，并且正是他的特殊性使他成为一个个体，成为一个现实的、单个的社会存在物"。③ 不仅如此，他们还认为整个人类历史的逻辑基础就是现实的个人。在《德意志意识形态》中，马克思指出，"全部人类历史的第一个前提无疑是有生命的个人的存在"。④ 他们这种认为人类历史是从个体人出发的观点，说到底就是对人的个体生命的肯定。不仅认为历史的逻辑基础是现实的个人，而且，在马克思主义经典作家看来，整个人类历史的本质也无非是"个人本身力量发展的历史"，⑤ 这样，人们的社会历史始终就"只是他们的个体发展的历史"，不管他们"是否意识到这一点"。⑥ 即使在对共产主义

---

① ［美］弗洛姆：《为自己的人》，孙依依译，生活·读书·新知三联书店1988年版，第54—55页。
② J. S. Mill, *A System of Logic*, 1976, p. 576.
③ ［德］马克思：《1844年经济学哲学手稿》，中共中央马克思恩格斯列宁斯大林著作编译局编译，人民出版社2000年版，第84页。
④ ［德］马克思、恩格斯：《马克思恩格斯选集》第1卷，中共中央马克思恩格斯列宁斯大林著作编译局编译，人民出版社1995年版，第67页。
⑤ ［德］马克思、恩格斯：《马克思恩格斯选集》第1卷，中共中央马克思恩格斯列宁斯大林著作编译局编译，人民出版社1995年版，第124页。
⑥ ［德］马克思、恩格斯：《马克思恩格斯选集》第4卷，中共中央马克思恩格斯列宁斯大林著作编译局编译，人民出版社1995年版，第532页。

的理解上，马克思主义创始人也是立足于个体，因此，他们强调，共产主义的基本原则就是"每个人的全面而自由的发展"，① 从而让每个人拥有"建立在个人全面发展和他们共同的社会生产能力成为从属于他们的社会财富这一基础上的自由个性"。② 但与现代西方哲学强调"纯粹个人"的个体人学不同，马克思主义经典作家虽然认为人是有生命的个人存在，但他们同时强调，人之所以为人，还在于他是一种类的存在物，是处在一定的历史条件和社会关系中的个人，因此，他具有类的意识、类的感觉和类特征。在《1844年经济学哲学手稿》中，马克思主义创始人就提出，"人是有意识的类存在物"，③ 他"把类看作自己的本质，或者说把自身看作类存在物"。④ 因此，"他的生命表现，即使不采取共同的、同他人一起完成的生命表现这种直接形式，也是社会生活的表现和确证。"⑤ 所以，他不仅在"实践上和理论上都把类——他自身的类以及其他物的类——当作自己的对象；而且因为——这只是同一种事物的另一种说法——人把自身当作现有的、有生命的类来对待，因为人把自身当作普遍的因而也是自由的存在物来对待"。⑥ 正如马克思主义经典作家所理解的个体不是"纯粹的个体"一样，他们所理解的类也不是先验、抽象的。在马克思主义经典作家之前，黑格尔、费尔巴哈等都讨论过人的类本质，但他们的理解都不约而同地戴着"抽象概念的神学光环"。⑦ 如黑格尔认为人的类本质就是抽象的精神劳动，费尔巴哈则把"爱、理性、意志、心"等这些脱离人的感性实践的内容看作人的类生活和类本质，感性的、生动的社会实践被他拒之门外。马克思主义经典作家则不同，他们不仅看到了人的类本质的个体性内容，而且也看到了它的历史生成性和社会实践内容。所以，他们指出，人"也是总体，观念的总体，被思考和被感知的社会的自为的主体存在，正如他在现实中既作为对社会存在的直观和现实享受而存在，又

---

① ［德］马克思、恩格斯：《马克思恩格斯全集》第23卷，中共中央马克思恩格斯列宁斯大林著作编译局编译，人民出版社1972年版，第649页。
② ［德］马克思、恩格斯：《马克思恩格斯全集》第46卷，中共中央马克思恩格斯列宁斯大林著作编译局编译，人民出版社1979年版，第104页。
③ ［德］马克思、恩格斯：《马克思恩格斯全集》第42卷，中共中央马克思恩格斯列宁斯大林著作编译局编译，人民出版社1979年版，第96页。
④ ［德］马克思：《1844年经济学哲学手稿》，人民出版社2000年版，第57页。
⑤ ［德］马克思：《1844年经济学哲学手稿》，人民出版社2000年版，第84页。
⑥ ［德］马克思：《1844年经济学哲学手稿》，人民出版社2000年版，第56页。
⑦ ［德］马克思、恩格斯：《马克思恩格斯全集》第27卷，中共中央马克思恩格斯列宁斯大林著作编译局编译，人民出版社1979年版，第12页。

作为人的生命表现的总体而存在一样"。① 并且认为，人类历史的终极目标就是实现人的个体与类的矛盾的真正解决，这样，共产主义"作为完成了的自然主义＝人道主义，而作为完成了的人道主义＝自然主义，它是人和自然界之间、人和人之间的矛盾的真正解决，是存在和本质、对象化和自我确证、自由和必然、个体和类之间的斗争的真正解决"。②

我们说个体意识与类意识是一对对立范畴，主要是基于方便认知二者的区别而言，实际上，个体意识与类意识之间绝非"隔着一条无从逾越的鸿沟"，像西方个体人学那种"知有个体而不知有类"或者是我们过去很长一段时间内"知有类而不知有个体"的个体理论或类学说，都不可能正确解释个体意识与类意识的矛盾与对立。个体意识与类意识既是互文的，也是张力的，这种互文和张力构成了人的意识的具体历史形态，在这种形态中，个体意识内在地体现着类的内容，而类意识也通过个体意识实现着自身。这就是说，个体意识不可能不表现出类的方面或特征，反过来，也不可能有纯粹的类意识的存在，它只能以个体表现的形式显现出来。虽然在终极层面上，个体意识与类意识应该是你中有我，我中有你，一荣俱荣，一损俱损。但在具体的历史阶段上，它们往往相互排斥甚至对立，类意识压抑个体意识，个体意识则挑战着类意识，因此，在具体意识形态中，二者只能有所偏重，而不能有所偏废。同时，个体意识与类的意识的对立是一种历史性存在，而不是超历史的，随着人类历史的发展，这种对立会不断地被扬弃，最终实现二者的相互弥合消融。

二

文学史活动作为人的生命表现活动之一，其过程乃至结果中同样会体现出个体意识与类意识的内容。与人类一般活动的个体意识与类意识有所区别，文学史的个体意识则是指文学史家在文学史活动中所体现出来的个人判断力、审美自由力、生命体验力等属于其个人特征的东西。文学史的类意识，则是指文学史活动中体现出的共同价值倾向、判断标准和思想观念等。学界对此也有类似的描述，如葛红兵的"在一个符号体系的使用共同体之内有可能达成某种一致，他们拥有共同的伦理道德、价值理想、形而上学，他们掌握同样的符号使用规则，这样他们就可能对一个历史问

---

① ［德］马克思：《1844 年经济学哲学手稿》，中共中央马克思恩格斯列宁斯大林著作编译局编译，人民出版社 2000 年版，第 84 页。

② ［德］马克思：《1844 年经济学哲学手稿》，中共中央马克思恩格斯列宁斯大林著作编译局编译，人民出版社 2000 年版，第 81 页。

题达成有限的共识，也就是我们通常所说的互相认为是'真理的'。正是这种有限的共识使我们有可能对文学史作出必要地判断，而且有理由和信念希望我们的判断得到别人的承认"的论述指的就是文学史的类意识。①作为人们把握文学历史、阐释文学审美价值的活动，文学史与人类的其他活动一样，必然是人的个体意识和类意识的集中体现。在中国文学史百年学科历程中，由于对文学史的本质、功能、方法等认知上的错位，大量的文学史在个体意识诉求上不够鲜明，而在类意识的表达上则过于突出，从而造成了类意识淹没个体意识的百年中国文学史之殇。当然，在百年中的不同的历史阶段中，其具体体现也是不同的。

　　泛文学意识、进化观念、爱国主义分裂症、科学主义等是早期中国文学史的类意识。中国早期的几部文学史，如林传甲、来裕恂、张德瀛等的中国文学史，其在文学观念上具有严格的一致性，均持中国传统以经史子集言文学的观念；在文学史的用途上，深受当时新史学所提倡的治史可以增人爱国保种情感的影响；在文学史的思维上，当时社会上流行的进化观念、实证主义等自然科学意识也都在这些著述中有不同程度的反映。朱自清后来在谈及早期国人的文学史著述时有这样一个判断："早期的中国文学史大概不免直接间接的以日本人的著述为样本，后来是自行编纂了，可是还不免早期的影响。这些文学史大概包罗经、史、子、集直到小说戏曲八股文，像具体而微的百科全书。"② 实际上，朱自清"百科全书"的比喻只不过是早期中国文学史类意识的另一种说法而已。当然，在早期中国文学史共同体中，并非没有另类或注重个体意识的著述的存在，黄人的《中国文学史》比之于林、来、张著，就具有明显的个体色彩，如他就不以经史子集论文学，而是另立纯文学之说，但遗憾的是，他的《中国文学史》并没有真正将这种在当时可谓稀缺的个体意识落到实处，以至于他虽以"美"言文学，但落实上的踩空，使他的中国文学史看上去也并不是那么的"美"。而且，其进化的思想、科学的情结以及爱国保种的观念等，事实上与林、来、张著也是同出一辙。

　　阶级意识是中国文学史百年发展中的另一种类意识，而且其流布甚广，影响日久。北京大学中文系文学专门化1955级集体编写、1958年由人民文学出版社出版的红皮本《中国文学史》，其扉页上就赫然题着"献给亲爱的党和伟大的祖国"的字样，而从其落款"1958年国庆节于北京"

---

① 葛红兵：《文学史学》，湘潭大学出版社2008年版，第7页。
② 朱自清：《朱自清古典文学论文集》（上册），上海古籍出版社1981年版，第13页。

的字样看，这又是一部国庆献礼工程。因此，在具体行文中，这部文学史在"经济基础决定上层建筑""阶级性""人民性""伟大的现实主义"等意识形态话语的支持下以"雷霆万钧"之势"插红旗、拔白旗"，对中国历史上的作家和作品进行"无产阶级专政"。[①] 如此意图使得这部文学史强烈渴望"把红旗插上中国文学史的阵地"，故文字行间，该著忠实地恪守"阶级意识和阶级分析的方法"，对"人民性"的民间文学、对爱国主义、对现实主义和积极浪漫主义大肆褒扬，而对所谓的消极浪漫主义、形式主义则极力贬揶。所以，在具体评介上，李白的成就就低于杜甫，周邦彦成了"北宋末期反现实主义和形式主义格律派"的始作俑者，关汉卿摇身变成"伟大的人民戏剧家"，《三国演义》《水浒传》《西游记》都是人民集体创作的长篇小说……，诸如此类的政治判断使得红皮本的《中国文学史》成为彰显阶级类意识的一个典型代表。除该著外，1958年由中华书局出版的复旦大学中文系古典文学组学生集体编写的《中国文学史》，1959—1960年间由吉林人民出版社出版的吉林大学中文系中国文学史教材编写小组在该系"党总支直接领导下"编写的《中国文学史稿》"唐宋部分""元明部分""清及近代部分"，以及1962年由人民文学出版社初版、1963年再版的中国社会科学院文学研究所中国文学史编写组编写的《中国文学史》等也都同样对"阶级意识"抱以狂热，堪称阶级类意识"殖民"文学史的典型案例。

　　中国文学史的百年发展中，历史本体意识也是一种重要的类意识，这种类意识将文学史视为历史的旁支，从而制造了文学史内部文与史的世纪纠葛。这种类意识在文学史发轫之初就已显端倪。黄人的《中国文学史》就曾自觉地将文学史归入史学，提出历史有两类，即自然史和精神史，前者包括种族史、地理史、物产史等，后者包括政治、宗教、经济、教育诸史，文学史乃精神之史。其后，这种历史本体意识蔓延至整个中国文学史领域并延续至今。如周作人不仅将治文学史混同于治历史，而且认为文学史家实在地就是"一个历史家或社会学家"。[②] 郑振铎称文学史是历史的"一个专支"，[③] 谭正璧强调"文学史是历史的一种"等等。[④] 即使在政治高度统一环境中生产的文学史，也同样在坚持政治性的同时不忘历史本体

[①] 北京大学中文系文学专门化1955级编著：《中国文学史》（上册），人民文学出版社1958年版，第1—9页。
[②] 周作人：《中国新文学的源流》，人文书店1934年版，第16—17页。
[③] 郑振铎：《插图本中国文学史》，朴社1932年版，第2页。
[④] 谭正璧：《中国文学史大纲》，上海光明书局1930年版，第7—8页。

意识。1954年出版的谭丕谟的《中国文学史纲》,除了带有新式的社会主义意识形态的风气之外,作者还特意将"历史唯物论"作为中国文学史研究的科学方法。[①] 王瑶先生的《中国新文学史稿》在界定中国新文学的性质上也认为中国新文学史是"中国新民主主义革命史的一部分"。李长之的《中国文学史略稿》认为,"文学史是社会科学的一部门,是历史科学的一部分。"因此,文学史的方法应反对"形而上学的非历史主义的方法"。[②] 在今天我们的一些重要的文学史著述及理论研究中,这种历史本体意识不仅势头未消,且有日涨之象。袁行霈主编的《中国文学史》"总绪论"中就称"文学史是人类文化成果之一的历史",它属于"史学的范畴"。董乃斌等主编的《中国文学史学史》中在引用了马克思和恩格斯《德意志意识形态》中所说的"我们仅仅知道一门唯一的科学,即历史科学"后认为,"文学史恰恰就是文学研究中的历史科学,是马、恩所说的与自然史相对的'人类史'的有机组成部分"。[③] 王涌豪延续郑振铎、李长之、周作人等文学史是历史学的"专支"之说提出"文学史说到底是一种专门史"。[④] 同时,这种历史本体意识还体现在文学史的体例和分期上借用历史学的体例和分期方面,林传甲、刘永济搬用中国传统的历史分期,而黄人、来裕恂的文学史分期意识则深受新史学的影响等。

此外,诸如教材意识、启蒙意识、史料意识、经典意识等,在百年中国文学史的不同历史时期也都曾以文学史类意识的形象出现,与以上诸种类意识一起构成压抑百年中国文学史个体意识的意识共同体。

三

文学史作为人的生命活动的对象化,既是一种个体意识的表达,也是一种类意识的摹写,在这种意义上,文学史应该是一种双声话语:文学史家作为个体性的存在与其作为类的存在分别与文学历史对话的话语融合,这样,文学史的历史就应该是不断实现人的活动的"合个体性"与"合类性"的统一。如上所述,百年中国文学史的历史可以说就是文学史类意识的历史,因此,坊间充斥的大多文学史都是"千人一面",而鲜见"各师成心,其异如面"。从这个意义上来说,个体意识的觉醒就是当前

[①] 谭丕谟:《中国文学史纲》,高等教育出版社1954年版,第5页。
[②] 李长之:《中国文学史略稿》第1卷,五十年代出版社1954年版,第1页。
[③] 董乃斌等主编:《中国文学史学史》第三卷,河北人民出版社2003年版,第579页。
[④] 汪涌豪:《文学史研究的边界亟待拓展》,《文学遗产》2008年第1期。

文学史学科的核心问题，这无论对于文学史学科的知识创新还是重写来说，都是极其重要的。

对类意识的过度迷恋导致百年中国文学史致力于个体意识的压抑，让本应具有鲜活生命感悟和人生体验的文学史异化成抽象逻辑的展示。戴燕曾指出，"文学史并不只是对于过往作家作品的简单记录，它不是'录鬼薄（簿）'，不能等同于词典和百科全书上的条目，也不等于二十年前风靡一时的鉴赏类的书籍辞典，文学史的最重要的任务，还在于它要讲述一个文学传统，也就是说明文学'从哪里来、到哪里去'的问题"，而"在这一点上，文学史和其他各门类的历史一样，既是历史，也是当代史。它是一种历史的回忆，而回忆总是主观的、经过选择的，有独特理念、有自己的主张，有情绪有色彩，有时还免不了皮里阳秋、含沙射影、指桑骂槐"。[①] 陶东风也有这样的批评："我国已有文学史不但在基本史观、文学观、研究方法上是大体雷同僵化的，而且其体例和编写模式也是如此。社会环境、作家介绍、作品分析（思想分析加艺术分析）三者的机械贴拼排列成了文学史公用的编写模式（少数著作例外），差不多可以称为'文学史八股'。"[②] 1988年，陈思和与王晓明在《上海文论》开辟"重写文学史专栏"时就强调文学史写作者应该"把自己整个身心投入到学术对象中去，由自己的生命感受中来体会文学与人生"。并且认为，唯有这样，"他的研究结论一定是个人性的，有创造性的，因而总是对前人成果的发展，如果从学术的意义上说，这就是重写"。[③] 朱德发提出文学史的主体间性思维并认为在主体间性思维中，文学史就是"一部活色生香的流动历史"，是"作者与文本之间的开放性、生成性和充满生命力的对话"。[④] 这些批评或论见都暗含着对文学史个体意识的吁求。正是如此，戴燕在评介章培恒和骆玉明的新著《中国文学史》时会有这样由衷的文字："与最近出版的许多文学史书都不一样，新版章书中的一些片断几乎可以当成文学作品来读，那是不是其中融入了编写者个人的生活经验和情感的缘故？例如在讲到阮籍由于人生态度与众不同而深感寂寞孤独时，章书选出阮籍《咏怀诗》之'独坐高堂上'一首，作了一段长长的分析，我一口气读完这一节，几乎屏

---

① 戴燕：《文学史：一个时代的记忆》，《书城》2007年第9期。
② 陶东风：《文学史哲学》，河南人民出版社1994年版，第19—20页。
③ 陈思和、王晓明：《关于重写文学史专栏对话》，《上海文论》1988年第6期。
④ 朱德发等：《评判与建构：现代中国文学史学》，山东大学出版社2002年版，第137—150页。

住了呼吸。在今天这样一个和平喜乐的美满时代，我止不住暗中猜想，究竟还会有多少人去分享阮籍那样的寂寞与孤独？这是一个谜。"① 确实，文学史需要有个体意识的张力，一种能够让人"屏住了呼吸"的气象和一种分享式的愉悦。而做到这些，就需要文学史的书写者将自己的生命体验和感悟融入"文学的历史"之中，去捕捉文学史内在的生命搏动。

在这种意义上，文学史的核心任务就是在生命中涉及生命，在体验处解释自身。西方历史学家狄尔泰认为历史学就是"生命在其深处解释自身"，②所以，他要求历史学家"带着爱与恨，带着兴奋的喜悦，带着我们反复无常的情绪"突入历史。③ 显然，狄尔泰的历史观充分注重"我"的在场性，强调个体的生命跃动在历史生成中的作用，是对历史个体意识的充分尊重。卡西尔也认为历史学从根本上讲是"拟人的"，"抹杀它显示人的特点的方面，也就毁灭了它独特的个性和本性"。因此，历史学的目的"正是在于对自我，对我们认识着和感觉着的自我的这种丰富和扩大，而不是使之埋没"。④ 狄尔泰和卡西尔这种对历史个体意识的重视在后现代史学中更是被发挥到了极致，该史学的核心理论家海登·怀特甚至提出历史乃虚构，"其形式与其说与科学的形式相同，不如说与文学的形式相同。"⑤ 因此，"一个历史学家作为悲剧而编排的情节，在另一个历史学家那里可能成为喜剧或罗曼司。"⑥ 上述这些历史观启示我们，文学史家的任务并不在于恢复历史，而在于建构历史。正是如此，文学史家伊娃·库什纳认为文学史所面对的文本是文学文本，而"形象思维覆盖着这些文本"，因此，"它们呼唤作为读者的史学家以形象思维的方式去理解这些文本"。⑦ 众所周知，形象思维是感性思维，它对个性、情感、生命体验的依赖性非常强，因此，至少在我们看来，重视个体意识也应当是伊娃·

---

① 戴燕：《文学史：一个时代的记忆》，《书城》2007年第9期。
② 转引自张汝伦《历史与实践》，上海人民出版社1995年版，第39页。
③ 转引自谢地坤《走向精神科学之路——狄尔泰哲学思想研究》，江苏人民出版社2008年版，第14—15页。
④ [德] 卡尔西：《人论》，甘阳译，上海译文出版社1985年版，第242页。
⑤ [美] 海登·怀特：《后现代历史叙事学》，陈永国、张厅娟译，中国社会科学出版社2003年版，第170页。
⑥ [美] 海登·怀特：《后现代历史叙事学》，陈永国、张厅娟译，中国社会科学出版社2003年版，第75页。
⑦ [加拿大] 伊娃·库什纳：《文学的历史结构》，转自[加拿大] 马克·昂热诺等主编《问题与观点》，史忠义译，百花文艺出版社2000年版，第142页。

库什纳的文学史立场。

　　从根本上讲，文学史的深层对象不应该是"物与物"（文学史料与文学史料）的关系，而是"人与物或人与人"（文学史家与文学史料、文学文本乃至文学史家与文学家）的关系，后一种关系只可能是一种"主观"或"评价"关系。因此，文学史家就不应该仅是一个"知识考古家"，恰恰相反，他应该是一个拥有新鲜、活泼的个人感悟和体验的审美家。在文学史活动中，文学史家就是一个"审美立法者"，他也只有作为一个"审美立法者"，才是一个真正的文学史作者，也才是一个真正的具有文学史个体意识的"主体"。文学史活动的主体之所以成为"主体"，就在于他并不仅仅只是服从文学史的"必然如此"，更为重要的是他能够用自己的生命体认和人生感悟去完成文学史的个体意识，为文学史立一种个体的审美之法。在实现文学史的个体意识的意义上，我们倒倾向于把文学史区分为两个层次，第一也是最表的层次是"史"，就是对史料的挖掘、分析、求证，包括对文学历史的公理公例的把握等客观性的内容，它是文学史的重要构成，但不是文学史的灵魂。第二也即文学史的核心层次是"文"，它是文学史的内在灵魂，也最能体现文学史的个体意识。这个层次要求作为"我"的文学史家携带着生命的闪电、活泼的人生感悟和体验进入文学史料（尤其是文学文本）的世界，在生命与生命的碰撞或审美的游戏中，实现"我"与文学史料内在生命的异质同构，进而将"我"镌刻在文学历史的生命洪流中。因此，在这个层次上，文学史活动既是文学史家"我的生命表现的器官"，同时也是文学史料对文学史家"生命的一种占有方式"。[①] 我们将此称作"文学史的个体化"和"个体的文学史化"。

　　文学史说到底也是一个叙述结构，这个叙述结构的叙述者应该有两个，一个是作为个体的存在者，一个是作为类的存在者，尽管在特殊的状态下，它们可能不一定相互协调，甚至可能彼此对立。但在理想的状态下，它们却应该相互支持、荣辱与共。当然，我们强调文学史的个体意识，主要是针对百年来中国文学史个体意识的缺失而言，绝不是要排斥或者取消文学史的类意识，类意识的合理存在对于文学史的健康发展也是非常必要的。实际上，文学史既是文学的文学史，也是超文学的文学史；既是个体的文学史，也是超个体的文学史；既是类的文学史，

---

　　① ［德］马克思：《1844 年经济学哲学手稿》，中共中央马克思恩格斯列宁斯大林著作编译局编译，人民出版社 2000 年版，第 86 页。

也应该是超类的文学史。这种内在的矛盾恰恰是文学史的现实本质的最本真体现,割裂这种矛盾对立往往会造成文学史暴力的出现。在文学史活动中准确把握这种矛盾并作出正确处理,是优秀文学史家的必备素质之一。

(原载《中国现代文学论丛》2012年第2期)

实证精神、进化观念与历史眼光
——论胡适白话文学史观的科学主义向度

朱首献

　　科学主义文学史观是 20 世纪中国文学史观的一种重要形态,其核心呈现之一是白话文学史理论。这种理论肇自晚清,由梁启超开其端,1902 年,梁在《论小说与群治之关系》中提出,小说为"文学之最上乘",同时,在论小说的四力之一"刺"时,他指出,在文字中,"文言不如其俗语,庄论不如其寓言,故具此力最大者,非小说末由。"① 是年,在《中国群治不进之原因》中,他又提出"言文"相合论,他认为,中国欲开民智,必言文相合,言文分则"人智局",言与文都须随时代的变迁而变迁,"新新相引,而日进焉"。进而他指出,语言、文字的主体并非一二"特识者",而是广大的引车卖浆之流,群治之进,非一人"所能为",需依靠人民大众,"相摩而迁善,相引而弥长",故得"一二之特识者",不若得"百千万亿之常识者",因"其力愈大而效愈张也"。② 1903 年,他在《小说丛话》中云:"文学之进化有一大关键,即由古语之文学,变为俗语之文学是也。各国文学史之开展,靡不循此轨道。"③ 梁氏诸论虽未明确提出白话文学观,但其对俗语、小说以及俗语和俗语文学主体即大众的重视,其实已使白话文学观跃然于形。而且,他对俗语和俗语文学的倡导,背后的支撑机制已非中学,而是带着科学主义印记的进化理论。梁之后,黄人、来裕恂、王梦曾、曾毅等扬其绪,均对戏曲、小说等俗文学抱以热情,如来裕恂的《中国文学史》虽持正统文学观念,但对小说、戏曲也是专辟章节介绍。在元代文学论中,他称小说戏曲为元文学之特色;

---

① 梁启超:《论小说与群治之关系》,《新小说》1902 年第 1 号。
② 梁启超:《论中国群治不进之原因》,《新民丛报》1902 年第 10 号。
③ 《小说丛话》中饮冰语,《新小说》1903 年第 7 号。

在论清文学中，他赞金圣叹之小说评论"风云月露，咳唾珠玉"，且对其后"小说之术寝以微矣"之状抱以惋惜。① 黄人对小说戏曲则更是高度赞誉，其《中国文学史》不仅立足进化观对"尚雅戒俗、爱古薄今"的论文态度进行抨击，认为其"不知雅之本意为恒常"，"鄙陋实甚"，而且指出，"韵语起于风谣，风谣即俗之代名"，"古人之今，即今人之古，舍今俗而求古雅，所谓皮之不存，毛将焉附？"② 对于戏曲小说等俗文体，黄人亦抬举有加，将元代院本、小说与《爱弥儿》、莎士比亚的剧作相媲美，并认为明代传奇把死的文学变成了"活的文学"。③ 曾毅更是认同通俗文学，且多嘉许之意。他认为元代"于词曲，于小说，乃融会而有通俗文学之发生"，为文学史上可"大书特书者也"，④ 安得以其"小道而忽之"？⑤ 他评《水浒》笔墨"如生龙活虎，不可捉摸"，状人"务求刻画尽致"，"一人有一人之精神"，缀篇则"脉络贯透，形神俱化"，盖与龙门《史记》"相埒"；评《三国》"有波澜，有变化"，亦"奇作也"。而对胡应麟诋《水浒》"鄙俚"、谢肇淛斥其"君子所不道"，曾毅讥之乃"迂儒之谈"。⑥ 曾氏这些开明思想与中国正统文学观大异其趣，甚至和此前的林传甲、来裕恂也颇有异，大有扬白话文学之旨。但真正架构起系统的白话文学史观，并使之产生重要影响的，则非胡适莫属。正是胡适努力奋之，科学主义才真正成为白话文学史观的核心义理。考察胡适的白话文学史观及其背后的科学主义向度，对于我们深入理解这种文学史观及其深层的复杂机制具有重要的意义。

一

重视科学精神，倡导科学方法，自觉加以实践，是胡适治学的首要特征。正如陈平原指出那样，胡适治学能独辟蹊径，一个重要的原因是其"方法的自觉"。⑦ 陈之所谓的方法，即胡适建基于科学精神之上的实证论和历史进化术。其中，对实证的重视又是他治学之突出特点。他将清儒考据之法与西方实证论结合，创造了胡式实证研究法，用他自己的话说即

---

① 来裕恂：《萧山来氏中国文学史稿》，岳麓书社 2008 年版，第 201 页。
② 黄人：《中国文学史》，苏州大学出版社 2015 年版，第 47 页。
③ 黄人：《中国文学史》，苏州大学出版社 2015 年版，第 16 页。
④ 曾毅：《中国文学史》，上海泰东书局 1915 年版，第 235 页。
⑤ 曾毅：《中国文学史》，上海泰东书局 1915 年版，第 243 页。
⑥ 曾毅：《中国文学史》，上海泰东书局 1915 年版，第 240—241 页。
⑦ 陈平原：《胡适的文学史研究》，王瑶主编《中国文学研究现代化进程》，北京大学出版社 1996 年版，第 216 页。

"有一分证据，说一分话；有十分证据，说十分话"，做什么事情必须要做到：拿证据来！他毕其一生所奋力的科学方法，骨子里也不过这种"有充分证据而后信"的实证主义。在《治学的方法与材料》中，他指出，"科学的方法，说来其实很简单，只不过'尊重事实，尊重证据'。在应用上，科学的方法只不过'大胆的假设，小心的求证'。"而且，他认为，近三百年来的西方科学方法和中国朴学，本质是一样的，都要求做到"大胆地假设，小心地求证"。不过，胡适同时注意到朴学和西方科学方法间的差别："考证学只能跟着材料走，虽然不能不搜求材料，却不能捏造材料"，无论文字校勘还是历史考据，都只能"尊重证据"，不能"创造证据"。自然科学方法则"不限于搜求现成的材料，还可以创造新的证据"，实验的方法便是"创造证据的方法"。他举例说，用人工把水分解成氢气和氧气，以证水是氢气和氧气合成的，这便是"创造新证据"。在他看来，朴学倚重的是纸上材料，而"纸上的材料只能产生考据的方法；考据的方法只是被动的运动材料"。因此，"考证家若没有证据，便无从做考证"，但自然科学家"便不然"，自然科学的材料可产生"实验的方法"，它不受"现成材料的拘束"，能随意创造平常不可见的情境，"逼拶出新结果来"。① 1922 年的《五十年来中国之文学》是胡将实证论用之于文学史研究、正式提出白话文学史观前的一次演练。此文借古文和白话二分对立对 1872—1922 年间的中国文学发展态势进行点评。从立足点来看，胡表现出了力倡白话文学和大贬古文文学的意图，这当与是时已经云涌的新文学风气有关。作为文学革命主将的胡适，倡导白话文学，反对僵化的、脱离人民大众的古文学，本是情理中事。不过，许是 1922 年这个节点距新文化运动的起点太过接近、新的文学尚不成气候之故，此文对古文文学的考证剖析很细致，很到位，但对新文学，胡适则阔论其文学主张，而具体的样本，则几乎无据可考。这其实也折射出一个问题，即胡氏之长，乃古文文学、实证功夫，而非他言必扬之的白话文学。从文学史角度看，此文既勾勒 1872—1922 年间中国文学发展概况，当为一部略具体制的文学史。而且，此文已经初显胡氏后来架构《白话文学史》的两个理论支点：其屡试不爽的胡式实证法和进化之术。如此文论古文学，近乎处处小心，言必有据。在论《儿女英雄传评话》的作者和成书年代中，他先据此书雍正十二年和乾隆五十九年的序之间的扞格，认定两序均为假托，再据光绪戊寅（1878 年）马从善的序，断定该书作者为清宰相勒保

---

① 胡适：《治学的方法与材料》，《小说月报》1929 年第 20 卷第 1 号。

实证精神、进化观念与历史眼光

之孙文康,又据马序中"昨来都门,知先生已归道山"语,裁定文康死于同治、光绪之际,得出"此书为近五十年前的作品"之论。① 胡氏此论兼具朴学和实证的风格,此类风格在其对《儒林外史》的版本与《老残游记》的研究中均可见出,这说明他着实是把实证法作为其文学史观的首要方法来对待的。

1928年付梓的《白话文学史》是胡适将实证法用之于文学史的典型。与诸时人的文学史开篇《诗经》不同,此著上断自汉,避开了《诗经》,个中原因,在于他苦于无据,无从施展胡式实证研究,而非他在自序中的貌似谦虚之语:它是一段"很难做的研究"。② 其实,早在该著着鞭前,胡适就《三百篇》发过不少专文,例如,1913年的《〈诗经〉言字解》、1922年的《诗经新解》第1卷、1925年的《谈谈诗经》和《论〈野有死麕〉书》,而且,据胡适日记载,1922年4月,他曾于平民大学讲演《诗经三百篇》,同年6月9日的日记中,他还提及牟庭相关于《诗经》的"特别的见解"。③ 所以,依他对《三百篇》的研习基础,捉刀《白话文学史》当无须回避之,而其最终选择回避,概在其对《诗经》的"一句一字","都要用小心的科学的方法去研究"这句话中。④ 复以撰该著时,他刚回国,手头"没有书籍",无从"拿证据来",无以实现其要"把三百篇还给西周东周之间的无名诗人"之目标,⑤ 故只能忍痛割爱,以它是一段"很难做的研究"搪塞过去。故左右是作抛开《三百篇》最根本的还是胡的实证态度,拿不来证据,就不能妄论。不仅如此,该著的其他章节也是语出有据,实证色彩浓厚,如其对《孔雀东南飞》年代的考证,就分别从它的起头、流变、母题等方面广列证据,推翻了梁启超的六朝说和陆侃如的宋少帝与徐陵间说,将其产生年代前推近300年。而其对佛教翻译文学和唐初白话诗人王梵志的研究等则更以史料挖掘见长,颇见其实证功力。

胡式实证法的核心,借深得其真传的顾颉刚评南宋史家郑樵的话可窥一斑:"郑樵的学问,郑樵的著作,总括一句话,是有科学的精神。……他尊重实验,……做一种学问,既会分析(如《艺文略》《六书略》等),又会综合,既会通(如《天文志》《动植志》),又会比较(如诗与

---

① 胡适:《五十年来中国之文学》,申报馆编《最近之五十年》,申报馆1923年2月。
② 胡适:《白话文学史·自序》,新月书店1928年版,第14页。
③ 中国社会科学院近代史研究所中华民国史研究室编:《胡适的日记》(上册),中华书局1985年版,第375页。
④ 胡适:《谈谈〈诗经〉》,《文学论集》,亚细亚书局1931年版,第9页。
⑤ 胡适:《〈国学季刊〉发刊宣言》,《国学季刊》1923年第1卷第1号。

歌比，华文与梵文比），又富于历史观念，能够疑古，又能够考证；又富于批评精神，信信疑疑，不受欺骗。"① 胡适毕其一生致力的科学方法，骨子里大概也不过"信信疑疑、不受欺骗"八个字。他在文学史中引入实证法既在通过言之确凿的证据建构"言之不文，行之最远"的白话文学是文学史正宗的观念，也想劝告人们"莫把这些小说考证看作我教你们读小说的文字。这些都只是思想学问的方法的一些例子。在这些文字里，我要读者学得一点科学精神，一点科学态度，一点科学方法"。② 不过，对于胡适文学史观中已经足够的实证态度，还有人颇有微词，李嘉言在评张长弓著《中国文学史新编》中就这样说，"著者因为要取材谨严，所以'对于伪托及需要考证的材料，皆加以精细的鉴别'"，"这种态度用在作文学史上，我以为是最值得表彰的。过去作文学史的人，除了极少数的几个人外，大部分所缺的就是这个。而且那极少数的几个人，如胡适先生，郑振铎先生，也未能全做到好处，或失之偏见，或失之疏漏。"③

二

作为胡适时代普遍流行的观念，进化论对其影响甚重，他说过，其名字就有"物竞天择，适者生存"之印痕。1914 年 1 月 25 日，他在日记中说，今日吾国之急需，"以吾所见言之，有三术焉，皆起死之神丹也：一曰归纳的理论，二曰历史的眼光，三曰进化的观念。"④ 进化观在其心中的地位可见一斑。胡适治学，固是科学方法，但其落地则靠的是实证态度和进化观念。前者源于他对证据的重视，后者本自他对进化术的认同。前者集中体现于他的"大胆假设，小心求证"；而后者，他曾这样说：一部哲学史里，康德占四十页，达尔文只有一个名字，赫胥黎连名字都没有，"那是决不能使我心服的"。⑤ 1930 年，他曾称其精神导师是赫胥黎和杜威，赫的天演论本身就是进化术，而杜的实证法则是进化术的变种，故于胡适言，二者实无差别：实证法从达尔文出发，是"生物进化论出世以后的科学方法"，它只承认"一点一滴的不断的改进是真实可靠

---

① 顾颉刚：《郑樵学术》，《顾颉刚读书笔记》第 1 册，台北：联经出版事业公司 1990 年版，第 457 页。
② 胡适：《介绍我自己的思想》，《胡适文选·自序》，亚东图书馆 1930 年版，第 24 页。
③ 李嘉言：《评〈中国文学史新编〉》，《文哲月刊》1935 年第 1 卷第 3 期。
④ 胡适：《胡适留学日记》第 1 册，商务印书馆 1947 年版，第 167 页。
⑤ 胡适：《五十年来之世界哲学》，申报馆编《最近之五十年》，申报馆 1923 年 2 月。

的进化"。①

正是这种"一点一滴的不断改进"的历史进化思想，促成了胡适最终架构起其白话文学史观。1918年，在《文学进化观念与戏剧改良》中，他这样理解文学的进化：每一类文学均非三年两载就可发达完备，须是从极低微的起源，渐渐进化到完全发达的地位。他以杂剧为例指出，杂剧限制太严，除一二大家外，多"止能铺叙事实"，不能有"曲折详细的写生工夫"，故其人物，概"毫无生气"，而于"生活与人情"，也往往"缺乏细腻体会的工夫"。倒是后来的传奇做得好，因为"体裁更自由"，故写生写物言情都"大有进步"。如《蜃中楼》虽是合并《元曲选》之《柳毅传书》与《张生煮海》，但其不仅情节更有趣，人物也有生气，有个性；《梧桐雨》"叙事虽简洁"，写情实"远不如《长生殿》"。所以，杂剧之变为传奇，于写生表情方面则实在大有进步，可算得上戏剧史的一种进化。② 在文学史的分期问题上，其《白话文学史》将汉以降的中国文学史区分为并行不悖的两条线，一条以御用诗人、散文家、太学里的祭酒、教授、翰林学士、编修等为主体，其创作的是"半僵半死的古文文学"。另一条则以无数的无名艺人、作家、主妇、乡土歌唱家等为主体，其创作的是那"一直不断向前发展"的由民间兴起的"生动的活文学"。③ 中国文学的发展就是这种"压不住的"白话文学冲动"因时进化，不能自止"的过程。胡适这种"古消白长"的双线文学史观不仅在历史空间意识上打破以往依朝代分期的惯例，避免人为切断文学演进脉络的弊端，而且把中国文学史作为整体来观照，显然更具科学精神，也更利于突出文学进化的观念，当然，其中亦有梁启超科学史学之"同体进化"的声响。

胡适文学史观的核心逻辑是依进化论而抑文言、扬白话，至于二者的关联，他曾这样说，"文学革命的作战方略，简单说来，只有'用白话作文作诗'一条是最基本的。这一条中心理论，有两个方面：一面要推倒旧文学，一面要建立白话为一切文学的工具。在那破坏的方面，我们当时采用的作战方法是'历史进化的文学观'"，我们要用它来做"打倒古文学的武器"，所以，"屡次指出古今文学变迁的趋势"，都是"走向白话文学的大路"。④ 此革命策略甚而使其有一种白话癖。在《文学改良刍议》中，他

---

① 胡适：《介绍我自己的思想》，《胡适文选·自序》，亚东图书馆1930年版，第3—4页。
② 胡适：《文学进化观念与戏剧改良》，《新青年》1918年第5卷第4号。
③ 唐德刚译：《胡适口述自传》，华文出版社1992年版，第289页。
④ 胡适：《〈中国新文学大系·建设理论集〉导言》，赵家璧主编《中国新文学大系·建设理论集》，良友图书印刷公司1935年版，第19—20页。

宣称，"一时代有一时代之文学，……文学因时进化，不能自止。……以今世历史进化的眼光观之，则白话文学之为中国文学之正宗，又为将来文学必用之利器。"① 何谓白话文学？在《白话文学史》自序中，他这样解释，"我把'白话文学'的范围放的很大"，包括"旧文学中那些明白清楚近于说话的作品"，"我从前曾说过，'白话'有三个意思：一是戏台上说白的'白'，就是说得出，听得懂的话；二是清白的'白'，就是不加粉饰的话；三是明白的'白'，就是明白晓畅的话。"② 依此为准绳，他认为《史记》、《汉书》、古乐府、佛书译本、唐人诗歌都是或近于白话。带着这种泛白话的眼光，他的不少持论流于武断，如他认为"沉郁顿挫"的杜诗中有一种"穷开心"，在贫困中，老杜始终能"保持一点'诙谐'的风趣"，使杜诗往往有"'打油诗'的趣味"。③ 不仅如此，他甚至宣称杜诗的妙处正在打油、诙谐之中，且批评后人"崇拜老杜"，却不敢说其诗是"打油诗"，不知道这是"读杜诗的诀窍"，不能赏识老杜的打油诗，便根本不能了解"老杜的真好处"。④ 最典型的莫过于他对《茅屋为秋风所破歌》的评价，他认为"南村群童欺我老无力，忍能对面为盗贼，公然抱茅入竹去。唇焦口燥呼不得，归来倚杖自叹息。……布衾多年冷似铁，娇儿恶卧踏里裂。床头屋漏无干处，雨脚如麻未断绝。……安得广厦千万间，大庇天下寒士俱欢颜，风雨不动安如山？呜呼，何时眼前突兀见此屋！吾庐独破受冻死亦足！"均为诙谐风趣语，且指出，在这种境地"还能作诙谐的趣话"，这真是老杜的"最特别的风格"。⑤ 事实上，胡适此论不仅牵强，且冲淡此诗激愤的批判主题，尤其是尾段，体现着杜甫骨子里的博爱情怀，这是他对儒家"仁爱"思想的继承，胡适却以"诙谐风趣"定之，贬杜诗为一种自我调侃、怡情，这对陷于绝境且初心不改的老杜是极其不公正的。究其实，概视儒教为"孔尘孔滓"且多闲情逸致的胡是无以体味到杜的困顿和激愤的，更遑论仁者之心了。所以，其眼中只有白话、只有诙谐风趣。正是如此，胡云翼在评介《白话文学史》时就置喙颇多，认为其"过于为白话所囿"，"大有'凡用白话写的都是杰作'之概"。⑥ 当然，对于被其奉为中国文学正宗的白话文学，

---

① 胡适：《文学改良刍议》，《新青年》1917年第2卷第5号。
② 胡适：《白话文学史·自序》，新月书店1928年版，第13页。
③ 胡适：《白话文学史》，新月书店1928年版，第319页。
④ 胡适：《白话文学史》，新月书店1928年版，第344页。
⑤ 胡适：《白话文学史》，新月书店1928年版，第342页。
⑥ 胡云翼：《新著中国文学史·序》，北新书局1933年版，第4页。

胡适的底气其实也不足。1931 年 12 月 30 日，他在北大的演讲中就曾承认平民文学有四大缺陷：来路不高明、出身微贱，琐碎简单、体裁幼稚，浅薄、荒唐、迷信，不知不觉之作、非有意描写。① 如此了然白话文学的老底，缘何还要决绝地抬高之，这恐怕就不是文学史理论所能解决得了的了。更何况其建构白话文学史的目的也非全从文学史出发，而是基于其文学革命的诉求和绝无妥协的斗士态度，所以，陈岸峰认为，胡适的白话文学史有着"话语霸权"的色彩。② 因之，其《白话文学史》更像文学革命的檄文，是他"用谁都不能否认的历史事实来做文学革命的武器"的迂回战术。③ 同时，他将白话与文言二元对立，宣称文言死，白话活，然后穷搜典籍中的白话因子，无果时，则从一些诗文中断章取句，妄为白话语，再证明其伟大与正宗，在方法上，这是机械循环论，背离了他所追求的科学精神，其结论自然也无须再言。

三

余英时曾指出，"适之先生生平强调历史的观点最力，对于任何事情他都要追问它是怎样发生的、又是怎样演变的。"④ 余点破了胡适治学的秘籍，即历史的眼光。这种历史的眼光，按胡的话说，就是进化观念"在哲学上应用的结果"，"是实验主义的一个重要的元素"，⑤ 它要求研究事物是如何发生、怎样来的，又是怎样变成现在的样子。在《介绍我自己的思想》中，胡适对其历史的眼光有这样的说明，"用历史演化的眼光"来追求对象"演变的历程"，"我考证水浒的故事，包公的传说，狸猫换太子的故事，井田的制度，都用这个方法"。⑥ 他还进一步指出，像《三国》《西游》《水浒》等，都是"经过几百年的演变的"，对于它们，必须"用历史演进法去搜集它们早期的各种版本"，找出其"如何由一些朴素的原始故事逐渐演变成为后来的文学名著"。⑦ 其实，他的历史的眼光无非两点：首先明变，对任何对象，都要"以汉还汉"，"以唐还唐"，

---

① 胡适：《中国文学过去与来路》，《大公报》1932 年 1 月 5 日第 3 版。
② 陈岸峰：《疑古思潮与白话文学史的建构》，齐鲁书社 2011 年版，第 119 页。
③ 胡适：《〈中国新文学大系·建设理论集〉导言》，赵家璧主编《中国新文学大系·建设理论集》，良友图书印刷公司 1935 年版，第 21 页。
④ 余英时：《中国近代思想史上的胡适——〈胡适之先生年谱长编初稿〉序》，胡颂平编著《胡适之先生年谱长编初稿（一）》，台北：联经出版事业公司 1984 年版，第 5—6 页。
⑤ 胡适：《实验主义》，《新青年》1919 年第 6 卷第 4 号。
⑥ 胡适：《介绍我自己的思想》，《胡适文选·自序》，亚东图书馆 1930 年版，第 24 页。
⑦ 唐德刚译：《胡适口述自传》，华文出版社 1992 年版，第 212 页。

各还其"本来面目";① 其次求因,要发掘其背后的历史因果关联。这种历史眼光在文学史的落实,就是其"历史的文学观念"。在《历史的文学观念论》中,他指出,居今"言文学改良",当重"历史的文学观念",一言以蔽之曰:"一时代有一时代之文学",此时代与彼时代间,虽皆有"承前启后之关系",但绝非"完全抄袭",愚唯"深信此理",故以为"古人已造古人之文学,今人当造今人之文学"。② 正是这种历史眼光,《白话文学史》在评介盛唐诗歌时能剑走偏锋,提出盛唐诗的关键在"乐府歌辞",③ 该期诗人将乐府的"声调与训练"入诗,故其五言、七言或五七杂言,概"近于白话或竟全用白话",他称这种诗为"新体诗",并批判后世论家缺乏历史眼光,"不懂历史",认其为"古诗""五古""七古",是缺乏历史眼光的"谬见"。④ 在《〈水浒传〉考证》中,他批评金圣叹虽"最爱谈'作史笔法'",却不幸"没有历史的眼光",不知道水浒的故事乃是四百年来老百姓与文人"发挥一肚皮宿怨的地方"。⑤ 在评价王充的"文与言同趋"时,盛赞其有"历史的眼光"。⑥ 我们知道,王充"文与言同趋"论出自《论衡自纪篇》,该篇中,他认为,"文由语也。或浅露分别,或深迂优雅,孰为辩者?故口言以明志,言恐灭遗,故著之文字。文字与言同趋,何为犹当隐闭指意?……夫口论以分明为公,笔辩以获露为通,吏文以昭察为良。深覆典雅,指意难睹,唯赋颂耳!经传之文,贤圣之语,古今言殊,四方谈异也。当言事时,非务难知,使指闭隐也。后人不晓,世相离远,此名曰语异,不名曰材鸿。浅文读之难晓,名曰不巧,不名曰知明。"⑦ 王充此论提倡的是"言文合一",同时主张文字应该口语化,胡适之所以盛誉王充,概因王此论与其提倡的"言文合一"及白话文观念"心有戚戚焉",所以,他认为王有历史眼光,是一个"有意主张白话的人",⑧ 应该对其表示"特别的敬礼"。⑨

从本质上说,胡适所强调的历史眼光也是白话的眼光、进化的眼光,所以,历史眼光又多次被他称之为"历史进化的眼光"。他的"历史的眼

---

① 胡适:《〈国学季刊〉发刊宣言》,《国学季刊》1923年第1卷第1号。
② 胡适:《历史的文学观念论》,《新青年》1917年第3卷第3号。
③ 胡适:《白话文学史》,新月书店1928年版,第262页。
④ 胡适:《白话文学史》,新月书店1928年版,第271页。
⑤ 胡适:《胡适文存》(卷三),亚东图书馆1925年版,第763页。
⑥ 胡适:《白话文学史》,新月书店1928年版,第52页。
⑦ 王充:《论衡·自纪篇》,上海人民出版社1974年版,第451页。
⑧ 胡适:《白话文学史》,新月书店1928年版,第53页。
⑨ 胡适:《白话文学史》,新月书店1928年版,第54页。

光",最终目的无非在于抬高白话文学的地位,如在《〈国学季刊〉发刊宣言》中,他这样说,"在历史的眼光里,今日民间小儿女唱的歌谣,和诗三百篇有同等的位置;民间流传的小说,和高文典册有同等的位置;吴敬梓、曹霑和关汉卿、马东篱和杜甫、韩愈有同等的位置。"① 而在《五十年来中国之文学》中,他则依进化观念指出,白话文学是符合文学进化规律的新文学,是活文学;文言文学则是落后于时代的僵化文学,必然会被淘汰,是死文学。由此可知,胡适绳墨文学的标准,始终只是以一种历史的眼光、一个历史进化的态度。

同时,胡适的"历史的眼光"也强调对历史因果律的把握,注重对象的前因后果,坚持在历史因果链条中把握对象。1921 年 6 月 30 日的日记中,胡适对历史的眼光有一个生动的譬喻,称之为"祖孙的方法"。他解释说,这种方法从来不把一件事物看作"一个孤立的东西",而总是把它看作"一个中段",一头是"他所以发生的原因",一头是"他自己发生的效果","上头有他的祖父,下面有他的子孙",捉住了这两头,"他就再也逃不出去了"。② 在文学史分析中,他就普遍实践了这种"祖孙的方法"。如他对杜甫诗歌的白话之论断就是放开眼光,看到了他所谓的杜诗白话特质的历史因果:《北征》像左思的《娇女》,《羌村》最近于陶潜,"陶潜与杜甫都是有诙谐风趣的人,诉穷说苦都不肯抛弃这一点风趣。因为他们有这一点说笑话作打油诗的风趣,故虽在穷饿之中不至于发狂,也不至于堕落。这是他们几位的共同之点,又不仅仅是同作白话谐诗的渊源关系。"③ 在《文学进化观念与戏剧改良》中,他又批评张之纯的《中国文学史》全然没有历史进化的观念。对于张著论昆曲之盛衰时的观点:"是故昆曲之盛衰,实兴亡之所系。道咸以降,此调渐微。中兴之颂未终,海内之人心已去。识者以秦声之极盛,为妖孽之先征。其言虽激,未始无因。欲睹升平,当复昆曲。《乐记》一言,自胜于政书万卷也。"胡适讥讽道,"这种议论,居然出现于'文学史'里面,居然作师范学校'新教科书'用","真是莫名其妙"。他进一步指出,张氏此论的病根全在"没有历史观念",将一代的兴亡与昆曲的盛衰视为"因果的关系",其"欲睹升平,当复昆曲"之语更是愚人之见,若此,则只消一道"总统命令",几处"警察厅的威力",中国立刻便"升平"了!与之不同,胡适认

---

① 胡适:《〈国学季刊〉发刊宣言》,《国学季刊》1923 年第 1 卷第 1 号。
② 胡颂平:《胡适之先生年谱长编初稿(二)》,台北:联经出版事业公司 1984 年版,第 459 页。
③ 胡适:《白话文学史》,新月书店 1928 年版,第 334 页。

为,文学的衰亡废兴均乃历史进化之果,昆曲的衰亡自有衰亡的原因,它既不能自保于道咸之时,也决不能中兴于既亡之后。因此,他指出,那些主张恢复昆曲的人,实则逆历史潮流而行,违背历史进化的规律,"虽是'今人',却要做'古人'的死文字;虽是20世纪的人,偏要说秦汉唐宋的话",① 实为不明文学废兴的因果,缺乏文学历史进化的意识。

  胡适的文学史态度,自其发生至今,群喙诸多,饱受非议,但无疑的是,他的文学史见解将科学精神引入文学史研究,使中国传统的以"文章辨体""历代诗综"为主体的文史之学顺利转型,具备了现代意义上的文学史学科的品质。正是他的筚路蓝缕之功,科学精神在20世纪30—40年代的中国文学史实践中影响日重。他曾自豪地说:"我在中国文艺复兴运动的初期,便不厌其详地指出这些小说的文学价值。……我建议我们推崇这些名著的方式,就是对它们做一种合乎科学方法的批判与研究。(也就是寓推崇于研究之中)我们要对这些名著作严格的版本校勘,和批判性的历史探讨——也就是搜寻它们不同的版本,以便于校订出最好的本子来。如果可能的话,我们更要找出这些名著作者的历史背景和传记资料来。这种工作是给予这些小说名著现代学术荣誉的方式;认定它们也是一项学术研究的主题,与传统的经学、史学平起平坐。"② 这绝非自夸,实际上他也确实做到了。不过,胡适的平生志向,大概也不在文学研究,所以,对于大谈文学,他一直心存顾虑:"以我专从事研究学术与思想的人去讲文学,颇觉不当。"③ 这或许是自谦,但据其白话文学史观中层出之汉吏断唐律的失误看,此语当非自谦,而是他推崇文学研究科学精神时的一个瓶颈。既已底气不足,又非本业,自难擅长,失误也就在所难免,至于他自认其将白话文学抬为中国文学之正统为文学史上的"哥白尼的天文革命",④ 大概除了自我抬举之外,当无更深之义。

(原载《浙江社会科学》2017年第3期)

---

 ① 胡适:《文学进化观念与戏剧改良》,《新青年》1918年第5卷第4号。
 ② 唐德刚译:《胡适口述自传》,华文出版社1992年版,第258页。
 ③ 胡适:《中国文学过去与来路》,《大公报》1932年1月5日第3版。
 ④ 胡适:《〈中国新文学大系·建设理论集〉导言》,赵家璧主编《中国新文学大系·建设理论集》,良友图书印刷公司1935年版,第21页。